Sem título, 2017.
Impressão digital sobre tecido
e costura. 29 x 58 cm.
Coleção particular.

Mundurucu, 2003.
Série *Tecelãs*. Aquarela e grafite sobre papel. 32,5 x 25 cm.
Coleção particular.

UM DEFEITO DE COR

ROMANCE

ANA MARIA GONÇALVES

Com obras de
Rosana Paulino

2ª edição

2024

Sobrecapa: Colagem de Leticia Quintilhano a partir de quadro da videoinstalação de Rosana Paulino, *Das avós*, 2019. Acervo Videobrasil.

Projeto gráfico: Letícia Quintilhano
Diagramação: Lígia Barreto | Ilustrarte

CIP-BRASIL. CATALOGAÇÃO NA PUBLICAÇÃO
SINDICATO NACIONAL DOS EDITORES DE LIVROS, RJ

G624d

Gonçalves, Ana Maria
Um defeito de cor : romance / Ana Maria Gonçalves ;
ilustração Rosana Paulino. – 2. ed. – Rio de Janeiro : Record, 2024.

"Edição especial."
ISBN 978-65-5587-568-3

1. Romance brasileiro. I. Paulino, Rosana. II. Título.

22-78068 CDD: 869.3
CDU: 82-93(81)

Gabriela Faray Ferreira Lopes – Bibliotecária – CRB-7/6643

Este livro foi revisado segundo o Acordo Ortográfico da Língua Portuguesa de 1990.

Direitos desta edição adquiridos pela Editora Record Ltda.
Rua Argentina, 171 – Rio de Janeiro, RJ – 20921-380 – Tel.: (21) 2585-2000.

Para Ivan e Hélia, meus pais.

"Quando as teias de aranha se juntam,
elas podem amarrar um leão."

Provérbio africano

Aracnes, 1996.
Instalação. Técnica mista em tecido. 12 m apx.
Coleção particular.

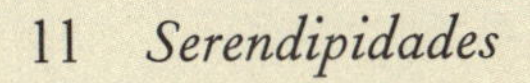

Soldados, 2006.
Terracota, tecido, barbante, cordame, cacos de vidro, parafusos, pedras e pregos. 29,5 x 16 x 18 cm apx.
Coleção particular.

SERENDIPIDADES

"You don't reach Serendip by plotting a course for it. You have to set out in good faith for elsewhere and lose your bearings serendipitously."

John Barth, em *The Last Voyage of Somebody, the Sailor* (Nova York, 1991)

O uso da palavra *serendipity* apareceu pela primeira vez em 28 de janeiro de 1754, em uma carta de Horace Walpole (filho do ministro, antiquário e escritor Robert Walpole, autor do romance gótico *The Castle of Otranto)*. Na carta, Horace Walpole conta ao seu amigo Horace Mann como tinha encontrado por acaso uma valiosa pintura antiga, complementando: "Esta descoberta é quase daquele tipo a que chamarei serendipidade, uma palavra muito expressiva, a qual, como não tenho nada de melhor para lhe dizer, vou passar a explicar: uma vez li um romance bastante apalermado, chamado *Os três príncipes de Serendip:* enquanto suas altezas viajavam, estavam sempre a fazer descobertas, por acaso e sagacidade, de coisas que não estavam a procurar..."

Serendipidade então passou a ser usada para descrever aquela situação em que descobrimos ou encontramos alguma coisa enquanto estávamos procurando outra, mas para a qual já tínhamos que estar, digamos, preparados. Ou seja, precisamos ter pelo menos um pouco de conhecimento sobre o que "descobrimos" para que o feliz momento de serendipidade não passe por nós sem que sequer o notemos.

Um defeito de cor é fruto da serendipidade. Ele não só contém uma história, como também é consequência de uma outra história que, depois de pensar bastante, percebi que não posso deixar de contar. Até poderia, mas, além de não estar sendo honesta, também estaria escondendo o que ajuda a fazer deste livro um portador de histórias especiais. A primeira destas histórias aconteceu em janeiro de 2001, dentro de uma livraria. Eu estava na seção de guias de viagem procurando informações detalhadas e ilustradas sobre a cultura, o povo, a história e, principalmente, a música de Cuba. Separando alguns guias para ver com calma, vários deles, como peças de dominó, caíram da prateleira, e consegui segurar apenas um, antes que fosse ao chão. Era *Bahia de Todos os Santos — guia de ruas e mistérios*, do Jorge Amado. Foi aí que aconteceu a primeira serendipidade. Na época, eu estava cansada de morar em uma cidade grande, cansada da minha profissão, tinha acabado de me separar e queria vida nova, em um lugar novo, fazendo coisas diferentes e, quem sabe, realizando um velho sonho: viver de escrever. Desde o dia em que o livro de Jorge Amado caiu nas minhas mãos, eu sabia que este lugar de ser feliz tinha que ser a Bahia.

Ainda na livraria, de pé diante da prateleira, abri *Bahia de Todos os Santos* e comecei a ler um prólogo chamado "Convite": "*E quando a viola gemer nas mãos do seresteiro na rua trepidante da cidade mais agitada, não tenhas, moça, um minuto de indecisão. Atende ao chamado e vem. A Bahia te espera para sua festa cotidiana.*"

Na hora, tive a sensação de que ele tinha escrito aquelas palavras exatamente para mim, o que foi virando certeza quando continuei correndo os olhos pelo doce e tentador convite. Bahia. A Bahia me esperava e Jorge Amado ainda estava vivo para me apresentar a ela. Num trecho mais adiante, ele mesmo dizia: "*vem e serei teu cicerone.*" Eu só não tinha ainda a mínima ideia do que fazer na Bahia, mas quando o momento é de serendipidade, as coisas simplesmente acontecem. Foi por isso que, algumas páginas adiante, encontrei o seguinte texto:

"[...] Do Alufá Licutã, quem conhece o nome, os feitios, o saber, o gesto, a face do homem?

Comandou a revolta dos negros escravos durante quatro dias e a cidade da Bahia o teve como seu governante quando a nação malê acendeu a aurora da liberdade, rompendo as grilhetas, e empunhou as armas, proclamando a igualdade dos homens. Não sei de história de luta mais bela do que esta do povo malê, nem de revolta reprimida com tamanha violência.

A nação malê não era apenas a mais culta entre quantas forneceram mercadoria humana para o tráfico repugnante, em verdade os escravos provindos dessa nação alcançavam os preços mais altos, sendo não só os mais caros, também os mais disputados. Serviam de professores para os filhos dos colonos, estabeleciam as contas dos senhores, escreviam as cartas das iaiás, intelectualmente estavam bem acima da parca instrução dos lusos condes e barões assinalados e analfabetos ou da malta de bandidos degredados à longínqua colônia. O mais culto dos malês era o Alufá Licutã.

Levantaram-se os escravos, dominaram e ocuparam a cidade. Logo derrotados pelo número de soldados e pela força das armas, a ordem dos senhores furiosos foi matar todos os membros da nação malê, sem deixar nenhum. Homens, mulheres e crianças, para exemplo. Ordens executadas com requintes terríveis, para que o exemplo perdurasse. Assim aconteceu.

[...] Da revolta e de seu chefe pouco se sabe. No mais, o silêncio. É o caso de se perguntar onde estão os jovens historiadores baianos, alguns de tanta qualidade e coragem intelectual, que não pesquisam a revolta dos malês, não levantam a figura magnífica do chefe? [...] Tema para estudos históricos que venham repor a verdade, redimir a nação condenada, ressuscitar o alufá, retirá-lo da cova funda do esquecimento na qual o enterrou a reação escravagista. Tema para um grande romance..."

Acho que esqueci pelo chão os guias sobre Cuba, encantada com o que tinha acabado de descobrir, porque, apesar de não pertencer à categoria de "jovens historiadores baianos", estava claro que era para mim a provocação sobre escrever o romance. Durante quase um ano, por meio da internet, de telefonemas para a Bahia, de buscas em livrarias, bibliotecas, sebos, e de material emprestado, pesquisei sobre os malês, muçulmanos escravizados, bravos, inteligentes, e que realmente tinham sido banidos da história. Até então eu nunca tinha ouvido falar deles. Aquele foi também um ano desesperador, porque tudo que eu queria era estar na Bahia, andando pelas ruas por onde os malês tinham andado, entrando nas igrejas onde eles tinham entrado, nadando no mar no qual eles tinham nadado, pois tinha certeza de que, se não estivesse *in loco*, o livro não sairia. Eu acreditava que alguma coisa no ar da Bahia me faria ouvi-los e senti-los, muito mais do que apenas conhecê-los. Mas não tinha como ir, não tinha dinheiro nem trabalho para me sustentar por lá.

Exatamente um ano depois daquele fortuito encontro com *Bahia de Todos os Santos*, finalmente fui conhecer Salvador. Para falar a verdade, apenas para poder dizer que já tinha estado lá antes de despachar a mudança. Já havia passado alguns dias em Salvador, procurando lugar para morar, quando resolvi conhecer a Ilha de Itaparica. Saí para caminhar pela Praia do Duro, em Mar Grande, e fui parar em Gamboa, atraída por um tronco de árvore que se vê de longe, não só pelo tamanho, que é considerável, mas também pelo inusitado de estar "plantado" na areia. Parei para olhá-lo de perto e percebi que um homem também me olhava, sentado no muro de uma casa bem em frente ao tronco. Ele percebeu meu interesse e se aproximou, contando que estávamos diante do que tinha sido a "Árvore do Amor", nascida ali mesmo, na areia, em condições adversas e transformando aquele trecho da praia em um famoso ponto de encontro dos enamorados da ilha, e por isso o nome. Ali, casais se entregavam ao amor e, talvez estimulados pela natureza, pela sombra frondosa da árvore, pela tranquilidade e beleza do mar, pela magia da ilha, costumavam ultrapassar os limites do recato dos veranistas que, a partir da década de 1970, invadiram a ilha com magníficas casas à beira-mar. A Árvore do Amor então começou a definhar — dizem que envenenada por uma veranista mais pudica e insensível — até que tombou. Mas tinha resistido bravamente antes de morrer, pois durante anos o tronco ainda deu galhos e folhas, até secar de vez e se tornar o que eu estava vendo.

Apaixonei-me por aquela história, e talvez para que o homem conversasse um pouco mais comigo e contasse outros detalhes sobre a árvore, perguntei se ele não sabia de alguma casa por ali que estivesse para alugar. Qual não foi a minha surpresa quando ele me indicou a casa ao lado, que eu ainda não tinha percebido, mas era linda, escondida atrás de um jardim bem cuidado, abraçada por amplas varandas e iluminada pela claridade que entrava por enormes portas envidraçadas e emolduradas de vermelho. O homem ainda disse que eu poderia falar com o caseiro, que por sinal estava por lá naquela hora. Conheci a casa, que por dentro era ainda mais fascinante, grande para as minhas necessidades, mas perfeita para os meus sonhos de morar em um paraíso onde tivesse tempo e sossego para escrever o livro sobre os malês. Peguei o número do telefone do proprietário, com quem falei várias vezes, até chegarmos a um preço que eu pudesse pagar.

Antes de voltar para Salvador, ainda naquele dia e enquanto esperava a balsa, que sairia aproximadamente uma hora mais tarde, resolvi conhecer a igreja e aproveitar para agradecer a descoberta daquela casa, que eu já considerava minha próxima morada. A igreja era pequena, mas muito bonita e bem cuidada, o que me fez ter vontade de fazer algumas fotos. Mal tirei a câmera da bolsa, apareceu ao meu lado uma menina, que disse adorar fotografias e que estava ali com a mãe, encarregada da limpeza. Ela era simpática e esperta, me acompanhou pela igreja, contando quem eram os santos que estavam nos nichos e a história de cada um deles, e me mostrou os melhores ângulos para as fotos, pedindo depois que eu tirasse uma fotografia dela. Quando eu já ia bater a foto, ela pediu que esperasse e foi chamar a mãe, que estava limpando a sacristia. A mulher apareceu dizendo que a filha adorava tirar fotografias e que, justamente naquele dia, estava fazendo aniversário; a foto seria um grande presente para ela. Tiramos várias, da menina sozinha, da mãe, das duas juntas, em pé, sentadas nos bancos e na cadeira do padre. Perguntei como eu faria para entregar as fotos, e a mulher me ditou um endereço que achei ser brincadeira, algo como "rua da praça, sétima casa, depois da farmácia". Mas não era, e logo eu também teria um endereço como aquele. Anotei em um papel qualquer e nunca mais me lembrei de onde o guardei, se é que guardei, pois, morando na ilha, eu poderia ir até a igreja pessoalmente.

Voltei para Salvador, onde fiquei mais alguns dias, e depois fui até São Paulo, permanecendo apenas o tempo necessário para arrumar minhas coisas e pegar o avião de volta, em definitivo. Eu me mudei para a Bahia em março de 2002, e durante mais de sete meses fui a feliz moradora da casa de portas e janelas vermelhas, ensolarada e colorida, na Ilha de Itaparica, "Praia de Gamboa, Rua da Praia, s/n, fundos com Rua da Igreja", até que um assalto me fez ficar com medo de continuar morando lá, e me mudei para um *flat* em Salvador. Mas esta é outra história, e antes dela muitas coisas aconteceram. Nos primeiros dias na ilha, nem pensei em trabalhar; estava tão feliz por morar naquele lugar maravilhoso que passava horas e horas caminhando pelas praias, pelas ruínas, pelos fortes e pelas ilhas vizinhas. Acho que nunca tinha sido tão feliz, acreditando ter encontrado o meu paraíso na terra. Mais de um mês depois, achei que já era hora de começar a escrever a história dos malês, que, afinal, tinha sido o real motivo da minha mudança. Com idas semanais a Salvador, encontrei muito material para pesquisa. Aliás, comecei a achar que era material demais e a acreditar que muito mais gente, além de mim e antes de mim, tinha aceitado o convite de Jorge Amado e produzido páginas e páginas sobre os malês e as revoluções, coisas que ficavam apenas pela Bahia e não eram divulgadas no resto do país. Abandonei a ideia de escrever o livro sobre os malês, porque já não havia mais nada de novo a ser contado sobre eles, e escrevi *Ao lado e à margem do que sentes por mim*. Um romance misturando ficção e autobiografia, que me ajudou a enumerar muitos questionamentos que eu vinha fazendo a respeito do amor, da vida, do passado, do futuro, das escolhas e das imposições. Quando mais da metade desse livro estava pronta, aconteceu o assalto, e percebi que não teria mais tranquilidade para continuar na ilha. Em menos de uma semana eu já estava morando em Salvador, e três meses depois coloquei o ponto final no romance. Foi então que aconteceu a mais feliz das serendipidades.

Como achei que não tinha mais nada para fazer na Bahia, já estava puxando o fio de uma história acontecida em São Luís, no Maranhão, tomando o cuidado de me informar sobre a quantidade de material produzido sobre ela, que era quase nada. Começando a providenciar a mudança, encontrei as fotos tiradas na igreja da ilha, das quais nem me lembrara durante todo aquele tempo. Resolvi aproveitar para passar um fim de semana lá, para me despedir dos amigos e ir até a igreja, ver se encontrava uma das fotografadas, mãe ou filha. No sábado de manhã, encontrei a igreja fechada e, à tarde, estava sendo celebrada uma missa. Quando terminou, não vendo nenhuma das duas, resolvi perguntar por elas a uma senhora que recolhia as velas e os paramentos. Mostrei as fotos e a senhora disse que as conhecia, indicando mais ou menos onde moravam, na praia de Amoreiras.

No domingo de manhã segui para Amoreiras, parando de vez em quando para perguntar e seguindo as indicações que me davam, até chegar a uma casa bastante simples, numa rua estreita, sem calçamento e sem saída. Elas logo se lembraram de mim, a pessoa que tinha tirado as fotos no dia do aniversário da Vanessa; era esse o nome da menina. Dona Clara, a mãe, me convidou para tomar um café e, quando entrei na sala, percebi uma inusitada mesa de centro, com o tampo de vidro sustentado por pilhas e pilhas de papéis e revistas. Elogiei, dizendo que era bom saber que alguém ali gostava muito de ler. Dona Clara disse que não era bem assim, que usava as revistas para apoiar o vidro da mesa, mas que também serviam para que as crianças recortassem figuras para algum trabalho de escola. Quanto aos papéis, o filho mais novo, de seis anos, usava-os para desenhar do lado em que ainda não tinham sido usados. Ela chamou o menino, que brincava no quintal, e pediu-lhe que me mostrasse os desenhos que fazia. Ele, Gérson, todo feliz com a plateia, correu para dentro da casa e voltou com folhas e mais folhas de desenhos. Nada de especial, mas olhei com atenção e até elogiei, pois, incentivado, o menino podia até melhorar. Nunca se sabe onde estão escondidos os grandes talentos.

Virando um dos papéis, amarelado pelo tempo e que deixava vazar a escrita em caneta-tinteiro para o lado dos desenhos, percebi que parecia um documento escrito em português antigo, as letras miúdas e muito bem desenhadas, uma escrita contínua, quase sem fôlego ou pontuação. A leitura daquela folha já estava bastante prejudicada, não só pela interferência do desenho do menino no lado oposto, mas também porque este parecia ter sido feito sobre uma superfície porosa, que bem podia ser o chão de cimento cru da sala, com os traços bastante calcados, fazendo com que a folha se rasgasse em alguns pontos. Peguei outro papel que tinha um desenho menor e, assim que o virei, a primeira palavra que consegui ler foi "Licutan". Surpresa, perguntei se eles sabiam quem tinha escrito aquilo, ao que dona

Clara respondeu que não sabia, e que nem parecia escrito na nossa língua, pois a filha mais velha, a Rosa, que lia muito bem, tinha tentado ler, mas não conseguira. Eu disse que era a nossa língua sim, só que escrita de um modo antigo, e que provavelmente aquele documento era de uma época em que nenhum deles tinha nascido ainda. Dona Clara perguntou se eu conseguia ler e respondi que talvez sim, mas que teria que ser com calma. Perguntei onde ela tinha encontrado tais papéis, que ficavam ainda mais fascinantes à medida que eu ia reconhecendo outros nomes, outras situações e alguns lugares que me remetiam à história dos malês. Ela então contou que tinha pegado os papéis, junto com algumas revistas, na Igreja do Sacramento, na vila de Itaparica, onde também fazia limpeza. Uma troca de padres levou o padre antigo a pedir que ela se desfizesse de tudo que estava guardado em um quartinho nos fundos da casa paroquial, e com dó de jogar fora, principalmente as revistas cheias de figuras, ela pediu permissão para levar para casa. Quase tinha posto fogo nos papéis, mas se lembrou de que o Gérson vivia procurando papel para desenhar e que, quando não encontrava, desenhava até nas paredes.

Pedi ao Gérson que me mostrasse todos os papéis iguais àqueles que ele ainda tivesse, e era uma quantidade considerável, uma pilha de mais ou menos trinta ou trinta e cinco centímetros de altura. Perguntei se eles poderiam me emprestar aquilo tudo, pois eu queria tentar entender o que estava escrito ali, e dona Clara disse que eram meus, que eu nem precisava devolver. Gérson fez cara de protesto, e eu disse que daria a ele uma quantidade ainda maior de papéis, todos novinhos dos dois lados, e ainda canetas, lápis de cor, giz de cera, tintas, pincéis e tudo mais de que ele precisava para fazer muitos desenhos. O menino riu de orelha a orelha, mas não tanto quanto eu, que tinha certeza de ter encontrado ali muito mais do que ousara procurar. Perguntei à dona Clara quando ela levara aquilo tudo para casa, e ela disse que não tinha nem uma semana, que o padre novo nem tinha chegado ainda. Dei graças por não ter me lembrado de entregar as fotografias antes, porque, nesse caso, aqueles papéis teriam se perdido para sempre, nas costas dos desenhos de Gérson.

Quando fui embora, feliz com o meu tesouro, eles me pediram para voltar quando conseguisse ler tudo que estava escrito, para contar a história; e eu prometi que sim, que eles seriam os primeiros a saber. Mas voltei muito antes disso, logo no dia seguinte, com os materiais que tinha prometido ao Gérson. Acho que isto aliviou um pouco a minha consciência por estar tirando deles um documento tão importante como aquele. Hoje já não penso mais assim, e foi por isso que resolvi contar aqui como tudo aconteceu. Acredito que poderia assinar este livro como sendo uma história minha, toda inventada — embora algumas partes sejam mesmo, as que estavam ilegíveis ou nas folhas perdidas, pois dona Clara me contou que Gérson amassava e jogava fora os desenhos dos quais não gostava. Se eu me apropriasse da história, provavelmente a autoria nunca seria contestada, pois ninguém até então sabia da existência dos manuscritos, nem em Itaparica nem alguns historiadores de Salvador para quem os mostrei.

Depois de escrever e revisar este livro, entreguei todos os papéis a uma pessoa que, com certeza, vai saber o que fazer com eles. Mesmo porque esta pode não ser uma simples história, pode não ser a história de uma anônima, mas sim de uma escravizada muito especial, alguém de cuja existência não se tem confirmação, pelo menos até o momento em que escrevo esta introdução. Especula-se que ela pode ser apenas uma lenda, inventada pela necessidade que os escravizados tinham de acreditar em heróis, ou, no caso, em heroínas, que apareciam para salvá-los da condição desumana em que viviam. Ou então uma lenda inventada por um filho que tinha lembranças da mãe apenas até os sete anos, idade em que pais e mães são grandes heróis para seus filhos. Ainda mais quando observados por mentes espertas e criativas, como era o caso deste filho do qual estou falando, que nasceu livre, foi vendido ilegalmente como escravizado, e mais tarde se tornou um dos principais poetas românticos brasileiros, um dos primeiros maçons e um dos mais notáveis defensores dos escravizados e da abolição da escravatura. Um homem inteligente e batalhador que, tendo nascido de uma negra e de um fidalgo português que nunca o reconheceu como filho, conseguiu se tornar advogado e passou a vida defendendo aqueles que não tiveram a sorte ou as oportunidades que ele tão bem soube aproveitar. O que você vai ler agora talvez seja a história da mãe deste homem respeitado e admirado pelas maiores inteligências de sua época, como Rui Barbosa, Raul Pompeia e Silvio Romero. Mas também pode não ser. E é bom que a dúvida prevaleça até que, pelo estudo do manuscrito, todas as possibilidades sejam descartadas ou confirmadas, levando-se em conta o grande número de coincidências, como nomes, datas e situações. Torço para que seja verdade, para que seja ela própria a pessoa que viveu e relatou quase tudo o que você vai ler neste livro. Não pela história, que não desejo a ninguém, e logo você vai saber por quê.

Bem, agora fique com a história que, conforme prometi, foi contada em primeira mão para dona Clara e sua família, em deliciosas tardes na praia de Amoreiras. Nunca é demais lembrar que tinham desaparecido ou estavam ilegíveis várias folhas do original, e que nem sempre me foi possível entender tudo que estava escrito. Optei por deixar algumas palavras ou expressões em iorubá, língua que acabou sendo falada por muitos escravizados, mesmo não sendo a língua nativa deles. Nestes casos, coloquei a tradução ou a explicação no rodapé. O texto original também é bastante corrido, escrito por quem desejava acompanhar a velocidade do pensamento, sem pontuação e quebra de linhas ou parágrafos. Para facilitar a leitura, tomei a liberdade de pontuá-lo, dividi-lo em capítulos e, dentro de cada capítulo, em assuntos. Espero que Kehinde aprove o meu trabalho e que eu não tenha inventado nada fora de propósito. Acho que não, pois muitas vezes, durante a transcrição, e principalmente durante a escrita do que não consegui entender, eu a senti soprando palavras no meu ouvido. Coisas da Bahia, nas quais acredita quem quiser...

Boa leitura!

Ana Maria Gonçalves

"As sementes da descoberta flutuam constantemente à nossa volta, mas só lançam raízes nas mentes bem preparadas para recebê-las."

Joseph Henry

Por só ter olhos para você, 2011.
Grafite e aquarela sobre papel. 42,5 x 32,5 cm.
Coleção particular.

CAPÍTULO UM

A borboleta que esbarra em espinhos rasga as próprias asas.

Provérbio africano

KEHINDE

Eu nasci em Savalu, reino de Daomé, África, no ano de um mil oitocentos e dez. Portanto, tinha seis anos, quase sete, quando esta história começou. O que aconteceu antes disso não tem importância, pois a vida corria paralela ao destino. O meu nome é Kehinde porque sou uma ibêji[1] e nasci por último. Minha irmã nasceu primeiro e por isso se chamava Taiwo. Antes tinha nascido o meu irmão Kokumo, e o nome dele significava "não morrerás mais, os deuses te segurarão". O Kokumo era um *abiku,*[2] como a minha mãe. O nome dela, Dúróorîîke, era o mesmo que "fica, tu serás mimada". A minha avó Dúrójaiyé tinha esse nome porque também era uma *abiku*, e o nome dela pedia "fica para gozar a vida, nós imploramos". Assim são os *abikus*, espíritos amigos há mais tempo do que qualquer um de nós pode contar, e que, antes de nascer, combinam entre si que logo voltarão a morrer para se encontrarem novamente no mundo dos espíritos. Alguns *abikus* tentam nascer na mesma família para permanecerem juntos, embora não se lembrem disto quando estão aqui no *ayê*, na terra, a não ser quando sabem que são *abikus*. Eles têm nomes especiais que tentam segurá-los vivos por mais tempo, o que às vezes funciona. Mas ninguém foge ao destino, a não ser que Ele queira, porque, quando Ele quer, até água fria é remédio.

A minha avó nasceu em Abomé, a capital do reino de Daomé, ou Dan-home, onde o rei governava da casa assentada sobre as entranhas de Dan. Ela dizia que esta é uma história muito antiga, do tempo em que os homens ainda respeitavam as árvores, quando o rei Abaka foi pedir ao vizinho Dan um pedaço de terra para aumentar o seu reino. Daquela vez, Dan já deu a terra de má vontade, e quando Abaka pediu outro pedaço para construir um castelo, Dan ficou bravo e respondeu que Abaka podia construir o castelo

---

[1] Ibêji: assim são chamados os gêmeos entre os povos iorubás.

[2] *Abiku*: "criança nascida para morrer".

sobre a sua barriga, pois não daria mais terra alguma. Com raiva da resposta mal-educada, o rei Abaka matou Dan e, sobre as entranhas espalhadas no chão, ergueu um palácio suntuoso, a partir do qual teve início o grande império do povo iorubá. Dan também é o nome da serpente sagrada, mas esta história fica para mais tarde ou para outra pessoa contar quando chegar a hora dela, porque agora preciso falar de um tempo que começou muito depois, quando a perseguição do rei monstro Adandozan obrigou a minha avó a sair de Abomé e se mudar para Savalu.

A minha mãe tinha marido em Abomé, o pai do Kokumo, que se chamava Babatunde[3] e era guerreiro, assim como o pai dele tinha sido, e antes do pai, o avô. O Kokumo teria o mesmo destino se não tivesse morrido antes. O Babatunde era um bom guerreiro e por isso foi nomeado ministro pelo rei do Daomé, indo morar na capital do reino. Ele já era ministro quando se casou com a minha mãe, fazendo dela sua terceira esposa. Mas como ao longo dos anos a minha mãe só atraiu *abikus* e o Babatunde precisava de filhos que quisessem viver e se tornar guerreiros como ele, não se importou quando ela foi embora com a minha avó. O que ele não sabia era que a minha mãe estava pejada[4] e já tinha aprendido a enganar *abikus*. O Kokumo nasceu logo que elas chegaram a Savalu, depois de muitos dias andando pelas estradas rumo ao norte, até saberem que deveriam ficar ao pé de um iroco.[5]

Um dia apareceu o Oluwafemi, "aquele que é amado por Deus", que ajudou a construir a casa e foi homem para a minha mãe. Mas depois que a casa ficou pronta, ele seguiu viagem rumo ao norte, talvez para Natitingou, antes de saber que ela estava novamente pejada, abençoada com ibêjis, eu e a Taiwo. Ibêjis dão boa sorte e riqueza para as famílias em que nascem, e era por isso que a minha mãe podia dançar no mercado de Savalu e ganhar dinheiro. Ela dançava e as pessoas colavam cauris[6] em sua testa, e quando eu e a Taiwo éramos pequenas, colavam ainda mais, pois a minha mãe dançava com nós duas amarradas ao corpo. Usava panos lindos para segurar eu e a Taiwo bem presas junto a ela, uma na frente e a outra atrás. Ficávamos nos olhando nos olhos e sorrindo por cima do ombro dela, e é por isso que

---

[3] Baba significa avô, e Babatunde é um nome dado às crianças que nascem depois da morte do avô, podendo herdar a personalidade dele.

[4] Pejada: grávida.

[5] Iroco: árvore sagrada de algumas religiões africanas. No Brasil também é chamada de gameleira-branca ou de "A Grande Árvore" ou "A Árvore Sagrada".

[6] Cauri: um tipo de concha usado como dinheiro.

a primeira lembrança que tenho é dos olhos da Taiwo. Éramos pequenas e apenas os olhos ficavam ao alcance dos olhos, um par de cada lado do ombro da minha mãe, dois pares que pareciam ser apenas meus e que a Taiwo devia pensar que eram apenas dela. Não sei quando descobrimos que éramos duas, pois acho que só tive certeza disto depois que a Taiwo morreu. Ela deve ter morrido sem saber, porque foi só então que a parte que ela tinha na nossa alma ficou somente para mim. Eu senti quando isso começou a acontecer, e foi naquela tarde.

O DESTINO

Sentada sob o iroco, a minha avó fazia um tapete enquanto eu e a Taiwo brincávamos ao lado dela. Ouvimos o barulho das galinhas e logo depois o pio triste de um pássaro escondido entre a folhagem da Grande Árvore, e a minha avó disse que aquilo não era bom sinal. Vimos então cinco homens contornando a Grande Sombra e a minha avó disse que eram guerreiros do rei Adandozan, por causa das marcas que tinham nos rostos. Eu falava iorubá e eve, e eles conversavam em um iorubá um pouco diferente do meu, mas entendi que iam levar as galinhas, em nome do rei. A minha avó não se mexeu, não disse que concordava nem que discordava, e eu e a Taiwo não tiramos os olhos do chão. Os guerreiros já estavam de partida quando um deles se interessou pelo tapete da minha avó e reconheceu alguns símbolos de Dan. Ele tirou o tapete das mãos dela e começou a chamá-la de feiticeira, enquanto outro guerreiro apontava a lança para o desenho da cobra que engole o próprio rabo que havia, mais sugerida do que desenhada, na parede acima da entrada da nossa casa.

Os guerreiros conversavam depressa e aos gritos, decerto resolvendo o que fazer, enquanto eu e a Taiwo nos demos as mãos, sem entendermos direito o que estava acontecendo. A minha avó se atirou ao chão diante deles, implorando que fossem embora, que levassem tudo o que quisessem levar, que Olorum[7] os acompanhasse. Eles não a ouviam e falavam de feitiços, de pragas e de Agontimé.[8] Como se já não houvesse sombra sob o iroco, uma

[7] Olorum: corresponde à ideia de Deus.

[8] Agontimé: uma das rainhas do Daomé, acusada de feiticeira pelo rei Adandozan e vendida como escrava. Uma das principais sacerdotisas do culto a Dan, a serpente sagrada, e a Elegbatá, o orixá da varíola e das pestes.

outra sombra ainda mais escura e no formato de asas de um grande pássaro voou sobre a cabeça da minha avó. Eu já tinha ouvido falar daquele tipo de pássaro, era uma das *ìyámis*, uma das sete mulheres-pássaro que quase sempre carregam más notícias.

Atraída pelo barulho, a minha mãe surgiu correndo da beira do rio, onde se banhava acompanhada do Kokumo, que estava pescando. Naquele dia, a minha mãe tinha acabado de voltar do mercado, lavado as pinturas com que enfeitava o corpo e passado *ori*[9] nele. Eu nunca tinha visto a minha mãe tão bonita. Ela tinha peitos pequenos, dentes brancos e a pele escura que brilhava ainda mais por causa do *ori*. A minha mãe cuidava dos meus cabelos e dos cabelos da Taiwo como cuidava dos dela, dividindo em muitas partes e prendendo rolinhos enfeitados com fitas coloridas, que comprava no mercado. O Kokumo apareceu correndo atrás dela e foi pego por um dos guerreiros, que o agarrou pela cintura e o levantou, até que ele ficasse com os pés balançando no ar. Outro guerreiro pegou a minha mãe pelos braços e a apertou contra o próprio corpo, e, de imediato, o membro dele começou a crescer. Ele disse que queria se deitar com a minha mãe e ela cuspiu na cara dele. O Kokumo chutava o ar, querendo se soltar para nos defender, pois tinha sangue guerreiro, e foi o primeiro a ser morto. Um dos guerreiros, que até então tinha ficado apenas olhando e sorrindo, chegou bem perto do Kokumo e enfiou a lança na barriga dele. Eu me lembro do sangue que saiu da boca do meu irmão e espirrou na roupa do guerreiro, e continuou a escorrer mesmo depois que o jogaram no chão, com a cara virada para baixo. O sangue imediatamente formou um riozinho, daqueles turvos e de água espessa, como os que recebem muita água de chuva na cabeceira.

A minha avó continuava deitada na frente de um dos guerreiros, batendo a cabeça no chão e pedindo que fossem embora, mas eles não se importavam. O guerreiro que segurava a minha mãe, o que aos meus olhos era só membro duro e grande, jogou-a no chão e se enfiou dentro da racha dela. Ela chorava e eu olhava assustada, imaginando que devia estar doendo, imaginando que a minha avó, por ser grande, também já tinha feito aquilo e sabia que não era bom, pois ela também chorava e pedia que parassem, perguntando se já não estavam satisfeitos com o que tinham feito ao Kokumo. Eles continuaram fingindo que ela não existia. Na estrada que passava

---

[9] *Ori*: um tipo de manteiga vegetal usada para proteger e hidratar a pele, e também em alguns rituais religiosos.

ao lado da nossa casa, algumas pessoas pararam para olhar, mas ninguém se aproximou. Dois dos guerreiros repararam em mim e na Taiwo. O primeiro pegou uma das mãos dela e apertou em volta do membro dele, e logo foi copiado pelo amigo, que usou a minha mão. Acho que a direita, porque a Taiwo estava sentada à minha esquerda e nem por um momento nos separamos, apertando ainda com mais força as mãos livres. O guerreiro forçava a minha mão contra o membro, que, de início, estava mole, e mexia o corpo para a frente e para trás, fazendo com que ficasse duro e quente. A minha avó chorava encobrindo o rosto, não sei se para esconder as lágrimas ou se para se esconder do que via. Um outro guerreiro se aproximou dela e, com a ponta da lança, sem se importar se estava machucando ou não, descobriu os seus olhos, mandando que ela olhasse o que estava acontecendo, dizendo que a feitiçaria dela nada adiantava contra a força deles.

Eu lembro que o riozinho de sangue que escorreu da boca do Kokumo quase alcançou o tronco do iroco, e as formigas tiveram que se desviar dele. Elas andavam com as costas carregadas de folhas, e quando chegavam à margem do riozinho, se desviavam e seguiam ao longo dele, com pressa para alcançar o final, cruzar na frente e seguir adiante. Como se acompanhasse a pressa das formigas, o guerreiro acelerava o movimento com o corpo e apertava cada vez mais a minha mão ao redor do membro, enquanto a outra estava amortecida dentro da mão da Taiwo, de tão forte que nos segurávamos, parecendo mesmo uma só pessoa, e não duas. Acho que os guerreiros também perceberam isso e riram, divertidos. A minha mãe ficou quieta, calada, e nem mesmo se mexeu quando outro guerreiro tomou o lugar do que estava dentro dela. Quase ao mesmo tempo, a minha mão e a da Taiwo ficaram sujas com o líquido pegajoso e esbranquiçado que saiu dos membros dos guerreiros e espirrou longe, quase atingindo o riozinho vermelho-escuro do Kokumo, que, àquela hora, já tinha perdido a força, sem conseguir chegar ao tronco do iroco, embora tivesse ficado mais largo. Percebi que a Taiwo estava observando o mesmo que eu, mas não comentamos nada, nem mesmo apostamos se o riozinho ainda se moveria ou não. Depois de um tempo, os guerreiros se deitaram para descansar, menos o que ainda estava dentro da minha mãe. Todo o resto permaneceu quieto, calado, e até mesmo o bando de pássaros que costumava passar por cima da casa àquela hora, barulhento e fugindo da noite, devia ter se desviado do caminho, como as formigas fizeram com o riozinho de sangue.

Foi então que vi o Kokumo se levantar e começar a cantar e a correr em volta da minha mãe, fazendo festa como se não visse o guerreiro entrando e saindo de dentro dela, com força e cada vez mais rápido. O guerreiro gemia e o Kokumo cantava, e seu canto atraiu outras crianças, outros *abikus*, que apareceram de repente e logo também estavam cantando e formando uma roda junto com ele. Uns surgiram correndo do lado do rio, outros pulando das árvores, outros brotando do chão, e estavam todos alegres ao abraçar o Kokumo, que, junto com eles, começou a rir, a cantar e a brincar de roda, convidando a minha mãe para se divertir também. Enquanto isso, o riozinho tinha parado mesmo de correr e estava ficando com uma cor cada vez mais escura. A minha mãe começou a sorrir e a girar o pescoço de um lado para o outro, acompanhando a brincadeira das crianças. Eu nunca soube se a minha avó pôde vê-las, mas decerto os guerreiros não viram, porque o que estava em cima da minha mãe não gostou da inquietação dela e mandou que parasse. Quanto mais ele falava e dava tapas no rosto dela, mais ela sorria e girava o pescoço, seguindo os *abikus*. Até que ele se acabou dentro dela, jogou o corpo um pouco para o lado, apanhou a lança e a enfiou sorriso adentro da minha mãe. Ela não parou de sorrir um minuto sequer, e tão logo surgiu um riozinho de sangue escorrendo na direção do riozinho do Kokumo, a minha mãe correu para perto dele e o abraçou. O guerreiro, que estava saindo de dentro dela, nem percebeu. Eu lembro que, naquela hora, a minha mãe, sempre tão alta, tinha o mesmo tamanho do Kokumo e das outras crianças, que brincavam felizes como se há muito tempo esperassem por aquele momento. Até que viram a minha avó e correram para conversar com ela. Por sorte o guerreiro já não mantinha mais a cabeça dela levantada pela lança. A minha avó olhava para o chão e rezava, ignorando a quizomba, como também fez com todos os convites para brincar. Finalmente, as crianças se cansaram e foram embora, sumindo tão de repente como tinham aparecido, levando o Kokumo e a minha mãe sem que eles ao menos tivessem se despedido de mim, da Taiwo e da minha avó.

O riozinho da minha mãe primeiro correu lado a lado com o do Kokumo, depois se juntou a ele e o espichou um pouco mais. As formigas foram obrigadas a dar uma volta maior, subindo pelo tronco do iroco. Quando não consegui mais acompanhar o trajeto delas foi que percebi que já era noite e eu ainda tinha a mão presa à da Taiwo, nós duas muito quietas, não sabendo que providências tomar. Só então a minha avó se levantou e acendeu uma fogueira, para depois puxar o corpo do Kokumo e colocá-lo dentro dos braços do corpo da minha mãe. Fez aquilo como se estivesse arrumando a casa e escolhendo a melhor posição para um enfeite, mudando tudo de lugar enquanto não achava uma boa ordem para aqueles dois pares de braços e de pernas. Quando se deu por satisfeita, ela se sentou perto deles, pegou a cabeça da minha mãe, colocou-a sobre o próprio colo e começou a cantar com o mesmo alheamento com que cantava enquanto tecia seus tapetes. Passou o resto da noite embalando a filha e o neto mortos, e a luz do dia a encontrou buscando água no rio para molhar e esfregar os dois corpos. Depois cavou o chão no lugar onde dormiam, enrolou cada corpo em uma esteira e os colocou dentro do buraco. Uma única cova rasa para os dois, que mal deu para abrigá-los e à terra que jogou por cima enquanto cantava, para em seguida se ajoelhar ao lado e rezar por horas e horas. No meio da tarde, reacendeu o fogo no quintal e fez comida, que dividiu em cinco partes iguais: uma para mim, uma para a Taiwo, uma para ela e duas para colocar ao lado da cova. Só então desenrolou sua esteira e dormiu, sem ter dito uma única palavra para mim ou para a Taiwo, sem ter chorado uma só lágrima a mais desde a partida dos guerreiros.

Eu e a Taiwo já estávamos com medo de que ela tivesse morrido também, quando afinal se levantou na manhã seguinte e começou a recolher roupas, panos, um pouco de comida e as estátuas de Xangô, de Nanã e dos Ibêjis, colocando tudo em uma trouxa. Ela não disse nada, mas entendemos que devíamos fazer o mesmo e separamos as nossas poucas coisas em duas trouxas pequenas, para que conseguíssemos carregar. Estávamos cansadas porque tínhamos passado a noite inteira vigiando para que as crianças não voltassem e tentassem levar a nossa avó. Não chegamos a combinar nada, mas tenho certeza de que, caso se aproximassem, assim como eu, a Taiwo trataria de expulsá-las a qualquer custo, mesmo se o Kokumo e a minha mãe estivessem junto, mesmo se tivéssemos que brigar com todos ao mesmo tempo. Só afrouxamos a vigília quando finalmente amanheceu e acreditamos que não apareceriam mais, porque seria mais fácil para eles levarem a minha avó enquanto ela dormia, enquanto mantinha os olhos fechados e não via o quanto eu e a Taiwo precisávamos dela. Mas ela sabia, pelo jeito como nos olhou enquanto tentávamos equilibrar as trouxas sobre a cabeça, ela sabia. E era por isso que estava nos tirando de lá, pois tinha acontecido algo do qual nunca mais conseguiríamos esquecer. Até aquela hora, desde a hora do destino, nenhuma de nós três tinha falado nada, e foi assim, em silêncio, que pegamos a estrada sem que eu e a Taiwo soubéssemos para onde. Talvez a minha avó já soubesse, ou talvez tenha decidido quando estávamos a caminho.

A VIAGEM

Depois de andarmos até onde nossas forças aguentaram, paramos para comer, e a minha avó disse que estávamos indo para o litoral, para Uidá. Eu não sabia onde ficava Uidá e também não me preocupei em perguntar, pois estava mais interessada na estrada que nos levaria até lá, cheia de gente usando panos, cortes de cabelo, marcas de tribo e pinturas que eu nunca tinha visto antes. A estrada era colorida e as pessoas também, com os corpos cobertos de poeira amarela ou vermelha, indo de um lado para o outro, tanto para Savalu como para Uidá. Ou melhor, na direção de Savalu ou de Uidá, porque podiam pegar um desvio ou parar no meio do caminho. A maioria das pessoas não usava nada sobre o corpo, e eu reparava nas mulheres e pensava que elas não tinham os peitos tão bonitos quanto os da minha mãe, e nem os homens tinham os membros duros como os dos guerreiros de Adandozan. As crianças iam nas costas das mulheres, e, nas cabeças, elas carregavam raízes de inhame, trouxas, fardos de algodão, tinas de água e muitas outras coisas.

Na maior parte do tempo seguíamos o rio, mas às vezes desviávamos das montanhas sagradas, como as formigas tinham feito primeiro com o riozinho do Kokumo e depois com o riozinho da minha mãe. Mas o rio de verdade tinha outra cor, cor de barro, e em alguns lugares era verde, muito verde, cheio de plantas. Às vezes era largo, como se tivesse vários outros rios dentro dele, separados por pequenas ilhas de terra ou de mato. As montanhas, de um lado e de outro da estrada, e, em alguns pontos, embaixo dela, sob os nossos pés, eram altas e nos cansavam bastante. Talvez por isso, pelo cansaço, quando passávamos por alguns guerreiros permanecíamos deitadas por mais tempo do que o realmente necessário. Fazíamos isso para nos esconder deles, pois poderiam ser os mesmos que tinham estado em Savalu. Saíamos da estrada e nos jogávamos atrás de uma árvore, de uma moita ou de uma pedra que pudessem nos proteger, e ficávamos quietas até que a minha avó dissesse que podíamos nos levantar. Eu tinha vontade de perguntar se ela e a Taiwo também fechavam os olhos para ficarem invisíveis. Eu os fechava e tudo desaparecia, como nós também desaparecíamos dentro do escuro das cavernas onde parávamos para dormir. Muitas vezes já havia gente lá dentro, mas sempre se dava um jeito de caber mais. A minha avó estendia um pano no chão e dormíamos as três dentro de uma outra existência qualquer, naquela escuridão, sumidas do mundo para o qual voltávamos quando o sol aparecia. Acho que os lagartos faziam a mesma coisa, e cheguei a pensar que um deles nos seguiu desde Savalu, pois eram todos muito parecidos. A pele verde ficava colorida quando o sol lambia as costas deles, que estendiam as línguas finas e compridas para lamber o sol também. Nessas horas, erguiam muito as cabeças e mantinham os olhos fixos em qualquer coisa que também olhasse fixamente para eles, depois tombavam o pescoço, ora para um lado, ora para o outro. Mas os olhos continuavam parados, sem se moverem um tanto que fosse, e nem eu nem a Taiwo jogávamos tão bem quando ficávamos amarradas ao corpo da minha mãe, no mercado.

Andávamos devagar e parávamos bastante, e por isso alguns dias se passaram até não vermos mais montanhas, com a estrada se transformando em uma linha riscando a floresta, que, mais adiante, também já não existia mais, substituída por plantações, principalmente de algodão e de palmeiras. O movimento aumentou e as casas já não eram mais solitárias, embora aqueles agrupamentos ainda não pudessem ser chamados de cidades. Em frente a um desses lugarejos, a minha avó parou para conversar com um canoeiro. Ela deu a ele dois colares de cauris e disse que dali em diante seguiríamos pelo rio. O homem remou o resto de tarde, e, quando ficava cansado, deixava a canoa seguir devagar e sozinha até perder força ou direção. Eram os momentos de que eu mais gostava, pois tinha tempo de olhar bem para as coisas, as pessoas e as paisagens, diferentes de tudo que eu já tinha visto. Quando caiu a noite, o homem disse que não era seguro seguir viagem, mesmo já estando perto, pois à noite não se veem as armadilhas dos rios, e eles sempre têm muitas.

Atracamos para dormir em um descampado e partimos bem cedo na manhã seguinte, quando a luz do sol começava a dar contornos e colorido às margens do rio, de onde acenavam para nós as mulheres com os peitos de fora e as crianças que pescavam batendo as mãos na água para chamar os peixes, igual ao Kokumo. Todos estavam alegres, menos a minha avó, que parecia ter esquecido de como é que se sorri. Percebi que a Taiwo também estava alegre, tanto quanto eu, mas fingia não estar, pois tínhamos medo ou vergonha, não sei, de que a minha avó nos visse sorrindo. Sempre que eu me lembrava de segurar o sorriso, lembrava também da minha mãe e do Kokumo, principalmente quando o homem parou a canoa e disse que já estávamos entrando em Uidá, que dali em diante teríamos que seguir a pé. Aconteceu que, ao sair da canoa, molhei os pés no rio e logo em seguida pisei a terra vermelha da estrada, e o barro que se formou tinha a mesma cor dos riozinhos de sangue. Não foi um bom sinal, mas eu não estava preparada para levar a sério recados como aquele.

A estrada era ainda mais interessante e bonita, com tanta gente de um lado para o outro que me pareceu mais movimentada que o mercado de Savalu, mesmo nos dias mais cheios, nos dias de festa. Havia pessoas apenas andando, outras comerciando coisas como obi,[10] *omi*,[11] aluá,[12] acará,[13] óleo de palma,[14] utensílios de casa, panos coloridos e fitas para cabelo. Eu queria uma e sabia que a Taiwo também queria, pois eram fitas muito mais bonitas que as de Savalu. A minha avó parou e comprou peixe cozido. Eu teria preferido a fita, mas comi. Depois ela parou em outra barraca, nos mostrou para a mulher que vendia acarás e ganhamos dois, em nome dos Ibêjis. As pessoas ficam felizes em dar presentes aos ibêjis, pois é uma maneira de agradar aos espíritos sagrados.

UIDÁ

Uidá era muito mais interessante que Savalu, e a minha avó segurava as nossas mãos para que não nos perdêssemos. Eu tinha vontade de parar e ficar olhando tudo o que acontecia ao meu redor, as mulheres que andavam com vários colares de contas, as casas que eram maiores do que eu jamais teria imaginado, com cobertura de palha e paredes de barro vazadas por portas muito baixas, e ainda tomavam os dois lados da rua, quase sem nenhum espaço entre elas. Gostei quando chegamos à praça, ao lado do mercado, e ficamos admirando as roupas, as pessoas, muita gente com marcas que nem a minha avó sabia de onde eram. Quase todas as mulheres andavam cobertas, pelo menos da cintura para baixo, e os panos que usavam eram ricos

---

[10] Obi: fruto africano que também é usado como oferenda aos orixás.

[11] *Omi*: água.

[12] Aluá: refresco feito com casca de frutas, principalmente abacaxi e tamarindo, ou arroz fermentado e macerado.

[13] Acará: acarajé.

[14] Óleo de palma: azeite de dendê.

em cores e em bordados com búzios e sementes, que também enfeitavam os diversos colares e pulseiras, e, às vezes, os penteados. Ficamos por lá até a noite chegar, e percebi que a minha avó não sabia muito bem o que fazer ou por onde começar a nossa nova vida em Uidá. O mercado era grande e muito bem dividido, com lugares certos para se comprar cerâmicas, tecidos, frutas, artigos de religião, animais e, principalmente, comida. Paramos em uma barraca e compramos duas porções de inhame enrolado em folha de bananeira e salpicado com lascas de peixe seco, que dividimos entre nós três, e mais tarde ganhamos dois acarás, de novo por sermos ibêjis. A mulher que nos deu os acarás perguntou se podíamos tomar conta da barraca dela por algumas horas. Estava cansada por ter ficado no mercado o dia inteiro, e a filha que deveria substituí-la durante a noite estava doente. Ela queria estender a esteira ali mesmo e dormir um pouco, mas para isso precisava de alguém que ficasse de vigia. A minha avó aceitou, pois também seria uma ótima oportunidade para descansarmos da viagem.

A barraca era uma construção feita com vigas de madeira sustentando a cobertura de palha, e alguns caixotes empilhados servindo de paredes baixas em formato de U, que protegiam do vento o fogareiro onde a mulher fritava os bolinhos e o peixe que vendia. Muito melhor do que grande parte das barracas do mercado de Savalu, onde algumas não passavam de um tamborete para o vendedor se sentar e um caixote para apoiar o tabuleiro de mercadorias. As pessoas circulavam procurando os produtos de que precisavam ou assistiam às apresentações de dança, de acrobacias, de música e até de desafios de versos, que eu nunca tinha visto. A minha avó estendeu uma esteira para mim e para a Taiwo dentro da barraca, ao lado da mulher, e dormi pensando em como seria a feira nos dias seguintes, que grandes novidades estariam esperando por nós em Uidá.

TITILAYO

Na manhã seguinte, quando uma filha chegou para substituí-la, a dona da barraca disse que podíamos ficar com ela e a família até encontrarmos um lugar só nosso. Ela se chamava "a felicidade eterna", Titilayo, e morava em uma casa perto do mercado, onde ajeitamos as nossas coisas em um comprido corredor ao lado da porta dos fundos, o que para nós também era novidade, pois a nossa casa não tinha divisão alguma e apenas uma porta.

Eu e a Taiwo estranhamos o quintal, que era cercado e muito pequeno, se comparado ao nosso em Savalu, e não abrigaria nem a sombra do iroco. Mas a casa, apesar de simples, nos pareceu bastante grande. Era dividida em três cômodos, todos quartos, separados quase até o teto por grossas divisórias de palha misturada com barro. No primeiro deles, perto da porta que dava para a rua, ficava a esteira da Titilayo e a da sua filha Nilaja com os dois filhos, um menino e uma menina. A filha da Nilaja era quase do mesmo tamanho que eu e a Taiwo e se chamava Aina, pois tinha nascido com o cordão do umbigo enrolado em volta do pescoço. O menino, Akin, era um pouco mais velho e, pelo nome, estava destinado a se tornar um grande guerreiro quando crescesse. Eu me lembrei do Kokumo e do Babatunde, e contei para o Akin que o meu irmão também teria sido um grande guerreiro se não tivesse virado rio. O Akin disse que as pessoas não viram rio e perguntou se eu e a Taiwo já tínhamos visto o mar, que era o maior rio do mundo. Como dissemos que não, ele quase nos arrastou até lá, tamanha era a ansiedade em nos mostrar o que chamava de a grande maravilha de Olorum.

Demoramos bastante para chegar até o mar, a pé ou de boleia com um canoeiro conhecido do Akin, através de uma confusa mas bonita mistura de canais, lagoas, pequenas ilhas e bancos de areia. Eu achei que o mar era da cor do pano de Iemanjá que a minha avó tinha em Savalu, só que mais brilhante e mais macio. Tocado pelo vento, o mar ia de um lado para outro, fingia que ia e voltava. A Taiwo sorriu, eu sorri e fiquei com vontade de que a minha avó estivesse junto para sorrir também, se ainda soubesse. Desde a casa, tínhamos passado pela terra vermelha das ruas de Uidá, depois pelo verde do mato baixo e ralo que dava chão para as palmeiras, pelos diversos tons dos rios, das lagoas e das ilhotas, e, por fim, pela brancura da areia. Eu já estava bastante admirada com todas aquelas cores vivas e contrastantes e com o grande movimento de canoas e outras pequenas embarcações, mas nunca poderia imaginar a beleza do mar. Areia eu já tinha visto, é claro, no fundo dos rios de Savalu, como contei para a Aina e o Akin. Disse também que se alguém juntasse todos os rios de Savalu, e todo o rio de Savalu até Uidá, também dava um mar. Mas depois fiquei em dúvida, porque vi que o mar corria para todos os lados, a perder de vista. Meus novos amigos apenas sorriram, porque não conheciam o rio de Savalu, que de maneira alguma era mais bonito que o mar. Mas quanto a isto eu me calei, não querendo admitir que eles conheciam mais maravilhas do que eu e a Taiwo, que, de início, ficamos com um pouco de medo de entrar na água. Mas ao vermos como a Aina e o Akin estavam se divertindo, não resistimos e percebemos que a água do mar era mais quente que a água do rio. Agora, quando me recordo, sou capaz de reviver cada uma daquelas sensações.

Quando voltamos para casa, a minha avó estava brava, mas a Titilayo sorriu e disse que era bom para uma pessoa ser apresentada ao mar o quanto antes, pois era uma visita à morada de Iemanjá. A minha avó quis argumentar, mas não deu tempo, pois logo em seguida chegou a Nourbesse com a Hanna amarrada às costas. Elas eram a nora e a neta da Titilayo, esposa e filha do Ayodele, filho dela que trabalhava em plantações de algodão distantes de Uidá e só voltava para casa de vez em quando, nos intervalos entre plantação e colheita. Eles dormiam no quarto do meio, e, no outro, dormiam a Meni, a Sanja e a Anele, as três filhas solteiras da Titilayo. Em seu quarto, a Titilayo tinha uma Oxum com uma racha enorme, um Xangô com seu machado de duas pontas e um Ogum que parecia vigiar, com seus olhos atentos de caçador, uma coleção de ferramentas bem pequenas. Comentei que eram muito bonitas e o Akin disse que tinham sido feitas pelo pai dele antes de ir embora. Lembro-me de que naquele momento invejei bastante o Akin e a Aina, por terem nascido em Uidá e por terem conhecido o pai, que tinha deixado para eles aquelas lindas lembranças. A minha mãe não gostava de falar sobre o nosso pai, meu e da Taiwo; dizia que nem se lembrava mais dele, e eu não tinha coragem de perguntar para a minha avó.

Todos nos receberam muito bem, e na nossa primeira noite na casa teve festa com carne fresca assada na fogueira e muito aluá, que a Titilayo vendia no mercado para acompanhar os acarás. Todo mundo dançou, menos a minha avó, que disse estar cansada e foi se deitar. Depois que ela saiu, eu e a Taiwo também dançamos, uma olhando nos olhos da outra, testa contra testa. A Aina e o Akin acharam engraçado e dançaram assim também, enquanto todos sorriam e cantavam, e eu pensei que assim estava bem melhor. A Titilayo era viúva e os filhos dela não tinham mais pai, assim como eu e a Taiwo nunca tivemos pai e também não tínhamos mais mãe, e mesmo assim eles não perderam a vontade de cantar, de dançar e de sorrir. A Anele era a mais bonita das filhas, a Sanja era a mais bem-vestida e usava sempre uma roupa azul que ia do pescoço até os pés, e a Meni dançava quase tão bem quanto a minha mãe. Era estranho, mas eu me sentia muito à vontade entre eles, como se estivesse na minha casa. Quando eu e a Taiwo fomos nos deitar, a Titilayo colocou uma esteira nova para nós duas, maior do que a que tínhamos em Savalu. A minha avó ainda estava acordada, de joelhos em frente a um altar montado com pedras cobertas por um pano branco, sobre o qual estavam Xangô, Nanã e os Ibêjis. Ela olhava para eles como se não estivessem ali, e também não nos ouviu quando pedimos a bênção.

No dia seguinte, a minha avó começou a trabalhar no mercado, ajudando na barraca da Titilayo, enquanto eu e a Taiwo fomos levadas para conhecer a cidade. As lojas e as casas nos pareceram os palácios descritos pela minha avó, os de Abomé. Eu me lembro de que achei interessantes as lojas, pequenos mercados dentro das casas, que vendiam de tudo um pouco, coisas de comer e de beber, panos, fitas, miniaturas como as que o pai do Akin tinha feito, enfeites, estátuas e muitos outros produtos que o nosso amigo disse serem de um lugar que se chamava estrangeiro e ficava muito longe, depois do mar. Durante muitos dias eu fiquei pensando no mar e, principalmente, no estrangeiro, fazendo planos para conhecê-lo e saber se era mais bonito que Uidá.

Já estávamos em Uidá havia quase duas semanas quando comecei a perceber como o Akin era esperto e inteligente. Ele conhecia quase todos os donos das lojas, pois de vez em quando fazia alguns trabalhos para eles, como limpar o chão, levar recados ou entregar encomendas. Foi dele a ideia de andar comigo e com a Taiwo pelas lojas e pedir presentes em nome dos Ibêjis, qualquer coisa, desde que não fizesse falta, e o único que não deu foi um muçurumim,[15] dono de uma loja de tecidos, que usava um chapéu que eu achei muito estranho. Em Savalu, quase toda gente usava chapéu, principalmente nos dias de festa no mercado, e alguns eram muito bonitos, enfeitados com papéis coloridos e fitas. Quando voltamos para casa, foi porque não conseguíamos mais carregar todos os presentes que ganhamos, e a minha avó novamente ficou brava, mas, no fundo, acho que gostou. A Titilayo riu e disse que éramos mais espertos do que ela imaginava, mas que não devíamos fazer aquilo novamente porque os tempos estavam difíceis e as pessoas poderiam não ter o que dar. Como ninguém gostava de recusar presentes aos Ibêjis, acabavam gastando o que não podiam ou se desfazendo do que precisavam, sem contar que ainda tinham que economizar dinheiro para quando começasse a época das chuvas, em que quase não havia movimento no mercado, nem o que vender ou colher, e faltava trabalho para muita gente. Os rios e lagoas transbordavam, engolindo as terras e os caminhos e dificultando os negócios. O Akin disse que então só pediríamos nas casas

---

[15] Muçurumim: muçulmano.

dos ricos, dos comerciantes que vendiam gente e moravam do outro lado da cidade. O Ayodele, que tinha voltado dos campos de algodão, avisou que não era para irmos lá de jeito nenhum, pois eles nos colocariam dentro de um navio e nos mandariam como carneiros para o estrangeiro. Eu perguntei o que era navio e ele respondeu que era uma canoa muito grande, bem maior do que a que tinha nos levado de Savalu para Uidá.

Naqueles dias, com tantas descobertas, eu me sentia como se tivesse nascido de novo, em uma outra época, em um lugar muito diferente de tudo que eu pensava existir. O Ayodele conhecia Savalu, pois já tinha ido e voltado de Natitingou, que ficava muitos dias de viagem depois da minha terra, para onde tinha levado alguns estrangeiros que queriam comprar fazendas. Eu gostava do Ayodele, que tinha um nome que significava "a alegria vem para o lar", e ele era assim mesmo, como a mãe, distribuindo alegria a todos quando estava em casa. Principalmente à Nourbesse, que, como ele afirmava, seria sua única esposa. Eu pensei que também ia querer um marido só para mim, ou então ser a primeira esposa. A Titilayo tinha sido a primeira esposa e, quando o marido morreu, ficou com a casa só para ela, pondo as outras mulheres na rua. Ela contava essa história e ria muito, o que em si já era engraçado porque, sendo gorda, a barriga dela não parava de balançar, fazendo todo mundo rir junto, menos a minha avó. A Titilayo dizia que eu e a Taiwo éramos abençoadas e que fazia muito gosto em nos receber em sua casa.

Alguns dias mais tarde, a minha avó foi ver o mar. Ela se sentou em um matinho perto da areia e ficou olhando durante um longo tempo. Com muito cuidado, eu e as outras crianças entramos na água, a Hanna também, amarrada às costas da Aina. Ela já gostava do mar, a abençoada Hanna que tinha nascido perto daquela beleza toda. Tenho certeza de que o Kokumo também teria gostado demais, pois ele já adorava o rio, que era muito menor e mais feio. Eu também pensava na minha mãe, que poderia ganhar mais dinheiro dançando no mercado de Uidá, frequentado por mais gente. Muitos brancos iam ao mercado de Uidá, brancos iguais aos que eu tinha visto uma única vez em Savalu. Os brancos de Uidá não eram apenas viajantes; a maioria morava na cidade ou nas vizinhanças e tinha bastante dinheiro. Era uma grande confusão quando iam às compras, pois todos queriam vender para eles, que não se importavam de pagar o preço pedido, sem negociar. Não andavam sozinhos, levavam sempre alguns pretos carregadores que, mais cedo ou mais tarde, segundo o Akin, virariam carneiros no estrangeiro. Eu olhava para eles e achava que não eram diferentes de nós, que não se pareciam com carneiros, mas o Akin confirmou que, de algum modo que não sabia como, os pretos que iam para o estrangeiro se transformavam em carneiros sim, e eram assados e comidos como carneiros, carne que os brancos muito apreciavam. Estranhei aquela informação e fiquei tentando me lembrar de que cor era Xangô, já que ele também gostava de carneiros, como os que a minha avó sacrificava. Mas eram carneiros que já tinham nascido assim, como eu mesma tinha visto, e não gente que virava carneiro. O Akin disse que algumas pessoas não viravam, tanto que ele conhecia quem já tinha ido até o estrangeiro e voltado, contando como era longe. Perguntei se havia guerreiros no estrangeiro e ele respondeu que não, nem imagino o porquê, mas me recordo que na hora pensei como teria sido melhor para a minha mãe e para o Kokumo terem vivido no estrangeiro, longe dos guerreiros do Adandozan e onde talvez nem fossem *abikus*. O Akin perguntou se eu e a Taiwo queríamos ser esposas dele e nós dissemos que sim, e como a Taiwo tinha nascido primeiro, ela seria a primeira esposa. Eu, que queria um marido só para mim, não me importei de ser a segunda esposa, desde que fosse por ela, talvez por causa daquilo que já falei, de pensar em nós duas como se fôssemos uma só. A Aina disse que se o Kokumo não tivesse morrido, ela ia querer ser esposa dele, e então poderíamos morar todos juntos, na mesma casa. Tenho boas recordações daquele tempo, quando tudo era novo, todos os momentos eram felizes e eu nem sequer imaginava o que ainda estava para acontecer.

A MORADA

Já tinham se passado muitos dias desde a nossa chegada, e como estávamos gostando bastante, a minha avó resolveu procurar um lugar para morarmos. Ficamos felizes quando soubemos da vaga em uma casa de cômodos na rua em que a Titilayo morava, um pouco mais perto do mercado. Era uma construção comprida, na verdade duas construções, uma de frente para a outra e separadas por um quintal, que servia de cozinha para as mulheres e onde as crianças brincavam e os homens se perdiam em conversas sob a sombra de alguma árvore. De cada lado do quintal havia cinco cômodos, e ficamos com um cômodo do meio, muito maior do que o corredor em que morávamos na casa da Titilayo. Tinha espaço para as três esteiras, mais o altar de Xangô, de Nanã e dos Ibêjis, e ainda uma mesa e duas cadeiras que o Ayodele conseguiu com um amigo que sabia fabricá-las como as do estrangeiro e que nos custaram quatro colares de cauris, dos médios. Ainda me lembro do valor porque foi uma grande extravagância, mas uma pequena alegria que a minha avó resolveu se dar. Ela tinha medo de que o dinheiro não desse para pagar o aluguel, mas a Titilayo disse para ter fé porque, além de vender fumo, obi e acará no mercado, ela também poderia dançar, exercendo um direito que tinha sido da minha mãe, e passado para ela quando se tornou responsável por nós. Ela concordou, achando que não ia ganhar muito dinheiro porque já estava velha e feia, mas, precisando, seria de grande ajuda. E se mesmo assim não desse, em último caso eu e a Taiwo ainda poderíamos pedir prendas em nome dos Ibêjis. Por medo, respeito ou agrado, os comerciantes sempre haveriam de dar, mas este último caso nunca chegou a acontecer.

No dia em que nos mudamos para o cômodo, a Titilayo organizou uma grande festa, com tambor e gente para cantar, com acará, obi, aluá, vinho de palma, mandioca e peixe seco assado com farinha, além de muitos doces. Só da casa da Titilayo foram dez pessoas, porque a Meni estava noiva de um igbo[16] que, como o nome dizia e a Titilayo confirmou, era "bom de coração", o Obioma. Ele dançava engraçado, dava piruetas no ar e fazia todo mundo rir, e mais ainda quando o Ayodele tentava imitá-lo e caía no chão. Todos os que moravam nos outros cômodos também compareceram e levaram mais comida e mais bebida, e, atraídas pelo barulho da festa, muitas pessoas ficaram olhando da rua, aproveitando a música para fazer um baile em frente à casa de cômodos. Alguns nos deram presentes, que entregaram para a minha avó desejando boa sorte. Um homem alto e vestido com roupa de branco, que morava no cômodo à direita do nosso, segurou as mãos da minha avó e disse algo como "ó mãe abençoada que vem do norte como a lufada do vento que traz a fartura, que sejas duas vezes abençoada, mãe de mãe de ibêjis, que o fogo de Xangô queime as impurezas dos seus caminhos e que nunca lhe falte na mesa o óleo de palma e o sal, que dão tempero à vida, nem a doçura do mel e nem a pureza da água, nem a ti e nem aos Teus", e muitas outras coisas bonitas que depois a Titilayo disse se chamarem *orikis*.[17] Foi naquele dia que eu e a Taiwo ganhamos presentes das filhas da Titilayo, duas fitas para cabelo e dois panos que pareciam vestidos, tudo azul, da cor do véu de Iemanjá, que usamos na manhã seguinte para passear pelo mercado.

---

[16] Igbo: nome de uma tribo e seu povo, da atual Nigéria.

[17] *Oriki*: verso ou orações que saudavam pessoas, feitos, animais e as divindades.

A CHEGADA

O mercado estava quase vazio, porque as pessoas tinham ido para perto do forte português depois de ouvirem que um navio acabara de chegar do estrangeiro. Eu e a Taiwo também fomos até lá, mas ela queria voltar para casa, com medo de que nos perdêssemos ou fôssemos capturadas, pois havia muita gente ao nosso redor, inclusive alguns brancos. Mas eu quis ficar, e então ela disse que nunca me deixaria sozinha. Na verdade, o que eu queria era que as pessoas vissem as nossas roupas novas; se voltássemos para casa, a minha avó nos faria tirá-las, temendo que estragassem. Todos que gostavam de ibêjis olhavam e sorriam para nós, e pensar que o Kokumo e a minha mãe também sorririam se estivessem conosco me fazia muito feliz. E mais feliz ainda porque Uidá era uma cidade bonita e as pessoas eram boas, como a Titilayo e a família dela, que nos receberam como amigos de longa data. E também havia a casa nova, com três esteiras novas, mesa, cadeiras e até um quadro na parede, com o desenho de um coração onde estava escrito *Ekun Dayo*,[18] presente do Ayodele.

Primeiro aportaram duas canoas cheias de caixas e baús muito grandes e bonitos, e logo em seguida mais duas, carregando baús menores e um branco cada uma. Eram figuras interessantes, com roupas que não deixavam ver parte alguma do corpo e usando chapéus que envolviam toda a cabeça e se arredondavam para todos os lados, enfeitados com enormes penas coloridas. Quando as canoas deles se aproximaram, pretos que estavam em terra entraram na água levando duas cadeiras que pareciam o trono do rei que eu tinha visto em um desenho, em Savalu. Certa vez passou por lá um andarilho que fazia desenhos das pessoas, deixando todos espantados com a semelhança, a pessoa e o desenho tão parecidos como se fossem ibêjis, como se fossem eu e a Taiwo. Entre os desenhos havia o de uma cadeira que o andarilho disse ser de um rei, mas que não era colorida como aquelas, embora eu tivesse achado que deveria ser. O desenho era apenas preto, feito com carvão, mas imaginei as cores, e elas eram parecidas com as cores das cadeiras nas quais os brancos se sentaram e foram erguidos acima das cabeças dos pretos, acima das águas.

Quando os brancos chegaram em terra, as pessoas que estavam por perto se ajoelharam e começaram a bater com a testa no chão, dando a entender

[18] *Ekun Dayo*: "Transforma duelo em alegria."

que eles eram muito importantes. Alguns homens vieram correndo e gritando da direção do forte, pretos que usavam roupas simples de brancos, e formaram duas fileiras, uma de frente para a outra, desde a porta do forte até o lugar onde as cadeiras foram colocadas. Os dois brancos só se levantaram quando um homem surgiu para recebê-los, anunciado por uma banda de tambores e clarinetas e saudado com loas. Tocavam uma música que eu me lembro de ter achado quase tão bonita quanto o mar, que tinha a cor mais bonita que o pano de Iemanjá. Sei que é difícil comparar sons e cores, mas, aos meus olhos e ouvidos, eram apenas duas belezas, só isso, uma quase tão bonita quanto a outra. Aquela foi a primeira vez que vi o Chachá, o comandante do forte que tanto me impressionou, quase branco de tão majestoso, seguido por muitos escravos, músicos, cantores, bufões e uma guarda formada por mulheres. Ao som da música que ficava cada vez mais alta e bonita, ele caminhou pela praia sob um para-sol erguido por dois pretos. Eu sabia o que significava um para-sol, a minha avó já tinha caminhado sob um deles com a rainha Agontimé, em Abomé, e só os grandes chefes ou soberanos podiam usá-los, assim como alguns tipos de bengala.

Depois que se cumprimentaram, protegidos pela sombra do para-sol, o Chachá e os brancos caminhavam em direção ao forte quando eu disse à Taiwo que queria chegar mais perto para vê-los melhor. Eu deveria ter ouvido a Taiwo, que não queria ir, mas peguei a mão dela e fui puxando, abrindo caminho por entre as pernas dos que estavam de pé e por cima dos ombros dos que estavam ajoelhados, até chegarmos bem perto do cortejo. Foi então que um dos brancos parou de caminhar e olhou para nós, e logo todos ao redor fizeram o mesmo. Ele apontou para nós e falou qualquer coisa ao ouvido do Chachá, e imediatamente um dos seus pretos já estava nos segurando pelos braços, antes mesmo de pensarmos em sair correndo. Eu e a Taiwo gritamos e tentamos fugir, mas ele era muito mais forte do que qualquer tentativa, e ninguém nos defendeu. Fomos então levadas para o forte e colocadas dentro de um barracão muito grande, onde já havia várias pessoas sentadas ou deitadas pelo chão. Quando entramos, quase ninguém olhou para nós, demonstrando pouco interesse pelo que estava acontecendo, como se aquela situação fosse normal. O guarda nos empurrou para dentro e ficou parado na porta com a lança em posição que poderia ser tanto de ataque como de defesa, e apontou um canto onde estavam as mulheres. Antes de sair, disse a elas para cuidarem muito bem de nós duas porque éramos ibêjis, para presente.

Em uma mistura de iorubá e achanti, uma das mulheres perguntou se estávamos sozinhas, eu respondi que sim, e que morávamos em Uidá mesmo. Ela então quis saber se tínhamos família e eu contei sobre a minha avó. Quando soube que éramos apenas nós três, ela disse que era melhor assim, pois deixaríamos uma só pessoa chorando por nós, confirmando que seríamos mandadas para o estrangeiro, que muitos deles já estavam ali havia vários dias, como ela, esperando para embarcar. Todos os dias chegava mais gente capturada em muitos lugares da África, falando línguas diferentes e dando várias versões sobre o nosso destino. Perguntei onde ficava o estrangeiro e ela não sabia, mas outra mulher que estava por perto disse que era em Meca. Ela e alguns outros que nos mostrou, dizendo serem muçurumins, estavam todos indo para Meca, e deveríamos nos alegrar por Meca ser uma terra sagrada e feliz, para onde todos tinham que ir pelo menos uma vez na vida, cumprindo as obrigações com Alá. Como eu não sabia quem era Alá, ela disse que é o todo-poderoso, o que tudo vê, o que tudo pode, o que tudo sabe, o que nunca se engana. A muçurumim se chamava Aja e estava acompanhada da irmã, Jamila, e do Issa, marido das duas, que estava no meio dos homens. Eles pareciam felizes e tinham chegado ao forte no dia anterior. A Tanisha, a mulher com quem eu tinha conversado primeiro, disse que não, que havia um grande engano, que tinha sido aprisionada junto com o marido e o filho, e estávamos todos sendo levados para o estrangeiro, que até poderia ser Meca, pois não sabia onde ficava, mas era para virarmos carneiros dos brancos, pois eles gostavam da nossa carne e iam nos sacrificar.

As duas mulheres iniciaram uma discussão e logo todas as outras já estavam falando ao mesmo tempo. Não éramos muitas, um pouco mais que os meus dedos e os da Taiwo, que era como eu sabia contar na época. A grande maioria era de homens, quase todos jovens. A Tanisha explicou que os lançados[19] tinham matado todos os velhos e as crianças, alguns pelo caminho e outros logo ao chegarem ao barracão, e que a Aja ainda não tinha visto nada disso por ter chegado havia pouco tempo. Disse também que, às vezes, alguns guardas batiam muito em todos, talvez para amaciar a carne.

---

[19] Lançados ou tangomaus: homens que se embrenhavam África adentro para capturar ou enganar os futuros escravos, a maioria era de estrangeiros, mas também havia africanos entre eles, muitos dos quais eram ex-escravos.

Os brancos não gostavam de carne de crianças e de velhos, e nós, eu e a Taiwo, só tínhamos sido escolhidas porque éramos ibêjis e dávamos sorte. Eu e a Taiwo estávamos bastante assustadas, e ela começou a chorar e a dizer que queria a nossa avó, mas a Tanisha não se importou e continuou falando coisas horríveis, parando apenas quando os muçurumins se levantaram, viraram todos na mesma direção e começaram a rezar, segurando um colar de contas. Depois de correrem os dedos por um certo número de contas, eles se ajoelharam e inclinaram o corpo para a frente, encostando a testa no chão, para depois se levantarem e repetirem tudo muitas vezes. Só depois que eles terminaram foi que a Aja e a Jamila começaram a fazer a mesma coisa, e então reparei nos panos com que cobriam a cabeça e nos vestidos que iam até os pés. Eram bonitos, e elas me disseram depois que era um traje de festa e de grandes ocasiões, como visitar a terra sagrada.

Eu queria que o Kokumo e a minha mãe estivessem por perto, porque talvez eles soubessem o que fazer, ou pelo menos em quem acreditar, já que eu não sabia. Tanto a Tanisha quanto a Aja pareciam ter muita certeza do que diziam, mas, em qualquer das hipóteses, eu estava muito preocupada com a minha avó, que não sabia onde estávamos. Se soubesse, ela poderia falar com o Ayodele, que conhecia muitos estrangeiros e talvez até conhecesse o Chachá, que a Tanisha disse ter o poder de mandar prender e mandar soltar quem bem entendesse. Não perguntei como ela sabia de tudo aquilo, mas desconfio que tivesse ouvido nas conversas dos lançados, pois disse também que o Chachá nos trocava por armas, fumo, pólvora e bebidas, e que eu e a Taiwo, se não fôssemos ibêjis e para presente, não seríamos trocadas porque éramos pequenas e valíamos pouco. Por isso eles tinham deixado os outros filhos dela em Oyó, os três menores, e pegado apenas o marido, Amari, e o filho mais velho, que se chamava Daren porque tinha nascido à noite.

Somente quando entraram alguns guardas, distribuindo feijão, farinha, inhame e tinas de água que passavam de mão em mão, foi que percebi como estava com fome. Nem todos ganharam, como alguns homens que estavam amarrados a um canto, de castigo por terem brigado. Primeiro, brigaram entre si, e a Tanisha não soube dizer o motivo porque eles falavam uma língua que ela não conhecia, e quando os guardas tentaram separar a briga, avançaram em cima deles. Mesmo quem antes estava quieto entrou na briga, e só não participaram os muito cansados por terem chegado havia pouco tempo, às vezes caminhando desde muito longe, e os que ainda não tinham sido desamarrados. E nem as mulheres. Mas logo apareceram mais guardas, que conseguiram controlar a briga e levar seus companheiros para fora, alguns bem machucados, outros provavelmente mortos. Entre os pretos havia mortos com certeza, pois lutaram com homens armados e deixaram no armazém o cheiro que reconheci, cheiro de sangue, o mesmo do riozinho do Kokumo e da minha mãe. O vestido novo da Taiwo estava sujo de terra e, quando perguntei, ela disse que o meu também estava. Mesmo assim, continuávamos as mais limpas entre todos os prisioneiros, muito mais ainda do que os que estavam de castigo. Alguns deles estavam amarrados por uma só corda que prendia os pulsos aos tornozelos, o que fazia com que mantivessem as pernas dobradas e as cabeças enfiadas entre os joelhos. A Tanisha disse que, desde a briga, três deles haviam morrido e ainda não tinham sido retirados, estavam em um canto, cobertos com uma antiga vela de navio, e que logo o cheiro começaria a incomodar ainda mais. Como se já não incomodasse, como se fosse possível respirar bem em um ambiente onde, sabe-se lá há quanto tempo, acumulavam-se os cheiros de sangue, de urina e de merda, que venciam facilmente a terra jogada por cima do buraco cavado no chão quando precisávamos fazer as necessidades.

Era noite, dava para perceber a falta de claridade por entre a palha do teto, quando a porta se abriu e entraram mais capturados, todos homens. Àquela altura, eu já achava que a Tanisha estava certa, que éramos mesmo prisioneiros e seríamos trocados por mercadorias do estrangeiro. Mercadorias vendidas nos mercados de Uidá e, quem sabe, até no de Savalu, e que provavelmente nós mesmos já tínhamos comprado quando outras pessoas foram trocadas. Os novos prisioneiros chegaram amarrados uns aos outros pelos pés e pelo pescoço, vigiados por guardas que carregavam lanças em uma das mãos e tochas acesas na outra. O lugar já estava bastante cheio e quase não havia espaço para eles, mesmo porque muitos estavam deitados, dormindo. Para que se sentassem e dessem lugar para mais pessoas, foram cutucados com lança e com fogo, e quando parecia que iam reagir por causa do susto, foram contidos a pontapés e com ameaças de queimadura de verdade. A lança, a Tanisha disse que só usariam em último caso, para se defenderem, porque poderia matar e o Chachá não gostava de perder mercadoria, o que significava perder dinheiro. Alguns guardas tinham um pano amarrado por cima do nariz e gritaram que éramos uns porcos, que merecíamos o destino que nos seria dado pelos dois brancos que entraram logo em seguida, os mesmos que eu tinha visto na praia. Eles mandaram que os guardas fossem na frente, iluminando com as tochas, e seguiram passando os olhos sobre nossas cabeças, como se estivessem contando. O que nos tinha escolhido não nos reconheceu, e fiquei com medo de que não nos quisesse mais para presente, que tivesse mudado de ideia e nós também virássemos carneiros. Eu sentia muita vontade de chorar, mas não queria amedrontar ou entristecer a Taiwo ainda mais.

Quando os homens saíram, a Tanisha nos abraçou e disse que logo partiríamos. Os muçurumins se alegraram e viraram todos na mesma direção, repetindo juntos e inúmeras vezes uma única palavra, que não consegui entender. A Tanisha chorava e, encostada no peito dela, que era magro igual ao da minha avó, eu pensei em Xangô, em Nanã, em Iemanjá e nos Ibêjis, pedindo que estivessem sempre conosco, e mesmo quando fôssemos embora dali, que fossem junto. Acho que foi a primeira vez que os senti. Abracei a Taiwo e coloquei a cabeça dela sobre os peitos de Nanã, e fiquei com os de Iemanjá. Xangô sentou-se ao nosso lado e passou a mão sobre nós, abençoando, e os Ibêjis cantaram até que conseguíssemos dormir. Foi como cachaça, não como felicidade, mas sentimos uma quentura por dentro do corpo abrandando a tristeza. Era o que dava para sentir, porque, mesmo se tivéssemos *ayo*[20] em nossos nomes, como a Titilayo e o Ayodele, não ficaríamos felizes pensando que nunca mais veríamos a nossa avó, nem a esteira nova, nem a casa nova, nem a estátua dos Ibêjis, da qual não era bom que eu e a Taiwo nos afastássemos, pois eles nos protegiam.

O REENCONTRO

No início do terceiro dia, um pouco antes do horário em que distribuíam um mingau ralo de farinha e água, a porta foi aberta e vimos que do lado de fora havia muito mais guardas que de costume. Os muçurumins começaram a rezar, a Tanisha voltou a chorar, eu e a Taiwo nos demos as mãos como se, de novo, nunca tivéssemos sido duas dividindo a mesma alma. Disseram que o tumbeiro já estava preparado e que embarcaríamos naquele momento, as mulheres primeiro. Nenhuma palavra sobre as crianças, o que me preocupou mais ainda, pois decerto tinham se esquecido de nós, as ibêjis para presente. Deram as ordens em várias línguas para que todos pudessem entender, e também na língua que eu já tinha percebido ser a que eles mais gostavam, a

[20] *Ayo*: alegria, em iorubá.

das lanças e dos chicotes cantando na pele dos que se demoravam deitados ou sentados, ou porque ainda tinham sono, ou estavam doentes, ou se sentiam cansados e fracos. Uma mulher ao nosso lado, que vomitava sem parar havia quase dois dias, foi deixada para trás depois que tentaram fazê-la se levantar, pois disseram que não compensava levar para morrer na viagem quem podia morrer lá mesmo. A Aja e a Jamila tentaram ajudá-la e também apanharam. Quando passamos pela porta, os guardas enfiaram pelas nossas cabeças laços já prontos em cordas compridas que prendiam pelo menos quinze pessoas em um mesmo grupo. A Taiwo disse que tinha fome, eu também, e quando a Tanisha perguntou a um dos guardas se não comeríamos nada antes de embarcar, ele disse que a regalia tinha acabado, que daquele momento em diante não éramos mais problema dele, e nos empurrou para que a fila andasse depressa, pois o navio precisava partir antes de o sol nascer.

O tempo estava fresco e ainda havia algumas estrelas no céu, como as do céu de Savalu. Havia uma que brilhava mais que todas as outras e era de uma cor diferente, amarelada, e quando pensei em mostrá-la à Taiwo, lembrei que não deveria apontar para estrelas, porque nasceriam verrugas na ponta do meu dedo. Bassey, um velho que vendia água em Savalu, tinha muitas verrugas, e era essa a história que ele contava, que quando apontávamos para uma estrela, em um ponto qualquer do céu outra estrela morria. Então, de vingança, ela vinha nascer de novo, como uma verruga no dedo do assassino. Naquele momento, surgiram na minha memória muitas lembranças de Savalu, porque nada daquilo estaria acontecendo se não tivéssemos saído de lá, e foi por isso que, em um primeiro instante, achei que a voz dela não passava de uma recordação também. Mas enquanto caminhávamos em direção ao lugar de embarque, a voz foi ficando mais nítida, até que finalmente pude vê-la, a minha avó. Eu e a Taiwo tentamos correr ao encontro dela, mas a corda no pescoço nos puxou de volta. Ela então se jogou na frente de um branco que estava vigiando o embarque, e que não era nenhum dos dois que tinham chegado junto com o navio, e implorou que ele nos deixasse ir embora com ela. O branco afastou a minha avó com o pé e logo outros homens a agarraram, enquanto ela gritava, pedindo que a deixassem ir junto, já que nós não podíamos ficar.

Não havia quase ninguém por perto àquela hora, mas fiquei procurando o Ayodele, pois ele poderia tentar falar com o branco. Mas a minha avó estava sozinha, ela e os Ibêjis abraçados junto ao corpo, falando sem parar e sem que o branco entendesse. Foi então que ele chamou um dos guardas para traduzir o que a minha avó dizia, mas pareceu não acreditar, pois ficou olhando para ela e balançando a cabeça, para depois rir muito, chamando um outro branco para conversar. A minha avó foi então chamada para perto deles e começou a falar e a gesticular, apontando para os Ibêjis e para mim e a Taiwo, depois mostrou a planta dos pés, abriu os dedos, levantou os braços, pulou, abriu a boca e mostrou os dentes. De onde estávamos não dava para ouvi-los, mas tudo aquilo era o que um dos guardas pedia para ela fazer, a mando do branco. Ele deve ter gostado, pois assentiu com a cabeça e a minha avó correu na nossa direção. Na hora nem pensamos direito, pois estávamos felizes demais em vê-la, mas depois temi pelo seu destino. Ela, sem nenhuma braveza, disse que iria conosco aonde quer que fôssemos, e contamos que íamos todos virar carneiros no estrangeiro. Ela disse que, se fosse assim, também viraria, porque a única coisa que nos restava sobre esta terra estava reunida ali, e éramos nós três e os Ibêjis. Ela quis protestar quando um dos guardas tomou a estátua dos Ibêjis das mãos dela, mas a Tanisha avisou que não adiantava, enquanto já nos faziam entrar na água.

A PARTIDA

A água estava fria, mas se tentássemos reclamar ou mesmo voltar, os guardas nos ameaçavam com as lanças ou as tochas. Havia várias canoas esperando por nós, já que somente elas conseguiam atravessar os alagados até o mar aberto, e eu, a Taiwo, a minha avó e a Tanisha conseguimos ser embarcadas juntas. Foi bom porque uma encorajava a outra quando a canoa parecia que ia virar, atingida por ondas enormes, pois aquele trecho da costa, depois das lagunas, não é protegido por nenhuma baía, como em São Salvador ou São Sebastião do Rio de Janeiro. Eu tinha medo pela minha avó, pois ela não era ibêji e provavelmente o branco não ia querê-la para presente, ficando para carneiro, como todos os outros. E já gostava da Tanisha também, e pensava em como seria bom se os brancos nos aceitassem todas como presente, e também à Aja e à Jamila, quando descobrissem que não estávamos indo visitar Alá, como tinham falado para elas. Subimos no navio por uma escada de corda, e lá em cima pude perceber como era realmente grande. A Taiwo comentou que dava para carregar muitas canoas iguais à que pegamos no caminho de Savalu para Uidá, e perguntou à minha avó se podíamos ficar ali, olhando o mar, olhando Uidá, que era muito diferente vista de longe.

Nem sei se dava mesmo para ver a cidade, não me lembro, mas eu tinha a impressão de que às vezes as águas do mar eram varridas pelo farol do forte, como se ele nos acenasse em despedida. A minha avó não respondeu à pergunta da Taiwo, talvez porque, como eu, tinha medo de que nos transformassem em carneiros ali mesmo, antes da viagem. Talvez já nos matassem e pendurassem de cabeça para baixo, como ela fazia quando matava uma caça e pendurava no tronco de alguma árvore, aparando o sangue em uma vasilha antes que ele se transformasse em riozinhos. Acredito que todas sentíamos o mesmo medo, e percebi certa preocupação no comentário da Aja, dizendo que só podia comer a carne de carneiro que o marido matava. Comentei que elas eram iguais ao Xangô da minha avó, que só comia carneiros, e a Jamila disse que não, que Xangô só comia carneiro porque só davam a ele carne de carneiro, mas mesmo se dessem a elas carne de porco, não poderiam comer, pois Alá assim tinha ordenado. Foi com elas que comecei a aprender que um deus pode ser chamado por vários nomes. Para elas era Alá, mas para outros era Olorum, mas também poderia ser Deus ou Zambi, por exemplo. Todos eles tinham criado o mar, as estrelas, o fogo, as pessoas e até mesmo o estrangeiro, que era para onde a Aja e a Jamila pensavam estar indo se encontrar com Ele. Mesmo estando erradas, elas não sabiam o quanto estavam certas. Ou talvez soubessem, porque enquanto todos se preocupavam, elas estavam ou fingiam estar felizes, dizendo que ia ser uma viagem longa e sofrida, mas que assim se oferecia um sacrifício maior a Alá. A minha avó estava triste, ainda mais triste do que no dia em que desaprendeu a sorrir.

Nós, as mulheres, gostaríamos de ter esperado pelos homens no convés, e tentamos protestar quando nos mandaram andar em direção ao meio do navio, onde havia uma escada que fomos obrigadas a descer. Logo nos fizeram entender que qualquer protesto seria recebido com violência. Descemos dois lances de uma escada estreita e escura, iluminada apenas pela tocha de um guarda que ia à frente, mostrando o caminho. O navio tinha dois porões, e o de baixo, onde fomos colocadas, era um pouco menor que o de cima, pelo qual passamos sem parar. Também não tinha qualquer entrada de luz ou de ar, a não ser a portinhola por onde descemos e que foi fechada logo em seguida à ordem para que escolhêssemos um canto e ficássemos todas juntas, pois logo trariam os outros. Apesar dos breves instantes de claridade que tivemos, pude perceber que o local era pequeno para todos os que estavam no barracão, em terra. Mesmo com a escuridão parecendo aumentar o tamanho do porão, mesmo contando com a parte de cima, ainda assim não chegava nem à metade do espaço que ocupávamos até então. A minha avó estava agarrada à minha mão e à da Taiwo, e mesmo tendo companhia, parecia que estávamos sozinhas, porque ao redor de cada uma de nós era só silêncio. Silêncio que mais parecia um pano escuro, grosso e sujo, que tomava todos os espaços e prendia debaixo dele o ar úmido e malcheiroso, sabendo a mar e a excrementos, a suor e a comida podre, a bicho morto. Carneiros, talvez. Era como se todos esses cheiros virassem gente e ocupassem espaço, fazendo o lugar parecer ainda mais sufocante. Segurando a mão da minha avó, eu só pedia que o estrangeiro fosse perto. Mas, apesar de tudo, estávamos quietas, resignadas, como se realmente não houvesse mais nada a fazer.

Quando entraram os primeiros homens, a tranquilidade foi quebrada pelas vozes das mulheres que queriam saber se os seus parentes ou conhecidos estavam entre eles. Chamavam os nomes e ficavam à espera de uma voz responder que sim ou de o silêncio responder que não. A Tanisha chamou pelo Daren, mas quem respondeu foi o marido, Amari, dizendo que o filho ainda não tinha embarcado. Os tocheiros iluminavam rapidamente o caminho e os rostos dos que chegavam, acompanhados da ordem de nos deitarmos um ao lado do outro, com as cabeças apoiadas na parede do navio, até que déssemos uma volta completa. E depois mais uma volta no interior, e mais uma terceira, sendo que muitos ainda sobraram de pé e foram empurrados por cima dos que já estavam deitados. Quando alguém disse que já não cabia mais ninguém, recebeu a resposta de que o balanço do navio faria caber. Fiquei entre a Tanisha e a minha avó, e depois da minha avó vinham a Taiwo, a Aja e a Jamila. Deitada no escuro, olhando o céu sem estrelas do teto do porão, se não fosse o cheiro que fazia o ar entrar difícil no peito, eu teria gostado de ser embalada pelo mar. Ele fez com que eu me lembrasse de quando a minha mãe nos embalava, a mim e à Taiwo de uma só vez, indo e voltando no ritmo de uma música que ela inventava na hora. A minha mãe tinha voz bonita, que foi embora navegando no riozinho de sangue que se juntou ao riozinho do Kokumo. Esse foi o cheiro que, apesar de disperso no meio dos outros, me acompanhou durante toda a viagem desde o armazém: o cheiro de sangue.

A VIAGEM

O tumbeiro apitou e partiu pouco tempo depois que paramos de ouvir barulhos na parte de cima, quando acabaram de acomodar todos os homens. Ouvimos um só apito, tão baixo que parecia surgido ao longe, como se não estivesse anunciando a nossa partida, mas que me fez lembrar o canto do pássaro sobre o iroco, naquele fim de tarde em Savalu. A minha avó também deve ter se lembrado, pois durante o apito e por muito tempo depois, enquanto ele continuava ecoando, segurou firme a minha mão, e devia estar fazendo o mesmo com a mão da Taiwo, que, naquele momento, disse estar com vontade de fazer xixi. A minha avó disse para ela esperar. Eu sabia que era medo, pois eu e a Taiwo sempre sentíamos vontade de fazer xixi quando ficávamos com medo, e não sei por que não sentimos naquele dia com os guerreiros do rei Adandozan. Vistos do alto, devíamos estar parecendo um imenso tapete, deitados no chão sem que houvesse espaço entre um corpo e outro, um imenso tapete preto de pele de carneiro. Um dos muçurumins, que parecia ser o chefe de todos eles, andava no barracão com um tapete de pele de carneiro sobre os ombros. Acho que não o deixaram embarcar com ele, como também não tinham deixado a minha avó continuar com os Ibêjis. Mas eu o imaginei tirando o tapete dos ombros e abrindo as suas muitas dobras mágicas, até que ficasse tão grande que cobrisse todos nós. A sensação de calor e sufoco seria a mesma.

Eu tentava imaginar outras coisas para esquecer a vontade de fazer xixi, até que a Taiwo reclamou novamente e a Tanisha disse à minha avó que ela teria que fazer ali mesmo, deitada, como provavelmente todos faríamos quando desse vontade, sem que houvesse terra para jogar por cima. A minha avó então rasgou um pedaço da roupa e o deu à Taiwo, para que se enxugasse depois, tomando cuidado para o xixi não escorrer e molhar a cabeça do homem que estava deitado aos seus pés. O homem não reclamou e nem se mexeu, então eu disse que queria fazer também. Estava acostumada a fazer xixi em qualquer lugar, até mesmo no meio da rua, mas fechada naquele porão era muito difícil. Principalmente por saber que, ao ouvir o barulho ou sentir o cheiro, alguém mais poderia ficar com vontade e fazer também, aumentando o ranço daquele lugar. Tive nojo quando peguei o pano já molhado com o xixi da Taiwo e quis desistir, mas não consegui segurar. Senti o xixi escorrendo por entre as pernas e apertei o máximo que pude uma contra a outra, para que não escorresse muito longe e não molhasse mais o meu vestido, que ainda estava úmido da água do mar. O tumbeiro apitou mais uma vez e pareceu ganhar velocidade, e eu só pensava na hora em que nos deixariam sair dali para tomar a fresca.

Um dos muçurumins gritou algo e os outros repetiram, saudando Alá. A minha avó saudou primeiro a minha mãe e o Kokumo, depois os Ibêjis e Nanã, e então pegou a minha mão e a da Taiwo e as levou ao runjebe[21] pendurado no pescoço, pedindo a proteção e a ajuda de Ayzan, Sogbô, Aguê e Loko[22] e por último deu um *kaô kabiecile oba Sango*,[23] ao que eu e a Taiwo respondemos "*kaô*". Muitas pessoas também responderam, e outras saudações e pedidos de proteção foram ouvidos em várias línguas. Depois que todos acabaram, o silêncio foi ainda maior, com a presença de Iemanjá, Oxum, Exu, Odum, Ogum, Xangô e muitos eguns.[24] A minha avó comentou que, pelas saudações, ali deviam estar jejes, fons, hauçás, igbos, fulanis, maís, popos, tapas, achantis e egbás,[25] além de outros povos que não conhecia. A Aja disse que era uma hauçá convertida e seu marido era um alufá,[26] e nos saudou à maneira dos muçurumins, com um salamaleco.[27] A minha avó não respondeu, pois parecia não gostar muito da Aja e da Jamila, antipatia retribuída pelas duas, que só conversavam comigo e com a Taiwo, e poucas vezes com a Tanisha.

Durante dois ou três dias, não dava para saber ao certo, a portinhola no teto não foi aberta, ninguém desceu ao porão e estava quase impossível respirar. Algumas pessoas se queixavam de falta de ar e do calor, mas o que realmente incomodava era o cheiro de urina e de fezes. A Tanisha descobriu que se nos deitássemos de bruços e empurrássemos o corpo um pouco para a frente, poderíamos respirar o cheiro da madeira do casco do tumbeiro. Era um cheiro de madeira velha impregnada de muitos outros cheiros, mas, mesmo assim, muito melhor, talvez porque do lado de fora ela estava em contato com o mar. Quando não conseguíamos mais ficar naquela posição, porque dava dor no pescoço, a minha avó dizia para nos concentrarmos na lembrança do cheiro, como se, mesmo de longe e fraco, ele fosse o único cheiro a entrar pelo nariz, principalmente quando o navio começou a jogar de um lado para outro. As pessoas enjoaram, inclusive nós, que vomitamos o que não tínhamos no estômago, pois não comíamos desde o dia da partida,

---

[21] Runjebe: colar de contas dos iniciados no culto dos voduns.

[22] Ayzan, Sogbô, Aguê e Loko: respectivamente, voduns da nata da terra, do trovão, da folhagem e do tempo.

[23] *Kaô kabiecile oba Sango*: uma saudação especial a Xangô.

[24] Eguns: antepassados mortos, comuns ou particulares de cada família ou cada nação.

[25] Jejes, fons, hauçás, igbos, fulanis, maís, popos, tapas, achantis e egbás: povos africanos da região do antigo Daomé (Benim).

[26] Alufá: como os muçulmanos chamavam seus sacerdotes, palavra derivada de *Al-fahim* ou *Khalifa*.

[27] Salamaleco: corruptela do árabe *Salam Alayk*, "a paz esteja contigo".

colocando boca afora apenas o cheiro azedo que foi tomando conta de tudo. O corpo também doía, jogado contra o chão duro, molhado e frio, pois não tínhamos espaço para uma posição confortável. Quando uma pessoa queria se mexer, as que estavam ao lado dela também tinham que se mexer, o que sempre era motivo de protestos. Tudo o que queríamos saber era se ainda estávamos longe do estrangeiro, e alguns diziam que já tinham ouvido falar que a viagem poderia durar meses, o que provocou grande desespero.

Os muçurumins eram os que mais reclamavam, nem tanto pelas condições em que viajávamos, pois, segundo a Aja, qualquer sacrifício valia a pena se fosse por Alá, mas porque não estavam conseguindo cumprir as obrigações da religião. Cinco vezes por dia eles tinham que se virar na direção de Meca e dizer algumas orações, durante as quais precisavam se levantar e abaixar várias vezes, como eu tinha visto no barracão do forte, em Uidá. Fechados dentro do porão do tumbeiro, sem nenhuma referência da direção que estávamos seguindo, não tinham como saber para que lado ficava Meca. E também por estarem amarrados uns aos outros, inclusive a quem não era muçurumim, não podiam se movimentar, por falta de espaço e porque nem todos queriam acompanhá-los. Nós, as mulheres, não estávamos mais amarradas, mas a Aja e a Jamila também não fizeram as orações, não sei se por terem que esperar pelos homens ou se tinham vergonha, pois elas quase não conversavam quando algum homem estava por perto, nem mesmo o marido delas. Mas ao fim de três dias, nem os muçurumins reclamavam mais, e até a altura das vozes que diziam as rezas foi diminuindo, pois estávamos muito cansados. Pela viagem, pelos enjoos, pela dificuldade de dormir, pela falta de comida, pelo ar que descia apodrecendo a garganta, pela sede. Alguns adoeceram e tiveram febre, mas o que dava mais aflição eram os gemidos de um fulani que tinha sido empurrado da escada e quebrara a perna, o osso chegando a furar a pele. Uma mulher disse que ia rezar o machucado e perguntou o nome dele, mas ninguém sabia e ele já não conseguia mais falar, apenas delirava.

Foi então que ficamos sabendo o motivo da demora no embarque dos homens, pois os brancos tinham batizado todos eles com nomes que chamavam de nomes cristãos, nomes de brancos, e àquele homem da perna machucada, de acordo com um outro que estava logo atrás dele na fila, tinham dado o nome de João. Soubemos que o padre que fez os batizados tinha chegado atrasado, depois do embarque das mulheres. Os guardas colocaram os homens em fila e, um por um, tiveram que dizer o nome africano, o que podia ser revelado, é claro, e o lugar onde tinham nascido, que eram anotados em um livro onde também acrescentavam um nome de branco. Era esse nome que eles tinham que falar para o padre, que então jogava água sobre suas cabeças e pronunciava algumas palavras que ninguém entendia. Sabiam apenas que era com tal nome que teriam que se apresentar no estrangeiro. Foi tudo muito rápido, mas disseram que mesmo assim se formou uma grande fila diante do padre, parecendo uma cobra que ia da beira da água até quase a saída do barracão onde estivemos presos. Uma grande cobra de fogo, pois era ladeada por guardas que formavam um corredor iluminado por tochas.

Alguém lembrou que o padre também tinha dito que, a partir daquele momento, eles deviam acreditar apenas na religião dos brancos, deixando em África toda a fé nos deuses de lá, porque era lá que eles deveriam ficar, visto que os deuses nunca embarcam para o estrangeiro. Quando alguém comentou isso, todos fizeram saudações aos seus orixás, eguns ou voduns, demonstrando que não tinham concordado. Um homem disse que tinha perguntado a um dos guardas onde era o estrangeiro e a resposta foi que estávamos sendo enviados para o Brasil. Ao ouvir isso, os muçurumins protestaram e disseram que não tinham certeza se o Brasil ficava na mesma direção de Meca. Um ketu comentou que já tinha ouvido dois brancos falarem sobre o Brasil, quando trabalhava em uma fazenda de óleo de palma. Os brancos disseram que o óleo seria enviado para o Brasil, junto com algumas peças. Ele desconfiava que nós éramos o que os brancos chamavam de peças, pois pessoas da família dele tinham desaparecido depois da passagem de lançados perto de onde viviam, e que esses lançados também falavam em Brasil. Esse homem se chamava Olaitan e tinham dado a ele o nome de branco de Benevides, que não chegaria a ser usado.

A MORTE

Mal soubemos que era dia, pois entrava um pouco de luz por pequenas frestas no madeirame, e um homem que estava ao lado do Benevides, o Aziz, disse que ele não se mexia. Tentaram acordá-lo, mas foi em vão. Alguém disse que poderia ser fome, mas o Aziz apalpou o pescoço do Benevides e encontrou suas mãos endurecidas agarradas à corda. Uma mão na entrada e outra na saída da volta que a corda dava no pescoço, esticada de maneira a não permitir a passagem de ar nenhum. O Benevides tinha se matado, e muita gente disse que ele tinha feito o certo, que antes virar carneiro de bicho do mar, pois provavelmente seria lançado ao mar, do que carneiro de branco no estrangeiro. Ninguém sabia o que fazer, alguns gritaram para ver se os guardas apareciam, mas nada aconteceu. O calor e o cheiro forte de suor e de excrementos misturado ao cheiro da morte, não ainda o do corpo morto, mas da morte em si, faziam tudo ficar mais quieto, como se o ar ganhasse peso, fazendo pressão sobre nós. Já estávamos todos muito fracos, pois era o início do quarto dia sem comer. A minha avó quase não falava, às vezes soltava um suspiro, um murmurar de orações. A Taiwo ficava dizendo que estava com fome, mas depois esqueceu. Eu também tentava esquecer que tinha fome, procurando na memória a aparência do Benevides entre os vários rostos para os quais muitas vezes fiquei olhando dentro do barracão, ainda em África, mas não consegui. Nenhum deles parecia se chamar Benevides. Ainda naquele dia abriram a portinhola e mandaram que nos sentássemos o mais junto possível da parede do navio. Era difícil nos mexermos, e os guardas se aborreceram, gritando que se não quiséssemos comida era para avisar, porque eles não dispunham do dia todo, tinham mais o que fazer além de dar comida a preto. Usavam o chicote e todas as línguas que conheciam para que entendêssemos. Talvez tivessem nos deixado tantos dias sem comer para que, mesmo com raiva, ficássemos suficientemente fracos para não reagir. Estávamos com fome bastante para evitar qualquer problema que adiasse ainda mais a distribuição da comida, que era carne salgada, farinha e feijão. Cada um recebeu a sua parte em cumbucas de casca de coco, e foram distribuídas algumas vasilhas de água que passaram de mão em mão e não foram suficientes nem para metade de nós, tamanha a sede.

Retiraram o corpo do Benevides e a noite foi tranquila, dormimos quase agradecendo o favor que tinham feito ao nos darem comida. Mas, na manhã seguinte, três outros homens apareceram mortos, tinham se enforcado durante a noite. Ao retirarem os corpos, os guardas avisaram que se mais alguém se matasse, o corpo ia ficar ali mesmo, até o fim da viagem que mal tinha começado, como um castigo para todos os outros. A partir daquele aviso, quase ninguém dormiu direito para vigiar os companheiros, porque não queria ter ao lado um cadáver apodrecendo. Talvez mais pelo incômodo de sabê-lo morto e de vê-lo sendo devorado por fora, porque por dentro já nos sentíamos um pouco mortos. Quanto ao cheiro do possível cadáver, provavelmente seria apenas mais um cheiro misturado aos outros, que nos esforçávamos em vão para ignorar. Ao entrar no porão, os guardas tinham panos amarrados sobre o nariz e ficavam apenas o tempo suficiente para fazerem o que tinham ido fazer, distribuir comida ou chicotear quem gritava ou reclamava das condições de viagem. Às vezes alguém puxava um canto triste, um ou outro tentava acompanhar durante alguns versos, mas não ia além disso. A dor cantada era própria demais, única demais para ter acompanhamento, e dividir a dor alheia parecia falta de respeito. Pelo menos era o que eu sentia, pois ficava com vergonha de cantar junto alguma música que conhecia, mesmo que ninguém mais ouvisse, mesmo que fosse só para mim. Eu esperava a pessoa terminar e então recomeçava, sozinha.

Não nos davam comida todos os dias, e me acostumei a isso. Acho que todos nos acostumamos, gostando de uma certa sensação de conforto causada pela fome e pela fraqueza. Era como se o espírito se separasse do corpo e ficasse livre e solto, tanto da carne quanto do porão do navio. Eu olhava para a Taiwo e, de repente, a alma que partilhávamos se transportava imediatamente para Uidá, ou para Savalu, e brincávamos todos juntos, a Taiwo, eu, o Kokumo, a minha mãe e a minha avó. Certas cantigas voltavam à memória, as que a minha mãe cantava para nos fazer dormir e as que a minha avó cantava enquanto tecia ou conversava com os voduns. Acho que acontecia a mesma coisa com a minha avó, porque às vezes eu olhava para ela e a pegava sorrindo, abrindo a boca para dizer palavras apenas para dentro dela mesma, entregue à moleza que nos fazia estar no presente e no passado ao mesmo tempo, como se desta maneira pudéssemos evitar o futuro incerto, que ninguém sabia onde ou como seria.

Alguns dias depois do suicídio dos três homens, morreu uma das mulheres. De onde eu estava não foi possível vê-la, mas sabia quem era. Ela tinha marido no navio e os dois ficavam sempre juntos no barracão. O marido chorou e se lamentou em voz alta, querendo saber o que tinha acontecido. Mas nós, as mulheres que estávamos mais perto, não soubemos dizer. Ela apenas tinha fechado os olhos e morrido, sem que ninguém percebesse. Nem sei como percebemos depois, porque, na maior parte do tempo, ela tinha ficado quieta, sem se mexer, e talvez já estivesse doente desde o embarque. Foi a primeira a morrer sem causa aparente, e nos dias seguintes outras pessoas adoeceram, homens, mulheres, hauçás, ketus, peles, ijexás... Alguns diziam que era porque estávamos ali havia muitos dias, no meio daquela imundície toda, respirando um ar que não era de gente respirar, sem ver o sol, sem tomar chuva, sem nos lavarmos, sem comer e sem beber água direito. A Taiwo começou a chorar porque o vestido novo já estava muito sujo, e a minha avó disse que o lavaria quando chegássemos ao estrangeiro. Mas eu preferia chegar daquele jeito mesmo, bem suja para que os brancos não quisessem nos fazer de carneiros. Carneiros de verdade eram limpos. E também para que não nos quisessem de presente, nem a mim nem à Taiwo, pois eu não gostava da ideia de dar sorte para gente que tratava gente pior do que se trata carneiro.

No dia em que morreram mais duas pessoas, um homem e uma mulher, apareceram alguns brancos para ver o que estava acontecendo, mas não chegaram a entrar no porão. Olharam pela portinhola aberta no teto e logo mandaram fechar. Voltaram mais tarde, com os rostos cobertos por panos que cheiravam muito bem, ainda melhor que os cheiros das ervas que a minha mãe costumava passar no corpo, em Savalu, antes de ir dançar no mercado. Somente os olhos deles estavam de fora, e percebi que tinham um olhar de nojo e medo. Não nos tocavam, e quando queriam que um de nós se virasse de frente, ou de costas, ou de lado, cutucavam de longe com bastões de madeira. Escolheram alguns homens fortes e fizeram com que eles tirassem dali mais de dez pessoas, todas muito doentes, que depois soubemos terem sido jogadas ao mar. Os homens que tinham ajudado a carregar os doentes para fora do porão não queriam contar nada, pois tinham sido avisados de que seriam punidos se contassem. Mas um deles não se amedrontou e, em um tom de voz bastante baixo, contou o que foi repassado de ouvido em ouvido, quase um sussurro, como se o ar abafado pudesse grudar nas palavras e carregá-las para fora do porão até os ouvidos dos homens que eram capazes de jogar pessoas vivas ao mar, para alimentar os peixes. E nem eram todos brancos, os guardas. Alguns eram até mais pretos do que eu, ou a minha avó e a Taiwo, mas agiam como se não fossem, como se trabalhar ao lado de brancos mudasse a cor da pele deles e os fizesse melhores do que nós.

DESESPERANÇA

Foi logo depois de uma noite terrível, com o navio jogando de um lado para outro, que a Taiwo começou a se separar de mim. Uma noite de tempestade ou de mar com raiva, quando ficamos ouvindo um rugido fortíssimo martelar o casco do navio. Muitos acharam que era o grande monstro das águas querendo mais sacrifícios de gente viva, por não se contentar com os que já tinham sido atirados. O monstro sentia o nosso cheiro, o cheiro de carneiros frescos, mesmo que sujos, que atravessava as paredes do navio e provocava a sua fome. Muitos eram os gritos de desespero quando o navio pendia perigosamente para um dos lados, como se estivesse sendo puxado por garras que queriam tombá-lo e tomar tudo o que levava dentro. A tormenta só parou ao amanhecer, quando então começamos a prestar atenção ao que estava acontecendo dentro do navio.

A Tanisha parecia ter enlouquecido, e nem mesmo apanhar dos guardas foi capaz de fazê-la interromper um riso agudo e forçoso, que acabou sendo imitado por algumas pessoas. A Taiwo teve febre e, como muitos outros, falava coisas sem sentido, como se ainda estivéssemos em Savalu. Conversava com a minha mãe e com o Kokumo, cantava músicas de roda, dizia que estava feliz e surpresa por vê-los ali, pois achava que tinham morrido. Os guardas apareciam de vez em quando para perguntar se alguém mais tinha morrido e foram avisados de que muitos, não apenas a Taiwo, tinham febre. Os doentes mais graves foram levados para cima, e tínhamos certeza de que nunca mais os veríamos. Serviam comida todos os dias, às vezes até duas vezes ao dia, mas ninguém mais se atrevia a levá-la até o porão. Eram escolhidos e desamarrados dez homens, que tinham permissão para sair e buscar as vasilhas. Quase sempre a escolha recaía sobre os muçurumins, talvez por serem os mais quietos, ao contrário do que demonstraram no início da viagem. Eles primeiro serviam os seus e depois os outros homens, sendo que nós, as mulheres, éramos sempre deixadas por último. A Aja e a Jamila diziam salamaleco e faziam um cumprimento com as cabeças sem olhar para eles, nem mesmo quando era o Issa, o marido delas. A nós, as outras mulheres, eles não dirigiam uma só palavra nem respondiam quando queríamos apenas agradecer.

A febre da Taiwo durava mais tempo e ficava mais alta a cada dia, e quando encostei no braço da minha avó para chamar a sua atenção para isso, percebi que também estava quente. Ela então disse para eu me manter o mais afastada possível, para não pegar a doença. Naquele dia, a portinhola se abriu e os guardas chamaram dois pretos, que subiram e voltaram com remédios, que fomos obrigados a tomar sob a ameaça de virarmos comida de peixe se nos recusássemos. Isto porque perceberam que muitos de nós preferiam morrer antes de chegar ao estrangeiro. Eu tomei, a maioria fingiu que tomou, inclusive a minha avó, que disse que antes ser comida de peixe que de gente, completando que isso só valia para alguém da idade dela, não para alguém da minha idade. A minha avó me obrigou a ficar com a dose que lhe cabia, dizendo ser ordem da minha mãe.

A Tanisha, mesmo tendo tomado o remédio e parado de rir, estava longe de ser a mulher que eu tinha conhecido no barracão de Uidá. Falava sem parar e contou que tinham decepado a cabeça de um homem na frente dela, depois que os agarraram em Ketu e estavam a caminho de Uidá. Esse homem tinha um machucado na perna, que parecia inflamada, e caía muito, levando mais alguns para o chão junto com ele. Irritados por terem que parar a todo momento e com medo de que ele levasse os outros a se machucarem também, os lançados mandaram que ele se ajoelhasse, e com um só golpe arrancaram a cabeça dele. Depois, tirando o resto do corpo da amarra da corda, fizeram com que todos seguissem caminho, como se nada tivesse acontecido. A Tanisha disse que ainda tinha sangue dele na roupa dela e que estava ficando com medo de que lhe cortassem o corpo na altura da barriga, onde um ferimento também estava começando a inflamar. Os lançados tinham feito aquele ferimento encostando um ferro quente na barriga dela e de muitos outros, o mesmo ferro para todos, dizendo que eles eram encomendas da mesma pessoa. O machucado da Tanisha estava doendo e a minha avó desejou ter ali algumas ervas para secar a ferida.

Quando serviram a refeição, a minha avó benzeu a água e me deu para que eu a jogasse em cima do machucado da Tanisha, pois talvez isso já ajudasse. Outras pessoas também pediram, pois tinham o mesmo problema. A minha avó benzeu muitas águas e rezou para Xelegbatá, o vodum das pestes e das doenças, que poderia curar todos eles, se Deus quisesse, mas nunca se sabe dos quereres de Deus. O Deus dela, que eu já sabia ser o mesmo de todos, só que com outros nomes. Depois disso, foi como se muitos recobrassem a fé em seus orixás, deuses, voduns e antepassados, entoando cantos que pediam proteção e cura, invocando os eguns e a companhia dos espíritos ancestrais da terra, dos pássaros e das plantas, pedindo *malame*.[28] A minha avó disse que estava cansada e preferia morrer, o que achava que não ia demorar muito, pois sentia a presença dos amigos *abikus*. Na escuridão, ela já tinha visto o Kokumo e a minha mãe, e disse saber que a Taiwo estava querendo ir com eles, embora não fosse um *abiku*. A Taiwo já quase não falava ou se mexia, mas de vez em quando reclamava por não conseguir respirar direito e por doerem as costas e a cabeça. O remédio da Taiwo, que continuava sendo distribuído junto com todas as refeições, a minha avó pas-

[28] *Malame*: socorro, em iorubá.

sava para mim, que me curava por nós três, visto que ela também não queria o dela, dizendo que já tinha vivido o suficiente.

DESPEDIDAS

Eu não pensava que elas fossem mesmo morrer, mas achava normal que a minha avó falasse daquele jeito. Só me convenci de que falava a verdade quando tentei praticar com a Taiwo uma brincadeira que fazíamos desde muito novas, nem sei quando. Qualquer uma de nós podia fechar os olhos e pensar um pensamento, qualquer um, e deixá-lo pela metade para que ele fosse completado pela outra. Ficávamos horas neste jogo silencioso, como se tivéssemos o poder de entrar no pensamento da outra e saber para onde ele estava indo. Eu queria saber o que a Taiwo pensava sobre a vida que levaríamos no estrangeiro, se seríamos presentes ou carneiros, mas não tive resposta. Senti que a Taiwo já não estava mais dentro de mim, como se ela tivesse fechado os olhos naquelas horas em que, olhando por sobre os ombros da nossa mãe, que dançava, eu conseguia me ver dentro dos olhos dela. Eu tentava sair de mim e não encontrava mais para onde ir, tentava encontrar a Taiwo e não conseguia. A Taiwo já estava fora do meu alcance, estava morrendo.

A comida começou a apodrecer por todo o chão do navio, porque muitos, e eu também, já não tínhamos mais apetite, e ao cheiro dela se juntava o cheiro de xixi, de merda, de sangue, de vômito e de pus. Acho que todos nós já queríamos morrer no dia em que abriram a portinhola e mandaram que nos preparássemos para sair. Foi preciso repetir a ordem novamente, e novamente, porque faltava ânimo, faltava força e, no fundo, achávamos que íamos todos virar comida de peixe. Disseram que iam nos levar para tomar banho, beber água e ficar um pouco ao sol. Foi o sol que me animou a sair, e também fez com que os nossos olhos ardessem ao deixarmos o porão, a ponto de não conseguirmos abri-los, andando e caindo uns por cima dos outros. Tentei me levantar e caí várias vezes antes de conseguir me manter de pé, não só por causa da fraqueza, mas porque as pernas pareciam ter se desacostumado do peso do corpo, sempre deitado. Logo atrás de mim subiram a minha avó e a Tanisha, carregando a Taiwo nos braços. À medida que saíamos, eles nos mandavam tirar as roupas e jogá-las a um canto do navio. O vento que soprava era um grande alento, e quase me engasguei com o ar. Leve, fresco, sabendo a mar, um cheiro bom. Eu me lembrei do Akin e da Aina, e da primeira vez que eu e a Taiwo vimos o mar. Não fazia tanto tempo, e nunca poderíamos imaginar que em breve estaríamos ali, dias e dias no meio do mar, que parecia ser muito maior do que o Akin imaginava. Eu teria adorado a oportunidade de dizer a ele que para todo lado que se olhava era só mar, mar e mais mar. Mas já naquele momento percebi que não era só por isso, mas também porque eu queria viver, e não virar carneiro de gente nem carneiro de peixe, e então sobrevivendo a tudo isso, é que eu poderia falar com o Akin sobre o mar. O vento soprando na pele e o sol davam uma sensação boa, de que eu ia conseguir. Quase sorri, e só não o fiz porque olhei para a minha avó e me assustei. Ela estava mais velha do que qualquer pessoa que eu já tinha visto, muito mais magra, os peitos escorrendo por cima dos ossos da costela, os olhos embaçados e a pele coberta por uma fina crosta esbranquiçada, igual àquela que se forma sobre a carne que é salgada para durar mais tempo. Percebi que muitos também estavam daquele jeito, inclusive eu, na barriga, onde a pele branca que havia se formado esfarelou quando esfreguei a mão com força sobre ela. Era mais fácil com a mão molhada em um pouco de saliva, e a crosta tinha gosto de sal. Mais tarde eu soube que aquilo era causado pelo próprio corpo, que colocava para fora o excesso de sal da comida que ingeríamos, principalmente da carne ou do peixe salgado.

A Jamila e a Aja não queriam tirar as roupas, mas foram obrigadas pelos guardas e ficaram o tempo todo agachadas a um canto do navio, uma tentando proteger a outra. Os muçurumins, que também protestaram mas não precisaram ser obrigados, não levantaram os olhos do chão e não tiraram as mãos da frente do membro, exceto quando começaram a rezar e precisaram erguê-las na direção de Meca ou do céu. Todos nós estávamos contentes com aquela liberdade. Tenho certeza de que não era este o objetivo dos donos do tumbeiro, nos deixar felizes, mas sim salvar a carga de algum tipo de doença contagiosa que poderia pôr a perder a viagem. Foi só à luz do dia que percebi como parecíamos mesmo bichos, sujos e feios. Não sei se carneiros, acho que mais os lagartos com que eu costumava brincar em Savalu. Ficamos deitados ou sentados no chão do navio, alguns levantando a cabeça em direção ao céu, como se assim fosse mais fácil armazenar dentro do corpo todo o ar puro de que necessitaríamos durante o resto da viagem. Mas o melhor mesmo foi o banho. Ordenaram que fizéssemos fila e, um a um, despejaram água de imensos baldes sobre as nossas cabeças. Era água do mar, mas de tão precisados que estávamos de qualquer tipo de água, mesmo que nos tivessem dito que não era para beber, seria a água mais fresca do mundo. Era difícil dar a vez ao próximo, mas, para nossa imensa alegria, a água foi formando poças pelo chão do navio, nas quais nos deitávamos para brincar, feito crianças. A Taiwo não teve forças para se manter de pé sozinha e tomou banho nos braços da Tanisha, quase sem se mover, mas eu senti que ela estava contente. Não tinha como não estar, e se naquele momento tivessem nos cobrado qualquer coisa para termos o direito de permanecer ali em cima durante o resto da travessia, tenho certeza de que teríamos concordado. Só a Aja e a Jamila, envergonhadas, depois do banho tinham voltado para o canto onde estiveram antes, chorando muito, abraçadas.

Algumas pessoas que tinham os rostos e os corpos cobertos por pequenas manchas começaram a sentir dor ao contato com a água salgada. Em um dos homens, as manchas já tinham se transformado em bolhas cheias de pus. A minha avó disse que era a peste, a varíola, embora hoje eu ache que não, porque provavelmente todos nós teríamos morrido, ou então ficado cegos, ou, pelo menos, com o rosto cheio de buracos. Olhamos o rosto e a garganta da Taiwo e elas estavam lá, as manchinhas. A minha avó disse que nem todos que pegavam a peste morriam, mas disse isso com os olhos cheios de água, e me lembrei de que só tinha visto a minha avó chorar uma vez, no dia em que o Kokumo e a minha mãe foram para o *Orum*.[29] Enxugando os olhos, ela disse que eles estavam voltando para buscar a Taiwo, que queria ir, então não devíamos ficar tristes. Eu me desesperava porque em alguns momentos acreditava que seria levada também, pois sem a Taiwo, ficaria só com metade da alma. Sem a Taiwo, o branco não iria mais me querer para presente, e eu viraria carneiro, como os outros.

Todos ficaram bravos quando jogaram nossas roupas no mar, e a Aja e a Jamila choraram ainda mais. A Taiwo nem reclamou de ter perdido o vestido novo. A noite foi muito fria e tivemos que passá-la ao relento, nus, todos o mais junto possível, porque tinham jogado remédio no porão e precisaríamos esperar até o dia seguinte para podermos descer. Foi uma noite longa, mas a melhor de todas. Além de água e comida, distribuíram cachaça, e todos beberam à vontade. Os guardas não se importaram quando algumas pessoas se puseram a cantar e outras vozes foram se juntando. Logo, quase todos estavam cantando e dançando, sem se lembrar da nudez, da fraqueza, do frio ou do destino como carneiros. Ou, talvez, apenas preferissem virar carneiros felizes. Eu também tive vontade de cantar e dançar, mas não tive cora-

---

[29] *Orum*: céu, ou firmamento, onde vivem as almas, enquanto esperam para voltar ao ayê.

gem, na frente da minha avó e da Taiwo. A Tanisha dançou em uma roda junto com várias mulheres, e duas delas eram muito bonitas, parecendo a minha mãe quando dançavam. Os guardas só impediam que os homens chegassem muito perto deles, ou então que formassem grandes rodas e ficassem conversando em voz baixa, como se tramassem algo. Nestes casos, usavam longos bastões para manter distância e separar grupos suspeitos. Um homem começou a dançar com uma das moças bonitas e o membro dele ficou duro e em pé como o dos guerreiros em Savalu, o que me fez lembrar ainda mais da minha mãe, como se já não bastassem as danças, de que ela tanto gostava. Na verdade, queria que nada tivesse acontecido, queria não ter saído nunca de Savalu. A minha avó percebeu e, mesmo tendo dito para eu ficar longe dela, benzeu-se e me abraçou, dizendo que era melhor tentarmos dormir.

Quando o dia amanheceu, os guardas formaram um grupo com todos os doentes que tinham manchas na pele e disseram que seriam mais bem cuidados fora do porão. Acho que todos já sabiam o que ia acontecer; que logo que nós descêssemos, eles seriam atirados ao mar, mas ninguém protestou. Achei bom a minha avó não ter contado sobre a doença da Taiwo, que tinha manchas apenas na garganta. A Tanisha alertou que era perigoso, que todos nós poderíamos pegar a doença por causa dela, mas minha avó garantiu que não, que tinha fé em Xelegbatá, o que controla as pestes, que ele iria ajudá-la a cuidar da Taiwo e só a levaria se Deus quisesse, poupando todos os outros. Quando descemos, o porão estava limpo e quase tinha um cheiro bom, se não fosse tão forte. Cheiro de limpeza e de remédio, mais remédio que limpeza, mas fresco. Todos se benzeram ao entrar, deram *kaô* a Xangô e ocuparam os mesmos lugares de antes, como se a familiaridade pudesse dar um pouco mais de conforto. Alguns dos homens quiseram se deitar junto das moças com quem tinham dançado, mas os guardas não deixaram. Nós, as mulheres, continuamos sem as cordas e os homens voltaram a ser amarrados, e, na medida do possível, começaram a nos tratar melhor, talvez com medo de não chegarmos vivos ao estrangeiro. Onde seria o estrangeiro? Será que já tínhamos saído de África? Eu tinha estes pensamentos porque não fazia ideia de quantos dias estávamos ali, que deviam ser muitos. Queria chegar rápido, virar carneiro ou presente, mas que fosse rápido. Mas não foi rápido o suficiente, porque tudo aconteceu em três dias. A Taiwo não se levantou nem abriu os olhos, não teve mais manchas e nem as antigas criaram pus, mas ardeu em febre. Quando às vezes falava alguma coisa, era sem coerência, e sempre com o Kokumo ou com a minha mãe, nunca comigo ou com a minha avó, que nos deitamos uma de cada lado e tentamos aquecê-la com nossos corpos, mesmo porque não tinham substituído as roupas jogadas no mar.

A minha avó me acordou no meio do sonho em que eu estava em uma canoa, remando pelos rios de Savalu, e me disse para segurar bem forte a mão da Taiwo. Entendi que era a hora de nos despedirmos, e a Taiwo estava tão fraca que nem respondeu ao meu toque, deixando a mão mole. A minha avó disse que não era para eu ficar triste, porque a Taiwo estava alegre em partir para se encontrar com pessoas que gostavam dela e a estavam esperando no *Orum*. Apertei mais forte ainda a mão dela, para que a sua parte na nossa alma não fosse embora e ficasse comigo. Era nisto que eu pensava, mas não sei se foi assim que aconteceu, como também não sei dizer se era essa a intenção da minha avó. Soltei a mão da Taiwo apenas depois de muito tempo, quando já quase não a sentia mais de tão dormente que estava a minha, quando os guardas foram buscá-la e bateram na minha avó. Não muito, mas bateram, e ela não chorou por ter apanhado nem por terem levado o corpo da Taiwo, que seria jogado no mar sem ao menos ser lavado direito. Ela disse que, assim que desembarcássemos no estrangeiro, e se ela ainda estivesse viva, faríamos uma cerimônia digna para a Taiwo, porque nem para a minha mãe ou para o Kokumo fizemos de acordo com as tradições, apenas como tinha sido possível. Eu, assim que desse, também teria que mandar fazer um pingente que representasse a Taiwo e trazê-lo sempre comigo, de preferência pendurado no pescoço. Eu e a Taiwo tínhamos nascido com a mesma alma e eu precisava dela sempre por perto para continuar tendo a alma por inteiro. Depois da morte dela, o único jeito de isso acontecer é por meio da imagem em um pingente benzido por quem sabe o que está fazendo.

Algumas horas depois de terem levado a Taiwo, como se estivesse apenas esperando que ela partisse primeiro, a minha avó disse que estava se sentindo fraca e cansada, que perdia a força e a coragem longe dos seus voduns, pois tinha abandonado a terra deles, o lugar em que eles tinham escolhido para viver e onde eram poderosos, e eles não tinham como segui-la. Durante dois dias ela me falou sobre os voduns, os nomes que podia dizer, as histórias, a importância de cultuar e respeitar os nossos antepassados. Mas disse que eles, se não quisessem, se não tivessem quem os convidasse e colocasse casa para eles no estrangeiro, não iriam até lá. Então, mesmo que não fosse através dos voduns, ela disse para eu nunca me esquecer da nossa África, da nossa mãe, de Nanã, de Xangô, dos Ibêjis, de Oxum, do poder dos pássaros e das plantas, da obediência e respeito aos mais velhos, dos cultos e agradecimentos. A minha avó morreu poucas horas depois de terminar de dizer o que podia ser dito, virando comida de peixe junto com a Taiwo. Não sei dizer o que senti, se tristeza, se felicidade por continuar viva ou se medo. Mas a pior de todas as sensações, mesmo não sabendo direito o que significava, era a de ser um navio perdido no mar, e não a de estar dentro de um. Não estava mais na minha terra, não tinha mais a minha família, estava indo para um lugar que não conhecia, sem saber se ainda era para presente ou, já que não tinha mais a Taiwo, para virar carneiro de branco. A Tanisha disse que eu sempre poderia contar com ela, que poderia ver nela a mãe, a avó e a irmã perdidas.

Poucos dias depois que jogaram a minha avó ao mar, avisaram que estávamos chegando, que da parte de cima do tumbeiro já era possível enxergar terra de um lugar chamado Brasil. Foi só então que os muçurumins acreditaram que não estávamos indo para Meca e ficaram bravos por terem sido enganados, dando pontapés e murros nas paredes do navio. Os guardas apareceram para ver o que estava acontecendo e disseram que eles, os muçurumins, tinham sorte por já estarmos tão perto da terra e, com tantas providências para serem tomadas antes do desembarque, não terem tempo de castigá-los como gostariam. Mas que se continuassem, se não se comportassem direito, os novos donos não se importariam em recebê-los castigados e obedientes. Eles calaram o protesto, mas rezaram por horas a fio, em voz baixa e todos juntos, uma oração monótona e repetitiva, um lamento tão triste que o coração da gente até virava um nó.

Depois que percebemos que o navio tinha parado, ficamos por muitas horas ouvindo grande movimentação, barulho de coisas sendo arrastadas e de vozes gritando ordens. Estavam primeiro descarregando as mercadorias que tinham sobrado da viagem e as compradas em África. Eu estava ansiosa para saber se o branco que tinha me escolhido estaria no desembarque, se tinha ficado sabendo da morte da Taiwo e se ainda ia me querer. Quando abriram a porta, fomos avisados de que, por causa das mortes a bordo e de algumas pessoas que ainda estavam muito doentes, não poderíamos desembarcar logo na cidade de São Salvador, o nosso destino. Estavam nos deixando em uma ilha chamada Ilha dos Frades, onde ficaríamos por um tempo até terem certeza de que mais ninguém adoeceria ou morreria. Quem nos contou isso foi um guarda que, durante todo o tempo, me pareceu ser uma boa pessoa, porque os outros nem se davam ao trabalho de prestar atenção às nossas perguntas.

A ILHA DOS FRADES

Eu me senti quase feliz ao avistar a Ilha dos Frades. Uma felicidade que talvez pudesse ter sido chamada de alívio, como aconteceria várias outras vezes em minha vida. Por causa da beleza da ilha, fiquei impressionada com as cores, com o ar, com as novas sensações, com a esperança de tudo nem ser tão ruim assim. Ao subir as escadas do porão e ver primeiro o céu azul, depois a luz do sol quase me cegando, fazendo com que os outros sentidos ficassem mais atentos. Tive vontade de nascer de novo naquele lugar e ter comigo os amigos de Uidá. Havia um murmúrio do mar, um cantaréu de passarinhos, homens gritando numa língua estranha e melodiosa. Nascer de novo e deixar na vida passada o riozinho de sangue do Kokumo e da minha mãe, os meus olhos nos olhos cegos da Taiwo, o sono da minha avó. O mar era azul e nos levava tranquilos até uma ilha que, de longe e de cima do navio, não parecia ter nada além de árvores e da pequena faixa de areia branca. Algumas pessoas festejaram, deslumbradas, esquecendo-se de que iam virar carneiros, mesmo que fossem carneiros do paraíso. Eu tentava imaginar o que o Akin diria se eu contasse sobre aquele lugar ou, melhor ainda, se ele visse tal lugar. Desembarcamos do mesmo jeito que subimos a bordo, mas mandaram os homens na frente. Alguns saudaram a terra, saudaram a areia, batendo com a testa no chão. Os muçurumins pareciam não saber para que lado se virar e rezar, e demoraram olhando o céu até se decidirem, provavelmente baseados na posição do sol.

O sol estava quente e em pouco tempo já ardia na pele nua e acostumada à escuridão do navio, mas que ao mesmo tempo era refrescada pelo que parecia o vento *harmatã*, em África. Procurei o branco que queria a mim e à Taiwo como presente, mas não o encontrei, pois devia ter desembarcado assim que chegamos. Para falar a verdade, acho que fiquei feliz por ele não me querer mais, porque assim podia ficar na ilha, junto com os outros. A Tanisha também estava feliz e me abraçou. Da praia, o Amari e o Daren acenaram para ela, que agradeceu por estarem todos vivos. Nós não víamos a hora de desembarcar também, mas, disseram que antes teríamos que esperar um padre que viria nos batizar, para que não pisássemos em terras do Brasil com a alma pagã. Eu não sabia o que era alma pagã, mas já tinha sido batizada em África, já tinha recebido um nome e não queria trocá-lo, como tinham feito com os homens. Em terras do Brasil, eles tanto deveriam usar os nomes novos, de brancos, como louvar os deuses dos brancos, o que eu me negava a aceitar, pois tinha ouvido os conselhos da minha avó. Ela tinha dito que seria através do meu nome que meus voduns iam me proteger, e que também era através do meu nome que eu estaria sempre ligada à Taiwo, podendo então ficar com a metade dela na alma que nos pertencia.

O escaler que carregava o padre já estava se aproximando do navio, enquanto os guardas distribuíam alguns panos entre nós, para que não descêssemos nuas à terra, como também fizeram com os homens na praia. Amarrei meu pano em volta do pescoço, como a minha avó fazia, e saí correndo pelo meio dos guardas. Antes que algum deles conseguisse me deter, pulei no mar. A água estava quente, mais quente que em Uidá, e eu não sabia nadar direito. Então me lembrei de Iemanjá e pedi que ela me protegesse, que me levasse até a terra. Um dos guardas deu um tiro, mas logo ouvi gritarem com ele, provavelmente para não perderem uma peça, já que eu não tinha como fugir a não ser para a ilha, onde outros já me esperavam. Ir para a ilha e fugir do padre era exatamente o que eu queria, desembarcar usando o meu nome, o nome que a minha avó e a minha mãe tinham me dado e com o qual me apresentaram aos orixás e aos voduns.

Quando cheguei à ilha, sentei-me na areia e fiquei esperando, nem sei bem o quê. Um homem me chamou de selvagem em iorubá, e disse para eu ficar quieta, pois minha vida não valia quase nada. Aproveitei para pegar uma concha, desfiar algumas linhas do pano que tinham me dado, amarrar com elas a concha e pendurar no pescoço, onde ficaria representando a Taiwo enquanto eu não mandasse entalhar uma figura, como tinha que ser. Eu estava cansada, tinha percorrido uma boa distância do navio até a praia sem saber nadar direito, e fiquei feliz quando vi que o padre, ao deixar o navio, entrou no escaler e tomou a direção contrária à da ilha. A direção na qual eu vi, ao longe, algumas construções brilhando à luz do sol, equilibrando-se sobre montanhas, uma cidade que parecia ser muito maior que Uidá e Savalu juntas. Queria ter ficado olhando para ela, mas logo as outras mulheres chegaram à praia; fui amarrada junto com elas e conduzida por um caminho estreito entre muitas árvores, coqueiros e pássaros. Puxei o colar da Taiwo para fora da roupa para que ela também visse como tudo era bonito, e nos deixaram em um barracão que se erguia em imensa clareira, ao lado de mais duas construções, quase de igual tamanho. O lugar era limpo, com paredes de barro que subiam até quase o teto de sapé, deixando um vão por onde entrava uma claridade bonita e o ar fresco, muito diferente do que estávamos acostumados no navio. Ao entrar, todos se benzeram, agradecendo por terem chegado vivos. Eu também agradeci, principalmente aos espíritos dos pássaros e das cobras, que eu sabia serem os preferidos da minha avó.

Pensei que se aquela vida fosse a vida que carneiro de gente levava, era o que eu queria ter sido desde sempre, para sempre, porque os dias foram bons e até passaram mais rápido do que eu desejava. Éramos vigiados, mas não muito, porque dali não havia para onde ir, e nem queríamos. Apesar de não terem desamarrado os homens, para dificultar alguma tentativa de fuga, podíamos passear pela ilha, nadar, cozinhar e comer bananas e cocos que nasciam por todos os lados. Quando começava a escurecer, tínhamos que ir para o barracão, mas durante o dia éramos livres para fazer quase tudo que quiséssemos. No barracão, até certa hora, podia haver canto e dança, e alguns instrumentos foram feitos com o que achávamos nas andanças durante o dia e levávamos escondido por baixo dos panos. Pedaços de árvore, cipós, areia, conchas, folhas, pedras, tudo o que pudesse fazer barulho. Aprendemos também as primeiras palavras em português, uma língua que desde o início me pareceu uma música suave, com as palavras cantadas e muito bonitas. Todos os guardas que nos vigiavam falavam português e uma ou outra palavra nas nossas línguas, e um deles disse que não era para nos acostumarmos, porque só ficaríamos na ilha até terem certeza de que não estávamos doentes, e também para melhorarmos um pouco a aparência. Por causa disso, gostavam que tomássemos sol e caminhássemos, nos alimentavam bem e ainda podíamos comer tudo o que encontrássemos pela ilha.

Um dia nos fizeram cortar os cabelos uns dos outros, nos deram roupas limpas e disseram que o tempo de vadiagem tinha terminado. Em barcos separados para os que tinham e os que não tinham marcas de ferro, fomos levados para a cidade que víamos ao longe e que parecia ser muito bonita, a que ficava em cima do morro e da qual desde o início achei que fosse gostar bastante. Cruzando a baía, olhei uma última vez para a ilha e vi um navio grande ancorando, provavelmente com outros carneiros, que ocupariam os nossos lugares.

Atlântico vermelho, 2017.
Impressão digital sobre tecido, recorte, tinta e costura. 127 x 110 cm.
Acervo Pinacoteca de São Paulo.

CAPÍTULO DOIS

O HOJE
É O IRMÃO
MAIS VELHO
DO AMANHÃ,
E A GAROA
É A IRMÃ
MAIS VELHA
DA CHUVA.

Provérbio africano

O DESEMBARQUE

Enquanto os remos do barco venciam lentamente a correnteza em volta da Ilha dos Frades, eu não sabia para onde olhar. Sentia vontade de permanecer na ilha, mas, ao mesmo tempo, queria seguir em direção àquela cidade que tão magicamente começava a se mostrar. Do barco já era possível vê-la quase inteira, fazendo uma suave curva para abraçar o mar, como um colar de contas em volta do pescoço. Contas que brilhavam à luz do sol, contas verdes da vegetação que descia pelas encostas, contas brancas das grandes casas construídas em cima do morro, contas coloridas das construções que se espalhavam ao pé das encostas e quase se misturavam com o verde e o azul do colo do mar.

Quando o barco ancorou, muitas pessoas se aproximaram falando a língua do Brasil, que, para mim, continuava parecendo mais música do que qualquer outra língua que eu já tinha ouvido. Alguns brancos acompanhavam um ou outro desembarque, mas a grande maioria era de pretos como nós, com tons de pele e aparências tão diferentes uns dos outros que eu imaginava ver uma África inteira em um só lugar, e tinham os rostos tão alegres que até pareciam nos dar boas-vindas. Não senti mais medo de virar carneiro, pois se tantos chegados antes de nós não tinham virado, seria muito azar se acontecesse justo na nossa vez. Havia um grande movimento, não apenas de barcos carregando pessoas, mas principalmente de cargas, caixas e mais caixas, baús e tonéis com mercadorias como frutas, peixes, tecidos e muitas outras coisas que eu não conhecia. Pretos enormes, como eu pouco tinha visto antes, transportavam tudo sobre os ombros, sozinhos ou aos pares, ou até mais que aos pares, dependendo do tamanho e do peso do objeto carregado. Estariam nus se não fosse um pedaço de pano que cobria apenas a região do membro, com os corpos suados brilhando ao sol, fortes e com músculos que dançavam sob a pele conforme o esforço. Trabalhavam cantando, o que era bonito de ver e ouvir, fazendo movimentos muito parecidos, como se tivessem ensaiado. Quando passavam uns pelos outros, eles se cumprimentavam, como em África, e ouvi alguns dizendo *Oku ji ni o*.[1]

O que mais me impressionou foram as mulheres vendedoras de peixe fresco ou frito, quitutes e refrescos. Eu nunca tinha visto roupas tão bonitas. Dava para perceber que a maioria delas era da África por causa das marcas que tinham no rosto, mas estas eram as únicas evidências, pois se vestiam de um modo tão lindo, tão diferente, que eu nunca teria sido capaz de imaginar. Os cabelos estavam cobertos por turbantes grandes, feitos com tecidos brancos rendados, lisos ou enfeitados com búzios, conchas e contas de todos os tamanhos e de todas as cores. Usavam blusas costuradas sobre os ombros e nas laterais, com o comprimento até a metade das pernas, que ficavam escondidas dentro de saias muito rodadas. Geralmente, tanto a blusa como a saia eram brancas, embora algumas também se vestissem de amarelo, de verde, de azul e de rosa. As blusas, que até pareciam vestidos, eram de um tecido transparente e muito leve, escorregando pelos ombros, enfeitadas com bordados caprichados. Elas também tinham panos jogados sobre um dos ombros, que, mais tarde, eu soube que no Brasil são chamados de pano da costa, da costa da África. O pescoço e os braços eram enfeitados com colares e pulseiras dos mais coloridos, ou então dourados, que atraíam a luz do sol e ficavam ainda mais reluzentes. Algumas mulheres tinham os pés calçados, à moda dos brancos, com sapatos abertos e presos por tiras que subiam pelas pernas em interessantes trançados. Fiquei tão fascinada por elas que só queria saber onde conseguir roupa igual, e tentando guardar na memória cada detalhe, nem prestei muita atenção ao trajeto que fizemos. Só me lembro de ter passado por uma rua estreita e malcheirosa, de onde víamos o interior das casas, de um lado e do outro, algumas transformadas em comércio e outras mantidas como moradia. As pessoas também trabalhavam no meio das ruas, fazendo sapatos, trançando palha, bordando roupas e fabricando chapéus, além de outras atividades, deixando ainda menos espaço para quem passava por elas.

O MERCADO

Ao deixarmos a ruazinha, saímos em outra mais larga, na qual andamos bem pouco antes de entrarmos em um armazém. O espaço era grande e

---

[1] *Oku ji ni o*: “espero que vos tenhais levantado bem”.

arejado, aberto para a rua com três enormes portas em forma de arcos que tomavam quase toda a parede da frente. O armazém já estava cheio de gente, e lá ficaram apenas os que não tinham nenhuma marca a ferro, pois tal marca indicava quem já tinha saído de África tratado de compra. Apesar de não estarem marcados, fui separada também de todos os muçurumins, e mais tarde soube que eles tinham grande valor e eram vendidos em lugares especiais. Fomos recebidos com certa alegria pelo branco que parecia ser o dono daquele local e que, ainda na rua, andou em torno de nós, apalpou nossas carnes, alisou nossas peles e provou o gosto deixado no dedo, abriu nossas bocas e olhou os dentes, e, por fim, fez sinais de aprovação. Quando entramos no armazém, percebi o motivo da felicidade, pois ele tinha um bom estoque de pretos, mas, juntando todos, não dava um de nós. Pareciam mesmo carneiros magros, bichos maltratados e doentes.

Quase todos estavam nus e eram homens e mulheres de várias idades, desde crianças de colo até idosos, todos tristes e muito diferentes dos pretos que eu tinha visto pelas ruas, sadios, fortes e, por que não dizer, alegres. Os que estavam no armazém pareciam não aguentar o peso do próprio corpo, que se resumia a quase que apenas ossos, e era por isso que permaneciam quietos o tempo todo. Em bancos encostados às paredes ficavam os mais velhos e os mais doentes, sentados ou deitados. Espalhados por todos os cantos do barracão, no chão de terra ou sobre esteiras de palha já se desmanchando, os mais jovens formavam grupos de acordo com os locais de onde tinham saído de África, o que era fácil de saber por causa das marcas nos rostos ou das línguas que falavam. As mulheres se acocoravam ao redor de fogareiros improvisados com barro e chapas de ferro que sustentavam tachos de comida. Elas olhavam, mudas, tanto para o fogo como para as vasilhas onde preparavam algo que nem de longe poderia ser chamado de refeição, apenas água onde boiavam pedaços minúsculos de verduras e ossos. Algumas crianças, magras e barrigudas, dormiam perto delas, outras estavam penduradas em peitos murchos, e outras ainda, um pouco mais velhas, brincavam de atirar pedrinhas para o ar e apanhá-las antes que tocassem o chão, como muitas vezes eu, a Taiwo e o Kokumo brincávamos em Savalu.

Os homens também formavam grupos, mais pela companhia, porque mal se falavam, deitados ou agachados, com os braços em volta dos joelhos e as cabeças enfiadas entre as pernas. O comum a todos eram os ossos, que de tão aparentes quase rasgavam a pele sem viço e sem cor definida, coberta por imensa quantidade de escaras. Tenho quase certeza de que nós também estávamos bem parecidos com eles quando desembarcamos, magros, tristes e com aparência de bichos, e nos fizeram muito bem os dias na Ilha dos Frades, ao ar livre, podendo tomar sol, tomar banho, e com comida suficiente para, além de não passarmos fome, ainda nos fartarmos com frutas, muitas que eu não conhecia e eram bem gostosas. Mais tarde, em África, senti muita falta delas. Os pretos que estavam naquele armazém provavelmente tinham ido do navio para lá, sem passar pelo período de descanso e recuperação. Ou estavam lá havia muito tempo, à espera de alguém que se interessasse por eles, não sendo cuidados por quem apenas intermediava a venda e não tratava bem de peça alheia. Na verdade, tamanho descaso fazia com que se tornassem peças que ninguém nunca ia querer.

Homens, mulheres e crianças tinham os cabelos raspados, mas alguns deixavam crescer pequenos tufos no alto da cabeça. As mulheres, na tentativa de imitar as que ficavam no porto, passavam grande parte do tempo amarrando e desamarrando lenços em volta da cabeça, enfeitados com qualquer coisa que fosse possível conseguir por ali, como palha, pedras e barro. Mas não ficavam bonitas, por mais que tentassem. Nem as crianças eram bonitas. Aliás, a única coisa que se podia perceber naqueles pretos era o ódio nos olhos de alguns deles, que até os guardas pareciam respeitar, mantendo uma distância segura. Até mesmo nós, talvez por estarmos mais bem-vestidos e mais saudáveis, fomos alvos de tais olhares. A sensação era de que a qualquer momento eles correriam todos na nossa direção e nos matariam, vingando em nós o tratamento recebido. O grupo no qual eu cheguei permaneceu unido, e ninguém conversou conosco durante um bom tempo. À noite, a temperatura esfriou e me senti desconfortável por todos aqueles que estavam nus, ou quase nus, inclusive as crianças, que choravam. Os guardas que ficavam do lado de fora das portas fechadas gritavam alguma coisa que as fazia calar, mas que eu não compreendia por não entender ainda o português.

Fiquei aliviada quando o dia amanheceu, pois tinha dormido muito mal, incomodada, com medo, mas vencida pelo cansaço provocado por emoções tão diferentes. Uma das mulheres do nosso grupo puxou conversa com outra das que já estavam no armazém, e ela disse que tinha chegado havia muito tempo e que infelizmente ninguém tinha se interessado por ela, um problema bastante comum para os que não eram vendidos logo nos primeiros dias. Quem acabava de chegar tinha a preferência por estar mais bem alimentado, e quanto mais tempo ficava ali, menores eram as chances de ser escolhido, porque a comida era pouca e irregular. Às vezes mal dava para as crianças, que tinham certas prioridades, seguindo uma norma estabelecida por eles mesmos. Mas quando a fome apertava, esqueciam até mesmo esta regra, colocavam as crianças para dormir e dividiam a comida entre os que tinham mais influência no grupo. Muitas das crianças não estavam acompanhadas de pai ou mãe, ou porque tinham viajado sozinhas, menos provável, ou porque ficaram órfãs durante a viagem, ou tinham sido separadas da família por compradores que se interessaram somente pelos adultos. A conversa atraiu outras mulheres, que estavam apenas observando, desconfiadas e curiosas para saber quando tínhamos saído da África, de que região éramos, a que tribo pertencíamos, como estava tudo por lá. Quando encontravam alguém da mesma região ou tribo, perguntavam por parentes e conhecidos, e às vezes aconteciam coincidências. Na segunda ou terceira leva anterior à nossa, havia um homem que conheceu a família de um rapaz que já estava no armazém e contou que a aldeia deles tinha sido arrasada, que os que não foram capturados estavam mortos.

Eu não sabia o motivo, mas tinha absoluta certeza de que não teria o mesmo destino que aquelas crianças, que alguém me escolheria logo e nada seria tão ruim assim, mas fiquei me perguntando se algumas delas já tinham tido o mesmo pensamento e a mesma certeza em vão. Mas elas pareciam indiferentes a tudo que acontecia ao redor, ou por estarem brincando ou por ficarem quietas a um canto, sozinhas, caladas, como se quisessem ficar invisíveis, como quando eu fechava os olhos na viagem de Savalu para Uidá e todo o mundo desaparecia.

A VENDA

De fato, aconteceu que fui mesmo escolhida no segundo dia. Tão logo as portas do armazém foram abertas, começaram a chegar homens dos mais diferentes tipos, sabedores da notícia de que havia peças novas. Uns brancos, outros nem tanto, alguns com roupas bem parecidas com as que vestiam os brancos que nos pegaram em Uidá. Percebi uma pequena mudança nos rostos de todos aqueles que já estavam ali antes de nós. Parecia que renasciam a cada manhã, como se tivessem dentro deles um sol que surgia forte e que, com o correr do dia, ia enfraquecendo, até desaparecer por completo com o fim da tarde. A cada manhã renovavam a esperança de serem escolhidos para, enfim, deixarem aquele lugar que aos poucos ia acabando com eles, roubando saúde e, principalmente, dignidade. Era desonroso ficar no armazém por muito tempo, dia após dia, sendo preteridos e humilhados, rebaixados a um ponto em que não serviam nem mais para carneiros. A comida era pouca, levada uma vez por dia por um homem que a entregava a uma senhora bastante idosa e respeitada, que cuidava da preparação e da distribuição. Todos tentavam viver às boas com ela, que tanto poderia favorecer como prejudicar alguém. Não percebi se ela estava no armazém esperando para ser escolhida ou se aquele era o seu trabalho. Em comparação com a comida que recebíamos na Ilha dos Frades ou mesmo no navio, já que parecia ser para a mesma quantidade de pessoas, não chegava nem à metade. Além do mais, era apenas farinha, água, poucos legumes de péssima qualidade, já passados do ponto, e um pedaço de carne escura e malcheirosa, que depois me disseram ser carne de baleia, da pior qualidade.

Os brancos entravam, olhavam ao redor e apontavam os pretos pelos quais se interessavam. Então, um dos empregados se aproximava dos pretos e batia em seus ombros com uma vara ou gritava de longe para que eles se aproximassem, caso já entendessem o português. Não importando se era homem, mulher ou criança, o comprador apalpava-lhes todo o corpo e os fazia erguer os braços e mostrar as plantas dos pés, como a minha avó tinha feito em Uidá. O empregado do armazém batia com um chicote em suas pernas e eles tinham que pular, para ver se reagiam rápido, e depois tinham que abrir a boca e mostrar os dentes, para então gritar o mais alto que podiam. Senti vontade de rir quando vi este ritual pela primeira vez, talvez mais pelo nervoso de saber que também teria que passar por ele, mas desejando que acontecesse logo, que eu fosse logo escolhida e levada embora. Caso contrário, estaria condenada a ficar, quem sabe, até morrer, visto que a grande maioria dos compradores não se interessava por crianças. Quase todos os que tinham chegado junto comigo foram vendidos ainda de manhã, o que fazia aumentar a tristeza, o desânimo e o ódio dos que permaneciam. Sabendo das poucas chances que eu teria e que não deveria perder nenhuma delas, tentei me manter limpa e demonstrar alegria, pois percebi que a aparência contava muito. Primeiro foram vendidos os homens e as mulheres que estavam mais bem compostos e pareciam mais saudáveis, risonhos até, orgulhosos de serem escolhidos antes dos outros.

No meio da tarde eu já sentia muita fome, pois a comida não tinha dado para todo mundo. Os que estavam ali antes da nossa chegada foram os únicos a se servir, e em quantidades moderadas. Foi quando entrou um homem muito distinto, de meia-idade, seguido de perto por dois pretos também alinhados, embora tivessem os pés descalços. Ele pediu uma preta que soubesse cozinhar e algumas se apresentaram, voluntariamente ou depois de serem chamadas pelo empregado do barracão, que primeiro tentava vender as peças mais antigas, que os compradores recusavam para escolher as que estavam em melhores condições. Acabou sendo escolhida uma senhora que tinha viajado no meu navio, uma que eu vi chorando no dia em que levaram o marido morto para ser jogado no mar. Depois, o homem pediu um preto que entendesse de pescaria, e como já não havia mais homens da nova leva, ficou com um dos antigos que, na verdade, não tinha nada de antigo, era bem moço ainda, embora magro e maltratado. Quando parecia que já estava se preparando para ir embora, feliz com a compra, correu os olhos pelo armazém, como quem procura uma vaca entre carneiros, parou e apontou a bengala na minha direção.

Antes que ele se arrependesse, e antes mesmo que me chamassem, corri para ele e me apressei a fazer todo o procedimento, o que me valeu uma chicotada de reprimenda por parte do empregado, mas também algumas risadas de todos que estavam prestando atenção. Isso porque nem todos prestavam atenção, alguns pareciam completamente indiferentes em relação ao próprio destino, não se importando se fossem comprados ou não, se vivessem ou não. Mas eu queria viver e consegui arrancar uma gargalhada daquele que seria meu futuro dono, o que foi um sinal de permissão para que todos fizessem o mesmo. Logo o armazém tinha uma atmosfera menos triste, onde ecoavam algumas risadas tímidas e outras bem escandalosas. Como percebi que estava agradando, resolvi continuar. Dava um salto, levantava os braços, mostrava a planta dos pés, punha a língua para fora, berrava, corria ao redor de um círculo imaginário, me agachava e ficava de pé, dava pulos no ar e repetia tudo em seguida. Eu já estava ficando cansada quando o homem também se cansou de rir e passou a conversar em português com o empregado, e eu sabia que estava perguntando o meu preço. Fiquei muito feliz por ter sido aceita e me lembrei da minha mãe, da minha avó, da Taiwo e do Kokumo, e achei que eles também teriam rido se tivessem visto o que eu tinha acabado de fazer, e que estariam mais felizes ainda por eu ter sido escolhida no meu segundo dia no armazém. Mesmo não sendo mais para presente, eu não ia virar carneiro.

O homem que tinha acabado de me comprar sentou-se ao lado de uma mesa que servia de escritório em um dos cantos do armazém, onde ele e um dos empregados trataram da assinatura dos títulos de compra e venda. Os dois pretos que o acompanhavam já sabiam o que fazer e logo nos amarraram, eu, a cozinheira e o pescador, e nos levaram para perto da mesa, onde quiseram saber os nossos nomes, os nomes de branco que tínhamos recebido em África ou na Ilha dos Frades. O do pescador era Afrânio, e então passou a se chamar Afrânio Gama, e a cozinheira ficou sendo Maria das Graças Gama. Quando eu disse que me chamava Kehinde, o nosso dono pareceu ficar bravo, e um dos empregados perguntou novamente, em iorubá, que nome tinham me dado no batismo. Eu repeti que meu nome era Kehinde e não consegui entender o que diziam entre eles, enquanto o empregado procurava algum registro na lista dos que tinham chegado no dia anterior. O que sabia iorubá disse para eu falar o meu nome direito porque não havia nenhuma Kehinde, e eu não poderia ter sido batizada com este nome africano, devia ter um outro, um nome cristão. Foi só então que me lembrei da fuga do navio antes da chegada do padre, quando eu deveria ter sido batizada, mas não quis que soubessem dessa história. A Tanisha tinha me contado o nome dado a ela, Luísa, e foi esse que adotei. Para os brancos fiquei sendo Luísa, Luísa Gama, mas sempre me considerei Kehinde. O nome que a minha mãe e a minha avó me deram e que era reconhecido pelos voduns, por Nanã, por Xangô, por Oxum, pelos Ibêjis e principalmente pela Taiwo. Mesmo quando adotei o nome de Luísa por ser conveniente, era como Kehinde que eu me apresentava ao sagrado e ao secreto.

A PRIMEIRA CASA

Do armazém, seguimos em direção ao cais, de volta pelo caminho que eu já tinha percorrido, e mais uma vez pude reparar nas mulheres que tanto me fascinaram, prometendo a mim mesma que um dia usaria aquelas roupas e seria muito mais feliz do que jamais tinha sido, pois foi esta a imagem que elas me passaram, a de felicidade, apesar de tudo. Chegando ao ancoradouro, um barco com mais três pretos estava à nossa espera, e um para-sol foi aberto sobre o nosso dono assim que ele embarcou. Depois que todos estávamos sentados, quatro pretos tomaram seus lugares nas laterais do barco e remaram de modo vigoroso e cadenciado, como se mentalmente cantassem uma música que impunha o ritmo da travessia. Fiquei alegre ao pensar que estava voltando para a Ilha dos Frades, mas logo tomamos outra direção, tendo à nossa frente a maior das ilhas da Baía de Todos os Santos, que depois eu soube se chamar Itaparica.

A ilha crescia e ficava mais bonita à medida que nos aproximávamos, e eu já via suas imensas praias de areia muito branca e palmeiras que pareciam as de África, e, mais para dentro, morros cobertos por florestas que eu também imaginava como as do meu reino. O barco contornou algumas pedras ao longo da costa e atracou em uma das pontas da ilha. Desembarcamos e seguimos primeiro pela praia, para depois entrarmos por uma trilha em meio às árvores. Nós, os pretos, íamos a pé, mas assim que pisamos a areia, o nosso dono já tinha esperando por ele um meio de transporte que achei muito engraçado, e depois vi que era comum entre as pessoas ricas da terra. Uma espécie de cadeira com encosto alto e sem os pés, pois, no lugar deles, logo abaixo do assento, estavam fixadas duas grossas ripas de madeira, que se estendiam paralelas para a frente e para trás de quem estava sentado. Ajoelhados, dois pretos apoiavam as ripas sobre os ombros, uma de cada lado, que eram cuidadosamente erguidas depois que o ocupante se sentava. Os pretos pareciam acostumados àquele trabalho, e era importante que tivessem mais ou menos a mesma altura, para que a cadeira não pendesse para um dos lados. Mesmo assim, não devia ser nada confortável para o ocupante, que corria o risco de perder o equilíbrio a qualquer solavanco ou em um terreno inclinado. Mas o nosso dono, o senhor José Carlos de Almeida Carvalho Gama, de quem herdamos o apelido,[2] preferia o desconforto à caminhada, sempre.

A casa ficava a poucos metros da praia e era das maiores que eu já tinha visto, e a mais bonita. Entramos pela lateral do terreno, grande, cercado de árvores comuns, de árvores com frutas e de muitas plantas floridas. Na frente havia palmeiras e um jardim muito bem cuidado, até o limite com a areia da praia. Nos fundos, em meio a árvores que mais adiante se fechavam em densa mata, havia dois enormes barracões rústicos e pintados de branco. A casa era azul-clara, com as molduras das janelas e das portas pintadas de azul-escuro, a mesma cor das vigas de madeira que sustentavam o telhado da varanda que abraçava toda a construção. Na sombra desta varanda havia algumas cadeiras e redes, plantas em vasos e algumas pretas cantando e costurando, ao lado de três pretos já idosos, que trançavam palha para fazer balaios ou esteiras. O sinhô José Carlos, era assim que ele gostava de ser

[2] Apelido: sobrenome.

chamado, mandou que um dos empregados levasse a cozinheira para a senzala pequena e o pescador, para a senzala grande. Para mim, ele disse qualquer coisa que não entendi por ser em português, mas achei que era para segui-lo, o que fiz até a porta da cozinha. Ele entrou e fez um gesto para que eu ficasse esperando do lado de fora da porta, onde apareceram duas mulheres, olharam para mim e tornaram a entrar. Surgiu então uma terceira, mais velha e gorda, vestindo saia e blusa sujas de carvão, que me ofereceu um bom pedaço de bolo e um copo de leite. Ela começou a conversar comigo em português e eu respondia em iorubá, não me lembro exatamente o quê, mas acho que devo ter entendido. Não era difícil entender o português, eu apenas ainda não conseguia falar. Enquanto comia, com gosto e fome, ela me olhava com pena e carinho, e quando devolvi o copo vazio, falou em iorubá que eu tinha que aprender logo o português, pois o sinhô José Carlos não permitia que se falassem línguas de pretos em suas terras, e que qualquer coisa de que eu precisasse era para falar com ela, que se chamava Esméria. E que também era para eu ficar com ela na cozinha até o anoitecer, quando me levaria para a senzala pequena, onde dormiam os escravos que trabalhavam na casa.

A cozinha era maior do que toda a minha casa em Savalu e quase do tamanho da casa da Titilayo, em Uidá. Em um canto havia um enorme fogão a lenha onde a Esméria trabalhava, vermelho, da cor do cimento que cobria o chão. Em uma das paredes havia um armário com várias panelas e uma pia enorme, onde uma outra preta, mais nova que a Esméria e chamada Firmina, lavava uma pilha de coisas de cozinha e de mesa, que eu passava a conhecer a partir daquele momento. Havia também uma mesa sobre a qual, do teto, pendiam molhos de alho, pedaços de toucinho e outras comidas que eu também não conhecia. Ao lado da porta de saída, perto da qual eu tinha me sentado para observar tudo com muita curiosidade, ficava uma outra porta por onde a Esméria entrava e saía diversas vezes, com os ingredientes que usava para fazer a comida. Ao sair, sempre trancava a porta com uma chave que carregava amarrada à cintura. Uma terceira porta, bem em frente de onde eu estava sentada, levava ao interior da casa, velado por uma cortina.

Quando o jantar ficou pronto, um preto muito bem-vestido apareceu para pegar as travessas, muitas, onde a Esméria ia ajeitando a comida de várias qualidades, cada uma disposta em sua própria vasilha. Fiquei tentando imaginar, pela quantidade e variedade, quantas pessoas moravam naquela casa. O preto se chamava Sebastião e era quase branco no seu jeito de andar e de falar, tendo até os pés calçados, como também era o caso da Antônia, que apareceu para ajudá-lo, vestida com roupas diferentes das que a Esméria e a Firmina usavam. Depois do jantar, foram os dois também que carregaram tudo de volta para a cozinha, travessas, pratos, copos, talheres e a comida quase intocada. A Esméria me deu um pouco do que tinha sobrado e disse para eu comer rápido e não contar a ninguém, enquanto ela e a Firmina faziam o mesmo. Depois que as duas terminaram de lavar, secar e guardar a louça, com a Antônia e o Sebastião sentados à mesa e conversando em voz baixa, a Esméria me levou para a senzala pequena, onde também dormiam todos que eu tinha conhecido.

A Esméria riu quando perguntei sobre aquela história de virar carneiro e disse que também já tinha pensado assim. Em iorubá, ela me explicou o que era um escravo, alguém por quem o dono tinha pagado a quantia que achava justa e que lhe dava o direito de ter o escravo trabalhando pelo resto da vida, ou até que ele pudesse pagar pela liberdade que tinha antes de ser comprado. Eu não sei se entendi direito naquele dia, mas a explicação conformada me pareceu justa, e acho que até fiquei feliz por saber que os brancos não nos compravam porque apreciavam a nossa carne. Gostei também quando ela disse que eu seria escrava de companhia da sinhazinha Maria Clara, a filha do sinhô José Carlos. Ele era casado com a sinhá Ana Felipa, mas a mãe da sinhazinha Maria Clara era a sinhá Angélica, que tinha morrido no parto. O sinhô José Carlos então se casou de novo e não teve mais filhos, o que fazia da sinhazinha uma criança bastante solitária naquele mundo de adultos. Antes de mim, ela tinha tido uma outra companhia, uma moça mais velha, que foi vendida pela sinhá Ana Felipa quando começou a se dar ao desfrute dentro da casa. A Esméria recomendou que eu me comportasse bem, nunca dizendo nada que não fosse perguntado, nunca fazendo o que não fosse pedido e nunca desobedecendo ou questionando, mesmo quando achasse que uma ordem estava errada ou era injusta. Era assim que as coisas aconteciam entre pretos e brancos, e era assim que deveriam continuar, pois eu nunca poderia mudá-las e tinha até muita sorte de estar entre os escravos da casa, mais bem tratados do que os que viviam na senzala grande e trabalhavam na lavoura, no engenho ou na pesca da baleia. A Esméria disse ainda que a sinhazinha era uma menina muito boa, pois tinha herdado a bondade da mãe, de quem todos sentiam falta.

A senzala pequena era um cômodo não muito grande, simples, com as paredes pintadas de branco do lado de fora e no tijolo cor de barro do lado de dentro. O chão era de barro alisado, mas muito limpo, sobre o qual estavam estendidas algumas esteiras. A Esméria colocou uma para mim ao lado da dela e mostrou onde dormiam a Firmina, o Sebastião e a Antônia, que eu já conhecia, e onde ia dormir a Maria das Graças, que tinha sido comprada junto comigo para ajudá-la na cozinha. As outras esteiras pertenciam ao Tico e ao Hilário, dois moleques que eram uma espécie de faz-tudo na casa-grande e que estavam sempre fugindo do trabalho, escondidos pelo mato. Havia ainda a esteira da Josefa, que estava na casa preparando o banho e os quartos para os nossos donos dormirem, a do Eufrásio, o capataz, que estava vigiando os pretos da senzala grande e esperando a hora de trancá-los dentro das baias, e a da Rita, a arrumadeira, que normalmente dormia na casa-grande, na cozinha, para o caso de o sinhô, a sinhá ou a sinhazinha precisarem de alguma coisa durante a noite. Eu estava cansada por causa do dia agitado e de tantas novidades, mas feliz por estar ali e pelo trabalho que ia fazer, e principalmente por causa da Esméria, de quem gostei bastante. Queria ter ficado mais tempo pensando na minha avó ou mesmo na Titilayo, que devia estar preocupada por falta de notícias nossas, mas peguei no sono tão logo larguei o corpo na esteira.

SINHAZINHA

Antes de o sol nascer, a Esméria me acordou e fomos até a praia, para que eu me lavasse. Ela disse que um bom banho devia ser tomado em água doce, mas no momento o mar mesmo servia. Àquela hora da madrugada, já eram muitos os pretos que estavam acordados, alguns também tomando banho de mar, outros já trabalhando, circulando entre a praia, a casa-grande, as plantações e as senzalas, homens e mulheres carregando imensos balaios equilibrados sobre as cabeças ou amarrados às costas. Muito mais homens que mulheres, e até aquele momento eu não tinha visto nenhuma criança. Depois do banho, a Esméria me deu roupas melhores do que o pano que eu usava amarrado ao pescoço desde o desembarque, mas ainda longe de serem iguais às das mulheres que eu tinha visto no atracadouro. Eram roupas simples, uma bata e uma saia comprida até o tornozelo, brancas. Os pretos da senzala grande usavam roupas quase iguais, mas feitas de outro tipo de tecido, mais grosso e com listras brancas e azuis. A Esméria disse que as minhas não eram roupas novas e nem para crianças do meu tamanho, mas estavam bem conservadas e que depois perguntaria à sinhá se precisava providenciar outras, já que eu ia ficar dentro da casa, onde os pretos não deviam fazer má figura. Ela também disse que eu estava bonita e que não falaria mais comigo em iorubá, pois eu precisava aprender logo o português. Alertou novamente que nunca, nunca mesmo, eu poderia falar iorubá ou eve-fon perto do sinhô, da sinhá, da sinhazinha ou do Eufrásio, pois seria castigada. Não me pareceu difícil, pois eu achava a língua bonita e já entendia muitas palavras, faltando apenas aprender a pronunciá-las direito.

Na cozinha a movimentação já era grande, e a Esméria mal teve tempo de comer o mingau que a Antônia tinha preparado para todos nós. O dia na casa começava cedo, pois quando o sinhô José Carlos acordava, com os galos, a mesa do desjejum já devia estar posta. A Esméria parecia nervosa com o meu primeiro dia na casa, e eu também, desejando nunca ter deixado Savalu, que não era tão bonita quanto a Ilha dos Frades ou a Ilha de Itaparica, mas era onde eu tinha nascido e conhecia muita gente, onde tinha a minha mãe, a minha avó, a Taiwo e o Kokumo, e não ficava preocupada em saber se as pessoas iam gostar de mim ou não, porque já gostavam. A manhã já ia pelo meio quando a Antônia apareceu para me chamar; demos a volta por fora da casa e fomos até a varanda para encontrar a sinhá e a sinhazinha.

A sinhá estava sentada em uma cadeira de balanço e nem levantou os olhos do bordado que tinha no colo. A sinhazinha Maria Clara, em meio a almofadas e bonecas, brincava sobre uma esteira feita de panos coloridos. As bonecas dela tinham rostos com olhos, boca e nariz, e cabelos e roupas de verdade, parecendo gente, muito diferentes das que a minha avó fazia para mim e para a Taiwo. Quando chegamos perto e a Antônia disse o meu nome, ela levantou o rosto e era a pessoa mais bonita que eu já tinha visto, e ao mesmo tempo não parecia ser real. Era como uma de suas bonecas, uma boneca viva. Na verdade, eu não só a achei bonita, mas também senti medo ou um certo estranhamento quando percebi os olhos, que me pareceram de vidro ou de água do mar, pois nunca tinha visto gente com olhos daquela cor. Os do sinhô também eram azuis, como notei mais tarde, mas de um azul mais escuro, que não chamava atenção. Além dos olhos azuis, ela tinha o rosto muito branco, a boca pequena e cor-de-rosa e os cabelos da cor de cabelo de milho. Estava usando um vestido também azul, do mesmo tom dos olhos ou do mar, e que se espalhava feito água ao redor dela. A sinhazinha me olhou com certo interesse, mas não retribuiu meu sorriso, provavelmente tinha me achado menos interessante e muito mais feia que os outros brinquedos, porque foi isso que a Esméria disse que eu seria para ela, um brinquedo, e era como tal que eu deveria agir, ficar quieta e esperar que ela quisesse brincar comigo, do que ela quisesse. E apenas esperar, foi o que fiz durante todo o resto da manhã. Esperar que alguma coisa acontecesse que não fosse a sinhá Ana Felipa gritando de tempos em tempos para dentro de casa e logo sendo atendida pelo Sebastião ou pela Antônia, ou pelos dois juntos.

Fazendo de conta que eu não estava ali, a sinhazinha ficou trocando as roupas e penteando os cabelos das bonecas. Mas eu até gostei que ela me ignorasse, porque assim pude continuar maravilhada, sem tirar os olhos dela e, principalmente, das bonecas. Muito de vez em quando ela me olhava com o canto do olho, para logo depois se esquecer de mim novamente, em um alheamento que me fazia compará-la ainda mais às bonecas. Quando o sinhô apareceu na varanda e se sentou ao lado da sinhá por alguns instantes, os dois também permanecendo em silêncio, e o Sebastião chamou para o almoço, eu fiquei lá, como a Esméria tinha dito, como brinquedo obediente, parada, morrendo de vontade de ver de perto as bonecas da sinhazinha. Foi difícil me conter, mas fiquei com medo de que tivessem colocado alguém para me vigiar, até que a Esméria me chamou para comer também. Com os pratos nas mãos, nos sentamos à porta da cozinha, onde ela me mostrava alguns objetos, dizia os nomes deles em português e pedia que eu repetisse. Entre outras coisas, naquele dia aprendi que existem talheres, e que eu deveria usá-los para comer, que não podia mais comer com as mãos, o que era proibido pela sinhá aos escravos que trabalhavam na casa-grande.

Depois do almoço, os senhores foram se deitar um pouco e eu fui para o lugar onde estivera durante a manhã, como se não tivesse saído de lá. A sinhá e a sinhazinha voltaram para a varanda com a fresca da tarde e, de novo, agiram como se eu não existisse. A sinhá entretida com um livro e a sinhazinha, com as bonecas. E foi assim durante quatro ou cinco dias, enquanto à noite, e até que fosse necessário, as pretas da casa me ensinavam português, como também o Tico e o Hilário, com quem eu brincava de vez em quando. Eu já entendia quase tudo o que falavam e não foi muito difícil começar a falar também. Não tive a menor dificuldade em me comunicar com a sinhazinha quando ela finalmente conversou comigo, mostrando uma boneca e dois vestidos, um amarelo e outro branco, e perguntando qual deles eu preferia. Eu apontei o amarelo, mas foi o branco que ela colocou. Na mesma tarde, ela estava sentada no degrau mais baixo da escada que levava da varanda ao jardim, com a Antônia no degrau de cima, às suas costas, penteando os cabelos cor de milho. Eu apenas olhava quando ela me chamou, tirou o pente das mãos da Antônia e colocou nas minhas, pedindo que eu continuasse o trabalho da outra. Primeiro, tive medo de tocar os cabelos dela, de machucá-la com o pente, mas logo gostei da suavidade que tinha entre as mãos. Primeiro passei os dedos, sentindo os fios deslizarem entre eles como as franjas de um lenço que a Sanja, a filha da Titilayo, tinha ganhado de um marinheiro com quem se deitara. Acho que ficamos ali durante horas, eu mexendo no cabelo dela e nós duas olhando o mar além do jardim, além da areia branca. A partir daquele dia, só eu escovava os cabelos da sinhazinha, sempre inventando um jeito diferente de prendê-los, com fitas, grampos ou em tranças, que ela tentava repetir nas bonecas. Foi por isso que tive permissão para pegar nelas, porque a sinhazinha Maria Clara não conseguiu copiar um penteado com tranças e pediu que eu o fizesse. Os cabelos das bonecas eram quase tão macios quanto os dela, e ficávamos o dia inteiro naquilo, fazendo penteados e trocando as roupas para combinar, a sinhazinha sempre pedindo a minha opinião. Opinião que ela não aceitava, logo percebi, e passei a dizer o contrário do que realmente achava para que, ao me contrariar, ela fizesse o meu verdadeiro gosto.

A sinhá parou de aparecer na varanda e a Esméria disse que ela estava pejada, de resguardo. Contou que ela já tinha ficado assim várias vezes, mas nunca segurava criança. Quase todas morreram antes mesmo de se notar a barriga, mas duas chegaram a nascer antes do tempo e morreram logo em seguida. Em uma dessas vezes a sinhá quase morreu também, sendo salva por milagre. Foi um rebuliço na fazenda toda, com o sinhô descontando em maldade nos pretos o medo que ele tinha de perder a segunda mulher, como tinha acontecido com a primeira. Comentei que deviam dizer a ela que essas crianças podiam ser *abikus*, mas fui repreendida pela Esméria e avisada de que nunca deveria tocar nesse assunto. Ela disse também que, mesmo não sendo de verdade, todos nós tínhamos que adotar a religião e as crenças dos brancos, e que era falha dela ainda não ter me ensinado a rezar. Naquele dia mesmo, fez com que eu repetisse até decorar duas rezas importantes, a ave-maria e o pai-nosso, pois a qualquer momento a sinhá Ana Felipa poderia mandar me chamar para ver se eu já sabia rezar como gente de bem. Eu não conseguia entender que mal havia em falar de *abiku*, de Ibêjis, de voduns, mas a Esméria retrucou com tanta braveza que não me atrevi a contar sobre as promessas que tinha feito à minha avó, como providenciar o pingente da

Taiwo, que eu tinha que trazer sempre comigo e que ainda estava representado pela concha amarrada no pescoço. Naquela noite sonhei com a Taiwo, que não disse nada, mas parecia brava comigo.

NEGA FLORINDA

Aos domingos e nos dias santos, todos os escravos tinham folga certa, menos nós, os da casa-grande, que precisávamos trabalhar se os senhores assim quisessem. E sempre queriam, pois falavam que a nossa vida era bem melhor que a vida dos escravos que viviam na senzala grande, e que, portanto, não fazíamos favor algum abrindo mão de certas regalias. De fato, eu já tinha percebido que a nossa vida era melhor mesmo, apesar do pouco contato com os outros, de quem o sinhô José Carlos fazia questão de nos manter afastados. Segundo a Esméria, era para que não pegássemos de novo os vícios selvagens dos pretos, e assim servirmos melhor aos brancos. Mas eu desconfiava que ela não cumpria muito bem esta ordem, pois em algumas noites que eu fingia dormir, via que ela se levantava e saía, voltando somente na hora de torrar e moer o café para o desjejum. Ela também conversava muito com a Nega Florinda, que aparecia de vez em quando na fazenda e de quem eu já tinha ouvido a sinhá Ana Felipa dizer que não gostava, por ser metida até as unhas com bruxarias, embora se divertisse com as histórias que a preta contava.

A Nega Florinda era das pessoas mais antigas da ilha, morava lá desde que tinha chegado da África, ainda mocinha, e já era forra havia tanto tempo que ninguém vivo se lembrava dela como escrava. Era muito velha e parecia saber todas as histórias do mundo, desde que o mundo era mundo, como ela mesma dizia. Como recontadeira, andava de casa em casa e recebia algum dinheiro ou mesmo sobras de comida, que aceitava de bom grado antes de se agachar em qualquer canto e contar histórias. Até a sinhá se aproximava para ouvi-la, e não se importava se algumas pretas da casa ou da cozinha também ficassem por perto. Parecia que o Tico e o Hilário tinham faro para as histórias, pois os dois podiam estar longe que davam um jeito de aparecer. Aliás, os dois estavam sempre sumidos, e muitas vezes, quando se precisava deles para fazer algo ou levar recado a pedido dos senhores, quem tinha recebido a incumbência de encomendar o serviço a eles acabava tendo que fazê-lo, porque só eram encontrados quando o assunto também lhes interessava.

Eu me assustei um pouco na primeira vez que vi a Nega Florinda se aproximar da varanda onde eu estava com a sinhazinha Maria Clara. De longe, ela parecia um dos egunguns[3] que eu tinha visto certa vez passeando pelas ruas de Uidá. Era baixa e andava curvada, os passos rápidos para compensar as pernas curtas, e usava uma bata inteiriça e colorida que ia até os pés, com um pano da costa jogado sobre o ombro direito e, em uma das mãos, uma bolsa de tecido, onde guardava o dinheiro ou as prendas que recebia por suas histórias. Usava vários colares de contas coloridas em volta do pescoço, e em uma corda amarrada na cintura pendurava um sino pequeno e barulhento, que tilintava para anunciar sua chegada. A sinhá Ana Felipa não deixava que a Nega Florinda fosse recebida sem que ela estivesse presente, pois queria ter certeza de que, como desdenhava, a velha não contaria histórias de feitiços nem dos demônios que os pretos chamavam de santos e cultuavam como se fossem capazes de grandes feitos. Mas quando a sinhá estava cansada de bordar ou de ler, a Nega Florinda era até bem recebida, com direito a refresco e um pedaço de pão ou bolo, sem falar no dinheiro. Além de dizer *alôs*[4] muito bem, era interessante ver como a Nega se preparava, batendo palmas ritmadas antes de começar e durante a narração, com força e velocidade diferentes, para ajudar a fazer suspense. A primeira história que ela contou eu já conhecia, a minha avó tinha contado para mim, para a Taiwo e o Kokumo enquanto tecia sob o pé de iroco, com uma pequena diferença no final, que a Nega Florinda devia ter feito para agradar à sinhá Ana Felipa. Era a história do teiú e da tartaruga,[5] que viviam em um lugar onde há muito tempo não chovia, fazendo com que todos passassem fome. Para sobreviver, o teiú se arriscava para roubar o inhame que crescia dentro de uma rocha mágica vigiada por um homem muito bravo, e foi enganado pela fada da cabeça pelada. Mas no final deu tudo certo e a fada foi punida, apanhando muito do dono da roça, que quebrou seu casco em vários lugares. Arrependida, a fada recebeu ajuda da barata, que coseu o casco e o deixou daquele jeito, com as marcas das rachaduras. Perto da sinhá Ana Felipa, a Nega Florinda disse que a ajuda tinha sido de Nossa Senhora, mas tive quase certeza de que ela sabia o final verdadeiro.

---

[3] Egungum: "esqueleto", espírito dos antepassados, egum.

[4] *Alô*: conto, história.

[5] Em iorubá, um dos apelidos da tartaruga é *ajapá*, que significa "a fada da cabeça pelada".

Em um dia em que a Nega Florinda apareceu e não pôde ser recebida porque a sinhá estava de repouso para não perder a criança, aproveitei para conversar com ela. Imaginei que ela poderia me ajudar porque talvez fosse da mesma região que a minha avó, já que as duas conheciam a mesma história. Desse modo, entenderia a minha necessidade de cumprir as promessas feitas, de providenciar um Xangô, uma Nanã, uma Oxum, os Ibêjis e, principalmente, o pingente que representaria a Taiwo, para que eu pudesse ficar com a alma completa, a alma que nós duas dividíamos antes de ela morrer. Estávamos na varanda quando a Nega Florinda chegou, e como a sinhazinha adorava ouvir suas histórias, foi pedir à sinhá que deixasse a Nega Florinda contar uma história só, mesmo ela não estando por perto. Com a negativa da sinhá, a sinhazinha Maria Clara se trancou no quarto, chorando, e eu aproveitei para seguir a Nega Florinda até a praia. Antes, procurei pelo Eufrásio, o capataz, ou pelos homens que trabalhavam com ele, e não vi ninguém por perto. Na praia, apenas alguns pretos da senzala grande cuidavam dos barcos de pesca, ocupados com as próprias vidas, não dando importância ao que eu fazia da minha. Mesmo assim, pedi que entrássemos um pouco pelo palmeiral, para o caso de alguém aparecer de repente. A Nega Florinda disse que já sabia que eu precisava falar com ela e que podia ajudar. Contei como eu tinha chegado até ali e ela disse que isso já era um sinal de que os voduns e os orixás estavam comigo, mesmo que no momento eu não pudesse cultuá-los como mereciam, pois se eu tinha sobrevivido era porque havia uma importante missão a cumprir. Ela também era jeje, capturada em Ardra mais de sessenta anos antes, vivendo como liberta havia mais de trinta. No Daomé, tinha chegado a ser *vodu-no*,[6] como a minha avó antes de ser expulsa da corte de Abomé. Disse também que devia conhecer quase todos os voduns que a minha avó conhecia e que poderia até me falar deles, mas não adiantaria muito porque eles eram de África e ainda não estavam assentados no Brasil, tinham ficado por lá. Alguns assentamentos já estavam sendo providenciados, mas aquela não era a minha missão porque, do contrário, eu já teria recebido um sinal. Muito menos era a missão dela, que, embora continuasse acreditando neles, na ajuda deles, sabia que não podiam fazer muita coisa por nós. No Brasil, o culto aos orixás era forte demais até para o grande poder que os voduns possuíam. Ela também disse

[6] *Vodu-no*: ou *vodúnsi*, nome dado às sacerdotisas jejes no culto de Dãnh-gbi, a Grande Serpente.

que eu poderia me valer dos orixás para cultuar alguns voduns, porque, na Bahia, Mawu, Khebiosô, Legba, Anyi-ewo, Loko, Hoho, Saponan e Wu eram cultuados como Olorum, Xangô, Elegbá, Oxum, Iroco, Ibêjis, Xaponã e Olokum. Na Bahia, os orixás já tinham tomado conta da cabeça dos pretos e o culto deles vinha de muito tempo, praticado por quase todos os africanos que, por muitos e muitos anos, iam parar naquelas terras. Nossos voduns nunca teriam força para ganhar um pouco de espaço ou atenção, e para eles estava destinado um lugar não muito longe dali, do qual, por enquanto, ela nada podia falar. A Nega Florinda foi embora prometendo me ajudar, primeiro com o pingente da Taiwo, depois com a estátua dos Ibêjis, as maiores urgências. As outras coisas chegariam cada qual a seu tempo, como tinha que ser naquele lugar onde fingíamos cultuar os santos dos brancos.

AS DESCOBERTAS

A sinhá Ana Felipa já estava de cama havia três meses e o sinhô José Carlos tinha mudado de quarto, porque a sinhá exigia cuidados constantes e ele precisava dormir e descansar para o trabalho do dia seguinte. Além das dores, ela ainda sentia o pavor de perder novamente a criança que esperava, e mantinha a Antônia e a Firmina dia e noite ao pé da cama. Duas pretas da senzala grande foram chamadas para ocupar a cozinha, e a Maria das Graças e a Esméria passaram para o serviço da casa. Foi no meio dessa confusão toda que eu, depois de meses, deixei a varanda e a cozinha e entrei pela primeira vez na casa-grande, que não era chamada assim por acaso. Fiquei encantada com a sala de muitos móveis, com grandes sofás de madeira escura cobertos por almofadas ricas em bordados e pinturas, inteiras no comprimento do encosto e do assento, e outras soltas, menores, jogadas por cima das maiores. As pequenas eram de crochê ou de renda, de diversas cores e formatos, redondas, retangulares, quadradas, trabalhadas com linha finíssima, formando desenhos muito delicados. Havia também muitas poltronas e cadeiras, algumas da mesma madeira escura dos sofás, com os assentos de palha trançada que davam repouso para mais almofadas, quase todas vermelhas. Havia muito vermelho e dourado pela sala, como os xales jogados sobre bancos e móveis que eu nem sabia para que serviam, e que a Esméria explicou serem para descansar os pés.

À direita da porta da frente ficava um móvel com estátuas de santos, todas muito lindas e algumas vestidas com roupas de verdade, como a Nossa Senhora, a mãe do Menino Jesus, e o São José, o pai. Sobre este móvel também havia um vaso com flores e um castiçal de prata, e era dever da Antônia cuidar para que sempre houvesse lá uma vela acesa e um copo com água. Na parte de baixo do móvel ficava uma tábua um pouco elevada do chão, onde a pessoa se ajoelhava para rezar sobre uma almofada vermelha com bordados e franjas em dourado. Esse móvel tinha um nome também muito bonito, que eu tive dificuldade para aprender a falar, genuflexório. Em cada uma das paredes que separavam a sala da varanda, três janelas protegidas por cortinas, através das quais eu nunca tinha me atrevido a olhar pelo lado de fora, com medo de ser repreendida. Havia também uma mesa redonda com quatro cadeiras e muitas outras mesinhas espalhadas pelos cantos, com objetos de vidro, de prata ou de ouro, como cinzeiros, vasos com flores, caixinhas para rapé, castiçais e garrafinhas, tudo sobre delicadas toalhas de renda. Um outro móvel, com quatro prateleiras e porta de vidro, guardava copos de vários tamanhos e cores, em vidros tão finos que mais pareciam papel colorido, e também alguns pratos com desenhos que a Esméria disse serem do estrangeiro, da Europa, de onde tinham saído as famílias do sinhô e da sinhá. Havia mais pratos desses, com pinturas, pendurados nas paredes, ao lado de quadros que tanto eram de paisagens estrangeiras como de gente. Logo à entrada, ao lado da porta, um outro móvel com guarda-chuvas e capas de chuva, chapéus de todos os tipos, cores e tamanhos, luvas, e o que eu mais gostei, um espelho. Desde que me olhei nele pela primeira vez, não consegui passar um único dia sem voltar a fazê-lo sempre que surgia uma oportunidade. A Esméria parou na frente dele e me chamou, disse para eu fechar os olhos e imaginar como eu era, com o que me parecia, e depois podia abrir os olhos e o espelho me diria se o que eu tinha imaginado era verdade ou mentira. Eu sabia que tinha a pele escura e o cabelo duro e escuro, mas me imaginava parecida com a sinhazinha. Quando abri os olhos, não percebi de imediato que eram a minha imagem e a da Esméria paradas na nossa frente. Eu já tinha me visto nas águas de rios e de lagos, mas nunca com tanta nitidez. Só depois que deixei de prestar atenção na menina de olhos arregalados que me encarava e vi a Esméria ao lado dela, tal qual a via de verdade, foi que percebi para que servia o espelho. Era como a água muito limpa, coisa que, aliás, ele bem parecia.

Eu era muito diferente do que imaginava, e durante alguns dias me achei feia, como a sinhá sempre dizia que todos os pretos eram, e evitei chegar perto da sinhazinha. Quando era inevitável, fazia o possível para deixá-la feia também, principalmente em relação aos penteados. Pegava em seus cabelos com as mãos sujas de banha ou de terra e inventava maneiras estranhas de prendê-los. Sem a sinhá por perto e com a sinhazinha enfrentando a Esméria e a Antônia dizendo que, se eu tinha feito, então estava bonito, pois elas não entendiam nada de penteados, ficava por aquilo mesmo, e eu ria sozinha pelos cantos. O sinhô José Carlos não ligava para essas coisas; aliás, ele não ligava para a filha, por não ter o dom do afeto e por considerá-la culpada pela morte da mãe. E assim foi até o dia em que comecei a me achar bonita também, pensando de um modo diferente e percebendo o quanto era parecida com a minha mãe. O espelho passou a ser diversão, e eu ficava longo tempo na frente dele, fazendo caretas e vendo a minha imagem repeti-las, até o dia em que a sinhazinha viu e me chamou para ir ao quarto dela. A Esméria tinha dito para eu nunca entrar lá, porque, se sumisse alguma coisa, poderiam dizer que eu tinha roubado. Mas como a sinhazinha insistiu e eu morria de curiosidade, fui. Andamos pelo longo corredor que tinha o mesmo piso da sala, de tábuas largas e compridas, uma mais clara ao lado de outra mais escura, com tapetes coloridos jogados de espaço a espaço. O corredor era escuro, pois não tinha janelas como os outros cômodos, somente muitas portas fechadas e três lamparinas, que ficavam apagadas durante o dia.

Quando a porta do quarto da sinhazinha se abriu, eu me imaginei entrando em um outro mundo, cor-de-rosa como o tapete que cobria o chão. Tudo era dourado, branco ou cor-de-rosa, como a cama e o dossel, onde estava presa uma cortina feita de tecido muito leve e transparente, salpicado de flores bordadas. Ou a cômoda e o armário, onde ficavam guardadas as roupas e os sapatos, assim como o móvel que tomava toda uma parede e estava cheio de brinquedos de variados tipos, tamanhos e cores, principalmente bonecas. No chão, em meio a algumas almofadas, um cavalo de madeira pintado de branco com os pés iguais aos da cadeira de balanço em que a sinhá se sentava na varanda, com o rabo e a crina cor-de-rosa trançados e amarrados com fita. A sinhazinha abriu a porta do armário e eu vi mais roupas do que dez crianças juntas poderiam vestir, e, na porta, no lado de dentro, um imenso espelho, onde era possível ver nós duas juntas, de pé e de corpo inteiro. Fiquei fascinada, e mais ainda quando ela disse que eu podia pegar uma roupa para ver como ficava em mim. Ela era maior que eu, mas, mesmo assim, escolhi um vestido longo, do mesmo tecido da cortina que rodeava a cama, com diversas camadas de saias rodadas, sendo que a de cima estava bordada com minúsculas borboletas coloridas. Ela também me emprestou pares de luvas e sapatos que não couberam nos meus pés, mas fiz questão de ficar equilibrada em cima deles, com os dedos enfiados o mais que eu podia aguentar. A sinhazinha buscou na sala uma sombrinha cor-de-rosa, que combinava com todo o resto e completava o meu fascínio.

Olhando no espelho, eu me achei linda, a menina mais linda do mundo, e prometi que um dia ainda seria forra e teria, além das roupas iguais às das pretas do mercado, muitas outras iguais às da sinhazinha. Ela também deve ter me achado bonita e ficado com ciúme, pois logo deu a brincadeira por terminada e pediu que eu tirasse tudo antes que estragasse, ou antes que a sinhá Ana Felipa aparecesse e brigasse com nós duas. Mas a sinhá não ia aparecer, ela não se levantava da cama, para ver se conseguia segurar a criança que estava esperando, deixando a sinhazinha Maria Clara inteiramente aos cuidados da Esméria. E era bem possível que a sinhá não aparecesse nem se estivesse boa, pois comentavam que depois que ela se casou com o sinhô José Carlos, meses após a morte da sinhá Angélica, quando deveria ser uma mãe substituta para a sinhazinha, nunca cuidou da menina. Diziam que até a maltratava, e depois se tornou indiferente, como era naquela época. A indiferença ainda era acrescida de rancor, porque a sinhazinha Maria Clara era a lembrança de que ela não conseguia dar filhos ao sinhô José Carlos, ao contrário da finada sinhá Angélica e de algumas pretas, como diziam ser o caso da mãe do Tico e do Hilário.

BRINCADEIRAS

Sem a presença da sinhá Ana Felipa o ambiente na casa era muito melhor, mesmo com a Esméria nervosa com tanto trabalho e com o Sebastião mantendo a ordem e mandando em todo mundo como se fosse branco. Tínhamos mais liberdade, principalmente eu e a sinhazinha, que podíamos acompanhar o Tico e o Hilário em brincadeiras que, se a sinhá Ana Felipa visse, brigaria com a sinhazinha e mandaria castigar os meninos. Todas as pessoas gostavam deles, menos ela, que não permitia que nenhuma de nós duas conversasse com eles, os negrinhos de boca suja, como ela dizia. Bem se via que era perseguição, e o sinhô José Carlos não disfarçava certo prazer nas ocasiões em que ficava contra ela, a favor dos meninos. Mas naqueles dias podíamos brincar à vontade, e uma das brincadeiras preferidas dos meninos, que logo caiu no gosto da sinhazinha, era caçar passarinhos. Eu acompanhava só para não deixá-la sozinha com os moleques, pois, mesmo sendo mais nova, eu me sentia responsável por ela, e, com certeza, seria castigada caso algo ruim acontecesse. Eu tentava ficar de longe, sem olhar, mas, mesmo não olhando, sabia exatamente quando eles matavam algum passarinho, pelo piado triste ou pela falta do piado. Era como se sentisse a dor e o desespero deles, como se parte de mim também sofresse com eles. De início, a sinhazinha soltava algumas palavras de pena, mas logo se acostumou e passou a gostar da ideia, pedindo aos meninos que segurassem as aves aprisionadas entre as mãos para que ela as acertasse com uma pedrada, sem risco de errar, a poucos metros de distância. Os meninos eram certeiros com o bodoque mesmo de longe, e ficavam orgulhosos quando conseguiam atingir os bichinhos bem entre os olhos. Se não morriam na hora, ficavam tontos e não conseguiam voar, sendo presa fácil para a sinhazinha. Eu me sentia muito mal com tudo aquilo e falava com ela, que nem ligava. As fugidas para as matas, atrás dos meninos e seus bodoques ou arapucas, eram seu passatempo preferido, substituindo até as bonecas. Chegou a me dar duas de presente, que a Esméria não me deixou levar para a senzala enquanto a sinhá Ana Felipa não autorizasse, com medo de que eu fosse castigada.

A Esméria me contou sobre alguns castigos a que os pretos eram submetidos, raramente os da senzala pequena, que, pelo bom tratamento recebido, acabavam se comportando melhor. Embora precisassem ter muita paciência para não aceitar provocações dos outros, que estavam sempre tentando criar confusão para que um escravo de casa fosse mandado para a pesca ou para a roça, dando oportunidade para que alguém da senzala grande ocupasse o seu lugar. Com medo dos castigos e querendo também acabar com a matança dos passarinhos, resolvi contar para a Esméria um acontecimento que provocou a minha primeira briga séria com a sinhazinha, mas que nem se comparava ao que poderia ter acontecido caso alguém nos denunciasse. Certo dia, na mata, o Tico perguntou se queríamos vê-lo fazendo xixi, e já foi logo desamarrando o cordão e abaixando a calça. Eu já tinha visto muitos membros, mas a sinhazinha não, e começou a rir, achando aquilo muito engraçado. Os meninos disseram que os membros também eram chamados de passarinhos e que, ao invés de beberem água, como os de verdade, cuspiam água. O Hilário também abaixou a calça e começou a fazer xixi, guiando o jato na direção de uma fila de formigas, fazendo um risco sobre o caminho que elas traçavam. Eu me lembrei dos riozinhos do Kokumo e da minha mãe e da volta que as formigas davam para evitá-los. O Tico fez a mesma coisa, e o membro dele começou a ficar duro e a crescer, não do mesmo jeito que os membros dos guerreiros em Savalu, mas ele perguntou se eu ou a sinhazinha queríamos segurar nele e ajudar na matança das formigas. Ela parecia que ia aceitar e já estava andando na direção dele quando, pela primeira vez, fiz o que ela não queria. Peguei em seu braço com toda a minha força e saí correndo, e enquanto ouvíamos as gargalhadas dos meninos, ela reclamava que o vestido estava se prendendo nos galhos e ficando todo rasgado. Mesmo assim, não parei até chegarmos à casa, com ela me chamando de preta fedida, dizendo que ia mandar o pai me castigar no tronco e que nunca mais ia querer saber de mim. De fato, ficou dois ou três dias sem falar comigo, mas depois se esqueceu da promessa e também dos passarinhos, o que deve ter coincidido com a conversa que a Esméria teve com ela e depois com os meninos. Eles me contaram que ela jurou que cortaria fora os membros deles, caso se atrevessem a mostrá-los de novo à sinhazinha.

Voltamos às bonecas, mas elas já não tinham mais muita graça, e de vez em quando a sinhazinha me pedia para falar sobre os membros dos homens, como é que eles faziam para ter aquilo, até que tamanho cresciam, se serviam para outras coisas além de fazer xixi. Eu não contei o que sabia e o que já tinha visto, pois se fosse pega falando daquelas coisas para ela, aí é que poderia mesmo ir para o tronco ou ficar sem a língua, como tinha acontecido com o velho Fulgêncio, preto forro que às vezes chegava até a porta da cozinha querendo alguma coisa para comer. A Antônia contou que o ex-dono dele tinha mandado cortar a sua língua porque falou o que não devia. A sinhazinha era dois anos mais velha do que eu, mas não sabia nada daquilo, que eu também preferia não ter sabido tão cedo, pelo menos, não nas circunstâncias do acontecido.

FÉ

Certo dia, a casa amanheceu em polvorosa, pois a sinhá Ana Felipa tinha começado a botar sangue e ainda faltavam mais de quatro meses para a época certa de a criança nascer. Foi chamada uma aparadeira[7] famosa na ilha, e

[7] Aparadeira: parteira.

ela disse que não podia fazer muita coisa, que a sinhá tinha que ter fé, muita fé. Das outras vezes, nada tinha adiantado, nem as ervas das pretas benzedeiras, a quem ela recorreu achando que ninguém sabia, nem os remédios de botica. Nem a fé, pois todas as tentativas eram amparadas com muita reza. A sinhá exigia que houvesse pelo menos uma preta sempre ao lado dela, desfiando o rosário, e que era substituída assim que a voz demonstrasse cansaço. Já tinha recebido visitas de médicos da capital e até mesmo da corte, que ficava a muitos dias de navio da Bahia, na província do Rio de Janeiro. Mesmo assim, todas as vezes que a sinhá ficava pejada, as crianças não vingavam. Só podiam ser *abikus*, e eles não iam querer ficar enquanto não fossem tomadas as providências. Mas eu é que não ia voltar a falar nesse assunto, uma vez que a Esméria já tinha me repreendido.

Uma noite, sonhei com a Taiwo, quero dizer, acho que era a Taiwo, vestida com a roupa que a sinhazinha Maria Clara tinha me emprestado, pois tive a mesma sensação de quando nos olhávamos nos olhos por sobre os ombros da minha mãe, em Savalu. Parecia eu, mas era a Taiwo, e estava feliz, olhando nos meus olhos e sorrindo, enrolando a barra do vestido em volta das pernas, de um lado para outro. Logo na manhã seguinte, enquanto eu ajudava a Esméria a torrar e moer o café, a Nega Florinda apareceu e, sem dizer nada além de um breve cumprimento, foi embora depois de me entregar um embrulho com o pingente que todo ibêji que sobrevive à morte do outro deve usar para conservar a sua alma, e mais uma pequena escultura, também em madeira, representando os dois Ibêjis juntos. Mostrei à Esméria e ela me levou de volta à senzala pequena, de onde quase todos já haviam saído, menos os dois moleques, o Tico e o Hilário, que ainda dormiam de roncar. Ela me ajudou a cavar um buraco no local onde estava a minha esteira, suficientemente fundo para atingir a base da parede que entrava para dentro da terra, e deixando um oco, como se fosse uma caverna. Foi assim que descobri como os pretos guardavam os seus santos, escondidos dos olhos dos brancos, e que todas aquelas paredes já deviam estar apoiadas em quase nada. Até a Esméria tinha lá os seus orixás, mesmo já estando acostumada aos santos dos brancos e tendo simpatia por alguns deles, como São Benedito, que era preto como nós, ou Nossa Senhora da Conceição, que se reza como Iemanjá, assim como São Jorge é Xangô e Santo Antônio é Ogum, ou São Cosme e São Damião, que são os Ibêjis. Depois que colocamos a esteira para esconder a entrada do buraco, ela me pediu para tomar bastante cuidado na hora de tirar meus Ibêjis de lá, para ter certeza de que não havia ninguém olhando. Caso contrário, eu arriscaria não só o meu esconderijo, mas o de todos os pretos, pois poderiam mandar fazer uma busca nas senzalas. O pingente de ibêji, ao contrário do que eu pensava, não representava uma criança, como ainda era a Taiwo quando morreu, mas uma adulta com peitos e racha, que era como ela deveria ficar se tivesse crescido. Manter a Taiwo viva, esse era o papel do pingente, ou amuleto, que eu trago sempre comigo, pendurado no pescoço. Dias depois, um Xangô foi se juntar aos Ibêjis no esconderijo, também presente da Nega Florinda.

FATUMBI

Quase por milagre, a sinhá Ana Felipa deu sinais de melhora e estava esperançosa de conseguir segurar a criança até o final. Um dia, depois de ler a correspondência enviada da capital, ela chamou a Esméria e o Sebastião e disse que receberíamos visita importante. Eu estava ouvindo atrás da porta quando o Sebastião foi incumbido de preparar a casa para receber o padre Notório com todo o conforto e todo o luxo a que ele estava acostumado. O padre ficaria alguns dias na fazenda, porque, como ela disse, a casa estava precisando da presença de Deus, que era por isso que as crianças não vingavam. A Esméria deveria cuidar da cozinha, caprichando no preparo das refeições e de bolos, tortas e outros quitutes finos, coisas muito diferentes das que ela fazia pensando que todos na casa eram pretos acostumados a comer de qualquer jeito. A sinhá perguntou se algum dos escravos da casa sabia ler, porque ela tinha um caderno com receitas que queria que a Esméria e a Maria das Graças aprendessem a preparar e servissem durante a estada do padre Notório. A Esméria disse que não, que ninguém sabia ler ou escrever, e a sinhá respondeu que era o que esperava mesmo, que cabeça de preto mal dava para aprender a falar direito, quanto mais para ler e escrever. E ela, que não podia se levantar da cama, era quem tinha que ver tudo isso, e ia falar com o sinhô José Carlos para saber se entre os pretos da capital havia algum letrado que pudesse ajudar na casa durante aqueles dias. Na manhã seguinte, junto com as compras que ela tinha mandado fazer em São Salvador, chegou um preto do escritório que o sinhô tinha por lá, que a sinhá nos apresentou dizendo que ficaria conosco durante a visita do padre, porque precisava mostrar que a fazenda também tinha escravos de qualidade e não apenas os sem inteligência como nós, e que ele leria as receitas e todas as outras instruções que ela daria por escrito. E já que ele estava disponível, o Sebastião deveria providenciar um horário, todos os dias, para que a sinhazinha Maria Clara tivesse aulas de ler e escrever, pois a menina estava sendo criada xucra como preta, e alguém tinha que tomar providências.

O preto se chamava Fatumbi; era muito alto, magro e sério, de uma seriedade que fazia com que ninguém se sentisse à vontade para se aproximar dele. No dia seguinte à sua chegada, começaram as aulas para a sinhazinha Maria Clara aprender pelo menos as letras e os números, nos livros e cadernos que foram buscados às pressas na capital. Compraram também tinta, pena e outros apetrechos para a sinhazinha, e um quadro-negro onde o Fatumbi ia escrevendo o que ela precisava copiar. As aulas eram dadas na biblioteca, que ficava atrás de uma das portas do imenso corredor, uma que eu nunca tinha visto aberta antes. Fiquei feliz por poder assistir às aulas na qualidade de acompanhante da sinhazinha, e tratei de aproveitar muito bem a oportunidade. Ela nunca estava muito interessada, e o Fatumbi tinha que chamar a atenção dela diversas vezes, como se ele fosse branco e ela fosse preta, motivo que me fez brigar com ele, pois eu achava que ninguém podia falar daquele jeito com a nossa sinhazinha. Mas depois entendi que ele tinha razão, que se ela não quisesse aprender por bem, que fosse por mal. Acho que foi por isso que comecei a admirá-lo, o primeiro preto que vi tratando branco como um igual.

Enquanto a sinhazinha Maria Clara copiava as letras e os números que o Fatumbi desenhava no quadro-negro, eu fazia a mesma coisa com o dedo, usando o chão como caderno. Eu também repetia cada letra que ele falava em voz alta, junto com a sinhazinha, sentindo os sons delas se unirem para formar as palavras. Ele logo percebeu o meu interesse e achei que fosse ficar bravo, mas não; até quase sorriu e passou a olhar mais vezes para mim, como se eu fosse aluna da mesma importância que a sinhazinha. Comecei a aprender mais rapidamente que ela, que muitas vezes errava coisas que eu já sabia. As três horas de aula todas as tardes passaram a ser para mim as mais felizes do dia, as mais esperadas, e fiquei triste quando chegou o primeiro fim de semana, dias de folga que o professor aproveitou para ir até a capital. O Fatumbi também estava alojado na senzala pequena, mas não tinha esteira, dormia sobre uma pele de carneiro que guardava escondida dentro de um saco de pano grosso e escuro. Isto fez com que eu me lembrasse dos muçurumins no barracão de Uidá, que também tinham as tais peles, e achei que o jeito do professor era bem parecido com o deles. Ele nunca olhava as mulheres nos olhos, apenas eu e a sinhazinha, e, mesmo assim, só quando estava nos ensinando. Com as outras mulheres nem isso, nem quando o assunto era trabalho; falava só o necessário e quando o Sebastião não estava por perto para servir de leva e traz.

Na segunda-feira, esperei ansiosa pela volta do Fatumbi, e quando ele passou por mim, sendo que não havia mais ninguém por perto, cumprimentei-o com um salamaleco. Primeiro ele se assustou, mas depois respondeu ao meu cumprimento dando uma piscadela. Aquele ficou sendo o nosso segredo; eu sabia que ele era muçurumim, o que nem sempre eles gostavam que os outros soubessem. Depois da minha descoberta, que eu achava ser só minha e sobre a qual não comentei com ninguém, achei que ele passou a me tratar melhor, dando um jeito de, à noite, deixar que eu estudasse em alguns livros da sinhazinha que ele levava para corrigir, arrumando também papel e pena para que eu pudesse copiar e fazer os exercícios. A Esméria ficava brava, dizia que era perda de tempo e que nem valia a pena eu aprender as letras e os números, porque não teria chance de usar. Mas ela sempre ia ver o que eu estava fazendo antes que o pouco óleo do lampião acabasse e nós ficássemos no escuro, e perguntava alguma coisa, que número era aquele ou que letra era aquela, repetindo por um bom tempo depois. Eu também repetia; mesmo no escuro, eu ficava desenhando as letras na minha cabeça e tentando juntar umas com as outras, formando as palavras. Palavras que depois eu passava para o papel, usando a pena e uma tinta que o Fatumbi ensinou a Esméria a preparar com arroz queimado. Na segunda semana de aulas, chegou o padre tão esperado e tão bendito, porque, se não fosse por ele, a sinhá Ana Felipa não teria se lembrado de que a sinhazinha precisava se instruir, e eu junto com ela. Estava tão entretida com as aulas que nem acompanhei direito toda a movimentação na casa-grande. Eu e a sinhazinha passávamos a maior parte do tempo no quarto, ela fingindo estudar e eu estudando de fato, com os livros que não estavam em uso. Um dia antes da chegada do padre Notório, pedi ao Fatumbi que escrevesse para eu copiar o pai-nosso e a ave-maria, que achei muito mais fáceis de rezar depois de ler e entender. Mostrei para a Esméria e ela disse que nunca poderia imaginar que ali, naquele monte de tracinhos que não diziam nada, pelo menos para ela, estavam orações tão bonitas. Eram mesmo orações bonitas, que mais tarde também aprendi em iorubá, eve-fon e, muitos anos depois, em inglês e em francês.

Ao contrário do que eu imaginava, o padre Notório era moço, muito mais jovem que o sinhô José Carlos. E bonito também, tanto que a Antônia falou que ele até se parecia com os santos. No dia da chegada dele, a sinhá Ana Felipa acordou animada, dizendo que estava se sentindo ótima e que talvez até se levantasse. Depois, ficou com medo de que o sangramento voltasse e mudou de ideia, ficando na cama apesar de ter trocado a camisola por um vestido e feito um toucador completo. Chamou a Antônia para penteá-la e passou algumas cores no rosto, segundo ela para parecer mais saudável, porque não queria receber com aparência de morta o santo homem que estava chegando para pregar a vida. Pediu também que chamassem a sinhazinha até o quarto, para ver se ela estava bem cuidada e vestida, e como tinha muito tempo que não a via, achou que estava mudada, que tinha crescido e já era quase uma moça. Lamentou ter mandado fazer uns modelos de roupa de criança para ela com a modista da capital, que tinha estado na casa no início da semana anterior e de quem estava estreando um dos vestidos encomendados.

Todos nós, os escravos da casa, também ganhamos roupas novas. Fardas, como dizia a sinhá, tão bonitas que até se igualavam às roupas dos brancos. A minha farda era um vestido que se parecia um pouco com as roupas mais simples da sinhazinha, e não mais saia e bata, como eu sempre tinha usado. Para os homens foram encomendadas calças compridas até os pés, e não mais batendo no meio da canela. A calça era cor de vinho e tinha uma listra branca do lado de fora das pernas, combinando com a cor da camisa. As mulheres ganharam saias longas e rodadas da mesma cor que as calças dos homens e com as mesmas listras brancas na bainha, em toda a volta, e batas brancas para serem usadas por baixo de um avental com peitilho, também branco. A farda do Sebastião, além da calça e da camisa, tinha um paletó cor de vinho que ia até a metade das pernas. Mesmo com toda aquela roupa que não estávamos acostumados a usar, ninguém reclamou do calor, porque nunca tínhamos nos vestido daquele jeito. As roupas também tinham bolsos, luxo que era novidade para todos, e no peito do avental das mulheres estavam bordadas letras que mais pareciam desenhos, e que eu copiei muitas vezes. Um monograma, como ensinou a sinhá, que eram as letras que começavam o nome dela, A-F-D-A-A-C-G, de Ana Felipa Dusseldorf Albuquerque de Almeida Carvalho Gama. Ana Felipa era o nome de uma rainha do estrangeiro, Dusseldorf era herdado da mãe, Albuquerque, do pai, e Almeida Carvalho Gama, do marido.

A sinhá Ana Felipa disse que devíamos nos alegrar porque os tempos tinham mudado muito e os monogramas eram bordados nas roupas, e não mais na pele dos escravos. Contou que, ao se casar, além do enxoval, a mãe dela ganhou duas mucamas e três pretos, todos com o monograma gravado no rosto com ferro quente. Disse também que achava um monograma muito mais bonito que as marcas que os pretos da senzala grande tinham no rosto, coisa de animais e não de gente. Foi só então que reparei que nenhum dos escravos de casa tinha marcas no rosto, e esse era um critério que ela usava ao nos escolher, talvez até pensando em mandar gravar o tal monograma algum dia. Nenhum de nós também tinha marcas de varíola, embora essa doença não soubesse se a pessoa era branca ou preta, atacava de qualquer jeito, qualquer um, de qualquer idade. Era uma doença boa, cheguei a pensar na época, mas não consegui concluir e justificar o pensamento. Hoje sei que é por causa disso, por ela não fazer distinção e deixar as mesmas marcas em quem quer que seja.

O PADRE

O padre Notório chegou pela praia, carregado na cadeirinha do sinhô José Carlos. A sinhá Ana Felipa ordenou que todos os escravos da casa estivessem de pé na varanda, esperando para se colocarem sob as ordens dele. Devíamos também pedir a bênção, provando que não éramos mais uns pagãos selvagens, e quando ele nos desse a mão para beijar, não beijar de fato, apenas fingir. Foi o que fizemos, mas, mesmo assim, após cada bênção ele limpava a mão na batina. Quando acabamos, ele disse que estava com calor e pediu água fresca, que o Sebastião serviu equilibrando o copo em uma rica bandeja de prata, para ele e para o moço que o acompanhava, Gabriel, um rapazola que estudava para ser padre. Eu nunca tinha visto um padre de perto, e não imaginei que eles pudessem ser tão novos e bonitos, ao contrário do padre que eu tinha visto de longe, chegando de barco à Ilha dos Frades, que era velho e gordo, a barriga saliente debaixo da roupa toda preta, inclusive o chapéu. O padre Notório usava batina castanha feita de um tecido leve que brilhava e acompanhava os passos dele, amarrada na cintura por um cordão comprido, também castanho. Em vez de sapatos, usava sandálias abertas que mostravam pés muito finos, de dedos longos, com a pele clara parecendo tão macia quanto a das mãos. A cabeça estava coberta por um enorme chapéu de palha e, no pescoço, tinha pendurado um grosso cordão de ouro com crucifixo de madeira. O Gabriel, o estudante de padre, estava vestido como gente comum e era mais jovem ainda, talvez tivesse uns quinze ou dezesseis anos, não muito mais do que isso, e parecia uma moça de tão bonito e delicado. Era magro e bastante alto para a idade, a pele muito branca, os olhos azuis como os da sinhazinha Maria Clara, e também tinha a mesma cor de cabelo, cor de cabelo de milho. Depois que se refrescaram, o Sebastião foi com eles até o quarto da sinhá Ana Felipa, onde ficaram de conversa o resto da tarde, com a Antônia entrando e saindo a toda hora para ver se precisavam de alguma coisa, mas, na verdade, era por curiosidade mesmo. Não sabíamos que ele estaria acompanhado, e a sinhá tinha mandado ajeitar apenas um quarto. O padre Notório preferiu que continuasse assim, que apenas fosse colocada mais uma cama, pois queria ter o rapaz sempre por perto, para ajudá-lo a refrear os arroubos da juventude, pois não se devia dar oportunidade para que fosse desperdiçada uma vocação. Fomos dispensados logo após o jantar, mas o Sebastião e a Antônia dormiram na cozinha da casa-grande junto com a Rita, e depois nos contaram que o sinhô José Carlos e as visitas ficaram acordados até tarde, na sala, conversando e bebendo vinho.

Na manhã seguinte, o padre Notório convocou todos os escravos da casa e avisou que, a partir daquele dia, rezaríamos pela sinhá e pelo filho dela, que antes de começarmos os trabalhos deveríamos nos reunir na sala e rezar dez ave-marias, dez pai-nossos e dez glórias ao pai, e que ele faria o mesmo com os outros escravos antes de eles irem para seus postos no baleeiro ou na plantação. Depois dos dois turnos de reza, na casa-grande e na senzala, o padre Notório e o seminarista Gabriel ainda rezavam um terço com a sinhá e a sinhazinha, que, de início, não queria se levantar tão cedo, mas teve que ceder, mesmo de má vontade. Acabado o terço, a sinhá era carregada até a varanda, onde fazia companhia para as visitas, para tomar a fresca e conversar. Eu gostava de ficar por perto e torcia para que a sinhazinha quisesse brincar na varanda também, pois, apesar de não entender muitas das coisas que eles falavam, nem sempre em português, o que eu entendia já fazia valer a pena. Comentavam sobre livros que tinham lido, falavam de lugares no estrangeiro para onde já tinham viajado, das festas na capital, das coisas que aconteciam na corte. O sinhô José Carlos às vezes participava dessas conversas sobre a corte, e fiquei sabendo que eles não gostavam do governo estrangeiro, português, queriam que o Brasil fosse governado por um brasileiro, e que em muitos lugares já havia lutas para que isso acontecesse. Depois do almoço, todos se retiravam para a sesta e só a sinhá não se levantava mais, embora estivesse recobrando as cores e muito mais animada com o seu estado, que parecia ir a termo daquela vez. Ela tinha encomendado enxoval em São Salvador e quase todo dia chegavam peças novas, principalmente roupas e mantas, umas mais lindas que as outras. E também enfeites para o quarto e toalhas, que eram benzidos pelo padre Notório antes de serem guardados na cômoda.

Depois da sesta, as visitas saíam para caminhar pelas redondezas, e às vezes o padre nem vestia roupas de padre. Estavam maravilhados com a região e sempre comentavam sobre as frutas maduras colhidas no pé, os riachos aprazíveis, as praias nas quais não se via viv'alma, um paraíso de Deus na terra. Em uma das tardes, enquanto eu e a sinhazinha tínhamos aula com o Fatumbi, o Tico e o Hilário seguiram os dois, e quando voltaram para casa, estranhamente ficaram pela cozinha, rodeando a Esméria, sinal de que queriam contar alguma coisa. Percebendo isso, a Esméria disse que não queria saber de maledicências, pois se o sinhô José Carlos, a sinhá Ana Felipa ou o capataz Eufrásio ouvissem os meninos fazendo fuxico, iam mandar cortar a língua dos dois para que nunca mais se intrometessem na vida dos outros. Eles então disseram que nada falariam sobre o que tinham visto os padrecos fazendo, os dois nuzinhos no riacho, e saíram correndo, com a Esméria no encalço deles dizendo que estavam loucos em insinuar uma blasfêmia daquelas e que não ousassem repeti-la para mais ninguém. No dia seguinte, ficamos sabendo que a notícia se espalhara entre os pretos da senzala grande e que, na reza matinal, tinha sido difícil para o capataz controlar o riso deles, sendo que alguns até se recusaram a participar de culto feito por jimbandas. A Esméria me explicou que jimbanda, em língua de preto de Angola, era homem que gostava de homem em vez de gostar de mulher. O padre Notório percebeu o acontecido e naquele dia mesmo comunicou à sinhá Ana Felipa que estava na hora de ir embora, pois tinha compromissos na capital, que treinaria uns pretos para continuarem puxando a reza todas as manhãs e que, depois do resguardo, a própria sinhá poderia se encarregar disso. Desavisada e gostando de ter companhia para conversar, ela pediu que ficasse apenas mais uns dias, pelo menos até a festa de São José, de quem era devota e para quem ia libertar um escravo.

A Antônia comentou que havia quatro anos que a sinhá não organizava tal festa. O último liberto tinha sido o preto Dandão, um dos primeiros escravos do pai do sinhô José Carlos, que o chamava de sinhozinho e já estava tão acostumado a ser escravo que não queria ser liberto. Achavam que ele tinha morrido de desgosto três dias depois de receber a carta, entendendo a liberdade como um castigo por algo errado que tivesse feito, e não como um presente ou um direito. No ano seguinte, acreditando que o Dandão tinha desfeiteado a bondade dela, a sinhá não quis fazer nada e apenas reuniu os escravos da casa para rezar um terço. Nos outros dois anos ela esteve sempre de cama, porque ficava pejada na mesma época. O padre Notório concordou em ficar por São José, santo que ele muito apreciava, e, passando por cima das pequenas insubordinações, começou a ensaiar com os escravos da senzala grande uma música de louvor para ser cantada durante a festa.

O dia de São José era dia de guarda, quando ninguém podia trabalhar, e para o almoço dos escravos teria até carne fresca. Eu não sabia o que os escravos da senzala grande comiam porque eles mesmos preparavam sua comida por lá, mas, com certeza, era diferente da nossa. Podíamos comer o que sobrava das refeições da família, pois a Esméria sempre exagerava na quantidade. A sinhá quase não aparecia na cozinha e o sinhô não se importava com esse tipo de coisa ou não tinha noção de quanta comida se preparava naquela casa, se para três ou para doze pessoas. A Esméria achava que ele até desconfiava mas não dizia nada, e nisto ele era bom. Aliás, naquela época ela achava que o nosso dono era boa pessoa, mesmo metido em sem-vergonhices arrumadas pelo capataz Eufrásio ou por outros homens de confiança e deitando-se com as pretas da senzala grande. Mas a maior expectativa da festa, muito mais do que a comida, era a alforria. Todos queriam saber para quem seria dada, e a sinhá disse que só revelaria no dia da festa, que não adiantava nada bajulá-la porque não se deixaria enganar por preto dissimulado, pois se lembrava muito bem das faltas, dos desserviços e da ingratidão de cada um. Quase sempre a alforria era dada para um dos pretos da casa e todos estavam apostando que daquela vez seria para a Esméria. Ela tinha sido escrava do pai do sinhô José Carlos, chegada de África ainda mocinha, e estava na fazenda havia mais de quarenta anos. Eu ficaria feliz por ela, que já tinha até começado a fazer planos, mas preferia que ficasse, por ser para mim a mãe ou a avó que eu não tinha mais. Perguntei por que nunca tinha se casado e ela me disse que não adiantava muito se casar em uma situação como a nossa, porque, conforme o querer dos sinhôs e das sinhás, o casal vivia junto ou era separado com a venda de um deles, ou dos dois para pessoas diferentes.

O NATIMORTO

Três dias antes da festa, no meio da noite, a Antônia entrou apavorada na senzala pequena, pedindo a ajuda da Esméria e da Maria das Graças porque o filho da sinhá estava nascendo. O Sebastião, que também passava as noites na casa-grande, já tinha saído para buscar a aparadeira na Vila de Itaparica. Eu também quis ir para a casa-grande e a princípio a Esméria não queria deixar, mas depois achou que era melhor, que eu podia fazer companhia à sinhazinha Maria Clara, mantendo-a no quarto. O que não foi nada difícil, pois ela apenas acordou com um dos gritos da sinhá e logo em seguida voltou a dormir, dizendo que não era a primeira vez que aquilo acontecia. Aproveitei para deixar a porta aberta e observar o movimento. O sinhô José Carlos estava na sala, andando de um lado para o outro com um copo de bebida nas mãos, acompanhado pelo padre Notório. De vez em quando o padre largava o copo e se ajoelhava diante do oratório, onde quase já não havia mais espaço para os santos, de tanta vela acesa. A casa também estava muito iluminada, com todos os lampiões acesos, inclusive os do lado de fora, onde a movimentação dos pretos da senzala grande também já tinha começado. Alguns iniciavam os trabalhos do dia, outros rezavam e outros, curiosos, queriam apenas saber o que estava acontecendo. No quarto, a sinhá berrava para que salvassem o filho dela, que nem se importava em morrer, desde que o filho sobrevivesse, e não havia quem conseguisse acalmá-la. O sinhô estava impaciente porque a aparadeira demorava a chegar e, pelo andamento das coisas, não havia tempo de mandar buscar médico na capital. A todo momento as mulheres entravam no quarto carregando tinas com água quente e panos limpos, e saíam com tudo sujo de sangue. Eu me lembrei dos *abikus* que comiam as cabeças das mães quando nasciam, e rezei para os meus santos e os da sinhá para que isto não acontecesse com ela. Para mim, era mais do que certo que ela tinha jeito para atrair *abikus*, mas eu nunca poderia dizer isso a ela, que, além de não acreditar, ainda mandaria me castigar por estar professando bruxarias de pretos.

Quando a aparadeira chegou já era tarde, mas em qualquer momento que ela tivesse chegado seria tarde, porque a criança já estava morta dentro da sinhá havia muitos dias. A aparadeira sabia disso pelo jeito como o inocente estava quando nasceu, e ela já tinha visto casos em que o corpo da mãe demorava a acreditar que o corpo do filho estava morto e que seria desse jeito que o poria no mundo. O pior era quando isso não acontecia e danava tudo lá dentro, morrendo a mãe e a criança. No caso da sinhá, era um menino que, mesmo se ainda tivesse vida ao nascer, não teria sobrevivido por estar muito malformado, pelo adiantamento da boa hora. A aparadeira passou o resto da noite na casa, e antes de ir embora explicou às mulheres como cuidar da sinhá, que estava fraca pela perda de sangue e precisaria ter comida de resguardo e muito repouso, sem aborrecimentos. Disse também que se ela não desse mostras de se recuperar, era para chamar um médico da cidade, porque ela só entendia de nascimentos, o que já não era mais o caso. O sinhô José Carlos, ao saber do acontecido, sumiu na escuridão da noite e não apareceu nem para almoçar no dia seguinte. O Tico me contou que a preta Verenciana, com quem ele costumava se deitar de vez em quando, também tinha sumido da senzala grande depois de ser acordada pelo capataz Eufrásio. O padre Notório e o seminarista Gabriel ficaram ao pé da cama da sinhá Ana Felipa durante toda a manhã, enquanto ela alternava momentos de profundo desespero com outros em que nem dava por si, quando então eles puxavam o terço e obrigavam as pretas a acompanhá-los. A sinhazinha Maria Clara passou o dia normalmente, como se nada tivesse acontecido, e nem teve curiosidade de saber como a sinhá estava passando.

No fim da tarde eu vi o caixãozinho branco sair. O anjinho tinha passado o dia todo na sala, rodeado de muitas velas. Vi o cortejo de longe, porque a Esméria mandou que eu me afastasse da casa e levasse a sinhazinha Maria Clara, para ela não ficar impressionada, serviço para o qual também chamou o Tico e o Hilário, que já tinham sido perdoados pelo acontecido na mata. Mas não adiantou muita coisa se a intenção era poupar a sinhazinha, porque, como eles tinham visto a criança, ela estava curiosa para saber como era. No início eles não queriam falar, mas ela os obrigou e acabamos sabendo que a criança não tinha nem pele, nem olhos, nem nada, e que tinha um buraco bem no alto da cabeça, sem cabelo, parecendo mais uma assombração coberta de sangue. A sinhazinha perguntou se eles já tinham visto assombração e eles disseram que sim, que viam sempre no meio dos matos e não tinham medo. Ela disse que também não tinha medo, e que qualquer dia queria ir com eles para o meio do mato caçar assombração. Eles corrigiram, dizendo que as assombrações não apareciam durante o dia, só à noite, e a sinhazinha disse que então assim seria, que qualquer noite era para baterem na janela que nós iríamos para o mato com eles, para ver se eram mesmo corajosos.

Enquanto os meninos diziam que eram corajosos e ela repetia que duvidava, o caixãozinho branco deixava a sala nos braços do Sebastião seguido pelo padre Notório e pelo seminarista Gabriel, que segurava uma panela de alça comprida improvisada como defumador. Atrás deles iam o capataz Eufrásio com alguns de seus homens e as pretas da casa, menos a Antônia, que ficou fazendo companhia à sinhá. Elas tinham rosários nas mãos e um pano preto cobrindo as cabeças, e pareciam rezar. Olhando o cortejo, eu me benzi e dei um beijo no meu pingente de ibêji, sentindo grande tristeza ao me lembrar de tanta gente que já tinha visto morrer em tão pouco tempo. Primeiro o Kokumo, depois a minha mãe, a Taiwo e a minha avó, fora todos os outros que não eram da família, todos os que tinham sido atirados ao mar para virar comida de peixe. Fiquei com o estômago embrulhado e vomitei; o Tico disse que eu era fraca, que já estava até vomitando de medo de ir com eles para o mato caçar assombração. Eu nem respondi, havia um silêncio muito grande dentro de mim e ao meu redor, onde nem os passarinhos cantavam, nem o vento piava, nem as ondas batiam. Nada, nada, nada. O pequeno cortejo pegou a praia, na direção da igreja do povoado, e sumiu por trás dos coqueiros. Eu fiquei olhando o nada, com vontade de também fazer nada, mas me levantei e saí caminhando em direção à água, o que ninguém percebeu. Sentada na areia, fiquei olhando o mar e chorando todas aquelas mortes que pareciam estar dentro de mim, ocupando tanto espaço que não me deixavam sentir mais nada. Os olhos ardiam com as lágrimas salgadas, como se fossem mar também, e senti uma solidão do tamanho dele, do tamanho da viagem da África até o Brasil, do tamanho do sorriso da minha mãe quando estava dançando, do tamanho da força com que a Taiwo segurava a minha mão enquanto observávamos o riozinho de sangue do Kokumo. Eu ainda não tinha chorado por eles, e só fui parar quando, tarde da noite, a Esméria voltou do povoado e sentiu minha falta, indo procurar em todos os lugares onde sabia que eu gostava de ficar. Ela se sentou ao meu lado e me chamou de sua menina, puxou minha cabeça de encontro ao quente do peito dela e me embalou com cantigas da África. Embalou e cantou até que eu dormisse, como naquele dia em que a minha mãe dormiu para sempre no quente do colo da minha avó, em Savalu. Ou como naquele dia em que eu e a Taiwo dormimos no barracão, embaladas nos braços de Nanã e de Iemanjá.

DESPEDIDAS

Durante alguns dias a sinhá se trançou no quarto e proibiu que abrissem as janelas ou entrassem lá com velas ou lampiões acesos. Disse que era daquele jeito que estava se sentindo, com tudo escuro por dentro e por fora, e eu sabia muito bem do que ela estava falando. A festa de São José foi cancelada, mas mesmo assim os pretos da senzala grande receberam a comida que já tinha sido comprada para eles, e foi mantida a promessa de alforriar um preto por devoção assim que terminasse o período de nojo. O padre Notório e o seminarista Gabriel foram embora para a capital e a única coisa que alegrava os meus dias eram as aulas do Fatumbi. Mas no dia em que a sinhá saiu do quarto, branca como cera de vela e toda vestida de preto, disse que mandaria a sinhazinha Maria Clara estudar em um colégio de freiras em São Salvador, e que o Fatumbi só daria aulas por mais alguns dias, tempo suficiente para ensinar o que ela deveria saber para não fazer muito feio. Ela também disse que a escolhida para a alforria tinha sido a Antônia, o que me alegrou bastante porque a Esméria continuaria comigo, quase uma compensação pela tristeza de perder a sinhazinha e as aulas do Fatumbi.

Quando soube da notícia, a sinhazinha não reclamou e disse que até ia gostar de morar longe, que nada na capital poderia ser pior do que a presença daquela bruxa. Achei que ela não devia falar aquilo, porque eu tinha começado a entender a dor e a revolta da sinhá Ana Felipa. O sinhô José Carlos às vezes não voltava para dormir, e a Rita disse que em tais noites a sinhá também não dormia, ficava feito fantasma andando pela casa com um rosário nas mãos e chorando. A Antônia perguntou à sinhá se podia transferir a carta de alforria para a sua filha que morava na senzala grande, que seria um presente maior do que a liberdade para ela própria. Depois de muito reclamar dizendo que a Antônia era uma ingrata, a sinhá concordou. Eu nem sabia que a Antônia tinha uma filha, que diziam ser filha do pai do sinhô José Carlos, muito mais clara que a mãe. Eu vi quando as duas se despediram na porta da cozinha, abraçadas e chorando, a filha dizendo que ia trabalhar muito e logo teria dinheiro para comprar a carta da mãe. Foi a primeira vez que ouvi dizer que qualquer um de nós podia trabalhar e ganhar dinheiro para comprar a liberdade, e perguntei à Esméria como aquilo podia acontecer. Ela me desencorajou dizendo que era muito difícil, que na cidade até podia acontecer, porque lá os pretos faziam outras coisas nas horas de folga, aos domingos e nos dias santos, e que alguns podiam trabalhar por conta própria e juntar dinheiro. Mas na roça, e principalmente na ilha, era quase impossível, que eu podia esquecer.

A sinhazinha Maria Clara foi embora alguns dias depois do padre, levando um baú cheio de roupas e alguns brinquedos, dizendo que lá no colégio também teria um quarto só para ela, sem ninguém para vigiá-la. Ela me deixou um embrulho de presente e disse que eu só poderia abri-lo no dia do meu aniversário, e que mesmo sendo preta eu podia considerá-la minha amiga. O Fatumbi foi embora no mesmo barco que ela e também deu um jeito de esconder alguns livros e papéis para mim, indicando o lugar para que eu fosse buscar mais tarde, no mato. Quando deixaram a casa junto com o sinhô José Carlos, que acompanhou a filha até o colégio, a sinhá me chamou e disse que daquele momento em diante eu ajudaria a Esméria e a Maria das Graças na cozinha. Mas tempos depois ela mudaria de ideia e, de certa forma, eu já estava sentindo que isto ia acontecer, desde a noite em que sonhei com a Taiwo e ela estava triste olhando para mim. Ou eu olhando para ela, não sei. Foi logo depois do meu aniversário, quando abri o presente da sinhazinha Maria Clara, aquele vestido com o qual um dia eu tinha me olhado no espelho do quarto dela. Um dos melhores presentes que ganhei, mesmo sabendo que não teria como usá-lo. Senti muita falta da sinhazinha, das nossas brincadeiras, das tardes que passávamos na varanda trocando as roupas das bonecas e fazendo penteados. Foi por causa disso que me lembrei da antiga roupa de trabalho, a que eu tinha antes da farda feita para a visita do padre Notório, e resolvi usar o tecido para costurar uma boneca e uma roupinha de boneca, como a minha avó fazia para mim e para a Taiwo.

Eu ficava inventando coisas para fazer, já que o trabalho na cozinha era pouco e a Esméria e a Maria das Graças já viviam discutindo para ver quem ficava com as ocupações. Desde que a sinhazinha tinha ido morar na capital, o sinhô José Carlos passava dias sem aparecer em casa e a sinhá Ana Felipa comia cada vez menos. Escondida na despensa, com a porta fechada, eu estudava nos livros que o Fatumbi tinha deixado para mim e treinava a escrita, mas já tinha usado todos os papéis. Ele também tinha me dado um livro com muitas páginas de letras miúdas, que eu tentava ler, mas não conseguia. Quero dizer, ler eu conseguia, mas não entendia direito. As palavras eram complicadas e me cansavam ao fim de poucas linhas, sem que ao menos eu me lembrasse do que estava escrito nas linhas anteriores. Certo dia, cansada de ler e aproveitando que estava na hora da sesta da sinhá, e também porque ela nunca ia aos cômodos dos fundos, eu me sentei à porta da cozinha, peguei a antiga farda e comecei a costurar uma boneca. Para minha grande surpresa, e justo naquele dia, a sinhá tinha resolvido caminhar um pouco e apareceu no quintal, dando a volta por fora da varanda. Assim que viu o que eu estava fazendo, tomou a boneca das minhas mãos e gritou para a Esméria atear fogo naquilo, dizendo que, daquele dia em diante, não queria mais ver minha cara preta e feia de feiticeira na frente dela, porque não lhe custava nada mandar arrancar os meus olhos, como tinha feito com a vadia da Verenciana.

A Esméria tentou interceder por mim, dizendo que era só uma boneca e que eu era só uma criança, mas a sinhá deu um tapa no rosto dela e disse que, se abrisse a boca para dizer mais uma só palavra, iria para o tronco como os bichos da senzala grande, onde, aliás, era o lugar do bicho que eu era, igualzinha a eles. E que eu deveria agradecer por ela não mandar acender uma fogueira usando meu corpo como carvão, para atiçar o fogo. Disse ainda que a bruxa branca ela já tinha mandado embora, que faria de tudo para que a sinhazinha Maria Clara nunca mais voltasse à fazenda, porque quando a menina botava os olhos em cima dela, sentia o ventre secar. Restava então se livrar de mim, que tinha ficado incumbida de terminar o trabalho da outra, que era não deixar que ela tivesse filhos. Continuou dizendo que sabia muito bem o que eu estava fazendo, que já tinha ouvido falar naquilo, que aquela boneca era ela, a sinhá Ana Felipa, e que eu só ia esperar ela pegar filho de novo para enfeitiçar a boneca e arrancar coisas de dentro dela, como se estivesse enfiando a minha mão dentro do ventre da própria sinhá e puxando o filho para fora.

Eu me lembrei imediatamente das bonequinhas da minha avó e de que nunca eram usadas para fazer o mal. A minha avó até poderia ter feito uma bonequinha para que a sinhá conseguisse segurar os filhos, como sempre quis. Achei tudo aquilo que ela estava falando muito errado, injusto, pois eu não conhecia nada de magia e nem queria fazer mal a ninguém. Mas quando ia dizer isso, a Esméria não deixou e mandou que eu fosse embora, que sumisse dali. Saí correndo para o meio do mato e ainda pude ouvir os gritos da sinhá me acompanhando, enquanto a Antônia e a Esméria tentavam acalmá-la. O Tico e o Hilário correram atrás de mim perguntando o que tinha acontecido, mas gritei que me deixassem em paz, que eu queria ficar sozinha e não falaria nada. Se quisessem saber, que fossem perguntar à sinhá. Quando achei que já estava longe o bastante, fiquei sentada sob uma árvore pensando nas coisas que tinham acontecido naquela casa nas últimas semanas, achando que seria bom mesmo ficar longe de lá, como tinha dito a sinhazinha Maria Clara.

Desde que tinha perdido o filho, a sinhá Ana Felipa nunca mais fora a mesma, nem tirou o luto, mesmo depois do período de nojo recomendado. Ela passava os dias andando pela casa com um rosário na mão, brigando e castigando por nada, fazendo com que interrompêssemos o trabalho para rezar um pai-nosso e uma ave-maria. Se algum de nós errasse, ela aplicava um corretivo com um pedaço de tábua que passou a carregar sempre no bolso, cinco pancadas em cada mão. Quase não comia, e mesmo quando se sentava sozinha à mesa, mandava colocar o prato do sinhô José Carlos, que aparecia cada vez menos. Quando aparecia, eles nem se falavam. Isso foi assim até o dia em que a sinhá ficou sabendo pelo capataz Eufrásio que a preta Verenciana estava pejada e diziam na senzala grande que o sinhô José Carlos estava se deitando com ela. A sinhá perguntou pelo sinhô e o Eufrásio disse que ele estava na capital e só voltaria no dia seguinte. Ela então mandou que buscassem imediatamente a preta Verenciana onde quer que ela estivesse, além de mais dois ou três homens fortes, obedientes e de confiança.

VERENCIANA

A sinhá se ajoelhou diante do oratório e rezou até que os homens aparecessem carregando a Verenciana presa pelos braços, quando então saiu para o quintal e parou na frente deles, olhando a preta de cima a baixo, sorrindo e perguntando se ela estava com medo, e por que não sentia o mesmo medo ao se deitar com o sinhô. A sinhá andava em volta dela, sempre insultando, e não se importava que nós estivéssemos por perto, olhando. O Tico e o Hilário tinham acompanhado todos os procedimentos do Eufrásio e foram nos chamar na cozinha, dizendo que a preta Verenciana, pejada do sinhô, estava no quintal, esperando para falar com a sinhá Ana Felipa.

Quando viu a cena, a Esméria se pegou com os santos dela e me mandou para dentro da casa. Antes eu tivesse obedecido, pois teria sido poupada de ver o que vi. A Verenciana estava de pé, altiva, presa pelos braços, não falava nada, mas também não desviava os olhos dos olhos da sinhá. Ela era linda, alta, com um corpo que parecia ser cheio de curvas mesmo sob a roupa larga. Tinha a pele lisa e castanha, os cabelos escuros e longos, pelo menos era o que mostravam os cachos que escapavam por baixo do lenço amarrado na cabeça. Muito mais jovem e bonita que a sinhá, e já dava para perceber que estava mesmo pejada, a barriga saliente sob a bata. A sinhá então se abaixou, meteu as mãos sob a própria saia, levantou-a até a altura do joelho e pegou uma faca que estava amarrada à bota. Uma faca pequena, mas a lâmina brilhava de tão afiada. A Esméria tentou falar com ela, implorando que largasse aquilo, por Deus, por São José, por todos os santos de devoção, que mandasse castigar a preta e pronto, mas que não sujasse as próprias mãos. O Eufrásio parecia preocupado e com medo do que estava para acontecer, e também tentou falar com a sinhá, que novamente nem deu ouvidos. Parecia que no mundo dela, naquele momento, existia só ela, a barriga da Verenciana e a Verenciana, que não demonstrava medo, impassível, aumentando ainda mais a raiva da sinhá, que não parava de gritar palavrões que provavelmente nem o Tico e o Hilário sabiam o que significavam.

Ninguém tinha coragem de se aproximar, pois, sem tirar os olhos da Verenciana, a sinhá apontava a faca para qualquer um que se mexesse, dizendo que o assunto era entre as duas, que não era para nos intrometermos, pois ali quem mandava era ela. Começou a passar a faca na barriga da Verenciana, dizendo que era muito triste para uma mulher não ver o filho entre os braços, e que Verenciana ia sentir isto na pele. Quando percebeu que o filho estava ameaçado, a Verenciana se transformou e, apavorada, começou a pedir clemência, pedir que a sinhá não matasse o filho ainda dentro da barriga dela, que o inocente não tinha culpa, que, se a sinhá deixasse, ela sumiria dali naquele instante mesmo e nunca mais voltaria para perturbar a vida de ninguém, e muito menos para se deitar com o sinhô José Carlos. A sinhá disse que sabia que a criança não tinha culpa e que apenas comentara que a mãe nunca veria o filho, e era isso que ia acontecer. Mandou que os homens segurassem a Verenciana com toda a força, arrancou o lenço da cabeça dela, agarrou firme nos cabelos e enfiou a faca perto de um dos olhos. Enquanto o sangue espirrava longe, a sinhá dizia que olhos daquela cor, esverdeados, não combinavam com preto, e fazia a faca rasgar a carne até contornar por completo o olho, quando então enfiou os dedos por dentro do corte, agarrou a bola que formava o olho e puxou, deixando um buraco no lugar.

A Verenciana, que primeiro tinha urrado de dor, desmaiou nos braços dos homens que a seguravam, e a sinhá deu ordem para que eles não a soltassem, que a mantivessem em pé. Examinou o olho arrancado, limpou o sangue no vestido e disse que era bonito, mas que só funcionava se tivesse um par. Fez a mesma coisa com o outro olho, guardando os dois no bolso, quando então disse aos homens que podiam levá-la e que não a deixassem morrer de jeito nenhum, porque ela tinha que saber o que significava sentir um filho crescendo dentro da barriga e depois não poder vê-lo, e também porque queria saber se o senhor seu marido ainda ia querer se deitar com uma preta sem olhos. Terminou ordenando que nenhuma palavra fosse dita ao sinhô José Carlos sobre aquilo, que ela mesma se encarregaria de contar. Então, como se nada tivesse acontecido, como se tivesse acabado de dar a mais simples das ordens, entrou em casa e se trancou no quarto.

ACORDANDO ORIXÁS

O Eufrásio se desesperou e, não sabendo direito o que fazer, ficou debruçado sobre a Verenciana, que tinha sido colocada no chão, tentando conter o sangue que escorria dos dois buracos deixados no rosto da moça. A Esméria gritou com ele e mandou que a levassem para a senzala pequena, e que o Tico e o Hilário corressem para a senzala grande ou para a roça. Eles deviam chamar o Valério Moçambique e a Rosa Mina, explicando o que tinha acontecido e pedindo que providenciassem com urgência tudo o que fosse preciso para salvar a vida da Verenciana. E que falassem também com o Pai Osório, pois toda ajuda seria necessária. Os dois ajudantes do Eufrásio carregaram a desfalecida para a senzala pequena enquanto ele ia ao lado, chorando feito criança e pedindo perdão, pois a culpa tinha sido dele. Tinha sido por amor que ele contara à sinhá que a Verenciana estava pejada do sinhô, só por amor, e que o amor tinha se transformado em ódio porque ela não aceitara se deitar com ele e tinha se deitado com o sinhô, que logo a trocaria por outra. Ele disse que só por isso tinha contado, para que a sinhá passasse uma descompostura nela, como já tinha feito com tantas outras pretas, e que ela, com medo, parasse de se deitar com o sinhô, ficando mais fácil para ele, Eufrásio, conquistar a moça. Disse também que se dispunha a aceitá-la mesmo pejada, e que estava até guardando dinheiro para libertá-la e os dois viverem juntos, mas que nunca poderia imaginar aquela tragédia. Como falava sem parar, a Esméria mandou que ele se calasse e fosse até a casa ver o que estava acontecendo, que mandasse a Antônia ferver muita água e não voltasse mais na senzala. Se quisesse ser útil, era para arrumar óleo suficiente para manter o lampião aceso durante a noite toda, pois precisariam de claridade. Eu não sabia o que fazer, então tirei meus orixás do esconderijo e comecei a rezar para que eles também ajudassem a Verenciana.

Foi o Valério Moçambique quem chegou primeiro. Era um preto velho, muito magro, de olhos enormes e saltados, o que dava a ele uma aparência sempre assustada, mesmo não estando. Era benzedor e carregava muitas sementes nas mãos magras e de unhas compridas e sujas. Algumas daquelas sementes eu já tinha visto em África, mas não me lembrava dos nomes, como também as outras que formavam os vários colares que ele tinha no pescoço, entremeadas com contas e búzios. Ele chegou perto da Verenciana e começou a esfregar uma mão na outra, como se estivesse aquecendo as sementes entre elas, enquanto rezava e cantava em iorubá. A Verenciana, até então quieta como se estivesse morta, tentou levantar os braços, que estavam estendidos ao lado do corpo, querendo levar as mãos aos olhos, no que foi impedida. O Valério Moçambique então olhou para a Esméria e fez um sinal de que aquilo era bom, que ela ter reagido era um recado dos orixás.

Eu não tinha coragem de olhar para o rosto da Verenciana, então me sentei bem atrás da Esméria e achei que era melhor apenas rezar. De onde eu estava ainda dava para ver a quantidade de sangue perdido nos inúmeros panos tingidos de vermelho. Os panos eram colocados sobre os olhos dela e trocados de tempos em tempos, muito menos amiúde depois que a Rosa Mina apareceu com uma infusão de ervas para colocar sobre as feridas. Também reconheci o cheiro de algumas delas, vendidas nos mercados em África, mas não sabia dizer quais eram. A Rosa Mina olhou para mim e viu o meu Xangô com a espada de duas pontas, saudou-o com três *kaôs* e se sentou ao meu lado, olhando para o santo e conversando com ele, enquanto o alisava com as mãos molhadas na infusão. O Valério Moçambique não tinha parado um só minuto, rezando, cantando e esfregando as mãos nas sementes para depois passá-las por todo o corpo da Verenciana.

O Pai Osório apareceu mais tarde, todo vestido de branco e também cheio de colares, pulseiras e anéis feitos de contas, búzios, sementes e cascas de coco. Disse que não podia fazer muita coisa, porque precisava de tambores e ali não era o lugar apropriado para tocá-los, mas tinha jogado os búzios e eles confirmaram que a Verenciana era de Ogum, para quem precisavam fazer uma oferenda. Ogum é guerreiro e com certeza ia socorrer sua filha, ajudando na luta contra a morte. A Esméria então mandou chamar o Eufrásio e disse que o Pai Osório precisava de uma garrafa de aguardente e de um charuto para Exu, o mensageiro, aquele que deve ser saudado primeiro, e de uma vasilha de barro e de todos os tipos de frutas que pudesse arrumar, e também de mel. Tudo para Ogum, aquele que tudo vence. O Eufrásio nem perguntou onde ia arranjar tais coisas àquela hora, voltando com tudo pouco tempo depois, quando o Pai Osório disse que também ia precisar de sete velas brancas e, se possível, de uma galinha e de milho para Omolu, aquele que dá e que tira as doenças. O capataz foi até a casa-grande e o Pai Osório saiu com ele, pois de lá seguiria para a mata, a casa de Ogum, com muita fé e todas as oferendas.

Algum tempo depois da partida deles, a Verenciana finalmente deu sinal de estar fora de perigo e começou a chorar baixinho, calma, sem reclamar de nada, enquanto a Esméria derramava as lágrimas por ela. Ficou mais uns cinco dias na senzala pequena com as pretas da casa-grande se revezando para cuidar dela, e ali também recebeu algumas visitas da mãe, escrava da senzala grande. Durante todo o tempo, o Valério Moçambique e a Rosa Mina também apareceram, e nessas ocasiões eu procurava estar por perto, porque eles sempre tinham palavras bonitas de conforto e de fé que diziam para a Verenciana, mas que serviam para todos nós, em qualquer situação.

Voltando ao dia em que tudo tinha começado, a sinhá Ana Felipa entrou na casa com os olhos da outra dentro do bolso, trancou-se no quarto e só saiu de lá no dia seguinte, muito mais tarde que de costume. Já estávamos preocupados e curiosos com aquela demora, achando que ela pudesse ter se matado ou algo assim. Mas ninguém se atreveu a entrar no quarto sem ser chamado, e foi com espanto que vimos quando ela abriu a porta e apareceu sem o luto, vestida de amarelo e estranhamente educada e feliz. Inclusive, coisa que nunca tinha feito antes, desejou bom dia ao Sebastião quando ele foi servir o desjejum. Perguntou se o sinhô já tinha chegado da capital e o Sebastião respondeu que tinha acabado de ver o barco dele pertinho da praia. A sinhá então disse que ia esperar por ele, que o Sebastião mandasse alguém correndo até a praia para avisá-lo, e que nenhuma outra palavra fosse dita além do aviso. Chamou a Antônia e mandou que ela continuasse pondo a mesa do desjejum com tudo de bom que houvesse na casa, e que também apanhasse flores, pois queria jarros com flores sobre a mesa, flores frescas.

Quando o sinhô José Carlos entrou na casa e perguntou se tinha acontecido alguma coisa, ela respondeu que não, que apenas estava com saudades do marido e queria tomar o desjejum com ele. O sinhô disse que já tinha comido na capital, mas que, se ela fazia questão, comeria de novo. O Sebastião serviu os dois e ela perguntou se o marido queria geleia do reino para acompanhar os pães. Quando ele respondeu que sim, ela entregou o pote ainda fechado, que ele abriu, remexeu com a colher e tirou de lá, junto com a geleia vermelha, um dos olhos da Verenciana. Quando o sinhô deu um grito e um salto da cadeira, a sinhá, como se nada de mais estivesse acontecendo, disse que se ele não gostava daquele sabor podia mandar trocar, mas que era para olhar bem, pois aquela geleia era especial, das preferidas dele. O sinhô não disse nada e saiu da mesa na direção do quarto. O Sebastião contou que ela então sorriu e chamou a Antônia, para que ela trocasse o prato do marido e pegasse outra vasilha de geleia, pois aquela estava estragada. E rápido, antes que o apetite fosse perdido. No prato do sinhô estava um dos olhos da Verenciana, e o outro, ainda mergulhado no pote de geleia, voltou para a cozinha. Ninguém comentou nada sobre o assunto, e naquela mesma noite o sinhô José Carlos voltou a dormir no quarto do casal, sendo que os dois pareceram mais felizes do que nunca na manhã seguinte.

SEIOS COM LEITE E SANGUE II - AMA DE LEITE

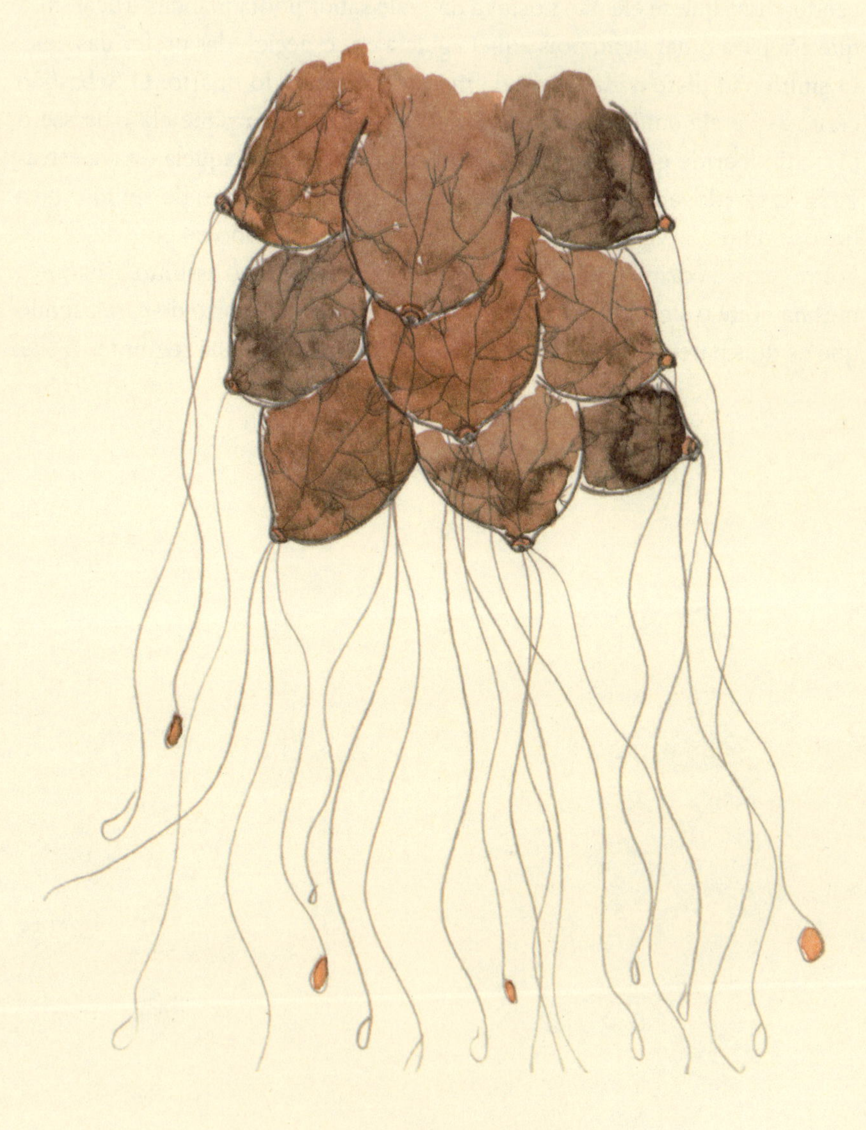

Seios com leite e sangue II, 2005.
Série *Ama de leite*. Acrílica e grafite sobre papel. 32,5 x 25 cm.
Coleção particular.

CAPÍTULO TRÊS

AQUELE QUE TENTA SACUDIR O TRONCO DE UMA ÁRVORE SACODE SOMENTE A SI MESMO.

Provérbio africano

A SENZALA GRANDE

Talvez, se eu tivesse ficado trabalhando apenas na casa-grande e morando na senzala pequena, não teria sabido realmente nada sobre a escravidão e a minha vida não teria tomado o rumo que tomou. Mesmo para uma criança de dez anos, ou, talvez, principalmente para uma criança de dez anos, era enorme a diferença entre os dois mundos, como se um não soubesse da existência do outro. Um outro mundo dentro do mesmo, sendo que o de fora, a senzala grande, era muito mais feio e mais real que o de dentro, a senzala pequena. Depois de ser expulsa pela sinhá Ana Felipa, fiquei um bom tempo escondida no mato, com raiva das coisas que aconteciam sem que tivéssemos culpa, pois eu achava que toda a minha vida tinha sido assim até então. O Tico e o Hilário contaram para onde eu tinha ido e a Esméria foi atrás de mim, dizendo que era melhor eu ir para a senzala grande antes que a sinhá pusesse o Eufrásio no meu encalço, como preta fujona. Ela me levou até a porta do enorme barracão vazio, pois àquela hora os pretos ainda não tinham voltado do trabalho, e me entregou um pedaço de pão que, sem fome, guardei para mais tarde. Eu estava com muito medo, pois até então só tinha ouvido histórias terríveis sobre os selvagens da senzala grande, contadas pela sinhá ou pela sinhazinha. Só mais tarde percebi que nada poderia deixar alguém mais selvagem do que a travessia da África para o Brasil, e eu também já tinha sido uma selvagem, só que não estava sozinha, pois tinha a Taiwo, a minha avó, a Tanisha, a Jamila e a Aja, só para falar das pessoas que me eram mais queridas. Senti muita falta delas e de todos que não cheguei a conhecer melhor, porque eram cúmplices mesmo assim, sabendo parte da minha história que eles também tinham vivido. Talvez a parte mais importante, porque mudava todo o resto de uma vida. Mas na senzala grande eu também já conhecia o Afrânio, comprado no mesmo dia que eu e a Maria das Graças, o Valério Moçambique, a Rosa Mina, o Pai Osório, a mãe da Verenciana e talvez a própria, pois não sabia o que tinha sido feito dela depois que a levaram da senzala pequena. Pensei que, para a Verenciana, o mundo todo tinha realmente desaparecido, e não apenas por uns instantes, como quando eu fechava os olhos ao cruzar com os guerreiros na estrada de Savalu para Uidá. Ela nunca poderia ver o filho, como quis a sinhá.

A senzala grande não ficava muito longe da senzala pequena, e não sei por que eu nunca tinha me interessado em ir até lá. Do lado de fora, as paredes eram pintadas com cal branca e do lado de dentro ficavam nuas nos tijolos irregulares de barro, armados entre estacas de madeira. Eram mais altas que na senzala pequena e também não chegavam até o teto de palha, deixando um vão por onde entravam o ar fresco e a claridade do dia. Faziam fundo para diversos quartos, ou baias, demarcados por divisórias também de barro, um pouco mais baixas que as paredes externas e pouca coisa mais altas que as portas de madeira que davam acesso a elas. Do alto da construção, bem no meio do vão central, pendia uma lamparina, e abaixo ficavam duas fileiras de tijolos enegrecidos, uma de frente para a outra e encimadas por uma grade de ferro, servindo de fogão.

Quando começou a escurecer, quem primeiro apareceu foi o Eufrásio, que me viu lá dentro da senzala e não falou nada. Ele se sentou sobre um caixote logo na entrada e acendeu um cigarro de palha, esperando pela chegada dos escravos, que foram anunciados por uma cantoria que, para meu espanto, era em português. Eu imaginava que longe dos senhores pudéssemos falar em iorubá ou em outra língua de África, mas me lembrei do que a Esméria tinha dito sobre o Eufrásio e seus homens. Alguns moleques entraram primeiro, correndo, e quando deram comigo agachada junto à porta de uma das baias, pararam, ficaram olhando por algum tempo e saíram rápido do jeito como tinham entrado. Logo apareceram duas meninas que nem chegaram a entrar, apenas olharam da porta. Eles pareciam ter mais ou menos a minha idade, eram magros e estavam cobertos de fuligem, o que dava para perceber mesmo sobre a pele preta, porque era um preto diferente, sem brilho, que também sujava as roupas que estavam usando. Ficaram todos do lado de fora da senzala, deitados ou agachados, em grupos que quase não se falavam. Pareciam cansados até para tomar a água servida por duas mulheres que equilibravam tinas sobre a cabeça e iam abastecendo uma caneca passada de mão em mão, a mesma para todos os escravos. Mais tarde, quando já pareciam ter descansado um pouco e se davam às conversas, uma outra cantoria anunciou a chegada dos que trabalhavam na roça ou no engenho, e eu não pensava que pudessem ser tantos. Depois que todos tomaram água, descansaram e conversaram um pouco, o Eufrásio mandou que entrassem e avisou que a sinhá não queria saber de cantoria naquela noite. Não ouvíamos nada da senzala pequena, e imagino que muito menos da casa-grande, que era ainda mais afastada. Talvez porque a casa-grande e a senzala pequena estivessem localizadas em uma parte mais baixa do terreno e a senzala grande, logo depois de uma elevação, que impedia que os sons fossem levados pelo vento. Vento que também soprava na direção contrária, do mar para o interior da ilha.

Eu não sabia o que fazer ou onde ficar, enquanto, no escuro, todos entravam para as diversas baias, onde cada um já tinha o seu lugar. O Eufrásio pôs um pouco de óleo no lampião e eu pude enxergar a Rosa Mina. Fui até ela e perguntei se podia me indicar um lugar para dormir. Não sei se me reconheceu de imediato, mas disse que eu podia ficar na pequena baia onde, além dela, dormiam mais quatro mulheres, a Ignácia, a Felicidade, a Liberata e a Policarpa. A porta foi trancada assim que entramos, e a Rosa Mina indicou o canto onde ficava a esteira dela, dizendo que ia dividi-la comigo, e depois pediríamos a um dos moleques para buscar a minha. Eu disse que também precisava dos meus Ibêjis e do Xangô, que tinham ficado no esconderijo, mas ela comentou que não era para eu me preocupar, porque pelo menos de Xangô estávamos bem servidas, e saudou a Ignácia e a Liberata com um *kaô*, pois as duas nagôs eram filhas dele. Ouvimos batidas na porta principal e depois alguém gritando para que parássemos de falar, que não queria saber de nenhuma conversa naquela noite. No meio de tanta gente o silêncio era maior ainda, e o cheiro de sujeira, de suor, de gordura e de fumaça, tudo misturado, também era mais forte. O cheiro doce e enjoativo, que às vezes sentíamos da senzala pequena e mesmo da casa nos dias em que o vento virava, era quase insuportável. Cheiro que não parecia ser do ar, mas sim estar grudado nos corpos dos pretos. Aos poucos, os sons e as vozes foram voltando e eu pude reconhecer, além do português, algumas línguas de África, e percebi que não havia ninguém ali dentro para nos vigiar. Mas era possível ouvir vozes e risos do lado de fora, o que significava que os homens do Eufrásio estavam por perto, como ficavam a noite toda, para evitar que alguém fugisse.

Depois que os olhos se acostumaram, mesmo na escuridão percebi sombras por cima das paredes divisórias das baias e me assustei quando um vulto surgiu de repente, equilibrando-se por cima da nossa. A Ignácia comentou que eram os homens que iam se juntar às suas amásias, já que homens e mulheres dormiam em baias separadas. Disse que algumas famílias ficavam juntas, mas só depois que houvesse casamento, porque o sinhô não permitia que vivessem em pecado, embora fosse raro aparecer um padre para realizar as cerimônias. As últimas tinham acontecido havia mais de cinco anos e alguns dos casais tinham sido desfeitos e outros tinham se formado, e havia até filhos das uniões clandestinas que já estavam na lida junto com os pais. Logo em seguida comecei a ouvir gemidos abafados, suspiros e risos, o que também fazia aumentar um pouco o tom das conversas antes sussurradas, menos para encobrir os amantes e mais para evitar o silêncio constrangido dos que estavam sozinhos. Nenhuma das minhas companheiras de baia recebeu visita, e a cada momento uma delas tentava puxar uma conversa qualquer, sem continuidade. Eu me interessei quando ouvi a Liberata falar o nome da sinhá Ana Felipa, mas logo em seguida ela se calou, ao perceber que eu tinha me mexido na esteira. Ela era a mãe da Verenciana, e fiquei feliz quando a Rosa Mina disse que podia continuar, pois eu era de confiança, que não estava ali para espiar ninguém. Então a Liberata comentou que não costumava confiar muito em cria de casa-grande porque, muitas vezes, para voltar para lá, no bem-bom, prestava serviço de informação, mas se a Rosa Mina garantia, ela continuaria. Eu nada disse, e deu para perceber que falavam sobre umas ervas que a Liberata tinha feito chegar até a Antônia, na casa-grande, que seriam colocadas na comida e fariam o ventre da sinhá secar de vez, não deixando brotar nem suspeita de nova criança.

A Rosa Mina perguntou pela Verenciana e a Liberata respondeu que a filha tinha ido embora com a Nega Florinda, e que ia ficar na casa dela até a criança nascer, para depois decidirem o duplo destino. Contou que o sinhô José Carlos tinha mandado recado pelo Eufrásio dizendo que ia dar a alforria para ela e a criança, que estava só esperando para saber se nasceria menino ou menina, por causa do nome a constar na carta. A Liberata estava com medo de que a teimosia da Verenciana pusesse tudo a perder, pois ela não queria colocar no filho, ou filha, o apelido do sinhô, como era de uso. Não queria saber de nada que lembrasse a sinhá, que também usava o mesmo apelido, e ia inventar um outro qualquer, já que seria livre. Sem que a sinhá soubesse, o sinhô José Carlos estava cuidando muito bem da Verenciana, enviando mantimentos por um de seus homens e até pagando para a Nega Florinda cuidar dela, que não prestava para fazer quase nada sozinha, sem enxergar. Mudando de assunto, a Policarpa comentou que dois homens tramavam fuga para dali a alguns dias, de trato com os pretos da fazenda vizinha que estavam construindo um barco às escondidas, no mato. Naquela primeira noite, a única voz que não ouvi foi da Felicidade, que parecia ter a minha idade e de quem também não vi o rosto direito, pois dormia no canto oposto ao meu. Eu queria ter continuado ouvindo a conversa, mas as vozes começaram a rarear, os casais pararam com os suspiros e os gemidos e já era possível ouvir alguns roncos. Então, o cansaço daquele dia também me venceu.

O TRABALHO

Na minha primeira manhã na senzala grande, antes de o sol nascer, o Eufrásio e seus homens já estavam berrando que éramos um bando de preguiçosos. Algumas pretas tinham se levantado primeiro e a comida já estava servida no descampado logo à saída, e não passava de um mingau ralo de farinha e água, onde boiavam alguns pedaços de toucinho. Eu me lembrei da comida da casa-grande, da qual sentiria falta, mas não fiquei triste por estar ali, sentindo-me até mais à vontade. O Eufrásio gritou o meu nome de branca, Luísa, e fui até perto dele, que me informou que, por ordem da sinhá, eu trabalharia na fundição, junto com o terceiro grupo de pretos que se preparava para sair. Engolindo o mingau junto com os gritos para que se apressassem, os primeiros a formar fila e a puxar o canto foram os da plantação de cana e do engenho, onde trabalhavam todas as minhas companheiras de baia. Os que iam para a pesca da baleia seguiram junto com três empregados, tomando o caminho do atracadouro, o mesmo que percorreríamos logo em seguida. Era um caminho irregular, pelo meio da mata, e um homem armado ia à nossa frente, um atrás e mais dois de cada lado, embora eu não soubesse dizer que tipo de perigo um grupo como o nosso podia representar. Éramos quatro homens, três mulheres e oito crianças, incluindo as que ficaram me observando na noite anterior. Mesmo no escuro da madrugada, pude perceber que uma delas tinha o braço direito e metade do tronco com a pele toda repuxada, como se tivesse sofrido uma terrível queimadura, sendo que em algumas partes, principalmente no braço, a pele parecia estar esticada quase sobre o osso, sem nenhuma carne por baixo. Outra menina tinha a mão enfaixada com um pedaço de pano sujo de sangue e de fuligem.

A fundição ficava em uma clareira a poucos metros da praia, onde foi possível ver os pescadores se preparando antes de saírem para o mar em cinco chalupas. Por não haver ainda luz suficiente, não consegui saber quantos homens iam em cada uma delas, mas vários vultos se mexiam para içar as velas e fazer os cascos deslizarem sobre as águas. Eu já tinha visto baleias ao longe, da praia em frente à casa-grande, e era bonita a dança que elas faziam no mar, ora dando saltos para fora da água, ora mergulhando para aparecerem mais à frente, abanando o rabo, esguichando água numa chuva ao contrário. Devia ser ainda mais bonito ver uma baleia de perto, e senti vontade de partir com aqueles homens corajosos, dispostos a enfrentar um animal muito maior que seus barcos. O grito do mestre baleeiro, ordenando seus homens, provocou a revoada de um bando de pássaros que estavam pousados em três carcaças de baleia abandonadas na praia, soltando um cheirume que ficava cada vez mais forte, à medida que nos aproximávamos do nosso barracão de trabalho.

A fundição funcionava em um espaço aberto, somente uma armação para o mesmo tipo de cobertura de palha das senzalas, mas enegrecida pela fuligem. Bem no meio do teto havia um buraco por onde saía uma enorme chaminé, que tinha na parte de baixo vários canos que se espalhavam por todo o espaço, terminando sobre tonéis colocados em cima de fornos que eram chamados de caldeiras. Quinze caldeiras. Logo além delas ficava um imenso balcão onde havia uma baleia, metade inteira e metade descarnada, só o esqueleto. O dia começava a clarear e os homens foram apanhar lenha e colocar embaixo das caldeiras, acendendo o fogo da fundição. Atrás do balcão havia quatro enormes tachos e alguns moquéns,[1] e as mulheres se dirigiram para lá, também acendendo o fogo debaixo deles. Um dos empregados chamou a minha atenção dizendo que eu não estava ali para vigiar, que tratasse de tomar o meu posto. Quando respondi que não sabia o que tinha que fazer, ele me deu uma bofetada para eu aprender a não ser tão insolente, pois ali não se admitiam pretinhas atrevidas. Fui para perto das outras crianças e imitei o que elas estavam fazendo, com vontade de chorar, mas me segurando para não dar a ele esse prazer.

Primeiro, tínhamos que ir até o balcão onde estava a baleia e separar os pedaços de carne dos pedaços de gordura, formando dois montes. Quem fazia o serviço de cortar a baleia eram os homens, com enormes facões, e por isso o excesso de segurança no caminho. As carnes ficavam com as mu-

[1] Moquém: grelha de madeira ou de ferro montada sobre fogo, onde se coloca carne ou peixe para assar ou secar.

lheres, para partir em pedaços e cozinhar ou moquear. O que sobrava depois disso, a gordura, era o que nós, crianças, tínhamos que pegar e colocar dentro das caldeiras, onde era derretida até virar óleo de baleia. Entendi o porquê das queimaduras, pois nunca dava para prever para que lado a gordura ia espirrar quando jogada na caldeira, que já continha óleo derretido, fervendo. E também porque as vasilhas eram altas e as crianças mais baixas tinham que se equilibrar na ponta dos pés para conseguirem fazer o serviço, correndo o risco de se apoiar na caldeira, ela virar e o óleo fervente escorrer, levando junto a pele, a carne e até os ossos. A temperatura no baleeiro era muito quente, mesmo sendo um espaço aberto, e a chaminé também não conseguia puxar toda a fumaça, que ardia nos olhos e nos fazia tossir quase sem parar. Uma das meninas disse que mais dia, menos dia eu me acostumaria, e rezei para que isso acontecesse logo.

No meio da manhã podíamos parar um pouco o serviço para comer ali mesmo, em cuités,[2] uma porção de farinha de mandioca, toucinho, feijão e banana. No meio da tarde serviam a janta, que geralmente era carne moqueada de baleia, farinha e feijão, e às vezes um gole de garapa ou de cachaça. Esses eram os únicos períodos de descanso nas quase dezesseis horas que passávamos longe da senzala grande. No fim desse primeiro dia, eu já estava com a farda branca, a que eu usava na casa-grande, toda suja e engordurada, e teriam que me arrumar uma igual à que as outras mulheres usavam, mais feias, embora mais resistentes e que sujavam menos.

No primeiro dia eu não me queimei, mas isto aconteceu algumas vezes mais tarde, criando bolhas pelos braços e no rosto, mas nada grave. Talvez porque naquele anoitecer, quando voltamos para a senzala, alguém tinha dado um jeito de colocar na minha baia a esteira, o Xangô e os Ibêjis, e eu implorei muito a Xangô, o deus do fogo e dos trovões, para que me livrasse de tudo o que queima. Ele deve ter me valido. Na noite seguinte também estavam na baia os livros e os cadernos que o Fatumbi tinha me dado e que eu escondi debaixo da esteira, mas sem enterrar, para que não se sujassem. Alguns dias depois, quando eu estava chegando da fundição, a Esméria apareceu para me ver e dar um longo abraço com os olhos cheios de lágrimas, e comentou que eu estava emagrecendo. Desde então, era comum encontrar me esperando na baia alguns pães, bolo, ou mesmo leite, que a Esméria sabia ser do meu gosto, e que eu sempre dividia com as minhas companheiras.

---

[2] Cuité: uma árvore também chamada de cuieira, ou a cuia que se faz com o fruto dela.

Foi assim que ganhei a confiança e a consideração da Felicidade, que tinha treze anos e era nascida na fazenda mesmo, não sabia quem era seu pai e sua mãe tinha morrido quando ela estava com sete anos, a mesma idade com que perdi a minha. Desde então a Rosa Mina cuidava dela na qualidade de tia, pois era irmã de santo da sua falecida mãe. A Felicidade disse que todos respeitavam muito isso, a irmandade nos santos, já que, por vários motivos, os parentes de verdade quase nunca conseguiam ficar juntos. Ou por alguns terem ficado em África, ou por terem sido comprados separados quando chegaram ao Brasil, ou por terem sido revendidos para outros donos ou deixados em herança para pessoas diferentes. A Felicidade entendia tais parentescos, mas não os achava justos, pois no caso dela só a faziam sofrer, por estar apaixonada por um irmão em Oxóssi. Ele também estava apaixonado por ela, e os dois sempre davam um jeito de se encontrar às escondidas, visto que a tia, a Rosa Mina, não aceitava o namoro. Quando a Felicidade comentou com ela, as duas foram até o Pai Osório e pediram que ele visse no jogo do Ifá.[3] O babalaô disse que eles até poderiam ser muito felizes, mas que não seriam, e que, além disso, eram filhos do mesmo santo e deviam respeitar a tradição. De início, a Felicidade aceitou, mas não o Belchior, que continuou insistindo para namorarem escondido, até que ela não conseguiu mais resistir. Contou ainda que tramavam fuga juntos, e ela achava que por ele, pelo amor dele, teria coragem.

BREVES ALEGRIAS

A Felicidade e o Belchior namoravam aos domingos e nos dias de guarda, quando os escravos da senzala grande tinham folga, mas estava ficando cada vez mais difícil arrumar desculpas para que a tia não desconfiasse. Às vezes até achavam que a Rosa Mina sabia de tudo e fingia não saber, desde que continuasse sendo apenas um namoro, porque casar de verdade não seria consentido mesmo, e sem esse consentimento a Felicidade também não queria. Quero dizer, até queria, mas não podia, em consideração. Combinamos que em qualquer domingo sairíamos juntas, quando então ela teria o pretexto de me levar para conhecer as redondezas e poderíamos passar o dia inteiro fora. Fiquei curiosa para saber a qual orixá pertencia a minha

[3] Ifá ou Fá: oráculo, senhor do destino.

orí,[4] e a Felicidade disse que ia pedir à tia que falasse com o Pai Osório, para ele perguntar ao Ifá. Nem foi preciso, pois quando conversamos com a Rosa Mina, fiquei sabendo que tinha uma Oxum muito visível e poderosa na cabeça, a quem deveria honrar, agradecer e pedir proteção. Podíamos até pedir ao Pai Osório um jogo de confirmação, mas ela nunca se enganava, e não seria comigo que se enganaria pela primeira vez, já que estava tão evidente. Perguntei como sabia e ela respondeu que, antes de tudo, sentia, pois, como filha de Oxum, eu me portava de uma determinada maneira que dava para reconhecer, mesmo convivendo comigo havia tão pouco tempo.

Por sugestão da Rosa Mina, fui conversar com a Policarpa, que era uma ijexá, nascida na região de Ijexá, cidade próxima a um rio chamado Oxum, a morada da minha orixá. A Policarpa me contou muitas histórias sobre Oxum, Oxum Docô, cultuada em sua terra e que é amiga da *Iyàmí-Ajé*, a "minha Mãe Feiticeira" e senhora dos pássaros, sobre quem eu já tinha ouvido a minha avó falar. A Policarpa disse que quando os orixás chegaram à terra, eles se reuniam para resolver todos os problemas, mas nunca convidavam as mulheres para as assembleias. Oxum se aborreceu quando ficou sabendo disso e começou a tramar vingança contra os homens. Como ela é o orixá da fertilidade e da prosperidade, fez com que todas as mulheres ficassem estéreis e todos os projetos dos homens dessem errado. Quando perceberam o que estava acontecendo, eles se desesperaram e foram consultar Olodumaré, que logo perguntou se Oxum estava sendo convidada para as assembleias. Eles responderam que não, e então Olodumaré disse que, enquanto ela não frequentasse as reuniões, as coisas continuariam dando errado. Convidada, Oxum só aceitou depois de muito insistirem. Implorarem talvez seja a palavra certa, e então todas as mulheres voltaram a ser fecundas e todos os planos frutificaram. É por isso que Oxum é muito importante, porque ela, rainha das águas doces, fertiliza a terra e o ventre das mulheres, fazendo com que brotem todas as riquezas.

Conforme o combinado, em um domingo a Felicidade disse à Rosa Mina que ia me levar para conhecer a praia de Amoreiras, e saímos logo cedo. Só nós duas, e nos encontramos com o Belchior a certa distância da fazenda. Eu já tinha prestado atenção nele, de longe, enquanto descansávamos depois de voltar do trabalho. O Belchior era um nagô alto, de pele muito preta e dentes muito brancos, como eram os meus, herdados da minha mãe. Ele tinha

[4] *Orí*: cabeça.

levado uma garrafa de cachaça que ele e a Felicidade beberam como se fosse água. Eu tomei apenas um pouco, pois não gostava muito do efeito, que não me deixava pensar direito e dava sono, além de mal-estar. Andamos pelo meio da mata, por lugares onde eu nunca tinha ido e que achei muito bonitos, cheios de pássaros, de flores, de borboletas, de alguns macacos e outros bichos. O Belchior e a Felicidade iam na frente, abraçados ou de mãos dadas, e dava para perceber que realmente se gostavam, sendo uma pena que não pudessem ficar juntos. Quando chegamos a um riacho, encontramos por lá pelo menos umas dez pessoas, rapazes e moças de uma fazenda vizinha que já eram conhecidos do Belchior e nos receberam muito bem. Eles tinham liamba,[5] e me ofereceram. Eu já tinha sentido o cheiro na senzala e percebido que as pessoas ficavam muito felizes depois de fumar, e foi essa a sensação que tive, de alegria. Primeiro achei que não tinha acontecido nada, mas logo comecei a sentir uma moleza pelo corpo, os movimentos ficando cada vez mais preguiçosos, assim como também tive a impressão de que a água do riacho corria mais devagar. Senti uma grande vontade de estar feliz, de sorrir por qualquer coisa, pois todas as coisas eram engraçadas e as pessoas faziam momices. Resolvemos pular na água, menos um casal que se deitava perto de nós, sem se importar com quem estivesse olhando e achando a cena a coisa mais engraçada do mundo. Tive uma crise de riso quando tirei a roupa e percebi que os meus peitos estavam começando a crescer, embora eu ainda não tivesse pelos na racha, como a Felicidade já tinha. Eu era a única naquela malta que ainda não tinha corpo de mulher, e por causa disso todos começaram a rir de mim, que, com vergonha, entrei logo no riacho. Eu nadava e pensava em Oxum, minha mãe e rainha das águas doces, e agradeci a ela por ter ficado tão feliz apenas fumando liamba. Feliz como havia muito tempo eu não ficava, desde os tempos de Savalu. Embora em Uidá, na casa da Titilayo, eu também tivesse ficado, mas um pouco menos, porque sentia vergonha diante da tristeza da minha avó. Quando aquela alegria toda começou a passar e ficamos com fome, saímos pela mata à procura de frutas e encontramos alguns pés de banana e de coco, que não foram suficientes para todos. Eu, a Felicidade e o Belchior resolvemos voltar para a fazenda e ver se tinha sobrado alguma coisa do jantar, mesmo porque não faltava muito tempo para escurecer e seria perigoso andarmos pelos matos no meio da escuridão, por causa dos bichos e de alguns espíritos do mal.

[5] Liamba: também chamada de fumo de Angola, maconha.

Nós duas fomos na frente, para que a Rosa Mina não desconfiasse de que estávamos com o Belchior.

Quando chegamos, a Rosa Mina estava nos esperando para comer um pedaço de carne-seca com farinha que tinha guardado, e eu e a Felicidade tivemos novo acesso de riso ao nos lembrarmos dos acontecimentos do dia. Ela perguntou onde tínhamos conseguido liamba e a Felicidade mentiu, dizendo ter sido presente de um preto com quem cruzamos na praia. A Liberata, que estava por perto, comentou que tinha ido visitar a filha, a Verenciana, e que a Nega Florinda tinha perguntado por mim e mandado recado, avisando que qualquer domingo me buscaria, pois queria muito que eu a acompanhasse até um lugar na capital. Fiquei curiosa, mas a Liberata não soube dizer que lugar era aquele, a Nega não tinha falado, e mostrou, toda faceira, um vidro de água de cheiro, presente do sinhô José Carlos. A Verenciana tinha gostado, o vidro dela já ia pelo meio, mas a Nega Florinda não queria saber daqueles luxos e deu o vidro inteirinho para a Liberata. O cheiro era muito bom, o mesmo da sinhá Ana Felipa. A Liberata também tinha ganhado algumas velas, artigos de luxo que passaram a ser comuns na casa da Nega Florinda desde que a Verenciana tinha se mudado para lá, pois o sinhô José Carlos não deixava faltar nada, mesmo não tendo coragem de ir visitá-la.

A conversa e principalmente o cheiro da sinhá fizeram com que eu me lembrasse de muitas coisas vividas na casa-grande. Não havia passado muito tempo desde a minha saída de lá e, apesar de todo o trabalho na fundição e de a comida ser pouca e ruim, eu não sentia saudades, estava mais feliz na senzala grande. Sentia falta da Antônia e principalmente da Esméria, mas elas davam um jeito de ir me ver, assim como o Tico e o Hilário, que estavam sempre andando de um lado para o outro e nos encontrávamos várias vezes. O Sebastião eu nunca mais tinha visto, e nem os outros pretos da casa. Em alguns dias também sentia falta da sinhazinha Maria Clara, ou talvez fosse inveja, pois ela continuava estudando na capital e nunca mais tinha aparecido na ilha. Quando eu pensava nos estudos, pegava os cadernos que o Fatumbi tinha me dado e ficava recordando, pois já tinha decorado quase tudo que estava escrito neles. Perguntei à Liberata se ela conhecia o Fatumbi e ela disse que sim, que primeiro ele tinha vivido por um tempo na fazenda antes de ser mandado para a capital, e tinha alguns parentes entre os pretos da senzala. Se não fossem parentes, eram conhecidos de África, não se sabia ao certo porque eles não falavam nada sobre suas vidas. Eram dois pretos que tinham cargos no engenho e não conversavam com quase ninguém, ficavam sempre juntos, só os dois, e nunca participavam dos assuntos de orixás e nem das festas que aconteciam às escondidas no terreiro. Sempre que tinham que dar ordens a qualquer uma das mulheres, pediam a um homem para falar por eles, mesmo estando lado a lado com elas. A Liberata disse também que nos últimos tempos eles estavam mais estranhos ainda, e às vezes chamavam um ou outro homem de lado e falavam sobre as coisas que estavam acontecendo na capital, que os pretos de São Salvador estavam lutando para libertar todos os outros pretos, que era uma grande mentira dos brancos dizerem que nós éramos inferiores, pois todos eram iguais perante o único Deus, Alá. A Liberata sabia disso tudo porque eles tinham conversado com o homem com quem ela estava se deitando, mas não achava certo eles fazerem isso porque nunca seria assim; por mais que quiséssemos, nunca seria, e era melhor nos conformarmos com a vida do jeito que estava. Mesmo porque, segundo ela, o nosso dono nem era tão mau assim, sabia-se de muitos bem piores, e na fazenda pelo menos tínhamos comida e onde dormir, sendo que muitos que chegavam de África nem isso tinham por lá. Eu não concordava com ela, não achava que devíamos nos conformar, mas também sabia que não havia muita coisa a fazer.

Aquele domingo tinha sido um dia bom mas cansativo, e por isso fomos para a baia antes mesmo que o Eufrásio desse a ordem. Aos domingos ele sempre aparecia mais tarde, porque também ia aproveitar o dia, beber e se deitar com algumas pretas que não tinham raiva do trabalho dele e estavam interessadas nos regalos que ele sempre dava a elas. A Liberata disse que ele já estava perdoado por tudo que tinha acontecido à Verenciana, mas não era verdade, pois ela sempre dava um jeito de tocar no assunto, principalmente perto do dia do nascimento da criança. Quando fomos nos deitar, perguntei às minhas companheiras se queriam que eu lesse um pouco, já que tínhamos velas, e elas disseram que sim. Eu já estava conseguindo ler muitas páginas do livro do Fatumbi, embora não entendesse as palavras mais complicadas. Gostava de ler para elas porque sempre alguém comentava a leitura, e naquele dia foi a vez da Rosa Mina. Foi ela quem conseguiu entender as palavras do padre Antônio Vieira, dizendo que ele estava mesmo certo, que na vida nós devíamos ser como o sal. A carne que comíamos não era salgada? O sal era para ela não estragar, e nós também precisamos ser assim, fazer a nossa parte para conservar as coisas boas, tanto para nós quanto para as pessoas que vivem ao nosso redor. Fiquei com vontade de perguntar se os amigos do Fatumbi conheciam as palavras do padre Antônio Vieira, se era disso que eles falavam quando diziam que tínhamos que nos unir e lutar pelo nosso direito de sermos iguais aos brancos. Mas o resto da semana foi bastante tumultuado e acabei me esquecendo.

VINGANÇAS

Na segunda-feira o Afrânio se matou. Era aquele pescador que tinha sido comprado junto comigo e com a Maria das Graças. Às vezes nos víamos na fundição, quando ele voltava da pesca, mas não sei se sabia quem eu era. É bem possível que não, pois eu tinha crescido e mudado bastante desde a chegada à fazenda, e continuava mudando. A Esméria até brincou que ia tentar me ver mais amiúde, com medo de não me reconhecer mais, a mim e à sinhazinha Maria Clara, que devia estar mais mudada ainda. Eu tinha curiosidade de saber se tinham contado a ela que eu não estava mais na casa--grande, achando que ela poderia tentar me defender, mas depois pensei que não. Que importância isso teria para ela? Nenhuma, mesmo tendo dito que eu era uma amiga, acima de tudo uma amiga, fazendo com que eu me sentisse a amiga mais feliz do mundo naquele dia. Uma satisfação vinda do nada e boba, apenas por conseguir a aprovação de uma branca, mas que foi muito importante para mim.

Mesmo não sendo amiga do Afrânio, pois nem mesmo cheguei a conversar com ele, senti bastante a sua morte. Ele se matou no mar, com o facão que levava para limpar os peixes antes da salga, os que nós todos comíamos às sextas-feiras e às vezes aos sábados também. Ele pegou o facão e, antes que alguém pudesse fazer qualquer coisa, foi sangue espirrando para um lado e a cabeça dele caindo para o outro. Mestre Anselmo, o mestre do barco em que ele estava, achou que era melhor deixarem o corpo por lá mesmo, já que ele era pescador, homem do mar. E assim fizeram; em uma cerimônia simples, o corpo do Afrânio virou comida para peixe. Isto custou ao mestre Anselmo um mês sem folga aos domingos e cem chibatadas. Deveriam ser mais de cem, mas acharam que ele ficaria sem trabalhar caso se machucasse muito, e os domingos sem folga eram mais apropriados ao castigo apenas dele, e não do sinhô José Carlos. Foi a primeira vez que vi alguém ir para o tronco, e aquilo aumentou ainda mais a minha vontade de conversar com os muçurumins, aqueles que não achavam justa a vida que estávamos levando. O mestre

Anselmo apanhou porque o sinhô José Carlos não acreditou nele, não acreditou que o Afrânio tivesse se matado. Achou que o mestre estava acobertando algum acidente no mar ou uma briga entre os homens pelos quais era responsável, ou mesmo uma fuga, já que não havia corpo para provar o relato.

Depois da tragédia com a Verenciana, o Eufrásio tinha passado alguns dias quieto, pensativo, tratando todos nós muito melhor, às vezes até com a gentileza de fazer pedidos em vez de dar ordens. Mas depois voltou a ser o de antes e até piorou, sentindo verdadeiro prazer com a realização de todos os caprichos maldosos do sinhô José Carlos e da sinhá Ana Felipa, ou dos próprios, e continuou arrumando pretas para se deitarem com o nosso dono. Achei que elas tinham aprendido a lição, mas estava enganada, pois ficaram sabendo o que o sinhô fazia pela Verenciana e, mesmo cega, acharam que a vida da outra era melhor que a nossa vida na fazenda. Diziam que algumas delas se ancoravam em ervas para ficarem pejadas, como se isso fosse garantia de boa vida, como se não vissem muitos filhos do sinhô ou do pai dele crescendo na senzala, tratados como pretinhos comuns.

O Eufrásio fez questão de que o castigo do mestre Anselmo fosse no fim do dia, com todo mundo reunido, para servir de lição. O sinhô José Carlos também apareceu e a sinhá Ana Felipa ficou olhando de longe. O capataz mandou que um dos homens prendesse as duas mãos do mestre nas argolas que pendiam do tronco e tirasse as calças dele. Perguntou se o sinhô queria começar e, com a resposta negativa, não teve pena, agiu como se estivesse descontando no chicote de três pontas e nas costas, na bunda e nas pernas do mestre, toda a raiva que existia no mundo. Quando contou a décima chibatada, talvez com medo de o mestre não aguentar as outras quarenta do dia, pois o castigo seria cumprido em duas levas, o sinhô mandou que o Eufrásio passasse o chicote para um dos seus homens. Percebeu a fúria da surra e teve medo de perder o castigado, homem trabalhador e experiente, que nunca tinha causado problema. O sangue já escorria em filetes que iam das costas até os pés, correndo muito mais rápido que os riozinhos do Kokumo e da minha mãe. Sem se importar com o que aconteceria a seguir, o sinhô pegou o caminho de casa, dizendo que era para irmos imediatamente para a senzala e que aquilo servisse de exemplo para quem ousasse tomar uma decisão sem consultar, para quem achasse que tinha cabeça com serventia para outras coisas além de carregar peso e piolho.

O mestre Anselmo entrou na senzala quando estávamos nos acomodando nas baias, revoltados e envergonhados com a humilhação do velho. Ele não se queixou de dor, mas de ter apanhado sem merecimento, pois era homem correto, e em toda uma vida de serviço para o pai do sinhô José Carlos e depois para o sinhozinho, nunca tinha dado motivo para ir ao tronco. A Rosa Mina fez um preparado de ervas usando algumas que sempre tinha escondidas debaixo da esteira e passou sobre os cortes, depois de lavá-los com água salobra mesmo, na falta de água doce dentro da senzala. Enquanto lavava o machucado, perguntou se estava doendo e o mestre respondeu que sim, mas que aguentava, que estava acostumado com o mar e que o sal ajudava a consertar a carne. Eu me lembrei do livro com o sermão do padre para os peixes, em que ele dizia que os homens eram o sal da terra, o sal da vida, aquele que a Rosa Mina tinha explicado tão bem. Senti vontade de ler para o mestre Anselmo, mas achei melhor não arriscar, pois alguém podia me ver lendo e tomar os meus livros, as únicas coisas que eu tinha de realmente minhas, além dos Orixás.

Os dias seguintes foram tensos, com o Eufrásio distribuindo pontapés, safanões e chicotadas sem motivo, por qualquer dá cá aquela palha, até que um dos pretos o enfrentou, dizendo que era homem honrado e trabalhador, que não aceitava ser tratado daquele jeito. O Eufrásio disse que não ia dar as chibatadas que ele merecia porque depois, em razão de uns cortes de nada, a carne ruim dos pretos costumava desandar, causando prejuízo ao sinhô. Mas para que ninguém pensasse que ele não sabia domar bichos, o homem ia para o tronco, três dias e três noites sem comer e sem beber água. Disse ainda que, se fosse só por conta dele, se não tivesse que saber a opinião do sinhô José Carlos, também mandava cortar a língua, que é o que se faz com quem não sabe ficar calado.

O Eufrásio sempre dizia que não adiantava jogar feitiço nele que não pegava, pois não acreditava em praga de preto. Mas naquela mesma noite, sentado na porta da cozinha da casa-grande, ele estava comendo um pedaço de carne e engasgou. A Esméria correu para chamar o sinhô José Carlos, que por sorte estava em casa, para se certificar de que a morte do capataz não tinha sido à traição, pelo menos não aparentemente, mas ele não teve o que fazer. O Eufrásio roxeou, perdeu os sentidos e morreu antes que houvesse tempo de rezar uma ave-maria em socorro, se houvesse alguém disposto a fazer isso, é claro. Levaram o corpo dele para a vila e o resto da noite foi de festa na senzala grande, mesmo sob os olhares dos empregados, que também estavam estranhando o jeito como o Eufrásio vinha tratando todo mundo. Demorou para que um novo capataz fosse mandado da capital, mas, mesmo assim, mesmo sem alguém para impor a ordem, foi um tempo de muito trabalho e de muita paz.

SÃO SALVADOR

Dois ou três domingos depois da morte do Eufrásio, mal tinha amanhecido quando a Nega Florinda apareceu. Eu estava me preparando para sair com a Felicidade quando ela me chamou de lado e disse que iríamos até São Salvador, pois precisava me levar para conhecer uma pessoa. Deu notícias à Liberata sobre a Verenciana, que já estava para dar à luz, entregou um pacote que a moça tinha mandado e disse que precisávamos nos apressar, senão perderíamos o dia. Saímos andando pela praia, na direção oposta à do baleeiro, e depois de uns quinze minutos no andar rápido e de passos pequenos da Nega Florinda, avistamos um barco, onde umas vinte pessoas esperavam por nós. Assim que embarcamos, oito homens, quatro de cada lado, começaram a remar, sendo que um deles, o da frente à direita, puxava uns versos que os outros repetiam. A música improvisada ditava o ritmo forte dos remos, todos cortando a água do mar ao mesmo tempo, fazendo com que o barco deixasse para trás um risco prateado que em seguida se apagava. Estávamos nos afastando rapidamente da praia, e logo os coqueiros já se escondiam atrás de um polegar colocado na frente do rosto, entre os dois olhos.

Comecei a prestar atenção às pessoas que estavam no barco e vi que todas demonstravam um grande respeito pela Nega Florinda. Depois de fazerem uma saudação, quiseram saber mais sobre a mulher que estávamos indo visitar. Foi então que eu soube que estávamos indo à capital para visitar uma mulher, como também eram mulheres quase todas as pessoas dentro do barco, menos os oito remadores. Com exceção de uma, que parecia ter mais ou menos vinte anos e levava uma criança amarrada às costas, como em África, todas as mulheres já eram bem velhas. Não tão velhas quanto a Nega Florinda, que, aliás, não falou muita coisa. Ela disse que era melhor esperarmos, avisando também que não sabia se os homens poderiam participar; isto se veria quando chegássemos à cidade.

Para sempre ficou gravada na minha memória a São Salvador daquele dia. Anos depois, em África, a tantos quilômetros e a tanto tempo de distância, era naquelas impressões e sensações que eu pensava ao me lembrar da Bahia ou mesmo do Brasil. Lembro-me ainda hoje dos nomes das praças e das ruas que percorri por anos e anos, e por onde muitas vezes refiz o caminho daquele dia, tentando vê-lo com meus olhos de menina, sem nunca mais conseguir. Quando o barco contornou o Forte de São Marcelo, o sol ainda estava baixo por trás das colinas que sustentavam a cidade, o que fazia com que ela ficasse emoldurada por uma luz mágica que mais parecia um véu, embaçando os olhos da gente e tornando as cores mais delicadas. Algumas construções, as mais altas, com três, quatro ou até mais andares, e muitos templos e palacetes, pareciam flutuar de encontro ao teto do céu. A encosta era formada por partes de rocha preta, terra vermelha e vegetação, sendo que algumas árvores tinham crescido quase deitadas, como se tivessem sido atiradas, como setas, a partir do mar.

Ao desembarcarmos, fizemos um caminho que eu já conhecia, do ancoradouro até a rua principal da cidade baixa, mas que naquele dia parecia diferente por estar quase vazio. Havia pouca gente nas ruas, como se a cidade ainda estivesse se espreguiçando antes de acordar direito. Eram apenas duas as mulheres que vendiam comida, com suas roupas bonitas e seus tabuleiros, e até mesmo o Arsenal, onde mais tarde vi que a construção de barcos e mais barcos quase não era interrompida, naquela manhã estaria deserto se não fossem três pretos conversando, sentados sobre pilhas altas de madeira. Apenas uma ou outra casa já tinha as portas e janelas abertas para becos tão estreitos que davam a impressão de que podíamos interromper a passagem por eles apenas abrindo os braços. Nem mesmo a fedentina causada pelos dejetos jogados na rua estava tão forte como da primeira vez, talvez porque o sol ainda não a tivesse acordado também. Na rua principal, um pouco mais larga e bastante tortuosa, olhando de longe às vezes eu tinha a impressão de que algumas casas estavam construídas exatamente no meio do caminho, barrando a passagem. Mas, ao chegarmos perto, a rua quebrava em outra direção, contornando as construções e seguindo adiante, para a frente e para cima. Alguém do grupo comentou que aquela rua principal acompanhava a praia de um canto a outro da cidade, ora mais, ora menos habitada, com mais casas de moradia ou mais casas de comércio e depósitos de pretos.

Poucas construções tinham só um andar; a maioria era de casas engaioladas umas sobre as outras, com varandas sob janelas laterais que quase se encontravam no ar, ligando uma casa a outra, de tão próximas. Tais varandas também avançavam na frente das casas, nos andares superiores, debruçando-se umas sobre as outras e todas juntas sobre a rua, de um lado e do outro, tornando o caminho escuro e sufocante nos pontos mais estreitos.

Havia ruelas que saíam dos dois lados da rua principal, curtas, porque, se de um lado algumas casas já quase se jogavam sobre o mar, do outro, em certos trechos, estavam apoiadas no barranco, mesmo com risco de a qualquer momento serem esmagadas pela queda das construções que se equilibravam na parte de cima, na cidade alta.

Os nomes dos lugares eu vim a saber depois, mas naquele dia caminhamos até uma construção onde funcionava um hospício, onde dobramos, bem na quina com a Ladeira da Preguiça, que subia, íngreme, até metade da montanha. Quando a vi, fiquei surpresa com a disposição da Nega Florinda e das outras senhoras do grupo. Calados para poupar o fôlego, inclinávamos o corpo para a frente e caminhávamos, seguindo as construções e os muros da torta Rua Direita da Preguiça, pegando uma outra ladeira, que ia dar no Largo das Portas de São Bento. De lá, sempre com medo de escorregar, tomamos outra ladeira que nos levou à parte mais alta da cidade, ao lado do Palácio do Governo, onde enfim paramos para descansar e aproveitar a vista. Dava para ver a Baía de Todos os Santos quase inteira, com suas pequenas ilhas e a Ilha de Itaparica como um imenso jardim plantado no meio das águas. No Palácio, uma construção de dois andares que ficava em um dos cantos da praça que levava o seu nome, a Praça do Palácio, contei onze janelas e uma porta muito alta, que se abriam para uma varanda que o abraçava por todos os lados. Em outro canto da Praça do Palácio, que tinha a forma de um quadrado, ficava a Cadeia Pública, um prédio tão bonito que, se não fosse pelas grades, poderia ser confundido com uma casa, bem como as construções que ocupavam os outros dois cantos, a Casa da Moeda e a Câmara Municipal.

Descansados da subida, seguimos caminhando em direção ao Terreiro de Jesus, passando por lindos sobrados, que tanto eram comércio como casas de moradia, e principalmente por belas igrejas, como a Catedral da Sé. De um dos lados do Paço da Catedral ficava um templo que tinha sido dos jesuítas e que mais tarde foi ocupado por um colégio e depois por um hospital, para então ceder lugar à Faculdade de Medicina, que não sei se ainda está lá nos dias de hoje. Quando vi tal prédio daquela vez, nunca poderia imaginar os dias que passaria escondida lá dentro, anos mais tarde. A praça do Terreiro de Jesus abrigava também o templo da Irmandade dos Clérigos de São Pedro e muitas casas mais simples, e dava saída para ruas que partiam em direção a todas as outras freguesias da cidade. Um pouco mais adiante, perto do Convento e da Igreja da Ordem Terceira de São Francisco, dava para se ter uma visão melhor do que era a cidade de São Salvador. Para todos os lados que se olhava, menos o do mar, a cidade era uma sucessão de vales cobertos por verde abundante e de montanhas cortadas por ruas de terra ou de pedra, quase sempre desertas. De longe em longe, principalmente nas partes mais altas, surgiam algumas construções que, sendo pequenas, estavam quase sempre grudadas umas nas outras, e sendo grandes, estavam separadas por imensos jardins. Os palacetes se destacavam, brancos e grandiosos sobre gramados verdes e jardins coloridos, guardados por muitas árvores. Alguns morros tinham perdido os picos para dar lugar a um ajuntamento de construções ao longo de três ou quatro ruas que giravam em torno da praça central, onde sempre havia uma ou mais igrejas.

Pegamos uma ladeira ao lado da Ordem Terceira de São Francisco e descemos em direção ao Largo do Pelourinho. A ladeira era tomada por sobrados pintados com cores alegres e vibrantes, e o largo tinha construções magníficas, casarões enormes com suas coleções de janelas e varandas. Passamos em frente à Igreja de Nossa Senhora do Rosário dos Homens Pretos, que estava fechada, e a Nega Florinda disse que, do contrário, teríamos entrado para rezar um pouco, já que aquele templo tinha sido construído por uma irmandade de pretos bantos. Tomamos a primeira rua à direita e paramos em frente a um casarão, de onde descemos por uma escada lateral que passava por vários andares da construção. Olhando da rua, dava para ver apenas o andar térreo, e nunca se poderia imaginar que a cada quinze lances de escada em descida, passava-se em frente a uma porta e uma janela, indicando que ali era uma moradia, embora estivesse grudada às outras como as contas de um colar jogado morro abaixo. Do outro lado das portas e janelas, formando um corredor, um muro acompanhava a descida do terreno, e por cima dele dava para ver que as construções vizinhas também eram daquele jeito. Ao pé da escada, uns cinco ou seis andares abaixo, saímos em uma parte plana do terreno cheia de árvores frutíferas, onde já se encontravam trinta ou quarenta pessoas, a maioria mulheres. Mas havia alguns homens, o que tirou a dúvida da Nega Florinda sobre se os nossos remadores também poderiam participar daquele encontro, que já estava me deixando mais do que curiosa.

AGONTIMÉ

Boa parte do percurso foi feita em silêncio, talvez por causa do esforço para vencer o terreno acidentado, talvez porque estávamos imaginando o que aconteceria. Tudo para mim tinha sido uma grande novidade, as construções, as pessoas, as roupas, a vida que parecia fluir melhor e mais alegre naquela cidade, muito maior do que eu jamais poderia imaginar, maior que Uidá e Savalu juntas. Assim que chegamos, procuramos lugar para nos sentar nas várias esteiras espalhadas pelo chão, e eu estava começando a rememorar as novidades daquela manhã quando ela entrou. Durante todos os anos que se passaram até que eu a encontrasse novamente, tentei me lembrar do rosto daquela mulher ou de um detalhe que fosse, mas nunca consegui. Quando ela começou a falar, assim que também se sentou em uma esteira diante de nós, foi como se sumisse. Como se fosse feita só de palavras, como se conseguisse se esconder por trás do sentido das palavras, fazendo com que elas tivessem uma força e uma presença muito maiores do que qualquer pessoa que eu tinha conhecido até então pudesse dar a elas. A mulher se apresentou a nós como Maria Mineira Naê e disse que em África tinha outro nome, Agontimé. Foi então que eu percebi que estava frente a frente com a rainha de Abomé, sobre quem muitas vezes tinha ouvido a minha avó falar, realçando a sua bondade com o povo e a dedicação aos voduns. Da história que ouvi em seguida, sou capaz de me lembrar de cada entonação da voz dela, de cada detalhe.

Assim como a minha avó, a Agontimé tinha saído de Abomé quando o rei Adandozan subiu ao trono do reino do Daomé. Ela tinha sido uma das esposas do rei Agongolo, morto havia vinte e cinco anos, em um mil setecentos e noventa e sete, um rei bom, justo e generoso, com quem teve um filho chamado Gakpé. Quando o rei Agongolo pressentiu a proximidade da morte, consultou o oráculo sobre o que fazer quanto à sucessão, pois tinha um filho mais velho com a primeira esposa, chamado Adandozan, que, pelas leis, era quem deveria ser coroado. Mas o Adandozan não era como o pai, muito pelo contrário, era frio, cruel, injusto e sanguinário, e o bondoso rei não queria ver seu povo governado por alguém assim. O oráculo disse que o Gakpé era o mais indicado para subir ao trono, pois tinha o caráter do pai e seria um excelente governante, mas ainda não tinha idade para isso. Então, o rei Agongolo resolveu confiar no oráculo e apareceu para o seu povo no mercado de Adjahito, em Abomé, para comunicar essa vontade. Com o príncipe mais novo no colo e o mais velho ao seu lado, disse que, quando morresse, gostaria que o Gakpé fosse coroado e que Adandozan tomasse conta dele e do seu povo até que ele pudesse governar sozinho. A Agontimé disse que naquele dia pressentiu tempos muito difíceis, de grande tristeza para todos após a morte do rei Agongolo, o que de fato aconteceu. O Adandozan se instalou no trono e destruiu tudo que o pai tinha construído, a justiça, o respeito, e principalmente a fé, proibindo o culto aos voduns, que eram os espíritos dos antigos reis e de sua família, a família Danbirá, assim como o culto a Xelegbatá, o vodum mais temido pelos reis. As filhas de Xelegbatá, como eram chamadas as sacerdotisas que o cultuavam para que ele não se enfurecesse e espalhasse a peste por todo o reino, foram afastadas, como foi o caso da Agontimé.

A rainha Agontimé era conhecida em Abomé pelas histórias que contava sobre o seu povo e sobre a fé, a força e a importância dos ancestrais. Adandozan ficou com medo de que isto alimentasse as antigas crenças então proibidas e resolveu mantê-la isolada. Mais tarde, vendo que isso não mais bastava, ele a acusou de feitiçaria e a vendeu aos mercadores de escravos para que a levassem para longe do Daomé, fazendo o mesmo com várias pessoas da família real. Era a primeira vez que isso acontecia na família dos reis do Daomé, o que causou muito espanto entre o povo, pois os reis anteriores faziam questão até de comprar seus soldados que eram capturados como escravos pelos povos inimigos. A caminho de Uidá, onde seria embarcada como escrava, triste e humilhada com sua nova condição, a Agontimé recobrou a fé quando passou por uma cidade chamada Savi. Junto a um riacho onde tinham parado para descansar, ela avistou um estranho pássaro que dava vários mergulhos nas águas muito limpas. Percebendo que aquele não era um pássaro comum, ela o saudou como o grande pescador das águas, ao que o pássaro agradeceu, mas disse que não estava pescando e sim procurando uma pedra que tinha perdido. A Agontimé comentou que talvez o lugar onde a pedra estava fosse revelado em sonho, e o saudou novamente.

O pássaro perguntou se ela sabia exatamente quem ele era e ela respondeu que o havia reconhecido como sendo um *texossu*.[6] Ele então revelou que não era apenas um *texossu*, mas sim Zomadonu, filho do rei Abaka e rei de todos os *texossus*, e que tinha aparecido para falar com ela sobre o destino que a esperava. A Agontimé perguntou o que ele sabia e, sorrindo, ele disse que era o próprio destino dela e que ela deveria partir e cumprir seus desígnios em outras terras. Em Abomé, os *texossus* tinham sido humilhados com a

---

[6] *Texossus*: assim eram chamados os filhos dos reis do Daomé que nasciam com algum defeito físico e eram jogados nas águas dos rios, para que lá vivessem e de lá ajudassem a proteger o seu povo. Todos os reis tinham pelo menos um filho *texossu*.

proibição do culto, e isto determinou o destino deles e o da Agontimé, que não tinham mais nada a fazer naquele local. Zomadonu disse também que a ajudaria a encontrar um caminho no novo mundo, onde seriam celebrados os seus primos e irmãos *texossus* e os outros membros do clã real do Daomé. A Agontimé ficou apreensiva com a responsabilidade, mas feliz, e perguntou se todos os reis, todos os *texossus* e seus parentes, mesmo os que tinham cruzado o rio da morte e sido varridos da memória dos homens, se todos eles também deveriam ser celebrados. Zomadonu disse que a celebração caberia apenas àqueles que podiam ser chamados de voduns e que, na nova terra, todos os voduns estariam sempre ao alcance das mãos da Agontimé, mas não seriam responsabilidade dela, que nunca poderia ou deveria tentar controlar suas idas e vindas. Quanto aos *texossus*, eram espíritos locais, e ela encontraria outros na nova terra, e quanto aos reis, somente ele, Zomadonu, estaria lá para recebê-la, e só falaria ou se calaria quando tivesse vontade, porque ele era o seu vodum. Completou garantindo à Agontimé que outros voduns apareceriam quando ela tivesse encontrado jarras para assentá-los e lugares para consagrá-los. Antes de saudá-la e sumir voando sobre as águas, ainda advertiu a Agontimé de que ela nunca deveria olhar para ele.

Com a alma cheia de esperanças e de fé em seu vodum, a antiga rainha Agontimé cruzou o mar e desembarcou como escrava no Brasil, na Bahia. Foi na Ilha de Itaparica que ela teve o primeiro contato com os orixás e descobriu que na Bahia o seu povo era chamado de mina-jeje, ou só jeje, e que muitos deles tinham sido levados para o Maranhão. Na Bahia, os nagôs a aconselharam a não ficar muito tempo por ali, porque seus ancestrais não teriam força para conviver com os orixás deles, que já estavam assentados. Quando contaram que no Brasil os minas-jejes não tinham um local para celebrar seus cultos, pois esperavam um sinal, foi que ela entendeu direito a sua missão, e por quem estavam esperando. A Agontimé não sabia o que fazer, mas nunca perdeu a fé no seu destino, no seu vodum. Durante muitos anos trabalhou nas fazendas de cacau e de algodão na Bahia, sendo depois vendida para uma fazenda de café em Minas Gerais, e passando mais tarde a trabalhar nas jazidas de Tijuco e Vila Rica. Sabendo que precisava arrumar um jeito de ir para junto do seu povo no Maranhão, aproveitou o trabalho nas minas e guardou para si uma parte do que encontrava, aprendendo com os outros escravos a esconder pó de ouro ou pequenas pedras nos cabelos, ou então a engoli-las quando ninguém estivesse olhando. Depois de algum tempo, ela já tinha mais do que o suficiente para comprar a própria liberdade e viajar para o Maranhão, onde construiria um convento para os voduns. Antes disso, passou novamente pela Bahia, e a Nega Florinda, que estava sentada ao meu lado, contou que foi nesse tempo que a conheceu.

Da Bahia ao Maranhão, a Agontimé andou por matas, morou em quilombos e percorreu vilarejos, sempre à espera de um contato do seu vodum, sempre atenta a qualquer sinal. Até que, certa noite, pediu pouso em uma fazenda chamada Paraíso, onde acontecia uma festa de bumba meu boi, um tipo de burrinha. Cansada de caminhar, ela se sentou à beira de um rio, e estava observando de longe as pessoas dançando e cantando quando percebeu que alguém andava pela margem do rio, e reconheceu o andarilho como sendo o seu vodum. Ao se lembrar da recomendação de nunca olhar para ele, ela o saudou de olhos baixos e ele a recompensou indicando o caminho a seguir e o lugar onde deveria erguer seu templo e estabelecer a casa de sua gente, a Casa das Minas. Em tal Casa trabalhariam as vodúnsis africanas, as minas, como eram chamadas as escravas embarcadas na Costa da Mina, em África. Seguindo o Rio Itapecuru, a Agontimé chegou a São Luís do Maranhão, e com parte do ouro levado das Minas, desta vez as Gerais, no Brasil, ergueu o seu templo. Providenciou as jarras necessárias aos assentamentos dos voduns e as encheu com água da fonte do Apicum, que foi consagrada a eles. Reservou os recintos da Casa para os voduns que foram chegando aos poucos, respeitando a hierarquia dos mais velhos para os mais novos e dos reis para os seus parentes, que escolhiam as suas esposas entre as vodúnsis, pois naquela Casa os voduns desceriam apenas nas mulheres.

Naquele dia, a Agontimé estava em São Salvador para ver se encontrava mais fiéis para seus cultos, a fim de que mais voduns pudessem se reunir na Casa, inclusive todos os *texossus*. Quando ela fez o convite, quatro mulheres que estavam na assistência se levantaram e disseram que estavam prontas a segui-la. A Agontimé perguntou se elas tinham recebido algum recado dos seus voduns e elas disseram que sim, que eles tinham aparecido em sonho e dito que esperassem por um sinal. Eu também tive vontade de dizer que queria ir com ela, que se dispunha a comprar a alforria de quem ainda não fosse liberta, como era o caso de duas das quatro mulheres que se apresentaram. Mas, infelizmente, eu não era uma das escolhidas e não tinha recebido recado algum. Eu me lembrei da conversa com a Nega Florinda sobre a minha missão ser outra, não relacionada aos voduns, e que eu deveria esperar pelo destino.

Antes de irmos embora, a Nega Florinda se aproximou dela e as duas se cumprimentaram com saudade, e fiquei surpresa quando a Agontimé me reconheceu como descendente de alguém que conhecia. Quando falei da minha avó e da sua morte, ela saudou em mim o vodum da minha avó e disse que eu tinha o sangue de uma grande mulher, de alguém por quem ela teve muita consideração e que tinha sido muito importante para ela. Disse ainda para eu não me preocupar, pois também encontraria o meu caminho naquela terra, e que um dia fosse visitá-la em São Luís, na Casa das Minas. Completou dizendo que, mesmo se eu não seguisse a religião dos voduns, gostaria muito de me falar sobre o que tínhamos deixado no Daomé. Depois, me deu de presente uma linda Oxum de madeira, quase igual à que a minha avó tinha em Savalu. Disse que era a deusa da fertilidade, da prosperidade, para que as minhas ideias e os meus atos encontrassem terrenos férteis para crescer vitoriosos. E que em algum momento, apesar de todos serem importantes, mas que em algum momento muito mais importante do que outros, Oxum muito me valeria.

A volta para Itaparica foi em silêncio, tranquila, embora, no fim da tarde a cidade estivesse mais movimentada. Havia muitas pessoas nas ruas, quase todas pretas, reunidas para batuques e danças ou para jogar capoeira. Não sei quanto aos outros, mas eu quase não tive olhos para tudo aquilo, porque dentro de mim aconteciam coisas mais interessantes. A história da Agontimé fez com que eu tivesse certeza de que a minha situação não permaneceria para sempre como estava, que eu ainda seria liberta e ajudaria o meu povo. Assim como a Agontimé, eu arrumaria uma maneira de fazê-lo, mesmo não tendo sido rainha. Não sabia como, nem o que fazer, mas tive fé nos Ibêjis, em Xangô e, principalmente, na minha Oxum, mas me lembrei também de Nanã, de quem a minha avó sempre falava.

Havia muito tempo que eu não sentia a presença da Taiwo tão forte quanto naquele dia no barco, no meio do mar. O mar no qual tinha sido lançado o corpo dela era o mesmo que a apresentava de volta diante dos meus olhos, que sempre me deixavam em dúvida se eram mesmo os meus olhos ou os dela. Como se fosse sonho, vi a Taiwo caminhando sobre as águas, feliz, quase dançando. À noite, antes de dormir, minhas companheiras de baia quiseram saber onde eu tinha passado o dia, mas eu não estava com vontade de explicar e disse que era segredo do meu povo, o mesmo da Nega Florinda, que estive com ela e mais não podia contar. Todas quiseram tocar a Oxum, para quem também arrumei um espaço no esconderijo sob a parede da senzala, cavando mais um pouco o buraco que já abrigava Xangô e os Ibêjis. Faltava Nanã, mas eu teria uma assim que pudesse.

MUDANÇAS

No domingo seguinte ao do encontro com a Agontimé, saí com a Felicidade e fomos encontrar o Belchior na nascente, onde os amigos dele já nos esperavam, com cachaça, mandioca cozida, bananas e liamba. Passamos um dia feliz, e fiquei mais feliz ainda porque vi que meus peitos estavam mais crescidos e uma penugem começava a surgir na minha racha, sinal de que logo viraria mulher, talvez graças à fertilidade concedida pela Oxum. A Felicidade disse que tinha virado mulher aos onze anos, e eu já estava com quase doze. Lembro que não gostava mais do corpo de menina e queria ter peitos grandes como os de Iemanjá e racha grande como a de Oxum. A Felicidade também tinha, e ela disse que logo se deitaria com o Belchior, assim que eles deixassem de ser irmãos de santo. Ele tinha conversado com os muçurumins, e ia virar um deles, para que pudessem se casar. Contei a ela que tinha viajado com alguns muçurumins, e que eles se casavam com muitas mulheres, com quantas pudessem sustentar, como também acontecia com muitos homens em África, de todas as crenças. Ela comentou que no Brasil isto não acontecia, que podia até acontecer, mas não era comum, não que soubesse, e com o Belchior não seria assim. Ele ia virar muçurumim só para que pudessem ficar juntos, já que como filhos de Oxóssi não podiam. Talvez a Felicidade também se convertesse, ainda não sabia se seria preciso; o Belchior tinha ficado de perguntar aos muçurumins. Eu pedi a ela que falasse com o Belchior para ele me apresentar aos muçurumins, e ela respondeu que não podia, que eles não falavam com mulher alguma que não fosse a deles, só com homens. Mas eu não era mulher de ninguém, nem filha de ninguém, nem mãe de ninguém, e, sendo assim, eles podiam falar comigo.

Não sei se o Belchior chegou a comentar alguma coisa, mas a partir daquele dia eu sempre dava um jeito de passar pelos muçurumins quando estávamos todos reunidos no terreiro depois do trabalho, e cumprimentava dizendo salamaleco. No início eles abaixavam as cabeças e não respondiam, até que resolvi inventar que tinha um recado do Fatumbi. Eles me olharam e avisei que não precisavam se preocupar, que não tinham que pedir permissão a ninguém para falar comigo, porque ninguém era responsável por mim. Então um deles perguntou como eu conhecia o Fatumbi e contei sobre as aulas, para depois me desculpar e dizer que não havia recado algum, que aquela tinha sido a maneira que encontrara para que falassem comigo. Eles sorriram e disseram que se chamavam Talib e Erasto, e desde então respondiam ao meu cumprimento sempre que passavam por mim, deixando surpresas as outras pessoas, com as quais quase não conversavam. Comigo também não conversavam, mas eu já me contentava com o cumprimento e admirava o jeito deles, sempre sérios, com um ar respeitável de quem não aceitava ser escravo e apenas vivia a situação como uma circunstância, uma fase, talvez até como um sacrifício a ser recompensado por Alá.

Certo dia, o sinhô José Carlos apareceu na fundição acompanhado do novo capataz, o Cipriano, um mulato alto, forte e bem novo, que ele contratara na cidade. Parecia ser apenas uma visita de rotina, como todas as outras, mas ele ficou me olhando de uma maneira muito estranha. No fim da tarde, o Cipriano foi ter comigo, dizendo que na manhã seguinte eu iria para o engenho e não para o baleeiro. À noite, na baia, comemoramos a notícia, pois a Felicidade, a Rosa Mina, a Ignácia, a Liberata e a Policarpa também trabalhavam lá, e eu era a única que ficava separada delas durante o dia. A sensação de estar entre amigos era boa, diminuindo a saudade e a vontade de estar em família. A Liberata tinha outro bom motivo para comemorar, pois no domingo que eu tinha passado em São Salvador, ao visitar a Verenciana e o recém-nascido, ela ficou sabendo que o sinhô José Carlos tinha aparecido por lá e prometido dar carta de alforria para ela também, para que pudesse cuidar da filha e do neto caso a Nega Florinda viesse a faltar, e que talvez alugasse para elas um espaço em alguma loja[7] em São Salvador. A Liberata disse que só acreditaria quando tivesse as cartas nas mãos, mas que mesmo assim já era alguma esperança.

O engenho estava começando a se preparar para receber a cana, o que sempre era motivo de comemoração na casa-grande e na senzala. Todos comentaram que naquele ano a festa seria ainda maior, porque a do ano anterior não tinha acontecido. Foi na época em que a sinhá Ana Felipa estava acamada, já botando sangue, e o sinhô José Carlos achou que não havia motivo para alegrias. Só aproveitou a presença do padre Notório para que ele benzesse a moenda, e mais nada. A Rosa Mina comentou que nunca mais

[7] Loja: uma casa ou porão de casa, tipo cortiço, onde várias pessoas dividiam um mesmo espaço, na maioria pretos libertos ou de ganho.

houve festa como no tempo do pai do sinhô José Carlos, quando o engenho era maior e precisava de quase o dobro de pretos para mantê-lo funcionando. Ela contou que tinha ouvido dizer que chegariam mais alguns, compra nova, porque na época da moenda havia muito trabalho para pouca gente, pois os mortos e inválidos não eram substituídos. Perguntei se havia muita morte entre os escravos do engenho e a Liberata respondeu que na nossa fazenda nem tanto, pois o sinhô nem era dos piores. Ele até nos alimentava bem e dava folga aos domingos, feriados e dias santos, mas na grande maioria das fazendas os senhores distribuíam apenas uma refeição por dia, se tanto, e os pretos tinham que aproveitar os dias de folga para tirarem o sustento, para arrumar um jeito de pelo menos se alimentarem o suficiente para trabalhar. Faziam isso plantando em um pedaço de terra meado com o dono, colhendo para consumo próprio ou para vender nas feiras das cidades, onde também podiam vender o fruto de outras habilidades que tinham, como bordar, tecer cestos, chapéus e utensílios de palha. Nessas fazendas não se vivia mais do que dez, quando muito quinze anos de trabalho, durante os quais os donos tiravam o máximo dos escravos, para valer o investimento. Nós, na Fazenda do Amparo, onde as condições de vida eram melhores, podíamos durar muito mais do que isso, como a iaiá Belarmina, que se gabava de ter mais de cem anos. Ela era chamada de iaiá por causa do respeito que todos tinham por ela, que tinha servido à avó do sinhô José Carlos e ajudado na criação da mãe dele, e que até por isso o chamava de sinhozinho. Ela e outros pretos do tempo em que o sinhô era criança.

Na parte da fazenda que chamavam de engenho havia muitas outras coisas. Algumas abandonadas, é verdade, pois eram do tempo do pai do sinhô José Carlos, que não tinha conseguido passar para o filho o gosto pelo trabalho e pelo lugar. Mas a fazenda quase se mantinha sozinha, principalmente no trato dos escravos. Perto da fundição havia um telheiro onde salgavam peixe e armazenavam mariscos, que comíamos junto com o feijão e às vezes o arroz comprados na capital, que ficavam no paiol, onde também eram guardados o milho e a mandioca, colhidos na fazenda durante quase o ano inteiro. A mandioca era plantada nos corredores deixados para facilitar a colheita da cana. Depois de arrancada da terra, ela era descascada e ralada, e a massa grossa que se obtinha era colocada dentro de sacos feitos de palha, que ficavam pendurados sobre imensos tachos. Com o passar dos dias, a massa soltava um caldo de cheiro quase insuportável de tão pestilento, que era deixado apurando até o ponto certo de fazer goma e carimã. O que sobrava dentro dos sacos era espalhado sobre enormes alguidares de barro para ser torrado enquanto era mexido e remexido com um rodo, para secar e torrar por igual, resultando na farinha que comíamos em quase todas as refeições. Para além da plantação de cana e de mandioca, seguindo em direção ao interior da ilha, havia uma roça de algodão, que produzia quase o suficiente para as nossas roupas de trabalho. O algodão era transformado em fios, que podiam ou não ser tingidos de azul, com anil que também se plantava lá mesmo, e com os fios produziam-se tecidos em três teares, que ficavam em um barracão, ao lado da casa do engenho, onde trabalhavam algumas costureiras. Ou seja, não dávamos quase despesa alguma ao nosso dono e rendíamos muito, fazendo tudo aquilo funcionar em troca de lugar para dormir em uma baia e de comida que, aliás, era plantada, colhida, pescada, criada e feita por nós.

A BOTADA

O engenho foi preparado para começar a moer em uma segunda-feira, e na semana anterior não tivemos folga. Alguns feixes de cana foram cortados, foi providenciada lenha para quatro ou cinco dias de trabalho, e todas as instalações do engenho ficaram como novas, limpas, areadas, untadas, prontas para o início da moagem. Até mesmo o gado recebeu tratamento especial para ficar limpo e lustroso, livre dos carrapatos e de outros bichos que cresciam no couro duro. No sábado à tarde, já estava tudo pronto quando o sinhô José Carlos, o capataz e os empregados apareceram para a vistoria, acompanhados de mais dois homens vestidos igual ao sinhô. Na noite anterior, a Esméria tinha dado uma escapada até a senzala, com a desculpa de apanhar algumas ervas de tempero na roça, e contou que a casa-grande estava cheia de visitas da capital, até um casal que parecia do estrangeiro, pela fala enrolada que quase ninguém entendia. Eles tinham chegado junto com o padre Notório, sem o seminarista Gabriel, e fiquei feliz com a notícia de que era possível que até a sinhazinha Maria Clara aparecesse. Desde a partida, logo após a perda do último filho da sinhá, ela não tinha mais retornado à fazenda. Sabíamos dela pelo sinhô José Carlos, que às vezes ia visitá-la e comentava alguma coisa com a Esméria ou a Antônia, que me contavam. Ele dizia que a sinhazinha já era uma moça e que estava até pensando em arrumar casamento para ela, pois seria bom que se casasse logo ao deixar o colégio. Seria bom revê-la, e eu também torcia para que o Fatumbi fosse chamado e, quem sabe, até me levasse novos livros, ou mais papel.

No domingo fomos acordados ainda mais cedo que de costume e vestimos as fardas novas que tinham acabado de distribuir. Quando o sol nasceu, já estávamos todos no terreno em frente ao engenho, esperando a comitiva da casa-grande chegar para que fosse rezada uma missa ao ar livre, às seis horas da manhã. O altar foi montado à sombra de três enormes mangueiras, sobre uma base de madeira coberta com tapetes que eu me lembrava de ter visto no corredor da casa-grande. Sobre eles foi colocada a mesa que ficava na biblioteca, coberta com uma toalha branca de renda que a sinhá Ana Felipa só usava quando recebia visitas, e enfeitada com vasos de flores, mais os paramentos necessários para a missa. A comitiva chegou assim que os primeiros raios de sol começaram a bater na coroa de folhas secas e amareladas da plantação de cana. Na frente estava o padre Notório, usando uma bonita batina castanha, com ricos bordados em dourado representando cachos de uva, cálices, ramos de trigo e pão. Ele puxava a ladainha, com a mão direita apoiada sobre uma Bíblia que segurava com a esquerda, e estava acompanhado de dois meninos vestidos com batinas brancas. Um deles balançava o incensório, que ia deixando o pequeno cortejo envolto em uma névoa como as que cobriam a ilha de vez em quando, antes do amanhecer, dando ao grupo ares de aparição. Atrás dos meninos caminhava o sinhô José Carlos, segurando o chapéu de encontro ao peito e de braço dado com a sinhá Ana Felipa, que tinha um rosário de pérolas entre os dedos e a cabeça coberta por um véu preto. Os dois eram seguidos por quatro homens, sendo que dois deles estavam acompanhados pelas esposas e pelos filhos, todos vestidos como se fossem a uma grande festa. Nem a sinhazinha nem o Fatumbi estavam entre eles, somente os pretos da casa-grande fechando o cortejo e vestindo suas fardas cor de vinho, seguidos por outros pretos que eu não conhecia, os escravos das visitas, também vestindo bonitas fardas. Eram tantos que por eles eu teria imaginado que o número de brancos fosse pelo menos o dobro.

Os pretos carregavam toda sorte de objetos para garantir o conforto dos seus senhores, como os bancos para se sentarem ao lado do altar, as almofadas e os tapetes para se ajoelharem sem sujar as roupas ou machucar os joelhos, os guarda-chuvas, caso o sol começasse a esquentar muito e atravessasse a copa das mangueiras, e os leques para espantar o calor. A missa foi dita em latim, e todos nós prestávamos mais atenção nas visitas e nos seus pretos do que naquele falatório todo, pois, além de não ser sobre a nossa fé, ainda era professado em uma língua da qual nada entendíamos. Aquilo parecia não ter fim, principalmente porque também estávamos pensando no almoço mais caprichado e na festa, que aconteceriam depois. Quando o padre Notório finalmente acabou de dizer a missa, falou algumas palavras em português, para que nós entendêssemos, sobre a felicidade em que estavam no céu o Nosso Senhor Jesus Cristo, a Nossa Senhora e todos os santos e anjos por terem na terra almas generosas e devotas como as do sinhô José Carlos e da sinhá Ana Felipa, e que muito deveríamos agradecer e rezar todos os dias pela boa sorte de estarmos sob a guarda deles, irresponsáveis que éramos em seguir a fé católica por nossa própria conta. Depois, o sinhô José Carlos agradeceu a presença do padre e dos outros amigos, perguntando então se a sinhá Ana Felipa queria dizer alguma coisa. Ela disse que queria rezar um pai-nosso e uma ave-maria em português, para que pudéssemos acompanhá-la, novos católicos, ainda não sabedores do latim, que era a verdadeira língua da fé. Os que sabiam, rezaram; os que não sabiam, movimentaram a boca dizendo qualquer coisa, com medo de reprimenda e para que aquilo acabasse o mais rápido possível. O sinhô então pediu que o seguíssemos até o engenho e deu o braço à sinhá Ana Felipa, abrindo o cortejo. Com seu hissope, o padre Notório traçava cruzes no ar enquanto jogava água benta por todo o caminho, tendo antes jogado na direção da plantação de cana, considerando-a toda benzida. Nós entrávamos na frente do padre para sermos benzidos também, mesmo não professando a religião dele, mas acreditando que aquela água pela qual tinham tanto respeito não nos poderia fazer mal. A sinhá e o sinhô estavam contentes, imaginando presenciar uma verdadeira manifestação de fé, a conversão e a salvação dos seus pretos, todos parecendo civilizados em fardas limpas e novas, impressionando as visitas.

Enquanto o padre Notório aspergia as moendas dentro do barracão do engenho, alguns pretos buscaram as canas preparadas para inaugurar a botada, como era chamado o primeiro dia da moagem. A botada era feita com as canas mais bonitas, graúdas e suculentas, amarradas com laços de fita coloridos, e cada convidado recebeu um feixe. Empunhado pelo sinhô José Carlos, o primeiro feixe desapareceu entre os dois rolos de metal que giravam lado a lado, muito próximos, movidos pela força de dois pares de cavalos que puxavam o cabo de tração, fazendo jorrar o caldo da cana. Nós aplaudimos e, um a um, os convidados repetiram o gesto do sinhô antes de voltarem para a casa-grande, para a festa que esperava por eles. O Cipriano e os empregados soltaram rojões do lado de fora do barracão, anunciando que a nossa festa também ia começar. A Esméria parou do meu lado e contou que tinha passado três dias fazendo os mais variados tipos de quitandas e refeições, das que estavam no livro de receitas da sinhá. Tinha até louça nova para impressionar, segundo disse a sinhá, toda do estrangeiro.

O dia também reservou boas surpresas para nós; foi todo dedicado à festa, porque, na verdade, o engenho só começaria a trabalhar para valer na manhã seguinte. A primeira refeição que recebemos tinha até pão, luxo reservado apenas para a casa-grande. Nas outras duas refeições, além de feijão, arroz e farinha, ainda tinha carne verde, de vaca e de porco, e não de peixe ou de baleia moqueada, como de costume. Mas todos gostaram foi da cachaça, distribuída com fartura, e dos batuques, liberados desde que não atrapalhassem os festejos na casa-grande. Mais tarde, quando havia canto e dança, um dos convidados do sinhô apareceu no terreiro acompanhado de três pretos fortes e vistosos, que ficaram ao lado dele durante todo o tempo em que esteve nos desenhando. O branco ficou observando durante horas e passando o que via para enormes folhas de papel estendidas à sua frente, presas a um cavalete de madeira. Alguns dos homens do Cipriano, o novo capataz, ficaram de guarda, armados, sérios, mas logo também estavam bebendo e conversando animadamente entre eles, achando que um dia de festa não era um dia bom para se tramar uma fuga. Músicas de África e os sons dos instrumentos, improvisados com troncos de árvores e cordas, sementes, búzios e mesmo pedras e areia, fizeram com que eu me lembrasse de muitas coisas. Principalmente das festas na casa da Titilayo e na casa de cômodos para onde eu tinha me mudado com a minha avó e com a Taiwo, com a presença do homem que dizia *orikis*.

Perguntei à Rosa Mina se alguém ali dizia *orikis* e ela me apresentou o Claudino, um dos mais antigos escravos da fazenda, que tecia palha como ninguém. O Claudino disse que eu mesma podia fazer meus *orikis* se quisesse, pois um *oriki* é, acima de tudo, uma reza, uma evocação. Não o tipo de reza que os brancos nos faziam repetir mesmo que não sentíssemos ou entendêssemos o que estava sendo dito, porque muitas vezes o escravo era obrigado a aprender o pai-nosso e a ave-maria antes mesmo de aprender a falar português. Um *oriki* é uma oração que une não só palavras bonitas, mas sentimentos e sentidos, e que às vezes nem saem do jeito que deveriam sair, na hora em que a gente quer, mas somente na hora em que eles, os *orikis*, querem. O Claudino também disse que um *oriki* pode ser feito para qualquer coisa ou pessoa que despertem bons sentimentos, como saudade, alegria, amor, fé, paz, respeito ou compreensão, coisas que podemos sentir tanto pelos nossos orixás, pelos nossos heróis, pelos animais, pela vida e até mesmo pelos espíritos das plantas, do vento, do sol, da terra, da lua e das estrelas. Tudo é motivo para um *oriki*. Devemos praticar bastante, mas nunca só com a razão, porque somente as palavras vindas do coração sabem orar. Prometi a mim mesma que tentaria, mas nunca o fiz com verdade.

A FUGA

No meio da tarde, quando algumas pessoas dormiam pelo chão, embaladas pela cachaça ou pelo cansaço e até mesmo pela abundância de comida, eu estava em uma roda conversando e fumando liamba com a Felicidade, o Belchior e outros pretos mais ou menos da nossa idade, quando achamos ter ouvido um barulho no lado norte da ilha. Não nos importamos muito, pois podia ser efeito do fumo, mas logo percebemos que outras pessoas também tinham ouvido, e os cães que se espreguiçavam pelo quintal depois de terem se regalado com os restos de comida também se levantaram e começaram a latir, correndo na direção do barulho. Logo os empregados se puseram em alerta, alguns tão ou mais bêbados que todos nós juntos, o que era perigoso por estarem armados e apontando na nossa direção, gritando para que permanecêssemos parados, para que não saíssemos da posição em que estávamos sentados, deitados ou agachados, independentemente do que acontecesse. Segurei a mão da Felicidade e ficamos esperando a confirmação do que a maioria já parecia saber, pelo murmurar de vozes avisando que era rebelião na Fazenda Nossa Senhora das Dores. Alguns homens logo se puseram em posição de quem ia se levantar e sair correndo a qualquer momento, e eu também comecei a pensar nessa ideia, também fugiria se um grupo grande tomasse a iniciativa. De repente, vimos surgir do meio da mata, na direção do outro engenho, alguns grupos de pretos correndo de cães e de tiros, gritando palavras como liberdade, morte aos brancos e justiça. Eles se desviavam de onde estávamos, evitando os empregados que nos vigiavam. Mas isto nem seria preciso, pois eles estavam mais preocupados em não permitir que fugíssemos do que em tentar recuperar os fujões alheios. Os grupos, de não mais que três ou quatro pessoas, passavam correndo em todas as direções, alguns seguindo direto para a mata que tinha continuidade do outro lado do nosso terreiro, outros correndo para a praia e outros na direção de onde ficava a nossa plantação.

A vigilância, que já tinha feito um cerco ao nosso redor, com o capataz Cipriano dando ordens a seus homens para que não desviassem os olhos do terreiro, não foi capaz de evitar que, de vez em quando, um ou outro se levantasse e saísse correndo e gritando, como se o grito pudesse dar mais força às pernas ou desviar as balas que eram dirigidas a eles, o que funcionou em três casos. Entre os três que conseguiram fugir, um eu conhecia, era o Aprígio, de quem falavam que tinha o corpo fechado e que já estava tramando fuga havia um bom tempo. Os outros dois eram um igbo, que eu não conhecia, e o Manuel Tupe, um pescador. A Felicidade segurava com força o braço do Belchior, não por medo, mas para que ele não tentasse fugir, pois estavam no chão os corpos de outros quatro homens que tinham falhado na tentativa. Não sabíamos se já estavam mortos, pois ninguém estava autorizado a se levantar para cuidar de preto fujão. Olhando para um deles, que tinha tombado perto de mim, o corpo caído de costas e se debatendo, meu peito foi ficando apertado com a visão do riozinho de sangue, ao mesmo tempo que nascia uma revolta muito grande pela nossa condição. Apesar da pouca idade, acho que foi naquele momento que tomei consciência de que tinha que fazer alguma coisa, pelos meus mortos, por todos os mortos dos que estavam ali, por todos nós, que estávamos vivos como se não estivéssemos, porque as nossas vidas valiam o que o sinhô tinha pagado por elas, nada mais. Algumas mulheres rezavam baixinho, olhei na direção do Erasto e do Talib, e eles também rezavam, com o teçubá entre as mãos. Os homens fuzilavam os empregados com olhares cheios de ódio, murmurando coisas que eu não conseguia ouvir, mas que, com certeza, eram promessas de vingança.

Os revoltosos continuavam a surgir de dentro da mata, bem como os cães e os capatazes correndo atrás deles. Um preto fujão atirou contra um dos empregados da nossa fazenda, que caiu duro ao receber o inesperado golpe pelas costas. Instalou-se a confusão e um clima mais tenso ainda, como se a qualquer momento a situação fosse sair do controle, mas o Cipriano entendeu logo de onde o tiro tinha saído e ordenou que todos continuassem em seus postos com as armas apontadas para nós, e que só atirassem em quem tentasse fugir. Ouvíamos ao longe gritos e estampidos, e às vezes alguns pretos comemorando, outras, os capatazes. Torcíamos pelos rebelados, é claro, e o Cipriano tentava nos desestimular, dizendo que era muito difícil fugir da ilha, que os fujões que não acabassem mortos ou aleijados seriam presos e castigados, o mesmo destino que seria dado a qualquer um de nós que se atrevesse a tentar. Eu acredito que muitos teriam tentado se não fosse dia de festa, se os revoltosos não nos tivessem encontrado depois de tanto comer, beber e dançar. Se fosse dia de trabalho normal e estivéssemos no engenho ou na fundição, munidos dos instrumentos de trabalho, foices e facões, se estivéssemos alertas. Eu sabia que aquilo realmente poderia acabar muito mal para eles, mas achei bonito que todos se unissem para buscar o que queriam, mesmo que isso implicasse grande risco, mesmo que pudesse custar a vida. Depois da passagem de mais alguns homens a cavalo, a situação começou a se acalmar, e o Cipriano mandou que um dos homens corresse até a casa-grande para relatar o acontecido ao sinhô José Carlos e pedir ajuda para cuidar do capataz ferido. Fomos levados imediatamente para a senzala, com ordem de andar em fila, devagar e com os braços sobre a cabeça.

Quando entramos, as portas das baias e a porta principal da senzala foram trancadas. Passamos o resto do dia comentando o acontecido até que o sono nos vencesse, e cada um contou casos dos quais tinha participado ou dos quais tinha ouvido falar, de escravos que tinham conseguido fugir sem jamais serem capturados, ou então da desgraça daqueles que não tiveram a mesma sorte. De vez em quando ouvíamos uma pancada do lado de fora da senzala e uma voz mandando que nos calássemos, senão haveria castigo. Eu queria saber notícias dos quatro homens que tinham levado tiro e a Policarpa comentou que eles não tinham a menor chance de sobreviver, e que se ainda estivessem vivos àquela hora, seria por pouco tempo. Ninguém cuidava de preto fujão muito ferido, a não ser que ele pudesse sobreviver para ser castigado e dar o exemplo, o que não era o caso dos baleados, que, se não fossem cuidados pelos orixás, não o seriam por mais ninguém. Outros seriam comprados para substituí-los e pronto. Nas condições em que tudo tinha acontecido, a morte seria um aviso para que ninguém mais tentasse fugir. No dia seguinte chamariam dois ou três pretos para abrir uma cova e jogariam os corpos lá dentro, apenas para que o cheiro não incomodasse, porque se fosse por consideração, deixariam que os urubus tomassem conta, como faziam com as carcaças das baleias. A Rosa Mina disse que tínhamos que rezar para os fugitivos, o Manoel Tupe, o Aprígio e o João Angola, pois eles ainda tinham chances, mesmo pequenas, de escapar vivos. Provavelmente ficariam na ilha por algum tempo, esperando que a situação se acalmasse um pouco e a vigilância fosse afrouxada nos atracadouros, porque não se sabia de ninguém que tivesse conseguido fugir a nado. Teria que ser muito bom de braço para nadar até outras ilhas, o que não compensava por elas serem menores que a de Itaparica, o que facilitava a busca. Nadar até a capital era mais difícil ainda, por causa da distância e da suspeita que provocaria. Eles então deveriam ficar pelos matos durante algum tempo e depois, aos poucos, tentariam arrumar barcos. A Rosa Mina disse que na capital havia alguns pretos, forros ou fugidos de longe ou há muito tempo, que tinham meios de esconder os que fugiam em quilombos desconhecidos da polícia. Se a rebelião tivesse sido planejada com antecedência, até já poderiam ter barcos esperando por eles ou rondando a ilha durante a noite, quando era mais fácil escapar aos olhos atentos dos capatazes e capitães do mato.

Desde o encontro com a Agontimé eu tinha ficado curiosa para saber o que era um quilombo, como funcionava, o que tínhamos que fazer para morar em um. Ela tinha dito que era um lugar onde os pretos viviam livres e felizes, cuidando uns aos outros. A Felicidade disse que ela e o homem que escolhesse para viver fugiriam juntos para morar em um quilombo, e a Rosa Mina, sabendo sobre quem ela falava, disse que era para pararmos com aquela lenga-lenga, que não ia ter quilombo nenhum e que devíamos tentar levar a vida da melhor maneira, sonhando apenas com o possível. Ela acabou com a conversa dizendo que já era tarde, que estava muito cansada e seria melhor tratarmos de dormir, pois o dia seguinte começaria bem cedo e com muito trabalho, com o engenho voltando a funcionar.

Na manhã da segunda-feira, as portas da senzala foram abertas mais tarde que de costume, e do lado de fora, além do capataz e seus homens, estavam o sinhô José Carlos, o padre Notório e três das visitas, todos a cavalo e acompanhados de dois policiais. Estavam armados, e a primeira coisa que o sinhô falou foi que os policiais tinham ido até a fazenda para dar a notícia de que quase todos os fujões da Nossa Senhora das Dores já tinham sido capturados durante a noite e responderiam por seus atos. Fez um enorme discurso sobre os pretos não serem de confiança, pois na nossa alma só tinha espaço para ingratidão e rebeldia, nunca estávamos satisfeitos com nada. Disse que ele mesmo sabia de senhores que mantinham seus pretos acorrentados o tempo todo e davam apenas uma refeição por dia e uma muda de roupa por ano, e eles tinham que trabalhar para os seus donos e ainda conseguir tudo o mais de que precisavam, indo para a lida todos os dias, de sol a sol, não guardando nem dia santo. Isso não acontecia conosco, e mesmo assim alguns achavam que não era suficiente e tentavam fugir do lugar onde tinham roupa, comida, um teto, consideração e a possibilidade de salvarem suas almas pagãs, educando-se na religião católica. E que estes ingratos, no caso os três pretos que tinham conseguido fugir, logo seriam pegos e exemplarmente castigados para que se arrependessem, porque até a bondade e a paciência dele tinham limites, do nosso dono e provedor, que colocava o bem-estar dos seus escravos acima de qualquer outra preocupação. Quanto aos outros, os que tinham morrido, tinha certeza de que o diabo se encarregaria da lição merecida. Disse ainda que a moagem ia começar em seguida, conforme o planejado, porque a cana não podia esperar para ser colhida, e a única coisa que esperava de nós era um comportamento de gente, que servíssemos de exemplo para os pretos sem gratidão, que conseguíssemos ser superiores aos escravos do engenho vizinho, que não passavam de animais. Porque foi como animais que eles agiram e como animais estavam sendo caçados, pois, por onde passaram, tudo foi destruído. Aproveitaram o santo domingo, que deveriam usar para honrar a Deus e cuidar de suas vidas, e promoveram uma barbárie imperdoável. Mataram gente da família do dono deles, destruíram móveis e instrumentos de trabalho, atearam fogo na casa-grande e no paiol, mataram trabalhadores que se sacrificavam para vigiá-los, e depois desembestaram pelos matos, como bestas e mulas que nunca tinham deixado de ser.

O sinhô José Carlos não se calava, indignado com o acontecido. Mas dava para perceber, no seu modo de falar sem encarar nenhum de nós, que sentia muito medo de que fizéssemos o mesmo, de que imitássemos os nossos vizinhos. Ele se esforçava para manter a voz firme e mostrar que era o dono, que mandava e tinha o controle da situação. Fez com que seguíssemos em silêncio para o engenho, inclusive os que cuidavam da pesca e da fundição, desativadas naquele dia. O trabalho do Cipriano e seus homens seria mais fácil se estivéssemos todos juntos, tanto para nos vigiar como para evitar que ajudássemos algum fugitivo que eventualmente rondasse a fazenda. Além da ameaça com o inferno, feita pelo sinhô José Carlos, nada mais foi dito sobre os baleados e ninguém teve coragem de perguntar, porque eles provavelmente estavam com vontade de descontar em alguém a raiva que sentiam pelo que tinha acontecido no engenho vizinho, pelos três pretos da nossa fazenda que tinham conseguido fugir e por todos os pretos que já tinham se rebelado e fugido antes, não importando onde nem quando. Um de nós que destoasse, que afrontasse mesmo sem ter esta intenção, seria castigado e tratado com toda a raiva acumulada. Mas era o que dava vontade de fazer, pois eu percebia que em nós a raiva era ainda maior, era imensamente maior que a distância do Brasil até a África, algo pelo qual nem valia a pena se rebelar e descontar apenas naqueles brancos que estavam na nossa frente armados e com seus capangas, entre os quais havia inclusive alguns que já tinham sido escravos e que, depois de forros, se faziam de maiorais. Eu era muito nova mas já pensava nisto tudo, e pensava no que tinham me falado a minha avó, a Nega Florinda e depois a Agontimé sobre cada um de nós ter uma missão. Elas também tinham dito que a minha seria importante, e pedi a Oxum, a Xangô, a Nanã e aos Ibêjis que me ajudassem a saber qual era, pois, fosse o que fosse, não seria mais difícil de cumprir do que viver como escrava pelo resto da vida.

O ENGENHO

O dia foi de muitas novidades e muitas chicotadas sem motivo. Meu trabalho era simples, fazer as fôrmas de barro onde o caldo da cana descansava antes de endurecer e ser triturado para virar açúcar. Naquele primeiro dia eu não pude observar direito o funcionamento do engenho, que me fascinou, mas nos dias seguintes a situação foi se acalmando, e aos poucos fiquei conhecendo cada etapa. Na plantação, a cana estava estalando de madura, a casca lisa, seca, coroada com folhas que eram separadas para alimentar o gado. Abraçando-se à cana já sem as folhas, um homem cortava o pé rente ao chão usando uma foice. Logo atrás dele havia sempre uma mulher que amarrava feixes com doze canas, sendo que cada lote de cinquenta feixes dava uma mão de cana. Mais ou menos a cada três mãos tinha-se um carro, como era chamada a quantidade de cana que cabia no carro de boi que transitava entre os corredores da plantação e o engenho, recolhendo o trabalho do dia. O Talib, que era mestre de açúcar, disse que cada carro produzia um pão de açúcar, que pesava mais ou menos quatro arrobas. O nosso engenho, que não era dos maiores nem dos menores, moía de nove a dez carros de cana por dia, recém-cortada ou, no máximo, cortada de véspera, para não ressecar.

Os cavalos faziam um grande esforço para movimentar a moenda, principalmente nas primeiras passagens, quando a cana ainda estava dura e suculenta, e precisavam ser substituídos várias vezes por dia. Apenas uma pessoa fazia o trabalho de alimentar a moenda, por onde a mesma cana passava pelo menos vinte vezes, até restar apenas o bagaço, que servia para alimentar o fogo das caldeiras. O caldo da cana caía no cocho, uma tina de madeira ligada à bica, também de madeira, que o levava até o parol, um grande tacho que ficava enterrado no chão até a boca. Neste tacho eram colocados alguns produtos para embranquecer o caldo, que então era baldeado para uma pia, e dela seguia através de um canal até cair na primeira caldeira, chamada caldeira de receber. De lá seguia para a caldeira de cozer, passando depois por seis tachas, sendo que a última delas era chamada de bacia, onde o caldo, já bastante grosso e muito reduzido em relação à quantidade que tinha entrado, era batido até o ponto de ser testado.

O teste era feito pegando-se um pouco da mistura entre dois dedos, que eram afastados lentamente, de modo que o fio que se formava entre eles deveria se partir antes que a distância atingisse uma polegada. O responsável por esse teste era o Talib, e ele tinha que ser muito bom para que o açúcar não desandasse. Se o ponto fosse aprovado, a massa era novamente batida até esfriar e ser colocada dentro de potes de barro chamados de pão de açúcar ou fôrma. Eram necessários muitos destes potes, acho que tínhamos uns trezentos, pois quase sempre eles se partiam e tinham que ser substituídos. Esse era o meu trabalho, cuidar dos potes, ajudando a fabricar potes novos ou remendando os que ainda podiam ser aproveitados. Apesar de o trabalho ser fácil, era também muito sério, pois a qualidade do pote era importante para fazer um bom melaço, em um processo chamado de purga. A Ignácia era uma ótima purgadeira e disse que, assim que fosse possível, ia me ensinar o trabalho, pois as boas purgadeiras eram muito valorizadas e seu ofício era mais respeitado do que muitas outras ocupações dentro de um engenho, exceto a de mestre de açúcar. Era o mestre que sabia regular a força do fogo nas caldeiras de cozer, regular a mistura de produtos que clareiam o açúcar e regular o ponto da mistura, quando ela já estava pronta para ser purgada.

As fôrmas tinham mais ou menos cinco palmos de altura por três de largura no topo, pois iam se afunilando para terminarem em uma base de mais ou menos duas polegadas, vazada, que tampávamos com rolinhos feitos de folha de bananeira. Eram assim, tampadas e cheias do melaço, que as fôrmas iam para a casa de purga, onde ficavam encaixadas, de pé, em tábuas que tinham vários buracos com tamanho suficiente para prender as fôrmas mais ou menos na metade da sua altura. Quando a fôrma esfriava, a rolha era retirada e esperava-se alguns dias até que todo o mel escorresse de dentro dela, até que sobrasse apenas algo que já tinha quase a consistência de açúcar. A purgadeira então tinha o trabalho de revolver e depois socar muito bem esse açúcar dentro da fôrma, para depois cobrir tudo com uma camada de barro úmido, que servia de filtro para a água limpa que era jogada sobre ele, por mais ou menos quarenta dias. A água atravessava o barro e a massa de açúcar, descendo aos poucos, lavando, filtrando e levando embora todas as sujeiras que encontrava pelo caminho. No fim dos quarenta dias, quando o que saía pelo fundo do pote já era uma água bem limpa, rala e clara, a massa de açúcar era considerada bem lavada. A fôrma então era deixada ao ar livre até que estivesse novamente seca, quando retiravam a tampa de barro e esmigalhavam o açúcar para espalhá-lo sobre esteiras ao sol, onde ficava até que estivesse bem seco. No final, era socado até virar pó, depois pesado, embalado e levado para a capital para ser vendido.

Em dois turnos, o engenho trabalhava dia e noite para que a cana não passasse do ponto. Não que a cana mais madura não desse bom açúcar, dava até um de melhor qualidade, mas a quantidade era menor por ela estar menos suculenta. Depois de moer toda a cana do nosso engenho, moíamos a cana de outras fazendas que tinham apenas o canavial, sem as instalações. Quase não tínhamos folga aos domingos, pois muitas vezes a cana já colhida não podia esperar, correndo o risco de fermentar se o tempo estivesse úmido, não servindo nem para fazer açúcar nem para fabricar cachaça. Nosso engenho também produzia cachaça, fermentando e destilando o caldo que sobrava durante a produção do açúcar. O sinhô José Carlos aparecia no engenho todos os dias, principalmente para acompanhar o trabalho do banqueiro, um preto forro contratado na capital. A função do banqueiro era controlar a quantidade de cana que entrava para a moenda, e depois, na casa de purgar, a quantidade de açúcar que estava sendo embrulhado, pesado e encaixotado. O banqueiro sabia a quantidade de açúcar que deveria ser produzida de acordo com a quantidade de cana, e tinha que prestar conta disso ao caixeiro, que era quem lançava os números nos livros e fazia as contas de quanto dinheiro ia dar aquilo tudo e como esse dinheiro seria dividido quando o engenho estava trabalhando com cana de outras fazendas. O Fatumbi, como homem de confiança do sinhô José Carlos, já que fazia o serviço de guarda-livros no escritório da capital, aparecia dois ou três dias por semana para confirmar a honestidade do caixeiro, que era um mulato forro contratado.

Em uma das visitas, o sinhô José Carlos me olhou de modo estranho, pedindo que o Cipriano me levasse até ele, quando me fez abrir a boca e olhou meus dentes. Depois, com a ponta da vara que usava para cutucar o cavalo, levantou a barra da minha saia e olhou minhas pernas. Olhou também para a minha bata na altura dos peitos, que já estavam quase tão grandes quanto os da Felicidade. À noite, a Ignácia passou a mão sobre a minha cabeça e disse que eu não era mais uma menina, que já tinha corpo de mulher, e perguntou se meus sangues já tinham aparecido. Eu disse que sim, que eu tinha perguntado à Felicidade o que fazer, e que também já sabia como agir para não ficar pejada, caso fosse me deitar com homem, mas que disso eu ainda não sentia vontade. Naquele dia eu não entendi o motivo da pressa, mas ela comentou que, se fosse eu, começaria a pensar nisso, para que desse tempo de pelo menos escolher o primeiro. Na mesma noite sonhei com a Taiwo, e ela estava tão triste quanto no dia em que o guerreiro tinha se deitado em cima da minha mãe, em Savalu. O sonho era como se fosse naquele dia, pois ela apontava o guerreiro e dizia para eu olhar o rosto dele, mas eu não tinha coragem. Até que ela ficou brava comigo e saiu correndo, sem olhar para trás e sem ouvir os meus gritos pedindo para que voltasse.

A VOLTA

Alguns dias depois, quando saíamos para o engenho, o Cipriano segurou meu braço e disse que eu ia voltar para a casa-grande. Perguntou o que eu sabia fazer e respondi que já tinha ajudado a Esméria e a Maria das Graças na cozinha, antes de a sinhá Ana Felipa ter me mandado para a senzala grande e dito que nunca mais queria me ver na frente dela. O Cipriano disse que não tinha me perguntado nada daquilo, problema do sinhô José Carlos, pois eu estava voltando por ordem dele, que trataria de se entender com a sinhá. Ele passou a mão pelo meu rosto e disse que o sinhô estava certo, que ele não era nada bobo de misturar uma preta tão bonitinha com o resto dos escravos, correndo o risco de ela ser inaugurada por qualquer um. Falou também que, se a sinhá Ana Felipa dissesse qualquer coisa, era para eu contar para ele, Cipriano, que informaria o sinhô. Eu preferia não ter ido, mas, infelizmente, não podia escolher, e me conformei ao ser muito bem recebida pela Esméria, a Maria das Graças, a Rita, a Antônia, a Firmina, a Josefa e pelo Sebastião, pois todos me queriam bem. O Tico e o Hilário ficaram encarregados de buscar minhas coisas na senzala grande e levar para a senzala pequena, tomando cuidado para não serem vistos com os santos, os livros e os cadernos, que, para mim, tinham quase a mesma importância. Eu sentiria saudade das minhas companheiras de baia e de engenho, de quem nem pude me despedir, e, principalmente, da liberdade de estar entre os meus.

Quando o sinhô José Carlos estava em casa, eu evitava sair da cozinha, ou pelo menos de perto da Esméria, desde o dia em que ele tinha me encontrado tirando o pó dos móveis na sala de jantar e pediu para ver os meus peitos. Eu não sabia o que fazer e fiquei quieta, fingindo não ter entendido direito. Ele então repetiu, mandando que eu levantasse a bata porque queria ver os meus peitos, e como eu não me mexi, ele mesmo a ergueu, usando a ponta da bengala. Elogiou, dizendo que eram muito bonitos, perfeitos. Isso eu também achava, e acredito que naquela hora, mesmo com o improvável da situação, eu me senti muito orgulhosa deles, que cresciam firmes e redondos como os da minha mãe. Eu tentava pensar nela e em como eu andaria com os peitos descobertos se ainda morasse em Savalu, enquanto ele passava a ponta da bengala pela parte descoberta do meu corpo, no meio dos peitos ou em apenas um deles, em volta do bico. Era uma sensação da qual eu gostava, mas não a ponto de deixar que ele percebesse, e senti raiva e nojo quando ele pediu que eu levantasse a cabeça e abrisse os olhos. Por sorte, o Lourenço apareceu na sala com um pesado tapete que tinha levado para bater o pó do lado de fora da casa. O sinhô José Carlos não se abalou, me repreendeu por alguma coisa qualquer e saiu em direção à porta da sala, reclamando que os pretos nunca faziam nada direito e chamando pelo capataz Cipriano.

O Lourenço tinha sido comprado do engenho vizinho, um dos escravos capturados depois da fuga e postos à venda. Era comum isso acontecer, os senhores separarem os escravos rebeldes, vendendo, alugando ou mandando para outras propriedades, para que não tramassem nova fuga. Além de prevenir, era também uma punição, pois separavam pessoas que tinham criado laços de amizade, de cumplicidade e até mesmo de família. Para a nossa fazenda tinham sido vendidos mais de quinze, todos para a senzala grande, menos o Lourenço, que estava acostumado com serviço de casa. Ele tinha sido criado do filho do sinhô Alberico, o dono da Fazenda Nossa Senhora das Dores, assim como eu tinha sido da sinhazinha Maria Clara, e quando o sinhozinho dele foi estudar na Europa, passou para o serviço de copeiro. Mesmo estando entre os que foram vendidos, o Lourenço achava que o antigo dono tinha muita consideração por ele, inclusive havia comentários de que eram pai e filho, porque o Lourenço não tinha sido mandado ferrar, como os outros pretos capturados. Estes, inclusive os que estavam na senzala grande da nossa fazenda, tinham a letra F ferrada no rosto, a marca dos fujões. Essa marca, além de deixar o preto sob constante suspeita e vigilância, ainda representava a grande vergonha de ter falhado na conquista da liberdade. O Lourenço era um homem bonito, com pouco mais de vinte anos, e também me achou bonita, pois estava sempre me olhando de canto de olho. No dia em que me pegou com os peitos de fora, enquanto o sinhô José Carlos deixava a sala, não conseguiu disfarçar. Nem piscou, enquanto eu estava gostando de ser olhada. À noite, mesmo na escuridão da senzala pequena, mesmo depois que acabava o pouco de azeite da lamparina, eu podia sentir os olhos dele me procurando, sentir o seu olhar espantado e desejoso percorrendo o meu corpo e parando nos peitos.

O sinhô José Carlos às vezes esbarrava em mim pela casa, embora eu evitasse tais situações, procurando estar ocupada ou a serviço da sinhá Ana Felipa, que percebeu o que estava acontecendo. Ela não tinha tocado no assunto da feitiçaria, da boneca, e nem em nada que nos fizesse lembrar daquele dia, e, para meu maior espanto, passou a me querer sempre por perto, como uma criada pessoal. Com certeza notou o interesse do marido e, daquela maneira, nem estava pensando em me proteger, mas sim ao seu casamento, que, aliás, não tinha sido nem um pouco abalado pelo acontecido com a Verenciana, visto que era bastante normal que os senhores se deitassem com as escravas e as senhoras aceitassem sem reclamar. Mas nem a proteção da sinhá impedia que de vez em quando o sinhô José Carlos se aproximasse de mim e, fingindo ser por acidente, encostasse o braço ou a mão nos meus peitos ou o membro na minha bunda, dependendo da posição em que eu estivesse, fazendo o meu trabalho. Ele nunca falava nada, apenas se achegava e me tratava como dono, que era de direito, e eu muito menos dava algum sinal de ter percebido a intenção dele.

Uma tarde, eu estava ajudando a Esméria a debulhar milho no quintal quando a sinhá Ana Felipa a chamou para fazer algo dentro da casa, e então o Lourenço se aproximou. Disse que percebia o que estava acontecendo, que com a mãe dele provavelmente tinha acontecido o mesmo, visto que ele nasceu quando ela tinha menos de catorze anos de idade, e que se eu tivesse para onde ir, ele poderia me ajudar em uma fuga, ou poderia mesmo fugir comigo. Naquele dia eu nada respondi, mas comecei a fantasiar a ideia de fugir com o Lourenço e morar em algum quilombo, talvez até como marido e mulher, pois acho que já era assim que me via e como passei a me sentir quando ele estava por perto. Era um homem bonito, a pele não muito escura e que brilhava quando os músculos faziam qualquer esforço por baixo dela. E não era só eu que o admirava, a sinhá também, porque muitas vezes, quando estávamos na varanda, ela mandava chamar o Lourenço e pedia que ele fizesse algum trabalho no jardim. Ela tentava disfarçar, mas ficava olhando para ele, sendo que certa vez até espetou o dedo com a agulha de bordar e em outras vezes até suspirou. Ele sabia que estava sendo observado e fazia movimentos lindos, mostrando os músculos, exibido, e eu comecei a sentir ciúmes. Dava para perceber que ele sabia muito bem o que estava fazendo, e eu tinha dúvida se era para mim ou para a sinhá. Acho que foi então que comecei a gostar dele de um jeito diferente, como uma mulher gosta de um homem.

Eu e o Lourenço continuamos a nos olhar pela casa, e na senzala ele deu um jeito de aproximar a esteira da minha até ficarmos lado a lado, quando passamos a dormir de mãos dadas. Descobri que ele também sabia ler quando se interessou pelo livro que o Fatumbi tinha me dado, e aproveitávamos todo o tempo de óleo no lampião para ler e escrever. O Lourenço era bom em inventar histórias, e muitas vezes ditava algumas para que eu escrevesse. O que eu sentia por ele mudava muito durante o dia, às vezes um carinho de irmã mais nova, de quem ele cuidava e para quem dava conselhos, às vezes desejos de mulher, principalmente quando eu percebia que os olhos dele tinham fugido do papel, quando estávamos deitados de bruços nas esteiras, e ficavam procurando o que dava para ver dos meus peitos pelo decote da bata. Alguns dias eu queria que ele me desejasse mais, e deixava que os peitos quase saltassem para fora da roupa, escondendo só os bicos endurecidos, que pediam para ser tocados pelas mãos ou pelos lábios do Lourenço, coisa que ele quase fazia com os olhos. A Esméria percebeu o que estava acontecendo e me disse que ele era um bom moço, que eu tinha sorte por ele estar interessado em mim, mas que não era para sonhar muito com coisas que não podiam ser mudadas, que nós não estávamos em condições de mudar e que talvez nunca estivéssemos, pois o nosso destino não nos pertencia. Acho que foram aquelas palavras da Esméria, muito mais que o meu sentimento, que fizeram aumentar o meu interesse pelo Lourenço. Eu gostava de provocá-lo, gostava que ele me olhasse de um jeito que fazia com que eu me sentisse mais velha, embora achasse que ele era um pouco sério demais. Aconteceu que o meu gostar dele, e não apenas a possibilidade de fuga para um quilombo onde viveríamos juntos, nasceu da vontade de desafiar o destino para ver o que aconteceria. Eu gostaria muito que tivéssemos conseguido, mas hoje entendo por que não aconteceu. Talvez eu tivesse me acomodado, e a vida não teria seguido o seu curso.

AS CONVERSAS

Certo sábado, o sinhô José Carlos recebeu visitas, sete ou oito homens da capital. Eram pessoas importantes, pois nós, da cozinha, trabalhamos muito preparando quitutes sob a supervisão da sinhá Ana Felipa, que acompanhava tudo de caderno em punho e língua afiada. Depois de cada prato pronto, ela experimentava e jogava fora o que não ficava bom, no lixo mesmo, não sem antes jogar água ou fazer qualquer outra coisa para que nós não pudéssemos aproveitar. Fazia isso dizendo que preto não tinha paladar para apreciar aquele tipo de comida e nem ela queria ser acusada de ter alimentado escravos com comida digna de reis, mesmo que estragada pela nossa incompetência, pelo nosso dom de fazer somente a ração a que estávamos acostumados todos os dias. O Sebastião e a Antônia, que serviriam os pratos, ganharam fardas novas e ficaram horas com a sinhá Ana Felipa, que mostrou de que lado da pessoa deveriam servir à mesa, a ordem em que os pratos sairiam da cozinha e depois seriam retirados, como encher os copos, e outras coisas. O Hilário e o Tico também ganharam roupas novas, e ficaram na porta para receber os convidados e cuidar de seus pertences, como capas, bengalas e guarda-chuvas. Deveriam também estar sempre por perto, para o caso de eles precisarem de algo que não estivesse ao alcance das mãos, ou então para levar recados até os engenhos vizinhos, se fosse necessário.

Fiquei curiosa para saber o que aqueles homens iam conversar, e assim que todos se sentaram na sala, tomando os aperitivos de antes do almoço, vi que a Esméria e a Maria das Graças não precisavam mais de mim e saí escondida para o quintal. Fiquei abaixada do lado de fora da casa, sob a janela, de onde dava para ouvir tudo o que diziam sem ser vista, protegida por uma sebe. Falavam de política, um assunto que eu já tinha ouvido comentarem na senzala grande, sobre o Brasil se tornar independente de Portugal e os escravos se tornarem independentes dos seus donos. Claro que não falavam dessa segunda parte, isso era de interesse nosso, assunto de senzala, pois achávamos que se o Brasil se libertasse de Portugal, do qual era quase escravo, nós também poderíamos pedir a nossa liberdade, ou pelo menos seria um passo nesse sentido. A eles, os senhores que estavam naquela sala, interessava apenas a independência do Brasil, que diziam ser o assunto de todas as rodas de conversa dos homens importantes da capital, e que até já era possível que em alguns lugares do país, que eu ia percebendo ser maior do que imaginara, em alguns lugares, como na corte, a independência já era dada como certa, era questão de dias.

Na época, o assunto era um pouco complicado para mim, que não consegui entender direito. Mas com o tempo, e conforme fui adquirindo conhecimentos, tudo o que estava sendo conversado ali foi se tornando mais claro e chegou mesmo a me servir em certas ocasiões. Alguns daqueles senhores disseram que a independência ia ser boa para o Brasil, terra de homens capacitados para decidir o próprio destino. Outros, principalmente os que lidavam com comércio, disseram que todos pagariam um preço alto demais pela independência, visto que eram os portugueses que intermediavam a maioria dos negócios feitos com a Europa, e que depois que o Brasil ficasse nas mãos dos brasileiros, o destino seria bastante incerto. Independente, o Brasil teria que se virar sozinho, sem o apoio de Portugal e sem o empenho dos portugueses influentes. A discussão prosseguiu durante todo o almoço e por muito tempo depois dele, às vezes acalorada e às vezes mais calma, quando todos pareciam concordar em algum ponto, e o que estava em jogo era a participação deles, com a doação de dinheiro ou com o envio de escravos para a luta armada, que parecia inevitável. Achei o assunto interessante mesmo não entendendo, pois era como se os argumentos que usavam contra a dominação portuguesa também valessem contra a dominação que eles tinham sobre nós, os escravos. A mesma liberdade que eles queriam para governar o próprio país, nós queríamos para as nossas vidas. A exploração era a mesma e até mais desumana, porque se tratava de vidas e não apenas do pagamento de impostos e da ocupação de cargos políticos. Fiquei muito animada quando comentaram que talvez pudessem dar a liberdade aos pretos que fossem lutar, caso decidissem mandá-los. Mas depois concordaram que não, que não poderiam se arriscar tanto, parar o trabalho e dispor da mão de obra para uma luta que roubaria tempo importante da moagem ou da colheita. Acabaram se decidindo pela ajuda em dinheiro para a compra de armamentos e outras coisas de que um exército precisa durante uma guerra. Eu ouvia aquela conversa e sentia muita vontade de contar para todos da senzala grande o que estava acontecendo. A primeira pessoa para quem contei foi a Esméria, imaginando que ela fosse me dar os parabéns e achar todas as minhas conclusões maravilhosas, ajudando a conversar com os outros pretos. Mas o que ouvi foi conselho para me calar sobre o que não sabia direito e, mesmo se soubesse, não me dizia respeito.

AS RELAÇÕES

Certo domingo, contei sobre as conversas das visitas do sinhô para o Lourenço, que me ouviu atento e calado, para depois dizer apenas que eu tinha me arriscado ao ficar ouvindo conversa dos outros às escondidas. Resolvi não contar para mais ninguém, achando que, a não ser os muçurumins, os outros talvez não entendessem o que eu estava pensando. Senti vontade de ir até a senzala grande procurar a Felicidade, mas imaginei que ela estaria com o Belchior na cachoeira. Convidei o Lourenço e fomos até lá escondidos, pois, embora tivéssemos mais regalias como escravos da casa-grande, éramos muito mais vigiados para que não nos misturássemos com os outros, para que a vida dos senhores não se tornasse conhecida de toda a escravaria, e para que não nos estragássemos com os hábitos dos escravos da senzala grande, tidos como mais selvagens e brutos, mais dados a traições e rebeldias, além de levarem uma vida promíscua. Vida da qual eu gostava mais, na qual me sentia mais à vontade.

Na cachoeira, encontramos a Felicidade, o Belchior e os outros de sempre, fumamos liamba, comemos banana assada e bebemos cachaça, fazendo planos para quando fôssemos livres. Nem precisei contar sobre os planos dos brasileiros de se verem livres dos portugueses, e talvez nós, dos senhores brasileiros ou estrangeiros, pois já era assunto tratado abertamente entre os escravos, embora nem todos entendessem o que estavam falando. Fiquei sabendo que um dos engenhos da ilha tinha mandado alguns homens, todos crioulos,[8] para lutar junto com as tropas brasileiras, e que o prêmio, caso saíssem vencedores, seria mesmo a liberdade, estendida a todos os outros escravos, crioulos ou não. Estávamos felizes, era

---

[8] Crioulo: preto nascido no Brasil.

bom pelo menos sonhar, e o Lourenço disse que mesmo assim, mesmo livres, viveríamos em um quilombo. Ele achava que a vida era muito melhor nos quilombos, onde ninguém era dono de nada ou de alguém, tudo era de todos e cada um mandava em si, dividindo o que plantava e colhia e o que produzia com as artes das próprias mãos. Era esse o tipo de vida que ele queria dar aos filhos dele, em que cada um era responsável pelo próprio destino, mas ainda assim se importava em proporcionar boa vida a todos.

O Lourenço era crioulo, mas sabia a história da sua família em África. A mãe era uma suaíli chamada Dalji, "a que caminha graciosamente", que recebeu o nome de branco de Bernarda ao chegar ao Brasil junto com um de seus nove irmãos. Seriam dois, mas o outro foi morto no caminho depois de se rebelar contra um dos guardas do navio e atacá-lo a dentadas, única arma disponível para quem tinha as mãos e os pés amarrados. O sobrevivente se separou dela no armazém, quando foram comprados por pessoas diferentes. Eram filhos de um rico fazendeiro, que fez questão de dar a eles estudo e algum conhecimento, mesmo para as mulheres. O irmão mais velho, o que morreu na travessia, tinha inclusive morado dois anos em Lisboa, Portugal. Toda a família foi capturada pelos lançados e o pai tentou negociar, conseguindo cauris suficientes para comprar de volta apenas nove pessoas. Poderia ter conseguido muito mais se os lançados tivessem dado tempo, pois tinha a fazenda para vender. Mas eles não quiseram esperar, recebendo apenas o que já estava disponível em dinheiro ou mercadoria. Como eram doze pessoas ao todo, os três irmãos mais velhos, todos homens, se ofereceram para continuar com os lançados, que aceitaram apenas dois e quiseram também uma mulher, que acabou sendo a mãe do Lourenço, a mais velha das filhas. Eles sabiam do que se tratava, principalmente o irmão que já tinha ido a Lisboa, mas também sabiam que era possível voltar. Trabalhar, comprar a liberdade e voltar. O irmão da mãe dele sabia de muitos que tinham conseguido fazer isso e estava certo de que também conseguiriam, havendo ainda a possibilidade de fugir, justo ele, que não tinha suportado nem chegar ao Brasil.

Ao contrário do Lourenço, que sempre falava em ir para a África mesmo sem nunca ter estado lá, eu não sabia se queria voltar. Ele tinha certeza de que haveria alguém esperando a sua volta, o que não era o meu caso. A não ser o meu pai, Oluwafemi, que nem cheguei a conhecer, eu não tinha mais ninguém em África. Talvez a Titilayo, que, se ainda estivesse viva, poderia me receber de braços abertos, como fez da primeira vez. Eu disse isso ao Lourenço e ele afirmou que, se eu quisesse, a família dele seria a minha família, e que eu estava me tornando uma mulher muito especial. Eu queria que o Lourenço tivesse me beijado naquela hora, na hora em que quis me dar uma família, mas não beijou, e nem pensou em beijar mesmo quando eu tirei a roupa e fui nadar nua junto com os outros. Ele não entrou na água, e mesmo se tivesse entrado não a sentiria, pois parecia estar longe dali, vivendo em algum quilombo que teria uma passagem secreta para a África.

Ao voltarmos para casa no fim da tarde, fomos vistos pelo capataz Cipriano, que quis saber onde tínhamos estado. Eu disse que tínhamos ido, sem sucesso, procurar umas ervas para a Esméria preparar chás para os escravos doentes, e tenho certeza de que ele não acreditou, pois a partir daquele dia passou a nos vigiar mais de perto. Quando me encontrou sozinha, disse que era para eu me comportar, pois já estava reservada, que tinham me levado para a casa-grande exatamente para eu não me deitar com os pretos antes de servir ao meu dono, e que eu deveria ser muito grata por isto. O Lourenço percebeu e disse que poderíamos nos casar logo, perguntando se eu já era moça. Quando respondi que sim, ele disse que ia conversar com a Esméria e o Sebastião, para ver como poderíamos fazer. A Esméria, que já sabia do que estava para acontecer, comentou que o melhor que tínhamos a fazer era falar logo com a sinhá Ana Felipa e pedir autorização para nos casarmos na religião dos brancos, com o que ela ia concordar, ainda mais porque era um perigo que afastava de dentro de casa. Talvez isso não tivesse muita importância, mas, se eu não fosse mais pura, poderia acontecer de o sinhô José Carlos perder o interesse.

Os escravos que queriam ficar juntos geralmente falavam com a sinhá, e mesmo que já vivessem assim na senzala, aguardavam a visita de algum padre, que aproveitava para fazer os casamentos de uma só vez. Não eram muitos os casais, talvez porque soubessem que de uma hora para outra poderiam ser separados. A Rita mesmo já tinha se casado e tido filho como manda a religião dos brancos, com casamento e batismo feitos por um padre, e ficou sozinha depois que o marido e o filho foram para outro dono por herança, quando o pai do sinhô José Carlos morreu. Em relação ao meu casamento, a sinhá Ana Felipa não se opôs e disse que seria realizado por ocasião da próxima visita do padre Notório, que ela ainda não sabia quando, mas que se daria até o fim do ano, com certeza. Era agosto de um mil oitocentos e vinte e dois, e eu já estava me acostumando com a ideia de me casar aos doze anos.

A EDUCAÇÃO

Logo depois do acerto do casamento, a sinhazinha Maria Clara foi passar alguns dias na ilha por causa da confusão que reinava na capital, com os tumultos provocados pelas manifestações em torno da independência do Brasil. Sempre havia confrontos entre os que eram a favor de um país livre e os que defendiam Portugal, e principalmente entre brasileiros e portugueses. A sinhazinha Maria Clara estava diferente, não tinha mais nada daquela menina com quem eu passava horas brincando de boneca, e ela disse o mesmo de mim. Quando contei que ia me casar, ela disse que também tinha um pretendente, um moço que conheceu em uma festa no convento, e que talvez ele aparecesse na fazenda em um dos fins de semana seguintes para conversar com o pai dela. Embora tivéssemos passado muito tempo sem nos ver, e de ela nem ter ficado sabendo que eu tinha sido mandada para a senzala grande, e de vivermos situações tão diferentes, ainda tínhamos muito o que conversar. A sinhazinha me contou sobre o convento, as aulas, as professoras, o que se aprendia e, principalmente, sobre as festas, que eram do que ela mais gostava. Disse que as festas eram uma desculpa para que os moços de boa família se encontrassem com as moças de boa família, já que casar e ser boa mãe e boa esposa eram os motivos pelos quais muitas moças eram mandadas para um convento como aquele. Mais do que para aprenderem alguma coisa, o convento era um lugar onde elas se preparavam para ser esposas respeitáveis, com aulas de boas maneiras, de etiqueta, de música e de prendas domésticas e artísticas, mais o básico de leitura e escrita.

Havia a parte do convento mesmo, onde ficavam as noviciandas, moças que estudavam para freira, e outra parte onde ficavam as que não tinham ou não sabiam se tinham vocação, mas estavam lá para receber instrução, inclusive religiosa. Era o caso da sinhazinha, que me mostrou vários livros que estavam com ela, escritos principalmente por freiras de um modo que eu nunca tinha pensado que mulheres pudessem escrever. Gostei muito de um livro em particular, que a sinhazinha disse ter retirado às escondidas da biblioteca, onde trabalhava uma novicianda amiga dela. A moça tinha mostrado o livro e deixado que ela lesse algumas partes, mas não podia permitir a saída dele, sob risco de ser castigada se a abadessa descobrisse. Curiosa, a sinhazinha levou o livro às escondidas para o quarto, leu, e ainda não tinha aparecido oportunidade de devolvê-lo. Achou arriscado deixá-lo no quarto enquanto estivesse na fazenda, pois não sabia quando e nem se voltaria para o convento, a depender do fim das confusões.

No livro, as palavras soavam como as do padre Antônio Vieira aos peixes, ou melhor, como *orikis*, só que falavam de amor entre um homem e uma mulher. Ainda hoje me lembro de alguns versos, de trechos inteiros daquelas cartas que eu não cansava de pedir que a sinhazinha lesse para mim ou que me emprestasse para que eu lesse sozinha, tentando aprender a ordem das frases para mais tarde, quando fôssemos dormir, dizer para o Lourenço. Eu falava e ele ia anotando em papéis que tenho até hoje, e que foi bom ter guardado, porque agora consigo entender os sentimentos de perda e de sofrimento que tanto me fascinaram, mas que eu não tinha a capacidade de compreender muito bem na época. Eu apenas achava as palavras bonitas, e além de não saber o significado da maioria delas, também não alcançava o sentido, não sabia do que tratavam. Como saber o que queriam dizer coisas como "se eu te amasse com aquele extremo que milhares de vezes te disse, não teria eu já de longo tempo cessado de viver?... Enganei-te... Tens toda a razão de queixar-te de mim... Ah! Por que não te queixas?... Vi-te partir; nenhumas esperanças posso ter de mais ver-te. E ainda respiro!... É uma traição... Peço-te dela perdão. Mas não mo concedas".[9] Como saber o que significa pedir perdão sem querer que seja dado? Como saber que é traição dizer que se pode morrer de amor não correspondido e mesmo assim continuar viva? A sinhazinha tinha muitos livros iguais àquele, e outros que me disse serem livros de poesia, e não de *orikis*, embora eu não visse a diferença que justificava a distinção do nome. Elas, as poesias, conversavam com alguma coisa que eu tinha dentro de mim e proporcionavam a mesma felicidade que eu sentia ao ouvir *orikis*, embora nem sempre fossem alegres, como não era a grande maioria. Mas, mesmo sendo tristes, eu as sentia, e era isso que me deixava feliz.

A sinhazinha Maria Clara gostava de morar no convento, onde as moças da idade dela, as que não estavam se preparando para freira, ou mesmo algumas das que estavam contra a vontade, levavam uma vida muito menos

---

[9] Trecho da Terceira Carta de sóror Mariana Alcoforado.

reclusa do que seria esperado. Não podiam deixar as dependências do colégio ou do prédio-dormitório sem seus pais ou pessoas autorizadas por eles, mas podiam receber visitas, que não eram raras, principalmente porque as freiras também gostavam de convívio social. O convento era um lugar para moças ricas, mantido por seus pais ou tutores, grandes fazendeiros, comerciantes, políticos e militares, ou até mesmo religiosos, todos ricos e com boa condição social, sabendo que um bom casamento também dependia de um pouco de educação e cultura. Por isso, não eram raras as vezes em que o convento fazia festas para receber músicos, poetas, pintores, companhias de teatro e artistas de todos os tipos, homens do clero, cultos e letrados, e estrangeiros importantes, quando as freiras serviam bons vinhos e boa comida, em saraus que atravessavam a noite. Isso oficialmente, porque no silêncio da clausura muitas jovens se deitavam com seus pretendentes e, dependendo da importância deles, com o consentimento ou até mesmo com a ajuda das freiras, em quem os pais confiavam para afastar suas filhas do mundo pecaminoso. Pelo menos era também para isso, para que não cedessem às tentações da carne, ou para que se arrependessem depois de terem cedido, que muitas moças iam para os conventos. Mas as freiras, não todas, é claro, mas boa parte delas, queriam dar uma educação completa às que estavam destinadas ao casamento, inclusive na escolha do pretendente. Quando alguém não passava pela aprovação delas e, portanto, não era bem recebido nas dependências do convento, usava um recurso que todos conheciam, as cordas que as moças à espera dos amantes jogavam por cima do muro do convento na calada da noite. Algumas tinham vida dupla, recebendo durante o dia os pretendentes fidalgos, principalmente os portugueses aprovados pelas freiras, fingindo-se de castas e prendadas, aptas ao bom casamento, e à noite se entregavam aos amores escolhidos, pobres, mas donos dos seus corações.

Tudo isso me contou a sinhazinha Maria Clara, e também sobre o José Manoel, o estudante de Direito e filho de um rico português com negócios na capital da Bahia e na corte. Eles tinham se conhecido na festa da posse da nova abadessa do convento e se enamorado um do outro, chegando a tratar promessa de casamento. Mas não sabiam se esse casamento seria do gosto dos pais, tanto que ela estava com medo de perguntar ao sinhô José Carlos se ele dava permissão para que o José Manoel e o pai fossem até a fazenda. Sugeri que conversasse com a sinhá Ana Felipa, que era mulher e entenderia melhor daquelas coisas que os homens, e quem sabe até não poderia fazer parecer que o convite tinha partido dela. Contei para a sinhazinha a conversa entre o pai dela e os outros senhores da região falando mal dos portugueses, e ela disse que já sabia disso, e aí estava a razão do seu medo. O pai era um republicano nacionalista, a favor de que o Brasil ficasse somente nas mãos dos brasileiros, enquanto o pai do José Manoel era português, monarquista, inclusive com cargo político na corte. Por causa das confusões que aconteciam na capital, estava cada vez mais difícil um entendimento entre brasileiros e portugueses e, inclusive, o escritório e a loja do pai do José Manoel já tinham sido invadidos e depredados algumas vezes, e o moço tinha comentado que talvez tivessem que ir embora para a corte ou para Portugal, onde o pai gostaria que ele terminasse os estudos. A sinhazinha achava que a separação de Brasil e Portugal se daria em breve, opinião que era compartilhada por seu pai e pelas visitas que voltaram mais duas vezes, quando ficamos escondidas do lado de fora da janela ouvindo a conversa, como eu já tinha feito. Eles falaram sobre os conflitos que tinham se transformado em sangrentas batalhas por todo o país, inclusive no Recôncavo e na capital, motivo que tinha feito a sinhazinha ir para a ilha e que a deixava muito preocupada com o José Manoel.

A INDEPENDÊNCIA

Em uma manhã de primavera, e de setembro, primeiro chegou o barulho de rojões e de tiros de canhão, e depois a notícia de que o Brasil estava livre de Portugal. Isso foi comemorado em surdina na casa, pois era notícia que não queriam que chegasse à senzala grande, com medo da empolgação dos pretos. Mas o Tico e o Hilário ficaram sabendo e correram para contar, o que de fato provocou certa inquietação, sendo preciso que o capataz Cipriano fosse alertar o sinhô José Carlos sobre a euforia dos pretos que, não entendendo direito o acontecimento e atendo-se à palavra "liberdade", queriam saber como é que ia ficar a situação deles. O sinhô José Carlos mandou que os homens do Cipriano redobrassem a vigilância e, precisando, mandassem avisar, que ele conseguiria reforços. Mandou também que o Cipriano explicasse que nada tinha mudado para os escravos, que os pretos não eram um país, que não pertenciam de fato a nenhum país e, quando muito, alguns poucos poderiam ser considerados gente, quanto mais falar em liberdade. Fiquei triste com as palavras dele, que o Cipriano provavelmente não deve ter repetido letra por letra para não provocar os ânimos exaltados. À noite, comentei isso com o Lourenço, que me abraçou e disse para confiar nele, que tudo aquilo ia mudar, prometendo que também teríamos liberdade um dia. Disse ainda que teríamos uma família, em África, se eu quisesse. Dormi e sonhei com Savalu, com a minha mãe dançando no mercado, com a Taiwo sorrindo, com a minha avó contando histórias e fazendo tapetes, com o Kokumo pescando no rio, e tive saudades de África, mesmo sabendo que eles não estavam lá. Eu tinha ficado comovida com a atitude do Lourenço, que queria me dar uma família livre, pessoas de quem eu pudesse gostar para sempre, sem medo de sermos separados de uma hora para outra. Naquele momento, e durante toda a vida, tive que lidar com duas sensações bastante ruins, a de não pertencer a lugar algum e o medo de me unir a alguém que depois partiria por um motivo qualquer.

Alguns dias depois da independência, quando o sinhô José Carlos teve certeza de que a situação já estava mais calma na capital, a sinhazinha voltou para o convento, embora ainda houvesse forte resistência e, ao contrário do resto do país, a Bahia ainda não fosse considerada território independente de Portugal. A Bahia só conquistou a liberdade quase um ano depois, tempo em que esteve em guerra com as tropas portuguesas e com o desejo dos portugueses de não abandonarem aquela terra bonita e festiva de que tanto gostavam. A sinhazinha Maria Clara partiu e deixou na minha memória alguns versos e as lembranças revividas de um tempo em que eu ainda era um pouco criança, quando o meu trabalho era estar à disposição para as brincadeiras que ela quisesse. Era cada vez maior a minha vontade de também seguir para a capital, onde a vida, ou o que quer que eu pudesse decidir sobre ela, realmente acontecesse, ou onde pelo menos surgiriam oportunidades para que eu a vivesse um pouco melhor.

Era bom fazer planos com o Lourenço, mas depois de ler as poesias falando de amor e de perceber que eu não sentia nada daquilo, comecei a achar que não tinha sentimentos bastante fortes para ser feliz com ele. Eu nunca seria capaz de sentir, caso o perdesse, o que aquela freira das cartas sentiu pelo seu amado. Imaginei que talvez o meu sentimento pelo Lourenço não fosse mais do que um remédio para a dor de não ter ninguém e de não ter liberdade, e que quando uma dessas coisas acontecesse, ele não teria mais importância alguma. Eu me lembro de como queria ter tido alguém para conversar sobre isso, mas na fazenda ninguém me entenderia, nem mesmo a Esméria, que me chamaria de ingrata quando eu dissesse que gostaria de fugir com o Lourenço, mas não de viver com ele para sempre. Eu gostaria de fugir com ele, e depois fugir dele.

OUTROS PLANOS

A sinhá Ana Felipa avisou que os casamentos seriam realizados no início de novembro, dia cinco, dia de Santa Isabel, de quem ela era afilhada e devota. Devoção herdada da mãe, que também se chamava Isabel. A Esméria contou que a sinhá gostava de Santa Isabel porque a santa também tinha o ventre seco e conseguiu ter filho já depois de velha, e talvez tivesse a esperança de acontecer o mesmo com ela. Mas eu sabia que não seria assim, porque, além do fato de ela não saber que atraía *abikus*, ainda havia as ervas da Liberata.

O Lourenço estava feliz, e embora eu achasse que nada mudaria nas nossas vidas, tentava me consolar pensando que o casamento ia ser bom para mim, tanto por afastar o sinhô quanto por eu poder compartilhar com alguém o sonho de ser livre. Estávamos preparando tudo em segredo para pegar o sinhô José Carlos de surpresa, até o dia em que a iaiá Belarmina pediu a ele permissão para tecer uma roupa nova para mim, com a qual eu pudesse me casar. Foi assim que ele ficou sabendo do casamento, e voltou a me perseguir pela casa, além de mandar o Cipriano vigiar o Lourenço. Principalmente durante a noite, na senzala pequena, onde, com a desculpa de manter a ordem e os bons costumes, não foi mais permitido que as mulheres dormissem ao lado dos homens com quem não fossem casadas. Ou seja, amontoadas de um lado dormiam as mulheres que trabalhavam na casa, e do outro, muito folgados, apenas o Tico, o Hilário, o Lourenço e o Sebastião, e o Cipriano vigiando tudo. A primeira vez das pretinhas pertencia aos seus donos, e era isso que o sinhô José Carlos estava tentando garantir, tomando cuidado para que eu não dormisse com o Lourenço antes de me deitar com ele, que estava apenas esperando uma boa oportunidade. Eu não podia falar nada para o Lourenço, mas ele percebia, e mais se afligia à medida que se aproximava a data marcada para as cerimônias. Seriam realizados quatro casamentos e dois batizados de crianças que tinham nascido na senzala grande.

O casamento da Felicidade não estava entre aqueles, mas ela e o Belchior andavam se deitando pelos matos, escondidos da Rosa Mina, perto da cachoeira, onde nem se importavam se havia ou não testemunhas, e se entregavam um ao outro durante a tarde inteira. Mesmo curiosa, eu tentava não olhar, porque me dava vontade de fazer o mesmo com o Lourenço. O problema era que eu não tinha coragem de tomar a iniciativa e, mesmo com a ameaça representada pelo sinhô José Carlos, ele parecia disposto a esperar pelo casamento, para então me possuir como de direito. Para mim era tolice, mas certa vez ele comentou que o ex-sinhozinho dele, o que estava na Europa, tinha dito que era assim, que um homem solteiro podia se deitar com quantas mulheres quisesse, sem compromisso, mas nunca com aquela que tinha escolhido para esposa. Se ela assim o quisesse, era porque não o merecia. Sem olhar, apenas ouvindo os gritos, os gemidos e as risadas da Felicidade e do Belchior, e imaginando o que eles estavam fazendo, eu já ficava perturbada de vontade de me entregar ao Lourenço. Os bicos dos meus peitos ficavam duros e eu sentia quase escorrendo pelas pernas o líquido brotado na racha, àquela altura já bastante peluda. Eu então entrava na água e apertava uma perna contra a outra, e às vezes me tocava até sentir um estremecimento que era bom e que me deixava mais calma depois, mesmo com vergonha de que o Lourenço pudesse perceber. E por isso ainda ficava um pouco mais dentro da água, entregando meu corpo ao seu refrescante carinho, e só então saía, vestindo a roupa sobre o corpo molhado.

Certa manhã, o Cipriano apareceu na casa-grande e, como se já não fosse motivo de estranhamento ele entrar sem ser acompanhado pelo sinhô José Carlos, que acreditávamos estar em São Salvador, disse que precisava da minha presença na fundição para ensinar o serviço a dois pretinhos que estavam começando naquele dia. Estranhei porque nós, da senzala pequena, não tínhamos ficado sabendo de nenhum escravo novo, e nem havia na fazenda crianças em idade para tal trabalho que já não soubessem exatamente o que fazer. Eu estava na sala tirando o pó dos móveis para a Antônia enquanto ela limpava a prataria da copa, e vi o Lourenço espiando a conversa escondido atrás da porta que dava para a varanda. Imaginei que fosse nos seguir, e de fato o fez. Não sei como o Cipriano não ouviu os passos dele, um pouco abafados pelas folhas caídas no chão da mata atrás da casa, por onde cortamos caminho. Se tivesse percebido ou mesmo desconfiado, o que na hora eu torci para que não acontecesse, já que de certa forma a presença do Lourenço me dava segurança, se o Cipriano tivesse percebido, talvez a tragédia toda tivesse sido evitada. Quando vi que estávamos indo na direção errada, mesmo com o Cipriano dizendo que era um atalho, tentei correr, mas ele me pegou pelo braço e disse que o sinhô José Carlos queria ter uma conversa comigo, e que era melhor eu ser bem boazinha, pois, sendo boazinha o suficiente, até poderia tirar muito proveito do serviço que ia fazer para o meu dono. Falou para eu me lembrar da Verenciana, que estava liberta e a quem nada faltava.

O sinhô José Carlos nos esperava em uma cabana um pouco além da fundição, onde eram guardados alguns instrumentos de trabalho e papéis antigos. Com uma das mãos o Cipriano bateu na porta, que estava apenas encostada, e com a outra me empurrou para dentro. O sinhô José Carlos estava sentado a uma mesa logo em frente à porta, levantou os olhos por breves instantes e voltou a baixá-los para os papéis que lia assim que entramos, dizendo que o Cipriano podia sair e esperar do lado de fora. O capataz me olhou como se dissesse novamente para eu me comportar, como se àquela altura eu ainda pudesse fazer algo diferente, e acho que deve ter percebido tanta revolta no meu rosto que suas feições logo mudaram. Antes de sair e fechar a porta, ele relutou, e parecia estar deixando ali dentro uma filha a quem tentasse dizer que a vida era assim mesmo e seria ainda mais difícil se tentasse resistir, mas que, de qualquer maneira, ficaria esperando do lado de fora. Acho que ele já tinha vivenciado aquela situação algumas vezes, parecendo acostumado com ela, e não consegui deixar de pensar na Verenciana, nas muitas outras que já tinham estado ali com vontade de fazer algo mais do que simplesmente esperar, mas sem saber o quê, pois, afinal, espera-se que nos conformemos com o fato de que a vida é mesmo assim.

Quando o sinhô ouviu a porta se fechar, ficou de pé e me olhou de cima a baixo, da mesma maneira como tinha acabado de estudar os papéis, sem pressa. Talvez, como eu, tenha se lembrado da primeira vez que me examinou, no mercado de São Salvador. Naquele dia, eu tinha feito graça, corrido, pulado, balançado os braços e mostrado os dentes, porque queria ser escolhida. O meu instinto de sobrevivência precisava que ele me escolhesse para que eu não definhasse naquele mercado, à espera de alguém que achasse que eu valeria os réis que pediam por mim.

A POSSE

O sinhô José Carlos perguntou se havia pouco tempo que eu tinha tomado banho e se nunca mesmo tinha me deitado com homem. As duas respostas foram sim, num balançar de cabeça, e então ele mandou que eu tirasse a roupa enquanto observava. Além do cômodo onde ele estava trabalhando, um escritório com uma secretária, um armário com algumas pilhas de papel amarelado e outros objetos, e muitas coisas jogadas pelos cantos, a casa ainda tinha um quarto, onde ele mandou que eu entrasse. Caixas e mais caixas subiam pelas paredes, iluminadas por um lampião que pendia do teto, a única claridade em todo aquele ambiente, já que não era possível ver uma única janela, talvez coberta por aquela quinquilharia toda. No chão havia uma esteira grande coberta com uma colcha incrivelmente branca para aquele lugar, limpa, bonita, sobre a qual ele me mandou deitar. Foi quando ouvimos um barulho, e ele, com as calças arriadas até o meio das pernas, foi até a porta que dava para o escritório e ficou quieto por alguns segundos, e eu me lembrei do Lourenço. Como o sinhô não sabia que ele tinha me seguido, e como não ouvimos mais nada durante um bom tempo, ele acabou de tirar as calças por cima das botas e estava desabotoando a camisa quando ouvimos o baque seco.

O sinhô José Carlos chamou pelo Cipriano, mas quem entrou foi o Lourenço, que o empurrou para um canto antes que ele tivesse qualquer reação, e depois me puxou pelo braço, fazendo com que eu me levantasse da esteira com tal rapidez que mal tive tempo de juntar a saia e a bata jogadas ao lado. Abraçada às roupas, fui quase carregada para fora do casebre, de onde saímos tropeçando no Cipriano, caído logo à entrada com a arma na mão e um corte sangrando na cabeça. Corremos mata adentro até um local onde o Lourenço achou seguro para eu me vestir, e onde me disse que o Cipriano estava apenas desacordado, tinha verificado e ele ainda respirava. Disse também que logo começariam a nos procurar e que precisávamos pensar depressa sobre o que fazer. O Lourenço decidiu que eu deveria voltar para a casa-grande e agir como se nada tivesse acontecido, e me perguntou se não tinha acontecido mesmo. Se fosse interrogada, eu deveria dizer que não sabia de nada e nem tinha visto para onde ele fugiu depois de me abandonar na mata. Ele não tinha outra alternativa a não ser a fuga, depois de ter agredido o Cipriano e o sinhô José Carlos. Se o pegassem, provavelmente ficaria dias no tronco, ou coisa pior. O que nós não sabíamos era que o destino já tinha se decidido por coisa pior.

Como o Lourenço tinha sugerido, fiz grande esforço para agir normalmente, mas não consegui esconder da Esméria, para quem contei tudo. Ela tinha sentido falta do Lourenço e perguntou se eu sabia dele. Aos outros eu disse que não sabia de nada, fingindo estar triste por ter sido abandonada pelo noivo às vésperas do casamento. A Esméria me aconselhou a agir assim, achando que era o melhor a fazer. Ela também disse que rezaria muito por ele, que, se fosse esperto, já teria dado um jeito de deixar a ilha, pois logo o sinhô José Carlos, o Cipriano e quantos homens fossem necessários estariam examinando cada pedaço de mata. Naquele mesmo dia, com uma atadura na cabeça e a mando do sinhô José Carlos, o Cipriano recolheu mais cedo os pretos da senzala grande, armou e orientou todos os seus homens e pediu reforços à guarda da vila para saírem à procura de um preto fujão e perigoso, que tinha atentado contra duas vidas, inclusive a do dono. Aproveitando a confusão na casa-grande, fui para a senzala e me peguei com os orixás, pedindo a eles que estivessem com o Lourenço, que o protegessem, que livrassem o seu caminho das armadilhas e fechassem o seu corpo contra os ataques dos inimigos. O Lourenço tinha feito o certo. Tentou deixar a ilha indo até o ancoradouro da vila à procura de um barco em que pudesse partir para qualquer lugar, mas o sinhô José Carlos também pensou nessa saída, e antes do meio da tarde voltaram com ele para a fazenda, soltando rojões e dando vivas.

O Lourenço tinha as mãos amarradas com uma corda puxada pelo Cipriano de cima de um cavalo, as costas nuas e sangrando nas marcas de chibata. O sangue escorria como rios estreitos e vermelhos sobre leito preto, manchando as calças, que logo foram tiradas à ordem do sinhô José Carlos de colocá-lo no tronco e dar cinquenta chibatadas, tomando cuidado para que não morresse, pois no dia seguinte tinha planos melhores para ele. Não tive coragem de ficar olhando, nenhum de nós da casa-grande teve. Fomos cuidar dos afazeres enquanto pensávamos em alguma coisa boa na qual ainda acreditávamos, talvez a liberdade, talvez a possibilidade de vingança, talvez a fuga para um quilombo, a volta à África ou ainda um encontro com os parentes há muito perdidos. Passei a noite em claro e acho que tive uma visão, muito real para ser apenas um sonho, na qual a Taiwo estava chorando, e eu sabia que era por mim. Muitas vezes isto nos tinha acontecido; quando uma era castigada e não chorava, por orgulho ou para causar raiva em quem tinha aplicado o castigo, a outra chorava por ela, e desde a manhã eu não tinha conseguido derramar uma lágrima sequer. E também foi sem chorar que, na manhã seguinte, fui levada pelo Cipriano, através do mesmo caminho, em direção à cabana, com o aviso de que era melhor para mim que ninguém mais estivesse nos seguindo, ou ele não se responsabilizaria pelo que poderia acontecer.

Ao chegarmos à cabana, percebi que não estávamos sozinhos. O sinhô José Carlos estava no cômodo de entrada, em pé e de costas para a porta, olhando sem qualquer interesse para os papéis que amarelavam na estante. Vindas do quartinho, ouvi vozes de pelo menos três pessoas diferentes, sendo que alguns homens saíram de lá assim que foram chamados pelo Cipriano, passando pela sala com a cabeça baixa e os olhos varrendo o chão. O sinhô José Carlos perguntou se eu achava que ia conseguir escapar e nada respondi, nem mesmo olhei para ele, porque eu achava que sim, que depois do acontecido ele não ia mais insistir. Mas, além disso, da insistência, ele conseguiu ser muito mais vingativo do que eu poderia imaginar, ao entrar no quarto e dizer que a virgindade das pretas que ele comprava pertencia a ele, e que não seria um preto sujo qualquer metido a valentão que iria privá-lo desse direito, que este tipo de preto ele bem sabia o tratamento de que era merecedor. Dizendo isso, me buscou na sala e me levou para o quarto, segurou o meu queixo e fez com que eu olhasse para o canto onde estava a pessoa a quem ele se referia quando falava de um preto sujo qualquer. Ou o que restava do Lourenço.

Quando percebeu a minha presença, o Lourenço ergueu os olhos, e o que pude ver foi a sombra dele, os olhos vazios mostrando o que tinha por dentro: nada. Enquanto que, por fora, tinha a pele preta toda nua e coberta por crostas de sangue e cortes feitos pelo fio da chibata. Senti vontade de pegar o Lourenço no colo e cantar para ele a noite inteira, como a minha avó tinha feito com a minha mãe e com o Kokumo. Eles estavam mortos, tal como os olhos do Lourenço observando a raiva com que o sinhô José Carlos me derrubou na esteira, com um tapa no rosto, e depois pulou em cima de mim com o membro já duro e escapando pela abertura da calça, que ele nem se deu ao trabalho de tirar. Eu encarava os olhos mortos do Lourenço enquanto o sinhô levantava a minha saia e me abria as pernas com todo o peso do seu corpo, para depois se enfiar dentro da minha racha como se estivesse sangrando um carneiro. Não me lembro se doeu, pois eu estava mais preocupada com o riozinho de sangue que escorria do corte na minha boca, provocado pelo tapa, e me lembrava da minha mãe debaixo do guerreiro, em Savalu, desejando que ela, o Kokumo e seus amigos aparecessem naquele momento e nos levassem, a mim e ao Lourenço, para brincar com eles, mesmo sem sermos *abikus*. Mas eles não apareceram, e nem mesmo consegui ter uma visão dos olhos da Taiwo sorrindo para mim. Havia apenas os olhos do Lourenço, que não choravam o que eu também não conseguia chorar. O único movimento que ele conseguia fazer era o do peito subindo e descendo no esforço da respiração, dificultada pelo pesado colar de ferro que tinha preso ao redor do pescoço, de onde saíam várias estacas pontudas de mais ou menos vinte polegadas de comprimento e que, mesmo com ele deitado, mantinham a cabeça e metade do tronco afastados do chão, em uma postura bastante desconfortável, na qual ele era obrigado a ficar olhando para nós.

Eu queria morrer, mas continuava mais viva que nunca, sentindo a dor do corte na boca, o peso do corpo do sinhô José Carlos sobre o meu e os movimentos do membro dele dentro da minha racha, que mais pareciam chibatadas. Eu queria morrer e sair sorrindo, dançando e cantando, como a minha mãe tinha feito. Era assim que eu imaginava os minutos seguintes e, pode ser por isso, por causa desse delírio, que durante muito tempo duvidei do que os meus olhos viram em seguida. Só acreditei de verdade alguns anos depois, quando reencontrei o Lourenço e, de certo modo, como podia, ele confirmou tudo. O Lourenço tinha conseguido chorar e, ao perceber isso, o sinhô José Carlos o chamou de maricas e perguntou se estava chorando porque também queria se deitar com um macho como o que estava se deitando com a noivinha dele. Foi então que tirou o membro ainda duro de dentro de mim, mesmo já tendo se acabado, chegou perto do Lourenço e foi virando o corpo dele até que ficasse de costas, em uma posição bastante incômoda por causa do colar de ferro. Passou cuspe no membro e possuiu o Lourenço também, sem que ele conseguisse esboçar qualquer reação ou mesmo gritar de dor, pois tinha a garganta apertada pelo colar.

Eu olhava aquilo e não conseguia acreditar que estava acontecendo de verdade, que o Lourenço, o meu Lourenço, o meu noivo, também tinha as entranhas rasgadas pelo membro do nosso dono, que parecia sentir mais prazer à medida que nos causava dor. O monstro se acabou novamente dentro do Lourenço, uivando e dizendo que aquilo era para terminar com a macheza dele, e que o remédio para a rebeldia ainda seria dado, que ele não pensasse que tudo terminava ali. O sinhô José Carlos então se vestiu e gritou para o Cipriano, perguntando se o castrador de porcos já tinha chegado. O Cipriano respondeu que sim, que já estava tudo preparado. Um velho que eu nunca tinha visto na ilha, que talvez fosse da capital, entrou carregando uma faca com a lâmina muito vermelha, como se tivesse acabado de ser forjada, virou o Lourenço de frente, pediu que dois homens do Cipriano o segurassem e cortou fora o membro dele. Eu olhava e via tudo como num sonho. Se o sentido da visão não era o mais confiável, os que captavam os sons e os cheiros eram, e durante muito tempo a lembrança que tive do Lourenço foi a de um grito abafado e agoniado, seguido de um chiado e o cheiro de carne queimada. A última coisa que ouvi antes de sumir de mim foi o sinhô comentando que aquilo não era nada, que o Lourenço ia sobreviver e que no tempo do pai dele era muito comum ter escravos capados, que os próprios pretos faziam isso em África, onde alguns homens eram capados para que ficassem mais dóceis e delicados para as tarefas de casa. E o pior é que sei que isso é verdade, pois muitas vezes em África, principalmente em Abomé, vi e ouvi os tais capados, os únicos homens que podiam entrar nas dependências destinadas às esposas de um rei.

A VINGANÇA

De todo o resto que aconteceu depois, só tomei consciência quatro ou cinco meses mais tarde, quando meu filho começou a se mexer dentro da minha barriga. Foi só na hora em que ele se mexeu que entendi que estava viva e queria continuar viva. Se não por mim, pelo menos por ele, a quem imediatamente comecei a chamar de Banjokô, "sente-se e fique comigo", para prevenir, caso fosse um *abiku*, como eu já pressentia. Pelo menos consegui prolongar um pouco o tempo que ele passou comigo, embora nem sempre eu tenha querido isso. Sei de muitas mulheres que, ao se saberem pejadas e conscientes de que a única vida que poderiam dar aos filhos era a que elas próprias tinham, na escravidão, preferiam que não nascessem. Acho que a Esméria chegou a falar comigo sobre uma beberagem, mas não tive condições ou força para decidir, como se não fosse comigo. E quando o tempo passou e eu senti o meu filho se mexendo, já não tinha mais coragem de negar a ele a possibilidade de pelo menos tentar fazer a própria vida ser melhor do que a minha.

Durante todo aquele tempo, antes que ele se mexesse, muitas coisas aconteceram e passaram por mim como se fossem uma porção de histórias de pessoas que eu conhecia vagamente, mas que não me diziam respeito. Histórias que me contavam como quem está fazendo uma criança dormir. E era apenas isto que eu queria, já que não tinha conseguido morrer. Dormir, dormir e dormir. Na primeira noite depois que o Cipriano me levou carregada e me jogou sobre uma esteira na senzala pequena, mandando a Esméria cuidar de mim, sonhei com a minha avó. Eu me lembro das gargalhadas dela, reais e descaradas como nunca foram, e acho até que acordei por causa delas. No sonho eu a vi em todos os lados, em Savalu, em Uidá, em um lugar que não conheci, mas que imaginei ser Abomé, no navio e até mesmo na ilha, onde ela nunca esteve. Os lugares se sucediam atrás dela como em um espelho, e ela ficava parada, gargalhando, enquanto tecia um enorme tapete com o desenho de uma cobra que já estava quase completa, só faltando um pedaço do rabo.

Nos dias seguintes, a Esméria me falou do Lourenço, dizendo que ele estava bem e sendo tratado na senzala grande pela Rosa Mina e o Valério Moçambique. Tempos depois, ela me contou uma história que achei fazer parte do sonho que tive com a minha avó, e que só soube que era verdade meses depois, no dia em que o meu filho se mexeu e eu nos senti vivos. Ela contou que já havia alguns dias que o sinhô José Carlos e a sinhá Ana Felipa tinham voltado a dormir em quartos separados, mais ou menos quando ele fez aquilo comigo e com o Lourenço. Não sei como não me incomodei com os barulhos na noite em que ela disse que a Antônia entrou correndo na senzala chamando o Cipriano, porque tinha acontecido alguma coisa com o sinhô José Carlos. Ele estava gritando muito e não deixava que ninguém entrasse no quarto, nem mesmo a sinhá. Depois se soube que, no meio da noite, o membro dele fora picado por uma cobra que tinha se alojado entre as cobertas. Pelo menos era do que se suspeitava, porque, embora não fosse comum encontrar cobras dentro de casa, elas eram abundantes na ilha, e de vez em quando acontecia de uma se esconder em algum canto. A Antônia jurou que não havia nada na cama quando foi verificar se o quarto estava de acordo para que o sinhô se deitasse, que ela tinha até alisado as cobertas sem sentir volume algum.

Durante os dias que se seguiram, a Esméria me levava notícias dele, e acho que ela estava sempre sorrindo, que lhe dava certo prazer o rumo que as coisas foram tomando. Eu me lembro de ouvi-la dizendo que o sinhô José Carlos gritava de dor dia e noite, que já tinham feito todos os chás que conheciam, passado todas as pomadas, chamado boticário e médico da capital, todos hospedados na casa-grande e confabulando sobre o melhor tratamento a seguir. Mas nada adiantava, e quem tinha visto dizia que ele estava piorando em vez de melhorar. Somente os homens podiam entrar no quarto, porque o sinhô José Carlos não conseguia vestir roupa ou cobrir o membro, nem que fosse com o mais fino lençol. O Sebastião, uma das companhias mais constantes, disse que o membro aumentava de tamanho a olhos vistos, chegando a atingir o tamanho e a forma de uma abóbora pequena, avermelhada e coberta de pontos purulentos. Do lado de fora do quarto, onde muitas vezes a Esméria ou a Antônia ficavam esperando que alguém abrisse para receber panos limpos, pomadas, unguentos ou água quente, dava para sentir o cheiro de carne apodrecendo e ouvir os gemidos do sinhô, que definhava muito depressa, já que não conseguia dormir e comia muito pouco. Às vezes ele delirava, com febre alta, e falava coisas que eram impossíveis de compreender direito fora do quarto, atrás da porta ou debaixo da janela, onde sempre havia alguém à espera de notícias que seriam espalhadas entre os pretos. A Esméria contou que, nos últimos dias, até o médico e o boticário já não aguentavam mais o cheiro de podridão, de merda e de sangue que impregnava a roupa de cama, mesmo se trocada pelo menos três vezes ao dia. O sinhô José Carlos teve alguma melhora quando começaram as sangrias com os cortes feitos a navalha ou com uma espécie de lesma, as sanguessugas, para que dessem vazão ao sangue ruim e envenenado que circulava no membro dele. Durante algumas horas isto proporcionava um pouco de alívio ao sinhô, e era quando ele queria saber notícias da fazenda.

Fora do quarto, a vida seguia normalmente, e a sinhá Ana Felipa parecia mais feliz que de costume. Era ela quem, ajudada pelo Fatumbi e por mais dois homens da capital, cuidava de tudo para que o engenho não parasse de moer e para que a pesca das baleias pudesse ser retomada, visto que os dias começavam a esquentar e logo elas estariam de volta à baía, onde namoravam, cruzavam e cuidavam dos filhotes. Dentro do quarto, tudo o que era possível já tinha sido feito. O médico e o boticário não entendiam o que estava acontecendo, pois nada do que faziam surtia efeito, e diziam que aquele era um caso que desafiava todo o conhecimento da ciência e que, talvez, somente no estrangeiro houvesse recursos suficientes para tratar o sinhô José Carlos. Para piorar a situação, o veneno começou a se espalhar pelo corpo, deixando-o tão inchado quanto o membro, que, enfim, apodreceu de vez. Até o padre Notório, o seminarista Gabriel e mais dois padres chegaram à fazenda para organizar turnos de reza envolvendo todos os que estavam na casa, inclusive os doutores e os pretos. A qualquer hora do dia ou da noite havia alguém rezando, ajoelhado em frente ao oratório da sala, iluminado por velas que eram trocadas antes de se apagarem. Como as rezas também de nada adiantaram, a sinhá Ana Felipa mandou buscar a sinhazinha, que chegou à fazenda acompanhada de mais dois médicos e um boticário.

A Esméria comentou que até sentiu pena do sinhô José Carlos e desejou que ele morresse logo, dando fim a uma agonia que só aumentava. A Antônia tinha a mesma opinião, e passou a acrescentar algumas ervas que ajudavam a morrer aos chás que ele bebia. Mas até mesmo as ervas que faziam efeito rápido em outras pessoas pareciam anuladas pelo veneno da cobra. A Esméria e a Antônia também queriam se ver livres do sinhô porque, como ninguém mais aguentava ficar no quarto fechado com ele exalando mais fedores que as carcaças de baleia, elas foram escaladas para se revezarem como acompanhantes. Mesmo cobrindo o nariz com lenço encharcado em água de cheiro, a situação era insuportável, e ainda tinham que aguentar a fúria do sinhô, que, nos primeiros dias, não queria aceitar mulheres no quarto e atirava nelas o que tivesse à mão, até mesmo merda fresca, acabada de fazer. Elas evitavam olhar para ele, que já tomava quase toda a cama de tão inchado, além de deformado e apodrecendo.

Conforme se espalharam as notícias sobre a gravidade da doença, muitos senhores de engenho e comerciantes com quem ele tinha negócios na capital apareceram para visitá-lo. É claro que não foram recebidos, e ficaram na sala conversando com a sinhá sobre receitas de remédios, unguentos, banhos e rezas infalíveis, todos imediatamente testados, sem dar resultado algum. Enquanto o sinhô apodrecia na cama, eu delirava na esteira da senzala, e às vezes tinha a impressão de que o Fatumbi também me visitava, colocava uma mão sobre a minha testa, a outra sobre a minha barriga, e ficava longo tempo falando coisas na língua arrevesada que ele conhecia, tiradas dos livros de rezas muçurumins ou da própria cabeça. Nesses dias eu me sentia um pouco melhor, mas o melhor para mim era dormir sempre mais.

Acho que eu passava dias e dias dormindo, para então acordar e pedir à Esméria que me contasse histórias. Com a confusão na casa-grande, nas horas em que não estava no quarto do sinhô José Carlos, ela dava um jeito de ficar sempre ao meu lado. Foi então que eu soube que a vida na casa-grande estava se tornando cada dia mais movimentada, todos esperavam para qualquer momento a morte do sinhô José Carlos. A sinhá Ana Felipa tinha voltado a vestir preto, e para que não a maldissessem depois, para que não dissessem que ela não tinha feito o possível, mandou chamar mais médicos na capital. Já eram muitos, e todas as tardes depois da sesta, quando cada um deles já tinha feito uma visita ao quarto do sinhô e quando os amigos, vizinhos e conhecidos apareciam para prestar solidariedade, eles se reuniam na sala e confabulavam, ao redor de muita comida e bebida. Tanta, que já tinham sido levadas para a cozinha mais quatro pretas da senzala grande, e todo dia faziam chegar compras de mantimentos da capital. Cada um dos doutores e boticários apresentava sua visão da enfermidade e a defesa de um possível tratamento, obtendo a concordância ou a discordância dos companheiros e da plateia atenta, que, sem saber nada sobre aquelas ciências, ficava impressionada com um ou outro doutor somente por causa da eloquência das suas apresentações de defesa de certo diagnóstico ou tratamento. A Esméria disse que eles só queriam se exibir e usavam as palavras mais difíceis que conheciam, se calhar até inventadas, para que nem mesmo seus colegas entendessem o que estavam falando. Quando conseguiam convencer, eram aplaudidos pela plateia, que apoiava ou não a opinião do doutor, conforme tivesse gostado ou não do discurso. Os ruins de fala eram logo vaiados e nem chegavam ao final da conferência, que era como eles chamavam aquele palavreado todo, conferência. Uma tarde, quando a plateia começava a chegar, foi informada de que não haveria conferência porque o sinhô José Carlos estava nas últimas horas e, além dos doutores, os padres também estavam no quarto, a fim de garantir que ele tivesse uma boa passagem.

A MORTE

Na última tarde de vida do sinhô José Carlos, a Esméria esteve comigo o tempo todo, pois não seria de nenhuma ajuda a presença dela no quarto. O que foi um grande alívio, pois ela já não aguentava mais ficar tomando conta do moribundo, fechada no quarto onde a escuridão era apenas disfarçada pela luz de duas ou três velas que não conseguiam vencer a densa fumaça dos vários incensos que os padres acendiam com dois propósitos, o religioso e o de disfarçar a fedentina. A Esméria contou que, no final, o corpo dele inchou tanto que a pele mais parecia papel, de tão fina, e se rompia facilmente para dar vazão a um líquido viscoso e purulento misturado com sangue, e eram tantas rachaduras que não havia emplastro que vencesse. Ela se detinha nesses pormenores como se quisesse salientar o sofrimento dele para que eu me sentisse vingada, e continuou narrando o que devia estar acontecendo dentro do quarto, que ela sabia por ter acompanhado as últimas horas do sinhô pai do sinhô José Carlos. Mas, ao contrário do filho, ele teve uma morte tranquila e na idade certa para as pessoas morrerem, que é somente quando ficam velhas. Todos os enterros de ricos eram iguais, e a Esméria descreveu o do pai como se fosse o do filho.

Como os padres que já estavam na casa não tinham levado o material necessário, a mando da sinhá o capataz foi buscar mais alguns padres na capital, que logo chegaram pela praia junto com um orador. Desembarcaram no atracadouro da fazenda e seguiram em procissão, a do viático, que leva a comunhão ao enfermo. Muitos deles estavam vestidos com sobrepeliz e estola roxa, carregando a cruz, a caldeira de água benta, o livro de ritual e o livro das palavras de Deus, além da âmbula com os santos óleos. A Esméria não sabia dizer quantos padres, mas eram muitos, todos que a sinhá se dispôs a pagar para melhor encomendar a alma do seu defunto. Assim tinha acontecido no caso do sinhô pai, assistido por mais de cem padres e ajudantes, e até mesmo por dois bispos. Na frente da procissão seguiu um dos bispos, levando a santa comunhão e coberto pelo pálio carregado por seis padres. Perto do primeiro bispo, um pouco mais atrás, o outro carregava a santa cruz que, assim que entrasse no quarto do moribundo, seria dada para que ele beijasse. Eles eram seguidos de perto por mais um padre, que agitava sem descanso uma campainha, dois que carregavam incensórios e vários outros que não tinham funções definidas, exceto fazer vista. Todos estavam protegidos por duas imensas filas laterais formadas por pessoas carregando tochas acesas e um pequeno batalhão de soldados de verdade ou vestidos como se fossem, com as armas apontadas para o chão em sinal de respeito. Por último, havia mais guardas tocando tambores e uma banda de músicos pretos com instrumentos de sopro e de percussão.

Ainda hoje eu me lembro exatamente da descrição desse cortejo, porque a ouvi como se estivesse acontecendo na minha frente, com todas as imagens e os sons. Eu via tudo, os padres, as roupas que eles usavam, os objetos que carregavam, ouvia a música dos guardas e da banda de pretos como se estivesse caminhando ao lado da procissão e prestando atenção a cada detalhe, guiada pela voz da Esméria. Ela também contou que o caminho por onde eles passaram estava demarcado até a entrada da casa, atapetado com folhas de pitangueira, de louro, de canela e de laranjeira. A procissão foi recebida na casa iluminada por dezenas de velas e lanternas, às quais ainda se juntaram as tochas que acompanhavam a procissão e os convidados, que seguiram rezando atrás dos padres ou saíram sozinhos de suas casas ou fazendas. Na chegada à casa, a banda continuou tocando do lado de fora, para que o espírito do moribundo acreditasse que havia um concerto de anjos tocando para ele, fazendo com que as portas do céu se abrissem para bem recebê-lo. Os padres acreditavam que assim a alma ia embora mais depressa, aliviando o sofrimento do doente. Depois dessa negociação com a alma, aconteceu a salvação e a encomendação, e, no caso do sinhô José Carlos, a defesa. Sobre a salvação e a encomendação, a Esméria contou que, primeiro, o moribundo beijava a Santa Cruz e reconhecia Deus como seu único Senhor e Salvador, e em nome d'Ele se arrependia de todos os pecados dos quais se lembrava. Os que tinha esquecido, ou mesmo os que não sabia serem pecados, eram purificados com o ato de passar os santos óleos sobre a boca, o nariz, os olhos, as orelhas e as mãos do moribundo, já que é por intermédio dessas partes do corpo que uma pessoa pode pecar. E só então, livre de todos os pecados, o moribundo pode receber a hóstia, para que a alma suba aos céus acompanhada do corpo e do sangue do Cristo dos brancos.

Isso tudo foi a Esméria que me contou naquele dia; sobre a defesa, para que a alma fosse logo descansar no reino dos céus, eu aprendi mais tarde, quando trabalhei na casa do padre Heinz, um estrangeiro que tinha muitos livros e, entre eles, um chamado *Methodo d'ajudar a bem morrer*. Esse livro explica que a hora da morte, para um católico, é a hora na qual acontece uma grande guerra e a alma precisa ser defendida como se estivesse em um tribunal. Os padres são os instrutores militares e os advogados, capazes de salvar almas que tinham pecado uma vida inteira, ou então, caso não fossem bons defensores, de arruinar o futuro de almas que podiam ser consideradas quase santas na Terra. São os padres que orientam as almas, dizendo como elas devem agir para vencer as forças do mal que, na hora da morte, tentam levá-las para o inferno. As mais poderosas armas do cristão, segundo o livro, são os sacramentos, que fortalecem e deixam a alma mais esperta que o mais cruel dos inimigos, o mais ardiloso deles, o mais demoníaco. Só bem preparada e fortalecida, a alma pronta para desencarnar pode vencer esse inimigo, protegida por um poderoso e invencível exército de anjos comandado pelo arcanjo Gabriel. Como instrutor militar, o padre se vale dos sacramentos, e como advogado usa as palavras, porque não basta afastar o demônio, também é preciso fazer com que a alma seja aceita por Deus. Como na maioria das vezes o doente não está em condições de fazer a própria defesa, é o padre quem deve falar de suas boas ações e dos seus bons sentimentos. Eu nunca soube quem teve a difícil tarefa de interceder pelo sinhô José Carlos, mas não deve ter sido fácil sem o uso de omissões e mentiras frente Àquele que tudo vê. Ou talvez o sofrimento pelo qual passou nos últimos meses tivesse feito com que ele se arrependesse das maldades, tudo é possível. A Esméria não sabia sobre isso da defesa da alma, pela qual o pai do sinhozinho não tinha passado, mas a Antônia contou que, para o sinhô José Carlos, a pedido da sinhá Ana Felipa, tudo foi feito, e ele morreu logo em seguida, no fim da tarde. O enterro teve que ser providenciado rapidamente, para a manhã seguinte, pelo estado em que já se encontrava o corpo.

Triste também deve ter sido a tarefa de quem teve que lavá-lo, perfumá-lo e vesti-lo com a mortalha da Irmandade da Santa Casa da Misericórdia, à qual ele pertencia e que cuidava para que todos os seus membros, senhores endinheirados e importantes, tivessem uma morte digna da vida que tinham levado. Para anunciar a morte, contratou-se imediatamente, tanto na capital como na ilha, um bando de carpideiras, que, chorando e lamentando como se fossem a viúva, espalharam a notícia por todos os cantos. A Esméria contou que antes de escurecer a casa já estava cheia de pessoas para o velório, muitas da capital e até mesmo do Recôncavo, pois alguns conhecidos de lá tinham se posto a caminho um pouco antes da morte, quando receberam a notícia do que poderia acontecer. Não era o caso dos irmãos do sinhô José Carlos, que só apareceram dois dias depois de o corpo ser enterrado e dele só viram a lápide na capela da fazenda. Desde que o sinhô adoecera, a capela tinha passado por uma grande reforma para deixá-la como nova, pois a sinhá Ana Felipa nunca tinha sido tão devota quanto a mãe do sinhô, que se refugiava lá dentro várias horas por dia, acompanhada das escravas mais próximas, e a mantinha sempre limpa, arejada e enfeitada com flores e velas.

A FESTA

O defunto foi preparado por especialistas, pessoas que sabiam como fazer, pois se fizessem algo errado, corriam o risco de morrer logo em seguida. A Esméria contou que essas pessoas costumavam até falar na orelha do defunto, pedindo colaboração quando o corpo estava muito duro ou muito mole, e que a maioria dos defuntos ajudava, a não ser os que achavam que não tinha sido boa a sua hora. Aí precisavam brigar e tratá-lo com braveza, como se trata uma criança desobediente. Chamando o defunto pelo nome, mandavam que dobrasse o braço, levantasse a perna, virasse de lado e, por fim, fechasse os olhos para o mundo e os abrisse para Deus. Nisto as cerimônias tinham algumas semelhanças com as realizadas em África, como mais tarde eu vou contar.

Dias depois do enterro, quando despertei, o Fatumbi contou que tinha escrito quase duzentos convites para a cerimônia. Pedi para ver e ele disse que eu podia ficar com um, que trago guardado até hoje, não por gosto, mas para confirmar a morte daquele monstro:

"D. Ana Felipa Dusseldorf Albuquerque de Almeida Carvalho Gama e D. Maria Clara Andrade de Almeida Carvalho Gama imploram fazer sciente a V. Sa. que o Criador foi bondoso o bastante para chamar à Sua eterna glória seu mui amado marido e pai, Senhor José Carlos de Almeida Carvalho Gama, e que seu corpo há de ser dado à sepultura amanhã às nove horas da manhã na capela da Fazenda do Amparo, e para que seja por ato de piedade o eternamente brilhantado roga assistência de V. Sa. para o acompanhamento, que sairá da mesma fazenda acima citada."

Foram essas as palavras que seguiram por todas as maneiras possíveis, levadas por pretos a pé, de barco e a cavalo, a todas as fazendas vizinhas e casas importantes da capital, além de a Irmandade da Santa Casa da Misericórdia também ter despachado ofício para todos os associados e ter mandado dobrar o sino da Sé e de outras freguesias importantes. Ainda à noitinha, e principalmente de manhã, foram muitos os barcos, as corvetas, os botes e outros tipos de embarcação que aportaram na ilha cheios de convidados, que ficaram comendo e bebendo o tempo todo, lamentando a perda de tão ilustre figura, como achavam. Aportou também um barco com muitas amigas e freiras do convento da sinhazinha Maria Clara, e alguns navios que estavam ancorados na baía deram salvas de canhão em homenagem ao morto, que deviam ter julgado pessoa de grande monta, pelo imenso tráfego entre o continente e a ilha.

A casa-grande e a capela foram rapidamente armadas, pois, dias antes, a empresa responsável já tinha mandado um representante para a ilha com tudo que precisavam. A sinhá não queria ser pega de surpresa, sem poder dar ao marido um enterro memorável, como é de costume às viúvas que muito lamentam a perda dos seus senhores e provedores. Na entrada da casa e da capela foram estendidos os panos fúnebres, e mesmo que ali não fosse passagem de ninguém para lugar algum, estava lá na varanda, para quem quisesse ver, o pano preto decorado em dourado, significando que o defunto era casado. A casa, pelo menos nos lugares onde os convidados circulavam, foi toda forrada de boas fazendas, veludos, baetas, belbutinas e galões caros e elegantes, e ainda foram colocados cortinados frisados e armados com varas para esconder as paredes. Muitas flores por todos os lados, encomendadas ou enviadas por amigos e entidades, na forma de ramadas ou coroas. As velas eram da melhor qualidade, do reino, das que não soltavam muito cheiro, pois esse já ficava a cargo dos incensos colocados na sala de sentinela, principalmente perto do defunto. Mesmo assim não foram de grande eficácia, porque no meio da noite o cheiro começou a constranger os presentes, que amiúde levavam ao nariz lenços embebidos em colônias, próprias ou das que a casa manteve à disposição. Como também ficaram à disposição todos os tipos de bebidas e quitandas, sendo que de madrugada foi servida uma sopa e, ao amanhecer, uma farta mesa de desjejum foi armada no quintal. Muitos dos pretos da senzala grande foram escolhidos para ajudar e corriam de um lado para outro atendendo às mais diversas solicitações da sinhá e dos convidados. As rezadeiras não deixaram o pé do caixão, construído sob medida para o corpo disforme e inchado do sinhô, que ficou completamente fechado lá dentro e tão pesado que até mesmo seis dos pretos mais fortes tiveram dificuldade para carregá-lo. A Esméria explicou que não era muito comum usar caixões durante o velório, que o morto ficava sobre uma tarimba armada na sala, mas naquele caso não teve jeito. Havia também água benta em uma bacia de prata colocada ao lado do corpo, para que as pessoas pudessem saudá-lo.

Algumas senhoras choraram, as mais sensíveis e as que imaginavam uma triste vida para viúva tão nova, mas a Esméria contou que a sinhá Ana Felipa estava altiva, bonita e tranquila, vestida de preto, dizendo a todos que a cumprimentavam que tinha sido um alívio para o sinhô José Carlos, que muito sofrera com a terrível armadilha preparada pelo destino, que para ele tinha sido melhor ir para perto de Deus Pai, e sofriam apenas os que ficavam, como era o caso dela. Quando acabava de falar, ela expulsava sabe-se lá de onde uma lágrima furtiva, que logo tratava de enxugar, demorando-se mais do que o necessário com o lenço preto cobrindo o canto dos olhos. A sinhazinha às vezes chorava, às vezes ria timidamente ao lado das colegas, sendo logo repreendida pela sinhá ou por uma das freiras. A Esméria disse que, na verdade, ela estava mais triste com a partida do pretendente para Portugal, por causa das brigas que estavam acontecendo em São Salvador entre os brasileiros e os portugueses, do que com a morte do pai. Disse também que a sinhazinha tinha perguntado por mim e se contentou com a explicação de que eu não estava bem-disposta, mas quis saber sobre o casamento, que a Esméria disse não ter acontecido, nem o meu nem o de ninguém, por causa da doença do sinhô José Carlos.

A Antônia depois me contou outros detalhes que escaparam à Esméria. Acho que conversar comigo, mesmo que eu não reagisse ou respondesse, foi o jeito que elas encontraram para me deixar feliz e me manter viva, como se aquilo tudo fosse um grande castigo pelo que eu e o Lourenço tínhamos passado. Sobre o Lourenço elas quase não falavam, nunca soube se a pedido dele, mas saí da fazenda sem termos nos encontrado e achei que ele quisesse assim. Aproveitando um momento em que poucas pessoas estavam na sala com o defunto e usando uma tradição dos brancos, a Antônia se aproximou do caixão e sussurrou no ouvido do sinhô José Carlos um recado para Omolu, o orixá das doenças, para que ele fosse em meu socorro e no do Lourenço. Ela me contou isso e soltou uma gostosa gargalhada, dizendo que os brancos acreditavam que as almas recentemente desligadas de um corpo ainda não enterrado ouviam os recados que os vivos queriam que levassem às almas do Além, dando notícias, rogando socorro em situações difíceis e até mesmo pedindo que ajudassem na vingança contra algum desafeto. Repetiu o gesto nos dois lados do caixão, para não ter erro, porque, com ele fechado, ninguém tinha certeza da posição dos pés do sinhô, se tinham ficado mesmo virados para a porta, como é o certo. A Antônia disse que adorou imaginar o sinhô José Carlos confabulando com Omolu, pedindo por mim e pelo Lourenço, e que ainda ganhou algum dinheiro com aquela confusão toda. Acontece que, enquanto o morto permanece na casa, não é de bom-tom a família se recusar a atender qualquer tipo de pedido ou deixar de dar esmola. A Antônia contou isto ao Tico e ao Hilário, que chamaram alguns conhecidos para que entrassem vezes seguidas na fila que se formou diante da porta da casa. Apareceram mendigos, pretos forros ou abandonados, escravos de outros senhores que não tinham onde cair mortos, mulheres que faziam má vida e todo tipo de gente que não seria bem recebida nos arredores das casas-grandes ou dos solares, mesmo em cerimônias fúnebres. O Cipriano e seus homens, com um saco de moedas, tratavam de despachá-los para que não fossem importunar a sinhá e os convidados com pedidos de outros gêneros, visto que se conhecia história de gente que teve que dar até casa. Recusar pedido de ajuda podendo ajudar é desrespeito muito grande com o morto. Dias depois, quando partíamos para a capital, a Antônia me deu alguns réis dos quais o Tico e o Hilário tinham ficado com metade, encarregados de repartir com os pedintes.

Depois que todos os convidados já tinham se servido do desjejum, a sinhá e a sinhazinha se despediram do morto e começaram a se preparar para o período de nojo. Elas, assim como qualquer parente próximo do sinhô, não deviam fazer parte do cortejo, pois acreditava-se que a alma poderia cair na tentação de segui-las de volta para casa. Teve início então a cerimônia de despedida, com a preparação da banda de música e a montagem da procissão, que, no caso do sinhô José Carlos, andou poucos minutos até a capela.

Armou-se de novo uma fila igual à do viático, acrescida dos demais convidados, e todos seguiram para a capela, onde foi rezada uma missa de corpo presente e foi feito o sepultamento ao lado dos corpos dos pais e da primeira esposa, a sinhá Angélica. A sinhá Ana Felipa e a sinhazinha trataram de se recolher, e algumas pretas da senzala grande foram chamadas para varrer e limpar a casa, colocando todas as cadeiras viradas em cima da mesa, para que o morto não encontrasse lugar para se sentar, caso resolvesse voltar para casa, livrando-se também de todos os objetos de uso exclusivo ou de estimação do sinhô, para que ele não pudesse ficar tentado a revê-los.

A casa permaneceu fechada por oito dias, nenhuma janela foi aberta e nenhuma lamparina foi acesa, para que o morto não se guiasse por sua luz, e a porta da frente foi deixada semiaberta para facilitar a saída, caso ele ainda insistisse em ficar. Elas também não receberam nenhuma visita, a não ser as que tinham alguma função relativa ao momento, como as modistas, que trataram de vestir todos com roupa preta, inclusive os escravos da casa e os funcionários, e algumas pessoas que a sinhá recebia porque precisavam da assinatura dela, sem adiamento, nos papéis dos negócios da capital. Os irmãos do sinhô José Carlos também apareceram, mas ficaram apenas um dia e tomaram o caminho de volta para o Recôncavo. E foi quando a vida estava começando a se normalizar, coisa de um mês e meio depois, que meu filho se mexeu dentro de mim e eu voltei a dar razão de nós dois.

A VIDA

Na primeira vez que cruzei com a sinhá dentro da casa, com a bata estufada pela barriga de mais de cinco meses, ela apenas me olhou sem dizer nada. Na tarde do mesmo dia, mandou me chamar na varanda e perguntou se era dele. Eu fiz que sim com a cabeça, sem coragem de levantar os olhos, com vergonha do meu estado e com medo da reação dela, depois do que eu tinha visto acontecer à Verenciana. Ela nada disse, apenas que era para eu procurar a iaiá Belarmina e dizer que tinha permissão para fazer roupas novas para mim, em que coubesse a barriga. Depois daquele dia, muitas vezes ela andava atrás de mim pela casa, e quando me via fazendo algum esforço para realizar um trabalho, chamava logo a Esméria ou a Antônia para que tomassem o meu lugar. Uma noite, ao me recolher, encontrei um colchão de palha e uma manta nova ao lado da esteira. Quando fui agradecer, pediu que eu a seguisse até o quarto dela e lá disse que queria colocar a mão sobre a minha barriga, mas que eu não contasse a ninguém, pois não queria saber de mexericos e nem de ciúmes entre os pretos da casa. A sinhazinha nem chegou a me ver pejada, pois tinha voltado para a capital assim que se passaram os oito dias de nojo fechado, e fiquei imaginando o que ela faria quando soubesse que teria um irmão. Torto, mas um irmão.

A sinhá Ana Felipa tinha mudado muito desde a morte do sinhô José Carlos e, apesar do nojo, estava muito mais alegre e bonita, e algumas vezes eu a peguei sorrindo, coisa que nunca tinha visto antes. De vez em quando ela abria o piano da sala e tocava alguma coisa, mesmo isso não sendo permitido a viúva tão fresca. Meu filho se mexia dentro da barriga e eu dava um jeito de parar perto da porta e ficar escutando. Um dia ela me viu e disse que eu podia entrar, passando a me chamar para acompanhá-la em todas as ocasiões, desde a novidade que eram as caminhadas pela praia até as tardes de bordado na varanda, onde ela mesma fez um manto para o meu filho. Durante as manhãs, eu continuava ajudando na cozinha, enquanto ela despachava no antigo escritório, mobiliado de novo e mais arejado, com cores menos tristes. Eu era quase feliz ao sentir o meu filho crescendo e se mexendo dentro de mim, e nessas horas tentava esquecer quem era o pai. A Esméria, a Antônia, a Maria das Graças, o Sebastião e até mesmo o Tico e o Hilário não deixavam que eu trabalhasse muito e separavam coisas gostosas para eu comer. Às vezes, eu sonhava com a Taiwo ou com a minha avó felizes, sorrindo para mim, e em muitas ocasiões até me pegavam no colo.

Eu fui a primeira entre os escravos a saber que nos mudaríamos. A sinhá Ana Felipa disse que tinha vendido a fazenda e tudo o que se encontrava dentro dela, inclusive os pretos da senzala grande, e estava comprando um solar na capital, para onde levaria apenas as coisas de uso pessoal e os pretos da senzala pequena, pois nós não tínhamos entrado na negociação. Fiquei com vontade de saber se o Lourenço ainda estava na senzala grande, mas não tive coragem de perguntar. Os dias seguintes foram de muito trabalho, empacotando tudo que era da sinhá, as roupas, os enxovais e os bens valiosos ou de estimação dos quais ela não queria se desfazer. Ela tinha passado quase uma semana na capital, colocando tudo no lugar e comprando alguns móveis e utensílios de que precisaria, e depois voltou para nos buscar. Disse que partiríamos na manhã do segundo dia seguinte, dia em que amanheci estranha, com uma grande fraqueza nas pernas e muitas dores nas costas. Dia em que, no meio da travessia, juntei as águas das minhas entranhas às águas de Iemanjá.

Sem título, 2019.
Série *Búfala*. Aquarela e grafite sobre papel. 37,5 x 27,5 cm.
Coleção particular.

CAPÍTULO QUATRO

SÓ QUANDO UMA ÁRVORE CAI ALCANÇAMOS TODOS OS SEUS GALHOS.

Provérbio africano

BANJOKÔ

"Sente-se e fique comigo", ou Banjokô, o meu filho, era um *abiku omi*, como fiquei sabendo alguns meses depois, um abiku da água, dos que quase sempre nascem antes da hora. Foi o que ele fez, rompendo a bolsa quase um mês antes da data para a qual a Esméria disse que eu poderia esperá-lo. Quase nasceu no mar, e talvez só por teimosia minha tenha esperado chegar a São Salvador, pois eu quis tê-lo em terra firme, imaginando que isso poderia salvá-lo de algo terrível. Antes de ele nascer, cheguei a pensar que teria gostado se fosse um abiku do fogo, do tipo que mata a mãe quando vem ao mundo, mas quando o senti fazendo força para sair de dentro de mim no meio daquela travessia, pedi a todos os orixás que não deixassem Orumilá ouvir aquele meu pensamento. O que seria do meu filho se eu morresse e ele ficasse sozinho no mundo? Ou, pior ainda, o que seria de mim se sobrevivesse à morte dele? Eu não tinha a confirmação de que ele era mesmo um abiku, mas sabia. E sabia também que teria que descobrir o trato feito antes de deixar o Orum. Só assim, descobrindo o trato e evitando a situação na qual ele se cumpriria, eu teria como manter meu filho por mais tempo junto de mim. Ele poderia ter combinado qualquer coisa, como morrer ao olhar o meu rosto pela primeira vez ou quando um navio apitasse enquanto estivesse no peito, aproveitando para se engasgar com o susto. Ou ainda quando uma visita batesse à porta e eu fosse abri-la, deixando-o brincar com algum pano que pudesse sufocá-lo.

Depois que o Banjokô nasceu e o peguei nos braços, a única coisa que eu queria era encontrar o mais depressa possível alguém que conhecesse os segredos do Ifá e pudesse perguntar sobre o trato do meu filho, para que ele fosse evitado a todo custo. A minha avó tinha contado que o trato dela, descoberto pela mãe, era cair do pano em que era amarrada às costas no momento em que as duas estivessem atravessando uma ponte estreita sobre algum rio. Desde que ficara sabendo disto, a mãe nunca mais a levou amarrada às costas, preferindo sempre tê-la apertada nos braços, pois não sabia o momento em que precisariam atravessar um rio. A minha avó também tinha descoberto o trato feito pela minha mãe, que era voltar para a companhia de seus amigos *abikus* no momento em que visse correr o sangue de algum animal oferecido em sacrifício. Até aquele dia em Savalu, minha avó tinha conseguido mantê-la longe dos sacrifícios de carneiros que fazia para Xangô, mas o homem também é um animal e, de alguma forma, o Kokumo se ofereceu em sacrifício ao tentar nos defender.

A Esméria disse que, mesmo a bolsa tendo se rompido durante a travessia, o trabalho de parto ainda poderia demorar tempo suficiente para ser realizado no solar da sinhá. Mas o Banjokô tinha pressa, e quando saímos do barco, senti que não conseguiria me afastar do ancoradouro, nem mesmo carregada. Não me lembro da dor, mas do medo, e aquela foi a única vez em que alguém, no caso a Antônia, teve que gritar comigo para que eu me controlasse e parasse de chorar. Eu sentia medo de morrer, ou de o meu filho nascer morto, ou então de ele não ser perfeito. Tudo dependia mais da sorte que de qualquer outra coisa. E era nas mãos da sorte que eu estava, e do merecimento em relação ao destino, pois se nem o sinhô José Carlos, rico do jeito que era, assistido por médicos e boticários, se nem mesmo ele tinha conseguido se curar de uma picada de cobra, não seríamos eu e meu filho, escravos, que poderíamos ficar dependendo da ciência ou da bondade dos brancos. Pedi à Esméria que procurasse as estátuas dos meus orixás dentro da trouxa e colocasse todos eles ao meu redor, e ainda roguei a ajuda da minha avó, da minha mãe e da Taiwo, para que estivessem comigo naquele momento. O Banjokô veio ao mundo sobre um pano da costa estendido no chão, ao lado de um tabuleiro onde uma preta vendia bolinho doce, ajudado pela Esméria e pela Antônia, enquanto eu fazia força e tentava dizer *orikis* nos quais pedia a Nanã, a mãe de tudo que existe, que me desse um filho sem defeito e com saúde, que fosse inteligente e nascesse com a estrela do bom destino, que ela o tomasse em seus braços e o guiasse em segurança para fora de mim, e que depois continuasse ao lado dele, não permitindo que fosse encontrado pelos espíritos dos outros *abikus*.

Assim que desembarcamos, o Sebastião correu para informar a sinhá Ana Felipa do que estava acontecendo. Ele já conhecia o caminho, pois tinha ido ter com ela quando o solar estava sendo mobiliado. Naquele dia, ela tinha deixado a ilha um pouco antes de nós em um barco menor e mais confortável, levando apenas os objetos pessoais e em companhia do Cipriano e de dois empregados. Eles não iam mais trabalhar para ela, que, na cidade e com poucos escravos, não precisaria mais dos serviços de um capataz, mas foram ajudar na mudança. Quando o Sebastião voltou, a sinhá tinha autorizado que ele contratasse carregadores para o restante da mudança e uma cadeirinha para mim e meu filho. Não sei quanto tempo durou o parto, mas acho que foi rápido, e antes do que eu esperava já tinha o Banjokô deitado sobre a minha barriga, de olhos muito abertos, como quem vê o mundo e toma um grande susto. Ouvi a Antônia comentar com a Esméria que não era bom para uma criança nascer de olhos abertos, mas não me importei, pois o principal era ele ter nascido perfeito e com saúde. Eu tinha medo de que, assim como o último filho da sinhá que tinha nascido antes do tempo, ele também nascesse sem pele, sem olhos ou sem orelhas. Mas o Banjokô era perfeito e tinha um choro forte, que atraiu a atenção de várias pessoas que estavam no atracadouro naquele momento. Uma preta que cuidava de um tabuleiro de acará deu a ele um colar de contas azuis que tinha acabado de benzer na água do mar, dizendo que Ogum devia estar feliz por ter ganhado mais um filho. Contentes também estavam a minha mãe, a minha avó, a Taiwo e o Kokumo, que eu não conseguia ver, mas sentia que estavam comigo. Pedi que eles também olhassem pelo meu filho, e que a minha avó o apresentasse aos voduns.

Não me senti à vontade sendo transportada na cadeirinha, mas também não estava disposta a ir caminhando até o solar, que ficava na parte alta da cidade. Aquela era diferente da cadeirinha que o sinhô José Carlos tinha na ilha, apenas montada sobre duas hastes de madeira. A minha tinha uma armação sustentando uma grossa cobertura de veludo que, além de evitar que me vissem, também impedia que eu visse a rua, a não ser prendendo as cortinas laterais. Mas isso não era importante, pois a única visão que me interessava era a do rosto do meu filho. Dizem que todas as mães são generosas, mas o Banjokô era a criança mais linda que eu já tinha visto. Não era grande nem forte, muito pelo contrário, mas acho que a sua fragilidade, cabendo inteiro no espaço que ia da palma da minha mão à dobra do cotovelo, fazia dele uma criança ainda mais especial. A cabeça, pelada, era um pouco maior do que pedia o corpo, mas o rosto era muito expressivo, sobretudo os olhos. De dentro das cortinas fechadas da cadeirinha de arruar, eu não podia vê-los direito. A penumbra que fazia com que ele conseguisse manter os olhos abertos era a mesma que os escondia de mim. Mas no ancoradouro eu tinha percebido que não se pareciam com os meus, pois eram de um cinza-

-azulado que me lembrava os olhos da sinhazinha, ou do pai dela. Quando pensava no sinhô José Carlos, eu não conseguia imaginar que ele era o pai do meu filho, mas sim meu dono e pai da sinhazinha, e que também teria sido o dono do meu filho, se não tivesse morrido.

Nos três primeiros dias eu não consegui amamentar o Banjokô, pois meu peito estava seco, e tive medo que ele se apegasse demais à mãe de leite que a sinhá arrumou, a Joana, escrava de uma vizinha. Ela era uma preta gorda e de cara lisa e risonha, a pele sempre brilhando, o cabelo esticado para cima e preso com uma tira de pano bem no alto da cabeça, parecido com um pompom, como os que a sinhá usava para empoar o rosto. A Joana tinha dado à luz havia mais de três anos e o filho tinha morrido com dias de vida, mas o leite dela nunca chegou a secar, pois estava sempre dando o peito. Ela quase não pôde ficar com o Banjokô, porque na época já amamentava três crianças, filhos de sinhás, mas a um pedido da sinhá Ana Felipa à sinhá dela, e com a promessa de que nenhuma das mães brancas ficaria sabendo que ela estava amamentando um preto, o acordo foi feito, não sei se envolvendo algum dinheiro. À noite, sozinha com o meu filho, a Esméria me orientava a colocá-lo no peito, mesmo que não saísse nada. E foi assim que fiz, sendo que certo dia o leite brotou. Ainda me lembro daquele momento mágico, pois nada no mundo se compara a dar algo de nós para um filho. A Joana continuou dando o peito para ele por mais algum tempo, porque a sinhá tinha medo que meu leite fosse ralo e fraco. Ela realmente gostava do menino, que, para falar a verdade, poderia muito bem passar por filho dela, filho de branco. Se não fosse pelos olhos claros seria pela cor da pele e os traços delicados, os lábios pequenos, o nariz bem-feito. Para continuar assim, a sinhá disse que eu sempre deveria me lembrar de usar meus dedos como se estivesse moldando o nariz dele, apertando as laterais desde a base até as narinas, para não deixar que se esparramasse. Em muitas coisas ele me fazia lembrar a sinhazinha, como ela mesma disse quando apareceu para visitar a sinhá e se assustou ao me ver com um filho no colo. Acho que a sinhazinha já desconfiava, mas me fez contar quem era o pai. Ela não comentou nada e nem começou a agir de modo diferente comigo, o que me deixou mais tranquila, embora não tirasse a estranheza de eu ser a mãe de um irmão dela. Não tinha esperança de que ela o tratasse como a um irmão, mas tinha medo de que não entendesse o acontecido e achasse que eu era mais uma das pretas que dormiam com o dono em busca de regalias.

Eu me sentia muito bem, mas já que a sinhá não se importava e a Esméria dizia que não estava precisando de ajuda, durante quase uma semana mal saí do local destinado aos pretos, o porão do solar. Era frio, úmido e escuro, e eu sentia um pouco de medo de que aquilo fizesse mal ao Banjokô. Por isso, vivia com ele grudado em mim, abraçado junto ao corpo e coberto com a manta que a sinhá tinha me dado antes de sairmos da ilha. Ele também ganhou algumas camisolas, sobras dos enxovais feitos quando ela se descobria pejada. Ela nunca desceu ao porão para vê-lo, mas certa vez pediu à Antônia que o buscasse, e os dois ficaram quase três horas trancados no quarto, enquanto eu morria de medo de que ela fizesse algum mal ao menino. Quando voltei a ajudar a Esméria, a sinhá às vezes chegava na porta da cozinha com a desculpa de perguntar alguma coisa ou dar uma ordem, e ficava longos minutos olhando para o Banjokô deitado sobre uma esteira de palha trançada pelo Sebastião. Depois, com a justificativa de que ele poderia atrapalhar nosso serviço, começou a pedir à Antônia que o levasse para o quarto dela, onde fechava a porta e dizia que precisava descansar, que não queria ser incomodada. Esquecendo-se disso, a Antônia uma vez entrou no quarto e a viu sentada na poltrona com ele no colo. A poltrona ficava de costas para a porta, mas ela teve quase certeza de que a sinhá estava tentando dar o peito a ele, que resmungava baixinho e se calava quando ela começava a cantar. A sinhá não chegou a vê-la; a Antônia saiu em silêncio, do jeito que tinha entrado, espantada com a cena. Quando não estava trancada no quarto com o Banjokô, a sinhá gostava de colocá-lo em uma cesta e passear pelo quintal ou pelo jardim, dizendo que ele precisava tomar um pouco de sol, que aquela brancura toda na verdade era palidez, sinal de doença, para a qual o sol era um santo remédio.

O SOLAR

O solar era menor que a casa da fazenda, mas muito mais bonito, e logo a sinhá parecia ter vivido sempre nele, tão bem se acostumou à vida na cidade e à condição de viúva. Tirou o luto fechado antes do que seria recomendável, embora por um tempo ainda voltasse a vesti-lo quando recebia visitas. Ela gostava de ter companhia e o solar até mesmo estava decorado em função disso, de receber bem, talvez para recuperar o tempo em que ficou isolada na fazenda, sem ter com quem valesse a pena conversar. Ficava em uma rua estreita e tranquila chamada Corredor da Vitória, com árvores tão frondosas de ambos os lados que chegavam a trançar os galhos sobre as cabeças dos passantes. O Corredor era morada de grandes mansões, de gente que ganhava muito dinheiro com casas de comércio ou indo e voltando de África, trocando pretos por produtos da Bahia. No Corredor da Vitória também moravam muitos estrangeiros, e somente o solar da sinhá, que tinha sido comprado de uma família inglesa, e mais dois ou três não eram ocupados por eles.

Sobre um imenso portão de ferro trabalhado, na entrada do solar, havia uma tabuleta em que estava escrito "Red Blossom Hill House", e era como se fosse um quadro, com a moldura também de ferro, pintado de dourado. O solar ficava do lado esquerdo de quem ia da freguesia da Sé para a freguesia da Graça, onde estavam os mais simples da rua. Do lado direito, com enormes jardins na frente e nas laterais, havia verdadeiros palacetes que davam fundos para uma das paisagens mais bonitas da baía, sem nada que impedisse a visão, pois estavam localizados no alto de uma escarpa que despencava rumo ao mar. Do nosso lado não havia mar, mas nos fundos da casa, para além de uma cerca de limoeiros, estendia-se um imenso vale atapetado de verde e salpicado com as flores vermelhas de *flamboyants*. Havia um *flamboyant* no nosso jardim também, do lado esquerdo de quem entrava pelo portão e seguia por uma alameda de pedras até a varanda da frente. O jardim era lindo, cheio de várias espécies de plantas que davam flores, das quais eu guardei o nome de poucas, mas nunca me esqueci do cheiro das angélicas e dos jasmins, principalmente à noite.

O Sebastião disse que alguns móveis já estavam na casa quando a sinhá a comprou, deixados pelos antigos proprietários, que tinham voltado para a terra deles. Eram muitos os estrangeiros que estavam deixando a cidade depois que o Brasil e a Bahia tinham conseguido a independência, principalmente os portugueses. Às vezes passavam grupos de homens pela rua, na maioria rapazolas, dando vivas ao país livre e insultando os portugueses, sendo que a casa de um deles que ainda resistia, no final da nossa rua, era constantemente apedrejada. Logo que nos mudamos, o padre Notório apareceu para uma visita e eu o ouvi comentando que a sinhá tinha feito uma excelente compra, aproveitando que os estrangeiros estavam se desfazendo de suas casas por um preço bem menor do que realmente valiam. Eles passearam por toda a propriedade, encantados com a variedade de flores e aves, e depois ela mostrou todos os cômodos da casa, que eram um deslumbramento.

O lado de fora do solar era todo pintado de amarelo-claro, os dois andares, sendo que no andar de cima se destacavam as janelas e as portas dos quatro quartos, que se abriam para sacadas pequenas, mas vistosas. Essas janelas e portas eram na verdade uma mesma coisa, com quatro folhas. Se apenas as duas folhas de cima estavam abertas, eram janelas, mas se fossem abertas também as duas de baixo, viravam portas. As folhas eram de madeira escura, não muito grossas, recortadas por pequenos vidros quadrados e coloridos e rodeadas por uma moldura de alvenaria em relevo pintada de cinza, que terminava no alto com um pequeno frontão. Para cada uma delas, uma pequena sacada, exceto a do quarto da sinhá, que era grande o bastante para caberem uma mesinha redonda e duas cadeiras. As sacadas eram protegidas por grades de ferro forjado enfeitadas com chumbo maciço, com pinhas de metal marcando cada um dos cantos. O telhado também chamava a atenção, de quatro águas, fazendo uma curva para cima, como os telhados chineses que eu já tinha visto em gravuras, e enfeitado com pombos de pedra nos cantos e no topo. A parte de baixo da casa era um pouco menor que a de cima, o que fazia com que ficasse toda avarandada. O canto direito da varanda da frente, protegido por uma cerca de lágrimas-de-cristo enroscada em uma delicada treliça de madeira, era um dos lugares preferidos da sinhá; havia ali uma mesa com pés de ferro trabalhado e tampo de vidro redondo, três cadeiras também de ferro, mas com assentos e encostos estofados, e outra mesinha onde ficava sempre uma botija com água fresca ou uma jarra com refresco de frutas, além de bolachinhas. Era ali que ela recebia visitas durante o dia, ou então ficava horas lendo ou bordando, quase sempre em companhia do Banjokô.

A porta da entrada principal era imensa, com o batente largo em madeira escura e as folhas enfeitadas com almofadas em relevo, de onde pendiam gonzos e argolas de bronze. Ao passar por ela, entrávamos em um pequeno vestíbulo onde havia um console com espelho e lugar para pendurar chapéus, guarda-chuvas, luvas e casacos, além de um tapete vermelho, e, pendurada do teto, uma lanterna que era acesa todas as noites. Desse espaço, passávamos para a sala de visitas, grande e com o teto muito alto, todo ornado com figuras em relevo no gesso pintado de branco. Do teto pendia um enorme candelabro com um sistema de cordas que fazia com que ele pudesse ser abaixado até o alcance das mãos para ser aceso, e depois içado novamente, pendendo lá do alto com dez tochas iluminadas. Ao redor das tochas havia minúsculas gotas de vidro, que projetavam ainda mais luz nas paredes da sala. O assoalho, assim como na casa da fazenda, era de pranchas largas de duas qualidades de madeira, uma clara e outra escura, sempre mantido muito bem encerado e lustrado debaixo dos vários tapetes que a sinhá fazia questão de dizer que tinham sido feitos no Oriente. Alguns daqueles tapetes mostravam paisagens, outros apenas formas e desenhos sem significado algum, mas quase sempre altos e muito macios, bonitos de ver e gostosos de tocar. Muitos eram os navios que iam da China para a Bahia levando tecidos, quadros e louças, que também estavam espalhados pelo solar. A sinhá tinha lindos aparelhos de chá e de jantar, e também vasos e enfeites chineses de porcelana decorada de azul, amarelo, vermelho e dourado.

Em uma das paredes da sala, no meio dos quadros e espelhos de moldura dourada ou de madeira escura, estava pintada uma falsa janela com a figura de uma mulher. Viam-se apenas a cabeça, os ombros, parte dos braços e das mãos dela, segurando um livro como se estivesse lendo sentada na varanda. Às vezes eu ficava um longo tempo olhando para ela, tentando imaginar quem seria, se a antiga dona da casa ou uma desconhecida, ou até mesmo uma mulher que existia apenas na cabeça do pintor. Não se viam as feições, apenas o contorno do nariz, do queixo e da boca, e os cabelos pretos, presos em um coque frouxo no alto da cabeça e caindo em caracóis sobre parte do rosto. Não sei por que, mas eu a imaginava uma mulher muito feliz, ou alguém que estava gostando muito de ler, e por isso nem se mexia. A sinhá e o padre Notório comentaram quase a mesma coisa quando passaram diante da falsa janela, emoldurada por uma cortina de tecido amarelo enfeitado com galões. Naquela sala havia ainda o piano, o oratório com um presépio completo e sempre armado e os santos e as santas de devoção da sinhá, dois sofás e um canapé, e, à direita e à esquerda, duas fileiras de cadeiras, sendo que o meio, sem tapetes, era reservado às danças em dias de festa. Entre os sofás, um se destacava, não só por ser dos mais bonitos, mas também por causa da descrição feita pela sinhá, que me impressionou a ponto de eu jurar que ainda teria um igual àquele, só para poder dizer que tinha um sofá acolchoado em damasco carmesim e estrutura em jacarandá incrustado de marfim. Ao lado dele, uma escada larga e curva de mármore levava ao andar de cima.

Passando direto pela escada, entrávamos na sala de jantar, onde havia um lustre bastante parecido com o da sala de visitas e gravuras e espelhos se alternando pelas paredes, quase cobertas pelos vários aparadores, onde estavam expostas as finas louças da China e os copos de cristal, também do estrangeiro, para as mais diversas bebidas. Algumas destas bebidas ficavam sobre um outro móvel, em bonitas garrafas de vidro colorido com tampas douradas. Havia também uma comprida mesa de madeira com doze cadeiras acolchoadas e de encosto alto, e uma arca imensa onde a sinhá guardava a prataria, as toalhas e os guardanapos de linho da Bretanha. Um enorme tapete com desenhos de pássaros ficava embaixo da mesa, como também havia pássaros, mas de verdade, em uma enorme gaiola de madeira trabalhada que pendia do teto bem em frente à janela que dava para o jardim lateral. Havia ali uma grande variedade de pássaros, como canários, patativas, viúvas e sabiás, e era difícil saber qual deles cantava melhor ou tinha a plumagem mais bonita. Ao lado desta gaiola havia uma outra, menor em tamanho, mas não em beleza, onde ficava o pássaro que fazia a Esméria chorar de saudade, um lindo papagaio de África, todo cinza e com algumas penas de um vermelho muito vivo na cauda, e que falava sem parar. A sinhá não gostava, mas o Tico e o Hilário logo descobriram que ele aprendia depressa e começaram a ensinar-lhe palavras em iorubá, que era a língua de que ele mais gostava. A princípio ela não entendia e dizia que, como as crianças que estão aprendendo a falar, o papagaio soltava sons sem significado algum. Até que um dia viu a Esméria respondendo a um cumprimento dele e disse que, se ele não desaprendesse logo aqueles grunhidos, ia mandar costurar o bico do pobre coitado. Ele também conversava muito em inglês, aprendido com os antigos donos, que o tinham recebido de um mercador português, negociante em Lagos. Nessa sala havia ainda uma porta que dava para um cômodo utilizado como biblioteca e escritório, outra porta para uma sala de necessidades para as visitas, e outra que levava às dependências dos fundos, copa, cozinha e despensa.

Voltando à sala de visitas e subindo a escada, havia uma sala íntima enfeitada com alguns vasos de flores de seda da China e mobiliada com um sofá, uma mesinha baixa, duas cadeiras e alguns tapetes. Seguindo para a direita, havia um comprido corredor que levava a três quartos de cada lado e que, de início, não foram mobiliados, apenas guardavam caixas e mais caixas de coisas que a sinhá ainda não sabia onde colocar. Um deles depois foi decorado para quando a sinhazinha Maria Clara saísse do colégio, mas ela nunca chegou a ocupá-lo, dois foram destinados às possíveis visitas e um outro acabou ficando para o Banjokô. A ala à esquerda era ocupada pelas dependências da sinhá, o quarto, a camarinha e a sala de banho. O quarto, por mais móveis que fossem colocados nele, continuava espaçoso, e abrigava um enorme toucador com todos os produtos de se embelezar e as colônias em vidros de tamanhos, cores e formatos diferentes. A um canto ficava uma cômoda de gavetas, com as roupas que ela usava para dormir ou ficar no quarto, mais as peças íntimas. Em outro canto havia um sofá e uma confortável poltrona estofada de tecido galonado. Foi nesta poltrona que a Antônia a viu dando o peito para o Banjokô.

O mesmo tecido de que eram feitas as cortinas da janela era usado no baldaquino da cama, que ela fazia questão de estar sempre coberta com lençóis de linho da Bretanha ou de seda das Índias. Do quarto passava-se para um largo corredor que ela usava como trocador, com um espelho que ia do chão ao teto, e roupas, sapatos, chapéus e outros acessórios pendurados ou dobrados sobre prateleiras, de um lado e do outro. Atravessando o trocador, chegava-se à camarinha, com um móvel onde havia sempre uma bacia com água para lavar o rosto e o colo, e uma cadeira especial, furada no meio do assento, por baixo da qual ficava um bonito urinol de louça cor-de-rosa com enfeites em ouro de verdade. Havia ainda uma banheira de louça branca, onde ela se banhava até duas ou três vezes ao dia, se estivesse fazendo muito calor.

A sinhá tinha orgulho da nova casa e ficou muito feliz quando, depois de mostrá-la ao padre Notório, ele fez elogios entusiasmados enquanto os dois tomavam um refresco de pitanga na varanda da frente. A Antônia tinha levado o refresco e voltou contando que eles estavam falando sobre o Banjokô. Mais que depressa procurei um lugar de onde pudesse ouvi-los sem ser vista, e entendi que a sinhá estava combinando com o padre o batizado do meu filho. Eu já teria dado um jeito de batizá-lo antes, na nossa tradição africana, se ele tivesse parentes homens. A Esméria confirmou uma história que eu achava ter ouvido antes de partir de Uidá, na casa da Titilayo, dizendo que se os meninos não fossem batizados em sete dias depois de nascidos e as meninas em nove, eles não sobreviveriam aos pais, no caso dos meninos, e às mães, no caso das meninas. Como o pai do Banjokô já estava morto antes mesmo de ele nascer, fiquei tranquila à espera de uma oportunidade. Mas depois do comentário da sinhá Ana Felipa, pedi ajuda à Esméria para que déssemos um jeito de realizar a cerimônia do nome antes de o menino ser batizado na igreja dos brancos. Ela disse que conversaria com os outros para ver se alguém tinha uma solução, pois precisávamos encontrar um babalaô na cidade e dar um jeito de ir até ele sem que a sinhá desconfiasse.

A VISITA

No solar, inicialmente éramos dez, muita gente para pouco trabalho: eu, a Esméria, a Antônia, a Maria das Graças, a Firmina, a Josefa, a Rita, o Tico, o Hilário e o Sebastião, sendo que cada um continuou com o mesmo trabalho que fazia na ilha. Até mesmo o Tico e o Hilário, que não tinham função definida e continuaram não tendo, e com maior liberdade ainda, pois logo começaram a sumir pela cidade e só aparecer depois de dois ou três dias, sujos, famintos e cheios de novidades. O Sebastião também saía bastante a serviço da sinhá, pois era ele quem fazia a maior parte das compras. Eram muitas as coisas que passaram a ser compradas, como frutas, verduras e carne, porque não tinha mais como plantar ou criar em terreno bem menor. E também porque na cidade não se usava isso, a variedade e a facilidade para encontrar tudo de que se precisava eram bem maiores. Muitos vendedores iam bater ao portão do solar, oferecendo desde móveis até comida pronta, a maioria doces. Eu gostava de ver as doceiras, pretas bonitas e bem-vestidas, usando toda sorte de enfeites ou joias de verdade, como as chamativas pulseiras de ouro cheias de penduricalhos. Logo nós também ganhamos fardas novas, mais de acordo com as que os escravos usavam na cidade, e eu adorava ficar me admirando no espelho. Meu corpo voltou rapidamente ao normal, a Esméria até chegou a comentar que, exceto pelos peitos grandes e cheios de leite, eu nem parecia ter dado à luz havia tão pouco tempo, sendo que me caíram muito bem a bata branca com babado de renda e a saia rodada que ia até os tornozelos.

Eu me acostumei bem depressa à vida na cidade, embora às vezes sentisse saudade de algumas pessoas que tinham ficado na fazenda, como as companheiras de baia e, é claro, o Lourenço. Mas eram tantas as novidades, principalmente as contadas pelo Tico e pelo Hilário, que logo esqueci o passado. E havia também o Banjokô, que crescia calmo e feliz, engordando muito e enchendo de alegria os meus momentos de folga, cada vez maiores. Eu gostava muito de estar com ele, de ter o meu dedo apertado pela mãozinha dele e de vê-lo sorrindo cada vez com mais consciência do que o fazia sorrir. Podia ser um toque meu ou um bicho que passava pelo quintal e, principalmente, música. A sinhá logo percebeu o interesse dele e tocava piano todos os dias depois da sesta. Era o que ela estava fazendo, enquanto eu e a Maria das Graças enrolávamos biscoitos na cozinha para o lanche da tarde, quando o Tico e o Hilário entraram eufóricos cozinha adentro.

Contaram que estavam andando pelo largo do Terreiro de Jesus e viram a Nega Florinda. Eles tinham parado para conversar com ela e, naquele momento, ela estava esperando do lado de fora da casa, enquanto eles tentavam colocá-la para dentro sem ser vista pela sinhá. Eles tinham dito que ela podia entrar, que a sinhá provavelmente a receberia para contar um alô, mas ela disse que não, que desde que a sinhá tinha arrancado os olhos da Verenciana, não queria vê-la nunca mais. Mas queria nos ver, e por isso esperava um sinal para entrar.

Somente a sinhá e o Sebastião tinham a chave do portão da frente, que o Tico e o Hilário pulavam sem nenhum problema, mas que a Nega Florinda não conseguiria pular. O Sebastião tinha saído para contratar um aguadeiro na Fonte Nova, que não ficava muito longe, além do vale que se abria no fundo do quintal. A sinhá já tinha experimentado águas de muitas das fontes da cidade, as públicas e as particulares, mas não tinha gostado de nenhuma, dizendo que isso a cidade tinha de ruim, que as águas não eram puras e frescas como as da ilha. Quando o Sebastião voltou, acompanhado de um aguadeiro que levava uma amostra para a sinhá experimentar, a Nega Florinda entrou junto com ele, mesmo com o perigo de ser vista. Mas também havia perigo em ficar do lado de fora, parada, correndo o risco de ser denunciada por alguém. Ou então de ser presa, se algum soldado passasse e pedisse a licença para estar nas ruas. Ela não tinha mais a carta de alforria, nem mesmo se lembrava se algum dia chegara a tê-la. Como todos na ilha a conheciam e a sabiam forra, isso não tinha importância. O que não acontecia na cidade, onde qualquer branco, a qualquer hora, podia solicitar que um preto mostrasse a carta ou a licença do dono para andar pelas ruas, na qual deveria estar escrito o motivo da saída e o tempo que o preto ou a preta tinham para cumpri-lo. Quando ia à cidade, a Nega Florinda evitava os dias de semana e dava preferência aos domingos, dia de guarda, quando os pretos tinham mais liberdade e os brancos quase não saíam de suas casas, exceto para as missas das primeiras horas da manhã. Mas estávamos na tarde de um dia de semana, e achei que alguma coisa muito importante tinha feito com que ela se arriscasse indo até a capital.

Assim que ela apareceu na porta da cozinha, a Esméria mandou que os meninos a levassem para o porão, onde poderia ficar para dormir. Eu, principalmente, estava ansiosa para que a sinhá nos liberasse logo e pudéssemos ir conversar com a Nega Florinda, pedir que dissesse alôs e contasse as novidades sobre a Agontimé e os escravos que tinham permanecido na fazenda. Também queria que ela conhecesse o meu filho, e assim que tive uma oportunidade, eu o peguei do cesto aos pés da sinhá, dizendo que precisava dar o peito. O Banjokô acordou assim que sentiu o ar frio e úmido do porão, um espaço bastante amplo que se estendia por baixo de quase toda a casa. O solar tinha sido construído em um terreno com desnível, e o porão tinha a altura de pouco mais de dez polegadas na parte dos fundos, que correspondia à frente da casa, até quase setenta polegadas na parte da frente, onde entrávamos por uma portinhola de madeira. A temperatura lá dentro ia do insuportavelmente quente nas noites de muito calor, quando tínhamos que molhar o chão de terra para conseguirmos dormir, até o muito frio, quando chovia ou ventava. As paredes estavam cobertas de mofo e quase não havia claridade, nem a do luar, problema que resolvemos depois que o Sebastião conseguiu pegar um lampião que a sinhá ia jogar fora, e a Antônia roubava um pouco de azeite de baleia todos os dias, para mantê-lo aceso até que o sono aparecesse.

De fato, a Nega Florinda estava em São Salvador porque tinha recebido recado da Agontimé para ir se encontrar com ela em São Luís do Maranhão, e tentava conseguir dinheiro para a viagem por mar ou alguém que a levasse de graça, pois não tinha mais idade para ir a pé. Ela disse que naquela tarde mesmo já tinha conseguido boa parte do que precisava com alguns irmãos da antiga terra, da África. Eu me lembrei das moedas que tinha ganhado da Antônia, esmolas do funeral do sinhô José Carlos, e também entreguei a ela, que ficou muito emocionada. Acalentou meu filho nos braços e cantou para ele, dizendo que tudo o que pedia era que ele tivesse um grande futuro e, sobretudo, que fosse livre a tempo de fazer a vida. Contei sobre o jeito como a sinhá o tratava, cheia de cuidados e às vezes como se fosse um filho, e ela disse que assim era bom, que o menino poderia tirar muito proveito desse amor, e que eu deveria sacrificar os meus direitos de mãe para que isso acontecesse. Na verdade, eu sentia um pouco de ciúme quando via os dois juntos, ele mais parecido com ela do que comigo.

A Nega Florinda tinha chegado na cidade logo de manhã, acompanhada da Liberata e da Verenciana com o filho, que foram com um conhecido para um quilombo chamado Urubu, afastado da cidade. Não podiam mais ficar na ilha, com o risco de serem capturados pelo novo dono da fazenda, pois o sinhô José Carlos tinha morrido antes de entregar as cartas de alforria prometidas. Muitas pessoas sabiam disso e era perigoso que permanecessem por lá sem que, em algum momento, alguém denunciasse, por inveja ou vingança, ou mesmo para conquistar a confiança do novo sinhô que, de acordo com a Nega Florinda, era ainda pior que o falecido. Ela tinha aparecido na fazenda uma única vez e foi escorraçada pelos novos capatazes, que nem mesmo respeitaram a sua idade, correndo com ela às chibatadas. Para provar, ainda tinha os vergões nas costas. Era por isso que ela não tinha notícias dos outros, apenas daqueles três que tinham conseguido fugir, o Aprígio, o Manoel Tupe e o João Angola. Soube que conseguiram escapar da ilha e que pelo menos um deles, ela não sabia qual, tinha ido para o Urubu, que estava se formando com muitos pretos fujões e valentes, intimidando tanto os soldados que eles nem se atreviam a passar por perto. Por isso tinha surgido a ideia de levar a família da Liberata para lá. Perguntei onde ficava tal quilombo e ela não soube responder, pois talvez o caminho só fosse informado aos que estavam de fato indo morar lá, que para isso tinham que ser indicados por alguém que já estava no quilombo. Ela sabia apenas que era governado por uma mulher, de quem também não sabia o nome.

Quando os outros se recolheram ao porão, menos o Sebastião, que dormia na cozinha, a Nega Florinda disse um alô da fada da cabeça pelada, dedicando ao Banjokô, que àquela altura já estava dormindo. Foi então que me lembrei de perguntar se ela conhecia algum babalaô que pudesse fazer a cerimônia do nome, pois eu queria que ela se realizasse antes que ele fosse apresentado aos santos da sinhá. Ela disse que conhecia alguns e que no dia seguinte ia providenciar para que um deles entrasse em contato comigo. Foi embora ainda antes de o dia clarear totalmente, e na mesma tarde o Sebastião avisou que tinha uma vendedora de quitutes querendo falar comigo no portão, e que era para eu ir logo e despachá-la antes que a sinhá acordasse da sesta. O nome da mulher era Adeola e tinha sido mandada por um amigo da Nega Florinda, um babalaô chamado Baba Ogumfiditimi. Ela levou um mapa traçado em um pedaço de papel, o mesmo usado para enrolar os acarás que vendia, e disse que ele estaria me esperando no domingo seguinte em um sítio localizado na freguesia do Rio Vermelho, e era bem possível que a Nega Florinda ainda estivesse por lá. Perguntei o que eu deveria levar e ela respondeu que nada, que apenas deveria estar lá com meu filho. Quando já estava indo embora, depois de fazer uma saudação a Oxum, meu orixá, ela voltou para dizer o lugar onde trabalhava, para o caso de eu precisar falar com ela. Tinha um ponto de tabuleiro quase em frente à Santa Casa da Misericórdia, e que se eu achasse que não conseguiria ir ter com o babalaô no domingo ou se tivesse qualquer outro problema, deveria mandar avisá-la.

A SAÍDA

Depois que a Adeola foi embora, fiquei pensando em como faria para sair do solar, ainda mais levando o Banjokô. Aos domingos a sinhá recebia visitas para o almoço, o padre Notório e mais alguns convidados, mas antes disso sempre dava um jeito de ficar um pouco com o menino. Mostrei o mapa para o Tico e o Hilário e eles disseram que sabiam mais ou menos onde ficava, a umas duas horas ou mais de caminhada, e que poderiam me levar, mas teríamos que sair de manhã bem cedo. Resolvi arriscar e disse à Esméria que quando a sinhá perguntasse por nós, ela deveria responder que o Banjokô estava com um pouco de febre ou algo assim, e que eu estava com ele no porão, onde ela nunca tinha posto os olhos. Saímos junto com o sol, na esperança de voltar antes de os convidados irem embora, sendo que ninguém mais nos acompanhou para que a sinhá não desconfiasse de nada ao sentir falta de mais gente. Mas antes de sairmos, todos deram presentes ao Banjokô, algum dinheiro, frutas, panos, o que puderam dar. Caminhamos bastante, e o sol já estava quente quando deixamos alguns atalhos que os meninos demonstraram conhecer muito bem, em meio a vales de mata quase fechada e picadas desertas. Eles disseram que era mais seguro e, de fato, não cruzamos com ninguém pelo caminho, a não ser quando já estávamos bem perto da pequena aldeia do Rio Vermelho, onde a maioria das pessoas trabalhava na pesca e habitava casas muito simples, bem diferentes dos solares e mansões do Corredor da Vitória.

Seguindo o mapa da Adeola, foi fácil encontrar o sítio onde morava o Baba Ogumfiditimi, "Ogum está comigo", em um terreno grande ocupado por sete casinhas e um salão que ele usava para atender às pessoas, ao lado do qual ficava uma cobertura de palha onde, naquele dia, várias mulheres e crianças estavam sentadas no chão, sobre esteiras, ao redor de um fogareiro em que faziam comida. Exceto pela parte de dentro do salão, todo o chão era de terra, ocupado por vários canteiros de verduras e de ervas de banho e proteção, como arruda, vence-demanda, abre-caminho, espada-de-são-jorge, vence-tudo e outras que eu não soube identificar. Um cercado de madeira prendia alguns porcos e muitas galinhas passeavam pelo quintal, e havia também um bode amarrado ao tronco de um iroco, provavelmente esperando para ser sacrificado. Assim que chegamos, a Nega Florinda foi nos receber e me apresentou ao Baba Ogumfiditimi, que estava dentro de uma das casas, onde morava sua segunda esposa, Monifa, "eu tenho sorte", e onde também estava de visita a primeira esposa, Fayola, "a sorte caminha com honra", que nos convidou a visitar a casa dela, para beber aluá. Percebi que em cada casa morava uma esposa, sete no total, como era bastante comum em África para quem tinha condições de sustentá-las, e que todas as crianças e os jovens que estavam no terreiro eram filhos e filhas do babalaô, pelos menos uns quarenta.

Eu nunca tinha assistido a uma cerimônia de nome e estava curiosa para saber como era. Falei que infelizmente tínhamos pressa de voltar para casa, por termos saído escondidos, e o Baba Ogumfiditimi então foi se preparar, sugerindo que a Fayola nos levasse à casa dela para o tal refresco, o que foi bom, pois estávamos morrendo de calor. Além de o sol estar forte, tínhamos caminhado depressa, e eu ainda carregando o Banjokô amarrado junto a mim, no peito, com medo de que ele tivesse repetido o trato da minha avó. Ele tinha dormido quase o tempo todo e não reclamou de nada, mas estava com a camisola ensopada de suor, assim como a minha bata. Aproveitei também para dar o peito e trocar a camisola por outra oferecida pela esposa mais jovem do Baba Ogumfiditimi, uma que tinha sido usada na cerimônia do seu filho ainda de colo.

A CERIMÔNIA

O salão parecia maior visto pelo lado de dentro, com o chão de tijolo e as paredes pintadas de azul-claro, onde estavam pendurados quadros com imagens dos orixás junto com outras pinturas, como a do machado de Xangô e dos instrumentos de caça de Ogum, de quem Ogumfiditimi era filho. Havia também pequenos oratórios com esculturas de orixás em madeira tingida para representar as cores deles. A cor principal de Xangô é o vermelho, de Ogum é o azul, de Oxóssi é o verde e de Oxum é o dourado, cada um tem a sua. Do teto pendiam enfeites de papéis coloridos recortados em formato de bandeiras ou tiras finas e compridas, que dançavam ao menor toque de vento. Era um ambiente alegre e tranquilo, onde me senti bem, iluminado por quatro lampiões, um em cada canto, e uma lamparina sobre a mesa. Encostados em duas paredes, uma de frente para a outra, compridos bancos de madeira, um para homens e outro para mulheres. Havia ainda uma pequena mesa ao fundo, onde o Baba Ogumfiditimi jogava o Ifá, que estava coberta com um pano branco que deixava apenas perceber as formas dos objetos de adivinhação embaixo dele. Mas, naquele dia, as atenções estavam voltadas para a mesa central, em volta da qual seria realizada a cerimônia.

O Baba Ogumfiditimi estava todo vestido de branco, o que fazia um contraste ainda maior com os vários colares pendurados em seu pescoço, feitos de contas coloridas, búzios e sementes. Tinha também um bonito turbante branco amarrado na cabeça, do mesmo modo que o Ifasen, "o Ifá faz milagres", que ele me apresentou como o filho que estava sendo preparado para herdar os segredos do jogo de adivinhação, mas que naquela cerimônia seria o *ewi*.[1] O Ifasen tinha aprendido com o avô, um grande *ewi* em África e mesmo no Brasil, que a Nega Florinda afirmou ter sido o mais solicitado para recitar nas cerimônias de nome, casamento, funeral e em homenagens a pessoas ou famílias. Para ser *ewi*, primeiro é preciso ter o dom, além de saber combinar as palavras com os sentimentos, como quando se faz um *oriki*, mas também é preciso conhecer muito bem todas as palavras e os provérbios, e saber em que ocasiões devem ser usados, falando ou cantando. O Banjokô tinha acordado e prestava atenção em tudo, enquanto eu refletia se estava mesmo fazendo a coisa certa, se ele teria uma cerimônia como aquela se a minha avó estivesse viva. Mas, no caso, era aquela ou nenhuma, e de certa forma eu já estava bastante familiarizada com a religião dos orixás, além de querer dar ao meu filho mais alguns laços de parentesco, pois éramos os únicos no mundo ligados pelo sangue. Entre os iorubás, uma cerimônia de nome também significa que a criança está sendo apresentada aos orixás e aos amigos, que, a partir de então, formam uma grande família.

Além da Nega Florinda, do babalaô, do Ifasen, da Monifa e da Fayola, de mim, do Tico e do Hilário, ainda estavam presentes mais duas das esposas e três das filhas do Baba Ogumfiditimi. Tirando o Tico e o Hilário, todos deram presentes ao Banjokô, roupa ou dinheiro, deixados em uma cesta logo à entrada do salão. Quem deveria conduzir a cerimônia era a pessoa mais velha da família, que no caso era eu mesma, mas o Baba Ogumfiditimi começou perguntando se eu daria a ele tal honra. Mais do que depressa respondi que sim, passando o Banjokô para os braços dele, mesmo porque eu não saberia o que fazer. Em África, os mais velhos são muito respeitados e tidos como as pessoas que melhor se dão com os mais novos, porque eles já estão se preparando para voltar ao *Orum*, lugar de onde as crianças tinham acabado de chegar. Dando início à *ikomojade*, a cerimônia de apresentação, o Baba Ogumfiditimi

[1] *Ewi*: poeta que recita ou canta versos feitos para ocasiões especiais.

primeiro se benzeu rezando em voz baixa, enquanto erguia o Banjokô em direção ao céu para depois segurá-lo sobre o braço esquerdo.

O Baba Ogumfiditimi pediu a compreensão dos orixás e dos ancestrais por estarmos realizando a cerimônia depois de passados mais de nove dias do nascimento, e só mais tarde, em outra cerimônia, foi que entendi o que aconteceu logo em seguida. O Banjokô sorria e continuou sorrindo quando deveria ter chorado ao se molhar com as gotas de água que o Baba Ogumfiditimi jogou para o alto, sobre os dois. Ele devia ter chorado, pois o choro seria uma indicação de que tinha vindo para ficar. De acordo com um ditado iorubá, somente as coisas vivas podem produzir barulho, "e o fazem à sua maneira". Todos ficaram quietos e em silêncio por um longo tempo, talvez esperando que ele chorasse, a maioria de cabeça baixa, até que o Baba Ogumfiditimi continuou com o ritual, sussurrando no ouvido do meu filho o seu primeiro nome, ou *oruko*, que é um nome que ele poderia ter trazido do *Orum*, neste caso chamado de nome *amutorunwa*, ou então ser dado de acordo com as condições em que ele tinha nascido, chamado de nome *abiso*, como era o caso do Banjokô, um *abiku*.

Sobre a mesa havia sete vasilhas, cada qual contendo uma oferenda a ser apresentada ao meu filho, para que, quando crescesse, ele pudesse extrair o que tinham de melhor. Quando o Baba Ogumfiditimi começou a falar, eu me senti um pouco triste e sozinha, pois queria para o Banjokô um pai que o tivesse feito com amor, ou pelo menos com desejo verdadeiro, e que também tivesse outros parentes que se sentissem felizes por ele estar entre nós, e então tentei sentir a presença de todos os que já tinham me amado. O Baba Ogumfiditimi disse que estávamos reunidos naquele dia porque eu, Kehinde, tinha regalado todos eles com uma vida nova, preciosa, que merecia todos os presentes recebidos e todas as oferendas, para as quais pediu as bênçãos dos ancestrais convidados para a cerimônia. Pediu também que os nomes que seriam dados enriquecessem a vida do Banjokô, ao que todos os presentes confirmaram com um *ase*.[2] Na mesma vasilha com que tinha atirado água para cima, o Baba Ogumfiditimi molhou o dedo e o passou na testa do Banjokô, dizendo que fazia aquilo para que ele soubesse o quanto era necessário para a felicidade da família que o acolheu, tão necessário quanto a água, já que nenhum ser pode viver sem ela. E também para que ele nunca passasse sede e que, assim como a água, soubesse contornar todos

---

[2] *Ase*: neste sentido, algo como "assim seja".

os obstáculos encontrados pelo caminho, não deixando que nada detivesse o curso que sua vida estava destinada a tomar. Naquele momento, o Baba Ogumfiditimi mostrou o meu filho a todos os presentes dizendo o seu *abiso* em voz alta, e todos aplaudiram, sorriram e disseram ao Banjokô que ele era muito bem-vindo. O babalaô então chegou mais perto da mesa e começou a fazer a oferenda dos conteúdos das sete vasilhas, e ao final de cada uma delas todos tinham que dizer *ase*.

Na primeira vasilha havia pimentas vermelhas, de onde o Baba Ogumfiditimi pegou um pequeno pedaço e passou pelos lábios do Banjokô. Depois, como também aconteceu com as outras vasilhas, ela foi passada de mão em mão para que todos nós provássemos dela. A pimenta tem vários significados, como o Baba Ogumfiditimi explicou ao meu filho, e um deles é propiciar uma vida fecunda, cheia de filhos, porque ela contém várias sementes em seu interior. Outro significado é o poder de decisão sobre as forças da natureza, por ela conseguir sobrepor o seu sabor aos vários outros sabores. Depois da pimenta, novamente uma vasilha com água, que foi passada sobre os lábios do Banjokô, para aumentar a pureza do espírito e proteger o corpo contra as doenças. A terceira vasilha continha sal, que representa a inteligência e a sabedoria, e também a importância que a criança tem para os seus parentes e amigos, pois o sal é colocado em quase todas as refeições para realçar o gosto. Com o sal, o desejo é de que a vida da criança seja cheia de sabor e abundante de felicidade, como abundante também é o sal. Depois foi a vez do óleo de palma, ou dendê, como ele é chamado na Bahia, que também é usado para evitar a ferrugem dos metais e para massagear e amaciar a pele do corpo. Com ele, o Baba Ogumfiditimi desejou que a vida do meu filho fosse fácil e suave. O Banjokô gostou principalmente do mel da quinta vasilha, sugando o dedo do babalaô, que desejava que ele fosse doce ao tratar com as pessoas ao seu redor, que tivesse felicidade e fosse trabalhador como as abelhas, que atraísse muitos amigos e nunca ficasse amargo ou rancoroso.

Quando foi oferecido o vinho de palma, da sexta vasilha, dedicado aos ancestrais para que eles estivessem sempre olhando pela criança, eu já estava muito emocionada. Foi como se naquele momento pudesse mesmo sentir a presença de todos eles, como se de repente o salão ficasse pequeno e aconchegante, tomado por todos os meus parentes que já tinham retornado ao *Orum* antes de mim, como se eles estivessem presentes e aceitando o filho, o sobrinho, o neto e o bisneto que eu tinha dado a eles. E foi completamente tomada por aquela sensação reconfortante que, depois do meu filho e do

Ogumfiditimi, peguei da última vasilha o meu obi, a noz-de-cola, e o masquei por um bom tempo, até que, ao jogá-lo fora, imaginei ter extraído dele a longevidade, a boa sorte e o poder de afastar os maus espíritos.

Depois de utilizar o conteúdo das sete vasilhas, o Baba Ogumfiditimi perguntou se alguém gostaria de acrescentar uma oferenda, e a Nega Florinda apresentou uma faca com lâmina de ferro, símbolo de Ogum, o dono da cabeça do Banjokô. Ela disse que gostaria que Ogum aceitasse aquela oferenda e desse ao meu filho a capacidade de sair vencedor das batalhas, de abrir os caminhos e de não se perder, insistindo sempre na realização dos sonhos. Ela também perguntou ao Baba Ogumfiditimi se poderia dar ao meu filho o segundo nome, o nome de oração ou *oriki*, aquele que expressa os dons que a criança tinha ou que seria bom que tivesse, e depois ainda me ajudou a escolher o terceiro nome, o *orile*, o nome que indica a ancestralidade. E foi sob aplausos que o Baba Ogumfiditimi pediu que todos repetissem com ele o nome completo do meu filho: Banjokô Ajamu Danbiran, sendo que o segundo nome significava "aquele que brotou depois de uma luta", e o terceiro era uma homenagem a Dan, vodum cultuado pela minha avó, e que, no caso, era também uma homenagem a ela.

O *ewi* Ifasen pediu a palavra, mas antes o Baba Ogumfiditimi quis fazer uma brincadeira e tirou do bolso um colar de búzios, dinheiro africano. Assim que o viu balançar diante do rosto, o Banjokô rapidamente levantou as duas mãozinhas e o agarrou, para alegria de todos, que disseram que ele viveria com riqueza. Logo pensei na sinhá, que, com certeza, o tratava de um jeito diferente, com muito mais carinho do que tinha tratado a sinhazinha Maria Clara quando pequena, como me contou a Esméria. Quando me lembrei dela, também fiquei preocupada em saber quanto tempo já estávamos fora de casa e se o meu plano tinha dado certo. Isso fez com que eu não conseguisse prestar muita atenção às palavras do Ifasen, que falava da bênção que um filho representa para a mãe e para toda a família, porque ele herda e perpetua a história e a memória. O Ifasen também pediu aos orixás que o Banjokô tivesse uma vida longa e deixasse muitos filhos, para que eles levassem a honra dos nossos ancestrais para os tempos que ainda estavam por vir, e foi muito aplaudido quando terminou de recitar e cantar. A Nega Florinda estava com os olhos molhados de lágrimas. Eu também fiquei, mais ainda por estar agradecida a toda aquela gente que nunca tinha visto e que preparara uma cerimônia tão bonita, fazendo com que nos sentíssemos muito queridos. Até mesmo o Tico e o Hilário, sempre irrequietos, tinham prestado atenção em tudo e estavam visivelmente comovidos. Mas eles gostaram mais ainda quando a Monifa, a primeira esposa, disse que estávamos convidados a participar da festa preparada do lado de fora, no terreiro, com muita música, bebida e comidas próprias para a ocasião.

Quando estávamos saindo do barracão, o Baba Ogumfiditimi pediu que eu e o Banjokô ficássemos, pois ele ainda queria que meu filho passasse por outro ritual, que simbolizaria os primeiros passos que ele daria no mundo. Com o Banjokô no colo, eu me sentei de frente para o Baba Ogumfiditimi à mesa reservada para o jogo do Ifá. Ele tirou a toalha que cobria a mesa, puxou a bandeja do jogo, coberta de areia, fez algumas orações e depois jogou os búzios, que confirmaram que Ogum era mesmo o dono da cabeça do Banjokô. Então disse que eu deveria preparar uma bonita cesta com frutas e oferecer ao orixá, deixando-a em alguma mata, lugar onde ele rege e habita. Depois, pegou o Banjokô do meu colo, tirou a camisola dele e o segurou por baixo dos braços, para que ele ficasse de pé sobre a bandeja até que sentisse o contato com a areia e movesse os pezinhos, como quem dava os primeiros passos. Olhando o rastro deixado na areia, o Baba Ogumfiditimi disse que meu filho seria um lutador, um grande guerreiro, para quem a vida não seria fácil, mas que estaria sempre preparado e protegido para enfrentá-la. Disse também que não seria fácil para mim lidar com ele, pois teria uma personalidade muito forte e seria bastante independente, querendo realizar todas as suas vontades. Mais não poderia dizer, pois o futuro ainda estava em definição, mas que nós poderíamos voltar quando o Banjokô completasse três meses, para fazer um segundo ritual pedindo ao Ifá que revelasse mais coisas.

Quando deixamos o salão, todos que estavam no terreiro aplaudiram e deram vivas ao Banjokô Ajamu Danbiran. A Nega Florinda me chamou para sentar perto dela em uma esteira onde conversava com a Monifa, a Fayola e mais algumas moças que deviam ser um pouco mais velhas que eu, uma delas com uma criança ao peito. Enquanto elas riam e tomavam vinho de palma, fiquei pensando em tudo que tinha acontecido na minha vida até então. Às vezes eu queria que o tempo passasse logo e eu envelhecesse, mas às vezes queria voltar a ser criança e ter uma vida igual à daquelas que corriam por ali, rindo e brincando. Eu sentia vontade de brincar também, olhava para o Banjokô sugando o meu peito e achava que ele era um brinquedo sério demais, com o qual eu sempre teria mais responsabilidades que diversão. O Tico e o Hilário, quase da minha idade, pareciam muito mais novos, principalmente no meio das outras crianças, brincando. Algumas brincadeiras eram iguais às que eu fazia com o Kokumo e a Taiwo ainda em Savalu, e as lembranças daquele tempo também ficaram confusas, ora parecendo recentes demais, ora muito roídas pelo tempo.

Perguntei à Nega Florinda se toda aquela festa era por causa da cerimônia do nome e ela disse que sim, que normalmente aquele era um sítio muito alegre, abençoado com saúde e com crianças, mas que muitas coisas tinham sido preparadas por causa do Banjokô. Eu quis saber se teria que dar a eles algum dinheiro e ela respondeu que não, que já tinha acertado tudo, que a festa era o presente que queria dar a mim e ao meu filho, em homenagem à grande mulher que tinha sido a minha avó, e que podia fazer isso porque já tinha conseguido mais dinheiro do que o necessário para a viagem até o Maranhão. Aceitei um pouco de vinho de palma e uma cuia com pudim de inhame, sopa de quiabo com carne, arroz branco e farinha, que comi apressada, não por querer, mas por precisar ir embora logo. Eu sabia que a festa era para nós, que eu deveria estar contente e me divertindo, dançando com os jovens, mas não conseguia. Principalmente depois que a Nega Florinda falou na minha avó, o coração ficou apertado dentro do peito, como se ele estivesse se contorcendo para fazer rolar as lágrimas que havia tanto tempo eu segurava. Tentava sentir a presença da minha avó, da minha mãe ou da Taiwo, como tinha sentido durante a cerimônia, mas também não consegui, e acho que em nenhum outro momento em minha vida me senti tão só no meio de tanta gente. A Nega Florinda percebeu e perguntou se havia algo errado, e eu disse que não, que apenas estava preocupada porque precisava voltar ao solar antes que a sinhá descobrisse que tínhamos saído sem permissão. Tive dificuldade em fazer com que os meninos parassem de brincar e me levassem para casa naquele momento, pois eles queriam ficar na festa. Só quando eu me pus a caminho sozinha, depois de ter agradecido a todos, me desculpado por não poder ficar mais e prometido voltar em breve foi que eles correram atrás de mim. Era o que eu esperava que acontecesse, pois, com a pressa da ida não tinha reparado no caminho e não sabia nem mesmo que rumo tomar. Quando chegamos em casa, descobri a razão de todo aquele meu desconforto e meu desespero para voltar logo.

O CASTIGO

O Hilário tinha ficado comigo do lado de fora enquanto o Tico pulou o muro para ver onde a sinhá estava e se eu poderia entrar naquela hora. Poucos minutos se passaram até que vimos o Tico caminhando na nossa direção junto com o Sebastião e a Esméria. Pela pressa e a expressão nos rostos deles, percebi que havia algo errado. Quando abriram o portão, nem tive tempo de perguntar à Esméria o que tinha acontecido, pois a sinhá já estava logo atrás deles me fuzilando com os olhos e não dando ouvidos ao padre Notório, que corria atrás dela, pedindo que se acalmasse. Ela gritou para que a Esméria pegasse o menino e me arrastou pelos cabelos até a varanda, dizendo que além de insolente eu era irresponsável, que não adiantava tratar os pretos com um pouco de confiança que eles logo apunhalavam seus senhores pelas costas, e que eu nunca deveria ter saído de casa sem a permissão dela, e ainda levando um inocente. Quando chegamos à varanda, ela começou a me dar tapas no rosto, com uma força que nunca imaginei que tivesse e que ainda sobrava para se desvencilhar do padre Notório, que tentava segurá-la, dizendo que ela não podia se exaltar tanto, que era até perigoso para a saúde. Mas a sinhá continuou me batendo, diante dos olhares desesperados da Esméria, dos meninos, do Sebastião e dos outros escravos, que ficaram de longe, escondidos da fúria dela. Eu não tive reação, por causa do susto e porque achei que seria pior se tentasse correr ou revidar, e deixei que ela batesse até ficar cansada, até perder as forças e cair em um choro histérico, tremendo dos pés à cabeça. O padre Notório conseguiu fazer com que ela se sentasse e a Antônia serviu um copo de água com açúcar. Eu também mal me aguentava em pé, minha boca tinha um corte pelo lado de dentro e o nariz sangrava, manchando toda a frente da minha bata. Foi quando olhei a minha roupa que me lembrei de que o Banjokô ainda vestia a camisola dada pela esposa do Baba Ogumfiditimi, e em seu descontrole a sinhá nem tinha percebido. Mas a Esméria percebeu, e com a desculpa de dar água para o menino, deixou rapidamente a varanda e correu para vestir nele uma das roupas dadas pela sinhá, também branca, para que a mudança de cor não chamasse atenção.

A sinhá Ana Felipa se sentou em uma das cadeiras da varanda e o padre Notório ficou ao seu lado, rezando, enquanto ela lamentava o quanto era difícil a vida das mulheres que não tinham homens que cuidassem delas, que nem mesmo as pretinhas as respeitavam, que gostaria de ainda estar na fazenda para me colocar no tronco e dar quantas chibatadas eu aguentasse. Pediu que a Esméria lhe entregasse o menino e o pegou com cuidados de mãe, apalpando os bracinhos e as perninhas dele como se quisesse confirmar que estava inteiro. Depois me mandou para o porão, dizendo que comunicaria mais tarde o meu castigo, mas que aquilo não ia ficar barato, e deu ordens para que ninguém fosse lá cuidar de mim, pois eu precisava ficar sozinha para pensar no que tinha feito. Passei a tarde quieta, largada sobre a esteira. A boca e o nariz tinham parado de sangrar, mas ainda doíam muito, embora nada que se pudesse comparar àquele aperto no coração, que tinha aumentado muito, sem que eu conseguisse chorar para ver se aliviava.

À noite, a Esméria tratou dos machucados colocando compressas com água quente e ervas, e contou o acontecido. Como de costume, o padre Notório tinha chegado por volta das dez horas, para conversar com a sinhá antes que o almoço fosse servido, às doze. E aquela conversa foi a causadora de toda a confusão, pois a sinhá tinha acreditado na desculpa dada pela Esméria, sobre o Banjokô estar com febre e eu ter ficado com ele no porão. Mas o padre Notório queria falar exatamente sobre o batizado dele, combinar uma data com a sinhá, de preferência um dia em que a igreja estivesse mais vazia para que ela não fosse vista batizando o filho de uma escrava. Poderia dar margem a falatórios, e era melhor deixar a alma do morto, o pai, descansar em paz. Tinham acertado uma tarde qualquer durante a semana, e então o padre pediu para ver o menino, que eles tinham decidido que se chamaria José. A sinhá comentou que ele estava um pouco doente e que por isso não tinha subido, ao que o padre alertou que seria melhor que ficasse dentro da casa, onde o ar era mais saudável. A sinhá então pediu que buscassem o menino, não restando à Esméria outra alternativa a não ser contar a verdade, ou melhor, quase a verdade, dizendo apenas que eu tinha saído com o Tico e o Hilário para um passeio, levando o Banjokô. Quanto aos meninos, ela nem disse nada, pois estava acostumada às escapadas deles, mas mandou o Sebastião me procurar pelos arredores e na região da freguesia da Sé e do Terreiro de Jesus.

Na manhã seguinte, bem cedo, a Antônia foi me avisar que a sinhá tinha mandado dizer que eu estava de castigo, que não deveria deixar o porão até novas ordens. E foi assim que fiquei mais de dez dias quase sem sair da esteira, com o rosto doendo e bastante inchado, e com muitas saudades do meu filho, que passou a dormir no quarto da sinhá e novamente foi alimentado pela Joana. A saudade dele era a única coisa que incomodava, porque, na verdade, eu estava até gostando do castigo, de ter o dia inteiro para fazer o que bem entendesse. O Tico e o Hilário ficavam mais tempo comigo no porão, contando coisas sobre a cidade, inclusive que já tinham descoberto um sítio onde alguns pretos fujões viviam como se fossem livres. Eram pretos do Recôncavo ou de outras províncias, porque assim ficava mais difícil de serem encontrados por seus donos. Os pretos que fugiam de São Salvador também procuravam lugares mais distantes para se esconder, sendo que alguns deles até conseguiam embarcar novamente para a África. Quando os meninos saíam em busca de mais novidades, eu me distraía lendo os sermões do padre Antônio Vieira e praticando a escrita, copiando os trechos dos quais gostava com a ajuda da Esméria ou do Sebastião, que roubavam um pouco mais de azeite para manter a lamparina acesa também durante o dia. Quando a sinhá entrava no banho, a Esméria me chamava até a cozinha para ver o Banjokô, que parecia me reconhecer. Não sei se era impressão, mas ao me ver ou ouvir a minha voz, ele sorria e balançava os braços na minha direção, o que a Antônia disse que ele também já fazia com a sinhá. Eu me lembrei do que o Baba Ogumfiditimi tinha falado, sobre ele ter mais sorte que eu, mais riquezas, e apesar de estar sentindo muita falta, gostei de saber que o meu castigo estava contribuindo para aumentar o afeto entre ele e a sinhá.

O Sebastião me contou quando o batizado católico do Banjokô foi realizado, com a presença do padre Notório e de um ajudante, da sinhá, do próprio Sebastião e da Antônia, que sempre a acompanhavam à rua. A sinhá, na qualidade de madrinha, informou ao padre que ele era filho de Luísa Gama e pai desconhecido, batizado com o nome de José Gama em homenagem ao padrinho, São José. A Antônia estava feliz, não só porque a sinhá tinha passado a sair mais de casa e sempre a levava como companhia, mas também porque tinha ganhado roupas novas muito bonitas, parecidas com as roupas das vendedoras do ancoradouro, mas de um tecido muito mais elegante, seda, que a sinhá preferia chamar de *silk*. Quando saíam, ela também usava algumas joias emprestadas pela sinhá, colares e pulseiras de ouro, e um broche no bonito pano da costa jogado sobre o ombro direito. A sinhá ia principalmente às casas de algumas senhoras, novas amigas da sociedade, e a Antônia ficava esperando no quintal ou na cozinha, conversando com as pretas da casa e as acompanhantes das visitas, todas sempre muito bem arrumadas. Ela disse que as sinhás se sentiam vaidosas por estarem acompanhadas de pretas bem-vestidas e educadas, como eu de fato pude perceber quando fui trabalhar para os ingleses.

OS INGLESES

Tudo aconteceu muito depressa. No dia em que saí do castigo, a sinhá mandou me chamar e disse que era para eu subir com a minha trouxa. A Esméria não soube explicar o motivo e fiquei com medo de ser mandada de volta para a fazenda, pois a Antônia disse que tinha acabado de chegar um homem com ares de capataz ou algo assim. A sinhá Ana Felipa me esperava na sala, com o Banjokô no colo, e informou que eu tinha sido alugada, que podia me despedir do meu filho, pois ele ficaria muito bem com ela, e que estava fazendo aquilo porque não podia se arriscar me mantendo por perto depois do que eu tinha feito. Acho que, na verdade, ela tinha um grande medo de que eu fugisse levando o menino, coisa que, confesso, tinha passado muitas vezes pelos meus pensamentos, mas que eu não tinha coragem de fazer. Não por mim, que poderia arrumar maneiras de me cuidar, mas ele ainda era muito pequeno e precisava de cuidados, não podia dormir em qualquer lugar ou ficar sem ter o que comer, pois meu leite já tinha começado a diminuir e poderia acabar de vez se eu não me alimentasse bem. Nos primeiros dias do castigo, o peito ficava tão cheio que chegava a doer, mas a Antônia tinha me instruído a tirar um pouco todas as manhãs e antes de dormir, e a cada dia eu precisava tirar menos que no dia anterior. Um chá que a Esméria preparava para que o leite não empedrasse também contribuiu para isso, visto que o Banjokô não estava sentindo a menor diferença entre o meu leite e o da Joana, que ia até o solar três a quatro vezes por dia.

E foi assim que saí da casa da sinhá Ana Felipa e entrei na casa da família Clegg, agarrada pelo braço por um escravo deles e equilibrando na cabeça uma trouxa com duas mudas de roupa, depois de ter dado um único beijo no rosto do meu filho e tê-lo deixado chorando nos braços da sua protetora. A sinhá disse que eu poderia vê-lo aos domingos, com ela por perto, e que aquilo não era uma venda, ela estava apenas me alugando e, dependendo de como eu me comportasse, poderia desfazer o negócio. Não tive tempo de me despedir dos outros, apenas um rápido olhar para a Esméria e a Antônia, e o choro do Banjokô me acompanhou até o portão.

A casa dos Clegg não ficava muito distante, o que me tranquilizou um pouco. Estava a apenas dez ou doze casas seguindo em direção à freguesia da Graça, do outro lado da rua. O homem que tinha ido me buscar também se chamava José, como o Banjokô, que os ingleses pronunciam de uma maneira diferente, colocando um "efe" no final, do mesmo jeito que era pronunciado o "ph" no fim do primeiro nome do meu novo dono, Mister Joseph Edward Clegg. Mas o José era da Costa, José da Costa, e não parecia ser nenhum capataz, como de fato não era. Os Clegg o chamavam de mestre de ordens, o que significava que ele cumpria ordens de levar recados, buscar ou fazer compras e mais algumas coisas importantes que só um escravo de confiança podia fazer. O José da Costa sabia falar inglês, para quando precisasse dar recados aos conterrâneos dos seus donos. Comecei a gostar dele ainda a caminho da casa, e ele também gostou de mim, apesar de não ter acreditado que o Banjokô, tão clarinho e tão bem-vestido no colo da sinhá, fosse mesmo meu filho.

A casa do Mister Clegg ficava em um ponto onde a rua fazia uma curva bem pronunciada. Não do lado em que a curva se fechava, e sim do lado em que se abria, dando ao terreno o formato de um leque. A princípio, achei a casa bastante parecida com a da sinhá Ana Felipa no tamanho dos cômodos, mas, como vi depois, eram em maior número e mais tristes, por serem menos coloridos, o que fazia com que parecessem mais frios também. Havia mais quadros nas paredes, todas pintadas de branco, e mais louças nos móveis, assim como mais tapetes no chão de madeira escura, mas tudo de uma seriedade que não dava vontade de conversar e muito menos de sorrir. Nem as crianças da casa sorriam, pois não tinham com quem aprender. E teriam motivos, porque era maravilhosa a paisagem que se via do quintal da casa, e mesmo de dentro de alguns cômodos que davam para os fundos. Mal cruzei o portão, levada pelo José da Costa, senti vontade de correr e pular, olhando o mar azul e verde que se estendia além da casa, plantada no meio do terreno. De onde estávamos, não dava para ver a encosta, parecia apenas que a terra se acabava e o mar aparecia de repente, como se fosse uma continuação do terreno, sem areia, sem pedras, sem coqueiros. Apenas o mar, um tapete de recortes irregulares jogado sobre a terra, com desenhos de várias ilhas em um ponto e outro, com destaque para a Ilha de Itaparica. O José da Costa me levou para os fundos da casa e me disse para esperar, pois ia avisar à governanta. Durante o tempo em que fiquei sozinha, admirei a ilha e me lembrei de todos os conhecidos que provavelmente ainda estariam por lá, principalmente do Lourenço, que deveria ter sido o pai do Banjokô, e que não poderia mais ser pai de ninguém, nunca mais.

Miss Margareth, a governanta, era uma mulher de idade não muito definida. Pelo rosto quase sem rugas, eu diria que era nova, mas pelo jeito de se vestir e se comportar, parecia mais velha do que qualquer outra pessoa que eu já tinha conhecido, incluindo a minha avó e a Nega Florinda. Sob as roupas pesadas, dava para perceber um corpo magro, muito magro, o que era acentuado pelo modo como ela prendia o cabelo, puxado em um coque muito apertado no alto da cabeça, fazendo com que parecesse ainda mais alta. Só usava vestidos cinza ou azul-marinho de tecido grosso, lã, fechados até o pescoço e de mangas compridas, roupas impensáveis para aquele calor. E talvez até fosse por isso mesmo, para não sentir calor, que ela se mexia o mínimo possível, pois uma coisa que chamava a atenção nela era a economia de gestos, de palavras e de expressões. Nunca movia as mãos quando conversava, nunca deixava transparecer um único sentimento que fosse, nem de raiva, nem de alegria, nem de aprovação ou desaprovação, coisas que também não se percebia no tom da voz, sempre muito baixo, sem se alterar. Ela se manifestava somente com palavras que, nos primeiros tempos, para mim eram bastante difíceis de entender, porque ela não falava direito o português e não eram raras as vezes em que, além do inglês, também usava palavras em francês. Entre eles, os da casa, só se conversava em inglês, língua que acabei aprendendo razoavelmente bem, o que facilitou muito a minha vida alguns anos mais tarde. Naquele dia, a Miss Margareth olhou para mim mantendo uma certa distância, como se tivesse nojo, e depois mandou chamar a Domingas, encarregada de me arrumar.

A Domingas era uma das escravas de confiança, assim como o José da Costa, e no primeiro momento ela não gostou muito de mim, como aconteceu com as outras pretas da casa, que eram bastante esnobes. Fui aceita somente quando me tornei uma delas, e não apenas no jeito de me vestir, mas também tive que aprender inglês e a me comportar de maneira diferente, guardando uma certa distância, pois não gostavam de muita intimidade. Algumas tinham trabalhado somente para ingleses, mal falando o português, visto que muitas famílias pareciam se revezar na casa que pertencia ao governo deles, onde uma bandeira inglesa estava sempre içada no jardim da frente. Percebi que entendiam o português, mas não gostavam de falar, e aquele era também um jeito de se sentirem superiores. A Domingas já tinha trabalhado em casa de brasileiros e disse que eu precisava parecer mais bem-educada. Quis saber a minha idade, e quando eu disse que tinha quase quinze anos, ela comentou que, se os da casa perguntassem, deveria dizer que tinha no máximo treze, pois a minha função era fazer companhia às três filhas dos senhores, e eles preferiam uma criança. Gostei disso, apesar de achar que seria muito diferente, mas ainda me lembrava com alegria da época em que tinha por função fazer companhia à sinhazinha Maria Clara. A Domingas me levou para os fundos do terreno; deixamos o patamar onde estava a casa e descemos por uma escada bastante íngreme talhada na pedra que ia quase até o pé do mar, pois não havia praia naquele trecho. Depois de descermos quase meia encosta, saímos em um lugar que parecia ter sido escavado e aplainado na rocha, que continuava sua descida desabalada até o ponto em que era constantemente batida pelas ondas. Era nessa parte plana que tinha sido construído um barracão onde os escravos dormiam.

O barracão era todo construído em madeira sobre o terreno rochoso, onde se sustentava preso por chapas de ferro em formato de cotovelo, aparafusadas tanto na parede quanto no chão. Vendo que não teria como cavar a rocha para fazer um esconderijo, eu me lembrei dos orixás deixados na casa da sinhá Ana Felipa, o que de certa forma foi até melhor, pelo menos até saber como as coisas funcionavam naquela casa. A primeira providência da Domingas foi ver o que eu tinha na trouxa, e quando mostrei as duas mudas de roupa, ela fez uma cara de desdém e disse que não serviam. Falou para eu me despir e tomar um banho, enquanto ia até a casa ver se conseguia roupas novas, e mostrou um poço cavado na pedra, do lado de fora do barracão, escondido atrás de alguns arbustos. Devia ser o lugar onde todos eles tomavam banho e a água não estava muito limpa, principalmente por causa do limo verde que se agarrava às laterais. Mas, por causa do sol, a temperatura estava bastante agradável, e foi com verdadeiro prazer que fiquei lá dentro até que ela voltasse, trazendo uma muda de roupa, um pedaço de bucha e sabão. Mandou que eu me esfregasse bem e me ajudou com as costas, e quando me virei de frente, percebeu o tamanho dos meus peitos e perguntou se eu já tinha tido filhos. Eu disse que sim, que estava com três meses e tinha ficado na casa da antiga sinhá. Mais uma vez ela me instruiu a não comentar isso com ninguém da casa. Quando eu disse que o José da Costa já sabia, ela se encarregou de falar com ele, para que isso ficasse em segredo. A roupa que ela me deu era linda, um vestido de verdade, um pouco grande para mim, azul-escuro, com decote discreto e um corte logo abaixo dos peitos, de onde descia franzido até os pés. Depois, a Domingas olhou minha cabeça e disse que teríamos que cortar o cabelo, porque daquele jeito eu poderia pegar piolho e passar para as meninas. Ia desfazendo os rolinhos que eu amarrava com fitas coloridas, ainda do jeito que a minha mãe fazia comigo e com a Taiwo, em Savalu, e cortava bem rente à cabeça usando uma navalha. Quando terminou, disse que eu estava bem melhor e parecendo ainda mais nova, o que era bom. Mandou que eu ficasse por ali e que não me sujasse, pois voltaria para me buscar mais tarde e me apresentar à nova sinhá. Fiz uma almofada com as antigas roupas e me sentei sobre ela, a olhar o mar e as ilhas, tentando me lembrar por quantas transformações já tinha passado até então.

Missis Clegg, Mary Ann Clegg, a minha nova sinhá, era uma mulher muito bonita. Fui conhecê-la sentada à mesa, onde, todas as tardes, fazia questão de tomar chá junto com as filhas. A Miss Margareth também estava à mesa, sentada ao lado da mais nova das meninas, e foi ela quem falou primeiro, perguntando o meu nome em português. Respondi que era Kehinde, para logo em seguida me arrepender por não ter dito que era Luísa, mas elas nem se importaram. A governanta então conversou em inglês com a Missis Clegg e com as três meninas, que levantaram os olhos das xícaras somente o necessário para me olharem rapidamente e dizerem, uma a uma, da maior para a menor, os próprios nomes: Miss Rose, Miss Ruth e Miss Rachel. Só a mais velha, que tinha dez anos, se parecia com a mãe, magra e com o pescoço fino e comprido, assim como os dedos. Os cabelos eram de um castanho-escuro muito brilhante, que a mãe trazia presos em uma trança enrolada em coque, atrás da cabeça. A Miss Rose, assim como as irmãs, usava os cabelos repartidos ao meio e presos em duas tranças, amarradas nas pontas com laços da cor do vestido. As três meninas tinham os olhos muito pretos, e as duas menores tinham sardas, enquanto que a pele da mais velha era clara e lisa, como a da Missis Clegg, dando ainda mais destaque ao nariz também muito fino e comprido, e às bocas maiores e mais carnudas do que se espera em brancas como elas. As outras duas, como percebi depois, se pareciam com o pai, bem mais velho que a mãe, mas tão educado quanto. O Mister Clegg usava os cabelos presos em um rabo de cavalo e estava sempre de casaca comprida e camisa fechada até o pescoço, de onde pendia um laçarote que ia até o começo da enorme barriga. Era engraçado vê-lo andar, pois, baixinho, tentava compensar o tamanho das pernas com passos grandes, pausados, as pernas completamente rígidas, a barriga quase fazendo com que se desequilibrasse. A Miss Margareth disse que eu faria companhia às meninas e que deveria estar junto delas em todas as suas atividades, e que elas falariam comigo somente em inglês, que eu deveria aprender o mais depressa possível.

AS DESCOBERTAS

Naquele primeiro dia eu nada fiz, a não ser ir à cozinha duas vezes, buscar água para Miss Rachel, a mais nova, de cinco anos, e com o passar dos dias constatei que não fazia nada porque as meninas não sabiam mesmo fazer nada, nem brincar. Acordavam cedo, tomavam o desjejum e tinham aula com a Miss Margareth durante toda a manhã. Almoçavam por volta de onze horas e iam para seus quartos, de onde saíam apenas para as aulas de piano e de canto, dadas pela mãe, seguidas do chá. No que restava da tarde, faziam lição ou passavam o tempo no quarto de brinquedos, que, sem dúvida, era o local mais fascinante da casa. Ficava no andar de cima, ao lado do quarto da Miss Margareth, que por sua vez era ligado ao quarto das duas mais novas, a Miss Ruth e a Miss Rachel. A Miss Rose tinha um quarto só para ela, separado das dependências dos pais por uma sala de banho usada somente pelas meninas e por Miss Margareth, e por uma sala íntima, onde às vezes a Missis Clegg tomava a lição ou lia alguma coisa para as filhas. Naquela casa lia-se muito; aliás, havia uma imensa biblioteca que ficava no andar de baixo, no cômodo que o Mister Clegg também usava para trabalhar. Tão grande quanto aquela, só mesmo a do padre Heinz, de quem vou falar mais tarde. Era na biblioteca que o Mister Clegg passava a maior parte do tempo, pois quando não estava trabalhando, estava lendo, sozinho ou em companhia da Missis Clegg. Até mesmo algumas refeições eram levadas para ele naquele local, onde pedia para não ser perturbado além do estritamente necessário. Por esse motivo também, para não incomodá-lo, as meninas não podiam fazer qualquer barulho dentro da casa que a Miss Margareth aparecia para chamar a atenção, mandando que fossem para o quarto de brinquedos, onde também não brincavam, já que quase tudo funcionava sozinho.

As meninas tinham vários brinquedos de corda, que ficavam em duas estantes muito bem-arrumadas. Cada uma delas entrava no quarto, escolhia um desses brinquedos e brincava sozinha, sem emitir um único som, um sorriso que fosse. Eu me espantei quando as segui pela primeira vez e vi uma boneca rodopiar sozinha sobre os pés escondidos debaixo de uma saia comprida e muito rodada, e elas pareceram se divertir um pouco com isso. Não me atrevi a chegar perto e fiquei parada na porta, olhando e imaginando como aquilo podia acontecer. Cheguei a pensar em bruxaria, o que não combinava nada com o comportamento delas, e me diverti imaginando o quanto a sinhá Ana Felipa poderia se assustar de verdade. No início, elas não falavam comigo, mas percebi que faziam questão de pegar todos os brinquedos e colocá-los para funcionar, acompanhando a minha reação com o canto dos olhos. Eu não conseguia esconder a alegria ao ouvir soldados batendo tambor e navios apitando, ver bonecas rodopiando, carrosséis com cavalos que giravam e flutuavam no ar, todos muito coloridos e bonitos. Depois elas começaram a me ensinar os nomes daquelas coisas em inglês, principalmente a Miss Ruth, a do meio, que gostava de brincar de professora e me fazia repetir o nome de tudo que víamos pela frente.

Outra coisa de que também gostei bastante naquela casa foi o jeito como éramos tratados, sem qualquer intimidade ou demonstração de sentimento, mas com muito respeito. Durante todo o tempo que fiquei lá, nenhum escravo foi castigado ou mesmo humilhado na frente dos outros. Quando fazíamos alguma coisa que achavam errado, éramos chamados de lado e advertidos de que aquilo não seria mais admitido, senão simplesmente seríamos vendidos ou devolvidos aos verdadeiros donos, o que ninguém queria. Éramos bem-vestidos, bem tratados e bem-alimentados e tínhamos grande liberdade, até mesmo para fugir se quiséssemos, mas sabíamos que a vida fora da casa era bem mais difícil e fazíamos de tudo para ficar. A senzala, que eles chamavam de casa dos serviçais, era limpa e arejada, além de estar situada em um lugar que tinha uma das vistas mais bonitas da baía. Cada um de nós tinha uma baia individual, que tratava de manter limpa e muito bem--arrumada, sendo que nunca senti lá dentro o mínimo cheiro de urina ou de merda, o que era bem comum nas outras senzalas. Isso porque não ficávamos trancados, e quando sentíamos vontade de fazer nossas necessidades durante a noite, podíamos sair e fazer do lado de fora. Não éramos muitos escravos na casa, e por isso trabalhávamos bastante, mas ninguém reclamava, e muitas vezes até ajudávamos um ao outro. Durante a manhã, quando as meninas estavam em aula, eu ajudava na cozinha, embora preferisse estar com elas, mesmo não entendendo muitas coisas do que estava sendo dito em inglês. Mas acabei aprendendo a fazer alguns pratos diferentes, como diversos tipos de *puddings* e *cookies*. Na cozinha, a Teodora e a Belarmina davam conta de tudo, e a arrumação da casa era feita pela Domingas, pela Anunciata e pelo João Benguela, que era coxo e tinha a alcunha de Benguê, como todos o chamavam. Durante anos ele tinha trabalhado nas ruas como carregador, e de tanto suportar peso teve um problema em uma das pernas, que não dobrava mais, e por isso andava pela casa puxando-a como se fosse uma bengala. Fazendo trabalho de escritório, em um pequeno cômodo anexo ao local onde o Mister Clegg trabalhava, ficavam o Anthony e o Mike, que tinham saído direto da África para aquela casa, dois hauçás muçurumins que mais tarde descobri que se chamavam Ajahi e Sali, que, entre o povo dele, era tratado como bilal[3] Sali.

---

[3] Bilal: título de sacerdote muçurumim.

À noite, antes de irem dormir, o Ajahi, o bilal Sali, o José da Costa e o Benguê conversavam muito sobre política, e foi prestando atenção às conversas, que misturavam um pouco de inglês e de português, que fiquei sabendo que os ingleses eram contra a escravatura. Não porque fossem bonzinhos e achassem que também éramos gente, como de fato faziam pensar nos tratando melhor que os senhores portugueses ou brasileiros, mas porque tinham interesse em que fôssemos todos libertos. O bilal Sali e o Ajahi deixavam um pouco aberta a porta de comunicação do lugar onde trabalhavam, passando a limpo livros de importação e exportação e fazendo contas de impostos e taxas, e ouviam as conversas do Mister Clegg com as pessoas que ele recebia. Quase todos os homens que o procuravam eram comerciantes, também ingleses, com negócios ou representação de negócios na Inglaterra, e queriam favores do governo inglês, que em São Salvador era representado por ele. Foi naquela casa que fiquei sabendo que não havia mais escravos nem em Inglaterra nem nos seus domínios, que todas as pessoas eram livres para morar e trabalhar onde quisessem, recebendo dinheiro. Era isso que os ingleses mais queriam, que todos tivessem dinheiro para comprar as mercadorias produzidas nas grandes fábricas construídas em Inglaterra. Eu já tinha ouvido falar em fábricas quando o Sebastião contou da época em que acompanhou o sinhô José Carlos em visita aos irmãos no Recôncavo, onde um deles era dono de uma fábrica de charutos. O Sebastião disse que tinha gostado muito, pois nem todos os trabalhadores eram escravos, alguns recebiam dinheiro para trabalhar e havia até brancos, talvez estrangeiros.

AS VISITAS

Em uma das visitas que fiz à casa da sinhá Ana Felipa em um domingo à tarde, contei ao Sebastião que os ingleses estavam do nosso lado, não importando com que intenção, e ele disse que já sabia disso e de muitas outras coisas que talvez um dia me contasse. A Esméria chamou a atenção dele, dizendo que não era para me envolver naquelas coisas, e desviou o rumo da conversa, querendo saber como era a vida na casa dos ingleses. No primeiro domingo em que apareci, todos estavam curiosos e me receberam com muita alegria. Pedi à Antônia que fosse perguntar à sinhá se eu podia ver meu filho, pois estava morrendo de saudades. Ela respondeu que o menino estava dormindo e que assim que acordasse chamaria alguém para buscá-

-lo, o que só aconteceu no fim da tarde, quando eu já precisava ir embora. E foi assim em quase todas as vezes que apareci no solar, ela fazendo de tudo para que eu ficasse com ele o menor tempo possível. Enquanto esperava, eu ficava conversando com os outros no fundo do quintal, ao redor de uma bacia de laranjas-da-terra, daquelas muito grandes e doces, com umbigo. Todos me acharam diferente e disseram que não era apenas por causa do corte do cabelo e do vestido, mas que eu estava com aparência de menina mais nova e jeito de mulher mais velha, mais séria e instruída, quase estrangeira. Eu também achava que estava mudando, e muito, na companhia dos ingleses. Tanto que, com o passar de alguns meses, eu já estava achando insuportáveis aquelas visitas que fazia à casa da sinhá, onde ninguém sabia conversar de outras coisas que não fossem lembranças de África ou da fazenda. As conversas de que eu mais gostava eram com o Tico e o Hilário, que se transformavam em dois belos rapazes e, pelo jeito, também andavam metidos em assuntos sobre os quais não queriam falar. Mas continuei indo por causa do Banjokô, que crescia muito depressa, e assim que nos víamos quase não me reconhecia, mas depois fazia festa e brincava, sempre ficando a chorar quando eu tinha que ir embora.

O Banjokô era uma criança linda e a sinhá cuidava muito bem dele, como um filho, e até mesmo gostava de dar o banho e de vesti-lo. Ele andava com roupas bonitas, camisolas bordadas e fardas de marinheiro, como em um retrato que a sinhá tinha mandado pintar e que ficava pendurado no quarto que era só dele, ao lado do quarto dela. Sempre que saía à rua, às vezes até mesmo levando-o junto, a sinhá comprava um presente qualquer, fosse roupa ou brinquedo. Meu filho estava recebendo criação de branco, o que talvez pudesse levá-lo a ser alguém na vida, e eu gostava daquilo, embora soubesse que era tão escravo quanto eu, pelo menos no papel. Ele era forte, saudável, uma criança muito esperta e risonha, mas estava perdendo as feições delicadas com que tinha nascido, sinal de que o meu sangue era mais forte que o sangue do pai. O cabelo que estava nascendo era bem crespo e, para disfarçar, a sinhá fazia questão de mantê-lo quase calvo. De três em três dias o Sebastião tinha que passar a lâmina na cabeça dele, como quem fazia a barba. Sempre que ele queria passear um pouco do lado de fora da casa, ver os pássaros que adorava, principalmente os bandos de papagaios verdes e escandalosos que apareciam de vez em quando, a Antônia ou até mesmo a sinhá iam atrás dele fazendo sombra, pois ele estava proibido de tomar sol. Era muito bem tratado, e isso me deixava tranquila, embora às vezes me preocupasse o fato de não ter conseguido levá-lo à casa do Baba Ogumfiditimi para o ritual de três meses. Mas, com a vigilância da sinhá, não dava para pensar em sair de casa com ele.

Em um domingo, em vez de ficar com o Banjokô, pedi ao Tico e ao Hilário que fossem comigo ao sítio do Baba Ogumfiditimi, e aproveitei para levar os meus orixás, que ainda estavam na casa da sinhá Ana Felipa, para que fossem benzidos e ficassem por lá, recebendo uma reza sempre que o Baba Ogumfiditimi pudesse fazê-la por mim. Levei também uma roupa do Banjokô achando que ela poderia representá-lo no ritual. Mas não adiantou nada, pois ele teria que estar presente, teria que encostar a cabeça primeiro no chão e depois na bandeja do Ifá. Somente desse modo o Baba Ogumfiditimi poderia me dizer muitas coisas sobre ele, pois seu destino já estava mais definido, e eu o ajudaria a encontrar o melhor jeito de tocar a vida sabendo como os orixás poderiam agir e quais as providências e oferendas pedidas em troca. O Baba Ogumfiditimi chamou a minha atenção porque eu não tinha feito nem a primeira oferenda, as frutas para Ogum, pedida no primeiro ritual, mas disse que não era para me preocupar porque alguém tinha feito por mim. Depois descobri que tinha sido a Esméria a pedido dos meninos, com quem eu tinha falado sobre isso ainda naquele dia da cerimônia do nome, enquanto voltávamos para casa. O Baba Ogumfiditimi também não quis jogar os búzios para o Banjokô, talvez porque já soubesse o que ia acontecer e não quisesse me contar, por ser mesmo impossível mudar o destino.

Voltei para casa muito triste e decepcionada, achando que os segredos que não me foram revelados por causa da falta do ritual eram muito importantes para ajudar o meu filho, pois eu ia ficar conhecendo as características que ele trazia na cabeça, *orí*, e as características do espírito que habitava o seu corpo, sua *emi*, ou alma, e como ele poderia desenvolver e conciliar estas duas coisas, sempre buscando o bem. A boa notícia daquele dia foi que a Nega Florinda tinha conseguido partir para o Maranhão, a bordo de um paquete e acompanhada de duas mulheres que tinham sido chamadas para assentar os voduns na casa da Agontimé.

A partir daquela visita ao Baba Ogumfiditimi, comecei a ficar com grande culpa em relação ao Banjokô, achando que poderia prejudicá-lo por causa da minha negligência como mãe, alguém que deveria se importar muito mais com o futuro espiritual dele do que com qualquer outra coisa. Sabendo que ele tinha um quarto só dele, com a ajuda da Antônia, a quem pedi que deixasse a trava da janela aberta, comecei a fugir da casa dos Clegg algumas noites, nem que fosse apenas para observar o seu rostinho durante o sono. Era fácil escalar a parede do solar até me agarrar à grade de ferro da pequena varanda e passar para dentro, abrir a janela com cuidado e esperar um pouco os olhos se acostumarem à escuridão. Foi num desses momentos que pensei ter visto a minha avó debruçada sobre o berço do Banjokô, como se estivesse beijando a testa dele. Não tive certeza por causa da escuridão, mas, levando em conta o possível engano dos olhos, eu quase poderia ter jurado que era mesmo ela, por causa do cheiro. A minha avó e a minha mãe tinham cheiros que nunca mais senti em alguém ou em algum lugar onde elas não estivessem. Não que elas sempre exalassem esse cheiro, mas onde pude senti-lo, foi por causa da presença delas. Não sei se o Kokumo e a Taiwo também sentiam, nunca chegamos a conversar sobre isso, mas acho que sim, porque a nossa reação era parecida. Tínhamos vontade de nos deitar no colo delas e nos entregarmos a uma espécie de moleza, de um formigamento que provocava sono. De fato, apesar de ter um sono bastante agitado, o Banjokô estava quieto, com a respiração tranquila e profunda, mais lenta que o normal. E eu também acabei adormecendo, depois de me sentar no chão e apoiar a cabeça na grade do berço do meu filho. Acordei sem saber direito onde estava, com a primeira claridade do dia entrando pela fresta da janela, que eu tinha deixado um pouco aberta. Depois de alguns segundos para despertar direito, dei um beijo de despedida no Banjokô e tomei o caminho da rua, levando um grande susto ao encontrar o Sebastião e dois homens do lado de fora do muro, ao terminar de pulá-lo. Ele também se assustou antes de me reconhecer, e eu disse que tinha ido apenas ver o meu filho, perguntando depois o que ele estava fazendo na rua àquela hora. Ele respondeu que não era hora nem lugar para falar sobre aquilo, prometendo que qualquer dia conversaríamos com calma.

OS ESCRAVOS DOS INGLESES

Quando cheguei à casa do Mister Clegg, alguns dos escravos já tinham se levantado, e então fingi que não tinha conseguido dormir direito e saíra da cama ainda antes de o dia nascer para caminhar pelo jardim. Não sei se acreditaram, mas ninguém comentou nada, o que era comum. As pessoas não falavam muito sobre si, cada uma tinha a sua vida e cuidava apenas dos seus interesses. Só os dois muçurumins, o bilal Sali e o Ajahi, pareciam ser mais íntimos um do outro, e além de trabalharem juntos o dia inteiro, ainda passavam juntos todos os momentos de folga. Eles tinham dois dias de folga, não somente os domingos alternados, como nós, os outros, porque o Mister Clegg não trabalhava durante os fins de semana, e eles geralmente sumiam no fim da tarde de sexta-feira e só retornavam na noite de domingo. Quando estavam trabalhando, vestiam-se com fardas iguais às dos outros escravos, mas mal se recolhiam, ou quando estavam de folga, usavam roupas típicas dos muçurumins, os abadás. Às sextas-feiras, quando saíam de casa, levavam em trouxas abadás feitos de bonitos tecidos brancos, com desenhos de flores ou outras figuras em branco mais brilhante, e nos outros dias eram de tecidos coloridos, lisos ou combinando duas ou três cores. Usavam barba apenas na ponta do queixo e a deixavam ficar bem comprida e, no caso do bilal Sali, já estava bem branca, mais do que o cabelo. Ele devia ter cinquenta anos ou mais, e podia-se ver que o Ajahi, por volta dos trinta, tinha grande respeito por ele. Mais tarde vim a saber que ocupava um cargo importante na religião deles, ajudando a comandar as rezas.

Eles eram muito religiosos e faziam as cinco orações do dia, além de passarem muitas horas lendo e cantando trechos do livro sagrado. Apesar de não entender nada, eu gostava muito de ouvi-los cantar de olhos fechados, como se estivessem mesmo, com grande respeito e admiração, ajoelhados em frente a Alá, de quem repetiam o nome inúmeras vezes. Percebi que sempre se levantavam antes de nós, antes mesmo do sol, e um dia resolvi segui-los, curiosa para saber o que faziam. Um de cada vez, sendo que o primeiro foi o bilal Sali, ainda de roupa eles entraram no poço onde tomávamos banho, lavaram o rosto, as mãos e as plantas dos pés. Então se sentaram dentro da água e colocaram na cabeça um estranho gorro de borla caída, feito de algodão branco, o mesmo tecido das roupas que estavam vestindo. Depois de um tempo, saíram da água e ficaram de pé sobre dois tapetes de pele de carneiro, onde começaram as orações usando o teçubá. É um rosário parecido com o dos brancos, mas que tem noventa e nove contas de madeira, terminando com uma bola no lugar da cruz. Ao rezar pelas contas pequenas, ficaram sentados, e quando pegaram as contas maiores, que poderiam equivaler ao pai-nosso do rosário, ficaram de pé e, com os braços erguidos acima da cabeça e as mãos abertas, inclinaram o corpo para a frente, fazendo reverência, dizendo o que depois aprendi ser *Allaáh-u-acubáru*, ou "louvores a Deus". Em seguida, ergueram e baixaram os olhos, na direção do céu e da terra, fazendo uma saudação, colocaram as mãos sobre os joelhos e fizeram mais uma reverência. Finalmente se sentaram de lado e, sempre em voz baixa, rezaram novamente pelas contas pequenas, e quando voltaram às contas grandes repetiram todo aquele ritual. Acho que perceberam a minha presença, escondida atrás de uma moita, o mais perto que eu podia ter chegado sem atrapalhar, pois no dia seguinte foram saber do João Benguela quem eu era, onde tinha nascido, essas coisas. O João Benguela, ou Benguê, como preferia ser chamado, não soube responder, mas ficou curioso. Quando foi me perguntar, acabamos conversando durante um bom tempo, enquanto as meninas tinham aulas com a Miss Margareth e eu o ajudava a bater o pó dos tapetes no quintal da casa.

O Benguê era um homem inteligente, muito mais do que demonstrava, e já estava no Brasil havia muitos anos, mais de trinta, tempo suficiente para viver uma história interessante. Tinha chegado rapazola, quando foi comprado por um negociante de escravos de São Sebastião do Rio de Janeiro, com quem permaneceu por vários meses, por ter quebrado a perna quando ainda estava para ser vendido. Por falta de tratamento e de cuidados, o osso da perna não cicatrizou direito, e durante muito tempo ele não pôde fazer esforço, sendo descartado por muitos compradores. Até que apareceu o dono de uma estalagem na freguesia de Valongo, com quem ficou por muitos anos trabalhando na limpeza dos aposentos, quando conheceu várias pessoas. A estalagem, por ficar perto do porto e dos armazéns que negociavam pretos, recebia muitos hóspedes que iam até a cidade comprar escravos, próprios ou de encomenda, ou ainda para revender em lugares distantes. Foi trabalhando na estalagem que o Benguê conheceu um negociante que ia ao Rio de Janeiro se abastecer de escravos para vender na província de Minas Gerais, na região de Vila Rica, a das minas de ouro. Em uma dessas viagens do comerciante, já com a perna sem nenhum sinal de voltar a dar problemas, o Benguê foi comprado e seguiu em tropa até o interior de Minas Gerais junto com mais de cem peças. O trabalho nas minas era bastante vigiado, mas mesmo assim os pretos conseguiam engolir uma ou outra pepita ou então esconder pequenas pedrinhas ou pó de ouro sob a cabeleira, como eu já sabia, e aqueles que eram mais disciplinados e poupadores logo compravam a liberdade. Por isso a necessidade que os donos das minas tinham de sempre repor o estoque, com pretos que mandavam buscar diretamente na corte, evitando os que desembarcavam em São Salvador, que tinham fama de rebeldes, desordeiros e preguiçosos. Foi então que o

Benguê ouviu falar da província da Bahia, para onde queriam ir muitos dos pretos fujões ou libertos, pois diziam que se parecia com a África.

O Benguê ganhou a simpatia de um negociante baiano, foi comprado e seguiu com ele para São Salvador. Na verdade, já tinha conseguido ouro suficiente para comprar a própria liberdade, mas queria viajar em tropa, pois era perigoso para um preto, mesmo liberto, andar sozinho pelos interiores do Brasil. O plano era chegar à Bahia e comprar sua carta do próprio mercador, mas o que o Benguê não sabia era que aquele tipo de armação já era bastante conhecido. A primeira coisa que os vigias da tropa fizeram quando pegaram a estrada foi revistar os escravos e confiscar todo o ouro que levavam, procurando inclusive nos lugares mais comuns onde os pretos costumavam escondê-lo, no meio do cabelo, em um saquinho de tecido costurado à trouxa ou enfiado nas partes íntimas, tanto das mulheres quanto dos homens. E foi sem nada que o Benguê chegou a São Salvador, sem as economias de anos de trabalho, sendo vendido para um mulato que estava fazendo fortuna com os pretos que comprava, todos homens, postos para trabalhar no transporte de cadeirinhas de arruar ou de cargas entre a cidade baixa e a cidade alta. Os pretos se revezavam no trabalho, um dia fazendo o serviço mais leve com as cadeirinhas, outro dia levando nas costas, sozinhos ou não, cargas muito mais pesadas do que seria possível imaginar. Foi em um desses dias de trabalho pesado que a perna do Benguê perdeu a firmeza e ele rodou ladeira abaixo junto com uma pipa de vinho que transportava nas costas, o que acabou por aleijá-lo de vez.

O Benguê foi então abandonado pelo antigo dono em uma cama para desvalidos na Misericórdia, e quando conseguiu ficar de pé, foi arrematado a preço vil por um português que o levou para trabalhar em uma tipografia, onde aprendeu a ler e a escrever. Quando a tipografia foi à falência, depois de o dono ser enganado ao receber pagamento de uma vultosa quantia em dinheiro falso, ele foi a leilão junto com as máquinas, sendo arrematado pelo representante do governo inglês que morava na Bahia antes do Mister Clegg. Eu deveria ter prestado mais atenção àquela história do dinheiro falso, mas na época não dei importância. Para financiar as guerras da independência, o governo tinha mandado fundir, às pressas, moedas em cobre vagabundo, fáceis de serem falsificadas. Aproveitando-se disso, certos gatunos também cunharam moedas que passavam pelas verdadeiras, as de emergência, e faziam grandes negócios com elas, para logo em seguida desaparecerem sem deixar vestígios. Muitos foram os comerciantes que enfrentaram dificuldades para se reerguer depois de golpes, principalmente os pequenos comerciantes, que se empolgavam com a perspectiva de grandes negócios com pagamento à vista, em espécie.

A PRISÃO

Fiquei na casa dos ingleses pouco mais de um ano, e durante esse tempo não tinha muito o que fazer, a não ser observar as meninas. Mas elas acabaram gostando da minha companhia, mais do que da companhia da Miss Margareth, o que não era vantagem alguma. Aliás, acho que a Miss Margareth também acabou gostando de mim, porque eu a livrava de estar sempre com as meninas, e então podia passar as tardes trancada no quarto, lendo, ou então acompanhando a Missis Clegg em visitas às amigas. As mulheres estrangeiras quase não saíam de casa com acompanhantes pretas, preferiam as empregadas brancas, que muitas vezes tinham se mudado com elas dos países de origem, coisa que logo algumas sinhás brasileiras começaram a imitar. Faziam-se acompanhar de imponentes senhoras ou senhoritas, quase sempre inglesas ou francesas, que cuidavam principalmente da educação das crianças e eram chamadas de *au pairs*. Muitas vezes era difícil distingui-las das sinhás para as quais trabalhavam ou mesmo acreditar que eram elas as empregadas, tão melhor sabiam se vestir e se comportar.

Acredito que foram as meninas que mais sentiram a minha falta no dia em que fui embora, quando a Missis Clegg ficou sabendo do acontecido e achou que eu seria uma péssima influência para elas. O fato é que as três, a Miss Rose, a Miss Ruth e a Miss Rachel já estavam começando a se comportar como crianças, sorrindo e mesmo brincando, embora sem fazer muito barulho para não atrapalhar o trabalho do pai e não chamar a atenção da mãe. Certa noite em que fui ver o Banjokô e estava saindo da casa da sinhá Ana Felipa, fui presa assim que pulei o portão. Dois policiais estavam escondidos na escuridão da rua, em frente à casa ao lado, e assim que me viram deram voz de prisão. Tentei escapar correndo para o lado oposto ao da casa do Mister Clegg, mas outros dois, já prevendo que isso poderia acontecer, estavam escondidos atrás de uma árvore e me agarraram assim que passei por eles. Disseram que não era por mim que esperavam, e sim por três pretos que tinham sido denunciados como metidos em rebeliões e desordens, e que sempre saíam daquela casa. Mas para não voltarem ao quartel de mãos abanando, eles me levariam, pois boa coisa eu também não devia estar fazendo por pular o muro daquele jeito, em plena madrugada. Na manhã seguinte, a sinhá Ana Felipa foi consultada para confirmar que era mesmo minha dona e que eu estava alugada para um representante inglês, mas que tinha um filho ainda na casa, que aleguei ir visitar às escondidas. O Sebastião foi me buscar na cadeia, levando o dinheiro que eles cobravam por uma noite de alojamento. Foi por causa disso que os ingleses não me quiseram mais, depois que a sinhá explicou ao José da Costa o motivo pelo qual eu tinha desaparecido da casa quando ele foi procurá-la para comunicar o meu sumiço, acreditando em uma fuga. Ele foi até a casa dos Clegg e minutos depois voltou com a decisão de que o negócio, o meu aluguel, estava desfeito.

A VOLTA

Algumas mudanças tinham ocorrido na minha ausência, e não apenas com o Banjokô, que já andava sozinho, falava algumas palavras e estava ficando cada dia mais parecido comigo, menos pelo nariz, que mesmo não sendo mais tão delicado, continuava sem se esparramar. De certa forma, isso diminuía um pouco as suas chances de vencer na vida. Apesar de que, na São Salvador daquela época, muitos mulatos estavam conquistando posições respeitáveis, a maioria vencendo pelos estudos, sendo que a profissão preferida por eles era a de bacharel em leis, como fiquei sabendo logo que comecei a circular com mais liberdade. O Tico, embora não tivesse se preocupado em aprender a ler e escrever, dizia que ainda chegaria a doutor, ele que, ao crescer, tinha se tornado muito mais responsável e mais sério que o Hilário, mesmo continuando com a boa vida que levavam, quase sem fazer nada.

A Rita, a Firmina e a Josefa tinham sido vendidas e havia outros dois escravos na casa, o Francisco e o Raimundo, rapazes por volta de vinte anos, altos, fortes e bonitos, sendo que o Francisco era muito mais. Eles foram comprados para fazer os serviços mais pesados, já que o Sebastião era o único homem da casa. O único com quem se podia contar, porque o Tico e o Hilário estavam sempre sumidos quando se precisava deles. Mas o Sebastião já estava ficando velho para carregar peso ou mesmo para defender a casa, se necessário. Eu já tinha me encontrado com os dois, o Francisco e o Raimundo, junto com o Sebastião, na madrugada em que me pegaram deixando a casa da sinhá, mas estava escuro e nem pude reparar direito. A Esméria também já tinha comentado sobre eles em um dos meus domingos de visita ao Banjokô, mas eu não tinha dado muita importância. O que me levou a ter uma agradável surpresa.

Na primeira vez que vi o Francisco, ainda na tarde do dia em que voltei, ele estava chegando da rua com o Raimundo, os dois carregando enorme tina de água sobre uma prancha de madeira adaptada com varais que eram apoiados sobre os ombros. Estavam voltando da Fonte Nova, onde, duas ou três vezes por semana, buscavam a água de beber e de fazer comida. A água de gasto, como a de banho, por exemplo, era entregue diariamente em lombo de burro por um dos muitos aguadeiros que circulavam pela cidade, pelo menos até a construção do poço, alguns meses depois. O Francisco estava com o tronco nu; tinha tirado a camisa que usava nas dependências do solar e feito com ela uma espécie de almofada para proteger o ombro do contato com a madeira. Antes de olhar para o rosto dele, parecia que eu estava vendo o Lourenço, com os músculos dançando embaixo da pele suada.

Eu estava sentada na porta da cozinha debulhando milho quando eles pararam na minha frente, e a Esméria pediu que eu desse licença para que passassem com a tina de água para dentro da despensa. Ela teve que repetir o pedido, enquanto os dois fizeram respeitosamente um cumprimento com a cabeça na minha direção. A Esméria me apresentou como a mãe do Banjokô, que estava voltando para trabalhar na casa. Ao ouvir o nome do meu filho, o Francisco perdeu a timidez e abriu um sorriso largo, como se ser a mãe do Banjokô já nos fizesse amigos. Depois eu percebi o porquê, a grande amizade que existia entre os dois. Mal via o Francisco ou ouvia a sua voz, o Banjokô se assanhava todo, dizendo em uma língua que só os dois entendiam qual a brincadeira que queria fazer. A preferida era de cavalo, e o Francisco ficava engatinhando pelo quintal com o meu filho montado nas costas, batendo com os pezinhos na barriga dele quando queria que ele andasse mais rápido, e usando como arreio um pedaço de pano, que o moço prendia entre os dentes. Aliás, os dentes eram das coisas que o Francisco tinha de mais bonitas. Lábios carnudos mas não exagerados, e uma fileira de dentes muito brancos e muito certinhos, como se tivessem sido talhados um a um por grande artista. Eu gostava de ver o Francisco sorrindo, principalmente quando sorria junto com o Banjokô.

Além do serviço da água e de manutenção e conservação do solar, eram o Francisco e o Raimundo que carregavam a liteira que a sinhá tinha acabado de comprar. Ela a usava sempre que saía, levando a Antônia como mucama, caminhando logo atrás. A liteira era uma peça muito bonita e tinha sido feita sob encomenda para a sinhá, que, quando estava em casa, a guardava no vestíbulo, içada por cordas e roldanas, pendurada no teto quase sobre o console. Na maioria das casas, as liteiras ou as cadeirinhas de arruar eram guardadas assim, mas a da sinhá merecia o lugar de destaque, pois era quase um enfeite. Na casa dos Clegg não era desse jeito, pois eles tinham um cômodo que o José da Costa chamava de quarto da cavalariça, pelo qual era o responsável, onde ficavam duas liteiras e uma carruagem que eram puxadas por cavalos, estes sim conduzidos por um escravo. Durante todo o tempo em que estive lá, a carruagem não saiu do lugar, e iguais àquela deveria haver muitas outras escondidas nas casas, fabricadas no estrangeiro e impossibilitadas de andar pelas ruas de São Salvador. As ruas eram muito esburacadas, o que causava grande desconforto aos ocupantes das carruagens, jogados de um lado para outro. Algumas ruas ainda eram tão estreitas e cheias de curvas e quinas que muitas vezes não davam espaço suficiente para as carruagens, causando tantas preocupações que nem compensava tirá-las de casa. Usavam-se mais as cadeirinhas de arruar ou as liteiras pequenas, como a da sinhá, carregadas por pretos, e raramente puxadas por animais. Para as viagens ficavam reservadas as seges e as liteiras maiores, com espaço para duas ou até quatro pessoas, que podiam ser movidas tanto por pretos quanto por animais, dependendo da distância, do peso e da quantidade de viajantes. As maiores eram carregadas por mais de oito pretos, e não era raro se ver pelas estradas, ou até mesmo em algumas ruas, um cortejo formado pelas mucamas e por uma parelha de pretos sobressalente, para dar folga à que se cansava.

Eu estranhei bastante ter que voltar a dormir no porão úmido e malcheiroso depois de ter me acostumado às baias individuais e frescas do solar dos Clegg, sempre cheirando a mar e limpeza. E só não foi pior por causa do Francisco, que passei o resto do primeiro dia sem ver novamente. Mas à noite, quando nos recolhemos, minha esteira ficou quase de frente para a dele, e mesmo de longe eu podia sentir a sua presença. Não era o cheiro de suor, do qual eu já tinha até me desacostumado, mas alguma coisa que eu nunca tinha sentido antes, nem pelo Lourenço. Eu fechava os olhos e tentava me lembrar do rosto e do corpo do Francisco, e era como se em um instante ele chegasse para perto de mim, a ponto de ouvi-lo respirar. Dormi pedindo para sonhar com a minha avó, com a minha mãe ou com a Taiwo, porque sempre que alguma coisa boa estava para acontecer comigo, eu sonhava com o sorriso de alguma delas. Mas quando acordei na manhã seguinte, não me lembrei de sonho algum, apenas de que precisava dar um jeito de ir novamente até o sítio do Baba Ogumfiditimi para buscar meus orixás.

O FRANCISCO

O Francisco e o Raimundo eram peuls[4] e quase não falavam português. Tinham sido escolhidos pela própria sinhá Ana Felipa, havia menos de dois meses, no mesmo mercado onde eu tinha sido comprada. Estranhei terem se conformado tão depressa com a situação de escravos, mas logo o Sebastião disse que eram dois dissimulados, que tinham entendido que não adiantava tentarem nada sozinhos, pois acabariam sendo pegos e castigados. Na cidade, os escravos eram castigados pela polícia ou por pessoas que tinham por profissão dar corretivos em pretos, geralmente em praça pública, nos pelourinhos. Quando o crime cometido era mais grave, eles eram mandados para as galés,[5] cumprindo longas penas dentro de navios parados ao longo da costa, ou mesmo nos fortes, já que a cadeia pública era bastante precária e pequena. Nela ficavam apenas os que estavam esperando a definição do castigo ou o cumprimento das penas de açoite, ou então aqueles cujos donos apelavam das sentenças, achando que estavam sendo prejudicados por não poderem usufruir dos seus bens, no caso, os escravos. Os condenados por crimes muito graves eram deportados, a não ser que recebessem perdão vindo da corte. Percebi que o Sebastião estava muito bem-informado sobre isso, e ele me disse que em uma próxima oportunidade me contaria tudo, que tinha relação com aquela noite em que eu o tinha visto, do lado de fora da casa, junto com o Francisco e o Raimundo. E até mesmo com a minha prisão, pois se sentia um pouco responsável por ela. Perguntei se o Tico e o Hilário, ou alguém mais da casa, compartilhavam aqueles segredos, e ele respondeu que não, que eu seria a primeira.

Foi bom imaginar que eu ficaria sabendo de um segredo que o Francisco também sabia; isso nos tornaria cúmplices em alguma coisa muito importante, que, pela expressão grave no rosto do Sebastião, eu já imaginava o

[4] Peul: etnia africana.

[5] Galés: assim eram chamados os navios-prisão.

que poderia ser. Nós nunca tínhamos conversado sozinhos, mas sempre nos olhávamos pela casa, até o dia em que resolvi abordá-lo; falando em iorubá, mais provável de ele entender do que o português. Foi uns dois dias depois daquela conversa com o Sebastião, logo que nos recolhemos para dormir. Cheguei perto do Francisco e disse que ele tinha ficado bonito vestindo a farda de sair com a sinhá. Chamava-se libré aquele tipo de roupa, que fazia com que ele ficasse parecendo um fidalgo, com o casacão azul-marinho enfeitado com galões dourados, enchimento nos ombros, comprimento até abaixo dos joelhos e, atrás, um rabo parecido com o de um passarinho chamado tesourinha, que tinha esse nome exatamente por ter o rabo terminando em duas pontas, como uma tesoura. A libré era fechada na frente por dois botões dourados, na altura da barriga, e usada sobre uma camisa branca com um laço no pescoço. As calças eram justas e do mesmo tecido da libré, um pouco abaixo dos joelhos, sendo que o resto das pernas era coberto por meias brancas, enfiadas dentro de sapatilhas pretas de bicos afunilados, enormes, presas com um elástico que atravessava o peito do pé. Eu disse ao Francisco que ele ficava bonito vestido daquele jeito e ele não respondeu, apenas sorriu, abaixando a cabeça, envergonhado.

Ele e o Raimundo, com suas librés, carregavam a nova liteira da sinhá, que era quase um móvel de tão bonita. Era parecida com duas cadeirinhas colocadas uma de frente para a outra, com chão de madeira, assim como as armações laterais que subiam até o teto fazendo graciosas curvas, como se fossem finos troncos vivos e flexíveis, e não apenas madeira morta. Estas armações serviam de moldura para o teto de couro e para as partes da frente e de trás, completamente fechadas, que no interior da liteira sustentavam dois banquinhos com assentos almofadados de carmesim. O mesmo carmesim era usado nas cortinas das janelas, que, na verdade, não eram bem janelas, apenas envidraçados que ocupavam boa parte das duas portinholas, uma de cada lado. O vidro era fosco, discreto, e nele estava desenhado, de um lado e do outro, o monograma da sinhá, A-F-D-A-A-C-G, em letras entrelaçadas no meio de um emaranhado de flores que formavam um desenho oval. Quando carregada, a liteira era erguida a pouco mais de dois palmos do chão, diferente da cadeirinha, que era levada a uma altura perigosa, que ia do chão até o ombro dos pretos carregadores. Na liteira, os cambões que ficavam apoiados sobre os ombros eram presos quase na altura do teto, e não no assoalho. Formava um bonito conjunto, a liteira transportada pelo Francisco e o Raimundo, acompanhada de perto pela Antônia, cada vez mais coberta de joias e roupas de seda, que nada ficavam a dever a algumas sinhás. Era assim que eles saíam para a rua, quando eu sentia falta da presença do Francisco, mas podia brincar à vontade com o Banjokô, sem ser vigiada de perto pela sinhá Ana Felipa e sem ter que ficar ouvindo a todo momento que determinada brincadeira não era adequada para o menino.

A Esméria disse para tomarmos cuidado quando percebeu que eu e o Francisco andávamos conversando pelos cantos. Na maioria das vezes era coisa à toa, e eu aproveitava para ensinar a ele algumas palavras em português e contar o que já sabia sobre a cidade. Era bom estar com ele, embora na maior parte do tempo somente eu falasse e ele escutasse, sorrindo. Mas era o sorriso que eu gostava de ver, e então tentava me lembrar de coisas engraçadas, de histórias da época da fazenda e da casa dos Clegg, ou então de Savalu e Uidá, e também dos alôs da Nega Florinda. Uma noite, eu estava lendo um trecho do livro do padre Vieira, que a Esméria tinha guardado para mim, e ele ficou segurando a minha mão, soltando somente quando eu precisava virar as páginas. Percebendo que eu sempre molhava o dedo para folhear o livro, o Francisco começou a levar a minha mão até a boca dele . Foi como se um arrepio tivesse partido da boca dele , passado para o meu dedo e percorrido todo o meu corpo, rápido como um rio em época de cheia. Acho que foi ali que começamos a namorar, mas o primeiro beijo foi dado no domingo seguinte, à noite, depois que ele, o Raimundo e o Sebastião voltaram de mais uma daquelas saídas misteriosas.

Eu tinha ficado em casa e aproveitei para fazer alguns *cookies* para a sinhá experimentar com o chá que tomava à tarde, na varanda, junto com o padre Notório. Eles elogiaram bastante, achando que era receita da Esméria ou da Maria das Graças, mas quando a sinhá soube que tinham sido preparados por mim, disse que estavam pesados, que não tinham a leveza dos que ela estava acostumada a comer. Eu disse que era por causa da farinha, que na casa dos ingleses usavam farinha de melhor qualidade, mais fina e clara, e foi o que bastou para ela me chamar de insolente e me pôr de castigo até o dia seguinte. Enquanto ela gritava comigo, o Banjokô, que estava no meu colo, começou a chorar se agarrando a mim como se o ofendido fosse ele, o que fez com que ela ficasse mais brava ainda. Deixei-o chorando ao lado dela, brincando com a Esméria, e corri para o porão. Algum tempo depois chegaram o Sebastião, o Raimundo e o Francisco, que preferiu não se juntar aos outros em volta do balaio de laranjas e foi ter comigo no porão quando soube que eu estava de castigo. Assim que entrou, senti vontade de abraçá-

-lo, e ele parecia ter o mesmo pensamento, tanto que se sentou ao meu lado e passou o braço pelo meu ombro, puxando o meu corpo para junto do dele. Não havia melhor lugar para ficar do que encostada ao peito do Francisco, mas aquela felicidade não durou muito tempo, porque logo a sinhá mandou chamá-lo para que, junto com o Raimundo, levasse o padre Notório até em casa. Antes de partir ele me beijou. Um beijo rápido, quase que só encostando os lábios, mas que me deixou com muita vontade de repetir. Sem pensar duas vezes se deveria ou não fazer aquilo, peguei a esteira dele, do outro lado do porão, e a levei para junto da minha. Ele nada disse ao voltar, noite fechada, quando todos já tinham se recolhido e conversavam preguiçosamente, cada qual em sua esteira. Apenas se deitou ao meu lado e me abraçou, dando outro beijo que durou até que adormecêssemos.

A DISPUTA

Nos dias seguintes, não perdíamos uma única oportunidade de trocar pelo menos um beijo rápido pela casa, sem nos importarmos com quem estivesse por perto, contanto que não fosse a sinhá. Os outros eram cúmplices e tratavam de fazer algum barulho caso pressentissem perigo. O Sebastião olhava para nós dois e sorria, a Antônia e a Maria das Graças diziam que formávamos um belo par, e só a Esméria, apesar de aprovar o namoro, nos repreendia para que não trocássemos beijos dentro da casa, somente no porão. Até mesmo o Banjokô já tinha presenciado nossos beijos e, como já estava andando pela casa inteira, sempre que podia estava perto de um de nós dois, como quem não quisesse perder nada do que estava acontecendo. Soltava deliciosas gargalhadas sempre que nos beijávamos na frente dele, e em um daqueles momentos, para continuar fazendo-o sorrir, começamos a nos beijar sem parar, com ele rindo cada vez mais alto, o que acabou chamando a atenção da sinhá. Tenho quase certeza de que ela viu o beijo na cozinha, pois foi logo entrando e perguntando ao Banjokô, ou melhor, ao José, como o chamava, por que estava rindo tanto. Ela parou no meio da frase, enquanto eu e o Francisco tentávamos disfarçar. Depois de nos chicotear com os olhos, pegou o menino no colo e o levou da cozinha. Ainda se voltou e deu ordem ao Francisco para que subisse no telhado e desse uma olhada, porque estava ouvindo barulho de ratos andando sobre o forro do quarto durante a noite.

A partir daquele dia ela passou a nos vigiar, e ficava sempre mandando o Francisco fazer alguma coisa, e também começou a sair de casa com mais frequência. Perguntei ao Francisco aonde a levavam e ele disse que, na maioria das vezes, à igreja, mas em muitas ocasiões ela parecia inventar alguma coisa para fazer quando já estava na rua, dizendo a eles que só seguissem em frente, sem dizer para onde. Disse também que já tinha acontecido de ela mandar voltar para casa sem nem mesmo ter parado a liteira. Pelo menos para mim, estava claro que ela queria me afastar do Francisco, e comecei também a observar que olhava para ele com o mesmo olhar que colocava sobre o Lourenço, quando ele trabalhava nos jardins da fazenda. Não demorou para que mandasse o Francisco e o Raimundo fazerem canteiros de verduras e legumes, e ficava por perto dando palpites mesmo sem entender nada daquilo, só para ver os dois trabalhando, ou, sendo mais exata, para ver o Francisco trabalhando. O Raimundo também era um rapaz simpático, mas tinha um ligeiro peito de pombo e era menos corpulento, apesar de ter a mesma altura que o Francisco. Com um olho ela o vigiava, sempre vestida com roupas muito melhores do que as que normalmente vestia para ficar em casa, toda caprichada nos decotes e perfumada. Dava para perceber que o Francisco se sentia intimidado, respondendo às perguntas e acatando as ordens sem tirar os olhos do chão, a não ser quando ela esbravejava que não entendia o que ele falava se não olhasse para ela. Perguntei se já tinha percebido o jeito dela e ele respondeu que sim, mas que não gostava de mulheres brancas. A sinhá percebia o desinteresse dele e descontava em mim a raiva, agravada pelo fato de o Banjokô estar cada dia mais apegado a mim, tendo passado a me chamar de *ìyá mi*, minha mãe. Assim mesmo, em iorubá, como tinha aprendido com o papagaio de África que ficava na sala de almoço. Ele gostava muito de ouvir o papagaio e repetir tudo o que ele falava. A sinhá se enfurecia, mas com o Banjokô sempre acabava amolecendo, principalmente quando ele também a chamava de *ìyá mi* dindinha, minha mãe madrinha.

Não sei se deveria contar tudo, mas já que até agora não omiti nada, digo que me deitei com o Francisco em uma manhã de domingo, bem cedo, quando todos aproveitavam para dormir até mais tarde. No sábado à noite, ele tinha dito que naquele domingo queria ficar comigo, que não acompanharia a saída do Sebastião e do Raimundo. Quando acordamos, começamos a nos beijar e ficamos excitados, sendo que ele já tinha acordado assim, apertando o membro duro de encontro às minhas pernas. Perguntou se eu o queria e respondi que sim, mas não ali, no meio dos outros. Então ele me pegou no colo e atravessamos a cerca de limoeiros, tomamos o rumo do vale que ficava nos fundos da casa e descemos até uma distância segura, onde não podíamos ser vistos ou ouvidos. Ele olhou ao redor procurando algum lugar com mata fofa para nos deitarmos, e disse para eu esperar que já voltava, pois ia até o porão pegar uma das nossas esteiras. O Francisco já devia ter se deitado com muitas mulheres, pois sabia exatamente o que fazer, enquanto eu ficava quieta, esperando o próximo movimento dele, para logo em seguida retribuir. Primeiro ele beijou todo o meu rosto como se fosse um passarinho beija-flor, com beijos curtos e carinhosos, que logo depois desceram pelo pescoço e me arrepiaram inteira, aumentando a minha vontade de senti-lo entre as pernas. Tirou a minha bata e fez o mesmo com meus peitos, beijando um enquanto prendia o bico do outro entre os dedos, dando pequenos beliscões. Beijou a minha barriga e então puxou a saia pelos pés, dizendo que eu era toda linda, que tinha um corpo muito bem-feito.

Foi ele quem me fez voltar a reparar no meu corpo, que de fato, e sem me fazer favor, era bastante bonito, com os peitos médios e ainda de pé, apesar de terem alimentado o Banjokô. A barriga tinha voltado a ser o que era antes e a cintura continuava fina, em contraste com as ancas largas e as pernas grossas. O Francisco beijava as minhas pernas e, com uma das mãos, brincava com a minha racha, enquanto a outra desamarrava o cordão da própria calça. Ele tinha um membro enorme, o maior de todos que conheci, e disse não estar se aguentando mais. Ajoelhou-se entre as minhas pernas, dobrando meus joelhos, arrumou o membro na entrada da racha e se inclinou para a frente, procurando minha boca. Devagar, o membro dele foi deslizando para dentro de mim. Eu não sentia dor, mas era como se ele estivesse abrindo um caminho que tinha se fechado, com movimentos de avanço e recuo, até que os nossos corpos ficaram completamente colados um no outro. Foi muito bom, mas não tive tempo de sentir prazer, pois o Francisco rapidamente se acabou dentro de mim, erguendo o tronco apoiado sobre os dois braços e gemendo feito um animalzinho abatido. Ele então largou o corpo sobre o meu e se deixou ficar enquanto fazia carinho na minha cabeça, até que eu não aguentei mais e comecei a chorar. Um choro contido havia meses, talvez anos, eu já nem me lembrava mais. Acho que meu último choro tinha sido no nascimento do Banjokô. O Francisco se assustou e me pediu desculpas, dizendo que gostava muito de mim, que me desejava muito e não queria ter me machucado. Eu disse que o choro não era por causa disso, pois eu tinha gostado, mas que também tinha passado o tempo todo tentando afastar certas lembranças que preferia já ter apagado da memória. Foi então que contei como o Banjokô tinha sido gerado, e ele me abraçava mais e mais forte enquanto eu falava, como se o abraço daquela hora fosse capaz de me proteger dos males do passado. Quando terminei, ele disse que aquele seria um dia especial e não deixaria que minhas lembranças tristes estragassem tudo, que íamos dar um passeio e esquecer o que tinha sido ruim.

Passamos pelo solar e pedimos à Esméria que de vez em quando desse uma olhada no Banjokô, que já devia estar acordado no quarto dele, e avisamos que estávamos saindo para dar uma volta. Ela disse que seria melhor mesmo, que o nosso namoro era menos arriscado fora do solar. Na verdade, eu preferia ter levado o meu filho, pois tínhamos saído juntos uma única vez, no dia da cerimônia do nome. Com ele mais crescido seria diferente, eu poderia mostrar as pessoas, os lugares, e conversar sobre tudo o que víamos, já que ele estava ficando cada dia mais tagarela. Mas não havia a mínima possibilidade de tirá-lo de casa sem o consentimento da sinhá, sua dona e madrinha, e fomos somente eu e o Francisco. No fim da tarde, voltamos famintos e cansados, e fui brincar um pouco com o meu filho e dar a ele um queimado,[6] que o Francisco tinha roubado do tabuleiro de uma preta, perto do Terreiro de Jesus, enquanto eu a distraía perguntando onde era a fonte mais próxima. Rimos e conversamos muito andando pela cidade, às vezes de mãos dadas, e passamos um bom tempo sentados no alto da escarpa que descia por trás do Palácio do Governo. De vez em quando um guarda aparecia, ficava vigiando durante alguns minutos, e, como via que estávamos apenas conversando e observando o mar, as ilhas, a baía tranquila tomando sol, desaparecia, dando a volta no muro dos fundos da construção.

Foi lá que o Francisco me revelou os segredos que tinha com o Sebastião. Contou que logo que ele e o Raimundo foram comprados pela sinhá estavam tramando matá-la, pegar tudo que ela tinha de valor e vender para comprar dois lugares em algum navio que os levasse de volta à África. Já tinham tudo planejado quando o Sebastião ouviu a conversa e disse que nada daquilo valeria a pena, que não daria certo, que naquele país quem fizesse qualquer coisa contra os brancos logo sofria outra pior, e que eles seriam descobertos e pegos antes de arrumarem um navio que aceitasse levá-los, mesmo pagando. O Sebastião tinha dito também que de nada adiantavam

[6] Queimado: bala.

atitudes isoladas como as que os dois estavam pensando em tomar, e que se quisessem mesmo voltar a ser donos de suas vidas, desistissem de tudo aquilo e fossem com ele a um lugar que costumava frequentar. Eles concordaram e saíram com o Sebastião na noite seguinte, quando foram até a Ladeira do Taboão, a uma casa onde moravam apenas pretos, forros ou escravos que tinham obtido de seus donos a licença para trabalhar no que bem quisessem. Eu quis saber mais sobre aquilo, sobre os pretos que trabalhavam no que bem quisessem, mas o Francisco me aconselhou a perguntar ao Sebastião. Eles, mais os outros que saíam escondidos das casas de seus donos, como era o caso do Francisco, do Raimundo e do Sebastião, se reuniam para conversar sobre vários assuntos. Todas as pessoas que participavam da reunião levavam a sério o problema dos escravos em geral, e pensavam não apenas em conseguir a própria liberdade, mas a de todos, sabendo que mais valia a inteligência do que a força. Mesmo porque inteligência era algo que os senhores de escravos não imaginavam que fôssemos capazes de possuir. Uma vez por semana também participava um mulato claro, bacharel em Direito, que ajudava nos assuntos mais complicados e dava andamento a processos de obtenção das cartas de alforria, nos casos em que os donos não queriam colaborar. Ou ainda nos casos em que escravos que tinham suas alforrias apalavradas, tendo pago por elas ou recebido em merecimento, não eram de fato libertados por seus donos ou pelos herdeiros deles, em caso de morte. Todos contribuíam para um fundo de reserva; os que tinham atividade remunerada davam dinheiro, e os que não tinham prestavam trabalho nos dias de folga e de guarda. O Sebastião estava ensinando ao Francisco e ao Raimundo o ofício de carpinteiro, e fabricavam bancos e cadeiras que os pretos forros vendiam no comércio da cidade baixa. O dinheiro arrecadado beneficiava todo mundo; um a um, eles tinham suas cartas de alforria compradas pela cooperativa, que os libertava em troca de continuarem contribuindo depois de livres. Fiquei maravilhada com aquela ideia e querendo saber como eu também poderia participar, para um dia obter a minha liberdade e a do Banjokô.

Eu quis participar de imediato, mas teria que esperar uma vaga. Esperar até que algum dos participantes comprasse a carta, ou morresse, ou desistisse, ou conseguisse a liberdade por outros meios, pois eles só podiam dar assistência a um certo número de escravos. Mas o Sebastião disse que existiam muitas cooperativas e algumas não tinham número limitado de inscritos; que procuraria saber sobre elas e depois me diria. Os dias seguintes foram de expectativa, de espera e de muita alegria, aproveitando todas as oportunidades para me deitar com o Francisco, o que estava ficando cada vez melhor. Todas as manhãs, menos nos dias em que eu estava com as regras, a Esméria me dava uma beberagem para evitar filhos, tendo dito que, se falhasse, se eu sentisse que estava pejada porque as regras não vinham ou por qualquer outro motivo ou pressentimento, era para falar imediatamente com ela. Das muitas vezes em que nos entregamos pela casa, a sinhá Ana Felipa nos flagrou em duas, sempre quando acabávamos de nos vestir, sendo que uma delas foi no fundo do quintal e a outra na despensa. Ela nunca ia a esses lugares, o que comprovava a minha suspeita de que nos seguia quase o tempo todo, ficava olhando enquanto nos deitávamos e só então aparecia, para justificar a raiva. Raiva que nunca atingia o Francisco, só a mim, a quem ela chamava de negrinha sem vergonha e imunda, várias vezes na frente do Banjokô. Eu sabia que estava errada, que deveria tentar resistir ao Francisco durante o trabalho e nas situações em que pudéssemos ser vistos, mas esquecia tudo isso quando chegávamos perto um do outro. Para falar a verdade, eu até me lembrava sim, mas ficava com muito mais vontade de ter o Francisco quando também me lembrava de que ela o queria, de que ela poderia estar nos observando de algum lugar. E não foi só uma vez que pedi ao Francisco que me chamasse de "minha sinhá" e, combinada com ele e me fingindo de sinhá, perguntava se ele gostava de mim e ele dizia que não, que o coração dele era todo da Kehinde, assim mesmo, com nome africano e tudo o mais, que adorava a cor da Kehinde. Aquilo me dava imenso prazer.

A TRÉGUA

A situação começou a ficar insustentável dentro de casa, com a sinhá criticando tudo que eu fazia, me obrigando a cozinhar pratos de que não gostava para depois me chamar à mesa onde era servida e jogar a comida toda em cima de mim, dizendo que aquilo era lavagem e que lavagem se dava aos porcos. Ela também passou a castigar o Banjokô cada vez que ele se aproximava de mim, dizendo que, se ele quisesse ficar comigo, não o levaria mais para passear, não deixaria que conversasse com o papagaio e nem que ficasse na sala enquanto ela tocava piano. Para que ele não se sentisse dividido, eu mesma comecei a evitá-lo e, para me vingar dela, cuspia em todos os pratos que a Esméria ou a Maria das Graças preparavam, e não perdia uma única oportunidade de provocar o Francisco na frente dela. Ela fazia de tudo para ser notada, mas ele só olhava para ela quando era mandado, enquanto que, para mim, bastava eu passar na frente dele rebolando do jeito que ele dizia gostar. Ou então deixar que a bata escorregasse de um dos ombros, quase mostrando o peito, que ele se assanhava todo. Ele e o membro dele, que logo se manifestava por baixo da calça folgada de algodão usada para os trabalhos em casa, o que fazia os olhos da sinhá ficarem ainda mais gulosos.

Foi a Esméria quem primeiro percebeu que não nos suportaríamos por muito tempo, e achou que tinha que tomar providências. Eu nunca entendi por que a sinhá não me vendia, talvez no fundo gostasse de mim, ou apenas gostasse de me provocar, como eu gostava de enfrentá-la. Mas a solução encontrada pela Esméria acalmou um pouco os ânimos, porque eu já via o momento de agarrá-la pelos cabelos, esquecendo que poderia ser a mais castigada se encostasse as mãos nela. A Esméria sugeriu que eu fosse colocada na rua como escrava de ganho e ela concordou de imediato, imaginando que, comigo longe, seria mais fácil conseguir a atenção do Francisco. Para mim foi uma boa solução, pois sabia que na rua teria possibilidade de ganhar dinheiro e comprar a minha liberdade e a do meu filho.

A sinhá Ana Felipa me colocou na rua, como escrava de ganho, a quase um mil e setecentos réis por semana, dinheiro que eu tinha que pagar a ela aos domingos. Como escrava de ganho, eu poderia sobreviver do que quisesse, poderia escolher meu trabalho, e ficaria com o dinheiro que ganhasse acima da quantia pedida por ela. Muitos escravos viviam nessas condições, exercendo as mais diferentes atividades, e muitos senhores viviam do dinheiro que eles levavam para casa. Principalmente senhoras viúvas, que não sabiam tocar a atividade deixada pelo falecido e se desfaziam dos negócios mas conservavam os escravos, que colocavam na rua, a ganho. Algumas, mais pobres, tinham apenas um escravo, que compravam com o fruto do trabalho de toda uma vida para que ele a sustentasse na velhice. Outras, mesmo muito ricas, colocavam mucamas para vender doces ou salgados, disputando entre si quem tinha a mucama mais bonita ou mais bem-vestida, ou que sabia fazer o doce ou o quitute mais gostoso. Isso no caso das senhoras mais pudicas, porque outras obrigavam as escravas a fazerem a vida no meretrício. Tinham sorte quando elas não pegavam doença e morriam logo. Muitas sinhás ganhavam um bom dinheiro com isso, com o serviço de pretas novas e bonitas, que eram logo trocadas por outras quando deixavam de render o esperado.

Recebi uma carta, que também chamavam de bilhete ou passe, em que a sinhá afirmava a quem pudesse interessar que eu tinha permissão para exercer atividade na rua a qualquer hora do dia, sendo que à noite deveria retornar para dormir em casa. Ela me deu uma semana de crédito para eu arrumar o que fazer. Não tinha a mínima ideia de como conseguir os duzentos e quarenta réis que teria que ganhar por dia, mas não estava assustada. Pelo contrário, já me imaginava ganhando muito mais do que isso e logo conseguindo a minha liberdade e a do Banjokô. No primeiro dia, eu não sabia nem por onde começar, mas o Tico e o Hilário saíram comigo e me apresentaram a cidade, que eu também mal conhecia. A vida durante a semana era muito diferente da que acontecia aos domingos, quando tudo era bem mais calmo. Durante a semana a cidade parecia uma grande feira, muito maior que as maiores que eu já tinha visto, com pessoas correndo de um lado para outro, apressadas, gritando quem queria comprar isso ou aquilo, se oferecendo para carregar qualquer coisa, perguntando quem precisava de cadeirinhas ou de algum outro serviço. Andamos pela cidade baixa, pelos trapiches e armazéns, pelas áreas onde se concentravam pessoas que realizavam o mesmo tipo de trabalho, como na Baixa dos Sapateiros. Havia também as ruas dos tapeceiros, dos barbeiros, dos alfaiates, dos trançadores de palha, dos marceneiros, e, andando por elas, percebi que havia muito mais alternativas para os homens do que para as mulheres. O trabalho mais comum entre as mulheres era o de vendedora, e elas andavam por toda a cidade equilibrando imensos tabuleiros na cabeça, onde iam os diversos tipos de doces e salgados, frutas, verduras, refrescos, água e aguardente. Havia vendedores homens também, mas em menor número, e os tabuleiros de pratos quentes, como os de acará, eram só das mulheres. Estas ficavam em lugares fixos porque fritavam o bolinho na hora, em fogareiros improvisados, espalhando por todo lado o cheiro do dendê, que prontamente me levava à África.

O Tico e o Hilário, acostumados ao movimento das ruas, queriam me mostrar tudo e contar dos hábitos das vendedoras de comida, as ambulantes. Elas tinham certos horários para passar pelas ruas, e de manhã bem cedinho vendiam acaçá, munguzá, bolos e pães. Um pouco mais tarde apareciam com o almoço, geralmente peixe frito ou carne de sol, angu, feijão e farofa, sendo que as mulheres de etnia hauçá também vendiam o arroz de hauçá, feito com iscas de carne de sol frita, que era uma delícia. À tarde, o que tinha mais saída eram os refrescos, a água, os pães, os bolos e os doces, e à noite ainda podiam voltar a vender o que sobrava do almoço. As que não vendiam comida pronta também podiam comerciar peixe, negociado de madrugada com os pescadores que acabavam de voltar do mar, ou carne verde, que iam buscar nos matadouros e vendiam em barracas ou pelas ruas, em balaios sangrentos que equilibravam sobre as cabeças. Havia também as aguadeiras, que ficavam nas fontes públicas enchendo as vasilhas transportadas pelos homens ou por mulas conduzidas por homens. Eu nem pensei nos ofícios de lavadeira e engomadeira, que rendiam muito pouco, além de serem serviços que eu não sabia fazer, já que na fazenda esses trabalhos ficavam por conta das pretas da senzala grande, enquanto que no solar, para um número menor de pessoas, estavam nas mãos da Antônia e da Maria das Graças. Pensei também que poderia arrumar emprego no comércio, já que sabia ler e escrever, o que era uma grande vantagem em relação aos outros pretos. Mas os comerciantes preferiam os mulatos aos pretos, achando que a mistura de sangue branco fazia deles pessoas mais capazes para os serviços que exigiam inteligência. E sempre homens; acho que nunca vi mulheres atrás dos balcões ou cuidando dos livros de contas.

A cidade alta parecia um pouco mais organizada e com melhores opções, e decidi que era por lá que queria ficar. Foi então que me lembrei da Adeola e fui procurá-la nas imediações da Santa Casa da Misericórdia, onde ela tinha um ponto de tabuleiro. Mesmo na cidade alta, lugar tido como mais seguro, policiado e organizado, a maior parte das pessoas pelas ruas era de pretos; os brancos quase não saíam de casa. Mulheres brancas, então, era como se não existissem, se não soubéssemos que iam todas dentro das cadeirinhas de arruar e das liteiras, protegidas por cortinas e janelas. Do lado de fora reinávamos nós, as pretas e as mulatas, alegrando as vistas de homens de todas as cores, mesmo dos que não admitiam isso publicamente. A Adeola era uma linda crioula muito extrovertida, falante, na faixa dos trinta anos, com um sorriso largo que parecia não caber dentro da boca. Tinha peitos pequenos cobertos por uma blusa de tecido quase transparente, com pala de renda, e ancas enormes que não se escondiam sob a saia de chita estampada que vestia no dia em que a conheci. O pescoço e os braços estavam sempre enfeitados com voltas e mais voltas de contas coloridas, e o cabelo ficava escondido dentro de um turbante muito armado e engomado. Quando me aproximei, ela estava atendendo um freguês e não me reconheceu de pronto, mas não tive dúvida de que era ela. Eu me apresentei e contei a situação em que nos tínhamos conhecido e o motivo pelo qual estava procurando por ela, que foi muito simpática, dizendo que se lembrava de mim, mas que eu estava diferente. Já tinha se passado mais de um ano, e acho que eu realmente estava muito mudada, e o que mais me incomodava eram os cabelos. Desde que tinham sido praticamente raspados na casa dos ingleses, e tive que conservá-los curtos durante o tempo que fiquei por lá, só naquele momento estavam crescendo novamente, sem jeito de arrumar. Mas acho que não era só disso que ela falava, pois antecipou em mim algumas mudanças que eu só viria a perceber mais tarde, quando me dei conta do que estava conseguindo fazer da minha vida.

OS GANHOS

Estávamos no meio da tarde e a Adeola pediu que eu esperasse um pouco, pois ela logo deixaria o ponto e poderíamos conversar melhor. Depois de atender mais alguns fregueses, que, segundo ela, contavam encontrá-la por lá todos os dias, fregueses habituais, eu ajudei a apagar o fogareiro improvisado, a derramar o dendê já queimado em um buraco cavado no meio da rua, a desmontar a armação de tábuas que amparava o tabuleiro sobre o pé em xis e a colocar tudo isso sobre a cabeça dela, e seguimos em direção ao Pilar. Fomos conversando pelo caminho e eu soube que a Adeola morava em uma loja perto de Santo Antônio Além do Carmo, tinha nascido no Brasil, filha de pai africano e mãe crioula, e era liberta desde pequena. Os pais tinham sido escravos de ganho de duas irmãs que moravam para os lados da freguesia da Barra, sendo que o pai era carregador de palanquim e a mãe, vendedora de acarás, cujo ponto foi herdado pela Adeola. Eu estava interessada na história dela, mas queria mesmo era saber para onde estávamos indo, andando por ruas de terra que desciam e subiam morros, passavam por áreas despovoadas e charcos imundos e fedorentos, para então pegarmos novamente ruas com casas de ambos os lados, passarmos por fortes, igrejas, conventos e imponentes edifícios ao lado de casinhas simples. Percebi o que tinha visto logo na primeira vez que estive em São Salvador, com a Nega Florinda, que em um determinado ponto a cidade parecia acabar, mas, se continuássemos andando, às vezes contornando um morro ou indo para a parte baixa ou a parte alta, dependendo de onde estivéssemos antes, a cidade ressurgia, com outros ares e outros jeitos, completamente diferentes dos anteriores.

Paramos em frente a uma construção grande mas simples, parecendo um caixote onde tinham sido feitos buracos em forma de janelas e porta, e a

Adeola foi entrando sem bater. Achei que era a loja onde morava, principalmente porque, depois que atravessamos um imenso cômodo onde não havia nada além de um banco velho de palhinha desfiada, uma mesa pequena e duas cadeiras e um enorme crucifixo de madeira pendurado na parede ainda por pintar, entramos em uma cozinha onde trabalhavam várias pretas. Todas cumprimentaram a Adeola e ela me apresentou como uma amiga, colocando o tabuleiro sobre a mesa e me puxando pelo braço, dizendo que precisávamos conversar com a dona Maria Augusta. Era uma senhora branca, magra e com um jeito muito triste, com os cabelos completamente brancos presos em um coque por uma rede preta, da mesma cor do vestido fechado e de comprimento até os pés, calçados com meias e sapatilhas pretas. A dona Maria Augusta estava em um cômodo minúsculo que dava porta para a sala pela qual tínhamos entrado e, se comparado ao tamanho daquela sala e da cozinha, era de perder o fôlego. A Adeola tinha batido de leve na porta, e uma voz tão pequena quanto a dona Maria Augusta respondeu que podíamos entrar, para encontrá-la com o rosto enrugado virado na direção do terço que corria entre os dedos ossudos e tortos. Ela estava sentada em uma rede que, junto com um baú de madeira, eram as únicas mobílias do quartinho sem janelas, somente com um alçapão no alto da parede, sob o qual estava pendurada uma pintura da Santa Virgem Maria com o filho morto ao colo. A Adeola esperou que ela interrompesse a reza e então perguntou se tinha lugar para mais uma, ao que a dona Maria Augusta, em um falar cantado e para dentro da boca, respondeu que, por ela, já eram mais do que deveriam ser, mas que o padre Heinz não gostaria de saber que tinha negado acolhida, que fosse o que Deus e o Sagrado Coração Misericordioso de Maria quisessem. A Adeola agradeceu e fechou a porta, com uma felicidade que também me contagiou, embora até o momento eu não soubesse o motivo.

O padre Heinz era o dono daquela casa, e a dona Maria Augusta tinha saído com ele da Europa, havia muitos anos, quando tinha sido prometida a ele uma paróquia naquela região que estava começando a se desenvolver. Mas as obras que estavam sendo feitas com dinheiro enviado do exterior foram interrompidas bem no início, pois logo muitas pessoas começaram a reclamar, inclusive os religiosos de São Salvador e os principais comerciantes e donos de escravos da região. O que aconteceu foi que o padre Heinz, antes mesmo de a igreja sair dos alicerces, já fazia pregações falando de igualdade e liberdade, avisando que os pretos também seriam bem recebidos naquela casa de Deus. Foi o que bastou para que a fonte do dinheiro secasse, com a desculpa de que o ajudatório seria mais bem administrado pela cúria, e a igreja nunca deixou de ser apenas um sonho, como também o eram as pregações do padre. Tempos depois, uma igreja foi construída perto dali, mas dada a um padre que não via com bons olhos os pretos, a quem chamava de hereges, mesmo que fossem convertidos de coração e não apenas de batismo, e aceitava de bom grado as contribuições dos ricos senhores para que continuasse agindo assim. Com economias próprias e a ajuda de pretos escravos e libertos, o padre Heinz tinha erguido a casa na qual morava, mas quase sempre a deixava aos cuidados da dona Maria Augusta e viajava para sítios vizinhos ou até mesmo distantes, levando as palavras de um Deus justo e bondoso. Todas as pretas que estavam na cozinha, e muitas outras que apareciam em dias e horários alternados, usavam o espaço para fazer bolos, doces, pães e refeições que vendiam nas ruas, pagando ao padre e à dona Maria Augusta o que pudessem, quando pudessem, e se pudessem.

AS IDEIAS

Voltei ao solar já tarde da noite, depois de ter me perdido pelo caminho várias vezes e de ter sentido muito medo de ser pega pela polícia por estar na rua àquela hora sem que o meu bilhete permitisse. Preocupada, a Esméria já tinha mandado o Tico e o Hilário atrás de mim. Os dois voltaram horas mais tarde, quando estávamos no porão bebendo um pouco de aluá que o Sebastião tinha conseguido e comemorando a minha sorte, ou a minha estrela, como diziam. A Antônia disse que estava muito feliz e que antes tinha até mesmo repreendido a Esméria, achando que não ia dar certo o que ela tinha tomado a iniciativa de propor à sinhá. Mas reconhecia que a Esméria sabia muito bem o que estava fazendo, por me conhecer melhor do que ninguém e não ter sugerido o meu afastamento dos trabalhos da casa só por causa do conflito com a sinhá, mas também por saber que na rua eu teria mais chances de conseguir a liberdade e de viver a vida que eu sempre quis viver. Não só eu, mas todos eles, sem terem conseguido. O medo da Antônia tinha fundamento por vários motivos, sendo que o primeiro deles era que, depois que um escravo ia para as ruas, quase ninguém o queria para trabalhos de casa, porque achava que os vícios e as malandragens adquiridos na rua não eram desejáveis em escravos que tinham contato direto com os senhores, vivendo debaixo do mesmo teto. Como o que acontecia em relação aos escravos de senzala pequena e senzala grande, só que na cidade isso era em maiores proporções. E também porque a sobrevivência nas ruas não era das mais fáceis, embora fosse para onde todos queriam ir, imaginando que ganhariam muito dinheiro e logo estariam libertos. Na verdade, como a Adeola contou, havia uma série de regras a seguir e a vida valia bem pouco, menos ainda quando ameaçava o bem-estar ou a sobrevivência de outra vida, não importando a quem ela pertencesse. Mas acho que para certas coisas tenho mesmo uma grande estrela, e das mais brilhantes, porque pouquíssimas vezes tive problemas com outros pretos. Com alguns crioulos sim, pois eles se achavam superiores e mais donos da terra e de suas oportunidades do que nós, os africanos, o que de certa forma foi amenizado pela minha amizade com a Adeola. Depois de me terem visto andando com ela nos primeiros dias, acredito que me aceitaram um pouco melhor, porque eu já tinha a aprovação de um deles.

Na manhã seguinte, fiquei com o Francisco no porão até que a sinhá desse por falta dele e mandasse o Raimundo chamá-lo. Depois ela foi perguntar à Esméria onde eu estava, e recebeu a resposta de que eu tinha saído cedo, à procura de trabalho. Saí às escondidas enquanto ela almoçava e fui encontrar a Adeola, com quem passei a tarde. Eu pensava que poderia vender o que quisesse onde bem entendesse, mas ela disse que não era bem assim, que alguns pontos já tinham donos, como era o caso do ponto dela, e todos respeitavam isso em nome de uma boa convivência. Disse ainda que, se eu quisesse ponto fixo, deveria procurar um lugar onde não atrapalhasse as vendas de alguém que já estivesse por lá, e que também deveria tentar ser amiga de todos que trabalhavam por perto, para a minha segurança e como um meio de fazer com que meu negócio desse certo, já que os amigos costumavam se ajudar. Fui dar outra volta pela cidade alta, pensando no lugar onde poderia me estabelecer e o que vender, pois não estava muito convencida da sugestão da Esméria, que dizia que meu bolo de laranja era o melhor que já tinha comido, melhor mesmo que o dela, que tinha me ensinado a receita. Foi então que avistei o José da Costa saindo de um escritório no Terreiro de Jesus e me lembrei dos ingleses e dos *cookies* que eu tinha aprendido a fazer na casa deles, com a receita estrangeira que a Missis Clegg disse estar na família dela havia muitas gerações. Os *cookies* eram gostosos, fáceis de fazer, e eu não estaria tirando a freguesia de ninguém, já que ninguém vendia *cookies* pelas ruas, e nem eram muitas as pessoas que sabiam fazê-los, o que aumentava a possibilidade de ter mais fregueses.

Eu ainda tinha guardado o dinheiro dado ao Banjokô no dia da cerimônia do nome, que não era muito, mas que, juntando com mais algum que a Esméria me emprestou, usei para comprar os primeiros ingredientes, o que fiz acompanhada do Sebastião. Não deu para comprar muita coisa, apenas o suficiente para começar, e antes de terminar a semana que a sinhá tinha me dado de crédito. Conversei com a Adeola, e depois de desmontar o tabuleiro, ela voltou comigo à casa do padre Heinz, onde preparei a primeira fornada. Foi decepcionante a reação das mulheres que estavam por lá cozinhando e às quais pedi que experimentassem. Elas disseram que era gostoso, mas que os ingredientes eram caros e rendiam pouco, um tipo de comida que não matava a fome de ninguém e que ainda por cima era cara. Achei que tinham razão, mas estava animada com meus *cookies* e queria pelo menos tentar vendê-los, o que fiz no dia seguinte, ao lado do tabuleiro da Adeola. Não vendi nada, e nem no outro dia, um domingo, quando a Adeola tinha dito que o movimento poderia ser um pouco melhor porque as pessoas saíam às ruas para se divertir e gastar o dinheiro que tinham ganhado durante a semana. Um dos problemas era que ninguém conhecia *cookies*, as pessoas não sabiam o gosto que tinham e pediam para experimentar, levando nisto quase metade da minha produção. Gostavam, mas quando eu falava o preço, achavam caro e preferiam mesmo comprar outras coisas que realmente enchessem a barriga.

Na segunda-feira, por volta das seis horas da manhã, resolvi deixar a vergonha de lado e disputar fregueses no grito, como faziam os vendedores que não tinham ponto fixo. Achei que o Terreiro de Jesus seria um bom lugar, porque por lá passava um grande número de pessoas, não apenas os pretos, mas também os brancos e mulatos que trabalhavam nos escritórios e casas de comércio da região. Meu primeiro freguês foi um tipo estranho, um mulato claro de meia-idade, de modos muito empinados, usando chapéu alto, bengala encastoada e casaco preto muito bem passado. Eu já o tinha visto de longe um pouco mais cedo, vindo dos lados do Maciel, com as pessoas abrindo caminho para que passasse e os pretos parecendo fugir dele, que, de momento a momento, interpelava um preto para uma olhada nos documentos. O homem ficou alguns segundos me olhando de longe, tirou e colocou o *pince-nez*, mirou o relógio que tirou do bolso do paletó, rodou a bengala no ar e fez um aceno de cabeça na minha direção. Eu não tive certeza de que era comigo mesmo que ele queria falar e não atendi de imediato, continuando a pregação de "quem quer os legítimos *cookies* ingleses", emendando com um "*English cookies*", para os que sabiam falar inglês.

Ele então se aproximou e agarrou meu braço com a alça da bengala, quase derrubando o tabuleiro que eu levava na cabeça, falando que eu era uma negrinha que, além de estúpida, devia ser cega.

Enquanto falava comigo, o homem esticava o pescoço para enxergar melhor o que eu levava dentro do tabuleiro, coberto com um pano limpo e fino. Primeiro, pediu para ver meu bilhete, para saber se eu tinha permissão para estar ali àquela hora. Depois, perguntou de quem eu era escrava, e respondi ser da viúva do sinhô José Carlos de Almeida Carvalho Gama. Ele disse que já tinha ouvido falar naquele nome e perguntou se não era um dono de engenho em Itaparica, ao que eu respondi que sim. Ele pareceu feliz ao confirmar que, então, que pois sim, que já tinha ouvido falar no sinhô José Carlos quando estava na ilha, no engenho Armação de Bom Jesus, de propriedade do barão de Pirapuama, o homem mais importante da ilha e, se calhar, de toda a Bahia, um dos mais importantes do Brasil. Era desse homem que ele, Amleto Ferreira, que estava ali na minha frente e que se dignava falar comigo, era desse homem, um barão, que ele era o único e fiel representante para cuidar de todos os negócios do escritório, enquanto o barão estava na ilha, se restabelecendo de uma moléstia. Achei interessante que ele passou vários minutos descrevendo a moléstia do tal barão, parecendo que aquilo lhe dava imenso gozo, acabei por achá-la bem parecida com a moléstia que tinha acometido o sinhô José Carlos. Eu nada dizia, pois ele dava a impressão de não estar se dirigindo a mim enquanto falava da sua importância em alto e bom som, mas a todos que passavam por perto, principalmente quando aparecia algum figurão ou alguém de pele mais clara que a dele.

Quando parou de falar, parecia cansado do esforço para impostar a voz, caprichar na pronúncia, fazer com que as palavras saíssem firmes e educadas, e só então levantou o pano que cobria o tabuleiro. Perguntou se eram mesmo legítimos *cookies* ingleses e eu disse que sim, que tinha aprendido a receita trabalhando para uns ingleses, os Clegg. Ele fez um muxoxo e disse que conhecia o importante inglês que também tinha negócios com o barão, negócios dos quais momentaneamente, e talvez para sempre, era ele, Amleto Ferreira, quem estava cuidando. Pegou um dos *cookies*, colocou novamente o *pince-nez* para examiná-lo melhor e o enrolou em um lencinho que tirou do bolso interno do paletó. Quando ameacei abrir a boca para dizer o preço, ele mandou que eu me calasse, pois não tinha me perguntado nada; ia levar o *cookie* para experimentar e que eu estivesse ali no mesmo horário, na manhã seguinte, quando, se valesse a pena, falaria comigo. Completou dizendo que seria muito crítico, pois, para meu conhecimento, era filho de um inglês e estava bastante acostumado às receitas legítimas. Fiquei parada no meio da rua sem saber que atitude tomar, enquanto ele guardava novamente no bolso o lenço com o *cookie* e se dirigia a um dos sobrados do outro lado do Terreiro, ficando parado por alguns segundos diante da porta. Quando o sino da Ordem Terceira de São Francisco dobrou seis e meia, tirou uma chave da algibeira e meteu-a na primeira porta, que escancarou, e depois destravou e destrancou uma série de trancas e tramelas de uma segunda porta que dava para um corredor, entrou e fechou tudo atrás de si.

Fiquei com raiva dele e comecei a pensar se todos os brancos, o que nem era o caso dele, fariam aquilo comigo, levar os *cookies* e não pagar. Como percebi que ele tinha entrado no mesmo prédio de onde tinha visto o José da Costa saindo no dia em que tive a ideia de vender *cookies*, fiquei com vontade de passar pelo solar dos Clegg e perguntar quem ele realmente era, se tinha mesmo aquela importância toda. Mas ele ter parado para conversar comigo ajudou, abrindo caminho para três brancos, que provavelmente tinham visto a minha primeira quase venda. Foi então que percebi que tinha acertado quanto ao local e ao horário, e que teria que arrumar um jeito de conseguir fregueses ricos, já que os pretos não tinham dinheiro suficiente para comprar *cookies*. No fim da tarde vendi mais alguns, inclusive para um freguês da manhã, e antes de voltar para casa resolvi rondar o solar dos Clegg para falar com o José da Costa.

Fiquei esperando do lado de fora do solar, na rua, para ver se aparecia alguém, o que só aconteceu quando o Benguê saiu para acender os lampiões da varanda. Eu o chamei e ele ficou muito feliz ao me ver, dizendo que tinha sentido saudade das nossas conversas enquanto cuidávamos da louça, da prataria e dos tapetes. Eu também sentia, e ficamos conversando um pouco, depois do que ele foi chamar o José da Costa. Contei para os dois o que tinha me acontecido após deixar a casa, apenas os fatos, é claro, não os motivos, e eles me desejaram boa sorte, que eu conseguisse ganhar dinheiro para ser livre e até para voltar à África, se assim quisesse. Quando perguntei ao José da Costa sobre o tal homem, o Amleto Ferreira, ele disse que não o conhecia muito bem, mas que o patrão dele, um barão, tinha alguns negócios de importação e exportação com a Inglaterra, e que já tinha inclusive aparecido no solar do Mister Clegg. O José da Costa conhecia um empregado dele, o preto liberto João Benigno, que morava no rés do chão, fundos, do sobrado onde funcionava o escritório, e que provavelmente tinha ido visitá-lo no dia em que foi visto por mim. Disse também que sabia pelo João Benigno que o tal barão estava muito doente e tinha ido para a Ilha de Itaparica para ver se os ares ajudavam na cura, deixando ordem para que, na falta dele, tudo fosse resolvido com o senhor Amleto. Quanto à procedência inglesa, ele nada sabia.

OS AMIGOS

A ideia do Francisco foi logo apoiada por todos que estavam sentados à nossa volta, querendo ouvir os relatos sobre os meus primeiros dias como escrava de ganho. Ele falou que quem poderia gostar dos meus biscoitos ingleses eram, na verdade, os ingleses e alguns brasileiros que se metiam a ingleses para ganhar importância. Logo todos estavam dando palpites, e o Tico, o Hilário e o Sebastião me falaram de muitas casas onde moravam ingleses, o que fiquei de perguntar também ao José da Costa no dia seguinte. A Esméria teve a ideia de vender os *cookies* embrulhados em saquinhos, o que daria a eles uma aparência mais fina, boa para os produtos caros. O Raimundo se lembrou das portas dos teatros e dos salões de bailes muito frequentados pelos ricos e estrangeiros, lugares onde eu também poderia vender os meus *cookies*. Fui dormir feliz com as várias ideias e com a empolgação dos meus amigos, com a vontade que eles tinham de me ajudar e incentivar, dizendo que logo eu estaria mais rica que a sinhá e poderia comprá-los dela. Eu não tinha certeza quanto a ficar tão rica, mas não tinha dúvida de que minha liberdade não tardaria a chegar. Minha e do meu filho. E fiquei mais certa ainda quando, no dia seguinte, consegui me lembrar do sonho que tive com a minha avó e a Taiwo, as duas muito alegres e brincando de rodopiar de braços abertos, gritando que estavam livres. Recordando o sonho e sentindo como era bom continuar aconchegada nos braços do Francisco, perdi a hora e cheguei no Terreiro de Jesus um pouco antes de o sino da Ordem Terceira dobrar oito e trinta.

Por ter chegado atrasada, perdi os fregueses da manhã, os que tinham comprado no dia anterior, como fiquei sabendo no dia seguinte. Situação que acabei conseguindo reverter a meu favor dizendo que os *cookies* tinham feito tanto sucesso que eu tinha vendido tudo, e levei mais tempo do que imaginava para produzir uma nova fornada. Eles acreditaram e disseram que realmente eram muito gostosos, que se eu estivesse ali todos os dias, também comprariam todos os dias, e foi assim que ganhei meus três primeiros fregueses fixos. Quanto ao senhor Amleto, ele novamente pegou um *cookie* e não pagou, dizendo que precisava ver se eu continuaria mantendo a qualidade, mas no fim da tarde mandou que um preto buscasse mais. Era o conhecido do José da Costa, o João Benigno, muito simpático, falante e sorridente, que disse que o patrão tinha mandado buscar cinco *cookies* e que gostaria de tê-los todos os dias, para pagamento semanal. Percebi que logo teria fregueses fixos em número suficiente para conseguir pagar a sinhá, e o que eu fizesse além daquilo seria meu. Somente do senhor Amleto eu já teria a receber toda semana quase duzentos réis, pois ele também se tornou freguês do *rice pudding*, assim como os ingleses que fui visitar, seguindo as orientações do Tico, do Hilário, do Sebastião e do João da Costa. No fim da primeira semana eu já tinha garantidos dois mil-réis mensais, o que ainda era pouco porque, para comprar os ingredientes para aquelas quantidades contratadas, eu gastava por volta de setecentos réis e, é claro, gostaria de dar a minha contribuição à dona Maria Augusta e ao padre Heinz, na casa de quem passei a ir duas vezes por semana. Nesses dois dias eu apenas cozinhava, pois não dava tempo de ir para as ruas ou de fazer entregas, já que o Pilar ficava um pouco distante de onde estava a minha freguesia. Quando pedidos para esses dias eram inevitáveis, eu tratava de entregá-los logo de manhã ou pedia ao Tico e ao Hilário que o fizessem por mim, e depois dava alguns réis para eles.

No fim do primeiro mês, o dinheiro foi certo para pagar a sinhá, sendo que nada sobrou, nem para mim nem para o aluguel da cozinha, o que me deixou bastante desanimada, pois nunca tinha trabalhado tanto. O Francisco me acalmou dizendo que logo as coisas melhorariam, e o Sebastião me ajudou a fazer as contas, de acordo com o dinheiro que precisava ganhar. O Tico e o Hilário ficaram de conseguir mais moradas, não apenas de ingleses, mas de outros estrangeiros e também de brasileiros, e, em troca de uma parcela do lucro, se dispuseram a cercar as entradas e saídas dos acontecimentos e das festas importantes da cidade.

O Sebastião perguntou se a sinhá sabia que eu conseguia ler e escrever e eu disse que achava que não. Ele comentou que era melhor que continuasse assim, para que a minha carta de alforria saísse mais barata. Pela experiência que ele tinha na cooperativa, achava que eu seria avaliada em quinhentos mil-réis e o Banjokô, em duzentos mil. Eu ainda me atrapalhava com as contas de muitos números, e foi bom aprender com o Sebastião, que ia fazendo e me explicando onde queria chegar e quais os caminhos. Eu disse a ele que em um ano, no máximo, queria me ver livre da sinhá, mas ele afirmou que era impossível, e que nem mesmo em dois anos eu conseguiria, e que se conseguisse em cinco anos já seria espantoso. Achei que cinco anos era tempo demais, mas acabei concordando depois de saber que, para cumprir tal prazo, eu teria que ganhar treze mil e quinhentos réis por mês, o que significava, em *cookies*, dois mil e setecentos *cookies* por mês, ou seiscentos e trinta por semana, o que já era muito mais do que eu vendia por mês na época. Levamos em conta também que eu precisaria de dinheiro para outros gastos, como me alimentar quando estivesse na rua, comprar roupas e outras coisas de que precisasse, já que a sinhá não me daria mais nada, apenas o teto sob o qual dormir.

Era um bom desafio e eu gostei de ser desafiada, principalmente porque a sinhá Ana Felipa era quem mais duvidava do meu sucesso. Ela duvidava da parte que sabia, a que eu tinha que pagar a ela, e é claro que nem desconfiava do resto, principalmente em relação ao Banjokô. Ela disse para a Antônia que logo eu pediria para voltar a trabalhar na casa, pois, preguiçosa e lesa do jeito que era, só servia mesmo para trabalhar sob o mando de alguém e para me deitar com homens, que provavelmente devia ser o que eu estava fazendo para conseguir dinheiro. Quando falava isso, sobre eu estar fazendo má vida, fazia questão que o Francisco estivesse por perto, e completava dizendo que não se espantaria se eu aparecesse novamente pejada, sem saber quem era o pai, pondo inocentes no mundo sem a menor responsabilidade. O que me segurava era que ela tratava muito bem o Banjokô, que estava levando uma vida que eu não poderia dar, sempre muito bem tratado, limpo e bem-vestido, aprendendo maneiras de gente importante. O Banjokô tinha do bom e do melhor, tanto do de comer quanto do de brincar e de vestir, presentes dados por ela, e até um quarto que parecia de filho de pai branco e rico.

A PARTIDA

A briga aconteceu quando ela me viu chegar em casa vestindo roupa nova e calçando sapatos. Eu tinha percebido que as pessoas eram mais bem tratadas quando vestiam boas roupas, e que minhas vendas renderiam muito mais se eu aparentasse ser bem-sucedida. Com um pouco de dinheiro que tinha sobrado no fim do segundo mês, comprei bata, saia, pano da costa, alguns ornamentos fingindo joias e até mesmo uma sandália de calcanhar de fora, tudo simples, mas muito bonito. Ela se enfureceu quando me viu passar feliz com o tabuleiro na cabeça, fazendo graça para a Esméria e o Sebastião, que disseram que eu parecia uma princesa africana. Não percebemos que ela estava por perto, só quando surgiu da varanda feito um raio, dizendo que na casa dela eu não entraria mais, que arrumasse algum lugar na rua para exibir minha falta de vergonha, que não queria escravas que levavam presentes de amantes para dentro de uma casa de respeito. A Esméria tentou explicar que eu tinha comprado aquela roupa com o meu dinheiro e levou um tapa na cara, como o que eu tinha acabado de levar, e foi ameaçada de ser posta na rua também. Eu disse à Esméria que não precisava me defender, que eu ia arrumar um lugar para morar e com muito gosto, e que apareceria uma vez por mês para pagar o jornal[7] e ver meu filho. Filho que eu tinha gerado e dado à luz, fiz questão de lembrar, porque tenho certeza de que era essa uma das implicâncias dela comigo. Ela, que só gerava *abikus* e não acreditava nisso, que morresse de ventre seco, como tinha nascido. Essas últimas palavras eu não disse, mas tenho certeza de que, exceto pelos *abikus*, ela tinha entendido o principal, que eu tinha ficado pejada do marido dela mesmo sem querer, e ela não.

Apanhei minhas coisas no porão, fiz a trouxa e nem pude me despedir de ninguém, pois ela já me esperava do lado de fora para ter certeza de que eu não ficaria nem mais um minuto por ali. Aproveitou para dizer que, quando aparecesse, no último domingo de cada mês, era para estar vestida de maneira decente, pois só assim consentiria que eu visse o José, de quem era a dona. Já estava quase escurecendo, e sem saber direito para onde ir, peguei o rumo do Pilar, indo bater à porta da casa do padre Heinz quando quase já não dava para enxergar o caminho sem a iluminação pública dos lampiões, que nem faziam tanta diferença assim, mas serviam pelo menos para nos guiarmos por eles. Foi o próprio padre quem abriu a porta, mas eu ainda não o conhecia, pois estivera viajando desde que eu tinha começado a frequentar a casa. Eu não esperava que ele estivesse por lá e perguntei pela dona Maria Augusta, ao que ele respondeu que já tinha se recolhido e quis saber se podia me ajudar em alguma coisa, convidando-me para entrar.

O padre Heinz era um homem grande em todos os sentidos, que tomava quase todo o espaço disponível no vão da porta. Tinha os cabelos claros, por serem loiros e por já estarem ficando brancos, e estava vestido como um homem comum. Se não tivesse dito que era o padre Heinz, eu não poderia saber. A pele do rosto estava descascando por causa de muito sol que devia ter tomado na viagem, e a pele que aparecia sob a que estava se descolando

---

[7] Jornal: ou féria, o que era devido ao dono pelo escravo de ganho.

era muito vermelha, principalmente na testa e nas bochechas salientes e duras. Os dentes eram feios, maltratados e manchados, além de muito pequenos para um homem tão grande, com um corpo tão avantajado e uma barriga bastante saliente, quase caindo sobre as pernas, que marcavam dobras na calça que usava por baixo do casaco. Mas isso só reparei antes de saber quem ele era, antes de perceber que, quando o conhecíamos, tudo desaparecia diante do jeito bonachão, da maneira de falar enrolando a língua e colocando mais "erres" nas palavras, do jeito bondoso com que seus olhos minúsculos e muito azuis olhavam bem dentro da gente. Isso tudo eu compreendi depois de poucos minutos de conversa na cozinha, onde ele me serviu um copo de leite e também bebeu o seu, aceitando um, e apenas um, dos *cookies* que ofereci, dos que eu ainda tinha enrolados dentro da trouxa. Na pressa, eu tinha esquecido o tabuleiro na casa da sinhá e teria que dar um jeito de pegá-lo, pois era presente do Francisco e do Raimundo, feito nas aulas de carpintaria, aos domingos.

Quando o padre Heinz soube que eu era uma das mulheres que utilizavam a cozinha e que fora a Adeola quem tinha me levado para lá, pediu licença, saiu da cozinha e voltou na companhia dela. Foi então que entendi por que as outras mulheres e até mesmo a dona Maria Augusta a respeitavam tanto, visto que ela e o padre dormiam juntos. A Adeola deu uma gargalhada quando me viu, dizendo que tinham levado um grande susto, pois as pessoas até sabiam ou desconfiavam que ela dormia lá de vez em quando, mas nunca tinham visto, e eles faziam questão que continuasse assim. Mas como eu era amiga dela, achava que podia confiar em mim, o que me deixou muito feliz. Só me senti um pouco embaraçada por estar atrapalhando os dois, que deviam estar com saudades um do outro, e me lembrei de que naquela noite eu também sentiria muita falta do Francisco, tão acostumada que estava a dormir no abraço dele. Mas eles disseram que não havia problema algum, e só então, olhando a trouxa deixada a um canto, a Adeola perguntou o que tinha acontecido. Contei que a sinhá tinha me expulsado de casa e eu não sabia para onde ir, e, sem pensar direito, tinha caminhado até lá. O padre Heinz disse que eu poderia dormir na casa somente aquela noite, mesmo porque não tinha espaço, e se ele abrisse uma exceção para mim teria que fazer o mesmo para as outras mulheres, e aquele era um trato com a dona Maria Augusta, de que ninguém ficasse para dormir. Vista grossa feita à Adeola, ele completou, e os dois riram novamente, um riso cúmplice e carinhoso que encheu a cozinha de muita alegria. Ficamos conversando por um bom tempo e o padre Heinz quis saber muitas coisas a meu respeito, e no final disse que eu estava de parabéns, que era uma lutadora e que passaria a me incluir, junto com o Banjokô, em suas orações diárias.

O REENCONTRO

Dormi na cozinha, sobre uma esteira emprestada pelo padre. Dormir não é bem a palavra, porque passei quase a noite toda acordada, pensando no problema que teria que resolver no dia seguinte, que era arrumar onde ficar. Mas a solução apareceu mais depressa do que eu esperava e de onde nem imaginei, em um encontro fortuito na Praça da Sé, logo de manhã. Eu tinha ido com a Adeola até o ponto dela, perto da Misericórdia, e estava voltando para o Terreiro de Jesus com os *cookies*, mesmo sem o tabuleiro, quando vi alguém que me pareceu bastante familiar, apesar de estar de costas. Corri até passar à frente e tomei uma boa dianteira, para só então me virar. Primeiro ele deve ter achado que eu era uma das muitas loucas que andavam pela cidade e nem respondeu ao salamaleco que soltei em meio ao sorriso, ao ver que era o Fatumbi. Passou por mim e nem me dirigiu um olhar que fosse, e só parou de caminhar quando gritei o nome dele e disse que era eu, a Kehinde. Ele se virou ainda sério, para depois aceitar meu abraço, mesmo sem retribuir. Às vezes eu pensava nele e tinha muita vontade de saber onde estava trabalhando, a quem pertencia, se estava bem. Ele disse que não tinha mesmo me reconhecido, que eu não era mais a menina de quem se lembrava, e seus olhos foram parar na minha barriga. Ele tinha me visto pela última vez havia mais de três anos, na senzala pequena da fazenda, antes de o sinhô José Carlos morrer. Sem que ele perguntasse, eu disse que a criança estava bem, que era um menino e se chamava Banjokô, que estava sendo bem tratado no solar da sinhá Ana Felipa.

O Fatumbi parecia não estar se sentindo à vontade para conversar comigo na rua, o que era compreensível, levando-se em conta a religião dele, e perguntou para onde eu estava indo. Eu disse que era uma longa história e que estava muito feliz por encontrá-lo, e perguntei se não poderíamos conversar mais um pouco, porque eu também queria saber muitas coisas sobre a vida dele. Ele estava indo para a loja de uns amigos e perguntei se podia ir junto, pois estava procurando uma loja para ficar e poderia ver se os amigos dele não teriam espaço para mim. Aquela ideia me veio na hora, eu não estava pensando em nada daquilo, mesmo porque a Adeola tinha dito que conversaria com o padre Heinz e com a dona Maria Augusta para que eu ficasse por lá durante algum tempo, até aparecer uma vaga na loja onde ela morava. Na verdade, o que eu queria mesmo era ganhar tempo para estar com o Fatumbi, de quem gostava bastante, além de ser muito grata a ele por ter me ensinado a ler e a escrever, e fiquei muito feliz quando ele não recusou a minha companhia. Atravessei a Sé e o Terreiro torcendo para não encontrar nenhum dos fregueses e ter que parar, pois o Fatumbi tinha apertado o passo e parecia fazer questão de andar à minha frente, até que chegamos a um sobrado na Ladeira das Portas do Carmo.

O sobrado era simples, de três andares, com as paredes descascadas que um dia já tinham sido pintadas de verde, a fachada, contínua com os sobrados vizinhos, diferenciada apenas por duas longas rachaduras de cima a baixo, seguindo a linha das paredes internas de meação. A construção era muito estreita e alta, com uma janela e uma porta que davam na rua no andar inferior, e uma janela em cada um dos andares superiores. O Fatumbi bateu à porta e pediu que eu permanecesse um pouco afastada até conversar com os amigos. Primeiro, um homem olhou por uma fresta, desconfiado, e só quando reconheceu o Fatumbi foi que abriu a porta, e os dois se cumprimentaram com um movimento de cabeça. Conversaram olhando para mim e depois pude acompanhar o Fatumbi. A porta dava em um corredor improvisado que logo chegava a uma escada para o andar superior, mas demos dois ou três passos e entramos à direita por uma abertura na divisória de madeira fina que separava os ambientes, sustentada por pés também de madeira no formato da letra t virada de cabeça para baixo. Era um ambiente escuro, iluminado por um único lampião, uma sala pequena e estreita onde havia apenas uma mesa de pés baixos com muitos livros escritos à maneira dos muçurumins, algumas ervas, um pequeno quadro-negro, um pote de tinta preta e um cálamo de bambu. Pelos cantos havia algumas esteiras enroladas e, ao fundo, um homem estava rezando ajoelhado sobre uma pele de carneiro. Quando ele levantou a cabeça, guardando o teçubá e o gorro vermelho no bolso do abadá, cumprimentou o Fatumbi com um salamaleco e me olhou de um jeito curioso, continuando a falar com o Fatumbi na língua deles. Depois do que imaginei ser o Fatumbi explicando quem eu era e o que estava fazendo ali, o homem me cumprimentou e disse se chamar alufá[8] Ali. Só então o outro também me cumprimentou, o que abrira a porta, apresentando-se como Seliman.

---

[8] Alufá: título religioso muçulmano.

Depois dos cumprimentos, o alufá Ali chamou a Khadija, sua esposa, e pediu que ela me levasse para o quintal, porque os homens precisavam conversar a sós. Entramos na cozinha, também pequena, porém mais bem equipada que a sala, e saímos em um quintal que parecia ainda mais comprido por causa da estreiteza. Era de terra batida, com poucas plantas, e encostada na parede do sobrado havia uma construção de alvenaria na forma de mesa. Muito comportadas, três crianças brincavam em uma esteira colocada sob uma árvore não muito alta. A Khadija, depois que deixamos a sala onde estavam os homens, me cumprimentou e disse que aqueles eram seus filhos, um menino chamado Ossumani, de dez anos, outro chamado Omar, de sete, e a menina, Fatu, de quase quatro anos, e que estava esperando mais um, ou uma, para dali a cinco meses. Contei a ela que também tinha um filho quase do tamanho da Fatu e ela sorriu, dizendo que filhos são bênçãos de Alá, e que eu deveria ficar à vontade. Aquelas foram as únicas palavras que ela me dirigiu, e depois foi se sentar junto dos filhos, abriu o livro sagrado deles e começou a ler algumas partes, que as crianças repetiam. Era uma cena bonita de se ver, mas eu não estava me sentindo bem ali, onde ninguém me dava atenção. Eu queria saber muitas coisas, queria saber se eles eram todos libertos, como me pareceram, saber quem mais morava ali, se havia lugar para mim e se eu poderia falar com ela sobre isso ou somente com o marido. Tive a impressão de esperar uma eternidade até que os homens também saíram para o quintal, acompanhados por mais um, que se apresentou como Salum.

Os quatro formavam um grupo estranho, mas interessante de se ver. Com exceção do Fatumbi, vestiam abadás e tinham a barba aparada para marcar apenas a ponta do queixo. Falavam baixo mesmo quando pareciam tratar de assuntos banais ou engraçados, talvez por estarem acostumados a assuntos importantes que deveriam permanecer em segredo entre eles. Apesar de a grande maioria dos muçurumins não saber falar a língua dos árabes, o que conferia um importante diferencial aos que sabiam, eles não a falavam em público, e mais tarde o Fatumbi me contou por quê. Eles sabiam que eram diferentes também no modo de agir e de pensar, e eram perseguidos por isso. Em relação aos outros pretos, tinham a fama de esnobes e feiticeiros, de pessoas que se achavam superiores. Eu os admirava exatamente por isso, porque não se sentiam inferiores a ninguém, nem aos donos, e achavam que tinham que obedecer a um só senhor, que era Alá. Por causa disso, também não eram bem-vistos pelos senhores de direito, pois não se submetiam facilmente. Muitas revoltas que queriam libertar os pretos da escravidão já tinham sido organizadas por eles, o que fazia com que fossem muito vigiados. Naquele mesmo dia, ao sair da loja, vi o Fatumbi tirar do dedo um anel que todos eles usavam e escondê-lo, como também fazia com o teçubá logo depois de terminar a reza. Mas antes disso eu soube que poderia ficar, que eles tinham espaço para mais uma pessoa no primeiro andar. E descobri também que conheciam o bilal Sali e o Ajahi, os muçurumins dos Clegg, e que às sextas-feiras todos se reuniam para um compromisso religioso.

Era uma quarta-feira, e assim que saí da loja fui até a Vitória ver se conseguia pegar o tabuleiro esquecido no solar. Fiquei longo tempo à espreita para ver se alguém aparecia no jardim, pois não queria me arriscar chamando do portão ou pulando por cima dele. Não queria me encontrar com a sinhá Ana Felipa, embora tenha torcido para que ela estivesse no jardim, acompanhando o Banjokô. Eu gostaria de vê-lo ou, melhor ainda, de poder me despedir e dizer que ele não tinha sido abandonado, que eu voltaria para buscá-lo. Com certeza ele não entenderia o que isso significava, mas pelo menos eu ficaria mais tranquila por ter dito, e confesso que sempre tive um pouco de medo da reação dele quando finalmente ficássemos juntos, sozinhos, pois ele gostava muito da sinhá, e com razão. Quanto mais demorasse para comprar nossas cartas de alforria, mais ele se apegaria a ela e às coisas que ela podia oferecer e eu ainda não. Mas estava confiante, porque tudo o que acontecia na minha vida, mesmo parecendo ser ruim, sempre dava um jeito de me empurrar na procura de algo melhor. Tinha certeza de que em breve eu e meu filho estaríamos livres, mesmo ao me lembrar da quantidade de dinheiro que precisava conseguir.

Enquanto esperava e refletia, o Tico e o Hilário chegaram da rua e pegaram o tabuleiro para mim, querendo que eu entrasse e ficasse um pouco com eles. Mas saí apressada, pedindo que contassem aos outros que eu tinha conseguido uma loja e logo daria um jeito de avisar onde. Da Vitória, fui à casa do padre Heinz, buscar minhas coisas, e ele ficou muito feliz com a notícia de que eu já tinha conseguido lugar para morar, e mais ainda por eu ter reencontrado um velho amigo. Ele disse, e disso eu nunca me esqueci, que quem tem amigos tem todo o resto que merece ter, o que pude comprovar em muitas outras ocasiões. Eu disse a ele que voltaria no dia seguinte para cozinhar, já que os *cookies* que eu ainda tinha já estavam envelhecidos, mas só não sabia como comprar mais ingredientes, porque meu dinheiro tinha acabado. Mesmo envelhecidos, os *cookies* ainda me serviram, pois, como eu também não tinha dinheiro para comprar comida, foi com eles que me alimentei nos dois dias seguintes.

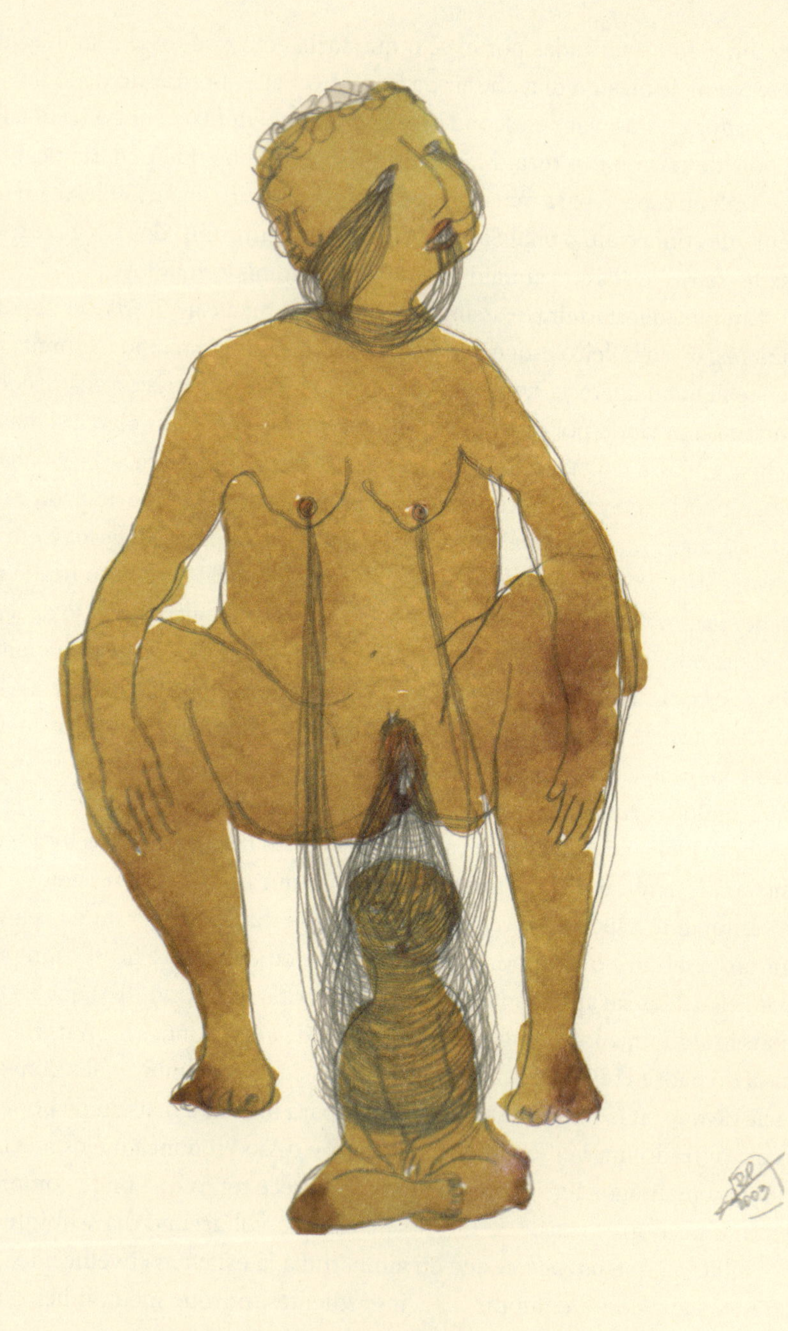

Mãe e filha – Cegas, 2003.
Série *Tecelãs*. Aquarela e grafite sobre papel. 32,5 x 25 cm.
Coleção particular.

CAPÍTULO CINCO

SE ALGUÉM CORRE ATRAVÉS DE UM ESPINHEIRO, OU PERSEGUE UMA COBRA OU FOGE DELA.

Provérbio africano

A LOJA

No dia em que me mudei para a loja, eu vivia uma situação que acabou me acompanhando pelo resto da vida, mesmo depois de voltar à África: eu não sabia a quem pedir ou agradecer pelos acontecimentos. Se não tivesse saído de África, provavelmente teria sido feita vodúnsi pela minha avó, pois respeitava muito os voduns dela. Mas também confiava nos orixás, herança da minha mãe. Porém, cozinhava na casa de um padre e estava morando em uma loja onde quase todos eram muçurumins. A família do alufá Ali era responsável pela loja perante o senhorio e ocupava todo o andar térreo, sendo que a Khadija ainda tinha uma irmã chamada Euá, bem mais nova que ela, que dormia em um dos quartos do primeiro andar, junto com uma cabinda liberta, já bem avançada em anos, chamada Vicência. Fui alojada no quarto ao lado, um pouco menor que o das duas, junto com a crioula Claudina. No segundo andar havia três quartos onde eu nunca entrei, mas que imaginava minúsculos, ocupados individualmente pelo Seliman e pelo Salum, que eu já tinha conhecido, e pelo nagô Aparício.

A Euá era parecida com a Khadija, ou com a Khadija quando tinha a idade dela, quinze anos, com os olhos e a pele muito pretos e os cabelos compridos sempre presos em um coque tão grande que mais parecia um ninho. As duas passavam a maior parte do tempo juntas, principalmente quando os homens não estavam em casa, porque, quando estavam, a Euá ficava em seu quarto e a Khadija podia circular entre eles, por causa do marido. Logo a Euá também teria marido, pois estava prometida ao Salum. A Vicência, que dividia o quarto com ela, era uma preta com mais de sessenta anos que vivia se queixando da saúde, que tinha de sobra, e que acabou simpatizando muito comigo quando contei que fazia meus *cookies* na casa de um padre, pois era convertida à religião dos brancos. Durante mais de vinte anos ela tinha sido escrava de uma freira muito rica que, ao morrer, deixou para ela em testamento um conto de réis, a liberdade e a posse de uma escrava que, na época, era uma mocinha. Esta escrava vivia com a família em um sítio afastado, o marido, pescador liberto, e três filhos, aos quais a Vicência já tinha dado a liberdade. Quanto à escrava, só libertaria em testamento, pois tinha medo de que não houvesse ninguém para cuidar da morte dela e também de lhe faltar alguma coisa, se o dinheiro herdado viesse a acabar. Por causa disso, a escrava, que trabalhava como engomadeira, aparecia uma vez por semana para entregar a quantia de um mil-réis e ver se a Vicência precisava de alguma coisa da rua, já que ela mal saía de casa, alegando uma fraqueza nas pernas, que sarava de imediato quando ia para a igreja. Minha companheira de quarto, a Claudina, tinha nascido livre, filha de mãe liberta, e era doceira em um canto na cidade baixa, perto do Celeiro Municipal. Devia ter mais ou menos trinta anos, nunca tinha se casado nem tido filhos, mas era tão namoradeira quanto vaidosa. Como eu, ela também era filha de Oxum. No dia em que me mudei, foi para ela que vendi a roupa comprada para ganhar o respeito dos fregueses, conseguindo o dinheiro dos ingredientes para uma próxima fornada. Nós duas nos demos bem desde a primeira vez que nos vimos, e ela foi para sempre uma grande amiga.

O Seliman e o Salum eram sócios em um burrico que usavam para transportar água, ganhando um bom dinheiro com isso de ficar ao lado das fontes esperando para serem contratados, ou entregando para fregueses certos, com dias marcados. O Seliman já era liberto, mas o Salum estava pagando a carta a prestação, para depois se casar com a Euá. Fiquei curiosa para ver como era um casamento muçurumim, pois a Khadija não se cansava de falar sobre o dela, para o qual teve que se converter. As roupas seriam feitas por ela mesma e pelo alufá Ali, que era alfaiate e dava emprego ao Aparício, escravo a ganho de um rico comerciante. Eles trabalhavam confeccionando ternos e, principalmente, roupas típicas de muçurumins, que vendiam às escondidas. Isso tudo quem me contou foi a Claudina na minha primeira noite na loja, quando ela pareceu feliz por ter alguém com quem conversar. Antes de mim, dividia o quarto com uma nagô liberta que tinha se mudado para São Sebastião do Rio de Janeiro, para onde ela também pensava ir um dia. Queria me contar da vida dela e saber da minha, mas eu estava muito cansada para conseguir manter uma conversa, além de preocupada com a quantidade de trabalho que teria nos dias seguintes, principalmente porque, a partir daquele momento, teria um gasto extra com o aluguel do espaço na loja.

SORTE

No dia seguinte à mudança, fui bem cedo para a casa do padre Heinz, e no início da tarde já estava no Terreiro de Jesus procurando pelos fregueses. O primeiro a aparecer foi o preto João Benigno, avisando que seu patrão queria falar comigo desde o dia anterior. Eu disse que tive alguns contratempos e que ele poderia avisar ao senhor Amleto que eu estaria esperando na porta quando ele saísse do escritório. Como não podia me afastar dali, as vendas não foram muito boas, mas o resultado acabou sendo compensador. O senhor Amleto queria fazer uma grande encomenda de *cookies* para o batizado do filho, que aconteceria no domingo. Duzentos *cookies* caprichados e com um quarto do tamanho que eu estava acostumada a fazer, que era mais ou menos o tamanho de uma fatia do meio de uma laranja-da-terra, a grande laranja baiana, a com umbigo. Eu disse a ele que faria com o maior gosto, mas que não tinha dinheiro para comprar os ingredientes e nem crédito para comprar fiado. Não me lembro da quantia que ele me adiantou, e deve ter feito isso somente porque estava bastante apressado, sem pensar direito, pois deu para comprar os ingredientes e uma nova muda de roupa, bata e saia. Não tão bonitas quanto as que eu tinha vendido para a Claudina, mas melhores que a muda que estava usando. Naquela semana eu estava com sorte, e na sexta-feira consegui vender tudo o que tinha preparado no dia anterior, no Terreiro e nas casas onde tinha encomendas contratadas.

UMA REUNIÃO

Por ter andado bastante durante o dia, eu estava muito cansada na sexta-feira à noite, mas queria ficar no andar térreo para me encontrar com o Fatumbi, o Ajahi e o bilal Sali. Quando comentei isso com o alufá Ali, ele disse que a cerimônia só podia ser assistida por eles, os muçurumins, e que por isso eu deveria subir, e ele mandaria me chamar depois de tudo terminado. A Claudina ainda não tinha chegado e o quarto estava às escuras. Ela tinha uma lamparina de azeite que eu não me senti à vontade para usar sem pedir, e foi isso que fez com que eu percebesse a claridade. Para minha alegria, eu estava logo acima da sala onde seria realizada a cerimônia, separada por um assoalho de tábuas mal rejuntadas, pelo meio das quais dava para enxergar um pouco do que acontecia embaixo. Vi quando eles se prepararam, uns dez homens, sem contar com os da casa, e mais duas mulheres, além da Khadija e da Euá. Todos vestiram os abadás brancos sobre as roupas com que chegaram da rua e alguns ainda tinham peles de carneiro para sentar em cima. Do meu quarto dava para ouvir quase tudo o que diziam, e era pena eu não entender aquela língua. Depois soube que se tratava de uma cerimônia chamada *sará*, na qual celebravam algum acontecimento importante.

Foram formados dois semicírculos, que tinham à frente o bilal Sali e o alufá Ali, sendo que os homens ficaram no primeiro semicírculo e as mulheres no segundo, todos com os teçubás nas mãos. Quando o alufá Ali fez sinal, eles se aproximaram um a um e pegaram um bolinho branco que estava dentro de uma vasilha colocada sobre a mesa, na frente dele. Depois que acabaram de comer, o alufá Ali começou a puxar uma reza que era complementada pelo bilal Sali e seguida por todos os outros. Uma longa reza, bastante repetitiva, enquanto o teçubá era todo percorrido pelos dedos, com destaque para as vozes das mulheres, que, de quando em quando, diziam *bi-si-mi-lai*.[1] Em determinados momentos, o alufá Ali se levantava do tapete em que estava sentado, ficava de costas para todos eles, erguia as mãos e depois as colocava sobre o peito, para então se ajoelhar e abaixar a cabeça até encostar a testa no chão, proferindo as palavras com que dava início a um novo ciclo de orações, igual ao anterior. No final, o alufá Ali apertou a mão do bilal Sali, que apertou a mão do homem que estava ao seu lado e assim por diante, até o gesto ser transmitido a todos os presentes, percorrendo os dois semicírculos. Antes disso, quando a cerimônia estava chegando ao final, acho que por ser a dona da casa, a Khadija parou na frente de cada um dos homens e das mulheres, cruzando os braços e dobrando os joelhos, enquanto abaixava a cabeça, como se estivesse fazendo um agradecimento ou uma saudação.

Depois de tudo acabado, a Khadija e as outras mulheres sumiram da minha visão e reapareceram carregando grandes cuias com comida, que foram colocadas no chão, no meio da sala, em volta das quais os homens se sentaram e começaram e se servir, comendo com as mãos. Então ouvi os passos delas subindo as escadas, passando em frente à porta do meu quarto, subindo mais um lance e entrando no quarto do Seliman, onde começaram a conversar e a rir com grande animação. Eu queria ir ao encontro delas, mas não tinham me convidado e não me senti à vontade para simplesmente

---

[1] *Bi-si-mi-lai*: em nome de Deus, clemente e misericordioso.

aparecer, e, além disso, preferia estar entre os homens, principalmente com meus amigos Fatumbi, Ajahi e bilal Sali. Continuei a observá-los comendo e conversando em voz muito baixa, tão baixa que eu tinha a impressão de que às vezes uma frase seguia quase cochichada de ouvido em ouvido, até dar toda a volta. Um bom tempo depois, quando eu já tinha perdido o interesse e estava cochilando na esteira, ouvi batidas na porta do quarto e, quando abri, era a Khadija. Ela tinha um recado do alufá Ali, avisando que meus amigos queriam saber se podiam subir. Eu respondi que sim e a Khadija passou a resposta para o alufá Ali, que esperava no alto da escada.

O Fatumbi, o Ajahi e o bilal Sali subiram carregando uma lamparina, e não estavam mais usando as roupas da cerimônia. Respondi à saudação deles e disse que podiam se sentar onde quisessem, torcendo para que a Claudina demorasse para voltar. Comentei que achava muita coincidência eles se conhecerem e me disseram que nem tanto, pois, como a religião deles era muito perseguida, acabavam se unindo mais e se encontrando nos poucos lugares onde podiam praticá-la. Eu quis saber o motivo dessa perseguição e o Fatumbi disse que tinha sido por causa de uma rebelião acontecida algum tempo antes, em que a maioria dos presos eram muçurumins, inclusive os organizadores. Durante os embates travados na rebelião e logo depois, muitos foram mortos ou deportados, e a continuação da guerra tinha sobrado para poucos, junto com a missão de converter pessoas e espalhar a palavra do profeta o mais discretamente possível. Perguntei se existiam outros lugares como a loja do alufá Ali e eles disseram que sim, e que, inclusive, um dos mais importantes ficava na Vitória, perto de onde eu tinha morado. No terreno de um inglês, e com o consentimento dele, dois muçurumins construíram um templo que chamavam de mesquita. Eu queria saber mais coisas, mas eles devem ter achado que já tinham falado demais e mudaram de assunto, querendo saber tudo que tinha acontecido comigo.

O Ajahi e o bilal Sali já sabiam de muitas coisas, do tempo em que estive com eles no solar dos Clegg, mas com o Fatumbi fazia muito tempo que não me encontrava, e a conversa seguiu pela noite, até a chegada da Claudina, saída de um batuque. Assim que ela entrou, eles se despediram e desceram para a sala, onde ficaram junto com os outros esperando o dia amanhecer para poderem sair às ruas sem levantar suspeitas. Preto na rua à noite era sempre suspeito de estar fazendo coisa errada ou de ser fujão, e por isso ninguém se arriscava, a não ser que tivesse uma carta do dono, o que não era o caso deles, que saíam de casa às escondidas. Alguns eram livres e, portanto, também estavam proibidos de sair já que não tinham quem se responsabilizasse pelos seus atos. Acho que os escutei rezando na sala antes de irem embora, e ouvi barulho de água, usada para o ritual igual ao que eu tinha visto o Ajahi e o bilal Sali fazerem no solar dos Clegg de madrugada. Logo que acabaram, um pouco de claridade começou a entrar no quarto pelos vãos da janela, e decidi que já era hora de me levantar, apesar do sono. Eu teria um dia cheio pela frente para conseguir entregar a encomenda do senhor Amleto.

OS DEVERES

Passei quase o dia inteiro na casa do padre Heinz, moldando os *cookies* no tamanho pedido. Era muito mais trabalhoso, mas acabaram ficando refinados e talvez até mais gostosos, porque estavam bem mais leves e crocantes. Eu tinha marcado a entrega para o final da tarde ou o início da noite, no próprio escritório do senhor Amleto, já que o João Benigno morava lá e se encarregaria de levá-los à casa do seu patrão na manhã seguinte. Depois da entrega, fui direto para a loja e subi para o meu quarto, cansada e com muito sono, mas feliz por ter conseguido fazer tudo conforme o combinado. Apesar de o corpo ter adormecido quieto e pesado como pedra, não tive um sono tranquilo e vi a Taiwo zangada comigo, como quando brigávamos em criança. A zanga durou pouco tempo, como sempre acontecia entre nós, mas a sensação foi muito ruim, porque a imagem dela não estava muito nítida, como se estivesse se afastando de mim ou sendo apagada da minha memória. A primeira coisa que fiz logo de manhã foi seguir até a casa da sinhá Ana Felipa à procura do Tico e do Hilário, pois queria que me levassem ao sítio do Baba Ogumfiditimi para buscar meus orixás. Sentia que estava me fazendo mal não ter os Ibêjis por perto, como a minha avó tinha instruído. Nunca tirei do peito o pingente com a Taiwo, mas precisava também de algo que representasse nós duas juntas, e era bem possível que o cansaço que eu estava sentindo naqueles dias fosse por causa do esforço de me manter apenas com metade da nossa alma.

Os meninos não podiam ir comigo, pois já tinham um compromisso, mas, com as referências que eu guardava na memória e com as explicações que me deram, demorei mais do que esperava, mas acabei chegando. Como sempre, fui muito bem recebida pelo Baba Ogumfiditimi e pela Monifa, a primeira esposa, e, consequentemente, pelas outras também. Desde que eu tinha estado lá da última vez, mais duas crianças tinham nascido, e o babalaô disse que estava começando a perder a conta de quantos filhos tinha. Fiquei pensando que gostaria de ter mais filhos, de poder criá-los livres e sempre ao pé de mim, como faziam as esposas do Baba Ogumfiditimi. Eu tinha participado da vida do Banjokô somente no início e, se parasse para pensar, a sinhá era mesmo muito mais mãe dele do que eu. Era ela quem ficava o tempo todo com ele, quem se importava com o que tinha comido, quem brincava e educava, e, na situação em que eu estava, era mesmo a melhor opção para o menino. A pele dele não tinha escurecido muito, e, com o cabelo aparado baixo e vestido à moda dos brancos, meu filho bem que passava por um mulato claro, igual a tantos que eram respeitados na cidade. Quando eu pensava no quanto gostaria de ter outro filho, e de que fosse uma menina, o Baba Ogumfiditimi disse que uma menina viria depois, quando eu já não estivesse esperando, mas que o próximo seria um menino, e com grande futuro. Perguntei como sabia e ele respondeu que tinha sido um sopro de Ogum no seu ouvido, e então eu quis saber o que mais Ogum poderia me dizer. O Baba Ogumfiditimi disse que só perguntando ao Ifá, e confesso que fiquei bastante nervosa, com medo do que o oráculo tinha para revelar. Mas também feliz por saber que teria mais filhos, porque eu só pararia de tomar a beberagem da Esméria no dia em que tivesse condições de dar a um filho o tipo de vida que queria para mim. E como o que eu queria era ser livre, deduzi que conseguiria o meu intento antes de ter o ventre seco, a tempo de gerar filhos que já nasceriam livres.

O Baba Ogumfiditimi estava todo vestido de branco, como acho que sempre se vestia, e assim que se sentou na cadeira atrás da mesa onde estava o tabuleiro, me indicando a cadeira logo em frente, abriu uma bolsa, a *apô*, e tirou de dentro dela alguns objetos, com os quais começou a se preparar. Reparei que no braço esquerdo dele estava o *idê ifá*, um bracelete de contas marrons e verdes, iguais às dos colares que colocou no pescoço junto com alguns outros de contas marrons bem pequenas, de várias voltas unidas por grandes contas brancas e verdes. Atravessando o peito e apoiado no ombro direito, ele colocou o *edigbá*, um colar feito com caroços de dendê. Enquanto se preparava, o Baba Ogumfiditimi me dizia o nome e o que representava cada um dos objetos que pegava ou dos pequenos rituais que fazia, explicando que aquele jogo não revelava nada além do que eu já sabia mas tinha esquecido. Disse que todos nós escolhemos o nosso *iwá*, ou destino, quando ainda estamos no *Orum*, e que é nossa obrigação consumá-lo em vida. Mas às vezes nos afastamos desse caminho, seja por nossas próprias atitudes ou por interferências alheias à nossa vontade. O papel do jogo do Ifá é nos ajudar a relembrar o nosso destino, a cumprir com nossos deveres, por meio das orientações dos orixás e com o reforço do axé, a força vital. O Baba Ogumfiditimi perguntou se poderia falar tudo o que saísse no oráculo e eu respondi que não, que não queria saber nada que causasse demasiada tristeza ou preocupação e que eu não pudesse evitar. Ele comentou que esta era uma atitude sábia, que veria apenas os meus desvios de destino e o que poderia ser feito para retomar a rota certa. Se necessário, o Ifá indicaria as ervas sagradas, as oferendas, os rituais de defesa, as magias ou os amuletos.

Enquanto orava baixo e em iorubá, o Baba Ogumfiditimi esfregava o opelê entre os dedos, como se estivesse transmitindo a ele algum tipo de energia. O opelê dele era uma corrente de couro de mais ou menos vinte ou vinte e cinco polegadas de comprimento, que ele segurava pelo meio, dividindo em duas partes iguais, sendo que de cada lado estavam presas quatro metades de sementes de uma árvore também chamada opelê. As sementes eram presas mais para o meio da corrente, não nas pontas, pois em uma delas estavam amarrados diversos objetos, como contas, sementes e búzios, e na outra, longos pelos de rabo de vaca. Era com estes pelos que ele batia na *opon*, uma espécie de bandeja de madeira cheia de areia, antes de deixar o opelê cair sobre ela, desenhando marcas que representavam símbolos que só os babalaôs sabem identificar. Levando em conta esses símbolos e a posição das metades das sementes, se o miolo ou a casca ficavam virados para baixo ou para cima, o Baba Ogumfiditimi reconhecia um *odu*, ou seja, um sinal de Ifá. É preciso muito treino para reconhecer um *odu*, pois eles são apenas dezesseis principais, mas podem ser combinados entre si, dando um total de duzentos e cinquenta e seis *odus*.

Eu tinha aprendido sobre os *odus* ainda na fazenda de Itaparica, com o Pai Osório, quando ele escapava até a senzala pequena para cuidar dos olhos arrancados da Verenciana. Os objetos que ele usava eram improvisados, e por isso dizia consultar o Ifá apenas em caso de extrema precisão, como tinha sido o da Verenciana e como não era o meu, como me explicou quando pedi que jogasse para mim. Mas ele gostava de falar sobre os *odus*, e eu gostava de ouvi-lo. A cada *odu* estão ligadas várias histórias, que são chamadas de *itans*, e o babalaô tem que memorizar pelo menos quatro *itans* para cada um dos duzentos e cinquenta e seis *odus*, e só então pode começar a usar o oráculo. O Baba Ogumfiditimi parecia ter boa memória e muita experiência, pois assim que o opelê era jogado, ele já me dava a resposta para as perguntas que eu tinha feito, das quais não me lembro direito, talvez porque na época não entendi muito bem sobre o que ele falava e fiquei com vergonha ou medo de perguntar. Ou talvez não fosse para entender mesmo, não sei, pois à medida que as coisas foram acontecendo, eu me lembrava daquele jogo e sabia que tinha sido alertada e instruída, e que muitas vezes até já estava preparada, mesmo sem saber. Eu nunca me esqueci foi de um *itan* que ele contou para me ajudar a compreender melhor o meu *odu* de *orí*,[2] porque, embora todos eles sirvam para nos orientar nas diversas ocasiões da vida, existe um que nos rege e que é determinado no momento em que nascemos.

O meu *odu* de *orí* é regido por Oxum e Ogum, e diz respeito a um filho de Orixalá chamado Dinheiro, que se julgava tão poderoso a ponto de dominar até mesmo a Morte, mas não sabia onde ela morava. Orientado por seu babalaô, Dinheiro fez uma oferenda para ser bem-sucedido no seu intento e começou a pensar em uma maneira de prender a Morte, como apregoava ser capaz de fazer. Resolveu se deitar em uma encruzilhada e ver o que acontecia, até que passou um homem e comentou que ele estava posicionado com a cabeça voltada para a casa da Morte e os pés para as bandas da Moléstia. Tomando o caminho apontado pela cabeça, Dinheiro conseguiu chegar à casa da Morte e, para chamar a atenção, começou a bater os tambores fúnebres que ela usava quando ia acabar com alguém. Quando a Morte correu apressada para ver o que estava acontecendo, Dinheiro a aprisionou em uma rede e a levou direto para seu pai, Orixalá, que perguntou o que significava aquilo. Ele respondeu que aquilo era a própria Morte, que ele tinha prometido dominar. Indignado, Orixalá mandou que Dinheiro fosse embora com a Morte e com tudo de bom e de ruim que havia no mundo, porque cada um é o causador do que lhe acontece de bom e de ruim, e que deveria aprender a separá-los para poder possuir tudo e conquistar o universo inteiro.

Até hoje, em muitas das decisões que tomei, essa história foi um guia, algo que sempre me fez lembrar que eu deveria assumir as consequências de todos os atos cometidos pelo meu lado bom ou pelo lado mau. Aliás, me saber assim, como todo mundo, foi muito importante para me perdoar

---

[2] *Odu de orí*: odu de cabeça ou de nascimento.

depois do que aconteceu certa noite, sobre a qual ainda preciso ver como vou conseguir contar. Voltando àquele dia, o Baba Ogumfiditimi também me aconselhou a ter paciência, a ir fazendo e querendo uma coisa por vez, em resposta à minha pergunta sobre como comprar logo a minha liberdade e a do Banjokô. Sobre o Banjokô ele não falou muita coisa, apenas que eu deveria pedir a alguém que estivesse sempre por perto para, de vez em quando, fazer no corpo dele alguns desenhos que ajudariam a mantê-lo longe dos amigos *abikus*. A fase mais perigosa ia até ele completar sete anos de idade, e depois disso a ligação com o *Orum* se tornaria mais branda, os laços deixados por lá se afrouxariam e podia acontecer que o trato de morte fosse esquecido. Eu também deveria fazer uma oferenda a Exu, o senhor dos caminhos, para que ele abrisse os meus caminhos e a prosperidade pudesse chegar até mim. Sobre o Francisco, ele disse que passaríamos bons momentos juntos e que ele seria muito mais importante na minha vida do que eu imaginava, mas que não era o homem com quem eu ia ficar. Disse ainda que outros homens cruzariam o meu caminho, alguns que eu chegaria a pensar que ficariam para sempre, mas que isso não estava previsto, a não ser que minha vida mudasse completamente, ou a do homem que a mim pudesse estar prometido. Fiquei triste com isso, mas não foi uma revelação que me surpreendeu, porque nem a minha avó nem a minha mãe tinham conseguido um homem só para elas. Em relação à minha avó, eu nunca a ouvi falar qualquer coisa sobre o pai da minha mãe; era como se ele não tivesse existido.

A oferenda, ou ebó, era de quatro farofas, uma de dendê, uma de mel, uma de cachaça e outra de água, colocadas sobre uma folha de mamona e deixadas em uma encruzilhada, junto com uma vela acesa e uma moeda. Perguntei ao Baba Ogumfiditimi se ele poderia fazer isso por mim e ele aceitou, desde que eu deixasse o dinheiro para comprar os produtos, o que fiz com muito gosto, pois confiava mais na intenção dele que na minha. Aproveitei também para deixar um pouco mais de dinheiro, já que ele vivia do seu trabalho e nunca cobrava nada, aceitando e agradecendo o que as pessoas podiam dar, se podiam. Nisso havia uma semelhança muito grande com o padre Heinz, o que depois comentei com a Adeola, que riu e disse que eu não sabia a grande verdade que estava falando e que um dia me contaria a história dela, sobre como tinha conhecido os dois. Peguei os meus orixás e me despedi rapidamente da Monifa e da Fayola, pois estava com pressa de voltar à cidade, para ver se naquele dia ainda conseguia falar com alguém no solar da sinhá Ana Felipa sobre os cuidados que deveriam ser tomados com o Banjokô. Esperei durante longos minutos em frente ao portão, até que o Sebastião chegou da rua e me pôs para dentro, dizendo que a sinhá tinha viajado para o Recôncavo com uma amiga e só voltaria no meio da semana.

UMA VISITA

Quando entramos no solar, todos os outros estavam na cozinha bebendo aluá e comendo feijão com carne de porco e farinha, inclusive o Banjokô. A Esméria tinha acabado de comentar que precisava dar banho nele e vestir roupa limpa, porque ele estava todo lambuzado de comida. Então eu disse que adoraria ganhar um beijo lambuzado e todos fizeram a maior festa com a minha presença, menos ele. A Maria das Graças perguntou se não ia abraçar a *ìyá mi* e ele balançou a cabeça dizendo que não, ao mesmo tempo que corria para os braços do Francisco. Fiquei triste, mas me consolaram dizendo que era assim mesmo, que ele logo se acostumaria comigo de novo, que apenas estava um pouco bravo porque, quando eu me mudei, ele chorava de saudade e perguntava por mim, e a sinhá aproveitava para dizer que eu o tinha abandonado por não gostar mais dele. Conversavam com ele dizendo que não era assim, que eu apenas estava trabalhando em outro lugar, mas não sabiam o quanto da conversa ele entendia. A Antônia tinha viajado com a sinhá e senti pena por isso, porque era com ela que eu queria falar sobre o Banjokô, pois entendia mais dessas coisas que a Esméria, e tive que deixar recado. Continuamos conversando e logo o Banjokô ficou mais amistoso, embora não quisesse sair de perto do Francisco. O que para mim não era problema algum, pois eu também gostava de ficar perto dele.

O Banjokô acabou adormecendo nos meus braços e foi para o berço sem tomar banho, pois a Esméria disse que cuidaria disso no dia seguinte. Ela também se ofereceu para ficar com ele no quarto para eu estar a sós com o Francisco, desde que fosse longe dali, pois a volta da sinhá estava programada para o meio da semana, mas nunca se sabia. Se ela não tivesse falado nada, eu provavelmente não teria tido a ideia, mas não consegui deixar de comentar com o Francisco que adoraria experimentar com ele a cama da sinhá. O Francisco hesitou um pouco, mas depois que insisti e repeti várias vezes que seria bom nos deitarmos sobre um colchão e uma roupa de cama macia e cheirosa, ficou todo assanhado. Subimos as escadas como se estivéssemos pisando em vidro, para que ninguém nos ouvisse, principalmente a Esméria, e passamos quase a noite inteira no quarto da sinhá. Estar novamente com o Francisco não foi tão bom quanto eu imaginava, e compensou apenas porque fiquei imaginando a raiva da sinhá, caso descobrisse. Mas nós não estávamos à vontade. Não sei quanto aos motivos dele, mas eu não conseguia esquecer o que o Baba Ogumfiditimi tinha falado sobre nós não ficarmos juntos, o que para mim já foi o começo da separação. Depois de experimentarmos a cama da sinhá, deixamos tudo como estava antes e dormimos o resto da noite no porão, junto com os outros. Fui embora na segunda-feira bem cedo, depois de passar pelo quarto do Banjokô e fazer questão de acordá-lo, para dar um beijo de despedida e dizer que voltaria logo. Eu tinha pedido ao Francisco que depois conversasse com ele para que a minha visita ficasse em segredo, assim como a que pretendia fazer no dia seguinte. Seria melhor para todos, principalmente para o Banjokô, que a sinhá não soubesse da minha presença na casa.

Mas não apareci no dia seguinte e nem nas três semanas seguintes. Acho que algumas palavras do Baba Ogumfiditimi tinham ficado na minha cabeça e eu não parava de pensar que deveria trabalhar muito mais do que estava trabalhando para recuperar meu filho antes que ele se esquecesse de mim. E trabalhar mais ainda para, depois de comprar as nossas cartas de alforria, ter condições de dar a ele pelo menos um pouco do que tinha na casa da sinhá. Eu só não podia começar a fazer as contas, pois logo desanimava. O que consegui guardar naquelas três semanas de muito trabalho, andando o dia inteiro pelas ruas e pelas casas com encomendas, depois de obter a autorização da dona Maria Augusta para fazer os *cookies* à noite e ficar com os dias livres, foi apenas dois mil e trezentos réis. Quase nada perto do que precisava.

OPORTUNIDADES

Quando o senhor Amleto encomendou trezentos *cookies* especiais para uma recepção, tive a ideia de fazer mais alguns daquele tamanho, colocá-los dentro de um saquinho maior que os usados para os *cookies* grandes e vender um pouco mais caro que o habitual. A ideia deu muito certo, pois acredito que, arrumados daquele jeito, os *cookies* ficavam parecendo os vendidos nas lojas de produtos estrangeiros que a sinhá costumava frequentar. E já que a aparência era quase a mesma e a qualidade eu já tinha prova de que era muito boa, não tendo apenas o nome da firma, criei coragem e resolvi ir até uma dessas lojas, a melhor, a mais cara e famosa. De início tentaram me enxotar enquanto eu dava uma olhada nas prateleiras, dizendo que os produtos que estavam ali não eram para o meu paladar e muito menos para o meu bolso. Mas eu disse que tinha ido a mando da minha sinhá e perguntei se eles vendiam *English cookies*, caprichando na pronúncia. O homem que me pareceu ser o responsável disse que não, que era para eu me desculpar com a minha sinhá, pois tais iguarias não chegavam ao Brasil frescas para o consumo depois de uma viagem desde a Inglaterra. Eu então falei que nós, e salientei o "nós" para que ele pensasse que havia mesmo alguma sinhá por trás daquela minha atitude, que nós na verdade não estávamos procurando *cookies* para comprar, mas sim quem aceitasse vendê-los. Completei dizendo que pertencia a uma senhora que, *if you do not mind*, preferia permanecer anônima, tinha herdado uma receita de legítimos *cookies* ingleses e, por causa de problemas que não vinham ao caso, *if you understand*, pensava em fazer de tais iguarias uma fonte de renda. Falei assim mesmo, emendando frases em inglês para impressionar, e deu certo. O empregado me olhava espantado, tentando esconder que não sabia falar inglês e me deixando muito feliz por estar agradando, o que já resolvia parte do problema: ser ouvida. Antes que ele dissesse algo, abri a bolsa onde levava algumas embalagens de *cookies*, pois tinha preferido deixar o tabuleiro em casa, e dei para ele experimentar, enquanto colocava alguns saquinhos na prateleira da loja. Depois de comer três ou quatro, ele disse que eram muito gostosos, mas que precisava falar com o proprietário, pois não aceitava mercadoria nova sem que o patrão aprovasse. Eu disse que tudo bem, que a minha sinhá tinha me autorizado a deixar os pacotes da prateleira sem compromisso, que ele só me pagaria se vendesse, e que eu também poderia deixar mais alguns para o patrão dele experimentar. O homem concordou e eu pedi um pedaço de papel, que rasguei ao meio, e na primeira metade escrevi um bilhete para o patrão dele, usando também expressões em inglês e assinando como Missis k., que era eu mesma, mas que ele não tinha como saber. Na outra metade fiz um recibo e dei para ele assinar, concordando em receber dez pacotes de *cookies* a serem pagos quando, e se, fossem vendidos. Ele pareceu curioso; portanto, fui embora antes que começasse a fazer perguntas, pois eu já estava passando do meu limite ao conseguir permanecer calma depois de toda aquela encenação. Saí para a rua exultante, com a certeza de que tinha conseguido um jeito muito mais fácil de vender meus *cookies*, e só então me lembrei de que não tinha comentado nada sobre o preço. Não quis voltar, mesmo porque já estava bem perto da loja, onde fui buscar o tabuleiro e os outros *cookies* para atender aos fregueses do Terreiro de Jesus. Como já era novamente tarde e eu não tinha encontrado o senhor Amleto antes de ele chegar ao escritório, bati na porta e entreguei dois saquinhos ao João Benigno, dizendo que um deles era presente. Na manhã seguinte, ele nem agradeceu, o que eu já esperava, mas ao perguntar o preço dos saquinhos com os *cookies* menores e refazer as contas do que teria que me pagar no fim da semana pegando um saquinho por dia, nem reclamou do preço relativamente mais alto.

Acredito que o Baba Ogumfiditimi fez imediatamente o trabalho para abrir meus caminhos, porque assim que terminei de atender os fregueses do Terreiro de Jesus, resolvi ir até o mercado de importados para ver se o dono já tinha uma resposta. Foi ele mesmo quem me atendeu, parabenizando a minha sinhá porque os *cookies* eram muito bons e tinham sido aprovados até pela esposa dele, bastante exigente, e querendo fazer algumas encomendas, se a minha sinhá aceitasse. Quase me traí dizendo que aceitava sim, mas consegui me conter a tempo e comentar que teria que consultá-la, mas que não via problema algum. Ele fornecia produtos importados e de qualidade para as casas das pessoas mais importantes da cidade e até do Recôncavo, e achava que os *cookies* teriam excelente aceitação. Mas, para isso, precisava que fossem fornecidos em uma embalagem maior, com mais ou menos meio quilo, como as de outros produtos que me deu para servirem de amostra. Ele também disse que gostaria de conversar com a minha sinhá para discutir o preço, mas eu comentei que, por *private reasons*, ela preferia não aparecer, e tinha me dado autorização para tratar de todos os assuntos, inclusive os financeiros. Naquela época, algumas sinhás faziam com que suas escravas fossem para as ruas vender o que era produzido dentro de casa, mas, para manter as aparências de famílias abastadas mesmo passando por grandes dificuldades, preferiam que os outros não soubessem que era a mando delas. Assim, foi fácil convencê-lo a tratar tudo comigo, principalmente porque fiz questão de parecer muito mais inteligente e esperta do que me imaginava. Mas quase pus tudo a perder novamente quando comecei a rir do valor que ele disse que podia pagar por cada pacote, duzentos réis, no máximo duzentos e cinquenta. Para mim aquilo parecia uma verdadeira fortuna, ainda mais depois que fiz umas contas rápidas quando ele falou da quantidade, que seria bom um fornecimento de trinta quilos por semana, pagos no fim do mês.

À tarde, rindo sozinha enquanto andava pelas ruas entregando as encomendas, refiz as contas e vi que nem era tanto dinheiro assim, mas que daria um lucro melhor do que eu tinha até então. Os gastos e o tempo despendido também seriam maiores, mas isso era o de menos. Eu passaria a fazer os *cookies* aos domingos e às segundas-feiras, quando quase me mudaria para a casa do padre Heinz, trabalhando dia e noite. Poderia contratar uma ajudante, mas isso só faria aumentar o prazo para juntar o dinheiro das alforrias, o que não me agradou. As terças-feiras ficariam reservadas para a entrega da encomenda do mercado de importados, que tinha pedido exclusividade em relação a outras casas comerciais, e que, pelo peso, tinha que ser feita em duas viagens, ou então com a contratação de carregadores, o que também implicava gastos extras. Os outros dias foram reservados para as entregas das encomendas particulares, depois de passar pelo Terreiro de Jesus de manhã bem cedo e antes de ir para lá novamente, no fim da tarde. Continuei fazendo os dois tamanhos de *cookies*, o menor para as casas e o mercado, e o grande para as ruas, onde tinha mais saída.

Eu já estava com um ganho livre de quase seis mil-réis, mas isso tinha o custo de não conseguir fazer mais nada, nem aproveitar o único domingo por mês em que a sinhá me dava permissão para ver o Banjokô, quando eu ia levar parte do dinheiro do meu ganho. Depois de passar pelo solar de manhã e brincar um pouco com meu filho, ainda antes do almoço eu ia para a casa do padre Heinz. O Francisco reclamava dizendo que queria ficar mais tempo comigo, mas não tinha jeito, já que aos domingos ele ia para a cooperativa. Ele queria fugir algumas noites para me visitar na loja e não entendia que os muçurumins não permitiam visitas. Eu sabia disso antes de me mudar e achava que eles estavam certos. Apesar de só pensarem na própria segurança, esta proibição também mantinha a loja sempre tranquila, um lugar onde realmente podíamos descansar depois de um dia cansativo de trabalho, como eram todos os meus. O quintal era de uso exclusivo da família do alufá Ali, e mesmo nos dias em que faziam festas conversavam baixo, e se houvesse música ou dança, elas terminavam cedo. As reuniões religiosas aconteciam todas as sextas-feiras, e às vezes eles aproveitavam para matar e consagrar um carneiro, o único tipo de carne que comiam.

OS LIVROS

Eu mal conseguia conversar com o Fatumbi, o Ajahi e o bilal Sali, que às vezes chegavam mais cedo e subiam para saber notícias e contar as novidades. Ficaram muito felizes com o sucesso dos meus *cookies* e acharam muito engraçada a história da falsa sinhá que preferia permanecer no anonimato. O Fatumbi disse que eu era uma mulher muito inteligente, e que tinha percebido isso quando dava aulas para a sinhazinha Maria Clara, na casa da fazenda. Aproveitei a oportunidade para agradecer o interesse dele em me ensinar a ler e a escrever, o que estava ajudando muito em tudo que eu fazia. Também dei a ele a notícia que tinha recebido da Esméria, sobre a sinhazinha estar voltando da Europa, de Portugal, onde tinha se casado com o doutor José Manoel, já formado em Direito. Ela tinha escrito para a sinhá pedindo que procurasse uma casa para ela, que voltava para ficar. Fiquei muito feliz com isso, principalmente porque a Esméria disse que, na carta, ela tinha perguntado por mim e pelo Banjokô.

No dia em que o padre Heinz me viu na mesa da cozinha, pondo em dia o controle que eu fazia questão de manter em ordem sobre as entradas e saídas de dinheiro, ficou surpreso ao me descobrir letrada. Disse que quando ainda tinha esperança de ver sua igreja de pé, pensava em usar a sacristia para dar aulas para os pretos, principalmente para as crianças, para que elas pudessem ter a esperança de um futuro um pouco melhor. Ele achava que com os adultos era mais difícil, porque a pena era pesada demais para quem estava acostumado a carregar cargas, enxadas e facões. Mas as crianças aprendem depressa, o que é gratificante para elas e para quem ensina. Naquele dia, enquanto os *cookies* estavam no forno, entrei pela primeira vez no quarto dele, para ficar espantada pelo resto da vida. O cômodo era maior que a sala, que eu já achava grande, mobiliado com uma cama de rede pendurada a um canto, bastante modesta para o tamanho do padre, uma mesa e uma cadeira, e todo o espaço restante nas paredes era coberto por prateleiras de livros, revistas e jornais, que ainda estavam empilhados por todo o quarto, no chão. Ele tinha ganhado a maior parte daquele material de um velho padre que orientou seus estudos, e carregava aquele legado como o maior tesouro que alguém pode ter na vida. Falava dos livros com grande paixão, dizendo que ali, na nossa frente, estava um pouco de quase tudo o que os homens sabiam, em todos os tempos e em qualquer parte do mundo, e que bastava saber ler e gostar de ler para qualquer pessoa ter acesso àquela infinita sabedoria. Eu, que nunca tinha imaginado existirem tantos livros no mundo, me espantei ainda mais por eles pertencerem a um único homem. Perguntei ao padre Heinz se já tinha lido todos e ele respondeu que não, então fiquei curiosa para saber da serventia. Ele respondeu que essa era uma das grandes delícias, que a partir de um certo tempo de familiaridade com os livros, só de olhar para eles ou ler os nomes dos autores já podemos ter uma ideia do tipo de informação ou história que contêm. Pedi que me ensinasse a fazer isso e ele disse que faria o possível, mas que dependeria muito mais de mim do que dele, pois não tinha certeza de que isso se aprendia, porque precisava haver um sentimento, que era quase amor, entre nós e os livros. Naquela biblioteca também havia muitos livros em línguas estrangeiras, em alemão, francês, latim e italiano, línguas que o padre conhecia. Contei que já tinha lido o padre Antônio Vieira e o livro da biblioteca do colégio da sinhazinha, do qual recitei algumas partes. O padre conhecia os dois livros e ficou espantado ao saber que as mocinhas de São Salvador tinham acesso aos escritos da sóror Mariana Alcoforado, de quem gostava muito. Disse que eu poderia ficar à vontade para pegar o que quisesse, que até mesmo poderia levar para casa e devolver quando terminasse de ler. Eu nem sabia como agradecer, e talvez nem tivesse mesmo agradecido se soubesse quantos *cookies* acabariam queimados enquanto eu esquecia da hora em meio àquele *schatz*,[3] como ele chamava a biblioteca.

O SUSTO

Às vezes eu me sentia culpada por estar feliz longe dos meus amigos, do Francisco e principalmente do Banjokô. Mas cada vez eu sentia mais vontade de trabalhar muito e, nas horas vagas, de ler, achando perda de tempo fazer algo além disso. A Adeola brincava comigo, dizendo que ou eu estava enlouquecendo ou querendo roubar o homem dela, compartilhando as coisas de que ele mais gostava. Passei também a frequentar um alfarrábio que ficava na rua atrás da Praça do Palácio, onde adquiri alguns exemplares sugeridos pelo padre Heinz, autores que ele só tinha em alemão ou francês e que dizia que eu precisava conhecer. Mesmo no alfarrábio a maioria dos livros era em francês, mas não me importei em gastar um pouco do dinheiro

[3] *Schatz*: tesouro, em alemão.

que tanto economizava para comprar livros de, por exemplo, Gil Vicente e Luís de Camões, com os quais, tempos depois, provoquei admiração no doutor José Manoel, o marido português da sinhazinha Maria Clara. Também era Camões que eu estava lendo em uma madrugada de domingo para segunda, na cozinha da casa do padre Heinz, quando um preto com o rosto ensanguentado se jogou contra a porta e caiu a poucos metros de mim. Saí correndo para a sala gritando pelo padre Heinz, esquecida de que ele estava viajando, e acabei acordando a dona Maria Augusta. Ela saiu do quarto e tratou de acalmar primeiro o preto, que tinha se assustado mais com a minha reação do que eu com o aparecimento dele. Ele não precisou falar nada, pois ela, como se estivesse acostumada com tais situações, e tão ágil como não parecia ser, pegou no braço dele e o levou para o quarto do padre. Enquanto afastava uma enorme pilha de revistas de um canto, percebeu que ele estava sangrando e me mandou pegar um pano e limpar imediatamente qualquer vestígio de sangue que tivesse ficado pelo chão. Obedeci sem entender direito o que estava acontecendo, e assim que voltei ao quarto para descobrir quem era aquele homem e o que ele estava fazendo ali, ouvimos fortes batidas na porta da frente.

A dona Maria Augusta fez sinal para que eu ficasse calada e fosse para a cozinha, enquanto parecia que iam derrubar a porta, gritando para que abríssemos logo, que era a polícia. Peguei o meu bilhete de escrava de ganho, mas eles nem prestaram atenção em mim. Quando a porta foi aberta, três soldados invadiram a casa, tal qual o preto tinha acabado de fazer. Não havia muito onde procurar, e depois de uma rápida olhada pelos cômodos, estavam perguntando à dona Maria Augusta onde estava o preto. Ela respondeu que não sabia de preto nenhum e que, como tinham visto, só estávamos nós duas em casa, que podiam vasculhar onde quisessem. Eles pegaram a lamparina que eu estava usando na cozinha e foram olhar cada canto do quintal. Fiquei com medo de que houvesse manchas de sangue por lá, e havia, mas com a iluminação fraca eles nem perceberam. Imaginei que o preto devia ter se machucado ao passar pela cerca de arame, o que de fato tinha acontecido. Ele estava fugindo dos soldados e, na pressa, acabou se cortando. Dando-se por satisfeitos, mas não muito convencidos, os soldados foram embora e nem pediram o meu bilhete, talvez imaginando que eu fosse escrava da casa, por terem me encontrado na cozinha, atiçando o fogo. Depois que eles saíram e a dona Maria Augusta espreitou para ter certeza de que não estavam do lado de fora da porta, fez um aceno para que eu a seguisse até o quarto do padre Heinz, pondo as mãos sobre os lábios, em pedido de silêncio. Não sei como ela conseguiu arrastar a pilha de revistas e papéis para colocá-la de volta sobre o esconderijo, depois que o preto entrou em um espaço no qual mal cabia agachado e encolhido. Afastamos os papéis, e assim que puxei a tábua que o cobria, ele se levantou com os olhos esbugalhados e bastante assustado, por causa da quantidade de sangue que escorria pelo seu rosto. A dona Maria Augusta o iluminou para examiná-lo melhor e fomos para a cozinha, onde ela pôs água para ferver. Quando limpou o rosto dele com um pano molhado, vimos que a situação não era tão grave, apenas um corte longo na testa, mas não muito profundo, que ela pressionou com um pano e depois cobriu com açúcar. As pedrinhas de açúcar foram ficando manchadas de vermelho, mas cada vez menos, até que o sangue estancou de vez.

Eu estava curiosa para saber direito o que tinha acontecido, mas como nenhum dos dois falava nada, achei melhor continuar com meu trabalho, pois não precisavam da minha ajuda. Finalmente o homem abriu a boca para um pedido de desculpas e um agradecimento, que a dona Maria Augusta nem se deu ao trabalho de responder antes de voltar para o quarto. Mas disse que ele podia ficar mais um pouco, até ter certeza de que o corte não voltaria a sangrar, e que deveria permanecer no quarto do padre, pois logo a casa estaria cheia de gente. Mal começou a clarear, as outras mulheres foram chegando, e assim que tive chance fui até o quarto. Ninguém estranhou, já que eu entrava lá várias vezes à procura de alguma coisa para ler enquanto os *cookies* assavam. O preto estava sentado a um canto, de olhos fechados e com a mistura de sangue seco e açúcar ainda cobrindo o corte. Ele vestia apenas uma calça de tecido rústico, parecida com a que os escravos usavam nas fazendas ou nos trabalhos mais pesados na cidade, e a respiração já voltava ao normal. Pelo menos estava bem mais compassada do que quando o tiramos de dentro do esconderijo. Fiz barulho de propósito, para saber se estava dormindo, mas logo ele se mexeu e pôs a mão na frente dos olhos, para protegê-los da claridade que entrava pela porta entreaberta. Fingi procurar um livro, mas não consegui conter a curiosidade e perguntei o que tinha acontecido. Ele disse que estava fugindo da polícia quando se lembrou da casa do padre Heinz, e por isso estava lá. É claro que não fiquei satisfeita com aquela explicação, e quando percebi que ia dar o assunto por encerrado, fui me sentar perto dele, para ver se o estimulava a contar mais. Ele então começou a falar que tinha fugido havia mais de três meses de um engenho nas cercanias de São Salvador, em Cruz do Cosme, e desde então vagava pela cidade. Admirei ainda mais o padre Heinz quando o homem comentou que todos os escravos fugidos da cidade sabiam que na casa do padre podiam encontrar ajuda a qualquer hora. Primeiro, passavam pela casa para trocar de roupa, pois ela acabava denunciando um escravo fujão, como eu poderia ver nos anúncios de jornal que comunicavam a fuga de pretos. Além das marcas no rosto ou de algum defeito físico, os donos sempre descreviam a roupa com que o escravo tinha fugido. Então, para ficarem um pouco mais seguros, eles trocavam de roupa entre si, escolhendo uma que fosse bem diferente da roupa com que tinham sido vistos pela última vez. Ele, que disse se chamar Jacinto, tinha fugido usando calça e blusa de listras azuis, trocadas por uma roupa igual à que os carregadores de cadeirinha usavam, na tentativa de se passar por um deles. O que funcionava muito bem durante o dia, mas que podia causar problemas à noite, como tinha acontecido com ele, que tinha saído de um batuque na Barroquinha e voltava para o porto, onde costumava dormir. Deparou com três soldados fazendo a ronda e começou a correr antes mesmo que o interpelassem, como faziam com todo preto visto na rua depois de anoitecer. Um carregador não estaria trabalhando àquela hora, o que já levantava suspeitas. Ele achou que os soldados fossem desistir logo, mas, por azar, os três tinham muito fôlego e o seguiram bem de perto. Só conseguiu despistá-los porque, em vez de tentar chegar pela porta da frente, teve a sorte de achar a picada pelo mato, que ia dar no quintal.

Aquela não tinha sido a primeira fuga do Jacinto, como pude ver pelo F que tinha gravado no rosto. Ele percebeu que eu estava olhando e disse que não aceitava ser escravo e vinha fugindo desde que tinha chegado ao Brasil, havia mais de dez anos. Às vezes fugia por poucos dias e depois voltava, aproveitando o tempo para se divertir ou para participar de rebeliões. Orgulhava-se de ter participado de pelo menos cinco grandes, inclusive no Recôncavo. Disse que até conhecer o padre Heinz e a dona Maria Augusta, tinha vontade de matar todos os brancos que encontrava pela frente, porque era exatamente isso que eles faziam com os pretos. Quando não matavam de uma vez, matavam aos poucos, com trabalho, humilhação e castigo, além de tristeza. O Jacinto parecia gostar da conversa, como se precisasse desabafar e pôr para fora a grande raiva que estava sentindo, e eu estava gostando de ouvir. Fui até a cozinha e tirei os *cookies* do forno, aproveitando para levar para ele um copo de água e o meu farnel, um arroz de hauçá que eu tinha comprado no caminho, na noite anterior. Esperei que ele comesse e o incentivei a continuar. O Jacinto então falou da última rebelião da qual tinha participado, depois de ter se juntado a uns pretos no Quilombo do Urubu. Lembrei-me de que era o quilombo onde estavam a Verenciana, o filho dela, a Liberata e pelo menos um dos pretos fugidos durante a rebelião na Fazenda Nossa Senhora das Dores, em Itaparica. Contei isso ao Jacinto e ele comentou que naquele momento eles estavam em outro lugar, porque o Quilombo do Urubu tinha sido dizimado. Disse também que não deveria me preocupar com meus conhecidos porque um esconderijo nem era tão importante assim. Importantes eram as amizades feitas nos quilombos, onde todos formavam uma grande família que continuava se ajudando, independentemente do local. Depois de uma rebelião esses laços ficavam ainda mais fortes, pois a luta unia os pretos e fazia com que se importassem mais uns com os outros, pois muitas vezes a força estava na quantidade de gente reunida em busca de liberdade. Eu me surpreendi com a inteligência e o propósito das palavras dele, o que me fez entender perfeitamente por que não aceitava ser escravo.

UMA LUTA

Pedi ao Jacinto que me contasse exatamente o que tinha acontecido no Urubu, e muitos anos depois percebi que a grande falha estava mesmo na precipitação. A rebelião do Urubu estava marcada para o dia vinte e cinco de dezembro de um mil oitocentos e vinte e seis, no Natal, quando as pessoas estariam mais preocupadas com as celebrações, relaxando a vigilância. A maioria dos rebelados era nagô, como o Jacinto, comandados por um preto de quem ele não sabia o nome por ser mais seguro assim, e pela sua mulher, a Zeferina, que seriam declarados rei e rainha de um novo império nagô, se tudo tivesse dado certo. O Jacinto se lembrava do nome da Zeferina porque ela se tornou um exemplo para todos eles, enfrentando os soldados armados apenas usando arco e flecha, depois de ter gritado o tempo inteiro durante a luta, animando os guerreiros e não deixando que se dispersassem. O desacerto começou na noite do dia dezesseis de dezembro, por causa de uns escravos fugidos que estavam vivendo em Cajazeiras, no distrito de Pirajá. Eles foram vistos por uma família de lavradores quando levavam farinha de mandioca e carne roubadas para o esconderijo, e, com medo de serem denunciados, atacaram e mataram essa família, da qual sobreviveu apenas uma mulatinha chamada Brízida, de sete ou oito anos de idade, que ficou bastante ferida e foi levada para o hospital. Desatinados com a matança, os pretos aproveitaram para assaltar e roubar mais algumas casas na região e depois rumaram para o sítio do Urubu, na freguesia do Cabula, onde sabiam da existência de um quilombo.

O paradeiro deles foi denunciado pela população, revoltada com a morte dos camponeses e com os ataques às outras casas. Na manhã de dezessete de dezembro, o Urubu foi visitado por alguns capitães do mato corajosos, que acharam que conseguiriam controlar a situação sem saber ao certo o tamanho do quilombo. Foram postos para correr, e três deles acabaram mortos e mutilados, entre os quais um ex-escravo cabra que teve tratamento cruel, pois foi considerado um traidor. Os capitães que conseguiram escapar pediram ajuda a um piquete de doze soldados que encontraram pelo caminho, sendo que a eles se juntaram mais soldados da milícia de Pirajá. O Jacinto estava no quilombo quando os policiais chegaram, todos juntos e bem armados. Como os quilombolas ainda não estavam preparados como queriam, com a rebelião programada apenas para o dia vinte e seis, tinham poucas armas para se defender, alguns arcos e flechas, facas, facões, navalhas, foices e duas ou três espingardas enferrujadas. As armas, as que usariam para invadir São Salvador, matar os brancos e escravizar os mulatos, chegariam somente na noite do dia vinte e quatro, quando os escravos da cidade se reuniriam aos aquilombados do Urubu levando tudo o que conseguissem. As armas eram roubadas dos senhores de escravos ou em assaltos a policiais, quartéis e matadouros, e também serviam os instrumentos de trabalho, principalmente os de trabalho no campo.

Como estavam desprevenidos, homens, mulheres e crianças lutaram como puderam, aos gritos de "morra branco e viva preto". Nenhum dos policiais era verdadeiramente branco, a maioria era de pardos, mulatos e até mesmo pretos libertos que tinham passado para o outro lado, e isso só fez aumentar a raiva dos revoltosos, querendo se vingar dos traidores. Na fuga pelos matos, alguns pretos ainda conseguiram resistir depois de chegarem a um terreiro de candomblé[4] que também se escondia nas matas do Urubu, sendo que o responsável por tal candomblé, um pardo chamado Antônio, foi inocentemente preso e condenado a trabalhos forçados, acusado

---

[4] Candomblé: palavra em iorubá que quer dizer festa, ou o local onde ela se realiza.

de participar da rebelião. Entre os que foram pegos, apenas o Antônio e a Zeferina receberam tal condenação, enquanto os outros foram devolvidos aos donos ou soltos dias depois, ou ainda deportados para outros sítios. Dois revoltosos morreram na prisão em virtude dos ferimentos e acabaram virando heróis, assim como o grupo que foi encontrado nos escombros do quilombo por um batalhão de duzentos soldados enviados pelo presidente da província da Bahia, depois de ouvir rumores que davam a rebelião como muito mais séria do que realmente tinha sido. Os soldados daquele batalhão, se não mentiram para encobrir o que tinham feito, criaram mais cinco heróis, pois disseram que tinham encontrado os cinco cadáveres formando uma roda, como se tivessem se degolado uns aos outros. Depois de lutar o quanto podia e perceber que seria mais útil vivo, participando de novas rebeliões, o Jacinto conseguiu fugir para a mata, mesmo ferido. Tinha um corte profundo em uma das pernas, como mostrava a cicatriz de cerca de um palmo, e estava junto com um companheiro também ferido, e mal conseguiam cuidar um do outro. Embrenharam-se no mato o mais que puderam, e quando já estavam ficando sem forças, subiram em uma árvore, tomando cuidado para que o sangue dos ferimentos não pingasse lá de cima, o que poderia denunciá-los. Ficaram escondidos entre as folhas da árvore o resto da tarde e a noite toda, quando já não havia mais perigo de serem capturados, mas de serem atacados por animais. No dia seguinte, como nenhum dos dois conhecia a região, ficaram vagando, e à noite já não tinham mais forças nem para subir em uma árvore novamente. E essa foi a sorte, pois foram encontrados pelo padre Heinz, que chegava de viagem e cortava caminho por aqueles matos. O padre se assustou tanto quanto os dois, não só por encontrá-los ali, como também pelo estado deles, e os cumprimentou duas vezes, em português e em iorubá, dizendo que era padre, amigo e queria ajudar. O Jacinto, que não confiava em nenhum branco, sorriu ao me contar que, no estado lastimável em que se encontrava, não quis conversa e mandou que aquele homem enorme e saudável, acompanhado de um burrico, mantivesse distância se quisesse continuar vivo.

O padre percebeu que a ameaça era infundada, que os dois não tinham condições de atacar ninguém, e resolveu ficar por ali, dizendo que não se aproximaria, mas que precisava descansar um pouco. Abriu o embornal que trazia atado ao lombo do burro e tirou de lá um saco com carne-seca e farinha, das quais não comeu nem a quarta parte, colocando tudo de volta no mesmo lugar. Amarrou o burro em uma árvore e foi procurar água, pedindo que os dois vigiassem as coisas dele. O Jacinto e o companheiro primeiro hesitaram, achando que era uma emboscada, mas, morrendo de fome, começaram a discutir se deviam ou não assaltar o branco. O padre Heinz deve ter ficado por perto, vigiando porque só se aproximou algum tempo depois que a fome dos dois tinha vencido a resistência e o orgulho. Ele apenas fechou o embornal e nada comentou, deixando o cantil com água ao alcance dos pretos enquanto tirava um cochilo. O que ele queria era dar mais uma prova de confiança ao Jacinto e ao amigo, ou uma oportunidade para que seguissem sozinhos, se fosse isso mesmo o que queriam, se estivessem em condições depois de terem se alimentado e bebido água. Mas não estavam, e nem mesmo sabiam para que lado seguir, tanto que resolveram esperar que o padre acordasse e oferecesse ajuda. Mas o padre nada ofereceu, apenas se levantou e disse que, como já estava alimentado e descansado, precisava seguir viagem, pois tinha várias providências a tomar em São Salvador. Eles já iam deixá-lo partir quando o companheiro do Jacinto, que estava um pouco pior que ele, perguntou se São Salvador ficava muito longe. O padre respondeu que dependia; que se fosse no lombo do burro, em menos de quatro horas estariam na cidade, mas se fosse em passo lento de quem não conseguia caminhar direito, pelo menos umas dez horas.

O Jacinto e o companheiro se levantaram com algum esforço e, até chegar a São Salvador, se revezaram no lombo do burro, que teve a carga aliviada e carregada nas costas pelo padre Heinz, que também servia de apoio para o homem que ia caminhando. Entraram em São Salvador à noite, pelos fundos da casa, o mesmo caminho que o Jacinto tinha feito na noite anterior, quando me surpreendeu na cozinha, e foram entregues aos cuidados da dona Maria Augusta. Quando estava curado, o Jacinto voltou para seu dono, pois tinha caráter apesar de tudo, e sua liberdade seria conseguida com dinheiro para comprar a carta ou quando todos os pretos fossem livres. O padre Heinz e a dona Maria Augusta eram os únicos brancos que ele respeitava, porque também eram os únicos que o tinham tratado com respeito. O Jacinto sabia de muitas coisas que eu também queria saber, e parecia gostar de falar sobre as lutas, mas eu não podia ficar ouvindo, tinha que providenciar os *cookies*. Passei o resto do dia na cozinha, dando uma fugida de vez em quando, mas ele estava sempre dormindo, inclusive quando fui embora, no fim da tarde. Nunca mais o vi, mas me lembro do seu nome porque anos mais tarde, em São Paulo, conheci uma pessoa que também se chamava Jacinto.

MAIS HISTÓRIAS

A semana passou sem grandes novidades, a não ser pela recusa do Fatumbi em me contar onde estava morando e quem era seu novo dono, depois que a sinhá vendeu os negócios do sinhô José Carlos. Eu já tinha perguntado duas vezes e ele não se dignava responder, mudando de assunto como se não tivesse ouvido. Na sexta-feira, dia de ritual, ele chegou mais cedo à loja, subiu para conversar comigo e gostou de ver que eu tinha comprado livros novos. Como eu não estava esperando por ele, não tinha guardado os meus orixás. Não que os escondesse, pois a minha companheira de quarto, a Claudina, também era devota dos orixás, que os muçurumins pareciam tolerar, assim como faziam com os santos católicos da Vicência. O Fatumbi conhecia os orixás, e contou que pelo menos durante um mês por ano, em alguns casos até mais, os muçurumins faziam jejum desde a hora em que o sol surgia até a hora em que desaparecia, evitando até engolir saliva. Daquilo eu já sabia, o que não sabia era que essa tradição, o Ramadã, estava explicada em um dos versos do oráculo de Ifá. Não o jogo que o Baba Ogumfiditimi tinha feito para mim; esse a que o Fatumbi se referia era um outro, mais simples, com dez búzios, e que podia ser jogado por babalaôs e por ialorixás.[5]

O décimo verso do Oráculo de Ifá conta que Nanã, a velha mãe d'água e mãe de todos, inclusive dos muçurumins, estava muito doente. Os búzios foram jogados e indicaram que seus filhos deveriam fazer sacrifícios aos orixás. Mas, em vez de dar comida a eles, resolveram dar comida a Nanã, e todos os dias a alimentavam com mingau e milho. Nanã não melhorava e, quando estava para morrer, chamou os filhos e ordenou que, daquele momento em diante, quando cada ano se completasse, eles deveriam passar fome por trinta dias, não podendo comer ou beber nada durante o tempo em que o sol permanecesse no céu. Aquela era a origem do jejum dos muçurumins, tomada dos iorubás. O Fatumbi disse também que os filhos de orixás consideravam todos os muçurumins filhos de Oxalá, que tem o branco como a cor símbolo e a água como elemento, duas coisas muito importantes nos cultos dos muçurumins. Ele perguntou se eu já tinha ouvido falar em *odus* e eu disse que sim, mas o que eu não sabia era que um deles orientava a conversão à religião dos muçurumins.

---

[5] Ialorixás: "sacerdotisas" do candomblé.

O Fatumbi disse que a religião de Alá tinha sofrido algumas mudanças quando chegou à África, levada pelos mercadores árabes que lá estiveram muito antes dos portugueses. E outras mudanças também ocorreram no Brasil, porque era necessário fazer o possível para que a crença continuasse existindo. Como os escravos eram muito vigiados, nem sempre conseguiam fazer as cinco orações diárias como o profeta tinha ensinado, e cada um fazia do jeito que dava, o mais próximo possível do ideal. Eu sabia que o mesmo tinha acontecido com a religião dos orixás, pois em África, cada orixá é cultuado em uma determinada região, da qual é o protetor. No Brasil, por causa da falta de liberdade e de espaço para que cada orixá tivesse seu culto separado, foram todos misturados no candomblé. O Fatumbi já sabia disso, pois tinha se tornado muçurumim havia pouco mais de vinte anos e conhecia muitas coisas comuns às duas religiões. Eu quis saber quais, e ele me falou que os *anjonus*[6] eram bem parecidos com os djins,[7] e perguntou se eu já tinha um *tira*.[8] Eu respondi que não, mas que já tinha visto vários pretos usando, mesmo os que não eram muçurumins, e ele então ficou de me dar um.

O DESEJO

No domingo, antes de ir para a carpintaria, onde prestava serviços para a cooperativa, o Francisco passou na loja para me ver. O alufá Ali, que abriu a porta, não gostou que alguém fosse me procurar lá, mesmo eu dizendo que o Francisco era de confiança e que não apareceria mais. Marcamos um encontro para o fim da tarde, quando ele confessou sua impaciência para esperar a hora de se ver liberto e estar comigo quando quisesse. Eu disse que para mim também era difícil, mas que ainda éramos novos e teríamos um longo tempo pela frente, juntos. Não sei por que falei aquilo, pois já tinha certeza de que não era o que eu queria. Na época eu não sabia direito o que estava acontecendo, mas acredito que a convivência com homens como o padre Heinz e o Fatumbi, mesmo que eu não tivesse nenhum interesse ne-

---

[6] *Anjonus*: espíritos tribais cultuados nas religiões africanas.

[7] Djins: gênios.

[8] *Tira*: amuleto muçulmano que fazia bastante sucesso também entre os não convertidos, semelhante aos escapulários católicos e aos patuás do candomblé que, na Bahia, são considerados detentores de grande poder protetor.

les, fez com que eu perdesse a vontade de estar com o Francisco. Ele era um homem bonito, carinhoso e atencioso, e parecia gostar mais de mim à medida que eu começava a evitá-lo. Fomos para a Baixa dos Sapateiros e nos sentamos quase no meio da rua, onde ele me contou sobre as abordagens da sinhá, provocando em mim muito menos ciúme do que seria esperado. O Francisco disse que não estava aguentando, que ela tinha ficado ainda mais ousada depois que ele tinha pedido para se tornar um preto de ganho, como eu. A sinhá sorriu muito antes de responder, quase gargalhou, e perguntou se o que ele queria era se afastar dela por não estar mais conseguindo manter o respeito. Ela o acusou de estar com medo de não mais resistir, e por isso pedia para se afastar, mas que o pedido nem seria considerado, porque precisava dele dentro de casa. Todos já tinham percebido o interesse e zombavam do Francisco, dizendo que ela também queria fazer um crioulinho como o Banjokô. Achavam que ela precisava arrumar novo marido, o que, afinal, não devia ser difícil para uma viúva nova, bonita e rica. A Esméria tinha insinuado o assunto perto dela, que desconversou, mas começou a receber algumas pessoas nas noites de quinta-feira para conversar e jogar cartas. O padre Notório era dos mais entusiasmados, não faltava uma única noite e sempre aparecia acompanhado do seminarista Gabriel, que já estava um rapagão. O Francisco não gostava dele, à maneira dos homens que desprezam pessoas como o padre Notório e seu protegido, ainda mais com as brincadeiras que o Tico e o Hilário faziam, relembrando a cena que tinham visto no riacho, em Itaparica.

Depois que voltei a pedir ao Francisco que tivesse calma, que ainda daríamos um jeito na nossa situação, ele me deixou na loja, onde peguei minhas coisas e segui imediatamente para a casa do padre Heinz, agradecida por não ter mais que carregar os ingredientes. Como estava me tornando freguesa constante, comprando cada vez em maior quantidade, a mercearia entregava tudo na casa do padre e eu passava lá apenas para fazer os acertos. O padre Heinz tinha chegado de mais uma de suas viagens, e ele e a Adeola ficaram comigo na cozinha por um bom tempo, pondo a conversa em dia. Perguntei pelo Jacinto, mas ele não tinha notícias, pois era bastante recomendável que pretos em fuga não deixassem rastros quanto ao paradeiro, para ficarem mais protegidos. A dona Maria Augusta contou como eu me assustei, e ele disse que era melhor me acostumar e até aprender a tomar providências sozinha, já que trabalhava durante toda a noite de domingo para segunda. Aos domingos o número de fugas era maior, pois os pretos aproveitavam que era dia de guarda e que os senhores estavam menos atentos. Ele disse que fazia questão de ajudar os pretos e que, embora não concordasse com a fuga, achava que eles tinham todo o direito de lutar pelo que nunca deveria ser negado a um ser humano, a liberdade. Como a casa do padre era bastante conhecida por dar refúgio a todos os fujões em apuros, esse era um dos motivos pelos quais não dava abrigo a nenhuma das pretas que cozinhavam lá durante o dia. Os fujões quase sempre apareciam durante a noite, e, nestes casos, quanto menos gente soubesse da história, melhor.

AS CRENÇAS

Aproveitando que o padre Heinz tinha saído para atender ao chamado de uma senhora doente, perguntei à Adeola como eles tinham se conhecido, e ela comentou que era uma história interessante. De maneira indireta, tinham sido apresentados pela quarta esposa do Baba Ogumfiditimi, a Trindade. Antes do casamento com o babalaô, a Trindade vivia amasiada com o padre Heinz, mas não se conformava com a recusa dele em dar um filho a ela, coisa com a qual a Adeola não se importava. Mas o fato é que o padre devia ter os seus motivos e dizia que se a Trindade ficasse pejada, não rejeitaria a criança, que não tinha culpa alguma, mas seria contra a vontade dele. A Trindade nasceu em África e estava acostumada com homens que tinham várias esposas, e isso não foi motivo para se afastar do Baba Ogumfiditimi quando o conheceu em uma festa do Bonfim. Ele fez a corte e ela passou a frequentar o sítio com a desculpa de consultar o Ifá, que tinha inclusive falado que seria feliz ao lado dele, mais feliz do que se continuasse com o padre Heinz. Foi ela mesma quem contou tudo isso ao padre, que entendeu e respeitou sua decisão de ser a quarta esposa do babalaô. Tanto entendeu que foi entregá-la pessoalmente, para saber onde ela ia morar e para ajudar a levar as poucas coisas que ela possuía. Coincidentemente, naquele dia, um domingo, a Adeola tinha ido até lá para se consultar, o que estava acostumada a fazer desde o tempo em que sua mãe era viva. Ela e o padre Heinz conversaram bastante enquanto o babalaô dava uma consulta. Ela esperando a vez de ser atendida e ele esperando para dizer ao babalaô que gostava muito da Trindade e queria que ela fosse bem tratada. Todos estavam tensos, achando que poderia surgir algum desentendimento entre os homens, menos a Trindade, que tentava acalmá-los dizendo que conhecia muito bem os homens que tinha escolhido. E, de fato, eles se deram muito bem. Não que tivessem ficado amigos, mas o Baba Ogumfiditimi já tinha visitado o padre Heinz várias vezes, e o padre, junto com a Adeola, tinha ido ao casamento e às cerimônias de nome dos filhos da Trindade.

Essa história contada pela Adeola mostra bem a mistura das religiões, que valia mais entre os pretos, da África ou da terra, já que os brancos agiam como donos de tudo, inclusive da única crença verdadeira. Batizar os pretos com nomes de brancos e obrigá-los a renegar a fé que tinham em África antes mesmo de pisarem na nova terra era um modo de mostrar isso. Os estrangeiros, exceto os portugueses, nem se importavam muito, e os ingleses, principalmente, eram bastante tolerantes, deixando que seus pretos seguissem a fé que quisessem, desde que o trabalho fosse bem-feito. Dentro das casas, e de portas fechadas, também era grande o número de sinhás que apelavam para as mandingas das pretas, prometendo cortar as línguas delas se comentassem com alguém. Mas era assunto que corria entre elas, como a Antônia já tinha ouvido das outras mucamas quando acompanhava a sinhá Ana Felipa aos chás com as amigas. As pretas riam ao contar tais histórias, pois na maioria das vezes enganavam as sinhás, fazendo a mandinga errada ou então dizendo que precisavam de muito dinheiro para comprar determinados produtos de África, bastante caros em São Salvador. As sinhás, sem terem a mínima noção do que elas falavam e também por acharem que não era tanto dinheiro assim, do ponto de vista delas, davam o que as pretas pediam, sem saber que patrocinavam muita comida e bebida nos batuques pela cidade afora. A Antônia tinha inclusive ouvido falar de algumas pretas que enriqueceram, compraram a carta de alforria e viviam folgadas com o dinheiro que obrigavam suas ex-sinhás a pagar a elas, com chantagem ou ameaça de o feitiço se inverter, caso não fosse renovado. Os casos até que eram bastante simples; ou as sinhás queriam ficar pejadas ou fazer com que os maridos parassem de dormir com outras, principalmente com as escravas, ou que abandonassem o vício da bebida e do jogo, ou então que elas próprias não fossem descobertas em suas escapadas conjugais. Havia também alguns casos em que pediam cura de doenças já tratadas sem sucesso pelos doutores, ou mesmo meios de conseguirem mais dinheiro para comprar os vestidos e as joias de que tanto gostavam.

A AJUDA

As semanas passavam sem que eu percebesse, e em um domingo em que fui levar o dinheiro da sinhá Ana Felipa, a Esméria contou que a sinhazinha Maria Clara já tinha voltado da Europa, que estava linda e provavelmente tinha ficado pejada durante a viagem. Ela também tinha perguntado por mim e pedido à Esméria que me desse a morada para que eu fosse visitá-la. A cada encontro nosso, o Banjokô parecia mais distante, e daquela vez nem havia o Francisco para nos reaproximar, pois ele tinha saído para a cooperativa ainda na noite anterior. Mas até fiquei aliviada por ele não estar lá, porque assim que falei da necessidade de ir embora cedo para começar a fazer os *cookies* da semana, a sinhá comentou que provavelmente eu estava indo procurar alguém com quem me deitar pela rua, já que não tinha encontrado na casa dela. Ela estava muito envelhecida e amarga, e desejei de verdade que encontrasse alguém, ou que pelo menos conseguisse se deitar com o Francisco. Mesmo que brigássemos muito, mesmo que muitas vezes eu tivesse vontade de esganá-la, queria que ela fosse feliz do mesmo modo que fazia o Banjokô feliz, ou o José, por mais que isso fosse difícil de admitir.

Eu estava ganhando um bom dinheiro com os *cookies* e o *rice pudding*, e já não me interessava muito fazer as entregas nas casas, o que tomava muito tempo e não dava tanto lucro, então contratei o Tico e o Hilário. Eles, que já adoravam andar pela cidade, ficaram felizes com um motivo para isso, ainda mais porque viram nas entregas uma oportunidade de travar conhecimento com os escravos dos estrangeiros. Eram escravos mais reservados, como eu já disse, talvez por falarem outra língua e se julgarem superiores aos escravos dos brasileiros, assim como seus donos também se julgavam melhores que os brancos da terra. O Tico e o Hilário gostaram tanto da nova função, e a teriam feito mesmo se fosse de graça, acho, que passaram a visitar mais casas e conseguiram novos fregueses. A Esméria, que andava preocupada com o futuro deles, ficou radiante, porque temia que a sinhá se cansasse de sustentar os dois vagabundos e os vendesse, ou simplesmente os mandasse embora do solar. Aliás, eu também não entendia como ela ainda não tinha feito isso. Meu trabalho aumentou bastante, pois além de continuar responsável pela entrega na mercearia às terças-feiras, para dar conta das novas encomendas eu cozinhava aos domingos, às segundas e quintas-feiras.

Quase todo o meu tempo livre também era passado na casa do padre Heinz, na biblioteca ou conversando com ele, e acabamos conseguindo realizar um antigo projeto de quando sua igreja ainda não tinha sido vetada. O padre Heinz gostaria de montar uma escola para crianças, uma escola que as ensinasse não apenas a ler e a escrever, mas também a brincar e a acreditar na esperança de ser alguém, apesar das condições em que viviam. Ele nem queria falar em fim da escravatura, mas em meios de suportá-la melhor, pois o preto com um pouco de conhecimento era mais valorizado e tinha maiores chances de comprar a alforria. O padre Heinz disse que eu era exemplo disso e que minha participação como professora seria muito importante. Acredito que ele tenha falado professora para me agradar, mas sabia muito bem em que eu seria mais útil em um problema que nunca imaginei que enfrentaríamos, o de convencer as mães de que a escola era boa para seus filhos. A maioria delas nem queria saber de conversa, alegando que letras não enchiam barriga de ninguém, que era muito melhor que seus filhos permanecessem como estavam, nas ruas, fazendo pequenos trabalhos e tomando um rumo na vida, apesar da pouca idade. Era aí que eu entrava, porque, apesar de o meu sucesso com as vendas dos *cookies* não estar relacionado a saber ler e escrever, ou não muito, eu inventava uma história qualquer que ligasse uma coisa à outra, e assim conseguíamos vencer as resistências.

A segunda dificuldade foi com as próprias crianças, que, sem terem quem olhasse por elas, viviam com grande liberdade, mesmo as escravas. Quando pegas pelos soldados, eram devolvidas aos donos com a recomendação de que fossem castigadas e mais vigiadas. Mas ninguém tinha tempo para fazer isso, sendo que logo em seguida elas já estavam nas ruas novamente, roubando ou fazendo um trabalho e outro para conseguir comida. Aliás, comida era a única coisa que importava, e foi por aí que começamos, dizendo a elas que então fossem apenas conhecer a escola e fazer uma refeição. Tentávamos prendê-las com brincadeiras interessantes, que dessem a ideia do que aprenderiam, mas a maior parte ia embora assim que devorava a cuia de mingau servida pela dona Maria Augusta. A grande frequência era de crianças pretas, mas apareceram também algumas mulatas e brancas pobres, aquelas cujas mães não proibiam a mistura com os pretos, apesar de viverem em situações tão ou mais miseráveis que a nossa. Havia muitos mendigos pelas ruas da cidade de São Salvador, muitos brancos que não conseguiam colocação que achassem digna deles, o que significava um emprego público, e preferiam mendigar a fazer o trabalho braçal destinado aos pretos.

Como nem eu nem o padre Heinz tínhamos experiência em ensinar, falei com o Fatumbi, e ele aceitou ajudar por algum tempo, indo até a casa do padre duas tardes por semana. Assim que foram apresentados, os dois homens passaram a agir como se fossem amigos desde sempre, conversando horas seguidas. O Fatumbi me pediu que guardasse segredo, que não contasse a ninguém da loja e nem ao bilal Sali ou ao Ajahi, mas logo ele mesmo se traiu de propósito ao pedir a ajuda de todos, qualquer contribuição, para que conseguíssemos continuar servindo comida para o número cada vez maior de crianças que começaram a aparecer. Além de dinheiro, os muçurumins também doaram muitas lousas velhas, que já não serviam mais para o estudo do Alcorão ou para as mandingas, mas que ainda estavam em excelente estado para serem usadas nas aulas. O Fatumbi fez todos os planos de aula e ainda conseguiu improvisar cadernos com folhas de papel coladas umas nas outras, que as crianças adoraram. Era papel barato, do mesmo que as pretas usavam para embrulhar quitutes, que ele colava cuidadosamente, usando goma feita de farinha de mandioca. Eu o ajudava durante as aulas, prestando atenção para aprender como ele fazia, e logo assumi uma turma. Mas as melhores aulas só eu tinha o privilégio de frequentar, que eram as conversas entre o padre e o Fatumbi, nas quais se falava de tudo, de livros a religião.

Eles respeitavam todas as devoções e concordavam quando o assunto era a conversão forçada, que aquilo que se fazia com os pretos não era certo. O padre Heinz dizia que, com a desculpa de salvar almas pagãs, facilitou-se o trabalho do diabo, entregando a ele cristãos de pouca fé, presos à nova crença apenas pelo medo, por obrigação, mas que tinham no fundo da alma as crenças nascidas em África, que não podiam ser arrancadas. O Fatumbi dizia que na religião dele também acontecia isso, que mesmo em África, muitos se convertiam apenas de mentira, para provarem das palavras com que Alá pregava a igualdade entre os homens. E para agravar a situação, ainda havia as guerras entre as tribos e os povos, e muitas vezes um rei se convertia apenas para ter proteção política, ou então para conquistar outros reinos, justificando uma guerra em nome de Alá e obrigando todo o seu povo a segui-lo. Eu sabia que existiam escravos em África e o Fatumbi disse que eram em quantidade muito maior do que eu poderia imaginar, porque em alguns lugares eles eram tão bem tratados que nem pareciam escravos, mas eram. Entre os mandingas, os escravos tinham direito a comida, roupas, casamento e meação de terra com seus donos, e no reino do Congo os escravos eram considerados parte da família, como se fossem filhos de ventre, podendo ter seus próprios escravos e até substituir os pais adotivos, se estes viessem a faltar. Quando disse ao Fatumbi que em São Salvador eu também já tinha ouvido falar de escravos que tinham escravos, ele mudou de assunto e eu fiquei bastante desapontada, pois queria saber sua opinião sobre isso.

A SINHAZINHA

Com o trabalho e a escola, nem percebi que já havia passado muito tempo desde que a Esméria tinha me dado a morada da sinhazinha, sem que eu tivesse ido visitá-la. Depois que o Tico e o Hilário disseram que ela tinha visitado novamente a sinhá Ana Felipa e se queixado do meu sumiço, arrumei um tempo e fui. Eu não sabia como ela ia me tratar, por causa do tempo sem nos vermos e porque muitas coisas tinham acontecido em nossas vidas. Escolhi a melhor roupa, um vestido que mais parecia de sinhá, e chamei no portão da casa dela, no Barris. Chamei várias vezes, e como ninguém atendia, já estava indo embora quando ela me gritou através de uma janelinha de vidro que se abriu na porta principal. Estranhei ouvir meu nome de branca, Luísa, pois desde que tinha saído da casa da sinhá ninguém mais me chamava assim. Eu fazia questão do Kehinde, que, na verdade, era meu único nome, já que não tinha sido batizada. Estranhei também quando ela mesma foi abrir o portão, às pressas, decerto para que ninguém a visse, e me conduziu direto ao quarto do casal.

Aparentemente, a sinhazinha não tinha mudado muito, e só quando estávamos a portas fechadas foi que mostrou que também não tinha mudado a amizade que um dia disse sentir por mim, comentando que eu estava muito bonita e que se sentia feliz por me ver novamente, o que demonstrou com um abraço. Fiquei sem jeito de retribuir, o que fez com que ela rapidamente me indicasse uma cadeira e se sentasse em outra, em um quarto muito parecido com o da sinhá. Ela percebeu que eu tinha reparado e sorriu, comentando que a sinhá Ana Felipa tinha cuidado de toda a decoração da casa, para que ela e o marido pudessem ocupá-la assim que desembarcassem. Não existiam hospedarias decentes na cidade e a sinhazinha disse que não se sentiria à vontade no solar da sinhá, já que não havia nenhum vínculo afetivo entre as duas, e até já tinham dividido a herança do falecido.

Ao falar no pai, ela se lembrou do Banjokô e perguntou por ele. Respondi que estava bem, mas sem saber ao certo, porque já havia quase um mês que eu não ia até o solar. O Tico e o Hilário sempre me davam notícias dele, geralmente recados da Esméria ou da Antônia, mantendo-me razoavelmente informada das novidades, como ele estar aprendendo a tocar piano. A sinhazinha confirmou a suspeita da Esméria de que estava mesmo pejada, de três meses, o que ainda não se fazia notar, mas que já servia para deixá-la muito feliz, ela e o doutor José Manoel. Ela disse que sentia muito sono e que estava cochilando quando cheguei, por isso tinha demorado para abrir a porta. Foi então que reparei na cama malfeita e perguntei pelos criados, pois não tinha visto nenhum no andar de baixo da casa. Ela comentou que tinha teimado com o doutor José Manoel para manter os criados que tinham em Portugal, por já estarem acostumados a fazer o serviço como ela gostava, mas que isso tinha sido um grande erro. Em Portugal eram ótimos, ela quase não precisava chamar a atenção ou pedir que alguma coisa fosse feita, mas tudo mudou pouco tempo depois de terem chegado ao Brasil. Eram criados e não escravos, e a sinhazinha não tinha como impedi-los de sair às ruas, que eram interessantes demais, como o copeiro logo notara. Ele começou a passar noites fora de casa e a voltar de manhã, geralmente bêbado e imprestável para o trabalho, dormindo o dia inteiro. A mucama contou que ele estava enrabichado por uma crioula e passava as noites com ela, com quem gastava boa parte das economias, cobrindo a moça de presentes. O outro criado também começou a acompanhá-lo e foi mais ousado ainda, porque às vezes passava dias sem aparecer na casa. Não tardou para que as duas criadas também mudassem completamente em relação ao trabalho, primeiro porque estavam revoltadas por terem que substituir os dois fanfarrões, e depois porque começaram a se inteirar dos costumes da terra e perceberam que provavelmente eram as únicas criadas brancas da região. Havia outras, mas nenhuma fazia o trabalho pesado como elas, mas apenas o de servir de damas de companhia das sinhás ou de tutoras das crianças. A sinhazinha tentou conversar com elas, que alegaram não terem cruzado o mar para passarem por pretas, e ficaram sinhás das suas vidas, fazendo apenas os serviços que lhes apeteciam. Tinham medo do doutor José Manoel, e quando ele estava em casa, faziam o ambiente parecer o mais normal possível. A sinhazinha contava essa história, preocupada com a atitude a tomar, que provavelmente seria embarcá-los de volta, mas achando tudo muito divertido, imitando o jeito de falar dos portugueses. Ela me perguntou se eu sabia de alguém que poderia substituí-los, porque a barriga estava crescendo e logo precisaria de criados em que pudesse confiar, e fiquei muito feliz ao saber que não queria escravos, mas sim criados, a ganho, não importando se pretos ou crioulos.

Passamos uma tarde agradável, sendo que depois fomos tomar chá na cozinha, onde uma das criadas se negou a me servir. A sinhazinha então pegou o bule e serviu ela mesma, como faria com uma amiga importante, para que eu não ficasse encabulada. Mas na hora em que eu estava me preparando para ir embora, chamou a mulher e ordenou que acompanhasse a senhora dona Luísa até o portão, não sem antes ter passado a mão na maior faca que tinha na cozinha e brincar com ela no ar, na direção da portuguesa. A mulher saiu correndo e gritando "ais jisuses" e obedeceu sem que precisasse ser mandada duas vezes, enquanto, da cozinha, minha amiga acompanhava a cena sem conseguir conter o riso. Aquela foi a primeira vez que um branco abriu uma porta para eu passar, e confesso que uma alegria muito boa me acompanhou até a loja, onde, na calçada, o Francisco estava à minha espera. Não devo ter feito uma expressão muito simpática, pois ele logo se desculpou, dizendo que precisava falar sobre algo muito importante. Já estava escurecendo e não era recomendável, principalmente para ele, que não tinha bilhete, ficarmos no meio da rua, então pedi permissão ao alufá Ali para conversarmos no quintal. O Francisco tinha notícias do Banjokô e um recado do Sebastião sobre uma cooperativa na Barroquinha, aconselhando que eu fosse me inscrever logo. Peguei a morada e o nome da pessoa que eu deveria procurar e agradeci ele ter se arriscado, saindo às escondidas para falar comigo. Ele disse que não era nada, pois estava com saudades, e me convidou para passarmos juntos o próximo dia santo, quando não precisaria trabalhar.

AS IRMANDADES

Na manhã seguinte ao encontro com o Francisco, acordei bem cedo e fui para a Barroquinha falar com uma mulher chamada Esmeralda, que gostou de saber que eu também era jeje como ela e muitas outras mulheres que já faziam parte da confraria. Ela dizia confraria, mas também podia ser chamada de cooperativa, junta, irmandade ou sociedade. Qualquer pessoa podia se inscrever, mas estavam dando preferência às mulheres, já que as outras confrarias eram formadas por muitos homens, e as mulheres tinham algumas ideias diferentes, preocupações bastante próprias, como o cuidado com o futuro dos filhos. A Esmeralda já era forra, tinha conseguido a liberdade depois de comprar, ela própria, uma pretinha recém-chegada de África e treiná-la para deixar em seu lugar na casa da antiga dona, uma freira do Convento do Desterro. A pretinha, de nome Anunciação, já estava fazendo parte da confraria com joia de entrada paga pela Esmeralda e contribuições mensais feitas com o que ela própria conseguia, depois de ter sido colocada a ganho. Eu me surpreendia com os arranjos que se podia fazer para conseguir a liberdade, e nem imaginava que naquela época ainda não sabia de quase nada, ainda não tinha tomado conhecimento de um mundo às escondidas vivido pelos pretos e crioulos, forros ou não. O que eu tinha que fazer, era pagar cinco mil-réis para mim e cinco mil-réis para o Banjokô e continuar com o pagamento mensal de pelo menos quinhentos réis, mais o que eu pudesse conseguir. Quanto mais pagasse, mais depressa poderia acumular a quantia de que precisava para comprar as cartas. Se eu não tivesse o dinheiro para as nossas joias, a Esmeralda disse que poderia indicar pretos que emprestavam a juros, mas, felizmente, não era necessário. Eu já tinha guardado mais de quinze mil-réis, e mesmo tendo que ceder parte do dinheiro para a confraria, a título de colaboração e custos administrativos, ficava mais tranquila por não ter que guardar dinheiro em casa. Meus amigos da loja pareciam bastante honestos, mas nunca se sabia, e eu tomava muito cuidado quando ia guardar o dinheiro em uma caixinha escondida sob o altar montado para os Ibêjis, a Oxum, o Xangô e a Nanã, esta última encomendada a um santeiro conhecido da Claudina, tão bonita quanto a Oxum da Agontimé. O altar parecia um esconderijo óbvio demais, mas não havia alternativas, e a confraria me pareceu um jeito seguro, além de ter outros benefícios. Fazendo parte dela, eu teria direito a empréstimos em caso de precisão, até mesmo de valor maior que o contribuído, e se morresse durante o tempo de contribuição, o crédito a que tinha direito seria empregado conforme eu indicasse; no funeral, de acordo com a minha religião, ou seria entregue a um herdeiro. Seria bom também frequentar as reuniões aos domingos, quando eram feitas as contribuições e discutidos os assuntos relativos aos empréstimos.

Compareci à reunião do domingo seguinte no mesmo lugar, na loja onde a Esmeralda morava com mais ou menos trinta pessoas, famílias formadas apenas por mulheres e seus filhos. Imaginei que aquele seria um bom lugar para morar com o Banjokô, embora não fosse o suficiente para ele, acostumado ao luxo da casa da sinhá, um verdadeiro sinhozinho, que era como a Esméria costumava chamá-lo. Mesmo sendo de brincadeira, eu sabia que tinha um grande fundo de verdade naquilo, mesmo que a sinhá não o apresentasse às pessoas, mesmo que o escondesse quando tinha visitas, perto apenas dela e dos outros escravos, o Banjokô tinha todas as vontades satisfeitas. No primeiro dia eu tinha entrado somente na sala da loja, um cômodo asseado e mobiliado com dois bancos de madeira, uma mesa com duas cadeiras e um altar que abrigava orixás e santos católicos, principalmente Nossa Senhora, representada por três estátuas diferentes, todas de madeira. A sala era a sede da confraria, e a loja ainda tinha mais três andares, e em cada quarto havia uma ou duas famílias alojadas, dependendo do tamanho, que tinham em comum o uso do terreiro onde estavam montados três fogões de tijolos e uma cobertura de telhas romanas, sob a qual tinham sido colocados uma grande mesa de madeira e dois bancos compridos. As reuniões eram feitas nesse espaço, onde, naquele dia, estavam cerca de cem pessoas. Uma mesa menor ocupava o centro do terreiro, e era dali que a Esmeralda, duas outras mulheres e um homem coordenavam a reunião.

Discutia-se muito, mas quase todos os problemas já estavam previstos no estatuto, lido integralmente para os novos membros e em parte para os antigos, quando se valiam dele para justificar uma decisão. Os que se achavam tolhidos em seus direitos diziam que não se lembravam das regras, mas acabavam cedendo diante dos fatos. Um dos maiores problemas era em relação aos juros cobrados pelos empréstimos, mais altos para quem contribuía com pouco dinheiro e tirava muito. Alguns escravos tiravam o valor integral de suas alforrias depois de terem contribuído apenas com a joia de entrada ou pouco mais que isso, e ficavam com uma dívida que era o dobro da quantia emprestada, para ser quitada a longo prazo. Se não me engano, todos os filiados eram escravos de ganho, pois só eles tinham dinheiro ou podiam ganhá-lo. Deste modo, depois de libertos, e não tendo mais que pagar nada aos seus senhores, ficavam com mais tempo livre para trabalhar por conta própria, e não era difícil honrar o compromisso assumido com a confraria. Este era um ponto importante, mas que raramente causava problemas, pois já tendo sido escravos, os forros entendiam a necessidade de continuar pagando em dia para que outros tivessem a mesma oportunidade que eles. Caso não fossem de livre vontade até a sede, havia uma pessoa encarregada da coleta que ia procurá-los. Mas as maiores discussões aconteciam por causa de valores pagos ou devidos, visto que não havia uma escrituração muito confiável.

O funcionamento da confraria era responsabilidade de um chefe, que no nosso caso era uma chefe, a Esmeralda, com conhecimento e controle de tudo que acontecia, sendo ela também quem decidia sobre os problemas que não estavam previstos, fazendo com que essa decisão passasse a ser parte do estatuto. Ela era ajudada por uma responsável pela guarda da caixa dos empréstimos, uma nagô chamada Aparecida, de inteira confiança da Esmeralda e sua antiga conhecida, pois tinham trabalhado juntas na casa da freira dona Margarida Alves de Sant'Anna. A Aparecida era semiforra, pois tinha feito um acordo com a freira e pagava a carta a prestação, o que fazia desde muito antes de existir aquela confraria, sendo que por isso não fazia parte dela. Mesmo assim frequentava as reuniões e era a responsável pela caixa, que ficava guardada em local seguro na casa da freira, onde a Aparecida ainda morava. Tal caixa só podia ser aberta com o uso de três chaves, uma que ficava com a Esmeralda, outra com a Aparecida e outra com um hauçá chamado Gregório, o prestamista. Ele era o encarregado de fazer as anotações e as contas das quantias pagas e emprestadas, chamadas de amortização e prêmio. Quando fui pagar a joia de entrada, ele me entregou dois bastonetes de madeira em que eram anotados, por meio de cortes, o recebimento ou o pagamento das quantias ou cotas combinadas. Ainda tenho um destes bastonetes entre os guardados do baú de lembranças do Brasil.

O Gregório era pago para fazer aquele serviço e tinha muita experiência, pois trabalhava para várias confrarias. O salário dele saía do fundo de administração, para o qual todos contribuíam e que também era usado para a realização dos festejos e das obrigações religiosas, para o pagamento de missas fúnebres dos associados e para a compra de roupas e comida dadas em caridade. A cada ano, desde a data de fundação, aconteciam as reuniões mais interessantes, que causavam os maiores alvoroços, quando se apurava o que tinha sobrado do fundo de administração para a distribuição dos lucros, amortizando a dívida dos que mais tinham contribuído durante o período. Consideravam como dívida a quantia de que precisávamos para a nossa alforria, de acordo com o preço com que tínhamos sido avaliados, não se levando em conta se já tínhamos ou não tirado o empréstimo. Então, mesmo se alguém tivesse somente feito pagamentos e não tirado nada, ele era considerado tão devedor quanto os que já tinham recebido empréstimo e continuavam pagando a prazo, e isso muitas pessoas não conseguiam entender direito. Quanto maior a quantia com que eu tivesse contribuído sem nada retirar, maior a minha derrama para o fundo de administração e para a compra de outras cartas de alforria, e eu seria recompensada entrando na divisão do fundo de caixa que sobrava. Isso tudo o Sebastião me explicou depois, com calma, porque era mesmo difícil de entender durante as reuniões, com todos falando ao mesmo tempo e com a grande confusão que se formava quando algum erro era apontado nas anotações, o que não era raro, em prejuízo dos membros ou da confraria. O Sebastião disse também que muitos pretos forros que tinham um bom dinheiro sobrando costumavam ganhar ainda mais nas confrarias. Eles contribuíam com grandes somas para terem direito aos lucros, e depois faziam a retirada do dinheiro para logo em seguida tornarem a empregá-lo. Era melhor que nada e muito mais seguro do que guardar dinheiro em casa, já que as casas financeiras não gostavam de fazer negócios com pretos, que, por seu lado, se sentiam enganados quando precisavam usar aquelas instituições.

DESILUSÕES

No primeiro domingo em que estive na casa da sinhá Ana Felipa depois de ter entrado para a confraria, contei tudo para a Esméria e a Antônia, que se animou e disse que pensaria em um jeito de começar a pagar. Mas fiquei muito triste pela Esméria, prometendo a mim mesma que, depois de ter a minha carta e a do Banjokô, começaria a cuidar da dela. Foi com lágrimas nos olhos que ela disse que já estava velha, que não sabia fazer mais nada e que, àquela altura da vida, provavelmente não aprenderia, e só restava continuar servindo a uma sinhá. E isso era a mais pura verdade, pois desde a mudança para São Salvador, ela nem sequer tinha posto os pés fora do terreno do solar. Em vez de ficar jogada pelas ruas, velha e mendigando, ela disse que preferia ser cativa para o resto da vida, e se daria por muito satisfeita se a sinhá tivesse piedade e cuidasse dela na velhice, cedendo um teto e comida em nome dos bons serviços prestados. Completou dizendo que nós, os jovens, devíamos, sim, trabalhar muito para ter um futuro melhor, que nossas vidas só dependiam de nós, porque desde muito nova ouvia boatos de que a libertação estava próxima, sem nunca acontecer. Ficamos em silêncio, pensando nas verdades que ela tinha acabado de dizer sobre a libertação dos escravos e sobre o descaso com os mais velhos.

Desde que eu tinha começado a correr as ruas com o padre Heinz falando sobre a escola, percebi o grande número de velhos nas ruas. A maioria estava doente e não servia para trabalho algum, e seus senhores, fingindo que faziam uma grande caridade, davam a alforria e mandavam todos para as ruas, para morrerem por lá. Um gasto a menos com roupa e comida. Os velhos disputavam o espaço e a parca esmola com os inválidos, os doentes, os aleijados, as crianças mandadas mendigar por seus pais ou senhores e os vagabundos que não queriam saber de trabalho, pretos ou brancos. Havia também os marinheiros, muitos estrangeiros, que viviam tentando conseguir dinheiro para comprar bebida ou pagar mulheres que faziam mal de si. Na maioria dos casos, eles tinham adoecido a bordo dos navios e eram desembarcados para que pudessem se tratar em algum hospital. Os que não se curavam logo eram deixados para trás quando os navios partiam e, ao receberem alta, se juntavam aos que já tinham passado pelo mesmo problema. Durante algum tempo ainda tentavam conseguir emprego em outros navios, o que era bem difícil, e acabavam bêbados pelas ruas da cidade baixa, perto do mar de que sentiam saudades.

Naquele domingo, também tive a sorte de ficar bastante tempo com o Banjokô, não me importando se teria problemas com a encomenda de *cookies*, pois eu sempre dava um jeito. Aliás, o mercado tinha aumentado o pedido para quarenta quilos por semana mantendo o mesmo preço por pacote, o que dava um bom lucro. A sinhá estava recebendo muitas visitas, e para ela era até bom que o menino não estivesse por perto. A Esméria comentou que desde a minha saída da casa ela estava bem melhor, mais calma, começando a aproveitar a vida e a fazer novos amigos, pois antes parecia que toda a sua atenção estava em me perseguir. Além do almoço aos domingos, servido para um número cada vez maior de pessoas, e da noite de carteado, ela não perdia um único espetáculo no Teatro São João. Quando estava indo embora, encontrei o Francisco na Praça do Palácio, e ele resolveu me acompanhar para que pudéssemos conversar pelo caminho. Eu já não estava mais tão interessada nele, mas confesso que não gostei de saber que a sinhá tinha mandado que dormisse dentro da casa, na saleta que antecedia os quartos. A princípio eu duvidei, porque ninguém do solar tinha me contado nada, mas depois achei que podia ser verdade, ainda mais quando ele me falou que a sinhá não se oferecia mais, como quando eu estava por perto. Ela o provocava de outro modo, mais inteligente até, como chamá-lo até o quarto com a desculpa de pedir água ou qualquer outra coisa da cozinha, ou então para apagar a lamparina. Nessas ocasiões, estava sempre de roupas íntimas, roupas de dormir, com as quais era recomendado se apresentar apenas ao marido. Pedia ao Francisco que também a ajudasse a prender colares ou a amarrar e desamarrar roupas quando se vestia para sair ou para receber amigos, dispensando a ajuda da Antônia.

Quando chegamos à casa do padre Heinz, e como só eu estaria usando a cozinha no domingo, ele entrou comigo. Achei que ele fosse gostar do padre, que estava no quintal tentando construir alguns bancos para as crianças se sentarem durante as aulas. Sugeri que o Francisco ajudasse, pois era marceneiro, mas ele sempre respondia de má vontade às perguntas dos meus amigos, usando até mesmo o iorubá, sem saber que o padre Heinz conhecia palavras suficientes para perceber a falta de vontade dele. Assim que teve oportunidade, o Francisco foi ter comigo na cozinha, dizendo que muito se admirava de que, justo eu, que já tinha sofrido tanto nas mãos dos brancos, estivesse quase fazendo segunda casa com um deles, que, para completar, ainda era padre. Quando eu estava tentando explicar quem era o padre Heinz, sobre a sua alma maravilhosa e o bem que fazia às pessoas, sem se importar se eram brancas ou pretas, e que até mesmo o Fatumbi, que o Francisco não conhecia mas de quem já tinha ouvido falar várias vezes, tinha gostado do padre, quando eu estava tentando explicar tudo isso, ele saiu da cozinha e ganhou a rua sem ao menos se despedir. Fiquei com raiva dele e com muita vergonha do padre Heinz, certa de que deveria tentar me desvencilhar do Francisco. Ele que ficasse com a sinhá, mesmo porque o Baba Ogumfiditimi tinha dito que o nosso relacionamento não ia vingar.

A CALMARIA

Ri muito do Tico e do Hilário quando foram apanhar os *cookies* para a entrega das encomendas. Bem que a Esméria tinha dito que estavam mudados, depois de ter me agradecido muito por dar trabalho a eles. Mas eu nunca esperava ver os dois vestidos daquele jeito, com as mesmas calças de algodão de cós de amarrar, mas usando vistosos paletós de chita estampada. Na cabeça, chapéus de palha para se protegerem do sol, como eles disseram, mas a maior surpresa estava nos pés, calçados com sapatos do tipo *babouche*, muito usados pelos muçurumins. Disseram que aquilo impunha respeito, o que era verdade, pois eu também já tinha começado a usar sapatos quando saía às ruas. No início era bastante desconfortável, mas já estava me acostumando, e as pessoas tratavam muito melhor um preto que usava sapatos, o que quase significava que era liberto. Os meninos gastaram quase todo o dinheiro de um mês naquelas roupas e em um vidro de água-de-colônia que carregavam no bolso, e se sentiam verdadeiros janotas, gente importante. Estavam gostando de ter o próprio dinheiro e me perguntaram se podiam abrir mais freguesia. Eu disse que sim, mas que não podia ser no comércio, porque tinha trato de exclusividade com o senhor Rui Pereira, o português dono do mercado de importados. Ele era uma pessoa muito boa, e até acho que sabia não haver sinhá alguma por trás dos meus *cookies*, pois já tinha deixado de insistir em conhecê-la, diante das minhas inúmeras desculpas. Ele também me tratava com muito respeito e consideração, sempre elogiando quando eu aparecia bem-vestida.

Acredito que aqueles tempos foram os mais calmos da minha vida, e estava tão feliz e confiante que nem percebi que tinha deixado de sonhar com a Taiwo, com a minha mãe ou com a minha avó. A vida na loja era tranquila, apesar de eu não ter muito contato com os outros moradores, a não ser com a Claudina. Mas não havia problemas, pois todos se davam bem. A Khadija tinha dado à luz um menino, o Mohamed, para felicidade do alufá Ali. As vendas melhoravam e eu trabalhava cada vez mais na cozinha, que adorava, e cada vez menos nas ruas, a cargo dos meninos. Desde o dia em que o Francisco tinha saído da casa do padre Heinz chateado comigo, não tínhamos nos visto novamente, pois aos domingos ele estava sempre na cooperativa e não fazia questão de sair mais cedo para me encontrar no solar. Eu também estava conseguindo manter com o Banjokô uma relação que, se não era muito próxima, pelo menos era amistosa. O mesmo acontecia com a sinhá, que tinha deixado de me perseguir ao perceber que eu e o Francisco já não éramos mais tão próximos. O Banjokô estava grande, falava tudo e com correção digna de brancos, o que era mérito dela, que não parava de corrigir os erros do menino, que também já dedilhava algumas músicas ao piano. Em um domingo, ela mandou me chamar, e também ao Banjokô, e pediu que ele tocasse para os convidados que esperavam na sala pelo almoço. Ele, com a maior sem-cerimônia, escalou o banco e ficou feliz da vida por fazer sucesso com a música, lenta, hesitante, e até mesmo errada, mas muito boa para quem tinha apenas cinco anos. A sinhá Ana Felipa recebeu com muito orgulho os cumprimentos pelo excelente trabalho que estava fazendo com aquele pretinho, trabalho de alma paciente e caridosa. Eu, parada à porta da sala, onde não me atrevia a entrar, segurei as mãos da Esméria e chorei, pensando se era justo o que eu queria fazer com meu filho, se não estava sendo egoísta por querer tirá-lo daquela casa onde recebia uma educação que eu não poderia dar. Um dos meus consolos em relação a isso era que a escola do padre Heinz estava dando certo e o Banjokô poderia se beneficiar disso. Os alunos não eram muitos, mas pelo menos estavam interessados e faziam progressos. O Fatumbi gostava de ensinar e não quis parar com as aulas depois de passado o tempo combinado, para alegria das crianças, que ele tratava de um jeito todo especial. Ele e o padre Heinz também estavam ficando cada vez mais amigos, e quando o padre não estava viajando, esqueciam-se das horas em animadas conversas que eu adorava ouvir.

A criança da sinhazinha estava para nascer e sempre que a visitava era muito bem-recebida pelas novas criadas que a Esmeralda tinha arrumado para ela. Eram pessoas da confraria, que já trabalhavam a ganho nas ruas e passaram a servir à sinhazinha, recebendo um salário que permitia que pagassem as mensalidades da confraria, o jornal dos donos e ainda sobrasse algum para o aluguel de espaço em uma loja. Só uma das criadas portuguesas tinha voltado para a terra dela, com passagem paga pela sinhazinha, a mesma quantia que ela entregou nas mãos da outra criada e dos dois criados, que resolveram ficar no Brasil. Tinha notícia de que eles estavam amasiados com duas crioulas e tinham montado um pequeno comércio de venda de comidas e bebidas, onde as amásias eram as cozinheiras. Quanto à outra criada, ela não tinha certeza; primeiro tinham dito que estava fazendo a vida, e depois, que tinha embarcado não se sabia para onde.

AVISOS

Acho que os ventos começaram a mudar de direção no dia em que a Vicência morreu. Quando cheguei na loja, depois de uma aula na casa do padre Heinz, ela estava deitada na sala dos muçurumins, acompanhada da Khadija e da Euá. Ninguém sabia ao certo quando tinha acontecido, não perceberam, pois todos já estavam ocupados demais com os preparativos do casamento da Euá, marcado para dali a três meses. As duas dormiam no mesmo quarto, a Euá e a Vicência, mas a Euá tinha se levantado cedo para ajudar a Khadija e o alufá Ali com as costuras, tanto das roupas para a cerimônia quanto das encomendas, pois precisavam ganhar muito dinheiro e fazer uma festa rica, como manda a tradição. A Vicência também costumava acordar cedo, mas ficava rezando no quarto ou ia ao Pelourinho assistir às missas na Igreja de Nossa Senhora do Rosário dos Homens Pretos, perto da Ladeira das Portas do Carmo, onde morávamos. Por volta de onze horas ela já estava sentada ao lado da porta, esperando pela preta que lhe vendia comida. Naquele dia, quando a preta apareceu e teve que chamar várias vezes, a Khadija estranhou ainda não ter visto a Vicência passar de um lado para outro. Subiu para ver o que tinha acontecido e a encontrou morta sobre a esteira. A Claudina já tinha ido à procura da escrava dela, em Água de Meninos, para que cuidasse do funeral. A Vicência era convertida devota, assim como a criada, que saberia melhor o que fazer em uma hora como aquela. A escrava e o marido, acompanhados da Claudina, chegaram logo depois de mim e alugaram o burrico do Seliman e do Salum para transportar o corpo, pois preferiam cuidar dele na paróquia perto de onde moravam.

Eu gostaria de não ter visto a Vicência morta, porque durante muitos dias, ao passar pela sala, tinha a sensação de que ela estaria lá, deitada sobre a esteira esticada no chão e enrolada em um pano branco improvisado como mortalha. Ninguém da loja foi ao enterro, todos arrumaram algo inadiável para fazer, desculpas nada convincentes, e a presença dela, depois de morta, incomodava. Quando comentei isso com a Claudina, ela disse que também se sentia assim, com o peito apertado, incomodada por uma presença ou prevendo um acontecimento ruim, e que aquilo estava com jeito de ser causado por eguns. Não acreditei porque a Vicência era católica, mas depois me lembrei de que os católicos também acreditavam em almas errantes e resolvi procurar o Baba Ogumfiditimi. No caso da Vicência, não havia sido tomada nenhuma precaução, como tinha acontecido na morte do sinhô José Carlos, e fiquei com medo de que ela estivesse andando pela casa, nos cobrando pelo descaso. A Adeola foi comigo, pois também queria consultar o babalaô sobre algumas decisões importantes que precisava tomar.

No caminho, fui pensando que sempre abandonei os lugares onde os meus mortos ficavam, tendo primeiro saído de Savalu e deixado o Kokumo e a minha mãe, e logo em seguida a Taiwo e a minha avó ficaram no meio do mar. Eu tinha começado a pensar muito neles e não sabia o que isso podia significar, já que nenhuma mensagem era passada através de sonhos. A Adeola se consultou primeiro e saiu animada com as instruções recebidas, mas eu não obtive esclarecimento algum. O Baba Ogumfiditimi tentou várias vezes e as sementes de opelê caíam de uma maneira que nada revelavam, fazendo um jogo fechado, como ele disse, preferindo não insistir e pedindo que eu voltasse outro dia. Não deu tempo de tomar a iniciativa de voltar, porque dias depois ele mandou recado pedindo que eu fosse até lá, urgente. Mas antes disso eu torci o pé quando saía do mercado do senhor Rui Pereira, depois de fazer a entrega dos *cookies* e receber o pagamento. Tinha acabado de sair do mercado e estava pensando se ia direto para a Barroquinha levar mais um pagamento na confraria ou se tomava o rumo da loja, para descansar um pouco. Eu estava evitando ao máximo ficar por lá, e desde o domingo à tarde, quando tinha ido para a casa do padre Heinz, não aparecia em casa. Os muçurumins continuavam a levar a vida normalmente, como se a morta nunca tivesse existido, e até já estavam procurando alguém de confiança para pôr no lugar dela. Se eu não estivesse tão impressionada com ela e se já tivesse dinheiro, a vaga da Vicência seria uma excelente oportunidade para comprar a carta da Esméria e tirá-la da casa da sinhá. Mas pensando bem e me dando o direito de ser egoísta, achei que seria melhor que ela ficasse por lá enquanto o Banjokô também estivesse, pois tinha um grande amor por ele e o tratava como neto. Muito cansada, de súbito resolvi voltar para casa, girei o corpo sobre as pernas e me desequilibrei, caindo sobre o pé e provocando risadas em muitos dos que assistiram à cena. Alguns homens disseram que era aquilo que acontecia quando pretos teimavam em imitar gente e começavam a usar sapatos. Eu não consegui ter nenhuma reação, tamanhas eram a dor e a vergonha, e foram uns carregadores que passavam naquela hora que me ajudaram a me levantar, perguntando se podiam fazer mais alguma coisa por mim. Por orgulho eu disse que não, embora tivesse certeza de que não conseguiria caminhar.

Alguns brancos que estavam parados na porta de uma loja de ferragens vizinha ao mercado do senhor Rui Pereira disseram gracinhas, mas acho que olhei para eles com um desprezo tão grande que logo mudaram de atitude. Dois deles se aproximaram, um alto e magro, usando fato preto completo, e o outro gordo e baixo, em mangas de camisa e gravata de laço. Perceberam que eu não conseguia andar e se ofereceram para pagar uma cadeirinha que me levasse até em casa. Recusei o dinheiro, dizendo que tinha como pagar pelas minhas precisões, mas se eles pudessem chamar a cadeirinha eu ficaria muito agradecida. Depois de uma troca de olhares entre surpresos e divertidos, o gordo voltou para a porta da loja e o magro foi até a esquina, onde, com um assobio, conseguiu chamar a atenção não de um, mas de quatro pares de carregadores de cadeirinha, que disputaram quem o alcançava primeiro. O magro conversou com eles e apontou para mim, a poucos metros de distância, mas longe o suficiente para não conseguir entender o que falavam. Quando me viram, dois deles balançaram a cabeça e desistiram da viagem, por certo achando que eu não teria dinheiro para pagar, mas os outros foram correndo na minha direção. Não me preocupei em discutir preço nem nada, apenas escolhi a cadeirinha que me pareceu mais confortável e pedi que rumassem para as Portas do Carmo, onde o Salum me ajudou a chegar ao primeiro andar, de onde não saí pelo resto do dia. Assim que chegou do canto, a Claudina ficou espantada com o inchaço do meu tornozelo e foi comprar algumas ervas para fazer compressa.

No dia seguinte, o Tico foi avisar que a sinhazinha tinha dado à luz uma menina e que as duas passavam bem. Mandei dizer da minha impossibilidade de fazer uma visita logo e aproveitei para pedir que ele levasse um recado para o padre Heinz, dizendo que alguém teria que me substituir nas aulas daquela semana, e que eu só apareceria no domingo para fazer os *cookies*, que não podia deixar de entregar. O Fatumbi, ao saber pelo padre o que tinha acontecido, apareceu para me presentear com um amuleto muçurumim igual aos que eu já tinha visto muitos pretos usando, mesmo os de outras crenças. A Adeola mesmo tinha um *tira*, embora eu já tivesse ouvido algumas pessoas chamar de *tiá* ou mesmo de *gris-gris*, que era tão parecido com escapulários católicos que podia ser usado por brancos em busca de proteção. Fiquei feliz com o presente, pois, na Bahia, os muçurumins eram respeitados e temidos como grandes feiticeiros, o que impunha respeito entre os outros pretos, como se não bastasse o porte soberbo e o saber das coisas, os estudos que tinham. O meu *tira* tinha sido feito especialmente para me dar proteção, com versos do Alcorão e um pouco de areia molhada em água consagrada, e por muito tempo eu o carreguei no pescoço, pendurado ao lado do pingente da Taiwo. O Fatumbi contou que existiam *tiras* para todos os fins e que, se algum dia eu precisasse, ele me levaria a um limano.[9] Comentei que nunca tinha ouvido falar em limanos, e ele explicou que, além dos alufás, que poderiam ser como os sacerdotes dos católicos, os muçurumins também tinham, acima do alufá, o *ladãny*, que era o mesmo que muezim em hauçá, uma espécie de secretário religioso. O *ladãny*, ou ladani,

---

[9] Limano: corruptela ou modificação de pronúncia de almány ou el imány, a autoridade religiosa central entre os muçulmanos, assim como xerife, que aparece mais adiante, é corruptela de serifo, do árabe sârif.

obedecia ao limano, ou lemane, que, por sua vez, poderia ser comparado a um bispo e só era menos importante que o xerife, cargo que somente podia ser ocupado por pessoa bastante idosa, uma espécie de profeta, cuja opinião todos respeitavam como se fosse um oráculo, ou um Ifá.

Pela primeira vez desde que tinha se mudado para a cidade, a Esméria saiu de casa e foi me visitar, levada pelo Tico e pelo Hilário. Fiquei muito feliz com a visita, e ela ainda me presenteou com o bolo de laranja de que eu tanto gostava e que fez um grande sucesso entre os companheiros da loja, com quem o dividi. A Esméria não gostou muito do meu quarto, disse que eu merecia coisa melhor, mas fiz com que se lembrasse do porão da casa da sinhá onde ainda morava, muito pior. Ela nada disse, mas passou os olhos pelo cômodo, reparando em tudo, principalmente nas coisas da Claudina, que tinha saído. Disse que gostaria que a Claudina chegasse logo, pois queria conhecê-la, mas eu torci para que isso não acontecesse. Depois de deixar o canto onde trabalhava, a Claudina quase sempre ia se divertir em algum batuque, e a Esméria não gostaria nada do jeito como ela às vezes chegava em casa. Só depois de um longo tempo conversando, a Esméria esfregando o meu pé com um bálsamo que a Antônia tinha preparado, foi que me surpreendi por ela estar lá, àquela hora de um dia de semana. Fui informada de que a sinhá tinha viajado e, antes que eu perguntasse, que o Banjokô tinha ficado aos cuidados da Maria das Graças.

A sinhá ia passar pelo menos dois meses na corte, junto com o padre Notório e o seminarista Gabriel. Tinha viajado havia menos de uma semana, de uma hora para outra, e levado a Antônia e o Sebastião. Os dois partiram animadíssimos, não só pela viagem de navio, mas também pela perspectiva de conhecerem a corte, que diziam ser tão bonita a ponto de ter feito Sua Majestade abandonar a Europa. Prometi aparecer no solar assim que desse para sair à rua, e foi bom saber que poderia ver o Banjokô a qualquer hora, sem a sinhá para nos vigiar. Eu poderia ter ido de cadeirinha, mas não quis gastar dinheiro sem precisão, pois tudo que sobrava era usado para amortizar as dívidas das cartas. Andando eu não conseguiria ir tão logo, talvez porque não me sentia mais à vontade para andar descalça pelas ruas, e a sandália de salto não me deixava segura, além de pressionar a torção. Aproveitei aqueles dias em casa para ler bastante, e, à tarde, gostava de pegar um banquinho e me sentar em frente à loja, olhando o movimento no Pelourinho.

Os pretos já não eram mais castigados ali, por causa de um novo pelourinho construído no Campo da Pólvora ou no Campo do Barbalho, já não me lembro, mais afastado e discreto. Mas eram revoltantes as histórias que contavam sobre aquele lugar, sobre como os castigos dos pretos eram transformados em espetáculos assistidos por uma plateia que aplaudia os carrascos mais cruéis e pedia mais chibatadas quando achava que o preto ainda aguentava, mesmo que já tivesse cumprido a pena. Eram grandes os casarões do Pelourinho, todos com muitas janelas e sacadas, onde as famílias se reuniam para assistir aos castigos, como em um teatro. Famílias ricas, de comerciantes ou nobres portugueses, o que acabava dando na mesma coisa, porque para se ter um título de nobreza bastava poder comprar. As melhores casas, sobrados de três ou quatro andares, quase grudados uns nos outros, ficavam na parte mais alta do bairro, em um lugar chamado Maciel. Aquele pedaço de bairro tinha herdado o apelido de um rico senhor que começou a construir o maior solar da região no ano de um mil seiscentos e noventa e só foi terminar vinte anos depois. Ainda me lembro destas datas porque muitas vezes olhei para elas, gravadas em dois brasões fixados sobre as duas portas principais. O solar tinha sete andares, acima ou abaixo do nível do chão, onde contei mais de cem janelas, e abrigava uma fonte de água pública no pomar. Esse senhor Maciel viveu sozinho com os escravos e, quando morreu, o solar se transformou em um famoso colégio de jesuítas que formava padres e dava educação aos filhos dos nobres. O colégio foi fechado quando um marquês de Portugal mandou expulsar todos os jesuítas do Brasil e acabar com os negócios mantidos por eles. O solar então ficou sendo do rei de Portugal e depois foi vendido em leilão para um coronel de milícia e vereador, que montou a primeira biblioteca pública da Bahia, assunto que me interessou. O alufá Ali, que começou a contar essa história, não sabia me dizer se tal biblioteca ainda funcionava e se tinha sido ali mesmo, e o resto fiquei sabendo pelo Porcristo, que conheci quando fui até lá dar uma olhada e encontrei todas as portas e janelas fechadas.

PORCRISTO

O Porcristo era um preto forro que andava para baixo e para cima esmolando havia mais de trinta anos, como ele disse. Quando me viu em frente ao Solar do Maciel, observando com atenção um dos brasões sobre a porta, ele se aproximou, deitado em uma rede carregada por dois escravos, gritou para que a arriassem e começou a me contar a história do solar, dizendo que aquilo era assombrado e estava fechado desde a morte do último proprietário, não fazia muito tempo. Falou muito mais coisas do que consigo lembrar, pois eu estava prestando muito mais atenção nele, que já tinha visto pelas ruas. Não consegui definir muito bem sua idade, mas imaginei que tivesse sessenta anos ou mais, pelas histórias que contava como tendo presenciado. Quando acabou de falar, estendeu a mão e pediu uma esmolinha, por Cristo, e era daí que vinha a alcunha dele. Eu disse que não tinha dinheiro comigo, e era verdade, mas ele comentou que não tinha problema, que cobraria depois, como de fato cobrou ao me ver na rua em outra oportunidade. Voltando à loja, falei com a Claudina sobre ele, e ela disse que era uma figura bastante conhecida, que sabia a história de todos os lugares importantes da cidade, em relação às pessoas, às construções e aos acontecimentos. Ele abordava as pessoas nas ruas, contava histórias e depois pedia uma esmolinha, por Cristo, ficando muito rico com isso, pois quase ninguém se negava a dar. Não parecia um homem rico, pois estava sempre sujo e maltrapilho, mas diziam que tinha para mais de quinze escravos a ganho, todos esmolando para ele, principalmente crianças. O único luxo a que se dava era aquela rede, embora ainda fosse forte e pudesse caminhar, mas havia pelo menos quatro anos, desde que a Claudina tinha se mudado para a loja, que ele só andava carregado. Sem dúvida era um homem inteligente, e nos dias em que chegavam navios do exterior ou da corte, era visto no cais, oferecendo-se para contar as histórias da cidade e para acompanhar os visitantes a todos os lugares que mereciam ser visitados. Eram muitos os aventureiros e estudiosos que andavam pelo país, e nestes ele certamente encontrava fregueses. Ainda mais porque, dos pretos que andavam com ele carregando a rede, um sabia falar inglês e o outro, francês, pois tinham sido comprados de estrangeiros.

ENCONTROS E SUMIÇOS

No domingo seguinte à torção no pé, como não podia faltar, fui à casa do padre Heinz de cadeirinha, e a Adeola brincou comigo o tempo todo, me chamando de sinhá. Também usei a cadeirinha na terça-feira, para fazer a entrega no mercado do senhor Rui Pereira, e encontrei os mesmos homens que estavam por lá no dia do tombo, e um deles me cumprimentou, tirando o chapéu respeitosamente. Entre os pretos era bastante comum este tipo de cumprimento; eu já tinha visto estrangeiros se espantarem com tal cortesia e educação. Mas aquela era a primeira vez que um branco tirava o chapéu para mim e fiquei muito feliz, embora tenha achado melhor fechar a expressão e não responder. Tinha pedido aos carregadores que me esperassem e, quando saí do mercado, já eram muitos os homens em frente à loja de ferragens, rindo e dizendo ao que tinha me cumprimentado que ele estava perdendo a boa forma, porque nem as pretas respondiam mais aos seus galanteios. Tempos depois ele ainda reclamaria do meu comportamento, de eu tê-lo feito motivo de pilhéria entre os amigos, mas disse também que talvez tenha sido por causa disso, por causa de como me comportei, que ficou intrigado e tomou a liberdade de conversar comigo.

Do mercado, passei pela confraria e depois rumei para a casa da sinhá, onde fui visitar o Banjokô e passei a tarde e a noite, dormindo com o Francisco. O Banjokô estava triste e a Esméria disse que tinha sido assim desde a partida da sinhá. Todos os dias ele se levantava e perguntava se ela já tinha voltado, não acreditando na resposta negativa e correndo até o quarto dela para confirmar com os próprios olhos. Eu não me lembrava de terem comentado comigo que ele tinha feito isso quando da minha saída, e senti uma tristeza que só fez aumentar a angústia dos últimos dias, desde a morte da Vicência. Quando vi o Banjokô, achei que aquela sensação ruim fosse aviso de alguma coisa que estava para acontecer com ele, mas não sabia o quê. Depois de colocá-lo para dormir, eu já estava me preparando para deitar no chão, ao lado dele, quando o Francisco entrou no quarto. Ele mal tinha olhado para mim ao chegar da cooperativa e me encontrar na cozinha com a Esméria, a Maria das Graças e o Banjokô. Apenas me cumprimentou com muito mais frieza do que as duas e deu um longo abraço no meu filho, que correu para ele assim que o viu. Ao entrar no quarto do menino, ele disse que tinha percebido que eu estava triste e queria saber se podia ajudar. Respondi que não era nada, apenas preocupações, e então ele me abraçou e pediu para eu não ficar daquele jeito, que tudo ia se acertar. Começou a fazer carinho no meu rosto e me deu um beijo, que eu correspondi com vontade, e foi então que saímos de perto do Banjokô e fomos para o quarto ao lado, vazio.

Na manhã seguinte, uma quarta-feira, a Esméria estava inquieta porque o Tico e o Hilário tinham saído no domingo à tarde e ainda não tinham voltado. Tentei acalmá-la, dizendo que eles costumavam fazer aquilo, que às vezes ficavam dois ou três dias fora de casa e voltavam como se nada tivesse acontecido. Além do mais, eles tinham passado na casa do padre Heinz na segunda-feira à tarde, para pegar os *cookies* que tinham que entregar durante a semana. Mas ela disse que daquela vez estava sentindo algo diferente, que seu coração sabia que eles não estavam por perto. Perguntou se eu tinha dado dinheiro a eles e respondi que sim, que pagava a porcentagem deles toda semana. Ela estava desconfiada de que tinham viajado, pois, ao procurar entre as coisas deles, deu falta de uma muda de roupa, e pedia a Deus que fosse isso, embora também achasse que não viajariam sem avisar. Mas seria dos males o menor e, quando voltassem, ela se acertaria com eles, que andavam falando muito em viagem desde que o Sebastião tinha ido para a corte com a sinhá, onde achavam que fariam melhor figura que ele. A Esméria se preocupava porque não tinha gostado do que viu na cidade no dia em que foi me visitar. Não gostou das pessoas, de como elas se comportavam nas ruas, cheias de gente mal-encarada que poderia fazer mal aos meninos e roubar o dinheiro deles. Ela bem que falava para não ostentarem, para não ficarem comprando roupas novas e vistosas, mas eles não obedeciam. Deixei a Esméria com suas preocupações, pedindo que mandasse notícias assim que os meninos aparecessem, e fui também preocupada para a casa do padre Heinz, onde os alunos me esperavam.

Depois das aulas, todos os dias eu passava pelo solar, e a Esméria não dormia mais de tanta preocupação, sem nenhuma notícia ou explicação que conseguisse acalmá-la. Já tinha colocado o Francisco e o Raimundo andando pelas ruas, perguntando se alguém sabia dos meninos, que não eram difíceis de serem notados com os paletós estampados que não tiravam nem quando estavam em casa. A muda de roupa que a Esméria achava que eles tinham levado foi encontrada debaixo da esteira deles pela Maria das Graças, que achou melhor não dizer nada para não aumentar a preocupação. Não contei esse problema à sinhazinha, quando finalmente consegui visitá-la, pois ela também gostava muito dos meninos e qualquer contrariedade poderia secar o leite. A menina, que se chamava Carolina, era tão linda quanto a sinhazinha e quase sem cor de tão branca, mas gordinha e com bochechas rosadas, boca muito pequenina e olhos muito azuis. O doutor José Manoel, marido da sinhazinha, também tinha olhos azuis e era um moço bonito, então não dava para saber com quem a Carolina se parecia mais, a não ser pelo nariz do pai, fino, comprido e pontudo. Eu estava com ela no colo quando ele apareceu, e rapidamente fiz menção de entregá-la à mãe e sair do quarto, mas a sinhazinha disse que eu era a Luísa de quem ela tanto falava, que brincava com ela na fazenda quando éramos crianças. Daquela vez ele não apertou a minha mão porque eu estava com a criança no colo, mas abriu um sorriso e disse que fazia muito gosto em me conhecer, pois sua esposa realmente falava muito de mim e do meu filho. Quando ele falou no Banjokô, percebi que a sinhazinha ficou desconcertada e mudou de assunto, perguntando quais eram as novidades das ruas, já que estava presa à cama, de resguardo, sem poder sair. Ele disse que não havia muitas novidades, que as obras no escritório estavam quase terminadas e em breve começariam a atender, e me explicou que estava esperando a chegada de um amigo com quem tinha estudado em Coimbra, pois os dois estavam abrindo um escritório de advogados no Terreiro de Jesus. Essa informação muito me valeu dias depois.

O RECADO

À noite, quando cheguei à loja, o alufá Ali disse que uma mulher chamada Adeola tinha passado por lá e deixado recado para eu ir procurá-la no ponto logo de manhã. Mal dormi à noite, preocupada com o que ela poderia querer falar comigo que não podia esperar até o fim da tarde, quando, com certeza, nos encontraríamos na casa do padre Heinz. Ela tinha recado do Baba Ogumfiditimi, dizendo que era para eu procurá-lo ainda naquele dia, sem falta. Mandei um moleque de recados à casa do padre, avisando que não daria aula naquele dia, e rumei para o Rio Vermelho, ansiosa para saber o motivo da urgência. Logo que cheguei, a Monifa serviu um refresco e o babalaô foi para o salão se preparar, dizendo que a urgência em falar comigo era do oráculo, não dele. Disse que tinha ficado um pouco apreensivo desde a minha última visita, quando nada foi revelado, até que, depois de sonhar comigo, resolveu perguntar o motivo ao oráculo, que mandou me chamar imediatamente. Sem demora, mandou o Ifasen até o ponto da Adeola, para que ela entrasse em contato comigo. Eu já achei que era algo muito ruim, pois, por mais que pedisse, a minha avó, a minha mãe e a Taiwo se negavam a falar comigo em sonhos, provavelmente não querendo ser portadoras de más notícias. Quando perguntei ao Baba se era algo relacionado ao Banjokô, ele já estava lançando o opelê e dizendo que sim, que eu estava lá por causa do meu filho.

Para meu desespero, o Baba Ogumfiditimi disse que a vida do Banjokô corria perigo, pois ele já tinha completado cinco anos sem cumprir o trato com os *abikus*, e que a partir daquele momento, e até que completasse sete anos, seria muito perigoso. Passando dos sete e até os dezenove, já não era mais tão preocupante, embora ainda estivesse dentro do prazo. Depois dos dezenove anos, um *abiku* viveria o tanto que tinha que viver, e não o quanto queria. Pedi ao Baba que me revelasse o trato que o Banjokô tinha feito com os amigos do *Orum* e, interpretando o oráculo, ele respondeu que a combinação era de voltar no dia em que o viajante fosse descuidado com o presente, e que este dia já estava marcado. Eu precisava estar atenta para evitar que o trato se cumprisse, e, na hora, pensei na sinhá, que já poderia ter marcado a volta para São Salvador, e nem pedi a confirmação do opelê. Para não perder tempo, perguntei logo o que poderia fazer e o oráculo respondeu que eu deveria estar sempre perto do Banjokô e não deixar que ele ficasse sozinho com os presentes até que todos fossem recebidos e guardados por seus verdadeiros donos. O Baba Ogumfiditimi também me instruiu a fazer pinturas no corpo dele e a amarrar em seus pulsos e tornozelos uma fita com guizos, pois o barulho ajudaria a afastar os espíritos *abikus*. O trabalho deles era estar por perto, ajudando o Banjokô a se lembrar do trato, mas o Banjokô também poderia se lembrar sozinho, e por causa disso a vigilância. O opelê disse que não era só isso, que em breve muitas coisas iam acontecer na minha vida e que, a princípio, pareceriam muito más e impossíveis de serem resolvidas a meu contento, mas era para eu continuar lutando e ter muita fé. Principalmente fé em Oxum, que o Baba Ogumfiditimi disse aparecer claramente no jogo. Ele então perguntou se eu queria saber mais alguma coisa e eu disse que não, que já estava bastante atordoada com aquelas revelações todas.

Do sítio do Baba Ogumfiditimi fui direto para a cidade, procurar guizos para amarrar no Banjokô, e me lembrei da casa de ferragens, ao lado do mercado. Confesso que poderia ter encontrado os guizos em algum lugar mais perto, mas me atraiu a ideia de ir ver o homem que tinha me ajudado, o que chamou a cadeirinha. Quem me atendeu foi o outro que estava sempre com ele, o gordo, que se encontrava do lado de dentro do balcão com mais um atendente. Por ser quase hora de fechar, não havia mais ninguém na loja, e fiquei bastante decepcionada por não tê-lo encontrado. Eu ia passar na loja do alufá Ali para pegar algumas roupas e avisar que não voltaria para dormir, mas mudei de ideia e fui direto para o solar, com um pressentimento ruim, um aperto no peito, um arrependimento enorme por ter perdido tempo indo atrás daquele homem depois de o

Baba Ogumfiditimi ter dito claramente para ficar perto do Banjokô. Nem esperei que abrissem o portão; pulei o muro, empurrei a porta da frente, que ficava apenas encostada, e corri para o quarto do Banjokô, que, àquela hora já devia estar sendo posto para dormir. O quarto estava vazio, e foi então que prestei atenção à algazarra vinda do fundo do quintal. Lá estavam todos eles, o Banjokô, a Esméria, a Maria das Graças, o Francisco, o Raimundo, e, para minha surpresa, o Tico e o Hilário, todos sentados ao redor de um fogareiro de onde saía um cheiro muito bom de comida. A Esméria estava cozinhando, e do jeito que preferia, no quintal. Ela só cozinhava dentro de casa porque a sinhá exigia, dizendo que era coisa de selvagens fazer comida ao ar livre. O Banjokô se divertia com o Francisco, que o atirava para o alto e o pegava na queda, com o menino rindo a se fartar. Também sorri aliviada e me aproximei da roda, perguntando se podia saber o motivo de tanta alegria, mas eles disseram ser surpresa para depois do jantar. Fingi estar brava com o Tico e o Hilário, contando como a Esméria tinha ficado preocupada, e todos nós também, querendo saber onde eles estavam. Eles disseram que isso fazia parte da surpresa, embora todos os outros já soubessem.

Foi um jantar alegre, e naqueles breves momentos eu me esqueci das preocupações, comendo milho assado, arroz com carne-seca frita, banana frita, farinha de mandioca e inhame cozido. Depois de comer, o Banjokô adormeceu no meu colo, e o Francisco sugeriu que o colocasse na cama para ficarmos à vontade, abraçados mais juntinhos. Deixei o Banjokô dormindo no quarto e desci, curiosa para saber da tal surpresa, mas os meninos disseram que iam se divertir mais um pouco, improvisando um batuque com um pedaço de tronco de árvore, cantando e fazendo com que todos dançássemos, inclusive a Esméria, que estava muito feliz depois de beber dois copos do vinho que pegamos da sinhá. Eu nunca tinha visto a Esméria beber, a não ser um dia ainda na fazenda, quando ela provou a bebida de uma garrafa que o sinhô José Carlos tinha deixado pela metade. Comentei sobre esse dia e ela riu ao se lembrar da coceira na língua quando pôs o líquido na boca. A Maria das Graças alertou que estávamos falando e rindo muito alto, que os vizinhos poderiam reclamar ou chamar a polícia. Mas já era tarde; com aquele barulho, o Banjokô já tinha acordado e descido sozinho para a sala, e se não fosse eu me lembrar de buscar os guizos, que eu tinha deixado lá, para que a Esméria me ajudasse a fazer um fio, ele teria conseguido cumprir o trato.

O TRATO

Já havia algum tempo que os meninos estavam planejando uma viagem até o Recôncavo, e a ausência da sinhá foi uma oportunidade a ser aproveitada. Assim que receberam o dinheiro e pegaram mais *cookies* comigo, foram direto para o cais, onde já tinham tratado vaga em um saveiro que fazia comércio entre a capital e aquela região. Além de conhecer o Recôncavo, de que muito se falava na capital, eles tinham a ideia de levar meus *cookies* para serem vendidos lá, pois estavam gostando de ganhar dinheiro e perceberam que eu ganhava ainda mais vendendo para um mercado, e como em São Salvador o senhor Rui Pereira exigia exclusividade, foram procurar em outros locais. De fato conseguiram fregueses em Candeias e Cachoeira, a começar a entrega na semana seguinte, viagem que sempre alternariam entre os dois. A venda dos *cookies* por lá inteirou as passagens de volta e ainda sobrou dinheiro, que eles resolveram gastar por conta e compraram presentes para todos nós, tendo certeza de que logo conseguiriam restituir a parte que me cabia.

Os outros já sabiam sobre a viagem e a boa surpresa que eles tinham para me contar, as grandes encomendas semanais, mas ninguém ainda sabia dos presentes, até o Banjokô encontrá-los. O que era para ser motivo de alegria perdeu a graça e quase se transformou em tragédia, porque eles tinham deixado o saco com os presentes escondido na sala, atrás do sofá. Lugar que, por coincidência, era o preferido pelo Banjokô para se esconder quando estava brincando, ou mesmo fora das brincadeiras. Ele já tinha desaparecido uma vez, deixando todos em polvorosa procurando por toda a casa e até na mata além do quintal, para depois ser encontrado dormindo atrás do tal sofá. Era lá também que se escondia quando tinha visita na sala, surgindo de repente, fazendo graça quando a sinhá o chamava para tocar piano. E foi lá que ele tinha ido parar naquela noite, quando deve ter acordado com o barulho que estávamos fazendo e achou o saco com os presentes que seriam distribuídos depois do jantar. Ele tinha puxado o saco para a frente do sofá e se sentado no chão, espalhando as muitas coisas que estavam lá dentro. Entre elas havia o presente da Esméria, uma caixinha de costura completa, como ela dizia que tinha vontade de ter quando via a da sinhá, cheia de alfinetes e agulhas. Foi o brilho de uma dessas agulhas que eu vi desaparecer dentro da boca do Banjokô quando ele se assustou com o meu grito. Mais tarde ele disse que queria enfiar a linha e por isso tinha levado a agulha à boca, não sabendo que era o contrário.

Eu corri para o lado dele enquanto gritava por ajuda, e com as duas mãos, uma em cada fileira de dentes, segurei a boca do Banjokô aberta, ficando mais aliviada ao perceber que ainda dava para ver a ponta da agulha no fundo da garganta. O Raimundo foi buscar uma lamparina de mão para enxergarmos melhor, e a Esméria e a Maria das Graças andavam feito loucas pela casa, procurando alguma coisa que puxasse a cabeça da agulha antes que o Banjokô a engolisse, pois a boca dele era muito pequena e mão nenhuma conseguia entrar até o fundo. O Tico e o Hilário não sabiam o que fazer e só falavam que a culpa era deles, que se o Banjokô morresse eles também se matariam, e foi preciso que o Francisco gritasse para que ficassem quietos e procurassem ser úteis. Eles então começaram a juntar os presentes, e entre as muitas coisas da maldita caixinha, viram uma pinça, que passaram para as mãos menos nervosas da Maria das Graças, que, enfim, conseguiu puxar a agulha. Quando soltei a boca do Banjokô, ele estava apenas um pouco assustado e com falta de ar, sem ter noção de que estava para cumprir o trato feito com os *abikus*. Chorou por muito tempo, dizendo que eu o tinha machucado ao segurar sua boca com tanta força, e depois voltou a dormir nos meus braços. Daquela vez não o larguei mais, e aproveitei para conversar com todos sobre o que o Baba Ogumfiditimi tinha dito, pedindo que ficassem muito atentos quando eu não estivesse por perto. Não quis deixar meu filho dormir sozinho, e então o Francisco pegou duas esteiras no porão e as colocou lado a lado no quarto do Banjokô, onde ficamos os três, bem abraçados. Antes de dormir rezei muito, agradecendo a todos os deuses, santos, orixás, djins, voduns e entidades mágicas que conhecia, e principalmente a Oxum, que tinha aparecido no meu jogo de opelê.

No dia seguinte eu também não fui até a loja, e passei todo o tempo com o Banjokô como se fosse uma sombra. Fiz os desenhos no corpo dele e amarramos fitas com guizos nos tornozelos e nos pulsos, o que ele achou muito divertido, correndo pelo quintal a balançar os braços e a levantar bastante os pés antes de batê-los no chão, divertindo-se com o barulho. O Fatumbi apareceu no fim da tarde, preocupado com o meu sumiço. Ele estava voltando da casa do padre Heinz e ninguém lá tinha notícias minhas, e nem na loja, onde passou em seguida. Foi então até a casa do bilal Sali, que indicou o solar da sinhá. Ele ainda não conhecia o Banjokô, e os dois se deram tão bem que brincaram durante horas, o que fez com que o Fatumbi se distraísse, perdendo o horário do *sará*, a missa semanal na loja do alufá Ali. E como já tinha perdido mesmo, resolveu ficar um pouco mais, conversando com a Esméria e com a Maria das Graças, que já conhecia da fazenda, sem nunca terem se falado por lá. Mesmo sem ser parente delas, o Francisco teve que autorizar a conversa. Eu me sentia mais segura quando o Fatumbi estava por perto, e foi ótimo vê-lo se dando com a Esméria, a pessoa que mais gostava de mim. Comentei isso com eles e disse que seria a pessoa mais feliz do mundo se pudéssemos morar todos juntos, livres e com dinheiro para bem gastar, sem saber que pouco tempo depois nos lembraríamos daquela noite, falando sobre as surpresas do destino.

PASSEIOS

O Francisco deu a ideia de usar a liteira da sinhá para irmos até a casa do padre Heinz, mas não tive coragem porque chamava muita atenção e poderíamos ser denunciados. Com as novas encomendas, as que os meninos levariam para o Recôncavo, eu teria que começar a fazer os *cookies* no sábado, e não mais no domingo. Não queria sair de perto do Banjokô durante muito tempo, e levá-lo comigo, só se fosse de liteira, na qual ele já estava acostumado a andar. O Francisco também queria carregá-lo nos ombros, mas a Esméria foi contra, dizendo que poderia ser perigoso sair com o menino, que não estava acostumado com a rua e nem com outras pessoas que não fossem as da casa. A Maria das Graças sugeriu cozinhar no solar mesmo, enquanto a sinhá estivesse fora. O Tico e o Hilário foram até a casa do padre Heinz e pegaram as minhas coisas, algumas fôrmas e os saquinhos e fitas das embalagens, e passamos o sábado na cozinha, fazendo *cookies* e conversando. Os meninos estavam ansiosos para repor o dinheiro que tinham usado nas passagens de volta e nos presentes, e começaram as vendas no sábado mesmo, no Terreiro de Jesus, onde encontraram o João Benigno. O preto estava encarregado de me procurar e comprar todos os *cookies* que eu tivesse naquela tarde, porque o senhor Amleto ia receber o senhor cônego visitador e queria impressionar. Com a sorte que tiveram e com o dia ganho, eles voltaram logo para casa e sugeriram que fôssemos todos à casa da sinhazinha para conhecer a Carolina, pois só eu tinha ido lá. Quando estávamos nos preparando para sair, a Esméria comentou que o ar estava com cheiro de chuva e resolvemos deixar para o dia seguinte, com acerto. Foi muito bom estar com eles como uma grande família, na qual estavam faltando o Sebastião e a Antônia, e eu acrescentaria também o Fatumbi, o padre Heinz e a Adeola. Ficamos conversando e planejando passeios para os dias seguintes. Dava pena pensar que aquilo ia acabar, e acho que todo mundo sentia o mesmo, tanto que, para aproveitarmos mais a companhia e dormirmos juntos, estendemos um tapete de esteiras na cozinha e conversamos até tarde. Quem mais gostou foi o Banjokô, achando tudo aquilo uma grande festa, pois, tendo o próprio quarto desde muito novo, não se lembrava de já ter dormido ao lado de tanta gente, quando ainda ficava comigo no porão.

No dia seguinte, um domingo, a caminho da casa da sinhazinha, apostamos um queimado para quem encontrasse a melhor desculpa para a sinhá ficar para sempre na corte, e nos esquecemos de que o Banjokô estava atento à conversa. Ele queria saber de tudo que via, perguntava para que tudo servia e como se chamava. Foi então que o Francisco comentou que aquela era a primeira vez que ele estava vendo a cidade, pois nunca descia da liteira nos passeios com a sinhá, que sempre deixava as cortinas fechadas. Fiquei feliz por estar apresentando o mundo ao meu filho, pensando que, quando crescesse, ele se lembraria de que estava com a mãe quando viu determinada coisa pela primeira vez.

Quando chegamos à casa da sinhazinha foi que me preocupei por ter levado o Banjokô, pois não sabia como ela iria tratá-lo sabendo que era seu meio-irmão. Fomos muito bem recebidos, e ela deu um longo abraço na Esméria, que ficou emocionada ao ver a Carolina, pois tinha acompanhado o crescimento do sinhô José Carlos, da sinhazinha Maria Clara e, naquele momento, estava diante da terceira geração da família Gama. Ela nos levou às lágrimas, inclusive o marido da sinhazinha, que nos acompanhou até o quarto e depois desceu para fazer sala ao amigo advogado, o de Coimbra. A Esméria cozinhou um caldo de resguardo para a sinhazinha, que todos nós acabamos tomando junto com a comida que a cozinheira preparou, a mesma servida para os donos da casa e a visita. A sinhazinha não falou nada sobre o Banjokô, tratou-o normalmente, como se trata uma criança que não se conhece muito bem, elogiou e conversou. Muito educada, não demonstrou qualquer desconforto ou desaprovação, mesmo porque o menino não tinha culpa alguma de também ser filho do pai dela.

Na volta para casa, a Esméria comentou que o Banjokô não conhecia o mar, o que foi motivo para prolongarmos o passeio e levá-lo até a praia. Ele foi se divertindo pelo caminho, não deixando que ninguém o carregasse, porque estava adorando andar inclinado nas ladeiras que levam à cidade baixa. Quando chegamos à praia, estreita faixa de areia clara e grossa que se estendia até onde a água lutava com um lençol de pedras, ele primeiro quis o meu colo, mas depois se acostumou ao contato dos pés com a areia. Ele quase nunca andava sem sapatos, a sinhá não deixava por ser coisa de escravos, e a areia estava quente demais para a pele sensível dos pezinhos dele. Mostrei que a areia molhada era mais fresca e logo tivemos que tirar a roupa dele, que tinha perdido o medo e queria tomar banho. O banho era a hora do dia de que ele mais gostava, e acredito que estava vendo o mar como uma imensa e divertida bacia, na minha companhia e na do Francisco, enquanto segurávamos os braços dele. Os outros tinham se deitado e estavam tirando um cochilo, como muitas das pessoas que estavam na praia àquela hora em que o sol já não era tão forte. Foi com muito custo que conseguimos tirar o Banjokô da água quando o tempo começou a esfriar, prometendo que voltaríamos em breve. Depois de chorar um pouco, ele foi para casa dormindo nos braços do Francisco, que me ajudou a dar outro banho, pôr a roupa e estender uma esteira na cozinha, onde ele ficou ao meu lado, perto da Maria das Graças e da Esméria, enquanto fazíamos mais uma grande porção de *cookies*.

Na segunda-feira, o Tico e o Hilário passaram pela loja e levaram recado para que a Claudina separasse algumas roupas e me enviasse, pois eu queria estar bem-vestida no dia seguinte, ao fazer a entrega na loja do senhor Rui Pereira. Deixei o Banjokô aos cuidados da Esméria, depois de muito falar sobre o trato dos *abikus*, e parti, torcendo para que o homem estivesse por lá. No fundo eu até queria, mas não tinha a menor esperança de ter alguma coisa com ele, um dos homens mais bonitos e mais bem-vestidos que já tinha visto. Ele tinha feito muito ao me cumprimentar, e eu não pensava que a nossa aproximação pudesse passar disso. E ainda havia o Francisco, com quem eu estava convivendo muito bem naqueles dias. Não tínhamos mais a mesma paixão do início, quando não podíamos nos ver que já íamos logo nos deitando, mas também era bom o carinho em que o desejo tinha se transformado. Já fazia quase uma semana que estávamos o tempo todo juntos e era bom, mas isso não me impedia de também gostar de ser olhada pelo branco da loja de ferragens. Eu sabia que ele era português porque, no dia em que falou comigo, percebi o jeito de pronunciar as palavras, igual ao marido da sinhazinha.

ALBERTO

Ao chegar perto da loja, caminhei o mais devagar que pude para não repetir o tombo, atenta ao chão à minha frente, bem à frente, para não andar de cabeça baixa. Foi quando o vi de longe, antes que ele me visse. Tempos depois ele disse que naquela manhã eu parecia flutuar, quase sem tocar o calçamento de pedras irregulares, como se estivesse presa ao tabuleiro que levava na cabeça, e não ao chão. Quando parei na porta do senhor Rui Pereira para esperar o carregador que vinha logo atrás com a encomenda, ele me cumprimentou novamente, tirando o chapéu e inclinando a cabeça antes de me dirigir um sorriso, que retribuí. Demorei mais que o necessário conversando com o senhor Rui Pereira e dando notícias da minha sinhá, e nem me lembro o que inventei. Mas a demora surtiu efeito, pois o homem entrou logo a seguir, cumprimentou novamente e ficou parado ao meu lado sem saber o que fazer, até que pediu para experimentar um *cookie*. O senhor Rui Pereira sorriu e balançou a cabeça, talvez por já saber com quem estava tratando, dizendo que tais *cookies* estavam fazendo muito sucesso na colônia. Ele queria dizer entre os portugueses como eles, mas também poderia ser entre os brasileiros, o povo da ex-colônia, e foi essa a pergunta que fiz, a que colônia ele se referia, a dele ou a nossa, incluindo-me entre os brasileiros. A conversa ficou animada entre os dois, que elogiaram a minha observação, pois, como amantes da terra brasileira, consideravam Portugal como sendo a colônia, porque sabiam da importância que o novo país tinha para a Coroa portuguesa, mesmo após a independência. Depois de algum tempo, em que eu só ouvia, resolvi que já era hora de ir embora, e o homem se dispôs a me acompanhar.

Vou chamá-lo de Alberto porque não sei a quantas pessoas ele disse o nome verdadeiro, pois nem a mim disse, preferindo ser chamado pela alcunha, que também não vou revelar. Sei o nome certo de ouvir falar, nas poucas vezes em que estive com ele perto de quem o conhecia. Mas fiquemos com Alberto, porque a essa altura um nome já não tem importância alguma. Vestia-se à moda dos brancos distintos, e era uma honra para mim caminhar ao lado dele, mesmo em silêncio, e queria que muitas pessoas nos vissem juntos, felizes e trocando algumas palavras. Naquele dia ele usava uma casaca azul-escura com botões dourados, colete azul-claro bordado no mesmo tom da casaca, camisa branca com folho e gravata de seda preta dando duas voltas no colarinho e terminando em um laço. As calças eram brancas, com puxadeiras. Usava os cabelos pretos compridos, caindo sobre a gola da casaca, penteados para trás e untados com banha de cheiro. O rosto era moreno claro e muito expressivo, marcado por suíças, e os olhos, de um castanho quase verde, um pouco escondidos pela sombra do chapéu alto, um castor. Reparei nas mãos grandes de dedos compridos e finos, quase ossudos, que ele prendia nos bolsinhos da casaca. Já tínhamos andado um bom trecho quando ele me perguntou para onde eu estava indo, e respondi que era para a Vitória. Não conversamos quase nada mais, a não ser um comentário sobre o sol forte que já brilhava àquela hora da manhã, e concordamos sobre a bonita vista que se tinha do mar na Praça do Palácio, onde ele disse que ficaria para depois ir tratar de uns negócios na Misericórdia. Antes de nos despedirmos, perguntou quando eu voltaria ao mercado e afirmou que estaria me esperando.

Resolvi passar no ponto para conversar com a Adeola, pois estava com vontade de contar sobre ele para alguém e queria ter a chance de vê-lo um pouco mais, quando fosse até a Misericórdia. A Adeola me alertou para tomar cuidado, que homens como ele queriam apenas dormir conosco, as pretas. Se eu quisesse isso também, que fosse em frente, mas que não esperasse nada mais. Eu tinha vontade de dizer que não, que ele era diferente, mas pensei melhor e achei que ela tinha razão. A Adeola disse que o caso dela era exceção, estar junto por tanto tempo, quase seis anos, com um branco que realmente gostava dela, e que talvez isso acontecesse por ele ser padre, por não poder assumir abertamente uma relação, o que nem todas as mulheres aceitavam de bom grado. Achei que ela disse aquilo com verdade, mas não era o que eu queria para mim. Queria alguém com quem ter uma família normal, que me ajudasse a cuidar do Banjokô e que me desse outros filhos. De acordo com o Baba Ogumfiditimi, eu ainda teria pelo menos mais dois, um menino e uma menina, e eu acreditava muito nele depois do que tinha acontecido ao Banjokô, o caso do presente do viajante. Contei à Adeola e ela disse que faria uma oferenda aos orixás por mim, em agradecimento. Preocupada com o que ela tinha acabado de me dizer, e como o Alberto estava demorando, se é que pretendia mesmo aparecer na Misericórdia, voltei para o solar e passei muitos dias sem vê-lo.

Pouco mais de um mês depois daquele encontro, a Esméria recebeu carta da sinhá, avisando que estaria de volta dentro de uma semana, e achei melhor começar a preparar o Banjokô para a separação, para que ele não sentisse tanto. Nós não nos largávamos quando eu estava no solar; ele tinha reaprendido a gostar de mim e me chamava sempre de *ìyá mi* querida. Saíamos muito juntos, principalmente para os banhos de mar, de que eu gostava quase tanto quanto ele, acompanhados às vezes da Esméria e quase sempre do Francisco, que levavam uma trouxa de comida para que pudéssemos ficar mais tempo sem voltar para casa. Eu tentava tomar cuidado para que o Banjokô não pegasse muito sol, pois, com certeza, a sinhá não ia gostar da cor mais escura que ele já tinha adquirido. Estava longe de ser preto, mas também não passava mais por filho de branco, como ela gostaria que acontecesse. Foi com a carta dela, dirigida à Esméria, mesmo sabendo que a Esméria não era letrada, que tomamos consciência de que aqueles dias bons iam terminar. A minha principal preocupação era com o Banjokô, que tinha se acostumado a uma vida mais livre e divertida, saindo todos os dias para passear e achando que aquilo seria o normal dali em diante. Não sabíamos como garantir que ficasse calado, mesmo conversando sempre com ele e dizendo que os passeios e a minha presença na casa eram segredos nossos, que a sinhá não poderia saber. Mas ele era mais esperto do que imaginávamos, e certo dia em que eu falei que não iríamos à praia, disse que então pediria à *ìyá mi* dindinha para levá-lo quando ela voltasse.

Voltei a dormir na loja e a aparecer no solar somente à tarde, quando tentava convencer o Banjokô, e a mim também, de que os dias de praia e passeio tinham terminado. À noite, em conversas com a Claudina, eu gostava de ouvir as histórias que ela contava sobre seus homens, pois nunca conheci alguém que tivesse tido tantos. E não era por má vida, pois já tinha encontrado quem quisesse pagar e não aceitou, mas se deitava apenas com quem lhe despertasse interesse, tendo se interessado por todos os tipos de homens, pretos, mulatos, brancos, brasileiros, estrangeiros, de todas as profissões, pobres e ricos, e até mesmo por um índio. Contei sobre o Alberto e ela repetiu o mesmo conselho da Adeola, mas também contou casos de pretas que viviam de portas adentro com homens brancos. Algumas se juntavam aos estrangeiros que tinham acabado de chegar ao Brasil e eram de grande utilidade para eles, que chegavam quase sem dinheiro e com a esperança de fazer fortuna na nova terra. Elas então indicavam onde morar e muitas vezes até os acolhiam, chegando a sustentá-los com os serviços de cozinheira, vendedora, passadeira, engomadeira ou o que estivessem acostumadas a fazer. Caso progredissem, tornando-se prósperos comerciantes, elas podiam ser recompensadas com dinheiro ou com a continuação do relacionamento. Havia os que, depois de conquistarem fortuna e posição, não queriam mais saber delas, mas também havia muitas pretas vivendo no luxo, servidas por vários escravos. Alguns destes homens, depois de ganhar dinheiro, levavam suas pretas para viver com eles na Europa, onde algumas até tinham títulos de condessa ou parecidos. Nem eram tão raras assim, mas desse assunto não se falava muito porque, segundo a Claudina, os brancos apenas toleravam ou fingiam não saber de tais relações, com vergonha da fraqueza dos seus iguais que tinham caído em tentação ou sido aprisionados por feitiços, como quase sempre achavam.

SEGREDOS

Na sexta-feira, o Fatumbi apareceu cedo na loja e perguntou se eu podia fazer um grande favor para ele. Mesmo se não pudesse, arrumaria um jeito, depois de tudo que ele já tinha feito por mim, pois me sentia grande devedora. Parecia preocupado e estava mais calado que de costume, preferindo subir ao meu quarto, onde conversamos com mais tranquilidade. Disse que poderia me contar do que se tratava, mas para a minha segurança preferia que eu não soubesse, e me passou um bilhete que deveria ser entregue a um homem chamado Manuel Calafate, que morava no segundo sobrado da Ladeira da Praça, perto do Largo da Igreja Nossa Senhora de Guadalupe. É claro que no caminho eu não aguentei de curiosidade e abri o bilhete, mas não adiantou nada, porque estava escrito em árabe, com os desenhos que representavam as letras que só os muçurumins entendiam. O sobrado era uma loja, e quando o próprio Manuel Calafate abriu a porta, depois de olhar por uma fresta, percebi que havia vários muçurumins lá dentro. Imaginei que estavam em reunião importante, com todos sentados em círculo no chão da sala. O Manuel Calafate só falou comigo depois que eu disse as palavras que o Fatumbi tinha me ensinado, que não sei como se escreve, mas me lembro do som até hoje, *ai-á-lá-li-salá*, que significa "eis o meu coração". Depois que eu disse isso, ele estendeu a mão, como se já estivesse esperando pelo bilhete, e agradeceu com um movimento de cabeça e com as palavras *barica-da-subá*, "Deus lhe dê bom dia", que eu já conhecia por ser este o modo como o Ajahi e o bilal Sali nos cumprimentavam na casa dos Clegg.

Passei o fim de semana na casa do padre Heinz, por conta do aumento das encomendas de *cookies*, que o Tico e o Hilário pegaram na segunda de manhã, antes de um deles partir para o Recôncavo. Fui então para o solar, sem imaginar que a sinhá tinha chegado assim que os meninos saíram, e por isso eles não me avisaram. Depois a Esméria contou que tinha mandado o Raimundo atrás de mim, mas nos desencontramos por ele ter ido primeiro até a loja. Por não saber de nada, fiz como estava acostumada, pulei o muro e empurrei a porta da sala sem a menor cerimônia, chamando pelo Banjokô. Ele estava sentado no colo dela, no sofá, abrindo os diversos presentes comprados na corte, e quase foi atirado ao chão quando ela me viu e se levantou de repente, não sei se de susto ou de raiva. Fiquei parada na porta sem saber o que fazer, enquanto o Banjokô correu na minha direção me chamando de *ìyá mi* querida e passando os bracinhos em volta das minhas pernas. Em um abraço apertado, ele perguntou por que eu não tinha ido lá no dia anterior e contou que a sinhá tinha comprado muitos presentes para ele, puxando a minha mão para que eu fosse vê-los. A sinhá então chamou a Esméria e pediu que levasse o Banjokô para o quarto, junto com os presentes que o Francisco e o Sebastião correram para recolher. Mal ficamos sozinhas, ela perguntou o que eu estava fazendo ali e o que o menino quis dizer com não ter aparecido no dia anterior. Eu disse que só tinha passado para ver meu filho, mas não confirmei se estava fazendo aquilo com certa frequência ou não, pois sabia que mais tarde ela faria várias perguntas ao Banjokô, e saberia toda a verdade. Achei que ela fosse me destratar e, por um momento, era o que parecia ter em mente. Mas se calou antes de começar com os gritos e disse calmamente que eu já podia ir embora. Se o que eu tinha ido fazer lá era ver o Banjokô, a minha missão já estava cumprida, mas que voltasse no dia seguinte, por volta das nove horas, quando teria um comunicado importante a fazer e queria a presença de todos os escravos da casa. Antes de sair, parei perto da Antônia e pedi a ela que dissesse à Esméria as palavras "*abiku*" e "viajante com presentes", e que era muito importante que fizesse isso com a maior urgência.

Passei o dia inquieta, tentando imaginar o que a sinhá poderia ter de tão importante para comunicar, e não consegui me alegrar nem mesmo com a festa que estava sendo realizada na loja para comemorar a compra da carta de alforria do Salum. Foi preparado um jantar especial, para o qual eu e a Claudina fomos convidadas, e ficamos na cozinha com a Khadija e o bebê, a Fatu e a Euá. Na sala, além do Salum, estavam o Seliman, o alufá Ali e os dois filhos, Omar e Ossomani, o bilal Sali, o Ajahi e mais dois homens que depois vim a conhecer como Aprígio e Conrado, e que, apesar dos nomes, também eram muçurumins. Curiosamente, o Fatumbi não apareceu. Eles não consumiam bebida alcoólica e por isso a Khadija tinha preparado dois tipos de chá muito amargos, que bebemos para acompanhar a carne de carneiro assada, o inhame e o arroz machucado com leite e mel. Todos estavam trajando abadás e rezaram agradecendo a carta do Salum, a comida e a bebida, dizendo *bi-si-mi-lai*. No fim da festa, o casamento do Salum e da Euá ficou marcado para dentro de um mês, dois dias antes de começar o Ramadã.

Deixei para fazer a entrega no mercado à tarde, e acabei tendo que adiar para a quarta-feira, quando não encontrei o Alberto, e fiquei mais chateada por não saber se ele tinha me esperado na terça-feira do que pelo fato de não tê-lo visto. Mas de manhã eu não podia faltar à reunião na casa da sinhá, onde cheguei muito antes do combinado. Ela ainda não tinha descido para o desjejum e ninguém imaginava o motivo do comunicado, nem o Sebastião e a Antônia, as companhias de viagem. Para que o tempo passasse mais rápido, pedi a eles que me contassem sobre a corte, da qual disseram maravilhas. Não sobre a cidade em si, que acharam mais feia e mais suja que São Salvador. Mas contaram das pessoas que conheceram, todas muito bonitas e bem-vestidas, e das festas frequentadas pela sinhá, pelo padre Notório e o seminarista Gabriel. Tinham visto inclusive a caravana do imperador D. Pedro, e ficaram sabendo que muitos pretos da Bahia estavam indo para a corte, principalmente os forros, porque lá se ganhava mais dinheiro. Visitaram alguns sítios nas redondezas e acharam as paisagens muito bonitas, particularmente as de um sítio no meio da serra, onde tinham ficado por quase duas semanas em um casarão de religiosos.

O COMUNICADO

A sinhá desceu e a Antônia serviu o desjejum enquanto esperávamos na cozinha, em silêncio. Quando ela finalmente nos chamou à sala, dizendo que não queria perguntas sobre o que ia falar, comunicou que tinha decidido se mudar para a corte, acompanhando o padre Notório em necessidades profissionais, e com ela iriam o José, meu filho, a Antônia, a Maria das Graças, o Francisco e o Raimundo. A Esméria e o Sebastião, por já terem trabalhado o suficiente e sempre com lealdade, seriam libertados e receberiam cada um a quantia de um conto de réis, pagos no prazo de três anos, pelo que ela deixaria alguém encarregado. Nada disse a meu respeito, e estávamos todos tão surpresos que ninguém ousava perguntar, até que ela percebeu que já tinha conseguido me deixar nervosa por causa do destino incerto, e complementou dizendo que eu seria vendida e que estávamos dispensados. Eu, o Tico e o Hilário, que só foram tomar conhecimento das novidades algum tempo depois. Ninguém sabia onde o Hilário estava, e o Tico tinha partido para o Recôncavo, onde os dois já estavam ganhando um bom dinheiro com a venda dos *cookies* e de outras mercadorias que levavam de São Salvador.

Sem ter forças para reagir, vi a sinhá deixar a sala e subir para o quarto sem se importar com o estrago que estava fazendo em muitas vidas, principalmente na minha. Mesmo tendo motivos para ficar muito feliz por causa do Sebastião e dela própria, a Esméria me abraçou e chorou comigo, enquanto todos foram em silêncio cuidar dos afazeres e pensar nas mudanças. Sem nada entender, o Banjokô ficava perguntando o motivo do meu choro, mas eu não podia explicar para ele que a sinhá ia nos separar. O Francisco o levou para o quintal e a Esméria e o Sebastião se sentaram ao meu lado, no degrau da varanda dos fundos, dizendo que estaríamos sempre juntos e que, mais calmos, encontraríamos uma maneira de resolver os problemas. Mas a única solução que eu via era dar um jeito de comprar a minha liberdade e a do Banjokô, e para isso era preciso dinheiro, muito mais do que eu possuía.

A primeira coisa que pensei foi em subir ao quarto da sinhá e pedir que me levasse para a corte. Pedir por caridade, por amor a todos os santos de devoção dela, que não me vendesse e me deixasse ir para a corte, mas a Antônia achou que não seria boa ideia demonstrar que era isso o que eu mais queria. Estava claro que ela desejava me punir. O Sebastião se ofereceu para me acompanhar à confraria e conversar com a Esmeralda, para ver o que poderia ser feito em relação ao dinheiro. Pelas nossas contas, eu tinha pouco mais de sessenta mil-réis, ainda a descontar a taxa de administração, que seria proporcional ao dinheiro que eu precisaria retirar e o que eu já tinha amortizado. A Esmeralda ouviu minha história e disse que teríamos que esperar até domingo para falar com o Gregório, pois só ele podia fazer as contas do que eu precisava e dar uma ideia mais exata do quanto valíamos eu e o Banjokô. Aquela era uma informação importante, e o Sebastião propôs uma ida até a confraria dele, para ver se alguém poderia nos ajudar. Deram uma informação não muito segura, porque o prestamista também só aparecia aos domingos, mas disseram que poderia ser um valor em torno de quinhentos mil-réis para mim e duzentos e cinquenta mil-réis para o Banjokô, como o Sebastião já tinha imaginado. Era muito dinheiro, setecentos e cinquenta mil-réis. O Sebastião se ofereceu para trocar a liberdade dele pela minha e a do meu filho, pois a sinhá estava disposta a pagar um conto de réis a ele, do qual ainda sobrariam duzentos e cinquenta mil. Mas não aceitei, por ter certeza de que a sinhá também não aceitaria. Afinal, ela não estava interessada em dinheiro, e sim em me castigar.

Na manhã seguinte, fui até o mercado entregar os *cookies*, pois não poderia perder uma chance sequer de ganhar dinheiro. Depois segui até a casa do padre Heinz, para ver se ele tinha alguma ideia que pudesse me ajudar, mas ele tinha viajado sem data para voltar, inclusive dando férias para as crianças da escola, pois o Fatumbi não conseguiria fazer tudo sozinho. Lembrei-me então do Fatumbi, mas não sabia onde ele morava e, sem pensar muito, fui procurá-lo na casa onde ele tinha me pedido para levar o bilhete, na Ladeira da Praça, e acabei encontrando. Ele não me convidou para entrar e pareceu contrariado por me ver ali, mas depois de saber o motivo, sugeriu que conversássemos na loja, no meu quarto, para onde eu deveria voltar e esperar por ele, que naquele momento estava resolvendo alguns assuntos importantes.

A Claudina estava em casa naquele dia, pois tinha ficado a noite toda em um batuque e não se sentia em condições de trabalhar. Esperei que o Fatumbi chegasse e contei a história para os dois, que ficaram de pensar em uma maneira de me ajudar, já que não tinham dinheiro. Enquanto conversávamos, o Tico e o Hilário apareceram para entregar o dinheiro da venda dos *cookies*, um vindo direto do Recôncavo e o outro, do cais, onde tinha ido esperar pela chegada do irmão. Portanto, não tinham passado pelo solar e não sabiam do acontecido. Eles puderam subir ao meu quarto depois de um pedido do Fatumbi, e ficaram muito revoltados com os rumos que suas vidas poderiam tomar depois de vendidos. Não havia a certeza de permanecerem juntos e nem na cidade, muito menos a de serem colocados a ganho para que pudessem continuar como vendedores. Os dois foram até o solar para saber se havia alguma novidade e voltaram ainda mais desorientados, porque, além de a sinhá não querer falar com eles, tinha comentado com a Antônia que queria tudo pronto para a mudança dentro de um mês no máximo. A Claudina perguntou se eu tinha algo de valor e propôs passar uma rifa entre as pessoas que conhecia, ao que eu agradeci e disse que a coisa de maior valor que possuía era a estátua de Oxum que a Agontimé tinha dado, bonita e de madeira nobre. Ela já tinha elogiado aquela estátua e disse que muitas pessoas poderiam ficar interessadas nela. Lembrei que o Baba

Ogumfiditimi tinha dito que Oxum ia me ajudar quando eu mais estivesse precisando, o que significava que aquela rifa poderia dar um bom dinheiro. Assim que a Claudina saiu toda animada, e enquanto o Tico e o Hilário estavam conversando entre eles, sem prestar atenção ao que dizíamos, o Fatumbi comentou que, se eu me convertesse, ele poderia tentar conseguir com os muçurumins um empréstimo em uma caixa que eles mantinham para se ajudarem. Na hora pensei que não seria justo, que não me converteria de fato e sim por interesse, mas resolvi não falar nada, pois podia ser que viesse a precisar daquela ajuda.

No fim da tarde voltei ao mercado e conversei com o senhor Rui Pereira, dizendo que a minha sinhá se sentia imensamente constrangida, mas mandava perguntar se podia contar com um adiantamento, o que ele pudesse, para ajudá-la a sair de uma dificuldade. Ele coçou a cabeça, abriu a caixa de dinheiro e voltou a fechá-la, para então responder que confiava em mim e que podia me dar um mês de adiantamento. Quando disse "confio em você", percebi que já sabia que não existia sinhá nenhuma, e passei a admirá-lo por isso. Ao voltar para a loja, o Francisco estava me esperando com um recado da Esméria e nove mil-réis que ela e a Antônia tinham guardado gratificações ganhas durante anos de trabalho e que queriam que ficassem comigo. Fiquei emocionada com a atitude das duas, e mandei o Francisco de volta com muitos agradecimentos e a promessa de que eu pensaria em um jeito de ajudar o Tico e o Hilário. A Claudina voltou com os bilhetes da rifa, vendeu alguns para os muçurumins da loja e separou outros para levar ao batuque, à noite. Mesmo sendo a estátua de um orixá, o Fatumbi pegou alguns números e disse que também tentaria ajudar, assim como o Tico e o Hilário. O alufá Ali me liberou do pagamento do aluguel naquele mês, dizendo que era o que podia fazer por mim. Fiquei mais uma noite em claro pensando em como conseguir mais dinheiro, mas já me sentindo um pouco melhor, alentada pela solidariedade e o carinho de todos aqueles amigos que estavam se mobilizando para me ajudar.

O HOMEM

Na quinta-feira fui para a casa do padre Heinz fazer mais *cookies* para vender pelas ruas, coisa que eu não vinha fazendo porque o lucro não compensava muito. Mas, em vista da situação, qualquer dinheiro seria muito bem-vindo. Na volta, fiz um pequeno desvio e passei em frente à loja de ferragens, e o homem gordo, que estava na porta, correu para chamar o Alberto. Ele surgiu na porta sem o casaco, como quem não queria perder tempo em vesti-lo, e fez um sinal para que eu esperasse um pouco. Segui caminhando devagar, feliz por tê-lo visto e por ele querer falar comigo. Já composto, o Alberto me alcançou e perguntou para onde eu estava indo, ao que eu respondi que ia vender alguns *cookies* no Terreiro de Jesus. Ele me disse para não ficar brava, mas queria saber como ajudar, pois o senhor Rui Pereira tinha comentado que a minha sinhá estava passando por dificuldades. Fiquei espantada por ele ter se interessado e por saber que conversava a meu respeito e mais ainda quando disse que queria comprar todos os *cookies* que eu tinha no tabuleiro. Eu ia dizer que não precisava, mas vi no rosto dele uma expressão tão feliz por ser útil que só consegui sorrir de volta. Aquela ajuda seria muito bem-vinda, e fiquei quieta quando ele tirou o tabuleiro da minha cabeça e jogou todos os saquinhos na direção de um bando de crianças que brincavam na rua. Foi bom ver a alegria delas recolhendo os pacotes do chão, mais espertas que os adultos que também avançaram. O Alberto pegou na minha mão e disse para corrermos dali antes que nos prendessem por perturbação da ordem pública. Tirei os sapatos e o segui, rindo da situação e de nós dois, esquecida dos problemas.

Quando chegamos ao Campo Grande, ele me convidou para um refresco e aceitei, pois a corrida tinha me dado sede. Ele bateu na porta de um sobrado simples mas muito simpático, pintado de novo, e uma senhora muito distinta abriu a porta e um sorriso afetuoso quando o viu. Ele entrou e ela já ia fechando a porta quando fui puxada para dentro e recebi um olhar nada amistoso. Sem tirar os olhos de mim, a mulher disse que gente como eu não entrava naquela casa, comentário que o Alberto ignorou fazendo festinhas na cintura dela, dando beijos na bochecha e me empurrando para que eu subisse uma escada que havia logo em frente à porta. Quando eu já estava nos últimos degraus, ele entregou meu tabuleiro para a mulher e disse para ela colocar ali um refresco, uma garrafa de vinho e alguns petiscos, e levar lá em cima. A mulher ficou praguejando, enquanto ele tirava a chave da algibeira e destrancava uma das portas, a segunda em um longo corredor, e abria caminho para que eu entrasse primeiro. Deixou a porta aberta até que a mulher fosse levar o que tinha pedido, aproveitando para pôr a cabeça para dentro do quarto e dar mais uma olhada em mim.

Era um quarto pequeno, com uma janela na parede em frente à porta e, sob a janela, um baú. No canto à direita, um mancebo, e no canto à esquerda, um espelho com pés. Atravessando o quarto, uma cama de solteiro caprichosamente arrumada com lençol de linho branco que soltava um cheiro muito bom de limpeza. Primeiro perguntei se tal senhora era a mãe dele, e ele respondeu com uma gargalhada, dizendo que sua santa mãezinha tinha ficado em Portugal, mais precisamente debaixo do solo de Portugal. Mesmo ele tendo falado aquilo sorrindo, eu disse que sentia muito. Aquele era apenas um quarto de aluguel que mantinha para as noites em que ficava até mais tarde no trabalho, ou quando tinha alguma festa para ir, pois morava longe. Ou para levar companhias, eu completei, e ele negou, dizendo que, conforme eu pude ver, a senhoria, dona Isaura, não aceitava visitas femininas, e só tinha me deixado entrar por ter visto que eu era uma moça decente e que nós só queríamos conversar. Enquanto me passava o copo de refresco e abria a garrafa de vinho, servindo dois copos, ele disse que primeiro de tudo vinham os negócios, e perguntou quanto me devia pelos *cookies*. Eu estava sem jeito de cobrar, mas ele tirou quinhentos réis do bolso e colocou nas minhas mãos, dizendo que só queria saber se a quantia era suficiente. Na verdade, era mais do que o dobro, e agradeci tanto a ele quanto a Oxum, que devia estar mesmo me ajudando.

Apenas conversamos a noite inteira, e o Alberto não fez nenhuma pergunta que me deixasse embaraçada ou constrangida. Quis saber onde eu tinha nascido, como era Savalu e quando e como eu tinha chegado ao Brasil. Contou também as mesmas coisas sobre ele, sobre Portugal e Lisboa, dizendo que nunca mais voltaria para lá, pois tinha gostado do Brasil e era sócio da loja de ferragens onde o conheci, ele e o homem gordo, que se chamava Joaquim. Por causa do sotaque português do Alberto, eu me lembrei do marido da sinhazinha e decidi procurá-lo no dia seguinte, para ver se podia me explicar tudo sobre a compra de cartas de alforria. Bebemos duas garrafas de vinho e rimos muito, e continuamos rindo rua afora quando ele me acompanhou até a loja, onde tive que acordar o alufá Ali para que abrisse a porta, e recebi dele uma reprimenda por estar chegando àquela hora. Mas a noite e o vinho me fizeram bem, pois finalmente consegui dormir bastante, acordando no dia seguinte quase à hora do almoço. E muito bem-disposta, porque havia uma combinação para outro encontro, logo mais à noite.

À tarde saí perguntando de porta em porta até encontrar o escritório do doutor José Manoel, no Terreiro de Jesus, que me atendeu muito bem quando soube que eu queria algumas informações sobre como fazer para comprar a minha carta e a do Banjokô. Ele e o doutor Pedro Miguel, seu sócio, me tranquilizaram, dizendo que se eu tivesse o dinheiro pedido, a sinhá teria que vender as cartas. Disseram também que provavelmente ela pediria uma avaliação oficial para que fossem determinados os valores corretos, e só depois disso poderiam me ajudar. Eu deveria falar com a sinhá o mais depressa possível, o que decidi fazer logo na segunda-feira de manhã, depois de conversar com o Gregório no domingo, pois ele poderia me dar uma ideia prévia dessa avaliação e de como obter um empréstimo na confraria. Voltei para a loja e esperei pelo Fatumbi, que já tinha passado por lá e deixado aviso dizendo que chegaria mais cedo ao *sará*, para conversar comigo. Ele queria saber das providências tomadas e se havia alguma novidade, e contei sobre o encontro com o marido da sinhazinha. O Fatumbi me disse para não confiar muito nos brancos, ainda mais um branco que tinha ligação com a sinhá, pois, por mais boa vontade que ele tivesse em ajudar, se desse algum problema ele acabaria ficando do lado dela. Eu achava que o doutor José Manoel era confiável, mas não custava ser prudente naquele assunto, que era tão importante para mim.

Quando o *sará* começou, eu estava em dúvida se descia ou não para me encontrar com o Alberto. Apesar de muito querer, acabei decidindo que não, pois não estava me sentindo muito bem, e depois inventaria uma desculpa qualquer ou contaria a verdade, mas tive que mudar de ideia. Os muçurumins começaram a rezar cada vez mais alto, tentando encobrir uma cantoria na rua. Fui observar da fresta da janela do quarto da Euá, e vi o Alberto e dois amigos cantando e tocando guitarra do outro lado da rua. Antes que os muçurumins se irritassem, desci para a rua e saí caminhando em direção ao Pelourinho, fazendo sinal para que ele me seguisse. Na pressa de sair da loja, eu tinha esquecido de pegar meu bilhete e disse ao Alberto que não poderia ficar muito tempo na rua, pois havia o risco de ser presa por estar sem o documento provando que eu tinha autorização para circular àquela hora. Ele disse que estando com ele não haveria problemas, mas eu sabia que não era bem assim, ainda mais porque ele estava bêbado. Queria que o acompanhasse até o sobrado do Campo Grande, mas respondi que não estava me sentindo bem e tinha sérios problemas a resolver. Ele então perguntou se os problemas eram meus ou da minha sinhá, me segurando pelo braço e insistindo em saber o que tanto me incomodava. Não sei se estava irritada com ele por estar bêbado ou pelo que tinha feito em frente à loja, o que eu provavelmente teria adorado em outro lugar e outra ocasião, mas sentia vontade de deixá-lo falando sozinho no meio do largo e ir para casa. Só não fiz isso porque tive medo de que ele aprontasse mais alguma e piorasse a minha situação com os muçurumins. Eu não podia ficar sem ter onde morar, ainda mais depois de o alufá Ali ter dito que não me cobraria o aluguel daquele mês. Tentei fazer com que o Alberto entendesse que eu realmente tinha um problema sério e só por isso não tinha descido para o encontro, como tínhamos combinado. E também que, no momento, eu não via como ser ajudada, a não ser ele me deixando ir embora para pensar nas providências que tinha que tomar, e que, assim que pudesse, voltaria a procurá-lo, pois sabia onde. Ele pareceu compreender e me explicou onde morava, para o caso de eu precisar, mas estava chateado ao tomar o rumo do Terreiro de Jesus, provavelmente para se encontrar com os amigos e continuar bebendo e se divertindo. Voltei para a loja ainda antes do fim do *sará* e chorei durante horas. Estava confusa, com medo do que poderia acontecer, medo de nunca mais ver o Banjokô, como acontecia com muitas mães que eram separadas dos filhos. Mal o dia amanheceu, e como eu não tinha conseguido mesmo dormir, levantei e fui para a casa do padre Heinz fazer *cookies*.

SEMPRE OS AMIGOS

Trabalhei o sábado inteiro, tentando me concentrar no que estava fazendo para que o dia passasse mais depressa. O dia e a noite, porque eu tirava um cochilo no chão da cozinha entre uma fornada e outra. No domingo de manhã, cheguei à confraria antes mesmo de a Esmeralda abrir a porta e fui a primeira a ser atendida pelo Gregório. Pelas contas dele, que confiei estarem certas, eu tinha de crédito o valor de cinquenta e oito mil-réis, valor que poderia pegar na hora que quisesse. Ele também confirmou a avaliação do Sebastião, dizendo que eu e o meu filho teríamos que dar à sinhá por volta de setecentos e cinquenta mil-réis. Fiquei bastante desanimada ao perceber que não tinha nem a décima parte disso, e o Gregório ficou de ver o que poderia ser feito em relação ao restante. Muito dinheiro também para o caixa da confraria, que tinha comprado cinco cartas nos últimos dias. Fiquei de procurá-lo no fim do dia, quando teria as contas das últimas entradas, e como era longe para eu voltar até a casa do padre Heinz e fazer mais *cookies*, resolvi arriscar uma ida ao solar, para ver como estavam as coisas por lá.

Eu não quis chamar porque sabia que a sinhá estava em casa, provavelmente recebendo visitas, e fiquei à espreita, torcendo para que alguém aparecesse no jardim, o que não aconteceu. Desanimada, tomei o caminho da loja com a intenção de fazer as contas do que já tinha e de quanto ainda precisava. No caminho encontrei o Sebastião, o Francisco e o Raimundo, que estavam sentados em frente à Igreja do Rosário dos Homens Pretos, no Pelourinho, esperando por mim. Fiquei muito feliz com o presente que me deram, o dinheiro que o Sebastião e o Francisco tinham tomado do caixa da confraria deles, as suas contribuições, e disseram que eu podia contar com cento e quatro mil-réis, sendo que quase noventa mil pertenciam ao Sebastião. Eu não tinha como recusar, mesmo porque eles sabiam que era um empréstimo, que eu pagaria assim que fosse possível. Além do mais, o Sebastião tinha ganhado a liberdade e não precisava mais do dinheiro para a carta, e o Francisco ainda tinha muito pouco para pensar em comprar a dele a curto prazo. Mas confesso que o gesto do Francisco me deixou emocionada, principalmente porque percebi que poderíamos nunca mais nos encontrar depois que ele fosse para a corte. Agradeci e, mesmo ainda não sendo o fim da tarde, me despedi e disse que estava com pressa para voltar à confraria.

Quando cheguei, estava havendo uma assembleia, e logo percebi que discutiam o meu caso. O Gregório tinha falado sobre o meu problema e eles acabavam de votar, decidindo que eu não teria o direito de pegar todo o dinheiro naquele mês, que teria que esperar mais um pouco. Achei que pudesse ter sido por eu não estar presente, que poderiam ter achado que não estava muito interessada ou necessitada, e pedi a palavra. Comecei explicando os motivos pelos quais tinha me ausentado, mas uma das mulheres se levantou e disse que aquele caso já estava decidido, que precisavam passar para o seguinte porque ainda tinham várias questões a resolver, sendo apoiada por todos. A Esmeralda olhou para mim e disse que eles tinham razão, e que mais tarde conversaríamos. Saí para a rua e me sentei na porta da confraria, invejando a felicidade dos pretos que caminhavam de um lado para outro com suas roupas de domingo e garrafas de bebida debaixo do braço. Eu não achava justo me negarem o empréstimo, sendo que o Gregório havia dito que, desde que eu tinha me inscrito, era uma das pessoas que mais contribuíam. O meu dinheiro já tinha ajudado a libertar outras pessoas, e eles não queriam deixar que o mesmo acontecesse comigo, em uma situação de emergência. O dinheiro que o Sebastião e o Francisco tinham me emprestado, o presente da Antônia e da Eméria, o adiantamento concedido pelo senhor Rui Pereira mais o que eu tinha para receber nas próximas semanas e o disponível na confraria somavam quase duzentos mil-réis. Em último caso, eu poderia tentar convencer a sinhá a aceitar esse valor de entrada e me dar um prazo para pagamento do restante, mas não acreditava que ela fosse concordar.

Quando a Esmeralda foi conversar comigo, achei que ela estava certa, embora fosse uma decisão difícil de aceitar. Ela e o Gregório tinham conversado depois da minha saída e decidido resolver o caso em assembleia, pois não podiam decidir com o coração, e sim fazer o melhor para todos. Eu era nova na confraria, e apesar de ser uma das melhores contribuintes, havia gente participando desde o início, que tinha prioridade. Assim como eu achava que meu caso era mais urgente, todos tinham seus problemas e suas prioridades, e eu não poderia ser favorecida, ainda mais com duas cartas. Se me dessem o dinheiro de que precisava, o caixa da confraria ficaria quase sem nada ao beneficiar apenas duas pessoas, enquanto havia muitos outros que só precisavam de cinquenta ou de cem mil para conseguirem o mesmo intento. De qualquer forma, eu ainda podia contar com o que me era de direito, o que já pagara, os cinquenta e oito mil.

Na segunda-feira, o Tico e o Hilário passaram na loja para pegar os *cookies* e pedi a eles que fizessem a entrega da terça-feira, para o senhor Rui Pereira, pois queria mais tempo para pensar nos meus problemas. Resolvi procurar a sinhá imediatamente e tocar no assunto da compra das cartas, e a conversa foi mais fácil do que eu tinha imaginado. Ela me recebeu na mesa do desjejum e disse que estava com pressa, que tinha muitas providências a tomar. Fui direto ao assunto e ela não deixou transparecer nenhuma reação, abaixando o rosto na direção da xícara, e então disse para eu passar dentro de três dias, quando já teria mandado nos avaliar. À tarde, na loja, o Fatumbi voltou a falar comigo sobre a conversão, e continuei não me sentindo à vontade para aceitar. Muito mais do que comigo, eu achava que seria uma traição à minha avó, principalmente porque ela não tinha gostado dos muçurumins do navio. Eu admirava os muçurumins, respeitava a crença deles, achava bonita a devoção que tinham, mas nunca seria um deles e não queria enganar o Fatumbi em relação a isso. Pelo que conhecia de mim, ele devia imaginar o que eu estava pensando e disse então para eu ter fé, que com ela tudo se resolvia.

A Adeola ainda não sabia dos meus problemas e me ouviu atenta quando fui procurá-la no ponto. Ela disse que não tinha dinheiro para emprestar, mas deu uma sugestão que pensei em usar em último caso. Ela e o padre Heinz tinham como me ajudar a fugir com o Banjokô, e em poucos dias arrumariam tudo, até um lugar onde pudéssemos nos esconder por algum tempo. Achei que era uma boa ideia e ela me pediu para esperar pela volta do padre, o que deveria ocorrer ainda naquela semana. Pedi a opinião do Fatumbi e ele foi contra, dizendo que eu não tinha a mínima ideia do que era viver fugindo, ainda mais com uma criança pequena. Eu não tinha pensando nesse lado, o da dificuldade, mas mesmo assim continuei considerando a ideia, para então perceber que era um grande egoísmo. O Banjokô vivia muito bem na casa da sinhá, tinha boas roupas, um bom quarto, brinquedos, comida à vontade, horários certos para comer e dormir, estava aprendendo a tocar piano e a sinhá tinha grandes planos para ele, como colocá-lo para estudar assim que ficasse um pouco mais velho. Por outro lado, eu era a mãe dele, não ela. Ela sempre seria a dona, impondo sua vontade, fazendo dele o que bem quisesse e não o que ele pudesse vir a querer de fato. Eu não me espantaria se, na corte, ela o mandasse estudar para ser padre, apoiada pelo padre Notório, achando que o Banjokô deveria ficar agradecido por seguir tão nobre carreira. Com a influência do padre Notório, ela logo conseguiria para ele uma dispensa do defeito de cor, que não permitia que os pretos, pardos e mulatos exercessem qualquer cargo importante na religião, no governo ou na política. Mas o meu filho não era católico, apesar de ser batizado e ter um nome cristão, pois sempre estaria ligado aos orixás e ao *Orum*, por ser um *abiku*. Eu podia sentir isso nele, que sempre pedia que eu ou a Esméria contássemos histórias sobre os orixás, que ele chamava de "santinhos da África", e o seu preferido era Ogum, mesmo sem saber que era a ele que pertencia sua *orí*. Ficando comigo, e apesar de todas as coisas com as quais teria que se acostumar, ele seria feliz do jeito que uma criança deveria ser, como nos passeios que fizemos à praia e à casa da sinhazinha. Quando conheceu a Carolina, ele nunca tinha tido contato com outras crianças, e estranhou ao perceber que no mundo não existiam só adultos.

A AVALIAÇÃO

Eu não sabia o que fazer e resolvi deixar que o destino resolvesse por mim, e parece que foi isso que aconteceu quando, no dia marcado, voltei ao solar da sinhá. Ela me entregou um papel em que estavam as nossas avaliações, dando o total de dois contos e duzentos mil-réis. Um conto para o Banjokô e um conto e duzentos para mim. Olhei o papel e nem tentei fingir que não sabia ler, pois lá estava escrito com todas as letras o valor de uma escrava de dezoito anos, criada de dentro, com excelente saúde, falando português e inglês, sabendo ler, escrever e comerciar muito bem, capaz de ter ganho próprio de mais de dez mil-réis por mês, e do seu filho de seis anos, criado como se fosse da casa, de excelentes maneiras e muito inteligente, bem-educado e que sabia tocar piano. Assustei-me tanto com o fato de ela ter todas aquelas informações que só consegui dizer que estávamos avaliados muito acima do valor de mercado, ao que ela respondeu que pretos iguais a nós não existiam no mercado, e que, portanto, eu não poderia afirmar aquilo. A avaliação tinha sido feita por um profissional, como certificava a assinatura, e ela queria receber o valor de uma vez, não poderia fazer a prazo, a custo de perder investimento tão alto.

Somente anos mais tarde, quando eu também estava na corte, fiquei sabendo como ela tinha conseguido todas aquelas informações a meu respeito. Achei que estava vencida e que deveria me conformar, mesmo porque, enquanto esperava pela sinhá na sala, tinha pedido a todos os orixás que me indicassem o caminho, que a conversa com ela fosse esclarecedora o suficiente para que eu soubesse pelo que lutar. Saí do solar imaginando que precisava aceitar minha venda, que o Banjokô seguiria com ela para a corte e que talvez nunca mais nos víssemos. Ou, se algum dia ainda tivéssemos a oportunidade, seria bem possível que as nossas vidas fossem tão diferentes que ele não me reconhecesse mais como mãe. Meu maior medo era que, criado pela sinhá, ele começasse a sentir vergonha de mim. Não eram raros os casos em que isso acontecia, eu mesma sabia de um, pois, antes de o Tico e o Hilário passarem a entregar as encomendas nas casas dos fregueses, certa vez o senhor Amleto pediu que eu levasse alguns *cookies* até a casa dele. Assim que bati no portão e falei dos *cookies*, a preta que me atendeu foi chamar a cozinheira, que perguntou se eu não poderia dar a receita, já que o senhor Amleto gostava demais daqueles *cookies* e queria que ela aprendesse a fazer. Ela tentava e ele nunca ficava satisfeito, sempre achando um defeito ou outro, ou vários de uma vez. Pedi que me entendesse, mas eu não podia dar a receita, pois vivia daquilo. A mulher disse que eu estava certa, e que por ser muito mão-fechada é que ele queria que ela aprendesse, pois só não era sovina com a mãe. Comentei que era uma atitude louvável, mas ela disse que não, que ele realmente dava tudo que a mãe precisava para viver com conforto, mas aquela bondade toda era dor na consciência ou medo de que a mulher revelasse o segredo. Ele vivia dizendo para quem quisesse ouvir que era filho de mãe portuguesa e pai inglês, mas a mãe era uma pobre coitada, uma preta forra que ele fazia de tudo para manter escondida. Dizia-se órfão e tratava muito mal a mulher, quando, morta de saudade, ela resolvia aparecer para dar uma olhada no filho e nos netos. Para disfarçar, ele dizia que era uma velha ama de leite por quem tinha muita consideração, mas todos na casa sabiam a verdade. Por sorte, ele tinha nascido mulato claro e inteligente, e usava de mil artimanhas para parecer mais claro ainda. Dormia com o cabelo untado de babosa e preso com touca, e toda manhã passava horas no toucador, disfarçando as origens africanas. Eu me lembrava daquela história e achava que o Banjokô, quando crescesse, poderia fazer o mesmo comigo, caso fosse viver com a sinhá. E quem poderia recriminá-lo por querer uma vida melhor? Não uma mãe, mesmo tendo que passar por humilhações.

Preocupado, o Sebastião apareceu na loja para conversar comigo. Inconsolável, contei sobre os mais de dois contos de réis, e ele me disse para não desanimar, que haveríamos de dar um jeito. Quando soube, a Esméria brigou com a sinhá e disse que queria a carta de alforria naquele exato momento, pois já estava deixando a casa. A sinhá disse que ela podia partir quando quisesse e que depois mandasse avisar onde estava, ou fosse ela mesma buscar a carta dentro de alguns dias. A Esméria apareceu na loja com o Hilário, para logo se arrepender e implorar à sinhá que a deixasse voltar, pois não sabia o que tinha dado nela e queria ficar até a viagem para a corte. Ela tinha se arrependido por causa do Banjokô, para poder ficar com ele pelo tempo que fosse possível e me manter informada do que acontecia no solar. Mas a sinhá disse que não queria saber de preta ingrata, que só não tirava a promessa de alforria porque não compensava pagar a passagem de uma velha até a corte, e que ela poderia ficar apenas o tempo de providenciar a carta. Como havia uma vaga no quarto da Euá depois da morte da Vicência, falei com o alufá Ali e ele concordou, depois que o Fatumbi também se responsabilizou pela Esméria, mas voltou a dizer que não queria mais que toda aquela gente continuasse indo atrás de mim.

A sinhá sabia que a Esméria estava sempre em contato comigo e mandou avisar que já tinha um comprador para mim, que o irmão do sinhô José Carlos apareceria para me buscar dentro em pouco, para trabalhar na fazenda do Recôncavo. Eu já estava me conformando em ser vendida para alguém da capital, onde talvez pudesse continuar vendendo meus *cookies* e juntando dinheiro, o que não seria possível trabalhando em uma fazenda. O Hilário tinha sido o portador deste recado, e estava com vergonha de dizer que a sinhá tinha concordado em vender as cartas dele e do Tico a prestação, por um valor que era menos da metade do que valiam, duzentos mil-réis cada um. Estava claro que era uma atitude para me deixar ainda com mais raiva dela.

No sábado, fiz apenas os *cookies* do senhor Rui Pereira, porque já estavam pagos, e avisei aos meninos que os clientes deles infelizmente ficariam sem a remessa da semana, e à noite tive um sonho que me fez ir atrás do Francisco na oficina de carpintaria. Por sorte, ainda o peguei por lá no seu último domingo, pois, como disse, não valia a pena continuar depois de ficar sabendo da mudança; teria que começar de novo na corte. O sonho tinha sido com a minha avó, ainda dentro do navio na viagem para o Brasil, e, em delírio, ela não parava de repetir o nome do Francisco. Eu ainda não sabia o que aquilo significava quando ficamos lado a lado, olhando o mar do mesmo ponto onde tínhamos estado na primeira vez que saímos, do alto da escarpa que descia por trás do Palácio do Governo. Eu parecia ter algo muito importante para dizer a ele, ou ele a mim, mas eu não sabia o quê, e não soube mesmo depois da hora de irmos embora, quando resolvi acompanhá-lo de volta à oficina para encontrar o Sebastião. Ele tinha conversado com o jovem bacharel da confraria e ficara sabendo que a sinhá podia cobrar por mim o que quisesse, desde que justificasse isso, e parecia que ela tinha conseguido. O próprio bacharel ficou espantado quando o Sebastião contou tudo o que eu podia fazer, e naquele momento me lembrei do que a Esméria tinha falado quando soube que eu estava aprendendo a ler e a escrever, ainda na fazenda. Ela comentou que uma escrava não precisava daquilo, que eu sonhava muito alto, que o melhor a fazer era me contentar com a condição de bem servir aos meus donos. Imaginei que estaria em melhores condições se tivesse seguido tais conselhos, e me doía muito saber que, na hora em que ela estava livre e que poderíamos morar juntas, quem sabe até trocando com a Claudina e ficando no mesmo quarto, eu estava voltando para uma fazenda, talvez para um serviço qualquer no engenho, para morar na senzala e dividir uma baia com pessoas com as quais provavelmente não teria afinidade alguma.

OS CAMINHOS

Procurei a sinhazinha querendo pedir para trabalhar com ela, ou pelo menos que ela falasse com o tio que queria me comprar, mas não a encontrei em casa. Tinha ido passar alguns dias na fazenda de uma amiga, aproveitando que o doutor José Manoel fizera uma viagem a trabalho. Eu já estava ficando desesperada, e tentava pensar no Baba Ogumfiditimi e no que ele disse sobre ter fé, e decidi ir até o sítio perguntar ao Ifá se teria que fazer alguma coisa, alguma oferenda especial para que tudo terminasse bem, porque todos os caminhos pareciam fechados. Ia caminhando com esses pensamentos, já no largo do Terreiro, quando o Alberto saltou na minha frente. Fiquei feliz por vê-lo, para me distrair um pouco, e aceitei o convite para um novo passeio até o Campo Grande, sabendo que poderia não voltar a vê-lo se não conseguisse resolver meus problemas, e não queria perder aquela oportunidade. Quando chegamos à porta do sobrado, com um sorriso matreiro ele enfiou a mão no bolso e pegou uma chave, fazendo sinal para que eu tirasse os sapatos e entrasse em silêncio, sem fazer barulho. Subimos as escadas com vontade de rir, e só depois que eu já estava dentro do quarto foi que ele desceu, subindo logo em seguida com duas garrafas de vinho e algumas fatias de pão. Ficamos sentados na cama, conversando, ele querendo saber se meus problemas já estavam resolvidos, se eu tinha mais *cookies* para vender e por que na última terça-feira tinha mandado um rapaz no meu lugar para fazer a entrega do senhor Rui Pereira. Eu disse que eram coisas chatas sobre as quais não queria falar, e contei da primeira vez que tinha visto o mar, em Uidá, e da primeira vez que tinha visto as ilhas do Frade e de Itaparica e a cidade de São Salvador. Ele também tinha impressões parecidas da cidade, vista do navio que o levara embora de Portugal. O primeiro beijo só aconteceu depois da primeira garrafa de vinho, da qual eu não tinha bebido mais do que dois copos, pois ele era bem mais rápido, além de o vinho ser amargo, como a sinhá gostava.

Eu não tive a mínima vontade de me esquivar daquele beijo, como achava que as boas moças deveriam fazer, e logo já estávamos deitados, o corpo dele pesando de uma maneira muito gostosa sobre o meu. Diferentemente do que se passou na primeira vez que me deitei com o Francisco, não me lembro muito bem da sequência em que as coisas aconteceram. Era diferente, de uma maneira suave e calma, como se tivéssemos todo o tempo do mundo para ficar naquele quarto, como se não houvesse mais nenhum problema a ser resolvido do lado de fora da porta, como se fosse a coisa mais normal do mundo eu estar ali, abrindo as pernas para um branco. Somente depois me lembrei dos conselhos da Adeola e da Claudina, mas tinha cumprido muito bem a primeira parte, que foi aproveitar. Ele era bastante carinhoso e me deixou à vontade, como se também estivesse gostando de ficar comigo, como se estivesse me vendo como uma mulher e não como uma preta. Estávamos felizes, tranquilos, com vontade de sentir e dar prazer, e era só isso que contava, era só isso que eu sentia depois de deitar a cabeça no peito dele para descansar. Bebemos a segunda garrafa de vinho em meio a muitas brincadeiras, e continuamos nos divertindo e nos provocando por boas horas, e só nos lembramos de ir embora quando a claridade começou a entrar pela janela, que tínhamos deixado aberta para aproveitar a fresca da madrugada. O Alberto desceu na frente para ver se a dona Isaura já tinha se levantado, e me chamou depois de abrir a porta da rua, por onde entrava o início de um lindo dia. O céu estava mudando de azul-escuro para azul-claro, e a cidade começava a acordar quando ele me deixou na porta da loja. Não fizemos promessa de um novo encontro, mas eu tinha certeza de que aconteceria. Subi para o quarto e dormi muito bem, sem conseguir me lembrar da última vez que isso tinha acontecido. Quando acordei, não estava com vontade de me levantar, de ir para a rua e enfrentar os problemas, pois queria prolongar aquela sensação de tranquilidade que o Alberto tinha me deixado.

Quando finalmente consegui sair da esteira, já passava do meio da tarde, mas mesmo assim saí em direção ao Rio Vermelho, onde ficava o sítio do Baba Ogumfiditimi. Quando comecei a sair da região habitada, percebi que, no escuro e com o meu torto senso de direção, não conseguiria chegar até lá. O que eu menos queria era ficar sozinha, e a companhia dos muçurumins não seria suficiente, já que quase não trocávamos palavra. Mas não tive escolha, voltei para o quarto, armei um altar e chorei e rezei por um bom tempo, pedindo que os orixás me mostrassem uma solução ou me fizessem conformada com o destino. Quando consegui dormir, sonhei novamente com a minha avó balbuciando o nome do Francisco, o que me deixou ainda mais aflita, sem ter a mínima ideia do que isso queria dizer. O Baba Ogumfiditimi também tinha dito que o Francisco teria um papel muito importante na minha vida, e uma coisa devia ter relação com a outra. Fiquei imaginando se não seria alguma reprimenda da minha avó por eu ter me deitado por vontade com um branco, que ela estaria querendo me dizer que o Francisco era melhor para mim. Mas, por outro lado, o Baba Ogumfiditimi tinha dito que ele não era o homem da minha vida. Eu esperava que o Ifá pudesse me dizer o significado daquele sonho, e assim que o dia clareou, ganhei a rua.

OXUM

Não tinha ainda cruzado o Largo do Pelourinho quando encontrei a Claudina, que abriu um enorme sorriso ao me ver. Ultimamente, quase não nos encontrávamos, e ela não estava a par dos últimos acontecimentos quando me deu a notícia de que tinha vendido todos os bilhetes da rifa, o que tinha dado pouco mais de seis mil-réis, e feito o sorteio. Fez tudo sozinha para não me incomodar, e estava indo pegar a Oxum e levar até o canto, para entregar a prenda à vencedora. Eu fiquei atônita, pois tinha me esquecido daquela rifa, tinha me esquecido de dizer que não precisava mais, que por mais dinheiro que conseguíssemos, nunca teríamos o valor necessário. E também não queria mais entregar a Oxum, depois da promessa que tinha feito a ela na noite anterior. Mas a Claudina não podia ler meus pensamentos e ficou decepcionada com a minha falta de reação. Sentindo-me ingrata, eu disse que voltaria com ela para me despedir da Oxum, antes que a levasse. Quando estávamos quase na porta de casa, a Claudina parou para conversar com uma conhecida e eu subi na frente, para ficar um pouco sozinha com a Oxum e explicar que não queria fazer aquilo, não queria me separar dela, mas não tinha jeito.

Foi a cobra, que nem eu nem ninguém mais viu de novo pela casa. Depois que eu já tinha dito à Oxum tudo o que queria e ia descer para entregá-la à Claudina, a cobra apareceu de repente, pulando em cima de mim. A primeira reação foi me proteger, jogando a Oxum contra ela, e quando olhei para o chão tingido de dourado, a ideia surgiu inteirinha, como um raio de sol iluminando minha cabeça. Naquele segundo fiquei sabendo exatamente o que fazer e tudo que ia acontecer depois. Procurei a cobra e não encontrei nem rastro dela, e ela não poderia ter saído do quarto, que estava com a porta fechada. Quando fui pegar a Oxum, olhei o chão ao meu redor e ele estava coberto com um pó dourado que tinha caído de dentro da estátua de madeira. Reparei melhor nela e percebi que sua racha tinha aumentado de tamanho e mostrava um grande talho, e era de lá que escorria o pó. Cheguei com ela perto da janela, onde estava mais claro, e percebi que ainda havia muito mais lá dentro. Forcei um pouco a abertura e a estátua se partiu ao meio, deixando ver que guardava uma verdadeira fortuna. Ouro em pó e pepitas, e também muitas outras pedras de cores variadas, brilhantes, pequenas, parecendo vidro transparente, tomando conta de todo o oco da estátua, que não era tão pequena. Na hora eu soube que aquilo valia muito dinheiro e que era dele que eu deveria partir para realizar meus sonhos. O de liberdade e o sonho no qual era dito o nome do Francisco, que tinha acabado de se revelar.

OS PLANOS

Enrolei a Oxum em um pano, onde também coloquei o pó que recolhi do chão, e escondi tudo atrás dos livros. Peguei um pouco do dinheiro da rifa que a Claudina tinha me dado, e fui atrás dela na rua, dizendo que não queria mais dar a minha Oxum e que ela tinha que ir comigo comprar outra. A Claudina não entendeu nada, mas eu disse que era importante, que muitas coisas tinham acontecido sem que ela soubesse e eu não podia mais me desfazer da Oxum. Fomos até uma rua perto da Baixa dos Sapateiros, onde ficavam muitos artesãos, e adquirimos uma Oxum ainda maior e mais vistosa. A Claudina então seguiu para o canto e eu voltei para casa, para pensar nas próximas providências. A primeira foi procurar o Francisco e convencê-lo a fazer o que eu precisava que fizesse. Eu o vi trabalhando no jardim do solar e marcamos um encontro perto do Forte de São Diego, quando a sinhá subisse para a sesta. Assim que ele chegou, contei todo o plano, sem dar tempo para que dissesse alguma coisa. A princípio ele comentou que não daria certo, que era muito arriscado, mas garanti que daria certo sim, que ele não me perguntasse as razões, mas eu tinha certeza de que tudo ia sair exatamente como o planejado. Então ele se animou e começou a dar sugestões sobre certos detalhes nos quais eu ainda não tinha pensado, completando a ideia. O Francisco levou recado para que o Tico e o Hilário me encontrassem no dia seguinte naquele mesmo local, no fim da tarde. Novamente passei a noite em claro, enquanto repassava cada etapa do plano, para ver se não tinha me esquecido de nada, de nenhum detalhe que pudesse pôr tudo a perder.

Não contei tudo ao Tico e ao Hilário, apenas a parte da qual participariam, mostrando que também seriam beneficiados. Eles aceitaram na hora e ficaram de marcar um encontro meu com o Sebastião, para quem falei tudo, pedindo que não contasse nada à Esméria. A parte dele era bem simples, mas muito importante, e primeiro ele ficou encarregado de falar com a sinhá que queria receber a carta dele no mesmo dia que a Esméria, para que não tivesse problemas depois. Ele também precisava pedir à sinhá que preparasse as cartas do Tico e do Hilário, tomando como garantia o dinheiro que tinha prometido pagar mensalmente a ele e à Esméria. Depois de tudo combinado, fui falar com a Adeola, para saber se ela teria como armar uma fuga em cinco dias. Apesar do pouco tempo, ela disse que sim, bastando confirmar onde e quando encontrar a pessoa que queria fugir. Fiquei aliviada quando o Tico confirmou um detalhe que seria essencial, a presença do padre Notório na cidade, e então passei na casa do Manuel Calafate e deixei recado para o Fatumbi, para ele me encontrar na loja o mais depressa possível.

O Fatumbi apareceu um pouco antes de escurecer, participou da reza no salão e subiu para falar comigo. Para ele eu contei tudo que o Sebastião sabia e um pouco mais, pois ninguém desconfiava da existência das pedras e do ouro. Primeiro ele olhou fascinado, pois, como eu, nunca tinha visto tal riqueza. Depois ficou com os olhos marejados, sabendo o quanto aquilo significava para mim, e então tive certeza de que podia confiar no amigo. Pedi que providenciasse a venda de tudo aquilo, pois eu não sabia como, onde ou para quem vender, além de achar que poderia ser enganada. O Fatumbi também não tinha a mínima ideia, mas alguns amigos talvez pudessem ajudar, um deles inclusive tinha enriquecido em Minas Gerais, negociando o ouro que comprava escondido ou roubava das minas do ex-dono. Eu disse que tínhamos cinco dias e que precisava de pelo menos três contos de réis, que ele prometeu conseguir, e talvez até um pouco mais. Depois de três dias, o Fatumbi me entregou três contos, novecentos mil e quarenta réis, sendo que fiquei com três contos e quinhentos mil e insisti para que ele aceitasse o resto. Nem tão resto assim, pois era muito dinheiro. Mas o Fatumbi merecia, e só concordou quando falei que estava tudo bem se ele quisesse dividir com o padre Heinz, ou com qualquer outra pessoa que estivesse precisando.

O Francisco me avisou que a Esméria, o Sebastião, o Tico e o Hilário já estavam com as cartas em mãos, e que o Sebastião tinha sugerido a fuga para as Minas Gerais. Achei interessante aquela coincidência, porque nenhum dos dois sabia sobre o presente da Oxum. Quando fui falar com a Adeola, ela já tinha conseguido uma carta de alforria falsa e precisava do nome da sinhá e, se possível, de algum papel assinado por ela, para que pudessem imitar a assinatura. Eu disse que faria melhor ainda, que emprestaria cartas verdadeiras assinadas por ela, de onde poderiam copiar tudo, os termos, a data e a assinatura. Para a fuga, dei a ela alguns mil-réis para que tudo fosse muito bem providenciado, e disse que, se precisasse de mais dinheiro, era para falar comigo. No dia seguinte, o Tico e o Hilário foram me mostrar as cartas deles e pedi que emprestassem uma delas para a Adeola. Eu só tinha esquecido que, depois de receber a carta, a Esméria sairia do solar para ir morar na loja, ficando difícil esconder dela toda aquela agitação. Ela se mudou para o quarto da Euá e ficava o tempo todo perguntando o que estava acontecendo, para onde eu estava indo e quando voltaria. Pedi que tivesse paciência, pois eu estava tratando de assuntos muito importantes, que só poderia revelar depois de tudo terminado. Procurei a Adeola e soube que ela só precisava de mais um dia e então tudo estaria pronto. Fui me encontrar com os meninos e pedi que avisassem ao Sebastião e ao Francisco que agiríamos no dia seguinte, logo após o almoço.

A AÇÃO

Durante o almoço, o Sebastião substituiu a Antônia no serviço de mesa e misturou na comida da sinhá algumas ervas que a fariam dormir por três ou quatro horas. Assim que terminou de comer, ela disse que se sentia um pouco indisposta e foi se deitar. O Sebastião deu ordens ao Raimundo, em nome da sinhá, para percorrer algumas fontes e pegar amostras de água, porque ela desconfiava que era a água que estava causando tanta indisposição. Depois, colocou um pano na janela do quarto do Banjokô, indicando que era a hora de eu bater palmas no portão, que ele fingiu atender. Entrou na casa dizendo à Antônia e à Maria das Graças que era um mensageiro do padre Notório avisando que ele passaria pelo solar logo mais à tardinha. Conforme tínhamos combinado, ele deu uma olhada na despensa e disse que não havia nada para servir ao padre, pois, arrumando as coisas para viajar, a sinhá não estava mais fazendo compras. Disse ainda que não estava se sentindo bem, com uma dor na perna incomodando muito, e perguntou se elas não poderiam ir ao mercado. Logo que as duas tomaram certa distância, o Tico, o Hilário e eu, que estávamos à espreita, entramos na casa. Os dois meninos logo vestiram as librés do Francisco e do Raimundo e pegaram a liteira, com a intenção de levar o padre Notório até o solar a qualquer custo, nem que precisassem dizer que a sinhá estava morrendo. O Francisco, muito nervoso, juntou as coisas dele em uma trouxa, que deixou encostada no muro da frente, em um lugar fácil de pegar quando saísse correndo. Um amigo da Adeola, vestindo camisa de chita colorida e calça branca, estaria esperando por ele do lado de fora. Conferi mais uma vez os papéis que a Adeola tinha providenciado, dei ao Francisco a carta falsa, que ninguém diria não ser verdadeira, e cinquenta mil-réis, para que ele não passasse necessidade. Ao lado da trouxa dele coloquei a do Banjokô, com algumas mudas de roupa e os dois brinquedos de que ele mais gostava.

Já estava tudo preparado e ainda teríamos um bom tempo pela frente, pois os meninos precisariam de pelo menos duas horas para voltar com o padre Notório. Eu e o Francisco nos escondemos no quarto do Banjokô, para que a Antônia e a Maria das Graças não nos vissem, caso voltassem antes de tudo acontecer. Ficamos olhando o Banjokô dormir e eu pensei que todas aquelas pessoas estavam se mobilizando por causa dele, e comecei a sentir um pouco de medo de não dar certo. Ou, pior ainda, de não estar fazendo o que era melhor para ele, mas o melhor para mim. Comentei isso com o Francisco e ele me puxou para junto do peito, dizendo que também estava com medo, mas que tudo ia terminar bem. Ele então começou a fazer carinho no meu rosto e nos beijamos, sabendo que não ia ficar só naquilo. Fomos para o quarto ao lado e nos deitamos pela última vez, com pressa e com muito desejo, talvez mais para nos acalmarmos do que por vontade. Voltei para o quarto do Banjokô e ele foi para o da sinhá, depois de relembrarmos o que tinha que fazer. Primeiro, ele deveria pegar todas as roupas dela, colocar dentro da camarinha e passar a chave, que colocaria no parapeito da janela. Depois deveria verificar se o tinteiro estava no quarto e amarrar a corda na varanda, por onde desceria, mas ainda deixando-a enrolada para o lado de dentro, para ninguém notar da rua. E só então deveria se deitar ao lado dela, sem roupa e com muito cuidado, e começar a acariciá-la e a dizer aquelas coisas que todas as mulheres gostam de ouvir. Quando ela acordasse, ainda estaria um pouco tonta, e antes que pudesse reagir, o Francisco já a teria provocado o suficiente para que quisesse se entregar a ele. E foi exatamente assim que aconteceu, imagino.

Quando a liteira carregando o padre Notório apontou no fim da rua, o Sebastião estava vigiando e foi me avisar. Como o Francisco tinha deixado a porta aberta, entrei no quarto no exato momento em que a sinhá estava embaixo dele, visivelmente feliz. Talvez por efeito das ervas, ou porque estava gostando, ela demorou a perceber minha presença, e tive que falar alguma coisa antes que perdêssemos a chegada do padre. Quando ela perguntou o que era aquilo, eu disse que primeiro era melhor que ela olhasse pela janela, e depois conversaríamos. Ela ficou parada e tive que puxá-la da cama, de onde saiu tentando pegar o lençol para se cobrir, e viu exatamente o momento em que o padre descia da liteira, estacionada no jardim. A sinhá era uma mulher inteligente e perguntou o que eu queria, enquanto argumentava que precisava se vestir para então podermos conversar direito. Enquanto falava, abriu as gavetas das cômodas e não encontrou nada, e também tentou forçar a porta da camarinha, sem sucesso. Mostrei a ela a chave que estava no parapeito da janela e fingi atirá-la no jardim, quando na verdade ela caiu na sacada, e perguntei se podíamos conversar ou se ela preferia que eu chamasse o padre. A sinhá olhou para o Francisco e mandou que saísse do quarto, mas ele não obedeceu, dizendo que era melhor ela ouvir o que eu tinha a propor. Mostrei os papéis que estavam comigo, que eram a minha carta de alforria e a do Banjokô, pelas quais pagaríamos até um pouco mais do que eu achava justo, um conto de réis pelas duas. Naquele momento, percebi que havia uma falha no plano, pois nós não tínhamos nenhuma testemunha de que ela tinha se deitado com o Francisco de livre e espontânea vontade. Ela poderia ter me dito para chamar o padre, confrontaríamos as versões da história, ela diria que tínhamos tramado para chantageá-la e acabaríamos presos. As cartas precisavam ser assinadas logo, antes que passasse o efeito das ervas e do susto e ela começasse a raciocinar direito. Pedi que o Francisco a segurasse e dei um tapa no rosto dela, dizendo que ia apanhar muito se não assinasse logo, e em seguida coloquei as cartas e o dinheiro em cima da secretária. O Francisco a levou até lá e, ainda um pouco atordoada, ela assinou.

Eu não estava acreditando que tinha funcionado, e mais para comemorar do que para provocá-la, dei um beijo no Francisco e saí do quarto. O Sebastião estava me esperando ao pé da escada, para passar pela sala com o menino no colo e levá-lo até o portão sem chamar a atenção do padre. Ele deveria levar o menino até o padre e distraí-lo, fazendo com que o Banjokô tomasse a bênção, avisando que a sinhá já ia descer. Enquanto isso eu passei despercebida e fiquei esperando no portão, com as cartas assinadas, com um conto a menos, com a minha vida e a do meu filho para cuidar, além de um medo muito grande de não conseguir. O Francisco estava vigiando da janela, e quando me viu sair, vestiu a roupa, pegou a chave da camarinha da sinhá, que estava caída na varanda, e jogou para dentro do quarto, para que ela se vestisse e recebesse o padre, dizendo a ele o que bem entendesse. Depois, desceu pela corda e seguiu o homem que o estava esperando na rua. Àquela altura o Sebastião já estaria fugindo com o Tico e o Hilário, que tinham alugado espaço em uma loja no Largo do Guadalupe. Peguei a primeira cadeirinha que vi, dizendo para o Banjokô que ele passaria uns tempos com a *ìyá mi* e com a Esméria, e que seria muito divertido.

Quando entrei na loja com o Banjokô no colo e a trouxa dele na cabeça, a Esméria estava parada no alto da escada, dizendo que já tinha conversado com a Claudina e trocado de quarto com ela. Não perguntou nada sobre o Banjokô, mas mostrei as duas cartas para ela, que, mesmo não sabendo ler, reconheceu que eram iguais à dela. A Esméria então comentou que estava muito feliz por mim e pelo meu filho, mas que, assim que eu pudesse, gostaria de saber o que tinha acontecido. Prometi que contaria e fui falar com o alufá Ali e com a Khadija, que estavam no quarto de costura. Mostrei o Banjokô a eles e perguntei se podíamos ficar, pagando, é claro, e que eu inclusive fazia questão de dispensar a ajuda que tinham me dado, não cobrando o mês. Disseram que meu filho era lindo e muito bem-vindo, e o saudaram e abençoaram à maneira deles.

À noite, quando o Banjokô adormeceu e eu estava inquieta demais, a Esméria sugeriu que eu desse uma volta, que ela cuidaria do menino, que, por enquanto, não estava dando trabalho algum. Tudo para ele era festa e novidade, e até mesmo dormir no chão, sobre a esteira, ele tinha achado divertido. Ao abrir a porta, dei de frente com o Alberto parado do outro lado da rua, encostado à parede de uma casa. Ele caminhou na minha direção e saímos andando de mãos dadas rumo ao Campo Grande. Eu nem pensei no Francisco quando nos deitamos, uma única vez, mas que durou várias horas, até quando achei que a Esméria poderia estar preocupada com a minha demora. O Alberto queria ficar até o sol nascer como da outra vez, mas eu não podia. Também tinha muitas coisas para contar a ele, mas resolvi deixar para um próximo encontro, com mais calma. Quando voltei e abri a porta do quarto, a Esméria parecia estar dormindo, mas ergueu a cabeça e disse uma única frase, que foi "você está pejada".

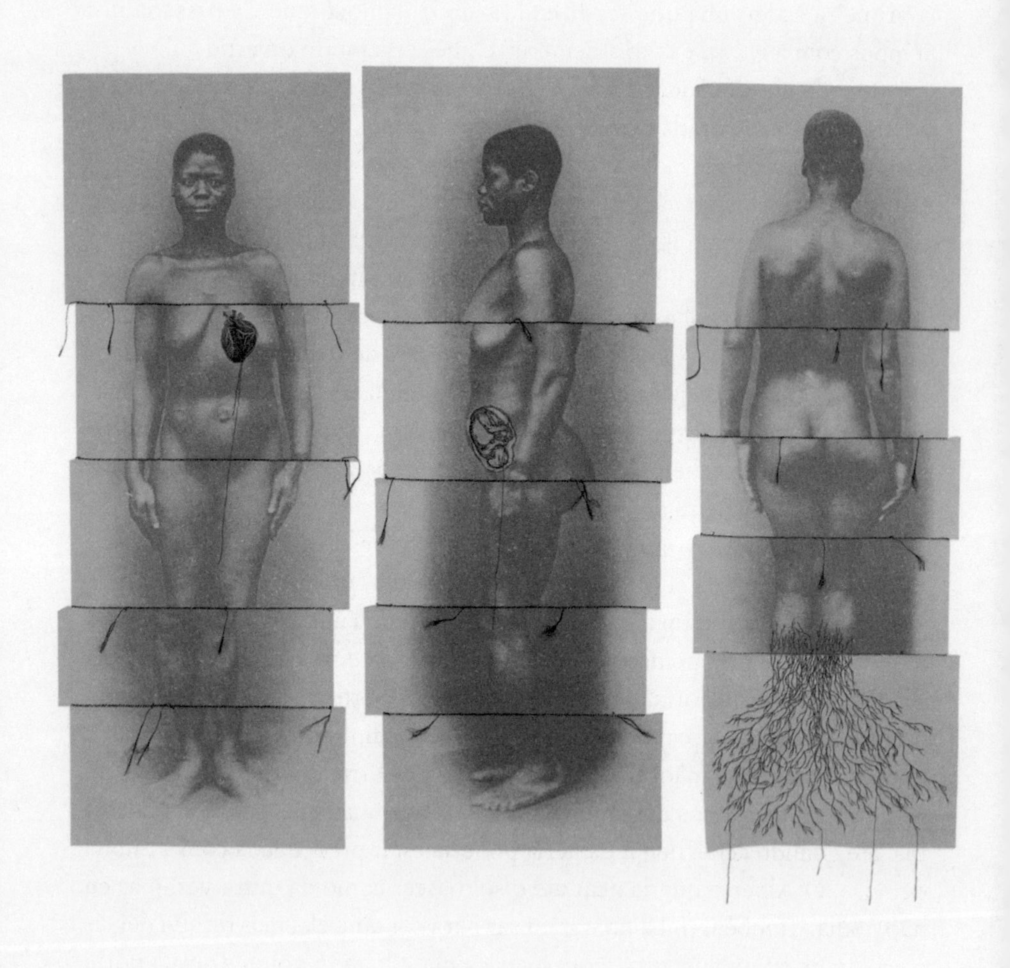

Assentamento, 2013.
Instalação. Impressão digital sobre tecido, desenho, linóleo, costura, bordado, madeira, *paper clay* e vídeo. 180 x 68 cm (cada).
Coleção particular.

CAPÍTULO SEIS

A SOLA DO PÉ CONHECE TODA A SUJEIRA DA ESTRADA.

Provérbio africano

A MUDANÇA

O Alberto não tinha ido nos buscar, mas foi fácil fazer a mudança das poucas coisas que possuíamos. Quando chegamos à roça, ele estava um tanto atrapalhado, sem saber direito o que fazer ou o que dizer ao casal de pretos que nos esperava. Com certeza eles não estavam entendendo quem éramos e o que fazíamos ali, uma velha senhora e uma moça com um menino, muito diferentes da imagem que poderiam ter feito da nova sinhá, como o Alberto tinha dito a eles. Ficaram parados, um de cada lado da porta, sem saber se nos ajudavam com a bagagem que os carregadores tinham abandonado no portão ou se esperavam a chegada de mais alguém que correspondesse às expectativas. Até que o Alberto tomou a iniciativa e nos apresentou como dona Kehinde, Banjokô e dona Esméria, ao que eles responderam com um aceno de cabeça, surpresos e embaraçados, dizendo em seguida os próprios nomes, João Badu e Zolá. Formavam um simpático casal e eram de fato marido e mulher, os únicos a cuidar da imensa propriedade.

Era um sítio no distante burgo da Barra, e por isso o Alberto alugava o cômodo no Campo Grande, próximo à casa de ferragens. Apesar de malcuidado, o lugar era maravilhoso. A casa principal ficava no alto de um morro e tinha vista para o mar de dentro, a Baía de Todos os Santos, e para o mar de fora, que também banha a costa da África. A área era demarcada com cerca de arame, nada de muros e nenhuma outra propriedade por perto, apenas a mata natural e imensas mangueiras por toda a parte alta do terreno. Eu estava empolgada, imaginando o que poderia ser feito para que o lugar se tornasse realmente encantador. O Alberto tinha comprado a área sem conhecer, quando ainda estava em São Sebastião do Rio de Janeiro esperando um navio para a Bahia. Em uma festa, conheceu um senhor que falou maravilhas do lugar, do qual dizia estar se desfazendo por motivos de necessidade e por um valor que não pagava nem o terreno. De fato tinha sido muito barato, cinco contos de réis, o valor de um sobrado de tamanho médio na cidade, ou de dez bons escravos. A casa já tinha passado por algumas reformas para torná-la habitável, e, aos poucos, o Alberto queria arrumar todo o resto, que em tempos remotos devia ter sido um sítio muito aprazível. Para mim, que já estava acostumada ao pouco espaço na loja, aquele lugar pareceu o próprio paraíso, pensamento compartilhado pela Esméria. Quanto ao Banjokô, ele estava simplesmente maravilhado com os bichos que andavam soltos pelo terreno. O Alberto não demonstrava a mesma euforia que nós, e tive medo de que ele estivesse arrependido do convite, feito e aceito por impulso.

Tínhamos nos encontrado novamente na noite posterior ao acontecimento no solar, quando contei quase tudo a ele, que ficou me olhando com um jeito de quem parecia não estar acreditando naquela história, como eu também não acreditaria se não a tivesse vivido. No final, ele apenas me abraçou e disse que gostava de mim. Perguntei se aquele gostar suportaria outra surpresa e ele respondeu que talvez sim, mas que teria que saber primeiro do que se tratava. Então eu disse que também gostava dele e que estava pejada. Somente depois de ter falado e visto a expressão dele mudar de espanto para felicidade foi que pensei que o filho também poderia ser do Francisco. Eu não sentia nada, as regras ainda não tinham atrasado, mas depois do comentário da Esméria tive certeza de que estava mesmo pejada, só não sabia desde quando. Poderia muito bem ser de quase três semanas, quando tínhamos nos deitado pela primeira vez, como poderia ser do dia anterior, quando, além dele, eu também tinha me deitado com o Francisco. Mas o Alberto não questionou nada, nem o tempo nem a possibilidade de não ser o pai do meu filho, e foi por isso que percebi o quanto poderia vir a gostar daquele homem. Tínhamos nos encontrado no Terreiro de Jesus e contei tudo assim que chegamos ao Campo Grande. Depois de saber sobre a criança e de beijar muito a minha barriga e se exaltar na comemoração, com o risco de chamar a atenção da senhoria, foi que "fizemos amor", como ele gostava de dizer. Estávamos descansando um nos braços do outro, e, como quem pensa em voz alta, ele perguntou se eu gostaria de morar com ele. Também respondi sem ponderar muito, dizendo que sim. Não que estivéssemos tratando o assunto com desimportância, mas sim com a mesma naturalidade com que ficávamos juntos. Gostei mais ainda quando ele disse que estaria me esperando já no dia seguinte, com todas as minhas coisas. Ao voltar para casa, mal consegui dormir, e quando percebi que a Esméria e o Banjokô começaram a se mexer ao meu lado, disse a eles que nos mudaríamos para uma nova casa naquele exato momento. Pegamos as nossas coisas, nos despedimos de todos que estavam na loja e recomendamos lembranças aos que não estavam. Forneci ao alufá Ali a nova morada e chamamos dois carregadores e duas cadeirinhas.

O SÍTIO

A casa principal era bastante simples, mas assoalhada e quase toda forrada, pintada de nova em azul. Parecia um grande caixote, dividido por dentro em duas salas, quatro quartos, despensa e cozinha com um enorme fogão, onde eu poderia tranquilamente continuar fazendo os *cookies*. Era avarandada na parte da frente e nos fundos, com vista para o mar. O chão das varandas era ladrilhado e as paredes eram cobertas de azulejos, o que fazia com que estivessem sempre frescas. Além das mangueiras, na frente da casa ainda havia um pequeno jardim, e, nos fundos, alguns canteiros de hortaliças sem os cuidados necessários. Uma das laterais dava para um imenso arvoredo com mais de cinquenta coqueiros e muitas outras mangueiras, uma fonte de água boa para beber e uma casa de banhos com bica natural. O outro lado era ocupado por vasto terreno e pela casa onde moravam o João Badu e a Zolá, de três quartos, sendo que dois não estavam ocupados. Atrás dessa casa ficavam uma cocheira e uma estrebaria com três cavalos, além de um cercado com alguns porcos, e mais uma vaca e muitas galinhas andando à solta. Essas galinhas, para gozo do Banjokô, nos cercavam com grande estardalhaço e curiosidade.

Por dentro, a casa era de um despojamento ainda maior, nada pendurado nas paredes e nada cobrindo o chão, e espaços imensos preenchidos apenas com cadeiras e canapés, sendo que em uma das salas ainda havia uma mesa quadrada, pequena, para, no máximo, quatro pessoas. A cozinha era equipada com o básico, alguns copos e canecas, poucos talheres, uma vasilha de esquentar água e nenhuma panela. Quando estava em casa, o Alberto recebia as refeições prontas, que a Zolá preparava na casa dela. Apenas um dos quartos tinha cama com dossel, das grandes, uma cômoda, um baú e um armário grande, que ocupava uma das paredes de fora a fora. O mesmo tipo de armário era repetido nos outros três quartos, que não tinham mais nada além disso. Acho que o Alberto não tinha pensado direito no que implicava levar três pessoas para dentro de casa, e não estava preparado para nos receber.

Na primeira noite, eu, a Esméria e o Banjokô dormimos na cama dele, que teve que se contentar com o canapé da sala. No dia seguinte, bem cedo, mesmo temendo encontrar a sinhá pelas ruas, fui às compras sozinha, depois de o Alberto dizer que, por causa de compromissos na loja de ferragens, não poderia me acompanhar. Ele me ofereceu algum dinheiro que, a princípio, eu não quis aceitar, dizendo que não precisava e que eu tinha o meu, mas depois acabei cedendo. Como ele mesmo tinha dito, seria um enorme favor que eu faria ao mobiliar e equipar a casa, coisas que ele sentia necessidade de fazer, mas nunca tinha criado coragem por morar sozinho. Para dizer a verdade, até gostei, porque achava necessário ter algum dinheiro guardado, principalmente porque a responsabilidade pela criação do Banjokô estava toda em minhas mãos, como também a da criança que estava esperando. Sabia que se tivesse qualquer desentendimento com o Alberto, dificilmente poderia continuar contando com ele. Comprei o necessário para a casa funcionar, mas não encontrei móveis de que gostasse. Ou eram elegantes demais, o que não combinava com a casa, ou simples demais, e não me contentavam. Já que eu podia montar uma casa onde seria a sinhá, como o Alberto tinha dito, queria fazer do meu jeito. Procurei o Sebastião na loja para onde tinha ido com os meninos, dei a nossa morada e pedi que me indicasse um carpinteiro da oficina mantida pela confraria dele. Para minha surpresa e alegria, ele mesmo pegou o trabalho, e se fez ajudar por dois colegas. Três dias depois eles apareceram para conhecer o local, ver o que era necessário fazer, tirar as medidas e pegar um adiantamento para a compra do material. Pena que o Alberto não estivesse em casa, pois eu estava ansiosa para apresentá-lo ao Sebastião, que não cabia em si de tanta alegria por todos nós e nossas novas vidas.

O Banjokô andava atrás do João Badu como se não houvesse pessoa mais importante e mais sábia no mundo. Os dois tinham um grande amor pelos bichos, e o menino não se cansava de fazer perguntas, que o preto respondia com prazer. A maior paixão do meu filho eram cavalos, nos quais ele montava e era puxado pelo João Badu por todos os cantos do sítio. Isso nos deixava, as mulheres, livres para uma boa limpeza na casa e nos arredores, de onde arrancamos todo o mato e preparamos a terra para receber um belo jardim e canteiros de hortaliças e legumes. Frutas já tínhamos mais do que o suficiente, em um farto pomar que ficava além da estrebaria, onde o terreno começava a descer na direção do mar, sem, contudo, alcançá-lo, terminando em um despenhadeiro bastante íngreme. Quando vi aquilo, fiquei com o coração apertado de apreensão pelo Banjokô, que, curioso como era, bem poderia cair dali ao admirar o mar de que tanto gostava. Foi por onde pedi que o Sebastião começasse a trabalhar, fazendo um cercado que não atrapalhasse a vista e impedisse o Banjokô de se aproximar do perigo.

O João Badu e a Zolá, que a princípio ficaram reservados em relação à nossa presença, ao fim de três ou quatro dias pareciam crianças, de tão felizes com aquela movimentação. Eles gostavam muito da propriedade e tinham trabalhado para o antigo dono, que sempre demonstrou grande descaso pelo lugar, e por isso sempre tinham vivido isolados, cuidando da casa, tendo que fazer para o próprio sustento. Quando perceberam que tudo ia mudar, que pretendíamos morar lá e cuidar muito bem do sítio, rejuvenesceram todos os anos perdidos no abandono. O Alberto ia para a cidade a cavalo e voltava para casa todas as noites, dizendo que não estava mais arrependido de ter posto dinheiro naquele fim de mundo, que, afinal, tomava jeito de lar. Ele se preocupava apenas com a minha saúde, dizendo para eu não trabalhar muito, por causa da criança que estava esperando. Eu, que durante o dia nem tinha tempo de me lembrar do meu estado, ficava mortificada de preocupação quando ele falava no filho. E se fosse do Francisco? Havia uma grande possibilidade de ser do Alberto, mas eu não queria nem imaginar a reação dele se nascesse uma criança tão preta quanto eu ou o Francisco, sendo que o Banjokô, um filho de branco, poderia ser usado para comparação. Desde a mudança para a loja, e principalmente com os problemas dos últimos dias, eu tinha sido negligente em tomar a beberagem da Esméria, mesmo porque mal via o Francisco e não me deitava com nenhum outro homem. Tinha vontade de falar sobre isso com a Esméria, mas não tinha coragem, pois não queria preocupá-la quando ela finalmente parecia ter encontrado alguma felicidade na vida. Por causa disso, eu também estava evitando conversar com ela sobre os acontecimentos que resultaram na minha liberdade e na do Banjokô. A Esméria gostava do Alberto e tinha voltado a falar da estrela que sempre me acompanhava, sem ter ideia da dúvida que me aterrorizava. Ela sabia da alegria do Alberto com aquela criança que estava se formando, e com certeza ia me negar o chá que poderia causar a perda. Era o que eu pensava, pois ainda não conseguia imaginar o tamanho do amor que aquela mulher sentia por mim.

Tirei um dia para ir à cidade comprar os ingredientes e os utensílios de que precisava para fazer os *cookies*, e mais um dia para prepará-los, ajudada pela Esméria e pela Zolá. Para que eu não fizesse esforço, o Alberto se encarregou de entregá-los na loja do Sebastião, para que o Tico ou o Hilário levassem para o senhor Rui Pereira. Mesmo sendo vizinho do mercado, o Alberto disse que não entregaria pessoalmente para que minha farsa de ter uma sinhá não fosse descoberta. Fingi acreditar, mas sabia que, no fundo, ele tinha vergonha de assumir que estávamos morando juntos. Afinal de contas, as pretas serviam para que os brancos satisfizessem os desejos carnais, como a Claudina e a Adeola tinham dito, e raramente eram boas o bastante para chegarem a esposas. Podia até ser que ele não pensasse assim, mas estava claro que não queria enfrentar quem pensava, e para isso foi providencial morar naquele sítio afastado, sem vizinhos especulando a nossa vida ou fazendo comentários maldosos. Quando entendi isso fiquei com muita raiva dele, mas depois percebi que eu também tinha uma atitude parecida, não querendo contar à Claudina que estava morando de portas adentro com um branco. Ela só conseguia ver os brancos como diversão e gostava muito de se deitar com eles, deixar que eles ficassem com vontade de se encontrar com ela mais vezes e se negar a isso por pura vingança. Dizia que era uma verdadeira satisfação ver a cara de espanto que eles faziam ao serem recusados por uma preta. Eu ficava imaginando se a Claudina não pensaria que era fraqueza ou traição da minha parte estar envolvida com o Alberto.

MORADAS

O Sebastião e seus ajudantes, o nagô Felipe e o crioulo Rafiki, os dois libertos, apareceram carregados de material e de ferramentas de trabalho. Além de saber o ofício de marceneiro, o Rafiki também era pedreiro, e eles ficaram contentes ao ver que teriam muito mais trabalho do que imaginavam. Como seria bastante cansativo voltar para suas moradas todos os dias, eles se alojaram na casa da Zolá e do João Badu, acertando comigo um pagamento semanal para fazerem todo o serviço de que o sítio precisava. Conversei com o Alberto sobre o que eu pretendia, pois, afinal de contas, a casa e o dinheiro eram dele, já que eu tinha decidido não usar meu dinheiro em nada que não pudesse carregar dali se algum dia tivesse que ir embora, e ele aprovou todas as minhas ideias.

Aproveitando um dia em que tive que ir à cidade, entreguei dois contos nas mãos da Esmeralda, na confraria, dizendo que era um empréstimo a dividendos apurados no fim de um ano. Eu seguia um conselho do Fatumbi, a quem consultei sobre o que fazer com o que tinha sobrado da venda do ouro e das pedras preciosas encontrados na Oxum. Aliás, meu compromisso com ela, este sim pago com meu dinheiro, foi o segundo trabalho encomendado ao Sebastião. Quando estava desesperada por ajuda, tinha prometido um quarto de orações só para ela, que mandei construir em tijolo e telha na parte baixa do terreno, perto do mar. Um lugar pequeno, bonito e cheio de luxos para satisfazer a vaidade de Oxum, onde montei altar para a imagem, que o Sebastião conseguiu colar e deixar como nova. Consultei o Baba Ogumfiditimi para saber o que mais deveria fazer para agradecer a ela, e ele disse que a casa de orações tinha que ser pintada de amarelo-ouro, pelo menos por dentro, e que seria melhor se tivesse sido construída ao lado de um rio ou de uma cachoeira, lugares regidos por Oxum. Mas eu poderia compensar isso mantendo sempre uma tina com água doce e fresca e alguns presentes de que ela gostava, como leques, búzios, espelhos, pentes de casco de tartaruga e conchas de rio e de mar. Se possível, alguma joia também. Oxum é vaidosa, deusa da prosperidade e da riqueza, e o Baba Ogumfiditimi também me aconselhou a plantar dentro da casa um pé de fortuna e outro de dinheirinho-em-penca, e sempre manter uma vasilha com folhas de laranjeira e de manjericão. E flores, muitas flores amarelas. Eu também deveria usar no pescoço um colar de contas de vidro amarelas e, nos braços, joias de ouro e de bronze. Ele ficou encarregado de fazer um ebó e oferecer a ela em uma praia de rio, com muita canjica amarela, farinha de milho, mel, azeite doce, frutas, pudins, um prato com peixe, ovos, um pombo branco e um casal de marrecos. Esta oferenda, com possíveis pequenas mudanças e a depender do caso, eu deveria repetir sempre que quisesse agradecer alguma coisa, pedir ajuda para prosperidade dos negócios e no dia dedicado a ela, oito de dezembro. A saudação a Oxum é *Oré Yeyé o*, "chamemos a benevolência da mãe", que eu deveria repetir sempre que quisesse ou sentisse a presença dela. E antes que eu perguntasse, o Baba Ogumfiditimi disse para não me preocupar com o filho que estava esperando, que o destino já tinha se encarregado de ajeitar as coisas. Para completar, também batizei de Águas de Oxum a fonte de água que tínhamos no terreno, embora este fosse um segredo meu e da Esméria, pois não sabia como o Alberto reagiria a tais crenças.

Por sugestão do Alberto, o sítio também foi batizado e ganhou uma placa de madeira logo na entrada, Sítio do Bem Viver. O nome era bastante apropriado; afinal, vivíamos cada vez melhor e comemorávamos cada novidade, cada móvel feito com muito capricho pelo Sebastião, o Felipe e o Rafiki. Toda vez que eu ia à cidade, comprava pratos, copos, panelas, talheres e enfeites que espalhava pela casa com verdadeiro prazer. Até mesmo o Alberto já tinha se acostumado às constantes novidades, e sempre chegava do trabalho procurando algo que não estava lá quando tinha saído de casa. Comprei também fazendas e aviamentos e confeccionamos almofadas, forros, cortinas, lençóis e colchas, para alegria da Esméria, que adorava aquele tipo de trabalho. O Tico e o Hilário foram pegar as encomendas e levaram brinquedos e roupas para o Banjokô, que a sinhá tinha mandado o Raimundo deixar com eles. Contaram que o Raimundo tinha feito muitas perguntas, mas eles disseram que não sabiam do meu paradeiro, que precisavam perguntar ao Sebastião e, se eu permitisse, diriam. O Raimundo comentou que já estavam de partida, que dentro de poucos dias tomariam o navio para a corte, e que a sinhá tinha mandado entregar aquelas coisas porque não queria se desfazer delas e sabia que o Banjokô estaria sentindo falta. De fato, ele fez a maior festa e perguntou pela *ìyá mi* dindinha, de quem só tinha falado nos três ou quatro dias depois da mudança. Quando viu os brinquedos, saiu da casa chamando por ela e ficou decepcionado quando não viu a liteira parada na porta. Fiquei pensando se não seria o caso de levá-lo para se despedir dela, mas a Esméria achou melhor não, pois as crianças esquecem depressa e o Banjokô estava se comportando muito bem.

SEGREDOS

Aproveitei a conversa sobre a sinhá e contei tudo à Esméria, desde a primeira visita ao Baba Ogumfiditimi, quando ele tinha mandado me chamar, até a ida para a loja com o Banjokô. Ela comentou que já desconfiava de muitas coisas, pois naqueles dias eu andava pensativa e irritada, cheia de segredos, como se a qualquer momento pudesse ser contrariada em algo muito importante. Mas o que eu não imaginava que ela fosse entender, mesmo porque não entrei em detalhes, foi até onde tinha ido a despedida do Francisco. No dia seguinte, ela disse que queria ir até a cidade se despedir da Antônia e da Maria das Graças, e pedi que o Sebastião fosse junto, pois ela não conhecia o caminho. Eles voltaram para o sítio cheios de mais presentes, para mim e para o Banjokô, e disseram que as duas estavam muito animadas com a viagem. Principalmente a Antônia, diante da oportunidade de reencontrar a filha, que tinha se mudado para a corte logo após a Independência. A Antônia tinha andado no rastro da moça quando da viagem com a sinhá, mas não teve tempo para conseguir informações precisas, e estava um pouco magoada com o desaparecimento dela, que, quando foi libertada, ainda na fazenda jurou que ganharia dinheiro e voltaria para comprar a mãe. Eu me lembro da cena, da felicidade da Antônia em proporcionar a liberdade à filha e do abraço que presenciei na despedida das duas, no quintal. Logo depois disso, e durante algum tempo, a filha ainda mandou notícias quando estava em São Salvador, mas depois da mudança, nunca mais, e a Antônia estava decidida a descobrir o motivo.

A Esméria disse que a sinhá não falou com ela, apesar de ter ficado na sala o tempo todo que durou a conversa na cozinha, provavelmente para tentar ouvir alguma notícia do meu paradeiro com o Banjokô. Quando foi levá-la ao portão, a Antônia estava curiosa para saber o que tinha acontecido, pois, ao voltar da rua naquele dia, ela e a Maria das Graças encontraram a sinhá e o padre Notório trancados no quarto, e o Raimundo sozinho no quintal, sabendo ainda menos do que elas, pois tinha saído antes. Quando o padre foi embora, a sinhá desceu e disse que estava indisposta para jantar e ia se recolher, não dando mais nenhuma explicação. A única informação chegada até elas foi por intermédio do Raimundo, que, a mando da sinhá, andou vários dias à procura do Tico e do Hilário, que foram encontrados no cais, em um dia de embarque para o Recôncavo. Foi quando os meninos receberam os pacotes enviados pela sinhá e só disseram ao Raimundo que eles, eu, o Banjokô e o Francisco tínhamos conseguido as nossas cartas, sem maiores explicações. A Esméria também não contou muita coisa, alegando que ainda não tinha tido tempo de conversar comigo direito, mas que estávamos morando juntas. A Antônia comentou que a sinhá andava muito triste, sentindo falta do menino, que entrava no quarto dele e ficava lá durante várias horas, tendo no colo um cavalinho de madeira de que ele tanto gostava, e só se animou com a proximidade da mudança, ou, pelo menos, tinha menos tempo para se entregar às tristezas, pois eram muitas as providências a tomar. Alguns móveis seriam embarcados para a corte, mas ela não venderia o solar, pois não sabia se iria querer morar para sempre em São Sebastião.

A Esméria estava me contando tudo isso no dia seguinte à visita, enquanto bordávamos uns panos de almofadas, e foi quando comecei a passar mal. Ela disse que devia ser cansaço e me mandou para a cama, e mais tarde me levou um chá. A última coisa de que me lembro foi de pedir que fosse atrás do Banjokô, que estava andando pelo sítio com o João Badu. Não sei quanto tempo depois acordei, com ela e o Alberto sentados ao lado da cama, querendo saber como eu estava me sentindo. Uma dor muito forte me fez dobrar o corpo ao meio e levar a mão à barriga, sentindo depois uma umidade entre as pernas. O Alberto me olhava desolado, segurando um pano úmido na minha testa, dizendo que o pior já tinha passado. Primeiro, não entendi o que ele quis dizer com pior, mas depois percebi que, se já não tinha perdido meu filho, estava em vias de perder. Perguntei o que estava acontecendo e a Esméria confirmou que a criança não quis se criar, mas haveria outras, e que eu não tinha tido culpa de nada, que o Alberto sabia disso e entendia a fatalidade. Ela falou olhando para ele, como se estivesse esperando uma confirmação, o que ele não fez. Disse apenas que depois conversaríamos e que o importante no momento era eu descansar, pois a febre já estava cedendo. O Alberto saiu do quarto visivelmente contrariado, e quando falei que queria me levantar para conversar com ele, a Esméria disse que ela mesma cuidaria disso, que eu deveria tomar mais um pouco de chá e dormir de novo, para não sentir as dores.

Foram dores parecidas com as que senti quando tive o Banjokô, logo que o trabalho de parto começou. Queria conversar com a Esméria sobre o que tinha acontecido, porque desconfiei que ela sabia muito mais do que tinha dito na presença do Alberto, mas estava confusa, os pensamentos se embaralhando como se eu tivesse bebido muita cachaça. Sentia o estômago embrulhando, e foi com alívio que percebi que o chá estava fazendo efeito e eu não conseguia mais manter os olhos abertos. Amanheci melhor, mas a Esméria não me deixou levantar. Fiquei de pé apenas o tempo suficiente para ela trocar a roupa de cama e me dar um banho de bacia, no quarto mesmo. Depois, levou para mim uma canja de galinha, que tomei com o Banjokô sentado ao meu lado, na cama, e disse que eu precisava dormir mais um pouco, e que, para ajudar, tinha posto um pouco de remédio no meu prato. Foi então que, antes de cair novamente no sono, entendi o que ela tinha feito, pois na ida à cidade ela teve acesso a algumas ervas que a Antônia conhecia muito bem e sabia onde encontrar. A Esméria tinha feito a escolha por mim, e sabia que, ao contar que tinha me dado ervas para dormir, eu saberia de todo o resto, sem que precisássemos comentar. Só não sabia o que sentir em relação àquilo, e foi bom ser mantida com sono pelos dias que se seguiram, principalmente porque percebi que o Alberto não estava voltando para dormir em casa. Quando perguntei, a Esméria disse que ele tinha avisado sobre muito trabalho na cidade, com a chegada de novas mercadorias. Para me despreocupar, ela também já tinha feito os *cookies* da encomenda do senhor Rui Pereira, que o Tico e o Hilário entregaram.

Quando o Alberto voltou a dormir em casa, parei de sentir tanto sono. Conversamos pouco sobre o acontecido, mas ele disse que estava tudo bem, que tinha ficado triste e até mesmo bravo comigo, achando que eu não tinha me cuidado direito, mas já tinha passado. Eu e a Esméria só tocamos no assunto muitos anos depois, quando eu estava de viagem para o Maranhão e ela me disse que o filho era mesmo do Francisco. Não pensei muito sobre isso nem na época, pois era comum que as crianças morressem no ventre da mãe ou mesmo logo ao nascer, e a que eu estava esperando foi apenas mais uma. Seria diferente se eu a tivesse sentido, como no caso do Banjokô, mas eu nem sequer tinha barriga, o que tornou as coisas muito mais fáceis. E ainda havia a dúvida sobre quem era o pai, e não sei o que o Alberto teria feito se o menino fosse mesmo do Francisco, como a Esméria garantiu. Seria ruim para mim também, não vou mentir, porque estava tentando me acertar com o Alberto, o que não teria sido possível com o nascimento do filho de outro homem. Quando penso no fim que teve essa criança, é sem culpas ou arrependimento, uma ponte entre os acontecimentos que vieram antes e depois.

NEGÓCIOS

Eram muitas as novidades no sítio no dia em que finalmente pude sair da cama para ficar à frente de tudo. A maioria dos móveis já estava pronta e a Esméria apareceu com uma grande surpresa. Quando estava arrumando o próprio quarto, pela primeira vez na vida um espaço só dela, encontrou algo guardado havia muitos anos, o vestido presenteado pela sinhazinha, que ela escondeu quando fui mandada para a senzala grande. Estava amarelado e comido por traças em alguns pontos, mas ainda dava para ver os bordados com as minúsculas borboletas, as várias camadas de saias e muitas outras lembranças. É interessante como algumas coisas aparecem na vida da gente na hora em que mais precisamos, e aquele vestido me remeteu à promessa que eu tinha feito quando o vi, de um dia ainda ter muito dinheiro para andar vestida como as sinhás. Eu já tinha bastante, mas não o suficiente para gastar com roupas luxuosas e coisas assim, e preferia guardar para garantir o futuro do Banjokô, mas achei que precisava dar um jeito de ganhar muito mais. Pensei bastante por alguns dias antes de conversar com o Alberto, e ele aprovou a minha ideia de montar uma padaria, o que facilitaria a fabricação dos *cookies* e abriria a possibilidade de ganhar dinheiro com outros produtos. A capital era mal servida, e uma das coisas de que as sinhás reclamavam era da qualidade do pão e das quitandas que compravam, feitos com farinha pesada e suja, e não com a farinha do reino, que deixava os quitutes mais leves e saborosos. Havia também muitas reclamações em relação ao fermento, de gosto forte, que estragava o sabor dos outros ingredientes.

Havia alguns estabelecimentos na cidade, que percorri adquirindo amostras e prestando atenção para ver quais produtos tinham mais saída. Ofereciam de tudo, pães, doces, biscoitos, bolos e, em alguns casos, refeições prontas, que faziam muito sucesso entre os inúmeros homens sozinhos que viviam na cidade, particularmente um caldo de pata de carneiro ou de boi chamado mocotó. As padarias pertenciam quase todas a portugueses que, inclusive, vendiam pão de trigo importado do reino, que chegava a São Salvador bastante velho e duro. Assim como as lojas de importados do tipo da loja do senhor Rui Pereira, as padarias mais bem localizadas também tinham em suas prateleiras mercadorias do reino que os patrícios não dispensavam, como azeite, vinho, vinagre, azeitona, queijo, bacalhau salgado e conservas, e estavam quase todas concentradas na mesma região, nos arredores da Rua de Baixo e do Beco do Mocambinho, e atraíram a instalação de pastelarias, restaurantes, hospedarias, albergues e cafés, o que facilitava a vida dos viajantes. De manhã serviam o desjejum sortido e, durante o resto do dia e à noite, diversos petiscos para consumo no local ou para viagem, como fiambres, caldos, rosbifes, pastelões e massas.

Além das padarias, visitei os conventos onde se fabricavam doces com fama até no estrangeiro. A Esméria e o Banjokô se fartaram com as delícias que eu levava para casa, compradas sempre a mando da sinhá inventada, para que as freiras caprichassem na escolha dos mais gostosos e enfeitados. Os doces tinham nomes engraçados, como cônega, bernardina, toucinho do céu, papo de anjo, barriga de abadessa e suspiro de monja. Esses eram os doces secos, mas também havia os de calda, feitos com frutas da terra, como araçá, laranja, caju, jenipapo, limão, cidra, banana, abacaxi, manga, mangaba e muitas outras. Tenho saudade dessas frutas, e até tentei plantar diversas mudas enviadas por amigos, mas algumas simplesmente não vingavam em África.

As guloseimas vendidas nos conventos eram mais caras que os *cookies*, mas valiam a pena e, além de qualquer outra coisa, eu estava me divertindo com as andanças. Conheci o convento onde a sinhazinha tinha estudado e onde as freiras se vestiam de maneira nada modesta, ostentando joias muito ricas, colares, crucifixos e anéis feitos de ouro e ornados com pedras das mais preciosas. A vestimenta delas deixava à mostra parte do peito e das costas, e na cabeça usavam uma espécie de carapuça preta ou branca, que diferenciava professas e noviças. O que mais me encantou no Desterro não foram os doces, muito aquém dos oferecidos no Convento da Soledade, mas os delicados enfeites de papel picado, que não ficavam nada a dever ao que representavam. As Clarissas do Desterro recortavam, dobravam, amassavam e colavam pedaços de papéis coloridos, dando vida a pombas, taças, porta-licores, frutas, bichos e até mesmo construções conhecidas da cidade, como o chafariz da Piedade e o Farol do Forte da Barra.

No Soledade, tive que esperar muito tempo até que atendessem numerosos grupos de estrangeiros que tentavam se fazer entender por meio de mímicas, já que não falavam português. Atrevi-me a ajudar, traduzindo para as freiras as solicitações de uma senhora inglesa muito fina, que saiu de lá carregada dos doces mais variados e dos famosos enfeites com penas. As freiras tinham um criadouro com guarás, garças, tucanos, araras, periquitos, colibris e muitos outros pássaros dos trópicos, desplumados de tempos em tempos, quando então eram vestidos com peças de tecido até que a plumagem crescesse novamente. A princípio, as penas eram usadas nas flores que enfeitavam os altares da igreja, mas os enfeites começaram a fazer tanto sucesso que as freiras transformaram aquilo em um negócio bastante lucrativo. Elas ficavam atrás de uma enorme janela gradeada e apresentavam um desfile de pretas e pardas carregando flores avulsas ou buquês, guirlandas, grinaldas para as cabeças e ornamentos para vestidos. Comprei uma flor de romã para a Esméria, mas antes fiquei em dúvida entre o lírio-d'água, o cravo e mesmo as rosas de todas as cores, imitações mais que perfeitas. Percebi que cada convento tinha a sua especialidade depois de visitar também o Convento das Mercês, com muitos doces e confeitos arrumados como se fossem ramos de flores, e o Convento da Lapa, famoso pelo doce de banana e pelos queimados de água de flor, e onde as freiras também vendiam xaropes de angico e de babosa para quem tinha problemas de pulmão, além de uma gostosa canjica de milho-verde.

Já na primeira visita eu soube que aqueles lugares não serviriam de exemplo para a montagem da minha padaria, mas estava me divertindo. Fiquei quase duas semanas naquilo, indo cada dia a um lugar diferente, conhecendo melhor as pessoas e a cidade. Era também um grande prazer voltar para casa, o que muitas vezes fiz junto com o Alberto, depois de alugarmos cadeirinha dupla perto da loja de ferragens. Tínhamos muitos planos e estávamos felizes, mas eu percebia que ele ainda me culpava pela perda do filho que nem sabia que não era dele, dizendo que, quando acontecesse novamente, era para eu ter mais cuidado, para repousar mais. Não contei que tinha voltado a tomar a beberagem, e era com contrariedade que ele recebia as notícias dos meus sangues, quando eu justificava não poder me deitar com ele. No mais, éramos felizes, principalmente o Banjokô, mais livre do que nunca, correndo atrás dos bichos e passando o dia inteiro na sombra do João Badu, sem nunca mais ter falado na sinhá. Eu tinha contratado uma criada para ajudar a Zolá e aliviar a Esméria, que, apesar de ter reclamado no início, dizendo que não gostava de passar as horas à toa, sem serviço, estava apreciando ficar sentada na varanda da casa, vendo o mar e costurando. O Sebastião, o Felipe e o Rafiki continuavam no sítio, arrumando o que não estava funcionando direito e cuidando da manutenção de tudo, e também encarregados de levantar os custos para a construção de um prédio simples para abrigar a padaria, que eu tinha decidido instalar na Graça, uma freguesia nova e de casas muito boas, ainda mal servida pelo comércio.

FESTAS

Muitas vezes o Alberto nos acompanhava, mas as noites eram particularmente agradáveis ao lado da Esméria e do Sebastião, sentados na varanda, tomando a brisa que vinha do mar, olhando o céu e conversando. A Adeola e o padre Heinz apareceram para uma visita e acabaram ficando três dias, pois ele e o Alberto se entenderam muito bem. A escola estava progredindo, principalmente depois que o Fatumbi tinha dado a ele um bom dinheiro que devia ter caído do céu, pois se negou a revelar a fonte, suficiente para comprar todas as coisas de que precisavam e ainda garantir salário para alguns professores contratados. O Tico e o Hilário, vestindo roupas cada vez mais espalhafatosas e contando como estavam se dando bem nos negócios, apareciam duas ou três vezes por semana para buscar os *cookies* e me entregar o dinheiro das vendas. Em uma dessas primeiras visitas, comunicaram o casamento da Euá, em recado do Fatumbi, para o qual estávamos todos convidados. Fomos apenas eu, a Esméria e o Banjokô, em um domingo à tarde, a minha primeira saída a cavalo. Foi bastante desconfortável, porque usamos um só cavalo para os três, com a Esméria sentada de lado, atrás de mim, tendo o Banjokô ao colo. Paramos muitas vezes para descansar e acabamos nos atrasando um pouco para a cerimônia, chamada amurê.

A sala estava enfeitada com flores coloridas e todos os muçurumins vestiam branco, o que dava um contraste muito bonito. Quando entramos, o lemane falava aos noivos, a Euá e o Salum, perguntando se a união era de livre vontade dos dois, alertando que deviam pensar muito bem antes de responder, para que não se arrependessem mais tarde. A Euá estava muito bonita, vestindo uma roupa branca até os pés e com o rosto coberto por um véu de filó. O Salum estava todo orgulhoso na sua vestimenta de tecido caro e suas bombachas de estilo turco. Dizendo *sádaca do alamabi* um ao outro, "ofereço-vos em nome de Deus", ele entregou a ela uma corrente que foi retribuída com um anel, objetos de prata que representavam a aliança entre marido e mulher. Depois se ajoelharam em frente ao lemane, que recitou os deveres que cada um teria na união, mais numerosos para a Euá do que para o Salum. Por fim, os noivos se levantaram e beijaram a mão do sacerdote, dando por encerrada a cerimônia, e seguimos todos para a festa no quintal, menos os noivos, que ainda ficaram conversando em particular com o lemane.

Havia muitas crianças e o Banjokô demorou um pouco para se acostumar com elas, pois vivia no meio de adultos. O quintal estava enfeitado com flores de verdade e de papel, e também havia muito papel picado pelo chão, onde foram estendidos vários tapetes. Sobre cada tapete foi montada uma mesa de madeira de pés muito baixos, em torno das quais os convidados se sentaram. Eram mais de cinquenta pessoas, todas muito alegres, divididas em grupos de homens e mulheres que não se misturaram em momento algum. Nas rodas dos homens, que conversavam e fumavam narguilé, sempre havia os que se destacavam, pelo respeito com que eram tratados pelos outros. As mulheres só se aproximavam deles na hora de servir alguma coisa, o que faziam em silêncio, sem tirar os olhos das bandejas. Entre elas, agiam de modo diferente, falavam, cantavam, dançavam, riam alto e se divertiam, e serviram um jantar de bodas muito gostoso, com carneiro preparado à moda deles, galinha, peixe, arroz, verduras e muitas frutas. A Khadija, com a criança pequena amarrada às costas, era uma das mais animadas, e disse que aquela era a penúltima festa antes do Ramadã, mês de sacrifícios, e por isso todos queriam aproveitar bastante. Ela nos apresentou à Mariahmo, que estava sendo preparada para ser a segunda esposa do alufá Ali e substituí-la nas obrigações durante o tempo em que permanecia impura com as regras, ou pejada, ou dando o peito. O casamento se realizaria logo depois do Ramadã, promovido pelos parentes da noiva, e a Khadija não parecia preocupada. Muito pelo contrário, ela estava feliz por alguém ajudá-la a cuidar do marido.

Foi difícil convencer o Banjokô a ir embora antes de começar a escurecer, pois ele estava adorando ter outras crianças para brincar. Fiquei com dó de acabar com a alegria dele, mas a caminhada até o sítio era longa, já que a Esméria se recusou a subir novamente no cavalo. Ela foi puxando as rédeas e eu escorando o Banjokô, que dormiu deitado sobre a sela antes mesmo de chegarmos ao Terreiro de Jesus. O Tico e o Hilário ficaram na festa, e dias depois disseram que estavam pensando em virar muçurumins. Antes de deixarmos a casa, fomos cumprimentar os noivos, e a Euá agradeceu muito o enfeite de flores de penas que eu tinha levado para ela, feito pelas freiras do Soledade. Cumprimentei o Ajahi e o bilal Sali de longe, com um aceno de mão, mas pedi ao Salum que dissesse ao Fatumbi que eu o estava esperando do lado de fora da casa para uma conversa rápida. Além de estar com saudades, eu queria pedir que ele desse uma passada pelo sítio para conversarmos sobre negócios.

Quando chegamos ao sítio, fiquei chateada porque o Alberto tinha deixado recado com a Zolá dizendo que tinha ido a São Salvador e voltaria tarde ou só no dia seguinte. Ele tinha se recusado a me acompanhar ao amurê, alegando cansaço e, no entanto, não estava cansado demais para se encontrar com os amigos. A Esméria disse que era assim mesmo, que os homens precisavam estar entre homens, e que no meu caso era ainda pior, por eu ser preta e o Alberto ser branco. Por mais que tentássemos fazer a relação parecer normal, não era, e sempre viveríamos em mundos diferentes fora de casa. Achei que ela tinha razão, que não havia mesmo a mínima condição de o Alberto ter nos acompanhado à festa. Provavelmente ele nem teria sido aceito por lá, como eu também não seria bem aceita entre os amigos dele. Acho que meu sentimento não era de ciúme, não pensava que ele poderia estar com outras mulheres, mas queria tê-lo perto de mim, queria exibi-lo às pessoas, desde que fossem brancas. Aos pretos, não sabia se teria coragem.

No dia em que o Fatumbi apareceu, o Tico e o Hilário tinham passado logo de manhã para apanhar os *cookies* e resolveram esperar por ele, pois estavam cheios de perguntas sobre os muçurumins, a festa, os costumes. Eu queria saber mais sobre o Ramadã, e o Fatumbi começou contando aos meninos o *itan* de Nanã, que eu já conhecia, e continuou dizendo que o Ramadã dura uma lunação e tem início com uma festa que começa ainda de madrugada, quando eles se levantam para orar e preparar uma refeição de inhame cozido e machucado para comer com efó,[1] e bola de arroz machucado com leite e mel. Nos outros dias, fazem uma refeição às quatro horas da manhã e outra às oito horas da noite, quando comem inhame com azeite de dendê e sal moído, e arroz com água e açúcar. Quando acaba o Ramadã, fazem outra grande festa, esperada com imensa alegria por terem cumprido o sacrifício e por poderem comer à vontade. Nesse dia fazem sacrifício de carneiros, que depois são comidos por todos e celebrados com cantos e danças especiais feitas pelas mulheres, que usam em volta do pescoço uma faixa de pano que seguram pelas pontas. Quando uma mulher termina a apresentação, tira o pano do próprio pescoço e o coloca no de outra, até que todas tenham dançado. As mais importantes do grupo, além do pano no pescoço, usam nas mãos uma cauda de boi parecida com um espanejador. Perguntei se para eles o boi era um animal sagrado e o Fatumbi disse que não, só os carneiros, os porcos e os cachorros novos. Os porcos eu já sabia, por terem ajudado um grupo de muçurumins a encontrar água no deserto, mas fiquei surpresa quanto aos cachorros. O Fatumbi disse que, quando o cachorro é novo, antes de ter contato com outros animais, a umidade que ele solta pelas narinas é esfregada nas mãos e no rosto dos sacerdotes, fazendo com que tenham mais facilidade nas adivinhações. Depois de velho, já dado ao vício e à procriação, o cachorro é considerado impuro e nem mesmo pode entrar nas casas dos muçurumins. O Tico e o Hilário queriam saber como se converter, e o Fatumbi explicou muitas coisas sobre os ensinamentos do profeta, sobre Alá e a nova fé que teriam que abraçar, que exigia muitos sacrifícios e, principalmente, muito estudo do Alcorão. Acho que quando ele falou em estudo os meninos desistiram, apesar de não terem dito nada.

---

[1] Efó: comida feita com folha de taioba ou outras leguminosas, temperada com azeite de dendê.

SOCIEDADES

Depois do almoço, convidei o Fatumbi para ser meu sócio na padaria. Ele adorou a ideia e disse que só precisava de um tempo para se organizar. Oficialmente, a padaria seria apenas do Alberto, o que tornava as coisas mais fáceis quando fôssemos arrumar os papéis, mas faríamos um contrato que me colocaria como detentora de cinquenta por cento da sociedade. Era nessa minha parte, e sem o conhecimento do Alberto, que eu queria a sociedade com o Fatumbi. Não meio a meio, porque ele não entraria com dinheiro algum, mas vinte por cento do que me cabia, em troca dos serviços que ele podia nos prestar. Primeiro ele achou que não seria justo, mas eu disse que a experiência com números contava bastante, além da total confiança que eu tinha nele para lidar com o caixa enquanto eu me preocupava com a produção. O Alberto entraria apenas com metade do dinheiro e com o nome, mesmo porque ele só entendia do mercado de ferragens e, mesmo assim, muito pouco, pois já teria ido à falência se não fosse o sócio. Depois que estávamos morando juntos, percebi a falta de jeito e de interesse dele para lidar com negócios, e a negligência com o dinheiro. Mas era boa pessoa, além de bem relacionado, o que ajudava a fazer negócios. Só descobri os outros problemas mais tarde. Ou tarde demais, talvez.

Combinei com o Alberto de fazermos tudo certo, tudo no papel, que assim seria melhor para nós dois. No caso de rompermos a sociedade, cada um saberia melhor dos seus lucros ou prejuízos. Fomos até o escritório do doutor José Manoel, o marido da sinhazinha, que cuidou de toda a parte legal, e dias depois voltei lá sozinha para tratar do contrato particular e do trato com o Fatumbi. Inicialmente usamos o dinheiro do Alberto, que fiquei de repor quando houvesse a reunião de apuração de dividendos na confraria, onde meu dinheiro estava guardado e voltaria para mim com prejuízo se fosse tirado antes da hora. A Esméria achava tudo muito arriscado, mas disse que mais uma vez confiaria em mim, que sempre a surpreendia. Assim que compramos o terreno na Graça, o Sebastião, o Felipe e o Rafiki construíram um casebre e se mudaram para lá, para dar mais agilidade à obra. Trabalharam sob a supervisão de um engenheiro, indicação do doutor José Manoel, para que não tivéssemos nenhum problema com os fiscais do administrador. O terreno era pequeno mas muito bem localizado, e, tomando toda a frente, que dava para o Largo da Graça e sua igreja, construímos a parte onde os fregueses seriam atendidos, com espaço para mesas e cadeiras, se decidíssemos servir refeições também. Havia ainda a cozinha muito bem instalada, com dois grandes fornos, pia e bancadas de trabalho em toda a volta, além de armários fechados para guardar os produtos. Do lado de fora, logo à porta da cozinha, foi cavado um poço que, por sorte, deu água a poucos metros de profundidade. Nos fundos do terreno, em construção separada, foi feita uma casa de banho e necessidades, um cômodo para servir de escritório e outro cômodo grande para ser usado pelos funcionários. O Alberto concordou com a ideia de termos apenas funcionários pagos, e não escravos.

VISITAS

Em uma das visitas à obra, passei pelo solar da sinhazinha, e ela estava deitada em um canapé, na sala, tendo ao lado o doutor José Manoel, que lia em voz alta. Estava novamente pejada e, ao contrário da primeira vez, não se sentia bem. Tinha vomitado muito, nada parava no estômago, e prometi mandar a Esméria vê-la no dia seguinte, pois devia conhecer alguma beberagem para acabar com aquilo. A sinhazinha agradeceu, dizendo que realmente estava precisada e que, se eu quisesse, poderia mandar também o Banjokô. Ele e a Esméria ficariam com ela por um tempo, e o menino ia gostar da companhia da Carolina, que estava se sentindo muito sozinha desde que a mãe deixou de ter ânimo para brincar. Comentei que por mim estava tudo certo, que falaria com a Esméria e que o Banjokô provavelmente gostaria muito de ter com quem brincar, ele que também não convivia com outras crianças. O doutor José Manoel ficou de mandar uma cadeirinha buscar os dois na tarde do dia seguinte, se não recebesse nenhum comunicado meu dizendo o contrário. Ele estava lendo Camões, um livro que eu disse que também tinha, e que gostava particularmente de uns versos de determinada página, que já não me lembro mais qual era. Ele abriu na página, começou a ler e acompanhei em voz alta até o final, quando ele fechou o livro e disse que estava admirado, que daquele momento em diante, mesmo uma coisa não tendo nenhuma relação com a outra, passava a acreditar no sucesso do meu negócio e faria tudo para ajudar. Eu disse que não contava com mais ajuda do que poderiam me dar seus conhecimentos profissionais, e também com a discrição quanto à sociedade com o Fatumbi. Apesar de um pouco alheia à conversa, a sinhazinha quis saber quem era o Alberto, e o marido dela perguntou se eu estava disposta a entretê-la enquanto ia até o escritório, onde tinha coisas a resolver. Eu me dispus a ficar até o fim da tarde, e ele saiu sem esperar o almoço, avisando que comeria na rua. Só eu almocei; a sinhazinha nem aguentou ficar na sala comigo, pois olhar para a comida já provocava vontade de vomitar, mesmo com o estômago vazio.

A Carolina estava linda, andando por toda a casa e falando quase tudo, e, mesmo mais nova, era muito parecida com a sinhazinha de que eu me lembrava quando cheguei à fazenda. Tinha o mesmo jeito de pegar nas bonecas, de falar e até de ficar parada olhando as coisas como se conversasse com elas. Achei que a Carolina e o Banjokô iam se dar muito bem, e comentei com a sinhazinha que era muito estranho ver nossos filhos brincando juntos, como as mães já tinham feito. Ela demorou a responder, mas depois sorriu e disse que era melhor que fosse assim, pois eram tio e sobrinha. Eu não tinha pensado nisso, tentando esquecer que o sinhô José Carlos era o pai do Banjokô. Para mim, ou meu filho não tinha pai ou esse papel era desempenhado pelo homem que estivesse comigo. Tinha sido assim com o Francisco e estava sendo assim com o Alberto, embora ele nem olhasse direito para o menino. Aproveitei para contar a ela tudo sobre o Alberto, desde quando nos conhecemos até como estava sendo a vida no sítio. Ela pareceu recobrar um pouco as forças para prestar atenção à história, dizendo-se espantada e me desejando toda a felicidade do mundo. Não perguntou nada sobre os acontecimentos no solar e eu imaginei que a sinhá nada tinha dito a ela; era provável que sentisse vergonha. Mas perguntou se eu tinha conseguido comprar a minha carta e a do Banjokô, pois o marido tinha comentado sobre uma conversa que tive com ele no escritório, e respondi que sim, que éramos livres. Conversamos mais um tempo, até que ela foi vencida pelo cansaço e dormiu. Chamei a criada para que jogasse uma manta sobre suas pernas e fui embora.

Assim que soube que a sinhazinha estava precisando de ajuda, a Esméria arrumou uma trouxa para ela e outra para o Banjokô. Partiram na liteira que apareceu para buscá-los na tarde do dia seguinte, mas voltaram dois dias depois porque o Banjokô, que tinha partido todo animado, estava dando muito trabalho preso nas cercanias da casa. Ele já estava acostumado ao terreno grande e à liberdade de andar o dia inteiro com o João Badu atrás dos animais. A Esméria chegou junto com a sinhazinha, que perguntou se poderia passar uma temporada comigo, ela e a Carolina. Foi imensa a alegria que senti em poder recebê-las. A sinhazinha era uma pessoa simples, e apesar de criada no luxo da casa-grande, de ter viajado pela Europa, de nunca ter passado necessidade, chegou elogiando o sítio, dizendo que ficava muito feliz por me ver tão bem instalada. A Esméria já tinha comentado que ela era assim por ter sido criada sem mãe, tendo mais contato com as pretas da casa, as únicas que lhe davam afeto, e que elas foram muito importantes para que a sinhazinha não fizesse diferença entre pretos e brancos, ou entre ricos e pobres.

O Alberto ficou sem jeito nos primeiros dias, dizendo que as visitas tiravam nossa liberdade, mas logo se acostumou com a sinhazinha e com o doutor José Manoel, que aparecia todos os dias, no fim da tarde, para ver a filha e a esposa. Os dois eram portugueses e se entretinham em conversas saudosas sobre o país deixado para trás, dizendo que não se arrependiam, mas que isso não os impedia de sentir falta de algumas coisas. O doutor passou a dormir no sítio e os dois iam e voltavam juntos da cidade, e o Alberto parecia feliz como nunca tinha sido até então. Sozinhos no quarto e conversando depois de termos sido homem e mulher um para o outro, ele se demorava mais a me olhar e se dizia orgulhoso de mim, dos amigos que eu tinha, do que eu já tinha conseguido na vida, apesar de ainda estar com vinte anos incompletos. Acredito que aquela temporada da sinhazinha conosco foi muito importante para que ele começasse a me ver de um modo diferente, a perceber que eu poderia ser gostada, respeitada e admirada por outros brancos, apesar da minha cor. O padre Heinz não contava, com aquele jeito de tratar a todos muito bem, jeito de verdadeiro soldado de Cristo. Mas a sinhazinha contava, ela que já tinha sido minha dona e que me tratava de igual para igual, e o marido dela contava mais ainda, advogado formado e patrício, que pedia minha opinião nas nossas conversas a quatro e me ouvia com mais interesse do que ouvia a própria esposa.

Aproveitei a presença da sinhazinha para descansar, prevendo que teria muito trabalho quando a padaria fosse inaugurada, o que ainda levaria dois ou três meses, pelo andamento das obras, que eu fiscalizava pelo menos duas vezes por semana. O Sebastião e o engenheiro cuidavam de tudo e o Alberto providenciava a compra dos materiais que eles pediam. O Tico e o Hilário continuaram a aparecer no sítio toda semana; a sinhazinha gostava muito da companhia deles, e passávamos boas horas relembrando a vida na fazenda e as nossas brincadeiras de criança. Lembrávamos da parte boa, da que ela tinha participado, porque eu e os dois, sempre chamados de meninos porque a Esméria assim fazia, apesar de já estarem dois enormes rapagões, nós três tínhamos outros tipos de lembranças, nem sempre alegres. Com os cuidados, os remédios e as refeições preparadas pela Esméria, a sinhazinha logo recobrou as cores, o ânimo e o apetite, e começou a engordar, denunciando que estava mesmo pejada.

De início, o Banjokô tratava a Carolina como um bichinho, não sabendo o que fazer com ela, que não desgrudava dele, do mesmo jeito que ele fazia com o João Badu. Depois, ele a pegava pela mão e passeava pelo sítio, ensinando o nome dos bichos, das plantas e das frutas. O João Badu tinha paciência para tudo, para levá-los em passeios a cavalo, para contornar a encosta e descer até a praia, enquanto nós três, eu, a sinhazinha e a Esméria, colocávamos cadeiras no alto do morro e ficávamos olhando as crianças correndo da água ou sentadas na areia, desencavando porquinhos-de-santo-antão.[2] Às vezes eu via sombras perto deles, sombras que se pareciam com a Taiwo e com o Kokumo, e até mesmo com a minha mãe ou a minha avó. Eram presenças boas, como se quisessem dizer que eu não devia me preocupar, pois eles estavam sendo protegidos. Era tanta tranquilidade, a vida dando tão certo, com as coisas todas em seus lugares, que tudo aquilo de vez em quando provocava em mim a sensação contrária, um sufocamento, uma angústia, como se eu soubesse que ainda seria cobrada por tanta felicidade. Mas a única cobrança era do Alberto, que, vendo a barriga da sinhazinha, perguntava por que, mesmo nos deitando todos os dias, eu não pegava filho. Eu dizia que era assim mesmo, que poderia acontecer a qualquer hora, mas sabia que ainda ia demorar. O Fatumbi apareceu certo dia com convite para a festa do fim do Ramadã, mas não pude comparecer. Ele gostou de ver a sinhazinha, que se espantou ao perceber que era o antigo professor, que ela imaginava tão diferente, muito mais bravo e sério. Ela ficou no sítio por mais de um mês, e foi com grande pesar que voltou para casa, dizendo que apareceria sempre que eu a convidasse.

PROVIDÊNCIAS

Sentimos muita falta quando a sinhazinha foi embora, e a vida demorou um pouco para pegar novo ritmo, antes tão à mercê das horas. As obras na padaria atrasaram porque estava difícil conseguir material de acabamento, e

[2] Porquinho-de-santo-antão: tatuzinho.

meu único trabalho continuou sendo o de fazer os *cookies* do senhor Rui Pereira. Todo o dinheiro que eu ganhava era para comprar farinha e fermento, armazenados na despensa da casa. Certo dia, conversei com o Alberto e o convenci a dar alforria ao João Badu e à Zolá, que não sabiam como agradecer e não quiseram ir embora do sítio, porque não tinham para onde ir e porque gostavam de nós, não se imaginavam levando vida melhor em outro lugar. Era isso mesmo que eu esperava, mas tinha que partir deles, e disse que só poderiam ficar se aceitassem receber salário, que nem quiseram determinar, comentando que qualquer remuneração seria bem-vinda. Procurei o doutor José Manoel e pedi que entrasse em contato com a sinhá, em São Sebastião do Rio de Janeiro, para ver como ficava a questão do dinheiro prometido ao Sebastião e à Esméria. O Tico e o Hilário também queriam mandar dinheiro para ela, pelas cartas compradas a prestação. Estavam se saindo muito bem nos negócios e não queriam que a liberdade deles fosse descontada dos prêmios dos velhos. A Esméria falava sempre que gostaria de ter notícias da Maria das Graças e da Antônia, de saber se a Antônia já tinha encontrado a filha. Era bem possível que a sinhá também quisesse saber notícias do Banjokô. Todas as vezes que eu pensava nela, tratava de desviar logo do assunto, para não julgar o que tinha feito e também porque me lembrava do Francisco, querendo saber em que lugar das Minas Gerais ele estaria, tentada a pedir à Adeola que descobrisse com seus amigos. Eu ficava me perguntando o que ele teria sentido ao se deitar com a sinhá, mas não devia pensar nisso. O Alberto tinha que ser o único homem merecedor do meu interesse.

Ao contrário do mês de novembro, dezembro foi atropelado pelos acontecimentos, como se nada quisesse ser deixado para acontecer no ano seguinte. Os materiais para terminar a padaria chegaram em um carregamento vindo de alguma província do sul, e o Sebastião sugeriu colocar mais trabalhadores para recuperar o tempo perdido. O senhor Rui Pereira pediu encomendas extras de *cookies*, muito solicitados para as festas de fim de ano. A criada que eu tinha arranjado desapareceu sem deixar notícias e a Zolá caiu doente. Com tantas outras coisas para fazer, eu não conseguia ajudar a Esméria a cuidar da casa, e nem ela dava conta sozinha. Procurei a Esmeralda na confraria e pedi que me arrumasse outra criada, e acabei conseguindo uma igbo liberta, Aparecida, que preferiu ser chamada pelo nome africano, Nweka, ao ver que eu usava o meu. A Nweka não ficou nem três dias, pois quando foi contratada não entendeu que eu mesma era a sinhá, e não aceitava trabalhar sob minhas ordens. Se era a Esméria quem mandava, ela até obedecia, talvez em consideração à idade, mas quando era comigo, fingia não ouvir e insistia em levar as coisas do jeito dela, um serviço muito malfeito. Era porca e descuidada, e até me deu a impressão de quebrar algumas coisas de propósito. Depois de quatro dias, paguei uma semana e a mandei de volta para a cidade, e novamente fui atrás da Esmeralda, para encontrá-la toda atrapalhada, cuidando de dois meninos que regulavam em idade com o Banjokô, sendo que um deles, o mais novo, estava bastante doente. O problema deles era fraqueza, pois tinham sido achados sozinhos no mato. O mais velho disse que estavam com a mãe, que tinha se perdido ao sair para procurar comida, e encontraram o corpo dela a uma boa distância, já começando a apodrecer. Os meninos também não teriam sobrevivido por muito tempo se não tivessem sido encontrados pelo amigo da Esmeralda, um negociante de tecidos que estava chegando de viagem e viu os dois encolhidos debaixo de uma árvore, chorando de medo e de fome. Na hora nem pensei direito, só sei que tive muita pena daquelas crianças e achei que seriam boas companhias para o Banjokô, que se sentia sozinho depois da partida da Carolina. Perguntei à Esmeralda se ela me dava os dois para cuidar e ela respondeu que seria um grande alívio, pois não tinha condições de ficar com eles e não sabia de ninguém que tivesse. Aluguei uma cadeirinha, coloquei os meninos dentro e segui atrás junto com a Malena, a nova criada, uma crioula risonha e aparentando muito menos do que os quinze anos que dizia ter. A Esméria comentou que ela tinha o meu jeito quando eu tinha quinze anos, tempo que nem estava assim tão longe se contado só pelos dias, mas que parecia muito distante levando-se em conta os acontecimentos. Na idade dela eu já tinha o Banjokô e estava trabalhando na casa dos Clegg.

Durante alguns dias consegui esconder os meninos do Alberto, pois não sabia qual seria a reação dele se até mesmo eu, depois de ter pensado melhor, achei que tinha cometido um grande desatino. Principalmente depois de ver que, alojados na casa da Zolá e do João Badu, os dois não queriam outra vida a não ser comer e dormir. De vez em quando falavam na mãe, mas não choravam mais por causa dela. A Esméria disse que aquilo era passageiro, que eles logo estariam correndo pelo terreno, brincando com o Banjokô, e, para fortalecê-los logo, preparou uma mistura de araruta, tapioca, milho e farinha do reino. Enquanto eles se recuperavam, dois pretos chamaram no portão do sítio querendo saber se havia algum trabalho que podiam fazer em troca de comida e de uma noite de pouso. Gostei do jeito deles e perguntei o que sabiam fazer. O mais alto, que parecia ter um certo comando sobre o outro, disse que era cozinheiro, que tinha trabalhado em restaurante em terra e em navio, e que o amigo sabia fazer de tudo um pouco, sem função definida. Perguntei se eram libertos e ele disse que sim, que antes moravam em Santos, na província de São Paulo, e era de lá que tinham vindo. Mas foram roubados no navio em que viajaram em troca de serviço e estavam sem nada, percorrendo os arredores de São Salvador à procura do que fazer, já que tinham receio de andar sem documentos pela capital. Não sei por que acreditei na história deles, que poderia ter sido inventada. Eles podiam estar fugindo de um senhor ou mesmo da polícia por causa de algum crime, mas achei que eram sinceros e perguntei se podiam dar conta do trabalho de uma padaria. O cozinheiro disse que sim, que tinha experiência em fazer quase tudo, e o amigo podia ajudar na cozinha ou fazer a limpeza, ou mesmo atender em balcão, porque sabia fazer contas. Resolvi dar abrigo para os dois, com planos de que ficassem no sítio, sendo testados, até as obras da padaria ficarem prontas.

A casa da Zolá e do João Badu estava cheia, com a Malena e os dois meninos ocupando um dos quartos e os dois homens, o outro. Os meninos não souberam dizer os nomes verdadeiros, e por um tempo foram chamados de Tição e Praga, como se denominaram. A Esméria ficou indignada e arrumou para eles nomes bonitos de apóstolos de Cristo, Tiago e Mateus. Dos dois homens, o cozinheiro se chamava Jongo, um jaga, e o outro, crioulo, tinha o nome de Adriano. Depois da primeira noite que dormiram na casa, o João Badu me chamou em particular e disse que havia algo de muito estranho com eles, que fizeram muito barulho durante a noite, barulho estranho, que incomodou o sono de todos, principalmente o sono adoentado da Zolá, mais leve que vento. Achei que podia ser implicância dele e perguntei à Malena se também tinha ouvido alguma coisa; ela confirmou, mas não teve coragem de contar o que estava pensando. O Jongo pediu muitas desculpas e disse que poderiam ir embora se eu quisesse, mas tinham ficado muito felizes por dormir em lugar coberto e asseado, em esteira nova, e não acharam que as paredes fossem tão finas. Perguntei se dormiam mesmo juntos e ele respondeu que sim, havia mais de três anos, e que se eu desse uma nova chance, prometiam não incomodar. Sem saber o que fazer, pedi a opinião da Esméria, que me surpreendeu citando um ditado iorubá do qual não me lembro as palavras corretas, mas elas diziam que nas coisas entre marido e mulher ninguém dá palpite. Entendi aquilo como se ela não pudesse julgar o tipo de relacionamento dos dois, nem ela nem ninguém, e que eu não deveria mandá-los embora só por causa disso. Mas ela também comentou que havia alguma coisa estranha comigo, que ainda não sabia o que era mas ia descobrir. Eu me lembrei da estranha sensação de peito apertado, de agonia, da moleza que às vezes me abatia, e tive medo de ficar doente como a Zolá, que ninguém sabia o que tinha, mas que não conseguia se manter de pé. Resolvi nem pensar nisso e tocar a vida para a frente, porque muitas coisas estavam esperando para acontecer.

Primeiro, comentei com o Alberto sobre o Jongo e o Adriano, dizendo que talvez já tivesse conseguido dois bons funcionários para a padaria e estava pensando em ficar com eles no sítio, para ver como se saíam no preparo de algumas receitas. Omiti a parte que não interessava, sobre os dois serem jimbandas, porque os homens são piores que as mulheres para aceitar esses comportamentos. O Alberto achou que tudo bem, mas queria saber direito quem eles eram, pois muitos bandidos e assassinos andavam por aquela região e ele temia pela nossa segurança. Depois de conversar com eles e fazer as mesmas perguntas que eu tinha feito, recebendo as mesmas respostas com sinceridade e clareza, também achou que eram pessoas de confiança. Fiquei curiosa para ouvir a história do Jongo depois que o Alberto comentou que era difícil ver um jaga em São Salvador, só mesmo saído de São Paulo ou do Rio de Janeiro, e mesmo assim também não era comum. Os jagas já tinham parado de entrar no Brasil, pois os portugueses, por motivos que não se sabia direito, estavam preferindo os escravos da Costa da Mina, de onde eu tinha saído. Eu quase nada sabia sobre a África e muito menos conhecia as regiões, sendo que o lugar mais distante do qual tinha ouvido falar era Natitingou. Em relação às crianças foi um pouco mais difícil, e percebi que apelar para os bons sentimentos dele não ia adiantar. A primeira coisa que ele falou foi que de criança, enquanto não tivéssemos a nossa, já bastava o Banjokô. Comentei então que os meninos podiam ser úteis, sempre era bom poder contar com moleques para recados ou coisas desse tipo. Ele concordou em fazer um teste, mesmo porque não tinha coragem de mandar as crianças embora, doentes e sem terem onde ficar, mas não era para eu mantê-las no sítio se arrumasse outra solução. Sobre a Malena ele não falou nada, viu a mocinha andando pela casa, nos seus afazeres, e sabia que era necessária. Além do mais, não tinha quem não gostasse dela, com um sorriso tão constante no rosto que às vezes até parecia boba.

UMA REUNIÃO

O Alberto não se dava muito bem com o Banjokô, por ciúmes ou falta de jeito com crianças, não sei. Só sei que nunca tinha visto os dois conversando e muito menos brincando, como acontecia com o Francisco. Muitas vezes eu e a Esméria tentamos fazer uma aproximação, mas sem muito sucesso, e eu pensava em como ele seria com os próprios filhos, que tanto dizia querer. Um dia, perguntei ao Fatumbi por que nunca tinha se casado e ele não soube responder, dizendo apenas que não sentia necessidade. Fez um comentário interessante sobre os muçurumins que viviam na Bahia, os que realmente tinham abraçado a religião, e não os que se convertiam por interesse. Quase nenhum era casado, a não ser os religiosos, pois estes podiam ficar em casa e sustentar família, ou famílias, dependendo da renda de cada um. Podiam cobrar por trabalhos religiosos e também recebiam muitos presentes, geralmente em dinheiro ou em comida, para que pudessem continuar estudando os ensinamentos do profeta e educando os convertidos. O alufá Ali, por exemplo, já tinha se casado com a segunda esposa, no primeiro fim de semana depois do Ramadã. No dia em que me contou deste casamento, o Fatumbi tinha ido até o sítio me convidar para uma reunião que seria realizada em um solar da Vitória, que trataria de assuntos que poderiam me interessar.

Foi estranho olhar novamente para aquela rua, a primeira onde eu tinha morado em São Salvador, sendo que em tão pouco tempo já estava na quinta morada, contando com a senzala pequena, a senzala grande, o solar, a loja do alufá Ali e o sítio, e algo me dizia que não era a definitiva. Entramos por um portão lateral e fomos até o fundo do terreno, onde já estavam vários pretos, a maioria muçurumins. Havia também quatro mulheres, cinco contando comigo. Era a casa de um inglês, e estranhei quando vi que ele também ia participar da reunião. Quem começou a falar foi um muçurumim que devia ter uns cinquenta anos, muito magro e alto dentro de um abadá. O inglês ficou um pouco afastado do grupo em que nós estávamos e de vez em quando balançava a cabeça, concordando com as palavras do preto. No caminho, o Fatumbi disse que eu teria respondidas algumas das perguntas que vinha fazendo, sobre os ingleses estarem mesmo do lado dos pretos. Pelo que percebi, o apoio não era muito direto, mas os ingleses estavam a par de tudo que acontecia e passavam informações aos seus pretos, que, por sua vez, tratavam de espalhá-las para os outros. O assunto do dia foi o visconde de Camamu, presidente da província da Bahia, que estava tomando uma série de medidas para reforçar a guarda e evitar as pequenas revoltas que estavam acontecendo, principalmente no Recôncavo, em Cachoeira. Para aquela região, ele conseguira junto à corte a contratação de mais de setecentos homens muito bem armados, que tinham sido solicitados com a desculpa de combater os assaltantes que infestavam as estradas. A mesma quantidade de homens também estava sendo contratada para a capital, e alguns já tinham agido em Cotegipe, a seis léguas de São Salvador, onde rebeldes incendiaram um engenho e foram controlados antes mesmo de tentarem qualquer outra coisa. O homem que comandava a reunião, de nome Diogo, disse que os pretos precisavam se unir e pensar de uma maneira mais conjunta, que agindo isolados em engenhos apenas provocavam a ira das autoridades e dos senhores de escravos, que ficavam mais prevenidos. Quando ele perguntou quem mais gostaria de falar, vários pretos relataram tudo o que sabiam sobre as tentativas ou as rebeliões ocorridas na província da Bahia ou em outras, tudo anotado pelo James, que, assim como o Diogo, morava naquela casa. Durante os relatos, todos eram incentivados a opinar sobre o que achavam que tinha dado certo ou errado, com sugestões para que as falhas não voltassem a ocorrer.

Foi no quintal daquela casa, de um inglês chamado Mellors, que tinham construído uma pequena mesquita muçurumim, uma cabana que só era diferente das outras por causa do teto abobadado, feito de folhas de palmeira. Ao final da reunião, os que eram muçurumins entraram para rezar, e mesmo os que eram apenas curiosos puderam dar uma olhada, menos nós, as mulheres. O Fatumbi pediu que eu o esperasse, pois me acompanharia de volta ao sítio. Confesso que fiquei um pouco decepcionada, pois imaginava que em tais reuniões tratassem de ideias efetivas contra a escravidão, e comentei isso com o Fatumbi. Ele disse que tratavam sim, mas longe das vistas do inglês, dentro da mesquita, e que na hora certa me falaria de alguns planos. Por ora, eu deveria começar observando os navios que transitavam no mar de dentro e no mar de fora, ajudando a denunciar os que poderiam carregar escravos capturados ao norte da linha do Equador, em África. Já havia alguns anos que estava proibida a entrada no Brasil de escravos vindos da Costa da Mina, por exemplo, que fica acima da linha que divide o mundo em Norte e Sul. Se fossem descobertos navios carregando escravos aprisionados nas regiões proibidas, os pretos seriam enviados de volta à África, e toda a mercadoria apreendida, se houvesse, poderia ficar para quem os capturasse, trabalho no qual os ingleses estavam muito empenhados. Mas os comerciantes portugueses e brasileiros não obedeciam à lei, e quando chegavam à Bahia com carga proibida, ficavam por alguns minutos ancorados ao longe e distribuíam os escravos em embarcações menores, que atracavam em qualquer praia da cidade sem passar pela fiscalização do porto. Eu deveria ficar atenta a qualquer movimentação desse tipo e denunciar aos ingleses, que, como recompensa, tinham prometido entregar aos denunciantes parte das armas recolhidas a bordo, o que era muito interessante para quem planejava rebeliões ou algo do gênero. Perguntei ao Fatumbi como reconhecer tais navios, os tumbeiros, e ele disse que geralmente eles eram esperados por uma série de embarcações menores. Eram também barcos mais velhos, para que os donos não perdessem muito dinheiro em caso de abordagem e apreensão. Por isso, apesar do grande lucro cada vez que iam e voltavam de África, os tumbeiros não primavam pela boa conservação e pela segurança dos que transportavam. Quanto à questão do lucro, eu, que já achava uma fortuna os dois contos que tinha, não conseguia imaginar quanto significava o preço de um escravo multiplicado por quatrocentos, quinhentos e até mesmo por mais de setecentos que embarcavam em uma única viagem.

O Fatumbi me acompanhou só até o portão, dizendo que tinha algumas coisas a providenciar na cidade. Quando perguntei onde poderia encontrá-lo para avisar caso desconfiasse de algo sobre os tumbeiros, ele mais uma vez não quis revelar. Disse para avisar na loja do Manuel Calafate, que eu já sabia onde ficava, e onde sempre haveria alguém que conhecia as providências a tomar. Ao procurar pelo Calafate, eu deveria dizer a senha usada no primeiro dia em que estive com ele para levar o bilhete. Ou então poderia arriscar a casa da Vitória, procurando pelo Diogo ou pelo James, mas nunca deveria falar com alguém que não conhecesse, e o Fatumbi lamentou não ter se lembrado de me instruir a olhar bem para os rostos das pessoas que fiquei conhecendo por intermédio dele. Os nomes não importavam, porque cada um podia trocar de nome quantas vezes precisasse, mas as fisionomias teriam que ser muito bem lembradas. O Fatumbi prometeu voltar dentro de dois ou três dias para conversarmos sobre os propósitos daquelas reuniões e sobre a padaria, que já estava quase pronta para ser inaugurada.

A NOVIDADE

Voltando da reunião, quando entrei em casa não me senti muito bem, e imaginando que poderia ser cansaço, fui para a cama antes mesmo de o Alberto chegar. Sonhei com a Taiwo segurando uma criança no colo e acordei quase com a certeza de estar pejada. Na manhã seguinte, quando o Alberto acordou, eu me levantei somente para tomar o pequeno almoço com ele, e voltei para a cama sem comentar nada sobre o sonho. Primeiro, eu queria ter certeza, e depois não sabia como dar a notícia, não sabia se devia me alegrar ou apenas aceitar, pois continuava achando que aquela não era a hora de ter mais um filho. Chamei a Esméria e pedi que me examinasse. Ela disse que nem precisava, que tinha ficado muito claro o motivo pelo qual vinha me achando estranha nos últimos dias e, colocando a mão sobre a minha barriga, disse que já ia para três meses, quase o mesmo período da sinhazinha, e eu nem tinha percebido. Aliás, só tinha percebido o atraso de um período de regras, mas a Esméria disse que elas podiam vir mesmo eu já estando pejada, logo no início. Disse também que a beberagem podia falhar, que inclusive já tinha me falado sobre isso quando eu estava com o Francisco. Diante de tantas coisas que podiam ter acontecido e não aconteceram, e depois de me lembrar que a Taiwo estava feliz no sonho, decidi que teria a criança, provavelmente um menino, como o Baba Ogumfiditimi tinha dito.

O Alberto não sabia o que fazer quando contei sobre o filho. Saiu me arrastando e dançando pela sala, depois dançou com a Esméria e quase pegou o Banjokô no colo, dizendo que logo ele teria um irmão. Disse que tinha certeza de que seria um menino e eu confirmei, acrescentando que seria muito parecido com ele. Abriu uma garrafa de vinho e me permitiu tomar só um pouco, pois não faria bem para a criança, e falou sem parar quando fomos nos sentar na varanda e tomar o vento fresco da noite. Acabou abrindo mais duas garrafas, que bebeu sozinho enquanto contava histórias da infância em Portugal, do pai, de como gostava quando saíam juntos para pescar, não vendo a hora de o filho nascer para que a história se repetisse. Fiquei feliz com a animação dele, que acabou dormindo na varanda, sentado na posição em que estava quando terminou a terceira garrafa de vinho. Na manhã seguinte ele não foi trabalhar, com dor de cabeça, e no fim do dia eu já estava bastante irritada com ele andando atrás de mim o tempo todo, dizendo para tomar cuidado com isso, para não fazer aquilo, perguntando se eu não queria me deitar.

A não ser pela indisposição na noite em que tinha voltado da cidade, eu estava me sentindo ótima e com muita vontade de trabalhar, mas o Alberto não permitiu que eu fosse até a padaria, prometendo ir ele mesmo. E realmente fez a primeira visita às obras, e ainda passou pelo escritório do doutor José Manoel para deixá-lo a par da novidade. Além de enviar felicitações, o doutor José Manoel ficou de perguntar à sinhazinha onde ela tinha mandado fazer o enxoval da Carolina, para encomendarmos o do nosso filho. A Esméria não cabia em si de felicidade por vê-lo tão animado, e em agradecimento fez um ebó para Oxum. Ela comentou que se tivesse alguém para levá-la, naquele ano gostaria de participar da Missa do Galo. Foi só então que me lembrei de que estava chegando o Natal e tive que correr para retribuir a cesta de quitutes mandada pela sinhazinha, e acabei me esquecendo de comprar o presépio. Eu não sabia se as pastoras passariam pelo sítio, mas queria estar preparada, pois o Banjokô adorava vê-las cantando em frente ao presépio na casa da sinhá. Naquele Natal ele ficou na vontade, porque quando elas entraram na sala e não viram nenhuma sinhá, ou pelo menos alguém que se parecesse com uma, e nem o presépio, mal recitaram uns versinhos e foram embora, mesmo depois de receberem um ajudatório bastante generoso.

O Alberto estava muito feliz na noite de Natal, mas não quis ir à Missa do Galo, e a Esméria chamou o Jongo e o Adriano para que a acompanhassem. Antes, os dois passaram o dia na cozinha, preparando pratos para a minha ceia com o Alberto. Como o Banjokô sempre dormia cedo, passamos a noite sozinhos, depois que levei a comida que tinha sobrado para a casa do João Badu e da Zolá, que, junto com a Malena, mais pareciam uma família. Apesar de ter muito trabalho, a Malena conseguia manter as duas casas limpas e arrumadas, e à noite ainda cuidava da Zolá, que alternava períodos de melhora com outros em que mal conseguia se manter sentada na cama, com fraqueza nos ossos. A minha noite com o Alberto só não foi mais perfeita porque ele não quis se deitar comigo, com medo de fazer mal à criança, mesmo com a Esméria tendo garantido que isso não aconteceria. Por causa disso conversamos muito, e foi bom conhecer melhor o homem com quem estava vivendo, e gostando de viver. Perguntei se ele tinha vergonha de mim, se teria vergonha do nosso filho, e ele disse que por ele não, mas que eu deveria saber que as pessoas não aceitavam muito bem o tipo de relação que tínhamos. Os brancos gostavam dos pretos apenas para servir e não queriam que tivessem os mesmos direitos, ou regalias, e mesmo um branco pobre seria muito mais considerado que um preto rico. Disse ainda que as coisas eram assim e por muito tempo ainda seriam, e que ele, Alberto, não teria como mudá-las e enfrentar todo mundo. Mas eu sabia de brancos que tinham enfrentado, que assumiram que gostavam de uma preta e viviam com ela, não se importando com o que os outros falavam. Não tive coragem de comentar isso com ele, acho que fiquei com pena, não sei, de que ele se sentisse inferior a esses homens.

No dia de Natal, o Alberto inventou que tinha alguns assuntos para resolver na loja, fechada, e eu fingi acreditar. Imaginei que ele quisesse ir para a casa de algum amigo e não tinha coragem de me dizer, porque nunca teria coragem de me convidar. Então, preferiu mentir. Mas o meu dia foi muito bom, pois o Fatumbi apareceu um pouco antes do almoço e ficou até o anoitecer. Contei sobre a criança e ele abençoou minha barriga, fazendo algumas orações na língua dele, desejando que meu filho tivesse muita sorte. A Esméria, o Jongo e o Adriano tinham voltado da cidade quando já era dia, depois de assistirem à missa e às apresentações de folguedos, e no caminho encontraram uma pata com quatro patinhos, que deram de presente ao Banjokô. A família de patos foi a diversão dele e dos dois meninos durante o dia inteiro. Eles cavaram um pequeno lago perto do poço, com a ajuda do João Badu, e de lá não saíram nem para almoçar. O Mateus e o Tiago, depois dos dias de descanso e engorda, e de um pouco de acanhamento, haviam se tornado companhias perfeitas para o Banjokô, ensinando e aprendendo novas brincadeiras.

Depois do almoço, estendemos algumas esteiras à sombra das mangueiras e ficamos conversando, eu, a Esméria e o Fatumbi, e mais tarde o Jongo e o Adriano também se juntaram a nós. O Adriano era calado, apenas respondia às perguntas que fazíamos, mas o Jongo era falante e logo ficamos sabendo que seu nome verdadeiro era Zimba, mas era chamado de Jongo por causa de um folguedo. Ele não pôde nos ensinar o jongo porque precisava de instrumentos, principalmente de um tambor, mas explicou que era um tipo de dança de roda em que as pessoas ficavam cantando pontos, ou versos, que continham adivinhas que precisavam ser desamarradas pelos outros jongueiros. A pessoa que conseguisse resolver um ponto propunha outro, sempre cantando, e assim por diante, às vezes varando a noite em tal brincadeira. Apesar de não termos como brincar direito, todos propuseram alguns enigmas e foi muito divertido.

Nos dias seguintes, e até a virada do ano, o Alberto não foi trabalhar, e aproveitamos algumas tardes para levar o Banjokô à praia. De início, o Alberto não queria ir, mas depois que estávamos lá, começou a achar engraçadas as brincadeiras do menino e a se divertir com a alegria dele ao pular uma onda ou ao encontrar uma concha diferente. Íamos logo de manhã ou no final da tarde, quando o sol não estava muito quente, e levávamos comidas e refrescos. O Alberto se descobriu bastante habilidoso para fazer esculturas na areia e atender aos pedidos do Banjokô, e o primeiro deles foi um piano. Quando o menino começou a dedilhar o instrumento esculpido na areia, ele se admirou e disse que compraria um, para que nosso filho também aprendesse. Além da praia, um dia também fomos juntos até a obra, e o Sebastião disse que podíamos marcar a inauguração para dali a uma semana.

Na passagem de ano para um mil oitocentos e trinta, o Alberto foi participar dos festejos na cidade, mas preferi ficar no sítio. Acho que para ele foi um bom arranjo também, mas, na verdade, eu não estava com muita vontade de sair. Gostava cada vez mais de ficar em casa, na minha casa, junto de pessoas queridas. Fizemos uma pequena festa no quintal e até mesmo a Zolá apareceu, embora por pouco tempo. Em um instante, observando uma troca de olhares entre o Jongo e o Adriano, eu me lembrei do Lourenço. Os dois eram muito discretos e nem mesmo o João Badu tinha reclamado novamente, embora não trocasse palavra com eles. Mas estava uma noite bonita, de lua clara, e por um breve instante um deles olhou para o outro com muito carinho, o que me fez recordar que eram homem e mulher um para o outro, e associar esta ideia ao que o sinhô José Carlos tinha feito ao Lourenço. Não que houvesse semelhança nos gestos ou nos atos, mas foi o que me veio à cabeça, e tive muita pena do Lourenço. Ele fora obrigado a desistir dos planos que tínhamos feito, como fugir para um quilombo e criar nossos filhos. A vida que eu levava naquele momento era muito melhor do que eu nem sequer poderia imaginar e, provavelmente, a dele era muito pior. Fiquei imaginando que teria sido bom se ele tivesse conseguido fugir para a África, onde tinha uma família grande, que gostaria dele do jeito que estivesse, mesmo capado. Com estes pensamentos, me despedi de todos e fui para o quarto, porque não aguentava mais segurar as lágrimas, compreendendo pela primeira vez que todo o acontecido com o Lourenço tinha sido por minha causa. Achei bom que o Alberto não tivesse voltado da cidade, para eu poder passar a noite sozinha, acordada e chorando, sem ter que explicar. Na manhã seguinte conversei com a Esméria, que quis saber o motivo dos olhos inchados, e ela disse para eu tirar aquilo da cabeça, pois não tive culpa de nada, que ele agiu do jeito que tinha achado que precisava agir. Mas nenhum argumento me convenceu, e eu só pensava em fazer algo para ajudá-lo, se é que ele aceitaria minha ajuda.

SAUDADES DE LISBOA

A padaria foi inaugurada nos primeiros dias de janeiro, com anúncio publicado em jornal, acho que de nome *Grito da Razão*, não me lembro direito, e a participação de banda de música. No anúncio estava escrito que a Padaria Saudades de Lisboa vendia o melhor pão que se podia encontrar na Bahia, feito de massa cevada ou de massa branda, e pão de Provença, como o melhor que se fabricava nas padarias francesas de São Sebastião do Rio de Janeiro. Isto o Alberto garantiu depois de provar do nosso, que não tinha o mínimo cheiro ou gosto de fermento. O anúncio também explicava que vendíamos biscoitos, doces finos, *cookies* ingleses e bolachas americanas doces e salgadas, roscas, cacetes, pão de ló, *puddings*, sequilhos e fiambres, e também aceitávamos encomendas para festas, recepções e chás, atendendo aos senhores clientes das cinco horas da manhã às nove horas da noite. A banda foi uma bonita atração, e quem mais se divertiu com ela foi o Banjokô, que demonstrava não só talento, mas muito gosto por qualquer tipo de música. Durante toda a manhã o público se deliciou com as marchinhas tocadas pela banda do mestre Agostino, com clarineta, flauta, tambor, prato e guitarra.

O mestre Agostino tinha um ponto comercial ao lado da padaria, e era um português que vivia no Brasil havia mais de trinta anos, barbeiro de profissão, mas com muitas outras funções. Além de ser maestro da banda e ensinar a tocar flauta, como dizia uma placa do lado de fora da casa dele, também exercia os trabalhos de barbeiro e cabeleireiro de senhoras, consertava malha escapada de meia de seda, arrancava dentes e fazia pequenas cirurgias com bisturi, além de aplicar sanguessugas. Mas a banda era a sua verdadeira paixão, e foi contratada por quatrocentos réis para chamar a freguesia. Ela também se apresentava em igrejas, bailes, festas, e partidas, chegadas e carregamentos de navios. Achei muita graça quando, acompanhando os movimentos do maestro, o Banjokô começou a reger uma orquestra de moleques que usavam pedaços de madeira e de ferro que encontravam pela rua para fazer as vezes de instrumentos. Enquanto a banda tocava, durante a parte da manhã, distribuímos de graça pedaços de pães, bolachas e bolos, para que todos ficassem conhecendo a qualidade dos nossos produtos. Os senhores e senhoras se recusavam a aceitar, mas corriam para casa e mandavam seus escravos, com a recomendação de voltarem com uma amostra de cada coisa. Na primeira semana o movimento já foi bastante grande, quase dando fim ao estoque de matéria-prima que eu tinha imaginado que fosse durar pelo menos um mês. Quando fui conversar com o senhor Rui Pereira, dizendo que a "minha sinhá" não poderia mais cumprir o contrato de exclusividade por estar abrindo estabelecimento próprio, ele disse que gostaria de continuar recebendo os *cookies* assim mesmo, além de outros produtos diferenciados que fabricássemos, pois já tinha freguesia cativa, o que não nos fazia concorrentes.

A Adeola, o padre Heinz, a Claudina, o alufá Ali, o Tico, o Hilário, o doutor José Manoel e o sócio dele também apareceram e ficaram para almoçar comigo, o Alberto, a Esméria, o Banjokô e o Sebastião, em uma mesa improvisada que armamos no quintal da padaria. Um almoço de comemoração e de boa sorte. Antes de sairmos de casa, eu e a Esméria tínhamos oferecido um ebó para Exu e flores e um colar de contas de vidro para Oxum, e em nome dela também plantamos uma muda de dinheirinho-em-penca logo na entrada da padaria. A sinhazinha, que não estava se sentindo bem-disposta, mandou pelo doutor José Manoel uma imagem de Nossa Senhora, que foi colocada em um nicho aberto entre as prateleiras, do lado de dentro do balcão, depois de ter sido benzida pelo padre Heinz. Ele também benzeu todas as instalações, assim como a primeira fornada de pães que foi distribuída, muito disputada entre todos os presentes. Naquele dia o Fatumbi ficou no caixa, listando todos os produtos vendidos e se inteirando dos preços, para que pudesse ter melhor controle de tudo. No fim da tarde, ele me confidenciou que ainda tinha problemas a resolver antes de assumir a função diária, pediu desculpas e disse que explicaria tudo ao Sebastião e daria um jeito de aparecer a cada dois ou três dias durante mais ou menos um mês. Perguntei se estava com algum problema sério e se eu poderia ajudar, mas ele disse que não, que logo estaria tudo certo e cumpriria o prometido.

A primeira semana foi de acertos, mas na segunda visitei alguns mercados e consegui quatro clientes para os produtos da Saudades de Lisboa, como também tive que contratar mais duas empregadas. O Jongo coordenava a cozinha, ajudado pelo Adriano, e eu estava sentindo muito a falta deles no sítio, onde apareciam somente aos domingos, quando a padaria fechava logo após o almoço. As outras empregadas eram a Clarice e a Lourdes, crioulas forras indicadas pela Esmeralda, que também tinham experiência em cozinha e se deram muito bem com os rapazes. A Lourdes trabalhava de quatro da manhã até uma hora da tarde, quando então era rendida pela Clarice, que ia até as dez horas da noite. O Tico e o Hilário continuaram como vendedores dos produtos da Saudades de Lisboa, oferecendo-os em bares, restaurantes e hotéis da capital e do Recôncavo. O Alberto conseguiu fazer com que um clube de patrícios nos tomasse como fornecedores em todas as festas que promoviam, o que ajudou a conseguir muitos clientes particulares, que gostavam do que era servido. Em três meses tivemos de contratar mais empregados, duas filhas da Clarice, mulatas claras chamadas Maria José e Maria Cássia, que passaram a atender no balcão em horários alternados, enquanto eu, quando podia, ajudava o Sebastião no caixa e no livro de contas.

A BUSCA

Como tinha prometido, o Fatumbi aparecia a cada dois ou três dias e supervisionava nosso trabalho, emitia ordens de compra e de pagamento e fazia a previsão de caixa. Mas desapareceu de repente, ninguém sabia dele em nenhum lugar que costumava frequentar, nem na loja do alufá Ali. Eu já tinha mandado deixar vários recados na loja do Manuel Calafate sem obter resposta, até o dia em que resolvi ir pessoalmente. Falei com um muçurumim chamado Aprígio, que também não sabia dele, mas disse que talvez ele comparecesse a uma reunião marcada para dali a três dias na casa do inglês da Vitória, onde eu já tinha ido. Naquele dia consegui mais um vendedor, pois, além de ser carregador, o Aprígio também vendia pães, e combinamos que ele passaria pela Saudades de Lisboa todas as manhãs, para encher o balaio e fazer entregas para fregueses cativos. Enquanto conversávamos no portão, vi um branco saindo do sobrado e perguntei se era algum inglês, e o Aprígio respondeu que não. Eles, os muçurumins que eu conhecia, ocupavam apenas a parte de baixo do sobrado, e também por isso tinham tanto cuidado com quem levavam lá. Tinha que ser pessoa de inteira confiança, que soubesse a senha. O branco que eu tinha visto morava no andar superior e era funcionário público, um major, que residia com mulher e filhos. O andar do meio, que na verdade ficava na altura da rua, era ocupado pelo mulato Domingos e pela Joaquina, mulata que vivia de portas adentro com ele, mais uma criança de colo que era filha só dela. Com os três também vivia um nagô, Ignácio, escravo de um irmão do Domingos que morava no Recôncavo. O Domingos era responsável perante o senhorio e tinha alugado o porão para o Manuel Calafate e o Aprígio, que por sua vez alugaram o quarto dos fundos para o escravo Belchior, também nagô. E para provar que o mundo era mesmo pequeno, dias depois descobri que esse Belchior era o mesmo da fazenda de Itaparica, o namorado da Felicidade. Ainda na fazenda ele tinha falado em se converter, mas eu achava que era só para ficar com ela.

Acabei me encontrando com o Belchior na reunião da Vitória. Ele estava parado ao lado do Aprígio, que só cumprimentei de longe, pois quando cheguei a reunião já tinha começado e não quis chamar atenção. O Belchior não me reconheceu, mesmo porque se lembrava de mim ainda da época da fazenda, quando eu não tinha nem doze anos. Ele não tinha mudado muito, mas, mesmo assim, fiquei apenas com a impressão de já conhecê-lo sem saber de onde, o que comentei quando terminou a reunião. Ele disse que estava em São Salvador havia mais de cinco anos e que antes tinha morado na Ilha de Itaparica. Foi quando me lembrei do nome dele e perguntei se tinha conhecido a Kehinde, amiga da Felicidade, e então ele também se lembrou de mim. O Belchior contou que tinha sido vendido logo depois que a sinhá se desfez da fazenda, porque o novo dono já tinha alguns escravos e preferiu continuar com eles. Então foram vendidos os que os capatazes acharam que poderiam criar problemas, os mais novos, os mais fortes e os que tinham fama ou jeito de rebeldes. Ele estava na cidade trabalhando a ganho e pagando a carta de alforria a prestação, depois de ter se convertido, como sempre pensara em fazer, mesmo não tendo se casado com a Felicidade. Depois de ser vendido, ainda foi até a fazenda algumas vezes, tentando se encontrar com ela, mas o novo dono tinha dificultado muito as coisas, vigiando de perto os escravos e não deixando que eles se afastassem muito da fazenda e nem que alguém diferente se aproximasse. Depois de algumas tentativas frustradas, ele acabou desistindo e os dois perderam o contato. Já havia se passado muito tempo desde o último encontro, e de vez em quando ele tinha notícias da fazenda por intermédio de um saveirista que aparecia em São Salvador uma vez por semana. Quando perguntei se tinha como saber de pessoas que ainda estavam por lá, ele disse que sim, e pensei que tudo realmente acontece na hora certa. Toda aquela minha consumição para saber do Lourenço e, de repente, aparecia alguém que poderia me pôr em contato com ele. O Belchior ficou de falar com o saveirista e me procurar assim que soubesse de algo.

Fiquei preocupada quando a reunião terminou e o Fatumbi não apareceu, mas o Aprígio tentou me acalmar dizendo que ele era assim mesmo, que de vez em quando sumia por algum tempo e depois reaparecia como se nada tivesse acontecido. Mas eu sabia que ele era responsável, tinha tratado comigo de começar a trabalhar na padaria e, portanto, alguma coisa séria tinha acontecido. Com esses pensamentos, nem prestei muita atenção ao que estava sendo discutido, mas novamente ouvi muitas vezes o nome do visconde de Camamu. Ele tinha sido assassinado com um tiro de bacamarte, havia menos de um mês, por um cavaleiro que fugiu sem deixar pistas. Sem ter provas, o novo presidente da província disse que aquilo tinha sido serviço dos pretos, e muitos estavam sendo presos sem que nada fosse apurado contra eles. Alguns anos depois, o assassinato foi atribuído a um grupo de falsificadores de moedas de cobre que o visconde estava investigando. Mas diante das acusações daquele momento, contra os pretos, formou-se uma grande confusão, com alguns dos presentes dizendo que deviam preparar uma rebelião para breve e outros dizendo que ainda não estava na hora, que precisavam se organizar melhor e conseguir mais armas. Acredito que foi ali que nasceu a ideia de uma ação que agitou a cidade poucos dias depois. Até então, todas as rebeliões tinham ocorrido nos engenhos, longe das cidades, e os revoltosos queriam saber o que aconteceria quando elas chegassem à capital, preparando o terreno para a derradeira.

Perguntei à Adeola se ela tinha como localizar um escravo sumido, ou melhor, alguém que tinha sumido, porque eu nem tinha certeza se o Fatumbi ainda era escravo ou se já estava liberto. Ela disse que era difícil, porque os que sumiam podiam ter fugido e fariam de tudo para não serem encontrados. Contei que falava sobre o Fatumbi, que ela conhecia, e ouvi que seria mais fácil tentar saber notícias dele por intermédio dos muçurumins, que não se davam muito com os pretos das outras religiões. Mas eu já tinha feito isso sem sucesso, e ela prometeu tentar alguma coisa, pedindo aos amigos que ficassem atentos, e perguntou se eu não gostaria de ajudar nas fugas, pois o sítio poderia ser usado como esconderijo provisório, por ser um local afastado. Ela assegurou que não havia perigo algum, e eu teria apenas que dar o consentimento e, se possível, ajudar a prover o escravo com o que ele precisasse, roupa e comida, pelo período de dois ou três dias que ele ficaria por lá, enquanto esperava para ser enviado para o verdadeiro destino. Para me convencer, disse que alguém tinha feito isso para o meu amigo, o Francisco. Tive que concordar, e pensei no casebre que havia atrás do estábulo, onde ficavam guardados alguns instrumentos de trabalho. Quase ninguém ia lá e havia espaço suficiente e seguro para uma pessoa passar poucos dias, sendo que o primeiro habitante apareceu na noite seguinte, provocando riso em vez de apreensão ou pena.

Eu nunca tinha visto, mas sabia que existiam pretos de pele branca, ou sem cor, e de carapinha alaranjada. Não deve ter sido nada fácil conseguir fuga para ele, pois chamava muita atenção por onde quer que passasse. Uma coisa não tem nenhuma relação com a outra, mas ele apareceu no mesmo dia em que, ao chegar em casa, fui avisada de que uma embarcação suspeita tinha se demorado no mar de fora e que alguns barcos pequenos foram se encontrar com ela, voltando cheios de gente e ancorando no mar de dentro, mais ou menos na direção da Vitória. Quem viu foi o João Badu, a quem eu tinha pedido que, junto com os meninos, ficasse de olho em navios de comportamento suspeito. Mas como eu não estava em casa, eles não souberam o que fazer. Achei estranho as embarcações terem seguido para a Vitória, porque lá não havia nenhum atracadouro, não que eu soubesse.

UMA REBELIÃO

Eu me sentia muito bem-disposta, apesar do meu estado, e feliz por mim e pelo Alberto. Ele fazia planos, queria escolher o nome do filho e sempre falava em Luiz, para homenagear um avô de quem gostava muito e que talvez ainda estivesse vivo em Portugal. Mas eu pensava em um nome africano e adiava a decisão para quando não tivesse mais jeito. O Alberto trabalhava bastante, às vezes ficava dois ou três dias sem voltar para casa, dormindo no cômodo do Campo Grande, e sempre que aparecia levava presentes para o filho, para mim e às vezes até para a Esméria e o Banjokô. Eram presentes caros, e quando eu questionava ele dizia que estava tudo bem, que tinha dinheiro suficiente para não nos preocuparmos com nada. Ele também não queria aceitar o dinheiro relativo à minha parte na sociedade da padaria, mas fiz questão de pagar e de ter um recibo para um conto e oitocentos, metade do que tínhamos aplicado. Restaram-me na confraria apenas duzentos mil-réis mais os dividendos, que não chegavam a duzentos. Combinamos de não retirar lucros da padaria pelo menos nos seis primeiros meses, e eu pegava apenas a quantia certa para manter a casa, sem grandes regalias. Mas estávamos indo muito bem, e o Alberto tinha conseguido também o fornecimento de pães para um quartel, não me lembro qual, e a padaria precisou ser ampliada novamente. Para comemorar o contrato, o Alberto levou alguns amigos até lá, fecharam as portas mais cedo e fizeram uma grande festa, com comida, bebida e jogo, como me contou o Jongo quando apareci dois dias depois, para dar uma olhada no terreno de fundos que tínhamos comprado e discutir a obra com o Sebastião. Ele tinha voltado a morar no sítio e estávamos os dois na metade do caminho para casa quando encontramos o Aprígio, que nem tinha ido buscar os pães na Saudades de Lisboa, pois uma rebelião tinha estourado e havia grande confusão na cidade. O plano todo tinha sido elaborado depois daquela última reunião, pelos que achavam que estava na hora de começar a luta. Fiquei preocupada com o Alberto quando soube que tudo tinha começado com um ataque a uma loja de ferragens, mas o Aprígio garantiu que a desordem era na cidade baixa, onde mais ou menos vinte pretos roubaram espadas e parnaíbas, ferindo o proprietário e um caixeiro. De lá partiram para outra loja de ferragens, de onde não conseguiram roubar nada porque o proprietário reagiu, ameaçando abrir fogo contra eles, que tinham as armas descarregadas. Os rebeldes então seguiram para a Rua Julião e atacaram um armazém de pretos recém-chegados de África e libertaram todos, ferindo de morte dezoito escravos novos que se recusaram a acompanhar o grupo. Os revoltosos já eram mais de cem, e a eles se juntaram muitos pretos de rua, escravos de ganho ou libertos, e atacaram um posto policial nas redondezas da Soledade, tentando conseguir mais armas e munição. Os soldados abriram fogo e resistiram até serem acudidos por um novo destacamento, que cercou os pretos. Muitos conseguiram fugir para os matos de São Gonçalo e do Outeiro, mas pelo menos quarenta foram presos e, segundo o Aprígio, mais de cinquenta foram mortos. Ele não tinha participado do levante, mas estava entre os que tinham planejado o ataque à loja, e por isso precisava desaparecer por um tempo, com medo de ser denunciado.

O Aprígio estava indignado, porque deveriam apenas atacar a primeira loja de ferragens, sem ferir ninguém, e levar as armas até um lugar combinado. Ele achou que todos foram muito infelizes pensando que poderiam antecipar a verdadeira rebelião, programada para o mês seguinte, abril. De fato, o medo do Aprígio não era infundado, e durante quase dois meses ele ocupou o casebre do sítio, onde sempre recebia notícias do que estava acontecendo na cidade e me contava. De delação em delação, a polícia conseguiu o nome dos principais chefes e capturou todos os que não tiveram condições de fugir. Não chegaram até a loja onde o Aprígio morava, pois ele tinha o bom costume de não dar a morada para ninguém, mas em muitas lojas foram encontradas armas escondidas sob o assoalho ou dentro de fossos.

Durante o tempo em que o Aprígio ficou escondido no sítio, ele dividiu o espaço apenas com um preto que não chegou a ficar muito tempo, apareceu no meio da noite e partiu no fim da tarde do dia seguinte. Aos nagôs ou muçurumins que iam até lá conversar com ele, eu pedia notícias do Fatumbi, de quem ninguém sabia o paradeiro. Em maio nasceu a segunda filha da sinhazinha, chamada Mariana, e logo depois o Alberto partiu em viagem, dizendo que voltaria dentro de duas ou, no máximo, três semanas. Como eu estava me sentindo bem e a Esméria assegurou que a criança não nasceria antes desse prazo, partiu tranquilo, para caçar com amigos em algumas matas no interior da província. Nem senti o tempo passar, pois estava trabalhando muito naqueles dias, acompanhando a obra de ampliação da padaria, que queria ver pronta antes de dar à luz. Com a compra do novo terreno, a cozinha foi ampliada até encostar nos cômodos reservados para escritório e para morada do Jongo e do Adriano, que se transformaram em depósito de matéria-prima. O terreno dos fundos era bem maior que o da frente, e já abrigava uma casinha muito simples e velha, mas grande, que foi deixada como nova. O poço foi mantido, e uma nova casa de banho foi construída de parede com o escritório, que ainda esperava pelo Fatumbi.

Fui à casa da sinhazinha levar um presente e conhecer a filha, que era a mesma coisa que se ver a Carolina quando bebê. A sinhazinha disse que o nome dela, Mariana, era em homenagem à freira dos versos, para que a menina fosse inteligente e tivesse facilidade para lidar com as palavras, mesmo isso não sendo o esperado em uma mulher. O doutor José Manoel perguntou pelo Alberto, de quem eu não tinha notícias desde a partida, mas fiquei sabendo que os dois costumavam se encontrar em casas de conhecidos, onde alguns homens se reuniam para jogar cartas, beber e conversar. O Alberto não me contava essas coisas e fiquei sem jeito de confessar que não sabia, pois isso devia acontecer nas noites que ele passava na cidade. Às vezes eu achava que nada ia dar certo entre nós, que seria melhor terminar o quanto antes, e por isso não tinha planejado ficar pejada. Mas tudo mudou quando eu soube que estava esperando um filho dele, e me dispus a fazer tudo para que desse certo, para que esse filho tivesse um pai.

MAIS SEGREDOS

Quando as reformas estavam quase prontas, levei um susto ao chegar à padaria para ajudar no caixa e ver o Fatumbi atrás do balcão. Ele me olhou como se nada tivesse acontecido, como se não tivesse desaparecido por mais de quatro meses, e só comentou que minha barriga já estava bem grande, que eu não deveria mais andar a cavalo. Eu tinha passado a ir à padaria a cavalo, pois as pernas estavam inchadas e reclamavam de carregar o peso da barriga. Evitei montar apenas nos três primeiros meses, ouvindo a explicação da Esméria sobre a criança ainda não estar muito presa dentro de mim. Eu queria saber o que tinha acontecido, mas o Fatumbi disse que no dia seguinte passaria no sítio para uma conversa, pois tinha acabado de chegar, estava cansado e ainda queria dar uma olhada nos livros antes de ir para casa. Pedi que me dissesse pelo menos de onde estava chegando, mas ele se recusou, dizendo que era uma longa história e que precisava contá-la desde o início.

No dia seguinte fiquei esperando por ele, que apareceu depois do almoço e contou uma história que nem era tão longa assim, ou da qual contou apenas as partes principais. Disse que desde que a sinhá tinha vendido os negócios do sinhô José Carlos, ele pertencia a um senhor com fazendas no Recôncavo, onde tinha morado por dois anos antes de voltar para São Salvador. Foi comprado em leilão por muito menos do que valia e, um ano depois, quando conseguiu empréstimo com os amigos para comprar a carta ao mesmo preço pelo qual tinha sido adquirido, o novo dono não quis vender, dizendo que ele valia pelo menos três vezes mais. O homem aceitou o dinheiro como entrada, mas disse que a liberdade só seria concedida quando o restante fosse pago. Ao receber de mim o dinheiro da venda do ouro e das pedras, o Fatumbi comprou um pretinho para treinar e deixar na mesma função que ocupava, achando que assim seria mais fácil se ver livre. O pretinho tinha aprendido o serviço e até já estava trabalhando na fazenda, e o novo dono só esperava que ele adquirisse mais prática para libertar o Fatumbi. Mas nesse meio-tempo o pretinho fugiu, fazendo com que o Fatumbi perdesse o dinheiro e o tempo investidos na preparação dele, e ainda tivesse que passar todos aqueles dias no Recôncavo, pondo as contas em ordem. Essa tinha sido a causa do desaparecimento, e naquele momento ele estava em São Salvador só por um tempo, mas dentro de um ou dois meses teria que voltar para o Recôncavo, Candeias.

Eu não sabia o que dizer, principalmente porque o Fatumbi parecia desolado. Perguntei se o pretinho sabia ser propriedade dele e não do senhor, por ter fugido daquela maneira, sem consideração alguma. Ele disse que sim, que quando se tratava da própria liberdade, não havia consideração, cada um cuidava de si, e ao mesmo tempo isso era bom e não era. Comentei sobre os pretos rebelados que mataram outros pretos, escravos iguais a eles, só porque não quiseram participar da rebelião, e o Fatumbi disse que não era a primeira vez e nem seria a última. Para livrar a própria pele ou para se colocar em boa situação com seus donos ou com as autoridades, muitos pretos denunciavam os que estavam tramando fugas, ou roubos, ou rebeliões. Eu quis saber como ajudar, mas o Fatumbi disse que não havia nada a fazer, que eu o deixasse continuar trabalhando na padaria quando fosse possível e pagasse o que achava justo, que isso já seria de grande ajuda. Perguntei de quanto dinheiro ainda precisava e ele disse que não era problema meu, que eu não devia me preocupar. Mas eu me preocupei, e na tarde seguinte fui procurá-lo na padaria, pedindo para ver as contas com a desculpa de que não tinha ideia da quantidade de dinheiro que entrava e saía. Foi uma boa surpresa, e eu disse que ele podia retirar do lucro todo o dinheiro de que precisava, que ficava sendo um presente meu e um segredo nosso. O Fatumbi não queria aceitar, mas falei que era quase uma ordem, inventando na hora que estava pensando em convidá-lo para padrinho do meu filho, e que para essa incumbência eu queria alguém livre, para dar sorte à criança. Sei que não foi uma desculpa convincente, e ele também sabia, mas percebeu que eu estava me esforçando para ajudá-lo. Ele disse que só aceitava se fosse um empréstimo, quase trezentos mil-réis, que era muito dinheiro, mas fazia questão de pagar, podendo ficar sem receber a parte a que teria direito na padaria até que estivesse tudo certo. Eu não aceitei, pois tinha certeza de que não faria falta. Além do mais, eu não tinha a intenção de fazer tudo de uma maneira, digamos, correta, e precisava de um cúmplice. O Alberto não se preocupava em saber das contas, tinha o dinheiro dele, que eu não sabia quanto era mas imaginava ser muito, e com certeza não sentiria falta dos trezentos mil-réis, se soubéssemos fazer aquilo direito. Quando ele quis argumentar que aquilo não era certo, que não se prestaria a tal trabalho, eu fiz com que se lembrasse da própria frase sobre ser cada um por si, e era exatamente isso que ele estaria fazendo, com o meu consentimento. Confesso que me senti um pouco culpada depois, principalmente porque percebi o desconforto do Fatumbi, mas foi bom que a primeira vez tivesse acontecido com ele, de quem eu realmente gostava.

TRAGÉDIAS

A segunda vez aconteceu poucos dias depois, e já foi mais fácil. A Adeola me procurou dizendo que à noite chegaria ao casebre uma encomenda especial e que, se fosse possível, gostaria que eu também desse atenção especial. Ela e os amigos estavam ajudando a esconder uma mulher que tinha matado os próprios filhos em condições que me comovem ainda hoje, quase setenta anos depois, embora eu não me lembre do nome dela. Justo eu, que tanto me orgulho de ter boa memória. Mas ainda a vejo como se fosse naquele dia, vestida com uma roupa tão rasgada que não conseguia esconder os ossos, que chamavam tanta atenção quanto os poucos dentes, os magros pés deformados saindo por baixo de uma saia amarrada na cintura com trapos sujos, e maçãs do rosto que mais pareciam cotovelos. No fundo de duas covas, os olhos de alguém que parecia ter morrido sem saber. Chegou quase carregada por dois homens que já sabiam o caminho e a deixaram no casebre, desaparecendo depois que me viram na varanda, como se naquele momento acabasse a responsabilidade deles. Entrei, pedi à Esméria que fizesse um bom prato de comida e levei para ela, achando que deveria estar com fome.

A mulher fazia um esforço enorme para machucar o arroz com feijão e encostar na farinha, e levou pelo menos quinze minutos para repetir o gesto três vezes, para depois empurrar o prato e limpar os dedos na saia. Perguntei se não queria a carne e ela respondeu que não com um movimento da cabeça, aceitando a cuia com água. Eu não sabia o que fazer, se a deixava sozinha ou se fazia companhia, mesmo que não fosse para conversar. Mas fiquei com medo quando os olhos, que antes não se tinham fixado em nada, não saíam mais da minha barriga que denunciava o parto para dentro de poucos dias. Disse a ela que se precisasse de alguma coisa podia ir até a casa, chamando por mim ou pela Esméria, mas no íntimo desejei nunca mais me encontrar com ela, pelo menos enquanto ainda estivesse pejada. Assim que entrei no quarto, rezei para que Nanã olhasse pelo filho que eu levava na barriga, para que os olhos da mulher não tivessem causado nenhum mal a ele, e contei à Esméria como me sentia. Ela também achou que eu não deveria mais ver a mulher, pois nunca saberíamos como ela reagiria, se estava boa da cabeça ou não.

A mulher tinha sido encontrada pelo padre Heinz em um sítio além de Brotas, onde era procurada pelo dono e pela polícia por ter matado os três filhos. O padre contou que o dono dela costumava maltratar os escravos sem motivo algum, e por isso muitos viviam fugindo ou se matando, o que fazia com que a raiva dele aumentasse e fosse descontada nos que restavam. Os filhos da mulher tinham sete e cinco anos, mais um bebê de oito meses, e os quatro tinham passado mais de quinze dias trancados em um cubículo sem luz, sendo alimentados apenas com uma caneca de água de arroz por dia. E isso tudo porque a mulher tinha deixado uma vasilha de leite ferver e se espalhar pelo fogão, fazendo o dono acusá-la de não trabalhar direito para dar atenção aos filhos, que por isso também foram castigados. Andando pelo tal sítio, o padre Heinz viu pretos com correntes nos pés e feias queimaduras pelo corpo, e saiu perguntando pelas redondezas sobre o paradeiro da mulher. Por sorte tinham conseguido fugir com ela, que, depois de ter matado as crianças apertando o pescoço delas enquanto dormiam, falhou ao tentar se matar também, cortando o pescoço com a caneca de lata na qual recebia a água de arroz. Sangrou mas não morreu, e quando acordou estava abobada, talvez arrependida do que tinha feito aos filhos, talvez maldizendo o deus que não quis levá-la para junto deles.

Quando a Adeola me contou tudo isso, perguntei se não existia mais ninguém da família e ela disse que a mulher tinha mãe viva, também escrava do mesmo dono, mas que a pobre da velha não pôde fazer nada. Eu quis saber quanto valia uma velha, e tudo dependeria de como ela estava de forças, mas, pelo tipo de tratamento que devia receber, não poderia valer muita coisa, talvez uns duzentos mil-réis, não mais que isso. Dias depois, quando a mulher já tinha sido retirada do sítio, pedi ao Fatumbi que separasse duzentos e cinquenta mil e levasse para a Adeola, para que ela providenciasse a compra ou a fuga da velha, como achasse melhor. O Fatumbi quis protestar novamente, mas eu estava decidida, e, se ele não fizesse aquilo, eu mesma faria, para depois me entender com o Alberto. Ele já tinha voltado da caçada e eu tinha certeza de que não daria pela falta do dinheiro, pois raramente punha os pés na padaria. Caso isso acontecesse, eu diria que tinha sido assaltada na estrada do sítio, lugar que ele sabia ser perigoso, já tendo me chamado a atenção para que não saísse sozinha. Por causa do mato ao redor, muitos pretos fugidos ou mesmo brancos desocupados e ladrões se escondiam por ali, emboscando as pessoas.

SURPRESAS

O Alberto voltou da caçada com uma novidade, a compra de um sobrado, pois não se sentia mais à vontade no cômodo da dona Isaura. Disse que, como já tinha um lar no sítio, o cômodo parecia muito pequeno e impessoal.

Dias depois de me contar sobre a compra, ele apareceu no sítio mais cedo que de costume, usando uma cadeirinha e acompanhado de outra, vazia, para que eu e a Esméria fôssemos à cidade ver do que o sobrado precisava para se tornar um segundo lar. A Esméria reclamou, dizendo que eu não estava mais em condições de sair de casa, prestes a dar à luz. Mas como eu me sentia bem, disse que queria ir, pois estava muito curiosa para conhecer o lugar. Ele tinha avisado que era um sobrado simples, que talvez precisasse de algumas reformas, mas que também era amplo, arejado e bem localizado. Ficava na Rua Bângala, espremido entre dois outros sobrados agradáveis, mas tão antigos quanto o do Alberto, com as paredes descascadas. Assim que chegamos, essa foi a primeira coisa que eu disse que ele tinha que fazer, providenciar uma pintura nova, que nem precisava ser nas cores fortes e alegres dos sobrados vizinhos, mas que precisava estar nova, como se desse boas-vindas ao dono. Por dentro estava uma verdadeira imundície, e algumas rachaduras dividiam espaço nas paredes com marcas de mãos, de pés e de móveis arrastados ou encostados nelas. O mesmo acontecia com o assoalho de madeira, riscado pelo arrastar de pés e manchado com sombras de móveis e tapetes. A Esméria não gostou nada da cozinha, onde a sujeira era ainda maior, com placas de gordura e poeira pelos cantos e uma enorme mancha preta na parede ao lado do fogão a lenha. Havia também outros detalhes, como a falta de maçanetas e trancas nas portas, e também de lamparinas, vidros quebrados nas janelas e mais outras coisas que não consegui ver direito daquela vez, porque a Esméria tinha razão. Quando comecei a subir a escada, reparando que o mármore de alguns degraus estava quebrado, um líquido quente escorreu pelas minhas pernas.

Foi tudo muito rápido, e quando entramos no quarto onde o Alberto indicou que havia uma esteira, depois de dizer que ia à procura de cadeirinhas que nos levassem de volta para casa, eu disse que não daria tempo. As dores não estavam muito fortes, mas eu sentia a criança pressionando, forçando a entrada no mundo. A Esméria me disse para não tentar segurar e pediu que o Alberto ficasse comigo enquanto ela ia dar uma olhada na vizinhança, ver se alguém poderia arrumar panos limpos e água fervente. O Alberto estava apavorado, e até gostei quando ele perguntou se eu podia ficar sozinha enquanto ia à procura de uma aparadeira. Eu disse que sim, que me sentiria mais segura tendo uma aparadeira por perto, mas na verdade queria mesmo era me livrar dele, que estava me deixando nervosa. Ao contrário do nascimento do Banjokô, eu não gritei nem chorei; era como se aquele filho estivesse sendo puxado de dentro de mim por mãos muito habilidosas. Assim que fiquei sozinha e com mais liberdade para abrir bem as pernas e aliviar a pressão, senti a cabecinha querendo sair. Fiz um pouco de força e a carne perto da racha começou a se rasgar sem dor alguma. Eu me sentia leve e tranquila, como se tivesse fumado liamba, mas era muito mais forte que isso. Era como se uma pessoa estivesse cantando uma música muito bonita e suave ao mesmo tempo que me embalava, fazendo com que eu ficasse com sono, o mesmo efeito causado pelo cheiro da minha mãe ou da minha avó. Comecei a sorrir, e estava quase tendo meu filho sozinha naquele quarto vazio e estranho quando a Esméria voltou com alguns panos pendurados no ombro e um tacho de água quente. Ela nem teve tempo de perguntar pelo Alberto; apenas se agachou entre as minhas pernas e aparou meu filho, dizendo que era um menino, perfeitinho. Isso tudo eu já sabia, mas queria ver e pegar, e foi essa a cena que o Alberto viu quando entrou no quarto todo esbaforido, mandando que a aparadeira se apressasse. O único trabalho dela foi cortar o cordão, enquanto eu pedia que fizesse aquele trabalho muito bem-feito, pois não queria saber de filho com umbigo saltado. Acho que tudo não demorou mais de meia hora, e então perguntei ao Alberto se ainda dava tempo de voltarmos para casa antes de escurecer. Queria passar a primeira noite com meu filho na minha casa, na minha cama, e a Esméria achou que estava bem, pois eu até já tinha parado de sangrar.

IDAS E VOLTAS

Às vezes o mundo parece estar tão cheio de gente que alguns precisam partir para que outros tenham lugar. Foi isso que aconteceu aos vinte e um dias do mês de junho do ano de um mil oitocentos e trinta. Eu nem consegui ficar triste quando chegamos ao sítio e o Banjokô correu para contar que a Zolá tinha morrido assim que saímos. Ele ficou feliz quando viu o embrulho nos meus braços, perguntando se era algum presente que eu tinha comprado para ele, como a sinhá fazia. Isso da sinhá ele não disse, mas foi como se eu tivesse ouvido. Respondi que era um presente sim, muito especial, o irmãozinho que tinha acabado de nascer. Mas ele só se interessou pela criança por alguns segundos, e depois correu para a casa do João Badu. Pedi que a Esméria encarregasse a Malena de manter os meninos longe da Zolá, pois não queria o Banjokô perto de mortos, com medo de que ele se lembrasse do trato com os *abikus*. O Alberto já tinha tomado o filho do meu colo e entrado em casa, tão fascinado que nem deve ter escutado sobre a morte da Zolá. Por sorte, o Sebastião estava chegando àquela hora da padaria e se encarregou de tomar as providências para o funeral, que fiz questão de pagar. Foi tudo o que pude fazer naquele momento, sem condições de pensar em morte alguma. Aliás, nem na vida que acabava de chegar eu tinha pensado direito.

Eu nem parecia que tinha dado à luz, pois estava me sentindo muito bem, apenas um pouco cansada. Assim que entrei no quarto, onde o Alberto estava sentado na cama com o filho no colo, foi que me dei conta do acontecido e de que precisava me deitar. A Esméria voltou pouco tempo depois e não comentou nada sobre a Zolá; sabia que não estávamos com vontade de falar no assunto. O Alberto pediu que ela temperasse uma água porque queria dar o primeiro banho no filho, uma tradição na terra dele. Com muito cuidado, pegou o menino e o colocou dentro da bacia, onde já tinha jogado uma moeda de ouro que, para minha surpresa, comprara especialmente para a ocasião. Com mais cuidado ainda, jogava água sobre o corpinho dele e dizia que o banho de ouro era para dar sorte, que a moeda traria riquezas, não só em dinheiro, mas em tudo de que o filho precisasse. Foi uma cena bonita, que me comoveu tanto que quase não consegui ficar de pé ao lado dos dois. Assim que terminou o banho, a Esméria me mandou para a cama e acabou de dar os últimos cuidados ao meu filho, que só foi para o meu colo depois de vestido, direto para o peito. Parecia o Banjokô um pouco menor, e tinha os olhos fechados. Foi a primeira coisa em que reparei, depois de me lembrar que não era de bom agouro uma criança nascer de olhos abertos. Perguntei à Esméria se o Banjokô já tinha ido para a cama e ela saiu para ver, me deixando sozinha com a criança e o Alberto, que, depois de olhar para nós dois na cama, com lágrimas nos olhos disse que aquela era a noite mais feliz da vida dele, e que eu era a responsável. Ele não falou, mas sei que aquele foi o jeito que encontrou de dizer que me amava.

Depois de um tempo observando a força com que o filho sugava meu peito, o Alberto comentou que tinha grandes planos para ele, que quando ficasse maior estudaria em Portugal e voltaria doutor. Era uma ideia da qual eu gostava muito, um filho doutor, um bacharel em leis, como o marido da sinhazinha. A Esméria voltou dizendo que o Banjokô já estava dormindo e que no dia seguinte ele veria o irmão direito, mandando que o Alberto também procurasse um lugar para dormir; ela passaria aquela noite comigo e a criança porque poderíamos precisar dela para coisas que os homens não entendiam. O Alberto aceitou depois de muito reclamar, e acho que naquela noite nem dormiu, como eu. Ficou na varanda, bebendo vinho e provavelmente fazendo planos para o filho. Eu fiquei no quarto, com meu filho deitado ao meu lado e a Esméria sentada em uma poltrona ao pé da cama, e pensei tanto naquele filho que nascia quanto no outro, que dormia tranquilo no quarto ao lado.

Eu achava que não precisaria me preocupar com o filho do Alberto, que tinha um pai que realmente o queria bem, mas o destino do Banjokô me preocupava. A sinhá tinha planos para que ele estudasse, para que continuasse aprendendo música, para que soubesse se comportar como alguém importante. Desde a mudança para o sítio, eu tinha me esquecido disso e deixado meu filho solto, fazendo o que bem quisesse. Tinha certeza de que era feliz, muito mais do que no solar, mas eu precisava começar a pensar no futuro dele. Às vezes, por causa da companhia dos meninos, eu o pegava fazendo molecagens parecidas com as do Tico e do Hilário na época da fazenda, e tinha até desaprendido a comer usando talheres. Eu e a Esméria brigávamos, mas era só virarmos as costas que ele voltava a usar os dedos. E também estava ficando mal-educado, tratando mal os meninos, com ares de filho da dona da casa, como se fosse melhor que os dois. Era, é claro, mas não precisava agir daquele jeito. A Esméria tentava tirar a minha culpa dizendo que aquilo era sobra da educação dada pela sinhá, mas eu sabia que era meu dever fazer com que ele se comportasse de modo diferente, que não tratasse os meninos como se fosse dono deles, dono das brincadeiras. Resolvi cumprir os dias de resguardo e depois passar mais tempo cuidando dos meus filhos e da casa, dando mais atenção ao Alberto e a mim também. Eu me achava bonita, mas podia me enfeitar mais, usar roupas melhores, ter o costume de passar água de cheiro e óleo pelo corpo, ou mesmo *ori*, que fazia a pele da minha mãe ficar tão bonita. A pele de preto fica bem com *ori*.

Naquela noite também pensei muito na minha avó, na minha mãe, no Kokumo, e principalmente na Taiwo, pois tinha a sensação de que ela estava comigo durante o nascimento, unindo sua parte da alma à minha, como antes de morrer. Pensei também no nome que daria ao bebê. Havia um nome no ar que eu ainda não tinha conseguido entender, e se o Alberto insistisse em dar o nome de branco de Luiz, eu concordaria, mas também daria outro nome, um nome africano, um nome de *abiku*. Eu precisava arranjar uma maneira de ir com ele até a casa do Baba Ogumfiditimi, pois o batizado teria que ser feito até o nono dia depois do nascimento, para evitar que o filho morresse antes do pai. O Alberto tinha boa saúde, embora eu achasse que às vezes bebia demais, que isso poderia ser ruim para ele. Mas, mesmo que continuasse tendo saúde, o filho morrer antes do pai quebra a ordem da vida, atropela o destino. E esse "antes" tanto poderia ser o dia anterior ao dia da morte do pai como qualquer outro, até mesmo dias depois de nascer. Era melhor garantir, mesmo porque eu pressentia outro *abiku*.

Todo o funeral da Zolá foi feito sem a minha participação, e até hoje não sei se ela teve um enterro católico ou africano. Três dias depois, chamei o João Badu e disse a ele sobre meus sentimentos; ele agradeceu pela bonita despedida que eu tinha proporcionado à mulher e nunca mais falamos sobre o assunto. O Alberto não foi trabalhar nos dias seguintes, mandou dizer qualquer coisa ao sócio e não saiu de perto de mim e do filho, fazendo todas as minhas vontades e se oferecendo para inventar as que eu não tinha. O Banjokô, como era de se esperar, sentia ciúmes, e o Alberto ficava tenso quando ele chegava perto do irmão, com medo de que pudesse machucá-lo. Para evitar problemas, pedi à Esméria que, enquanto eu estivesse na cama, desse atenção especial ao Banjokô e mandasse o João Badu até a cidade para comprar um brinquedo, um presente, qualquer coisa, que eu queria entregar dizendo que também me preocupava com ele, que ainda gostava dele do mesmo jeito. Ele nem ligou para o que falei, mas adorou o brinquedo, um cavalo de pau no qual não deixava os meninos encostarem a mão. Dei mais dinheiro e o João Badu foi novamente à cidade e voltou com mais dois cavalos iguais. Achei que talvez aquela já fosse uma maneira de começar a dizer ao meu filho que ele era igual aos amigos, embora eu soubesse que não, que havia uma grande diferença, mas que eu tentaria não deixar parecer tão grande pelo menos enquanto ainda eram crianças. Os três se divertiam o dia inteiro, pois adoravam cavalos, mas só podiam andar nos de verdade quando o João Badu estivesse por perto, e ele andava muito quieto desde a morte da mulher. Devia estar triste também porque o período de nojo que ela merecia não existiu, com a alegria que todos sentiram pela chegada da criança. Mas ele comentou mais tarde com a Esméria que tinha sido melhor assim, que a novidade ajudou a suportar a tristeza e a saudade. Foi bom que o Sebastião estivesse de volta ao sítio, morando lá, pois os dois homens se davam muito bem e faziam companhia um ao outro, conversando. O Sebastião só foi ver meu filho dois dias depois do nascimento, e ficou muito emocionado, saudando o menino com *orikis*.

Muitas também foram as visitas que o Alberto recebeu na sala, todo orgulhoso, oferecendo os caros charutos do Recôncavo e licores ou vinhos importados, o que a visita preferisse. Mesmo se fossem o Tico e o Hilário, o Fatumbi, o padre Heinz e a Adeola, o Aprígio ou os funcionários da padaria, o Jongo, o Adriano, a Clarice, a Lourdes, a Maria José e a Maria Cássia. Todos levaram presentes, coisas simples, mas dadas de bom coração e compradas com os próprios salários, o que era motivo de orgulho. Gostei bastante de um São Benedito dado pelo Jongo, pois os da terra dele eram muito devotos daquele santo, um santo preto. Os que não puderam comparecer também mandaram presentes, como foi o caso da sinhazinha e do doutor José Manoel, que também estavam com criança nova em casa, e da família do alufá Ali, que se fez representar pelo Fatumbi. A Claudina mandou dizer que estava surpresa, que havia muito tempo que não tinha notícias minhas e recebia aquela, de que eu tinha outro filho. O mestre Agostino, o barbeiro vizinho da padaria, mandou uma cesta de frutas e uma flauta de madeira que ele mesmo tinha feito para o Banjokô, o que muito me encantou, por ele ter se lembrado do menino. Como era de se esperar, os amigos do Alberto não apareceram porque não sabiam de nada, nem que ele tinha tido um filho e muito menos que vivia de portas adentro com uma preta. Muitos deles também deviam ter as suas, apesar de serem casados com mulheres brancas.

A CERIMÔNIA

No oitavo dia depois do nascimento, o Alberto se levantou cedo e disse que precisava ir até a loja de ferragens para ver como o sócio estava se saindo. Ainda consegui falar com o Sebastião antes que ele saísse para a padaria e pedi que, no caminho, mandasse uma cadeirinha me pegar no sítio com a maior urgência. Dei aos carregadores a direção a seguir e pouco antes das onze horas estávamos frente a frente com o Baba Ogumfiditimi. A Esméria tinha ido comigo, não sem antes dizer que achava arriscado sairmos de casa daquela maneira, mas eu disse que iria de qualquer jeito, mesmo sozinha, o que bastou para vencer a pouca resistência dela, que estava com muita vontade de participar da cerimônia. Fiquei com medo de o Baba Ogumfiditimi não estar em casa, já que íamos sem avisar, mas foi a primeira pessoa que vi quando chegamos ao portão, cuidando dos canteiros de ervas. Ele me recebeu de uma maneira muito calorosa e logo suas mulheres e filhos quiseram saber da criança. A Trindade, sua esposa que tinha sido companheira do padre Heinz, estava novamente pejada. Ela e uma outra, da qual não me lembro o nome. A cerimônia foi feita do mesmo jeito que a do Banjokô, e meu segundo filho também ganhou presentes improvisados das mulheres e dos filhos do Baba Ogumfiditimi, algum dinheiro, dois pássaros, uma tartaruga e duas galinhas, que agradaram demais ao Banjokô. Eu ainda não tinha decidido os nomes, e a Esméria me ajudou a escolher pelo caminho, sendo que ficaria para ela o papel desempenhado pela Nega Florinda na cerimônia de nome do Banjokô.

O ritual foi igual ao que eu já tinha presenciado, e todos festejaram muito porque meu novo filho chorou quando a água jogada para o alto respingou no rosto dele. Isso significava que ele queria muito viver, estava gritando isso para o mundo e para as pessoas ao seu redor do jeito que sabia. Mas, ao contrário do Banjokô, não se moveu para apanhar o colar de cauris, o que significava que não teria riquezas. Não dei muita importância a isso, pois achei que, mesmo se eu viesse a faltar, o Alberto nunca desampararia aquele filho, que tratava como a coisa mais importante na vida. Então, como já deve ter percebido de quem estamos falando, a você foi dado o nome de Omotunde Adeleke Danbiran, sendo que Omotunde significa "a criança voltou", Adeleke quer dizer que a criança será "mais poderosa que os inimigos" e Danbiran, assim como o apelido do Banjokô, é uma homenagem à minha avó e aos seus voduns, principalmente Dan. O Baba Ogumfiditimi disse que os nomes tinham sido muito bem escolhidos e me contou que as crianças nascidas depois da morte de um irmão são o tipo mais perigoso de *abiku*, o mais temido, porque são crianças substitutas, aquelas que vêm para tomar o lugar dos que tinham morrido. Isso faz com que tenham uma forte ligação com o morto, precisando ser muito mais vigiadas para que não voltem rapidamente ao *Orum*. Enquanto o Banjokô era um *abiku omi*, um *abiku* da água, aquele que nasce antes do tempo, você é um *abiku feéfé*, um *abiku* do vento, dos que têm um nascimento inesperado e não planejado. Antes de começar a cerimônia, o Baba Ogumfiditimi tinha dito que você é de Xangô, o orixá da justiça, e eu comentei que seu pai queria fazer de você um doutor em leis, o que era muito apropriado. Por isso, durante a cerimônia, além da apresentação de todas as coisas que tinham feito parte da cerimônia do seu irmão, ele também apresentou uma pena e um livro, para que você soubesse sempre fazer bom uso deles.

OMOTUNDE

Apesar de o Baba Ogumfiditimi ter dito que os filhos substitutos voltam com mais facilidade para o Orum, eu estava muito tranquila em relação a você, muito mais do que em relação ao seu irmão. Primeiro, porque a cerimônia estava sendo realizada dentro do tempo, e depois porque eu sentia que você era especial, como depois se confirmou no jogo do opelê. O Ifá disse que você viveria o suficiente para ser um grande homem e que talvez a minha missão mais importante fosse guiar e instruir você no caminho do bem e da justiça. Disse também que via longos caminhos se abrindo à sua frente, para muito longe, e que a sua vida nunca seria das mais fáceis, apesar de muito produtiva, e que você jamais ganharia muito dinheiro. Você seria admirado e respeitado, um dos primeiros entre os seus, pelos quais lutaria mais do que por você mesmo. Não imagina o orgulho que senti de você, ainda tão pequeno nos meus braços e com um destino tão grandioso. Eu quis logo saber qual tinha sido o seu trato, e o Baba Ogumfiditimi disse que era estranho, pois você tinha tratado de voltar ao *Orum* quando não comesse mais açúcar. Perguntei se era para te dar açúcar e ele respondeu que não, mas para prestar atenção quando você parasse de comer ou quando começasse a comer demais, apenas isso, prestar atenção. Como o Baba Ogumfiditimi achou que aquilo não estava muito claro, resolveu providenciar mais alguns rituais, sendo que ele mesmo faria um ebó no dia seguinte. Recomendou também que eu não me esquecesse da cerimônia de três meses.

Perguntando ao Ifá, o Baba Ogumfiditimi me falou do ritual, e eu quis que fosse feito para o Banjokô também. Ele concordou, embora não soubesse se surtiria efeito, visto que estava sendo indicado para você. Ele ia usar um pedaço de tronco de bananeira, roupas e gorros tingidos com *òsun*[3] e bordados com guizos e búzios, e mais algumas comidas, acho que acará, canjica, frutas, mel, um pombo, um galo e ervas sagradas. Tudo isso seria montado como se fosse um carrego para a morte, para acalmá-la, embrulhado em um pano branco e solto nas águas de um rio. E ainda foram feitas muitas oferendas com doces para os *abikus*, para que eles ficassem contentes e não insistissem em fazer com que você e seu irmão se lembrassem dos tratos. O Baba Ogumfiditimi tomou nota do nascimento de vocês dois e disse

[3] *Òsun*: pó vermelho obtido da árvore *Ptecocarpus erinacesses*, usado em diversos ritos e também em tinturaria.

que nesses dias faria ebós e outros rituais, até que completassem dezenove anos. Depois de tudo conversado e planejado, teve festa improvisada, e por isso mais simples que a do Banjokô, mas eu estava muito mais feliz por fazer as coisas certas, pela presença da Esméria e porque não estava preocupada em ter que voltar cedo para casa, com medo de ser descoberta pela sinhá. Rimos, conversamos e bebemos, e foi bom proporcionar aquele momento à Esméria, que se sentiu muito à vontade entre as mulheres do Baba Ogumfiditimi, principalmente as mais velhas, a Monifa e a Fayola.

Durante o almoço no quintal, fiquei sabendo de muitas histórias sobre os Ibêjis, mas gostei especialmente de uma sobre um reino onde havia dois príncipes ibêjis que davam muita sorte aos súditos. Todos os problemas eram resolvidos por eles em troca de doces, queimados e brinquedos. Os ibêjis faziam muitas traquinagens e eram inquietos, e um dia estavam brincando ao lado de uma cachoeira quando um deles caiu em suas águas e morreu afogado. Todos os que viviam no reino ficaram muito tristes por causa da morte do príncipe, e o ibêji sobrevivente não tinha ânimo para fazer mais nada, nem brincar, nem comer, nem ajudar as pessoas. Vivia chorando a morte do irmão, pedindo que Orumilá o levasse para perto dele. Orumilá acabou ficando com pena do pequeno ibêji e o chamou para o *Orum*, deixando na terra duas imagens de barro. E desde então, todos que precisam de ajuda e confiam nos Ibêjis deixam oferendas aos pés de imagens parecidas. Eu tenho a minha, talhada em madeira, que sempre honro com flores para a Taiwo e doces e orações para os Ibêjis. O Baba Ogumfiditimi disse que da próxima vez que eu voltasse também faríamos uma oferenda para eles.

Antes de voltarmos para casa, pedi notícias da Nega Florinda e disseram que ela ainda estava em São Luís, com a Agontimé. Lembrando agora desse dia, eu me pergunto se você ainda usa seu nome africano, Omotunde, já que somente eu e a Esméria te chamávamos por ele, e mesmo assim quando estávamos a sós. Para que continuasse apenas entre nós, dissemos a você que aquele era seu nome sagrado, que não deveria ser dito a ninguém. Você gostava de ser chamado de *Ô-madê*, e depois só de Madê, como falava o seu irmão. Achamos muito engraçado quando o Banjokô falou isso pela primeira vez, porque *ô-madê* quer dizer "menino" em iorubá, e era assim que o papagaio da sinhá o chamava. Ele deve ter achado que assim eram chamados todos os meninos, não sei. Seu pai também não reclamou, mesmo porque nunca soube o que significava. Falamos que era um nome qualquer que seu irmão tinha inventado e ficou por isso mesmo, e às vezes ele também te chamava assim. Será que você ainda se lembra do seu irmão? O que terá acontecido a você durante todos esses anos? Por mais que o destino tenha sido bom comigo, tenha me dado mais filhos que sempre me orgulharam, nunca te esqueci. Estou carregando comigo todas as cartas trocadas, para que você saiba de tudo que fiz na esperança de te encontrar, meu pequeno Omotunde.

ACERTOS DE CONTAS

Depois de ter o dinheiro, o Fatumbi ainda precisou de algum tempo para acertar tudo com o dono dele, pois tinha se comprometido a treinar alguém para substituí-lo, o que fez durante mais de um mês, todas as manhãs. Depois disso ele começou a ajudar o Alberto, que, na volta à loja de ferragens após o seu nascimento, andava preocupado com os negócios, achando que estava sendo roubado. Apenas com uma rápida olhada nos números, o Fatumbi confirmou a suspeita, dizendo que provavelmente isso já acontecia há algum tempo, levando em conta o montante que a loja vendia e o que era registrado no livro-caixa. A cidade de São Salvador estava crescendo, e uma loja de ferragens era um bom negócio. Arriscado também, porque era um dos primeiros lugares onde os pretos que tramavam uma rebelião iam roubar tudo o que pudesse servir de arma. Depois dessa descoberta, em vez de se fazer mais presente, o Alberto disse que precisava de um tempo para pensar e se dedicou à reforma do sobrado, o que foi motivo de muitas festas por lá com os amigos. Quem me mantinha informada era o Sebastião, pois o Felipe e o Rafiki, os mesmos que tinham trabalhado no sítio e na padaria, estavam reformando também o sobrado. Mas ele me garantiu que não havia mulheres, apenas cinco ou seis homens que passavam a noite bebendo e jogando cartas e perdendo ou ganhando muito dinheiro.

O Alberto ficava muitas noites sem dormir no sítio, embora aparecesse todos os dias para te ver. Aproveitando a ausência dele, resolvi dar teto ao Fatumbi, que passou a dormir no mesmo quarto que o Sebastião. O Alberto gostou da ideia, porque o Sebastião e o João Badu já estavam velhos, e o Fatumbi, apesar de também não ser tão novo, pelo menos aparentava, o que poderia impor algum respeito em caso de precisão, em uma casa onde moravam muitas mulheres e crianças. Algum tempo depois que saí do resguardo, fui visitar a sinhazinha, e ela disse que o doutor José Manoel também tinha comentado sobre as noites de jogos no sobrado, que já estavam ficando famosas entre os patrícios, reunindo um número cada vez maior de pessoas. Foi quando comecei a me preocupar com o Alberto, com o que ele pensava em fazer da vida, principalmente sobre aquela sociedade.

Em um fim de tarde, o Aprígio apareceu no sítio com um recado do Belchior, dizendo que o saveirista conhecido dele já tinha o paradeiro do Lourenço, e conversei com a Esméria sobre o que fazer. Eu tinha muita vontade de vê-lo novamente e perguntar se era mesmo verdade tudo de que me lembrava, porque às vezes tinha dúvidas. Era uma lembrança tão cruel que eu lutava contra a verdade dela. A Esméria achava que seria melhor ela mesma ir vê-lo, já que ele gostava muito dela. Talvez fosse até mais fácil descobrir como ajudá-lo, talvez ele aceitasse dela uma ajuda que não aceitaria de mim. Mas o combinado começou a mudar quando o Alberto comentou que precisava da minha ajuda para arrumar criadas para o solar, que já estava pronto. Eu, que já não era mais tão necessária na padaria depois da chegada do Fatumbi e estava cansada de ficar à toa no sítio, achei que aquela era uma boa oportunidade para passar alguns dias na cidade, apreciar o movimento, rever os amigos. Comentei com o seu pai que gostaria de pintar o sítio e que o cheiro da tinta não faria bem a você, e que por isso poderíamos todos passar alguns dias na cidade e voltar quando o trabalho estivesse terminado. Ele não gostou muito da ideia, argumentando que o sobrado não estava mobiliado, e eu disse que assim era melhor ainda, pois eu também poderia comprar tudo que estava faltando. Ele não teve como recusar, e dois dias depois estávamos deixando o sítio, que durante duas semanas foi ocupado apenas pelo Felipe e pelo Rafiki, que ficaram tomando conta de tudo enquanto faziam o serviço, e pelo Fatumbi e o Sebastião, que apareciam apenas para dormir. Quando comentei com o Banjokô que íamos passar alguns dias na cidade, ele pediu para levar o Tiago e o Mateus, e como desde a morte da Zolá o João Badu parecia precisar mais da companhia dos meninos do que os meninos precisavam da companhia dele, foi também. A Esméria eu nunca pensaria em deixar para trás, e como nós duas não conseguiríamos cuidar da casa e de toda aquela gente, a Malena era indispensável.

Transportar tudo que precisávamos foi como fazer uma mudança, roupas e artigos de casa para nove pessoas. Foi só daquela vez que pude prestar atenção no sobrado e, como estava todo reformado, parecia outra casa, da qual gostei bastante. A rua era tranquila, e assim que chegamos, a primeira providência foi arrumar lugares para todos dormirem, com a compra de esteiras e de um cesto para você, pois havia apenas a cama do Alberto e uma mesa com cadeiras na sala, usada para os jogos. A Esméria distribuiu as pessoas pelos quartos e fez questão de levar você para dormir com ela, para que eu e seu pai ficássemos sozinhos. Ele estava feliz, mas parecia preocupado, e eu imaginava que podia ser com os negócios. Mas hoje acho que era com a nossa presença naquele sobrado que ele tinha comprado para receber os amigos e dar festas. Mesmo assim, passamos noites maravilhosas, nossos corpos estavam com saudade um do outro, depois do período de resguardo e do tempo que eu tinha passado sozinha no sítio. Na manhã seguinte à nossa chegada, eu o incentivei a ir até a loja de ferragens enquanto fui à Barroquinha falar com a Esmeralda sobre os novos criados. Eu gostaria de uma família, pois era bom ter homem em casa, e ela me indicou uma formada pelo pai, o Júlio, a mãe, a Anastácia, uma filha de dezesseis anos chamada Manoelina e um filho de doze, o Sabino. O menino e a menina trabalhavam na rua, ele como engraxate e ela como engomadeira, ofício aprendido com a mãe, que não mais o exerceria, para ficar cuidando apenas do sobrado. O Júlio e a Anastácia não faziam parte da confraria, eram conhecidos de uma amiga da Esmeralda, e ficaram muito felizes quando ofereci trabalho e moradia, pois tinham que deixar a loja onde moravam, que seria vendida. A Manoelina e o Sabino, os filhos, não foram contratados e continuariam cada qual com seu trabalho, mas dormindo no sobrado, a única condição imposta pelos pais, que queriam os filhos perto deles. Eram de uma vila no interior e estavam na capital havia quase sete anos, para onde tinham ido à procura de trabalho.

O Alberto gostou da escolha, mas não queria nenhum deles dentro da casa, e eu concordei com ele. Havia um porão que poderia ser reformado, e quando mostrei o espaço para o Júlio, ele mesmo se encarregou do serviço. Eu disse que pagaria à parte pelas reformas que deveriam fazer do porão um lugar decente para se morar, com privacidade para todos, entrada de ar fresco e claridade. O Júlio agradeceu e disse que estava ótimo, que o lugar era até mais espaçoso que o cômodo na loja onde moravam, e enquanto cuidava das reformas, ele e a Anastácia trabalhavam apenas durante o dia. Ele nas obras e ela cuidando da casa, ajudada pela Malena e pela Esméria, que me contou da curiosidade deles em saber se eu era mesmo a sinhá. Eu achava engraçado aquele tipo de dúvida, e tinha passado pelo mesmo problema com as empregadas da padaria, que só acreditaram nas minhas ordens depois de me verem com o Alberto, decidindo tudo em conjunto e não apenas acatando ordens.

Assim que tive tempo, fui até a loja do alufá Ali, onde todos estavam muito alegres porque a Euá e a Mariahmo, a segunda esposa, estavam pejadas, com os nascimentos regulados para a mesma época. Não encontrei a Claudina e marquei outro dia para passar por lá e conversar com ela, pois queria contar tudo que tinha acontecido comigo. Ela sabia de muito pouco, pois eu tinha vergonha de falar sobre o Alberto. Acho que estou tão desacostumada de falar com você que às vezes chamo o Alberto de Alberto, e às vezes de seu pai. Não vou mais consertar porque ainda tenho muita coisa para dizer e não quero perder tempo com isso, que nem é tão importante. No domingo, quando o Alberto saiu para encontrar os amigos e disse que não tinha hora para voltar, resolvi ir até a casa do padre Heinz. Eu tinha me encontrado com a Adeola no ponto da Misericórdia e ela fez o convite, dizendo que o padre estava na cidade. Aluguei uma cadeirinha e levei você e seu irmão. O padre aproveitou para abençoar os dois, o que me fez lembrar que no fim de semana seguinte teria que ir até o sítio do Baba Ogumfiditimi para o ritual dos três meses.

No dia combinado de voltar à loja do alufá Ali para me encontrar com a Claudina, levei apenas você, para que ela conhecesse. No meio do caminho, resolvi passar antes pela loja do Manuel Calafate, pois queria falar com o Belchior e saber do Lourenço, para que a Esméria fosse procurá-lo enquanto ainda estávamos na cidade. Não só encontrei o Belchior em casa como ele disse que sabia onde o Lourenço estava naquele exato momento, pois tinha acabado de vê-lo subindo a Ladeira do Carmo. O Belchior se lembrava do Lourenço da época da fazenda, mas disse que não o tinha reconhecido até ser apontado pelo amigo saveirista, e que talvez nem eu o reconhecesse, pois estava muito diferente. Bem mais velho do que deveria estar, muito magro e andando sempre de cabeça baixa, fingindo não reconhecer as pessoas com quem tinha convivido na ilha. Enquanto estávamos conversando, ele olhou para o fim da rua e disse que era ele quem estava apontando, carregando um pacote, seguindo na direção do Maciel. Era lá que ficava o solar do dono dele, o novo dono da fazenda, que tinha levado o Lourenço para a capital.

Acho que não pensei muito quando achei que aquela era uma boa hora para falar com ele, ainda mais tendo você amarrado às costas. Mas você estava tão quieto que me fez esquecer da sua presença ali, a presença que faria com que o Lourenço visse o que eu tinha conseguido, como se eu estivesse exibindo as roupas de sinhá e o filho como prova de que a minha vida tinha sido muito melhor que a dele, muito melhor sem ele, como prova de que eu tinha seguido os nossos planos sozinha. Foi o que ele disse depois que me coloquei na sua frente fechando a passagem, fazendo com que ainda pedisse desculpas antes de se desviar e seguir adiante sem levantar os olhos do chão. Eu deveria tê-lo deixado ir, mas o chamei e disse que era eu, a Kehinde, para o caso de ele não me reconhecer. Tive que repetir enquanto ele me olhava com jeito de quem não estava acreditando no que via, reparando nas minhas roupas, nos meus sapatos, em você. Quando achei que ia embora sem me dizer uma só palavra, ele voltou, parou bem perto de nós e disse coisas horríveis, com um fio de voz que eu tive que chegar muito perto para conseguir escutar. Uma das coisas que perguntou foi se eu nunca mais o tinha procurado porque ele não era capaz de me dar um filho, olhando para você com um ódio de que eu nunca poderia imaginá-lo capaz. Depois virou as costas e foi embora, deixando nós dois parados no meio da rua, até o Belchior se aproximar para saber se estava tudo bem, pois tinha ficado em frente à loja, observando o encontro. Eu disse que o Lourenço não tinha me reconhecido e dei graças por estar indo me encontrar com a Claudina em vez de voltar para o sobrado.

Assim que cheguei, a Claudina soube que alguma coisa tinha acontecido, e tive que contar tudo desde o princípio, desde quando o Lourenço foi comprado pelo sinhô José Carlos. Ela me ouviu sem comentar nada, interessada na história, emitindo de vez em quando algum som de concordância ou discordância, acredito que só para que eu não tivesse a impressão de estar falando sozinha. No final, disse que sentia muito, mas que concordava com o Lourenço, ou que talvez a palavra nem fosse concordar, mas que se sentia solidária a ele, que tinha todos os motivos do mundo para fazer o que tinha feito e muito mais. Disse também que não me achava culpada de nada, que a minha vida seguiu um caminho e fui me deixando levar para muito longe do que tinha imaginado. E isso foi bom para mim, que tinha conseguido coisas com as quais os pretos nem sonhavam, não porque sonhassem pequeno, mas porque não sabiam que tais sonhos eram possíveis. Disse ainda que o Lourenço devia mesmo ter muita amargura no coração, pois tudo o que aconteceu com ele foi por minha causa. Voltou a enfatizar que não era por minha culpa, mas por minha causa. E que naquele dia, ao me ver com saúde, bem-vestida e com um filho, toda a amargura ou revolta acumulada durante tantos anos apareceu, fazendo com que ele se sentisse mais perdedor do que nunca.

A Claudina bem que tentou, mas não conseguiu aliviar minha culpa. Eu devia ter cumprido o trato com a Esméria, sabendo que o encontro dela com o Lourenço seria muito diferente do meu. A partir daquele momento seria muito mais difícil ajudá-lo, mas eu o faria de uma maneira ou de outra, mesmo sem ele saber. E já não era mais por mim, para aliviar o que eu sentia, mas por ele, que merecia, mais do que ninguém, que a vida fosse um pouco facilitada. Sobre a minha história com o Alberto, apesar do meu medo da crítica da Claudina, ela não falou nada, talvez pelo impacto da história anterior.

A primeira providência que tomei ao sair da loja foi passar no ponto da Misericórdia e conversar com a Adeola, pois ela saberia como ajudar o Lourenço. Ao voltar para casa, o Alberto estava lá e fez cara feia ao me ver chegando da rua com você, que ele achava muito novo para andar de um lado para outro. Eu disse que não saía muito com você, mas que também você não era tão frágil quanto ele imaginava, pois na sua idade muitos bebês já iam para o trabalho junto com as mães, às vezes ficando o dia inteiro sob o sol quente. Mas acho que a verdadeira preocupação dele não era você ir para a rua, mas como ia, amarrado às minhas costas. Ele tinha um filho com uma preta mas não queria que ele fosse tratado como tal, como todos os pretinhos que andavam amarrados às costas das mães. No dia seguinte, comprou uma cesta de alça comprida e disse que eu deveria usá-la sempre que saísse com você.

ÚLTIMOS DIAS

O sobrado estava ficando um lugar bastante agradável, os cômodos já estavam quase todos mobiliados e providos do necessário. Daquela vez eu tinha comprado tudo pronto, não mandei fazer nada sob medida, e providenciei também um bonito enxoval com utensílios de cozinha e roupas de cama e de mesa. O Júlio e a Anastácia já tinham se mudado para o porão, que nem tinha mais cara de porão, a começar pela altura, cabendo de pé um homem maior que o padre Heinz, sem precisar se curvar. O Alberto tinha mandado o João Badu até o sítio, e ele voltou com a notícia de que estava tudo pronto por lá também, parecendo um palácio, nas palavras dele. Ou seja, eu já não tinha mais nada a fazer na cidade, coisa que o Alberto também já tinha percebido. Apesar de tudo, gostei daqueles dias movimentados, mas já estava com saudades da tranquilidade e da vista do sítio, e também de arrumar alguma coisa para fazer na padaria. Fiquei com pena por causa da Esméria, que tinha feito amizade com as pretas que trabalhavam no solar onde ela tinha pedido ajuda no dia do seu nascimento. O tal solar era bastante famoso na região, o Solar do Gravatá, e ficava na rua de cima, com frente para uma pequena praça. Somente os dois pavimentos nobres, de uso dos da casa, tinham a frente para o lado certo, e os dois pavimentos de baixo, onde ficavam um depósito, o acesso à cavalariça, o alojamento dos criados e dos escravos, davam para a nossa rua, a Bângala. Era nessa saída que, à noite, a Esméria se juntava às escravas que ficavam sentadas sobre esteiras estendidas do lado de fora do muro, conversando e entoando cantigas da África. Uma delas se destacava pela voz muito bonita, embora triste, que de imediato me transportava para a sombra do iroco, em Savalu.

Sempre deixando você aos cuidados da Esméria, aproveitei os últimos dias na cidade para voltar à loja do alufá Ali e levar tecidos para que a Khadija costurasse algumas roupas para mim. Fui também à Barroquinha, conversar com a Esmeralda e levar mais algum dinheiro, pequeno, mas qualquer quantia que eu conseguisse guardar poderia ser de grande ajuda, como de fato ficou provado alguns anos mais tarde. Fiquei sabendo de uma série de novidades, como uma casa de culto aos orixás, chamada de Casa Branca, que estava sendo aberta por uma ialorixá liberta chamada de Ìyálusò Danadana. As mulheres também estavam se organizando para fundar outra irmandade, a de Nossa Senhora da Boa Morte. Fui à casa do padre Heinz e voltei com alguns livros emprestados e mais uma novidade. Desde o caso da mulher que tinha matado os filhos, a que ficou escondida no sítio, o padre passou a se importar ainda mais com o destino das crianças, escravas ou não, filhas de escravas ou de forras que não tinham condições ou não podiam sustentá-las porque eram proibidas por seus senhores. Eram muitos os casos em que os senhores proibiam que as escravas cuidassem dos filhos, achando que elas trabalhavam menos por causa dessa preocupação. As crianças acabavam morrendo de fome por não terem quem cuidasse delas enquanto as mães trabalhavam, quando não eram maltratadas pelos senhores ou feitores, que se enervavam com o choro das que ainda tinham forças para tanto. As mães também eram impedidas de dar o peito, porque os senhores achavam que isso as deixava mais fracas para o trabalho pesado. Não havendo nenhum filho de branco para alimentar, até misturavam ervas na comida delas para que o leite secasse mais depressa.

O que o padre estava pensando em fazer era receber algumas dessas crianças para morar na escola, como acontecia nos colégios para ricos, e já estava se mobilizando para arrumar mão de obra e material para erguer um cômodo no quintal da casa dele. Prometi ajudar com as duas coisas, pagando ao Rafiki e ao Felipe e falando com o Alberto, que doou alguns materiais da loja de ferragens. Não sei se esta doação também foi motivo para outro desentendimento, mas no dia seguinte seu pai chegou em casa dizendo que tinha rompido com o Joaquim, o sócio. Resolveu ir conosco passar alguns dias no sítio, depois de pedir ao doutor José Manoel que cuidasse dos papéis e da divisão do que cabia a cada um dos sócios. Fiquei muito feliz, porque já estava novamente acostumada a dormir com ele, mas a felicidade durou pouco. Na primeira noite no sítio, ele disse que estava programando uma caçada e que voltaria à capital no dia seguinte para combinar com os amigos, e que partiriam sem data para voltar.

TRÊS MESES

Logo que ele viajou, peguei você, o Banjokô e a Esméria e fomos ao sítio do Baba Ogumfiditimi, para o ritual dos três meses. Naquele dia, tudo o que foi revelado pelo Ifá, e nem foi muita coisa, me deu forças para continuar procurando por você durante todos esses anos. Novamente o babalaô me alertou sobre seu futuro, para que eu fizesse todos os rituais e tomasse todos os cuidados possíveis, porque, por mais adaptados que estejam à vida na terra, os *abikus* sempre querem retornar ao *Orum*. Ele disse que, no seu caso, isso seria uma grande perda, pois você estava agraciado com um grande futuro, sua vida e sua luta muito valeriam para todos os da sua época e todos os que viessem depois. Disse também que você seria um dos mais autênticos filhos de Xangô, sempre guiado pela bravura e lutando ao lado de quem merecia justiça, usando o seu machado de duas pontas e o poder de atirar raios para castigar os mentirosos, os ladrões e os malfeitores. Eu e a Esméria ficamos tão emocionadas quanto estou agora, ao te falar sobre isso. Aproveitamos para fazer dois rituais, um para você e outro para o Banjokô, pois o Baba Ogumfiditimi achou que ele estava mais próximo do *Orum* do que você, que tinha voltado de lá havia menos tempo. Deixei dinheiro para que ele comprasse um carneiro e o sacrificasse para Xangô, pedindo que a força dele nunca te abandonasse. Aquele sacrifício era bom também para ibêjis como eu, que, entre outros nomes, também são chamados de crianças do trovão, em homenagem a Xangô. E como prometido, sabendo que eu retornaria para o seu ritual de três meses, o Baba Ogumfiditimi tinha preparado uma homenagem aos Ibêjis, um caruru que foi servido para todas as crianças do sítio, os filhos dele e o Banjokô. As crianças se sentaram no chão, formando uma grande roda, e se divertiram com a imensa travessa de caruru que foi colocada no meio delas, comendo com as mãos e com toda a liberdade e permissão para se divertirem, lambuzando a si mesmas e aos outros. Era mais uma festa que um ritual, e assim os Ibêjis também se divertiam por intermédio das crianças, que, no final, ainda ganharam doces e queimados.

PROBLEMAS

Enquanto o Alberto estava viajando, o doutor José Manoel mandou entregar no sítio os papéis com as providências da quebra de sociedade na loja de ferragens. Não consegui resistir e pedi ao Fatumbi que desse uma olhada. O Sebastião também entendia daquelas coisas, mas achei que o Fatumbi era mais indicado, por ter descoberto as falcatruas do sócio e por fazer as nossas com o dinheiro da padaria. O doutor José Manoel tinha feito também um levantamento de todo o dinheiro do Alberto e eu queria saber como e por quanto a padaria entrava naquilo tudo. O Fatumbi disse que estava correto, que como o doutor José Manoel tinha feito o meu contrato com o Alberto e sabia de todos os acertos, naqueles papéis estava declarado que ele possuía apenas metade da padaria, avaliada em quase vinte contos.

Eu não acreditava que tinha oito contos, muito mais dinheiro do que poderia imaginar e mais ainda do que poderia sonhar dois ou três anos antes. O mesmo aconteceu com o Fatumbi, embora tivesse bem menos do que eu, dois contos, que eram a quinta parte da minha metade na sociedade com o Alberto. Mas o Alberto tinha muito mais, quase cem contos de réis, o que dava para comprar pelo menos duzentos e cinquenta escravos de preço médio para alto. Nós nos divertimos fazendo uma lista de todas as pessoas para as quais daríamos liberdade se tivéssemos aquele dinheiro em mãos. Mas uma coisa me deixou preocupada: as várias saídas não especificadas, mais de vinte contos nos últimos três anos, que não estavam devidamente justificados ou tinham nomes ao lado, alguns dos quais eu já tinha ouvido o Alberto falar. Pelo menos quanto a dois deles eu tinha certeza, portugueses com quem nunca soube que tivesse negócios, e logo me lembrei dos jogos e da quantidade de dinheiro que se podia perder neles.

O Fatumbi tinha voltado a frequentar as reuniões, feitas com um número menor de pessoas e todas de absoluta confiança, pois estavam com muito medo de serem traídos. Nem mesmo para mim o Fatumbi contou tudo o que sabia. Ele disse que entendia, mas não se conformava com a desunião dos escravos, e que não havia nada a fazer para uni-los se todos não pensassem da mesma maneira. Sempre haveria alguém pensando apenas em si, alguém que acabaria delatando ações que beneficiariam todos os pretos para ficar em boa conta com os donos ou as autoridades. Havia muitos problemas a serem resolvidos, como, por exemplo, as pendengas entre crioulos e pretos. Os crioulos eram mais conformados com a situação de escravos, pois recebiam tratamento diferente, talvez por serem da terra e já nascerem ladinos, isto é, falando português. Deste modo, não faziam a mínima questão de se misturarem aos pretos, os de África. Estes, por sua vez, achavam que os crioulos eram esnobes e traidores, que faziam qualquer coisa para conseguir a liberdade. Entre os pretos havia a ideia de tomar o poder e matar ou escravizar todos os que não fossem africanos, principalmente os crioulos. Mas mesmo entre os pretos havia desunião, quase sempre desde a África, por pertencerem a nações inimigas. Eles não entendiam que no Brasil precisavam se comportar de modo diferente, esquecendo a inimizade e ficando todos do mesmo lado. Não entendiam que provavelmente essa inimizade tinha sido culpada por se tornarem escravos, pois as nações em África brigavam entre si e os derrotados e prisioneiros eram vendidos para os tangomaus ou para os comerciantes nos portos. Mesmo que não fossem inimigos de guerra, alguns pretos ainda eram inimigos por causa de cultos ou por ciúmes de um grupo que fosse mais valorizado, como era o caso dos muçurumins. Isso era bem verdade, pois eu já tinha ouvido várias pessoas dizendo que os muçurumins, que alguns chamavam de malês,[4] eram pretos traidores que não se davam com a própria raça por se acharem melhores que os outros, sendo também feiticeiros perigosos para os desafetos. Perguntei ao Fatumbi o que eles planejavam e ele não quis contar porque também não sabia de tudo, apenas da parte na qual participaria. Eu então quis saber se existia alguém que sabia de tudo e ele disse que não, que ainda não.

[4] Malê: corruptela de imale, que em iorubá significa muçulmano, ou preto islamizado, o muçurumim.

Algumas pessoas sabiam mais que outras, mas ainda não tinha chegado o tempo de eles se reunirem para montar um plano geral.

Percebi que estava em uma posição privilegiada quando o Alberto começou a conversar comigo sobre política, ao voltar da caçada preocupado com o que estava acontecendo em São Salvador em relação aos portugueses. Sempre que eu me encontrava com a Adeola ou com o padre Heinz, eles falavam das fugas ou das maneiras não muito convencionais de se conseguir a liberdade, além das condições em que viviam os pretos na cidade e nos arredores, principalmente os crioulos amigos da Adeola, talvez em paga por estarem usando o casebre do sítio como esconderijo provisório. Toda semana, pelo menos uma pessoa passava por lá, e todos no sítio já sabiam e ajudavam, menos o Alberto e as crianças. Com o Fatumbi eu participava da vida dos muçurumins, com certeza os que mais admirava. E sempre que me encontrava com a Esmeralda, ela tinha novidades sobre as associações de escravos que eram fundadas na cidade. E ainda havia o Tico e o Hilário, que estavam prosperando como vendedores, e pelo menos uma vez por semana, quando iam pegar os produtos que vendiam no Recôncavo, davam notícias daquela região. E não apenas de lá, pois encontravam muitos vendedores ou viajantes de outras regiões nas travessias de barco, e estavam sempre bem-informados sobre quase todas as províncias do Brasil. Esse era o meu privilégio, saber um pouco de tudo. Só quando percebi isso foi que comecei a ligar uma coisa à outra, a pensar melhor na união sobre a qual o Fatumbi tanto falava, que um acontecimento, assim como as pessoas, estava ligado a outro e, mesmo acontecendo em épocas ou lugares diferentes, eles acabavam influenciando a vida de todo mundo, em todos os lugares.

Eu conversava com você sobre isso, mas é claro que você não se lembra, era um bebê. Quando eu estava te dando o peito, aproveitava para pensar em voz alta sobre os assuntos que não sabia direito com quem conversar, os que ainda não entendia direito. Parecia que eu me escutava melhor e tudo ficava mais nítido. Você prestava muita atenção ao som da minha voz, e eu dizia que, quando crescesse, você teria mesmo que estudar leis, como queria seu pai, para ajudar a combater ao lado do nosso povo. Havia um nome que você adorava, não me lembro mais dele, mas era só eu dizê-lo repetidas vezes para você começar a sorrir. Estava escrito em um patuá que o Tico carregava no pescoço com muito orgulho, o nome de um preto que morava em uma ilha chamada Haiti e que liderou todos os outros pretos em uma rebelião que deu certo. Eles puseram fogo nos canaviais da ilha e mataram os brancos e mulatos, tomando o poder. Perguntei ao Tico se teria coragem de matar pela liberdade e fiquei horrorizada quando ele disse que sim, que por uma boa causa teria. Aquela era uma boa justificativa, como mais tarde vim a saber.

Com o fim da sociedade, o Alberto começou a ficar bastante tempo no sítio, mas inquieto por não ter o que fazer. Ele passava muito tempo com você, carregando sua cesta para quase todos os lugares aonde ia, e eu só tinha medo de que me mandasse abrir o quarto da Oxum, que eu dizia estar sempre trancado para evitar o roubo das ferramentas que o João Badu guardava ali. O local era um pouco distante de onde ele geralmente trabalhava, que era ao redor da casa, e por isso aquela era uma boa desculpa. Eu disse que, já velho, o João Badu não tinha forças para carregar peso quando ia trabalhar na parte baixa do terreno, e tinha que deixar tudo que precisava por lá mesmo. Cúmplice, o João Badu confirmou, mas o Alberto falou que tinha sido um gasto desnecessário, porque os cavalos estavam lá para carregar peso. Não estávamos brigando, ele falou de uma maneira muito calma, e foi só por isso que tive coragem de tocar no assunto do dinheiro. Ele não sabia que eu tinha visto os papéis enviados pelo doutor José Manoel, e então não relacionou uma coisa à outra quando eu disse que me desculpasse, que eu nem tinha pensado no uso dos cavalos, mas que também estava estranhando aquele comentário dele, sempre tão generoso no uso do dinheiro. Ele disse que era verdade, que achava que dinheiro tinha sido feito para se gastar, para aproveitar a vida, e queria vivê-la bem, sem grandes luxos, mas sem se privar do que gostava. Eu perguntei do que gostava e ele respondeu que era de ter uma casa confortável onde não faltasse nada, de comer bem, de beber bem, de se vestir bem e de ter dinheiro para algumas caçadas e outros divertimentos junto com os amigos. Durante minutos a pergunta "jogo valendo muito dinheiro?" ficou espoletando na minha boca, mas não consegui fazê-la, com medo de me denunciar. Haveria oportunidade de voltar a falar sobre aquilo.

O resto do ano foi tranquilo. Passávamos muito tempo juntos e uma das coisas de que você mais gostava era me ouvir lendo, assim como o Banjokô gostava de ouvir a sinhá tocando piano. E gostava também quando seu pai reunia todos na varanda à noite, abria uma ou duas garrafas de vinho e ficava contando histórias. Fazia isso pelo menos uma vez por semana, geralmente às segundas ou terças-feiras, quando chegava da cidade, pois sempre passava os fins de semana no sobrado. Ele gostava de falar sobre o tempo passado na corte antes de se mudar para a Bahia, das festas, das recepções oficiais em que já tinha estado na presença da família imperial. Em São Salvador ele também tinha se encontrado com o imperador, no ano de um mil oitocentos e vinte e seis, se a memória não me engana. Eu me lembro um pouco da agitação que foi esse período, com a cidade que já tinha sido a capital do Império se preparando para receber visita tão importante. Nessa época eu trabalhava nos Clegg e, se não me engano, eles também foram a uma das festas, um beija-mão. Bons tempos aqueles, mas o seu pai andava preocupado com o que chamava de instabilidade política, e chegou a dizer que estava pensando em se mudar com todos nós para Portugal, mesmo não tendo vontade de voltar, mesmo gostando demais do Brasil.

OS PORTUGUESES

O ano seguinte, um mil e oitocentos e trinta e um, foi bastante movimentado. O Alberto gostava de conversar comigo sobre a situação política do país, sobretudo a da Bahia, que o afetava diretamente. No início do ano fiquei semanas sem ir à cidade, gostando da vida no sítio, mas também por causa de alguns tumultos. Continuei indo à padaria de vez em quando, sempre acompanhada do Sebastião ou do João Badu, deixando você e o seu irmão com a Esméria. O Alberto disse que tinha desfeito a sociedade na hora certa, porque quase todos os comerciantes portugueses estavam enfrentando grandes dificuldades. Principalmente na cidade baixa, onde bandos de mulatos e pretos forros desfilavam pelas ruas incitando uma verdadeira guerra contra eles, por causa da influência que eles ainda tinham no governo da província e do Império. Nesses protestos, os pretos, crioulos e mulatos eram incentivados pelos comerciantes brasileiros, que achavam que os portugueses estavam prejudicando os negócios deles. Gritavam que queriam o Brasil para os brasileiros e cometiam muitos atos de violência contra os portugueses, suas famílias e seus negócios.

Nossa primeira providência foi mudar o nome da padaria de Saudades de Lisboa para Pão da Terra, na esperança de que não sofresse saques ou depredações. O Alberto evitava sair de casa nos dias em que ficava no sobrado e proibiu a família do Júlio de dar qualquer informação sobre ele, explicando por alto a situação. Ele e os amigos portugueses se reuniam e trocavam notícias, pensando também em um modo de se defenderem, porque não gostariam de ir embora da Bahia, onde viviam felizes. Mas os mulatos e pretos queriam que todos os portugueses fossem expulsos do país, e essa ideia tomou corpo com uma notícia chegada de São Sebastião do Rio de Janeiro, que fez o doutor José Manoel aparecer no sítio e perguntar se a sinhazinha podia passar alguns dias por lá; e é claro que respondi que todos seriam muito bem-vindos. De fato, fecharam o solar e apareceram todos, o doutor José Manoel, a sinhazinha, a Carolina, a Mariana e quatro criadas, sendo que na cidade tinham ficado apenas dois criados, encarregados de tomar conta da casa. O doutor José Manoel receava o que podia acontecer à família se descobrissem que o pai dele já tinha sido bastante influente na corte antes de se mudar definitivamente para Portugal, quando das desordens pela independência. Ficaram conosco por cinco meses, tempo de muita conversa entre mim e a sinhazinha e entre os dois homens, que se encontravam em situações semelhantes, embora nenhum deles estivesse envolvido com política.

O imperador D. Pedro I enfrentava grande oposição na Assembleia, na imprensa e nas ruas. Diziam que, depois da morte do pai, ele se preocupava muito mais com os problemas da sucessão no trono de Portugal do que com os problemas do Brasil. No início do ano ele tinha feito uma viagem à província de Minas Gerais, onde falou muito mal de todas as pessoas que eram contra a permanência dele à frente do governo. Quando estava voltando à corte, os patrícios o esperavam com uma passeata de boas-vindas, mas, para azar dele, suas palavras duras tinham chegado na frente, levando o povo a tomar conta da passeata de recepção, em uma verdadeira luta travada a golpes de garrafas entre brasileiros e portugueses. Quando o povo da Bahia ficou sabendo disso, também quis demonstrar seu descontentamento, e quase todas as tropas baianas se reuniram no Forte do Barbalho e exigiram a deposição do comandante de armas da província, um português, e a demissão de todos os oficiais nascidos em Portugal. Foi nesse dia que o doutor José Manoel apareceu no sítio pedindo abrigo, e três dias depois já havia mais de oito mil pessoas reunidas em torno do forte, a maioria mulatos e pretos. Tentando acabar com a confusão, o comandante de armas mandou convocar as tropas que ainda permaneciam fiéis, mas já não havia nenhuma, e ele foi obrigado a entregar o cargo a um brasileiro, o visconde de Pirajá, e fugir para uma das fragatas portuguesas que estavam ancoradas no porto. Em muitas outras fragatas, naus e alguns navios militares já estavam abrigados centenas de portugueses, com medo do que poderia acontecer. Os que permaneceram em terra trataram de se esconder, pois estavam sendo caçados pelos rebeldes, muito bem armados depois do saque ao forte. Muitos portugueses foram mortos e tiveram seus corpos mutilados e exibidos em praça pública, o que alimentou ainda mais os sentimentos de ódio e vingança de toda a população.

O Alberto e o doutor José Manoel, e por consequência todos nós, estavam cada vez mais preocupados com o futuro incerto nas terras da Bahia, que ficou ainda pior quando o presidente da província alegou estar doente e pediu licença do cargo. A situação fugiu ao controle e os revoltosos exigiram a expulsão de todos os portugueses que não tivessem esposa ou filhos brasileiros. Nesse aspecto, o doutor José Manoel não tinha o que temer, pois a sinhazinha era brasileira e eles ainda tinham as duas filhas. Mas eu era africana e, para poder ficar, o Alberto teria que admitir que tinha um filho com uma preta, registrar você e tudo o mais. Isso, com certeza, não era o que ele pretendia.

Com a assinatura do acordo de extradição, as comemorações tomaram as ruas e tudo ficou em paz durante alguns dias. Mas os portugueses, mesmo os casados, continuaram a bordo dos navios ancorados no porto, não confiando nas garantias oferecidas pelo governo quanto à permanência e à segurança deles. Melhor para eles, pois logo em seguida uma notícia correu a cidade como um raio, a de que um importante comerciante brasileiro tinha sido assassinado por um português. Os brasileiros rodaram a cidade baixa com o morto ensanguentado estendido sobre um sofá, dando início a mais um mata-maroto,[5] aos gritos de "os marotos mataram um brasileiro, morram marotos!". Milhares de pessoas seguiram o cortejo e mataram todos os marotos que encontraram pelo caminho, arrombando suas casas, invadindo suas vendas e seus armazéns, não poupando nem mesmo os empregados brasileiros, deixando móveis e mercadorias destruídos e jogados no meio das ruas, inclusive alguns corpos sem vida. Os revoltosos estavam muito bem armados e mal-intencionados, e não apenas os portugueses corriam perigo, mas todos os brancos. Aproveitaram a confusão para se vingar dos desafetos, ficando quase senhores absolutos das ruas. Soldados de outras províncias foram enviados para ajudar a conter a ira, mas sem muito sucesso, pois a situação só começou a se acalmar algum tempo depois, e sozinha,

---

[5] Maroto: assim foram apelidados os portugueses. Muitas rebeliões mata-maroto já haviam ocorrido nos períodos que antecederam a independência do Brasil e a da Bahia.

quando já não havia mais o que destruir e, pouco a pouco, os principais líderes foram presos e enviados para julgamento na corte.

AS OPINIÕES

Foi nesse breve período de calmaria que ficamos sabendo de boa parte dos acontecimentos, com notícias que foram chegando por intermédio de uma ou outra pessoa com as quais tivemos contato. O Alberto e o doutor José Manoel, acompanhados do Fatumbi, do João Badu e do Sebastião, foram até a padaria e viram que estava tudo em ordem, funcionando, mas não como antes, tendo que fechar as portas ao menor sinal de agitação. Foram também ao solar da sinhazinha, ao sobrado do Alberto e ao escritório do doutor José Manoel; voltaram cheios de notícias e nos tranquilizaram, contando que a parte alta da cidade não tinha sido muito afetada, embora na parte baixa as coisas tenham sido muito mais graves do que imaginávamos. Os dois estavam preocupados, mas riram bastante ao contar que se fizeram de mudos durante todo o tempo, para que o sotaque não fosse reconhecido. Aquele foi um período que as pessoas aproveitaram para se visitar, trocar notícias e saber dos conhecidos. Muitos dos amigos do Alberto e do doutor José Manoel estavam desaparecidos, fugidos ou mortos. O Fatumbi disse que na loja do Manoel Calafate e na do alufá Ali estavam todos bem. Para sossego da Esméria, que os imaginava metidos nas confusões, o Tico e o Hilário também apareceram depois de terem ficado todos aqueles dias impossibilitados de deixar o Recôncavo. A Adeola e o padre Heinz nos visitaram em um domingo, quando passamos o dia inteiro conversando e cada um falou sobre os fatos de que tinha tomado conhecimento.

O Tico e o Hilário disseram que assim que as notícias sobre o que estava acontecendo na capital chegaram ao Recôncavo, o povo também se manifestou, principalmente em Cachoeira e Santo Amaro. Em Cachoeira, as ruas foram tomadas por pessoas de todas as cores e importâncias, que atacaram e prenderam vários portugueses. Na Câmara foi instalada uma comissão para receber denúncias e listar os portugueses que deveriam ser expulsos, e qualquer pessoa podia denunciar, por qualquer motivo. Em Santo Amaro também aconteceu o mesmo, e os meninos disseram que muitos comerciantes estavam com o nome na lista porque em uma determinada época se negaram a vender fiado a algum brasileiro. Qualquer motivo servia. As ruas foram tomadas por pretos e soldados armados que arrombaram as casas dos portugueses, espancaram os moradores e roubaram tudo o que havia de valor. O mesmo fizeram com as lojas, até que todas tivessem sido violadas e saqueadas.

O padre Heinz falou principalmente da situação em que estava vivendo o povo da Bahia, muito castigado por uma seca que já se prolongava havia muitos anos e que se estendia também pelas províncias vizinhas. Não tendo como plantar e colher, muitos agricultores eram obrigados a vender ou libertar seus escravos, pois não tinham como sustentá-los. Livres, os ex-escravos rumavam para a capital, à procura de trabalho ou atrás do sonho de embarcar para a África ou para o sul do país, principalmente para Minas Gerais. Como não encontravam trabalho na capital e viam que o sonho era muito mais caro e difícil do que imaginavam, nada restava a não ser mendigar pelas ruas ou roubar. Eram esses pobres-diabos que também engrossavam as revoltas, miseráveis que os organizadores mandavam na frente porque não fariam falta se morressem. Havia também o problema das moedas de cobre falsificadas que ainda circulavam na província desde a época da independência, agravando a situação do comércio. O governo tinha prometido fazer a troca e tirá-las de circulação, mas não conseguia. A quantidade de dinheiro falso estava era aumentando, e ninguém mais queria fazer qualquer negócio que envolvesse dinheiro vivo, com medo de ficar sem o que deveria receber e sem a mercadoria vendida. O padre Heinz disse que também era difícil a situação dos soldados, que recebiam um soldo miserável e que, por isso, preferiam estar ao lado de quem lutava por melhores condições de vida, os escravos, já que do outro lado não davam a mínima importância aos problemas deles.

A conversa durou horas, com todos querendo dar opiniões e sugestões para que o impasse fosse resolvido, mas acredito que as presenças do Alberto e do doutor José Manoel nos impediram de expressar a verdadeira opinião, contra os portugueses. Os dois eram a prova de que o sentimento não se estendia a todos os portugueses, mas aos que estavam no poder, qualquer tipo de poder, defendendo os interesses do reino ou do próprio bolso. Havia também os interesses dos pretos e crioulos, tão numerosos que podiam decidir uma causa, na condição de aliados ou contrários. A Adeola começou a falar sobre isso mas o padre a interrompeu, e achei que fez certo, por ser um assunto nosso, que não interessava aos brancos. Por mais que o Alberto, o doutor José Manoel e a sinhazinha fossem bons, também eram brancos, tinham nascido livres e com dinheiro, e nunca entenderiam nossas necessidades.

De fato, a situação era complicada e envolvia muitos interesses que não coincidiam, e ainda havia os ingleses, de quem só vim a saber mais tarde, conversando com o Fatumbi. Na segunda-feira seguinte àquela conversa, ele e o Sebastião foram até a cidade comprar todo o alimento que conseguissem, porque os homens acreditavam que os problemas estavam controlados somente por um tempo, mas longe de serem resolvidos. Aproveitei a trégua para ir até a padaria dar uma olhada no estoque de produtos e ver o que poderia ser levado para casa, para que pelo menos não nos faltassem pães, bolos e biscoitos. Tínhamos sorte de ter a bica de água no quintal, porque até mesmo água estava difícil de conseguir na cidade, dependendo da região. Tínhamos também uma boa horta com verduras e legumes, e o pomar sempre carregado com uma ou outra espécie de fruta. O Alberto comprou galinhas e porcos de um sítio vizinho, assegurando a carne, e uma vaca para garantir o leite das crianças. Ele e o doutor José Manoel também conseguiram sacas de milho, arroz e feijão, e nos preparamos para ficar no sítio durante um bom tempo. Eles ainda passaram no banco e pegaram uma grande soma de dinheiro, caso a fuga fosse necessária. E foi esse dinheiro que me valeu dois dias depois, quando já tinha me esquecido de um assunto muito importante.

O João Badu avisou que havia um homem estranho rondando o sítio, e logo pensei que fosse ladrão ou alguém querendo pouso e um prato de comida. Pedi a ele que ficasse atento e que, quando visse a pessoa novamente, e se ela estivesse sozinha, era para perguntar o que queria. Foi o que ele fez, e o homem queria falar comigo, pois tinha um recado da Adeola. Pedi que o João Badu mantivesse segredo e o levasse para me encontrar no casebre, o que servia de esconderijo. Foi uma surpresa ouvi-lo dizer que poderiam mandar o Lourenço para a África em uma embarcação que sairia do cais dentro de dois dias, mas eu precisava decidir naquele exato momento. Eu não tinha mais pensado naquilo desde a primeira conversa com a Adeola, depois do encontro com o Lourenço, e por causa de toda a agitação dos últimos dias ainda não falara com a Esméria, para saber o que ela achava. Eu tinha para mim que era melhor ele voltar a viver em África, como ele sempre falava quando ainda estávamos na fazenda, e onde ninguém precisava saber o que tinha acontecido. Eu disse que podiam seguir com o plano, mas que o homem que ia embarcar de maneira alguma poderia saber que eu estava envolvida naquilo, e que, aliás, nem deveria saber para onde estava indo.

Que dessem um jeito de embarcá-lo e pronto, que só a bordo ele soubesse do destino. Disse também que era para levá-lo até o navio nem que fosse carregado, mas tomando muito cuidado para não machucá-lo. O homem disse que tudo bem, que do jeito que estava a situação, ninguém prestaria atenção a um preto sendo carregado. Para que não pegassem a pessoa errada, pedi a ele que procurasse o Belchior, em meu nome, e expliquei a morada. Ele então falou quanto ia custar e me lembrei do dinheiro do Alberto, que pediria ao Fatumbi para repor com dinheiro da padaria antes que ele desse pela falta. Paguei um pouco mais que o dobro do necessário, pedindo que o resto fosse entregue ao Lourenço, com a instrução de que o usasse para recomeçar a vida junto dos seus, ou então pagasse uma passagem para qualquer outro lugar. A bordo, ele provavelmente desconfiaria que eu estava por trás daquilo, mas já seria tarde para voltar ou recusar. Eu esperava que ele entendesse o gesto e soubesse aproveitar, nem que fosse guiado pela raiva que sentia por mim. Quando vi o homem sumindo na estrada, resolvi não pensar mais naquilo, nem para saber se tinha agido certo ou errado. Eu tinha feito o que achava melhor, e o Lourenço que tratasse de julgar e seguir os vários caminhos que a situação permitia.

POLÍTICAS

Era bom ter a companhia da sinhazinha Maria Clara, pois nos dávamos bem, e ainda havia a Mariana e você, com a diferença de apenas um mês de idade, o que nos unia ainda mais, sob os mesmos cuidados. Vocês eram crianças muito tranquilas, que só não gostavam de ficar sozinhas. Bastava colocarmos vocês onde houvesse movimento, gente conversando e circulando, que não davam o menor trabalho. O que não era nada difícil, já que pelo menos vinte pessoas moravam no sítio naquela época. A Carolina vivia atrás do Banjokô e ele cuidava muito bem dela, até mesmo brigando com o Tiago e o Mateus para defendê-la, para que ela sempre fosse incluída nas brincadeiras. A Esméria estava feliz com suas meninas juntas, e fazia muito gosto que nossos filhos a chamassem de avozinha. Mas também dizia para não colocarmos mais filhos no mundo enquanto aquela confusão não tivesse passado de vez. Ela tinha razão, porque o pior ainda estava por vir.

Certo dia, o Alberto e o doutor José Manoel voltaram da Graça, onde tinham ido visitar um amigo, com a notícia da abdicação do imperador

D. Pedro I. Desde aquela noite das garrafadas ele não tinha conseguido controlar a situação na corte e suspendeu os direitos constitucionais por alguns dias. Mas o povo não aceitou o golpe nem as tentativas de negociação, e se uniu sob o comando de um general brasileiro. D. Pedro I reuniu as tropas oficiais e quis avançar contra o povo, mas foi abandonado por seus soldados em meio a uma multidão que exigia a sua renúncia. Foi o que se viu obrigado a fazer, abdicando em favor do filho, D. Pedro II, um menino ainda, mas brasileiro. Foi essa a história que chegou à Bahia, e uma surpreendente confusão começou a tomar conta da cidade. Toda a população saiu às ruas para comemorar o que achava ser o fim da influência portuguesa no Brasil e, por consequência, na província. Do sítio, ouvimos as salvas de canhões nos fortes e nas naus de guerra ancoradas na baía. No meio de toda aquela alegria, o povo deixou de sentir raiva e ciúmes dos portugueses, tomou todos os barcos disponíveis e foi até os navios convidá-los a voltarem para suas casas. Aquilo foi motivo de comemoração para todos nós, mas os homens alertaram que estavam achando tudo muito estranho, que alguma coisa ainda estava para acontecer, pois a partir daquele momento, sem o imperador D. Pedro I, é que a verdadeira guerra ia começar, a política.

O Alberto e o doutor José Manoel tinham razão quanto às confusões, pois, animados pela facilidade com que o querer do povo tinha prevalecido na corte, o Partido Federalista achou que era hora de tomar o poder na Bahia. Convocado por três homens, um chamado João Primo e dois outros que já eram bastante conhecidos, o barão de Itaparica e o Cipriano Barata, o povo começou nova campanha. Os três tinham manifestado a intenção de, no poder, alforriar todos os escravos nascidos no Brasil e preparar o país para a alforria de todos os outros, os africanos, dentro de poucos anos. Eles distribuíram armas para a população e tentaram conseguir o apoio dos soldados, prometendo pagamento de melhores soldos e liberação de três dias de pilhagem. Quando o movimento começou a tomar força, novamente os portugueses tiveram que se refugiar nos navios. O presidente da província não demorou a interferir de maneira bastante dura, conseguindo prender os três organizadores e mandá-los a julgamento na corte. Mas a ideia das rebeliões federalistas estava semeada, principalmente entre os militares descontentes com o soldo, e a paz não durou muito tempo. Um dos principais batalhões se amotinou e tomou o Forte de São Pedro, fazendo uma série de reivindicações, logo apoiadas pela população.

Acho que foi a partir daquele momento que o Alberto começou a pensar na ideia pela qual pagaríamos muito caro. Os rebelados queriam novamente a expulsão de todos os portugueses que não estivessem casados com brasileiras, a demissão das principais autoridades portuguesas da província e liberdade para os que tinham sido presos acusados de pilhagens e de assassinatos ocorridos nas revoltas anteriores. Isso da expulsão dos portugueses já tinha sido aceito pelo governo na rebelião anterior, mas nenhuma providência fora tomada, talvez atrapalhada pela agitação com a renúncia do imperador e a interferência dos membros do Partido Monarquista Constitucional, que saíram em defesa dos portugueses. Algumas semanas depois a rebelião foi considerada vitoriosa, com o perdão aos presos políticos e a renúncia do presidente da província e do comandante de armas, e o movimento se deu por satisfeito, com a expulsão dos portugueses sendo mais uma vez protelada. Deve ter sido negociada, não ficamos sabendo, mas o Alberto achava que os monarquistas constitucionais tinham preferido sacrificar dois de seus homens, o presidente e o comandante, a provocar maior instabilidade política e econômica. Tinham apenas agido em defesa dos próprios interesses, já que muitos deles dependiam do dinheiro dos comerciantes portugueses.

Depois, com o que nos contou o Sebastião, ficamos sabendo que havia problemas também com as tropas rebeladas, que já não estavam mais tão unidas. O Sebastião tinha conversado com o mestre Agostino, o barbeiro vizinho da padaria, que tinha um filho mulato, brasileiro, ocupando cargo de média importância em um dos batalhões envolvidos. O mestre Agostino estava doente de preocupação, com medo de que alguma coisa acontecesse ao filho, que era uma das duas únicas coisas valiosas que tinha na vida, fruto do amor com uma preta que tinha morrido havia alguns anos. O mestre tinha outro filho, estudante de medicina, sobre o qual falarei mais tarde. Mas, naquela época, o filho militar disse que os quartéis estavam repletos de insatisfação em todas as patentes.

Nas patentes mais altas havia desentendimentos entre os profissionais de carreira, nascidos em famílias de militares, e os outros, membros de famílias de aristocratas da Bahia, que obtinham cargos por meio de favores políticos, mesmo sem conhecimento ou experiência. Os dois grupos não se misturavam, e desde as guerras da independência, nos anos de um mil oitocentos e vinte e dois e vinte e três, brigavam entre si pelo controle das tropas. Davam ordens diferentes aos soldados, que não sabiam a quem obedecer, acabando com a disciplina e a organização. Esses soldados eram das classes mais pobres da população e recebiam soldos que mal permitiam viver, e já estavam cansados de não terem a quem obedecer ou com quem reclamar, visto que seus superiores não se entendiam. Era até por isso que os batalhões formados por mulatos, principalmente, eram tão dados às rebeliões que reivindicavam melhores condições de vida.

Além dos soldados nascidos na província da Bahia, as tropas ainda contavam com soldados de outras províncias, que se sentiam infelizes por estarem longe de suas casas e vivendo na miséria, sem poderem contar com o apoio da família. O comportamento desses soldados mudava muito, pois em tempos de paz brigavam com os baianos, mas bastava estourar uma rebelião para que todos ficassem mais unidos que nunca, baianos e forasteiros, em torno do descontentamento que atingia todos eles, independentemente de onde haviam nascido ou da cor que tinham. Eram todos recrutas, nem sempre por opção, pois muitos tinham sido obrigados a ingressar nas tropas, onde recebiam uma péssima alimentação, além de sofrerem inúmeros castigos físicos. Não eram escravos, embora vivessem em condições semelhantes às de um cativo. Mas a situação era ainda pior para os pretos. Havia tropas separadas para brancos, para mulatos e para pretos, geralmente crioulos libertos desprezados pelos outros soldados.

Mesmo desorganizados, a solução partiu dos militares. Depois de controlada a última rebelião, aquela em que o presidente e o comandante de armas tiveram que renunciar e os presos políticos foram soltos, um novo comandante de armas começou a fazer uma série de modificações no corpo militar da província. Criou uma nova guarda municipal mais bem remunerada e treinada, com jovens da classe um pouco mais favorecida, de famílias de militares ou de pequenos comerciantes ou artesãos, a quem interessava manter a ordem para que pudessem sobreviver e prosperar nos seus negócios, pois em épocas de crise o comércio praticamente parava. Aos poucos, todas as tropas seriam renovadas, até chegarem a um equilíbrio entre os recrutas novos, mais conservadores, e os antigos, que queriam agitação. Centenas de soldados foram demitidos e se juntaram aos desempregados que andavam pelas ruas sem encontrar trabalho. Antes que novos movimentos se tornassem impossíveis e sentindo-se acuados, os antigos soldados que ainda restavam resolveram se amotinar novamente no Forte de São Pedro, sob o comando do batalhão de Artilharia. Dessa vez não fizeram reivindicações políticas, somente em relação às condições de trabalho, principalmente por causa dos constantes atrasos no pagamento dos soldos. Foi aí que os senhores de engenho quiseram interferir, oferecendo ao comandante de armas uma tropa de mil homens, que acabaria de uma vez por todas com as desordens. Mas o comandante preferiu resolver à sua maneira, pagando os soldos atrasados e dispensando os rebeldes. Sentindo-se ofendidos pela recusa, os senhores de engenho foram reclamar com o presidente da província, mas acabaram convencidos de que a situação tinha sido resolvida a contento e com inteligência, pois a força nem sempre é a mais indicada das soluções. E foi assim que tudo permaneceu em relativa paz, pelo menos nos dois ou três anos seguintes. Para dizer a verdade, eu não sabia de que lado o Alberto estava, pois, com o correr dos acontecimentos, ele parecia a favor de um ou de outro. Dizia que queria apenas viver no país que tinha escolhido, e nisso eu acreditava. Desculpe eu me alongar tanto nestas rebeliões, mas não podia deixar de falar sobre um assunto que ocupou as nossas conversas no sítio durante quase um ano e meio, e que também foram fundamentais para uma decisão do seu pai que afetou nossas vidas para sempre.

TEMPOS DIFÍCEIS

Já estávamos na metade do ano quando a família da sinhazinha voltou para o solar, e durante muitos dias a falta deles foi sentida por todos nós. Eu estava acostumada com a casa cheia, com os cuidados para que todos estivessem bem e com as boas horas de conversa. O Alberto também sentia isso, tanto que de uma hora para outra dizia que não aguentava aquele silêncio, pegava o cavalo e ia para o sobrado. Eu não gostava, por me sentir ainda mais sozinha e por não saber se realmente a situação já estava segura para ele poder andar pela cidade. A padaria ainda não tinha voltado a vender como antes, e eu tinha dúvidas se isso seria possível algum dia. Os produtos mais caros não tinham saída porque a população estava sem dinheiro, e mesmo as pessoas mais ricas evitavam gastos desnecessários, pois se falava em um longo período de crise. O Alberto queria demitir as duas filhas da Clarice, a Maria José e a Maria Cássia, mas fiz diferente. Disse a elas que não precisavam ir trabalhar, pois de fato não eram mais necessárias, mas pedi ao Fatumbi que continuasse pagando metade do salário até que arrumassem novo emprego. Tínhamos um bom contrato para fornecimento de pães a uma das tropas que foi cancelado, e a perda precisou ser compensada com a contratação de mais vendedores como o Aprígio, que iam de casa em casa. Os roubos e assaltos também eram cada vez mais constantes, e eu já não me atrevia a ir à cidade sozinha, pois as ruas e estradas menos movimentadas estavam cheias de ladrões à espera de dinheiro, armas, roupas, comida ou qualquer objeto que pudesse ser vendido.

As fugas eram difíceis porque os donos de escravos e a polícia estavam mais atentos. Foi proibida qualquer aglomeração de pretos que não fosse por motivo de trabalho, e o governo estava pedindo a ajuda da população para fiscalizar os escravos que andavam pela cidade. Qualquer escravo pego sem o bilhete de permissão ou fora do horário permitido ia para a cadeia, e o dono só o tirava de lá com o pagamento de multa e de uma taxa de serviços de captura e estadia. Alguns escravos tinham fugido para participar das rebeliões, e como elas não tinham dado em nada que atendesse aos interesses deles, e a vida na cidade ou nos matos estava quase impossível, muitos queriam voltar para os antigos donos. A Adeola contou que o padre Heinz era muito procurado para conversar com os donos desses escravos arrependidos. O escravo fugia e ficava com medo de voltar para casa e receber um castigo muito duro, e então procurava alguém importante ou por quem o dono tivesse consideração para que servisse de portador do pedido de perdão. Muitas vezes era isso mesmo que o dono queria, perdoar sem castigar, porque, dependendo do castigo, o escravo ficava impossibilitado de trabalhar durante alguns dias, o que aumentava o prejuízo já causado pela ausência dele. Mas, ao mesmo tempo, se não castigasse, era tido como alguém sem autoridade e que não merecia respeito. Muitas vezes o senhor era visto como um pai que tinha que castigar o filho desobediente e malcomportado, e o apadrinhamento vinha a calhar para todas as partes envolvidas: o padrinho, que se sentia honrado com a consideração ao pedido dele, o senhor, que tinha o escravo de volta e menos rebelde, pois levava em conta a bondade do perdão sem castigo, e o próprio escravo, que podia voltar atrás em uma atitude não muito bem-sucedida. Servindo de padrinho, o padre Heinz visitava muitas propriedades e ficava sabendo de vários casos de pura crueldade contra escravos, que, na maioria das vezes, fugiam por não suportarem os maus-tratos. Mas como a vida de fujão tinha sido pior, acabavam voltando para se submeterem novamente, até a próxima fuga. A Adeola me contou alguns desses casos, e me dispus a ajudar com dinheiro para a compra de cartas de alforria ou para o recém-libertado se manter por um tempo ou usar no aprendizado de um ofício. O Fatumbi me ajudava a pegar dinheiro da padaria, e eu já nem me importava mais em repor ou em esconder do Alberto. Às vezes ele gastava, em uma única noite, muito mais que o valor de um escravo, e a consciência não me pesava ao pensar que o dinheiro que eu pegava estava sendo muito bem gasto.

Percebi que o Fatumbi estava se ausentando bastante da padaria, pois passou a frequentar quase diariamente o solar dos Clegg, em conversas com o bilal Sali e o Ajahi. Essa é outra história longa e tenho quase certeza de que você a conhece. Mas preciso contar para continuar seguindo a ordem dos acontecimentos, pois isso me ajuda a lembrar de todos os detalhes da nossa história. O Fatumbi foi se inteirando de tudo aos poucos e, conforme ia sabendo, me contava. O Mister Clegg trabalhava para o Foreign Office, que não era bem uma empresa, mas um tipo de representação do governo inglês que cuidava dos interesses deles em vários países, e que naquela época estava bastante empenhado em acabar com o tráfico de escravos no Brasil. A sede do Foreign Office era na corte, mas o Mister Clegg estava na Bahia porque o tráfico entre São Salvador e a África era muito maior do que o feito com São Sebastião do Rio de Janeiro. Ele coletava informações e mandava para a Inglaterra, que queria encontrar um jeito de fazer com que o governo brasileiro cumprisse os acordos assinados com Portugal ainda antes da independência. O Fatumbi achava que o Brasil ia sair das mãos dos portugueses e cair nas mãos dos ingleses, o que era até bom para os pretos, que tinham os ingleses como aliados, embora não oficialmente. Mas os ingleses achavam que os escravos poderiam ajudar no cumprimento de tais acordos se tivessem conhecimento deles, e viam nas rebeliões uma boa maneira de pressionar. O Ajahi e o bilal Sali mereciam a confiança do Mister Clegg, que, embora não contasse tudo a eles, quando recebia visitas que tratavam de assuntos relacionados ao tráfico de escravos, deixava a porta aberta para eles ouvirem. E também não se importava que eles recebessem uma ou outra visita de pretos para comentar sobre o que tinham ouvido. Desde que fossem pretos forros, pois não queria confusão com os senhores donos de escravos. Pelo menos não mais do que a simples tentativa de cumprimento das leis já provocava.

O TRÁFICO

Pelo que me lembro, os tratados tinham começado quando o príncipe regente fugiu de Portugal com a corte por causa dos franceses e foi morar em São Sebastião, no ano de um mil oitocentos e oito. Depois que pararam com o tráfico, os ingleses esperavam que o mundo inteiro fizesse o mesmo, e no ano de um mil oitocentos e dez conseguiram dar o primeiro passo nesse sentido. Acontece que os portugueses e os brasileiros também vendiam escravos para colônias africanas e americanas pertencentes a outros países, como a Inglaterra e a França, e, com o tratado, Portugal se comprometia a negociar somente com as próprias colônias. Mas isso ficou apenas no papel, com os navios brasileiros e portugueses tomando mais cuidado para não serem capturados nos lugares onde não podiam circular. Se capturados, seus comandantes inventavam desculpas nem sempre aceitas pelos ingleses, que ficavam com toda a mercadoria aprisionada, como era a lei dos mares. Descontentes, e mesmo sabendo que estavam errados, os comerciantes brasileiros e portugueses de São Salvador, e as pessoas que trabalhavam para eles, começaram a hostilizar os ingleses. A Inglaterra então resolveu intensificar as pressões para o fim do tráfico de um modo geral, e o governo brasileiro disse que isso era impossível, pois, sem os escravos, o Brasil deixaria de existir. Mas, alguns anos depois, os brasileiros e portugueses foram quase obrigados a assinar um novo tratado, pelo qual ficava proibido o tráfico em toda a África ao norte da linha do Equador. Era aquela região que, na época, fornecia o maior número de escravos para o Brasil, e onde eu tinha sido capturada e embarcada. Mas o que Portugal queria era apenas ver perdoada uma grande dívida que tinha com a Inglaterra, uma das condições do acordo assinado, e que, mais uma vez, não foi cumprido. Os comerciantes da Bahia protestaram, dizendo que isso afetava o comércio de outros produtos que vendiam para aqueles países da África, como o tabaco, o algodão e o anil. A Inglaterra respondeu que tal comércio poderia continuar, mas os navios que fossem para aqueles lados e as pessoas que trabalhavam neles, podendo inclusive ser escravos, deveriam portar passaportes portugueses assinados no lugar de origem e no de destino. Os comerciantes arranjaram maneiras de driblar a vigilância e também de se safarem caso fossem apanhados, usando passaportes falsos e bandeiras de países que não estavam envolvidos no acordo, e um novo tratado se fez necessário. Na verdade, não era bem um tratado, mas algumas regras incorporadas ao último tratado. Com elas, a Inglaterra não poderia mais aprisionar navios portugueses ou brasileiros ao sul do Equador, mesmo se estivessem carregados de escravos embarcados ao norte, a não ser que a perseguição tivesse começado antes de cruzarem a linha divisória. Foram também instalados tribunais, formados por portugueses, brasileiros, ingleses e africanos, para julgar os casos mais difíceis ou duvidosos. Se o navio fosse condenado, o casco e a carga seriam vendidos em leilões com renda dividida entre Inglaterra e Portugal, e os escravos encontrados a bordo seriam enviados como trabalhadores livres para o país de origem do tribunal que julgasse a sentença, geralmente para uma colônia inglesa. Depois de trabalharem por catorze anos, acho, os pretos poderiam permanecer onde estavam ou ser enviados de volta à África, à custa do país onde tinham ficado. Os comerciantes da Bahia foram novamente se queixar ao príncipe regente, que sugeriu que cumprissem o acordo, mas não quis se envolver. É claro que eles não obedeceram, pois mesmo correndo o risco de terem os navios apreendidos, o tráfico com a região da Costa da Mina era lucrativo demais para ser abandonado. Um único tumbeiro que cruzasse os mares sem ser interceptado pela Royal Navy compensava a possível perda total de pelo menos dois ou três que não tivessem a mesma sorte. Às vezes até de mais, dependendo do tamanho da embarcação e do número de escravos a bordo.

Na época da independência do Brasil, os ingleses ficaram do lado do Brasil, mas disseram que somente o reconheceriam como um país independente no dia em que o tráfico fosse extinto. E, de fato, só o fizeram quatro anos mais tarde, na mesma época do reconhecimento de Portugal, quando então começaram uma campanha para que o governo brasileiro honrasse os tratados assinados anteriormente por Portugal. Os governantes brasileiros já tinham percebido que o número de africanos no Brasil era muito grande, o que poderia pôr em perigo a população branca. Em São Salvador, na época, diziam que os crioulos e africanos, escravos ou forros, representavam oito décimos da população, uma proporção que aumentava o perigo de uma rebelião como a que tinha acontecido no Haiti. E foi só por isso que o Brasil assinou novo tratado, pelo qual se comprometia a acabar com todo o comércio de escravos feito com a África dentro de três anos, conservando ainda o direito de manter e comerciar escravos no próprio território. Ou seja, não buscaria mais escravos, mas permaneceriam cativos todos os que já estavam no Brasil e os filhos que tivessem. Naqueles três anos, sem saber direito o que ia acontecer, os comerciantes brasileiros aumentaram o tráfico, buscando em África um número de escravos mais de dez vezes superior ao dos três anos anteriores, para garantir que não faltaria mão de obra. Com o aumento do número de navios no mar, a Inglaterra não conseguia manter a vigilância, facilitando a vida dos comerciantes, que também usavam várias manobras, como fazer com que navios praticando o comércio legal parecessem suspeitos e provocassem a perseguição de navios ingleses, abrindo caminho para a passagem dos que levavam escravos. Os ingleses também começaram a receber denúncias de que os brasileiros estavam fazendo o tráfico de escravos usando navios de bandeira francesa, mas antes que essa história ficasse esclarecida e houvesse maior cobrança do cumprimento do prazo para o fim do tráfico, a atenção dos ingleses foi desviada para as confusões provocadas pelos militares e pelos mata-marotos, as mesmas que nos prenderam no sítio. Uma outra situação conflitante era que o governo inglês tinha problemas com o governo português, mas os comerciantes ingleses se davam muito bem com os comerciantes portugueses da Bahia. Novamente o caso é complicado, mas vou tentar ser breve.

OS ACORDOS

Muitos senhores de engenho do interior e do Recôncavo eram pessoas bastante simples. Alguns tinham enriquecido à custa de muito trabalho e, sendo assim, eram desprezados pela aristocracia rural, que achava que eles não tinham berço. Os aristocratas também achavam que a capital era um lugar indigno da sua presença, com a maioria da população preta ou escrava, e com péssimas condições de vida, se comparadas às da Europa, para onde estavam acostumados a viajar. Mas seus filhos pensavam de modo diferente e iam para a capital com o intuito ou a desculpa de estudar. Para servirem de tutores desses filhos, tanto os aristocratas quanto os que haviam enriquecido com o próprio trabalho nomeavam os comerciantes da capital com os quais tinham contato para a venda do açúcar e da cachaça que produziam. Esses comerciantes eram quase todos portugueses, intermediários entre os engenhos e os países da Europa que compravam açúcar do Brasil, e, na qualidade de tutores, adiantavam para os filhos o dinheiro que receberiam dos pais. Eles também forneciam escravos para os engenhos, muitas vezes bancando o custo para receber mais tarde, acumulando dívidas ou hipotecas que a muito custo os fazendeiros conseguiam pagar, principalmente nas épocas de seca, de agitações ou de crise econômica. Para conseguir o capital de que precisavam para continuar exercendo toda essa influência, os comerciantes portugueses tomavam empréstimos dos ingleses, também acumulando dívidas. Era por isso que, na época das rebeliões, os ingleses ficaram muito preocupados quando os portugueses foram ameaçados de expulsão, pois tinham enormes quantias a receber, que não seriam pagas se os portugueses fossem embora. Ou seja, os ingleses tinham problemas nas relações com os governos português e brasileiro, mas as relações comerciais com esses dois povos eram muito lucrativas. Os comerciantes e senhores de engenho brasileiros dependiam dos comerciantes portugueses, que, por sua vez, dependiam dos comerciantes e banqueiros ingleses.

Nós estávamos no ano de um mil oitocentos e trinta e um, e, portanto, já havia se passado mais de um ano da data em que o tráfico de escravos estaria proibido no Brasil. O Fatumbi achava que o governo inglês tinha ficado quieto para que os cidadãos ingleses que moravam no Brasil conseguissem receber o que lhes era devido pelos portugueses, mas não podiam esperar mais. Com o término das rebeliões militares, intensificaram o controle no mar e estavam pressionando o Partido Monarquista Constitucional, recém-empossado. Para que essa pressão surtisse efeito, ameaçavam apoiar o Partido Republicano Federalista, que tinha a simpatia dos pretos e dos mulatos que queriam não só o fim do tráfico, mas também o da escravidão. Os principais comerciantes de escravos eram mantidos sob constante vigilância pelos ingleses, ajudados pelos pretos que denunciavam a movimentação estranha de navios, como o Fatumbi já tinha me pedido para fazer. Ele disse que um dos senhores mais vigiados e mais perigosos, porque exercia grande influência no governo da Bahia, na corte e também junto aos reis africanos, era um vizinho do Mister Clegg, um rico comerciante chamado José Cerqueira Lima, de quem também ouvi falar em África alguns anos mais tarde. Ele morava no enorme palacete que fazia limite com a casa do Mister Clegg, e tinha dependências que se comunicavam com a praia por um longo corredor subterrâneo. Um tipo de túnel por onde passavam os escravos recém-desembarcados e que levava ao local onde ficariam alojados até a venda, o que explicava a movimentação vista do sítio havia algum tempo, de barcos com pretos sendo levados na direção da Vitória.

Pouco mais de um mês após o início dessas conversas, no fim de novembro, o Fatumbi chegou ao sítio com a notícia de que o governo brasileiro tinha decretado o fim do tráfico, e qualquer escravo desembarcado no Brasil seria considerado livre. Lembro-me de que comemoramos abrindo uma das garrafas de vinho do Alberto, mas não havia jeito de gostarmos daquilo, sempre tão amargo. O Fatumbi disse que tinha dúvida se daquela vez o tratado seria cumprido, mas pelo menos era mais um, mais uma pequena vitória. Os comerciantes e os compradores dos escravos ilegais seriam julgados por crime de tornarem escravas as pessoas livres e, se pegos, teriam que arcar com o custo do julgamento, pagar multa de duzentos mil-réis por cabeça apreendida e devolver os escravos ao porto de origem. De início me pareceu uma boa novidade, mas o Fatumbi alertou que não era tão boa assim, pois, ao serem libertados, os escravos estariam chegando de viagem nas condições que eu bem conhecia, e teriam que enfrentar o caminho de volta. E com o agravante de que na volta não cuidariam bem deles, porque já não haveria mais a necessidade de preservar vidas que valeriam dinheiro, mas que, pelo contrário, estavam dando prejuízo. Alguns pretos acharam que o passo seguinte seria a alforria de todos os escravos do país, porém, os mais esclarecidos disseram que o governo brasileiro já tinha feito o que era possível sem desestabilizar a sua permanência no poder, e mais não faria, e que o fim da escravidão, só mesmo à força. Era sobre isso que os muçurumins tanto conversavam, e o Fatumbi disse que estavam muito próximos de um acordo entre eles, para depois começarem a planejar uma rebelião.

PRENÚNCIOS

O ano tinha se passado sem que eu percebesse, e logo já era Natal e novamente eu não tinha comprado um presépio, em torno do qual cantariam as pastorinhas que o seu irmão tanto gostava de ouvir. Você não se importava muito com música, mas gostava bastante de ouvir as histórias que eu lia em voz alta ou inventava na hora. Para não entristecer o Banjokô, o Sebastião e o João Badu resolveram que ele teria o presépio e a apresentação das pastoras, e construíram um usando mangas verdes, papel amassado e pedaços de madeira e de tecido. Acho que eu estava cansada, pois esse presépio e muitas outras coisas me comoveram até o choro, como o convite da sinhazinha para que fôssemos à Missa do Galo e depois ceássemos com a família dela, ou os presentes enviados pelos amigos da loja do alufá Ali. Aliás, a família dele já estava maior, com o nascimento dos filhos da Euá e da Mariahmo. Mas eu não estava com vontade de sair de casa, e fizemos apenas um almoço no dia de Natal com alguns poucos amigos e os funcionários da padaria. O seu pai tinha ido passar as datas na cidade, e eu não consegui me alegrar, preocupada com ele ou com alguma coisa que estava para acontecer, sem saber bem o que era. Entre os dias de Natal e Ano Novo, mandei o João

Badu levar dinheiro até o sítio do Baba Ogumfiditimi, pedindo que sacrificasse um carneiro para Xangô em meu nome. Junto com a Esméria fiz um ebó para Oxum e outro para Iemanjá, que fomos entregar na correnteza de um rio e no mar, lugares onde elas moravam. Pedi a proteção da minha avó e dos voduns, a presença da Taiwo e o olhar da minha mãe, mas a inquietação não passou. Também recusei o convite do padre Heinz e da Adeola para a virada de ano, pois não tinha ânimo para deixar o sítio, ou algo pedia que eu não saísse. Houve uma pequena comemoração no quintal, onde todos rezamos pedindo anos melhores, e fomos nos deitar cedo.

Eu estava no quarto tentando afastar as preocupações para que o sono pudesse chegar quando seu pai entrou, no meio da noite, bêbado como eu nunca o tinha visto antes. Deitado ao meu lado, chorou a não poder mais, sem conseguir explicar o motivo daquele destempero todo. Fiquei achando que era aviso de uma desgraça que estava para acontecer, como a morte dele ou alguma doença grave que ele estava escondendo para não nos preocupar. Como eu também já estava segurando o choro havia algum tempo, choramos abraçados, dizendo que, por mais que não demonstrássemos, por falta de tempo ou de costume, ainda nos amávamos. Eu queria ter me dado para ele, mas ele não conseguiu e começou a se sentir pior ainda, dizendo que era um canalha, que merecia morrer e que, por mais difíceis que fossem os tempos que estavam por vir, era para eu nunca me esquecer daquele momento, nunca me esquecer do quanto ele gostava de nós. Ele falou muitas vezes em você, arrancando de mim a promessa de nunca falar mal dele perto de você. Será que faço isso agora? Não sei, e espero que você leia tudo isso apenas como uma história que está sendo contada exatamente do jeito que aconteceu.

No primeiro dia do ano, seu pai acordou de mau humor e com muita dor de cabeça, e quando finalmente conseguimos conversar, disse que não era para eu levar em conta nada do que tinha dito, pois bebera demais ao perceber que estava sozinho no sobrado, sem a família, sem os amigos, sentindo-se mal por ter ido para lá por desejo próprio. Fiquei bastante decepcionada por ele não se lembrar nem das coisas boas que tinham acontecido na noite anterior. No dia seguinte, voltou novamente para a cidade, onde passou duas semanas sem aparecer no sítio. Eu ficava ansiosa por notícias, e sempre mandava o João Badu ou o Sebastião até lá, para ver se estava tudo bem. O Fatumbi também ia, com a desculpa de que precisava da aprovação ou da assinatura dele em algo relacionado à padaria. Mas seu pai estava desinteressado da padaria, como de quase tudo. Conversando com o Júlio e a Anastácia, os criados, o Sebastião ficou sabendo que ele saía de casa quase todas as tardes e voltava duas ou três horas depois, ainda antes de escurecer. Então, tomava banho e se sentava na sala, onde passava horas olhando o nada e bebendo vinho até se embriagar, e quase sempre acabava dormindo no canapé. Duas ou três vezes por semana era visitado por uma turma de amigos barulhentos, que jogavam cartas, fumavam, comiam e bebiam até o dia amanhecer. Eu tinha vontade de ir até lá, mas, quando perguntado, ele sempre mandava recado para não ir, dizendo que estava tudo bem e que apenas precisava ficar alguns dias sozinho para pensar na vida. Eu ficava triste, sem saber se era ou não incluída nesta vida sobre a qual ele queria pensar, e tentava me ocupar para que o tempo passasse mais depressa. E passava, não só para as minhas preocupações, mas também para as pessoas ao meu redor, que comecei a observar melhor.

A Esméria, por exemplo, estava ficando velha e, embora ainda demonstrasse grande disposição para algumas coisas, para outras já não servia mais. Eu começava a ficar com medo quando precisava deixar você aos cuidados dela, que, muitas vezes, cochilava de uma hora para outra, deixando cair o que tivesse no colo ou nas mãos. O Fatumbi era minha companhia mais constante, mas conversávamos apenas logo após o jantar, pois ele tinha que dormir cedo e acordar mais cedo ainda, para a oração das quatro horas da manhã. Ele estava gostando muito da nova vida, de morar no sítio e trabalhar na padaria, porque tinha a liberdade de fazer os cultos, as orações e as refeições nas horas certas, e também dispunha de tempo para estudar o Alcorão. Mas todo aquele tempo livre começava a preocupar, porque significava pouco trabalho com as contas da padaria e, consequentemente, pouco dinheiro. Ele também tinha começado a frequentar algumas reuniões do Partido Federalista e comentou que preparavam mais revoltas para a capital, iguais às que já estavam acontecendo no Recôncavo, onde o Partido Monarquista era muito forte. Falava-se da separação da província da Bahia do resto do país, e esse era o assunto que mais interessava ao Fatumbi, não por ser o que queria, mas para ficar sabendo como se arma uma rebelião daquele porte e depois passar as informações para os muçurumins, para serem usadas no planejamento de uma revolta de pretos que, segundo ele, entraria para a história da Bahia. Às vezes eu tinha vontade de participar mais, mas pensava em você, no Banjokô, na Esméria e no Sebastião, que eram as pessoas mais próximas e precisavam muito mais de mim do que os escravos da

Bahia. Confesso que isso fazia com que eu me sentisse um pouco egoísta, mas acredito que, se cada pessoa cuidasse com devoção das que estão próximas a ela, tudo seria melhor. Eu também estava preocupada com a relação com o Alberto e não tinha com quem conversar sobre isso, pois a Esméria já não entenderia e eu não tinha coragem de falar sobre tais assuntos com o Fatumbi. Então, pedi a ele que, quando fosse à cidade, desse uma passada no ponto da Adeola e perguntasse se ela me faria uma visita.

PARALELOS

Não quero que se sinta culpado, mas, ao aparecer no sítio para passar apenas um dia, seu pai brigou comigo por causa do seu choro. Coisa de crianças, choro dos que sempre tinha chorado, mesmo perto dele, mas ele teimou comigo que daquela vez era diferente, que eu não cuidava direito de você, que eu não era boa mãe, capaz de saber o motivo do choro do meu filho, que ele ia até o sítio para descansar das preocupações da cidade e nem isso conseguia. A Esméria tentou me defender, mas ele a mandou calar a boca, pois vivia ali no sítio de favor. Disse ainda que estava cansado de sustentar meus amigos, parando no meio da frase, quando provavelmente ia dizer algo como pretos ou vagabundos. Então achei que já era demais e pedi que não fosse mais ao sítio para brigar, que ficasse na cidade, porque nós, eu e meus amigos, continuaríamos cuidando de tudo como estávamos fazendo desde que ele tinha perdido o interesse. Cuidando da padaria, de onde vinha o sustento daquela casa, enquanto ele se embebedava e passava noites em claro jogando cartas com os amigos. Não seriam aqueles amigos um bando de vagabundos que ele também sustentava? E vagabundos que custavam bem mais caro? Quando percebi o que estava falando já era tarde. As palavras ditas tanto de um lado quanto do outro já tinham sido duras o suficiente para mais duas semanas que passaríamos separados. Semanas em que, mais do que o temor de que algo ruim acontecesse a ele, eu senti muita raiva.

A Adeola apareceu alguns dias depois dessa briga, dando notícias de que a construção do orfanato estava terminada e eles já cuidavam de quatro crianças. Ela me ouviu com muita atenção, dizendo para eu ter calma porque o ano anterior tinha sido de dificuldades e tensão para o Alberto; que logo ele estaria mais tranquilo. Ela também achava que em breve enfrentaria problemas, pois o padre Heinz estava sofrendo ameaças de vários senhores de engenho e fazendeiros, acusado de incitar os escravos à fuga. Mas o padre dizia que não tinha medo, que tinha um trabalho a fazer e iria até o fim, mesmo contrariando a Adeola, que achava que, desde que ele corresse perigo, seria melhor abandonar tudo e encontrar outro jeito de ajudar as pessoas. Os dois poderiam se dedicar apenas ao orfanato, mas o padre não queria, e ela tinha medo de perdê-lo por não ter a mesma fé que o levava a acreditar que em Deus nada de ruim aconteceria. Era bom ter uma amiga com quem conversar, e melhor ainda uma que estava passando por problemas semelhantes, porque, de confidência em confidência, falamos de tudo que nos incomodava. Mas encontramos apoio apenas para as nossas palavras, não para as inquietações, e combinamos uma visita ao Baba Ogumfiditimi.

O babalaô não gostou do que viu no opelê, mas disse que não era para eu me preocupar porque tudo já estava destinado. Eram mudanças necessárias para que minha vida seguisse o caminho certo, e, quando acontecessem, era para eu aceitar e ir em frente à minha maneira, pois seria guiada e protegida. Perguntei se estava prevista a morte do Alberto e ele disse que não, pelo menos não nos próximos tempos, mas que via o coração dele cheio de conflitos por causa de uma mulher de quem ele até não gostava, mas que tinha alguma coisa que eu nunca poderia oferecer, e ele ainda não sabia com qual de nós duas ficar. Pesava muito o amor que sentia por mim e pelo filho, mas isso nem sempre é o mais importante no coração de um homem, e que, independentemente do caminho escolhido, nós dois ainda seguiríamos juntos por algum tempo. Aquela ideia, a de outra mulher na vida do seu pai, já tinha povoado meus pensamentos, mas tinha ido embora sem deixar maiores preocupações. Eu sabia que ele gostava de mim, de você e da vida que levávamos quando não havia maiores problemas, e por isso me espantei. A raiva que eu estava sentindo dele ficou ainda maior, e o Baba Ogumfiditimi disse que não poderia continuar assim, que eu precisava tirar os sentimentos ruins do coração para que ele pudesse ser ocupado por outros mais dignos, que me fariam seguir em frente. Disse também para eu não comentar nada com o Alberto, pois ele tinha que decidir sozinho o que fazer, já que as mudanças, pelo menos inicialmente, afetariam muito mais a vida dele do que a minha ou a sua.

No caminho de volta para casa, ainda sem saber direito o que estava sentindo, contei tudo à Adeola. Ela disse que já tinha visto muitos casos iguais ao meu, e que provavelmente o Alberto tinha arrumado uma branca, que poderia mostrar aos amigos, embora gostasse mesmo de mim, e que eu precisava seguir o conselho do Baba Ogumfiditimi e deixar que ele falasse comigo primeiro. Não era o que eu tinha vontade de fazer; por mim, teria ido direto para o sobrado, obrigando o Alberto a tomar uma decisão sobre a vida dele, para que eu pudesse fazer o mesmo com a minha. Não queria brigar, mas apenas resolver a situação logo, porque, se ele estava pensando em me deixar, eu tinha que tomar várias providências. Como sair do sítio dele, por exemplo. Havia o orgulho ferido, mas as outras necessidades eram mais urgentes e envolviam muitas pessoas, como você e seu irmão, que eram muito mais importantes para mim do que o seu pai. Não comentei nada no sítio, talvez com vergonha de confessar o quanto doía, mas tudo que eu queria era alguém que chamasse a atenção do Alberto, que dissesse que ele estava agindo errado, que tinha uma mulher e um filho, e responsabilidades assumidas. No início eu achava que ele fosse diferente, como parecia ser, mas vi que todos os homens brancos são iguais, como a Claudina e a Adeola tinham me alertado.

DISTRAÇÕES

Nos dias seguintes, tentei não pensar muito no problema, e nem foi tão difícil assim, porque o Tico e o Hilário passaram alguns dias no sítio, esperando que a situação no Recôncavo se acalmasse para que pudessem voltar para lá com as mercadorias que vendiam. Estavam se dando muito bem, o que deixava a Esméria orgulhosa. Eu gostava de ouvir as histórias deles, mas daquela vez foi o Fatumbi quem mais se interessou, pois o Partido Federalista tinha conseguido muitas vitórias no Recôncavo. O líder deles era um capitão de milícias que também ocupava os cargos de juiz de paz em São Félix e de vereador em Cachoeira. São Félix já estava nas mãos dos revoltosos quando resolveram ocupar a Câmara de Cachoeira e convocar uma assembleia, que contou com a presença de apenas três vereadores, pois os outros fugiram porque não concordavam com as reivindicações. Mas eles não se intimidaram e redigiram um documento criticando o governo da província e sua submissão aos portugueses, instigando o povo a lutar contra a aristocracia, que só pensava em si mesma. O documento também declarava a Bahia um estado federado que faria suas próprias leis e cuidaria das finanças e das forças armadas, sob o comando de um governo provisório que passaria o poder a outro, eleito mais tarde pelo povo. Queriam também que todos os presos políticos fossem libertados e que se desse fim às presigangas[6] e à censura à imprensa. E, mais uma vez, exigiam a expulsão dos portugueses, mas com algumas mudanças, pois seria permitida a permanência daqueles que fossem casados com brasileiras, que tivessem comércio estabelecido ou que quisessem permanecer na Bahia trabalhando na lavoura. Os federalistas queriam mesmo era se ver livres dos pequenos comerciantes, dos profissionais liberais, dos artesãos, daqueles que competiam diretamente com brasileiros que exerciam as mesmas funções. Então, no mesmo documento, também disseram que seriam bem recebidos os portugueses com recursos, os que quisessem abrir grandes negócios e gerar empregos para os brasileiros, bem como os portugueses sábios, que pudessem contribuir para as ciências baianas.

Assim que chegou a notícia de que tropas oficiais estavam a caminho, o Tico e o Hilário pegaram o primeiro saveiro para São Salvador, antes que a situação ficasse mais complicada. Aproveitaram para tirar alguns dias de descanso e brincaram muito no sítio, relembrando os velhos tempos da fazenda em Itaparica. Olhando as brincadeiras, muitas vezes eu desejei que você já estivesse grande e sentisse a mesma felicidade que demonstravam o Banjokô, o Tiago e o Mateus. Por aqueles dias também foi o seu aniversário de um ano, e eu e a Esméria fizemos uma oferenda a Xangô por você. Foi naquela época que reparei na sua seriedade, uma criança que quase não sorria. Comentei com a Esméria e ela disse que não tinha reparado antes, mas que era verdade, pois não se lembrava de ter visto você sorrindo, como muito fazia o seu irmão quando tinha a sua idade. Vocês sempre foram muito diferentes, e eu gostaria de tê-los visto juntos quando moços, como o Tico e o Hilário naquela época, provando que os laços de sangue tinham acertado na escolha de pessoas para conviverem tão bem.

Eles já tinham ido embora quando seu pai apareceu, novamente no meio da noite e novamente bêbado. Mas daquela vez ele conseguiu se deitar comigo, e foi como das primeiras vezes, como se nunca tivéssemos perdido o entendimento. Mas depois que acabamos e eu estava deitada ao lado dele, que dormia, não me senti bem, porque estava em dúvida se ele realmente estava ali comigo ou se pensava na outra mulher. Eu acreditava em tudo o que o Baba Ogumfiditimi me dizia, pois ele sempre sabia interpretar muito

---

[6] Presiganga: navio-prisão.

bem o Ifá e nunca tinha errado nas previsões anteriores. Mas não conseguia acreditar que o Alberto gostava mesmo era de mim e ainda assim pensasse em me abandonar. Hoje sei que aqueles dias devem ter sido mais difíceis para ele do que para mim, principalmente quando percebia que estava me fazendo sofrer, como quando acordou no meio da noite e me pegou chorando. Eu não sabia o que fazer com o menino em que se transformou, encolhido a um canto da cama, chorando com gosto e sem pudor. Não aceitou que eu o consolasse, pediu apenas que o deixasse chorar e que não encostasse nele, e que gostaria que fôssemos todos para a cidade dentro de dois dias, para assistirmos às comemorações do Dois de Julho.

INDEPENDÊNCIA

Nunca tínhamos saído juntos e eu não sabia o que pensar daquele passeio. Minha primeira reação foi dizer que não queria ir, mas seria uma vingança que atingiria não só ele, mas também você e o Banjokô, inocentes naquela história. E a mim também, que, na verdade, estava curiosa para saber como era essa festa, a da independência da Bahia. As tropas baianas só venceram as portuguesas depois que os caboclos se juntaram a elas, lutando com as armas que tinham, o arco e a flecha. Para celebrar a data, grande parte da população estava nas ruas, carregando bandeiras com as cores do Brasil e da Bahia, e fazendo animados folguedos. O Alberto não me deu o braço, como seria o esperado dos maridos ou companheiros, mas também não saiu de perto de nós, eu, você, o Sebastião, o Tiago e o Mateus. Um senhor mulato e muito distinto que estava ao nosso lado, ao perceber a curiosidade do Banjokô, fazendo perguntas que o Alberto não sabia responder, contou como a festa tinha começado. Quando a independência fez aniversário de um ano, os brasileiros pegaram uma das carroças tomadas dos portugueses e a enfeitaram com galhos de pé de café, de fumo, de cana-de-açúcar e de outras plantas brasileiras, e sentaram em cima dela um velho mestiço descendente de índio. Seguiram em desfile anunciado por guitarras, tamborins e gritos de "viva o bravo povo da Bahia", e a cada ano a festa ficava mais bonita e mais concorrida. Já não usavam mais a velha carroça, mas as rodas dela ainda enfeitavam o carro de fantasia que carregava uma escultura do velho caboclo em pé, enfeitado com penas coloridas e armado de arco e flecha, pisando uma serpente que também era presa ao chão com uma flecha.

Tudo rodeado de troféus de guerra, clarins, fuzis, espadas e bolas de canhão. Falando baixinho, o mulato comentou que a peçonhenta representava os portugueses vencidos pelas armas dos caboclos. Era por isso que, todo orgulhoso, o caboclo da escultura erguia com a mão direita o estandarte nacional, para ser saudado pelas pessoas que se aglomeravam nas ruas também carregando estandartes.

Foi bom ver como o Alberto se empenhou em nos distrair sem se preocupar com que as pessoas nos vissem juntos, carregando você acima da multidão, sentado e muito bem seguro sobre os ombros. O Sebastião se esforçava para fazer o mesmo com o Banjokô, mas o menino já estava grande, com os pés chegando à cintura dele. Comemos de quase tudo nas diversas barracas montadas no Terreiro de Jesus, cada um podendo comprar o que quisesse, e voltamos para casa em três cadeirinhas alugadas. Foi um dia ótimo, em que eu tinha dúvidas, mas acho que o Alberto já sabia ser uma despedida.

CAMINHO INTERROMPIDO

São coisas difíceis de dizer porque também são difíceis de lembrar. Acho melhor contar como aconteceu sem me defender ou assumir culpas, e cada um que julgue de acordo com o que sabe de si. Eu tinha ido ao celeiro público comprar farinha, e na volta passei pelos arredores da Misericórdia para conversar com a Adeola. Não a encontrei no ponto e resolvi seguir até a padaria, que eu ainda não tinha me acostumado a chamar de Pão da Terra. Demorei-me um pouco mais do que pretendia porque o Jongo queria a minha opinião sobre novas receitas de pães, que, segundo ele, eram mais baratos de produzir e tinham mais saída quando as pessoas estavam sem dinheiro. Ficamos conversando no escritório usado pelo Fatumbi, que naquele momento não estava por lá, e não vi quando o Sebastião foi embora achando que eu já tinha ido na frente. Não quis incomodar o Jongo ou o Adriano pedindo que me acompanhassem até o sítio, e não calculei bem o tempo que ainda tinha antes que começasse a escurecer. Eu deveria ter providenciado companhia quando tive a intuição de pegar uma faca, mas achei que não aconteceria nada, que era mesmo só precaução. A noite me pegou na metade do caminho e arrependida de não ter alugado uma cadeirinha ou tomado como acompanhante algum preto carregador, mesmo não tendo nada para carregar. Nunca mais me esqueci daquele dia, cinco de julho de um mil oitocentos e trinta e dois, e, se não fosse pelo acontecido, seria por anteceder a conversa com o Alberto. Era nele que eu ia pensando quando a figura enorme de um preto saltou na minha frente. Olhei para trás e vi que ele estava acompanhado de outro preto, de tamanho um pouco menor, mas grande o suficiente para eu saber que seria impossível correr para um lado ou para o outro do caminho, estreita faixa de terra cortando um matagal.

A lua estava quase cheia, mas ainda baixa, então não dava para ver direito as mãos deles, saber se estavam armados, nem quando o homem que estava na minha frente se aproximou e perguntou se eu tinha algum dinheiro. A bolsinha de brocado brilhava na minha mão mesmo no escuro, e ele não esperou resposta para tomá-la de mim e virar todo o conteúdo no saco improvisado que fez com a camisa, segura pela barra e puxada para cima. Eu não tinha mais que cem, no máximo cento e cinquenta réis, e ele disse que era pouco dinheiro para uma preta tão bem-vestida, que devia ter mais escondido em outro lugar. Eu disse que não, que as roupas eram emprestadas da minha sinhá e que ela estava vindo logo atrás, com os outros escravos. O segundo homem disse que era mentira minha, que eles tinham me seguido desde a saída da Graça. Eu não estava em condições de discutir e pedi que me deixassem ir embora, pois já tinham o que queriam, o dinheiro. Mas eles queriam procurar mais, achando que eu tinha algo de valor embaixo das roupas, e foi quando ouvi o grito do Sebastião. Ele já tinha ido até o sítio e ficou preocupado quando percebeu que eu ainda não estava lá, mesmo tendo saído antes dele, como imaginava. Resolveu voltar e me viu parada no meio do caminho, cercada pelos dois homens. Percebeu que nada poderia fazer contra eles, que, mesmo de longe e no escuro, pareciam ser altos, jovens e fortes, e então resolveu observar a curta distância, torcendo para que fosse apenas um assalto e que me deixassem partir logo em seguida, quando então me acompanharia. Mas percebeu que pretendiam ir além e resolveu se arriscar, gritando o meu nome. Os homens se distraíram por um momento, procurando de onde vinha aquela voz, e eu consegui puxar a faca que levava na cintura, escondida pelo pano da costa que pendia do meu ombro. Não pensei que atingiria apenas um deles e que o outro poderia se vingar, matando a mim e ao Sebastião, cuja voz reconheci imediatamente. Não pensei em nada, apenas que tinha aquela faca e precisava usá-la.

O sangue esguichou da garganta do homem e escorreu pela faca, molhando a manga do vestido e esquentando meu braço. Não me lembro muito bem do que aconteceu em seguida, apenas que fiquei parada, com o braço erguido e a faca cortando o espaço onde antes estava o pescoço do homem caído no chão. O Sebastião depois me disse que saiu do meio do mato correndo e gritando, o que assustou o outro homem, que fugiu. Mas nada disso eu vi, fiquei com os olhos fechados e na mesma posição em que estava no momento em que o gesto tinha acabado. Foi como se eu tivesse sangrado um carneiro, com o sangue dele tingindo as pedras da estrada, como se faz com a pedra consagrada a Xangô. O Sebastião me puxou pelo braço e disse que tínhamos que ir embora, que depois chamaria alguém para ajudá-lo a sumir com o corpo. Saímos andando calados em meio à escuridão, e quando eu quis limpar o sangue que ainda tinha nas mãos e na faca, lembrei do lenço que estava dentro da bolsinha de tecido brocado. Voltamos para recuperar a bolsa, porque lá também havia algumas coisas de que eu precisava e, o mais importante, uma cópia da minha carta de alforria. Eu não olhei, mas o Sebastião comentou que o homem ainda estava agarrado à bolsa, os dedos crispados em volta da alça, e imaginei que fosse como alguém se agarrando à vida. O Sebastião pegou o dinheiro que conseguiu enxergar e as minhas coisas que estavam espalhadas pelo chão. Quando chegamos ao sítio, enrolei o pano da costa em volta do braço, para ninguém ver a roupa suja de sangue, e comentei com a Esméria que tinha cortado o dedo na padaria, um corte de nada, sem importância, mas que tinha sangrado bastante. Ela deve ter visto a roupa suja no dia seguinte, em que havia muito sangue para um corte que nem se notava, mas não me perguntou nada.

Fui direto para o quarto e pedi à Malena que me levasse uma grande tina com água. Acho que fiquei horas lavando os braços e as mãos e me perguntando se teria sido mesmo necessário fazer aquilo, que na verdade os dois poderiam querer apenas me amedrontar. Eu tinha matado alguém; fiz com aquele homem a mesma coisa que os guerreiros tinham feito com o Kokumo e com a minha mãe em Savalu. Não sei como o Sebastião sumiu com o corpo e nem quem o ajudou, pois não tive coragem de perguntar e ninguém tocou no assunto. Mas durante um bom tempo, ao me deitar e fechar os olhos, eu sentia o braço esquentando novamente, banhado por um líquido quente e pegajoso, e tinha que me levantar e jogar muita água para a sensação passar, antes que a quentura tomasse o meu braço e depois o resto do corpo.

SEPARAÇÕES

Eu estava lavando o braço quando, na noite seguinte ao acontecido, o Alberto entrou no quarto, um pouco alterado pela bebida, e disse que tinha ido apenas pegar algumas coisas, pois estava voltando para o sobrado para ficar. Não perguntou nada a meu respeito e nem reparou quando levantei os olhos da bacia e olhei para ele, parado na minha frente, mirando o próprio pé acompanhar uma rachadura no piso de madeira. Não me lembro se falei alguma coisa, mas ele perguntou se eu tinha ouvido, se tinha entendido que estava de mudança para o sobrado e que não viveríamos mais juntos. Eu não sabia o que responder, pois só queria que ele olhasse para mim, visse que não estava bem e perguntasse o que tinha acontecido. Talvez eu contasse, ou talvez dissesse que não era nada, mas ficaria contente por ele ter perguntado. Acho que ele também esperava uma reação diferente da minha parte, e não apenas o silêncio que poderia significar que eu concordava, sem querer saber o motivo da mudança. Perguntei apenas quando ele se mudaria e se ia dormir no sítio naquela noite. Ele disse que no dia seguinte pediria à Esméria que juntasse todas as suas coisas para que alguém fosse buscar, e que, naquela noite, se eu não me importasse, dormiria no sítio sim. Dormimos juntos, e o que me deu mais raiva foi ele não ter tido coragem de contar o motivo da mudança, que eu já sabia, mas que muito gostaria de ter ouvido da boca dele. Na manhã seguinte, eu ainda estava na cama quando ele conversou com a Esméria e foi embora, sem ao menos se despedir. Acho que foi te dar um beijo, não vi, mas ouvi o barulho de uma porta se abrindo e fechando minutos depois de ele ter saído do nosso quarto. Mais tarde, a Esméria perguntou o que tinha acontecido e eu respondi que não sabia, que ele tinha falado apenas que estava de mudança para o sobrado.

O João Badu acompanhou os dois homens que apareceram à tarde para pegar as coisas do Alberto, e ouviu do Júlio que ele tinha bebido e chorado a tarde inteira. O Júlio não sabia o que estava acontecendo, mas dois dias depois apareceu no sítio para buscar um dos cavalos do Alberto e contou que o patrão ia se casar, que ele tinha pedido à Anastácia que se preparasse para receber a noiva e o pai dela para um almoço. A Esméria ouviu e disse que estava muito chateada por eu não ter contado para ela, mas depois que percebeu o meu espanto, ficou convencida de que eu realmente não sabia. E não sabia mesmo, só tinha conhecimento de que havia outra mulher, mas não que ele estava pensando em se casar tão depressa. Pedi que o João Badu acompanhasse o Júlio e também pegasse todas as nossas coisas que estavam no sobrado, minhas, suas, do Banjokô e da Esméria, pois não queria que nada estivesse lá quando a outra aparecesse. O Alberto mandou um carregador junto com o João Badu e o recado de que apareceria no sítio para conversarmos, o que só aconteceu duas semanas mais tarde, e aqueles foram alguns dos piores dias da minha vida. Havia o sangue que eu sempre sentia escorrer pelo braço, o desinteresse por todas as coisas, a necessidade de pensar no que fazer da vida, o orgulho ferido por ter sido trocada. Por mais que me dissessem que era assim mesmo, que brancos e pretos nunca se misturavam e que eu não tinha compromisso algum com o Alberto, por mais que me dissessem tudo isso, não diminuía a minha vontade de fazer alguma coisa que vingasse meu sofrimento. Eu gostava dele, apesar de tudo. Apesar de nos termos visto pouco nos últimos tempos, havia todas as lembranças do quanto tinha sido bom, e elas doíam. Foram maravilhosos os dias em que ficamos no sítio enquanto as revoluções agitavam a cidade, o jeito como ele me abraçava e dizia que não queria ir embora, que queria ficar na terra que tinha escolhido, com a família que tinha formado. Ele nos considerava uma família, e eu não conseguia entender ou acreditar que estava querendo formar outra.

Antes que seu pai voltasse ao sítio, mandei o João Badu ao sobrado com a desculpa de procurar algo que eu achava ter ficado por lá, mas com a missão de descobrir tudo o que pudesse sobre aquele casamento. Quando ele voltou, a Adeola estava comigo no sítio, tinha ido falar sobre o problema dela e me encontrou vivendo o meu. O João Badu contou que a mulher e o pai estiveram lá, como combinado, e que ninguém tinha gostado dela. Tinha um ar de quem se achava mais branca do que todos os brancos, e não tocou na comida que a Anastácia tinha feito dizendo estar sem fome, mas na verdade fazendo cara de nojo. Reclamou de tudo, da sujeira do sobrado, que o Júlio garantiu que estava mais limpo do que nunca, do tamanho dos quartos e da simplicidade da mobília, dizendo que antes do casamento ia dar um jeito naquilo, pois a casa estava precisando de uma mulher. Era também mais velha, parecia ter pelo menos uns dez anos mais do que o Alberto, e a primeira coisa que perguntou foi se os criados tinham filhos, porque odiava crianças e não queria nenhuma por perto. Quando o João Badu nos deixou sozinhas, comentei com a Adeola que não entendia o motivo de o Alberto querer uma mulher daquelas, que nem de crianças gostava, enquanto que ele adorava o filho. A Adeola, que tinha participado de algumas conversas no sítio na época em que estivemos confinados, comentou que a mulher devia ser brasileira, só isso justificava, e ele estava se casando porque não queria correr o risco de ser deportado. Eu não concordei, achando motivo pouco para decisão tão séria, e preferi esperar que ele aparecesse e então perguntar tudo o que queria saber.

A Adeola também estava triste, pois os superiores do padre Heinz o haviam chamado para dizer que gostariam que ele assumisse a paróquia de uma vila a quase três dias de viagem de São Salvador. Ela tinha certeza de que aquele era um jeito de afastá-lo da capital, provavelmente a pedido de um grande contribuinte da igreja incomodado com a assistência que o padre prestava aos escravos. Além de acompanhar as compras de cartas de alforria para que os escravos não fossem enganados, ele também estava explicando a eles as novas leis, para que ajudassem a controlar o tráfico. O padre ainda não tinha dado a resposta, mas a Adeola quase não tinha dúvida de que ele aceitaria. Não para simplesmente obedecer, mas por achar que poderia ser útil em qualquer lugar para onde o mandassem, mesmo deixando São Salvador e todo o trabalho que já tinha feito lá, a casa, a escola e o orfanato, pois achava que tudo isso poderia ser reconstruído onde também houvesse pessoas precisando de ajuda. Ele não tinha pedido a opinião dela, pois era uma decisão que precisava tomar sozinho, em conversas com Deus, mas já tinha dito que, se decidisse partir, ela ficaria responsável por dar continuidade a tudo.

A DIVISÃO

O Alberto foi sincero quando conversamos e me contou sobre o casamento, marcado para dali a três meses. A Adeola tinha razão, ele realmente estava se casando pelo fato de a mulher ser brasileira, para não ter mais que se preocupar no caso de novas ameaças de expulsão. Argumentei que ele tinha você, um filho brasileiro, mas ele disse que não era suficiente, por eu ser africana. Quando perguntei se não tinha coragem de registrar e assumir você como filho, ele disse que não era nada disso, que eu estava enganada. Mesmo assim, em nenhum momento se ofereceu para fazê-lo, dizendo apenas que, ao se casar com uma brasileira, se tornaria cidadão brasileiro, e era disso que precisava para viver em paz.

Eu não sei se o entendi, talvez um pouco, porque aquele casamento com uma brasileira branca poderia ser motivo de orgulho para ele, como a união com um homem branco, português e rico tinha sido para mim. Não que eu desprezasse os meus, pois se amasse de verdade um preto e escravo, não me importaria em fazer grandes sacrifícios para estar ao lado dele, como acho que o Alberto deveria ter feito para ficar comigo. Eu o entendia, mas não conseguia aceitar. Primeiro, porque o amava e sentia que era correspondida, e isso era motivo de grande aflição. Depois, porque sentia vergonha das pessoas que nos conheciam, por estar sendo trocada. Não conversamos muito sobre o que sentíamos, porque havia outras questões a resolver. Decidimos vender a padaria e repartir o dinheiro, como estava no contrato, porque seria difícil manter a sociedade com ele casado com outra pessoa, e sozinho ele não gostaria de continuar. Eu, apesar do grande orgulho do que tinha construído praticamente sozinha, também não gostava muito da ideia de manter o negócio, mesmo porque havia me desinteressado dele, passada a fase de euforia. As vendas não tinham voltado a ser como antes daquelas confusões todas e, se continuassem como estavam, logo o negócio começaria a dar prejuízo. Eu tinha pena, tanto pelo negócio quanto pelos funcionários, que se juntariam aos milhares de desempregados que tentavam sobreviver na cidade, mas era melhor vender antes que todo o investimento fosse perdido. Já não tínhamos mais os grandes contratos de fornecimento e até mesmo o senhor Rui Pereira tinha reduzido a menos da metade as compras dos *cookies*. O doutor José Manoel foi encarregado de tomar todas as providências necessárias.

Quanto ao sítio, ele disse que eu poderia ficar morando nele pelo tempo necessário, mas eu queria sair o mais depressa possível. Quando soube que nos mudaríamos, o Banjokô ficou muito agressivo comigo, porque era ele quem mais gostava de lá, do espaço, da liberdade, e principalmente dos animais. Pensando nele e em você, que logo também poderia desfrutar de coisas assim, eu queria comprar um lugar parecido com aquele com o dinheiro que tinha a receber da venda da padaria e que, pelas minhas contas, deveria ser algo em torno de seis ou sete contos. Quando tudo ainda estava bem, ela tinha sido avaliada em vinte contos, mas eu acreditava que naquela época não valeria mais do que quinze, sendo otimista. A Esméria disse que eu poderia contar com quase um conto da parte dela, do dinheiro que recebia da sinhá e que vinha guardando, e o mesmo aconteceu com o Sebastião. Eu também tinha pelo menos mais um conto e quinhentos aplicado na confraria da Esmeralda, portanto imaginava que dinheiro não estaria entre as nossas preocupações. Mas não foi nada disso que aconteceu. Com a aproximação do casamento do Alberto, quando eu não queria mais estar no sítio, e como o doutor José Manoel não dava notícias da venda, fui ter com ele no escritório. Ele disse que estava difícil fazer a venda e, se conseguíssemos, seria por volta de dez contos, o que já me deixou bastante desanimada. Pelo menos consegui falar com a Adeola e ela aceitou receber o Tiago e o Mateus no orfanato, o que já me tirava um pouco da preocupação sobre o que fazer com eles. Sendo crianças, tinham menos condições de se sustentar que os adultos, além de correrem o perigo de, nas ruas, serem tomados para escravos de algum comerciante ou esmoleiro.

O GOLPE

Achei que o doutor José Manoel não estava se empenhando o bastante e resolvi ir até o celeiro ver se conseguia alguma coisa. Era lá que, como eu, os comerciantes compravam produtos como fermento e farinha, e bem poderia ser que algum deles estivesse querendo ampliar os negócios. Conversei com algumas pessoas que conhecia e elas ficaram de me informar, caso soubessem de alguém interessado. Quando já estava saindo, fui abordada por um senhor distinto que disse ter ouvido a conversa e queria mais detalhes. Falei do que se tratava e ele ficou interessado em dar uma olhada, indo comigo até a padaria. O homem gostou do prédio, disse que as instalações eram muito boas, por sinal até demais, e estavam acima das posses dele, mesmo eu tendo falado em dez contos, disposta até a negociar, como o doutor José Manoel tinha sugerido. Ele então se ofereceu para comprar alguns equipamentos, dizendo que talvez fosse até mais fácil vender um prédio comum, e não uma padaria. Achei que tinha razão e acertamos a venda em um conto e cem mil-réis por todas as fôrmas, máquinas de mexer massa e outros utensílios, que eu achei muito bem vendidos. No dia seguinte, ele voltou com o dinheiro e alguns carregadores para cuidar do transporte, pois era do Recôncavo, Cachoeira, para onde ia levar tudo aquilo pensando na ampliação da padaria que tinha por lá. Ele comentou que tinha ido a São Salvador com esse propósito, ver as modernidades que estavam sendo instaladas na capital e se adiantar na região onde morava, mas se interessou quando me ouviu falar sobre a venda, porque poderia ser um bom negócio manter uma padaria na capital também. Comentei sobre o Tico e o Hilário, que talvez fossem úteis para ele, já que cuidavam da venda dos meus produtos em Cachoeira. O homem me deu uma morada e disse para eu pedir aos meninos que o procurassem na próxima viagem. Eu tinha gostado dele, um mulato claro muito educado, bem-vestido e sempre sorridente, e nem pensei em consultar o Alberto ou o doutor José Manoel sobre o que tinha acabado de fazer, mas antes o tivesse feito.

Depois de receber o dinheiro, fui direto ao escritório do doutor José Manoel, pois queria que ele estivesse a par de tudo, para fazer a divisão. Ele disse que realmente seria muito mais fácil vender apenas o prédio, e talvez até fosse o caso de desmanchar os fornos e balcões, mas isto veríamos quando houvesse algum interessado, e me parabenizou pelo excelente negócio, achando que eu tinha feito uma ótima venda. Mas ficou preocupado quando passei o saco de dinheiro para suas mãos, dizendo que era muito leve, ao que eu respondi que estava certo, que o comprador tinha contado tudo na minha frente, eu tinha passado o recibo, e depois disso não tinha mais largado o saco. Ele disse que não poderia dizer com certeza, e, para que não restassem dúvidas, iria até a financeira confirmar, mas que, por causa do peso, achava que eu tinha recebido dinheiro falso. Nem sei explicar o que senti enquanto esperava que ele voltasse, já com a certeza de que tinha sido enganada mesmo, me achando a mais burra de todas as criaturas viventes. Mesmo acreditando que não ia dar em nada, quando o doutor José Manoel confirmou que o que estava dentro do saco valia apenas o peso em metal, fomos juntos até o cais, para a possibilidade de encontrarmos o homem embarcando os equipamentos. Ele ficou comigo por quase duas horas, debaixo de um sol muito quente e respirando o ar podre que tomava conta de toda aquela região, até que insisti para que fosse embora.

Resolvi ficar mais um pouco sozinha para pensar nos acontecimentos daqueles últimos tempos, no homem que eu matara, no casamento do Alberto, naquele negócio malsucedido, e algumas vezes achei que ia desmaiar. Mas também era de fome, já que eu não tinha comido nada desde o pequeno almoço. Comprei um acará e me lembrei das vendedoras que tanto me encantaram na minha primeira visita à cidade. Achei que já tinha conseguido ser mais do que elas, mas não me bastava. Deixei que a minha raiva se transformasse em uma grande vontade de seguir adiante apesar de tudo, de dar o futuro que eu tanto queria para você e o Banjokô. Às vezes, parece-me que nada é suficiente na vida, nem as coisas boas nem as coisas más, pelo menos não a ponto de me deter.

No dia seguinte, mandei o João Badu à cidade para dizer ao Alberto que eu queria conversar com ele, e os dois voltaram juntos. Contei o que tinha acontecido e ele nada falou, só que não tinha importância, mas fiz questão de dizer que ele não seria prejudicado, que a parte dele naquele prejuízo seria compensada com o que eu tinha a receber. Fiz também uma proposta que ele aceitou, dizendo que eu poderia levar do sítio o que quisesse. Como tínhamos comprado o terreno dos fundos, onde estava construída a padaria, propus que o dividíssemos, sendo que ele ficaria com a parte da frente, mais valiosa e onde estava a maior parte da construção, e eu com a dos fundos, onde havia os cômodos que serviam de escritório para o Fatumbi e de moradia para o Jongo e o Adriano. Fomos então falar com o doutor José Manoel e assinamos na hora um contrato nesses termos, desfazendo a sociedade. Saí de lá bastante triste, mas com uma sensação de alívio muito grande, pois estava conseguindo cumprir o trato que tinha feito comigo mesma, de sair da vida do Alberto antes que ele se casasse. Era uma questão de honra, pois me daria a sensação de não estar sendo propriamente abandonada, mas de estar deixando a vida dele por meus próprios meios. No sítio, chamei todos e expliquei mais ou menos o que estava acontecendo, pedindo que me ajudassem a aprontar a mudança o mais depressa possível.

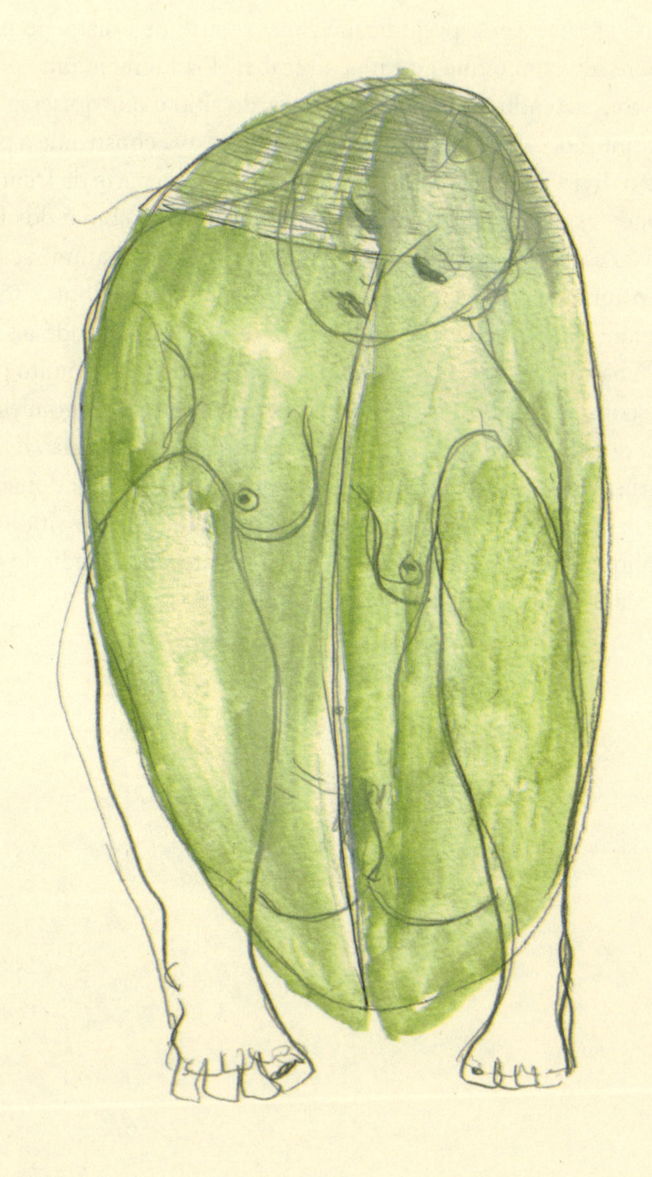

Sem título, 2003.
Série *Carapaça de proteção*. Aquarela, acrílica e grafite sobre papel. 32,5 x 25 cm.
Coleção particular.

CAPÍTULO SETE

A espada não poupa o próprio ferreiro.

Provérbio africano

A CASA

A nova casa tinha apenas cinco cômodos, e foi difícil nos acostumarmos com a falta de privacidade. O maior deles, que antes era ocupado pelo Jongo e o Adriano, ficou para mim, para você e para o Banjokô. A Esméria e a Malena ocuparam um outro, pegado ao nosso, e o Sebastião, o João Badu e o Fatumbi dividiram um terceiro. Os outros dois cômodos eram a sala e a cozinha, e o Jongo e o Adriano se mudaram para o lugar que antes servia de escritório para o Fatumbi. Eu não quis que eles fossem embora, apesar de não terem mais o emprego. Éramos muitos para pouco dinheiro, mas achei que se ficássemos juntos seria mais fácil um ajudar o outro em caso de necessidade. Sei que foi quase uma extravagância, levando-se em conta que eu não tinha mais nenhuma fonte de renda e que o dinheiro poderia ser usado para nos mantermos durante um certo tempo, mas eu quis reformar a casa e transformá-la em um sobrado. Estava acostumada a ter um quarto onde pudesse ficar sozinha, e achei que não poderia abrir mão disso e que, mais tarde, a própria vida trataria de prover o sustento. Mas só fiz a reforma porque o Fatumbi foi firme na recusa em receber a parte a que teria direito na sociedade pela padaria, dizendo que já estava tudo acertado entre nós, que eu não lhe devia nada e que inclusive já tinha dado muito mais do que ele tinha feito por merecer durante todo o tempo em que o negócio funcionou.

Você já estava com dois anos e o Banjokô com oito, o que fazia dele quase um homenzinho, reclamando por não ter mais o próprio quarto, como estava acostumado desde pequeno, e também da falta que sentia do Tiago e do Mateus, que estavam no orfanato da Adeola, além de não ter mais todo o espaço do sítio à disposição, e da simplicidade da casa. Enfim, eram muitas as reclamações, mas eu não o culpava, porque fazia parte da educação que tinha recebido. O quintal não era dos menores, mas não havia comparação, e era nele que vocês se divertiam com a tartaruga dada pelo Baba Ogumfiditimi no dia do seu batizado, com algumas galinhas levadas do sítio e um cavalo que o Alberto tinha dado para o Banjokô. Algumas coisas eram ruins, mas acho que foi com o convívio dentro de espaços menores que começou a nascer a amizade de vocês. Não exatamente do jeito que ele gostaria, porque você ainda era muito pequeno, mas era um substituto para o Tiago e o Mateus. Ele começou a te ensinar o que sabia sobre bichos e plantas, e também a corrigir suas primeiras palavras, para que você aprendesse do modo certo. Era por isso que, mesmo criança, você falava melhor que muitos adultos, e demonstrou grande interesse quando comecei a dar aulas para o seu irmão. Já estava mais do que na hora de ele aprender a ler e a escrever, coisas pelas quais não se interessara enquanto morávamos no sítio, e que eu fui adiando, tendo como desculpa o trabalho na padaria. Eu e o Fatumbi nos revezávamos nas aulas diárias, dadas ao ar livre, ao lado do poço que ficava entre os fundos da padaria e a nossa casa. Eu estava preocupada com o rumo que a vida poderia tomar, mas aquelas horas junto com vocês dois eram sagradas, as mais importantes e felizes do dia, e espero que ainda hoje você se recorde delas. Foi também quando começamos a reforma da casa, construindo um primeiro andar com três cômodos, três quartos, um para o Banjokô, outro para mim e outro para você e a Esméria. Você gostava mais de dormir com ela do que comigo, e às vezes, quando estava no meu quarto, se levantava no meio da noite, sozinho e em silêncio, para ir se ajeitar em um canto da esteira dela. A Esméria e o Sebastião fizeram questão de contribuir para as obras, pois eu pretendia usar apenas metade do dinheiro que tinha aplicado na associação. Compramos o material e todos trabalharam muito para erguer as paredes e cobrir, até mesmo o Rafiki e o Felipe, que nada cobraram.

Fizemos uma festa no dia da inauguração da obra, quando também nos despedimos do padre Heinz, que partiria naquela semana, sem data para retornar. Cada convidado levou algo de comer ou de beber e nos divertimos muito, e o mestre Agostino fez questão de oferecer a banda para tocar até tarde da noite. A família do alufá Ali não compareceu porque a Euá e a Mariahmo tinham acabado de dar à luz, e nem a sinhazinha, porque estava pejada novamente, com menos de três meses, e evitando sair de casa. Mas lá estavam o Tico, o Hilário, o Aprígio, o Belchior, a Claudina, a Adeola, o padre Heinz, o bilal Sali, o Ajahi, a Esmeralda e as antigas funcionárias da padaria, a Lourdes, a Clarice, a Maria José e a Maria Cássia. Fiquei contente ao saber que as quatro já estavam trabalhando. Tinham colocado tabuleiros em uma quitanda perto da Praça do Palácio, com excelente movimento. O padre Heinz benzeu a casa toda e novamente a imagem da Nossa Senhora que a sinhazinha tinha dado no dia da inauguração da padaria e que você sempre chamava de "a mãe do menino", por estar com o filho nos braços. Coloquei-a no quarto que tinha sido da Esméria e da Malena, onde também montei altares para os Ibêjis, Xangô, Oxum e Nanã.

Eu tinha pensado em chamar também a família do Júlio para a inauguração, mas depois desisti, pois não queria muito contato com seu pai, pelo menos não naquele momento. Mas, dois ou três dias depois, o Júlio apareceu dizendo que ele tinha mandado perguntar como estávamos e se poderia nos visitar. Eu preferia ter dito que não, pois gostaria que ele nos visse em melhores condições do que as que tínhamos quando nos deixou, mas não pude impedi-lo, principalmente por sua causa. Não foi um encontro fácil, pois não sabíamos o que nos dizer, como nos cumprimentar, e eu também não tinha nem um sofá para recebê-lo na sala, como visita. O Sebastião estava começando a fabricar os móveis e preferimos mobiliar primeiro os quartos e a cozinha. Eu tinha levado algumas coisas do sítio, as compradas com o meu dinheiro; portanto, tínhamos onde comer, beber, as roupas de cama, de servir à mesa e alguns enfeites. Aos poucos a casa começaria a tomar ares de lar novamente, com tudo muito simples, porque eu não queria gastar com o que realmente não fosse necessário. Naquele dia, seu pai pegou você e o Banjokô e os levou para um passeio, e já me conhecendo o bastante para saber que eu não aceitaria se tivesse sido consultada antes, comprou alguns móveis, que mandou entregar dias depois. Eu queria devolver, mas a Esméria não deixou, achando que, se ele tinha condições, o meu orgulho não deveria prejudicar o conforto dos meus filhos.

A LOJA

Em certos dias eu ficava completamente desanimada, e só me apetecia estar com você e com o Banjokô, o que muito agradeci quando aquela tragédia toda aconteceu. Não sei do que você se lembra, mas nas poucas vezes que tocou no assunto, foi sempre para falar de algum momento feliz, talvez até porque notasse o quanto ainda me perturbava. Mas não posso negar que tivemos uma despedida feliz, que aqueles dias nunca teriam sido possíveis se não tivéssemos saído do sítio, se eu não tivesse tido tempo de ensinar as primeiras letras para o Banjokô, se nós três não tivéssemos dado tantas risadas juntos pelos motivos mais simples. Eu estava adiando as providências para começar a ganhar a vida novamente e me distraía com vocês, desde o nascer do sol até a hora em que vocês iam exaustos para a cama. Sempre inventávamos o que fazer, um passeio até o centro da cidade, brincadeira de chuva com a água do poço, idas até a praia ou visitas à Adeola e à sinhazinha. Foi em uma das visitas que o doutor José Manoel comentou que ia sugerir ao Alberto alugar o prédio da padaria em vez de tentar vendê-lo, porque quase ninguém tinha dinheiro para grandes investimentos e, se tinha, investia em coisas mais rentáveis, como escravos, por exemplo. Tive a ideia de alugar eu mesma o prédio todo e sublocá-lo. Podia não ganhar muito, mas já era algum dinheiro, pois eu não gostava da ideia de voltar a vender pelas ruas, serviço que estava sendo feito por um número cada vez maior de pessoas que não encontravam outra ocupação.

Quando o Sebastião foi até o sobrado dizer ao Alberto que eu queria falar com ele, reparou na nova mulher e me contou que ela era feia, velha e muito magra. A Esméria estava por perto e ouviu o relato, dando a ela a alcunha pela qual passaríamos a chamá-la, "Ressequida", sendo que nunca tive interesse em guardar seu verdadeiro nome. O que eu queria saber era como estava o Alberto, mas não tinha coragem de perguntar, embora não fosse difícil ver pelo rosto dele que não estava feliz. Foi no dia em que tratamos do aluguel que ele te deu o cachorrinho, Xangolo, com uma fita azul amarrada no pescoço. Quem deu o nome foi o Banjokô, que eu nunca imaginei que soubesse que você é filho de Xangô, ou talvez não soubesse e apenas tivesse ouvido falar no nome, entendendo errado. Mas você gostou, como gostava de tudo que ele fazia, pois tinha uma enorme admiração pelo irmão mais velho. O Alberto não pôs empecilhos quanto à transação sobre o aluguel, e como não sabíamos um valor a fixar, ele falou que o que eu conseguisse estava bom, que desse valor eu pagaria a metade para ele e a outra metade ficaria comigo. Para variar, eu não queria que fosse assim, mas ele disse que eu faria um grande favor, já que também gostaria de contribuir para a sua criação e eu não aceitava nenhum dinheiro que viesse dele. Isso era verdade, ele já tinha tocado no assunto e eu não quis nem conversar, alegando que, se realmente precisasse de alguma coisa para você, eu mandaria pedir. A metade do aluguel também seria como uma comissão para eu cuidar do imóvel, para dar conta de que nada fosse quebrado ou roubado, como acontecia em muitos imóveis alugados para pessoas descuidadas. Como eu já não tinha mais muito dinheiro, aceitei, antes que tivesse que fazer algum trabalho de que não gostava.

ACASOS

Pensei em pôr anúncio no jornal, mas o mestre Agostino disse que não era uma boa ideia, que eu não sabia que tipo de gente poderia aparecer, e o melhor seria por meio de indicações dos amigos. Nem precisei me esforçar, pois o Fatumbi pediu alguns dias para falar com uns conhecidos, mas provavelmente já tinha as pessoas certas para ocupar o prédio da padaria. Durante os dias de espera, eu, o Sebastião e o João Badu limpamos e fizemos algumas modificações, levantando divisórias de madeira e cobrindo alguns fornos, de modo que o cômodo ganhou seis bons quartos e uma cozinha. O tempo pedido pelo Fatumbi foi o necessário para que terminasse uma nova rebelião dos federalistas e seus amigos pudessem chegar a São Salvador. Os rebelados tinham tomado o Forte do Mar e atacado de lá, a tiros de canhão, boa parte dos edifícios oficiais da cidade baixa. O ataque não durou muito tempo, pelo fim da munição ou porque os canhões dos rebeldes foram atingidos no contra-ataque, não me lembro, mas logo o pior já tinha passado. Os líderes dos rebeldes eram presos políticos das rebeliões federalistas anteriores, inclusive o Cipriano Barata, que tinha recebido condenação na corte e estava cumprindo pena no forte. O Fatumbi disse que os federalistas contavam com a adesão dos oficiais em terra, mas não sabiam que os rebeldes que poderiam apoiá-los já tinham quase todos sido substituídos, o que indicava um fim bastante próximo para a rebelião. E, com o fim, os ancoradouros passariam a ser menos vigiados e os amigos dele finalmente poderiam desembarcar. Perguntei quem eram e ele disse que preferia esperar para ver se tudo ia mesmo dar certo e então contaria, mas que eu podia ficar tranquila, pois eram pessoas da sua inteira confiança.

Eu tinha pedido ao Tico e ao Hilário que, quando fossem a Cachoeira, procurassem a morada do homem que tinha comprado os utensílios da padaria. Não tinha esperanças de encontrá-lo, apenas a curiosidade de saber o que funcionava lá, e os meninos me disseram que era a casa de um padre que nunca tinha ouvido falar no tal sujeito. Mas, na mesma rua, encontraram um armazém que vendia folhas de fumo, o que fez com que tivessem a ideia do negócio que me propuseram, a fabricação de charutos. Eram famosos o fumo e os charutos do Recôncavo, que os fazendeiros e fabricantes vendiam até para a Europa. Somente as melhores folhas de fumo ou os charutos feitos com elas eram mandados para a Europa, as outras folhas ficavam para uso no Brasil ou seguiam direto para a África, onde eram trocadas por escravos. Para a África, as folhas eram mandadas de modo diferente para disfarçar a baixa qualidade, mas foram tão bem aceitas que mais tarde os ingleses e franceses tentaram imitar o método baiano, mas sem sucesso. Os fazendeiros baianos pegavam as folhas partidas ou amassadas e faziam um grande rolo, que era então embebido em melaço e enrolado em couro, para que conservassem pelo menos um pouco do aroma e não ressecassem, inventando uma nova qualidade de fumo, adocicado e forte, o mais apreciado em toda a África. Os meninos viram as folhas que o comerciante vendia e disseram que era de média qualidade e que, se bem trabalhadas, poderiam passar por boas, e era exatamente o que queriam fazer. Eles comprariam as folhas de fumo em Cachoeira, e em São Salvador enrolaríamos os charutos que seriam vendidos na região de São Jorge dos Ilhéus, que estava ficando rica por causa das muitas fazendas de cacau que estavam surgindo por lá, montadas por estrangeiros. Eu não tinha a mínima ideia de como se produzia charuto, mas lembrei de ter ouvido a Claudina falar de um ex-namorado que já tinha sido mestre charuteiro, e fui conversar com ela.

Na loja do alufá Ali, conheci as duas crianças recém-nascidas, e quem estava pejada daquela vez era a Khadija. Fui cedo para ter certeza de encontrar a Claudina antes que ela saísse para o canto, porque realmente tinha gostado da ideia dos meninos e queria pô-la em prática o mais depressa possível. A Claudina também achou uma boa ideia e ficou de me procurar assim que conseguisse encontrar o ex-namorado, que tinha trabalhado durante vários anos em uma fábrica em São Félix. Ela também disse que sentia muito a minha falta, principalmente depois de terem arrumado uma nova hóspede, uma fulani aguadeira que, segundo ela, sempre mexia nas suas coisas. O alufá Ali já tinha conversado com a moça, que, além de negar tudo, ameaçou ir à polícia se alguém mais na casa a chamasse de ladra. Não adiantou explicar que ninguém estava falando em roubo, que de fato não era, mas de mexer nas coisas alheias. Mas o alufá ficou amedrontado com a simples menção de chamar a polícia, temendo uma perseguição se os cultos muçurumins fossem denunciados, e ficou o dito pelo não dito. Tive vontade de convidar a Claudina para morar conosco, mas o jeito festeiro dela não era do gosto da Esméria, e achei que não seria uma boa ideia resolver um problema criando outro. E pior, um problema entre duas pessoas de quem eu tanto gostava.

OS MUÇURUMINS

Fiquei muito ansiosa enquanto a Claudina tentava encontrar o ex-namorado, e foi bom que, para me distrair, dois ou três dias depois de eu ter ido falar com ela, o Fatumbi disse que estava tudo certo em relação aos amigos dele, que chegariam a qualquer momento, o que aconteceu naquela mesma noite. Tive que me levantar para abrir a porta da padaria e vi que eram pelo menos quinze pessoas, ficando bem assustada por não ter imaginado tantos. Depois que eles entraram, o Fatumbi me pediu que voltasse para casa e esperasse que no dia seguinte algum deles fosse me procurar, para tratarmos do valor do aluguel. Voltei para a cama e não consegui dormir, o que não aconteceu com eles, que deviam estar muito cansados. Somente perto da hora do almoço foi que percebi movimento na padaria, quando eu estava com você e o Banjokô perto do poço, em meio a uma aula. Um homem saiu pela porta dos fundos e caminhou na nossa direção, e quando eu me levantei para cumprimentá-lo, ele se dirigiu ao Banjokô pronunciando várias vezes o nome do Fatumbi. Eu disse que era a pessoa responsável pelo aluguel, mas ele nem olhou para mim, e continuou falando com seu irmão em uma língua que percebi ser o hauçá. Assim como os outros que eu tinha visto na noite anterior, ele estava vestido à moda dos muçurumins, de abadá e barrete na cabeça, e também usava o anel de prata que os identificava. Ele não se importou com a minha presença e continuou falando com seu irmão, mas os dois não se entendiam. Resolvi interferir falando em iorubá, avisando o homem que o Fatumbi não estava, e então, ainda sem olhar para mim, ele fez um movimento com a cabeça na direção do seu irmão e voltou para a padaria. Quando o Fatumbi chegou, dizendo que tinha ido até a casa do Diogo e do James avisar da chegada dos amigos, contei o que tinha acontecido e ele disse que provavelmente eu tinha falado com o Suleimane, um hauçá recém-chegado da África.

Minha alegria e minha curiosidade aumentaram quando o Fatumbi comentou que muitos dos que estavam na padaria tinham acabado de chegar da África e teriam um papel muito importante nos planos dos muçurumins da Bahia. Contei que o homem não tinha falado comigo, e ele disse que seria assim até que algum homem responsável por mim desse a permissão, e que no meu caso poderia ser o Banjokô, que já era um rapazinho. O Fatumbi então entrou na padaria e voltou com o Suleimane, pedindo que o Banjokô repetisse tudo o que ele falasse, mesmo sem entender. Acho que seu irmão sentiu que aquele era um dos acontecimentos mais importantes da vida dele, ao qual se referia sempre que tinha oportunidade, o primeiro em que foi tratado como um verdadeiro rapazinho, responsável pela mãe. Somente depois de cumprimentar você e o Banjokô foi que o Suleimane se dirigiu a mim, dizendo salamaleco. Depois disso eu já não entendi muita coisa porque não sabia muitas palavras em hauçá, e foi preciso que o Fatumbi servisse de intermediário entre nós dois. Será que você se lembra do que fez enquanto estávamos conversando? Foi para casa e voltou com um pano enrolado no alto da cabeça, uma imitação do barrete do muçurumim, e parou do nosso lado, sério, como se a qualquer momento fosse participar da conversa. Eu não sabia onde me esconder de vergonha, mas logo o Fatumbi começou a sorrir e o Suleimane sorriu também, o que foi suficiente para que você voltasse para casa e fosse chorar nos braços de avó da Esméria. Tinha ficado com vergonha ou bravo, não sei, por eles não te terem levado a sério.

Durante os primeiros dias, foi grande o movimento de gente entrando e saindo da loja, e o Fatumbi disse que queriam ver e ouvir o mala[1] Abubakar, um grande chefe muçurumim a quem todos deviam respeito e obediência. Eu queria saber mais coisas, mas o Fatumbi disse que não podia revelar, e que só estava me contando sobre ele para que eu entendesse a grande movimentação que poderia haver por lá, e também porque confiava em que eu manteria segredo. Nem todos os muçurumins de São Salvador ficariam sabendo da presença do mala Abubakar, somente os mais graduados e os de inteira confiança, nunca os recém-convertidos, porque ainda não se sabia das suas reais intenções. Junto com o mala estavam duas das suas mulheres, as mais novas e sem filhos, de nome Fátima e Binta, que eu já tinha visto pegando água no poço, mas com quem não tive coragem de conversar, também por não saber que língua falavam. Depois o Fatumbi disse que elas e o mala Abubakar eram africanos mas falavam português, pois já tinham morado alguns anos em São Sebastião do Rio de Janeiro, e que naquele momento estavam na Bahia acompanhados de muçurumins que também já tinham morado na corte e de outros que tinham acabado de chegar de Sokotô ou de Katsena, em África. Havia dois deles, inclusive, que já tinham morado na Bahia e foram deportados depois da rebelião de um mil oitocentos e treze, de nomes Bacar e Buraima. Estes eram os nomes que eles adotavam no momento para não serem presos, pois estavam proibidos

[1] Mala: provavelmente corruptela de malam, do árabe *mu'allim*: clérigo, instrutor.

de entrar no Brasil. O Fatumbi disse que seria bom eu me aproximar das mulheres, porque assim ganharia mais facilmente a confiança deles. Além das esposas do mala Abubakar havia uma criada, a Safyia.

Todos nós da casa tínhamos grande curiosidade em relação a eles, mas ficávamos de longe para não deixá-los constrangidos, observando quando saíam para o quintal. Eles evitavam andar ao sereno antes da primeira oração do dia, por causa dos gênios maus, e, no início, quase ninguém saía da loja, nem para comer ou fazer compras, e fiquei curiosa para saber se cozinhavam lá dentro, usando os fornos. O Fatumbi confirmou que algumas coisas sim, mas que também ganhavam muitos presentes, principalmente comida, que nós não víamos porque eram deixados na porta da frente da padaria, e estávamos nos fundos. Certa noite, eu me levantei antes das quatro da manhã e vi que era verdade, que havia muitas comidas do lado de fora, algumas prontas para consumir e outras ainda por fazer, e muitos pães e frutas. Todos eram muito simpáticos, e depois que se apresentavam ao Banjokô e recebiam dele a permissão para falar comigo, sempre me cumprimentavam.

Eu não sabia por que, mas havia um deles de quem não gostava, e imaginava que era por causa do jeito bastante assustador, um homem enorme de altura e de corpo, com os dentes limados para parecerem presas e uma feia cicatriz na mão direita. Nada nele era agradável, exceto o nome, que eu gostava de pronunciar: Mussé. As mulheres eram falantes, principalmente a Safyia, que logo se apegou a você por causa da atenção com que você ouvia as histórias que ela gostava de contar. Eu e a Esméria logo percebemos que a Fátima e a Binta não viviam em harmonia como acontecia com a Khadija e a Mariahmo, as mulheres do alufá Ali. Cada uma delas jogava na outra a culpa por ainda não terem dado um filho ao mala Abubakar, achavam que era feitiço, e embora nunca brigassem diretamente, era só estarem separadas para que uma criticasse a que estava ausente. Por causa dessas intrigas, eu não gostava muito de conversar com elas em separado, e também porque achei que me olhavam com inveja por eu já ter dois filhos e elas não terem nenhum, apesar de sermos quase da mesma idade.

ADIAMENTOS

Assustei-me no dia em que o Alberto apareceu sem avisar. De tão entretida com a chegada dos muçurumins, eu tinha me esquecido de mandar dizer que a padaria já estava alugada. Por sorte, estavam todos dentro da loja, e eu disse apenas que eram amigos do Fatumbi, gente de confiança. Achei que ele fosse se importar se soubesse que eram muçurumins, e dos mais importantes, que estavam em São Salvador para ajudar a preparar uma rebelião. Quando eu pensava em rebelião e no Alberto, que era uma pessoa branca e boa, mesmo com os defeitos todos, tentava imaginar quantos outros brancos também seriam punidos injustamente, como era o caso da sinhazinha, do doutor José Manoel e do padre Heinz. Quantos brancos já não tinham perdido seus negócios e a vida de pessoas queridas, mesmo sendo contra a escravidão? Eu não tinha coragem de falar sobre isso com ninguém, e muito menos culpar as rebeliões pelo fim da minha união com o Alberto, porque foi só para ficar mais tranquilo que ele tinha se casado com uma brasileira. Isso tudo eu pensava quando via vocês dois brincando, sentados sobre a esteira aberta no quintal, um de frente para o outro como se fossem duas crianças. Eu tinha vontade de cuidar das duas, e por mais que tentasse odiar seu pai pelo que ele tinha feito, por mais que tentasse culpá-lo pela vida que estávamos levando fora do sítio, na verdade tudo o que queria era esquecer as mágoas e voltar a tê-lo por perto. Ele parecia me olhar com o mesmo desejo, mas, por medo de ser rejeitado, nenhum dos dois tinha coragem de tomar a iniciativa de dizer que, apesar de tudo, ainda havia o querer bem. Ele gostou bastante quando contei sobre o negócio dos charutos, dizendo que era um produto que sempre venderia bem, principalmente se fosse de boa qualidade e pudesse ser oferecido aos mais ricos, que não deixavam de fumar um bom charuto mesmo se tivessem que economizar em outras coisas.

A Claudina encontrou o mestre charuteiro e ele aceitou nos dar algumas aulas, ficando também responsável por avaliar a produção durante algum tempo, pelo que cobrou muito bem cobrado. O Tico e o Hilário disseram que não havia problemas, que os negócios deles estavam indo bem e pagariam por tudo. Quando voltaram de Cachoeira com um carregamento inicial de folhas de tabaco, avisamos o amigo da Claudina, um crioulo chamado Nego Ginga, que apareceu vestindo calça, paletó, botinas e chapéu. Ele fazia bem o tipo do qual ela gostava, solerte, com jeito de quem se achava o melhor em tudo que fazia. Primeiro, achamos que ele estava querendo nos enganar ao dizer que a fabricação de charutos não era nada do que estávamos pensando, que não ia sair mais do que um cigarro dos mais vagabundos se não tivéssemos os instrumentos e os produtos certos, além de conhecermos bem as técnicas. Mas depois, à medida que explicava cada processo, percebemos que entendia mesmo e que o nosso sonho de ficarmos ricos depressa teria que ser adiado. O Nego Ginga se ofereceu para ir com o Tico e o Hilário até o Recôncavo, apresentá-los a alguns fornecedores e até arrumar para que os dois passassem alguns dias em uma fábrica, vendo como tudo funcionava. Ficamos frustrados, mas, com certeza, aquela seria a melhor maneira de começar, aprendendo a fazer direito, e a viagem ficou marcada para dentro de duas semanas. Foi bom que acontecesse assim, que eu não tivesse mais nada para fazer a não ser esperar e, portanto, tivesse tempo para amenizar toda a dor quando seu irmão nos deixou.

MAIS UM ABIKU

Os muçurumins tinham chegado havia menos de um mês, e foi o Mussé quem entrou em casa com o Banjokô nos braços. Ele não teve culpa alguma, mas acho que o instinto materno já tinha me avisado que seria portador de más notícias, por causa da antipatia inicial. Eu estava na cozinha ajudando a Malena e ouvi vozes de crianças cantando e festejando, e na hora soube que era para o seu irmão, principalmente quando reconheci a voz do Kokumo. Depois de tanto tempo, era uma voz da qual eu nem sabia ser capaz de lembrar, mas a reconheci como se tivesse ouvido o Kokumo conversar comigo ainda naquele dia. Parei o que estava fazendo; a Malena perguntou o que tinha acontecido e acho que repeti duas ou três vezes as palavras "meu filho". Ela achou que eu falava de você e disse que tinha subido para o quarto com a Esméria, pois sempre dormiam um pouco depois do almoço. Eu disse que não estava falando de você, mas do Banjokô, que tinha voltado para o *Orum*.

Fui em direção à porta e primeiro vi o Mussé virá-lo de barriga para cima e depois pegá-lo no colo, na mesma posição que eu tinha visto uma Nossa Senhora carregando o filho dela, pintada na parede de uma das padarias que visitei antes de abrir a Saudades de Lisboa. E era apenas nisso que eu pensava, tentando me lembrar onde ficava tal padaria, enquanto o Mussé me perguntava o que fazer com o menino. A Malena foi chamar o João Badu, que estava no terreno vizinho cuidando da horta, e depois subiu para chamar a Esméria e para ficar com você no quarto. Só quando consegui me lembrar que a pintura ficava em uma padaria grande que havia no Beco do

Mocambinho foi que me vi parada sozinha do lado de fora da porta, com os muçurumins agachados à minha direita, fazendo aquelas orações em que todos falavam ao mesmo tempo. Tive vontade de gritar para que parassem, porque já estava ouvindo vozes demais, atordoada com a festa dos *abikus*, e apenas disse que já sabia quando a Esméria me avisou que o Banjokô estava morto, que não havia mais nada a fazer. Ela estava quase desmaiando e precisou ser socorrida pela Fátima e pela Binta, que a levaram para um dos quartos, enquanto a Safyia me alisava o rosto e dizia que eu precisava ser forte. Eu tinha breves instantes de lucidez, quando entendia o que ela estava falando, para logo em seguida sentir a cabeça rodar acompanhando a malta de crianças que corria ao redor da sala onde estava o corpo do seu irmão, estendido sobre a mesa. Os gritos das crianças se uniam à reza dos muçurumins e tudo ficava muito confuso. Minha maior vontade era expulsar as crianças da sala, pois elas pareciam zombar de mim, dizendo que eram vencedoras, que não tinha dado certo nada do que eu tinha feito para manter seu irmão preso ao *ayê*, à terra. Para espanto de todos, foi exatamente o que fiz, pegando uma vassoura e usando-a como arma, varrendo furiosamente cada canto da sala.

Aos poucos, voltei a perceber as pessoas ao meu redor, a Safyia, o mestre Agostino, o Adriano, o Jongo, o Fatumbi e o João Badu, como se eu precisasse primeiro sentir a tristeza delas para depois poder suportar a minha; e só então olhei para o Banjokô. Na mesa já havia uma enorme poça de sangue, e o corpo me pareceu tão gelado quanto a lâmina da faca que estava ao lado dele, a mesma que minutos antes estivera enterrada em seu peito. As pessoas se perguntavam o que tinha acontecido, e eu ouvi quando, depois de interrogar o Mussé, o Fatumbi começou a explicar. Mas eu pegava apenas pequenos pedaços da história, sem conseguir entendê-la por inteiro. Pensava apenas que seu irmão estava morto e eu era culpada pela morte dele, por não ter feito todas as cerimônias para afastar os *abikus*, por achar que depois dos sete anos ele não corria mais perigo, por não estar junto dele para protegê-lo daquela faca. Eu me sentia tão culpada que não conseguia chorar, por medo de que estivesse chorando por mim e não por ele, e então percebi que as pessoas me olhavam esperando alguma reação. O que fiz foi quase sem pensar, indo até o poço e dizendo que tínhamos que lavar o corpo e providenciar o enterro. O Fatumbi foi atrás e perguntou se eu estava bem, ao que respondi que sim, que só queria providenciar para que meu filho fizesse uma boa viagem até o *Orum*, e entreguei o balde nas mãos dele, para que fosse pegando água para mim. Chegando perto do Banjokô, pedi que o João Badu largasse o corpo, ao qual se abraçava, e me ajudasse a tirar a roupa dele, e depois que o Adriano ou o Jongo arrumassem sabão e bucha. O mestre Agostino tinha lágrimas nos olhos quando pedi que buscasse a flauta e tocasse para o meu filho, que gostava tanto de música. Quando não havia clientes na barbearia, o mestre Agostino começava a tocar, e o que quer que o Banjokô estivesse fazendo, ele largava e ia se sentar ao lado do velho, para depois tentar imitar os sons com a própria flauta.

O mestre Agostino primeiro começou a tocar como quem se desculpava, mas pedi que acompanhasse o meu ritmo enquanto esfregava o corpo do Banjokô, e logo todos ouviam em silêncio uma melodia vigorosa, do jeito que seu irmão gostava. O Jongo foi o primeiro a se oferecer para ajudar, pegou um pedaço de pano e esfregou com força as partes que o Fatumbi ia molhando, enquanto eu avisava que não era para deixar um pedacinho sequer de pele sem estar muito bem lavado. Depois que terminamos, eu estava cansada demais para sentir tristeza. O mestre Agostino parou de tocar e as rezas dos muçurumins novamente entraram pela sala, e então percebi que não sabia mais o que fazer. Na viagem para o Brasil, tinha ouvido a minha avó dizer que não tinha dado um enterro decente ao Kokumo e à minha mãe, mas não contou como deveria ter sido. Pedi ao Fatumbi que tentasse encontrar o sítio do Baba Ogumfiditimi, explicando mais ou menos onde ficava, e contasse o que tinha acontecido, para ver se ele poderia ir à nossa casa. Assim que o Fatumbi saiu, peguei uma cadeira e coloquei ao lado da mesa, onde alguém tinha deixado uma vela queimando, e pedi que repetissem a história do acontecido.

Quem se aproximou foi a Fátima, que narrou o que tinha ouvido do Mussé. O Banjokô e dois amigos estavam brincando na rua quando foram até a porta da padaria e começaram a mexer nos presentes que os muçurumins sempre deixavam para o mala Abubakar, entre os quais havia uma faca. O Banjokô estava com ela na mão quando ouviram barulho dentro da loja e saíram correndo, com medo de serem repreendidos, e alguns passos adiante meu filho tropeçou e caiu sobre a faca, que o atingiu bem no coração. Era uma faca de sacrificar carneiros, com a lâmina afiada e pontuda, mortal quando encontra o caminho certo. O Mussé estava do lado de dentro da loja, perto da porta, quando ouviu os gritos e saiu para ver o que estava acontecendo. Encontrou os dois meninos debruçados sobre o Banjokô, chamando por ele, e quando percebeu que pretendiam sair correndo, segurou um deles pelo braço até que conseguisse entender o que tinha se passado antes que a porta fosse aberta. O restante eu mesma tinha visto.

Enquanto a Fátima contava essa história, eu a via acontecendo na minha frente, real, e tentava conter um filete de sangue que ainda escorria do buraco deixado pela faca, evitando que se formasse um riozinho sobre a mesa. Consolava-me saber que naquele momento o Banjokô estava voltando para junto da minha mãe e da minha avó, que cuidariam muito bem dele, que ainda poderia brincar com o Kokumo e a Taiwo. Mas também sentia um grande medo de que a sinhá ficasse sabendo do acontecido e me cobrasse pelo descaso com que tinha cuidado do meu filho, permitindo que morresse de maneira tão boba, justo ele, a quem ela pretendia dar um futuro. Era das muitas cenas dele com ela que eu me lembrava enquanto a noite ia chegando e as pessoas começaram a me deixar sozinha na sala, aparecendo de vez em quando para saber se eu precisava de alguma coisa. Os muçurumins me deram comida que eles mesmos tinham preparado, e o mestre Agostino colocou uma flauta entre as mãos do Banjokô e quis saber se eu gostaria que tocasse mais algumas músicas. Fiquei aliviada quando vi o Baba Ogumfiditimi descer de uma cadeirinha junto com o Fatumbi, porque não conseguia mais suportar os olhares que perguntavam se eu não ia fazer mais nada. Pedi a todos que nos deixassem sozinhos, e o Baba Ogumfiditimi cantou um ponto para meu filho, ou melhor, para Oxóssi, e depois rezou alguns *orikis*. Disse que a morte não era motivo para tristeza, mas isso era difícil de evitar quando o morto era muito jovem. Quando as pessoas morrem velhas e, principalmente, se deixam filhos, a viagem para o *Orum* é motivo de festa. Mas quando morrem jovens todos se entristecem, porque fica a sensação de que não tiveram tempo de cumprir a missão recebida. Mas o Baba Ogumfiditimi me tranquilizou, dizendo que seu irmão era uma pessoa especial, um *abiku*, que, por não saber o mal que aquelas idas e vindas tão rápidas causavam a ele e às pessoas que gostavam dele, que por não saber disso, àquela hora devia estar muito feliz. O Baba também disse para eu não me sentir culpada, pois às vezes o trato se cumpre de qualquer maneira, mesmo que tudo tenha sido feito para segurar o *abiku* no *ayê*. Os *abikus* têm uma mãe no *Orum*, a *Ìyájansá*, e às vezes a ligação dela com um dos filhos é tão forte que nada pode ser feito para detê-la, e ela acaba conseguindo atraí-lo de volta. Perguntei ao Baba Ogumfiditimi se poderíamos fazer alguma coisa para que a alma do Banjokô deixasse de ser tão errante, já que isso o prejudicava, e ele respondeu que sim, que uma precaução deve ser tomada na hora da morte, mas que nem sempre a família da terra permitia. Geralmente, os *abikus* que retornam ao *Orum* mesmo tendo fortes ligações no *ayê* são os preferidos de *Ìyájansá*, e o que se deve fazer é deixá-los menos atraentes aos olhos dela e dos outros companheiros, mutilando seus corpos. Mutilados, eles causam medo nos outros *abikus*, que não querem mais brincar com eles. Sentindo-se sozinhos e rejeitados, eles se desligam dos companheiros e retornam ao *Orum* como um espírito normal. Estava em minhas mãos dar essa oportunidade ao Banjokô, mas teria que ser em segredo. Eu nunca tinha contado isso para ninguém, nem mesmo para a Esméria, mas acho que agora você já pode saber, tantos anos depois.

Eu e o Baba Ogumfiditimi saímos de madrugada para o sítio dele, e não permiti que ninguém nos acompanhasse, dizendo que faríamos apenas uma cerimônia para encomendar o espírito, e o Banjokô seria enterrado por lá mesmo. Eles quiseram protestar, mas fui firme, alegando que precisava daqueles momentos a sós com meu filho, mas eu também não tive coragem de acompanhar toda a cerimônia. Assisti apenas à metade, que foi muito bonita, e saí do salão antes que começassem a preparar o corpo para ser mutilado. Por mais que eu soubesse que o Banjokô nada sofreria, que estávamos fazendo o melhor para ele, era algo que eu não conseguiria suportar. Fiquei na casa da Monifa até tudo terminar, quando também não quis acompanhá-los até o rio, onde fariam um despacho. Agradeci ao Baba Ogumfiditimi, que não quis cobrar nada, e voltei para casa com a sensação de ter deixado parte muito importante de mim em algum lugar de onde eu nunca mais conseguiria recuperá-la.

AGARRAR A VIDA

Não sei o que te disseram, mas quando voltei para casa você pulou nos meus braços e disse que me amava muito. Eu te abracei forte e não me lembro se consegui dizer como aquelas palavras tinham sido importantes, as únicas que ouvi antes de te colocar nos braços da Malena e subir para o quarto, onde um cansaço que parecia estar acumulado durante anos me deixou de cama por dias seguidos. Depois a Esméria contou que levavam comida, água e vasilhas para as minhas necessidades e perguntavam se eu queria alguma coisa, mas era como se eu não ouvisse. Nem me lembro em que pensava, se é que pensava em alguma coisa ou apenas obedecia às ordens que me davam para fazer isso ou aquilo. O que me fez reagir foi novamente o som da sua voz, uma gargalhada que entrou pela janela enquanto você brincava com seu pai bem embaixo dela. Eu me lembro que fui ver o que estava acontecendo e você olhou para cima e me viu, pedindo que eu fosse até o quintal ver o presente que tinha acabado de ganhar. Não sei se fui porque quis ou se apenas te obedeci, mas já era alguma coisa, uma reação. O presente era um cavalinho de madeira que andava sobre rodas, quase igual ao que eu tinha dado ao Banjokô quando você nasceu, que fiquei olhando você puxar pelo quintal até me sentir embalada naquele trote, com vontade de fugir para algum lugar bem distante. Fechei os olhos mas não consegui enxergar tal lugar, e só fui acordar na cama, com seu pai ao meu lado e a Esméria segurando um pano sobre meu nariz, e dele saía um cheiro tão forte que quase me fez engasgar. Ela então enxugou algumas lágrimas com o dorso da mão e saiu do quarto, deixando o Alberto. Ele não sabia o que dizer e substituiu as palavras por um abraço, e foi o que bastou para que eu começasse a chorar pedindo que voltasse, que não nos deixasse tão sozinhos, que eu e você precisávamos muito dele. O Alberto não respondeu, apenas me abraçou com mais força e deixou que eu chorasse tudo o que não tinha chorado naqueles dias, até dormir novamente e acordar sozinha, com os olhos tão inchados que nem conseguia abri-los. Se eu tivesse forças, teria buscado você para dormir comigo, para ter certeza de estar por perto caso alguma coisa ruim fosse te acontecer, porque você também era um *abiku*. O Baba Ogumfiditimi tinha assegurado que você não era como o Banjokô, que os seus laços com o Orum não eram tão fortes quanto os dele, mas diante de uma perda tão grande e repentina, era fácil pensar que o destino poderia mudar o curso. Quando o dia estava para amanhecer, eu me levantei e decidi que tinha que continuar, que nem nojo colocaria, porque, por mais que nos doesse a falta, seu irmão estava onde queria estar, no *Orum*, com os amigos. Em três semanas, a vinte e um de junho, você faria três anos, e resolvi antecipar seu ritual, aproveitando para pedir ao Baba Ogumfiditimi que reforçasse sua ligação com o nosso mundo. Foi difícil voltar àquele sítio depois de tão pouco tempo, e tive que fazer muito esforço para não ficar imaginando o corpo do seu irmão sendo mutilado sobre a mesma mesa onde estavam colocadas as ervas para o seu banho.

Antes do ritual, o Baba Ogumfiditimi te deu um banho de esfregação com bejerekum, uma erva que ajuda a afastar os *abikus*, e da qual peguei uma muda para fazer a mesma coisa em casa sempre que achasse necessário.

Depois, deu início ao ritual que ainda se prolongaria por catorze dias, chamado de *Itefá*, que te ajudaria a desenvolver a personalidade. Ele nos deu vários objetos e inscrições sagradas que eu deveria deixar espalhados pela casa para que você tomasse a iniciativa de saber o que significavam e tentasse tirar delas o que tinham de melhor. Eu não podia interferir, apenas observar e depois relatar seu comportamento a ele. Lembro-me de que, na época, escrevi tudo para não esquecer, pois não estava em condições de confiar na memória ou no senso de observação. E ainda hoje de nada me recordo, o que deve ser uma vingança da memória por eu não ter deixado que ela fizesse o trabalho sozinha.

Daqueles dias posteriores à morte do Banjokô, lembro-me apenas de fatos, não de detalhes, o que me faz, por exemplo, recordar que seu pai voltou no dia seguinte à nossa visita ao Baba Ogumfiditimi. Eu tentava fazer com que a vida continuasse em um ritmo normal, e quando ele chegou, eu e você estávamos sentados ao lado do poço, eu te contando uma história qualquer para desviar sua atenção da pergunta que tinha acabado de fazer. Queria saber do seu irmão, e eu disse que ele tinha feito uma viagem muito longa e que provavelmente você só o encontraria de novo quando resolvesse fazer essa viagem também, mas que ainda ia demorar muito tempo. Fiquei com medo de que você me perguntasse quando e para onde seria essa sua viagem, mas seu pai chamou a nossa atenção, chegando com os braços cheios de presentes. Atrás dele estava um mulato carregador que equilibrava uma enorme mala sobre a cabeça. Seu pai sorriu para mim e mandou que o mulato deixasse a mala dentro de casa. Depois, ficou ajoelhado no chão e abriu os braços para que você corresse até ele, avisando que ficaria conosco por duas ou três semanas. Mais tarde, quando estávamos sozinhos, perguntei o que tinha dito à Ressequida e ele respondeu que mentira para ela, inventando uma caçada. Acho que ele leu meus pensamentos, pois antes que eu perguntasse se costumava fazer a mesma coisa comigo, inventar desculpas para estar longe, ele comentou que era a primeira vez que fazia aquilo, e por um bom motivo. Eu não acreditei, mas também não estava com vontade de discutir, porque parte de mim estava muito feliz por ele estar ali, transmitindo força e segurança, principalmente em relação a você, garantindo que nada de ruim te aconteceria.

Na primeira noite, o Alberto dormiu na esteira ao lado da minha cama, e conversamos muito. Falei muitas coisas sobre o Banjokô, sobre as falhas que eu tinha cometido, sobre a minha dúvida, se não teria sido melhor, ou pelo menos mais seguro para ele, ter se mudado para a corte com a sinhá. Eu pensava naquilo a todo instante, se o Banjokô não tinha morrido por causa do meu orgulho de mantê-lo junto a mim, e não conseguia perceber que o destino o teria perseguido onde quer que estivesse. O Alberto também estava triste, mas disse que não era nada, que em outro dia conversaríamos sobre ele, pois naquele momento a prioridade era o que eu estava sentindo. Na noite seguinte ele se deitou comigo na cama de solteiro, o que nos fez dormir abraçados e foi bastante providencial, porque nenhum de nós queria dar o primeiro passo para reatar o relacionamento. E só na terceira noite voltamos a ser homem e mulher um para o outro, quando ele me contou que, daquele jeito, o casamento dele tinha se confirmado apenas uma vez, na noite de núpcias. Confessou que pensava em mim quando fez amor com ela, e que nunca, com mulher alguma, tinha sentido o que sentia comigo. Embora eu não tivesse muito como comparar, disse que também sentia o mesmo, e decidimos que ficaríamos juntos, da maneira que fosse possível.

Você se lembra de como ele nos fez esquecer um pouco a saudade que sentíamos do Banjokô? A primeira coisa foi contratar várias pessoas para que virassem a frente da nossa casa. Antes, entrávamos em casa pelo mesmo lado em que ficava a padaria, mas ele não gostava daquilo e mandou abrir uma porta do outro lado da sala, para que tivéssemos uma entrada e uma saída só para nós, com direito a varanda e a uma bonita vista do vale que começava do outro lado da rua. Eu já tinha pensado em fazer aquilo mas não quis gastar mais dinheiro, e foi um belo presente. Ganhamos também cadeiras e redes para que pudéssemos nos sentar na varanda e ficar conversando, olhando o vale. Na maioria das vezes só ele falava, contando histórias de Portugal e da corte, que eu nunca me cansava de ouvir. Quase sempre as histórias se repetiam, mas ele se lembrava de um detalhe diferente, de alguma coisa que as tornava quase novas, e depois daqueles dias, vinte e dois dias, você nunca mais dormiu sem que eu ou a Esméria te contássemos histórias. Aqueles dias também serviram para que ele perdesse a reserva em relação aos muçurumins, duvidando do que falavam sobre eles, sobre o perigo que representavam. Mas os muçurumins estranharam, mais por mim do que pelo Alberto, porque não entendiam como uma preta podia viver bem com um branco. Isso eu percebi nos olhares que lançavam quando nos encontravam no quintal, mas nem me importava, e eles nunca comentaram nada diretamente. E foi somente alguns dias depois da partida do Alberto que voltei a prestar atenção neles, tentando me inteirar do que realmente estavam fazendo ali, dividindo um poço e um quintal comigo.

A Esméria já tinha chamado minha atenção para a tristeza do João Badu depois da morte do Banjokô. Às vezes ele pegava o cavalo de madeira e ficava andando em círculos no quintal, e para quem perguntasse o que estava fazendo, ele apenas balançava a cabeça, abria um riso triste e olhava para o céu dizendo que aquele era o brinquedo preferido do menino. Para sofrer um pouco menos, eu queria que o João Badu entendesse o que eu já entendia, que o Banjokô tinha partido porque assim quisera, e que não havia nada que pudéssemos ter feito para impedir. Mas eu sei que era difícil, e a Esméria disse que não adiantava tentar explicar, que o João Badu também queria morrer, e, à espera disso, nem tinha se interessado pelo meu pedido de plantar um jardim na nova frente da casa. O Sebastião o encontrou morto pela manhã, com o rosto sereno de quem parecia dormir depois de um dia muito cansativo. Agradeci quando o Fatumbi se ofereceu para cuidar do funeral porque, por mais que eu gostasse do João Badu, a lembrança da morte do Banjokô ainda estava muito viva, assim como a amizade que havia entre os dois. Despedi-me do corpo quando saiu de casa, levado por pessoas da Irmandade de Nossa Senhora da Soledade Amparo dos Desvalidos. A confraria tinha sido fundada no ano anterior na Capela dos Quinze Mistérios, e abrigava tanto cristãos como muçurumins, entre eles alguns amigos do Fatumbi.

OS CHARUTOS

Foi também por intermédio do Fatumbi que os muçurumins da loja se interessaram em trabalhar na produção de charutos, depois que o Tico, o Hilário e o Nego Ginga voltaram do Recôncavo com o conhecimento e o material necessários. Eles já tinham comprado as folhas de fumo fermentadas e envelhecidas, prontas para serem enroladas, o que tinha que ser feito com firmeza suficiente para que o charuto não ficasse nem mole nem apertado demais, impedindo a fumaça de circular dentro dele. Não sei se ainda é assim que se fabrica um charuto, mas lembro que fazíamos os miolos com folhas torcidas e colocávamos dentro de fôrmas, onde ficavam prensados por mais ou menos uma hora. Depois enrolávamos os miolos nas folhas mais inteiras, cortadas ao meio, que são as capas do charuto, escolhidas entre as mais bonitas. Havia várias qualidades e tamanhos de charutos, e os meninos acharam que seria melhor fazermos um de qualidade e tamanho médios, por serem mais fáceis de vender. Tinha mais ou menos seis polegadas de comprimento por quase uma de largura, baseada na medida de um anel de madeira por onde o charuto deveria passar. Quando ele estava no tamanho certo, aparávamos as pontas e colocávamos nelas uma cola feita com uma mistura de plantas, que também já recebíamos pronta. Tinha que ser essa cola, nenhuma outra servia, pois ela não soltava nenhum tipo de cheiro ou de gosto, o que podia estragar um bom charuto. Depois de pronto, ele era colocado dentro de uma caixa, onde ficava descansando por mais de um mês, e então dávamos o acabamento com bonitos anéis de papel que o Fatumbi recortava, desenhava e colava, um a um, com a nossa marca: São Félix, em homenagem à cidade onde o fumo era plantado. Com a ajuda dos muçurumins, que recebiam por charuto enrolado, fizemos a conta e vimos que poderíamos produzir quase dez mil por mês, mas o Tico e o Hilário não tinham certeza de que conseguiriam vender tudo isso. Como experiência, fizemos apenas mil e resolvemos esperar para ver o que aconteceria.

O Fatumbi estava entusiasmado com o novo negócio, embora não se atrevesse a pôr um charuto na boca; nem ele nem os outros muçurumins. Mas sempre dava boas ideias e caprichava muito nos anéis de papel, desenhados com tinta de arroz. Dizia que a apresentação era muito importante, pois mostrava a qualidade e o cuidado com que o charuto era feito. Eu admirava o Fatumbi cada vez mais, e pelo jeito você também, porque sempre que o via vestindo o abadá, pedia para colocar um que ele tinha dado de presente para você. Além da atividade de desenhista de anéis de charuto, ele era uma espécie de secretário do mala Abubakar, estava sempre tomando nota de tudo o que ele falava em papéis que depois passava para os outros lerem. Nessa época, também escreveu um texto falando sobre os problemas que os escravos forros enfrentavam nas ruas da cidade, que foi publicado em um jornal chamado *O homem de cor*.

AS RELAÇÕES

Enquanto esperávamos que os charutos ficassem prontos para serem vendidos, fiz várias oferendas a Oxum, pedindo prosperidade. Não me esqueci também da minha avó, da minha mãe, do Kokumo, da Taiwo e, pela primeira vez ao honrar meus mortos, do Banjokô. Sempre que você perguntava por ele, eu te contava histórias alegres, lembrava os passeios que vocês dois tinham feito e as coisas que ele gostava de te ensinar. Certo dia, fomos visitar o orfanato da Adeola, e o Tiago e o Mateus também ficaram muito tristes com a notícia da morte do seu irmão. O orfanato estava precisando de ajuda, não só dinheiro, mas principalmente pessoas que tivessem um pouco de tempo para dedicar às crianças, que já eram quase vinte. A Adeola disse que, depois que o lugar se tornou conhecido, cinco crianças já tinham sido abandonadas na porta durante a noite, todas doentes e mal alimentadas. Se eu tivesse condições, ajudaria bastante, mas em muitas ocasiões a gente deve se ater ao que pode, e não ao que quer fazer. Prometi ir até lá sempre que pudesse e, claro, levando dinheiro, ou comida, ou roupa, o que pudesse conseguir. Achei que a sinhazinha também poderia ajudar e, na volta, passamos na casa dela, onde você gostou de brincar com as meninas. Elas estavam grandes e muito ansiosas com a chegada do irmão ou da irmã, que estava para nascer a qualquer hora. Como tinha feito um novo enxoval e muitas roupas das meninas perdiam o uso ainda novas, a sinhazinha prometeu que mandaria tudo para as crianças da Adeola, bem como uma ajuda em dinheiro, já que isso não era problema para ela. Foi a primeira vez que nos encontramos depois que eu me mudei do sítio, e ela comentou que estava muito triste pelo fim da minha relação com o Alberto. Disse que tinha sido convidada para uma recepção no sobrado, organizada pela Ressequida, mas não quis ir. Primeiro, por não estar mais saindo de casa por causa da barriga enorme, mas também, e principalmente, por minha causa. O doutor José Manoel também não tinha ido, mas sabia que os comentários eram unânimes, entre os amigos comuns dele e do Alberto, de que ninguém gostava dela.

Não tive coragem de comentar com a sinhazinha que eu e seu pai tínhamos feito um acordo para continuarmos juntos, mesmo ele estando casado, mas sabia que ele também compartilhava a opinião dos amigos sobre a Ressequida. Ele percebeu que tinha cometido um grande erro se casando com ela, e eu inclusive tinha ficado sabendo por intermédio do Júlio que eles não dormiam no mesmo quarto. Tinham brigado muito em uma noite em que o Alberto voltou bêbado para casa, depois de jogar em casa de amigos. Os jogos não eram mais permitidos no sobrado, a não ser os organizados por ela, durante a tarde e com a presença de algumas amigas. Mas ela brigou com o Alberto e disse que não ficava bem para um homem casado andar em casa de amigos sem a esposa, ainda mais de amigos solteiros. O Alberto protestou, dizendo que continuaria saindo quando e com quem bem entendesse, e depois disso a discussão ficou bastante feia. Eu ficava feliz com tais brigas, mas não podia deixar de dar razão a ela, pois achava que os jogos e a bebida eram dois péssimos vícios. Quando estava conosco, ele quase não bebia, mesmo porque eu fazia questão de não ter bebida em casa, mas se a estada se prolongava um pouco mais, ele arrumava um jeito de beber fora de casa, voltando para dormir com uma expressão de quem sabia que tinha feito algo errado, mas que não conseguia controlar o desejo de continuar fazendo.

O Tico e o Hilário venderam todos os charutos da primeira leva e disseram que havia mercado para muito mais. De novo com a ajuda do Nego Ginga voltaram ao Recôncavo e compraram mais tabaco, combinando entregas a cada quinze dias. Como não tínhamos um bom local para armazenar as folhas e evitar que elas pegassem umidade ou alguma praga, as entregas eram feitas já às vésperas de trabalharmos com os fardos novos. Começamos a produzir mais de mil charutos por semana, que os meninos negociavam com comerciantes do sul da província, onde conseguiram contratos que garantiam a compra de quase toda a produção. O Nego Ginga tinha muita paciência para nos falar de todos os segredos e cuidados que garantiam um bom charuto, e fazia isso com tanta simpatia que até os muçurumins gostavam dele. As aulas eram dadas na sala da minha casa, já que eles não permitiam que quase ninguém entrasse na loja. Eu mesma só consegui entrar lá depois de provar que merecia confiança, mas sabendo que muitos assuntos não eram tratados na minha frente. O Ajahi estava sempre por lá, desde que tinha conseguido comprar dos Clegg a carta de alforria e começado a trabalhar como carregador de cadeirinha, função que oferecia maior liberdade para circular sem ser incomodado.

Quando eu estava pensando em separar alguns charutos para dar de presente ao doutor José Manoel, para que ele distribuísse no dia do nascimento, chegou a notícia de que a criança, outra menina, tinha nascido havia quase uma semana, mas não tinha vingado. O doutor José Manoel mandou recado para saber se eu e a Esméria poderíamos visitar a sinhazinha, que estava inconsolável. Só então ela quis saber como eu tinha me sentido após a morte do Banjokô, reconhecendo que perder um filho de nove anos era muito mais doloroso do que outro que mal acabara de nascer. Falei toda a verdade, disse que sentia muito, mas que, para o bem do meu filho, que devia estar contente no *Orum*, eu não tinha o direito de ficar me lamentando. No nosso primeiro encontro depois da morte do Banjokô ela ainda estava pejada, e percebi que não queria tocar no assunto. Pediu desculpas por isso, dizendo que não tinha sido descaso com a minha dor, mas sim porque pressentia que alguma coisa de ruim aconteceria com a criança que estava esperando, e por isso não queria pensar e muito menos falar em morte. Quando saímos do solar ela parecia mais tranquila, mais conformada, mesmo porque tinha sido examinada por um médico que garantiu que não havia nada de errado com ela, que ainda poderia ter quantos filhos quisesse. Ela me pediu para entregar à Adeola todo o enxoval feito para o anjinho que não vingou, mesmo depois de saber que não recebiam bebês, que talvez quisessem o enxoval apenas para vender e comprar algo de que precisassem. Eles não recebiam bebês porque era muito mais difícil para as crianças maiores encontrar um lar que as abrigasse. Os bebês mandados para lá, a Adeola levava até uma chácara nas proximidades do Dique do Tororó, onde irmãs de caridade e outros benfeitores tinham mais condições de cuidar deles. Mais tarde, já em África, fiquei sabendo que no local foi instalada uma pupileira.

O COMEÇO

Se não falo muito sobre o Banjokô é porque realmente tinha me conformado, pois, desde o nascimento dele eu convivia com a ideia de que o laço que o ligava ao *ayê* era muito mais frouxo que os laços das crianças que não são *abikus*. Mas não pense que fui mãe ingrata; a ausência dele sempre foi muito sentida, mas havia você, havia os vivos e o tempo de seguir vivendo. E, como eu não precisava mais pensar em um jeito de ganhar dinheiro depois de tudo acertado com os charutos, voltei a me interessar pelos muçurumins e pelo que estavam planejando. Eu sabia que era coisa muito importante, ou não teriam se dado ao trabalho e à despesa de levar para a Bahia gente de São Sebastião do Rio de Janeiro e da África. Estávamos em pleno Ramadã, e alguns deles passavam o dia rezando, principalmente o mala Abubakar, que fazia dois meses de jejum, e não apenas um mês, como os outros. Nos dias e horários em que podiam trabalhar, eles se juntavam a mim, ao Sebastião, ao Jongo e ao Adriano, e passávamos o dia enrolando charutos na sala da nossa casa. Como era lá que também armazenávamos as folhas de fumo, logo a casa inteira passou a exalar um cheiro difícil de aguentar, principalmente à noite, com as portas e janelas fechadas. Então os homens se juntaram e em poucos dias construíram uma armação no quintal, perto do poço, e o Sebastião fez uma longa mesa de pés baixos na qual trabalhávamos, sentados sobre almofadas. Aquele passou a ser o lugar preferido de todos, e acabávamos fazendo ali todas as refeições do dia, apenas afastando os instrumentos de trabalho. O único inconveniente era não haver paredes, mas esticávamos uma vela estragada de navio, arranjada por um amigo dos muçurumins, de tamanho suficiente para proteger dois lados da armação, que escolhíamos de acordo com a posição do sol, da chuva ou do vento. Quando o tempo não atrapalhava, ela era dispensada para dar lugar aos panos coloridos que a Fátima, a Binta e a Safyia estendiam naquele espaço, que passamos a chamar de oficina. Foi ali que, aos poucos, começamos a ganhar a confiança dos muçurumins, que faziam um ou outro comentário sobre os planos da rebelião.

Eles pareciam ter papéis bem definidos, sendo que o mala Abubakar era o líder religioso, o que sempre comandava os cultos e a quem ouviam para solucionar qualquer problema que surgia entre eles. O mala Abubakar falava pouco, mas prestava grande atenção ao que todos diziam. Segundo ele, para aprender mais sobre as pessoas e saber aconselhá-las melhor. Na falta dele, ou quando estava muito ocupado, quem assumia suas funções era o Suleimane, e o Mussé e o Umaru elaboravam as estratégias de rebelião. O Bacar e o Buraima, que já tinham morado na Bahia, eram uma espécie de informantes, andavam pela cidade conversando com os outros pretos e se inteirando do que acontecia, para então relatar tudo ao Suleimane, ao Mussé ou ao Umaru, dependendo do assunto. Os lugares preferidos do Bacar e do Buraima eram as fontes de água logo pela manhã, quando muitos pretos de vários pontos da cidade iam buscar água para seus senhores e trocavam informações. Os dois também andavam pelo estaleiro e pelo porto, lugares onde havia sempre grande número de marinheiros e viajantes com notícias recentes de vários lugares da província, da África e da Europa. Os navios que chegavam da África eram os mais esperados, principalmente os do Daomé e arredores. Os marinheiros, sobretudo os que também eram escravos, sabiam das novidades pelos que tinham sido capturados pouco tempo antes, e conversavam sobre elas com os carregadores que faziam o desembarque das mercadorias, quase todos hauçás. Estes carregadores, alguns deles muçurumins, acompanhavam com muito interesse as guerras africanas, que mandavam para a Bahia um grande número de guerreiros capturados, fulanis, hauçás, bornus, nupês, mandingas e iorubás convertidos à religião do profeta. Sabendo do desenrolar das guerras africanas, os escravos da Bahia se sentiam ainda mais estimulados a fazer guerra do outro lado do oceano, buscando o maior número possível de aliados. Essas informações eram retransmitidas também aos que não eram muçurumins, tentando convertê-los ou pelo menos fazer com que ficassem do lado deles, caso tomassem a iniciativa de uma grande guerra na Bahia. Esse era o trabalho do Issa, do Issufo e do Tahir, os três que completavam a lista dos muçurumins que moravam na loja, e que também davam esclarecimentos a todos que iam procurá-los querendo se converter.

Todas as sextas-feiras, os muçurumins faziam cultos iguais aos que eu já tinha visto na casa do alufá Ali, mas que eram frequentados por muito mais gente e tinham mais prestígio, celebrados pelo mala Abubakar. Às sextas, eles também sacrificavam carneiros e salgavam a carne para que se conservasse por mais tempo, para ser vendida aos outros muçurumins. Eu ficava observando os cultos da janela do meu quarto, no andar de cima, e via também as festas que faziam depois dos sacrifícios, com muita comida e bebida. O Alberto não acreditou quando eu disse que não havia nada de álcool naquelas bebidas, tal era a alegria com que eles brindavam, dançavam e conversavam. Àquelas festas compareciam os muçurumins mais importantes da cidade, e depois falarei sobre alguns deles, mas por ali eu vi e mais tarde tive contato com o Ahuna, que parecia ter quase tanta importância quanto o mala Abubakar, o alufá Pacífico Licutan, o mestre Dandará, o mestre Dassalu, o mestre Nicobé Sule e o mestre Sanin, além do Manoel Calafate, que eu já conhecia. Havia muito mais gente importante, ou que adquiriu importância conforme os planos da rebelião foram tomando corpo, e na hora certa também vou falar sobre eles.

AS FESTAS SANTAS

Fiquei surpresa quando, no dia oito de dezembro, o Fatumbi me convidou para a festa de Nossa Senhora da Conceição da Praia. A igreja, que tinha sido montada quase toda em Portugal e transportada em partes, era uma bonita construção feita de mármore que ficava na cidade baixa. Era a primeira vez que você entrava em um lugar daqueles e ficou admirado. Você não parava de olhar os ornamentos feitos em bronze e ouro e o teto pintado com imagens de santos, perguntando quem eram aquelas pessoas, mas nós não sabíamos responder. Sabíamos apenas que também era dedicada a Santa Bárbara, que os escravos fingiam ser Iemanjá, a rainha das águas, motivo pelo qual a Esméria tanto insistiu em ir. Se ela se arrependeu eu não sei, mas depois de muito andar até lá ainda teve que ficar um bom tempo de pé, porque estava tudo tão cheio de gente que foi difícil conseguir lugar para nos sentarmos até mesmo na escadaria. Dentro da igreja foi impossível, mas não estávamos interessados na missa, assistida pelos brancos e por alguns mulatos e pretos convertidos, todos muito elegantes. Eu me arrependi de não ter usado uma roupa melhor, porque do lado de fora da igreja, onde ficavam os pretos, todos estavam vestidos como se fossem a uma festa muito rica. A maioria vestia azul, cor associada ao mar e à sua rainha, e as pretas usavam as batas que deixavam um dos ombros descoberto, e muitos colares de corais e de ouro, o mesmo material dos braceletes empilhados até o cotovelo. Eram bonitas figuras, com as saias rodadas de tecido bordado e um pano do mesmo tecido para montar o turbante que cobria a cabeça, e muitas ainda tinham as cinturas marcadas com fieiras de ouro de onde pendiam figas e outros penduricalhos, que faziam barulho e marcavam o passo de dança que usavam para caminhar. Eram, na grande maioria, crioulas, e eu as invejava porque nunca conseguiria ser como elas, ter aquele jeito de andar e de sorrir tão próprio da gente da Bahia. Os homens também estavam muito bonitos, alguns vestindo calça e paletó, outros vestindo batas, e ainda outros, mesmo em desrespeito à santa, tinham o tronco nu e a barra das calças enrolada até os joelhos. Eles se espalhavam pelos arredores da igreja e, nos lugares mais afastados, arriscavam rodas de batuque e capoeira, embaladas por instrumentos que faziam um som muito bonito. As bandas de barbeiros também tocavam na porta da igreja, várias delas ao mesmo tempo, chamando a atenção do público por causa da animação e da altura com que executavam os números que tinham ensaiado. Claro que isso tudo depois de acabada a missa e depois de ter saído uma procissão com a imagem de Santa Bárbara, que não acompanhamos. No mar, em frente à igreja, estavam ancoradas embarcações de todos os tamanhos, que também saíram em procissão, balançando ao vento as bandeirinhas coloridas que usavam de enfeite.

Ficamos até o entardecer e nos fartamos de comida nos vários tabuleiros montados no pátio da igreja, que vendiam de tudo que se podia imaginar, e depois alugamos uma cadeirinha para que você e a Esméria voltassem para casa, já que estavam muito cansados. Caminhando logo atrás com o Fatumbi, fiquei sabendo que a rebelião seria marcada para um dia de festa de santo, e por isso ele e outros companheiros estavam participando de algumas das festas, as mais importantes, para observar quanto tempo duravam, a quantidade de gente que comparecia e o número de policiais que se deslocavam para lá, deixando o resto da cidade menos protegido. Com o mesmo intuito, participamos também da festa de Natal na cidade alta, mas fomos somente eu, você e o Fatumbi. Ele disse que, por estar acompanhado de uma mulher e uma criança, dificilmente chamaria atenção para o trabalho que estava fazendo.

Fomos para a região da Sé e do Terreiro de Jesus ainda na manhã do dia vinte e quatro, e a cidade já era uma grande festa. Apesar de ser uma festa católica, os pretos estavam todos nas ruas e achavam um jeito de comemorar à maneira da sua religião, como participar de um rancho chamado cucumbi, que vimos se apresentando no Maciel de Baixo. Aliás, perto do sobrado do seu pai. Durante todo o tempo fiquei imaginando o que aconteceria se ele estivesse por lá e você o visse, como ele reagiria ao seu chamado, principalmente se estivesse acompanhado da Ressequida. Até torci para que isso acontecesse, mas não havia a menor possibilidade, pois mais tarde ele disse que tinha passado o Natal em uma casa de veraneio na província de Itapagipe. Procurando o rosto dele entre os muitos que se aglomeravam em volta do rancho, não prestei muita atenção à dança de homens e mulheres que se divertiam ao som de músicas de África, tocadas em tambores, atabaques, agogôs, maracas e sinos. Os que se apresentavam no cucumbi estavam vestidos com roupas castanhas e com enfeites de penas nos joelhos, o que você tentou imitar no dia seguinte no sítio, correndo atrás das galinhas para arrancar as penas delas. Pela cidade também andavam os ranchos de pastoras, que batiam de casa em casa, vestindo roupas brancas e chapéus de palha enfeitados com fitas coloridas, e com certeza o seu irmão teria adorado vê-las pelas ruas.

Havia também alguns grupos de cheganças, que representavam no meio das ruas ou das praças, alguns se fazendo de marinheiros, que eram os portugueses, que lutavam e venciam os que se faziam de turcos. Você gostou mais da burrinha, com seus enormes bonecos com cara de boi, de padre, de ema, de vaqueiro e da própria burrinha, é claro. Ficamos até depois da meia-noite na rua, o que era uma grande novidade para o Fatumbi, que evitava o sereno e tinha ficado o dia inteiro sem fazer as orações como deviam ser feitas. Mas ele achava que não tinha problema, pois estava cumprindo uma missão importante. À noitinha, os pretos que tinham se cansado do dia inteiro de diversão voltaram para suas casas, e os brancos começaram a sair em direção às igrejas para a Missa do Galo. Iam famílias inteiras pelas ruas, rezando ou entoando salmos, com velas nas mãos e seguindo em filas que tinham o pai à frente, a mãe logo atrás, depois os filhos, e por último os escravos. Os pretos ficavam do lado de fora das igrejas, onde cabiam apenas os brancos, e ficamos sentados com alguns deles em frente à igreja da Ordem Terceira de São Francisco. Quando fomos embora, passamos pelas casas onde as famílias serviam as fartas ceias, um cheiro muito bom de comida lembrando que estávamos com muita fome. Sorte que, ao chegarmos em casa, o Jongo e o Adriano tinham preparado uma comida especial e guardado a nossa parte.

ANO-NOVO

No primeiro dia de janeiro, quando estávamos saindo para a Festa de Nossa Senhora dos Navegantes, seu pai apareceu de surpresa. Ele tinha tomado boleia em um dos barcos que saíam de Itapagipe para se concentrar em frente à Nossa Senhora da Praia, esperando a saída da procissão, que era feita no mar. Você quis ir mesmo assim, pois estava adorando aqueles passeios, e o Fatumbi disse que cuidaria de você, levando a Safyia no meu lugar. Foi bom porque assim pude ficar a sós com seu pai, aproveitando que a Esméria e o Sebastião tinham ido até a casa da sinhazinha, e o Adriano e o Jongo estavam visitando alguns angolas na Barroquinha. Tomamos juntos o desjejum e fomos para o quarto, onde nos demos um ao outro e ficamos conversando, e seu pai me disse que estava muito arrependido de ter se casado. Tentei fazer com que continuasse falando, mas ele não quis, disse que não tinha importância para mim o que estava acontecendo, e apenas queria que eu soubesse que, podendo, voltaria atrás. Foi bom você não tê-lo visto direito naquele dia, pois estava mais triste do que jamais tinha estado, e, ao mesmo tempo que eu compartilhava a tristeza dele, sentia uma alegria que era só minha, como se o sofrimento dele vingasse o meu. Ele só se alegrava nos momentos em que falava de você, perguntando as coisas de que você gostava, querendo saber dos seus interesses, se você falava nele, coisas assim. Perto da hora do almoço, fui pegar água no poço e os muçurumins estavam se preparando para servir a refeição na oficina, e nos convidaram. Eu falei que estava com o seu pai e eles disseram que se ele andava comigo devia ser boa pessoa, comentário que também acabou vencendo a resistência do Alberto.

No início estavam todos inibidos, sem assunto, e o Alberto ficou muito constrangido por se saber causador daquela situação. Eu já estava pensando em inventar um motivo qualquer e voltar para casa, principalmente quando alguns muçurumins começaram a conversar em árabe, o que dava a impressão de falarem de nós. Não estavam apenas os muçurumins da loja, e foi sorte o mestre Dandará dizer que achava que conhecia o Alberto, que, depois do comentário, também achou que o conhecia. Os dois chegaram à conclusão de que já tinham se encontrado muitas vezes na loja de negociar fumo que o mestre Dandará, também chamado de Elesbão do Carmo, tinha no mercado de Santa Bárbara, e logo estavam conversando sobre preços e tipos de fumo e de charutos, qualidade dos fumos da Bahia, tipos de folhas que eram mandados para a Europa e para a África, e quanto valiam por lá. O mestre Dandará já tinha falado com o Fatumbi para que vendêssemos nossos charutos na loja dele, o que depois se confirmou um excelente negócio. O alufá Licutan e o mestre Sanin, também chamado de Luiz, entraram na conversa, pois trabalhavam como enroladores de fumo para seus donos, já que ainda não tinham conseguido comprar a liberdade. O mestre Dandará era hauçá e estava acompanhado da esposa, a Emerenciana, de quem gostei muito. As ricas roupas dos dois mostravam que estavam muito bem de vida, o que depois o Fatumbi confirmou, contando que tinham uma bela casa no Caminho Novo do Gravatá, perto do Guadalupe, onde também eram realizadas algumas reuniões. Além de comerciar, o mestre Dandará dava aulas de leitura e escrita árabe em sua loja para muçurumins recém-convertidos. Era bom que todos aprendessem a ler o árabe por causa do Alcorão e das cerimônias que realizavam na língua do profeta Maomé.

O mestre Agostino também apareceu para me cumprimentar pela passagem do ano e acabou sendo convidado. No início os muçurumins ficaram desconfiados, mas quando eu falei que o mestre Agostino tinha um filho que era militar e sabia muitas coisas que estavam acontecendo dentro dos quartéis, o Mussé e o Umaru logo arrumaram lugar para que ele se sentasse perto deles. Naquele dia ninguém falou de rebelião, foi apenas festa, mas depois o Fatumbi ficou bravo comigo por causa do mestre Agostino, e fui incumbida de saber a opinião dele sobre os muçurumins. Quando vocês chegaram, já era quase noite e a festa estava no fim, restando apenas os moradores da loja. Mesmo cansado, você quis contar ao seu pai tudo o que tinha visto durante o dia, e dava gosto ver os dois juntos, conversando. Ele ficou para dormir e só foi embora na tarde do dia seguinte, quando então fui conversar com o mestre Agostino.

Ele me recebeu com a simpatia de sempre e fez questão que entrássemos na casa dele, e não apenas na barbearia. Cerrou as portas para que não fôssemos incomodados e abriu um vinho do Porto, guardado para ocasiões especiais. A casa do mestre Agostino era simples e tinha alguma coisa que não combinava com o que eu conhecia dele, muito arrumada, com todas as coisas em seus devidos lugares, bem diferente da bagunça que era a barbearia, com todas aquelas lâminas e bisturis, capas para aparar cabelo e barba, agulhas, alicates, vidros com unguentos e sanguessugas. Fiquei somente na sala, mas deu para reparar o cuidado com que cada objeto ocupava um lugar que não poderia ser outro senão aquele, as figuras de santos pelas paredes, a mesa coberta com toalha muito limpa, a canastra a um canto, as cadeiras como se nunca tivessem se afastado da mesa, uma coleção de copos muito bem ordenada por tamanho e cor dentro de um armário com portas de vidro. Um aparador com uma jarra de pedra e uma moringa de louça esmaltada pintada de azul sobre uma bacia com desenhos do mesmo motivo, um castiçal com três velas novas, duas lamparinas pequenas com alças e mais duas grandes com os vidros brilhando de limpos. Puxo pela memória e é como se visse aquilo ainda hoje, nada com aparência de novo, mas muito bonito e apropriado. Ele reparou que eu estava olhando para tudo, admirada, e comentou que as coisas estavam do mesmo jeito que ela tinha deixado, referindo-se à mulher com quem se amasiara, a Margarida, que ele chamou de "minha flor" com os olhos embaçados de lágrimas.

Constrangida, eu já pensava em ir embora quando ele perguntou se eu tinha algo importante para dizer ou se era apenas uma visita. A pergunta me desarmou e não consegui fazer como o Fatumbi tinha sugerido, fingir que era uma visita sem motivo e, no meio de uma conversa qualquer, perguntar o que ele tinha achado da festa e dos convidados. Não pude fazer isso com um homem que ainda amava tanto uma mulher que tinha o nosso sangue correndo nas veias, o sangue africano. Eu disse então que ia ser direta e gostaria de saber o que ele tinha achado dos muçurumins, se não tinha nada contra os muçurumins. Ele sorriu novamente e respondeu que não, que há muito tempo tinha percebido que eles estavam na loja e deviam ser gente graúda, e que até simpatizava com eles. O mestre Agostino já morava na Bahia quando se deu a rebelião que acabou com a maioria dos hauçás muçurumins que havia na cidade, em um mil oitocentos e treze, e disse que eles foram muito corajosos, que aprendera a admirá-los com a Margarida, a quem fizemos um brinde. Voltei para casa e disse ao Fatumbi que seus amigos não corriam perigo algum, e que, se precisasse, possivelmente tínhamos mais um aliado.

A simpatia pelos muçurumins, entretanto, não aconteceu com o Jongo e o Adriano, e eles voltaram da casa dos angolas dizendo que tinham arrumado outro lugar para morar. Perguntei se havia algum problema e o Jongo ficou relutante, mas depois comentou que achava que os muçurumins não os viam com bons olhos, que provavelmente tinham desconfiado do que existia entre os dois e não aprovavam. Tentei argumentar que não era bem assim, que eles deviam estar enganados, pois o Fatumbi era um muçurumim e sempre tinha convivido muito bem com os dois. O Jongo confirmou que o Fatumbi nunca tinha sido hostil, como os outros muçurumins também não eram, mas que nunca trocara uma palavra sequer com eles, nem mesmo um olhar. Eu não tinha reparado nisso e pedi desculpas aos dois, dizendo que talvez não fosse o caso de irem embora, pois gostávamos muito deles e, se quisessem, eu até conversaria com o Fatumbi. Mas eles estavam decididos, mesmo também gostando muito de nós. Disseram para não me importar porque já estavam acostumados com tratamentos como aquele, que acontecia mesmo entre os patrícios deles, ao lado de quem estavam indo morar. Se já estava tudo resolvido, eu não tinha mais o que dizer, e concordei na hora quando perguntaram se poderíamos fornecer charutos para eles venderem, caso conseguissem um ponto na Baixa dos Sapateiros. Dois dias depois eles foram embora, e me deixaram pensando em quantos éramos desde a mudança para aquela casa e quantos restavam, eu, você, a Esméria, o Sebastião, a Malena e o Fatumbi, sendo que dois estavam mortos e dois estavam de partida, e que um pouco antes da mudança ainda havia mais quatro, o seu pai, a Zolá, o Mateus e o Tiago. Eu também sentia falta dos amigos dos quais tinha me afastado, como a Adeola, a Claudina e a sinhazinha, mas, para falar a verdade, não me sentia muito inclinada a procurá-las, de tão interessada nos muçurumins.

O SENHOR DO BONFIM

Em meados de janeiro, eu e o Fatumbi continuamos as visitas às festas de santos, e achei melhor deixar você em casa quando fomos passar quatro ou cinco dias em Itapagipe, para as festas do Senhor do Bonfim. Pegamos um saveiro em frente à Nossa Senhora do Cais e fomos admirando a cidade vista da baía, sempre surpreendente, mesmo para quem já a viu muitas vezes. Ficamos hospedados na casa de amigos muçurumins e recebemos uma espécie de féria diária de um caixa organizado pelo Sanin, que recolhia mensalmente de todos os muçurumins que pudessem pagar a quantia de trezentos e vinte réis, que era mais ou menos a féria de um dia de trabalho de um escravo de ganho. Esse dinheiro era usado para situações como aquela e para a compra e distribuição de livros do Alcorão, pagar alfaiates e tecidos para fazer abadás, para ajudar os muçurumins escravos que precisavam guardar o dia santo deles mas não eram aliviados da féria diária cobrada pelo dono, para fazer as festas santas e para ajudar na compra de alforrias.

Era uma quarta-feira e a festa do Bonfim começaria na quinta, mas, quando nos aproximamos do cais, já era grande o número de embarcações ancorando com pessoas de vários locais, principalmente do Recôncavo, que iam pedir graças ou pagar promessas. A igreja era uma construção imponente, não muito grande mas muito bonita, que ficava no alto da Colina do Bonfim, com a fachada coberta de azulejos brancos e muitos adornos por todos os lados. Ficava em uma região tranquila, habitada por muitos pretos livres e brancos de condição de vida mais simples, como pescadores, carpinteiros, alfaiates, costureiras, lavadeiras, engomadeiras, santeiros, sapateiros e vendedoras de comida. Mas também era onde estavam construídas ricas casas de veraneio pertencentes a comerciantes, militares e religiosos.

A baía ficou movimentada e barulhenta com a chegada de saveiros que soltavam rojões ao se aproximarem do ancoradouro, onde deixavam os romeiros, que subiam a colina entoando cânticos de louvor. Os donos da casa onde estávamos hospedados só chegariam no sábado e, com eles, outros muçurumins, pois eles tinham uma consideração muito especial pelo Cristo do Bonfim, ou Oxalá. A festa principal seria no domingo, mas na quinta-feira já foi realizada uma parte muito importante dela, a que mais gostei de presenciar, não só por estar na companhia de bons amigos que encontrei por acaso, como também pela história que fiquei sabendo, pois sempre gostei de ouvir histórias, como você. Eu te contei tudo o que vi e vivi naqueles dias em Itapagipe, mas acho que não deve se lembrar, faz muito tempo.

Uma das primeiras pessoas que eu e o Fatumbi encontramos em frente à igreja foi a Adeola, que estava acompanhada da Monifa, da Fayola e da Trindade, as três inteiramente vestidas de branco. Quando viu que eu tinha companhia, o Fatumbi disse que daria uma volta até o ancoradouro e pelas redondezas, e que também tinha marcado encontro com uma pessoa no Largo da Penha, mas que, se eu quisesse, poderia ficar com meus amigos. Eu quis, e seria até melhor, porque enquanto ele olhava como era feita a segurança em outros locais, eu ficaria por ali fazendo o mesmo. Passei o dia com minhas amigas, e senti pena por não ter ido preparada para participar da lavagem da igreja junto com elas e muitas outras pretas que começaram a aparecer especialmente para aquele momento, vindas dos mais diversos lugares da província. Todas se cumprimentavam e pareciam velhas conhecidas, como de fato eram, pois se encontravam ano após ano naquela data, em que aproveitam o Senhor do Bonfim para saudar Oxalá, o maior dos orixás.

Era grande o número de mulheres esperando para começar a lavagem e de pessoas para assistir, homens, mulheres e crianças. Quase todos pretos ou mulatos, mas também havia alguns brancos. O povo começou a aplaudir quando uma procissão surgiu ao pé da colina, com centenas de pretas carregando bilhas de água na cabeça, saudando os fiéis e os curiosos com ramos de palma e panos brancos. Elas tinham caminhado desde a igreja da Conceição da Praia, distante muitas léguas da colina do Bonfim. Mas não pareciam cansadas, pelo contrário, e, quanto mais perto chegavam da igreja, mais força tinham nas vozes e mais alegria nos rostos pretos e suados, em contraste com o branco imaculado das roupas e dos turbantes. Aquela festa tinha começado quando os escravos eram mandados para lavar a igreja para a festa dos brancos, algum tempo antes do dia consagrado ao Senhor do Bonfim, para que tudo estivesse impecavelmente limpo e cheiroso para a missa, e acabaram conseguindo fazer uma festa muito parecida com a que havia em África. Junto com as pretas, também subia a colina o cheiro bom das ervas colocadas dentro das bilhas de água, e o povo abria caminho para que elas passassem e se dirigissem ao interior da igreja. Minhas amigas se juntaram a elas, e só depois de muito tempo tentando me manter no meio da multidão que queria entrar na igreja foi que consegui ver o que acontecia lá dentro.

As pretas tinham tomado todo o espaço central, e a nós, que queríamos apenas ver, estava reservado o corredor que ia da porta de entrada até uma saída lateral, pelo qual caminhávamos tentando permanecer por mais tempo dentro da igreja. Mas não era possível prolongar muito porque a multidão que estava do lado de fora também queria entrar, e empurrava para que ninguém ficasse parado. Consegui entrar e sair três vezes, levando mais de quatro horas, e me espantei com a quantidade de pessoas fazendo o percurso de joelhos, correndo o risco de serem pisoteadas, e das que carregavam esculturas de madeira representando partes do corpo que, enfermas, tinham sido curadas pela fé em Oxalá. As pretas também se revezavam para que todas pudessem saudar o orixá, e, enquanto umas derramavam a água com as ervas de cheiro, as outras, agachadas, esfregavam o chão com ramos de plantas ou panos brancos, entoando cantigas alegres. Algumas também se colocavam ao lado de onde passávamos e brandiam ramos molhados na água para Oxalá, com a qual todos queriam ser respingados. Quando o orixá já estava devidamente homenageado e as pretas saíram da igreja, o povo do lado de fora começava a se divertir, com muitas barracas de comidas e bebidas sendo montadas e apresentação de bandas de música e de batuque, que os policiais pareciam ignorar, desde que não começassem a acumular muita gente ao redor. Esperei minhas amigas à saída e elas me convidaram para almoçar na casa em que estavam hospedadas, onde também me encontrei com o Baba Ogumfiditimi e o Ifasen, o filho para o qual ele estava ensinando os segredos, o que tinha sido *ewi* no seu batizado e no do Banjokô.

A casa ficava em um sítio um pouco afastado, no meio de grande terreno com muitas árvores, e estava cheia de gente. Tivemos que tomar muito cuidado para não pisar nas pessoas que tinham estendido esteiras e panos pelo chão e dormiam, alheias ao vozerio que vinha da parte dos fundos. Eram todos pretos, homens, mulheres e crianças de todas as idades espalhados em rodas de conversa e de batuques, em que tambores batiam para vários orixás. Logo encontramos o Baba Ogumfiditimi junto com outros babalaôs e ialorixás, e ele se disse surpreso mas muito feliz por me ver ali. Cumprimentei também o Ifasen e fomos ouvir a história que seria contada por um babalaô com terreiro na Barroquinha, o Baba Oxalufã de Ketu. Antes que ele começasse a falar, apareceu uma moça com um tabuleiro de acarás, que foi deixado no centro da roda para que comêssemos enquanto ouvíamos em silêncio. O babalaô disse que na Bahia já existiam dezesseis Oxalás assentados, e os mais importantes eram Oxalufã e Oxagiyan. Oxalufã, que tinha sido rei de Ifã, era um Oxalá muito velho que andava curvado e apoiado em seu paxorô, um bastão de metal branco enfeitado com a figura de um pássaro, com discos de metal e com pequenos sinos, e Oxagiyan era um Oxalá guerreiro, jovem e corajoso, que gostava muito de inhame machucado no pilão, e por isso o seu nome, já que *yian* é inhame em iorubá.

Certa vez, Oxalufã decidiu fazer uma visita ao seu amigo Xangô, rei de Oyó, reino vizinho a Ifã. Antes de partir, foi visitar um babalaô para saber como seria a viagem, se correria tudo bem. Consultando o Ifá, o babalaô lhe disse para não ir, porque aconteceria um desastre e ele morreria. Mas Oxalufã não quis desistir e pediu ao babalaô que visse alguma coisa que pudesse ser feita para que a viagem pelo menos não terminasse em morte. O mensageiro do Ifá disse que a viagem, contudo, seria muito penosa, cheia de provações, e que se Oxalufã não quisesse perder a vida, não poderia negar qualquer pedido que lhe fosse feito e nem reclamar de nada que acontecesse no meio do caminho, e que também deveria levar três roupas brancas para trocar. Oxalufã partiu, caminhando com muita dificuldade, e logo encontrou Exu Elopo Pupa, o "Exu-dono-do-azeite-de-dendê", que pediu ajuda para colocar um barril sobre a cabeça. Lembrando-se do conselho do babalaô, Oxalufã não se recusou a ajudar, mas Exu se fingiu de desastrado e virou o barril em cima dele, que ficou todo sujo de azeite. Como também não podia reclamar, lavou-se em um rio, trocou de roupa e seguiu adiante. Antes de chegar a Oyó, a mesma situação se repetiu com Exu Eledu, "Exu-dono-do-carvão-de-madeira", e com Exu Aladi, "Exu-dono-do-óleo-de-amêndoa-de-palma". Na fronteira de Oyó, Oxalufã encontrou o cavalo de Xangô, que tinha fugido, reconheceu o animal e começou a amansá-lo para levá-lo de volta ao amigo. Mas, quando estava fazendo isso, os servidores de Xangô apareceram e o levaram preso, achando que ele queria roubar o animal.

Passaram-se sete anos durante os quais o reino de Xangô sofreu muito com a seca que acabou com as colheitas, as doenças que mataram os rebanhos e as mulheres que ficaram com os ventres secos. Muito preocupado, Xangô foi consultar um babalaô, que lhe revelou que toda aquela desgraça era por causa de um velho que estava preso injustamente. Todos os velhos que estavam presos foram levados à presença de Xangô, que reconheceu o amigo Oxalufã e, envergonhado, pediu desculpas várias vezes. Para provar ao amigo o quanto o estimava, Xangô mandou que todos os súditos vestissem branco e fossem buscar água três vezes seguidas para lavar Oxalufã, e guardando silêncio em sinal de respeito. Assim foi feito, e o reino de Xangô voltou a prosperar. Na volta para Ifã, Oxalufã passou por Ejigbo para visitar seu filho Oxagiyan, que, muito feliz por rever o pai, organizou grandes festas e distribuiu muita comida e bebida para todos os habitantes do lugar.

Essa história é contada todos os anos nas festividades de Oxalá, para que os devotos não se esqueçam do motivo pelo qual estão reunidos, celebrando o poderoso orixá. E, como o Baba Ogumfiditimi me contou mais tarde, a lavagem da igreja não é o principal da festa, que já tinha começado na sexta-feira anterior, quando o axé[2] de Oxalá foi retirado de seu peji[3] e levado em procissão para uma pequena cabana construída no fundo do quintal. Essa procissão representa a viagem de Oxalufã, e a cabana, a prisão onde ele tinha ficado. Depois de sete dias, os sete anos de cativeiro, é feita nova cerimônia chamada Águas de Oxalá, que já estava sendo preparada. Quando o Baba Ogumfiditimi me contou o que aconteceria, decidi que queria participar e fui atrás do Fatumbi para avisá-lo, e peguei uma roupa branca, com a qual todos deveriam estar vestidos. O Fatumbi ainda não tinha chegado e, por sorte, encontrei um pedaço de papel e escrevi um recado, usando um torrão de barro como pena. Quando voltei, a Adeola disse que assim que começasse a escurecer todos guardariam silêncio até a manhã seguinte, como tinham feito os súditos de Xangô. Alguns aproveitaram para orar, outros, para dormir, e foi o que eu fiz, por estar muito cansada.

Ainda antes de o sol nascer, sem que precisassem ser chamados, todos se levantaram e se reuniram no meio do terreiro, ao redor de uma ialorixá que parecia ser mais velha que Oxalufã. Formamos um longo cortejo, que foi em silêncio até uma fonte próxima, seguindo a velha filha de Oxalá, que agitava o adjá, um pequeno sino de metal branco. A procissão foi repetida mais duas vezes em meio à escuridão, sendo que na volta ao terreiro jogávamos a água recolhida nos objetos que continham o axé de Oxalá. Na terceira vez, com o dia clareando, todos os vasos com água foram colocados em volta do axé. Quando o último vaso foi oferecido, o silêncio pôde ser quebrado, com a velha que tinha puxado as procissões entoando um canto para Oxalá e sendo acompanhada por outras vozes e batidas de mão ritmadas. Os tambores começaram a soar e logo todos estavam dançando em louvor a Oxalá, as mulheres arrastando as saias brancas no chão de terra e acompanhando o ritmo cada vez mais rápido dos instrumentos preferidos do orixá. Fiquei fascinada com aquele belo espetáculo, que se tornava ainda mais animado quando algumas filhas de Oxalá entravam em transe, ora contorcendo o corpo no ritmo da música, ora imitando o caminhar curvado do velho Oxa-

[2] Axé: neste caso é a força emanada do orixá e que fica condensada nos lugares consagrados a ele, e que pode ser transferida para locais de devoção, objetos de culto e pessoas relacionadas a eles.

[3] Peji: o santuário dos orixás.

lufã, recebendo vivas de todos os presentes. O transe era um sinal de que o orixá estava satisfeito com o ritual e queria participar.

A festa continuou por toda a sexta-feira e entrou pela noite, e fiquei espantada ao ver que algumas pessoas dançaram o tempo todo sem parar, como se estivessem mesmo possuídas pelos orixás, inclusive a velha ialorixá. Um dos momentos mais emocionantes foi quando pessoas vestidas com roupas de cores que representavam os outros orixás se aproximaram da velha e, sempre dançando, apanharam cada qual um pedaço da bainha da saia dela, formando uma bonita rosa de pétalas coloridas e miolo branco. Os instrumentos paravam de tempos em tempos, e a mulher, que eu já achava ser o próprio Oxalufã, dava alguns passos hesitantes, como se fosse tombar, enquanto os outros orixás ao redor curvavam o corpo para a frente e deixavam cair os braços e a cabeça, como se prestassem uma homenagem ou como se estivessem muito cansados, solidários com o cansaço de Oxalufã. Ficavam assim por alguns segundos, mas logo a música voltava a encher o terreiro e todos endireitavam os corpos e recomeçavam a dançar com a animação de quem estava entrando na roda naquele momento. Eu me senti muito bem naquela festa, de volta a uma África que nem cheguei a conhecer, junto com pessoas que eu parecia conhecer desde sempre. Cheguei a pensar muito no que estava fazendo envolvida com os muçurumins, que tinham uma religião muito diferente, costumes diferentes, e só um pouco antes de me encostar em uma parede e quase desmaiar de cansaço foi que percebi que a proximidade com eles era outra coisa, não tinha nenhum laço de fé religiosa, mas de fé na liberdade e na justiça. Essas duas palavras, junto com igualdade, eram as preferidas do Fatumbi e de seus amigos, e acho que não há quem não goste delas.

No sábado de manhã, acordei com o sol forte batendo no rosto e com o corpo doendo por ter dormido em posição tão incômoda. Procurei o Baba Ogumfiditimi e as mulheres, e os encontrei dormindo debaixo de uma mangueira. Achei melhor não incomodá-los e fui para casa conversar com o Fatumbi. Quando cheguei, ele parecia bravo, de poucas palavras, dizendo que já estava preocupado com o meu sumiço e que não tinha feito nada na sexta-feira, dia de guarda dos muçurumins. Falei que sexta-feira também era o dia dedicado a Oxalá e ele comentou que já sabia, que havia muitas coincidências entre o povo de Alá e o de Oxalá, como o uso da cor branca. Ele me apresentou a três muçurumins que estavam na casa e disse que se eu quisesse podia voltar, porque já tinha companhia. Era exatamente o que eu estava querendo, mas tinha ficado sem jeito de falar quando o vi com a cara amarrada. Afinal de contas, eu estava ali para ajudá-lo. Mas, antes que ele mudasse de ideia, voltei para meus amigos e fomos para a praça. Por lá ainda havia sinais da festa da lavagem misturados aos da festa que ia começar, com flores e enfeites espalhados por todos os cantos, as pretas de roupas brancas sentadas pelo chão, tendo ao lado as bilhas de água vazias e as vassouras ainda enfeitadas com fitas brancas. Os homens também descansavam ou conversavam em animadas rodas de bebedores da cachaça, todos com aparência de que não tinham voltado para casa desde quinta-feira. Havia também alguns animais enfeitados com flores e fitas amarrados às árvores, os burros e as bestas de carga que tinham ajudado a transportar a água de cheiro.

Paramos em uma barraca e tomamos farto desjejum de mingau, bolo, refresco e frutas, observando as vendedoras de comida que passeavam por todos os lados com tabuleiros equilibrados sobre as cabeças. Contrastando com o branco das roupas, o colorido das comidas era de lambuzar os olhos, vatapá, caruru, efó, acará, abará, e ainda refrescos e frutas da terra, laranja, manga, abacaxi, umbu, banana, sapoti. Naquele dia, os brancos também tomaram a praça, e famílias inteiras passeavam pelo largo, com os pais muito bravos porque as sinhazinhas se esqueciam do recato e correspondiam aos olhares dos rapazes mais atrevidos. Muitos brancos preferiam ficar dentro da igreja, que mais parecia salão de festa desde a entrada até a sacristia. À noite se apresentaram os ternos e os ranchos formados pelos brancos mais pobres e por alguns mulatos, que cantaram, dançaram e beberam até as seis horas da manhã de domingo, quando então uma missa aquietou um pouco o ânimo para devolvê-lo logo em seguida, e assim até o fim da segunda-feira, que era chamada de Segunda-feira Gorda da Ribeira. De sábado para domingo dormimos na praça mesmo, por trás de uma barraca de acará montada por uma amiga da Adeola, mas na segunda-feira de manhã fui atrás do Fatumbi, que, como eu, já estava cansado daquela movimentação toda. Descemos até o cais e esperamos a nossa vez de embarcar em um dos muitos saveiros que saíam lotados para todos os cantos da cidade e arredores.

Ainda haveria mais dois domingos de festa para Oxalá, mas não tive ânimo para ir. Era muito longe e, para falar a verdade, eu já estava cansada de festas, querendo ficar em casa, cuidar do trabalho, de você, e receber o Alberto. No domingo seguinte foi feita a procissão do Axé de Oxalá, quando o axé é levado de volta ao peji, que estava assentado em um quarto daquela mesma casa, ao qual ninguém teve acesso durante todos os dias de comemoração. Essa procissão representa a volta de Oxalufã ao seu reino. E o segundo domingo foi o dia da festa do Pilão de Oxagiyan, que representa a festa que o filho dá na volta do pai, com distribuição de muita comida para todos os presentes, sempre feita com inhame, que também é oferecida aos orixás que aparecem para cantar e dançar para Oxalá.

FAMÍLIAS

Depois da festa do Bonfim, o Fatumbi não me convidou mais, decerto achando que eu não tinha sido boa companhia. Mas não me arrependi, pois estava mesmo precisando de um pouco de diversão, e aqueles dias foram para sempre lembrados, principalmente quando ajudei nas festividades do Bonfim em África. A produção de charutos estava aumentando bastante, com o Tico e o Hilário conseguindo fazer bons negócios em São Jorge dos Ilhéus e no Recôncavo, e o mestre Dandará também estava vendendo muito bem em sua loja no Mercado de Santa Bárbara. Eu já conseguia guardar um pouco de dinheiro, porque também tinha a renda de metade do aluguel da loja. A Claudina foi morar na nossa casa, ocupando o quarto que tinha sido do Jongo e do Adriano, pois não suportava mais a companheira de quarto na loja do alufá Ali, e também começou a vender nossos charutos no canto onde trabalhava. E o dinheiro falso que circulava na cidade de São Salvador começou a ser recolhido, o que nos dava mais tranquilidade para fazer negócios.

Seu pai nos visitava bastante e sempre ficava em nossa casa por dois ou três dias, que dizia serem os únicos momentos em que tinha paz e estava com pessoas que gostavam dele de verdade. Perguntei se a esposa gostava dele e ele disse que não, mas não quis continuar a conversa, fechando o rosto de um jeito tão triste que nunca mais tive coragem de voltar ao assunto, a não ser quando ele tomou a iniciativa, alguns meses depois. Nesse meio-tempo, o Júlio contava ao Sebastião tudo o que acontecia no sobrado, e eu ficava com muita raiva ao saber das grandes festas que eram dadas por lá, frequentadas por homens e mulheres muito bem-vestidos que dançavam o cotilhão, o minueto e a gavota, animados por tocadores de rabeca e de piano. O Júlio dizia que naquela casa não se economizava e que a sinhá, ou seja, a Ressequida, vivia em função de se embelezar para as aparições em tais festas, o que nunca conseguia, porque tinha sido muito prejudicada pela natureza, feia como ninguém. Os vestidos dela eram comprados das modistas que buscavam roupas na França, e ela estava ainda mais magra, amarrada dentro de uma blusa que a Anastácia precisava ajudá-la a vestir e a tirar, para só então colocar o vestido por cima. Eram os espartilhos, dos quais o Júlio não sabia o nome. E ela também andava sempre pintada e coberta de joias, e reclamava com o Alberto o tempo inteiro, dizendo que era uma vergonha residirem em sobrado tão modesto.

O Tico e o Hilário tinham comprado uma casa na Rua da Alegria, e durante um bom tempo a Esméria falou em ir morar com eles, o que eu torcia para que não acontecesse. Eu não queria falar nada porque ela já estava muito velha para deixar de fazer algo que fosse do seu gosto, mas os próprios meninos fizeram com que ela desistisse. Não porque não a quisessem, mas porque viajavam bastante e não queriam que ela passasse muito tempo sozinha. Mas eles não tiveram como recusar o oferecimento do Sebastião, acredito que estimulado pela própria Esméria, de ir morar com eles para tomar conta da casa, para não deixá-la fechada enquanto eles estivessem fora da cidade. A ideia fazia sentido, porque as casas vazias eram invadidas por pessoas que moravam nas ruas, e que depois davam muito trabalho para sair, e às vezes ainda se vingavam de quem as tinha expulsado. Na volta de uma das viagens, os meninos passaram na casa da sinhazinha para contar da nova morada e depois nos deram a notícia de que ela estava pejada novamente, esperando que a criança nascesse antes do Natal. Estávamos em junho, bem perto do dia em que você faz aniversário. Eu nunca me esqueci da sua alegria quando recebeu o presente dado pelo seu pai, vinte e seis volumes da *Encyclopaedia Britannica*, um presente estranho para uma criança de quatro anos, mas não para você. Era de admirar a sua curiosidade ao virar as páginas e olhar com demora cada figura, e muitas vezes eu tinha que brigar para que você fosse fazer outra coisa. Lembro-me bem do dia em que tomei um dos volumes da sua mão e o obriguei a ir brincar no quintal, apoiada pela Esméria, que dizia que você ia ficar cego de tanto olhar para aquelas letras e figuras e tentar entendê-las. Até hoje, nada me convence de que você não fez de propósito, que se cortou apenas para que eu o deixasse quieto dentro de casa. Só não imaginava que o corte ia ser tão feio, e sorte nossa que o filho do mestre Agostino já tinha se formado médico e estava morando com o pai, pois cuidou de você e passou a incumbência dos curativos para a Esméria. Foi naquele mesmo dia que o Fatumbi me contou que já tinham escolhido a data da rebelião, ia ser durante as festas de entrudo do próximo ano, no fim de fevereiro. Ele disse isso quando ainda escorria sangue do seu dedo, e só depois de tudo acontecido foi que entendi a associação que ele tinha feito, a de que ia correr muito sangue. Quando soube da data, voltei a me interessar e a participar das reuniões permitidas, também me oferecendo para fazer o que fosse necessário. Minha primeira tarefa foi convencer o Tico e o Hilário a levar algumas informações aos muçurumins do Recôncavo. Quem fazia isso até então era o mestre Dandará, que sempre ia até lá comprar charutos, mas o Fatumbi achava que não era mais seguro, pois muitas pessoas sabiam que ele era muçurumim, e se alguma informação sobre a revolta chegasse ao conhecimento das autoridades, poderiam começar a seguir os principais suspeitos, dificultando tudo. Seria melhor uma pessoa que não estivesse ligada a eles, e só depois de muito conversarem comigo e com o Fatumbi, e entenderem que não havia perigo, foi que os meninos aceitaram.

O primeiro recado foi sobre a data escolhida, que o Tico e o Hilário preferiram levar por escrito, pois não queriam nem saber do que se tratava para não caírem na tentação de contar, caso fossem pegos. Eles também achavam que se protegiam daquele jeito porque, não conhecendo o recado, não poderiam ser acusados de traidores se alguma informação chegasse aos ouvidos das autoridades. O Fatumbi concordou, pois quanto menos pessoas soubessem, melhor, e o lugar escolhido para carregar os bilhetes foi dentro dos próprios charutos. Deixávamos alguns sem as capas para o Fatumbi, que os encapava com uma folha em que escrevia a informação que os meninos deveriam levar, e só então enrolava por cima a folha de fumo e colocava o selo escrito Charutos São Félix. Quem olhasse não veria nada diferente dos outros charutos, a não ser que iam separados, dentro de caixas que pareciam encomendas especiais feitas por certos destinatários.

ARRANJOS

Todo o dinheiro que os muçurumins ganhavam enrolando charutos era usado na organização da revolta, e naquele momento eles estavam empenhados em comprar as cartas de alforria de alguns escravos que teriam papel importante. O alufá Licutan era quem eles mais queriam libertar, mas o dono se recusava a vender, alegando os mais diversos motivos. Tinham sido montadas várias escolas de árabe, e a mais importante funcionava na loja do mestre Dandará. Como fiquei sabendo ao ceder à curiosidade, toda a correspondência que trocavam era escrita em caracteres árabes. Tive que confessar ao Fatumbi que abri um dos recados que também começara a transportar pela cidade, embrulhados nos charutos, como faziam os meninos. Ao contrário deles, eu queria saber tudo que se passava, e reconheci a escrita que já tinha visto em livros, mas que estava um pouco diferente. O Fatumbi disse que já imaginava que eu não resistiria, e contou que a língua que eles usavam era o hauçá, mas escrito em caracteres árabes, e fiquei mais tranquila por mim e pelos meninos. Mesmo se aqueles charutos caíssem em mãos erradas, seria muito difícil decifrar a mensagem que carregavam. Para saber o que estava escrito, só conhecendo o árabe e o hauçá, o que quase se limitava aos hauçás muçurumins, e era bem difícil que algum deles não estivesse envolvido na rebelião. Foi com eles que comemorei a notícia de que quase duzentos nagôs desembarcados ilegalmente tinham sido encontrados no Pirajá, junto com os feitores, já quase chegando a um engenho em Santo Amaro das Pitangas, para onde estavam destinados. Foram considerados contrabando, pois tinham desembarcado dias antes na praia de Itapuã, e o proprietário do engenho estava sendo processado. Era bem possível que se livrasse da acusação, mas já era alguma coisa, uma apreensão entre os muitos carregamentos de pretos que chegavam sem ninguém ficar sabendo. Foi o Diogo, o escravo do inglês Mister Mellors, quem deu aquela notícia ao Fatumbi, e disse que os ingleses estavam vigiando a Ilha dos Frades, pois havia denúncias de que muitas embarcações suspeitas ancoravam por lá. A Ilha dos Frades tinha sido minha primeira morada no Brasil, e tenho boas lembranças dos dias que passei lá, como já contei, mas acredito que tal sensação seja mais do alívio pelo fim da viagem e por saber que não seria sacrificada como carneiro. Quanto sofrimento em vão passam os pretos que não conhecem o destino que será dado a eles, e falo tanto do destino de lugar quanto do destino de vida.

Depois da festa do Bonfim, comecei a me interessar mais pela religião dos pretos da Bahia, que se reuniam em diversos locais, principalmente em torno das confrarias. A mais antiga delas era a Venerável Ordem Terceira do Rosário de Nossa Senhora das Portas do Carmo, com sede na Igreja de Nossa Senhora do Rosário dos Homens Pretos, no Pelourinho. Era frequentada por homens e mulheres, desde que fossem pretos e católicos, mas eu não tinha muito contato com eles por serem quase todos angolas, muito diferentes de nós, os minas. Os angolas foram dos primeiros africanos a chegar à Bahia e, tirando os recém-desembarcados, consideravam-se baianos e brasileiros, alguns abraçando a religião dos brancos com verdadeira fé. Os daomeanos jejes, como eu, costumavam se reunir na Igreja do Corpo Santo, na cidade baixa, na confraria do Senhor do Bom Jesus das Necessidades e Redempção dos Homens Pretos. Também não tive muito contato com eles, porém, mais tarde, em África, em Aguê, conheci uma igreja que tinha uma cópia da estátua que ficava no Corpo Santo, levada por um jeje-maí liberto. Havia também a Irmandade da Nossa Senhora da Boa Morte, só de mulheres, a maioria de Ketu, com sede na igreja da Barroquinha, da qual a Esmeralda sempre me falava, mas que só conheci melhor tempos depois, quando fui morar no Recôncavo. Existiam muitas outras, mas essas de que falei se tornaram grandes e importantes porque estavam ligadas a alguma igreja, com a permissão dos brancos, que viam com bons olhos os pretos convertidos, mais conformados com a situação de escravos. Nem todos, é claro; havia alguns que não se conformavam de maneira alguma e só frequentavam as confrarias porque eram de grande ajuda em situações difíceis e ponto de encontro de pessoas que pertenciam à mesma nação.

O Fatumbi contou que alguns muçurumins frequentavam essas confrarias procurando pessoas que quisessem fazer parte da rebelião, e perguntei a ele sobre os mulatos, os que tinham ajudado nas rebeliões dos militares e dos federalistas. Ele disse que era o povo que mais desprezava, pois renegava os pretos, e que, se dependesse só dele, Fatumbi, os mulatos seriam os mais castigados depois da rebelião vitoriosa, servindo de escravos para os pretos. Quando perguntei o que mais imaginava, ele não quis contar, muito menos o que estava sendo planejado direito, que ele disse não saber, mas que logo tudo seria esclarecido. Fiquei pensando sobre os mulatos e sobre o ódio sentido pelo Fatumbi, por eles se misturarem aos brancos na tentativa de serem confundidos com eles. Mesmo os mulatos que ainda eram ou tinham sido escravos se achavam superiores aos escravos pretos ou crioulos, apesar de viverem em condições semelhantes. Muitos mulatos livres ou ingênuos,[4] sobretudo os mais instruídos, bacharéis e doutores que tinham estudado na Bahia, em Olinda, em São Paulo, em São Sebastião ou mesmo na Europa, se comportavam como se seus pais ou avós, na maio-

---

[4] Ingênuo: que nunca tinha sido escravo, por ser libertado ao nascer ou por ser filho de mãe liberta.

ria portugueses, nunca tivessem vivido com as pretas. Eles só se casavam com mulheres brancas, quanto mais branca melhor, mesmo se feias, pobres, doentes ou burras, para ralear o sangue e os traços africanos. O senhor Amleto era um desses, e eu ria só de imaginá-lo escravo, servindo a um preto e sendo obrigado a engolir aqueles modos afetados que dizia ter adquirido dos ingleses. Nem mesmo os ingleses legítimos eram iguais a ele, que não passava de um mentiroso. Os mulatos sem pais dispostos a assumi-los, ou filhos de padres, que eram muitos, tratavam de se fazer respeitados adotando apelidos de famílias importantes de Portugal, Espanha e Inglaterra. O filho médico do mestre Agostino disse que tinha estudado com muitos daqueles que se diziam parentes de pessoas que tinham feito atos gloriosos na Europa, e melhor ainda se fossem nobres.

PROBLEMAS LEGAIS

No mês de agosto houve uma reunião muito importante na loja da padaria, e, saindo de lá, o Fatumbi foi me perguntar se eu achava que o doutor José Manoel poderia ajudá-los na questão da compra da carta do alufá Licutan. Eles já tinham tentado várias vezes sem sucesso, inclusive oferecendo mais dinheiro do que o dono pedia, e estavam com medo de que acontecesse algo até bem comum, de os senhores de escravos se apossarem do dinheiro das cartas à força, negando-se a dar a liberdade. Muitas vezes o preto nada podia provar e ficava por isso mesmo, porque era a palavra dele contra a palavra do dono, que sempre tinha mais valor. Mas não me pareceu ser esse o caso do alufá Licutan, como de fato o doutor José Manoel conseguiu esclarecer.

O alufá Licutan era um homem velho, embora tivesse mais disposição que muitos com bem menos idade, e talvez por isso o dono precisasse tanto dele, que não tinha medo do trabalho e fazia o seu melhor, mesmo contra a vontade. O alufá Licutan tinha esse tipo de responsabilidade, homem sério e justo, muito respeitado entre os companheiros, além de ter a *baraka*.[5] Era magro, alto, tinha uma barba rala e rosto pequeno, marcado por muitos sinais, o que fazia dele uma pessoa difícil de se esquecer. Seu dono, um médico respeitado, até porque na Bahia existiam poucos médicos, chamado

---

[5] *Baraka*: força ou poder espiritual dos chefes religiosos muçulmanos, usados para a bênção. Assim também pode ser chamada a própria bênção.

doutor Antônio Varella, não o tratava bem. Possivelmente até nem gostava dele, mas talvez o conservasse porque sabia que era muito estimado pelo seu povo, o que valorizava um escravo. Mas também não era só isso, como o doutor José Manoel apurou, pois o doutor Antônio Varella tinha uma dívida vencida com os padres carmelitas, para a qual tinha oferecido seus bens como garantia, entre eles o alufá Licutan. Ou seja, a venda não poderia ser feita nem se os muçurumins tivessem o dinheiro pedido pelo doutor Varella, porque antes o médico teria que acertar a dívida com os padres. Outro escravo que eles também estavam tentando comprar era o Ahuna, um nagô de estatura baixa e com quatro marcas de cada lado do rosto. O Ahuna morava na Rua das Flores, perto do Pelourinho, e seu dono vendia água, o que muito o entristecia. A religião dele pregava que certas coisas nunca podem ser vendidas, como aquelas de que o homem depende muito para viver e que são abundantes na natureza. O que compensava era que tal dono tinha engenho em Santo Amaro, no Recôncavo, para onde sempre mandava o Ahuna, facilitando o contato com os pretos daquela região.

Havia alguns muçurumins que, apesar de convertidos na Bahia, fingiam que não o eram, para se proteger ou para continuar em contato com os pretos das suas antigas tribos ou religiões. Como o Issa e o Tahir, que, junto com o Issufo, eram muito bem informados sobre o que acontecia em África, principalmente perto do Daomé, e sobre os desembarques clandestinos na cidade de São Salvador, bem como de onde os navios tinham partido e de que tribo eram os recém-chegados. Os marinheiros amigos deles também compravam em África e entregavam para eles, na Bahia, grande variedade de produtos usados nos cultos dos pretos, que eles repassavam para mascates ambulantes que percorriam batuques e candomblés, onde também vendiam a ideia da rebelião. Quando o Fatumbi tinha tempo para conversar comigo sobre a organização, eu me espantava com a inteligência deles e queria participar mais ainda. Mas ele não permitia, dizendo que o importante naquele período não era uma pessoa fazer muitas coisas, porque poderia atrair a atenção sobre si, mas sim ter o maior número de pessoas para dividir o trabalho entre elas, e que isso também seria importante no dia da luta. Eu queria saber como e onde seria a luta e ele dizia ter esperanças de que ela nem chegasse a acontecer, que até o dia marcado eles tivessem conseguido juntar tanta gente que a polícia não veria condições de defesa e entregaria a Bahia sem qualquer resistência. Mas também estavam se preparando para a luta armada, função do Mussé e do Umaru, que aos poucos iam conseguindo armas e dando um jeito de escondê-las nas várias lojas e casas ocupadas por muçurumins.

OS LUGARES

Os lugares preferidos para vender os produtos que chegavam de África eram os batuques, onde se reuniam pretos de várias tribos, ou de apenas uma tribo, para brincar e louvar os orixás. Os batuques eram proibidos na cidade, mas a polícia quase sempre tolerava alguns, desde que os pretos não arrumassem confusão. Na Praça da Graça e na do Barbalho, aos domingos, podia-se fazer batuque até a hora da ave-maria, quando então os participantes tinham que voltar para suas casas ou para as de seus senhores. Estes eram os batuques oficiais, mas também havia outros realizados em diversos pontos da cidade e começavam de repente, convocados antes ou não, bastando que se reunissem alguns pretos que tinham instrumentos. Havia inclusive alguns senhores que não se importavam com batuques em frente às suas casas, e até estimulavam os pretos a fazê-los, desafiando a polícia. Queriam mostrar a quantidade de escravos que possuíam, o que os tornava importantes, e também acalmar os pretos, deixando que eles se divertissem um pouco. No canto onde trabalhava, a Claudina ficava sabendo de quase todos os batuques da cidade e das redondezas, nas casas de santo escondidas em lugares menos habitados. Quando o Fatumbi começou a pedir essas informações, ela quis saber o motivo, já que ia a muitos deles e nunca encontrava nenhum dos muçurumins, e ele disse que era por causa do comércio. Ela já desconfiava que havia algo mais por trás da estada deles na loja, porque percebia a movimentação, as visitas, os segredos que diziam em voz baixa ou em árabe. Eu disse que ela era de confiança, mas o Fatumbi preferiu guardar segredo e só perguntar se ela não queria ajudá-los na venda dos produtos que recebiam, o que seria bom para todos. A Claudina sabia muito bem que tipo de produto oferecer a determinada pessoa, pois conhecia muita gente, e assim haveria mais dinheiro para eles e para ela, que me chamou para ir junto. Ajudando a Claudina, eu também recebia parte do lucro, mas o que me interessava era conhecer os lugares onde os pretos da Bahia se reuniam. A Claudina não praticava religião alguma a sério, embora tivesse fé em certos orixás, mas frequentava muitas festas de terreiro pela diversão. E eram muitas, porque na Bahia eram louvados os orixás dos nagôs e dos iorubás, os voduns dos fons e de todos os povos do Daomé, e os *nkisis*[6] dos bantos do Congo e de Angola. Sobre o culto dos voduns, a Claudina disse que havia um lugar na Federação onde moravam algumas pessoas do meu povo, uns jeje-maís, mas não fomos lá porque eram poucos e os nossos produtos interessavam mais aos que cultuavam orixás. Por isso também não fomos às festas dos congos e dos angolas, que se concentravam no Cabula.

Os nagôs e iorubás eram numerosos e estavam espalhados por toda a cidade, e tinham levado para o Brasil quase todos os orixás que cultuavam em África. Havia casas de pretos da mesma nação que cultuavam apenas um orixá, o da própria tribo, mas também havia casas frequentadas por muitas nações, onde vários orixás eram cultuados, e por isso recebiam o nome de candomblés. Os povos de Ketu e de Savê cultuavam Oxóssi e Omolu, os de Oyó cultuavam Xangô, os egbás tinham levado Iemanjá e Ogum, os ijexás tinham assentado minha mãe, Oxum, os ekitis também cultuavam o deus do ferro, Ogum, a gente de Ifé tinha levado Oxalá, os de Ifã levaram Oxalufã. Oxagiyan apareceu pelas mãos dos ejigbos e os povos da foz do Níger não se esqueceram de Iansã, a que governa as tempestades. Havia mais alguns orixás, como Nanã, que quase todos cultuavam, mas estes eram os mais importantes, os que sempre recebiam festas de louvor, onde eram usados produtos que só existiam em África. Para nossa sorte, havia muitos produtos que só os muçurumins conseguiam por intermédio dos que tinham ficado em África, para os quais tínhamos freguesia certa. Eram temperos como o *pejerecum*, o *lelcum* e algumas pimentas, mas também vendíamos nozes-de-cola, obis e opelês para os jogos de adivinhação, panos de *alaka*, penas vermelhas de cauda de papagaio, penas cinza de outros pássaros africanos e pós chamados *efun* e *òsun*. Muitos africanos podiam não ter dinheiro para comprar comida, mas davam um jeito de pagar o que fosse pedido pelos produtos preferidos dos seus orixás. Vendíamos muito por causa da confiança que as pessoas tinham na Claudina, pois preferiam comprar das mãos dela a correrem o risco de serem enganadas com produtos que até podiam ser parecidos, mas eram falsos, não procediam de África.

As pessoas primeiro se conheciam nos batuques de ruas e praças e iam se unindo às de sua tribo, para então começarem a frequentar os candomblés e as casas de santo. Nessas casas também havia música, dança e cachaça como nas ruas, mas primeiro os orixás eram servidos com as comidas que cada um

[6] *Nkisi*: força mágica, divindade, na língua quicongo.

preferia. Eles eram invocados e recebidos com a saudação, o toque de tambor e a dança próprios de cada um, e recebiam as primeiras honrarias das ialorixás ou dos babalaôs, mãe ou pai do terreiro, chamados de mãe ou pai de santo porque tinham vários filhos de santo que eles guiavam e instruíam. Dentro de cada casa de santo havia uma hierarquia entre esses filhos, como em África, que dependia do conhecimento que tinham do culto e do tempo que frequentavam a casa exercendo as mais diferentes funções, inclusive de limpeza e preparação das comidas dos santos, dos filhos e dos visitantes. Quando fomos a uma casa frequentada pelos de Ijexá, fiz questão de levar minha Oxum para ser benzida, ela que tinha me valido tanto no momento em que mais precisei. A mãe de santo que me atendeu disse que eu precisava prestar mais atenção a ela, entrar mais vezes no quarto e estar mais tempo por lá, nem que fosse apenas para conversar, porque Oxum também é boa conselheira. Oxum entende suas filhas e dá a elas tudo que pedem, mas também gosta de atenção, de presentes, de boa comida e de enfeites. De fato eu devia muito a Oxum, e percebi isso quando conheci melhor os frequentadores dos batuques, única diversão que tinham, única alegria. Eu tinha tantas, e além disso tinha uma casa, uma família e fartura de comida, o que era bastante raro entre os pretos. Havia pessoas mais novas que pareciam muito mais velhas que eu, de tão prejudicadas pelo trabalho, como uma moça que tinha os calcanhares com enormes rachaduras em carne viva e uma tonsura não raspada no alto na cabeça. Os pés ficaram grelhados ao andar na areia quente da praia, onde ela vendia alguma coisa também quente que equilibrava no alto da cabeça, o que fez com que o cabelo caísse e não nascesse mais.

BRANCOS OU PRETOS

À medida que se aproximava o fim do ano, eu me questionava se devia mesmo participar da rebelião, se não havia outra maneira de conseguir a liberdade, pois era triste saber que muita gente ia morrer, inclusive os pretos que não quisessem aderir. Era morrer ou sofrer depois as consequências de um governo dos muçurumins, e eu não tinha certeza se eles estavam preparados ou se apenas pensavam em vingança por causa das humilhações que sofriam. Na minha convivência com brancos e mulatos, vi que nem todos eram maus, que existiam os de bom coração e até mesmo os que eram contra a escravatura, mas não haveria como separar uns dos outros. Perguntei ao Fatumbi se podia avisar pelo menos a sinhazinha e o Alberto, e ele disse que não, que nenhum branco ou preto que não estivesse participando poderia saber da revolta, e deixou muito claro que eu seria responsabilizada caso alguma denúncia fosse feita por alguém que eu conhecesse. Se os muçurumins desconfiassem de mim, ele não teria condições de me proteger. Havia muitas pessoas que eu não gostaria que sofressem as consequências, e durante algum tempo não quis saber de mais nada, e acho que o Fatumbi entendeu, pois até se mudou para a loja. Quando o Alberto apareceu, tive vontade de colocar a situação toda como hipótese para saber o que ele achava, mas não confiei. Ele estava bebendo cada vez mais, mesmo na nossa casa, onde antes evitava beber perto de você. Não tinha atitudes hostis ou irresponsáveis e, para falar a verdade, ficava até mais divertido. Mas quando o efeito da bebida começava a passar, o que quase sempre acontecia durante a noite, ele ficava inconsolável. Chorava muito e se dizia incapaz de ser um homem honrado, de cuidar da família, e que, se pudesse voltar no tempo, não teria saído de Portugal. Naquelas horas eu tinha pena, mas não sabia como ajudar, porque ele não queria contar o que estava acontecendo. Chamei o Sebastião e pedi que fosse até o sobrado conversar com o Júlio, para ver se ele sabia de alguma coisa.

O Júlio comentou que a Ressequida brigava muito com o Alberto, e que nas noites em que ele saía para encontrar os amigos não entrava em casa. Dormia no quintal, porque também era proibido dormir na porta da frente, para não chamar a atenção dos vizinhos. Mas a Ressequida continuava dando festas em casa, e a Anastácia já tinha presenciado um pedido dela para que ele não descesse, para que ficasse no quarto, porque sempre arranjava um jeito de envergonhá-la na frente dos convidados quando bebia. E para tais convidados ela sempre se arrumava, vestindo roupas e joias caras, tudo pago pelo seu pai. O Júlio achava que ela estava tomando todo o dinheiro dele, e que não tinha certeza, mas a Anastácia pensava ter ouvido um comentário dela para uma amiga sobre a compra de um sobrado que estava sendo mobiliado do jeito que ela queria, para então, sempre conforme as palavras dela, abandonar aquele traste de marido. Quando eu soube disso, senti algo entre pena pelo que o seu pai estava sofrendo e felicidade por estar vingada do abandono, e ao mesmo tempo seria capaz de esganar a Ressequida se a visse na minha frente. Por mais que o Alberto tivesse defeitos, e não eram poucos, não merecia ser tão humilhado. A Esméria ouviu a conversa e disse que era bem feito, mas que eu deveria aceitar caso ele quisesse voltar, pois minha vida seria mais fácil ao lado de um homem. Eu não quis discutir e disse que aceitava, mas não sabia se era verdade, se realmente o queria ao nosso lado, visto que, naqueles dias, já não passávamos de irmãos, sem desejo um pelo outro. Por você sim, pois ele sempre tinha sido um ótimo pai, mas eu queria algo mais de um homem, algo que ele já tinha sido, ou que eu já tinha merecido, não sei.

Mesmo com todos os preparativos para a rebelião, os muçurumins não deixaram de enrolar charutos. Os pedidos aumentavam e tínhamos que trabalhar dia e noite, na oficina ou em casa. Foram bons aqueles dias de dúvidas sobre a minha participação, porque quase não saí do seu lado, e nem sei o que fizeram com os recados que precisavam ser entregues. Mesmo tendo muito trabalho, havia dois momentos do dia em que eu fazia questão de estar com você, que era no desjejum e na hora de dormir. Você não dormia sem ouvir histórias, e eu costumava inventar muitas sobre a África, dizendo que lá era bom e que todos os pretos viviam livres. Eu não tinha certeza se você entendia o que era ser livre, pois sempre tinha sido, mas percebi que entendia quando me perguntou se em África existiam brancos, e, quando eu disse que sim, quis saber por que os brancos da Bahia não eram iguais aos brancos de lá, que deixavam os pretos serem livres. Você tinha apenas quatro anos, e me espantei ao perceber o quanto entendia ao prestar atenção às nossas conversas, e como também não tinha ideia do que significava ser branco ou preto, porque quando te falei que na Bahia também existiam brancos bons como seu pai, você me perguntou se seu pai era branco. Acho que para você, ser branco não era ter a pele clara, mas ter a alma má. Depois daquele dia, você sempre me perguntava se determinada pessoa era branca ou preta, e, embora eu sempre te respondesse levando em conta a cor da pele, não havia como não pensar de acordo com o seu critério. Para você, a sinhazinha e o doutor José Manoel, por exemplo, eram pretos, e eles riram muito quando contei essa sua ideia. Eu, você e a Esméria fomos visitá-los porque a terceira filha deles tinha acabado de nascer, a Amélia. A Carolina já estava uma mocinha e, ao vê-la, fiquei com muita saudade do Banjokô, por me lembrar dos dois brincando no sítio, quando você e a Mariana ainda eram bebês. Tenho pena de você não ter aproveitado aquela época, porque, com certeza, foi das mais felizes das nossas vidas. Durante aquela tarde na casa da sinhazinha, vendo você brincar com a Mariana, nos lembramos de muitas passagens da nossa infância e do sítio, quando estávamos confinados com medo de os federalistas fazerem mal aos nossos portugueses. Tive vontade de alertá-la sobre a rebelião, mas não pude, pois tinha assumido um compromisso com o Fatumbi, mas, mesmo assim, perguntei se ela tinha planos para a época do entrudo do próximo ano, pois talvez fosse bom descansar alguns dias em um sítio afastado. Ela gostou da ideia e nos chamou para ir junto, o que foi melhor ainda. Naquela tarde também combinamos que ela deixaria uma criada levar a Carolina e a Mariana à nossa casa, para uma festa de São Cosme e Damião, já que ela estava de resguardo.

A RESOLUÇÃO

O caruru foi uma festa bonita, com a presença das filhas da sinhazinha e algumas crianças da vizinhança, que se fartaram de caruru, doces e queimados, que fiz em homenagem aos Ibêjis. O mestre Agostino se ofereceu para tocar, e no fim da festa até os muçurumins estavam cantando e dançando no meio de vocês, aproveitando que era festa de criança e não de adulto, sem cachaça. No início você nem sabia como se comportar com todas aquelas crianças, pois estava acostumado a conviver com adultos. Confesso que também tinha medo de que a companhia de outras crianças atraísse os *abikus*, como acho que pode ter acontecido com o seu irmão. Mas você gostou tanto que no dia seguinte resolvi te levar até a casa da Adeola para brincar com as crianças do orfanato, e também porque eu estava com saudade dela.

Foi bom termos ido, porque encontramos tudo rodeado de imensa tristeza. A Adeola e a dona Maria Augusta estavam abrigando um crioulo que tinha chegado na noite anterior para avisar da morte do padre Heinz, covardemente pego à traição. Assim que chegou à cidade onde teria sua paróquia, o padre começou a fazer o mesmo trabalho que fazia em São Salvador, defendendo os pretos contra a crueldade dos brancos. Mas os brancos de lá eram mais cruéis, e o padre foi morto enquanto dormia, com um tiro dado bem no meio da testa, sem que tivesse a possibilidade de fugir ou de se defender. Um preto liberto a quem ele dava pouso ouviu o barulho, foi averiguar e viu a fuga de dois brancos, que depois reconheceu como capatazes de uma fazenda onde trabalhavam muitos escravos sob condições em que nem animais sobreviviam. O juiz de fora encarregado de apurar o caso não acreditou na palavra do preto, acusando-o de dar falso testemunho contra a moral de senhor tão importante, e ele nunca mais foi visto, com rumores de que também teria sido morto, para que a história terminasse por ali. O corpo do padre Heinz foi parar nas mãos do tal fazendeiro, que, para se fazer de bonzinho e fingir alma caridosa, tinha se oferecido para cuidar do enterro. Mas alguns pretos o roubaram de volta e o levaram para a vila vizinha, onde teve um enterro cristão feito pelo padre local. Padre que também não foi poupado, tendo sua casa incendiada dias depois. O caso datava de quase dois meses, mas só naquele momento o preto tinha conseguido ir até São Salvador avisar a Adeola, seguindo orientação do próprio padre Heinz, que já temia algo de ruim. A Adeola estava inconsolável, e já havia algum tempo que era perseguida por maus pressentimentos, depois de parar de receber as cartas regulares que o padre enviava. Sentia também muita raiva, e acho que as palavras dela, dizendo que para pagar aquele tipo de pecado nenhum branco merecia viver, foram muito importantes na minha decisão de não pensar mais em nada e seguir com os planos dos muçurumins.

Ao voltar da casa da Adeola, chamei o Fatumbi e disse que estava pronta, que ele podia me dizer o que mais eu deveria fazer, além de continuar passando recados. Quem gostou do novo trabalho foi a Esméria, que vivia pela casa procurando o que fazer, atrapalhando o serviço da Malena. À noite, o Fatumbi apareceu com grande quantidade de tecido branco e um modelo de barrete em dois tamanhos, que deveríamos reproduzir, para que os muçurumins os usassem na hora da luta. Todos os participantes também deveriam vestir abadás brancos, confeccionados pela Fátima, pela Binta, pela Safyia e pelas mulheres da loja do alufá Ali. Nos dias seguintes fiquei sabendo de outros preparativos, e que o Mussé e o Umaru estavam calculando a participação de mais de três mil pessoas só em São Salvador. Eles ainda não sabiam como estavam os preparativos no Recôncavo, mas pretendiam viajar em breve para conversar com os muçurumins encarregados de organizar tudo por lá. Em vários pontos da cidade foram montadas mais classes para os novos muçurumins aprenderem a palavra do profeta e, se possível, a ler e a escrever em caracteres árabes. Conheci muitos desses lugares, pois boa parte das aulas, um tipo de ABC, era preparada pelo Fatumbi e pelo mala Abubakar, e fiquei encarregada de fazer a distribuição para os outros mestres. Em algumas delas não passei da porta por segurança, para que ninguém desconfiasse da presença de pessoas estranhas, mas em outras fui convidada a entrar. Eram todas bem parecidas, sempre uma sala com uma mesa grande onde ficavam livros religiosos, tábuas de escrita, tinteiros e penas especiais. Se o mestre-escola também era mestre religioso, havia uma arca com os paramentos religiosos e quadros com versos do Alcorão. Era assim na casa dos nagôs libertos Gaspar e Belchior, outro Belchior, não o que eu já conhecia da fazenda. Esse novo Belchior morava na Rua da Oração, onde pregava o mestre Luís Sanin. Aulas também eram dadas nas lojas do Manuel Calafate e do alufá Ali, no estabelecimento do mestre Dandará, no mercado de Santa Bárbara, e na casa que este alugara só para servir de templo e escola, no Beco do Mata-Porcos. Alguns alunos também eram atendidos na casa do alufá Licutan, no Cruzeiro de São Francisco, às escondidas do seu dono, o doutor Varella. Os mestres Dassalú e Nicobé não tinham lugar fixo e ensinavam na região da Vitória, nas casas dos ingleses. O lugar de que mais gostei foi a loja do Gaspar e do Belchior, onde só se falavam línguas da África e onde moravam muitas pessoas que conheci melhor mais tarde, como o Ojô, o Ová, o Nanosi, o Dadá, o Aliará e a Edum. O nome do Gaspar era Huguby, e, apesar de já estar no Brasil havia muito tempo, ele não falava português. Nessa loja, todos os pretos usavam seus nomes de África, e alguns nem mesmo se conheciam pelos nomes de branco.

INCIDENTES

O mala Abubakar comandava sacrifícios de carneiros todos os dias, para consumo dos muçurumins da loja e também de outros, inclusive alufás e mestres. A *baraka* dele era muito respeitada e bastante forte, e todos precisavam se fortalecer para enfrentar o que viria pela frente. Nós também ganhamos bons pedaços de carne de sol de carneiro, que achei muito boa. As peles eram postas para secar e depois serviam para fabricar mantas, capas de livros sagrados, quadros com inscrições de oração, tapetes de rezar e os amuletos muito procurados por todos na Bahia, muçurumins ou não, brancos, mulatos, pardos, pretos, cabras, caboclos e crioulos. Durante os dias comuns, eles nunca trabalhavam às sextas-feiras, e, durante o Ramadã, alguns outros dias também eram guardados e as orações se intensificavam em quantidade e devoção. O mala Abubakar também fazia várias rezas que serviam para todas as situações, e que a gente da Bahia chamava de mandinga, sendo que de mandingas, ou mandês, também eram chamados os povos de uma nação da África, talvez uma das primeiras que se tornaram muçurumins.

Todos tinham muita fé nos trabalhos de proteção do mala Abubakar, pois ele era um dos únicos na Bahia que já tinham ido a Meca. O Fatumbi disse para eu não contar a ele que podia ser chamada de gente de santo, ou seja, que eu cultuava os orixás. Entre os muçurumins que não tinham a importância do mala, os pretos da religião dos orixás eram até suportados, mas os grandes mestres nos desprezavam. Eu sabia que muita gente de santo também desprezava os muçurumins, a quem chamavam de malês. Para devolver a provocação, os muçurumins os chamavam de *adoxu*.[7] Uma troca de ofensas gratuita, porque havia muita semelhança entre as duas religiões. Inclusive alguns alufás mais poderosos, apesar da proibição de se mexer com essas coisas, invocavam os *aligenum*, os gênios ou espíritos diabólicos, que podiam ser chamados para fazer o bem ou o mal, o que para mim se parecia bastante com o culto a Exu. Os alufás também tinham grandes livros de magia escritos com tinta vermelha feita com sangue de carneiro, com poderosos *idams*, que era como eles chamavam as mágicas, que ensinavam como fazer chover dizendo apenas uma palavra, ou fazer *obis* aparecerem onde antes só havia vento.

Um dia cheguei à janela para tentar descobrir o motivo de uma discussão que ouvi na loja, mas nada consegui entender da misturada de línguas que eles usavam para conversar. Depois, o Fatumbi contou que estavam revoltados com a prisão do alufá Licutan, e muitos queriam ir até a cadeia e soltá-lo à força, ou então antecipar a rebelião para que pudessem tomar o poder e libertá-lo por meios legais. Em África, os mestres eram tratados com todo o respeito que mereciam, não só por serem mestres e conhecerem como ninguém as palavras do profeta, mas também por serem idosos. Mas na Bahia os brancos não respeitavam nada disso, não se importavam em jogar na cadeia um homem que nada tinha feito a não ser pertencer a um senhor que o tinha dado como garantia no pagamento de uma dívida. Tinha sido esse o motivo da prisão, e o alufá Licutan não seria solto enquanto o doutor Varella não pagasse o que devia aos carmelitas. Alguns muçurumins estavam pensando em matar o médico, e o Fatumbi disse que foi difícil convencê-los de que um ato assim só pioraria a situação, pois a polícia poderia desconfiar e começar a persegui-los, arruinando todo o plano. Faltava pouco tempo e

---

[7] *Adoxu* tem dois significados. O primeiro deles é uma mistura de cera e ervas que é colocada sobre o corte feito na cabeça da pessoa que vai ser iniciada na "feitura do santo", ou seja, consagrar a cabeça ao orixá. Na cerimônia, nesse pequeno corte é introduzido o axé, que é coberto com o *adoxu*, até cicatrizar. *Adoxu* também pode ser "aquele que tem o *oxu*", ou seja, o tufo de cabelo que é deixado na cabeça raspada em cerimônias de consagração aos santos, os orixás.

eles precisavam esperar, apesar da raiva. Um grupo tinha partido para tentar conversar com o médico e ver o que poderia ser feito. O Fatumbi estava de saída para a prisão e me deixou acompanhá-lo.

Quando chegamos à cadeia, já era grande o número de pretos por lá, não só muçurumins, mas de todas as religiões, que protestavam contra a prisão de um preto inocente. A figura dele impunha respeito, e ainda mais porque estava calmo, tentando tranquilizar todo mundo, dizendo que não lhe haviam feito mal, que aproveitaria aqueles dias para rezar. Acho que as pessoas o tomaram por santo, porque se ajoelhavam na sua frente e pediam a bênção com grande comoção, depois de beijarem a mão dele. Os muçurumins sabiam que a presença e a colaboração espiritual do alufá Licutan eram muito importantes, e estavam dispostos até a pagar toda a dívida do doutor Varella. Mas já não havia mais como fazer isso, como ficamos sabendo no dia seguinte, pois o alufá Licutan iria a leilão em benefício dos credores. O bom disso era que os muçurumins poderiam arrematá-lo por uma quantia até menor que a pedida pelo dono, e o ruim era que não sabiam quando esse leilão seria realizado, se dentro de poucos dias ou de vários meses. Diante da possibilidade da demora, os muçurumins ficaram ainda mais revoltados, e foi preciso convocar uma reunião para decidir o que fazer, e que seria realizada na mesquita que o James e o Diogo tinham construído no quintal da casa do inglês, na Vitória. Eu adoraria ter ido, mas só os homens foram convidados. Não haveria somente a reunião, mas também uma festa, um grande jantar para comemorar a data que eles chamam de *Lailat al-Miraj*, a ascensão ao céu do profeta Maomé. A Fátima, a Binta e a Safyia não quiseram ficar sozinhas na loja e foram para a nossa casa, levando um pedaço de carneiro assado que comemos todos juntos. Para nós era um sábado comum, vinte e nove de novembro, mas, no calendário diferente que os muçurumins seguiam, era o dia vinte e seis de Rajab.

As três mulheres se sentiam à vontade na nossa casa, mesmo porque você era o único homem e só tinha quatro anos de idade. Desde que o Sebastião tinha ido morar com o Tico e o Hilário, e o Fatumbi passava as noites e os dias na loja, restamos apenas eu, você, a Esméria, a Malena e a Claudina. Estávamos todas conversando e nos divertindo na sala, com você dormindo no meu colo, quando ouvimos os homens chegando, e as muçurumins se levantaram para retornar à loja. Mas voltaram logo em seguida, dizendo que devia ter acontecido algo muito sério, pois os homens estavam nervosos e acompanhados de vários outros muçurumins, e tinham pedido que elas ficassem na nossa casa até que fossem chamá-las. Estávamos curiosas, mas só depois que a Esméria, a Malena e a Claudina se deitaram foi que pudemos conversar melhor, e elas disseram que muitos deles estavam vestindo abadás e armados com facas, que temiam que a rebelião tivesse se precipitado e sido rapidamente controlada pela polícia. Elas sabiam muito mais coisas do que eu, mas se calaram, talvez por estarem acostumadas a nunca serem ouvidas, ou por lealdade, não se achando no direito de comentar algo que tinham ouvido só porque ocupavam a mesma casa que os principais organizadores. Respeitei o silêncio delas e só o cansaço venceu a curiosidade, fazendo com que dormíssemos quando o dia já estava amanhecendo, poucas horas antes de o Suleimane chamá-las a pedido do mala Abubakar. Eu também me levantei e fui para a oficina de fumo, na esperança de que alguns dos homens fossem trabalhar, mesmo sendo domingo, e me contassem o que tinha acontecido. Eles só apareceram depois da hora do almoço, e provavelmente estiveram dormindo até então. O que ouvi foi muito silêncio e pedaços de conversa que não me levaram a conclusão alguma, e só fiquei sabendo de toda a história no fim do dia seguinte, quando o Fatumbi apareceu em casa para perguntar sobre a quantidade de barretes prontos, pois o mala Abubakar tinha antecipado a rebelião.

À reunião na mesquita, ou no *machacali*, como a chamavam, tinham comparecido todos os principais chefes muçurumins, inclusive alguns do Recôncavo. Houve um jantar e logo em seguida todos começaram a discutir as atitudes que tomariam em relação à prisão do alufá Licutan, quando foram surpreendidos pela chegada do inspetor de quarteirão. O inspetor, depois de receber uma denúncia que os muçurumins achavam que fora feita por alguns nagôs do povo de santo, falou que não queria saber de confusão de pretos e muito menos de templos pagãos, e mandou que todos fossem para suas casas, tratando-os de maneira muito arrogante. Não se dando por satisfeito, comunicou o fato ao juiz de paz da freguesia da Vitória, que foi conversar com o dono da casa e exigiu que ele tomasse providências. O inglês, não querendo problemas com as autoridades brasileiras, chamou o James e o Diogo e mandou que eles pusessem abaixo o *machacali* com a ajuda de alguns dos presentes, o que foi assistido pelos policiais e pelos escravos da casa, que trataram de correr a notícia entre os pretos da Bahia. O fato se espalhou rapidamente e os muçurumins viraram motivo de troça, o que feriu o orgulho e a dignidade deles, que precisaram reagir logo, antes que a situação desfavorável causasse a debandada dos pretos dispostos a aderir.

Por isso o mala Abubakar tinha escolhido uma nova data, que só seria divulgada na véspera. Com esse segredo, eles queriam evitar as delações que tinham posto a perder muitas rebeliões anteriores. Tentei saber mais alguma coisa, mas o Fatumbi não quis falar; disse apenas que em breve todos seriam instruídos a ficar em estado de alerta para uma convocação a qualquer momento.

OS PREPARATIVOS

Durante todo o mês de dezembro foi intensa a movimentação na loja dos muçurumins, que também estavam se preparando para o Ramadã, e também foi grande o trabalho na oficina de fumo, que recebeu várias encomendas além do que estava programado. As horas do dia pareciam insuficientes para tanto trabalho, que ainda incluía a confecção dos barretes, e foi até bom, porque não tive muito tempo para pensar no que ia acontecer. Do que eu menos gostava era não saber tudo, não saber como ia acontecer, quais os verdadeiros propósitos e os planos para depois que tudo acabasse. A sinhazinha mandou convite para passarmos as festas de Natal com ela e resolvi aceitar, e foi só então que me lembrei da viagem programada para os dias do entrudo. O doutor José Manoel tinha conseguido um sítio a algumas horas da capital, e sugeri que seu pai nos acompanhasse, depois de contar que continuávamos nos encontrando, pois ele não se dava bem com a esposa. Para mim, que já tinha planejado não ir, mas sim mandar que todos fossem na frente e me esperassem por lá, a data não tinha tanta importância. Mas quanto antes, melhor, apesar de achar que os muçurumins não adiantariam muito a rebelião, pois ficavam mais recolhidos durante o Ramadã, fazendo orações que não combinavam com guerras.

Foram alguns dias de descontração aqueles de final de ano, que passamos na casa do Tico e do Hilário, participando de batuques que iam até o amanhecer, cercados dos novos amigos deles. Homens com suas mulheres e filhos, a maioria mascates como os meninos, e alguns considerados muito ricos, que era o que os meninos também estavam se tornando. Fomos para lá três dias antes da virada do ano, porque a Esméria queria ajudar na preparação das comidas, e no dia primeiro de janeiro visitamos a Adeola, mais conformada com a morte do padre. Ela estava cuidando muito bem das crianças, que naquele momento já eram quase cinquenta, e disse que se salvara por meio daquele trabalho, que a felicidade das crianças era um santo remédio que Deus tinha enviado para curar as tristezas dela.

Quando voltamos para casa, fomos recebidos com outra novidade que tinha causado mais um desgosto aos muçurumins. Punido por alguma coisa que já não me lembro qual, e por aí se vê que não era nada importante, o mestre Ahuna foi mandado para o Recôncavo, Santo Amaro. Houve grande confusão e novamente foi difícil conter os ânimos dos pretos que queriam fazer a rebelião naquele momento, pois o mestre Ahuna tinha sido bastante humilhado, andando algemado pelas ruas. Por onde ele passava, os pretos se juntavam em cortejo de despedida, seguindo-o até o cais. O Fatumbi ficou desconfiado de que as autoridades sabiam de alguma coisa, pois dois dos principais mestres tinham sido afastados das ruas e do contato com seus discípulos. O alufá Licutan continuava preso, sem data marcada para ir a leilão. Embora não soubessem se o envio do mestre Ahuna para o Recôncavo tinha sido apenas coincidência, deram um jeito de esconder os outros mestres, o Dassalú, o Ali, o Dandará, o Nicobé, o Sali e o Calafate, até apurarem o que estava acontecendo. Só o mestre Sanin não quis se esconder, em consideração ao alufá Licutan, que ele ia visitar na cadeia todos os dias, para levar comida e para que orassem juntos, tão grande era a amizade entre os dois velhos muçurumins. Por outro lado, o mala Abubakar se expunha cada vez mais, atendendo a todos que iam procurá-lo em busca de proteção. Perguntei ao Fatumbi se era por causa da rebelião e ele me disse que não só, mas também porque os espíritos e poderes malignos perdiam as forças durante o Ramadã, e as pessoas aproveitavam para fazer os pedidos que só dependiam do bem.

Eu, você, a Esméria, a Claudina e a Malena ganhamos *tiras* feitas pelo mala Abubakar, com orações escritas em pequenos pedaços de papel dobrados e colocados dentro de um saquinho de pele de carneiro costurado à mão. No dia em que fui recebê-los, foi a primeira vez em quase dois anos que entrei na loja, e fiquei sentada em um banco encostado à parede, ao lado de várias pessoas que esperavam atendimento. Todo o salão da parte da frente, onde ficava o atendimento da padaria, era destinado ao culto e às aulas, tendo um banco grande de cada lado da mesa, onde os alunos se sentavam, e uma mesa baixa a um canto, onde ficava o mala Abubakar, tendo ao lado o Suleimane, que o ajudava com as mandingas. Logo atrás dos dois, pendurado na parede, havia um quadro com o desenho de uma mesquita de Meca. De onde eu estava sentada não dava para ver direito a parte de trás da construção, onde tinha funcionado a cozinha da padaria, mas me pareceu que só o lugar onde o mala Abubakar dormia com suas esposas era separado com um pano, e todos os outros dormiam em esteiras espalhadas pelos cantos. Ao lado de algumas esteiras havia caixotes de madeira, que devia ser onde eles guardavam seus pertences.

O mala Abubakar atendia a todos com muita paciência, ouvia o que tinham a dizer e fazia os encantamentos, que podiam ser no papel ou no quadro de madeira que chamavam de *wala*. A *wala* tinha a forma de um retângulo com um cabo em uma das pontas, que era mais estreita, e o mestre escrevia nela usando a tinta feita de arroz queimado. Havia as *walas* de ensinar e as religiosas, como era o caso da do mala Abubakar, na qual ele escrevia usando letras árabes e desenhos estranhos, que variavam de acordo com o problema da pessoa que estava se consultando. Ele escrevia vinte vezes e depois lavava o encantamento, e então dava a água para a pessoa beber, pois ela ficava impregnada com a *baraka* do mestre e dos textos religiosos, tendo o poder de realizar curas e de fechar o corpo contra todo tipo de má sorte. Os feitiços também poderiam ser feitos contra os desafetos, e o mestre então enchia a *wala* com uma oração forte e transferia seu poder para a água das lavagens, que depois deveria ser jogada no caminho por onde o desafeto costumava passar.

Além dos amuletos e das águas com *baraka*, o mestre também fazia caderninhos de orações que protegiam seus donos das más línguas e dos maus desejos, usando apenas as palavras do Alcorão. Conhecendo as rezas e para que elas serviam, qualquer muçurumim podia fazer tais cadernos, mas eles eram muito mais poderosos quando escritos pela mão de um mestre. O Fatumbi disse que cada amuleto ou livrinho era feito com determinada intenção, e por isso os pretos carregavam vários deles. Ele me contou que o muçurumim em cuja casa tínhamos ficado na ocasião da festa do Bonfim, um hauçá chamado Antônio, tinha enriquecido por ter fama de acertar a mão. Ele vivia de vender amuletos e ganhava o valor diário de quatro ou cinco férias de escravos de ganho, por volta de um mil e quinhentos réis por dia. O mala Abubakar também cobrava por seus trabalhos, mas nós ganhamos nossos amuletos de presente, menos um, que foi encomendado pela Esméria. Ela não resistiu quando soube que o mala Abubakar também fazia rezas que ajudavam a controlar os ventos, ou *iskoki*, que é como os hauçás chamam os espíritos que se parecem com os djins, que podem carregar uma série de doenças que precisam ser afastadas. A Esméria tinha medo de ficar com deformações no corpo ou sem poder andar por falta de força nas pernas, tudo por obra dos ventos. Ganhamos também anéis de metal, que foram distribuídos pela Emerenciana, a mulher do mestre Dandará, iguais aos anéis de prata usados pelos muçurumins, que poderiam ser muito úteis quando tudo terminasse, identificando quem estava do lado deles.

O início do mês de janeiro foi de muita euforia e muito trabalho, e andei léguas e léguas entregando charutos com recados nas lojas dos mestres, e que eram levados aos esconderijos deles por pessoas de confiança. Fui algumas vezes à cadeia, pedir a bênção do alufá Licutan e levar recados do Fatumbi, e ele sempre perguntava pelo mestre Ahuna. Um preto chamado Pompeu tinha ido para o Recôncavo apenas para ficar perto do mestre Ahuna e cuidar para que nada lhe acontecesse, e passava notícias para o Tico, o Hilário ou qualquer conhecido que transitasse a negócio entre as duas cidades. O Aprígio, companheiro de loja do Manuel Calafate, era carregador em um canto na cidade baixa, e, enquanto esperava freguês, ficava escrevendo na frente dos outros pretos. Ele tinha percebido que isso chamava a atenção de muitos que se mostravam interessados em aprender, e já tinha conseguido várias adesões com a conversa de que seria bom se os pretos assumissem o poder e pusessem os outros para trabalhar enquanto eles só estudavam. Por volta do dia vinte de janeiro, chegou recado do mestre Ahuna avisando que dentro de três ou quatro dias estaria de volta a São Salvador, e que tudo deveria estar preparado. Acho que já estava, pois nada alterou o ritmo de trabalho dos muçurumins da loja. Como eu tinha pedido, fui avisada com antecedência pelo Fatumbi, para que desse um jeito de fazer com que pelo menos a sinhazinha e o Alberto saíssem da cidade, mas com a promessa de que não diria nada sobre a rebelião.

Cheguei à casa da sinhazinha ainda sem saber como justificar uma viagem àquela altura, pois ainda faltava muito tempo para o entrudo. Eu disse que estava muito cansada e precisando de alguns dias de folga imediatamente, pedindo que ela seguisse na frente, levando você, a Malena e a Esméria, deixando-me sozinha para terminar uns compromissos com mais calma. Mas a minha história não foi convincente e ela disse que não tinha condições de viajar dentro de tão pouco tempo, que tinha as três crianças e uma série de providências a tomar. Saí de lá bastante preocupada, mas pelo menos ela prometeu que começaria a arrumar a bagagem, o que podia facilitar se tivesse que deixar a cidade às pressas. Por via das dúvidas, no dia seguinte mandei a Malena ao solar levando um dos anéis que tínhamos ganhado da

Emerenciana, dizendo que era para ela guardá-lo muito bem e, em qualquer dificuldade, mostrá-lo e dizer que tinha ganhado do mestre Dandará. Fiz a mesma coisa com seu pai, e torci para que os dois tivessem entendido a mensagem que eu tentava passar sem trair a confiança do Fatumbi.

No dia vinte e dois de janeiro, o Manoel Calafate passou pela loja e pediu a bênção do mala Abubakar antes de partir para o Recôncavo levando as últimas instruções, e de onde voltaria com o mestre Ahuna. Os outros mestres também voltaram para as suas casas e começaram a convocar os discípulos. No dia vinte e três, o Fatumbi pegou todos os barretes que estavam comigo e entregou-os a um grupo de convocados para fazer a distribuição junto com os abadás. Eles carregavam trouxas do tipo das usadas para levar as roupas da casa para as lavadeiras, um bom disfarce para não chamar a atenção da polícia. Já estava tudo certo, e a rebelião começaria às quatro horas da madrugada do dia vinte e cinco de janeiro daquele ano de um mil oitocentos e trinta e cinco.

EXPECTATIVAS

Na manhã do dia vinte e quatro de janeiro, saí de casa com o sol ainda por nascer e deixei você dormindo na minha cama, para onde o levara na noite anterior. Eu estava certa de que nada me aconteceria, mas, de qualquer forma, queria fazer preciosas aquelas últimas horas que antecediam a rebelião, e não havia nada que me fosse mais caro do que estar com você. Eu sabia que voltaria, mas não sabia quando, principalmente porque ninguém conhecia todo o plano, nem qual o papel que teria nele. Passei no quarto dos santos e orei para Xangô, para que a coragem e a proteção dele descessem sobre mim como um raio, principalmente na hora de lutar. Encontrei a Esméria na cozinha e disse a ela que não tinha hora certa para voltar, pedindo que cuidasse de você e rezasse por mim. Não precisei falar mais nada; ela me deu um abraço e a bênção, pedindo que me cuidasse. Saí com o Fatumbi, o Suleimane, o Buraima e o Mussé, pois os outros iriam depois em pequenos grupos, para não chamar atenção, e nos reuniríamos na loja do Manoel Calafate.

Por onde passávamos, eu sentia os outros pretos nos olhando como se quisessem dizer que estávamos todos juntos, que eles sabiam que éramos um deles. O Suleimane estava muito confiante, e apontava os carregadores de cadeirinha dizendo que seria a última vez que veríamos aquela cena, que olhássemos bem à nossa volta e prestássemos atenção a todos os trabalhos e humilhações a que os pretos eram submetidos, porque os dias de escravidão estavam acabando. Durante dois ou três dias Alá guiaria nossas mãos e nossas armas, e, depois que a vitória estivesse garantida, não haveria um só preto fiel trabalhando como escravo. Ele olhava para os poucos brancos que estavam na rua àquela hora e dizia que muito lhe agradava ver os rostos deles, confiantes, arrogantes, sem saber o que os esperava. Às vezes eu pensava no que poderia acontecer se não desse certo, mas era tão grande a confiança dos muçurumins ao meu lado que eu logo me convencia de que estávamos mesmo sob as graças de Alá, que ele queria que fizéssemos aquilo. Antes de sairmos da loja, o Suleimane tinha me dado um outro *tira*, feito especialmente para fechar o corpo e desviar lâminas e tiros, que amarrei junto com o amuleto da Taiwo.

O próprio Manoel Calafate foi abrir a porta, e dentro da loja o clima era de muita alegria. Além do mestre Calafate, encontramos o Aprígio e o Belchior, que moravam com ele, um preto chamado Vitório Sule, o Gaspar, o outro Belchior e mais seis ou sete pretos. Todos já estavam vestidos com as roupas muçurumins, e tratamos de pôr as nossas, que tinham sido mandadas para lá. Eu e a Edum, as únicas mulheres do grupo, não colocamos o barrete, mas amarramos um lenço branco na cabeça. O Fatumbi disse que as roupas também serviam para que ficássemos parecidos, o que dificultava o reconhecimento por parte das autoridades ou o possível acerto de desafetos. Essa era a parte prática, porque, para eles, o que mais importava era estarem vestidos com suas roupas de festa, a grande festa que celebrariam para Alá.

Aos poucos foram surgindo mais pessoas e notícias de como as coisas estavam acontecendo em diversos pontos da cidade. Um nagô chamado Eusébio tinha acabado de chegar de Santo Amaro e contou que o mestre Ahuna e o mestre Dandará já estavam em São Salvador e tinham mandado avisar que tudo estava como o programado, que alguns pretos chegariam do Recôncavo e outros esperariam por lá. Ao longo do dia, mais dois ou três pretos do Recôncavo também foram até a loja, contando quantas pessoas tinham desembarcado com eles e para onde tinham ido. Logo após o almoço apareceu o mestre Sanin, que antes tinha passado pela cadeia e levava um bilhete do alufá Licutan que seria lido mais tarde, na presença de todos que estavam convocados para a reunião na loja. O mala Abubakar apareceu no fim da tarde, quando já éramos quase cinquenta, e o Manoel Calafate distribuiu as armas que caberiam a cada um. Mesmo sem nunca ter atirado, peguei uma parnaíba novinha, mas nem tive tempo de me acostumar com ela, pois logo tivemos que deixar as armas de lado para fazer uma oração. Naquele dia, os muçurumins obedeceram a todos os horários de oração, e o mala Abubakar quis comandar os dois últimos. Somente eu, a Edum e mais quatro pessoas não éramos muçurumins, mas em respeito, e também porque estávamos nos sentindo parte daquela gente, repetimos os gestos e as frases deles. Não sei dizer quanto aos outros, mas, enquanto eu fazia aquilo, pensava nos meus orixás, nos meus voduns, nos meus antepassados e, apesar de estar falando uma língua estranha, tinha certeza de que eles me entendiam.

Depois que o mala Abubakar terminou as orações, chegaram algumas pessoas distribuindo comida. Eu tinha comido algumas frutas oferecidas pelo Belchior, mas os muçurumins faziam jejum por causa do Ramadã. Perguntei se aquilo não ia deixá-los fracos para a luta e o Belchior disse que não, que o sacrifício e a fé sempre fortaleciam. E foi sobre isso que o mala Abubakar falou, que não havia data melhor para transformar São Salvador em uma nova Meca, a nova terra de Alá, e durante todo o sábado, enquanto estávamos recolhidos nos preparando, muitas pessoas andavam pelas ruas visitando lojas e casas, fazendas e sítios, casas de comércio e cantos, convidando os pretos a se juntarem à luta. Quando rompesse o domingo, seria o dia vinte e cinco de Ramadã, e dois dias depois seria o *Lailat Qadar*, o Dia de Glória, e com a graça de Alá teríamos muitas glórias para comemorar. Foram palavras bonitas, e, quando ele se calou, tínhamos certeza de que venceríamos pronunciando as palavras com que tinha terminado sua fala: “A vitória vem de Alá. A vitória está perto. Boas novas para os crentes.” Os ânimos se exaltaram e o Manoel Calafate pediu que não falássemos muito alto para não criarmos problemas com os outros moradores da loja, mas já era tarde e ouvimos palmas insistentes do lado de fora. Depois de um momento sem saber o que fazer, o Suleimane mandou que a Edum abrisse a porta. Quem estava chamando tinha ouvido vozes denunciando a presença de pessoas dentro da casa e, se não abríssemos, poderia desconfiar de alguma coisa. O Suleimane mandou que eu e outra mulher chamada Benta também ficássemos na sala, enquanto os homens foram para o quintal e para o quarto do Belchior. Antes, tiramos os abadás que tínhamos vestido por cima das roupas e a Edum recebeu ordem para não deixar ninguém entrar, e se percebesse que não conseguiria evitar, era para dizer que ia chamar o marido e entrar na casa, deixando o resto com eles.

A MULHER

A loja ficava no porão, do qual se saía por uma porta que dava acesso a um corredor lateral e um lance de escadas que ia até a rua, separada por um portão baixo de ferro. Quando a Edum abriu a porta, fiquei aliviada ao ouvir a voz de uma mulher perguntando pelo Vitório Sule. A Edum disse que não sabia quem era, que ali não tinha ninguém com esse nome, mas a mulher insistiu, afirmando que tinha ouvido a voz dele minutos antes, que ele era o pai dos filhos dela e precisava encontrá-lo. A mulher empurrou o portão, caminhou até a Edum e começou a forçar a entrada, pondo a cabeça para dentro da loja. A Edum voltou a afirmar que não conhecia nenhum Vitório Sule, mas a mulher estava muito nervosa e disse que não era a primeira vez que ia naquela casa buscar seu homem, onde ele sempre se reunia com "o maioral", e que não iria embora sozinha. Ela estava falando bastante alto, gritando para o Vitório Sule que tinha ouvido a voz dele no meio da festa que estávamos fazendo. Para acabar com aquele escândalo, a Edum disse que não era festa e que não ia deixá-la entrar, e se ela tinha certeza de que o Vitório estava lá, era para esperar por ele em casa, no dia seguinte, quando os pretos fossem os donos da terra. A Edum falou isso em tom de brincadeira, o que enfureceu ainda mais a mulher, que finalmente foi embora, depois de dizer que os pretos, e principalmente nós, íamos ganhar era surra e não terra. A Edum então fechou a porta, mas se esqueceu de passar a tramela, e assim que os homens voltaram para a sala entrou o Domingos, mulato que morava com a família no andar de cima, querendo saber o que tinha sido aquela confusão. Para ele não foi possível disfarçar, pois todos estavam vestidos com os abadás e voltavam dos fundos da casa com as armas nas mãos. O Manoel Calafate pôs o Domingos para dentro e fechou a porta, dizendo que ia haver uma rebelião dentro de poucas horas e que ele tinha duas escolhas: morrer naquele momento ou colaborar e continuar vivo. O mulato tentou argumentar dizendo que ia voltar para casa, e que fizessem quantas rebeliões quisessem, mas que não contassem com ele. Era pai de família e não queria se envolver em confusões, principalmente porque também era o responsável pelo aluguel daquela loja.

Quando ele tentou sair, o Mussé e o Umaru o cercaram, enquanto o Aprígio o ameaçava com uma faca, dizendo que ninguém o chamara ali, mas, já que tinha tomado conhecimento do que estava para acontecer, querendo ou não teria que ajudar. Era para ele ficar do lado de fora do portão e não permitir a entrada de ninguém, dando uma batida forte na parede caso percebesse algum estranho se aproximando, principalmente a polícia. Disse também que havia gente nossa passando pela rua e que qualquer atitude suspeita seria a sentença de morte dele, Domingos, e da família. O mulato disse que tinha entendido e faria o que estava sendo mandado, mas não era para mexermos com a família dele, e foi se sentar no parapeito da janela, pelo lado de fora da casa. O mala Abubakar e os outros mestres que estavam conosco foram lembrados de que era hora de irem para suas casas, onde ficariam orando para o sucesso da rebelião, menos o Manoel Calafate, que morava naquela loja. O mala Abubakar comandou mais uma oração e saiu dizendo que não temêssemos nada porque Alá era poderoso e já tinha garantido a vitória, e o Mussé e o Umaru começaram a explicar o que aconteceria quando chegasse a hora.

O PLANO

O plano era simples, e como éramos muitos, fomos divididos em dois grupos, sendo que em diversos pontos de São Salvador havia mais grupos sendo preparados. Às quatro horas da manhã, todos deveriam sair às ruas ao mesmo tempo e atacar pontos estratégicos da cidade, pegando de surpresa os guardas que estariam de plantão durante a madrugada. Contávamos ainda com a boa notícia de que muitos deles tinham ido para Itapagipe, onde estava acontecendo a festa de Nossa Senhora da Guia. A festa do Senhor do Bonfim tinha sido realizada dois domingos antes, mas as celebrações só terminavam com a festa de Nossa Senhora da Guia e de São Gonçalo do Amarante, muito frequentada pelos brancos, e boa parte da população estava lá, veraneando ou festejando. O horário também era importante, porque às quatro da madrugada os escravos começavam a sair de casa para buscar água nas fontes, e os muçurumins contavam com a adesão dos que ainda não sabiam de nada, principalmente dos escravos de dentro de casa, mais difíceis de serem avisados. Os aguadeiros envolvidos tratariam de fazer as convocações, e também eram eles que levavam boa parte das armas, escondidas dentro dos potes usados para carregar água.

Eu estava muito confiante, como todas as pessoas dentro da loja, e só esperava não ter que matar ninguém, o que seria difícil, pois a ordem era acabar com qualquer pessoa que tentasse nos impedir de seguir adiante, fosse ela branca, preta, liberta, escrava, mulata, homem, mulher, velho ou criança. Quem não estava a favor da rebelião estava contra, e por isso não merecia viver as conquistas que ela nos proporcionaria. Devíamos evitar os prédios ocupados por soldados e só atacar aqueles que nos atacassem, porque eles eram mais bem armados que nós, que tínhamos muitos facões e espadas e pouquíssimas armas de fogo. O grupo também deveria se manter unido, porque assim um protegia o outro, e um bando causava mais temor que um indivíduo. Eu estava ansiosa, querendo que tudo começasse e terminasse logo, e o Fatumbi achava que no meio do dia já teríamos feito o que fosse possível em São Salvador e estaríamos na região de Itapagipe, onde todos os grupos se reuniriam para seguir até o Recôncavo. Depois de nos juntarmos aos pretos das principais cidades do Recôncavo, já estaríamos em maior número que a polícia, e mais bem armados, porque não deveríamos deixar uma só arma pelo caminho, de qualquer tipo.

Fomos surpreendidos com a segunda parte do plano, que também não ficamos sabendo direito naquele momento, pois seria revelado de acordo com os acontecimentos, que, por sua vez, dependiam da reação da polícia. O Mussé explicou que deixaríamos a cidade de São Salvador o mais rápido possível, antes que a polícia tivesse condições de montar um plano de reação. Se ficássemos na cidade, não tardariam a chegar reforços de outras províncias, e acabaríamos cercados e tendo que nos render. Do Recôncavo era até mais fácil escapar caso precisássemos, e também era muito grande o número de pretos por lá, principalmente de recém-chegados de África, mais dados às rebeliões. Então, primeiro tomaríamos o poder nas principais cidades de lá, enquanto São Salvador começaria a ter problemas por causa da falta de mão de obra, e depois voltaríamos, numerosos e vitoriosos. O Mussé disse que estava tudo planejado, mas para que as coisas ocorressem do jeito que eles queriam, ainda teríamos que passar por várias etapas e seríamos informados do papel que nos caberia em momento oportuno. Fiquei ainda mais animada, porque comecei a ver um propósito naquilo tudo, um plano inteligente que não queria apenas provocar bagunça na cidade, como nas rebeliões anteriores, o que pegaria todas as autoridades de surpresa.

Por volta de uma hora da manhã do domingo, já não nos aguentávamos mais dentro da casa de tanta empolgação, e alguns homens sugeriram começar antes, para ir adiantando o trabalho dos outros. Mas o Mussé e o Umaru disseram que era impossível, que cada grupo que saísse à rua dependeria do trabalho simultâneo do outro. Só assim dividiríamos a força da polícia, que não saberia a que lugar atender. Mas, infelizmente, eles foram obrigados a mudar de ideia pouco tempo depois, porque por volta das duas da manhã ouvimos uma tosse insistente e batidas na parede, sinal de que o Domingos queria nos avisar da aproximação de alguém. Ficamos em silêncio, torcendo para que fosse novamente a mulher do Vitório Sule ou qualquer outra à procura do marido. Mas foi uma voz masculina que perguntou ao Domingos se ali dentro da loja estava havendo uma reunião de pretos. Com medo da ameaça do Aprígio, ele disse que não, que na loja moravam apenas dois inquilinos muito bem comportados. Os policiais quiseram saber quem eram e o que faziam tais inquilinos, e o Domingos respondeu que eram o Manoel Calafate, que o próprio nome já dizia da profissão, e o Aprígio, vendedor de pão e carregador de cadeirinha. O Domingos estava muito nervoso, e acho que os policiais desconfiaram da quantidade de elogios que ele começou a fazer aos dois homens que, segundo ele, àquela hora estavam dormindo, pois começavam a trabalhar muito cedo. Dentro da casa, o Manoel Calafate fez sinal para que todos ficássemos atentos e com as armas nas mãos, e o Mussé e o Umaru gesticularam pedindo que ninguém se mexesse.

Como a loja ficava abaixo do nível da rua, o Manoel Calafate abriu uma fresta na porta lateral para escutarmos direito a conversa, e ouvimos quando os policiais disseram que queriam revistar a loja. O Domingos fez o que pôde, insistindo em dizer que não podia incomodar os inquilinos, que trabalhariam cedo na manhã seguinte, apesar de ser domingo, mas não houve jeito. Os policiais mandaram que ele abrisse o portão e receberam a desculpa de que tinha perdido a chave, que se eles quisessem poderiam entrar pela janela. Mas a janela dava para a casa do Domingos, no nível da rua, e não para a loja do Manoel Calafate. Percebendo isso, os policiais disseram que se o portão e a porta não fossem abertos, eles arrombariam. Então o Manoel Calafate disse baixinho que não tinha mais jeito, que a rebelião ia começar. O Mussé queria falar mas ninguém prestava atenção, e ele só teve tempo de separar um grupo de homens e pedir que pulassem o muro do quintal e dessem a volta no quarteirão para cercar os policiais. Ele e o Umaru teriam preferido tocaiar os visitantes inoportunos na casa e provavelmente matá-los, esperando o horário certo para começarmos a agir, e talvez isso tivesse feito toda a diferença. Mas ninguém estava disposto a ouvi-los. Fora a ansiedade para que tudo começasse de uma vez, a liderança espiritual do Manoel Calafate foi mais importante que a estratégia, e ninguém tinha a menor dúvida de que seríamos vencedores, independentemente da hora.

Quando ouvimos os passos no corredor, já bem perto da porta da loja, o Manoel Calafate saiu na frente gritando em árabe "em nome de Alá, mata soldado!", e foi seguido pelo nosso grupo de mais ou menos trinta pessoas, armadas com uns poucos bacamartes, algumas parnaíbas, facas, lanças e espadas. Não me causou boa impressão esse início de luta, antecipando o momento planejado. Mas atribuí o mal-estar às primeiras cenas de terror, e durante todo o tempo que durou a correria pela cidade não parei para pensar no que estava acontecendo. Algumas das coisas que vou contar a partir de agora fiquei sabendo mais tarde, juntando pedaços que as pessoas me contavam sobre o que tinham ficado sabendo, ou de que tinham participado. Mas acho melhor contar como se tivesse visto tudo acontecer, como se estivesse presente em todos os lugares onde havia alguém lutando, pela liberdade ou simplesmente para não morrer.

A REBELIÃO

A denúncia de que uma rebelião estava para começar foi feita no início da noite de sábado por um nagô liberto, que também se chamava Domingos e que tinha ouvido comentários estranhos entre os pretos do cais do porto, onde durante todo o dia chegaram vários saveiros com pretos do Recôncavo. Perguntados, e achando que podiam confiar, alguns desses pretos disseram que iam se juntar ao maioral mestre Ahuna, que tinha programado um levante para o domingo de manhã. Ao chegar em casa, o tal Domingos comentou isso com a esposa, Guilhermina, e ela o incentivou a mandar um bilhete para o ex-dono dele, a quem eram muito leais. A Guilhermina então ficou na janela da casa onde morava, na Rua do Bispo, e também notou uma movimentação diferente na rua, com pretos que nunca tinha visto antes, e ouvindo a conversa de dois nagôs que passavam, confirmou o que o marido tinha dito. Os nagôs estavam convidando um outro a participar do levante que, segundo eles, começaria com o toque da alvorada, por volta das cinco horas da manhã. Também achando que devia lealdade ao próprio ex-dono, a Guilhermina resolveu avisá-lo, principalmente porque já tinha a confirmação do horário em que tudo aconteceria. Na volta para casa, depois de fazer a denúncia, ela encontrou sua comadre, a nagô Sabina, que era ninguém menos que a mulher do Vitório Sule. Naquele momento, a Sabina tinha acabado de sair da loja do Manuel Calafate e estava justamente indo até a casa da comadre, para se aconselhar com ela sobre que atitude tomar.

Eu acho que, na verdade, a Sabina queria apenas se vingar do Vitório Sule denunciando uma rebelião da qual ele participaria, fazendo com que ele ficasse malvisto entre os companheiros. Ela tinha brigado com o Vitório Sule logo de manhã e ido para o ponto onde vendia comida, na cidade baixa. Ao retornar, já de noite, encontrou a casa toda revirada e os filhos sem saber do paradeiro do pai, que tinha saído de casa levando algumas roupas. Achando que tinha sido abandonada, a Sabina resolveu ir até os lugares que ele costumava frequentar, como a loja do Manoel Calafate. Sabia que ele estava lá dentro porque tinha ouvido sua voz no meio de muitas outras que falavam da vitória dos pretos sobre os brancos. Como a Guilhermina ainda estava com medo de que o seu antigo dono e o do seu marido não tivessem acreditado, foi até a casa de um vizinho importante, contando a história desde o início, acrescida das informações da comadre. Na casa desse vizinho, para nosso azar, estavam dois amigos do juiz de paz do distrito da Sé, que trataram de avisá-lo imediatamente. O juiz também não perdeu tempo, passou na casa do comandante da guarda municipal e os dois foram juntos até a casa do presidente da província, que tinha sido empossado pouco tempo antes e estava querendo mostrar serviço. Isso aconteceu por volta das dez horas da noite e, sem demora, o presidente mandou reforçar a guarda do palácio e convocou o chefe da polícia, dando instruções para que todos os quartéis da cidade ficassem em alerta máximo, para que os juízes de paz reforçassem as rondas em seus distritos e avisassem os inspetores de quarteirão. Além disso, o chefe da polícia mandou uma fragata vigiar o mar e evitar que os navios ancorados fossem tomados para fuga durante a possível rebelião, e que um comandante de cavalaria seguisse com uma tropa rumo ao Bonfim, para proteger as pessoas que estavam na festa, caso o levante atingisse as roças e os engenhos de Itapagipe. E, por fim, ordenou que os juízes de paz da freguesia da Sé, onde estávamos, organizassem patrulhas para revistar todas as lojas onde moravam africanos, na região indicada pela Sabina. Foi uma dessas patrulhas que enfrentamos, comandada pelo juiz de paz do segundo distrito da Sé.

Quando saímos para o corredor, tendo o Manoel Calafate à frente, o Mussé atirou e matou um dos policiais. Do lado de fora da loja, na rua, já estavam os homens que tinham pulado o muro do quintal, e logo dominaram o restante da patrulha, formada por quatro oficiais e alguns paisanos.

Nós também perdemos dois homens, um que não cheguei a conhecer, morto a cacetadas por dois crioulos pertencentes ao juiz de paz, e, para azar ou punição da Sabina, o Vitório Sule, que morreu ao ser atingido por um tiro na cabeça. Eu tentava me acostumar ao barulho para saber como agir, e, misturados aos gritos de guerra em árabe, hauçá e iorubá, além da luta corpo a corpo, os tiros eram o que mais incomodava. O Fatumbi percebeu minha perturbação e me disse para ficar atenta se quisesse continuar viva, e para não ficar parada esperando chumbo. Os dois grupos foram separados, como tinha sido combinado antes, e tomamos a rua, batendo nas portas das casas, avisando aos companheiros que a rebelião já tinha começado. O grupo do Mussé tomou a direção das ruas dos Capitães, Pão de Ló e da Ajuda, enquanto meu grupo, liderado pelo Mussé, subiu a Ladeira da Praça. Inicialmente, éramos mais ou menos quarenta pessoas, mas outros pretos se juntaram a nós quando chegamos à Praça do Palácio, e já devíamos ser quase cem. Paramos em frente à Câmara Municipal, perto da cadeia onde o alufá Licutan estava preso, e o Mussé disse que ali tínhamos a importante missão de soltar o mestre e todos os outros pretos, além de tomar as armas dos guardas. Mas eles já estavam de prontidão e, das janelas abertas para a praça, começaram a atirar assim que tentamos arrombar a pesada porta. Foi quando os guardas do Palácio do Governo, do outro lado da praça, também começaram a atirar, e tivemos que voltar a nossa atenção para eles, que eram em maior número.

Muitos dos nossos caíram feridos pelas balas e foram levados até os estaleiros da Preguiça. Como não podíamos enfrentar os guardas armados e acoitados, o Mussé disse que depois cuidaríamos da libertação do alufá Licutan, e mandou que alguns de nós fossem para o Terreiro de Jesus e outros para o Largo do Teatro, entre os quais me incluí. Nestes dois lugares estavam programados encontros com grupos que partiriam de diversos pontos da cidade, e de fato alguns pretos já estavam por lá, escondidos nos becos e nas ruas vizinhas. Em frente ao teatro encontramos uma pequena patrulha, que rapidamente foi desarmada e posta para correr, sendo que àquela altura eu já estava querendo entrar em combate também, e não apenas fazer parte do grupo. Era uma sensação estranha, uma vontade de me vingar, de atacar alguém com a parnaíba que tinha nas mãos, principalmente quando via um dos nossos sendo atingido, o abadá branco manchado de sangue no lugar perfurado pela bala. Mas os guardas evitavam o confronto, como fizeram também na nossa parada seguinte, um quartel em São Bento, onde mais gente nos esperava para se juntar à rebelião. Eles correram para dentro do quartel e se puseram às janelas, atirando, e contra isso não tínhamos o que fazer, pois não havia armas de fogo suficientes. Já éramos muitos, mas também era grande a quantidade de pretos desertando, e eu tentava convencê-los a continuar. Era desesperador que eles não soubessem que não era só aquilo, que não podíamos responder às armas de fogo dos guardas, mas que também não era aquela a intenção. Não pretendíamos tomar os quartéis ou outros prédios, mas apenas provocar confusão na cidade, reunir o maior número possível de pessoas e nos encontrar com os pretos que nos esperavam em Itapagipe e nas matas do Engenho do Cabrito.

Aproveitando a adesão de alguns pretos que estavam no Terreiro de Jesus, conseguimos passar em frente ao quartel e fomos para a Vitória, onde era grande o número de muçurumins. No caminho, paramos em frente ao Convento das Mercês para nos reorganizarmos e encontramos o nagô Eslebão, que era sacristão e estava escondendo uma malta de pelo menos vinte pessoas em seu quarto. Enquanto o Mussé tentava explicar aos outros que precisávamos ficar juntos e seguir até a Vitória, onde os pretos que moravam por lá ainda não sabiam que a rebelião tinha sido antecipada, encontramos uma patrulha que fazia a ronda e que, diante da nossa reação, correu para o Forte de São Pedro. Aliás, esse forte era um grande problema, por estar no nosso caminho e por abrigar o batalhão de infantaria. Alguém perguntou ao Mussé se esse batalhão se juntaria a nós, visto que sempre estava à frente das rebeliões que ocorriam na cidade, e ele respondeu que não, que a eles interessavam apenas as rebeliões federalistas, não as que tinham relação com os pretos, embora os pretos tenham se apresentado sempre que convocados por eles.

Enquanto pensávamos em como passar pelo forte, percebemos uma confusão se formando diante dele. Eram os pretos da Vitória, que tentavam passar para se encontrar com o nosso grupo. Alguns queriam ajudá-los, mas o Mussé disse que apenas poríamos mais vidas em risco, que era melhor esperar. Eles também estavam vestidos com os abadás brancos e armados com espadas, lanças e algumas armas de fogo, e passaram correndo em frente ao muro do forte, atrás do qual os guardas se entrincheiraram. Quando nos encontramos, disseram que tinham deixado pelo menos dois mortos para trás. O Mussé afirmou que seria muito difícil continuarmos sem as armas de fogo que tínhamos espalhadas por vários lugares, em poder de pessoas que ainda estavam esperando a hora marcada para sair às ruas. Decidiu-se então que tentaríamos tomar o quartel da polícia no Largo da Lapa e nos apossar das armas atacando em duas frentes, com um grupo seguindo pela Rua São Raimundo e outro pela Rua da Piedade.

Não eram muitos os soldados em frente ao quartel, mas novamente as armas de fogo de que dispunham nos puseram para correr, numa batalha desigual, que, se aceita, seria suicida da nossa parte. Apesar disso, eram muitas as demonstrações de coragem, e nos jogávamos contra os guardas que estavam do lado de fora, sem a proteção dos muros, conseguindo tirar de combate pelo menos quatro ou cinco, e pegando as armas que, de fato, eram o que nos interessava. Precisávamos deixar logo a cidade, e novamente nos dividimos em dois grupos, sendo que um deveria descer a Barroquinha e passar pela Cadeia, desta vez pelos fundos, e fazer nova tentativa de libertar o alufá Licutan. Meu grupo tinha que ir direto para o Terreiro de Jesus, reunir o máximo de pessoas que conseguisse e esperar pelos outros, para finalmente seguirmos para Itapagipe. Em frente ao antigo Colégio dos Jesuítas, novamente entramos em combate com um grupo de vinte ou trinta soldados, que pusemos para correr com a ajuda do grupo que voltava sem ter conseguido libertar o alufá Licutan. O Mussé calculou que éramos pelo menos duzentos, bastante gente para aquela época, o que hoje já não sei, pois dizem que a cidade cresceu bastante. Descemos a Ladeira do Pelourinho e seguimos tanto para a Baixa dos Sapateiros como para a Ladeira do Taboão, até a cidade baixa. É estranho como todos esses nomes e lugares me voltam à memória sem esforço algum, como se eu estivesse vendo a história acontecer neste exato momento.

Eu estava com o grupo que ia à frente abrindo caminho, tentando não perder de vista o Fatumbi e o Mussé, e quando olhava para trás e via todas aquelas pessoas, pensava no que poderiam ter passado para estar ali. Pelas palavras de ordem gritadas em línguas de África e respondidas por todos, dava para perceber que quase não havia crioulos entre nós, que aqueles homens e mulheres que rumavam para Itapagipe tinham feito a mesma viagem que eu. Mas a grande maioria provavelmente não tinha firmado laços, não tinha filhos nem casa e, portanto, quase nada a perder. Depois de tudo começado, não pensei em abandonar o grupo, mesmo sabendo que muita coisa não tinha dado certo, que a precipitação nos tinha impedido de contar com boa parte dos pretos e com a maioria das armas. Com eles, talvez tivéssemos conseguido passar pelo quartel da cavalaria em Água de Meninos. Era o único caminho, o último problema a enfrentar dentro da cidade, e nunca achamos que justo ali haveria maior resistência. Quando dobramos a Rua do Pilar, havia alguns guardas do lado de fora do quartel, e acredito que tenham se assustado com a determinação com que marchávamos, animados por gritos e toques de tambores, e foram se abrigar atrás dos muros. Mas logo saiu a cavalaria, que se pôs no meio da rua e barrou nossa passagem, e por trás da primeira fileira de cavalos e soldados foi se formando outra, que voltava do Bonfim naquele momento. Era a patrulha que tinha ido até lá para o caso de os escravos dos engenhos vizinhos se rebelarem, mas que retornou à cidade tão logo foi avisada dos acontecimentos.

Já estávamos cansados, correndo de um lado para outro havia mais de três horas, ainda longe do destino e sem saber se teríamos forças para chegar até lá. E mesmo se tivéssemos, era bem possível que não houvesse tempo para um descanso antes de seguirmos para o Recôncavo. Muitos fugiram antes mesmo de a luta começar para valer, e não os condeno, porque eu também tive vontade de aproveitar que não estava machucada e ir para casa. Mas depois pensava nas vidas que já se tinham perdido e olhava para meus companheiros, a grande maioria mais velhos e mais cansados do que eu, mas ainda acreditando que era possível. O Fatumbi era um desses, com o rosto demonstrando cansaço a cada movimento e a voz rouca de tanto gritar, mas não havia em seus gestos e olhos a menor dúvida quanto a ir até o fim. Mesmo quando as patas dos cavalos avançavam sobre nós, mesmo quando as poucas armas de fogo que tínhamos já estavam sem munição, mesmo quando um ataque contínuo de mais de quinze minutos de balas vindo de dentro do quartel deixava muitos dos nossos fora de combate ou a correr pelos matos e montes da vizinhança. As patas dos cavalos também terminavam o serviço das balas, pois bastava que um de nós caísse para receber a pisada ou o coice de misericórdia.

Durante algum tempo fiquei sozinha no meio daquela confusão toda. Olhei para os lados e não vi mais os conhecidos, e então fechei os olhos, como tinha feito no caminho de Savalu para Uidá. Os guardas, os mortos, o sangue, os cavalos e até mesmo o barulho sumiram por uns instantes, dentro do que meus olhos não queriam ver. Não sei por quanto tempo permaneci assim, sem que nada me tocasse, até que fui sacudida pelo Eslebão, aquele que tinha se juntado a nós no Convento das Mercês, dizendo que estava tudo acabado, que tínhamos que sair dali. Olhei ao redor e já não havia mais quase ninguém de pé. Os pretos apanhados vivos eram fuzilados na hora contra o muro do quartel, e tive a impressão de que os que ainda restavam ilesos, como eu, só esperavam chegar a sua vez. De fato, essa era a ideia de alguns deles, que gritavam que não iam se entregar, que iam morrer lutando, como tinha morrido o Pai Calafate. Estavam falando do Manoel Calafate, que tinham visto cair bem no início, ainda na Ladeira da Praça.

O Eslebão tentava me puxar pelo braço na direção da praia, e eu disse que não iria sem o Fatumbi, que encontrei ajoelhado junto com quatro ou cinco pretos, orando. Corri até ele e disse que precisávamos sair dali, mas antes que ele pudesse responder o que eu já imaginava, que dali só saía morto, uma bala bem no meio da testa o dispensou de falar. Não sei se saí correndo de susto ou para não ver meu amigo morrer, ou para não ter o mesmo fim que ele. Quando vi que o Eslebão ainda estava ao meu lado, aflito, repetindo com lágrimas nos olhos que estava tudo acabado, enquanto dois homens a cavalo vinham na nossa direção, peguei a mão dele e saímos correndo para a praia, onde nos juntamos a um grupo que não sabia se entrava no mar ou se tentava dar a volta pela encosta. Muitos não sabiam nadar mas não tiveram escolha, porque a cavalaria já tinha descoberto aquela rota de fuga e estava atrás de nós. Eu me atirei no mar atrás do Eslebão, mais para ter alguém a quem seguir, pois não estava em condições de decidir nada, nem ficar e morrer, e nem fugir. Era uma noite escura, e logo sumimos das vistas da cavalaria, que começou a soltar fogos para atrair a atenção da fragata que o presidente da província tinha mandado ficar de prontidão. Mais alguns pretos morreram, porque não sabiam nadar ou porque estavam muito cansados, e outros foram atingidos pelas balas vindas da fragata, de onde atiravam a esmo, tendo a sorte de acertar. Eu também não sabia nadar direito e me mantive boiando e seguindo em frente com muita dificuldade, e não aguentaria por muito tempo mais quando vi que algumas pessoas começavam a sair da água, na altura do Pilar. Nós nos sentamos na praia para recobrar o fôlego e a força nas pernas, e tentamos decidir sobre um bom esconderijo. Alguns acharam melhor cada um por si, por chamar menos atenção, e foram embora, mas outros decidiram permanecer juntos, para se ajudarem em caso de necessidade. Todos achavam que haveria um grande policiamento na cidade, e a primeira coisa que fizemos foi tirar os abadás, amuletos e anéis e enterrá-los na areia, pois poderiam denunciar nossa participação na revolta. Fiquei com um grupo de mais seis pessoas e resolvemos seguir o Eslebão, que disse conhecer um excelente esconderijo, embora pudéssemos correr perigo para chegar até lá.

O ESCONDERIJO

Não havia tantos soldados pelas ruas; acredito que estavam nos quartéis se preparando para um novo ataque, e só duas vezes avistamos patrulhas, que não chegaram a nos ver. Fomos para o Terreiro de Jesus, o antigo Colégio dos Jesuítas, onde funcionava a Faculdade de Medicina. Trabalhando como sacristão em uma igreja, o Eslebão disse que conhecia outros esconderijos, mas aquele era um dos mais seguros, por estar desativado. Ele se referia ao subsolo, que alcançamos depois de pularmos o muro, atravessarmos o terreno e nos arrastarmos por um alçapão no mais absoluto silêncio. Além do cansaço, não sabíamos ou não tínhamos o que dizer um ao outro, e assim continuamos depois de atravessarmos, no escuro, túneis estreitos que nos faziam andar agachados, até chegarmos ao que parecia ser um imenso salão. Naquela hora me arrependi de ter deixado o abadá na praia, pois fazia muito frio, tudo estava úmido, a parede, o chão, a nossa pele, a roupa. O frio fazia aumentar a tristeza e a incredulidade. Então tinha sido só aquilo? Tantos anos de trabalho e espera para acabar naquilo? Foi muito triste aceitar que sim. Nada parecia real, e quando acordei algumas horas depois, ainda antes de abrir os olhos, torci para que fosse um pesadelo. Mas meu corpo doía, e isso não deixou que eu me iludisse por muito tempo. Não dava para saber se era noite ou dia; e os outros ainda dormiam ou fingiam dormir, e então esperei que alguém se manifestasse. Eu imaginava que os próximos dias seriam muito difíceis, mas ainda bem que não sabia quanto.

O primeiro a falar foi o Eslebão, que queria saber quantos e quem éramos, e fiquei sabendo que estava na companhia de seis homens. Três eram nagôs, um alfaiate chamado Basílio, um vendedor chamado Gregório, os dois libertos, e um escravo trabalhador de engenho em São Félix, chamado Salustiano. Outro deles era um hauçá chamado André, escravo e remador de saveiro, e o último, o Uzoma, um igbo liberto que trabalhava como sapateiro, além do Eslebão, que, como já disse, era sacristão. Como ninguém falava nada, para diminuir um pouco o desconforto, o Eslebão contou a história daquele subterrâneo, que tinha sido construído pelos jesuítas, que ali guardavam dinheiro para os senhores de engenho e para o governo de antigamente. Ele disse que muitos conventos da cidade também tinham subterrâneos, e não me lembro se entre eles estava o das Mercês, onde trabalhava, que também serviam para outros fins. Havia túneis ligando subterrâneos de conventos de padres e de freiras, onde eles se encontravam para praticar o que estavam proibidos de fazer em público, e alguns subterrâneos eram bastante luxuosos, com cômodos bem mobiliados e confortáveis. O assunto despertou interesse, e logo os homens estavam contando casos de padres e freiras que se davam muito menos ao respeito do que quem não tinha feito votos de castidade. Aquela conversa me lembrou o padre Notório e o seminarista Gabriel, e logo o pensamento foi longe, causando grande aperto no peito por me fazer lembrar daquela época, das pessoas boas que eu tinha conhecido e das maldades dos senhores de escravos. Perguntei ao Eslebão se ele achava que já podíamos sair dali e ele disse que era muito cedo, que devíamos procurar um lugar onde desse para saber se era dia ou noite e então nos programarmos para sair quando anoitecesse, um a um.

Achamos uma galeria ampla e bem ventilada, onde o cheiro de mofo não era tão forte e onde havia uma pequena janela no alto da parede, acima do solo, que deixava entrar um pouco de luz. Ninguém tinha coragem de olhar no rosto do outro, como se cada um sentisse vergonha por ter falhado, como se fosse o único responsável pelo que tinha acontecido. Não sei quanto a eles, mas eu estava com muita fome e não tinha coragem de dizer, porque sabia que nada poderíamos fazer contra ela. Também estava preocupada com você, a Esméria e a Claudina, que provavelmente já sabiam da rebelião e não tinham notícias minhas. Era difícil não pensar no que estaria sendo feito dos muitos pretos que foram mortos ou feridos pelas ruas, e no que aconteceria dali em diante. Passadas algumas horas, o Salustiano pediu que o Gregório desse uma olhada nas costas dele, que estavam feridas e doendo muito. Quando ele se virou para o machucado ficar sob a luz da janelinha, eu também vi um corte feio, com mais de um palmo de comprimento e cerca de meia polegada de profundidade, agravado pelo inchaço ao redor, e já estava minando pus. O Gregório disse que precisava cobrir o machucado com alguma coisa, então rasguei um pedaço da saia e o amarramos apertado em volta do peito do Salustiano, para manter unidas as bordas do corte. Ele praguejou, lamentando ter acreditado que estava com o corpo fechado, que nada o atingiria, e ninguém teve coragem de dizer que não era bem assim, pois sabíamos que muitos tinham morrido acreditando na mesma coisa.

Quando começou a escurecer, o Eslebão disse que sairia para dar uma olhada nas ruas, e que se não voltasse dentro de algumas horas era porque nós também podíamos deixar o esconderijo. Mas voltou em menos de quinze minutos, dizendo que no pouco tempo que tinha ficado atrás do muro, ouviu duas patrulhas a cavalo passando por ali, e que, pelo menos por enquanto, nem deveríamos pensar em sair. Mais tarde aconteceu a mesma coisa e ele ainda se arriscou a olhar por cima do muro, quando viu uma patrulha parada no Terreiro de Jesus. Comecei a achar que não tínhamos escolhido um bom esconderijo, por ser muito central e passagem para vários pontos importantes da cidade, onde haveria guarda permanente. Reclamei da fome e todos disseram que também estavam famintos, depois de mais de um dia inteiro sem comer e sem beber nada, mas mesmo assim conseguimos dormir um pouco. O Salustiano amanheceu com febre, e, quando dei uma olhada na ferida, percebi que tinha piorado. As bordas do corte estavam ainda mais inchadas e infeccionadas, e não tínhamos nem água para lavar aquilo. Passamos mais um dia desanimados, tentando adivinhar o que estava acontecendo na cidade e tomando cuidado para ficarmos em completo silêncio quando ouvíamos passos ecoando em algum lugar sobre a galeria.

No meio do dia a fome já estava insuportável, e o Eslebão, o Gregório e o Basílio resolveram andar pelas galerias para ver se encontravam uma passagem que nos tirasse de dentro dos muros da escola. Voltaram dizendo que tinham visto um alçapão, mas precisávamos esperar até a noite porque tinham ouvido passos no lado de cima. A febre do Salustiano não diminuía e ele teve uma tremedeira que não passou nem quando o Basílio e o Gregório tiraram os camisus e os vestiram nele. À noite, eu e o Salustiano ficamos na galeria e já estávamos preocupados quando eles voltaram dizendo que não tinham encontrado nada de comer, mas pelo menos água e sabão havia em abundância na escola. Levaram dois grandes baldes com água, que fingimos ser a bebida e a comida mais gostosas do mundo, e deixamos um pouco para lavar o ferimento do Salustiano. Ele gemia e reclamava da impressão de estar sendo marcado com ferro em brasa. Usando um pedaço de pano esfregado no sabão, o Uzoma limpou o corte sem dó, dizendo que na próxima subida procuraria linha e agulha. Como era sapateiro, achava que podia cerzir bem as duas bordas, como os médicos fariam. A água serviu para enganar a fome durante alguns minutos, mas logo ela já era a companhia mais presente, fazendo o dia seguinte se arrastar até que chegasse uma hora segura para eles subirem novamente. Levaram os baldes para encher de água e tiveram um pouco mais de sorte ao encontrar um pé de fruta-pão no quintal. Sem cozinhar, aquilo tinha um gosto horrível e era difícil de comer, muito dura, mas entre morrer de fome e fazer um esforço, preferimos a difícil tarefa.

No dia seguinte o Salustiano amanheceu um pouco melhor, mas piorou com o passar da tarde, ardendo de febre e reclamando que as pontadas de dor estavam mais fortes e mais constantes. À noite conseguiram pegar uma lamparina e foi bom não ficar na escuridão completa, embora a claridade nos proporcionasse a triste visão do Salustiano engolindo os lábios para não gritar de dor. O Eslebão deu uma casca de fruta-pão para ele morder, e seus dentes cortaram aquilo como se fosse casca de laranja, tamanha a força da mordida. Na noite seguinte decidimos que era preciso tirá-lo dali antes que fosse tarde demais, e me lembrei do filho do mestre Agostino, o doutor Jorge, pois sabia que ele dava aulas na faculdade. Todos foram contra a minha ideia de procurá-lo, dizendo que era muito arriscado. Mas o Salustiano disse que qualquer coisa era melhor do que ficar ali, sentindo dor e morrendo aos poucos, e perguntou se não podíamos levá-lo para a parte de cima, que ele se entregava e jurava ter entrado lá sozinho, durante a noite.

A SAÍDA

Não foi uma operação muito fácil, pois o Salustiano não conseguia fazer muito esforço e quase morria de dor com qualquer movimento, mas no final deu tudo certo, e o deixaram no quintal, para que ninguém desconfiasse que ele tinha saído de dentro do alçapão. Sem que os outros ouvissem, eu tinha me aproximado do Salustiano e dito a ele para procurar o doutor Jorge, que poderia inclusive falar em meu nome, não se esquecendo de dizer que eu era muito amiga do mestre Agostino. Foi bom ter confiado, porque quatro dias depois, quando já estávamos querendo arriscar tudo para sair daquele lugar, o Eslebão achou um pedaço de papel caído perto do alçapão, um bilhete do doutor Jorge para mim. Naquela noite eles não saíram, achando que alguém poderia estar de tocaia do lado de fora, esperando para pegá-los. O bilhete dizia que infelizmente o Salustiano não tinha sobrevivido, mas que ele queria nos ajudar. Primeiro eles ficaram bravos comigo, dizendo que eu tinha posto tudo a perder, que tínhamos passado todos aqueles dias bebendo água e comendo fruta-pão crua por nada, pois seríamos entregues à polícia. Eu garanti que não, que a família do mestre Agostino era de confiança. Discutimos a noite inteira, e o Uzoma quase me convenceu quando disse que àquela altura todos já sabiam que a rebelião tinha o propósito de, mais adiante, matar os brancos e escravizar os mulatos, e que, portanto, um mulato não poderia estar bem-intencionado ao nos oferecer ajuda. Mas minha intuição não costumava falhar, e algo me dizia que aquela era nossa única chance de sair logo dali, e quando eles disseram que iam embora naquela noite mesmo, pulando o muro, eu disse que ficaria e me responsabilizaria caso quisessem ficar também, e acho que minha segurança os convenceu.

O dia seguinte foi bastante tenso, com eles se colocando de prontidão ao menor barulho, e à noite encontramos novo bilhete do doutor Jorge, indicando um esconderijo onde havia comida. Nenhum dos homens quis sair, e então eu disse que iria sozinha, que juraria estar sozinha se fosse pega. Demorei um pouco para me localizar naqueles corredores, mas encontrei o farnel exatamente no lugar indicado, dentro de um armário na cozinha. Peguei o pacote, que era bem grande, e voltei para o esconderijo, onde cinco rostos felizes me receberam, por eu ter voltado sã e salva e por termos comida. Ao desamarrar o embrulho, imediatamente reconheci o bolo de laranja da Esméria e fiquei aliviada por saber que ela tinha notícias minhas, ou pelo menos sabia que eu estava viva. Além do bolo, ela também tinha mandado arroz, cuscuz, galinha assada e acarás, e aquela foi uma das refeições mais gostosas de toda a minha vida.

Durante dois dias aconteceu a mesma coisa, e o Gregório já tinha se oferecido para sair no meu lugar quando encontramos um bilhete do doutor Jorge no meio do farnel, perguntando se poderia descer para conversar conosco. Se sim, era para deixarmos um pedaço de papel, ou pano, ou qualquer coisa presa na porta do alçapão, de modo que ele pudesse ver do lado de fora. Como já estavam cansados daquela prisão e menos desconfiados, meus amigos concordaram, e na noite seguinte estávamos todos na galeria quando a portinhola se abriu. O doutor Jorge primeiro jogou o farnel e depois desceu, amparado pelo Uzoma e pelo André, e nos contou que tinha obrigado o Salustiano a dizer onde eu estava, pois a Esméria, o Sebastião e a Claudina estavam desesperados à minha procura. Disse também que já tinha um plano para nos tirar dali, um por vez. Todos concordaram que eu seria a primeira, e na noite seguinte os homens me passaram pelo alçapão e me escondi em uma sala que o doutor Jorge tinha deixado destrancada, onde ele foi ter comigo assim que amanheceu. Levava um amigo que me disse ser de total confiança, e os dois me enrolaram em um lençol e me disseram para ficar quieta, fingindo de morta. E foi disfarçada de cadáver que fui carregada para fora da faculdade e colocada em uma carroça. Suspirei aliviada quando percebi que ela estava se movimentando, e mais ainda quando reconheci as vozes do Tico e do Hilário.

EM CASA

Foi uma alegria voltar para casa e te abraçar. A Esméria fez um almoço com tudo de que eu gostava, e o convidado especial foi o doutor Jorge, que aos poucos conseguiu tirar todos os meus amigos do subterrâneo da faculdade com a ajuda do Tico e do Hilário. A Esméria continuou mandando comida durante quase um mês, tempo que demorou para que saíssem sem despertar suspeita, e nunca mais ouvi falar de nenhum deles. Aliás, foi exatamente isso que combinamos, que se por acaso algum de nós fosse pego, nunca falaria nada sobre os outros, e negaríamos nos conhecer se fôssemos colocados frente a frente ou mesmo se passássemos um pelo outro na rua. Assim era mais seguro para todos. Eu não sabia como agradecer ao doutor Jorge, e ele disse que tinha ajudado por gosto, porque achava justa a nossa luta, para orgulho do pai, o mestre Agostino, que repetia que aquele filho tinha saído à mãe. Mas eu estava curiosa para saber dos acontecimentos depois de mais de uma semana do fracasso da rebelião, mas ninguém sabia contar direito. Só o Tico e o Hilário tinham algumas informações, e disseram que a polícia estava fazendo uma verdadeira devassa, que centenas de pretos tinham sido presos e seriam condenados à morte. Na noite do acontecido, enquanto ainda lutávamos em Água de Meninos, um grupo apareceu na loja e recolheu todas as coisas dos muçurumins, que também tinham desaparecido sem deixar vestígios. Eu tinha evitado pensar na cena durante todos aqueles dias, mas tive que me lembrar de detalhes, pois todos queriam saber do Fatumbi. Ainda não tinha me entristecido de verdade por ele e, ao entrar na casa onde ele também tinha morado, ao ver os objetos que já tinha tocado, ao me lembrar de tudo que eu lhe devia, caí em uma tristeza difícil de ir embora. A cada hora ele me fazia mais falta, as nossas conversas, as nossas confidências, e mesmo as discussões que tínhamos de vez em quando.

Foi bom ter deixado a casa e estas lembranças para trás durante um tempo e realmente participar da viagem que eu tinha tratado com a sinhazinha apenas para tirá-la da cidade. No início eu não queria ir, mas o Tico e o Hilário alertaram que seria bom eu desaparecer por algum tempo, e o quanto antes, pois a polícia tinha ordem de entrar em todas as casas de africanos libertos e procurar provas de que tinham participado da rebelião. Encontrando qualquer coisa, por mais insignificante que fosse, era cadeia na certa ou coisa pior, como chibatadas e até mesmo a morte. Já tinham passado pela casa deles, que no dia fatídico estavam em São Jorge dos Ilhéus e tinham como provar, e logo chegariam à Graça e principalmente à padaria, que tinha sido o ponto de encontro dos muçurumins mais importantes. Os meninos disseram que não sabiam como ainda não tinham ido lá, porque estavam dando prioridade às moradas dos muçurumins. Eles acharam que era melhor eu fingir que também tinha ido embora, o que seria confirmado pelo mestre Agostino, que ainda se ofereceu para guardar parte das nossas coisas em um cômodo nos fundos da casa dele, para que nossa fuga ficasse mais real. E se por acaso lhe perguntassem quem era o dono da loja e da casa, ia indicar o Alberto, que confirmaria que tinha alugado as duas para alguns pretos forros que não conhecia e que tinham sumido sem pagar o aluguel daquele mês.

Eu, você, a Esméria e a Malena pegamos tudo que precisávamos e fomos para a casa do Tico e do Hilário, por onde a polícia já tinha passado, e a Claudina foi para a casa de uns amigos, que também já tinha sido revistada, na Federação. Aconteceu exatamente o previsto, a polícia passou pela nossa casa, vasculhou tudo e não encontrou nada comprometedor. Perguntaram ao mestre Agostino de quem era a propriedade e ele indicou o Alberto, que fez o combinado. Mas como ainda havia o perigo de alguém falar sobre os muçurumins da loja, duas semanas depois partimos com a sinhazinha para Cairu, onde ficaríamos por dois meses. Fomos eu, você, a Esméria, a Malena, seu pai, a sinhazinha e as três filhas, três criadas e um criado. O doutor José Manoel não pôde ir por causa da rebelião, pois tinha sido contratado por um senhor para defender seus escravos presos. Mas não era por bondade dele, do senhor, e depois explico essa história toda.

A VIAGEM

Fomos de barco para Cairu, e muito me surpreendeu que a vila fosse em uma ilha linda e ainda bastante selvagem, de mata nativa. Não era muito grande e ficava no meio de um canal que ligava outra ilha à terra firme, a Ilha do Morro de São Paulo. O ouvidor foi nos visitar logo nos primeiros dias da nossa estada, e ficou muito contente por conhecer a sinhazinha, pois tinha sido amigo do sinhô José Carlos. Achou que o marido dela fosse o Alberto, e rimos muito depois que ele saiu, porque não desfizemos o engano. Foi melhor nem tentar explicar que o Alberto já tinha sido meu marido e na época era meu amante. Aliás, seu pai foi um dos que mais gostaram da viagem, e nem uma vez sequer tocou no nome da Ressequida ou deu a entender que sentia falta dela, e só discutíamos quando ele queria te levar nas caçadas diárias que fazia. Havia muitos bichos na ilha e ele nunca voltava de mãos vazias, seja de pássaros, como mutuns, jacus, jurupemas e muitos outros tão bonitos quanto saborosos, ou bichos do chão, como preás, tatus, cotias, coelhos e pacas. Nosso único temor eram as cobras, também de várias qualidades e tamanhos, que entravam dentro de casa à nossa menor distração. Surucucus, jiboias, jararacas, corais, cascavéis, cipós... Tínhamos que ficar sempre atentos a vocês, as crianças, para que não fossem brincar em locais perigosos, frequentados pelas mais peçonhentas. A casa era bastante grande e muito bem mobiliada, e ficava em um espaço parecido com o que tínhamos no sítio. Espero que você tenha lembranças daquele passeio, pois se divertiu bastante. Tinha pouca idade, quase cinco anos, e brincou muito com a Mariana, a filha do meio da sinhazinha, poucas semanas mais velha que você. A Amélia ainda era um bebê, e a Carolina, apesar do corpo de menina, já se comportava como uma verdadeira sinhazinha. Naqueles dias eu quase me esqueci de tudo, da rebelião, de que poderia estar sendo procurada, da morte do Fatumbi, de que seu pai não vivia mais na nossa casa. Foram dias quase bons, e necessários. Muito mais necessários se eu soubesse o que estava por vir.

A DEVASSA

Depois de mais ou menos vinte dias em Cairu, o doutor José Manoel apareceu para passar o fim de semana, levando notícias da cidade. Tentei não me abalar porque, a não ser pela Esméria e a Malena, ninguém mais sabia da minha participação na revolta. Como defensor de três escravos pertencentes a um inglês, o marido da sinhazinha tinha acesso a muitas informações privilegiadas, além de estar muito bem-informado sobre os acontecimentos. Estava presente em quase todos os julgamentos realizados em São Salvador, porque havia alguns sendo feitos nas cidades do Recôncavo e até mesmo na corte, dependendo de onde era o escravo e da gravidade das acusações. O governo da província estava agindo muito depressa porque havia rumores de uma nova revolta contra a repressão, e uma punição rápida e exemplar dos culpados poderia inibir os organizadores.

O doutor José Manoel contou que, além das leis que já existiam sobre revoltas, foram criadas mais algumas bastante severas. Para começar, foi divulgado que nenhum africano gozava de direitos de cidadão ou de privilégio de estrangeiro, mas apenas do direito de ser propriedade de alguém, que poderia ou não querer defendê-lo. Bastava ser africano e livre, como era o meu caso, para correr o risco de ser preso e investigado até que fosse encontrada uma mínima suspeita de participação. Se isso acontecesse, e as autoridades faziam de tudo para que acontecesse, podia ser punido com chibatadas, com a prisão nas galés ou trabalhos forçados, com a morte ou com a deportação. O doutor José Manoel tinha certeza de que muitos africanos estavam sendo presos injustamente, tendo como prova de acusação apenas a palavra dos seus desafetos. Ele soubera de um caso em que um senhor de escravos, para se livrar de alguns pretos velhos e doentes, acusou-os de rebeldes para que fossem presos e cuidados pelo governo. Mas isso não deu muito certo, porque as prisões estavam lotadas e o governo decidiu que os presos deveriam cuidar da própria alimentação, valendo-se dos amigos, no caso dos libertos, ou dos donos, no caso dos escravos.

Eu não sabia muito bem o que sentia ao ouvir o que ele contava. Às vezes era uma raiva muito grande da polícia e do governo, e outras vezes era raiva dos muçurumins da loja e seus amigos, que tinham organizado aquilo tudo e provavelmente estavam a salvo em algum lugar, enquanto todo o resto da população sofria as consequências. Não me parecia justo, embora eu também soubesse que a liberdade não seria conseguida sem o sacrifício de alguns. Era difícil imaginar o que poderia ter acontecido se a revolta tivesse dado certo, mas, quanto mais tempo eu passava ao lado da sinhazinha e do Alberto, mais agradecia por estarem vivos. Muitos pretos tinham morrido e um deles provavelmente seria muito bem lembrado, o Vitório Sule, o homem da Sabina. Podia até acontecer de ela ser condecorada pelos brancos, ela e sua comadre, por terem sido leais. Mas eu não gostaria de estar no lugar dela, que, além de correr perigo de morte como delatora, já tinha sido punida com a viuvez. O Vitório foi um dos primeiros a morrer, e às vezes eu pensava se isso não tinha sido vingança dos próprios companheiros. Mas era improvável porque, na hora, ninguém sabia de nada. A Sabina não tinha ideia da grandeza dos propósitos da rebelião e provavelmente nunca conseguiria imaginar o que evitou, mas, apesar de tudo, eu a entendia. O que ela queria era manter por perto o seu homem, o pai dos seus filhos, já que participar de rebeliões implica estar disposto a matar e a morrer. Não era fácil formar uma família, e ela estava disposta a tudo para manter a sua.

O doutor José Manoel contou que, no dia seguinte à rebelião, os comerciantes da cidade baixa fecharam as portas por causa de um boato de uma nova rebelião montada pelos pretos que não tinham conseguido sair na noite anterior. Policiais e civis armados ocuparam as ruas e atiraram em todos os pretos que passavam, assassinando muitos inocentes, e alguns senhores exigiram que o chefe da polícia parasse com aquilo, pois punha em risco suas propriedades, seus escravos. As autoridades então chamaram o povo para agir em conjunto, de modo que pudessem controlar todas as ações, e foi criada uma nova lei que não só convocava voluntários, mas também obrigava todos os civis a colaborar com a polícia sempre que fosse necessário, a qualquer hora e em qualquer lugar, sob o risco de serem presos por omissão. Qualquer um, policial ou não, poderia prender os pretos que saíssem às ruas depois das oito horas da noite ou que estivessem reunidos em número de quatro ou mais, a não ser que provassem estar trabalhando. Com isso, os escravos saíram lucrando em relação aos libertos, pois havia uma exceção para os portadores de passes dados pelos donos, com o motivo e a hora da saída e do regresso. O escravo pego sem esse passe receberia cinquenta chibatadas e só seria devolvido ao dono depois de pagas as despesas da punição. Quanto aos libertos, além das chibatadas ainda poderiam ficar presos, ir a julgamento e, se condenados, podiam ser deportados.

De acordo com o doutor José Manoel, as rondas formadas por inspetores de quarteirão, guardas nacionais, soldados e civis podiam invadir qualquer casa a qualquer hora, e geralmente começavam por cercar uma rua ou um quarteirão inteiro para que ninguém escapasse, e depois entravam nas casas em grupos de cinco a sete. Nestes grupos sempre havia um juiz e um escrivão, que revistavam a casa toda, interrogavam os moradores e, se fosse o caso, confiscavam provas e prendiam os donos. Às vezes nem precisava haver prova, bastava o preto não responder direito às perguntas feitas pelo juiz, por estar nervoso ou por não falar direito o português. Os que estavam feridos também eram presos, porque isso poderia indicar a participação nos enfrentamentos, e depois se apurava o que tinha acontecido de verdade. Depois de presos, todos podiam contratar advogados, por conta própria, no caso dos libertos, ou pagos pelos senhores, no caso dos escravos. Mas mesmo se tivessem dinheiro ou se os senhores pagassem pela defesa deles, era difícil encontrar advogados, pois a população insultava os que se dispunham a defendê-los. Um amigo do doutor José Manoel tinha recebido ameaça de morte, ele e a família, e por isso foi bom que a sinhazinha e as filhas estivessem em Cairu, em segurança. O inglês para quem ele trabalhava estava defendendo três escravos, mas alguns dos ingleses tinham quase todos os escravos envolvidos. Para não perdê-los, dificultavam a entrada das patrulhas em suas casas, alegando benefícios de estrangeiros e atraindo a antipatia das autoridades baianas. Eu ouvia todos os relatos com grande interesse, pensando que talvez pudesse reconhecer a descrição de alguém ou um nome qualquer, mas só depois que retornamos a São Salvador foi que consegui saber de alguns dos meus amigos.

Durante todo o tempo que ficamos em Cairu, mais de dois meses, o doutor José Manoel ia a cada quinze ou vinte dias. Nos intervalos destas visitas eu tentava não pensar em nada, mas nem sempre conseguia e, por sorte, seu pai não fez muitas perguntas, mesmo sabendo dos muçurumins da loja. As notícias pioravam a cada visita, com o início dos julgamentos e das aplicações das penas. Ainda em fevereiro foi formado um tribunal, e o doutor José Manoel estava preocupado, porque poucas pessoas tinham coragem de testemunhar na defesa, mesmo sabendo da inocência dos réus, que eram julgados em duas etapas. Na primeira, passavam pelo Júri de Acusação, formado por pessoas que tinham direito a voto nas eleições políticas. Nesse júri eram lidos o depoimento do réu no momento da prisão, uma lista das provas encontradas com ele, os depoimentos das testemunhas de acusação e uma conclusão do inquérito policial, sugerindo a culpa ou a inocência. Se culpado, o réu era levado ao Júri de Sentença, também formado por cidadãos, mas presidido por um juiz formado em leis. Nas sessões desse tribunal, o juiz primeiro interrogava o réu e depois o escrivão lia todo o processo no qual ele estava envolvido, passando a palavra ao promotor e depois à defesa. O doutor José Manoel disse que, a essa altura, a única coisa que eles podiam fazer era tentar amenizar a pena, porque o réu nunca deixava o tribunal sem uma, quase sempre a maior possível.

O que estava em jogo não era apenas a participação dos pretos na revolta, mas também a defesa do país contra os pretos sem pátria que queriam tomá-lo à força, a defesa do Deus do Brasil contra os feiticeiros da África. Eram esses os termos usados pelos promotores, e o doutor José Manoel disse que contra os ataques à soberania nacional e à fé cristã não havia defesa. Eles diziam que os pretos queriam roubar o Brasil dos brasileiros, profanar os templos católicos e incendiar as propriedades, o que em parte era verdade, mas também era verdade que vinham fazendo isso com os pretos havia muitos anos. Eles nos tiravam do nosso país e das nossas propriedades, faziam nossos batismos na religião deles, mudavam nossos nomes e diziam que precisávamos honrar outros deuses. O argumento usado pelos advogados ou pelos réus que faziam a própria defesa era que os pretos tinham seguido à risca todas as vontades dos brancos, tinham passado a gostar da nova terra, dos donos e dos seus santos, e que, portanto, mereciam continuar fazendo parte da sociedade. Era assim que eles eram instruídos por seus senhores, que os queriam de volta. Alguns pretos não aceitavam e permaneciam fiéis às suas crenças, não se dobravam aos brancos, assumindo a participação na revolta e negando conhecer os companheiros, para não comprometê-los. O doutor José Manoel disse que era interessante ver como pessoas que habitavam a mesma loja negavam até mesmo já se terem visto. Mas também havia aqueles acusados por engano, que não tinham participação alguma e que, por raiva ou vingança, falavam tudo o que sabiam, davam nomes e moradas dos outros acusados e, se possível, inventavam informações ainda mais comprometedoras. Como os processos estavam correndo com a máxima urgência, ninguém se preocupava em confirmar estas informações, tomadas como verdade. Contra os nagôs e os hauçás, havia ainda o fato de terem sido acusados de participantes ou líderes das rebeliões anteriores, o que agravava a situação. Os pretos que a justiça achava que eram líderes da rebelião eram tratados de modo igual, mas para os que apenas tinham participado, havia uma grande diferença na condenação de escravos e de não escravos. E entre os não escravos, havia ainda diferença entre os que já tinham nascido livres e os que tinham comprado a liberdade, considerados ainda mais perigosos se fossem africanos. Para que os senhores não fossem privados dos seus bens, a maioria dos escravos foi punida apenas com açoites, cinquenta por dia, para que não morressem com as seiscentas e até mil e duzentas chibatadas da pena completa.

O alufá Licutan foi condenado a mil chibatadas, assim como o Gaspar e o Belchior, da loja da Rua da Oração, e a Emerenciana, a mulher do mestre Dandará, porque contaram à polícia que ela estava distribuindo anéis iguais aos usados pelos muçurumins. Quando o doutor José Manoel comentou isso, a sinhazinha estava por perto e me olhou bastante surpresa, por ter se lembrado do anel que eu tinha mandado para ela. Mas não comentou nada, talvez porque soubesse que eu estava apenas querendo protegê-la. O doutor continuou contando que mais de cento e cinquenta africanos já estavam em uma lista para serem deportados, e pelo menos quinze tinham sido condenados à forca, mas estavam recorrendo da sentença. Todos os condenados à morte eram líderes ou réus confessos, presos em flagrante com as armas na mão, provavelmente na batalha de Água de Meninos, na qual o Fatumbi morreu.

APREENSÕES

Confesso que estava com medo quando voltamos para São Salvador, em meados de abril, e em vez de irmos para nossa casa, nos hospedamos com o Tico e o Hilário. O medo não era infundado, pois a situação estava muito mais grave do que imaginávamos, e não eram apenas os africanos libertos e participantes da rebelião que poderiam ser deportados, mas todos os africanos libertos, como eu, a Esméria e o Sebastião. Isso de deportar os africanos libertos ainda era apenas um decreto esperando a apreciação do imperador, mas com grande chance de ser aprovado. E contra mim ainda havia uma agravante, como o Tico descobriu quando foi saber do mestre Agostino o que tinha acontecido com a casa e a loja na nossa ausência. O velho barbeiro disse que a polícia tinha aparecido por lá três vezes, e que na segunda arrombou as portas e entrou, encontrando tudo vazio. Tinham recebido uma denúncia de que na loja moravam alguns dos chefes da rebelião, mas o mestre Agostino negou, dizendo que tinha visto por lá algumas famílias e nada de suspeito. Mesmo assim eles fizeram buscas, levantando tábuas e cavando paredes à procura de esconderijos de armas ou escritos em árabe. E ainda voltaram uma terceira vez, para ver se a propriedade continuava desabitada.

Passados quase quatro meses da rebelião, o filho militar comentou com o mestre Agostino que a polícia estava mais empenhada em arranjar provas contra os que já tinham sido presos e montar os inquéritos, e achamos que já podíamos voltar para casa. Evitávamos sair à rua mesmo nas horas permitidas, e como o Tico e o Hilário eram crioulos e não foram indicados como suspeitos, eles nos supriam com roupas e alimentos. O seu pai também ajudava, e o doutor José Manoel comentou que, como eu tinha um filho brasileiro, poderia me defender dizendo que queria permanecer na terra onde o meu filho tinha nascido e à qual já tinha me adaptado. Ele também me aconselhou a usar sempre meu nome de branca, Luísa, porque os nomes africanos não eram bem-vistos, como nunca foram, pois significavam que o preto não tinha acatado o batismo. Aquilo tudo era uma situação muito humilhante, mas não havia o que fazer naquele momento, de modo que eu aceitava e esperava que tudo voltasse ao normal.

Durante meses, todo o povo acompanhou com grande interesse o cumprimento das punições, que o governo fazia questão de alardear aos quatro cantos da cidade, para servir de prevenção. Os açoites ocorriam em lugares públicos, em pelourinhos armados no Campo Grande e no Largo da Pólvora. A pena do alufá Licutan e a de outro líder, que o governo achou que poderiam perturbar a ordem pública por serem muito conhecidos, foram cumpridas no quartel de Água de Meninos. O doutor Jorge disse que quase todos os dias chegavam na Santa Casa da Misericórdia réus em péssimas condições, e muitos não conseguiam sobreviver. Ele achava que alguns faziam esta escolha porque não cooperavam com o tratamento, preferindo a morte à humilhação da derrota. Ele chegou a atender o mestre Luís Sanin, mas não era nada muito grave e a pena dele apenas precisou ser interrompida por alguns dias. Quando recebiam todas as chibatadas impostas pela lei, os escravos eram devolvidos aos donos, que assinavam um documento se responsabilizando pelo bom comportamento deles, e a maioria ainda era obrigada a andar por um bom tempo portando objetos que eram uma verdadeira tortura. A justiça definia o tempo de uso, sendo que em alguns casos era por todo o tempo que o escravo permanecesse na Bahia, o que fez com que muitos senhores tentassem vender seus escravos castigados, nem sempre encontrando compradores por causa da má fama. Estes objetos eram um pesado colar de ferro na forma de estrela, que antes era de uso de escravos fujões, ou correntes e calcetas para os pés, que não deixavam os escravos trabalharem direito, além de serem bastante desconfortáveis e pesados.

Em maio, um dia antes do cumprimento das penas de morte, saiu a aprovação da lei sobre a deportação, que dizia que todos os africanos libertos, suspeitos ou não, deveriam deixar a Bahia assim que o governo achasse algum país para recebê-los. Depois de ir embora, ninguém podia voltar, sob pena de ser levado a julgamento por insurreição, cumprir pena e ser novamente expulso, caso não fosse condenado à morte. Se por acaso o julgamento considerasse o africano inocente, como poderia acontecer com os que nunca tivessem vivido na Bahia e lá desembarcassem desavisados, também seria expulso. Ou seja, preto, na Bahia, só se fosse escravo, ou então se tivesse algum dinheiro, porque podiam protelar a deportação os africanos que se dispusessem a pagar um imposto de dez mil-réis, desde que devidamente cadastrados pelo juiz de paz da freguesia onde moravam. Neste caso, o africano ficaria sob constante vigilância, e se desobedecesse às normas seria deportado à própria custa. Como naquele momento eu queria ficar, o doutor José Manoel me aconselhou a fazer o cadastramento, informando a minha morada, mas dizendo que tinha me mudado para lá havia pouco tempo, menos de um mês. E foi o que fiz, nem considerando as outras hipóteses, como me declarar inválida ou sem recursos, como fizeram a Esméria e o Sebastião. Outra forma de permanecer na Bahia e ser liberada da taxa seria denunciando quem tinha participado da rebelião, mas eu nunca teria essa coragem, ou covardia, quiçá.

Foram quatro os pretos executados, pois os outros conseguiram mudar as sentenças, e todos tinham sido capturados entre os feridos na batalha do quartel de Água de Meninos. Eu imaginava que o Fatumbi sabia que, se fosse pego e não tivesse alguém para defendê-lo, seria executado, e por isso preferiu morrer lutando. Ele me fazia muita falta, e pelo jeito a você também, que sempre perguntava por ele. Foi bom que ele não estivesse vivo para ver a tristeza e o desespero que desceu sobre todos os muçurumins no dia da execução. Entre os mortos estava um preto chamado Ajahi, que eu nunca consegui saber se era o meu amigo Ajahi, o que tinha comprado a liberdade aos Clegg. Mas também não fiz muito esforço para saber, acho que não queria. Os outros três eu tinha quase certeza de não conhecer, ou pelo menos não conhecia seus nomes de branco, Pedro, Gonçalo e Joaquim. Foi no dia catorze de maio, e as autoridades fizeram questão de uma grande farfalhice, com os pretos seguindo a pé e algemados até o Campo da Pólvora, onde novas forcas tinham sido construídas. Mas elas não chegaram a ser usadas. Nenhum carrasco se apresentou, talvez por medo de represálias futuras ou por pena dos condenados, já que todos sabiam que eles não eram as pessoas mais importantes no planejamento da rebelião. As autoridades tinham até oferecido recompensa em dinheiro para quem se dispusesse a fazer os enforcamentos, e nem entre todos os presos encontraram alguém que achasse que valia a pena, e os quatro homens morreram fuzilados por uma tropa da guarda permanente.

REFAZER

A vida começou a voltar ao normal depois de alguns meses de inquietação, mas as autoridades continuaram ocupadas em livrar a cidade dos africanos.

Mas, com a pressão da Inglaterra para a proibição do tráfico alguns anos antes, era também menor o número de viagens entre a Bahia e a África e, em consequência, menor o número de navios que poderiam transportar os deportados. Muitos não queriam ir embora, pois não tinham quem encontrar por lá, e também por já terem refeito a vida em São Salvador. Naquela época, as notícias que chegavam de África não eram muito boas, dando conta de muitas guerras entre as tribos, que continuavam fazendo escravos. Havia notícia de navios que por lá mal aportavam e já faziam o caminho de volta para o Brasil, tão grande era o número de escravos esperando para embarcar, ao passo que, antes da proibição, às vezes eles tinham que esperar vários dias, até mesmo semanas, para atingir a lotação. Essa fartura de escravos era muito boa para os comerciantes, que corriam menos riscos de serem pegos enquanto esperavam nos portos ou ao longo da costa. Mesmo os navios de traficantes experientes se recusavam a levar os deportados, com seus capitães dizendo que era perigoso transportar passageiros rebeldes, que não estavam preparados e equipados para tal missão. O governo então começou a obrigá-los, dizendo que estavam desobedecendo à lei, e em cada navio começaram a ser embarcados grupos de cinco ou seis prisioneiros. Os capitães tinham que provar o desembarque deles no porto de destino, sob pena de pagamento de uma multa de, se não me engano, quatrocentos mil-réis por peça. Isso evitava que os pretos fossem desembarcados em alguma ilha vizinha ou mesmo jogados ao mar assim que deixassem a cidade. Muitas vezes, para conservar os laços formados em São Salvador, o preto condenado se fazia acompanhar da família, que vendia às pressas tudo que tinha para poder pagar as passagens, como foi o caso de várias pessoas que conheci mais tarde.

Eu ficava pensando no que aconteceria se fosse obrigada a deixar a província, e não conseguia me imaginar sendo feliz sem os amigos e as oportunidades que a cidade me ofereceu. Conversei com a Esméria sobre essas inquietações e ela disse que eu precisava tomar juízo, que somente por ter uma boa estrela eu tinha me livrado de ser morta ou aprisionada, mas precisava pensar em você, meu filho, que não tinha mais ninguém com quem contar. Ela achava que seu pai não era confiável, e eu lhe dava toda a razão. O Alberto era uma boa pessoa, mas, com a fraqueza para os jogos e as bebidas, não era alguém que eu deixaria com tranquilidade cuidando de você, embora você o adorasse. Eu devia ter acreditado nesta desconfiança, mas acho que na época não tive escolha. Como também não tive escolha ao montar uma nova oficina de charutos e negar emprego aos africanos. Apesar de saber que os que queriam permanecer precisavam muito de trabalho para conseguirem pagar o imposto de permanência, e que ninguém os queria como empregados por medo da fama de revoltosos, eu também não pude empregá-los. Fiquei com medo de burlar a lei e ser pega, já que para empregá-los, ou mesmo para alugar a loja para eles, como muitos me pediram, eu teria que pedir uma licença especial e me responsabilizar pelo comportamento deles. Por ser africana liberta, eu provavelmente seria investigada, e poderiam acabar descobrindo o que eu não gostaria que soubessem. O Tico e o Hilário também não quiseram se responsabilizar, e então contratamos somente crioulos, livres ou de ganho, que tinham a seu favor o fato de terem nascido na província. Contratei mulheres, o que me redimia um pouco da culpa de não dar emprego a quem realmente precisava, pois elas tinham mais dificuldade de sobreviver do próprio trabalho, além do fato de muitas arcarem sozinhas com a responsabilidade de criar filhos não assumidos pelos homens. O Tico e o Hilário vendiam cada vez mais e diziam que nossos charutos já estavam ganhando fama em toda a Bahia.

Eu e você tínhamos ido até o mercado de Santa Bárbara naquele dia em que voltamos para casa e encontramos a Esméria e a Malena desesperadas no meio da rua. Elas disseram que seu pai estava na nossa casa, bêbado, destruindo tudo que encontrava pela frente. Pedi que a Esméria te levasse para um passeio, para que você não visse aquilo, e a Malena voltou comigo para casa. Quando entramos, foi difícil reconhecer o que a sala já tinha sido um dia, com os móveis fora de lugar e tudo que pudesse ser quebrado ou rasgado reduzido à sua menor parte. Seu pai já estava mais calmo e sentado a um canto, onde o deixei para dar uma olhada nos outros cômodos. A cozinha estava pior do que a sala, e os quartos também não estavam em melhores condições, sendo que o quarto dos santos tinha sido o único lugar preservado, talvez por respeito ou medo. Senti vontade de correr com o Alberto, de mandá-lo embora e pedir que nunca mais voltasse, mas me sentei no chão ao lado dele e esperei que parasse de chorar para me dizer se havia alguma coisa que justificasse um ato daqueles. Ele então contou que a Ressequida sabia de tudo que acontecia entre nós dois e estava ameaçando me tomar a casa. Quando fizemos a divisão dos bens, logo depois que me mudei do sítio, tínhamos assinado um contrato dividindo o terreno, sendo que a parte da padaria ficou para ele e a casa para mim. Mas foi um contrato feito na confiança, sem registro em cartório. Pelo que o Alberto contou, a Ressequida tinha conseguido passar todos os bens para o nome dela, alegando que ele não tinha capacidade de cuidar do patrimônio do casal, porque bebia demais e estava perdendo tudo no jogo. Quando ficou sabendo disso, ele foi conversar com o doutor José Manoel para que pusesse a casa em meu nome, mas, entre as muitas leis que surgiram contra os africanos como represália à rebelião, uma delas dizia que nós não poderíamos mais possuir bens na província. Antes de ir embora, ele disse que daria um jeito, mas eu não consegui imaginar qual. O Alberto ficou vários dias sem aparecer e eu sem coragem de mandar procurá-lo, mas achando que a qualquer momento alguém poderia nos pôr na rua. O Sebastião passou alguns dias com a gente, consertando o que tinha sido quebrado, e me acalmou um pouco dizendo que o Tico e o Hilário nos receberiam com muito prazer, caso perdêssemos a casa. Mas não era exatamente isso que me incomodava, apesar de não ser nada agradável a ideia de novamente ter que recomeçar a vida, mas eu sentia uma raiva muito grande do Alberto e da Ressequida. Era evidente que ela estava cobrando muito caro pela nacionalidade brasileira dele, que nem mais estava sendo necessária. Depois daquele período de tumultos, portugueses e brasileiros passaram a conviver muito bem, os brancos unidos contra a ameaça que representavam os pretos rebeldes.

Fui conversar com o doutor José Manoel e ele comentou que tinha se encontrado com o Alberto, e os dois acharam que o melhor a fazer era um contrato de aluguel, porque provavelmente a Ressequida ia conseguir ficar com todos os bens dele. O aluguel era apenas uma maneira de ganharmos tempo para que o doutor José Manoel tentasse reverter a situação em favor do Alberto, mas ele não acreditava que fosse possível. Quem estava solicitando a interdição do Alberto na verdade era o pai da Ressequida, a pedido dela, é claro, e como homem, brasileiro e pai preocupado com as condições de vida da filha, ele tinha grandes chances de conseguir. Sem contar que o velho tinha boas relações no governo, o que era uma excelente vantagem em relação a um ex-estrangeiro, beberrão e jogador. Um contrato em meu nome também poderia não ser respeitado, e a sinhazinha de imediato se ofereceu para fazê-lo em nome dela, querendo inclusive tentar comprar o imóvel. Mas isso eu não aceitei, mesmo sabendo que ela apenas emprestaria o nome, e eu ou o Alberto daríamos um jeito no dinheiro, mas não achava justo comprar uma coisa que já era minha. O Alberto que se entendesse com a Ressequida em relação às coisas deles; afinal de contas, ela só tinha entrado nas nossas vidas porque ele assim tinha decidido. Mas eu e principalmente você não merecíamos ser prejudicados. Foi exatamente sobre isso que conversei com o seu pai, quando ele finalmente teve coragem de aparecer e prometeu que daria um jeito, pois nunca teria coragem de desamparar o próprio filho e eu não perderia meus investimentos. Não sei como ele conseguiu, mas menos de um mês depois, apareceu em casa com cinco contos de réis, dizendo-me para comprar uma outra casa. Expliquei que eu não podia mais fazer isso, que não tinha mais o direito de possuir bens, mas também achei melhor esperar um pouco para ver que rumo as coisas tomariam. Seria melhor contar com o dinheiro na mão, e avisei o Alberto que continuaríamos morando na casa até que não tivesse mais jeito, e que o doutor José Manoel faria tudo para prolongar esse prazo. Foi também ao doutor José Manoel que pedi conselhos sobre o que fazer com o dinheiro, e fiquei muito grata quando ele se ofereceu para comprar letras de câmbio de um banqueiro inglês conhecido dele, que poderiam ser trocadas por dinheiro na hora que eu precisasse. Logo depois disso, em alguns momentos achei que precisaria dele para realmente ir embora, pois novas medidas de precaução continuaram sendo tomadas pelo governo, principalmente por volta do mês de agosto ou setembro, quando surgiram boatos de nova rebelião.

Eu estava cadastrada junto ao juiz de paz da freguesia e já tinha contribuído com a taxa de permanência, mas fui avisada de que deveria comparecer à inspetoria de quarteirão com a certidão de batismo. Eu tinha fugido do meu batismo de branca e, portanto, não tinha esse documento. Mas, por sorte e por um motivo qualquer que não sei qual, as pessoas que desembarcaram comigo também não tinham, e foi isso que eu disse ao inspetor. Ele me deu um mês para apresentar uma prova de que tinha sido batizada e, mais uma vez, quem me valeu foi a Adeola, por intermédio de um padre que tinha sido amigo do padre Heinz e que me arranjou um registro falso. A partir daquele momento, os nascidos livres ou libertos que não tinham certidão de batismo seriam deportados, e os donos de escravos teriam que pagar uma multa de cinquenta mil-réis por cada pagão de sua propriedade. E para fazer da Bahia um lugar ainda mais triste do que já estava, foram proibidos os batuques e todas as festas religiosas que não fossem católicas.

COM FÉ

Quando fui conversar com a Adeola, ela contou uma coisa muito estranha que estava acontecendo com os pretos libertos, principalmente os africanos.

Se quisessem permanecer no Brasil, era mais vantagem que fossem escravos, porque assim seriam menos vigiados e teriam garantidas a comida e a moradia, pois estava quase impossível arrumar trabalho. Então alguns brancos estavam fazendo um trato com eles, que se passavam por escravos e eram vendidos de verdade, ficando com uma parcela mínima do dinheiro que o falso dono recebia por eles. Eu não conseguia compreender o desespero que fazia alguém tomar uma atitude dessas, mas a Adeola comentou que muitas vezes era apenas amor ao Brasil, ou medo de voltar à África e cair no meio de uma guerra, ou de morrer durante a travessia, já que, para muitos, parecia um verdadeiro milagre terem sobrevivido à primeira viagem. Muitos brancos pobres começaram a enriquecer com esse tipo de negócio, principalmente porque alguns navios suspeitos de tráfico foram proibidos de viajar para a África sob qualquer pretexto, e estava começando a faltar escravo no mercado. Os que morriam ou fugiam não estavam sendo substituídos, e também era grande o número de deportados, de presos, de impossibilitados de trabalhar por causa de castigos ou ferimentos, ou ainda de fugidos com medo de reprimenda da polícia ou dos próprios donos. Ou seja, faltavam escravos na Bahia, e muitos africanos libertos, para não irem embora, porque gostavam do país ou tinham outros tipos de laços afetivos, se dispunham a virar escravos novamente. Sabe-se lá a que custo tinham conseguido comprar a liberdade e estavam sendo obrigados a abrir mão dela. Isso era revoltante, e me ajudou a ver que a minha situação nem era tão ruim assim, pois eu tinha amigos, tinha um trabalho com o qual ganhava o suficiente para que nada nos faltasse, tinha uma casa para morar e boas economias. Foi pensando nisso que comprei algumas oferendas para Oxum, agradecendo a prosperidade e pedindo que ela não me abandonasse, e decidi visitar o Baba Ogumfiditimi, para encomendar um sacrifício de carneiro para Xangô.

Estávamos no mês de setembro, então resolvi esperar pelo dia vinte e nove, dia de homenagear os Ibêjis, quando sempre havia festa no sítio do Baba Ogumfiditimi. Alugamos uma cadeirinha e fomos eu, você e a Esméria. Havia mais de três anos que eu não ia até lá, e o lugar estava cheio de crianças para o caruru dos meninos. Eu não os reconheci, mas o Baba Ogumfiditimi me desculpou, dizendo que já havia muito tempo que ele também não sabia mais quem era quem, tantos eram os filhos, e também já não conseguia saber a que mulher pertenciam. Até algum tempo atrás ainda conseguia separá-los por mãe, por causa de uma ou outra característica, mas, conforme cresciam, iam ficando cada vez mais parecidos uns com os outros. A Monifa disse que já estavam chegando nos cem, mas o Baba Ogumfiditimi ainda queria mais. O Ifasen já conseguia substituí-lo no jogo do Ifá, e perguntou se eu queria fazê-lo. Eu só tinha a intenção de encomendar o sacrifício, mas aceitei, achando que talvez os orixás quisessem me dizer alguma coisa.

Tendo o Baba Ogumfiditimi ao lado, para instruí-lo em caso de necessidade, o Ifasen disse que infelizmente não havia nada a ser dito que pudesse tranquilizar meu coração, que eu passaria por um período de calmaria, mas que logo em seguida viria outro de grande peregrinação. Ele não soube dizer o motivo, pois o destino ainda não estava fechado, mas me via andando muito atrás da minha missão. Perguntei se eu estava me conduzindo certo e ele disse que sim, que, no que dependia de mim, não havia nenhum desvio do caminho traçado, mas que todo esse caminho ainda estava muito confuso, cheio de trabalho e decisões difíceis. Não sabendo mais o que perguntar a meu respeito, perguntei sobre você e sobre a Esméria, e ele disse que também estavam cumprindo o destino, que o seu futuro continuava amplo, sinal de que os *abikus* deviam ter esquecido o trato, e que o da Esméria já estava chegando ao final, mas que isso era para ser encarado com alegria, como era o caso em vidas longas.

PRESSENTIMENTOS

Fiquei muito triste depois daquela visita ao Baba Ogumfiditimi, embora não soubesse ao certo o motivo. Às vezes achava que era de solidão, porque via cada vez menos os amigos, e nem mesmo o seu pai nos visitava como antes. Em conversa com o Júlio, o Sebastião soube que ele quase não parava em casa, o que era motivo de alegria para a Ressequida, que ficava insuportável na presença dele, brigando por tudo e com todos. Eu sentia pena, mas, como o Baba Ogumfiditimi tinha dito e eu também achava, o que estava acontecendo com ele era em decorrência das escolhas que tinha feito. À noite, às vezes eu me sentava com o mestre Agostino em frente à barbearia e ficávamos os dois em longos silêncios, depois de conversarmos um pouco sobre o Banjokô. Foi só então que descobri o quanto o velho gostava mesmo dele, a ponto de evitar tocar flauta em casa, fazendo-o somente junto com a banda e em eventos para os quais eram contratados. Isso quem me contou foi o doutor Jorge, a única pessoa com quem eu conversava sobre a rebelião. Eu gostava dele, muito parecido com o pai. O irmão policial era um pouco mais sério, e aparecia só de vez em quando, menos de uma vez por mês.

O doutor Jorge morava com o pai e dizia que nunca o abandonaria, principalmente porque ele estava envelhecendo e precisando de mais cuidados e atenção. Eu achei isso muito bonito da parte dele, pois em África é assim, quanto mais velhas as pessoas, mais merecem os nossos cuidados, o nosso respeito e a nossa admiração. O doutor Jorge queria saber o que mais eu me lembrava da África, mas era quase nada, e ficávamos conversando sobre como deveria estar naqueles dias, com tanta gente voltando para lá. Ele foi a primeira pessoa para quem confessei que às vezes pensava em voltar também, em levar a Esméria para morrer na terra onde tinha nascido e da qual começava a falar constantemente. Ela estava se lembrando de muitas coisas da infância na África, do tio que a vendera, dos amigos deixados para trás, e isso me pareceu vontade de retornar. Comecei a prestar mais atenção nisto depois que o Ifá tinha dito que no meu destino estava a tal peregrinação, que bem poderia ser uma volta à África. O doutor Jorge comentou que talvez não fosse bem isso, que a Esméria poderia apenas estar passando a vida a limpo, como acontece com as pessoas que se preparam para o momento final. Ele disse que eu deveria pensar melhor antes de tomar qualquer decisão, mesmo porque a Esméria poderia não aguentar a viagem ou morrer assim que chegássemos, deixando-nos sozinhos, eu e você. Isso me fez pensar também em você, pois sabia que a vida em África não estava fácil e você não teria oportunidade de estudar e se tornar importante, a menos que eu tivesse dinheiro para mantê-lo na Europa, para estudar leis em Portugal, como o seu pai sempre dizia. Mas isso me parecia cada vez mais distante, não podendo contar com a ajuda dele.

Acho que comecei a pensar a sério na hipótese de voltar à África quando partiram os primeiros navios levando não apenas os que eram obrigados a retornar, mas os que tinham feito essa opção. O primeiro deles, o *Maria Damiana*, teve alguns dos tripulantes considerados verdadeiros heróis, mesmo depois de muito tempo da chegada à África. Quando atravessavam o mar, as histórias mudavam um pouco, e o que se comentava era que os principais líderes das revoltas da Bahia tinham sido condenados à morte ou estavam de volta à África, tidos como valentes demais para permanecerem escravos na terra de brancos, que os mandavam de volta porque não conseguiam dominá-los. Logo depois do *Maria Damiana* partiu a galeota *Annibal e Oriente*, e com a notícia de que os escravos estavam sendo levados para uma colônia em África formada apenas por brasileiros, aumentou o número daqueles que queriam ir embora por vontade própria, sobretudo para a região de Lagos ou Uidá. Na época, muito me interessaram todas as informações sobre essas partidas, e eu conversava bastante com o doutor José Manoel e com o doutor Jorge, que, como advogado e médico de alguns condenados, podiam acompanhá-los mais de perto, saber o que pensavam e o que de fato queriam das suas vidas.

Embora oficialmente não entrassem mais escravos na Bahia, como eles tanto queriam, os ingleses não estavam contentes com o rumo das deportações, pois pretendiam aproveitar os libertos da Bahia como mão de obra nas colônias inglesas. O governo inglês tinha até oferecido dinheiro por cada africano que o governo da província da Bahia entregasse a eles, mas as relações estavam bastante estremecidas e o negócio não foi aceito. Os ingleses não podiam obrigar os africanos a seguirem com eles, e por livre vontade ninguém queria ir trabalhar nas Antilhas ou em Trinidad e Tobago, porque os brasileiros e portugueses trataram de espalhar notícias de que não havia melhor escolha do que voltar à África, onde os retornados eram muito bem recebidos e estavam prosperando como nunca, por serem mais preparados do que os africanos que não tinham saído de lá. Isso era verdade, mas, como soube depois, não era tão fácil assim, e a grande maioria dos retornados passou por sérias dificuldades e nunca conseguiu se adaptar. Os boatos eram uma maneira de punir os ingleses, que não conduziam muito bem os casos dos navios brasileiros pegos no tráfico irregular, deixando de pagar indenizações quando se enganavam na captura de um navio que fazia o comércio legal de mercadorias ou quando não conseguiam provas suficientes do verdadeiro propósito da embarcação aprisionada. Além do mais, alguns ingleses ainda pioraram a situação de todos eles, ao não permitirem que suas casas fossem revistadas à procura de escravos que tinham participado da revolta. Alguns ingleses entregaram os escravos contra os quais havia provas, mas a grande maioria optou por escondê-los.

INTIMIDAÇÕES

Quase no meio do ano de um mil oitocentos e trinta e seis, a Claudina voltou a morar na nossa casa, depois de passar algum tempo com os amigos da Federação. Ela era uma boa amiga e, principalmente depois da morte do Fatumbi, eu não tinha com quem conversar, pois a Esméria estava cada dia mais estranha, alertando que eu deveria me preparar para viver sem ela, que estava para morrer. Apesar de gostar muito de festas e de se divertir, a Claudina não tinha medo de trabalho e foi de grande ajuda na oficina de charutos. Por conta de desentendimentos com um inspetor, uma pessoa que os juízes de paz indicavam para tomar conta dos pretos de ganho, ela tinha saído do canto onde colocava tabuleiro. Antes da rebelião, os próprios ganhadores dos cantos se organizavam sob a tutela de um capitão de canto eleito por eles. Mas depois da rebelião, o capitão de canto foi transformado em capataz e tinha que prestar contas a um inspetor de capatazia, sempre branco e brasileiro. Todos os meses o capataz atualizava uma ficha com informações sobre os trabalhadores sob sua responsabilidade, com nome, morada, nome do senhor se fosse escravo, e tipo de serviço que prestava ou produto que vendia. Ele tinha que correr o canto diariamente, confirmando a presença de todos os cadastrados e investigando o motivo de ausências, e também cuidava para que não houvesse confusão no canto, e qualquer problema ou atitude suspeita tinham que ser comunicados ao inspetor, que se reportava ao juiz. A Claudina disse que o inspetor do canto onde ela trabalhava não se entendia muito bem com o capataz, prejudicando os ganhadores, que por qualquer motivo, mesmo inventado, pagavam multas ou eram presos se não pudessem arcar com elas. A Claudina já tinha recebido duas multas só porque havia um risco na pulseira de metal que era obrigada a usar, contendo seu número de matrícula municipal, ou registro de ganhadeira, como se não bastasse a taxa de sessenta réis que pagava todos os dias, para custear os salários do capataz e do inspetor.

Por causa do tempo que já havia passado, eu estava um pouco mais confiante em que talvez não precisássemos deixar a casa, e com a volta da Claudina perdi um pouco da tristeza que me acompanhava desde aquela visita ao Baba Ogumfiditimi, pois a minha amiga era sempre uma alegria para a casa. Em muitos momentos ela me lembrava a Titilayo ou o Ayodele. Comemoramos a volta dela em uma ocasião muito especial, a do seu aniversário, que para mim era motivo de alegria maior, pois quanto mais se aproximava do sétimo ano, mais eu me tranquilizava em relação à sua condição de *abiku*. Foi uma festa bonita, e o mestre Agostino não se importou de tocar um pouco de flauta, acompanhado do doutor Jorge, que eu nem sabia que tocava um instrumento. Também estavam presentes o Sebastião, o Tico, o Hilário, o Jongo, o Adriano, a Adeola, o Tiago, o Mateus, o doutor José Manoel, a sinhazinha e as três meninas, ou melhor, quatro, porque ela já carregava mais uma na barriga. Além, é claro, do seu pai, que me pareceu muito magro e triste, com jeito de doente. Eu tinha ido até a loja do alufá Ali para ter notícias e convidá-los, mas ninguém soube me informar o paradeiro deles, e a mesma coisa aconteceu na loja onde morava o Aprígio. Acredito até que as pessoas soubessem, mas tinham medo de serem acusadas de traidoras pelo governo ou, pior ainda, pelos próprios pretos, pois não sabiam a quem davam informações.

Já estava quase escurecendo quando a polícia foi entrando em casa, mandando parar com aquela bagunça. Eram quatro soldados, que deviam saber que ali era a casa de uma preta, e se assustaram ao ver tantos brancos. Receberam merecida descompostura do doutor José Manoel, que disse que era advogado e que eles não podiam invadir uma casa daquele jeito, teriam que chamar e só entrar quando a porta fosse aberta e a permissão fosse concedida. Eles disseram que os pretos não tinham esse direito, mas o doutor José Manoel mandou que se retirassem e voltassem com o papel onde estava escrita a tal lei, ou então que batessem à porta, como pessoas educadas, e dissessem o motivo da visita. Depois de acompanhá-los até a rua, o doutor José Manoel voltou dizendo que eles ficaram bastante assustados e com raiva, e tinham ido até a nossa casa para conferir uma denúncia de muito barulho, perturbação da ordem pública, acho. Mas eles conseguiram acabar com a alegria da festa e logo cada um tomou o rumo de casa, e nem conseguimos comemorar a boa-nova dada pelo Hilário, a que estávamos brindando quando os policiais nos interromperam. Ele tinha acabado de contar que estava de casamento tratado com uma mulata de São Jorge dos Ilhéus, filha de um comerciante que revendia nossos charutos.

Foi um início de noite bastante tenso, pois os guardas poderiam esperar o fim da festa, para voltar quando ficássemos sozinhos. Adivinhando a preocupação, o doutor Jorge se ofereceu para nos fazer mais um pouco de companhia e contou sobre o trabalho dele, as aulas, os alunos e os pacientes. A Esméria comentou que em África, independentemente de como se podiam chamar, eram as mulheres quem mais curavam os doentes, usando as ervas, as rezas e os segredos que só elas conheciam e passavam de mãe para filha. O doutor Jorge já tinha ouvido falar nisso, e também acreditava na cura pelas plantas e as usava, pois nelas estão armazenados os melhores remédios. Ele nos contou sobre o diretor da Escola de Medicina, um médico que tinha estudado na Europa e era muito respeitado por lá, e que estava fazendo uma grande campanha sanitária na Bahia. Não sabíamos o que era isso, mas ele disse que o assunto era longo e explicaria tudo em outro dia, mesmo porque os policiais não tinham voltado e estava ficando tarde. Naquela noite fiquei pensando bastante nele, no quanto era simpático, sábio, bonito e, como o pai, respeitoso com todas as pessoas, não importando se fossem brancas ou pretas. Acho que esse pensar e ainda o medo de os policiais aparecerem durante a noite não me deixaram dormir direito. Naquela noite nada aconteceu, mas a preocupação não era infundada. Dois ou três dias depois da festa, comecei a vê-los rondando a rua, geralmente de dois em dois, mas sempre os mesmos quatro, que olhavam com muita atenção para a nossa casa, como se esperassem um pretexto qualquer para entrar. Contei ao doutor José Manoel e ele disse para eu não me preocupar, apenas manter os documentos em dia e à mão, e mandar chamá-lo caso algo acontecesse, porque bem sabíamos que pretextos podiam ser arranjados.

O DOUTOR JORGE

Eu, que sempre tinha sido tão corajosa, por causa dos policiais estava com medo de sair de casa, e nem mesmo aceitei o convite do Baba Ogumfiditimi para o caruru dos Ibêjis, preferindo fazer um só para nós, os de casa, mais o mestre Agostino e o doutor Jorge. Quando o médico chegou, percebi que não era apenas o medo que me fazia ficar em casa, mas também a vontade de vê-lo, e por isso muitas vezes ficava na janela do meu quarto, no andar de cima, de onde dava para ver o quintal da casa dele. Sempre que chegava da escola, ele ia até o poço, no fundo do quintal, e puxava água para lavar o rosto e as mãos, e eu sabia em quais horários fazia isso. Eu observava da janela, e às vezes até fechava a porta do quarto e vestia uma roupa mais bonita, que tirava logo em seguida, só para o caso de ele me ver, o que não seria possível se já fosse noite. Mas eu o via, iluminado pelo lampião. Tinha vergonha de que as pessoas soubessem desse meu segredo, embora já houvesse muito tempo que eu e seu pai éramos apenas amigos, desde antes da viagem para Cairu. Não sei dizer por que sentia vergonha, e nem para a Claudina tive coragem de contar, talvez porque não soubesse se era correspondida. Em certos dias eu também me achava muito velha, ou pelo menos muito vivida, que são coisas diferentes, mas que me levavam a pensar que não teria a mínima chance com o doutor Jorge, jovem e bonito, um excelente rapaz. Um dia perguntei à Claudina o que ela fazia quando sentia vontade de ter um homem, de se deitar com ele. Fiquei surpresa quando ela perguntou se eu estava falando do doutor Jorge, pois só um cego não teria percebido meus olhares para ele, segundo ela, que inclusive achava que eu era correspondida, que ele também me olhava diferente, e provavelmente não dizia nada por não saber o que havia entre mim e seu pai.

A oportunidade para contar ao doutor Jorge que eu e o Alberto já não éramos mais homem e mulher um para o outro surgiu em uma noite quente de setembro, quando eu estava no quintal, pensando na vida e refrescando os braços e o rosto com água tirada do poço. Ele tinha batido à porta e a Claudina disse onde eu estava. Levei um susto quando ele se aproximou e disse que era assim que deveria ser, que as pessoas precisavam se preocupar mais com a limpeza do corpo, principalmente das mãos que levavam comida à boca. Fazia um bom tempo que não nos falávamos, e ele disse que andava bastante ocupado, mas que, se eu tivesse tempo, gostaria muito de ter uma conversa comigo. Confesso que imaginei que fosse falar de um certo interesse por mim, e fiquei decepcionada quando perguntou sobre a minha participação na revolta. Achei que podia confiar nele, como já tinha feito quando estávamos escondidos nos subterrâneos da escola, e falei das tarefas que realizei antes de tudo começar. Quando perguntei por que queria saber tudo aquilo, se havia indícios de uma nova rebelião, ele respondeu que não, que apenas era um admirador do meu comportamento e que até mesmo tinha se deixado influenciar por ele, e me falou sobre algumas ideias pelas quais estava lutando e que poderiam causar inquietações em toda a cidade, ou melhor, já estavam causando. Como eu quase não saía de casa, não sabia de nada, e pedi que me contasse. Foi assim que começamos a conversar quase todas as noites, quando ele chegava e ia até a nossa casa, onde ficávamos sempre no fundo do quintal, muitas vezes com você dormindo no meu colo.

OS MORTOS

O doutor Jorge era católico, mas dizia que a Igreja estimulava muitas superstições, sendo que uma delas, em relação aos enterros, prejudicava bastante a saúde de quem frequentava as igrejas. Todos os fiéis queriam ser enterrados no território santo, ou seja, dentro das igrejas, e quanto mais perto do altar, melhor. Não só porque assim estariam mais perto de Deus, mas também para aproveitarem as encomendações dos fiéis que lá faziam orações. O que não sabiam era o quanto isso fazia mal à saúde. Certa vez, voltando de uma missa que não chegou a acontecer, a Esméria reclamou que ninguém conseguiu permanecer no ambiente, tão forte era o cheiro dos corpos se decompondo. Quando contei isso ao doutor Jorge, ele disse que esse era um dos problemas, o cheiro, ou miasma, mas era apenas a parte que a gente podia sentir, porque a que não se sentia, essa sim, era a pior de todas. Não me lembro direito da explicação dele sobre o que de fato eram os miasmas, mas sei que estavam por toda parte. Nasciam na imundície dos becos, nas plantas se decompondo nos pântanos e charcos, no lixo e nos dejetos das casas atirados nas valetas das ruas, nos animais mortos deixados ao ar livre, nos restos dos matadouros e curtumes. Tudo isso junto era a causa de muitas doenças que às vezes atacavam boa parte da população, mais a decomposição dos mortos dentro das igrejas, um grande perigo para quem frequentava principalmente as missas da manhã. Algumas pessoas morriam quando entravam nas igrejas e respiravam o ar infecto que ficava preso lá dentro durante toda a noite. A morte também era quase certa para os trabalhadores que abriam as covas e tinham a falta de sorte de pegar as que abrigavam mortos recentes, pois a maioria das pessoas era enterrada em covas comuns, mediante o pagamento de esmolas. Poucos tinham dinheiro suficiente para pagar por covas particulares, que ficavam pertencendo a uma determinada família. Alguns mortos eram enterrados do lado de fora da igreja, no adro, que também era considerado terreno sagrado, embora menos nobre. Para lá iam os escravos e os pobres que não tinham condições de pagar as esmolas exigidas pelos padres, e nem sempre eram enterrados como se devia, a sete palmos, ameaçando a saúde da população que vivia ao redor. O doutor Jorge contou sobre uma casa que tinha visitado a pedido dos moradores, de parede vizinha ao átrio da igreja. O problema era a tal parede, de onde escorria um líquido gorduroso, infectado e malcheiroso. Ninguém aguentava morar ali mais de dez, quinze dias, e os que não saíam doentes era porque, antes e por sorte, a fedentina conseguia poupá-los de problemas mais graves.

Eu nunca tinha prestado muita atenção àquelas coisas, pois não imaginava que alguns tipos de doenças podiam ser causados pelo que ele chamava de falta de saúde pública. A cidade ficava doente e, junto com ela, os moradores. Além de falar muito sobre novos hábitos que deveriam ser adotados, os médicos e vereadores da capital tinham conseguido aprovar uma lei que dizia que os mortos tinham que ser sepultados em lugares próprios para eles, os cemitérios. Mas ser enterrado em cemitério era motivo de desprestígio para o morto, e a família fazia o possível para evitar. Existiam poucos cemitérios na cidade, como o do Campo da Pólvora e alguns outros criados pelas principais irmandades, mas tinha-se a ideia de que para eles iam apenas os suicidas, os criminosos, os indigentes e os escravos. No caso dos escravos, se fossem mesmo enterrados, porque muitas vezes, principalmente nas fazendas, eram abandonados ao ar livre, à fome dos bichos ou, quando muito, em uma cova que não resistia às chuvas mais intensas e insistentes ou ao cavoucar de animais atraídos pelo cheiro. Foi o doutor Jorge quem me contou que todos os pretos que morreram na rebelião dos muçurumins tinham sido enterrados no Campo da Pólvora.

Além de convencer a população de que seria melhor para os vivos mandarem os mortos para um cemitério, havia ainda outro grande problema. Os enterros dentro das igrejas ou dos depósitos de corpos nos carneiros das irmandades eram negócios dos quais os religiosos não queriam abrir mão. Ganhavam dinheiro para preparar e transportar os corpos nos banguês ou caixões, com a venda de mortalhas, com a esmola que os parentes davam para que o morto conseguisse um bom lugar dentro das igrejas e com a encomenda de missas, que às vezes chegavam aos milhares, para todo o sempre. Mas não eram apenas os religiosos que lucravam com os mortos, pois boa parte da população pobre também era paga para acompanhar enterros, porque um grande número de pessoas significava maior prestígio para o morto, como também se dava grande valor ao número de rezadeiras e carpideiras, funções exercidas pela maioria das pretas velhas da capital. Tudo isso poderia acabar com a vigência da nova lei que proibia o enterro nas igrejas e irmandades, função que passaria a ser exercida exclusivamente e, se não me engano, por um período de trinta anos, por uma empresa que tinha acabado de construir um cemitério novo, o Campo Santo. Essa empresa, de acordo com o doutor Jorge, pertencia a alguns médicos e comerciantes ricos que queriam adotar em São Salvador o que já estava sendo feito nas mais importantes capitais da Europa. Os sócios da empresa e os que eram favoráveis ao projeto deles foram chamados de cemiteristas, e tinham a antipatia de toda a população, pelos mais diversos interesses. Como o cemitério era afastado da cidade, eles pretendiam usar carros funerários, o que tornaria bastante difícil o acompanhamento dos esmoleiros, que não teriam mais tempo de voltar à cidade e participar de várias cerimônias por dia. Então, um dia antes de a lei entrar em vigor, houve uma grande revolta, que ficou conhecida como Cemiterada.

A CEMITERADA

Antes mesmo de o sol nascer, começamos a ouvir um repicar de sinos sem igual, e a Esméria comentou que devia ser o enterro de algum figurão. Pouco depois do desjejum, o mestre Agostino apareceu na nossa casa bastante preocupado, pois o filho achava que algo estava sendo tramado contra a inauguração do Cemitério do Campo Santo, marcada para o dia seguinte. Não demorou muito para que seus temores se confirmassem, com a chegada do Sebastião dizendo que o centro da cidade estava em polvorosa. Todas as igrejas dobravam os sinos e convocavam os fiéis para marcharem contra a profanação dos enterros, aos quais também se juntaram os membros das irmandades, tanto as de brancos quanto as de pretos. Os manifestantes estavam na Praça do Palácio, depois de uma concentração na Praça do Terreiro, no adro da Ordem Terceira de São Francisco, e eram milhares de pessoas, com os membros das irmandades e os padres vestindo roupas cerimoniais, carregando cruzes, bandeiras e um documento contra o cemitério, assinado pelas pessoas mais importantes da cidade pedindo que a lei fosse suspensa. Senti vontade de ir até lá ver o que estava acontecendo, mas fui impedida pela Esméria, que comentou que aquilo podia acabar mal e eu precisava evitar confusões. Não achei que manifestações feitas por religiosos representassem grande perigo, mas resolvi acatar a sugestão. Pelo menos até a chegada do Alberto, logo após o almoço, pois ele contou que, ao passar pela Praça do Palácio, soube que o presidente da província tinha cedido ao apelo da população e adiado a aplicação da lei. Mas, ao contrário do que se imaginava, o povo não se contentou com isso e resolveu ir até o cemitério para festejar a vitória e mostrar aos hereges que a vontade de Deus tinha prevalecido.

Fui até a casa do mestre Agostino para saber se ele tinha mais notícias e encontrei a porta fechada. De lá parti para a rua, pois não conseguiria ficar em casa sem saber o que estava acontecendo, principalmente ao doutor Jorge. Temia que, como tinha acontecido aos portugueses, os manifestantes se achassem no direito de atacar os cemiteristas, entre os quais ele seria facilmente identificado, pois era um dos que sempre falavam em praça pública sobre o benefício de se manter os mortos longe dos vivos. Eu sabia que não poderia fazer nada, mas a curiosidade e a preocupação foram maiores que o bom senso. Como o Alberto tinha contado que os manifestantes queriam ir até o Campo Santo, fui direto para lá, sendo uma das primeiras a chegar. Fiquei assustada quando vi aquela multidão raivosa se aproximar armada de pedras, machados, alavancas e outros instrumentos, grande parte vestida com as capas das irmandades, dando socos no ar e gritando "Morra cemitério!". Havia apenas cinco guardas vigiando o cemitério e, por cima do muro, vi algumas pessoas lá dentro e imaginei que o doutor Jorge pudesse estar entre elas, mas depois soube que eram operários terminando as obras. Eu queria avisá-lo para que fugisse pelos fundos, porque a multidão se aproximava com jeito de que queria acabar com tudo, e estava tentando pular o muro quando recebi voz de prisão. Acredito que os guardas queriam apenas um pretexto para abandonar o local, que se tornaria perigoso para eles, em minoria, e fui conduzida pelos cinco até a Cadeia Municipal. Foi uma longa caminhada, de quase uma hora, durante a qual soube que estava sendo presa, injustamente, por perturbação da ordem pública. Quem visse a cena poderia achar que eu era uma pessoa muito perigosa, escoltada por cinco guardas armados.

NOVA PRISÃO

Na cadeia, éramos três presos pelo mesmo motivo, aguardando para conversar com o chefe de polícia, mas já tinham anotado nossos nomes e nossas moradas. Eu estava pensando em como avisar o doutor José Manoel quando o doutor Jorge entrou e ficou muito surpreso de me ver ali. Uma série de desencontros tinha nos levado à cadeia e, para minha sorte, ele conseguiu me tirar de lá, a mim e aos dois homens, alegando que nada poderiam provar contra nós e que, portanto, era ilegal permanecermos presos. Como ele tinha se apresentado como doutor Jorge apenas, acho que os policiais pensaram que se tratava de um advogado e não de um médico, acataram a defesa e nos soltaram, não sem antes fazerem com que ele assinasse um termo de responsabilidade. Enquanto caminhávamos para casa, ele disse que estava à procura do pai quando me encontrou. Tinha chegado em casa e encontrado tudo vazio, a casa e a barbearia, e foi perguntar à Esméria se ela sabia do paradeiro do mestre Agostino. A Esméria disse que tinha estado com ele de manhã, muito preocupado com o paradeiro do filho, mas que depois disso não sabia mais, e que eu também tinha saído à procura dele. Por isso a surpresa quando me encontrou na cadeia, onde tinha ido depois de procurar nos lugares por onde o pai poderia ter passado, como na escola. Ele não sabia que a manifestação tinha rendido presos, mas conhecendo bem o pai que tinha, que se exaltava quando o assunto eram os filhos, resolveu dar uma passada na cadeia, por desencargo de consciência. Àquela hora, o mestre já estava em casa e nos recebeu com imenso alívio, pois tinha conhecimento de que a situação estava bastante feia para os lados do Campo Santo. Na tarde do dia seguinte, a Claudina contou o que tinha ouvido pelas ruas, dando conta de que a destruição tinha sido total. Os manifestantes derrubaram paredes, muros e portões, quebraram janelas e portas, arrancaram os mármores de algumas sepulturas, destelharam a capela e roubaram os paramentos, queimaram os panos fúnebres e os carros funerários e levaram os destroços como troféus até a Praça do Palácio, onde, enfim, foram dispersados pela polícia. Tudo isso sem que ocorresse qualquer outra prisão, somente a minha e a dos dois homens, que nada tivemos com aquilo. Um grande azar para mim, ou então a mão do destino, que já começava a me indicar a nova direção a seguir.

Depois disso, fiquei com mais medo ainda de sair às ruas ou de, a qualquer momento, ser procurada em casa pela polícia. Novas levas de pretos continuaram sendo deportadas, e eu não queria ser incluída entre elas. Aproveitei a reclusão para aumentar a produção de charutos, o que deu um bom dinheiro naquele final de ano. Mas não era só nesta parte que estava tudo bem, pois eu e o doutor Jorge começamos a nos deitar, depois que ele ficou sensibilizado ao saber que eu tinha saído às ruas à sua procura durante a Cemiterada. Era uma situação no mínimo divertida, porque ele dormia muitas noites na nossa casa, onde também estava o seu pai, que, quando não estava bêbado, conversava longamente com o médico. Os dois tinham ideias políticas bastante parecidas e torciam para que os federalistas assumissem o poder. O doutor Jorge disse que aquilo era bastante raro em um português, e muito mais raro ainda em dois portugueses, depois de saber que o doutor José Manoel também tinha as mesmas ideias, durante uma visita que todos nós fizemos à casa da sinhazinha, logo que nasceu sua quarta filha. O Alberto se deu tão bem com o doutor Jorge que fez a ele confidências que não tinha feito nem a mim, sobre o casamento com a Ressequida. Foi o doutor Jorge quem me contou que seu pai estava passando por grandes dificuldades, pois a mulher tinha conseguido mesmo ficar com todos os bens e a administração do dinheiro. Como se não bastasse, a Ressequida ainda o desrespeitava, pois toda a cidade sabia que ela tinha vários amantes, sustentados com o dinheiro que negava ao Alberto. Fiquei com pena, e mais ainda quando o doutor Jorge comentou que achava que seu pai ainda gostava de mim e que se eu quisesse ou desse qualquer sinal de que aceitaria, ele ia querer voltar a morar comigo como marido e mulher. Hoje penso se não deveria ter facilitado as coisas chamando-o de volta, porque a nossa história teria sido diferente. Mas, na época, tudo o que eu sabia era que não gostava mais dele, não como marido e mulher, embora ainda tivesse muita consideração, principalmente por ele gostar tanto de você.

EQUÍVOCOS

Até o mês de novembro, o ano de um mil oitocentos e trinta e sete tinha transcorrido bem, como sempre acontece antes das grandes atribulações. Não sei se os períodos de calmaria são avisos ou dádivas, pois parecem nos aconselhar prudência e economia de forças. Em junho, comemoramos muito o seu aniversário de sete anos, que eu considerava um presente. Talvez nem devesse ter agradecido tanto, pois tal presente foi cruelmente tirado de mim, como se eu tivesse feito uma confissão de que não o merecia. Na festa, seu pai chorou feito criança, o que também me levou às lágrimas, por imaginar que ele se comovia com o fato de o filho estar crescendo. Como mais tarde tive raiva daquele momento! Ele já podia muito bem estar se sentindo culpado pelo que pensava em fazer, pode ser que a ideia já estivesse tomando forma. Comemoramos também o dia de São Cosme e Damião, no final de setembro, com um almoço no sítio do Baba Ogumfiditimi. O Alberto ficava cada vez mais na nossa casa, o que era muito bom para você, embora já tivesse idade para perceber quando ele estava bêbado. Presenciei a sua infelicidade muitas vezes, quando ele não tinha condições de brincar ou mesmo de conversar. Durante todos esses anos, eu sempre me lembrei dele com ódio, e só agora, depois de relembrar esta história desde o começo, entendo que tudo passou e que, apesar da mágoa, ainda consigo pensar nele com um pouco de carinho. Como terá sido para você? Tenho imensa curiosidade de saber disso, de saber até que ponto você conseguiu perdoá-lo e a mim também, de saber quanto você conhece desta história toda. Assumo minha parte da culpa, e por ela me penitenciei em cada um dos dias que se passaram, na esperança de que você entendesse isso e não sentisse tanta raiva. Nem tanto por mim, mas por você mesmo, para que seu coração estivesse mais livre e menos preocupado para poder traçar o destino grandioso que eu sempre soube estar reservado para você.

Acho que o início da etapa seguinte da nossa vida pode ser marcado por uma conversa que ouvi entre o seu pai e o doutor Jorge sobre um médico, o doutor Sabino, diretor da Escola de Medicina, que esteve envolvido na Cemiterada. Nos jornais de toda a Bahia, que eram muitos naquela época, mesmo que lançados para ter um único número, falava-se cada vez mais de federalismo e separatismo. Eu gostava de ouvi-los discutindo as principais notícias que saíam nos jornais, não só sobre o que se passava na Bahia, mas também em outras províncias, como a do Rio Grande e a do Pará. No Pará havia os cabanos, que já tinham sido vencidos mas ainda ofereciam alguma resistência. No Rio Grande havia os farroupilhas, que, se não me engano, já tinham fundado a República do Rio Grande, tendo como presidente o general Bento Gonçalves. O doutor Sabino, quando participou de alguma rebelião ou quando foi condenado por um assassinato político, já não tenho certeza, no ano de um mil oitocentos e trinta e quatro, tinha ficado preso em uma cadeia do Rio Grande, e lá ficou amigo do general Bento Gonçalves. Os grandes líderes eram considerados muito perigosos para ficarem presos em suas próprias províncias e, por isso, naquele ano de um mil oitocentos e trinta e sete, o general Bento Gonçalves estava preso na Bahia, no Forte do Mar. A prisão dele foi muito comentada nos jornais, principalmente depois que conseguiu fugir com a ajuda dos companheiros federalistas e dos maçons. Quanto a essas irmandades maçônicas, que eu nunca consegui entender direito como funcionavam, diziam ser verdadeiros criadouros de revolucionários. Foram eles que planejaram e puseram em prática a fuga do general Bento Gonçalves, que primeiro foi escondido na Ilha de Itaparica e depois mandado de volta para o Rio Grande, em um navio de carga que ia para Montevidéu. Mas foi durante sua estada no Forte do Mar que o federalismo ganhou força na Bahia. Acredito então que tudo aconteceu por influência dele, mas também das ideias de uma revolta ocorrida na França anos antes, e do modo de governo dos Estados Unidos da América, onde cada província era considerada um país. Lembro-me de que os jornais faziam verdadeiras guerras para ver quem defendia melhor a separação da Bahia do resto do Brasil, e faltava apenas pôr tal ideia em prática.

Não entendo muito bem por que não deu certo, mas acho que mais uma vez os federalistas contavam com o apoio dos pretos, escravos e libertos, o que não aconteceu, porque todos estavam com medo das represálias, menos de três anos depois da rebelião dos muçurumins. Contavam também com a grande influência do doutor Sabino, que, além de ser mulato e pobre, ajudava muito a população, atendendo sem cobrar nada. Diziam que o coitado mal conseguia dormir, pois quando não estava na Escola de Medicina, passava todo o tempo livre socorrendo as pessoas que o procuravam em casa, a qualquer hora do dia ou da noite. Foi ele quem, junto com três companheiros, no dia sete de novembro, se dirigiu ao Forte de São Pedro e pediu ao corneteiro que executasse um determinado toque, a senha para começar a rebelião. Toda a guarnição do forte já estava de sobreaviso, e logo outras companhias militares se uniram a eles, inclusive a que tinha sido convocada para atacá-los e que desertou assim que foi dada a ordem de abrir fogo. Houve algumas manifestações do povo na Praça do Palácio e logo os principais líderes redigiram um documento declarando o governo da Bahia desligado do governo geral. Desde a abdicação do D. Pedro I, o Brasil estava sendo governado pelos tutores do futuro D. Pedro II, e o doutor Sabino queria manter a Bahia independente até que o rapazinho atingisse a maioridade e subisse ao trono, pois, ele sim, era um brasileiro. O doutor Jorge sugeriu que eu não saísse de casa naqueles dias, pois, embora parecesse que a rebelião tinha sido vencedora quase sem resistência, as coisas ainda não estavam bem resolvidas, e mesmo entre os revoltosos havia muitas discussões. Acredito que muitos pretos também estavam seguindo o mesmo conselho, porque nem o Sebastião nem o Tico ou o Hilário apareceram na nossa casa, onde já estava começando a faltar comida. Desde a revolta dos muçurumins, quando acharam que eu não deveria ficar circulando pela cidade, era sempre um dos meninos que comprava boa parte dos alimentos para nós. Mas, na falta deles, resolvi ir até o mercado para comprar o que tinha acabado e fazer algum estoque, principalmente porque não sabíamos por quanto tempo aquela situação ia se arrastar, pois havia rumores de que as tropas fiéis ao governo pretendiam sitiar a cidade por terra e por mar. Como sempre acontece nesses casos, com medo da fome ou de ficarem presas nas cidades, as pessoas começavam a se exaltar. Foi o que achei que estava acontecendo quando vi três policiais espancarem um preto velho, provavelmente louco, que gritava vivas à República e ao Rio de Janeiro. De longe, percebi que tinham machucado bastante o coitado, que nem se mexia, e quando eles se afastaram, dando vivas à nova República da Bahia, eu me aproximei para ajudá-lo. Assim que me certifiquei de que o homem estava vivo, comecei a pedir a ajuda dos que passavam para levá-lo até a Santa Casa, a pouca distância de onde estávamos, no Terreiro de Jesus. Ninguém se aproximou, e quando percebi que até se afastavam com certa pressa já era tarde para fazer o mesmo, pois os policiais tinham voltado e me agarravam por trás, pelos braços, acusando-me de ser contra o novo governo.

Tentei explicar que não era nada disso, que eu só não queria deixar o velho morrer sem atendimento, mas não quiseram saber de nada. Menos de quinze minutos depois eu estava novamente em uma cela no subsolo da Cadeia Pública, junto com mais duas mulheres. Senti muita raiva e chorei por horas seguidas, principalmente depois que percebi que não seria ouvida, que tinha sido atirada dentro da cela como presa política, e que provavelmente não haveria alternativa para a sentença de deportação. Pensava que nem ao menos conseguiria me despedir de vocês ou arrumar um jeito para que vocês fossem embora do Brasil junto comigo, pois ninguém sabia onde eu estava. Havia algum tempo que eu tinha desistido de participar de revoltas de qualquer natureza, querendo apenas trabalhar e levar uma vida tranquila, com algum conforto e a possibilidade de proporcionar a você o futuro com que eu e seu pai sonhávamos. E naquele momento tudo isso me pareceu distante e impossível. O segundo dia presa foi ainda mais desesperador, pois, conversando com minhas companheiras de cela, descobri que elas estavam presas havia muito tempo, sem que nenhuma providência fosse tomada para resolver seus casos, nem mesmo um julgamento. Uma delas, a Celina, tinha matado o marido que a espancava, e a outra, a Luísa, coincidentemente o mesmo nome de branco que eu usava, estava lá desde a rebelião dos muçurumins, quando tinha sido denunciada por uma vizinha invejosa. Nem sei dizer da minha alegria quando o doutor Jorge me encontrou no quinto dia, depois de me procurar pela cidade inteira. Ele tinha se lembrado da primeira vez que foi até lá me buscar, quando da Cemiterada, e achou pouco provável que me encontrasse presa novamente, mas resolveu arriscar, porque já tinha esgotado todas as outras possibilidades.

A FUGA

No mesmo dia, mais tarde, o doutor Jorge voltou com o doutor José Manoel, e eles disseram que não conseguiriam obter minha liberdade por meios legais, por eu ter sido formalmente acusada de ser contra o novo governo, mas dariam um jeito, e foram conversar com o doutor Sabino. Ele também não podia mandar me soltar para não criar problemas com os companheiros, mas prometeu facilitar uma fuga. E assim aconteceu, sem que eu soubesse de antemão sobre esse arranjo, sendo necessário que o guarda encarregado de recolher as vasilhas em que eram servidas as refeições avisasse que a porta da cela estava aberta. Provavelmente o descuido proposital tinha sido do encarregado de levar as refeições, sem que percebêssemos, pois nunca poderíamos imaginar uma fuga assim tão fácil. Saímos uma a uma para não chamar atenção, e o doutor José Manoel, o seu pai e o Tico estavam me esperando do lado de fora. Fomos direto para casa, de onde não saí nos dias seguintes. Eu estava ficando medrosa diante da ideia de voltar para a cadeia ou de ser mandada embora sozinha, ou pelo menos era assim que interpretava aquele aperto no peito. E foi melhor mesmo permanecer enganada, porque não conseguiria suportar os acontecimentos reservados pelo destino sabendo que nada poderia fazer para evitá-los.

Acho que foi por causa desse medo que, no dia em que o doutor Jorge apareceu em casa e disse que as coisas não iam nada bem, aceitei de imediato a sugestão dele, em concordância com o seu pai e a Esméria. Eles achavam que em breve a rebelião federalista seria vencida, pois a cidade estava sitiada e a população já começava a se revoltar contra a falta de alimentos. Sabia-se também que o governo estava treinando uma enorme tropa para ocupar a cidade a partir do Recôncavo, e os rebelados não teriam forças ou munição para combatê-la. Presa duas vezes e sob suspeita das autoridades, quando o poder retornasse ao antigo governo eu provavelmente seria deportada. Perguntei se não achavam que o fato de eu ter sido presa por trair os federalistas seria um bom motivo para me pouparem e eles disseram que não, que não olhariam os motivos, mas pensariam apenas que uma agitadora africana não merecia permanecer em terras brasileiras. Ficou decidido que assim que arrumassem uma maneira de atravessar o cerco feito por mar, dariam um jeito de me levar para a Ilha de Itaparica, onde eu deveria permanecer por uns tempos. A Esméria, a Claudina e o seu pai disseram que eu podia ir tranquila, pois cuidariam muito bem da casa e de você. Mas até hoje não sei por que aceitei, talvez apenas porque tinha que ser assim, sem maiores explicações. Combinamos também que, tão logo eu conseguisse um lugar para ficar na ilha, daria um jeito de entrar em contato avisando, e uma vez por semana levariam você para me ver.

Hoje, pensando sobre isso, vejo como o motivo foi banal, como qualquer pessoa sensata teria se mudado de São Salvador com toda a família, e não concordado com aquela história absurda de extrema e descabida precaução. É por isso que me culpo tanto, por ter sido tão medrosa e ter aceitado me separar de você, nem sabíamos por quanto tempo. Com uma trouxa de roupa contendo o essencial, fui me despedir de você, que estava dormindo. Depois, aproveitando a escuridão, segui com o doutor Jorge e um amigo até perto de Água de Meninos, onde tomei um barco com mais quatro pessoas que também estavam sendo tiradas da cidade. Remando, fizemos quase meia volta na baía, na direção do Bonfim, para chegarmos à Ilha de Itaparica depois de contornar a Ilha dos Frades.

Ainda a lamentar, 2011.
Cerâmica fria, cordão, madeira, plástico e metal. 23 x 8 x 49,5 cm.
Coleção particular.

CAPÍTULO OITO

QUANDO NÃO SOUBERES PARA ONDE IR, OLHA PARA TRÁS E SAIBA PELO MENOS DE ONDE VENS.

Provérbio africano

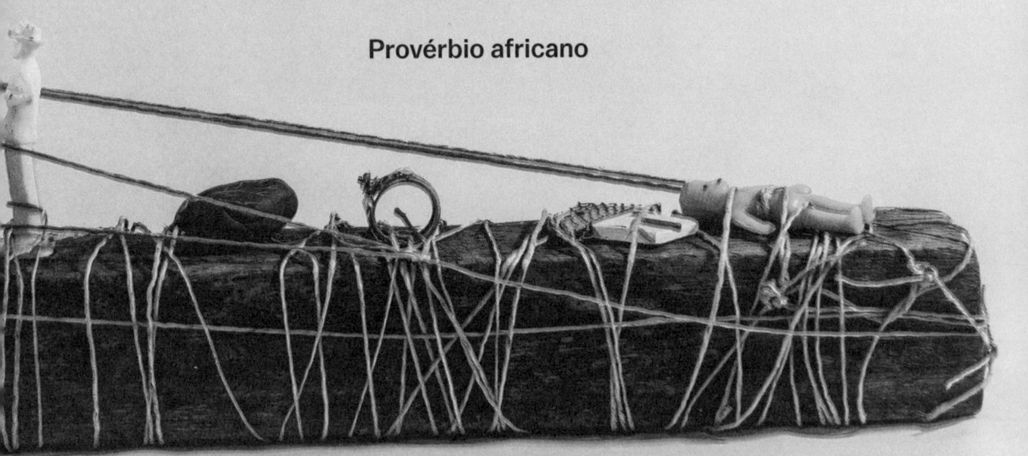

NOVAMENTE A ILHA

Dentro do barco, fugir me pareceu um despropósito, já que não era culpada de nada e nem havia qualquer acusação formal contra mim que pudesse ser provada. E mais ainda, os federalistas estavam no poder, pessoas amigas dos meus amigos, contra as quais eu nada faria, mesmo se pudesse. Mas o doutor Jorge achava que, infelizmente, os dias de independência da Bahia estavam no fim por vários motivos. Primeiro, porque o cerco à cidade estava funcionando, quase ninguém entrava ou saía e já faltavam comida e outros bens, o que logo deixaria o povo em desespero e contra os causadores da situação, os federalistas. Segundo, porque aumentavam os rumores de que uma tropa invencível, treinada em Cachoeira, logo tomaria São Salvador de assalto, causando verdadeiro abatimento nas tropas rebeldes, sem armas e enfraquecidas pela péssima alimentação. Eu sabia de tudo isso, que logo a cidade poderia voltar para as mãos dos que desejavam que nós, africanos libertos, estivéssemos o mais longe possível de lá, mas me perguntava o que eu tinha com isso, eu, que só queria ter um trabalho e com ele manter por perto as pessoas de quem mais gostava. É certo que estive envolvida com os muçurumins, mas este era um problema resolvido com a derrocada da revolta. O que me acompanhava era uma enorme sensação de derrota e cansaço, pois aquela fuga não era justa, nada era justo, principalmente os brancos irem até a África nos separar de nossas famílias para depois não nos quererem mais, desejando nos ver longe, de volta a um lugar do qual nem nos lembrávamos direito. Livres, nós já não servíamos para mais nada, a não ser, no entender deles, atrapalhar os negócios ou tirar o sustento dos legítimos brasileiros, fossem eles pretos ou brancos, mas quase sempre preguiçosos, que viam o trabalho como digno apenas de escravos.

A ilha me remeteu às recordações mais amargas, ao fantasma do sinhô José Carlos, às lembranças nada agradáveis da sinhá Ana Felipa, à tragédia do Lourenço, à surra no mestre Anselmo, o baleeiro. Foi ruim saber que a fazenda ainda estava lá, ativa, mesmo nas mãos de outro dono. Foi ruim perceber que, mesmo depois de tanto tempo, algumas lembranças ainda estavam vivas em mim, dando chibatadas de dentro para fora. Desembarquei em Vera Cruz, perto de onde precisava saber se a Assunta ainda vivia, uma preta benzedeira conhecida da Esméria. Tinha recomendações de não tentar me estabelecer sozinha para não chamar atenção, e evitar os pretos que estivessem tramando qualquer rebelião ou fuga, pois em qualquer lugar e a qualquer momento sempre havia alguém pensando em fugir. Havia um tipo de solidariedade entre os pretos que se conheciam há mais tempo, e se alguém tivesse que ser denunciado ou sacrificado em nome de todos, seria escolhido entre as ligações mais novas, mesmo que inocentes.

Depois de perguntar a um preto que puxava rede na praia, não foi difícil encontrar o casebre da Assunta, bastante conhecida na ilha. Junto a mais seis casebres, todos com paredes de barro e telhado de capim trançado, ficava em uma clareira aberta na mata, cercada por muitas árvores e plantações de milho e mandioca. Fui olhada com receio por algumas crianças que estavam brincando, e logo uma mulher apareceu para falar comigo. Eu disse que procurava pela Assunta e ela pediu que esperasse, entrando em um casebre de onde saiu pouco tempo depois com outra mulher, que fez sinal para eu me aproximar. Foi o que fiz, agradecida e talvez com muito mais pressa do que deveria ter demonstrado, pois não aguentava mais ficar parada com a trouxa na cabeça, sendo observada por tantos rostos desconfiados. As crianças não escondiam a curiosidade, mas os adultos se colocavam por trás das árvores e dos casebres, demonstrando que não estavam acostumados com desconhecidos. Ainda bem que eu tinha seguido mais um conselho da Esméria e vestia roupas simples, mas ainda assim melhores que as deles.

A mulher com quem fui conversar era baixa, gorda e se movia com torturante dificuldade, como pude perceber enquanto caminhava atrás dela, cruzando o único cômodo de seu casebre. A lentidão também me deu tempo para olhar tudo com cuidado, e me espantei com o luxo de um altar para Xangô, que se destacava entre móveis velhos e objetos quebrados. O chão era de terra, limpo e bem varrido, sobre o qual havia alguns tapetes de fibra de palma, o mesmo material de algumas esteiras de dormir enroladas a um canto, e um banco de madeira que tomava uma das paredes quase de fora a fora. As paredes de barro estavam adornadas com várias telhas pintadas com paisagens de lugares que me pareceram ser dali mesmo da ilha, e de figuras representando os orixás. No fundo do cômodo havia uma mesa de madeira bastante gasta e duas cadeiras, e foi lá que nos sentamos, depois de a mulher acender uma lamparina para que pudéssemos nos ver direito. O ambiente era abafado, nenhuma janela, nenhuma outra porta a não ser a de entrada, e logo o ar começou a ficar empestado pelo cheiro do óleo de baleia queimando e de um charuto barato que ela devia estar fumando quando cheguei, e que tinha ficado ali, queimando sobre a mesa. Ela devia fazer isso sempre, pois a borda da mesa do lado dela já tinha quase toda virado carvão.

MÃEZINHA

Ela não falava nada, então esperei que acabasse de reavivar o charuto e desse duas ou três baforadas, e perguntei se era a Assunta. A mulher quis saber por que eu a procurava, e então contei que já tinha morado na ilha antes de me mudar para São Salvador, escrava na Fazenda do Amparo. Falei também que precisava ficar algum tempo longe da cidade e que por isso a Esméria tinha me mandado procurar uma mulher chamada Assunta. A preta não teve nenhuma reação ao ouvir o nome da Esméria, e comecei a pensar que tinha ido ao lugar errado. Já estava querendo me levantar e pedir desculpas por ter incomodado quando ela disse ser filha da Assunta. Eu me acomodei novamente e fiquei esperando outras intermináveis baforadas no charuto, quando então ela resolveu falar, dizendo que se lembrava da Esméria. Perguntou por ela e eu disse que estava bem, que morava comigo e era liberta. Achei que a Assunta não fosse mais viva, porque a mulher que estava sentada à minha frente já não era muito nova, ou talvez a carapinha toda branca enganasse, mas eu daria a ela pelo menos uns setenta anos. Ela então disse que a Mãe Assunta morava na casa ao lado com outra filha e estava muito velha e doente, não falava coisa com coisa e não reconhecia quase ninguém. Mas, em consideração à Esméria, ela mesma daria um jeito de me acomodar, se eu não me importasse com a simplicidade da casa. Eu disse que não me importava, mas fiquei imaginando quantas pessoas mais moravam ali, por causa da quantidade de gente que eu tinha visto no terreiro. Ela interrompeu meus pensamentos dizendo que se chamava Mãezinha e morava só, dividindo de vez em quando a casa com um companheiro que era escravo de uma fazenda vizinha, onde ela também já tinha servido. Confesso que fiquei com medo de que ela estivesse lendo meus pensamentos, e já não queria mais ficar lá. Cuidando para não ofendê-la, tentei apagar pensamentos que me importunavam, sobre a pobreza do lugar. Mas, se os leu, não disse nada, e mandou que eu deixasse a trouxa a um canto e fosse com ela até o quintal, onde tinha alguns afazeres e onde poderíamos conversar com mais calma.

Logo que saímos, duas pretas foram ajudá-la a se locomover e a sentaram no banco feito de um grosso tronco cortado ao meio, e em seguida levaram um tabuleiro cheio de contas, que colocaram sobre um apoio de ripas de madeira. Para mim, buscaram uma esteira, na qual me sentei perto dela, que por uns instantes pareceu rezar, e depois pegou uma linha de pesca e começou a enfiar as contas coloridas, seguindo uma ordem que logo soube ser dos colares de Ogum, alternando azul-escuro e branco. Comentei que tinha dado à luz um filho de Ogum e ela comentou que já sabia, e que também era muito poderosa a Oxum que eu tinha na cabeça. A Mãezinha percebeu meu espanto e começou a rir, dizendo que eu não precisava ter medo, pois os orixás só contavam o que ela deveria saber e tinham dito que eu era boa pessoa. Caso contrário, nem teria me recebido. Mesmo assim, só consegui relaxar horas depois, quando serviram o almoço. Algumas pessoas, homens e mulheres, foram se sentar à nossa volta e ela me apresentou como sendo uma amiga que ficaria por algum tempo, e que deveria ser muito bem tratada em consideração a uma velha conhecida da Mãe Assunta.

Quando percebi que as outras pessoas chamavam a mãe dela de mãe também, mesmo os muito novos para serem filhos de uma mulher bastante velha, imaginei que as duas eram mães de santo, o que foi confirmado pelo tipo de saudação que dirigiam à Mãezinha ao se aproximarem ou se afastarem dela, pedindo a bênção. Quando nos deixaram sozinhas novamente, fiquei sabendo a história do terreiro. Na África, a avó da Mãezinha era muito respeitada nos cultos e tinha ensinado os segredos à filha, a Mãe Assunta, antes de ela ser capturada e levada para o Brasil. Depois de velha e de receber a liberdade como prêmio, a Mãe Assunta encontrou aquela clareira onde já havia um casebre que funcionava como esconderijo de fuga e resolveu fundar um terreiro. Sozinha, reformou o casebre e começou a receber os pretos para consultas e curas com ervas, e foi assim que conheceu a Esméria. Logo a ialorixá se tornou bastante famosa, inclusive no Recôncavo, e foi com o dinheiro cobrado de uma sinhá de Candeias, por conta de um ebó, que conseguiu comprar a liberdade da Mãezinha. Mas tinha caído doente e parado de atender havia dez anos, embora ainda mantivesse o título de mãe do terreiro, até morrer. Na qualidade de mãe-pequena e sucessora, era a

Mãezinha quem exercia de fato tal função, de vez em quando ainda ajudada pela Mãe Assunta. A mais velha tinha sonhos que davam soluções para problemas difíceis de serem resolvidos, mas estava se tornando muito alheia ao mundo dos vivos, talvez por estar às portas da morte e se aproximando do *Orum* e das esferas dos orixás. Não dava consultas e não assumia compromissos porque não podia controlar tais sonhos, mas de vez em quando chamava a Mãezinha e fazia longas palestras, até falar tudo o que precisava e se calar novamente, ninguém sabia até quando. A Mãe Assunta morava no casebre quase em frente ao da Mãezinha, junto com outra filha, que não me lembro se era filha de verdade ou no santo, e recebia visitas de apenas duas ou três pessoas que ela tinha autorizado antes de se alhear.

Eu estava curiosa por causa do local, das pessoas e das coisas que aprenderia ali, mas com muita vontade de voltar para casa, sentindo muito por estar afastada de você. Precisava arranjar um jeito de ter notícias da capital para saber quando poderia voltar, pois as pessoas daquele terreiro não se interessavam nem pelo que acontecia no resto da ilha, quanto mais fora dela. Nunca me perguntaram por que eu estava lá ou do que fugia, e isso foi bom, pois acho que não saberia responder. Com o passar dos dias, as pessoas foram me deixando à vontade, e comecei a achar interessante o modo de vida deles, que compartilhavam tudo. Nos sete casebres, ou melhor, nos cinco que restavam ao tirar o da Mãe Assunta e o da Mãezinha, moravam umas trinta pessoas, e não viviam tão isoladas como me fizeram crer. Durante o dia, muita gente andava por lá, principalmente os filhos e as filhas de santo da Mãe Assunta, que tinham que cumprir obrigações com o terreiro. Varriam e aguavam o chão de terra, recolhiam folhas caídas, lavavam roupas, cozinhavam e até mesmo limpavam algumas casas, além de ajudarem a Mãezinha no preparo dos ornamentos, dos cultos e das oferendas. Havia um oitavo casebre, menor que os outros e mais afastado, onde a Mãezinha atendia três ou quatro dias por semana. Era enorme a quantidade de pessoas que chegavam antes mesmo de o sol nascer e só conseguiam ser atendidas no final da tarde. Como já sabiam disso, levavam comida para passar o dia e o ambiente ficava bastante festivo. Eu mesma vi na fila muitas mulheres brancas, que tentavam disfarçar a presença usando roupas simples e chapéus enfiados até a linha dos olhos, mas pelos modos via-se que eram sinhás, acompanhadas de mucamas. De vez em quando a Mãezinha recebia a visita do Zé Manco, um preto duas ou três vezes mais magro que ela, e que ainda arrastava uma das pernas, defeito que tinha virado alcunha. Na primeira vez que o vi cumprimentando a Mãezinha de uma maneira carinhosa, fiquei sem jeito por estar hospedada na casa dela, onde dormiam juntos. Mas ela disse para eu não me preocupar, pois os dois já não faziam mais nada. Tinham sido amantes, mas já estavam muito velhos para fazer as coisas e, portanto, só dormiam em esteiras colocadas lado a lado. Mesmo assim, foram noites constrangedoras que passei acordada, sentindo-me um incômodo dentro do casebre. Pensava em me levantar e ficar do lado de fora, mas sentia um medo que não me deixava nem sair da esteira, quanto mais do casebre. Então eu orava para a minha avó e para a Taiwo, e esperava com muita ansiedade que o dia viesse e levasse embora aqueles temores. Foi o Zé Manco quem primeiro me falou dos egunguns da ilha, enquanto eu atiçava o fogo para ferver água e fazer um chá. Agachado na minha frente, ele disse que me via acompanhada de várias pessoas desencarnadas, que não eram pessoas ruins, mas que poderiam estar tirando a minha energia. Falei sobre os voduns da minha avó, mas ele disse que não eram voduns, embora não soubesse dizer do que se tratava, e contou que na ilha existiam vários lugares de culto aos egunguns. Fiquei com vontade de saber mais sobre os egunguns, mas achei que ele não estava querendo explicar, mas sim verificar o que eu sabia.

Já havia quase um mês que eu estava lá, sem saber notícias de vocês e sem dar notícias minhas, e quase sem dinheiro. Não que eu precisasse dele, pois não passava necessidade alguma. Havia várias plantações de que todos cuidavam, criavam galinhas e porcos, costuravam as próprias roupas, havia peixe à vontade e todos trabalhavam para que nada faltasse. Dividiam as terras e os bens, e até mesmo faziam juntos as refeições, sendo que a cada dia um grupo de mulheres ficava responsável pelo preparo. Eu tentava ajudar no que podia, mas me sentia um pouco intrusa, trabalhando menos do que gostaria, pois acabava sendo tratada como visita. Um dia perguntei à Mãezinha se alguém costumava ir até São Salvador e ela disse que era muito raro, mas que podia acontecer. Pedi então que me avisasse quando uma pessoa de confiança estivesse para fazer a viagem, porque eu gostaria de entrar em contato com minha família. Certo dia, já no final de dezembro, ela me avisou que um dos homens pretendia ir até a capital fazer compras para uma festa que estavam preparando, e então pedi para falar com ele.

O Dumé era um homem alto, forte, com os beiços muito maiores que o normal, um dos pescadores que eu já tinha visto algumas vezes por ali. Ele vivia sozinho em um casebre mais no meio da ilha, mas dividia o peixe apanhado como se fosse do terreiro. No dia em que foi ter comigo, não tirou os olhos do chão e não abriu a boca, apenas balançava a cabeça em sinal de sim ou de não a qualquer coisa que eu dissesse, mesmo quando não era uma pergunta. Fiquei com medo que ele não conseguisse dar recado algum à Esméria ou a quem quer que encontrasse na nossa casa e resolvi escrever um bilhete, dando graças por ter me lembrado de colocar papel, tinta e pena no meio da trouxa. Quando o Dumé partiu, para passar a noite na capital e voltar no entardecer do dia seguinte, a Mãezinha me tranquilizou, dizendo que ele só parecia bobo, mas que, na verdade, era bastante esperto, além de muito confiável. E também era um touro de tão forte, porque vi o tamanho do balaio que ele carregava na cabeça quando voltou, cheio de encomendas. Tinha força suficiente para ser dividida entre três homens, pelo menos. Eu estava ansiosa para falar com ele, mas esperei que se refrescasse um pouco antes de me entregar o bilhete de resposta.

RECADOS

Como eu imaginava, a Esméria já estava aflita por notícias, achando que eu tinha sido presa e mandada para alguma outra província ou mesmo para a África. O bilhete tinha sido ditado por ela, mas escrito pelo doutor Jorge, de quem eu pensei reconhecer a letra, suspeita que foi confirmada pelos acrescentos que ele escreveu depois do que a Esméria tinha para falar. Soube que você estava bem e perguntava sempre por mim, principalmente na hora de dormir, pois estava acostumado a ouvir minhas histórias. Durante o dia, entretia-se com seu pai, que só arredava o pé de casa depois que você ia para a cama. A Esméria não disse para que ele saía, mas eu imaginei que fosse para se encontrar com os companheiros de jogo e bebida, embora não soubesse onde ele arranjava dinheiro para manter os vícios. Dentro da carta também tinham mandado um pouco de dinheiro, que eu tinha pedido, pois assim ficava mais tranquila, e também porque queria comprar alguns presentes de agradecimento para a Mãezinha e outras pessoas, sempre muito generosas comigo. Soube também que o Sebastião tinha machucado a perna, e que por isso estava passando alguns dias na nossa casa, para não ficar sozinho quando o Tico e o Hilário viajavam. Aliás, o Tico tinha viajado para o Recôncavo antes de acontecer o cerco à cidade e não tinha conseguido voltar, o que acabou sendo muito bom. De fora do cerco, ele conseguia fazer com que vocês recebessem comida, dando dinheiro aos guardas que vigiavam a fronteira. O Hilário tinha ido até São Jorge dos Ilhéus e por lá ficou, aproveitando a companhia da noiva, quando soube que não conseguiria entrar em São Salvador. O Tico conseguia fazer atravessar bastante comida, que era dividida com a sinhazinha, e por isso eu soube que na casa dela estavam todos bem e não tinham conhecimento da minha viagem. A Esméria queria saber notícias da amiga, a Mãe Assunta, sobre quem eu disse ter encontrado, sem comentar os problemas de saúde. Ela também perguntava se poderia tentar me visitar, e a resposta já era dada pelo doutor Jorge logo abaixo, dizendo que era melhor permanecermos daquele jeito por mais um tempo, que ele avisaria quando a situação estivesse mais calma. Fiquei feliz em ler, antes da assinatura dele, que sentia a minha falta e daria um jeito de ir à ilha. Li aquela carta tantas vezes, tentando amenizar a saudade que sentia de vocês, que poderia jogá-la fora e mesmo assim saber a ordem de todas as palavras, de todas as frases. Mas, em vez de diminuir, minha tristeza aumentou, porque eu não queria mais ficar longe. Muitas e muitas vezes me peguei pensando se não haveria o perigo de o doutor Jorge estar me afastando de vocês por algum motivo que eu desconhecia, mas não consegui encontrar nenhum. Eu olhava a cidade ao longe, as corvetas de guerra ancoradas na baía, e tinha vontade de voltar nem que fosse a nado, e hoje fico pensando que tudo poderia ter sido muito diferente se a coragem tivesse vencido o medo.

A maioria das coisas que o Dumé tinha comprado era para as festas de fim de ano. Não festas tradicionais como se via na cidade, mas de agradecimento aos orixás. E não só aos orixás; foi o que percebi quando, a pedido da Mãezinha, tiraram da casa da Mãe Assunta um enorme baú e o levaram até a casa dela, e ao lado do qual passei uma noite inteira de muita curiosidade. Na manhã seguinte, não me afastei da casa, porque sabia que a qualquer hora a Mãezinha mexeria naquilo. Depois do almoço, o baú foi levado para o casebre onde ela fazia os atendimentos e obrigações, como se ele guardasse um segredo que nem todos podiam conhecer. Fiquei parada à porta, como quem não quer nada, mas torcendo para não ser mandada embora, e vi quando ela o abriu e foi tirando máscaras e desdobrando roupas coloridas, que passava para duas ajudantes. Elas queriam saber se tudo estava em ordem, se as cores das máscaras tinham que ser avivadas, se as roupas precisavam de reparo. Vendo o meu interesse, e sem que eu perguntasse nada, apesar de já desconfiar que eram roupas de cultos *gelédés*, a Mãezinha me contou algumas histórias, e só então percebi o poder daquela mulher, a força de suas palavras e de sua fé.

Não tenho ideia do que você sabe sobre os cultos da minha terra, e peço desculpa se nada do que eu contar aqui for do seu interesse. Mas são coisas que eu contaria se estivéssemos juntos, coisas das quais gostei de saber e acho importante que você saiba também. Então, vou falar sobre como muitos africanos, principalmente os iorubás, veem a morte, do jeito que a Mãezinha me contou naquele dia. O corpo, esse que a gente toca e vê, é chamado de *ara*, e quando morremos ele volta a se fundir com a natureza. Mas há também o corpo que não vemos, dividido em quatro partes. A primeira é o *emi*, o sopro vital que é criado por Oxalá e que depois de abandonar nosso corpo volta para as forças controladas por ele, para depois ser usado em outro corpo. A segunda parte é o *orí*, a cabeça, onde está nosso destino e que morre junto com o *ara*, porque cada pessoa tem um destino, ninguém herda o destino do outro. A terceira parte é o orixá, a nossa identidade, que define os nossos defeitos e as nossas origens, qualidades, forças e fraquezas, e que é uma parte muito pequenina do orixá geral, para quem retorna depois da morte do nosso corpo. E por último existe o egum, que é como se fosse a nossa memória de passagem pelo *ayê*, pela terra, o nosso espírito que volta para o *Orum* e que depois pode retornar, nascendo geralmente dentro da mesma família, por muitas e muitas gerações. São esses espíritos que, de certa maneira, podemos comparar ao que a minha avó chamava de vodum, e que, por serem espíritos importantes para uma família ou um povo, devem ser sempre lembrados e cultuados. Eu já sabia um pouco de tudo isso, mas foi bom a Mãezinha explicar desde o início, porque ficou mais fácil entender o que viria em seguida.

EGUNS E EGUNGUNS

Com palavras muito bem escolhidas e voz tranquila, a Mãezinha parecia receber inspiração especial ao falar de uma força que nós, mulheres, temos à disposição e devemos aprender a usar. Ela contou que, quando o mundo foi criado, Olodumaré, o Deus Supremo, mandou três divindades à terra: Ogum, o senhor do ferro, Obarixá, o senhor da criação dos homens, e Oduá, a única mulher e a única que não tinha poderes. Por causa disso, Oduá foi se queixar a Olodumaré e recebeu dele o poder do pássaro contido em uma cabaça, o que fez dela uma *Ìyá Won*, a nossa mãe suprema, a mãe de todas as coisas e para toda a eternidade, a que dá continuidade a tudo que existe ou venha a existir. Olodumaré disse a Oduá que, a partir de então, o homem nunca mais poderia fazer nada sem a colaboração da mulher. Com o poder dos pássaros, as mulheres receberam de graça e de nascimento o axé, que é uma energia que os homens têm que cativar. Não me lembro direito da explicação para este poder estar desde sempre com as mulheres, mas acho que está relacionado ao ninho, representado pela cabaça, ou ao ovo, gerado pelo pássaro. Só sei que, por meio dele, as mulheres passaram a ser as que geram, as que fertilizam, as donas da barriga, que é por onde circula toda a energia e a vida do corpo, através do sangue. É por isso que as mulheres têm as regras, porque o grande poder feminino segue o rastro do sangue.

Olodumaré também alertou Oduá que esse era um poder muito grande, maior do que qualquer outro, e que por isso deveria ser usado com cuidado. Mas Oduá abusou, o que fez com que Obarixá fosse se queixar a Olodumaré, preocupado e humilhado com o poder concedido às mulheres. Olodumaré fez o jogo do Ifá para Obarixá e o ensinou a conquistar e vencer Oduá, usando a astúcia e fazendo sacrifícios e oferendas. Ele seguiu os conselhos e conseguiu se casar com Oduá depois de tê-la enganado, fazendo com que comesse uma de suas quizilas.[1] Com o passar do tempo, Obarixá conquistou a confiança de Oduá e descobriu de onde vinha grande parte do seu poder, o culto aos eguns. Ela também mostrou a roupa especial dos eguns e deixou que ele, em segredo, participasse dos cultos. O que Oduá não sabia era que tudo isso fazia parte dos planos de Obarixá, que aproveitou um dia em que ela saiu de casa para modificar e vestir a roupa de egum, chamado então de egungum, e foi assim vestido para a cidade. Quando viu a roupa de egungum andando e falando, Oduá percebeu que tinha sido enganada e reconheceu que merecia ser castigada pelo descuido. Ela então prestou homenagem à esperteza de Obarixá e mandou que o pássaro pousasse sobre ele, para que ele tivesse o poder de transformar em realidade tudo o que dissessem as suas palavras. Depois disso, Oduá nunca mais participou do culto aos egunguns, permitido somente para homens, e ficou com o culto às *Ìyámis*. Deu para entender? Os eguns masculinos são os egunguns e os femininos são as *Ìyámis*. Os egunguns são cultuados separadamente, e somente pelos homens, como um castigo ao abuso e ao descuido de Oduá.

[1] Quizila: Tabu que os orixás têm em relação a certos alimentos.

Mas, como uma homenagem às mulheres, os homens vestem roupas de mulher. Toda *Ìyámi*, ou *Ìyámi agbá*,[2] é cultuada na pessoa de *Ìyámi Òsòròngá*, que também é chamada de *Ìyá N'La*,[3] e para isso as mulheres se unem nas sociedades *gelédés*. A Mãezinha fazia parte de uma delas, ali mesmo na ilha. *Ìyámi Òsòròngá* também pode ser chamada de *Ìyemònjá-Òduá*, a dona dos mares, a dona das águas que nutrem e fecundam a terra, o grande útero do mundo. Você sabia que Xangô é também um egungum? Acho que só no Brasil ele é tratado como orixá, mas na verdade é um grande ancestral do povo iorubá, um dos mais importantes reis de que já se ouviu falar em toda a África.

Naquele baú, a Mãezinha guardava também bonitas máscaras feitas de madeira e enfeitadas com entalhes de penas ou penas verdadeiras. Algumas delas tinham só a parte da frente e outras cobriam toda a cabeça, como um saco que se enfiava até o pescoço, e eram bastante pesadas. Não experimentei, mas dava para perceber que não era nada confortável vestir aquilo. Enquanto me mostrava as máscaras, a Mãezinha contou que as mulheres das sociedades *gelédés* são chamadas de feiticeiras, por causa das sete *ìyámis* que foram enviadas ao *ayê* por Olodumaré. Essas *ìyámis* têm a capacidade de se transformar em pássaros, e o som emitido por um desses pássaros é que dá nome à sociedade: *òsòrongà*. Quando as sete feiticeiras foram mandadas à terra, pousaram sobre seis árvores, sendo que três escolheram árvores do bem e três escolheram árvores do mal. Restou apenas uma, que ficava voando de um lado para o outro, entre o bem e o mal. Devemos estar sempre de bem com elas, prestando homenagens, para que não nos queiram mal, pois o feitiço das *ìyámis* é extremamente poderoso, ninguém pode com elas. A minha avó conhecia o poder desses pássaros, porque naquela tarde, sob o iroco, ela se referiu às sombras deles, dizendo que eram de mau agouro. A Mãezinha confirmou que a sombra das *ìyámis* é fatal, e que se uma delas passar sobre a nossa cabeça, pode ser que ainda nos salvemos, e somente a força das mulheres pode amenizar o poder das *ìyámis*, porque somente as mulheres têm o axé natural, que vem do nosso ventre, dos nossos seios e das nossas regras. Mas se, por acaso, alguma das *ìyámis* pousar sobre a nossa cabeça, não há salvação, pois nenhum axé é tão poderoso quanto a força delas. Quando se fala no nome delas, quem está de pé tem que fazer uma

---

[2] *Ìyámi agbá*: minha mãe ancestral.

[3] *Ìyá N'La:* A Grande Mãe.

reverência, e quem não está tem que se levantar imediatamente, para não correr o risco de elas se vingarem pela falta de respeito.

A Mãezinha disse que em São Salvador havia um lugar sagrado para o culto *gèlédé*, e me lembrei de já ter visto algumas pessoas caminharem por lá com as mãos sobre as cabeças, provavelmente com medo das sombras. É um lugar chamado Dendezeiros do Bonfim, onde provavelmente ainda existe um grande iroco, sob o qual as pessoas evitavam passar durante a noite, principalmente à meia-noite, quando é ainda mais forte o poder das *ìyámis*, assim como ao meio-dia. Quando ela soube que eu era do Daomé, disse que muitas pessoas da minha terra se reuniam em um lugar chamado Bogum, que provavelmente era um jeito de dizer "vodum". Eu sabia que ficava na Federação e era frequentado sobretudo pelos maís como eu, que cultuavam o vodum Zogbo. Senti pena por não ter frequentado o local, porque quanto mais o tempo passava, mais eu tinha vontade de saber sobre os cultos da minha avó. Acho que essa vontade já estava me preparando para o chamado, porque eu tinha certeza de que precisava saber de muitas coisas que a minha avó não teve tempo de contar e que eu deveria passar adiante. Não sei para quem, porque já naquela época eu e você éramos os únicos sobreviventes do que já tinha sido uma família, nos tempos de Savalu.

Não cheguei a participar da grande festa que a Mãezinha estava organizando, mas ela me contou quase tudo que ia acontecer, talvez porque já soubesse que eu não estaria presente. Eu também tinha essa sensação, mas imaginava que teria voltado para casa, e não ido para mais longe. Um dos períodos mais difíceis foi o das festas de Natal e Ano-novo, quando me lembrei com imensa saudade dos bons momentos que tivemos no sítio da Barra, as visitas das pastorinhas, os cânticos, as comidas especiais que a Esméria e o Jongo preparavam. Na casa da Mãezinha, o Natal era um dia comum e não teve festa, a não ser um culto para Oxum, por ter caído no dia da semana dedicado a ela. Uma das mulheres me convidou para uma festa em honra de Oxalá, que os pretos rezavam como sendo Jesus Cristo, mas eu não estava com vontade de participar de festa alguma, a menos que fosse na minha casa, com vocês. Depois de oferecer prendas para Oxum, fui para a praia e fiquei olhando a cidade de São Salvador. Imaginava as famílias inteiras vestindo suas melhores roupas e saindo para as missas que eram realizadas em todas as igrejas da cidade, e depois voltando para suas casas enfeitadas com presépios e velas, onde todos ceavam ao redor de mesa farta e cheia de gente. Ao longe eu ouvia o pipocar de fogos e sinos e tentava imaginar o que vocês estariam fazendo, se você já tinha parado de perguntar por mim, assim como parou de perguntar pelo Banjokô pouco tempo depois da ida dele para o *Orum*, e como ele também tinha parado de perguntar pela sinhá. As crianças esquecem com facilidade, têm a vida toda para repovoar a memória com lembranças boas, e por isso não têm muita necessidade de lamentar as más recordações.

A festa de passagem de ano foi um pouco menos triste e começou três ou quatro dias antes, com a preparação dos presentes para Iemanjá. Em homenagem a ela, todos estavam vestidos de azul e branco. Senti muita falta dos meus vestidos bonitos, das roupas que sempre me orgulhei de vestir, que eu não tinha levado e nem teria coragem de usar entre os novos amigos. Estava irritada e triste com outras coisas, com o confinamento na ilha, mas escolhi a falta de conforto como causa principal, até porque era mais fácil lidar com ela, pois tinha certeza de que um dia tudo aquilo ia passar. Eu queria ter a mesma certeza em relação a estar logo com vocês, e embora pensasse nisto todos os dias, rezando para acontecer depressa, algo em que nunca quis acreditar me dizia o contrário. Mas eu encarava isso como um simples temor, um cuidado com o destino, e procurava me distrair com outras coisas quando percebia que os pensamentos começavam a caminhar por lugares aonde eu não queria ir. Encontrei boa distração na festa para Iemanjá, que foi uma celebração muito bonita. Os homens fizeram um barquinho de madeira, que enfeitamos com flores e bandeirolas de papel e de pano, para depois encher com presentes para a vaidosa orixá. Muitos desses presentes fiz questão de comprar com meu dinheiro, quando percebi que eles não tinham muitos recursos. A Mãezinha disse que a generosidade não era muito comum nos filhos de Oxum contemplados pela riqueza, como era o meu caso, e que por isso tinha gostado de ver em mim um bom coração. Ficamos todos na praia, com os tambores batendo primeiro para Exu, o mensageiro, e depois para Iemanjá, para que ela aceitasse os pedidos e as oferendas que lançávamos ao mar. Dentro do barco ela recebeu perfumes, colares, anéis, espelhos, enfeites para a cabeça, pulseiras, leques, broches, comida, bebida e muitos agradecimentos. Rezamos todos juntos e caminhamos um pouco pela praia, até o ponto onde a maré devolvia o que o mar rejeitava. Naquele dia não estávamos procurando nada, apenas nos certificando de que Iemanjá tinha aceitado os presentes, levando-os com ela para o meio ou para o fundo do mar. Depois de alguns minutos de expectativa, quando um dos homens, que era pescador e conhecia os caprichos do mar, confirmou que já teria dado tempo de o barquinho voltar, se fosse o caso, começou a festa. Todos estavam alegres e cantavam e dançavam para seus orixás, com os tambores batendo ora para um, ora para outro. A batida mais longa e bonita foi para Xangô, orixá da Mãezinha, que nem parecia ter aquele corpanzil todo quando rodopiava leve e bonita para honrar seu pai. Fiquei de longe, admirando e sentindo enorme paz, e foi com extrema alegria que entrei na roda quando ouvi o toque para Oxum.

No segundo dia de janeiro de um mil oitocentos e trinta e oito, perguntei à Mãezinha se podia pedir que o Dumé fosse até São Salvador. O preto apareceu com muito boa vontade, e mandei um recado para o doutor Jorge, perguntando como estavam as coisas na cidade e querendo saber se ele já tinha alguma previsão sobre o dia da minha volta. No fim da tarde seguinte eu estava ajudando a Mãezinha a preparar o jantar quando o Dumé voltou e disse que o moço tinha preferido dar a resposta pessoalmente e estava me esperando na praia. Nem perguntei em que lugar da praia e saí correndo, para só então pensar que não estava arrumada de acordo para me encontrar com o doutor Jorge. Coisa sem sentido para se pensar em uma hora daquelas, em que eu precisava demais estar perto de pessoas que fossem velhas conhecidas. Ele também pareceu feliz em me ver e me abraçou forte até que eu tivesse fôlego para conversar. Como não tinha esperado as orientações do Dumé, eu tinha corrido primeiro até o atracadouro, que não estava sendo usado naqueles tempos de confusão em São Salvador. Em princípio, ninguém poderia sair da cidade, que estava cercada, e aquele atracadouro servia apenas para as embarcações que ligavam a ilha à capital, pois as de outros destinos atracavam em diferentes pontos da ilha.

DÚVIDAS

Eu tinha muitas perguntas a fazer, principalmente sobre vocês e a minha volta para São Salvador. As primeiras ele respondeu com detalhes, pois parecia que os laços de amizade com o Alberto tinham se estreitado ainda mais. Quanto à revolução, as notícias não eram nada boas, pois a cidade estava vivendo tempos difíceis e de grande expectativa, com as tropas rebeldes esperando para serem atacadas a qualquer momento pelas tropas oficiais, que recebiam treinamento no Recôncavo. Eu ainda não podia nem pensar em voltar, e fiz um grande esforço para aceitar as explicações que ele me dava, pois eu não era responsável por nada que estava acontecendo. Ou antes, eu não tinha colaborado em nada, e foi somente por intermédio dele, do doutor Jorge, que tomei conhecimento de tudo antes de ser presa. Quem deveria estar no meu lugar era ele, que conhecia os rebeldes e que com certeza tinha colaborado com eles, e em relação a isso a única justificativa que ele conseguiu me dar foi que era brasileiro, além de mulato claro, que ainda tinha para embranquecê-lo o fato de ser médico. Ele não disse isso para me humilhar ou diminuir, mas para me fazer entender que, apesar de não ter culpa por ser africana e preta, eu seria constantemente punida por isso, o que em si já era revoltante. Outra notícia levada por ele foi sobre a mudança de vocês. Primeiro, achei que fosse mais uma ardileza do destino, mas depois achei que vocês ficariam mais seguros, pelo menos enquanto eu não estivesse por perto. A Ressequida tinha conseguido a posse da nossa casa e da padaria, e como eu já estava esperando por isso, não me espantei tanto. Mas gostaria muito de ter estado com vocês, ou pelo menos de ter me despedido da casa onde tinha vivido muitos momentos difíceis, como a morte do seu irmão, mas também muitos outros de grande alegria. O doutor Jorge, o Alberto e o mestre Agostino cuidaram de tudo, levando nossas coisas para a casa do Tico e do Hilário. Era um sobrado grande e confortável, e vocês estariam bem instalados lá, mas não era a nossa casa. O Alberto, a Malena e a Claudina também foram, já que ele se sentia muito humilhado para voltar a viver com a Ressequida e tinha boas relações com os meninos. A Malena não tinha para onde ir, não tinha parentes na cidade e estava muito acostumada a viver conosco, sendo boa companhia, além de cuidar muito bem de você e da Esméria, que estava sendo vencida pela velhice. Fiquei espantada foi por a Claudina ter sido convidada e mais ainda por ela ter aceitado. Comentei isso com o doutor Jorge, e ele disse que ela e o Tico estavam se deitando havia algum tempo.

O doutor Jorge voltaria para a capital ainda naquela noite, em saveiro que faria a travessia até o Bonfim, aproveitando a escuridão para se esconder das fragatas de guerra ancoradas na baía. No fim da tarde, tendo ainda algumas horas pela frente, nos deitamos em uma clareira que eu conhecia ainda dos passeios com a Felicidade. Mais tarde, enquanto ele dormia e eu olhava estrelas, fiquei com muita raiva de mim, por ter me entregado a um homem que eu achava ser o culpado pelo que estava me acontecendo. Sem ele, eu provavelmente não teria ficado sabendo da Cemiterada, de federalistas, de nada daquilo. Comecei a chorar e senti uma vontade muito grande de me lavar por fora também. Deixei-o dormindo e aproveitei a lua cheia para me mostrar o caminho até uma cachoeira não muito longe de onde estávamos. Entrei na água e fiquei chorando por horas, não apenas pelo acontecido naqueles últimos dias, mas durante toda a vida. Não era bem saudade, mas tudo que eu queria era poder voltar no tempo, brigar com o destino ou conseguir enganá-lo, e escolher novos caminhos. Pensava em todas as pessoas que tinha conhecido na ilha, na fazenda, e tentava imaginar o destino delas, que tipo de vida estariam levando e onde, se melhor ou pior que a minha. Cenas inteiras eram avivadas e eu parecia ouvir novamente o urro do Lourenço sendo currado pelo sinhô José Carlos. Mas não era um urro que vinha dali, daquelas terras, parecia vir pelo mar, direto de África. Provavelmente me lembrei do Lourenço por causa das tantas vezes que quis me deitar com ele naquela ilha sem que meu desejo tivesse se realizado.

Fiquei na água até quase amanhecer e então voltei para casa, onde entrei com muito cuidado para não acordar a Mãezinha. Mas minutos depois, antes mesmo de o sono me vencer, apesar do cansaço, fomos surpreendidas por alguém que chamava meu nome do lado de fora da cabana. Era o Dumé, que tinha encontrado o doutor Jorge andando pela praia, querendo saber do meu paradeiro. Acho que só mesmo alguém que não está bem para se comover com uma atitude daquelas, vinda de um homem com quem eu tinha decidido nunca mais falar. Com a mudança de vocês para a casa do Tico e do Hilário, isso seria até mais fácil. Mas quando fui me encontrar com ele na praia já tinha mudado de opinião, achando que ele não era mais culpado de nada, que realmente se preocupava comigo e queria o meu bem. Ainda mais quando a primeira coisa que fez foi pegar as minhas mãos enrugadas pelo longo tempo dentro da água e perguntar por que eu tinha fugido, se ele tinha feito alguma coisa errada. Nunca imaginei que se importasse, pensei que simplesmente se veria sozinho no meio do mato, se levantaria e tomaria o barco de volta, como estava previsto. Mas ele disse que ficou desesperado ao acordar e não me ver, que tinha pensado em muitas coisas ruins, que tinha saído gritando meu nome e se preocupado demais por não ter resposta. Eu não quis justificar nada e nem me desculpei, e acredito que isso o deixou magoado, apenas disse que tinha ido tomar um banho de cachoeira e voltado para casa. O Dumé ficou de levá-lo até um lugar de onde também estavam saindo embarcações para a capital, para Itapuã, e nos despedimos com ele dizendo que mandaria notícias e levaria recados meus para você e a Esméria.

Os dias se arrastavam e eu já estava pensando em voltar para a capital mesmo que isso implicasse correr riscos. Percebendo minha aflição, a Mãezinha me disse para ter calma e esperar, porque não havia nada que eu ou qualquer pessoa pudesse fazer, pois o destino cuidaria de ajeitar tudo da melhor maneira possível. Conversamos muito e ela conseguiu me deixar mais tranquila, e também animada com o convite para participar de uma cerimônia egungum dentro de poucos dias. O convite foi feito perto do Zé Manco, que tinha apresentado a ela o culto no qual ele exercia função importante, no terreiro de um africano chamado Tio Serafim. Aceitei com muita honra, pois sabia que era raro um convite para se conhecer um terreiro egungum, lugar cercado de muitos mistérios, e ainda mais para ver uma cerimônia. Mas quando estávamos preparados para sair, quase desisti, sentindo um medo que não me pareceu normal, e de fato não era.

O Zé Manco tinha ido para a casa da Mãezinha na noite anterior, para nos acompanhar na caminhada assim que amanhecesse. Pelo que falaram, não era muito longe, mas a Mãezinha tinha grande dificuldade para caminhar e precisávamos descansar pelo caminho, uma picada no meio do mato. Até o último momento eu sentia o coração apertado e as pernas como se estivessem presas ao chão, pesadas demais para se moverem. E até pensei que, vencendo o medo de ir ao culto, eu também conseguiria vencer o de voltar para São Salvador, apesar dos conselhos do doutor Jorge. Comecei a me preocupar quando já tínhamos caminhado um bom trecho e a Mãezinha perguntou se eu estava me sentindo bem, mesmo com todo o esforço que eu fazia para esconder o mal-estar. Eu disse que estava bem, apenas um pouco nervosa, mas ela comentou que não era só isso, que podia sentir algo diferente. Pediu que parássemos um pouco e se ajoelhou, fechando a mão em torno das contas que carregava no pescoço e cerrando os olhos para se concentrar em rezas ditas para si mesma, em iorubá. Ficou assim por pouco tempo e, quando o Zé Manco a ajudou a se levantar, disse que a Mãe Assunta estava chamando. O Zé Manco fez uma expressão contrariada mas não contestou, e foi com grande alívio que tomei o caminho de volta para o terreiro.

O PERTENCE

A Mãezinha entrou na casa da Mãe Assunta e eu e o Zé Manco ficamos esperando do lado de fora, em silêncio. Ele enrolava um cigarro e quase podíamos ouvir o som da palha apertando o fumo, apesar dos gritos de algumas crianças que brincavam e da cantoria de duas pretas que varriam o chão de terra com vassouras de folhas secas. Quando o Zé Manco acabou de fumar o cigarro, a Mãezinha apareceu na porta do casebre e perguntou se eu estava tendo sonhos estranhos, dos quais não sabia direito o significado. Foi ela dizer isso para eu me lembrar de ter acordado algumas noites com a sensação de interromper um sonho importante, e voltar a dormir logo em seguida sem me lembrar de nada. Ela então disse que iam retornar, mas eu tinha que ficar, pois não podia ir muito longe até descobrir o significado dos tais sonhos, e que ela me ajudaria quando voltasse no dia seguinte. Antes de partir ainda me pediu para tentar lembrar se algum dia já tinha sonhado com algo que parecesse ou que de fato fosse uma premonição, e se nesses sonhos tinha aparecido alguém que eu conhecia, e ficamos de conversar sobre isso no dia seguinte, que aquele assunto era muito importante para ser tratado com pressa.

Depois que os dois partiram, fiquei tentada a entrar no casebre da Mãe Assunta e perguntar o que as duas tinham conversado. Mas resisti e fui procurar o que fazer durante o longo tempo que seria aquela espera. Peguei tecido e linha para um bordado, fui para a praia e me sentei à sombra de um coqueiro, de onde olhava a cidade e me perguntava o que teria sido a minha vida se eu e a Taiwo não estivéssemos naquela praia de Uidá no dia da chegada do branco que se interessou por nós como presente. As lembranças daquele dia me pareciam muito mais recentes e coloridas que as lembranças dos dias posteriores, passados no armazém, no navio, na Ilha dos Frades, no mercado de São Salvador e até mesmo na Ilha de Itaparica. Isso me fez perceber que estava me afastando dos meus, da minha mãe, do Kokumo, da minha avó e até da Taiwo, com quem cheguei a dividir a mesma alma. Eu nunca tinha tirado do pescoço o pingente que a representava, mas já não conseguia me lembrar da expressão dos olhos dela me olhando por cima dos ombros da minha mãe. Também havia muito tempo que eu não homenageava os meus mortos, e talvez por isso eles não conseguissem mais chegar até mim, pois tinha quase certeza de que era a minha avó quem estava tentando se comunicar comigo através dos sonhos. Tentei me lembrar das canções com que ela nos entretinha sob o iroco, enquanto tecia seus tapetes, e consegui juntar alguns trechos de uma que contava sobre um caçador que era tão corajoso a ponto de ser temido por todos os bichos da selva, e que tinha vivido em Abomé durante o terceiro reinado da dinastia que ainda deixamos por lá, dos descendentes de Dan. Adormeci na areia e acordei quando já estava escurecendo, tomada pela mesma sensação de esquecimento. Voltei para casa e bebi um chá feito com uma erva que servia para chamar o sono, pois estava muito agoniada para voltar a dormir por minha conta.

Talvez eu tenha exagerado no chá, pois acordei no meio da tarde do dia seguinte, quando a Mãezinha já estava de volta. Foi melhor assim, pois tive que esperar apenas que ela acabasse de dar algumas instruções às iaôs para que pudéssemos conversar. Contei das minhas memórias e ela disse que me ajudaria a aprisionar o sonho, porque sabia que ele seria muito importante para mim, e para isso já tinha mandado despachar um ebó. Pelo jeito o ebó foi muito bem-feito, pois acordei no meio da noite sem saber direito onde estava, tão nítida era a minha impressão de ter voltado a Savalu. Eu e a minha avó estávamos sentadas na margem do rio, torcendo as roupas que tínhamos acabado de lavar, as duas em silêncio, até que ela apontou o meio do rio, chamando a minha atenção. De início não vi nada, mas logo em seguida se formou um redemoinho, e do meio dele surgiu um pote de barro que a correnteza foi levando rio abaixo. Não era época de chuva e o rio não estava muito cheio, por isso o pote deslizava devagar. Ficamos olhando por um bom tempo, até ele sair do alcance das vistas, quando a minha avó comentou que a Florinda tinha um pote igual àquele.

Ao acordar, tive a impressão de já ter vivido aquela cena, de que ela tinha mesmo acontecido, mas não podia afirmar com certeza. Parecia muito mais uma recordação do que um sonho. Fiquei na esteira esperando o dia amanhecer, tentando rever o sonho e imaginar o que ele queria dizer de tão importante, mas não consegui perceber a relação entre o rio, o pote, a minha avó e a Nega Florinda, porque ela só poderia ter falado da Nega Florinda. Pensei que talvez devesse ir até São Salvador fazer uma visita ao Baba Ogumfiditimi, para ver se ele tinha notícias do Maranhão, se a Nega Florinda ainda estava viva. Não estava menos preocupada do que antes de me recordar do sonho, porque naquele momento ainda não sabia o que fazer com ele. Quando parei de ouvir o ronco da Mãezinha, eu me mexi para avisar que também já estava acordada. Contei sobre o sonho e sobre o quanto me perturbava não saber o significado dele, mas ela disse que isso não tinha importância, que o importante era eu ter me lembrado. Assim que tomamos o desjejum, ela foi ver a Mãe Assunta e voltou abraçada a alguma coisa enrolada em uma manta, que achei muito parecida com as mantas que a minha avó tecia. Ela disse que ali estava o segredo do sonho, e com muito cuidado abriu a manta para me mostrar um pote exatamente igual ao que eu tinha visto no meio do rio. Diante do meu espanto, comentou que o mundo era só uma aldeia e que aquele pote pertencia mesmo à Nega Florinda. Ela e a Mãe Assunta tinham se conhecido na ilha e eram muito amigas, embora não fossem da mesma região. Um dia a Nega Florinda apareceu na casa da Mãe Assunta com o embrulho e perguntou se podia guardá-lo ali, pois estava dividindo a casa com uma mulher pejada e, por conta disto, recebendo muitas visitas, inclusive de brancos. Tinha medo de que não tomassem o devido cuidado com o pote ou até mesmo que o destruíssem, não sabendo da importância que ele tinha para ela. A Mãe Assunta tinha guardado o pote e não se lembrava mais dele, e, pelo jeito, nem a Nega Florinda. Comentei com a Mãezinha que eu sabia onde a Nega Florinda estava, e nós duas tivemos o mesmo pensamento, concluindo que eu precisava levar o pote até ela. Eu não tinha a mínima ideia de onde ficava a província do Maranhão e nem a quanto tempo de viagem, mas nem pensei em não ir. Naquele mesmo dia, a Mãezinha jogou os búzios e confirmou que a mensagem do sonho era mesmo esta, que eu deveria partir o mais depressa possível. O jogo que a Mãezinha fazia era diferente do jogo do Baba Ogumfiditimi, e ela me explicou que às ialorixás, como ela e a Mãe Assunta, só era permitido o jogo com os dezesseis búzios separados, e não com as oito metades de opelê ligadas por um fio, como faziam os babalaôs.

No dia seguinte, comecei os preparativos para a viagem e queria ir visitar o Baba Ogumfiditimi, que provavelmente me daria notícias da Nega Florinda. Mas a Mãezinha foi contra, mesmo não sabendo o motivo pelo qual eu tinha fugido da cidade, e disse que eu deveria ir direto ao meu destino, e que, a caminho, ele mesmo trataria de me guiar. O Dumé foi até São Salvador levar um bilhete em que eu pedia ao doutor Jorge que procurasse o doutor José Manoel e pedisse para ele me mandar algum dinheiro, do que tinha aplicado para mim. O Dumé teve que dormir na cidade, esperando a casa financeira abrir na manhã seguinte, e me levou uma generosa quantia e a notícia de que todos estavam bem e que o nome da quarta filha da sinhazinha era Maria Luísa, em minha homenagem. O doutor José Manoel também queria saber onde eu estava, pois a sinhazinha ainda não tinha batizado a menina, querendo que eu fosse a madrinha. Apesar de eu nunca ter considerado Luísa como sendo o meu nome, era por ele que muitos brancos me chamavam, e fiquei muito honrada com a notícia. Eu sentia uma certa inveja da sinhazinha, que podia criar suas quatro filhas enquanto eu não podia ter junto de mim nenhum dos que tinha gerado. Tive que mandar o Dumé novamente à cidade, para dizer que eu precisava fazer uma longa viagem e não sabia quando ia voltar, e que por isso não seria prudente deixar a pagãzinha esperando. Disse também que me sentia muito honrada e comovida, que eles nem imaginavam quanto. Aproveitando a ida do Dumé, mandei também um bilhete para ser entregue à Esméria, por intermédio do doutor Jorge, contando sobre a viagem, dizendo que eu estava muito feliz por fazê-la e que assim que chegasse ao Maranhão mandaria notícias. Disse à Esméria que também pedisse ao Alberto para providenciar o seu batizado, que eu já deveria ter feito há muito tempo. Tinha passado a ser obrigatório para todos os habitantes da província da Bahia, e você poderia ter problemas se não portasse a certidão fornecida pelos padres.

A VIAGEM

Menos de duas semanas depois do sonho eu estava tomando um saveiro para o Maranhão. De início, não tinha a mínima ideia de como fazer para chegar até lá, com o cerco a São Salvador. Primeiro pensamos que seria mais fácil ir por terra, como a Agontimé tinha feito, mas o Zé Manco disse que seria penoso e demorado. Foi um conhecido dele que me arrumou lugar em um saveiro que estava de partida para aqueles lados, mas avisou que a embarcação era pequena e a viagem não seria confortável. Concordei em ir assim mesmo, porque não poderia achar desconfortável qualquer outra viagem depois de ter feito a de África para o Brasil. O Zé Manco me acompanhou até Itapuã, para onde fomos de barco depois de contornar a ilha, fugindo da vigilância. Quando chegamos, meus companheiros de viagem já esperavam para zarpar. Lembro-me apenas do nome do mestre saveirista, Tibúrcio, um crioulo que aparentava ter por volta de cinquenta anos e que, assim que me viu, disse que eu não precisava ter medo, que podia confiar na sua experiência de mais de trinta anos navegando pela costa do Brasil. Além dele, havia três pretos, todos empregados ou escravos, não sei, com os quais tive pouco contato. Eu era a única passageira e a única mulher, mas em momento algum me senti intimidada, pois o mestre Tibúrcio era bastante rígido com seus homens, que foram muito respeitosos comigo, chegando mesmo a baixar os olhos quando eu estava por perto. Imaginei até que fossem muçurumins, mas com certeza não confirmariam se eu perguntasse, porque, depois do fracasso da rebelião, todos estavam tentando esconder que professavam a crença do profeta.

Nos primeiros momentos no mar, tive que me segurar várias vezes para não cair, e o mestre Tibúrcio disse que a viagem ficaria mais tranquila assim que passássemos a arrebentação e nos afastássemos um pouco da terra. Mas não foi o que aconteceu, e fiquei a viagem inteira esperando que o saveiro parasse de jogar. O mestre Tibúrcio tentava me animar, dizendo que estávamos com sorte por não pegarmos nenhuma tormenta, e que o mar estava muito tranquilo em relação ao que ele já tinha visto, mas nos dois primeiros dias eu não consegui fazer com que nada parasse no estômago. Vomitei o que comi e o que não comi, e até gostei quando o corpo fraco só queria ficar deitado dia e noite, sob uma lona que estenderam para me proteger do sol quente. De espaço coberto no saveiro havia apenas uma pequena cabine, que o mestre só deixava a cargo de algum dos homens quando realmente precisava descansar, mas todos os outros ficavam ao relento. O sol não parecia castigá-los tanto, pois suas peles tinham o aspecto de um couro duro, ressecado e repuxado, mas sofri bastante com os ardores que a brisa e o reflexo do sol deixaram na minha. Enfim, eu só tinha um pouco de paz durante a noite, e depois de alguns dias vi que era melhor inverter o horário, para dormir durante o dia. Às vezes aceitava a cachaça que o mestre Tibúrcio oferecia, e poucos goles eram suficientes para fazer com que o corpo pedisse descanso.

Eu passava as noites encostada nos montes de caixas de vela e sabão que o mestre Tibúrcio levava para vender na província do Pará, de onde voltaria com um carregamento de castanhas e especiarias. O pote tinha sido cuidadosamente embalado, e todos no saveiro sabiam como era importante que aquela caixa chegasse intacta ao Maranhão. Eu estava curiosa com a reação da Nega Florinda, e esperava apenas que ela ainda estivesse viva e com boa saúde, para conversarmos bastante. A partir do meio da viagem, o mar ficou mais calmo e as noites, mais escuras, e eu conseguia até mesmo sentir um certo conforto com o movimento do saveiro, como se estivesse sendo embalada pelas ondas. Naquelas noites, era interessante perceber como, depois do sonho com a minha avó, as histórias que ela contava voltavam mais facilmente à memória. Não me lembro se na época eu e a Taiwo prestávamos mesmo atenção, acho que nos distraíamos mais com a voz do que com o significado das palavras. É por isso que também acredito que o sonho com o pote da Nega Florinda pode não ter sido simplesmente um sonho, mas sim uma recordação de algo real, de algo que a minha avó pode ter falado e que, na época, não prestei atenção. Eu me lembrava dela falando de Nanã Buluku, a mais velha das mães, a que deu à luz o casal de ibêjis Mawu e Lissa, de quem todos nós viemos, e que tiveram sete filhos, sendo que um deles foi Xangô, o quarto rei de Oyó, e outro foi Ogum. Essas histórias me confundiam, porque na Bahia os nagôs falavam que Ogum era filho de Iemanjá.

O mestre Tibúrcio era filho de Iemanjá, e por isso não conseguia viver longe das águas, longe do mar, onde se sentia muito mais em casa do que quando estava em terra. Todas as manhãs eu o via saudar a rainha do mar, pedindo passagem e proteção para o saveiro e seus viajantes. Certa noite ele me contou que já tinha visto Iemanjá surgir das águas em uma noite de tempestade, quando já tinha certeza de que o saveiro ia adernar. Mas Iemanjá foi nadando na frente, acalmando as águas, abrindo um rio no meio do mar, barrando as ondas para que ele pudesse seguir em segurança. Quando ele me contou esta história, a noite já estava indo embora, e o dia surgiu de uma chuva muito leve, parecendo respingos do mar. Como o sol também já estava nascendo, um bonito arco-íris cruzou o céu de ponta a ponta, nascendo e morrendo no mar. O mestre Tibúrcio comentou que aquele era um bom sinal, que Iemanjá e Oxumaré estavam abençoando a nossa viagem.

A minha avó gostava de desenhar arco-íris nos tapetes que tecia, e me lembro de que a minha mãe tinha vendido um deles no mercado poucos dias antes de tudo acontecer. No centro do tapete estava Dan, com uma serpente em cada mão, protegido por um círculo formado por vários guerreiros de Xangô que usavam faixas vermelhas e brancas cruzando o peito e carregando o *osé*.[4] Na parte de baixo do círculo havia uma árvore em homenagem a Ossaim, o que conhece o segredo de todas as plantas, ao lado de outro guerreiro segurando um instrumento feito de ferro, representando Ogum, o ferreiro, o grande caçador das florestas, o que pega em armas e nunca perde uma luta. Envolvendo-os de um lado a outro do tapete, havia uma grande cobra vestida de arco-íris. E todas as figuras estavam olhando para o inimigo, um dragão branco com grandes asas, cauda comprida e garras afiadas. Algumas pessoas acreditam que o arco-íris é uma serpente das profundezas que vai beber água no céu, mas a minha avó dizia que ele é Oxumaré, o que controla o bom tempo. Nos dias de sol, o orixá se transforma em arco-íris

---

[4] *Osé*: machado de Xangô, com duas pontas cortantes.

e sobe até o céu, levando água para o castelo de Xangô, que fica acima das nuvens. A chuva é a água que ele deixa respingar sobre a terra, porque as mãos estão sempre ocupadas, carregando duas serpentes de ferro. Oxumaré não é homem nem mulher, mas as duas coisas juntas. Durante seis meses ele vive como homem e mora perto das árvores, e durante os outros seis é uma mulher muito bonita que vive nas matas e nas lagoas. No corpo de mulher, Oxumaré é Dani, que é o nome feminino da cobra Dan, e a minha avó desenhava Dani como a cobra enrodilhada que come o próprio rabo. Ela dizia que essa cobra, sem começo ou fim, é a mesma coisa que o trabalho de Oxumaré, que não pode parar de levar as águas até o céu, de onde elas tornam a cair, e para onde ele torna a levá-las, sem descanso. Era uma Dani que a minha avó estava tecendo no dia em que os guerreiros apareceram na nossa casa, em Savalu.

SÃO LUÍS

Fiquei nervosa quando o mestre Tibúrcio comentou que a qualquer momento avistaríamos as terras da província do Maranhão. Eu não tinha ideia do que encontraria, mas queria muito rever a Agontimé, pois tinha gostado demais dela no dia em que a conheci em São Salvador, principalmente depois de perceber o carinho que ela tinha pela minha avó. Eu me lembrava da sensação de estar perto da Agontimé, uma mulher mais forte e mais sábia do que todas as que eu já tinha conhecido, uma rainha em África e no Brasil, e queria muito agradecer o presente que ela tinha me dado. Só por causa daquela Oxum eu tinha conseguido comprar a minha carta e a do seu irmão, e ainda presentear algumas pessoas muito queridas, como o Fatumbi e o padre Heinz. O mestre Tibúrcio disse que São Luís era muito parecida com São Salvador, apesar de bem menor. A cidade ficava em uma ilha, na entrada de uma baía formada por dois rios, sendo que eu ainda me lembro do nome de um deles, o Rio Anil. Havia mais duas ou três povoações nessa mesma ilha, mas bem menos habitadas que a capital da província. A cor das águas me decepcionou, pois esperava encontrá-las azuis ou verdes, como as águas da Bahia, mas tinham um tom de terra, que o mestre Tibúrcio disse ser por causa dos rios que desaguavam justo ali. Ele disse também que, para navegar pela baía de São Luís, era preciso conhecê-la bem, pois tinha mais lugares de encalhe do que a Baía de Todos os Santos, bancos de areia que se moviam e aumentavam ou diminuíam de tamanho de acordo com as chuvas e as marés.

O saveiro ficou no porto apenas o tempo suficiente para que eu desembarcasse, pois o mestre tinha pressa de chegar ao seu destino, distante mais dois ou três dias de viagem. A movimentação não era muito diferente da que havia no cais de São Salvador, e logo que desembarquei, alguns pretos se ofereceram como carregadores. Eu tinha pouca bagagem, apenas uma trouxa pequena com algumas roupas e o embrulho com o pote da Nega Florinda, que abracei junto ao peito e não tive coragem de confiar a ninguém. Contratei um guia e pedi que me levasse primeiro ao mercado da Praia Grande, em um lugar chamado Praça do Comércio, pois queria comprar presentes para a Nega Florinda e a Agontimé. Teria sido viagem perdida se lá eu não tivesse encontrado quem me indicasse os locais de encontro do povo eve do Daomé, o meu povo, porque não achei nada que pudesse ser do agrado delas, apenas um grande comércio de alimentos, principalmente de Portugal, móveis e muitos tecidos da Inglaterra. Os ingleses buscavam algodão em São Luís, levavam para as fábricas da Inglaterra e voltavam para vender o tecido pronto, aproveitando para também comerciar outras coisas. Foi o guia quem teve a ideia de perguntar se alguém conhecia o paradeiro do povo eve, ou jeje, como se falava na Bahia, pois ele era crioulo e católico. Pelo jeito, assim como na Bahia, os crioulos do Maranhão também não se misturavam com os pretos. Quem me indicou o lugar foi uma preta, que ficou muito feliz por conversar comigo em eve. Mas ela teve que repetir em português para que meu guia entendesse, porque eu não conhecia nada na cidade e, mesmo se conhecesse, confesso que não tinha entendido algumas palavras, depois de tanto tempo sem falar aquela língua. Acho que desde os dias na senzala grande, em Itaparica.

De fato, e à primeira vista, a cidade era bem parecida com São Salvador, muitos casarões com as fachadas revestidas de azulejos, algumas ruas calçadas com o mesmo tipo de pedra, as soleiras e as portas de cantaria, os sobrados com mirantes, sacadas e balcões protegidos por grades que mais pareciam rendilhados de ferro. O guia me mostrou a Casa das Tulhas, o maior armazém de pretos da cidade, e passamos também por algumas igrejas antes de sairmos da parte mais povoada e pararmos em frente a um sítio onde o crioulo disse que não entraria, para depois estender a mão à espera do pagamento combinado. Puxei um arame que saía por um buraco feito no portão de madeira e um sino ecoou do lado de dentro. Quem me atendeu foi uma jovem aparentando não mais que quinze anos, e, sem saber direito o que dizer, perguntei pela Agontimé. Ela disse que não conhecia ninguém com aquele nome, e me lembrei que havia outro, mas nada de ele me vir à memória. Mas quando perguntei pela Nega Florinda, que eu não tinha certeza se continuava com o mesmo nome, ela me convidou para entrar.

A CASA DAS MINAS

Do lado de fora do muro não dava para imaginar o tamanho daquele terreno, que não era dos mais largos, mas, de comprido, ia muito além do alcance dos olhos. O chão era de terra alaranjada, alegre, viva, ainda mais em contraste com os diversos tons de verde das árvores enormes e das inúmeras plantas rasteiras. Algumas tinham flores ou frutas, o que não era muito comum em pleno calor do mês de janeiro. São Luís parecia ser mais quente do que São Salvador, o que também podia ser uma falsa impressão minha, que me sentia mais acalorada e com a boca seca por causa do nervosismo. Somente quando pisei aquele terreno foi que compreendi o que significava estar ali, um lugar tão perto, mas, ao mesmo tempo, tão longe de casa. Até por serem lugares parecidos, eu estava com a sensação de ter andado por uma rua da Bahia e, de repente, ter encontrado um atalho para a África. O lugar não tinha nada de Savalu ou mesmo de Uidá, mas ali estava uma pessoa que tinha convivido com a minha avó, com seus voduns e suas crenças, e que possivelmente também tinha conhecido a minha mãe. Percebi como tinha me afastado disso tudo, como parecia distante o dia em que eu tivera uma família ou mesmo um lugar que pudesse dizer que era meu, a minha gente na minha terra. Quando tive, era muito pequena para saber como era importante e seguro. A mocinha que tinha me recebido voltou do fundo do terreno e me levou para um galpão mobiliado apenas com dois bancos, um de frente para o outro em paredes opostas, e perguntou se eu estava me sentindo bem. Imagino que, além de encalorada, minha aparência não era das melhores, depois de dias no mar sem tomar banho e sem trocar de roupa. Disse que queria apenas um copo de água, que ela levou em seguida e depois pediu que eu esperasse, pois logo alguém falaria comigo.

Quem apareceu foi a própria Agontimé, e apesar de todos os anos passados desde o nosso encontro, não tive dúvida de que era ela. Estava ainda mais bonita, vestindo uma blusa branca e uma saia estampada que ia até os pés descalços, e os cabelos estavam cobertos por um lenço, também branco. A Agontimé era alta, magra, e mesmo de longe podia-se ver que era uma rainha, onde quer que estivesse. Fiquei olhando para ela, achando que não ia me reconhecer, mas, antes de falar qualquer coisa, ela se ajoelhou e saudou o vodum da minha avó. Pedi desculpas por não saber fazer o mesmo com o dela, mas ela respondeu que não tinha importância, que eu logo aprenderia. Uma mulher entrou carregando duas esteiras, nas quais nos sentamos para conversar. Contei as partes da história que realmente interessavam, desde a chegada à casa da Mãezinha até aquele momento, e ela ouviu sem me interromper. Agradeci muito pela Oxum, contando o quanto tinha sido importante, e ela disse que, na verdade, não tinha planejado me dar toda aquela fortuna, que conseguira com muito trabalho e que seria usada na construção da Casa das Minas. Não disse isso para que eu me sentisse culpada, o que salientou logo em seguida, mas para que eu visse que o destino também pode nos reservar boas surpresas. Ela tinha mais ouro guardado dentro de outras estátuas e queria me dar um pouco, mas não se lembrava de que a maior parte estava dentro da Oxum. Quando percebeu, já tinha chegado no Maranhão e achou que estava certo daquele jeito, que tudo se ajeitaria de outra maneira, como de fato aconteceu. A primeira boa surpresa foi encontrar aquele terreno por um preço muito baixo e com tudo o que uma casa, ou convento, de vodum precisa ter: espaço, árvores, inclusive uma gameleira branca que era rara por ali, e o mais valioso, um córrego que fazia o limite dos fundos. Ela também disse que ali era conhecida pelo nome de Maria Mineira Naê, que quase ninguém sabia sobre a Agontimé, a rainha do Daomé. Ela estava feliz porque, no Daomé, alguns anos antes seu filho Guezo tinha sido coroado rei no lugar de Adandozan e mandado alguns emissários atrás dela. Dois deles conseguiram chegar muito perto, mas ela preferiu não ser encontrada porque não podia mais retornar, seu destino já estava traçado ali, onde tinha um trabalho começado. De longe, orava pelo filho e pedia um longo período de paz e prosperidade para o reino e os súditos, para que eles esquecessem o tempo em que tinham sido governados por Adandozan. O Guezo dera fim a tudo que fizesse recordar o antigo rei, e até seu trono tinha sido enviado ao Brasil e dado de presente na coroação do imperador Pedro I.

Depois que pusemos parte da conversa em dia, ela mandou chamar a Nega Florinda. Acho que depois de uma certa idade as pessoas param de envelhecer, e, se não fosse por estar com as costas um pouco mais curvadas, eu diria que o tempo não tinha passado para aquela mulher que contava alôs como ninguém. Ou talvez as marcas que ele deixava já não coubessem mais no rosto extremamente vincado, e nem houvesse mais qualquer peso a ser adicionado às pernas que davam passos miúdos, embora decididos. Ela não me reconheceu, talvez porque tinha a atenção desviada para o pano que envolvia o pote, que a Maria Mineira Naê disse que tinha sido levado pela neta da *Ìyánlá* Dúrójaiyé, apontando para mim. Eu me levantei para receber um abraço carinhoso e para ouvi-la dizer que sempre soubera que o seu tesouro estava em boas mãos, mas que não teria imaginado melhor portadora.

A Maria Mineira Naê nos deixou a sós, e novamente contei toda a história, que deixou a Nega Florinda bastante ressentida com a doença da amiga, a Mãe Assunta. Perguntou pela Mãezinha, pelo Zé Manco e por outras mulheres daquele terreiro, e também pelo Baba Ogumfiditimi, de quem eu não tinha notícias. Quis saber da minha vida em São Salvador e não demonstrou muito espanto quando contei sobre a morte do Banjokô, que ela disse ser bastante previsível. Ele não tinha chorado ao ser tocado pela água na cerimônia do nome, o que não foi bom sinal, principalmente por se tratar de um *abiku*. Já estávamos conversando havia um bom tempo quando ela começou a demonstrar cansaço e me pediu para tirar o pano que cobria o pote. Contou que tinha conseguido embarcar com ele escondido no navio que a trouxera ao Brasil, um pote trazido com muito sacrifício da África e que serviria para assentar um dos mais importantes voduns que habitaria aquela Casa. Até então esse vodum ainda não tinha aparecido, esperando pela chegada do pote. Ela também disse que a minha visita não tinha sido apenas para levar o pote, que chamava de vaso, mas que eu deveria conversar melhor com a Maria Mineira Naê, ou melhor, com a *noche*[5] Naê. Naquela hora percebi que ficaria muito mais do que estava planejando, o que de certa forma era bom, pois dava tempo de a situação em São Salvador realmente se acalmar. De acordo com as últimas notícias do doutor Jorge, a cidade não suportaria o cerco por muito mais tempo, e as tropas rebeldes seriam obrigadas a se render. Isso aconteceu quase três meses mais tarde, quando eu já não pensava em voltar tão cedo. Para falar a verdade, eu estava querendo ficar lá

---

[5] *Noche*: sacerdotisa do vodum, em eve-fon, na Casa das Minas. Significa também "mãe ancestral", o que às vezes provoca confusão com o culto das *Ìyámí Òsòròngá*, do culto *gelédé*.

para sempre e pensava em uma maneira de mandar buscar você, a Esméria e quem mais quisesse ir.

A *noche* Naê disse para eu não ficar preocupada em ir embora, pois se um sonho tinha me levado até lá, outro me diria até quando ficar, e que eu deveria me sentir à vontade, como se estivesse na casa da minha avó, que tinha sido uma das suas mais sábias e fiéis companheiras de culto. Eu quis saber se algum vodum da minha avó já estava assentado na casa e ela disse que não, que somente a minha avó poderia fazer isso, perguntando se eu queria aprender um pouco mais. Quando ela me encontrou pela primeira vez, em São Salvador, disse que aquele não era o meu destino, mas que talvez isso pudesse ter mudado em razão de algum acontecimento passado ou futuro. Resolvi esperar para saber, durante um tempo em que ela me ensinou tudo o que podia ser dito sem comprometer o segredo, tudo o que a minha avó teria me ensinado mesmo que eu não me tornasse uma vodúnsi.

Eu me tornei uma espécie de secretária da *noche* Naê e passava os dias junto dela, acompanhando-a em todas as atividades que podiam ser observadas por qualquer pessoa e em outras mais reservadas, em consideração à minha origem. Acho que vou ser breve ao contar os seis meses que vivi na Casa, mesmo porque há muitas coisas que não podem ser ditas. E também porque estou me aproximando da parte mais importante desta história e quero chegar logo a ela. Éramos umas vinte mulheres, todas com uma ou mais funções dentro da Casa. Já não me lembro mais quantos voduns estavam assentados naquela época, mas depois soube que chegaram a quase cinquenta, divididos em cinco famílias, sendo que três dessas famílias eram as principais e as outras duas eram convidadas das principais, todos voduns eves. Como a *noche* Naê era rainha, a principal família de voduns era a de Davice, a família real do Daomé, que estava representada por dois ramos, o ramo dos Dadarro, o rei mais velho, e o ramo de Zomadonu, o dono da Casa e vodum da *noche* Naê. Os reis também tinham levado esposas, irmãos e filhos, sendo que Dadarro era tio de Zomadonu, irmão de seu pai. A segunda família principal era a de Danbirá, os reis da terra, os que combatem a peste e são chefiados pelo vodum Xelegbatá, o que cura doenças. A terceira família era a de Heviosso, os voduns que controlam os ventos e as tempestades, chefiada por Badé. A família de Sanvalu, que era hóspede de Zomadonu, também era formada por nobres e chefiada por Agongolo, o rei que tinha sido o marido da *noche* Naê quando ela ainda era a Agontimé. E por último havia a família de Aladanu, hóspede de Heviosso, chefiada por

Ajautó. No galpão onde a *noche* Naê me recebeu havia portas que davam em diferentes cômodos, um para cada família, onde cada vodum tinha seu assentamento, que, na Casa das Minas, era feito em vasos cheios de água.

Entre os voduns da Casa havia muitas crianças que, sendo meninos, são chamados de toquenos, e quando os voduns se manifestam, são eles que aparecem primeiro, chamando os adultos. Se são meninas, são as tobossis. As vodúnsis, que são as sacerdotisas iniciadas no culto, recebem apenas um vodum ou um toqueno, mas as que são completamente iniciadas, o que depende do tempo de preparação, as vodúnsis-hunjaís, também recebem uma tobossi. É bonito ver uma tobossi manifestada, porque ela fala, dança e se comporta como se fosse mesmo uma criança, e, para parecer ainda mais real, a vodúnsi-hunjaí se veste de maneira especial, como uma sinhazinha. Não aconteceu enquanto eu estava lá, mas, quando uma vodúnsi morre, outra pode ser iniciada para receber o seu vodum ou toqueno, mas o mesmo não acontece em relação a uma tobossi. Quando sua vodúnsi-hunjaí morre, a tobossi morre junto, nunca mais se manifesta. É uma grande ajuda que se perde, porque os voduns são poderosos, fazendo por nós tudo de bom que é permitido por Deus, ou Orunmilá, ou como você quiser chamar.

OS VODUNS

Tenho a impressão de que você não sabe muitas coisas sobre voduns, o que não é bom, porque poderia ter se valido da proteção deles. Os da nossa família são muito fortes. Portanto, espero que ainda não seja tarde, e peço um pouco mais de paciência para contar o que sei e posso. Assim que cheguei a São Luís, foi feito o assentamento do vodum da Nega Florinda, em uma cerimônia que não pude acompanhar por ainda não estar preparada. Mas vi muitas outras cerimônias e vou contar parte de algumas delas, que com certeza não parecerão tão bonitas quanto de fato são, pois muito se perde ao descrever algo que só os olhos podem aprisionar, quase nunca as palavras. Eu me sentia feliz e protegida na Casa das Minas, e tal sensação contribuía para que gostasse muito de tudo que via lá dentro. A cada dia que passava eu admirava mais a *noche* Naê e sentia ainda mais orgulho da minha avó, porque a *noche* Naê não perdia uma oportunidade de falar muito bem dela. Lamento não ter aproveitado mais a companhia da minha avó, de não tê-la visto e conhecido a não ser através dos meus olhos de criança.

A *noche* Naê era a gaiacu, a mãe e dona da Casa, e abaixo dela havia os ogãs, e, entre eles, os tocadores de tambor, que são muito importantes para o culto. Na Casa, eram os únicos cargos ocupados por homens, que eram três, primeiro, segundo e terceiro tambor, chamados de *run*, *runpi* e *lé*. Além dos três tambores, ainda havia uma *gantó*, ou ferreira, que tocava um instrumento de ferro chamado *gan* e era acompanhada por mais quatro ou cinco mulheres que tocavam instrumentos feitos de pequenas cabaças vestidas com contas coloridas. *Ekedi* é o feminino de ogã, e são elas as que mais trabalham na arrumação do barracão, das roupas e das cerimônias, e na Casa das Minas as *ekedis* eram as próprias vodúnsis. Eu ajudava no que me pediam e aprendi um pouco de tudo, seja fazendo ou apenas observando. Durante a estada, também reaprendi a falar eve-fon, a língua utilizada em todos os cultos e também no dia a dia. Se houvesse um sacerdote homem, ele seria chamado de toivoduno, e aquele espaço que ocupávamos, ou seja, todo o terreno, é chamado de *runpane*, que em português pode ser algo como "fazenda". O barracão onde são realizados os cultos tem o nome de *kwe*, e dentro dele ficam os *sabajis*, os quartos sagrados que guardam os *kpos*[6] com assentamento dos voduns, e ainda o *rundeme*, quarto usado pelos voduns, e o *ronco*, quarto sagrado de iniciação das sacerdotisas. Se na Casa houvesse um *bokunó*, que é como são chamados os babalaôs em eve-fon, haveria um outro quarto onde ele interpretaria o *aírun-ê*,[7] com a ajuda do *Vodum-fá*.[8] O babalaô usa o opelê-ifá, mas o *bokunó* o chama de *agú-magá*, que é aquele rosário com meias sementes usado pelo Baba Ogumfiditimi. Mas na Casa não havia o culto a *Vodum-fá*, porque senão o vodum Legba também teria que ser cultuado, pois ele é o elo entre os homens e o *Vodum-fá*, o mesmo que os iorubás chamam de Exu. Zomadonu, o vodum da *noche* Naê e chefe da Casa, tinha proibido o culto a Legba, depois de tê-lo acusado de ser o responsável pela expulsão das vodúnsis do Daomé. A *noche* Naê não gostava de falar sobre isso e obedecia ao seu vodum, sendo, porém, autorizada a oferecer um cântico a Legba no início de cada culto, para que ele não atrapalhasse.

A primeira vez que assisti a um culto foi no mês de maio, em comemoração ao dia do Divino Espírito Santo. Depois daquele houve outros até

---

6 *Kpo*: pote.

7 *Aírun-ê*: em eve-fon, *aírun-ê* é o mesmo que *odu*, em iorubá: destino.

8 *Vodum-fá*: deus do destino, correspondente ao Ifá, em iorubá.

maiores e mais bonitos, mas, por ser o primeiro, foi um dos que mais me impressionaram. Além do Divino Espírito Santo, a Casa também fazia cultos nos dias de São Jorge, São João, São Benedito, São Sebastião, São Lázaro, São Raimundo, São Miguel Arcanjo, Santa Bárbara e de mais alguns santos, e ainda nos dias de encantamento, ou seja, de morte dos voduns assentados, que eram também chamados de encantados. Por isso, eram muitas as nossas obrigações, e eu não sentia o tempo passando. Na época do Divino, eu já tinha recebido duas cartas dando notícias de vocês, e mandado três, contando tudo o que estava acontecendo comigo e como estava feliz. Foi um pouco antes da Festa do Divino que o doutor Jorge disse que a rebelião tinha terminado e que aos poucos a cidade voltava ao normal, como sempre acontecia. A Esméria e você estavam bem, e eu ficava tranquila porque a Claudina cuidava de tudo. Ela não tinha letras, mas o Tico queria que aprendesse, porque, como ele e o Hilário sabiam bem pouco, seria de grande ajuda. Sempre que os negócios exigiam algo escrito que fosse mais elaborado, recorriam a mim. Voltando à Festa do Divino, estranhei quando soube do acontecimento dela, e mais ainda quando, pouco tempo antes, soube que a *noche* Naê frequentava missas nas igrejas de brancos. Não tive coragem de perguntar a ela o motivo disso, mas algum tempo depois soube que era por pedido dos próprios voduns, que às vezes eram devotos de um santo ou outro. Aliás, eram também os voduns que pediam a realização das festas em homenagem aos santos. Dizem que estas homenagens começaram por causa de uma rainha dos brancos que, quando acabava a Quaresma, mandava distribuir esmolas aos pobres, e talvez tenha ela própria virado vodum, não sei. Muitos reis e rainhas que não eram de África, como um rei branco português chamado D. Sebastião, tinham virado voduns, e a Nega Florinda contou que eram cultivados ali mesmo em São Luís, em uma casa que também cultuava voduns índios, brasileiros, a quem chamavam de caboclos. Eu estava curiosa para assistir a um dos cultos, pois logo depois que cheguei começou uma época em que todos estavam suspensos. A Casa obedecia aos quarenta dias de guarda dos brancos, a Quaresma, quando não podem ser realizados cultos, festividades ou celebrações.

A *noche* Naê disse que um dia ainda faria da Festa do Divino uma grande festa, mas, naquela época, ainda não tinha condições. Eu não entendia direito o que era o Divino Espírito Santo, mas quando vi que era representado por uma pomba, ou seja, um pássaro, não me atrevi a perguntar, achando que a relação estava mais do que clara, remetendo às *ìyámis*. Hoje já sei que não, mas muitos dos nossos voduns de África também são representados por pássaros ou outros animais, como a cobra, o crocodilo, a pantera, o elefante, o sapo e a tartaruga. A *noche* Naê dizia que o Espírito Santo merecia ser celebrado como um rei, e que para isso ela não pouparia esforços. Mais adiante pretendia encenar uma grande corte e seus nobres, em uma representação que não ficaria restrita à Casa, mas que seria para toda a população da cidade. Naquele ano fomos todas à Igreja da Sé para assistir à missa dos brancos e, vestidas também de branco, louvar o Divino Espírito Santo. Louvação que continuou ao voltarmos para a Casa, quando a *noche* Naê fez uma comovente oração em latim, a língua dos sacerdotes brancos; não tanto pelo que ela disse, já que não entendíamos aquela língua, mas pelo modo como disse.

Eu gostaria que você já tivesse visto um culto vodum, que é de rara beleza quando bem-feito. Acho que eu já disse isso, mas os primeiros que aparecem são os toquenos, e logo em seguida vão chegando os adultos. Eu já tinha visto transe de orixás, mas de voduns é bem diferente, quase não se percebe que as vodúnsis estão agindo de maneira diferente, mesmo porque elas mantêm os olhos abertos durante todo o tempo. Elas sabem os nomes secretos dos voduns que recebem, mas isto nunca deve ser revelado, é um dos grandes segredos do culto. Os voduns vão chegando aos poucos, primeiro o chefe da família e depois os descendentes, e as vodúnsis que os recebem amarram uma toalha de renda branca na cintura ou logo acima dos seios, conforme a preferência dos voduns. Como já falei, nenhum jogo de adivinhação é realizado na Casa das Minas, e as pessoas aproveitam a presença dos voduns para perguntar o que querem saber. Os voduns acompanham a vida dos seus protegidos e sabem tudo sobre eles, dando sábios conselhos, e ajudam a interpretar os sonhos, que são todos muito reveladores, como também usam um método de interpretação do destino pela observação da chama de uma vela que nunca entendi direito como funciona.

Cada vodum tem um cântico próprio, colares com contas da cor e do tamanho da preferência deles, e também bebidas e comidas. Mas quando estão incorporados, eles passam quase todo o tempo dançando, cantando e conversando entre si e com as visitas, as pessoas que estão assistindo. Cada vodúnsi fica durante mais ou menos quatro ou cinco horas com o vodum, menos as hunjaís, que podem ficar muitos dias com suas tobossis. Alguns voduns da Casa são mudos, os da família de Heviosso, que se comunicam por meio de sinais traduzidos pelos toquenos da mesma família, os únicos que podem falar. Mas há outras casas, as nagôs de culto a orixás, que recebem estes mesmos voduns, e lá eles falam. A *noche* Naê disse que, por serem voduns nagôs, ou orixás, eles não podem falar para não revelar os segredos do povo nagô. Isso visto pelo lado deles, pois, pelo nosso lado, eles também estão relacionados a Legba, ou Exu, que não é tolerado por Zomadonu.

Aprendi muitas coisas, mas ainda havia muitas outras para aprender, e quando conversei com a *noche* Naê sobre isso, ela comentou que o meu aprendizado não se completaria na Casa das Minas, que havia um outro local onde eu me desenvolveria melhor, e falou de uma casa em Cachoeira, no Recôncavo. Eu gostava muito das amizades que tinha feito na Casa e, se pudesse escolher, preferia ficar. Mas além de não ser o local mais indicado, no Recôncavo eu estaria muito mais perto de São Salvador, que, àquela altura, já estava tranquila. Por isso também resolvi que passaria para ver vocês, e quem sabe levá-los comigo. Não gosto de despedidas, então deixei para avisar da minha partida somente um dia antes, depois de ter pedido para uma das moças que trabalhavam na Casa, e que tinha marido pescador, para me informar sobre a partida de alguma embarcação para a Bahia. Parti pensando que voltaria não só para a Casa, mas também para a África, onde achava que poderia começar de novo, viver o que não tinha vivido. A viagem durou quase sete dias em um saveiro que transportava carga, que não me interessei em saber qual era, mais cinco passageiros, quatro homens e uma mulher. Não me senti confortável, porque ela fazia mal de si, deitando-se com os homens em troca de qualquer coisa que eles tivessem à mão ali, no meio do mar. Dei-me por feliz por ela ter preferido a companhia deles à minha, mesmo porque eu tinha muitas coisas em que pensar antes de chegar a São Salvador.

DE PASSAGEM

Eu pensava principalmente se poderia levar você e a Esméria comigo para Cachoeira, embora não soubesse se era uma boa ideia, pois não tinha certeza do que encontraria por lá, se seria bem recebida na casa de voduns. Decidi que a melhor coisa a fazer era ir na frente e me estabelecer, para depois buscá-los. Eu tinha medo de como seria nosso reencontro, pois havia quase um ano que não nos víamos, apesar das notícias constantes por meio de cartas. A Claudina realmente tinha se empenhado em aprender a escrever, e quase já não precisava de ajuda na correspondência, o que era bom, apesar de me ter feito perder o contato com o doutor Jorge. A ideia de sair de São Salvador era providencial, acabavam-se as perseguições, ficávamos por seis ou sete anos no Recôncavo, a depender da minha iniciação, e talvez depois partíssemos para a África. Se eu soubesse que nem metade daqueles planos daria certo, incluindo na parte errada o que era mais importante, teria ficado em São Salvador ou voltado imediatamente para São Luís com vocês. O Recôncavo era a melhor solução, pois a Esméria não iria querer se mudar para longe, deixando o Tico e o Hilário. Mas os dois estavam sempre no Recôncavo, pelo menos um deles ia até lá uma vez por semana, e talvez nos víssemos até mais do que quando morávamos em São Salvador.

Foi estranho não ter uma casa minha para onde voltar, embora considerasse o Tico e o Hilário como sendo da família. Mas não era a mesma coisa, e talvez tenha sido esse o motivo que me fez ficar por tão pouco tempo. Eu queria ir logo para Cachoeira, me estabelecer e voltar para buscá-los, quem sabe dentro de três ou quatro meses, a tempo de passarmos o Natal juntos na nossa própria casa. No início você estava muito mais distante do que eu gostaria, mas era compreensível e, para reverter a situação, ficávamos o tempo inteiro juntos. Todos queriam saber como tinham sido aqueles meses no Maranhão, província que nem cheguei a conhecer direito, pois mal saí da Casa. Contei o que pude e o quanto era importante para mim continuar o aprendizado. A Esméria não gostou muito da ideia de se mudar para Cachoeira, mas acabou convencida de que seria uma boa opção para nós. Na verdade, acho que ela tinha um pouco de medo de sair de São Salvador, mas também disse que estava para morrer, e que para isso qualquer lugar servia. Eu não acreditava que ela morreria logo, mas a achei envelhecida, talvez pelo longo tempo sem nos vermos. A Claudina, que tratava a Esméria e o Sebastião como pais de quem gostava muito, dizia que os dois tinham excelente saúde, apesar da idade e da vida que tinham levado, e achava que ainda teriam longos anos pela frente. Fiquei feliz de ver os laços que haviam nascido entre os três, e também com você, o que me fez planejar a mudança com muito mais tranquilidade, sabendo que estava em boas mãos. Seu pai também não gostou muito da ideia, dizendo que seria difícil se acostumar com a nossa ausência. Disse isso no segundo dia depois da minha chegada e desapareceu nos dias seguintes, alegando que tinha assuntos importantes para resolver. Foi a última vez que o vi.

Durante os dez dias que passei em São Salvador, você me acompanhou a todos os lugares que fui. E andamos bastante, visitando a Adeola, que cuidava de mais de cinquenta crianças e estava feliz vivendo com outro padre, um espanhol que tinha chegado à Bahia havia menos de um ano. Foi muito bom também passar um dia inteiro na casa da sinhazinha, conversando e brincando com as meninas. Passamos também no escritório do doutor José Manoel, de onde saí muito feliz sabendo que ainda tinha quase quatro contos guardados na casa financeira, em nome dele. Sempre confiei no doutor José Manoel, talvez influenciada pela confiança na sinhazinha, nunca quebrada. Ela estava curiosíssima para saber o verdadeiro motivo da minha ausência durante tanto tempo, e contei tudo, desde o motivo da viagem até o que tinha feito na Ilha de Itaparica e no Maranhão. Rimos muito naquele dia, porque foi a primeira vez que comentei com ela sobre a acusação da sinhá Ana Felipa, quando me expulsou da casa-grande ao me encontrar fazendo roupas para a boneca. Quase contei também tudo que aconteceu na fazenda naquela época, mas depois achei que não valia a pena, pois não havia nada que pudesse mudar o passado. Acho que ela entendeu eu ter parado de falar de repente como sendo por causa do seu irmão, o Banjokô, que sabia que era filho do pai dela, e da tragédia que aconteceu com ele. A sinhazinha estava querendo ficar pejada novamente para ver se conseguia dar o filho que o doutor José Manoel tanto queria depois de quatro meninas, ou cinco, com a que não tinha vingado.

Fomos também à casa do mestre Agostino, que adorou a visita e disse que a vizinhança não tinha mais graça sem a nossa presença. Eu gostava dele, principalmente por causa de todo o amor que ele dedicava ao seu irmão, mesmo depois de tanto tempo. Fui até lá também na esperança de encontrar o doutor Jorge, que não estava em casa. Comentei com o mestre Agostino que ficaria apenas alguns dias na cidade, na esperança de que ele contasse ao filho, imaginando que ele queria me ver. Mas os dias se passaram e ele não me procurou. Fomos também até a loja da Esmeralda, que comentou que estava de partida para o Recôncavo dentro de três dias, para assistir às comemorações na Irmandade da Boa Morte, e decidi que iria com ela, pois seria mais fácil chegar a Cachoeira com uma conhecida. A partida assim de repente não nos deu tempo de ir até o sítio do Baba Ogumfiditimi, que eu queria ter visitado não só porque estava com saudades do povo dele, mas também porque queria dar notícias da Nega Florinda. Achei que poderia fazer isso quando voltasse para pegar vocês, e cuidei de me preparar para a viagem, já que pretendia levar a maior parte das nossas coisas, para que a bagagem não ficasse tão grande quando tivesse que levar você e a Esméria.

Você não imagina como eu estava feliz, cheia de planos, achando que teríamos um futuro maravilhoso.

Combinei de me encontrar com a Esmeralda já no cais, para onde fui acompanhada do Tico, da Claudina e de dois carregadores levando grandes baús com roupas e mais algumas coisas para a casa que eu pretendia montar. Foi difícil fazer você acreditar que a nossa nova separação seria por pouco tempo, talvez porque naquele momento a sua intuição estivesse mais apurada que a minha, tão cheia de novas ideias. A Esméria, que tinha ficado em casa com você, prometeu mandar um recado para que seu pai aparecesse, pois acho que você precisava ter pelo menos um de nós dois por perto. Não consigo nem imaginar o que pode ter passado pela sua ideia e pelo seu coração quando teve fortes motivos para perder a confiança. Em mim, quando não voltei em poucas semanas, como tinha prometido, e no seu pai, quando tudo aquilo aconteceu.

Eu sentia um certo alívio por estar deixando a cidade; era como tirar das costas o peso de estar clandestina em um lugar onde não podia mais ficar, apesar de ter sido levada para lá contra a vontade. Sei que ninguém se importava com o caso, eu não faria falta alguma, mas vi a partida como uma vingança, como se eu dissesse àquele povo que não precisava mais dele. Era como dizer que tinham me obrigado a viver lá e eu tinha me saído muito bem, muito melhor que grande parte dos brancos que não conseguiam se tornar nada além do que já eram quando nasceram, apenas brancos. Brancos que se orgulhavam disso porque viviam em uma cidade servida por pretos, crioulos e mulatos. Mas também sentia uma certa frustração por não poder comemorar direito a partida, porque vocês ainda iam ficar. E uma certeza eu tinha, a de que, daquele momento em diante, nossa vida mudaria completamente.

RUMO AO RECÔNCAVO

Durante a viagem havia muito vento a favor, o que me fez lembrar dos voduns da família de Heviosso, os que controlam os ventos e as tempestades, e acreditei que aquele era um sinal de que estava indo para o lugar certo. Fiquei conversando com algumas amigas da Esmeralda que iam para a festa de Nossa Senhora, o que me ajuda a lembrar a data da partida, catorze de agosto, véspera do grande dia para elas. Perguntei sobre a Irmandade, que elas disseram ainda estar se formando em Cachoeira, mas que já era bastante ativa em São Salvador, na Barroquinha. Estavam um pouco tristes por deixarem a festa da capital a cargo das outras irmãs, mas gostariam que nenhum detalhe fosse esquecido ao ser montada a Irmandade no Recôncavo, e por isso faziam aquela viagem, para garantir que tudo funcionasse do jeito que tinha que ser. A Esmeralda não fazia parte da Irmandade da Boa Morte porque todas as participantes tinham que ter mais de cinquenta anos, mas estava sendo preparada para ingressar assim que tivesse idade. Mesmo de fora ela fazia questão de ajudar, e acredito que tinha alguns privilégios por conhecer de longa data a maioria daquelas senhoras. Eram quase todas libertas que tinham comprado a carta por intermédio da confraria coordenada por ela. As senhoras me convidaram para assistir à festa e também afirmaram que poderiam conseguir pouso para mim durante alguns dias na casa de uma das irmãs de Cachoeira. Fiquei sem jeito de aceitar porque carregava muita bagagem, mas a Esmeralda disse que não havia problema algum.

Eu tinha outra ideia de Cachoeira, mas era uma cidade bem desenvolvida, embora pequena. Era perto da capital, e isso fez com que as duas cidades ficassem bastante parecidas, pois acabaram sendo construídas pelas mesmas pessoas, que viviam de um lugar para o outro. Lá, por exemplo, havia bonitos casarões pertencentes aos grandes fazendeiros que também tinham casarões em São Salvador, muitas vezes idênticos. Uma das irmãs quis saber o que eu estava indo fazer em Cachoeira e contei sobre a Casa que a *noche* Naê tinha indicado. Por isso acabei descobrindo que duas das companheiras de viagem também eram eves, e tinham se tornado devotas de Nossa Senhora por causa de Nanã, mas a grande maioria das irmãs era de nagôs ou ketus, de origem ou descendência.

Quando aportamos, havia alguns vapores no cais, e aquela foi a primeira vez que vi um de perto. Mas nem pude admirá-los muito, pois já nos esperava um animado grupo de irmãs, todas muito alegres e bem-vestidas, que não me deixaram nem contratar carregador, dividindo a bagagem entre elas. Também foi fácil conseguir uma casa para ficar, pois antes mesmo que a Esmeralda dissesse alguma coisa, a que me pareceu ser a líder delas perguntou se eu estava de mudança e se já tinha pouso certo, oferecendo-se para me abrigar pelo tempo que fosse preciso. Foi também na casa dela que ficaram hospedadas muitas visitantes de São Salvador, e onde também já estavam alojadas algumas moradoras de São Félix e da própria Cachoeira, o que facilitaria a conversa entre elas. Não era uma casa grande, apenas quatro cômodos, mas tinha um enorme quintal com muitas árvores de frutas e muitas flores, e era lá que ficávamos durante o dia. No cômodo principal havia um altar que abrigava uma bonita estátua de Nossa Senhora, talhada em madeira pintada, na frente da qual todas se ajoelhavam, rezavam e cantavam. Eu me encantei com a imagem, que nunca tinha visto tão bonita, e a Mãe Rosa, a dona da casa, contou que tinha sido levada de Vila Rica, Minas Gerais, por um liberto, obra do pai dele. A *noche* Naê já tinha falado das estátuas de Minas Gerais, as mais lindas cópias de Nossa Senhora e sua mãe, tão bem-feitas que pareciam conversar com a gente e se mexer dentro de roupas de verdade, de puro ouro.

A BOA MORTE

No primeiro dia, fomos todas para o quintal, e uma das irmãs de São Salvador contou como era a festa de lá, que estava no vigésimo ano. A festa de Cachoeira ainda não tinha a intenção de sair do terreno da Mãe Rosa, mas a de São Salvador já tinha se transformado em uma grande procissão que tomava as ruas, acompanhada não só pelas senhoras da Irmandade, mas também por outros pretos e crioulos, e até mesmo por brancos, principalmente os fiéis da igreja da Barroquinha. Os padres não gostavam muito, mas acabavam aceitando desde que não houvesse excessos na celebração da data que marcava a elevação aos céus do corpo e da alma de Nossa Senhora, e era por isso que a Irmandade se chamava Boa Morte. Em São Salvador, a festa também era prestigiada pelos irmãos da Confraria do Nosso Senhor dos Martírios, formada somente por homens. A imagem de Nossa Senhora entrava na igreja da Barroquinha ainda no dia catorze, e era velada durante toda a noite em meio a muito luxo, mesmo para o padrão dos brancos. Bem antes da data, as associadas começavam a esmolar entre os irmãos e as irmãs e também entre a população em geral, que comparecia vestindo suas melhores roupas, feitas exclusivamente para a festa. A roupa das irmãs da Boa Morte era muito bonita, branca e preta, mais preta que branca, feita de tecidos finos, com muita renda e babado para enfeitar, além de uma faixa de cetim branco cruzando o peito, bordada a ouro, e muitas joias, tudo em homenagem à Santíssima Virgem. No consistório da igreja da Barroquinha era armada uma mesa com comidas e bebidas caras e finas, e os fiéis se regalavam durante toda a noite, inclusive os padres, que depois reclamavam da profanação do templo. Era principalmente uma festa de pretos, da qual os padres também participavam e depois saíam criticando, para não perderem o respeito dos católicos mais fervorosos. Enquanto as pessoas mais importantes se divertiam no interior da igreja, no adro se divertia o povo, com palanque de músicos, fogos, bombinhas, fogueiras, balões e tabuleiros de comidas e bebidas.

Na hora marcada saía a procissão, com o esquife carregado por quatro irmãs da confraria e seguido por um capelão, por padres usando sobrepeliz e pelas irmãs mais importantes, as que formavam a mesa da Irmandade, puxando a fila dupla formada por todas as outras irmãs, que carregavam tochas e entoavam benditos. Atrás delas caminhavam os membros de outras confrarias de pretos que também queriam demonstrar devoção a Nossa Senhora. Assim iam até o alto da Ladeira da Praça do Teatro, onde o esquife era entregue aos irmãos da confraria do Senhor dos Martírios, para ser conduzida por várias ruas da cidade. Quando descia a Ladeira de São Bento, a procissão sempre encontrava com a de Nossa Senhora das Angústias, que ia subindo; as duas se saudavam e seguiam adiante. A de Nossa Senhora da Boa Morte ia então até o alto da Ladeira da Barroquinha, onde o esquife era devolvido às irmãs, que o levavam de volta para a igreja. Era então que começava a grande festa, com as melhores comidas, vinho Figueiras e deliciosos licores caseiros. Isso novamente no consistório, porque do lado de fora continuava a festa do povo, ainda com mais gente que antes e mais alegria e bebedeira, que estimulavam o povo a invadir a igreja e cantar e dançar diante da imagem de Nossa Senhora, que do altar-mor e de dentro de seu féretro, rodeada de círios e flores, abençoava os fiéis. Do lado de fora se ouviam as músicas das rodas animadas por berimbau e batuque, que continuavam até quase o romper do dia dezesseis de agosto, quando então as irmãs já começavam a esmolar para a festa do ano seguinte.

A festa de Cachoeira foi uma cerimônia simples, com quase tudo o que foi dito sobre a da capital, mas sem a presença dos padres ou de outros homens. Compareceram mais convidadas e éramos umas setenta mulheres na adoração, na procissão que caminhou por todo o quintal, no coro dos benditos e na mesa dos quitutes. Mas nem assim foi uma festa menos bonita que a de São Salvador, por causa da verdadeira devoção das irmãs e da alegria com que faziam aquela homenagem. A festa acabou cedo, porque no dia seguinte elas tinham uma importante reunião, que eu e a Esmeralda acompanhamos sentadas em uma grande roda formada no meio do terreiro. A Mãe Rosa ouvia tudo com muita atenção e quase me ofereci para tomar nota do que falavam, mas me lembrei de que nem sempre as irmandades gostam de ter suas tradições por escrito, preferindo que sejam passadas de irmã para irmã. Assim também acontecia com os cultos que, à exceção dos feitos pelos muçurumins, eram ensinados apenas oralmente, para evitar que a parte sagrada caia em mãos erradas. Acho que também era um jeito de se protegerem das autoridades, que não permitiam outro culto a não ser o dos brancos católicos. Embora a Irmandade da Boa Morte fosse fundada em torno de um culto católico, o de Nossa Senhora, havia muito das crenças africanas, segredos que só eram revelados para as irmãs. De conhecimento de todos, sabia-se apenas que a Irmandade organizava a festa no mês de agosto, levantava fundos para a compra de cartas de alforria e organizava os enterros de suas irmãs, mas, às escondidas, ela protegia e encaminhava pretos fugidos. Devia haver outras funções, mas não fiquei sabendo. Hoje talvez até me aceitassem, mas sei que não terei tempo para isso.

As irmãs de São Salvador disseram que, para ser aceita na Irmandade, a candidata tinha que ser preta, frequentar alguma casa de culto de orixás e ter mais de cinquenta anos, além de já ter demonstrado grande zelo por Nossa Senhora. Sendo assim, ela podia pedir a uma das irmãs, conhecida dela, que perguntasse às outras se podiam aceitá-la. Observei que assim elas acabavam formando uma grande família, já que as iniciadas tinham que conhecer a apresentante. Isso explicava por que entre aquelas mulheres só havia eves, nagôs e ketus, que, além de irmãs no santo e parentes, também se tornaram irmãs na devoção, e foi só algum tempo depois, em África, que entendi como estas relações eram importantes, não só no Brasil, mas também lá, entre os que retornaram. As interessadas em fazer parte da Irmandade eram então observadas durante um tempo, para ver se eram gente do bem. Quando as irmãs achavam que a candidata era digna de estar entre elas, fazia-se então o pedido formal de entrada, e a inicianda passava três anos aprendendo os segredos, as obrigações e os deveres. Durante esse tempo, ela era chamada de irmã de bolsa, pois ficava encarregada de esmolar para a Irmandade, sendo também convidada a participar de algumas cerimônias. Só depois dos três anos ela podia se considerar aceita de verdade, e a cada três anos ia subindo de cargo. O mais alto cargo é o de juíza perpétua, ocupado pela irmã mais velha que já tivesse passado por todos os outros. É ela quem comanda os cultos e decide sobre qualquer problema que apareça na Irmandade. Abaixo da juíza perpétua, estão as procuradoras-gerais, as provedoras, as tesoureiras e as escrivãs, e mesmo nestes cargos existe uma hierarquia, mas já não me lembro como é definida. Cada um dos cargos é responsável por determinadas tarefas na Irmandade, mas todas as irmãs são responsáveis pelos serviços de cozinha, de organização das cerimônias, da procissão do cortejo e dos funerais, que seguem regras da religião dos brancos misturada com a dos orixás. Mas mesmo ocupando cargos diferentes e alguns mais importantes que os outros, todas se consideram simples empregadas de Nossa Senhora.

Além dos cargos ocupados por merecimento, há outros escolhidos por votação, e acho que os mais cobiçados são os das quatro irmãs responsáveis pela organização da festa de agosto. Por isso a eleição é realizada todos os anos e todas podem concorrer, desde as que têm poucos anos de Irmandade até as mais antigas. Era a primeira vez que as irmãs de Cachoeira estavam escolhendo as diretoras de festa, e havia muita expectativa. As irmãs de São Salvador sugeriram que algumas candidatas se apresentassem e, se não me engano, foram doze entre as dezenove. Elas tinham um sistema interessante de votação, e a cada uma delas, inclusive às candidatas, foi dado um grão de milho e um de feijão. Um dos nomes era dito em voz alta, e sempre que a irmã concordasse com ele deveria colocar o grão de feijão sobre a mesa, ou o de milho quando discordasse. Depois da apresentação de cada nome era feita a contagem, e estavam eleitas as quatro que ganhassem o maior número de feijões. Com a eleição, elas esperavam que a festa do ano seguinte fosse maior do que a que acabara de acontecer, e de fato foi, pois eu estava presente. Uma coisa interessante que as irmãs de São Salvador falaram antes de ir embora foi que, a cada sete anos, a própria Nossa Senhora desce até a Irmandade e preside toda a festa, na pessoa da procuradora-geral.

AS ROÇAS

Eu estava ansiosa para começar a iniciação, e no dia seguinte a Mãe Rosa mandou chamar uma sobrinha e pediu que ela me levasse até a Casa Kwe Ceja Undé, também chamada de Roça de Cima. Fui atendida por um pejigan que, se não me engana a memória, se chamava Tixarene, e, quando perguntei pela sinhá Romana, ele disse que não era naquela casa, que eu deveria procurar por ela na Roça de Baixo, e deu todas as instruções para chegarmos até lá. A Roça de Baixo funcionava em um espaço bem menor que a Roça de Cima, e com menos gente, o que mais tarde achei ótimo. A sinhá

Romana, a gaiacu, tinha mais tempo para ensinar as candidatas a vodúnsi, que eram sete, um número nada significativo perto das mais de cinquenta que já havia na Casa das Minas de São Luís.

Alguns voduns cultuados na Casa das Minas também eram cultuados na Roça de Baixo, onde havia outros que eu não conhecia, mas com os quais acabei me identificando muito mais, porque eram eve-maís. É quase só isso o que posso falar sobre o tempo que passei na casa, onde comecei uma séria preparação sobre a qual prometi guardar segredo. Acho que ainda posso falar um pouco de como era a iniciação, na qual tive que aprender tudo sobre os voduns, como eles se manifestam, do que gostam ou não gostam, suas preferências em comidas, bebidas, devoções, cânticos, cultos, e sua descendência e ascendência. Estudávamos bastante e passávamos longos períodos isoladas, quando não tínhamos nenhum contato com quem quer que fosse, mas também aproveitei os períodos que não eram de reclusão para conhecer um pouco da vila.

Convidada pela sinhá Romana, que tinha a *noche* Naê como uma irmã, eu me mudei imediatamente para a Roça, onde deveria permanecer durante todo o tempo da iniciação. Com isso, tive que desistir da ideia de alugar uma casa e levar vocês para morarem comigo, o que comentei com ela, que achou melhor levá-los para lá somente depois do terceiro ano, quando eu já teria mais tempo e liberdade para deixar a Roça quando precisasse. Eu ainda não tinha me conformado com aquela solução quando escrevi para a Claudina, dando a nova morada e comentando sobre a impossibilidade de fazer a mudança de vocês imediatamente. Mas ela me acalmou dizendo que a Esméria não estava mesmo muito disposta a sair de São Salvador, apenas conformada, e que não era para eu me preocupar com você, pois ela teria o maior gosto em cuidar de tudo. Ela e o seu pai, que tinha voltado a morar com vocês e estava inclusive providenciando seu batizado. Pelo que sei, você também gostava muito da Claudina, a quem obedecia como se fosse a mim. Eu gostaria de ter mais coisas para contar sobre você, mas daquela época sei apenas o que me diziam, e não sei de verdade como era o seu dia, o que gostava de fazer ou de comer, por exemplo. Sei também que seu pai mantinha o hábito de contar histórias antes de você dormir, como eu sempre tinha feito. E continuava fazendo, porque, mesmo de longe, antes de dormir eu me imaginava ao seu lado, contando como tinha sido o meu dia, querendo saber do seu. Foi a maneira que encontrei de amenizar a saudade, e é possível até que eu tenha conseguido entrar nos seus sonhos, como muitas vezes pedi.

Aos poucos fui me acostumando à cidade, que ficava em uma região muito bonita, com uma bela paisagem de rios e terras a perder de vista, cortadas por suaves montanhas. Saindo de São Salvador, atravessa-se a Baía de Todos os Santos até a desembocadura do largo Rio Paraguaçu, por onde navegam até mesmo embarcações que partiam da Europa ou da China. O Rio Paraguaçu deixa de um lado a Heroica Cidade de Cachoeira, é assim o nome completo, e do outro a freguesia de Senhor Deus Menino de São Félix. Muitas vezes eu gostava de me sentar à beira do Paraguaçu e ficar pensando em vocês, fazendo planos para o nosso futuro. Depois, voltava para a Roça caminhando com calma, entrava na Igreja da Ordem Terceira do Carmo, onde tinha começado a funcionar um colégio, ou na Igreja de Nossa Senhora do Rosário, ou ainda ficava olhando as fachadas da Santa Casa da Misericórdia e da Cadeia Pública, prédios muito bonitos. Era agradável andar pelas ruas de Cachoeira, mais vazias e limpas que as de São Salvador, e onde quase não se via gente mendigando. A sinhá Romana disse que aquela era uma região muito rica, com grandes plantações de cana e de fumo, e também muito habitada por estrangeiros. São Félix, do outro lado do rio, era menor e parecia um pouco mais pobre, mas pode ser apenas impressão minha, pois estive lá apenas duas vezes, por ocasião de bonitas festas promovidas para Iansã no dia de Santa Bárbara. Em Cachoeira, todos gostavam de falar da visita do imperador, alguns anos antes, para inaugurar o imponente Chafariz Imperial, que abastecia de água quase toda a região. E por falar em água, a algumas léguas da cidade, em um sítio chamado Belém, tinham sido construídos a Igreja e o Seminário de Belém, onde havia um engenho interessante para captar água. Ele foi inventado por um padre e era formado por algumas pás que empurravam a água do rio até as dependências do Seminário, poupando um grande trabalho, pois antes os pretos precisavam carregar ladeira acima barris e mais barris, para o consumo dos padres, dos mestres e dos alunos. Mas antes de falar deste padre, preciso te contar sobre um crioulo chamado Kuanza.

AS NOTÍCIAS

O Tico ou o Hilário iam até São Félix pelo menos uma vez por semana comprar o fumo para ser enrolado na oficina que, depois da minha partida, ficou aos cuidados da Claudina. Mas nem sempre nos encontrávamos, porque nem todas as vezes eles atravessavam o rio para Cachoeira, ou então apareciam em dias em que eu não podia deixar a Roça. Em vez de mandar recados por eles, eu preferia escrever cartas para a Claudina, pois falando apenas com a minha amiga eu tinha mais liberdade para dizer tudo que me afligia. Ela também gostava de escrever, dizendo que com isso aprendia muito mais depressa. Então, acontecia de trocarmos cartas até duas vezes por semana, pois o transporte era bastante rápido entre as duas cidades. Foi um pouco antes do Natal que ela me escreveu contando que estava muito feliz com o Tico, e que o Hilário tinha confirmado o casamento, que seria realizado em São Jorge dos Ilhéus, e que vocês já estavam se preparando para a viagem. A cerimônia estava marcada para o início do mês de janeiro, logo após o Dia de Reis, e, depois de reclamar dizendo que a família da noiva bem que podia se deslocar até a capital, a Esméria era das mais animadas. Eu estava voltando do cais, onde tinha despachado a resposta à tal carta, desejando tudo de bom para a viagem e os noivos, quando vi o velho parado na entrada da Roça.

Ele estava sempre por lá, e eu já tinha visto a sinhá Romana levar um prato de comida para ele. Mas era fim de tarde, fora do horário das refeições, e resolvi perguntar se queria alguma coisa. Muito educado, sem levantar os olhos do chão e com uma voz tão baixa que tive que me aproximar bastante para conseguir entender, ele respondeu que esperava por mim. Eu não tinha ideia do que ele podia querer comigo quando perguntou se eu tinha letras. Até hoje não sei como ele tinha tal informação, que confirmei. Pedindo desculpas por estar incomodando, ele disse que o pai tinha deixado muitas letras para ele e que nem mais se lembrava de tudo que elas diziam, pois havia muitos anos que não encontrava alguém que soubesse ler. Depois de parecer envergonhado de fazer aquilo, perguntou se eu, por obséquio, podia ficar com os papéis e depois contar o que diziam. Eu respondi que faria isso com o maior prazer, deixando-o muito feliz, e combinamos que ele voltaria em três dias com os tais escritos. Contei para a sinhá Romana, que me adiantou que devia ser alguma coisa de um tal Padre Voador, sem maiores detalhes, pois disse que seria melhor que o próprio velho me contasse, mas falou um pouco sobre a vida dele.

KUANZA

O Kuanza era um crioulo ingênuo e, pelo que se sabia, sempre morou na região. O pai dele, um angola, tinha sido escravo no Convento de Belém na época em que estudaram lá dois irmãos chegados da província de São Paulo, havia muitos anos. Isso era comprovado pela própria idade do Kuanza, que já devia ter entre noventa e cem anos, ele não sabia dizer. Como eu já tinha visto na Casa das Minas, era bastante comum que se confiasse nos voduns para curar pessoas loucas, e por isso o Kuanza tinha sido levado à Roça. Eu não tinha percebido a loucura dele, mas a sinhá Romana disse que era questão de tempo para ele ganhar mais intimidade comigo e começar a contar histórias que só podiam partir de ideias não muito sãs. Mas que eu não precisava ter medo, pois ele não era perigoso e tinha um coração de ouro. O pai foi alforriado por um dos irmãos paulistas que foi continuar os estudos na Europa, mas não se sabia quase nada sobre a mãe, uma preta que tinha desaparecido ou morrido logo após o nascimento dele. Quando o pai ainda era vivo, os dois tinham onde morar, mas depois o Kuanza começou a vagar pelas redondezas, sem pouso certo. Como todos gostavam muito dele, não negavam um prato de comida ou um abrigo para passar a noite em troca de um serviço qualquer, ou nem isso. Fiquei ainda mais curiosa e bastante decepcionada quando, no dia marcado, ele não apareceu. Alguns dias mais tarde, uma vodúnsi me avisou que ele estava esperando na rua, e que provavelmente tinha estado ali todos os dias sem chamar, pois tinha medo de incomodar. Pedi que me levasse a algum local onde pudéssemos conversar com calma e fomos até a beira do rio, onde nos sentamos embaixo de uma árvore.

Durante todo o trajeto, o Kuanza ficou abraçado a um maço de papéis que carregava como um valioso tesouro, com grande cuidado. Os papéis estavam amarrados com um fio de palha que ele demorou vários minutos para desatar, prolongando minha agonia a ponto de eu querer arrancar tudo da mão dele. Desde que tínhamos saído da Roça ele manteve uma postura muito diferente da que eu me lembrava nele, com o tronco reto e os olhos levantados, quase mirando as nuvens, o que me fez perceber o quanto aquilo era importante para ele. Antes de me contar do que se tratava, o Kuanza comentou que não se lembrava direito de todos os escritos, que só tinham sido lidos quando o pai ainda vivia. Apesar dos anos, vi que ainda estavam legíveis e bem conservados, pois a sinhá Romana tinha contado que o pai dele morreu por volta de um mil setecentos e cinquenta, e estávamos no final de um mil oitocentos e trinta e oito. Portanto, havia pelo menos oitenta anos desde que alguém lera aquelas folhas, e comecei a tratá-las como o Kuanza, com medo de que se esfarelassem ao simples toque, ou mesmo em contato com o ar.

O Kuanza guardava aqueles papéis na casa de uma parente, e de vez em quando ia até lá dar uma olhada neles, mais para se certificar de que ainda existiam do que por qualquer outra coisa, pois não conseguia identificar nenhuma parte da história que ele sabia estar contida ali, a não ser por alguns desenhos. Em uma simples olhada, percebi que estavam fora de ordem, e pedi ao Kuanza que me deixasse levar para a Roça para tentar organizar, separando o que eram cartas, anotações, bilhetes, recortes de revistas e jornais e pedaços de livros. Ele me garantiu que tudo era uma só história, e que, depois que eu a contasse novamente para ele, diria o que o pai tinha pedido para fazer com ela.

Infelizmente, naquele resto de dia tive muitas obrigações e não foi possível terminar o trabalho. Tinha conseguido apenas separar os papéis, quase todos escritos na letra desenhada e muito bonita de um tal padre Bartolomeu Lourenço de Gusmão, mas ainda precisava colocá-los na ordem certa, descobrindo onde a história terminava em uma página e onde começava na outra. Planejei fazer isso na manhã seguinte, e acordei impressionada com um sonho em que o Kuanza me contava que o pai tinha dado a ele nome de rio, e que por causa disso sempre se sentiu como um rio, pois todos os rios correm para o mar, e o mar leva as pessoas a todos os lugares que existem, podendo então levá-lo de volta à terra de onde o pai tinha saído. Quando tive a oportunidade de perguntar se isso era verdade, ele respondeu que sim, que durante muito tempo pensou em ir até a África, mas já tinha desistido. No meu sonho ele ia, não sei se para Aruanda, a terra do pai. E o mais interessante era que não usava embarcação nenhuma, mas sim aquelas folhas de papel que guardava com tanto cuidado. Colocava uma delas sobre as águas e logo ela se espichava, formando um tapete comprido e fino assentado sobre o mar como se fosse sobre a terra, suficientemente firme para sustentar o corpo do Kuanza. Ao chegar ao fim de uma folha ele deitava outra, que também se espichava até se perder de vista, levando-o mais adiante, e assim até a África. Cada folha tomava o formato de um rio estreito e tranquilo, como ele achava que o Kuanza devia ser.

Uma das coisas mais importantes que eu tinha aprendido na Casa das Minas foi prestar atenção aos sonhos, pois os voduns falavam comigo por intermédio deles. No caso do Kuanza eram os *nkisis*, não importa, mas me pareceu que eles queriam dizer que aquela história tinha que cruzar os mares mais uma vez. Ela tinha começado quando o pai do Kuanza saiu de África para o Brasil, voltou para o outro lado do mar levada pelo padre Bartolomeu, que também a mandou de volta para o Brasil, na forma de cartas e papéis enviados para o pai do Kuanza. Um preto, um branco, um preto. Eu achava que ela deveria cruzar novamente o mar pelas mãos de um branco e fiquei imaginando como, já que, sem a presença do Kuanza para explicar algumas coisas, ninguém ia entender nada. Mas na época eu não me animava a escrevê-la, como o Kuanza pediu, porque os africanos não gostam de pôr histórias no papel, o branco é que gosta. Você pode dizer que estou fazendo isso agora, deixando tudo escrito para você, mas esta é uma história que eu teria te contado aos poucos, noite após noite, até que você dormisse. E só faço assim, por escrito, porque sei que já não tenho mais esse tempo. Já não tenho mais quase tempo algum, a não ser o que já passou e que eu gostaria de te deixar como herança.

Já estávamos nos aproximando do Natal e tínhamos muito trabalho na Roça, o que me fez adiar várias vezes um novo encontro com o Kuanza. Mal tive tempo de procurar um presente para enviar ao Hilário pelo casamento, mas por sorte acabei encontrando um bonito aparelho de café muito parecido com um que a sinhá Ana Felipa tinha no solar em São Salvador. Era chinês, como garantiu o dono do armazém onde comprei e onde também estavam à venda muitas coisas de lá do outro lado do mundo, como tapetes, joias e pequenos móveis de madeira muito trabalhada, com incrustações de ouro e pedras preciosas. O presente conseguiu encontrar vocês antes da viagem que fizeram entre o Natal e o dia de Ano-novo. Não era uma viagem muito longa, mas ainda assim cansativa, e, por causa da idade da Esméria e do Sebastião, a Claudina avisou que vocês pretendiam ficar mais alguns dias por lá, talvez quinze ou vinte dias depois do casamento, marcado para oito de janeiro. Foi também por volta desse dia oito que finalmente consegui falar com o Kuanza, pois ele tinha parado de ir até a Roça depois que eu disse pela terceira vez que não poderia falar com ele naquele momento. Encontrei-o em uma festa de Reis, um congado organizado pelos angolas. Uma festa bonita, mas que nem se comparava às que vi mais tarde em São Sebastião do Rio de Janeiro, onde os angolas eram maioria e preservavam todas as tradições. Eu estava curiosa para ler os papéis do Kuanza, mas, além da falta de tempo, não queria começar sem ele, pois achei que havia muitas coisas a acrescentar ao que estava escrito. Além do mais, a parte interessada era ele, que vinha guardando tudo com imenso cuidado na esperança de que aparecesse alguém letrado e paciente.

AS FORÇAS

Vou te contar a história inteira, como entendi lendo os papéis do Kuanza, conversando com ele e também com outras pessoas, e ainda hoje tenho pena de não ter tentado confirmá-la, o que acredito que não teria sido difícil, por intermédio de alguns amigos de Portugal. O pai do Kuanza, chamado Zimbo em Angola e Ludovino quando foi batizado, e conhecido em Cachoeira apenas como Maneta, por ter perdido uma das mãos em uma moenda de cana-de-açúcar, era escravo da família do padre Bartolomeu de Gusmão, nascido em Santos, na província de São Paulo. Quando o padre Bartolomeu se mudou para Cachoeira para estudar no Seminário dos Jesuítas de Belém, onde já estava seu irmão Alexandre, o Maneta foi com ele. O escravo não servia mais para trabalhar na lavoura e se tornou acompanhante do padre Bartolomeu, que, na verdade, não o tratava como escravo, mas como amigo e ajudante. O padre era um homem muito instruído e inteligente, e passava horas estudando, escrevendo e fazendo desenhos, e tinha o grande sonho de construir uma máquina voadora. Mas antes disso inventou muitas coisas, como a máquina que pegava a água do rio e empurrava morro acima, e uma pequena canoa que, para espanto dos que a viam correr o rio de um lado para o outro, não usava remos. O vento fazia girar uma roda de pás que entrava na água e movimentava a canoa, fazendo parecer que ela andava sozinha ou estava sendo carregada nas costas dos peixes do Paraguaçu. Isso fez com que algumas pessoas achassem que o padre era um santo, enquanto outras diziam que era um feiticeiro poderoso, ainda mais quando ele começou a falar para quem quisesse ouvir que já sabia como fazer um homem voar, igualzinho aos pássaros.

Era o Maneta quem ajudava o padre Bartolomeu nos inventos, fazendo tudo o que permitia a sua deficiência de não ter uma das mãos. O padre Bartolomeu foi passar alguns anos em Portugal, onde concluiu os estudos, e o Maneta ficou esperando por ele, e foi durante este tempo que se casou com uma crioula liberta e teve dois filhos, sendo que o primeiro se chamava Kuango e o segundo morreu no parto, junto com a mãe. Quando voltou para Cachoeira, o padre Bartolomeu contou ao Maneta sobre umas pesquisas feitas na Europa que tinham aumentado nele a certeza de que não era difícil fazer as pessoas voarem, mas ainda faltava um pequeno detalhe. Enquanto não descobria o que era, o padre continuou com seus inventos, um moinho mais veloz do que todos os que já tinham sido feitos e um experimento no qual usava algumas lentes e os raios do sol para assar carnes. Certo dia, os dois homens estavam conversando enquanto assavam carne de caça com as tais lentes, e o Kuango brincava ao lado deles. O menino fazia bolhas usando água, sabão de coco e um cabo de mamona, quando uma das bolhas, levada pelo vento, passou na frente das lentes e rapidamente tomou o caminho dos céus. Maravilhado, o menino se acabava de tanto rir, tentando repetir o feito, quando os dois homens começaram a prestar atenção nele. Foi então que o padre disse ao Maneta que o menino dele era o mais inteligente do mundo, pois tinha encontrado o que faltava na máquina voadora. Mas, para isso, seria preciso muito dinheiro, de acordo com alguns cálculos que ele fez levando em consideração os desenhos iniciais, que não sei se foram seguidos. A máquina se parecia com um pássaro muito grande, que, pelo tamanho de um homem desenhado para efeito de comparação, poderia levar pelos menos cinco ou seis pessoas dentro do que seria uma barriga oca. Não sei se era para enfeite apenas, mas o pássaro também tinha asas, rabo e cabeça com bico e tudo. Dentro da barriga do pássaro ainda havia algo que parecia um varal estendido, onde estavam penduradas várias bolas de vidro, que pareciam pegar fogo.

Com esses desenhos, as contas e mais algumas ideias, o padre Bartolomeu voltou para Portugal, onde queria conseguir dinheiro com o rei, e de lá mandou muitas cartas para o Maneta. Era pura consideração, pois sabia que o preto não tinha letras. O Kuanza disse que um seminarista de confiança do padre Bartolomeu lia as cartas e tratava de respondê-las em nome do preto, a quem o padre consultava sempre que surgiam dificuldades em seu trabalho. Conquistando a confiança do rei e caindo nas graças da rainha, o padre Bartolomeu finalmente começou a desenvolver o projeto, depois de ter feito alguns experimentos, máquinas voadoras pequeninas, para serem testadas antes de construir a que levaria pessoas. As primeiras tentativas falharam na frente do rei, da rainha e de acompanhantes, e o padre Bartolomeu temia ficar desacreditado. Antes que isso acontecesse, pediu a ajuda do Maneta, que contou para ele que em sua terra tudo devia ter um nome. Quando as coisas ganham um nome, elas também ganham uma força vital, e por isso a máquina de voar precisava ser chamada de alguma coisa. O padre Bartolomeu começou a chamá-la de Passarola e a apresentou ao céu, que, deste modo, passou a respeitá-la, assim como ela também deveria respeitar o céu. De Cachoeira, o Maneta conduziu uma cerimônia em que foram feitas oferendas para as entidades protetoras do céu, pedindo a aceitação do novo ser chamado Passarola e a licença para que ele subisse cada vez mais alto. A partir daquele momento, os experimentos começaram a dar certo, a Passarola ficava no ar por mais tempo e o voo ganhava mais altura, o que melhorou ainda mais quando o Maneta decidiu que os espíritos protetores do fogo também deveriam ser cultuados.

O padre Bartolomeu ficou exultante e escreveu contando que já estava bastante conhecido em todo o reino, onde era chamado de Padre Voador. Mas comentou também que isso não era de todo bom, pois começava a ser perseguido por um homem chamado marquês de Pombal, que sentia ciúmes por causa da amizade que ele tinha com o rei e a rainha e tentava prejudicá-lo de muitas maneiras, dizendo inclusive que ele tinha feito pacto com o Diabo, e não com Deus. O Maneta mandou dizer que ele não devia se preocupar, pois estava protegido pelos espíritos, e que logo surgiriam na vida dele duas pessoas que o ajudariam a entender melhor o que significa a força que todas as coisas e todos os seres devem possuir, a vontade que eles precisam ter para cumprir o destino que era próprio deles, e somente deles. O Maneta disse também que o padre compreenderia isso depois do dia em que se juntassem sete sóis e sete luas, e que uma criança fosse batizada por sete bispos, reunindo sete vontades.

Pelo jeito, o padre não tinha mesmo entendido isso das vontades das coisas e das pessoas, mas assim que encontrou tais ajudantes, como o Maneta tinha dito, eles foram imediatamente reconhecidos, dando ainda mais crédito às palavras do velho escravo. Os tais ajudantes eram um casal, Baltasar e Blimunda, sendo que ela era uma mulher que conseguia ver a força que existia dentro das coisas e das pessoas e que, desculpe-me a interferência, acho que pode ser chamada de axé ou *emi*. Mas, como disse o padre, ela não a chamava assim, mas de "no de dentro das pessoas". O Baltasar, e foi isso que mais espantou o padre, também era maneta como o preto, tendo apenas a mão direita, pois a esquerda tinha perdido em uma guerra. O Maneta era o contrário, tinha a mão esquerda. O casal começou a ajudar o padre na construção da Passarola, trabalhando em um lugar desconhecido do marquês de Pombal, quando então o padre Bartolomeu decidiu ir até a Holanda para fazer mais alguns estudos.

Na volta, ele já tinha compreendido tudo sobre as vontades, sobre o sopro vital, e pediu à Blimunda que captasse todas as vontades que conseguisse enxergar, para alimentar a Passarola. Era exatamente isso o que o Maneta queria dizer, e ele ficou muito feliz porque o padre finalmente tinha entendido, mas alertou que era muito importante ele se lembrar de que essas vontades, na verdade, não pertenciam a ele ou à Passarola, e deveriam voltar à natureza assim que fossem usadas, porque senão os espíritos poderiam se zangar e provocar desgraças. O Maneta tinha medo de que o padre começasse a se sentir muito poderoso, o próprio Criador, aquele que consegue dar vida e vontade às coisas que não as têm. Infelizmente, foi isso que aconteceu quando o padre, a Blimunda e o Baltasar resolveram testar a Passarola, alimentada com duas mil vontades. Na carta que o padre escreveu depois do sucesso do primeiro voo, ele contou como se sentiu poderoso olhando a cidade e as pessoas lá de cima, e como achava que lá dentro daquela máquina ia a Santíssima Trindade. Por causa da falta de cuidado ou da vaidade do padre, que sobrevoou Lisboa e foi visto por várias pessoas, ele teve que fugir para um reino vizinho, perseguido pelo marquês de Pombal. Mas antes disso enviou para o Maneta a parte mais importante dos estudos, algumas anotações em que contava todo o planejamento e a construção da Passarola, para que ficassem a salvo. Era isso que o Maneta guardava com tanto cuidado, principalmente quando soube pelo irmão do padre Bartolomeu que ele tinha morrido louco. Da Blimunda e do Baltasar não se sabia o destino, mas o Maneta acreditava que também não deve ter sido dos melhores. Sete luas depois da morte do padre Voador, ainda antes de a notícia cruzar os mares, morreu o Kuango, o irmão do Kuanza, aquele que estava brincando com as bolhas de sabão. O Maneta ficou com medo de que todos os envolvidos naquela história tivessem um fim trágico e imediato, mas conseguiu se salvar e teve mais dois filhos. O mais velho tinha caído no mundo e o mais novo era o Kuanza, que tinha ficado por ali guardando as lembranças e os tesouros do pai.

Hoje já não me lembro mais de boa parte da história, dos ricos detalhes e dos muitos pensamentos do padre, anotados com muita sinceridade. Ele falava muito do rei, da rainha, de como eles queriam ter herdeiros e de um convento que estava sendo construído como paga de uma promessa pelo fato de a rainha ter conseguido ficar pejada. Mas são coisas que não nos interessam, isso dos reis já está por aí nos livros dos brancos, como os que a sua irmã estudou em França. Interessa-nos a história do Maneta, do padre Bartolomeu, do Baltasar e da Blimunda, que o Kuanza disse que o pai dele confirmou que só se tornaria de conhecimento de todo o mundo muitos anos depois de ter terminado, quando os homens não mais corressem o risco de serem mortos por contá-la. E que isso também só se daria em anos muito especiais, determinados por uma estranha conta que apontava anos que pertenciam ao número dois. O padre tinha nascido no ano de um mil seiscentos e oitenta e cinco, ou seja, um mais seis mais oito e mais cinco, que é igual a vinte, que, por sua vez, é formado pelos números dois e zero, que somados resultam no número dois. Nas anotações do padre havia uma relação de anos assim, como, por exemplo, o de um mil oitocentos e trinta e oito, exatamente o ano em que aqueles papéis foram parar nas minhas mãos. Depois vinha o ano de um mil oitocentos e quarenta e sete, quando a história foi mandada para Portugal. Coincidência ou não, foi o próprio tempo, ou o destino, que tratou de confirmar estes fatos, não eu ou qualquer outra pessoa. A relação feita pelo padre ia até o ano de um mil novecentos e oitenta e dois,[9] não sei se por achar que já era o suficiente ou se isso significava alguma coisa, o que nem eu ou você, e nem mesmo os nossos descendentes mais próximos, vamos conseguir confirmar.

Em mais uma versão da história, entre as muitas que corriam em Cachoeira, o Kuanza me contou que a mãe dele tinha enlouquecido de cachaça e se jogado no Paraguaçu, e por isso falavam que ele também era louco, que tinha puxado a ela. Mas depois de todo o tempo que passei montando esta história, remendada pelas lembranças dele, percebi que era muito lúcido. Eu e o Kuanza nos encontramos quase todos os dias da Quaresma, quando tive bastante tempo livre, e, se não estivesse tão distraída com o Padre Voador, talvez tivesse me preocupado mais com vocês e percebido que algo estava errado, pois já haviam se passado quase dois meses do tempo em que a Claudina previa a volta de São Jorge dos Ilhéus. Eu já tinha enviado duas cartas sem obter resposta, e fiquei achando que vocês estavam se divertindo tanto que nem queriam voltar. Mas assim que vi o Tico parado no portão da Roça, olhando o chão e amassando a aba do chapéu entre os dedos, soube que alguma coisa muito grave tinha acontecido. Meu primeiro pensamento foi para você, mas meu coração de mãe logo avisou que você estava bem, e então pensei na Esméria e no Sebastião.

ÓRFÃ

O Tico contou que foi um casamento bonito, feito à maneira dos brancos, e a desgraça aconteceu cinco dias depois da festa, que durou dois dias.

---

[9] Esta história do padre Bartolomeu de Gusmão, o Padre Voador, está contada no livro *Memorial do Convento*, de José Saramago, publicado em 1982.

Não sei se você se lembra ou do quanto deixaram que você soubesse, mas aconteceu que vocês estavam de saída para conhecer as terras que o Hilário tinha comprado em sociedade com o sogro, quando a Esméria pôs a mão no peito e disse que podiam partir sem ela, pois não tinha condições de caminhar. Resolveram ficar, principalmente porque perceberam que ela não estava bem mesmo, e não melhorou nem depois que chamaram uma mulher que conhecia ervas e, mais tarde, um boticário. Ela dormia a maior parte do tempo e, quando estava acordada, dizia que não havia nada a fazer, que tinha chegado a hora dela e era uma boa hora, pois tivera uma vida longa e feliz. Eu sabia que isso era verdade, mas não conseguia acreditar no que o Tico contava. Eu queria ter estado perto dela, queria ter cuidado dela, principalmente depois de saber que ela perguntava por mim, mas, ao mesmo tempo, pedia para não me avisarem. Eu preferia que não tivessem obedecido, pois, com os dias de suspensão nas atividades da Roça, eu poderia muito bem ter ido até lá, pelo menos para ver que ela realmente estava nos deixando. Foi difícil daquela maneira, saber que já tinha acontecido e que eu não tinha participado de nada, sem ter ao menos a oportunidade de me despedir e de ajudar a preparar um enterro do jeito que ela merecia. O Tico não entrou em detalhes e nem eu quis ficar perguntando, porque percebi o quanto ele ainda estava sentido, mas contou que nada foi poupado para que ela tivesse uma bela despedida. Teve cerimônia de branco e cerimônia africana, com todos os ritos em que ela acreditava e os que são de costume para uma boa entrada no *Orum*.

Passei dias sentindo grande tristeza e o peito apertado, como se as lembranças da Esméria fossem tomando todo o espaço do meu de dentro, como diria a Blimunda. A pior sensação era a de não ter dito quanto gostava dela, quanto ela tinha sido importante para mim, como mãe, avó e grande amiga. A Esméria representava tudo isso, tudo o que tinha perdido antes de chegar ao Brasil, e que encontrei nela no primeiro dia da minha estada na casa-grande da ilha. Eu tinha viva, e ainda tenho, a imagem da Esméria sentada ao meu lado enquanto eu comia na porta da cozinha, olhando para mim como se dissesse que a partir daquele momento eu estaria sob a responsabilidade dela, que tudo faria para que eu sofresse o mínimo possível. Uma das primeiras coisas que ela me disse foi para não conversar nunca em línguas de África se houvesse algum branco por perto, mas foi cantando em eve que a saudade e a dor da perda foram diminuindo. Quando ficava muito triste, eu começava a cantar coisas que nem sabia que me lembrava, as canções que a minha avó tinha cantado para o Kokumo e para a minha mãe, antes de sairmos de Savalu.

Conversei com a sinhá Romana sobre a possibilidade de passar alguns dias em São Salvador, mas ela me disse que não via necessidade, pois eu não encontraria lá nada que acalmasse meu coração. Ela estava certa, pois, na verdade, acho que eu sentia um pouco de culpa por estar longe de vocês e estar gostando. Eu sentia saudades, queria estar por perto, mas também gostava de não ter responsabilidades em relação a ninguém, de estar cuidando apenas de mim. A tranquilidade voltou alguns dias depois de um sonho em que a minha avó me falava da Esméria. Não vi a Esméria, mas pude saber que estava bem, que as duas estavam juntas. Foi um pouco antes de o Tico voltar a Cachoeira e dizer que estava tendo problemas com o fornecedor de fumo, perguntando se eu não poderia procurar alguns produtores da região e enviar amostras para ele escolher. Havia muitos pequenos produtores que tinham todo o cuidado com a plantação, rendendo produtos de igual qualidade ou melhores que o fumo das grandes fazendas. O Kuanza me apresentou a um amigo dele que era barqueiro e, aproveitando minhas horas de folga, percorremos muitas léguas do Rio Paraguaçu, parando nas plantações que se estendiam às suas margens. A terra era boa, e visitei alguns sítios que estavam preparando a semeadura para meados do mês de abril.

O FUMO

As sementes de fumo devem ser plantadas junto com um pouco de cinza e regadas todas as tardes até despontarem, quando então é jogada mais cinza ao redor do broto, para que os bichos não cortem as folhas, principalmente as formigas. A terra deve estar sempre úmida e quando o tempo está muito quente ou o sol muito forte, os brotos devem ser protegidos com folhagens para que não se queimem, o que pode modificar o gosto e a cor da folha. Aliás, o frio também queima e, nesse caso, as folhagens continuam sendo boa proteção. Em alguns sítios, vi que plantavam as sementes em lugar coberto e sobre uma camada de esterco, porque assim elas brotam mais depressa e mais nutridas. Quando o broto já está forte, com quatro ou cinco folhas, eles cavam a terra ao redor dele, lavam as raízes com muito cuidado e transplantam para o terreno onde a planta vai se desenvolver. O maior perigo nesta hora são as pragas, principalmente as lagartas, e por isso era curioso ver bandos de perus andando entre as plantas, procurando a refeição preferida. Quando as plantas já estão com mais ou menos quatro pés de altura, são podadas a uns três palmos do chão, para que nasçam folhas novas e mais bonitas. As folhas daquela primeira leva são aproveitadas para os fumos de pior qualidade, porque as que nascem dali em diante são muito mais vistosas, cheirosas e saborosas, usadas nos charutos mais caros.

É bonito ver uma plantação de fumo, que sempre tem um cheiro gostoso, embora um tanto forte. Naquelas andanças, consegui três produtores aprovados pelos meninos, e tratei com eles, ainda no pé, toda a produção, que ficaram de entregar fermentada e maturada. Os meninos tinham razão, pois comprar direto de quem planta ficava muito mais barato, mesmo com a comissão que eles estavam me pagando, já que eu ficaria responsável por todas as remessas. Para mim isto foi ótimo, porque não precisaria mais mexer no dinheiro que tinha guardado e ainda economizaria mais um pouco, já que quase não tinha despesas, morando na Roça e com os meninos fazendo questão de sustentar vocês em São Salvador. Eles estavam bem de vida, o que me deixava muito feliz, e isto, com certeza, tinha feito a Esméria partir tranquila. Pena que ela não chegou a conhecer o sobrado do Hilário, que era novo e muito bonito, na mesma rua onde moravam você, o Tico, a Claudina, o Sebastião, a Malena e, de vez em quando, o seu pai. Tenho vontade de saber que lembranças você tem daquela época, se prevaleceram as boas ou as ruins.

OS RITUAIS

Como eu já disse, a Roça da sinhá Romana era pequena se comparada à de sua irmã Ludovina, a *Kwe Ceja Undé*, onde assisti a belas festas. Na nossa Roça trabalhávamos mais com os ensinamentos sobre os voduns, com a feitura de vodúnsis e com as ervas que curam, preparando banhos chamados *amansís*, mas a *Kwe Ceja Undé* já se parecia mais com a Casa das Minas, com vodúnsis suficientes para o assentamento de todos os voduns, e por isso podiam se dedicar mais aos rituais. As grandes festas, como a de São Sebastião, duravam até três dias e começavam com um período de invocação, chamado de *zandro*. De manhã acontecia o *narrunó*, com oferendas e sacrifícios para os voduns no quarto destinado a eles, assistido apenas pelas pessoas iniciadas, e, à tarde ou à noite, a festa da qual todos podiam participar, quando os voduns apareciam para comemorar junto com seu povo, conversar, aconselhar e render homenagens aos outros voduns. O dia seguinte era reservado ao *jonu*, uma espécie de agradecimento em que algumas oferendas são repetidas, principalmente as dos alimentos preferidos dos voduns. E, para terminar, o *nadopé*, um ritual de despedida para se comer tudo o que sobrou das oferendas antes de se lavar a louça, arrumar a casa e tomar um *amansí* de purificação.

O ritual que mais me impressionou foi a Prova de Sô, dedicado ao vodum Sogbô, o Xangô no culto dos orixás, aquele que governa o fogo, da mesma família que comanda os raios e os trovões. O chefe dessa família é Heviosso, e a ela também pertencem Nanã e Averequete, que é devoto de São Benedito. O ritual foi no dia do santo, em agosto, e por isso a festa começou em uma sala que não estava consagrada a nenhuma família de voduns, com a montagem de um altar para a imagem de São Benedito, diante da qual rezamos e cantamos valsas, ladainhas em latim e mais alguns hinos da religião dos brancos, embora o santo fosse preto. Depois passamos para uma sala usada nas festas dos voduns, que começaram a incorporar nas vodúnsis que cantavam e dançavam em seu louvor. Assim que chegou, a família de Heviosso disse que queria provar a sua força. Formávamos uma roda e cantávamos para Sogbô, e uma das vodúnsis que não estavam incorporadas colocou no meio do salão uma panela de barro cheia de dendê borbulhante, de tão quente, onde outra vodúnsi começou a jogar pedaços de uma ave que não consegui distinguir qual era, pois já tinha sido cortada no quarto de sacrifícios. Logo o cheiro de carne queimada superava o do dendê, e foi então que a vodúnsi feita para Sogbô entrou no salão, rápida como o raio do seu vodum, e parou ao lado da panela. De olhos bem abertos, mas não mais que os meus, pois eu já estava imaginando o que ia acontecer, e sem nenhuma proteção, ela enfiava os braços dentro da panela e mexia o azeite, usando as mãos como colher para catar os pedaços de carne. Aquilo me causou tão má impressão que desviei os olhos quando percebi que ela ia tirar as mãos de dentro da panela, com medo de não gostar de ver o que poderia ter sobrado delas. Mas quando percebi que as pessoas continuaram a cantar, e ainda com mais alegria, criei coragem. As mãos da vodúnsi estavam intactas, e se eu não tivesse visto o que ela tinha acabado de fazer, e nem os pedaços de carne esturricados e jogados no chão, não teria acreditado.

É interessante como a maioria das lembranças que tenho daquela época estão relacionadas a essas festas. Aprendi muito em cada uma delas, e, no mês de novembro de um mil oitocentos e trinta e nove, a sinhá Romana disse que eu já podia me preparar para assentar o meu vodum. Estávamos perto da festa de Xelegbatá, quando também seria feita a minha iniciação oficial, e, como já havia muita coisa programada para aquela ocasião, resolvemos deixar o assentamento para o ano seguinte, na festa de encerramento das atividades anuais da casa, na Quarta-feira de Cinzas. A sinhá Romana disse que iniciar mais uma vodúnsi seria uma excelente maneira de fechar o ano. Então posso afirmar com certeza que o Sebastião morreu no dia quinze de novembro, dois dias antes da festa de Xelegbatá. Como eu estava recolhida, só fiquei sabendo mais tarde, durante uma visita do Hilário. Talvez tenha sido impressão minha, mas achei que ele me recriminou por não estar presente nem na despedida da Esméria nem na do Sebastião. Não que ele tenha dito isso com todas as palavras, mas comentou que a vida em São Salvador já estava bem tranquila e perguntou se eu não pensava em voltar. Disse que não estava me reconhecendo mais, eu que sempre tinha sido tão ativa e que, naquele momento, estava me importando apenas com os voduns. Confesso que pensei em antecipar a cerimônia do assentamento e voltar para São Salvador, ou pelo menos dar um jeito de levar você e a Malena para Cachoeira. Escrevi para a Claudina e comentei sobre a conversa com o Hilário, pedindo que ela perguntasse ao Tico se ele era da mesma opinião, visto que, depois das mortes da Esméria e do Sebastião, eles eram os responsáveis por você. A Claudina disse que eu podia ficar em paz, que você não dava trabalho algum, o que até me deixou um pouco preocupada, pois não sabia se isso significava que você estava me esquecendo. Ela também comentou que, desde o casamento, o Hilário estava ficando muito estranho, influenciado pela esposa. Ela, que era mulata clara, tinha tomado ares de brancos e vivia somente no meio deles, inclusive estava frequentando igrejas e levando o Hilário junto. O nome dela era Divina, e, pelo jeito, não estava se dando muito bem com a Claudina, mas isso era o de menos. O ruim era que a Divina estava conseguindo afastar o Hilário do Tico, justo os dois, que foram sempre tão unidos. De qualquer maneira, aumentei a frequência com que escrevia para a Claudina, pedindo a ela que lesse para você os longos trechos em que eu explicava por que estava ausente por tanto tempo, contava a minha vida e falava sempre do imenso amor e da saudade que sentia.

Você se lembra da história do Banquete dos Cachorros? Na carta da Claudina que chegou logo após eu ter falado nisso, ela disse que você tinha achado interessante e até improvisou um banquete também. Na verdade, não contei para te divertir, mas sim porque sabia que você gostava de animais, e talvez não tenha contado o motivo da festa. Eu já falei do vodum Dan e da família de Danbirá, os voduns da terra, os que espalham e detêm a peste, os desprezados pelo rei Agongolo. Xelegbatá é o vodum das pestes e, no Brasil, ele é homenageado no dia de São Lázaro, que, para os nagôs, é o orixá Obaluaê ou Omolu, e para os angolas, como me contou o Kuanza, o *nkisi* Kaviungo, tanto faz. O que importa é que São Lázaro foi atacado pela peste e seu corpo todo coberto de chagas foi curado pelas lambidas dos cachorros que sempre o acompanhavam. É por isso que os cachorros são os grandes homenageados da festa, em que são servidas comidas especiais, do gosto da família de Danbirá. As comidas são colocadas em potes de barro sobre uma esteira coberta com uma toalha branca, no chão, em volta da qual ficam dançando as vodúnsis que recebem os voduns Danbirá, que vão chegando, a família completa. Entram então sete cachorros e se servem à vontade, e só depois que estão satisfeitos é que a mesa pode ser tirada. Os voduns seguem para o salão, onde mais comida é servida e onde cantam e dançam por muitas horas. Acho que os brancos também festejam desse jeito o dia de São Lázaro, com banquetes oferecidos por pessoas que querem pagar promessas, que se curaram de doenças de pele ou algo assim. O Kuanza me contou que entre os angolas há pouca diferença, mas a maior semelhança é quanto ao número sete, e ficamos pensando nisso por um bom tempo. Os sete cachorros, os sete sóis, as sete luas e os sete bispos daquela história do Padre Voador.

PARA SEMPRE

O meu ritual de iniciação foi um dos momentos mais felizes que já vivi, quando finalmente pude receber meu vodum, que me disse coisas lindas por intermédio de uma das *hunjaís* da Roça. À noite, sonhei com a minha avó e a minha mãe, quando ainda tive notícia de que a Esméria e o Sebastião estavam felizes. Escrevi uma carta emocionada para a Claudina, que respondeu dizendo que queria me dar um abraço e perguntando se teria algum problema se vocês fossem me visitar. Não poderia haver melhor notícia, e eu até mesmo já tinha arrumado uma casa para vocês ficarem, perto da Roça, quando, dias depois, chegou outra carta dela contando que estava pejada e de repouso, pois não se sentia muito bem. A Claudina era mais velha que eu, e fiquei preocupada, pois sabia que era perigoso ter o primeiro filho depois de certa idade. Combinamos então que eu faria a viagem, mas, sempre que estava ficando quase tudo certo, alguma coisa me impedia de ir. Alguma coisa não; hoje sei que foi o próprio destino, pois, se tivesse ido, saberia o que de verdade estava acontecendo com ela e provavelmente teria evitado o que aconteceu com você. Não sei se era o meu destino ou o seu que tinha que se cumprir, ou os dois juntos, mas só fiquei a par da gravidade da situação da Claudina quando já não tinha mais jeito. Ela estava proibida de se levantar, botando sangue, e assim ficou por mais de quatro meses, quando perdeu a criança, um menino, e morreu dias depois. Durante todo aquele tempo ela não me contou nada disso nas cartas que trocávamos, dizendo que já estava boa e cada dia mais feliz, por ela e pelo Tico. Por certo não queria me preocupar ou realmente acreditava que não era chegada a hora de partir, por gostar tanto de viver. A Claudina foi uma das pessoas mais alegres que já conheci, e sempre que me lembro dela é por meio das imagens que eu fazia sobre as histórias dos batuques que ela frequentava e dos homens com quem se deitava, quando ainda morávamos na loja do alufá Ali. É ainda assim que a vejo hoje, dançando e sorrindo, mesmo porque só fui tomar consciência da morte dela algum tempo depois, já em São Sebastião do Rio de Janeiro. Não tive tempo e nem expediente para honrar a minha amiga e para consolar o Tico em sua tristeza, quando ele apareceu em Cachoeira com as notícias da morte dela e do seu desaparecimento.

Na verdade, tudo que eu queria era ouvir de você esta história, porque sei muito pouco do que aconteceu, mesmo depois de tantos anos tentando juntar um pedaço aqui e outro ali. Nem digo repará-la, porque sei que não é possível, mas nunca me perdoei por tê-la deixado acontecer. Sei da minha negligência, sei como foram tristes todos os momentos que deveriam ter sido alegres e como foi difícil disfarçar essa tristeza diante das pessoas que estavam próximas a mim, para não magoá-las. Digo isso não para que você me perdoe, mas para que pelo menos tente entender o meu medo de já ser tarde demais. Para mim eu sei que é, e gostaria que ainda não fosse para você. Quando o Tico começou a falar sobre a Claudina, sobre como ela cuidava de você, mesmo com todas as atribulações para tentar segurar aquela criança na barriga, achei que ele também fosse me recriminar por não estar presente, como tinha feito o Hilário. E antes tivesse sido isso mesmo, apenas uma recriminação pela minha ausência em um momento tão difícil, e não a participação de algo definitivo. O funeral já tinha acontecido havia nove dias, e quando perguntei por que não tinham mandado me avisar, ele respondeu que era porque ainda tinham esperanças de saber do seu paradeiro. Desde a morte da Claudina, ninguém mais tinha visto você ou o seu pai.

A Malena foi a última pessoa a ter contato com vocês, quando chegaram as mulheres encarregadas de preparar o corpo da Claudina. Ela viu quando seu pai te pegou pelo braço, pôs o chapéu na cabeça e saíram os dois, o que para ela foi um alívio, pois o ambiente estava muito triste para uma criança. O seu pai continuava morando com vocês, apesar de todos os problemas que vinha causando ao Tico, como fiquei sabendo mais tarde. Mas a Claudina o defendia, dizendo que ele era bom para você, que precisava dele por perto. É doloroso falar dessas coisas, dói demais a lembrança daqueles dias, pois voltei imediatamente para a capital, aproveitando a companhia do Tico. De repente, tudo o mais perdeu a importância, os muçurumins, os federalistas, a Cemiterada, a fuga para Itaparica, a viagem para o Maranhão, a Roça da sinhá Romana, os voduns. Tudo aquilo só tinha feito com que eu me afastasse, permitindo que você fosse tirado de mim. Ao mesmo tempo que eu tinha esperança de te encontrar, achava que era para nunca mais. Talvez a esperança fosse apenas o meu axé, o *emi* que fazia a vida circular dentro de mim, impulsionando, como tinha feito com a Passarola. Seu desaparecimento foi pior que a morte do seu irmão, muito pior, porque ele eu sabia onde e como estava. Mas foi bom ter esperanças, pois acho que o destino resolveu aliviar a mão agora, e por isso não hesitei em deixar tudo para trás e partir.

O Tico não sabia o que tinha acontecido; por mais perguntas que eu fizesse, no estado em que ele se encontrava pela perda da Claudina e do filho, ele dizia apenas que sentia muito, que você simplesmente tinha sumido. Tentei confiar no meu vodum, mas era como se a fé também tivesse me abandonado, restando só tristeza e preocupação. Quando chegamos à casa do Tico, a Malena também não foi de grande ajuda, pois só chorava e se lamentava por não ter perguntado aonde vocês iam. Eu tinha vontade de mandá-la embora, não porque a achasse culpada, pois sei que você e seu pai passeavam bastante, mas por não me dar apoio, por não tomar iniciativas ou dizer pelo menos o que achava que tinha acontecido. Ela não sabia de nada, não sabia onde vocês costumavam ir, por onde começar a procurar, e apenas dizia que sempre que saíam voltavam no mesmo dia, e que alguma coisa de muito grave devia ter acontecido. Naquela primeira noite, fui dormir no seu quarto e pedi aos voduns que me deixassem sonhar com você, que me mostrassem o caminho, mas passei a noite em claro, assim como as dez noites seguintes.

A BUSCA

O doutor José Manoel ficou bastante preocupado e disse que me ajudaria em tudo que fosse preciso, que inclusive passaria na casa da Ressequida e de amigos portugueses para ver se tinham notícias de vocês, ou pelo menos do seu pai. O doutor Jorge disse que, desde a mudança de vocês, tinha perdido um pouco o contato, mas que um dia o seu pai tinha aparecido na Escola de Medicina procurando por ele. Como não o encontrou, deixou um bilhete pedindo dinheiro emprestado. O doutor Jorge disse que estava disposto a emprestar mesmo sabendo que não o teria de volta, mas o seu pai nunca voltou para saber disso. Comentei essa história com o Tico, que confirmou que havia muito tempo que seu pai vivia desesperado atrás de dinheiro, que ele mesmo já tinha emprestado muito, além de pagar algumas dívidas cobradas na porta da casa. Perguntei por que não tinha me contado isso e ele disse que tinha vergonha, que já tinha recebido muita ajuda minha na época dos *cookies* e por isso se via na obrigação de me ajudar por intermédio do Alberto, por ele ser o pai do meu filho. O Tico comentou que talvez o seu pai sentisse vergonha de morar de favor e ter algumas dívidas pagas com o dinheiro de um preto, e por isso tinha fugido levando você, aproveitando que todos estavam preocupados com o funeral da Claudina. Achei que era uma hipótese possível, e foi nela que me fiei até descobrimos a triste e inaceitável verdade.

Pedi ajuda a todos os conhecidos, à Adeola, à Esmeralda, às mulheres que tinham trabalhado na padaria, visitei todo mundo, até mesmo o preto que trabalhava no escritório daquele doutor Amleto Ferreira, no Terreiro de Jesus, e também as irmãs da Boa Morte. Para os que não os conheciam, descrevi vocês, pedindo que ficassem atentos ao sair às ruas, observando as pessoas. Foi o que eu fiz, andando por toda a cidade, ficando com o coração disparado cada vez que via pessoas parecidas com vocês. Sabe o que foi o pior de tudo? Não saber se eu estava falando o certo quando te descrevia, confiando nas informações do Tico e da Malena, pois haviam se passado quase três anos desde a última vez que eu tinha te visto. Não incomodei a sinhazinha, pois quando o doutor José Manoel me procurou para dizer que nenhum dos patrícios sabia de vocês, contou que ela estava pejada e não seria bom saber da morte da Claudina, para não se impressionar. O doutor Jorge procurou em todas as cadeias, em hospitais, sanatórios e casas que recebiam órfãos ou pessoas doentes, e também não conseguiu informação alguma. A única coisa de que eu tinha medo era de adoecer, pois não dormia e não conseguia comer direito, e foi quase com alívio que recebi do doutor José Manoel uma das piores notícias que eu poderia imaginar, ou melhor, que eu nunca imaginaria. Alívio sim, embora aquilo fosse cruel demais, mas pelo menos eu tinha uma pista, um fio de história que deveria ter começo e fim, que eu ainda esperava ser feliz.

O doutor José Manoel tinha falado com os portugueses que ele sabia que conheciam o seu pai, e quase todos disseram que havia um bom tempo que não o encontravam, mas que sabiam que ele tinha enormes dívidas de jogo. Foi então procurar algumas casas de empréstimos e particulares que também faziam esse tipo de serviço e descobriu que a situação era muito mais grave do que ele pensava. Algumas daquelas pessoas chegaram a ameaçar o doutor José Manoel, querendo cobrar dívidas que já tinham dado como perdidas e que, juntas, chegavam a mais de dois contos de réis. Em uma destas firmas disseram que havia três semanas que o seu pai tinha amortizado a quantia de duzentos réis, depois de uma conversa com um dos cobradores, o que, para o doutor José Manoel, significava ameaça de morte. E eram pessoas perigosas, que não ficavam apenas nas ameaças. Enquanto ele me contava isso, a ideia do Tico me parecia cada vez mais provável, mas o doutor José Manoel foi além, pois tinha pensado em algo que meu coração de mãe simplesmente teria se recusado a pensar. Sabendo que aquele não seria o primeiro caso, ele começou a procurar os mercadores de pretos e descobriu que um deles tinha comprado um mulatinho de um homem cuja descrição se parecia com a do seu pai. O mercador se lembrava disso porque você chamava a atenção, estava bem-vestido, falava corretamente e parecia ter sido muito bem criado, e também porque percebeu que o homem hesitava bastante em fechar a venda e o tratava de maneira carinhosa. O doutor José Manoel disse que não tinha como afirmar com certeza, mas estava bastante desconfiado de que era mesmo você, principalmente porque a dívida de duzentos réis foi paga naquele dia da venda, a mesma quantia que o mercador disse ter dado pelo mulatinho.

Achei aquela história muito absurda e tentei argumentar que seu pai nunca poderia ter te vendido porque você não era escravo, tinha nascido quando eu já era livre, e também porque ele gostava muito de você. O doutor José Manoel então disse que para ser escravo bastava encontrar quem comprasse, pois, se algum branco dissesse que tal preto ou mulato lhe pertencia, a afirmação era aceita sem necessidade de provas. E que, quanto ao seu pai gostar de você, o desespero poderia muito bem tê-lo feito se esquecer disso, que a ameaça do cobrador podia inclusive ter sido feita em relação a você, pois a melhor forma de pressionar um devedor é ameaçar a vida dos parentes. Para salvar a sua vida, seu pai pode ter preferido transformá-lo em escravo. O doutor José Manoel tinha dado dinheiro ao mercador para que ele tentasse descobrir com que nome você tinha sido vendido e para quem, o que talvez não fosse muito difícil. Ele desconfiava que você tinha ido para a província de São Paulo ou para a do Rio de Janeiro, onde faltava gente para trabalhar nas lavouras de café e onde pagavam um bom dinheiro por novas peças, já que estava cada dia mais difícil fazê-las chegar da África.

Antes mesmo de esperar essas possibilidades se confirmarem, fui até o cais e me informei sobre navios de partida para a província do Rio de Janeiro, porque depois que aceitei a ideia tive certeza de que você tinha mesmo ido para lá, e agora percebo que estava certa. Depois passei pelo escritório do doutor José Manoel e pedi que resgatasse todo o meu dinheiro, pois eu estava decidida a viajar dentro de três dias. Ele me disse para esperar, pois você ainda poderia estar na Bahia ou em qualquer outro lugar mais perto, como Minas Gerais ou mesmo Pernambuco, Pará ou Maranhão. Pedi que ele continuasse procurando, que desse todo o dinheiro necessário ao tal mercador, pois eu estava de partida e nada me faria mudar de ideia. Eu não queria perder tempo, para poder te encontrar ainda em algum mercado, porque a busca ficaria muito mais difícil se você já tivesse sido vendido. Procurei novamente a Adeola e a Esmeralda, que tinham muitos conhecidos na cidade, pedindo que continuassem atentas para o caso de você não ter saído da Bahia. No mais, eu também confiava em você, que sabia seu nome e que era ingênuo, e daria um jeito de voltar para casa se ainda estivesse por perto.

NO RASTRO

Comprei um baú e coloquei nele todas as coisas que me eram caras. Deixei de fora os vestidos de que tanto gostava, os mais luxuosos, por serem volumosos e chamarem muita atenção, e peguei as roupas mais simples, as imagens de Oxum e dos Ibêjis e uma toalha bordada que eu tinha ganhado da sinhá Romana no dia em que me tornei vodúnsi. Peguei também o livro do padre Antônio Vieira dado pelo Fatumbi, o tabuleiro que tinha sido presente do Francisco e do Raimundo, e mais alguns objetos de estimação, e todo o resto mandei para a Adeola. Ela podia vender e usar o dinheiro para o orfanato. Quando o doutor José Manoel me entregou o dinheiro, costurei tudo dentro de sacolinhas de tecido e amarrei pelo corpo. Acho que essa era uma maneira de me dizer que eu nunca mais deveria me separar do que era meu, do que era realmente importante para mim.

O doutor José Manoel disse que sempre havia embarcação para São Sebastião do Rio de Janeiro e sugeriu que eu esperasse mais uma semana, pois queria tomar algumas providências para que eu não tivesse problemas ao viajar sozinha. Ele estava bastante constrangido quando, três dias depois, me entregou alguns papéis necessários para o embarque, entre os quais havia um passe igual ao que a sinhá Ana Felipa tinha me dado quando virei escrava de ganho, dizendo que eu estava autorizada a trabalhar na rua e morar fora de casa, só que em nome dele. O doutor José Manoel tinha amigos que faziam aquele serviço e, portanto, não foi difícil conseguir um passe dizendo que era meu dono e tinha pedido autorização aos governos da Bahia e do Rio de Janeiro para que eu fosse morar e trabalhar a ganho na corte, servindo a uma viúva, irmã dele, que na verdade nem existia. Tudo isso porque o governo do Rio de Janeiro tinha proibido a entrada de pretos livres naquela província, sobretudo os procedentes da Bahia.

Nunca fui tão grata ao doutor José Manoel, e por algo que nunca achei que pudesse merecer gratidão, pois eu tinha sido novamente transformada em escrava. Eu o admirei por ter se arriscado, por estar se responsabilizando e emprestando o nome para que eu fizesse algo fora da lei. O doutor José Manoel disse que dos homens estavam exigindo, logo ao desembarcar, uma espécie de carta em que a polícia da Bahia afirmava que aquele escravo não era suspeito de participar de rebeliões, mas que, por ser mulher, isso provavelmente não aconteceria comigo. Mesmo assim, durante a viagem seria recomendável que eu fizesse amizade com algum branco, melhor ainda se fosse mulher e distinta, para me fingir de companhia. Assim que vi o patacho, percebi que ali não entraria nenhuma senhora distinta, e confesso que só embarquei por extrema precisão, porque era muito difícil acreditar que algo tão prejudicado aguentaria a viagem. Mas aguentou, e se houve algum tipo de problema, eu nem percebi, pois assim que subi a bordo arrumei um canto, estendi a esteira e tratei de dormir. Eu tinha pagado um pouco mais caro para ter um espaço só para mim, mesmo sem cama ou qualquer outro conforto, apenas com uma fina divisória de madeira que me proporcionava um pouco de privacidade. Levei um farnel de carne de sol, farinha, pães, bolos e água, e nem para comer precisava deixar o meu espaço, só mesmo para fazer as necessidades, quando já não dava mais para adiar.

Quando percebi a movimentação de cargas sendo arrastadas e de pessoas correndo para o convés, soube que estava chegando a São Sebastião do Rio de Janeiro e tinha que começar logo a busca, se quisesse te encontrar ainda em algum mercado. Eu não tinha como provar que você era ingênuo, e isso nem era o mais importante ou a única solução, porque tinha dinheiro suficiente para comprá-lo. O doutor José Manoel também tinha me orientado quanto a isso, para eu não demonstrar muito interesse ao te reconhecer e muito menos revelar que era sua mãe, pois o mercador elevaria o preço. Era para eu te tratar com total descaso, como mais um mulatinho escravo entre tantos outros, e chamar a sua atenção caso me chamasse de mãe, dizendo que você tinha inventado aquilo para ser escolhido. Eu me lembrei de quando o sinhô José Carlos me comprou, de como me achei esperta fazendo de tudo para ser vendida, e rezei para que você não tivesse usado o mesmo expediente.

SÃO SEBASTIÃO DO RIO DE JANEIRO

Vista do mar, São Sebastião do Rio de Janeiro era uma baía de águas calmas e praias de areia clara, e logo depois uma faixa de terra tomada por galpões ou casas, e logo em seguida os morros, muitos deles. Não era como na Bahia, a cidade baixa e a cidade alta, a escarpa dividindo as duas. Em São Sebastião não havia escarpa alguma, apenas a cidade ao longo do mar e as montanhas como cuidadosas vigilantes. Algumas eram pontiagudas como pedras talhadas, mas outras eram suaves, altas e suaves, parecendo terem sido moldadas no barro com o uso de uma cabaça cortada ao meio. Um pouquinho só, elas me lembraram as montanhas do caminho de Savalu até Uidá, e no momento em que pensei isso me senti quase feliz, ou aliviada, sabendo que os dias ali me trariam um pouco de alento e felicidade, apesar de tudo.

Desembarcamos em Santa Rita, que, de acordo com um marinheiro, ficava bem perto de onde eu queria ir, um famoso mercado de pretos. O único problema era o baú, grande e pesado para andar com ele de um lado para outro, e ainda a bordo consegui um preto para carregá-lo até alguma pensão próxima ao cais. Mas logo percebi que precisava aprender novas regras, pois assim que cruzamos com o grupo de pessoas que esperavam pelo desembarque dos viajantes, tive que mudar de guia. O preto ia à minha frente e logo foi cercado por quatro carregadores que perguntaram a quem ele pertencia. Não acreditaram quando ele hesitou um pouco e depois me apontou, por eu ser preta ou por não estar vestida como uma dona de escravos, não sei, ou se pelo fato de ele ter demorado para responder. Mas um dos carregadores disse que ali quem fazia aquele serviço eram somente eles, que o meu guia teria que compreender que aquele ponto já tinha dono. Ele olhou para mim, por certo esperando que eu tomasse uma atitude, mas eu não estava com vontade de criar problemas justo na chegada, e o dispensei sem mesmo dar algum dinheiro. Não porque fui mesquinha, mas porque, tomada de surpresa, fiquei com medo de mostrar onde guardava a quantia que tinha separado para as despesas de viagem. Assim que ele pôs o baú no chão e se afastou contrariado, começou uma discussão entre os outros quatro para ver quem me acompanharia, o que, para minha sorte, logo teve fim, pois mais pessoas estavam desembarcando, e mesmo quem tinha um único pacote de mísero tamanho merecia a atenção dos carregadores. Merecer a atenção é modo de dizer, pois o trabalho deles era quase imposto, visto que lá também, como na Bahia, carregar uma pena que fosse era trabalho de preto. Aliás, trabalho sempre era coisa de preto, imposto aos que tinham donos e exigido pelos libertos e os de ganho, que precisavam garantir o jornal ou o sustento, ou as duas coisas juntas.

Pedi ao carregador que me levasse para uma boa pensão nas redondezas, de preferência que servisse refeições, pois eu não pretendia sair à procura de um lugar onde comer em uma cidade desconhecida. Ignorando o peso, ele colocou o baú na cabeça e saiu quase correndo, e tive que me esforçar para acompanhá-lo no meio da multidão de vendedores de comida, de roupa, de galinhas, de cestos e tudo o mais que se pudesse imaginar. Eu sabia que seria bom prestar atenção às pessoas em qualquer lugar por onde andasse, pois você poderia estar entre elas, mas tive medo de me perder. Ao deixarmos o cais, passamos por várias portas com a tabuleta que informava do aluguel de quartos, e comecei a me preocupar quando percebi que, pelo passo apressado, ele não pretendia parar em nenhuma delas, afastando-se da região de maior movimento. Quanto mais andávamos, mais as ruas se tornavam feias, sujas e malcheirosas, com casas de onde saía um bafo úmido e quente, cheirando a peixe podre e excrementos. Eu tentava caminhar com cuidado para não pisar nas valas a céu aberto, mas também não podia ser tão cuidadosa a ponto de não manter os olhos no baú. Assim que o ambiente começou a melhorar um pouco, com vielas mais largas, ele parou em frente a uma das portas e deu um assovio. Conversou com o velho que o atendeu e que, depois de me olhar de cima a baixo, voltou para dentro da casa. Eu disse ao carregador que não tinha gostado muito daquele lugar, que tínhamos passado por outros melhores e que eu provavelmente poderia pagar, mas ele afirmou que naqueles lugares não aceitavam pretos, que eu teria que ficar ali mesmo ou, se realmente quisesse, poderíamos procurar outra casa, mas seria pior que aquela ou muito mais longe. Resolvi pelo menos dar uma olhada no que tinham a me oferecer, pedindo que ele mesmo levasse o baú até o quarto. Se eu não quisesse ficar, poderíamos sair em seguida.

O velho voltou e nos guiou através de um cômodo que era um verdadeiro labirinto formado por baias de paredes baixas construídas com folhas de madeira, dentro das quais pude ver redes, esteiras, roupas e panos amontoados pelo chão. Subimos uma escada e a parte de cima era bem melhor, dividida em pequenos cômodos onde cabiam apenas um baú e uma esteira, mas fechados até o teto e com portas. Escolhi um que tinha uma pequena janela bem no alto da parede, mais claro e arejado, onde o carregador colocou o baú a um canto e estendeu a mão para receber o dinheiro, dizendo que seria melhor manter a porta fechada. Não pelas pessoas da casa, que ele conhecia e eram de confiança, mas pelos que alugavam cômodos ali de vez em quando e não se sabia de onde tinham surgido ou quem eram. Agradeci e pedi ao velho que voltasse dentro de duas ou três horas com alguma coisa para eu comer, e até gostei bastante da refeição, cozido de peixe, pirão e farinha, uma banana e doce de goiaba, refresco e café. Bem alimentada, achei que uma boa noite de sono me faria bem, pois precisava me preparar para os dias seguintes, mas logo compreendi o que o carregador quis dizer com ser mais seguro manter a porta fechada, pois a noite inteira foi de entra e sai, de bater de portas, de gritos e gemidos, de brigas com quem não queria pagar o quarto alugado ou os serviços das diversas mulheres que faziam a vida por ali. Na manhã seguinte, cansada e irritada pela noite maldormida, resolvi sair à procura de outro lugar para ficar.

Peguei um pedaço de papel, consegui um toco de carvão com o velho e tomei nota de todos os lugares por onde passei, para depois saber voltar, principalmente porque o baú estava trancado dentro do cômodo. Vi grupos de pretos acorrentados a caminho de algum mercado, e achei que mais tarde deveria segui-los, mas primeiro precisava de um lugar para me estabelecer. Andei por várias ruas e cheguei a entrar em três ou quatro casas, mas nenhuma me agradou. Percebi então que deveria me afastar um pouco mais da região do porto, porque, como também acontecia em São Salvador, era onde havia mais comércio e casas velhas e malcuidadas. Já estava começando a desanimar quando um homem muito bêbado caiu quase aos meus pés, surgindo de repente de uma casa onde, da porta, uma preta velha esbravejava. Eu quis desviar, mas ele agarrou a minha saia enquanto tentava se levantar. Foi então que a mulher se aproximou e, com tapas e pontapés, fez com que ele me largasse, pedindo desculpas e dizendo que aquele era um imprestável, que havia mais de três meses que comia e dormia de graça na casa dela alegando que não tinha dinheiro para pagar, mas sempre arrumava um jeito de comprar bebida. Enquanto eu procurava uma tabuleta que confirmasse que ali era uma casa de cômodos, ela continuou insultando o velho, que finalmente conseguiu se levantar e saiu cambaleando pela rua. Perguntei e ela me disse que sim, que alugava cômodos e tinha dois vagos, o do velho e outro deixado por um estudante já havia quase dois meses, sem que ela tivesse conseguido alguém para pôr no lugar, pois escolhia muito bem os hóspedes. A mulher ficou me olhando por algum tempo e disse que para mim alugaria, se eu pudesse pagar. Pedi para ver os cômodos e acabei ficando com o que era do estudante, talvez impressionada com a bagunça e a sujeira que o velho tinha deixado.

Mais tarde percebi que, embora o quarto do velho fosse maior, eu tinha feito a escolha certa. O meu ficava no fim de um corredor, muito mais tranquilo, além de ter três janelas e não apenas duas, como os outros. Os quartos do meio do corredor tinham janelas somente para a frente da casa, enquanto o meu, que ficava em uma das pontas, tinha também uma janela lateral. Era uma bela casa, embora velha e com muitas coisas por arrumar, mas em muito me lembrou o sobrado do seu pai em São Salvador. Acho que por isso eu soube que tinha que ficar ali, por causa de uma certa familiaridade, além de ter gostado da dona Balbiana, a hospedeira. Depois que acertamos o preço, comentei sobre o baú e ela chamou um preto que não teria forças para fazer o serviço, com as pernas arqueadas e a virilha quebrada de tanto carregar peso, como eu já tinha visto muitos em São Salvador. A dona Balbiana então pediu que ele me acompanhasse até algumas casas adiante, onde chamamos dois moleques que tinham por volta de doze ou treze anos, mas bastante fortes e desenvolvidos para a idade. Tive medo que você fosse como eles e tivesse crescido muito desde a última vez que nos vimos, pois não te reconheceria se nos encontrássemos por acaso.

A volta foi muito mais rápida do que a ida, mesmo com os dois moleques dividindo o peso do baú. A dona Balbiana tinha mandado arrumar o quarto um pouco melhor, e até colocado um jarro com flores, que disse ser do próprio jardim. Ela queria conversar, mas eu estava cansada demais, precisando me lavar, comer alguma coisa e dormir, pois sabia que dias longos me esperavam. Ela então pediu que uma moça me levasse uma bacia com água, e tomei o primeiro banho desde a saída de São Salvador. À noite me lembrei de que o Ifasen, o filho do Baba Ogumfiditimi, tinha dito que eu passaria por um período de calmaria, mas que depois viria outro de grande peregrinação. Ele não pôde dizer o motivo das minhas andanças, pois ainda não estava claro no destino, mas me via andando muito atrás da minha missão. Você se lembra? Quando acordei, tive certeza de que a minha missão era te encontrar, a missão mais importante da minha vida, na qual não podia falhar. Se falhasse, poderia te condenar a ser escravo pelo resto dos seus dias, mesmo tendo nascido ingênuo.

A CASA DE CÔMODOS

Acho que ainda não te falei direito sobre a casa que ficava na Rua do Ouvidor. A frente era protegida por uma grade de ferro trabalhado, já bastante enferrujado, que deixava ver o pequeno jardim que media não mais que cinco ou seis passos, mas sempre impecável, livre de mato e florido. Esse jardim era cortado ao meio por um estreito corredor de pedras que levava à porta da sala, com a pintura verde bastante desbotada e descascada, com um visor de vidro muito bem conservado, sem um arranhão sequer. A sala era espaçosa, não muito grande, mas parecia maior por quase não ter móveis, apenas uma arca de couro, um canapé, duas cadeiras e uma poltrona. Da sala subia a escada que levava a seis quartos, três para cada lado, sendo que o meu era o último virando à esquerda. No andar de baixo havia mais dois quartos saindo de um pequeno corredor que levava à cozinha, mais bem composta que a sala, com uma grande mesa para doze cadeiras, outra mesa pequena onde eram colocadas as panelas para que nos servíssemos, um móvel cheio de coisas de cozinha, a pia e o imenso fogão a lenha. O quintal era quase três vezes maior que o jardim, com poço próprio, e no fundo do terreno, mais três quartos. Foi na cozinha que encontrei a dona Balbiana naquela manhã, e percebi que era ali que todos da casa gostavam de ficar, apesar do calor quase insuportável quando o fogão estava aceso.

A dona Balbiana tomava o desjejum junto com o Omissias, um preto liberto que era oficial barbeiro e atendia perto dali, em um ponto que tinha junto com o moçambique Buremo, o pai dos moleques que tinham ido buscar meu baú. Aliás, os moleques se chamavam Pablo e Esteban, e a mãe deles era uma quituteira crioula e liberta chamada Rosário. O Omissias era um benguela que achava ter mais de setenta anos, mas não sabia direito, um velho magro e muito sério, que frequentava igreja de branco e não botava uma gota de cachaça na boca, o que de início até me fez pensar que ele era muçurumim. Também não fumava, pois dizia que isso era coisa de quem recebia espíritos. Foi bastante simpático comigo, querendo saber de onde eu estava chegando e o que tinha ido fazer na cidade, pondo-se à disposição para ajudar. A dona Balbiana ficou curiosa com a minha história, mas guardou todas as perguntas para depois que o velho saiu para trabalhar. Ela se interessou quando eu disse que chegava da Bahia, pois tinha morado lá durante alguns anos, emprestada para a irmã de sua dona. Na Bahia, tinha sido alugada para o Juan, um espanhol dono de uma hospedaria no Maciel, perto daquele casarão onde conheci o Porcristo. A dona Balbiana começou a se deitar com o espanhol, e quando a mulher para quem ela tinha sido emprestada faleceu e a dona a chamou de volta para São Sebastião, o Juan resolveu ir junto. Não só por causa dela, mas também porque achou que poderia ganhar mais dinheiro, pois corriam notícias de que na corte faltavam casas e hospedarias na época da chegada da corte. Mesmo tendo dinheiro para comprar a carta, que o espanhol se propôs a dar, a dona Balbiana preferiu continuar como escrava, porque achava que assim a vida seria mais fácil. Além do mais, a dona pedia um jornal muito baixo, do qual a dona Balbiana sabia que ela precisava. Assim, um pouco por comodismo e um pouco por lealdade à dona que sempre a tinha tratado muito bem, sem nunca interferir na sua vida, não quis se libertar.

Quando o Juan abriu a hospedaria, a Rua do Ouvidor já tinha muitos comerciantes portugueses e ingleses, e como grande parte deles chegava ao Brasil sem família alguma, alugavam quartos em vez de montarem casa. A simpatia do espanhol também ajudava, pois todos na rua o conheciam e gostavam muito dele, e a dona Balbiana disse que nunca precisaram colocar tabuleta na porta, pois os cômodos viviam ocupados. Depois dos portugueses e dos ingleses chegaram os franceses, ou melhor, as francesas, montando casas de modistas muito bem frequentadas, dando prestígio à Rua do Ouvidor. Era com modista estabelecida lá que a imperatriz fazia seus vestidos, sendo copiada por todas as damas da sociedade. Mas, infelizmente, as modistas colocaram casa somente na parte da Rua do Ouvidor que ficava além da Rua Direita, levando para lá o comércio mais importante e deixando os pontos de menor prestígio para o lado em que ficava a casa da dona Balbiana. Os comerciantes solteiros foram se casando com brasileiras e montando casa, e novas hospedarias e até mesmo hotéis de muito luxo surgiram na rua e nos arredores, e a dona Balbiana foi perdendo freguesia. A situação piorou quando o Juan morreu, porque os brancos não quiseram mais se hospedar na casa de uma preta, restando então alugar para pretos. Quando o companheiro morreu sem deixar herdeiros e sem ser casado com ela no papel, a dona Balbiana perdeu todo o dinheiro que tinham no banco e em uns papéis que ele chamava de ações, pois ficou tudo para a Coroa. A casa é uma outra história, que eu te conto mais tarde.

A dona Balbiana disse que, mesmo tendo pedido muito a Oxum, Nanã e Iemanjá, não teve filhos, o que a deixava muito triste, e emocionada com a minha história. O Juan já tinha morrido havia mais de dez anos, e a sorte dela foi que, bem antes disso, tinha conseguido uma menina para criar. Na verdade, ele tinha comprado a menina para ela, filha de uma preta escrava de uns portugueses que moravam na vizinhança. A escrava e a dona portuguesa tinham dado à luz na mesma época, e como a branca não tinha leite para alimentar a criança, a preta foi tomada como ama de leite e proibida de amamentar a própria filha, para que o leite não raleasse. Também não deixavam que ela cuidasse da criança e não havia mais ninguém na casa que pudesse fazer isso, e a menina adoeceu. Assim que soube dessa história, a dona Balbiana pediu ao Juan para ir até a casa dos portugueses e pedir ao dono que pusesse preço na menina, que foi vendida por quase nada. Não era de grande inteligência, porque tinha passado por muitas dificuldades, mas era boa pessoa, trabalhadeira e bonita como só ela, a moça que tinha levado a bacia com água ao meu quarto naquela primeira noite, que se chamava Juana em homenagem ao espanhol.

Esteban e Pablo também eram nomes espanhóis dados pelo Juan, que era padrinho dos dois moleques, ingênuos de pia.[10] O próprio Juan tinha se oferecido para apadrinhá-los, ganhando a gratidão eterna do Buremo e da Rosário, que na época ainda eram escravos a ganho. Gratidão que se estendia à comadre, a dona Balbiana, para quem faziam de tudo para agradar e ajudar. Todos os dias os moleques iam até a casa dela tomar a bênção e perguntar se precisava de alguma coisa. Muitas vezes também iam pedir ajuda, porque a Rosário não era certa da cabeça, ainda pior do que a Juana. Do nada, começava a babar e a se bater, correndo o risco de engolir a língua e morrer se não tivesse alguém por perto para colocar uma colher na boca dela. Era por isso que os moleques não trabalhavam, para ficarem com a mãe enquanto o pai tinha uma boa renda como oficial barbeiro. A dona Balbiana achava que a doença da Rosário era porque ela tinha abandonado a religião dos orixás. Tinha o santo muito forte para a cabeça que não era honrada, e por isso toda aquela perturbação, mas não acreditavam nela.

Imagine você que de tudo isso eu fiquei sabendo em poucos minutos de conversa, e já estava aflita para que aquilo terminasse logo e eu pudesse começar a procurá-lo com a ajuda do Mongo, que nos ouvia sentado no chão da cozinha. A dona Balbiana disse que o velho já não era mais tão útil na casa e que, se eu quisesse, ele podia sair comigo, mostrar onde ficavam os mercados, os cantos e as feiras de escravos. Aceitei, mesmo achando que ele não conseguiria me acompanhar, visto que mal conseguia andar, puxando aquelas pernas. Era um cabinda chegado da África ainda criança, na época da mudança do imperador, e recolhido da rua pelo Juan depois de ter sido abandonado pelo dono, doente e sem conseguir andar, por tanto peso que as pernas já tinham suportado quando ele era carregador no porto.

A dona Balbiana não nos deixou sair enquanto não falou um pouco sobre cada uma das pessoas que alugavam cômodos na casa, sempre puxando para a positiva, para mostrar que eu devia me orgulhar por ter sido aceita. O quarto ao lado do meu estava vazio, era o que tinha sido ocupado pelo velho bêbado. O seguinte, ao lado da escada, estava alugado para um velho angola liberto chamado Kipeio, que trabalhava como oficial chapeleiro em uma fábrica na freguesia de Sacramento. Do outro lado da escada ficava a Ricardina, uma escrava lavadeira e dona de dois escravos que trabalhavam

---

[10] Ingênuos de pia: libertos na pia batismal, geralmente pelo padrinho branco e/ou rico, que se envergonhava de não comprar a liberdade dos afilhados.

a ganho como carregadores de palanquim e moravam em uma loja próxima à nossa casa, na Rua de São Pedro. O quarto entre o da Ricardina e o da dona Balbiana era ocupado pela Luzia, uma liberta calava vendedora de peixe. Na verdade, não era bem um quarto, mas o trocador da dona Balbiana, que tinha mandado fechar a porta que dava para dentro dos aposentos dela e abrir uma outra que saía para o corredor. Na parte de baixo da casa, ocupando os dois quartos que ficavam no corredor a caminho da cozinha, moravam o Maboke, um angola liberto que era oficial cirurgião e feiticeiro, como cochichou a dona Balbiana, e o Firmino, um moçambique semiliberto e carregador. Nos fundos da casa ficavam os quartos do André, um crioulo que era filho de uma parenta da dona Balbiana, vendedor, e do Jindungo, um angola carregador que também era chamado de Piripiri. O terceiro quarto era dos orixás da dona Balbiana e nunca seria alugado, nem que disso dependesse o sustento dela. Sei que é muita gente e com certeza você não vai guardar todos os nomes, mas preciso dizer, porque alguns foram muito importantes para mim, como vai saber mais adiante.

BUSCA E HISTÓRIAS

Como eu imaginava, o Mongo andava devagar, muito devagar, parando de tempos em tempos para aprumar as pernas. Mas isso foi bom, porque pude gravar um pouco os caminhos da cidade e observar as pessoas, que me pareceram muito mais tristes que as pessoas da Bahia. Não sei se era bem tristeza, mas os pretos da Bahia pareciam ter mais esperanças de felicidade, não sei se dá para entender, e os de São Sebastião pareciam mais conformados. Acho que essa é até uma palavra melhor que tristeza, a palavra conformismo, porque é uma palavra que acaba com os sonhos das pessoas. Para o lado do mar, a Rua do Ouvidor terminava em uma praça chamada Praça do Mercado, onde a Luzia comprava e vendia peixes. De lá pegamos a Rua da Praia no sentido da freguesia de Santa Rita, onde ficava o Valongo, o maior mercado de pretos de São Sebastião, famoso até mesmo em São Salvador. O Mongo disse que era raro aparecerem pretos da Bahia por aqueles sítios, pois nenhum senhor queria saber de escravo que arrumava confusão, mas havia muitos da província de Minas Gerais, comprados ou fugidos. Ele gostava de contar histórias, e quando falou dos mineiros, lembrou-se de um caso que tinha acontecido na Rua do Ouvidor, perto de onde morávamos.

Ele disse que se eu precisasse de confirmação podia pedir ao Omissias, que era menino e já trabalhava na Rua dos Barbeiros quando tudo aconteceu. Ou então podia ter a prova com meus próprios olhos, os vistosos canteirinhos de perpétuas roxas que chamavam a atenção na frente de uma casinha térrea simples, de porta e janela, que ficava entre a Rua Direita e a Detrás do Carmo. Os tais canteiros tinham sido plantados por uma antiga moradora nos idos de um mil setecentos e oitenta, entrando pelos noventa, e que tinha por nome Perpétua e por alcunha Mineira. Perpétua Mineira, como era conhecida.

A Perpétua Mineira tinha sido abandonada ainda criança, em Minas Gerais, à porta de uma família muito rica que lhe deu criação como se fosse filha. Mas não era, e por não ser irmã do filho legítimo da tal família, os dois se apaixonaram quando ela tinha dezoito anos, para desconsolo dos pais, que queriam que o rapaz fizesse um bom casamento. O moço queria se casar com a Perpétua Mineira mesmo assim, mas, em consideração, ela não quis, sacrificando a honra e lembrando que ele devia obediência aos pais. Desonrada e posta para fora de casa, a Perpétua Mineira foi para São Sebastião do Rio de Janeiro e alugou a tal casinha, começando a trabalhar como costureira. Quem a conheceu naquela época dizia que era moça muito séria e trabalhadeira, que, para complementar o sustento, abriu a saleta da sua casa para servir refeições. Além da beleza da moça, a gostosura e o capricho da comida correram de boca em boca, e logo era grande a freguesia para os guisados e assados de porco, as linguiças caseiras, os bolos e os quitutes. Muitos foram os homens que se apaixonaram por ela, mas nenhum foi retribuído, pois a Perpétua Mineira secretamente ainda tinha esperança de que o tal rapaz, o que tinha ficado em Minas Gerais, desobedecesse ao pedido dela e fosse buscá-la em São Sebastião; até que um dia apareceram fregueses de Minas Gerais que contaram à moça sobre o casamento do amado. Dando tudo por perdido, a Perpétua Mineira adoeceu e esteve à beira da morte, passando mais de dois meses na Santa Casa da Misericórdia, e dizem que só se salvou por milagre. Foi então que resolveu recuperar o tempo perdido e aceitou todos os homens que tinha rejeitado, e atraiu muitos outros com seu riso fácil, sua alegria por estar viva, seus modos e trejeitos. Entre os novos pretendentes estava o homem que seria seu segundo e último grande amor, também mineiro, que, aproveitando a passagem por São Sebastião, quis conhecer a moça de quem todos falavam. Diziam que ele não era bonito, mas era corajoso, arrebatado, decidido, ardente, e caiu de amores pela Perpétua, o Joaquim José da Silva Xavier, alcunhado de Tiradentes. De acordo com o Mongo, a Perpétua Mineira voltou a ser honrada e fiel, sempre à espera do Tiradentes, mesmo com suas prolongadas ausências, indo e voltando de São Sebastião para Vila Rica de Minas Gerais.

Uma vez, às vésperas de partir de São Sebastião do Rio de Janeiro, ele contou à Perpétua sobre uma conspiração da qual participava, marcada para dali a pouco tempo. A moça ficou desesperada, com medo de perder novamente seu amor, porque os dois sabiam que se algo desse errado, se não acontecesse o que os conspiradores esperavam, o Tiradentes poderia ser preso e condenado à morte. Ele então pediu à Perpétua Mineira que lhe desse uma flor do seu jardim, uma flor que tinha o mesmo nome que ela, para que ela estivesse sempre junto dele. Ela tentou substituir a prenda, que achava de mau agouro, oferecendo um cacho do seu cabelo, que o moço aceitou, mas sem desistir da flor. Quando ele partiu, deixou a Perpétua aflita por notícias que nunca chegavam. Até que um dia chegou o próprio Tiradentes, não para a casa dela, porque sabia que o procurariam lá, mas para a casa de alguns amigos, que avisaram a Perpétua que ele estava na cidade, fugido, depois de ter dado tudo errado em Minas Gerais. Mas não adiantou ele se esconder, e algum tempo depois foi capturado e preso, acusado de traição à pátria. A essa altura da história, eu e o Mongo estávamos passando em frente à Ilha das Cobras, onde ele quis parar um pouco para descansar e aproveitou para me mostrar a cadeia que ficava naquela ilha, onde o Tiradentes tinha permanecido preso por quase dois anos, nas masmorras. A Perpétua tentou de várias maneiras livrar seu amor da condenação, apelando até para seus encantos, esperando que amolecessem o coração do vice-rei, e dizem que ela teria conseguido se nesse meio-tempo ele não tivesse sido substituído.

Sabendo que a Perpétua tinha sido amante do Tiradentes e que os amigos dele frequentavam a saleta de pasto, a casa dela passou a ser vigiada, espantando toda a freguesia e os conhecidos. Por isso ela estava completamente sozinha quando, da quina da Rua do Ouvidor com a Rua Direita, assistiu ao triste fim do amado, enforcado no Campo do Rosário. Depois do repicar dos sinos anunciando que a lei tinha sido cumprida, algumas pessoas disseram ter visto uma mulher se aproximar do corpo e procurar algo em seus bolsos, talvez o cacho de cabelos ou a flor roxa, mas ninguém teve coragem de se aproximar para saber quem era ela. Só podia ser a Perpétua Mineira, como também deve ter sido ela que encontraram alguns dias depois em Minas Gerais, morta ao lado do lugar onde tinha sido exposto um pedaço do corpo do Tiradentes, esquartejado para servir de exemplo aos rebeldes que ainda pensavam como ele. Quando o Mongo parou de falar, era eu quem estava cansada. Cansada de sofrer por aquela mulher, pelo homem enforcado e esquartejado, pelos duros anos passados nas masmorras da prisão da Ilha das Cobras, que já devia ter abrigado muitas outras pessoas com histórias tão tristes quanto aquela. Acho que preferia não ter sabido de nada, porque uma sensação muito estranha me perseguia por horas e horas sempre que eu passava em frente à tal casa da Perpétua Mineira, sem ter coragem de olhar para os canteiros sempre floridos e bem cuidados, mesmo que ninguém morasse lá.

Foi com o coração apertado que cheguei ao Valongo, que não era muito diferente dos mercados de escravos de São Salvador, com o mesmo tipo de gente tomando conta e os mesmos procedimentos para avaliar as peças. Olhando para aqueles escravos pulando, correndo, gritando e apanhando, eu me lembrava de que já tinha passado por tudo aquilo, e era bem possível que você também. Sorte que não presenciei, porque não sei descrever o que vi nos olhos de uma mulher enquanto um pretinho que parecia ser seu filho estava sendo examinado. Quase comprei algumas crianças, que nem eram tão caras, mas não saberia o que fazer com elas depois, e também gastaria um dinheiro de que poderia precisar quando te encontrasse. Pelo caminho, tínhamos passado por outros armazéns que o Mongo foi apontando, onde também voltei muitas vezes. Toda aquela região era feia e triste, e muitas casas ainda conservavam as rótulas,[11] que tinham sido proibidas havia muito tempo. E, para piorar, perto do Valongo também havia o cemitério onde eram enterrados os pretos que chegavam mortos de África, ou que morriam antes de serem comprados. Tudo carecia de esperança, de vida, e a morte cheirava muito mal.

OS PRETOS

Os pretos de São Sebastião eram diferentes dos de São Salvador, por causa da procedência. Para São Salvador iam principalmente os da região de onde

[11] Rótulas: grades feitas de ripas de madeira que eram colocadas na frente das janelas, para barrar a luz e o calor muito fortes, e também para impedir que quem passasse na rua visse dentro das casas.

eu tinha saído, os fons, os eves, os iorubás e mais outros que, por lá, eram todos chamados de minas, porque embarcavam na Costa da Mina. Para São Sebastião iam os angolas, os moçambiques, os monjolos, os benguelas e mais alguns. Os monjolos tinham marcas ao comprido do rosto, os angolas tinham o rosto fino e eram muito bonitos, e os benguelas usavam cortes de cabelo bastante estranhos, formando desenhos muito trabalhosos, que podiam pegar a cabeça inteira ou apenas o alto, perto da testa, formando um topete com trancinhas. Havia moçambiques aos montes, e eles variavam muito de uma região para outra, mas os preferidos eram os capturados nas tribos que ficavam longe da costa, por serem mais altos e mais fortes. Estes geralmente tinham o beiço de baixo e a orelha furados, e um desenho na testa que lembrava muito uma lua. Os moçambiques do litoral eram mais baixos e tinham a pele mais clara, da mesma cor da pele dos calavas. A Luzia, a vendedora de peixe que morava na casa da dona Balbiana, também era calava, e me explicou que eles tinham bocas estranhas porque, ainda crianças, apertavam e esticavam os lábios usando pedacinhos de madeira como se fossem um tipo de torniquete. Ao andar pelas ruas e mesmo pelos mercados, eu tinha a mania de ficar olhando para esses pretos e tentando adivinhar de onde eram. Depois de algum tempo já nem tinha mais graça, porque acertava sempre. Com as mulheres era mais difícil porque nem todas tinham marcas no rosto, e a maioria usava os cabelos penteados à maneira das sinhás ou cobertos com lenços e turbantes. Eram quase todas criadas de portas adentro, e se vestiam e se comportavam como tal. Por isso, logo percebi que as que tinham marcas ou faziam penteados de África eram quase todas de ganho. Os homens usavam cortes de cabelo diferentes, de acordo com o serviço, principalmente os que trabalhavam nas ruas, facilitando a contratação. Precisando de carregadores, por exemplo, podia-se chamar com certeza qualquer preto usando um corte que deixava um chumaço de cabelo bem na frente, no alto da testa, e uma risca de cabelo de mais ou menos dois polegares de grossura, indo de orelha a orelha, a quatro polegares da nuca. Quem fazia esses cortes eram os oficiais barbeiros, que conheciam os costumes de cada nação e trabalhavam nas ruas e nas praças, ou em pontos como o do Omissias.

Naquele primeiro dia, voltei do Valongo bastante desanimada e subi para o quarto assim que cheguei. A dona Balbiana me chamou porque queria que eu conhecesse os outros hóspedes, e pedi que ela se desculpasse por mim, mas ia ficar para outro dia, pois eu estava exausta e preocupada, achando que seria impossível encontrar você naquela cidade. Ou pior, eu nem tinha certeza de que você estava mesmo em São Sebastião do Rio de Janeiro. Uma coisa boa que eu tinha percebido era que os mercadores anotavam tudo sobre o escravo vendido, as características, a procedência, o nome e se tinha alguma marca de tribo. Mas eu não sabia a sua altura, nem como estava o seu cabelo e muito menos com que nome seu pai tinha te vendido. Antes de dormir, aproveitei para escrever uma longa carta ao Tico, pedindo que ele me passasse todas essas informações e que procurasse sua certidão de batismo pela casa. Em uma carta, a Claudina tinha se referido a ela, e ao mesmo tempo que eu queria que o Tico a encontrasse, torcia para que ocorresse o contrário, porque assim havia a possibilidade de ela estar com você, para provar que era ingênuo. Escrevi também ao doutor José Manoel pedindo que ele continuasse procurando seu pai, que perguntasse para todos os amigos e mantivesse vigilância, porque tudo poderia ser esclarecido por intermédio do Alberto.

Não havia muita coisa a fazer enquanto não tivesse pelo menos a resposta do Tico, mas, mesmo assim, saí de casa todos os dias, contando com a sorte. O ruim era que havia mercados clandestinos por todos os lados, muitos porões de mercearias que vendiam lotes de peças encomendadas ou avulsas, funcionando sem permissão das autoridades. Desses, quase ninguém conhecia a morada, pois o funcionamento dependia de ter ou não mercadoria. Andei por todas as freguesias mais importantes, Candelária, Santa Rita, Santana, Sacramento, São José, Glória, São Cristóvão, São João Batista da Lagoa. É interessante como ainda hoje me lembro de cada um daqueles locais, que devem estar bem diferentes, e até mesmo de algumas construções, que talvez já nem existam mais. Algumas que não tinham nada de especial, a não ser o fato de eu ter parado em frente a elas para tomar um refresco, ou onde vi entrar ou sair alguém que eu pensava conhecer.

OS MORADORES

No terceiro dia na casa da dona Balbiana, eu tinha a sensação de ter deixado a Bahia há quase tanto tempo quanto tinha deixado a África. Muitas coisas acontecendo, como também muitas eram as novidades, principalmente quando todos se reuniam na hora da ceia. A comida da dona Balbiana era muito gostosa, o que fazia com que alguns fregueses dos tempos antigos fossem até a saleta de pasto que ela oferecia aos sábados à tarde. A dona Balbiana hospedava em grande estilo, dizendo que não era por sermos pretos que deixaria de receber como sabia, e por isso todos faziam questão de tomar o desjejum e cear em casa, com exceção do Maboke e do Kipeio, que trabalhavam longe e nem sempre chegavam a tempo. Mas a comida deles ficava separada em um prato ao lado do fogão aceso. Outra coisa que para mim não foi problema, mas que exigia um grande esforço de alguns deles, era que a dona Balbiana fazia questão que usássemos talheres, ninguém podia comer com as mãos. Só mesmo o Mongo, que dizia que daquele jeito a comida perdia o gosto e às vezes ia comer no quintal. A Juana era muito calada e se limitava a responder quando perguntávamos alguma coisa, mas eu andava desconfiada de que não era tão quieta assim, que se encontrava com alguém no quarto ao lado do meu. Logo na primeira noite que passei na casa, ouvi barulho da porta sendo aberta e fechada, e logo em seguida alguns risos de mulher, e de vez em quando a voz de um homem, que desconfiei ser do Piripiri. Ele era um preto alto e forte, com alguns fios de cabelo ficando brancos, mas o rosto não denunciava idade nenhuma, principalmente porque estava sempre com boa fisionomia. Era carregador nos armazéns da Alfândega, onde, depois de pouco mais de dez anos trabalhando a ganho, tinha conseguido juntar dinheiro para comprar a carta. Diziam que era muito respeitado, não só por trabalhar firme, mas também por ser bom de briga.

Do André eu não gostei desde o primeiro momento, pois me pareceu o tipo de gente que não leva nada a sério, muito menos o trabalho. Tinha nascido livre de uma escrava amiga e comadre da dona Balbiana, e mesmo depois de estar grande o suficiente para trabalhar e comprar a liberdade da mãe, não se importou com isso, deixando-a morrer cativa. Quero dizer, ele não tinha nascido livre, mas o dono da mãe dele concedeu a liberdade em consideração aos bons serviços, e inclusive deixou que ele morasse com a mãe até certa idade, quando então foi para a casa da dona Balbiana. Ela também parecia não gostar muito dele, mas tinha prometido à comadre que o afilhado não passaria necessidade enquanto vivesse, e lá estava ele, nem sei se pagava alguma coisa.

Outra de quem também não gostei foi a Ricardina, a cabinda que tinha dois pretos de aluguel, pois logo percebi que descontava neles tudo o que algum dia alguém tinha feito para ela, que, aliás, ainda era escrava. Reclamava de tudo, implicava com todos, queria sempre que o melhor de tudo fosse para ela. Além de receber o jornal dos dois escravos, trabalhava como lavadeira. Não tinha medo do trabalho, isso não se pode negar, e tinha conseguido um bom acordo com a dona, que, em vez de cobrar jornal, tinha-a em casa por dois dias da semana, lavando, passando e engomando. Corria o boato de que tinha muito dinheiro guardado, mas não parecia, porque várias vezes a vi esmolando na região da Praça do Teatro.

O Firmino, um semiliberto que ainda pagava a carta a prestação, era a alegria em pessoa, e com certeza o mais simples da casa. Era um cômico, em tudo via e fazia graça, e embora a dona Balbiana chamasse muitas vezes a atenção dele, pedindo que se comportasse, dava para perceber um grande carinho entre os dois. Ele já não era tão novo, mas muito rijo e grande de corpo, e tinha o beiço e a orelha furados, além do desenho da lua na testa, à maneira dos da tribo dele. Durante o dia trabalhava nos armazéns da Alfândega, e à noite exercia a triste função de esvaziar os tigres,[12] tendo grande freguesia na região, inclusive a casa da dona Balbiana. Eu já tinha sentido um cheiro horrível na Rua do Ouvidor à noite, e depois soube que era passagem dos carregadores de tigres que iam ao mar, por ser uma rua reta até a praia do Mercado. Os carregadores de tigres começavam o trabalho às oito, quando o comércio fechava as portas, e terminavam às dez da noite, hora ansiosamente esperada no anúncio do relógio da São Bento. Mas como tinham pouco tempo para fazer o trabalho, estavam sempre correndo, o que facilitava os acidentes que despejavam o fétido conteúdo pelo chão. Ou, pior ainda, sobre incautos que tinham o azar de trombar com eles, o que não era raro acontecer, e o Firmino adorava contar os vários exemplos. Eu não sabia como era que, fazendo um trabalho daquele, ele conseguia ser tão alegre e ainda brincar, dizendo que gostava daquilo porque se sentia importante quando todos os brancos, homem ou mulher, rico ou pobre, e até mesmo os janotas, todos os que encontrava pelo caminho, de imediato abriam passagem para ele.

O Kipeio trabalhava de oficial chapeleiro muito longe dali, na freguesia de São João Batista da Lagoa, onde estavam instaladas algumas fábricas, não só de chapéus. Como era longe, muitas vezes dormia por lá mesmo, mas sempre que estava na casa era companhia muito agradável e muito discreta, quase não falava de si. Tinha sido libertado em testamento pelo anti-

---

[12] Tigres: barris de madeira sem tampa onde eram depositados as águas sujas e os excrementos, e que eram esvaziados nos canais, nos rios e no mar durante a noite.

go dono, que o considerou escravo leal e merecedor de fazer o que quisesse com a própria vida, desde que a do dono não existisse mais, é claro. Em testamento também tinha deixado algum dinheiro, coisa pouca, mas que ajudava o Kipeio a pagar o aluguel do cômodo, porque o que recebia na manufatura chapeleira não devia ser muita coisa. O Kipeio se orgulhava dos chapéus que ajudava a produzir, que não eram de palha trançada como usavam os pretos, mas sim de seda ou de pele de lebre.

O Maboke tinha ponto de oficial cirurgião na freguesia de Sacramento, lugar antigo, tradicional e muito bem frequentado, onde atendia principalmente pretos que apareciam sozinhos ou levados por seus senhores. Mas os brancos pobres também o procuravam para sangrias, aplicação de sanguessugas e de ventosas, benzeduras, talismãs e ervas para emplastros, chás e banhos. Havia ainda o Omissias, o que gostava de contar histórias e era muito bem informado sobre tudo o que acontecia em São Sebastião do Rio de Janeiro e nas províncias vizinhas, e foi quem me deu uma boa ideia para pôr em prática enquanto esperava por informações de São Salvador. E, por último, a Luzia, mulher triste e trabalhadeira, que tinha o respeito e a confiança da maioria dos pescadores da região. Eles entregavam nas mãos dela todo o pescado do dia, para que ela distribuísse entre as outras vendedoras ou vendesse direto aos fregueses particulares ou donos de mercados. Diziam que ela ganhava um bom dinheiro com isso, mas também trabalhava muito, porque quando todo o peixe do dia já tinha sido comerciado, armava um fogareiro na tenda e vendia peixe frito e os quitutes preparados pela Rosário, a que era doente de santo.

OS CONHECIDOS

Antes de falar sobre a ideia do Omissias, vou contar da saleta de pasto que a dona Balbiana abria aos sábados. No primeiro sábado que passei na casa ela aceitou a minha ajuda, o que acabou se tornando um hábito bastante prazeroso para mim, que gostava de servir à mesa para escutar as conversas dos comensais. Todos os hóspedes estavam proibidos de circular pela sala durante a refeição, uma das regras que ela impunha quando alugava o cômodo, e cada um ia cuidar das obrigações ou se divertir na rua. Acho que aceitou a minha ajuda porque eu não tinha para onde ir e não conhecia ninguém na cidade. As refeições eram simples, geralmente cozido, peixe frito com pimentões, chouriço de porco e rim de vaca assado, servidos com pirão ou farinha, arroz e feijão, iguais a muitas oferecidas nas tabernas espalhadas pela região. Mas havia o tempero da dona Balbiana, que, com certeza, era o melhor de todos. Ela também servia vinho do Porto, comprado especialmente para a ocasião, quando também eram levadas da cozinha para a sala a mesa e as cadeiras onde fazíamos as refeições. Mas o serviço de mesa que a dona Balbiana guardava com todo o cuidado em seu próprio quarto também era especial, de porcelana finíssima, do tempo em que o espanhol era vivo e os hóspedes eram elegantes senhores da sociedade. Quando me mudei para lá, ainda havia alguns assim, comerciantes da vizinhança ou maridos que acompanhavam suas senhoras às modistas e as deixavam lá, enquanto se reuniam com os amigos para comer e conversar sobre política. Talvez as tabernas e as confeitarias da rua fossem lugares visados pelas autoridades, mas ninguém desconfiaria de reuniões na saleta da casa de uma preta, que também alugava cômodos para outros pretos.

Quando os homens chegavam, a mesa já estava pronta, com as taças para o vinho, os copos com água, as iscas de rim e algumas quitandas, enganos para ajudar a manter a conversa enquanto esperavam pela refeição principal. Eles também a chamavam de "dona" Balbiana, faziam gracejos e pediam a opinião dela sobre vários assuntos, que ela se negava a dar, fazendo com que a chamassem de sábia dona Balbiana. Os fregueses eram homens falantes e bem-vestidos, com suas casacas vistosas e seus sapatos brilhantes, chapéus e bengalas, alguns bastante sisudos, e outros, galhofeiros. Pelo jeito, aquele também era um momento de grande diversão para eles, diversão levada a sério, pois durante certas discussões quase se batiam, para logo em seguida brindarem amigavelmente. Quem mais me chamou a atenção foi um homem baixo, de pele morena, quase gordo, de olhos muito pequenos que não paravam quietos. A cabeça podia não se mover muito, e nem o rosto tinha muita expressão, mas onde quer que se fizesse o mínimo som ou o mais tímido movimento, lá estavam os olhos do senhor Passos. Ele tinha uma loja que vendia artigos de escritório, periódicos e papéis, e foi por isso que me interessei, porque meus papéis estavam acabando e eu não podia ficar sem escrever cartas quase semanais para a Bahia. O senhor Passos era um dos que mais falavam, discutindo qualquer argumento que não fosse ao encontro das suas ideias, sempre as mais liberais, sobre a transformação do Brasil em uma república independente, com governantes brasileiros que tivessem em mente apenas os interesses dos brasileiros. O senhor Passos dizia que a maioridade do D. Pedro II tinha sido uma pequena vitória, mas ainda muito longe da que o Brasil merecia. Gostei dele, principalmente porque sempre fui muito bem atendida quando ia até a loja para comprar papel, tinta, pena e tudo o mais de que precisasse. Ele nunca fez distinção ao me atender, sendo também bastante simpático todas as vezes que me encontrava na casa da dona Balbiana. A loja ficava quase na outra ponta da rua, em uma casa térrea muito simples que tinha duas portas para a rua, de onde sempre era possível vê-lo atrás do balcão. O Omissias disse que, quando ele não estava atendendo, era porque estava reunido com amigos e políticos em uma salinha nos fundos da loja, frequentada por gente muito influente, por jornalistas e políticos importantes, todos liberais como ele. Foi por causa dos jornalistas que o Omissias se lembrou de me falar do *Jornal do Commercio*, que também funcionava na Rua do Ouvidor, no qual eram publicadas páginas e páginas anunciando vendas e leilões de escravos.

Comecei a comprar o *Jornal do Commercio* para acompanhar as ofertas dos mercados, os principais leilões, as vendas particulares e as notas de fuga, para ver se encontrava alguma descrição que pudesse me levar a você. Sempre que desconfiava de tal possibilidade, saía atrás da morada, muitas vezes guiada por um dos moleques do Buremo. Uma das minhas primeiras diversões foi também por meio do *Jornal do Commercio*, que publicava histórias em folhetins, que nem eram tão boas, mas pelo menos serviam para me ajudar a passar o tempo. Lembro-me ainda dos nomes de algumas delas, bastante estranhos, como *O noivo de além-túmulo* ou *Os tenebrosos da Torre de Londres*. O ruim era aguentar o cheiro de óleo de peixe que se vendia naquela província, para manter o lampião aceso a fim de ler à noite.

Quando descobriu que eu sabia ler e escrever, e ainda falar inglês, a dona Balbiana fez questão de espalhar para toda a vizinhança, e não era raro alguém me procurar pedindo que eu lesse cartas ou escrevesse bilhetes. Naquele tempo, sonhei muito com você, e na maioria dos meus sonhos você aparecia crescido, sentado a uma secretária, escrevendo coisas lindas de se ler. Sei que eram lindas porque você lia em voz alta, como se soubesse que eu estava por perto, escutando. Mas isso foi depois que a dona Balbiana, pedindo segredo em relação aos outros hóspedes, transferiu para o meu cômodo uma secretária que ficava no quarto dela e estava sem uso desde a morte do espanhol. Era nela que eu te via, sentado de frente para uma janela, para onde olhava ao levantar os olhos dos papéis. Eram esses sonhos que me mantinham esperançosa de te encontrar, depois de um dia andando em vão ou de ouvir a Ricardina dizendo que eu estava perdendo tempo, que nunca te acharia, que nunca poderia ter certeza de que você estava mesmo na cidade. Sei lá por que motivo ela dizia que você poderia estar nas Antilhas, que os escravos de São Sebastião do Rio de Janeiro seriam todos mandados para as Antilhas, que os ingleses já estavam embarcando centenas e centenas, contra a vontade dos pretos e com a permissão do imperador. O Omissias disse que aquilo não tinha fundamento algum, que a estraga-prazeres devia ter ouvido rabo de conversa e entendido tudo errado.

Chovia muito em São Sebastião, como eu nunca tinha visto, nem em África, nem na Bahia ou no Maranhão. Durante o dia, de uma hora para outra o céu se tornava tão escuro que só mesmo acendendo as lamparinas, como se fosse noite. Às vezes chovia três, quatro, cinco dias sem parar, e as ruas de terra viravam chão de olaria, intransitáveis, e só mesmo os pretos com serviço urgente saíam de casa. Nos dias de maior aguaceiro, a Luzia, a Ricardina e o André não iam trabalhar, e mesmo eu só enfrentava a rua se tivesse visto no jornal a venda de um escravo que se parecesse muito com você. E não era raro isso acontecer, pois eu tinha a impressão de que em São Sebastião vendiam-se muito mais pretos jovens, e mesmo nos mercados onde continuavam a chegar peças de África, apesar da proibição, a grande maioria de homens e mulheres não tinha mais que vinte anos. Às vezes o Piripiri também ficava em casa, e comecei a achar que ele me olhava de maneira diferente. Não do jeito que olhava para a Juana, pois todos os homens a desejavam, mas havia uma docilidade no olhar dele que percebi como interesse. Fez-me bem demais, porque havia muito tempo que eu não me interessava por homem, desde o doutor Jorge.

Eu não queria, mas vi que estava interessada no Piripiri em um daqueles dias em que o céu tinha vindo abaixo. Estávamos eu, ele, o Mongo, a Juana, a dona Balbiana e a Luzia conversando na cozinha, quando comuniquei que ia subir para o meu cômodo para ler um pouco. A dona Balbiana disse que bem que gostaria de ouvir umas histórias, e então me ofereci para ler em voz alta. Era exatamente aquilo que eu queria, uma oportunidade de me exibir para o Piripiri, para me fazer de importante na frente dele. Mas achei que não tinha adiantado nada, porque naquela mesma noite ouvi novamente barulhos no quarto ao lado e concluí que eu era idiota por pensar que as minhas habilidades poderiam impressionar alguém. Nem o Piripiri e muito menos a Juana, que provavelmente nunca se interessaria em aprender a ler ou escrever, e nem via vantagem alguma em quem sabia. Para muitas pessoas, isso era algo completamente dispensável, do mesmo jeito que era para um branco tornar-se preto; não tinha serventia alguma.

A RUA DO OUVIDOR

Eu comprava livros do outro lado da Rua do Ouvidor. Digo outro lado porque morava do lado da praia, perto da Praça do Mercado, junto das casas mais simples e do ar impregnado com o cheiro de peixe, hortaliças e alagadiços, das lojas de carne-seca, toucinho e quinquilharias baratas. Ou seja, do lado pobre. Mas assim que atravessava a quina com a Rua Direita, a Ouvidor se transformava, diziam que era a França brasileira, um deslumbramento como eu nunca tinha visto e nunca voltei a ver. Era nos momentos em que a cidade oferecia coisas que me deixavam feliz que eu tinha mais esperança de que você estivesse nela, para que também pudesse conhecer aquele tipo de felicidade. Mas era só eu pensar nisso para que a tristeza aparecesse, e a culpa que nunca me abandonou, a de, por egoísmo de querer cuidar apenas de mim, ter deixado você virar escravo. Eu queria ter passeado com você em frente àquelas vidraças, como o Omissias fez comigo, contando sobre os lugares, as pessoas, as lojas e as casas.

Em geral, as lojas tinham duas ou mais portas, uma que ficava para o acesso dos fregueses e as outras eram fechadas de alto a baixo com anteparos de vidro grosso e transparente, através dos quais vi coisas que nem imaginava que existiam. Eu ainda me lembrava admirada do que tinha visto no solar da sinhá Ana Felipa ou no dos ingleses, em São Salvador, mas não havia modo de comparação, a começar pelas liteiras e carruagens ricamente decoradas, carregadas por pretos ou puxadas por cavalos, que iam parando de porta em porta, nas lojas, carregando os mais elegantes senhores e as mais distintas senhoras. A maioria dos estabelecimentos pertencia aos franceses, que passaram a ser bem recebidos quando o rei resolveu fundar um Instituto de Artes em São Sebastião do Rio de Janeiro. O Omissias contou que mesmo os mais ferrenhos republicanos, se tinham alguma admiração pela arte, também admiravam o D. João VI. Em nome da boa arte, ele se esqueceu da rinha com os franceses, porque tinha sido por causa deles que toda a família real foi obrigada a fugir para o Brasil, e quando quis montar o melhor instituto de arte em terras brasileiras, foi aos franceses que recorreu, por serem os melhores artistas do mundo na época. Atrás dos artistas seguiram os comerciantes com os produtos, as modas e os modos franceses. Aliás, o francês era a única língua falada nas casas de modas para senhoras, e as brasileiras logo trataram de aprender.

No início do trecho rico, na quina com a Rua Direita, já havia de um lado uma modista, por onde as mulheres começavam a sua peregrinação, e do outro uma charutaria, onde os homens esperavam por elas. Lembro-me particularmente de alguns estabelecimentos, como o *Jornal do Commercio*, e da loja de papelaria do senhor Passos, de que já falei. Mas havia outras igualmente interessantes ou até mais, como a Confeitaria Carceller, instalada onde antes já tinha sido ponto de três irmãs de Minas Gerais, doceiras famosas que abasteciam as grandes recepções nos solares e até mesmo na corte. Havia outros cafés e tabernas, onde se reuniam fazendeiros, políticos, jornalistas, *mademoiselles*, boêmios e artistas, mas nenhum tão famoso quanto o Carceller, que oferecia refrescos, cajuadas, águas imperiais e gasosas, *lunch*, gelados, chás, biscoitos, petiscos e ceias feitas sob encomenda, que também podiam ser servidos em uma saleta reservada, nos fundos. Até o imperador D. Pedro I já tinha comparecido às tais ceias, em companhia de um amigo chamado Chalaça. No início eu tinha vergonha de entrar na confeitaria, mas, dia após dia passando em frente e olhando as tentações por detrás das vidraças, perdi a vergonha e entrava para comprar um doce sempre que tinha dinheiro sobrando. Não eram melhores que os doces das freiras da Bahia, nem tão bonitos, mas havia muitos sabores diferentes, com receitas francesas. O imperador também frequentava outras casas da Rua do Ouvidor, em horários reservados somente para ele, e alegrava os vendedores com generosos quinhões. Dizem que ele também frequentava serões em algumas casas que não tinham boa reputação, como um enorme sobrado de três andares que ficava quase na quina com a Rua dos Ourives. Lá moravam quatro francesas, que, à luz do dia, forneciam flores de seda para a florista madame Finot, e, à noite, recebiam distintos cavalheiros para luxúrias e diversões.

Na primeira vez que passamos em frente à loja da madame Finot, saía de lá uma alegre malta de estudantes, que o Omissias disse serem os formandos da Escola de Medicina, que tinham por costume oferecer ramos de cravos aos mestres e às pessoas importantes que compareciam à cerimônia de formatura. Olhando a vidraça, fiquei encantada com a delicadeza do trabalho da florista, que fabricava e vendia flores de seda, de penas de pássaros, de asas de borboletas e até mesmo daquela pele fininha que fica por dentro das cascas dos ovos. A maioria das flores era para enfeitar o colo ou os cabelos das mulheres, mas havia também trabalhos como leques e quadros, e elegantes arranjos de flores de verdade. Dentro da loja vi uma mulher que o Omissias confirmou ser a madame Finot, e comentei que não entendia como uma pessoa tão feia podia fazer coisas tão bonitas. Ele riu e disse para eu observar as floristas, as jovens raparigas que ela contratava nem tanto pela habilidade, mas, principalmente, pela beleza. Elas eram um chamariz para a loja, e havia grande rotatividade porque muitas acabavam arrumando bons casamentos, ajudadas pelo treinamento e pela educação dados pela florista. Havia também uma outra loja da qual não me lembro o nome verdadeiro, pois era conhecida apenas como Loja das Judias. Era uma loja de modas e acessórios para senhoras, mas muito mais frequentada pelos homens, pois as três atendentes judias eram mestras em atrair fidalgos endinheirados e fazer promessas com olhares, sorrisos e gestos, deixando que eles gastassem mais do que pretendiam, para depois negacear. Havia até apostas entre eles sobre quem conseguiria ir mais além, ou seja, tirar as judias de trás do balcão.

Quando se falava em flores, o principal nome da Rua do Ouvidor era o da madame Finot, mas quando o assunto era moda, todos falavam da *mademoiselle* Joséphine. Durante muito tempo foi ela quem determinou o que seria ou não usado pelas senhoras e senhoritas de São Sebastião do Rio de Janeiro. Era ela quem vestia a imperatriz e, portanto, tornou-se a mais desejada modista entre todas as modistas da província. Diziam que podia cobrar o que quisesse, porque as filhas e esposas usavam de todos os recursos para convencer pais e maridos de que, se não usassem vestidos feitos pela *mademoiselle* Joséphine, seria melhor que nem saíssem de casa. Seu nome era tão conhecido e ela ganhava tanto dinheiro que, depois de casada, convenceu o marido de que não era prudente começar a ser chamada de madame. O Omissias comentou que as más línguas diziam que muitas e muitas safras de café ou de cana já tinham sido trocadas pelas criações da *mademoiselle* Joséphine, porque a aparência das esposas e das filhas contava muito para assegurar a boa saúde financeira dos seus provedores. Depois de achar que já estava rica o suficiente, a francesa voltou para a terra dela e muitas outras tentaram tomar o seu lugar, mas nunca conseguiram. O Omissias disse que, antes dela, uma outra modista também tinha conseguido grande prestígio, a madame Saisset, mas, por vergonha das constantes bebedeiras e dos vexames do marido, ela teve que voltar para a França. Onde antes ficava o ateliê da madame Saisset foi aberta a loja de tecidos e acessórios do senhor Wallerstein, que vendia as melhores sedas, os mais lindos leques, os mais elegantes xales. As senhoras confiavam tanto no bom gosto do senhor Wallerstein que compravam a seda e deixavam que ele escolhesse a modista e o modelo, pois, com certeza, seria o mais elogiado nos salões importantes da corte. Algumas lojas tinham produtos até mais bonitos, de melhor qualidade e mais baratos que a loja do senhor Wallerstein, mas não tinham o mesmo prestígio, pelo qual ele cobrava muito caro.

Lembro-me também de um letreiro escrito "Fábrica de Fundas[13] do Vannet", diante da qual o Omissias se atrapalhou todo para me explicar para que serviam as tais fundas, fabricadas em ouro. Outra casa anunciava a venda dos melhores charutos cubanos, a Loja do Bernardo, ponto de encontro de senhores elegantes. Muitos deles eram de outras províncias ou de fazendas no interior, e se espalhavam pelos hotéis da Rua do Ouvidor e imediações, e alguns tinham até quartos cativos. Havia também duas ou três lojas de litografia, e nelas senhores ou senhoritas tocavam piano e outros instrumentos para atrair os fregueses e mostrar as peças, entre as quais havia muitas modinhas e até mesmo lundus. Uma dessas lojas ostentava com orgulho uma tabuleta pendurada do lado de fora da porta, dizendo que fornecia música para S.M.I.[14] Lembro-me também de uma outra tabuleta com a inscrição "Cabeça de Ouro", uma loja de cabeleireiros onde se faziam penteados e que vendia tranças crescentes. Mas não era muito famosa, porque nenhuma outra loja do gênero em São Sebastião conseguia superar a Desmarais, que dava gosto só de passar em frente à porta.

A loja dos Desmarais também vendia perfumaria e artigos para o toucador de homens e mulheres, dos mais cheirosos. Passar em frente àquela loja era um presente para o olfato, com suas vidraças cheias de produtos para cabelos, barba e pele, na forma de essências, sabonetes, vidrinhos e lencinhos de cheiro, óleos, pastas, escovas, esponjas, adornos de toucador, apliques e muitas outras coisas. Engraçados e interessantes eram os pentes que se chamavam "trepa-moleques", ou seja, penteados enormes feitos com cabelos de verdade em torno de pentes maiores ainda, que as mulheres tinham que equilibrar em cima das cabeças, como nós, os pretos, fazíamos com os cestos, as trouxas e os pacotes que carregávamos. A loja também tinha cabeleireiros que ditavam as modas para mulheres e para homens, que muitas vezes iam lá todos os dias colorir os fios brancos, disfarçar a calvície, fazer escovinhas, avivar os cachos

[13] Fundas: aparelho para contenção de hérnias.

[14] S.M.I.: Sua Majestade Imperial.

ou fazer um penteado que se usava muito na época, chamado de "à romântica", o preferido dos jovens estudantes e dos velhos que queriam se passar por jovens. Eram vaidosos os homens daquela cidade, e o Omissias contou que alguns chegavam a dormir com papelotes, como faziam as mulheres. Eram dois os irmãos Desmarais, e um deles era muito simpático, não se incomodando com quem simplesmente ficava a olhar do lado de fora, como era o meu caso. Quando passou a me reconhecer, sempre cumprimentava com um *bonjour*, e em um dia que eu estava muito bem-vestida chegou a me chamar de madame. Aliás, acho que aquele era o meu trecho preferido da rua, porque logo em frente ficava a livraria do senhor Mongie.

O senhor Mongie também era francês e tinha se mudado para o Brasil com a ideia de fazer tanto sucesso quanto o pai, que tinha uma livraria em Paris. Acho que era muito amigo do senhor Desmarais, pois muitas vezes vi os dois conversando, cada um da sua porta. Na primeira vez que entrei em sua loja, o senhor Mongie estava conversando com dois senhores, e tentei permanecer o maior tempo possível lá dentro, prestando atenção ao que diziam. Mas também para me decidir, pois não sabia o que comprar. Os livros que eu tinha comprado em São Salvador eram indicações do padre Heinz, que eu já levava anotadas ao alfarrabista. Mas foi me lembrando daquele quarto que ele tinha, onde os livros tinham uma certa ordem, divididos por autores ou por assuntos, que consegui encontrar o que procurava, os livros de histórias. Espantei-me com o preço, mas saí feliz com meu livro e mais feliz ainda comigo mesma, pelo que tinha acabado de fazer. Quando voltei, pouco mais de uma semana depois, o próprio senhor Mongie foi falar comigo, perguntando para quem eu comprava livros. Eu adorei que ele tivesse perguntado aquilo, porque me orgulhava de contar para as pessoas que sabia ler. Ele não me pareceu muito espantado, ou então foi suficientemente educado para não parecer, e perguntou de que tipo de leitura eu gostava. Abriu um meio sorriso enquanto eu tentava me lembrar de nomes que pudessem impressionar, depois falou um "muito bem" e perguntou se poderia me indicar alguma coisa. Para mim não havia ideia melhor, mas ele disse que seria difícil encontrar livros com histórias se eu não aprendesse o francês, a língua usada na maioria dos livros da loja. Conseguiu encontrar um bonito exemplar de *O engenhoso fidalgo D. Quixote de La Mancha* feito em Portugal, que a dona Balbiana até interrompia o serviço para me ouvir lendo, por falar das terras do seu saudoso Juan. Tal livro fez enorme sucesso apesar da grossura, e tive que lê-lo duas vezes seguidas, enquanto todos queriam dar palpites na vida do imaginoso fidalgo e na do seu escudeiro. Foram discussões muito animadas, e voltei à livraria para pedir ao senhor Mongie que conseguisse mais livros como aquele. Contei que costumava frequentar alfarrábios em São Salvador e ele me falou com muita consideração de um alfarrabista que até poucos anos atrás tinha loja onde então funcionava o Café e Restaurante de Londres, ali mesmo na Ouvidor.

Se não me engano, o nome do alfarrabista era Albino, de quem o senhor Mongie havia inclusive comprado livros antigos e folhetos de assuntos que lhe eram interessantes, e mais uma porção de coisas que de nada serviam, só para ajudar o velho quando ele teve que fechar a loja por motivo de doença. A loja do senhor Albino tinha sido muito frequentada por estudantes, pois oferecia as publicações a preços mais baixos, edições encadernadas e em brochura. Eu mesma adquiri do senhor Mongie um dos livros que ele tinha comprado do senhor Albino, os que ficavam em uma saleta no fundo da loja. O livro tinha sido escrito por um padre com uma alcunha bastante interessante, padre Perereca. O senhor Mongie disse que, muito tempo antes de fechar a loja de livros, o senhor Albino já estava cego e bastante surdo, mas mesmo assim fazia questão de ajudar no atendimento aos fregueses. Dois rapazotes trabalhavam com ele, que perdia a paciência se eles não conseguissem encontrar o que era solicitado, quando então recorria a uma buzina que colocava no ouvido, onde pedia que o freguês repetisse o pedido. Depois de entender, e não se esqueça de que era cego, o senhor Albino ia certeiro até o lugar onde estava o livro, tendo às vezes que subir em uma escada para alcançar as prateleiras mais altas. O incrível era que, com uma breve passada de mão pelas lombadas, ele sempre acertava. O senhor Mongie tinha presenciado várias vezes fatos como esse, verdadeiras demonstrações de amor aos livros e de boa memória, de muita leitura e observação. Passei horas agradáveis com o senhor Mongie, que também era curioso para saber da minha vida, das minhas lembranças da África, da Bahia e do Maranhão, e disse que dariam um livro. Vai ver ele tinha razão, porque acho que é exatamente isso que estou fazendo agora, um livro só para você.

A MEMÓRIA

Eu não sabia que ainda me lembrava de todos esses nomes, mas acho que foi de tanto percorrer aquela rua olhando as vidraças em busca de coisas bonitas e surpreendentes. Algumas delas eu até podia comprar, e muitas vezes me senti tentada, mas não era realmente algo de que eu precisasse ou gostasse demais, como os livros. Será que você gosta de ler? O que será que você gosta de comer? Será que encontrou uma boa esposa? Teve filhos? Quantos? São muitas as minhas perguntas e sei que ficarão sem resposta. E como sei que isto é ruim, tento me lembrar de cada detalhe importante da minha vida, para responder a todas as dúvidas que você pode nem saber que tem. Sabe que tenho realizado um grande sonho? Não exatamente como o sonhei, mas já é alguma coisa, porque naqueles dias em São Sebastião eu pensava muito em quantas coisas teria para te contar quando nos encontrássemos, em todos os lugares a que eu queria te levar, nas pessoas a quem queria te apresentar. De certo modo é o que faço, embora quase nada do que estou falando faça parte da nossa memória em comum, como eu gostaria que fosse.

Em dois ou três meses eu já conhecia muito bem a cidade, sabia que, assim como em São Salvador, quase todos os pretos que andavam pelas ruas eram livres, ou cativos de ganho ou de aluguel. Os cativos morriam de medo de serem mandados para o interior, onde faltavam escravos nas fazendas de café. O governo já tinha tentado buscar em Portugal pessoas para trabalhar nos campos, pagava as passagens, dava jornal mensal e até mesmo pedaços de terra, mas elas não se acostumavam e logo iam montar comércio na cidade. Havia também um grande número de pretos fujões, tanto da província quanto de outras terras, que tentavam se passar por libertos ou, os mais precavidos, habitavam os inúmeros quilombos que havia nas redondezas. A polícia sabia de muitos deles, mas não ousava ir até lá por medo da força e dos feitiços dos pretos. Os morros estavam apinhados de quilombos, principalmente o Catumbi e o Corcovado. Atiçados por brancos ou mulatos que eram contra a escravidão, os pretos fugiam, e o Omissias me contou a história de um desses atiçadores de fuga, de quem não me lembro o nome. Era um mulato muito conhecido pelos pretos de São Sebastião, o que era curioso, pois, na Bahia, pretos, pardos e mulatos não se davam bem. O tal mulato tinha se formado médico na França, e muitas vezes eu quis ir atrás dele. Queria ter visto as escolas de pretos que ele mantinha, ensinando a ler e escrever, e ensinando também que os pretos eram muito melhores que os brancos, tão inteligentes quanto e muito mais fortes. Acredito que, se fosse na Bahia, os pretos já teriam se revoltado para tentar provar essa afirmação, mas em São Sebastião todos eram mais pacíficos, ou mais vigiados. Ou viviam melhor, porque havia muito mais trabalho nas ruas e nas diversas manufaturas que negociavam produtos com comerciantes estrangeiros e de outras províncias. Os navios partiam de São Sebastião carregados de tecidos, chapéus, sapatos, vidros, móveis, cerâmicas, velas e café, que também deixavam a cidade em lombos de burros, seguindo para o interior e para a província de Minas Gerais. As fazendas de café se espalhavam por Irajá, Jacarepaguá, Inhaúma, Campo Grande, Santa Cruz e Guaratiba, e quando fiz menção de visitá-las procurando por você, logo me disseram para desistir, pois eram propriedades de difícil acesso e muito longe umas das outras; que eu só deveria visitá-las tendo um palpite certo.

Já estamos parados há dois dias, pois não há vento, e por enquanto está sendo bom para mim, pois tenho certeza de que não chegarei viva. Portanto, esses dias de paradeira são como presentes que vou aproveitando para terminar o relato. Por outro lado, isso também preocupa, pois muitos pretos morreram no mar por falta de água ou de comida, quando a provisão não era suficiente para enfrentar longos períodos de calmaria. Mas voltando a São Sebastião do Rio de Janeiro, os dias não eram nada calmos e o tempo passava rápido, aproximando o final do ano. Eu já tinha mandado várias cartas para a Bahia, com medo de que a primeira tivesse se extraviado, e nada de chegar resposta, nem do Tico nem do doutor José Manoel. Vendo-me escrever tanto, e gostando dos serões de leitura, foi por essa época que a dona Balbiana pediu que eu ensinasse os moleques do Buremo, e eu gostei da ideia, para ocupar o tempo. As aulas tinham que ser dadas à noite, porque durante o dia os dois estavam ocupados como aprendizes. De manhã o Pablo frequentava uma oficina de ourives para aprender a profissão e à tarde fazia companhia para a mãe, quando era a vez de o Esteban ir para uma oficina de sapateiro. Eles não recebiam nada pelo trabalho de aprendizes, e o pai se dava por satisfeito por não ter que pagar, pois era assim que acontecia em grande parte das oficinas e manufaturas, que funcionavam como escolas de novos oficiais. Devo deixar bem claro que a ideia das aulas de leitura e escrita partiu da dona Balbiana, mas ela também não teve culpa alguma, pois ninguém poderia imaginar as consequências daquelas aulas ministradas na cozinha, logo depois da ceia. Procurei livros de ensinar a ler e a escrever em português, mas havia apenas os que ensinavam em francês, que não serviam aos meus propósitos. Se tivesse levado a sério o conselho do senhor Mongie, deveria tê-los comprado para mim, pois falar francês teria sido muito útil mais tarde, em África, quando eu já estava velha demais para aprender.

UM PASSEIO

Aos domingos, todos saíam para se divertir, e até mesmo a dona Balbiana aproveitava para visitar parentes e descansar da trabalheira no preparo da saleta de pasto aos sábados. Em um domingo, pouco antes do Natal, fiquei surpresa e feliz quando o Piripiri me convidou para acompanhá-lo a um compromisso no Morro do Castelo. Logo que nos pusemos a caminho, por sinal um longo caminho, passamos por algumas regiões que não eram muito agradáveis aos olhos e aos narizes, com o chão muito úmido e escorregadio e alguns alagadiços de vegetação podre, mas assim que chegamos ao pé do morro, fiquei deslumbrada com a paisagem. À medida que subíamos por uma ladeira calçada de pedras, a paisagem ficava cada vez mais bonita, o mar, a baía, e algumas construções que o Piripiri ia me contando como eram ocupadas. A caminhada era cansativa, mas a conversa e a companhia eram boas, e por isso acho que teria chegado ao topo sem sentir, mesmo que as pernas doessem muito no dia seguinte. Pela amostra do que cheguei a ver, adoraria mesmo ter ido até lá em cima, de onde o Piripiri disse ser possível ver toda a baía e até mesmo além dela. Mas, à meia altura, tomamos uma picada e começamos a contornar o morro. A mata era mais fechada, e a trilha, mais perigosa; passávamos a pouca distância de vários despenhadeiros, e em alguns trechos era possível ver o quanto já tínhamos subido. Eu gostava quando o Piripiri se preocupava com a minha segurança e me dava a mão, ou mesmo me enlaçava pela cintura, puxando para mais perto dele. Também vimos diversos animais, principalmente macacos, e depois de mais de meia hora de caminhada, quase passando para o outro lado do morro, começamos a ouvir vozes e música, e ele avisou que já estávamos chegando. Era uma parte plana do morro, uma clareira onde havia umas cabanas e uma enorme capueira,[15] no meio da qual se exercitavam alguns pretos em bonitos balanços de corpo.

---

[15] Capueira: até por volta de 1856, era como se dizia "capoeira". Uma hipótese para o termo é que ele se origina do guarani *caá(ou ka'a)-puêra*, que significa "mato que se foi, mato cortado", ou então mato miúdo que nasce no lugar do mato virgem derrubado. Era em clareiras assim, abertas nas matas, que os pretos praticavam o jogo/luta. Outra origem do nome é a palavra "*capu*" — termo também indígena que junta "*ca*", que pode designar qualquer material oriundo da mata, e "*pu*", que significa cesto. Os capus eram usados pelos pretos carregadores, então chamados de capueiras. Eles, os carregadores, eram maioria entre os jogadores, principalmente os que trabalhavam no cais e que, nas horas de folga — até por isso a luta é chamada de "folguedo" —, faziam as "disputas de estiva" para estabelecer uma hierarquia e definir quem ficaria com os trabalhos mais, ou menos, leves e rentáveis.

O Piripiri me instruiu a não dizer que era do Daomé, mas sim uma crioula nascida na Bahia, pois os eves e os fons, ou pretos-minas, como nos chamavam, eram minoria em São Sebastião e não se davam bem com os outros africanos. Como exemplo, ele me falou que os maís, meus parentes, mantinham a congregação de Santo Eslebão e Santa Efigênia na Igreja de Nossa Senhora da Candelária e não aceitavam a participação dos angolas. Os de Cabo Verde, de São Tomé, de Moçambique e até mesmo os brancos e os pardos podiam se associar, mas não os angolas, os crioulos, os cabras e os mestiços. Os ogans da congregação que admitissem qualquer um desses nunca mais exerceriam cargo algum, e os ilegais eram expulsos, como também os congregados que participassem de reisados, festas ou congadas promovidos pelos angolas. Não sabendo que eu era maí, os angolas amigos do Piripiri me receberam muito bem.

OS CAPUEIRAS

Muitas pessoas formavam um círculo em torno da capueira, uma grande festa, com gente sentada pelo chão, conversando e comendo, ou formando várias rodas de dança, cada qual com seu batuque. O Piripiri me apresentou para alguns conhecidos, parentes ou homens com quem trabalhava nos armazéns, usando o meu nome de branca. A certa altura, um homem saiu do meio de uma das rodas dando piruetas no ar como se não tocasse o chão, e em um piscar de olhos estava no centro da capueira. Não era alto e nem baixo, o corpo magro também não era musculoso, portanto não sei de onde tirava toda a força que mais tarde demonstrou. Capueira também era nome dado ao preto que sabia jogar, e o Piripiri, que estava sempre ao meu lado, disse que aquele homem era o Mestre Mbanji, um dos mais famosos capueiras de São Sebastião do Rio de Janeiro. Os que estavam de pé se sentaram, os que estavam conversando se calaram, os que tocavam instrumentos se juntaram silenciosamente a um canto, e todos nós esperamos que o Mestre Mbanji falasse.

Ele começou dizendo que aquele era um dia muito importante, pois vários capueiras seriam testados, o que era muito bom para os pretos. Só os pretos tinham jeito para a capueira, que podiam usar para se proteger do poder dos brancos, e que por isso tinha que ser muito bem aprendida e guardada. Um bom capueira nunca deve mostrar tudo o que sabe, ou pelo menos deve fazer parecer que não mostrou, e para isso nem precisa ser forte, mas estar sempre atento e ser esperto. O Mestre Mbanji disse que a capueira é como uma conversa, um faz uma pergunta de supetão e o outro tem que ter a resposta pronta, e ganha quem faz a pergunta que o outro não consegue responder. Eu achei isso bonito, e é a mais pura verdade, cada qual tem que descobrir o seu jeito de fazer perguntas, porque elas são sempre as mesmas, assim como têm as mesmas respostas. Um bom perguntador é aquele que finge que vai perguntar uma coisa e pergunta outra, porque se o outro a adivinha, dá a resposta antes. O Mestre Mbanji chamou isso de mandinga, coisa que o branco não entende, que não nasce com ele, só com o preto. Porque a mandinga também é a humildade, é fazer-se de fraco quando não é, é lutar até deixar o outro tão cansado a ponto de errar a resposta ou de não conseguir fazer mais perguntas. Dava vontade de continuar ouvindo as palavras dele por muito mais tempo, porque tudo o que ele falava servia para outras coisas da vida da gente, não só para a capueira. Mas ele disse que tinham que começar ou não daria tempo de todos se apresentarem.

Os músicos foram divididos em três orquestras, cada qual com um atabaque, dois pandeiros e três berimbaus,[16] e quando uma delas se cansava, a outra imediatamente começava a tocar. O Mestre Mbanji começou a bater palmas e a cantar uma ladainha, repetindo o refrão para que todos o acompanhassem. Foi uma saudação a outro Mestre que estava presente e entrou na roda, aceitando o desafio para uma exibição. Eu fiquei empolgada, porque queria ver na prática tudo o que ele tinha acabado de falar, e não me decepcionei. Primeiro o atabaque, depois os pandeiros e por último os berimbaus, que tinham tamanhos e sons diferentes, começaram a tomar o lugar das palmas. Os dois jogadores se benzeram ao pé do berimbau do meio e ficaram agachados na frente dele, esperando o sinal para começar. Cada som ou toque de berimbau, o instrumento mais importante, tem o seu significado, que o Piripiri me explicava conforme eram executados. Os dois Mestres primeiro se cumprimentaram e depois tomaram distância, sempre um olhando nos olhos do outro para saber quem tomaria a iniciativa da conversa. Então, curvaram os corpos para a frente e deixaram os braços pendendo, moles, embalados pelas pernas, que não paravam quietas, ora o apoio em um pé, ora no outro, indo para a frente, para trás e para os lados. Acho que só eu prestei atenção nesses movimentos, porque nunca

---

[16] Berimbau: no texto original estava como *m'bolumbumba*.

tinha parado para vê-los tão de perto, já que em São Salvador passava ao largo quando via uma roda montada, com medo de confusões. A atenção das outras pessoas estava voltada para os olhares dos Mestres, como se entre eles já estivesse sendo travada uma luta ainda mais perigosa, armada, porque aqueles olhares cortavam como facas de verdade. Cada um deles tinha lâminas saltando dos olhos, cortando o avanço do outro. O berimbau menor, que também era chamado de violinha, puxou um toque diferente, que o Piripiri disse ser o toque de *iúna*, tocado apenas para os Mestres, quando ninguém podia cantar ou bater palmas, em sinal de respeito e de que valia a pena prestar atenção, sem nada para distrair.

Ao mesmo tempo, como se tivessem combinado, eles apoiaram as duas mãos no chão e jogaram as pernas para cima, cruzando os corpos no ar e caindo de pé quase no lugar exato de onde o outro tinha saltado. Era apenas uma exibição e por isso não se tocavam, os movimentos eram lentos e bonitos, todos feitos bem abaixados, bem perto do chão, negaceando e avançando como se o corpo não tivesse peso algum, não ocupasse espaço algum, mas toda a roda ao mesmo tempo. Em alguns momentos eles pareciam animais, macacos, tigres, pássaros, cobras, e em outros pareciam estar trabalhando, apoiando os braços no chão e fazendo o roçado usando as pernas como foice. O toque mudou para o de angola, em que o atabaque batia mais forte, mas mesmo assim lento e triste, como se o berimbau chorasse. O choro foi se transformando em agonia, ficando cada vez mais forte e cadenciado para o toque de São Bento, e logo era nada menos que um grito chicoteando forte os dois corpos, que começaram um jogo rápido, rasteiro, voador, mas sempre rente ao chão, onde os movimentos de um paravam a menos de uma polegada de atingir o outro. A música também entrava dentro da gente, dando vontade de sair jogando, se fosse possível tirar os olhos do que acontecia na nossa frente. Parecíamos em transe, até que, com um *aú* feito ao mesmo tempo, eles se cumprimentaram e deram o jogo por encerrado sem que ninguém saísse vencedor. Quero dizer, nenhum dos dois, porque nós tínhamos ganhado um belo espetáculo. Quando consegui falar, a primeira coisa que fiz foi agradecer ao Piripiri, que disse que dentro de instantes seria a vez dele.

O Mestre Mbanji chamou ao centro da roda os capueiras que seriam batizados naquele dia, e o Piripiri comentou que aquele era um momento de grande emoção para eles, que até então não podiam ser chamados de capueiras. Para cada um havia uma madrinha ou um padrinho, que colocaram nos pescoços deles um colar trançado com fibra de bananeira e enfeitado com uma pena colorida. Um a um, os iniciantes entravam na roda e eram desafiados por um capueira experiente escolhido pelo Mestre. O berimbau começava com o toque de angola, passava pelo de angolinha, que era um pouco mais rápido, e pelo corrido, para então voltar ao de angola e terminar o jogo. Durante todo o tempo eram cantadas as quadras e as chulas, puxadas por um dos músicos e acompanhadas por todos nós, que batíamos palmas e soltávamos a voz nos refrões. Muitas das letras eram inventadas na hora e geralmente falavam alguma coisa engraçada sobre os jogadores, para ver se eles perdiam a concentração. No fim do jogo, só podiam ser batizados os que tinham conseguido manter o colar no pescoço, que o jogador mais experiente tentava tirar usando apenas os pés. Quando o Piripiri me contou isso, ainda antes de começar, eu achei que seria bem fácil, mas dos nove que se apresentaram, apenas dois passaram no teste e puderam receber a alcunha de capueira; os outros teriam que treinar mais e tentar de novo. Cada capueira ganhava uma alcunha, e foram engraçadas as escolhas, que podiam ser por causa do jeito de a pessoa andar, uma característica física ou uma mania, e todos quiseram dar sugestões antes que o Mestre Mbanji escolhesse a definitiva. Naquele dia descobri o motivo da alcunha do Piripiri, porque achavam que ele tinha a malícia da pimenta de angola, a *piripiri*, *ofilefile*, que de início parece ser nada, mas que pode queimar a boca de quem abusa dela. A mim ele queimou não apenas a boca; quando o vi jogando, soube que aquele homem me marcaria como se marca escravo, como ferro em brasa.

Havia cinco participantes no teste do qual o Piripiri participou, tentando merecer um lenço encarnado que significava muito para eles, mas somente ele e mais outro foram aprovados. Eram todos capueiras muito experientes, sendo testados por desafiantes ainda mais experientes, ou pelo menos mais perigosos, pois, além de jogarem em grupo, ainda usavam armas. O Piripiri, apesar de ser um homem alto, conseguia ser quase tão leve, rápido e gracioso quanto o Mestre Mbanji, pelo menos na minha opinião. Ele entrou sozinho no meio da roda e se benzeu ao pé do berimbau, que puxou um toque chamado ladainha, lento, ainda mais sofrido que o toque angola. Na verdade, era mais uma oração puxada pelo cantador e com o refrão repetido por todos nós, e que me deu imensa agonia. Mas eu tentava prestar atenção só nele, nos movimentos que fazia, solitário, no meio da roda. Depois ele me disse que eu devia ter prestado atenção na letra da ladainha, especial para cada jogador, porque falava do que ia acontecer, dos desafios que ele ia enfrentar e até mesmo dos desafiantes. Era tudo encoberto, nada dito com todas as palavras, mas o capueira precisava saber o significado. De uma hora para outra, o toque mudou para santa maria e três homens se apresentaram junto ao Piripiri, um deles com um canivete, outro com um porrete e o terceiro com um facão. Gingando, eles começaram a se movimentar em torno do Piripiri, que virava de um lado para o outro quando pressentia os golpes, como se tivesse olhos em toda a volta da cabeça. Depois ele me disse que simplesmente sabia, não tinha como explicar, que, pelo jeito como o desafiante olhava, era possível saber de onde viria o golpe. O que me assustou foi que não parecia uma apresentação como tinha sido a dos Mestres, mesmo porque as armas eram de verdade, e o Piripiri tinha que usar de toda a malícia e rapidez para se desviar dos golpes ou acertar as mãos dos outros capueiras, usando as próprias mãos desarmadas e principalmente os pés. Ele já tinha conseguido desarmar dois deles, que deixaram o canivete e o porrete cair, e quando restava apenas o capueira com o facão, outros cinco ou seis se apresentaram na roda, alguns armados e outros não. O berimbau então passou do toque de santa maria, que avisa quando tem arma na roda, para o de cavalaria, que o Piripiri depois me contou ser o toque de alerta máximo, que avisa que o jogo está perigoso e que é melhor pensar em uma saída. Os capueiras tinham inventado esse toque para avisar da chegada da polícia quando estavam jogando no meio da rua, o que era proibido. Ao ouvir o cavalaria, o capueira tem que lutar se defendendo enquanto tenta descobrir o adversário mais fraco, ao mesmo tempo que corre os olhos por todo o local, esperando a hora certa de fugir na direção que oferece menos perigo. Um dos capueiras reprovados tinha passado por todas as fases, mas na hora de fugir escolheu o lado errado e foi pego por quatro homens que estavam de tocaia. Por ter conseguido escapar, o Piripiri ganhou um lenço encarnado que, por si só, já impunha grande respeito a quem conhecia as regras, onde quer que ele estivesse.

Já era bem tarde quando as provas terminaram e o toque benguela, lento e mais parecendo música de dançar do que de jogar, serviu para que se apresentassem os capueiras que até então não tinham participado de nada. Fizeram uma grande roda e entraram dois de cada vez, que eram substituídos quando outro que estava de fora comprava a briga de um deles, e assim todos jogaram um pouco. Se já não estivesse escurecendo, depois teria sido realizada uma grande festa, porque serviram uma bebida muito forte e gostosa chamada cogoenha e que, pelo menos a mim, deixou leve e feliz, com muita vontade de dançar e cantar. Dancei um pouco com o Piripiri, e teria dançado a noite toda se já não estivessem sendo formados os grupos para descer o morro. Mas a volta também foi divertida, com alguém à frente carregando uma tocha e o grupo atrás, fazendo desafios de quadras e chulas, festejando os batizados e os lenços encarnados. Eu e o Piripiri, de mãos dadas, ficamos ainda mais para trás do grupo, quase ao lado de uma mulher muito séria que carregava o tição protetor que precisava manter aceso enquanto caminhávamos no meio da mata, para afastar os maus espíritos. Eu queria saber mais coisas sobre o Piripiri, mas a conversa tomou outros rumos, mesmo porque ele estava muito feliz com o lenço e queria falar sobre a capueira. Disse que o jogo tinha nascido em Angola, mas que lá não tinha esse nome, chamava-se *n'golo*, que era uma espécie de dança da zebra. Era por isso que usavam tanto os pés, imitando o coice da zebra. Além de dança, era também uma luta que todos os rapazes queriam vencer, pois o melhor tinha o direito de escolher uma das meninas da tribo, entre todas as que tinham acabado de se tornar mulheres. Então, podia escolher a mais bonita, e ainda era dispensado de pagar o dote. Foi nessa hora que ele me olhou, e mesmo no escuro senti que tinha sido de uma maneira diferente, e eu sorri de volta, me sentindo tão inocente quanto uma *mifuema*[17] ao ver pela primeira vez o guerreiro que a tinha escolhido, o vencedor do *n'golo*.

Andamos em silêncio por um bom tempo e depois ele voltou a falar de capueira, dos principais golpes e seus nomes estranhos, mas eu não consegui prestar muita atenção. Fui me interessar pelo que contou sobre a alcunha do Mestre Mbanji, pois na terra dele *mbanji* é o mesmo que "defensor" ou "protetor", e o Mestre tinha trabalhado como segurança do imperador D. Pedro I quando ele ainda estava no Brasil e gostava de caminhar pela cidade durante a noite. Era interessante isso, porque o jogo da capueira era proibido em todo o Império, mas o próprio imperador se valia dele para o caso de precisar se defender. Dizem que até mesmo ele tinha tentado aprender. O Piripiri disse que homens de confiança do imperador tinham visto o Mestre Mbanji lutar contra os estrangeiros e o contrataram. Ele não soube me contar que luta tinha sido aquela, mas depois perguntei ao Omissias e fiquei sabendo que já fazia alguns anos, quando o imperador quis tomar para o Brasil alguns pedaços de terra que ficavam muito longe, nas províncias do sul. Mas não havia soldados suficientes para a luta e foram contratados

---

[17] *Mifuema*: menina impúbere.

alguns soldados estrangeiros, que, enquanto estavam em São Sebastião, reclamavam muito por causa da falta de dinheiro e porque o imperador não tinha cumprido algumas promessas feitas quando eles ainda estavam em suas terras. Para demonstrar esse descontentamento, saíam pelas ruas bebendo e provocando confusões. Quando o comandante da polícia de São Sebastião resolveu castigar alguns deles, os outros tomaram as dores e se rebelaram, e, por serem muitos, fizeram grande estrago. Assaltaram casas e lojas, mataram gente e se deitaram com as mulheres dos outros, mesmo as honestas. Como as tropas oficiais de São Sebastião estavam no sul, não havia quem defendesse a cidade contra esses estrangeiros, e então foram convocadas as maltas de capueiras, que, mesmo enfrentando tropas que tinham até armas de fogo, conseguiram pôr os estrangeiros para correr. Acuados, os que não tinham sido mortos ou gravemente feridos foram presos e mantidos em segurança dentro dos quartéis, até que o imperador tomasse providências.

Quando chegamos em casa, todos já estavam recolhidos aos seus quartos, e fiquei com vontade de chamar o Piripiri para o meu. Afinal de contas, ia ser divertido ver o que aconteceria se, sem saber, a Juana fosse esperá-lo no quarto ao lado. Como eu, talvez ela também conseguisse ouvir e entender o que estava se passando, e ao perceber que o amante não ia ter com ela naquela noite, desconfiaria do paradeiro dele. Mas achei melhor não convidar, e ele também não demonstrou que queria ou, muito menos, que aceitaria. O fato era que eu estava sem homem havia muito tempo, esquecida do quanto era bom e do quanto me fazia bem, além de achar que, pelo modo como se comportava e como jogava capueira, o Piripiri seria um excelente amante. Pensando nisso e fantasiando encontros, fui dormir feliz, acordando no dia seguinte com uma sensação de que alguma coisa estava para acontecer, não necessariamente entre mim e ele. E de fato aconteceu, mas estava relacionada ao passado, não ao futuro.

O CASTIGO

Foi na véspera do dia de Natal, e eu tinha saído para caminhar um pouco no outro lado da Rua do Ouvidor, como sempre fazia quando queria ver coisas bonitas. Havia um grande movimento de gente entrando e saindo das lojas, não apenas senhores, mas também pretos que tinham ido pegar as encomendas dos seus donos, roupas e acessórios que enfeitariam as igrejas e os salões naqueles dias de missas e festas. Mais ou menos na altura da charutaria do Bernardo, vi um preto caminhando e olhando o chão, à procura de restos de cigarrilhas e charutos que alguns bons fidalgos deixavam pela metade e atiravam à rua, acreditando ter feito a boa ação do dia. Em um primeiro momento, o preto era só mais um e não me importei, mas quando ele se sentou encostado à parede, percebi que havia algo de muito familiar, só não sabia o quê. Ele não se parecia com ninguém que eu conhecesse, e tinha uma feia cicatriz na testa que não era marca de tribo, mas sim causada pela máscara de ferro que os donos colocavam em escravos beberrões. Muitos pretos tinham aquelas marcas, e muitos andavam pela cidade usando tais máscaras, que cobriam o rosto inteiro e eram presas por uma alça de ferro fechada com um cadeado atrás da cabeça. Usando aquilo, eles não podiam beber nem comer, e não era rara a maldade de alguns donos que só abriam as máscaras a cada dois ou três dias, achando que assim o castigo era mais eficiente. Havia até pretos que usavam aquilo pela vida inteira, os que não conseguiam resistir à cachaça em horário de trabalho, e acreditei que estava diante de um deles. Aquele preto devia ter usado a máscara durante muitos anos, pois tinha uma cicatriz enorme na testa, um calo sob a pele que já tinha sido ferida várias vezes. Foi então que reparei na roupa dele, um modelo de libré antigo, bastante raro nas ruas de São Sebastião, que me fez lembrar a roupa usada pelo Francisco e pelo Raimundo quando carregavam a liteira da sinhá Ana Felipa. Seria muita coincidência, mas possível, já que ela morava na corte, e tremi feito bicho acuado quando vi o esmaecido bordado do monograma dela, A-F-D-A-A-C-G.

Por um momento temi ser o Francisco, de quem eu não sabia o paradeiro e a quem a bebida tivesse envelhecido daquele jeito. Os amigos da Adeola tinham prometido levá-lo até Minas Gerais, mas ele podia não ter ficado lá. Ao me aproximar, percebi que o homem era bem menor, principalmente pelo tamanho dos braços, pois eu conhecia bem os braços do Francisco. Perguntei o nome dele, mas não tive resposta, e ele só levantou os olhos para mim quando eu disse que conhecia a sinhá Ana Felipa. Ele tentou se levantar, provavelmente para sair correndo, porque vi o medo em seus olhos quando falei o nome dela, e só não conseguiu porque estava muito bêbado. Comentei que ele não precisava se assustar, que eu tinha sido escrava dela em São Salvador, e para meu espanto, o preto ficou me olhando e depois começou a gargalhar, apontando o dedo sujo na minha direção e me chamando de Kehinde. Ele ria e falava alto, o que poderia incomodar as pessoas que passavam pela rua e que logo dariam um jeito de nos tirar dali, e então o convidei para irmos até o Beco dos Barbeiros, mais tranquilo, prometendo pagar um copo de cachaça. Tenho certeza de que foi a promessa que o animou, e logo estávamos conversando, quando ele me confirmou que era um escravo fugido da sinhá Ana Felipa, que tinha se casado novamente e estava morando em uma fazenda na cidade imperial de Petrópolis. A Maria das Graças, a Josefa e a Firmina continuavam com ela, mas ele tinha ouvido falar de mim por intermédio do Raimundo, que estava detido na prisão do Castelo. Eu teria ficado com pena dele, mas antes que tivesse tempo, o velho me contou que o Raimundo tinha sido o culpado de a sinhá mandar me avaliar por um preço tão alto quando eu quis comprar a minha carta e a do Banjokô. Tinha sido o Raimundo quem, por ciúmes do Francisco, contou para ela que eu sabia ler e escrever e estava ganhando muito dinheiro com os *cookies*.

Odiei o Raimundo pela traição, porque na época ele parecia estar do nosso lado, querendo ajudar. Bom que já estava sendo castigado, condenado por matar uma preta por quem tinha se apaixonado. O velho contou que o Raimundo estava trabalhando ao ganho e que, quando conheceu a tal mulher, também ganhadeira, pegou todo o seu pecúlio e comprou a liberdade dela, confiando na promessa de que, liberta, ela teria como ganhar mais dinheiro e comprar a dele também. Mas não foi o que aconteceu, e quando se viu livre, a mulher foi morar com outro homem, abandonando o Raimundo, que a matou assim que teve oportunidade. Eu queria saber mais notícias dos outros, como estavam, onde era a tal fazenda, perguntar por que a Antônia não estava mais com a sinhá, mas o velho dormiu de bêbado em cima do balcão, e percebi que nada o faria acordar. Nunca mais o encontrei, e perguntando nas tabernas da região, ninguém sabia quem ele era, nunca o tinham visto por lá.

À PROCURA

No início do ano seguinte, um mil oitocentos e quarenta e um, chegou carta do Tico avisando que não tinha conseguido encontrar sua certidão de batismo. Embora ainda não tivesse recebido qualquer resposta até aquele momento, escrevi novamente ao doutor José Manoel perguntando se havia alguma maneira de descobrir sobre o seu batizado, pelo menos onde tinha sido feito. Contei que o seu pai queria dar a você o nome do avô, Luiz, e que isso era tudo que eu sabia. O Piripiri sempre perguntava se havia novidades e tentava me animar, dizendo que tinha certeza de que você ia aparecer, que eu nunca deveria desistir da busca. Comentei com ele que às vezes sentia vontade de voltar para São Salvador, onde tinha amigos, pois em São Sebastião me sentia muito sozinha, e ele sugeriu que eu arrumasse um trabalho. Seria uma maneira de fazer novos amigos, de me acostumar à cidade e de ter mais chances de te encontrar, porque grande parte dos pretos se conhecia e sabia de coisas que aconteciam em quase toda a cidade. Achei uma boa ideia, e ele prometeu falar com algumas conhecidas que trabalhavam em um canto, para ver se elas me aceitavam. Eu estava gostando cada vez mais dele, e ficava agoniada quando ouvia risos e gemidos no quarto ao lado, que continuava sem hóspede.

Procurando por você, eu percorria regularmente todos os principais mercados, onde muitos empregados já me conheciam e avisavam que não tinha aparecido nenhum moleque do jeito que eu estava querendo. O que causava maior desespero era saber que existiam tantos outros mercados clandestinos, por onde você poderia ter sido vendido ou onde ainda poderia estar esperando comprador, sem que eu sequer tomasse conhecimento deles. Por intermédio dos pretos eu ia sabendo de um ou outro, principalmente os existentes nos porões das lojas e tabernas, que serviam apenas aos conhecidos. Eu também ia atrás de todos os moleques anunciados no jornal e dava um jeito de ver antes as peças que iam a leilão, e nada de te encontrar. Em meados do mês de abril, chegou carta do doutor José Manoel avisando que a Cecília tinha nascido, a quinta filha, e que ela e a mãe passavam muito bem. Ele só lamentava o fato de ainda não ter nascido nenhum homem, e por isso tentariam mais uma vez. Disse também que estava apenas esperando a sinhazinha sair do resguardo para contar a minha história, o que tinha acontecido com a Claudina e com você, e que, provavelmente, em breve eu receberia carta dela. Ele também prometeu que ia mandar procurar a sua certidão em todas as paróquias de São Salvador, e isso exigia paciência, pois eram muitas. Do seu pai ninguém tinha notícias, ninguém tinha visto, e o mercador também não tinha encontrado mais qualquer informação importante. Ou seja, eu me sentia de mãos atadas, sem saber o que fazer.

AS FESTAS

Não me lembro o que aconteceu primeiro, se foi a coroação do imperador D. Pedro II ou a festa da Kianda, mas logo depois desses dois acontecimentos, a minha vida sofreu uma grande mudança. Nos dias que antecederam as festas da coroação, que duraram pelo menos uma semana, a Rua do Ouvidor se encheu de gente, todos querendo saber das últimas modas de Paris para não fazer feio nos muitos bailes e recepções que aconteceram na cidade. O senhor Wallerstein, aquele da loja de sedas e acessórios, era o mais animado com a quantidade de fregueses, mantendo a loja aberta até bem tarde da noite, até mesmo na hora dos tigres. Eu vi o imperador de longe no desfile da posse, seguido de imenso cortejo de damas e cavalheiros. Achei que não passava de um menino, e de fato era, tinha apenas quinze anos. Ele saiu do Palácio e cruzou a pé a praça, que estava irreconhecível naquele dia. Eu estava acostumada a vê-la nos fins de tarde, tomada pelos pretos vendedores de doces, quitutes e água, e pelos comerciantes e capitães de navios estrangeiros, que iam até lá fazer negócios. No início da noite apareciam mais pretos de ganho e os marinheiros que deixavam os navios em busca de diversão, para então serem expulsos pelas patrulhas em nome do sossego da família real. Ou seja, o largo, que costumava ser frequentado por gente simples, naquele dia estava tomado pelas pessoas mais importantes do Brasil, e diziam que até do estrangeiro, prestigiando o novo imperador. Os pobres e pretos apinhavam as ruas vizinhas e as que faziam quina com o Paço, engrossando as vozes dos infindáveis vivas que eram dados ao soberano.

Eu já tinha ouvido falar que no Palácio quase não trabalhavam pretos, e era verdade, a se confirmar pela imensa criadagem que ia atrás dos nobres, na procissão. Quando chegaram à entrada da Igreja do Paço, houve uma apresentação de músicos e, estes sim, para minha surpresa, eram todos pretos ou mulatos. Faziam parte de uma escola de ler, escrever e de música que D. Pedro I tinha fundado na Real Fazenda de Santa Cruz. Estavam todos muito bonitos, com um traje de veludo vermelho listrado e enfeitado com renda dourada, e foram muito aplaudidos quando terminaram de tocar uma série de valsinhas da moda. Nós, da casa da dona Balbiana, estávamos todos juntos, e o Omissias, que também era músico, identificou cada um dos instrumentos que compunham a banda — rabeca, rabecão, violoncelo, clarineta, flauta, fagote, trombone, trompa, pistom, requinta, bumbo, flautins de ébano, bombardinos e bombardões, se não me esqueço de algum. Tantos, que eu nunca mais cheguei a ver conjunto igual. Depois de animar um baile na corte em um daqueles dias de festa, eles também tocaram no largo, para o povo, que se divertiu com as modinhas, as marchas, as quadrilhas e os lundus. Mas não tocaram lundus iguais aos que dancei com o Piripiri na dita festa da Kianda, a sereia encantada das terras dos angolas.

Para os angolas, a Kianda é o mesmo que a Iemanjá para os nagôs, e eles também têm uma sereia de rios e lagos chamada Kituta, bem parecida com a minha Oxum. A festa aconteceu à noite, nas praias de um sítio distante chamado São José, perto de onde ficava a casa de uma *kilamba*, que é uma sacerdotisa devota da Kianda. Havia também vários quimbandas, homens e mulheres que recebem e interpretam as mensagens da sereia, que manda recados e dá conselhos aos devotos. Uma festa bonita, em que quase todos estavam vestidos de branco e tinham nas mãos algum presente para jogar no mar, flores, cheiros, comidas, pentes, ex-votos ou dinheiro. Também foi feito um grande jantar para ela, servido sobre esteiras de luando que cobriam a areia da praia bem próxima à água, onde o mar podia alcançar as comidas e levá-las embora com ele. Havia de tudo, vinhos, refrescos, quitutes, doces e muitas comidas de Angola, e festejávamos cada vez que uma onda abraçava uma tigela e não soltava mais, sinal de que a Kianda tinha gostado. O Piripiri disse que aquele era o primeiro dia de festa, um período de agradecimento que ainda ia durar mais quinze dias, e só então os pescadores poderiam voltar ao mar. O Piripiri queria que eu consultasse uma quimbanda para saber se te encontraria, mas eu não quis, com medo de que ela dissesse que não. Enquanto a Kianda aceitava as oferendas, o tambor batia um toque especial para ela, e só depois de tudo ser levado pelo mar foi que a festa começou. Um rei e uma rainha correram o meio de uma roda formada por todos nós, fazendo com que cada um beijasse e honrasse a bandeira que exibiam com muito orgulho. Depois disso, a dança estava liberada, e o Piripiri disse que não sairia de perto de mim para que ninguém lhe roubasse a companheira.

Eu sempre soube que não sou bonita, que não represento perigo nas disputas de homens, mas tive medo dos olhares que as outras mulheres me lançaram quando perceberam que o Piripiri não pretendia dançar com elas naquela noite. Pedi proteção à minha Oxum, orixá das mais vaidosas e acostumada com a inveja das mulheres, e tratei de me divertir, porque ele era um excelente dançarino. Primeiro foi a umbigada de roda e depois o lundu. Quando começamos a dançar, eu soube que algo mais aconteceria naquela noite, desde o momento em que, na dança, eu tinha que seduzir o Piripiri e ele tinha que ficar apenas me olhando, sem poder se aproximar. Quando, enfim, ele foi chegando perto, eu queria que não houvesse mais ninguém naquela praia, que aquele mundo de água sob estrelas fosse só nosso. Mas eu não conseguia me esquecer da Juana, não conseguia parar de pensar no motivo pelo qual ele entrava no quarto onde ela o esperava. Eu deveria continuar me afastando dele na dança, mas não consegui, pois queria me enroscar naquele corpo de capueira, suado a ponto de fazer da roupa uma outra pele, marcando os músculos. O corpo do Piripiri convidava o meu a se deitar e eu tinha que recusar, como se já não estivesse esperando por aquele convite havia meses, como se ele realmente tivesse que se ajoelhar na minha frente e fingir que implorava. Ainda seguindo a marcação do lundu, entrei no meio da roda dos braços dele e rodopiei, para que ele sentisse o meu desejo, e quando o cobri com a roda da saia, pareceu uma eternidade o tempo que ele ficou debaixo dela, respirando os meus cheiros. Não nos falamos, não foi preciso, e o Piripiri me pegou pela mão e fomos para um canto mais reservado da praia, onde passamos o resto da noite entre gemidos e gargalhadas, irresponsáveis e cheios de areia e de desejo. Foi bom ter um homem de novo, embora no dia seguinte eu já não tivesse tanta certeza.

Eu continuava com as aulas para o Pablo e o Esteban, e qual não foi a minha surpresa quando a Juana entrou na cozinha e perguntou se podia assistir também. Concordei de má vontade, porque achei que tinha percebido segundas intenções no jeito dela. Imaginei que já devia saber da noite anterior e não queria deixar que eu ficasse a sós com os meninos, para o caso de o Piripiri aparecer. Mas ele só voltou do armazém tarde da noite, quando eu já tinha ido mais cedo para o quarto, justamente para não vê-lo e para tentar dormir antes de ouvir barulhos no quarto ao lado. O mesmo aconteceu nas noites seguintes, até que ele bateu na porta do meu quarto, onde não o deixei entrar dizendo que tinha andado o dia inteiro e estava muito cansada, querendo dormir. Ele ficou chateado e disse que não queria incomodar, mas apenas dizer que uma parenta tinha mandado avisar sobre uma vaga em um canto para quituteira, mas que a luva era alta e, se eu quisesse, ele podia emprestar. Achei que tinha sido sincero ao oferecer o empréstimo, mas eu disse que não precisava e fiquei de falar com a mulher no dia seguinte.

ELEIÇÕES

No dia seguinte fui falar com a parenta dele, que era a capitã do canto, paguei a luva para reservar o lugar e disse que começaria dentro de alguns dias. Fiquei muito tempo sem ver o Piripiri, que chegava em casa cada vez mais tarde, quando eu reconhecia os passos no andar de baixo. Somente depois de ouvir uma conversa dos fregueses da saleta de pasto foi que imaginei o que ele estava fazendo, que era frequentar os treinos de capueira. O senhor Passos estava furioso porque os liberais não tinham conseguido mais espaço no gabinete do Império, tomado por conservadores mesmo depois da coroação de D. Pedro II. Ele achava que deveria ser o oposto, porque foram os liberais que lutaram para que a maioridade fosse antecipada. Mas o poder estava todo nas mãos dos conservadores, apesar das sérias rebeliões federalistas que estavam acontecendo nas províncias do Maranhão e do Rio Grande. Atentei para o nome das duas províncias, a do Maranhão porque eu tinha saído de lá, e a do Rio Grande porque ouvi quando citaram o Bento Gonçalves, o general que tinha ficado preso no Forte do Mar, em São Salvador. Os amigos do senhor Passos disseram que as províncias de Minas Gerais e de São Paulo também estavam se manifestando, que os conservadores tinham até enviado um importante oficial chamado Caxias para acalmar a situação, e só a do Rio de Janeiro não fazia nada. Os conservadores estavam planejando eleições para o gabinete, contando com a vitória dos nomes indicados por eles, e foi por causa do interesse do Piripiri em ficar em casa durante a saleta de pasto, escondido na cozinha para tentar ouvir a conversa, que fiquei sabendo o que estava sendo planejado.

Eu preferia que ele estivesse do lado dos liberais, porque gostava muito do senhor Passos, mas o Piripiri explicou que, para nós, os pretos, não fazia muita diferença quem estava no poder e, além do mais, os conservadores pagavam melhor. O dinheiro recebido era usado para comprar a liberdade dos pretos da malta ou de outros que levavam jeito para a capueira, mantendo assim a tradição de a malta do Mestre Mbanji ser a mais respeitada da província. A mais séria também, porque o Mestre não admitia o uso de armas que não fossem as pernas e os pés, os braços e as mãos, a cabeça e os olhos. Havia várias maltas em São Sebastião, sempre ligadas a um Mestre ou a uma freguesia, e de vez em quando se enfrentavam para valer. A malta vencedora ficava mais valorizada aos olhos dos interessados em contratá-las para resolver contendas. Como a malta do Mestre Mbanji nunca tinha perdido um enfrentamento, havia vários anos que alguém ligado ao governo a contratava em tempos de eleições, pagando o que o Mestre pedisse. No dia da eleição, aconteceu exatamente o que o Piripiri disse que aconteceria, e os conservadores só ganharam a briga porque tinham a malta maior e mais valente.

Os partidos contratavam eleitores para entrarem juntos na fila, carregando nos bolsos um grande número de chapas já preenchidas com os números dos candidatos que queriam que ganhassem. Quando o primeiro contratado estava votando, dava algum sinal para os capueiras da sua malta, que ficavam esperando ao lado da fila e começavam uma confusão. O tumulto era geral e os capueiras formavam uma grande roda em torno dos eleitores que precisavam proteger, enquanto eles tiravam dos bolsos chapas já preenchidas e emprenhavam a urna. Isso acontecia o tempo inteiro e a polícia não se aproximava, com medo dos capueiras. No fim da eleição, é claro que ganhavam os candidatos que tinham contratado as melhores maltas, as que tinham defendido melhor seus eleitores e conseguido furar o cerco da malta adversária. E todos ainda colaboravam para que a polícia não fosse acusada de omissa, pois capueiras da malta perdedora iam para a cadeia, mas já tendo a certeza de que seriam soltos logo em seguida. Mais grave era a situação dos capueiras que se machucavam durante as lutas, porque sempre havia as maltas que não respeitavam as regras e usavam facas e canivetes. Eles ficavam jogados pelo chão até que tudo acabasse e seus companheiros pudessem recolhê-los, usando redes vermelhas para os feridos e brancas para os mortos. No dia da eleição fiquei agoniada, e só me acalmei quando ouvi os passos do Piripiri e, mais tarde, os gemidos no quarto ao lado, que me fizeram imaginar que nem ferido ele estava. Menos de uma semana depois o resultado estava publicado em todos os jornais, dando vitória aos conservadores. No sábado seguinte, o senhor Passos estava possesso porque tinha ficado sabendo o número de votos, muito maior que o dobro do número de eleitores, sendo que a maioria nem comparecia às urnas, com medo das confusões.

O CANTO

Eu precisava tomar meu lugar no canto, mas, para falar a verdade, estava com vergonha de vender comida, pois já tinha feito coisas muito mais importantes e rentáveis. Não queria ficar transportando tabuleiros e armando fogareiros, mas hoje até me envergonho de tal pensamento. Eu, que sempre quis ser justa, que não aceitei ser escrava porque sempre achei que um branco não podia me tratar como se fosse superior, estava me julgando melhor do que as pretas que trabalhavam de maneira humilde. As pretas de São

Salvador faziam sucesso em São Sebastião, principalmente as que se vestiam à maneira da Bahia, que as outras já estavam começando a imitar. O meu canto ficava na Rua do Sabão, quase quina com a Praça do Comércio, e era formado apenas por pretas angolas. Elas tinham me aceitado por causa do pedido do Piripiri e depois de eu ter dito que era crioula da Bahia. Canto de quituteiras e vendedoras de frutas e verduras, onde a capitã era uma luanda bonachona chamada Benta. Era ela quem mantinha a ordem, não deixando que nenhuma outra vendedora se instalasse perto para não dividir a freguesia, e quem resolvia qualquer contenda entre nós. Para isso, recebia uma pequena parte da nossa féria diária, e também tínhamos que pagar uma féria semanal ao inspetor da freguesia, como aluguel pelo espaço e garantia de proteção contra desordens e desmandos. Além disso, também contribuíamos para uma caixinha mensal usada para conceder empréstimos para quem precisasse, como atender qualquer uma de nós que ficasse doente, por exemplo, e para manter um escravo que pertencia ao canto, um moleque chamado Taio.

O Taio era o moleque mais feio que eu já tinha visto, fazendo jus à alcunha, porque seu rosto era dividido ao meio por um talho, ou "taio", da testa até o queixo, quase como se ele tivesse duas metades de nariz e quatro partes de lábios, em razão de ele estar no colo da mãe quando ela foi atacada e morta a facadas. Salvo, o menino foi parar em um armazém, onde cresceu vivendo da caridade dos outros pretos, que cuidaram dele, pois ninguém queria comprá-lo com aquele rosto deformado, que realmente impressionava. Passando em frente ao armazém, a Benta ficou com dó do moleque triste e estranho que olhava o movimento da rua e resolveu fazer alguma coisa por ele, que tinha pouco mais de sete anos de idade e valia pouco, por ser mercadoria encalhada. A Benta conversou com as companheiras de canto e elas gostaram da ideia de ter um moleque para ajudar, e desde então ele estava por lá fazendo de tudo, desde vigiar tabuleiro enquanto precisávamos nos afastar um pouco até fazer compras e entregar pedidos de fregueses. Esperava-se que as pretas da Bahia vendessem atacaçá, acará e bolinho de canjica, que faziam um grande sucesso em São Sebastião, mas perguntei à Benta se podia vender outra coisa. Ela permitiu e as outras gostaram, pois assim eu não tirava a freguesia delas, e foi então que montei a minha banca de musselinas para blusas à baiana, xales e panos da costa, de que as pretas tanto gostavam e que não eram encontrados tão facilmente em São Sebastião. Escrevi para o Tico, e um mês depois recebi meus primeiros panos direto da África, depois de passarem pela Bahia, é claro. Para mostrá-los melhor, eu mesma me enfeitava toda, com roupas feitas por umas costureirinhas que moravam na Rua da Vala.

BEM-SUCEDIDA

No dia em que eu tinha alguma pista para ir atrás de você, ficava no canto apenas à tarde, e mesmo assim os negócios eram muito bons, porque quase ninguém mais tinha mercadorias iguais às minhas. A notícia de que em São Sebastião estavam sendo vendidos panos da costa legítimos e tecidos da África se espalhou pela cidade inteira, e aparecia gente de freguesias bem distantes, o que era ótimo para eu ficar sabendo notícias das redondezas, aproveitando para falar sobre você. Comecei a gostar muito daquele trabalho, e da minha banca dava para ver a Praça do Comércio, sempre com muito movimento. Não apenas de pessoas da cidade; também apareciam por lá muitos estrangeiros, principalmente portugueses. Quase todos trabalhavam no Paço Real e, com o passar do tempo, aprendi a distinguir a função que exerciam pelas roupas que usavam. Diziam que mais de quinze mil tinham desembarcado com o rei D. João e a corte, e é claro que naquela época já não eram tantos, porque muitos já tinham voltado para Portugal. Mesmo assim, ainda havia um verdadeiro exército de mordomos, estribeiros, gentis-homens, confessores, cirurgiões, guarda-roupas, guarda-joias, guarda-livros, manteeiros, compradores, porteiros, retretas, damas de companhia e muitos outros, fazendo daquele ponto um lugar muito bom para comerciar. Era também na Praça do Comércio que muitos homens se reuniam para discursar sobre política, e onde os capueiras adoravam afrontar a polícia. Inclusive a malta do Piripiri apareceu por lá algumas vezes. Eles surgiam e sumiam de repente, fugindo da guarda, e deixavam o povo divertido e encantado com as exibições. As maltas podiam se encontrar por simples coincidência, mas na maioria das vezes era o sino da São Bento, invadido pelos capueiras, que chamava para o enfrentamento.

Independentemente de onde moravam ou a que nação pertenciam, os capueiras faziam juramento a uma malta, que, por sua vez, pertencia a uma freguesia. Isso era sagrado entre eles, que juravam ser fiéis àquela malta, e o lugar escolhido para isso era a torre da igreja principal da freguesia. Para uma malta, subir na torre das igrejas da freguesia alheia era chamar para a briga, e enquanto a malta da freguesia não ia defender seu território, os capueiras ficavam lá em cima, montados sobre o sino, exibindo a coragem de acompanhar com os corpos o movimento de vai e vem. O barulho chamava a atenção dos que passavam pelas ruas e dos que já sabiam que aquele era um código entre os capueiras, e logo uma multidão se reunia em torno da igreja, esperando pela briga. Era uma grande decepção quando os curiosos descobriam que quem estava tocando o sino era alguém da própria malta daquela freguesia, chamando os companheiros para dar um aviso urgente. Isso acontecia se algum deles tinha um problema e precisava de ajuda, como quando um capueira era vendido para o campo. Eles então se reuniam e decidiam o que fazer, se tinham condições de comprar o amigo, se dariam fuga a ele ou se tramariam alguma vingança contra o dono.

Os enfrentamentos de maltas também serviam de treinos, e nesses casos quem ia à frente para provocar a malta vizinha eram os caxinguelês, meninos que estavam aprendendo o jogo e que eram bons de pernas, para saírem correndo quando o enfrentamento ficava sério. Foi depois de um desses treinos, com a participação do Piripiri, que voltamos juntos para casa e nos entendemos novamente. De novo, não foi preciso falar nada, apenas estávamos caminhando lado a lado quando ele me chamou para ir até a praia. Deixamos os meus panos em casa, que ele gentilmente carregou, e nos deitamos a noite inteira. Depois daquela noite, isso se repetiu várias vezes, com ele indo até o canto me buscar, e ficávamos boas horas na praia, para então voltarmos para casa e eu ficar indignada, porque não sabia como ele ainda tinha fôlego e vontade para, de vez em quando, usar o cômodo ao lado com a Juana. Não sei por que me conformava com aquilo, talvez porque estivesse gostando dele mais do que imaginava. O Piripiri era um homem sempre gentil e bondoso, como muitas vezes eu pude ver nas ruas, ajudando as pessoas, principalmente os velhos e as crianças, por quem demonstrava especial carinho. Ele também era bom para mim, não tinha como negar, e talvez só por isso eu suportasse dividi-lo com a Juana.

Passado um pouco da metade do ano, recebi carta da sinhazinha, que tinha tomado conhecimento de tudo e se dizia muito sentida, oferecendo a ajuda que eu precisasse, inclusive se encarregou de ficar cobrando providências do marido. Depois daquela primeira carta dela, começamos a nos corresponder sempre que tínhamos qualquer novidade ou simplesmente quando queríamos conversar com alguém muito amigo. Acho que era bom para nós duas, uma forma de dividirmos os problemas, bem diferentes, no nosso caso, mas sempre importantes. Menos de um mês depois ela escreveu novamente, dizendo que nenhum registro de batismo tinha sido encontrado em São Salvador, e que pediria ao doutor José Manoel para fazer buscas nas redondezas. Na resposta, contei sobre o Piripiri e ela me aconselhou a conversar com ele, mas não tive coragem, por medo de perdê-lo. Eu sabia que ele gostava de se deitar comigo e me tratava muito bem, mas não tinha prometido nada, assim como o doutor Jorge, e eu nada podia cobrar.

Eu me preocupei bastante com o fato de não terem encontrado nada sobre o batismo, porque das três pessoas que poderiam dizer onde tinha sido feito, uma estava morta, e as outras duas, desaparecidas, a Claudina, você e seu pai. Foi mais ou menos por aquela época que comecei a ter o sonho da cobra, que sempre se repetia, e no qual ela estava mordendo um papel que eu tentava pegar. É claro que tal papel era a sua certidão. Pouco antes do fim do ano, quando estava procurando um outro livro de histórias, o senhor Mongie perguntou se eu conhecia a Bíblia, que mesmo se eu tivesse outra fé e não acreditasse em nada do que estava escrito nela, era o livro mais cheio de histórias que ele conhecia, e das mais bonitas. Paguei muito caro por ela, mas fiquei contente com a grossura, pois levaria bastante tempo para ler. E por essas coincidências inexplicáveis, lá estava uma cobra nas primeiras páginas, mordendo não um papel, mas uma maçã. Achando que era mais um aviso dos voduns que eu não estava conseguindo interpretar, resolvi escrever para a sinhá Romana, no Recôncavo, narrando exatamente com que eu sonhava e quais os problemas que tinha para resolver. Não tinha certeza se a carta chegaria até ela nem se ela teria condições de ler e responder, mas depois de enviar a carta não sonhei mais e o meu coração soube esperar tranquilo. Também tive a ideia de, em vez de apenas olhar os anúncios de escravos vendidos ou procurados, mandar publicar um procurando por você e oferecendo uma boa recompensa para quem o encontrasse.

UMAS MORTES

Quando parei de sonhar com a cobra que comia o papel, comecei a ter outro sonho que não estava relacionado a você. Eu e o Piripiri aparecíamos caminhando por um lugar onde havia muitas flores, um chafariz, pessoas bonitas conversando e admirando as plantas. Fui acordada de um sonho desses pelo que achei ser uma gritaria causada por briga na rua ou nos vizinhos, já que as paredes das casas quase se encontravam de tão juntas. Da janela lateral do meu cômodo, se esticasse o braço eu poderia tocar a parede da casa vizinha. Mas logo percebi que era na nossa casa mesmo, pois primeiro ouvi as vozes do Maboke e do Firmino, e logo em seguida a do Piripiri, ao pé da escada, chamando pela dona Balbiana. Depois ouvi baterem a porta ao lado da minha, os passos que só podiam ser os da Juana descendo a escada, e depois o grito dela. Já não havia mais dúvida de que era alguma coisa na casa; pus o vestido por cima da roupa de dormir e fui ver o que tinha acontecido, descendo ao mesmo tempo que a dona Balbiana. Cruzamos com a Juana, que vinha da porta da sala e entrava no corredor, em direção à cozinha. A dona Balbiana foi direto para a rua e eu segui a Juana, pois queria saber se o Piripiri estava junto, mas ela acabou entrando sozinha no cômodo dos santos, no fundo do quintal.

Caído no primeiro degrau da escadinha que dava acesso à sala estava um homem todo ensanguentado, ainda com vida, como pude perceber na primeira olhada, já que ele estremecia de vez em quando. Não dava para reconhecer, pois além de a rua estar escura, ele ainda estava com o rosto virado para baixo, mas o corpo musculoso parecia jovem. No portão, o Firmino segurava um outro homem e pedia que alguém tomasse a faca que ele tinha em uma das mãos. Sabíamos que era o Firmino por causa da voz, e que ele segurava alguém porque percebíamos os dois vultos, mas também não sabíamos quem era. Nas casas vizinhas, começamos a ouvir os gritos pedindo silêncio e algumas janelas se abrindo. Na verdade, ninguém se importava muito com o acontecido, apenas com a perturbação do sono àquela hora da noite, umas dez e meia ou onze horas, em uma cidade que dormia cedo. Foi o Piripiri quem primeiro se aproximou, e pedi que tivesse cuidado, mas logo ele e o Firmino carregavam o homem desarmado para perto da porta, e o reconhecemos sob a luz da lamparina que a Luzia tinha providenciado. Era o Pablo, o filho do Buremo e da Rosário, e assim que viu a dona Balbiana, ele começou a chorar e a pedir que o deixassem ir embora.

O que mais me espantou ao reconhecer o Pablo foi o tamanho do moleque; talvez por vê-lo todos os dias durante as aulas, eu tivesse deixado de reparar que já era um homem. Ele parecia maior e mais forte ainda por precisar do Firmino e do Piripiri para mantê-lo quieto. O Pablo se debatia, chorava e implorava à dona Balbiana, a quem chamava de madrinha Balbiana, que o deixasse fugir, pois não queria ser preso e morrer na cadeia. A dona Balbiana também começou a chorar, querendo saber o que tinha acontecido, mas ele não falava, mantinha a cabeça baixa e tentava se soltar. Quando um dos vizinhos gritou que alguém tinha ido chamar a polícia, o desespero dele aumentou, pedindo que ela pensasse nos pais dele. Ninguém entendia nada, nem o que ele estava fazendo ali, nem quem era o homem que ele tinha esfaqueado, e muito menos o motivo, até que a dona Balbiana comentou que o desconhecido só podia ser um ladrão, agradecendo ao Pablo por não ter deixado o homem entrar. Era uma hipótese improvável, mas ninguém conseguiu pensar em outra, e muito menos entender quando a dona Balbiana pediu que o Firmino e o Piripiri soltassem o menino e que todos nós entrássemos na casa, pois ela cuidaria do problema. Fomos para a cozinha, e estávamos conversando em voz baixa, para ouvir o que acontecia do lado de fora, quando a polícia chegou. A dona Balbiana contou que o morto era um ladrão e tinha sido atingido por um homem que naquele dia tinha alugado um cômodo e estava chegando naquele exato momento para ocupá-lo. Ela tinha convidado os policiais a entrarem na sala e falava alto o suficiente para que todos nós ouvíssemos, pois sabia que ia precisar de pelo menos uma confirmação. Os policiais pediram para dar uma olhada no tal cômodo e ela os levou ao que ficava ao lado do meu, que de fato estava vazio e limpo, esperando para ser ocupado por alguém. Os policiais desceram até a cozinha e quiseram confirmar aquela história, e logo o Firmino se apresentou para contar o que tinha visto.

O Firmino mentiu que estava chegando da rua, do trabalho dos tigres, como o policial podia confirmar pela tina que ainda estava ao lado do portão, quando trombou com um homem que saía às pressas da casa. O homem carregava uma mala em uma das mãos e uma faca na outra, e ele o reconheceu como sendo alguém que tinha estado lá durante a tarde, tratando um cômodo com a dona Balbiana. O homem ia tão apressado que quase derrubou o Firmino e o tigre, e quando ele tentou tirar satisfações, o homem o ameaçou com a faca e saiu correndo em direção à praia. Fiquei temerosa com aquilo, pois estávamos nos tornando cúmplices por ficarmos calados. Bastaria uma pequena investigação para saber que durante o dia o Firmino não poderia ter visto o hóspede inventado, porque estava no trabalho. Mas ninguém teve coragem de falar nada, principalmente porque não conhecíamos o morto e conhecíamos o Pablo, um bom menino, e seus pais, que não mereciam um desgosto daquele. A dona Balbiana ajudou o Firmino, concluindo que o morto só podia ser um ladrão ou um desafeto do que ia se tornar hóspede, de quem ela não conseguiu se lembrar o nome. Eles acreditaram, e um dos policiais foi atrás de uma rede para carregar o morto, pedindo que qualquer novidade fosse comunicada.

Depois que todos foram embora, comentei com o Piripiri o meu temor de que a mentira fosse descoberta, mas ele disse que não haveria problema algum desde que ninguém reclamasse o morto, porque a polícia não gostava de se envolver em problemas de pretos, ou seja, quando a vítima era um preto. Aquele com certeza já era caso encerrado, pois os policiais tinham pedido ao Firmino e ao Maboke que fossem com eles até a porta do cemitério do Valongo, onde o corpo seria deixado para que o coveiro cuidasse dele no dia seguinte. O Piripiri achou que a dona Balbiana tinha feito o melhor, pensamento que me pareceu compartilhado por todos da casa, que não tocaram mais no assunto. Mas eu estava curiosa para saber o que exatamente tinha acontecido, e nada me tirava da cabeça que a Juana e talvez o Piripiri estivessem envolvidos naquela história. E provavelmente também o André, porque logo na manhã seguinte eu o vi conversando com a Juana pelos cantos, e ela chorava. Nos dias seguintes, os olhos dela estavam constantemente vermelhos e inchados, sinal de muito choro, que todos fingiam não notar. Era o que eu também estava disposta a fazer, mas como fui a única que pareceu se importar em saber a verdade, mais por curiosidade do que por qualquer outra coisa, ela, a história, foi parar nas minhas mãos. Um pedaço por vez, para alívio de alguns, entre os quais me incluo, e tristeza de outros.

À noite, quando voltei do canto, a dona Balbiana estava com uma aparência muito cansada e comentou que tinha passado o dia na casa da Rosário, que enlouqueceu de vez quando soube do sumiço do filho. Nada do que costumava adiantar antes tinha surtido efeito daquela vez, e a mulher estava amarrada à cama com correias de couro, porque tentava se desprender com uma força descomunal e, antes de ser detida, tinha tentado se matar com uma faca de cozinha. Foram necessários a dona Balbiana, o Mongo, o Buremo e o Esteban para conseguir segurá-la, enquanto dois outros homens cuidaram das amarras. Tiveram que enfiar uma tampa de coco na boca dela para que não engolisse a língua, pois ninguém queria continuar enfiando a mão lá depois de ela ter quase arrancado o dedo do Buremo. Fiquei com pena, pois sabia bem o que significa ter um filho perdido por esse mundo, sem notícias de onde andava ou em que condições. No meio dessa confusão toda, já havia se passado mais de uma semana quando a dona Balbiana deu por falta do André, que tinha sumido de casa sem avisar. De vez em quando ele ficava fora por uns tempos, dizendo que precisava tratar de negócios importantes, e então ela não deu muita importância. E a vida parecia que ia seguir sem maiores preocupações, menos para o senhor Passos, que, em uma das saletas de pasto, estava exaltadíssimo com os companheiros de partido. Ele reclamou muito da falta de iniciativa dos liberais da corte, que eram roubados pelos governistas e deixavam por isso mesmo, enquanto nas províncias de Minas Gerais e de São Paulo o povo estava pegando em armas contra as tropas oficiais.

AS SOLUÇÕES

A história do Pablo começou a ser esclarecida no dia em que o Taio começou a ler sem que nunca alguém tivesse ensinado. Eu sempre levava alguma coisa para ler quando o movimento estava fraco, e o Taio parou atrás de mim e leu em voz alta duas ou três linhas. Não sei se me assustei mais por ele ter lido ou se, ao me virar, ter visto algo de muito estranho nos olhos fixos no papel, separados por aquele talho que causava tão má impressão. As mulheres começaram a rir do meu susto, mas ele tomou o jornal das minhas mãos e continuou lendo, enquanto aumentavam as brincadeiras. Eu disse que ele lia de verdade, mas elas não acreditaram, achando que nós dois estávamos de combinação para pregar uma peça nelas, até que um cliente que estava comprando acará olhou o papel e confirmou que eu falava a verdade, que, sem nunca ter aprendido nada, o moleque estava lendo. Não muito bem, ciscando as letras, mas lendo. Séria, a Benta desarmou o tabuleiro e disse que ia para casa mais cedo, levando o menino, e logo surgiu o comentário de que era encosto, espírito. Na manhã seguinte, a Benta me chamou de lado e disse que tinha conseguido conversar com o espírito que estava com o Taio, o de um moleque que eu conhecia, morto havia pouco tempo. Na hora pensei no Pablo e no quanto seria triste dar à mãe a notícia de que ele estava morto. Depois de ouvir toda a história da Benta, foi a minha vez de ir embora mais cedo, pois queria conversar com o Piripiri. Zanzei pela casa sem lugar para ficar, sem descanso, saí para olhar vidraças, mas logo voltei, e nem as histórias do Omissias conseguiram prender o meu interesse. Quando me lembrei de que naquela noite o Piripiri ainda ia para a capueira, não aguentei mais; pedi à dona Balbiana que fosse até o meu cômodo e contei tudo para ela.

Os barulhos que eu ouvia no cômodo ao lado de fato eram feitos pela Juana, mas não com o Piripiri, e sim com muitos homens que ela colocava para dentro de casa, amigos do André. Apaixonado por ela, e correspondido sem saber disso, o Pablo ficava parado em frente à casa na esperança de que ela se mostrasse à porta, e acabou descobrindo tudo, porque a Juana ia fechar a porta depois que os homens saíam. Com ciúmes, armou-se de uma faca e esperou por um deles escondido do lado de dentro do portão, qualquer um, que atacou pelas costas. Ao fugir, depois de tudo aquilo na porta da casa, que você já sabe, o Pablo foi pego por dois amigos do morto, que estavam esperando por ele logo em frente à casa e se afastaram quando perceberam a aproximação do Firmino, que voltava do mar depois de ter esvaziado o tigre. De onde estavam, os homens ouviram tudo e perceberam que tinha sido o Pablo, que levaram até um lugar em São João Batista da Lagoa e o mataram por vingança, jogando o corpo em um matagal. A Benta sabia onde ficava esse matagal, e o corpo precisava ser retirado de lá e enterrado o quanto antes. Ao voltar para casa, o André soube do acontecido com o amigo por intermédio da Juana e, mais tarde, do que tinha acontecido ao Pablo por intermédio dos dois amigos, resolvendo então desaparecer por uns tempos. Era ele quem apresentava os amigos à Juana e cobrava de quem queria se deitar com ela, que não sabia de nada disso e se deitava apenas por prazer, mas gostava mesmo era do Pablo.

Senti muita pena da dona Balbiana, que ficou muito abatida, mas logo se recuperou e pediu que eu mandasse a Juana subir até o quarto dela. Estávamos todos em casa, mas ninguém falou nada quando começamos a ouvir os gritos de dor da moça e os berros desesperados da velha, que bateu muito na Juana, a ponto de ela não conseguir se levantar por três ou quatro dias. Foi nesses dias que as outras providências foram tomadas, porque o problema não parava por aí. O espírito do Pablo tinha descido no Taio para esclarecer tudo e fazer com que o corpo fosse encontrado, e o espírito do homem morto por ele tinha descido na mãe, na Rosário, para se vingar de toda a família. Se estivesse solta e se o Buremo não fosse um homem de muita fé, e portanto bem protegido, ela teria matado toda a família e se matado depois. A Benta cuidaria do Taio, e a dona Balbiana conversou sobre a Rosário com o Maboke, pois ele sabia o que fazer.

Eu estava ficando com medo por ter sido envolvida naquela história, e me repreendi por não ter aceitado a mentira inventada pela dona Balbiana, como os outros. O Piripiri me tranquilizou dizendo que se os trabalhos fossem bem-feitos, e tinha certeza de que seriam, nada aconteceria comigo. Aquela foi a primeira vez que dormimos juntos na casa, pois a dona Balbiana não permitia esse tipo de coisa. Mas como todos já tinham ido dormir e eu estava com medo de ficar sozinha, achamos que não haveria problema. Em algumas outras noites também achamos a mesma coisa, e era cada vez melhor estar com ele, depois de ter acreditado durante todo aquele tempo que era ele quem se deitava com a Juana. Nunca contei isso a ele, para que não descobrisse o meu ciúme. Naquela noite, o Piripiri me disse que, apesar de o André ser seu amigo, não era boa pessoa. Inclusive era um dos capueiras covardes que andavam armados, pois não se garantia na luta limpa, e por causa disso tinha sido expulso da malta do Mestre Mbanji. O trabalho dele também não era dos mais honestos, pois dizia que não era homem para ficar carregando peso nas costas, tendo se especializado no comércio. De fato era mesmo comerciante, comprando barato as mercadorias que os pretos roubavam dos armazéns ou de suas casas e revendendo para comerciantes tão desonestos quanto ele. Temi então que voltasse e descobrisse o meu envolvimento naquela história, e este medo me perseguiu durante mais de um ano, enquanto ele esteve sumido. Foi bom só porque me reaproximou do Piripiri, que me buscava no canto quase todos os dias. Mas já que a história tinha caído nas minhas mãos, eu quis participar o máximo possível dos desdobramentos, para saber o que estava sendo feito. O Maboke disse que não seria bom para mim, que não conhecia direito a religião do povo dele, e não permitiu que eu acompanhasse nada do que ele e a Benta fizeram para afastar os espíritos incorporados no Taio e na Rosário. A Benta era uma *tata nkisi*[18] e o Maboke era um *tata kisaba*.[19] Depois de tirar o espírito do homem morto do corpo da Rosário, a quimbanda disse que talvez conseguisse curá-la, indicando umas folhas que o *tata kisaba* precisava colher perto da nascente do Rio Carioca, na Serra do Corcovado. Como essa cura não tinha nenhuma relação com a história, o Maboke me deixou acompanhá-lo, desde que o Piripiri pudesse ir junto para me instruir, porque durante todo o tempo ele teria que fingir estar sozinho.

O *TATA KISABA*

Saímos ainda antes de o sol nascer, em um dia de semana, pois precisávamos chegar cedo à serra, com folga para o meio-dia, quando algumas folhas mu-

---

18 *Tata nkisi*: equivalente à mãe de santo do candomblé, quimbanda.

19 *Tata kisaba*: colhedor de folhas, curandeiro.

dam de *nkisi*. Os *nkisis* são para os angolas e congos o mesmo que os orixás são para os nagôs, ou os voduns para o meu povo, e a cada *nkisi* é dado um dom e consagrado um tipo de folha. Então, somente aquela folha consagrada àquele *nkisi* é capaz de resolver determinado problema. As folhas não podem ser colhidas à noite, porque também dormem, a não ser por motivo muito sério, quando devem ser colhidas uma a uma e acordadas na palma da mão. A Benta tinha perguntado ao oráculo dos angolas, através do *Kasumbenká*, quais folhas colher e o que fazer com elas, e para isso o Maboke receberia a ajuda de Katende, a divindade das folhas. O Maboke tinha se preparado desde o dia anterior, quando não pôde conversar com ninguém, nem comer nada de que os *nkisis* não gostavam, nem beber ou se deitar com mulher, para estar totalmente puro.

Chegamos à Serra do Corcovado depois de quase três horas de caminhada, e amarramos uma umbigueira feita de palha da costa e algodão, para nos protegermos dos *nkisis* Panzo e Zacai, brincalhões que gostam de fazer as pessoas se perderem nas matas. Eu e o Piripiri seguíamos o *tata kisaba* a alguns passos de distância, devendo fazer silêncio até sairmos da mata, e, como ele, também tínhamos levado oferenda de fumo, mel e um cachimbo de barro. Imitando o Maboke, colocamos as oferendas no chão e esperamos ele pedir permissão para entrar, por meio de umas cantigas mágicas. A permissão foi concedida por um fino assovio saído do meio das árvores, o que também indicava a presença de Katende. Segurei a mão do Piripiri e entramos na mata atrás do Maboke, que tirou alguma coisa do bolso e começou a mastigar, cuspindo na direção dos quatro pontos cardeais. Sorte que no momento eu não sabia o que era, senão poderia estragar o ritual caindo no riso. Depois o Piripiri me contou que era pimenta, a própria que tinha dado a ele a alcunha, a pimenta *piripiri ofelefele*, que aumenta o poder das cantigas mágicas entoadas pelo *tata kisaba*. E assim fomos, andando com respeito e cuidado pela mata, com o Maboke de vez em quando se abaixando e revirando folhas caídas no chão, levantando raízes e cipós e guardando o que lhe interessava em uma sacola de pano com a alça atravessada no peito. Às vezes ele parava e cantava alto, pedindo ao Katende que indicasse o caminho do que procurava, o que nos levou a lugares muito bonitos, como nascente de rios, e se ali não fosse território sagrado, eu gostaria muito de ter voltado em outro dia, para diversão. Quando finalmente saímos, o *tata kisaba* ainda não podia falar conosco, fazendo todo o caminho da volta cantando agradecimentos.

Mas eu e o Piripiri já podíamos conversar, e achei muito bonito tudo o que ele me contou, pois os angolas sabem respeitar e louvar a natureza muito mais do que qualquer outro povo. Para eles, todas as folhas têm seu nome, seu *nkisi* e seu motivo de ser até o meio do dia, quando então podem mudar completamente, para dar ainda mais alternativas a quem sabe usá-las. Há folhas para lavar fios de contas, para combater o mal e para fazer o bem, para curar e para chamar doenças, para pôr na comida como tempero e para invocar a pessoa amada. Folhas para sacudimentos e para curar a desordem espiritual, para trazer riqueza, para acalmar e para excitar, para banho de proteção. Todas podem ser combinadas entre si para outros resultados, desde que na quantidade certa, senão acontecem as coisas mais terríveis. As folhas também podem ser masculinas ou femininas, positivas ou negativas, e um *tata kisaba* tem que saber equilibrar tudo isso, e saber também que algumas delas não podem ser misturadas com mel ou dendê, enquanto outras só podem ser usadas se forem misturadas com mel e dendê. Os *nkisis*, a quem as folhas são consagradas, têm nomes bonitos, como Lemba, Dandalunda, Kaiaia, Kitembu, Matamba ou Mametus, e achei que alguns também se parecem muito com alguns orixás ou voduns, como Pambu Njila com a minha Oxum, ou Kavungu com os voduns Caviunos lá da Casa das Minas. O Piripiri disse que podia ser, pois entre os *nkisis* existem alguns que são chamados de *njize*, "aqueles que servem os povos vizinhos". Isso cada vez mais me fascinava, principalmente depois de ter encontrado mais algumas coisas bem interessantes na Bíblia dos brancos, mas depois falo disso, se der tempo. Nunca fiquei sabendo o que o Maboke fez com aquelas folhas, não pude presenciar, mas a Rosário começou a melhorar, e em menos de dois meses colocou tabuleiro de quitutes na Praça do Mercado, ao lado da Luzia.

SEGUE A VIDA

Eu achava que aquele meu sonho com o Piripiri, nós dois passeando de mãos dadas em um lugar florido e com muito verde, tinha sido para avisar da ida à Serra do Corcovado. Mas não, aquele lugar de sonhos existia mesmo e nem era tão longe de onde morávamos, um pouco além dos Arcos da Carioca. Era um lugar chamado Passeio Público, como também havia em São Salvador, mas muito mais bonito. Apesar de todas as incertezas, tive muitos momentos de felicidade em São Sebastião, e, como já te disse, só não foram de plena felicidade porque você não estava comigo. Era difícil olhar para as mães e seus filhos, e mesmo para moleques da sua idade, e ficar imaginando por quais provações você estaria passando naquele momento. Eu só tinha certeza de uma coisa, de que você era esperto e inteligente e que, se soubesse que eu estava te procurando, daria um jeito de me encontrar. Por isso, e também porque alguém poderia me ajudar, eu mantinha os anúncios no jornal uma vez por semana, mesmo sabendo que você não tinha letras. Naquela primeira ida ao Passeio Público com o Piripiri, havia muitas famílias, quase todas brancas, que nos olharam com certo desconforto, mas não nos importamos, e muitas e muitas vezes repetimos o divertimento. A Fonte dos Amores, o Chafariz das Marrecas, o terraço que caía sobre o mar, as construções, as estátuas e até mesmo a senzala para os escravos do Passeio, tudo me fazia lembrar alguma coisa sobre você, que o Piripiri ouvia com muito interesse, fazendo perguntas e me incentivando a continuar a busca. Como também era fim de ano, as lembranças e a falta pareciam mais dolorosas, porque eu pensava também no seu irmão, o Banjokô, que tanto gostava de música e de rancho de pastoras. Lembrei-me ainda mais do Banjokô quando, pouco depois da virada do ano, recebi carta da sinhazinha avisando que o doutor José Manoel já tinha mandado percorrer as matrizes das freguesias vizinhas, e que ela estava novamente pejada, na tentativa de ter pelo menos um filho homem. Ela disse que aquela seria a última tentativa, porque logo provavelmente já teria netos, pois já estavam pensando em arrumar noivado para a Carolina, a filha mais velha. Seu irmão era um pouco mais velho que a Carolina, e era bem possível que também já pensasse em se casar se não tivesse voltado para o *Orum*.

O ano de um mil oitocentos e quarenta e três foi movimentado, com toda São Sebastião se mobilizando para o casamento do D. Pedro II, e alegro-me de, naquele ano, ter sido também a pessoa que apresentou o primeiro selo postal à sinhazinha e ao doutor José Manoel, o Olho de Boi, lançado pelo imperador. A cidade estava crescendo e cada vez mais cheia de gente de outras províncias e do estrangeiro, a passeio ou a trabalho, porque muitas manufaturas e oficinas artesanais estavam sendo abertas, como eu lia nos jornais. Eram manufaturas e oficinas de chapéus, tecidos, sabão, velas, rapé, calçados, fundição, móveis, carruagens ou ornamentos militares. Para trabalhar em todos esses locais precisava-se dos pretos, que, segundo comentou o Omissias depois de ouvir falar na barbearia, eram muito mais engenhosos, inteligentes e trabalhadores que os brancos brasileiros e portugueses. Então, quem tinha pretos de aluguel estava ganhando um bom dinheiro. A Ricardina, que já tinha dois, estava pensando em comprar mais alguns, e quanto mais novos, melhor e mais baratos, pois ela podia acabar de criar do jeito que queria e ainda mandar ensinar um ofício desde cedo. Além disso, falava-se bastante nas plantações de café que se estendiam até cada vez mais longe da cidade, avançando rumo à província de São Paulo. O Omissias dizia que era bem possível que, em breve, todos os pretos do Império estivessem trabalhando nas províncias do Rio de Janeiro e de São Paulo, mesmo porque a cana-de-açúcar já quase não dava mais dinheiro algum. Em uma carta, comentei isso com a sinhazinha e ela disse ser verdade, que o que não faltava na Bahia e em outras províncias mais acima eram senhores de engenho quase ou totalmente falidos. Mas o meu negócio de venda de pano da costa e de musselina ia cada vez melhor, pois o Tico conseguia comprá-los por um preço muito bom diretamente dos marinheiros que aportavam na Bahia. E, para ajudar, as pretas minhas freguesas, libertas ou de ganho, também estavam ganhando mais dinheiro, o que fazia com que gastassem mais, pois adoravam novidades. Se eu quisesse, a cada seis meses poderia comprar um moleque e colocar ao ganho, mas não queria, pois nunca admiti ter escravos.

O cômodo ao lado do meu finalmente foi ocupado, o que me fez perder um pouco do medo que sentia quando me lembrava do espírito do homem morto e achava que ele podia estar por lá. O Piripiri garantiu que não, que ele já tinha sido despachado, mas muitas vezes acordei assustada, achando ter ouvido risos e gemidos. A Juana não poderia ser, porque desde aquela noite ela estava dormindo junto com a dona Balbiana e, se quisesse sair do cômodo para o que quer que fosse, tinha que passar por cima da velha, que se gabava de ter o sono mais leve que o vento. A minha nova vizinha era a Tomásia, uma crioula lavadeira, engomadeira e passadeira, que trabalhava para duas modistas ali na Rua do Ouvidor. Foi uma destas modistas que indicou a Tomásia para cuidar das roupas de uma cantora italiana que fazia grande sucesso em São Sebastião, a Augusta Candiani. Até o senhor Passos e seus amigos às vezes se esqueciam da política para falar sobre ela, sobre a linda voz da moça, "mais doce que o mais doce dos açúcares". A alegria do povo com a Rouxinol Candiani, como figurava em todos os jornais, serviu para amenizar um pouco a tristeza causada pela morte de um grande número de pessoas em um surto de febre amarela. Em todos os cantos tentava-se isolar os doentes, e as santas casas já não tinham mais vagas para receber ninguém, nem os que podiam pagar. A toda hora os sinos dobravam informando de cerimônias fúnebres e expulsando os capueiras das torres das igrejas. Ouvíamos gritarias nas ruas e sabíamos que lá ia mais um cortejo, e fiquei penalizada com o de um anjinho que vi passar bem em frente à nossa casa. O corpinho, coberto da cintura para baixo com um pano branco e tendo amarrado às mãos um pequeno ramo de flores, ia sobre uma bandeja de madeira carregada na cabeça de um preto, que tive a impressão de ser o pai. Atrás do homem seguiam dezenas de pretas e de crianças, cantando, dançando e se lamentando, sacudindo no ar fitas brancas, vermelhas e amarelas. De vez em quando o homem parava e também fazia alguns passos de dança, e depois seguia adiante.

Muitos desses cortejos passavam pela nossa rua levando os corpos para a Igreja da Lapa dos Mascates, e eu também acompanhei um deles, de um parente do Piripiri. Mas, ao contrário do cortejo do anjinho, não teve nada de triste, foi uma verdadeira festa real. Digo real porque o morto era um príncipe africano, e a casa onde estava sendo velado não poderia estar mais cheia, com representantes de várias tribos que queriam prestar homenagens. Nem por um minuto sequer ficamos sem o espocar de bombinhas, sem a dança, sem a música de tambores e do bater de palmas, às vezes acompanhadas pelo canto de alguém que fazia elogios ao morto e o recomendava ao *Orum*. Não sei se os angolas também chamam de *Orum*, não me recordo, mas isso não tem importância. No final da tarde, um mestre de cerimônias fez a despedida e abriu o cortejo pelas ruas, onde mais e mais gente ia sendo arrebatada para a festa, que só foi parar na igreja. Como já estava tarde, o padre abriu a porta muito a contragosto e não quis fazer cerimônia alguma àquela hora, até porque já estava em roupas de dormir. Ainda na porta, antes de irmos embora, o mestre de cerimônias puxou alguns cantos e danças de despedida, e, em louvor, até disse duas ou três cantigas em latim. A procissão então deixou o morto por lá e tomou o caminho de volta, ainda mais alegre, e a festa estava programada para prosseguir noite adentro, na casa de onde tinha saído o cortejo. Mas eu e o Piripiri preferimos ir até a praia, para ficarmos a sós.

DESGOSTO

Foi naquela noite que, ao voltarmos para casa, encontramos a dona Balbiana chorando na saleta, onde nos contou que o André tinha voltado. Perguntei se tinha sido por minha causa e ela respondeu que não, que provavelmente ele já tinha se esquecido daquilo tudo. O que ele queria era tomar posse da casa, com grandes chances de conseguir. Eu já sabia como isso funcionava desde aquele problema com a Ressequida, em São Salvador, quando o doutor José Manoel explicou que os escravos não podiam ter bens, e a dona Balbiana ainda era uma escrava. Tudo o que ela possuía, ou achava possuir, na verdade pertencia à dona dela. O doutor José Manoel tinha me explicado com jeito, apesar de eu não ser mais escrava naquela época, mas o que ele disse foi que o escravo é considerado uma coisa pela qual o dono dele pagou e que, portanto, tudo o que ele tivesse também pertenceria ao dono. Inclusive, um escravo nem ao menos se pertencia. Não era dono das suas vontades, da sua vida, de nada, quanto mais de bens. Era por isso que os filhos das escravas também nasciam escravos, pertencentes aos donos delas, como foi o caso do seu irmão. É claro que havia acordos e exceções, como no caso dos escravos que possuíam escravos, e alguns que até continuaram no direito de possuir outros bens, mas tudo isso era de combinação com o dono, e tinha que ser muito bem documentado, para que não ficasse palavra contra palavra. Mas depois que foi feita a lei, naquela época em que queriam expulsar do Brasil todos os africanos livres, nenhum bem poderia ser colocado no nome do escravo. Então, a casa da dona Balbiana deveria, por lei, ter passado para a corte, como tinha acontecido com o dinheiro deixado em nome do Juan, já que ele não tinha herdeiros. Tendo a dona Balbiana tomado posse dela, na verdade a casa pertencia à sua dona, e não a ela.

Sabendo de toda a situação, o André tinha se juntado a um branco espanhol, de caráter tão vil quanto o dele, que estava disposto a se declarar herdeiro do Juan, um sobrinho chegado ao Brasil depois da morte dele. É claro que o espanhol ia ganhar algum dinheiro com aquilo, não soubemos como tinha sido feito o acordo. Sugeri à dona Balbiana que procurasse um advogado ou que desse um jeito de comprar a carta logo e tentasse pôr a casa em seu próprio nome, já que era crioula, ou no nome de alguém de confiança. Mas ela disse que não conhecia nenhum advogado nem confiava neles, e nem tinha dinheiro suficiente para a carta. Então nos lembramos do senhor Passos e dos outros liberais que, sendo contra o governo e a favor de mudanças no sistema de escravidão, provavelmente poderiam ajudar a encontrar uma saída. O André tinha dado alguns dias para que ela desocupasse a casa ou, se preferisse, poderia continuar trabalhando lá, mas como empregada e em troca de moradia e comida, sem receber salário. Mas o pior de tudo foi que ele disse isso de um jeito que pareceu estar fazendo um grande favor a ela. Disse ainda que, se as coisas não fossem resolvidas do jeito dele, o governo tomaria a casa e poria a dona Balbiana na rua sem direito a nada, nem aos móveis.

No dia seguinte, quando ainda pensávamos no que fazer e a quem pedir ajuda, percebi que não era só a dona Balbiana que não confiava em advogados e na justiça. O Piripiri chegou em casa dizendo que ela não precisava mais se preocupar, que alguns capueiras tinham dado um jeito no André e no tal espanhol. Ela agradeceu e não disse mais uma palavra, nem perguntou como, nem onde, nem nada. O silêncio também foi a atitude do Piripiri quando mais tarde pedi que me contasse mais detalhes e ele apenas fez um sinal com as mãos, querendo dizer que aquilo já era passado. Dias depois, ele apareceu no canto e disse à Benta que precisava se consultar com ela, e quando pedi para ir junto ele não deixou. Eu já sabia que depois de matar alguém, era preciso que algum quimbanda fizesse um trabalho pela alma do morto, como tinha sido feito para o Pablo e para o homem que ele matou, e foi muito fácil relacionar uma coisa à outra. Só sinto muita pena de não ter me importado mais com isso. Todos na casa tinham sido alertados pelo André de que logo passariam a pagar o aluguel para ele, mas ninguém perguntou nada quando ele sumiu outra vez, e para sempre. O assunto também foi rapidamente esquecido com a ajuda da Tomásia, que a cada dia tinha uma história ainda mais interessante sobre a *cantarina* italiana, a Candiani. Ela se apresentava no Teatro São Pedro de Alcântara, bem próximo à nossa casa, e a Tomásia ficava um tempo enorme por lá, ajeitando as roupas da apresentação e observando. Eram histórias dos absurdos que os homens faziam para conquistá-la, ou para receberem pelo menos um olhar que fosse, e de como a italianinha estava se aproveitando disso, da generosidade dos que tinham muito a oferecer. A Tomásia costumava passar pelo canto no fim da tarde, quando fazia entregas das roupas de alguns fregueses, e foi em uma dessas tardes que, junto com ela, conheci o doutor Joaquim. Ele tinha vinte e poucos anos e era estudante de Medicina, mas, na verdade, gostava mesmo era de escrever.

O DOUTOR JOAQUIM

Estávamos tão entretidas com as histórias da Tomásia que nem demos por ele, parado em meio aos tabuleiros, todo ouvidos na nossa conversa. Foi a

Benta quem perguntou se o sinhozinho queria alguma coisa, e ele respondeu que o que mais queria na vida era conhecer a *cantarina*, a Candiani, e então começou a fazer muitas perguntas à Tomásia, que não cabia em si de tanta importância. O jovem doutor quis saber onde ela morava, e quando a Tomásia respondeu que era na Rua do Ouvidor, ele comentou que só podia ser mesmo obra da Divina Providência, que os santos estavam colaborando para que ele chegasse mais perto da sua musa, pois naquele exato momento estava de passagem para a Rua do Ouvidor, mais precisamente para o *Jornal do Commercio*, onde ia deixar a amostra de um romance que estava acabando de escrever. Ele parecia simpático, e resolvi perguntar se queria publicar o livro no jornal e ele respondeu que sim, que o jornal precisava começar a publicar histórias escritas por brasileiros. Eu comentei que acompanhava todos os folhetins, e depois do espanto inicial ele quis saber a minha opinião sobre eles. Na verdade, as opiniões não eram bem minhas, porque eu prestava atenção em todas as discussões sobre os folhetins que ocorriam na livraria do senhor Mongie. Não que me achasse incapaz de ter boas opiniões, mas com certeza eles sabiam falar muito melhor das tais histórias, principalmente das que já tinham sido publicadas em francês. Eu prestava atenção no que eles diziam e, na maioria das vezes, relia parte da história para saber se concordava ou não. Sobre as coisas que eu não sabia, como, por exemplo, os lugares que as histórias citavam, já tinha intimidade suficiente para perguntar ao senhor Mongie, que pacientemente me explicava, muitas vezes usando livros com mapas ou pinturas. O doutor Joaquim ficou muito impressionado com o que eu disse e resolveu nos acompanhar, já que faríamos o mesmo trajeto, e foi dividindo a atenção entre a curiosidade a respeito da *cantarina* e a vontade de me falar do seu livro.

Quando o doutor Joaquim soube que morávamos no mesmo lugar para o qual o senhor Passos costumava convidá-lo a fim de participar de momentos de confraternização com os amigos liberais, disse que daquele dia em diante não recusaria o convite, mesmo não compartilhando de muitas ideias. E assim foi, com ele chegando bem mais cedo todos os sábados, e caso a Tomásia não estivesse em casa, pedia a minha opinião sobre o livro que também estava sendo lido pelo responsável do jornal. Sabe de uma coisa da qual muito me orgulho? De ter dado o nome à mocinha do livro, que ele chamava apenas de "moreninha", por não ter conseguido ainda encontrar um nome que combinasse com ela. Não sei o motivo, mas enquanto ele lia para mim os trechos que descreviam a moça, eu a imaginava como sendo a Carolina, a filha mais velha da sinhazinha, já que naquela época as duas tinham a mesma idade. E assim ficou sendo, a moreninha que conquistou o coração do mocinho que se fazia de durão ficou sendo Carolina. É uma história romântica e bonita, que tanto a Carolina como a sinhazinha poderiam ter vivido, ainda mais por se passar quase toda em uma ilha que eu logo imaginei sendo a Ilha de Itaparica. Mas não vou falar mais nada da história, vou deixar que você mesmo leia no livro que me foi dado pelo próprio doutor Joaquim, de uma edição que ele mandou reproduzir apenas para poucos amigos, assim que todo o folhetim foi publicado no *Jornal do Commercio*. Isso só aconteceu mais de um ano depois daquele nosso primeiro encontro, mas já digo agora para não me esquecer, pois encontrará o livro com a assinatura do autor entre os tesouros do baú que levo para você. Eu gostaria que soubesse da minha parte nele, que, além de ter uma história, também faz parte de uma outra, a minha. Ou a nossa, porque foi por sua causa que eu tinha ido parar em São Sebastião do Rio de Janeiro e conhecido o doutor Joaquim.

NOTÍCIAS

Quando eu já nem mais esperava, chegou a resposta à carta que eu tinha escrito para a sinhá Romana perguntando sobre os sonhos com a cobra. Eram poucas linhas cheias de erros, em que ela dizia para eu tentar me lembrar se já tinha sonhado com cobras antes, e o que acontecia logo em seguida. Só assim eu teria mais chances de encontrar a resposta que procurava porque, de longe, ela não tinha condições de ajudar. Naquela mesma época eu ainda estava lendo a Bíblia, e qual não foi a minha surpresa quando abri uma página e nela estava escrito: Dã. O vodum do Daomé, o vodum cultuado pela minha avó, ou o nome de um chefe que fundou a tribo de Dã, onde morava um povo que fugiu do Egito guiado por um deus chamado Javé. Essas duas coisas fizeram com que os sonhos voltassem, e comecei a aplicar alguns conhecimentos que tinha aprendido com a sinhá Romana, mesmo incompletos, pois dos seis anos de estudo necessários para me tornar uma vodúnsi completa, eu tinha feito menos de três. Um dia, passeando pelo outro lado da Rua do Ouvidor, imaginei ter visto o desenho da cobra na parede de uma casa, e imediatamente procurei saber o que funcionava lá. Pedi ajuda ao Omissias, que descobriu que tinha sido feito o pedido de licença para funcionar ali uma casa de consignação e de leilões para venda de escravos, o que interpretei como um sinal para que eu não desistisse.

Pouco tempo depois disso, chegou carta da sinhazinha dando a notícia de que a Carolina estava de partida para Portugal, para estudar, hospedando-se na casa de parentes do doutor José Manoel. A menina tinha dezessete anos e não queria saber de casamento, pelo menos por enquanto, mas a Mariana, que tinha quinze, não queria nem ir para o convento, doida para que lhe arrumassem um noivo. Eu e a sinhazinha trocávamos longas cartas, que às vezes eu demorava duas ou três noites para escrever, mas era muito bom assim. Confiávamos tanto uma na outra que pôr as ideias no papel era como conversar na frente de um espelho, só com a própria companhia. Pelo menos para mim era, e acredito que para ela também, pois muitos segredos, temores, erros e acertos foram revelados sem pudor algum, durante mais de trinta anos, em pelo menos uma carta por mês. Quando contei para ela que tinha vontade de começar a escrever a história que estava naqueles papéis do Kuanza, ela nunca deixou de cobrar até que eu o fizesse, algum tempo depois. Mas eu tinha pensado em começar a escrever naquele momento, em São Sebastião do Rio de Janeiro, para, quem sabe, aproveitar a ajuda do doutor Joaquim. Não foi possível, mas sei que foi tudo no tempo certo, no lugar certo, e que depois de escrita ela não ficou em minhas mãos nem um dia a mais do que o necessário. Tenho pena de não ter mandado também para o Kuanza, que eu não sabia se ainda estava vivo, mas era muita coisa para ser copiada. Além do mais, o que ele queria, atendendo a um pedido do pai, era que a história seguisse o seu destino, e isso foi cumprido. Páginas e páginas com tudo o que eu me lembrava de ter lido e ouvido, porque na pressa de voltar a São Salvador, depois da terrível notícia dada pelo Tico, eu tinha deixado todos os papéis na casa da sinhá Romana. Mas, como você pode perceber, acho que posso confiar na memória.

DIVERSÕES

No ano de um mil oitocentos e quarenta e quatro, com o sucesso da companhia de ópera italiana da *cantarina* Candiani, muitos outros artistas dos mais diversos locais do estrangeiro fizeram temporadas em São Sebastião. O aparecimento de outra companhia de ópera da Itália, com outra *cantarina*, foi o que bastou para o doutor Joaquim mudar de paixão e a cidade se dividir entre os fãs da Candiani e os da que tinha acabado de chegar, chamada alguma-coisa-Delmastro. Lembro-me do nome da Augusta Candiani por ter sido a primeira, e de que o apelido da outra era Delmastro porque começou uma verdadeira guerra entre os candianistas e os delmastristas, como eles se chamavam. Os primeiros diziam que a voz da Candiani não tinha rival, e os outros diziam que a interpretação e a técnica da Delmastro eram muito superiores, e as duas se revezavam em temporadas no mesmo teatro, sob os aplausos dos fãs e as vaias dos desafetos, que mal deixavam que as moças chegassem ao final das apresentações. Muitas vezes fui para a porta do teatro acompanhar as manifestações na chegada ou na saída das seges das prima-donas e da sociedade, que lotava todos os espetáculos, para os quais a muito custo se conseguiam ingressos com menos de um mês de antecedência. Os que não eram tão ricos passavam necessidade em outras coisas e economizavam muito apenas para estarem lá dentro participando da torcida contra ou a favor, divididas de um lado e de outro da plateia. Acho que ninguém prestava muita atenção às óperas, e mesmo se prestasse, seriam poucas as pessoas que saberiam dizer com conhecimento de causa qual das duas moças era de fato a melhor. Todos os dias a Tomásia aparecia com novidades, desde gente que tinha desmaiado de emoção até finos cavalheiros que, no calor do momento, chegavam às vias de fato com os insultos e rolavam sobre as cadeiras e os tapetes, quando não despencavam dos camarotes. Tudo isso dava para se ouvir a uma boa distância do São Pedro, e também do lado de fora os candianistas e os delmastristas se dividiam de um lado e do outro, tendo a porta como mediadora. Como não tinham dinheiro para entrar e saber o que acontecia lá dentro, acompanhavam atentos a reação da plateia, ora atacando, ora defendendo. Quem gostou muito desta briga foram a florista madame Finot e os franceses que vendiam os muitos presentes enviados às *cantarinas*, porque até nisso os fãs competiam, buscando o título de torcida mais devotada e mais generosa. A dona Balbiana queria flores para enfeitar a casa em uma saleta encomendada pelo senhor Passos para comemorar a volta dos liberais ao governo e não conseguiu, pois a florista disse que todo o estoque já estava vendido, e também tudo o que seria produzido nos dois meses seguintes.

Em meio à temporada de ópera, outra novidade levou grande movimento à Rua do Ouvidor, mas desta eu passei longe. Era o Teatro de Fantasmagoria, ou de Lanterna Mágica, do qual ouvi contar e não achei a menor graça, pois mexia com coisas que deveriam ser sagradas, os espíritos dos mortos. O doutor Joaquim, novidadeiro como só ele, foi assistir e também não gostou, por causa do pânico que causava na plateia, que, uma vez lá dentro e em meio à apresentação, ficava apavorada e queria sair a todo custo e, ao mesmo tempo, causando grande rebuliço. Ele disse que tudo não devia passar de ilusão, embora não soubesse como. Deve ter descoberto mais tarde, porque era um moço curioso e muito inteligente, que também ficou maravilhado ao saber que eu e a Tomásia éramos companheiras de casa do Omissias, em cuja loja ele ia cortar o cabelo de vez em quando, apenas para saber de histórias da Rua do Ouvidor, sobre a qual pretendia escrever um livro. As pessoas que iam assistir à fantasmagoria se sentavam em um quarto escuro que era tomado por muita fumaça, anunciando a chegada dos espíritos que ficavam contra uma das paredes, bem no meio de uma luz, e que até mesmo podiam voar de um lado para outro. Os donos do teatro afirmavam que podiam fazer aparecer o espírito de qualquer morto, desde que tivessem um desenho ou uma pintura dele. Algumas pessoas levavam as imagens de seus mortos e logo depois os espíritos deles estavam lá, andando pela parede como se fossem vivos. Eu achava aquele assunto sério e evitava até mesmo passar em frente ao teatro. Achei bom quando foi fechado, depois de se espalhar pela cidade a notícia de que a rainha D. Maria, já morta havia bons anos e avó do imperador D. Pedro II, tinha aparecido em uma sessão. Algumas modinhas e lundus foram compostos sobre esse assunto e suas letras espalhadas por postes e muros de toda a província, e em menos de uma semana a tal Fantasmagoria tinha ido embora dali, para alívio de todos nós.

UMA PISTA

Sempre que chegava carta da Bahia, eu ficava olhando para ela durante um bom tempo, retardando o momento de abrir e aproveitando um pouco mais a ideia de que ali poderia estar o seu nome e a morada da pessoa para quem você tinha sido vendido. Mas as cartas só levavam outro tipo de boa notícia, como a do noivado da Mariana, a segunda filha da sinhazinha, que estava marcado para o fim do ano. Por sorte eu não sabia quão importante seria a festa, pois não sei como teria sobrevivido a todos aqueles meses, porque o ano se arrastou sem grandes novidades, sem progresso algum. Muitas outras cartas foram trocadas, carregando mais desabafos do que notícias, e principalmente as minhas descrições sobre São Sebastião, que a sinhazinha adorava ler. Eu sempre tive vontade de reler aqueles escritos, mas nunca tive coragem de pedir às filhas dela, pois podia ser que a sinhazinha nem os guardasse, com medo de que alguém pudesse saber das nossas conversas, algumas muito particulares. Naquele ano, também contei para ela sobre o nascimento do primeiro filho do imperador, ocasião em que quase ficamos surdos com o repicar dos sinos, e houve festa durante três dias para comemorar a chegada do herdeiro do trono. Também transcrevi para a sinhazinha o folhetim do conde de Montecristo, e ficamos extremamente decepcionadas quando a publicação foi interrompida porque parte da história se perdeu em um navio saído da França. A sinhazinha ficou muito contente com o livro da moreninha que enviei para ela, e concordou que a mocinha se parecia muito com a Carolina, que também ganhou um exemplar assinado pelo doutor Joaquim. Ele estava feliz com o sucesso do livro e a publicação do segundo, que tem o título de *O Moço Loiro*, e uma personagem chamada Tomásia. Uma homenagem, porque ele usou algumas histórias contadas por ela sobre a guerra e as apresentações das *cantarinas*, e também se inspirou nos saraus que a Tomásia presenciou nos salões da Candiani e de outras damas que ajudava a vestir. Eu e o Piripiri continuávamos juntos, às vezes nos deitando na praia, às vezes no meu cômodo, às escondidas, mas eu achava que todos já sabiam, pois sempre davam um jeito de nos deixar sozinhos. Ele tinha falado em alugar uma casa, mas não tive coragem de perguntar se era para morar sozinho ou comigo, e a conversa não foi adiante. Eu tinha a sensação de que a nossa história era passageira, apesar de me fazer bem, e acredito que também a ele.

Foi entre o Natal e o início do ano que as coisas começaram a acontecer, todas de uma vez. Primeiro, sonhei com a Taiwo caminhando em uma praia que reconheci ser na Ilha de Itaparica, e ela estava sendo seguida por uma cobra que levava um papel entre as presas. A partir daquele sonho, tive certeza de que era mesmo a sua certidão, e que ela só poderia estar na ilha. No mesmo dia escrevi para a sinhazinha, pedindo que ela avisasse o doutor José Manoel para procurar nas igrejas de lá. Três dias depois chegou carta dela, escrita antes de receber a minha. Daquela vez eu abri imediatamente, porque sabia que estava portando boas notícias, as que eu esperava havia anos e que tinham sido descobertas de uma maneira que ninguém poderia imaginar. Para o noivado da Mariana, que foi uma grande festa, tinham sido convidados todos os patrícios, mesmo os que moravam fora de São Salvador. Era a primeira filha a ficar noiva e eles queriam que a data fosse bem comemorada. E foi um desses patrícios, um que tinha se mudado para o Recôncavo havia algum tempo, que perguntou se o doutor José Manoel tinha notícias do Alberto. Diante da negativa, o homem disse que também não, desde o dia em que o Alberto tinha procurado por ele levando um mulatinho pela mão e pedindo o saveiro emprestado para providenciar um batizado na Ilha de Itaparica. Só podia ser você, pois as datas se encaixavam perfeitamente, e como o homem tinha se mudado logo em seguida, para nunca mais ter contato com o doutor José Manoel, não tinha ficado sabendo do acontecido e nem das buscas. A carta da sinhazinha foi escrita ainda na noite da festa, após a saída dos convidados, e no dia seguinte o doutor José Manoel iria até a ilha, onde havia poucas igrejas. Mandei a resposta imediatamente, uma carta comovida e agradecida por tudo o que a sinhazinha e a família dela representavam na minha vida. Acho que ninguém entendia a nossa amizade, e às vezes nem mesmo eu, quando me recordava dos nossos primeiros dias na fazenda.

Quanta ansiedade e alegria, e quantas cartas trocadas até que, em meados de fevereiro, finalmente recebi não uma simples carta, mas uma caixinha de presente com a sua certidão de nascimento, o nome e a morada do negociante que tinha comprado você das mãos do seu pai, o nome do navio em que você tinha embarcado para São Sebastião e a data, mais o nome e a morada de três comerciantes que poderiam ter recebido você. Os três comerciantes tinham arrematado o lote para dividi-lo somente quando ele chegasse a São Sebastião, de acordo com o valor de cada peça. Hoje percebo a importância que dei a um pedaço de papel pelo qual nunca tinha me interessado. Um papel que, aliás, eu tinha recusado quando me neguei a ser batizada, antes de descer na Ilha dos Frades. Não pelo papel em si, mas pelo que ele significava, que era trocar meu nome e, de certa forma, aceitar a religião dos brancos. E lá estava o seu nome, que para mim sempre seria e sempre será Omotunde Adeleke Danbiran, o nome com o qual eu te apresentei aos seus parentes no sítio do Baba Ogumfiditimi. A primeira morada era de um mercado em Santana, a segunda, de uma casa de secos e molhados em São José, e a terceira, de uma loja de velas ali mesmo na Candelária, quina com a Rua do Sabão. Quantas vezes eu já tinha passado por aquela loja sem ter me interessado em entrar, porque nunca me pareceu um lugar que pudesse vender escravos. Foi a primeira que procurei, não só por ser mais perto, mas também por não ter pernas para ir até as outras, que, por sinal, nem ficavam tão longe. Durante anos eu tinha esperado por aquele momento, e quando ele finalmente chegou, fiquei com as pernas bambas de medo do que poderia descobrir. Entrei com muito cuidado, como se de uma hora para outra fosse te encontrar tão perto de mim, depois de tanta procura.

TÃO PERTO

Fui atendida com muita má vontade por um caixeiro magro e alto, enfiado em roupas nas quais provavelmente caberiam dois ou três dele. Demorou muito para que me desse atenção e entendesse o que eu estava procurando, depois de ter tentado me despachar dizendo que havia mais de três anos que não comerciavam escravos, somente velas. Mas eu insisti, e quando disse que podia pagar pela informação, ele se interessou, olhou com mais atenção os papéis que eu mostrava, com as datas e os nomes, e ficou de ver o que conseguiria com o tio, que era o dono da loja. Disse que talvez ainda tivessem os livros de controle onde poderia encontrar alguma anotação feita mais de cinco anos antes. Fiquei de voltar em dois dias, tempo pedido pelo caixeiro, que se vendeu por bem menos do que eu estava disposta a pagar por qualquer informação que me levasse a você. Nesse meio-tempo, procurei nas outras duas moradas, mas algo me dizia que seria mesmo a da Rua do Sabão, fato confirmado quando, mais organizados e ainda ativos na venda de pretos, os registros de Santana e São José foram logo examinados, descartando a sua passagem por lá. No dia combinado, eu já estava na porta da loja de velas quando o caixeiro chegou para abri-la, carregando alguns livros debaixo do braço e perguntando se eu estava com o dinheiro. Era a confirmação que eu precisava de que ele tinha encontrado o seu rastro.

Não sei o que senti naquela hora, pois, além da felicidade de uma missão quase cumprida, havia o medo de estar sendo enganada por ele, que poderia querer apenas o dinheiro. E também medo de que ele tivesse apenas o registro de entrada, mas não o de saída, que poderia ter acontecido em troca de mercadorias, pagamento de dívidas ou algo assim. Com o livro fechado sobre o balcão, o caixeiro queria que eu desse mais dinheiro, dizendo que o trabalho tinha sido grande. Mas eu sabia que não era verdade, depois de todas as informações que eu tinha passado. Com o nome do patacho e a data da saída de São Salvador, a única coisa que ele teve que fazer foi calcular o tempo da viagem e procurar pelo seu nome. Arrisquei dizendo que só daria mais dinheiro se ele me desse mais informações do que tinha prometido, que eram o nome e a morada da pessoa para quem você tinha sido vendido, o que acabou funcionando. Contrariado, ele abriu o livro longe das minhas vistas, sentado a uma secretária no fundo da loja, e passou algumas informações para um pedaço de papel que me entregou dobrado, depois de contar o dinheiro que eu tinha deixado no balcão. Não tive coragem de abrir o papel ali, no meio da rua, e fiz o caminho mais longo até chegar em casa, enquanto pensava em todas as etapas daquela busca que parecia estar chegando ao fim. Quando entrei, a dona Balbiana, o Mongo, a Juana, o Maboke e o Omissias estavam à minha espera na cozinha. Durante os dois dias anteriores, não se tinha falado de outro assunto naquela casa, todos felizes com a notícia. Fiquei decepcionada por não ter visto o Piripiri entre eles, porque ele ainda estava em casa quando eu saí.

Antes que eu desdobrasse o papel, o Maboke tirou uma erva detrás da orelha e passou sobre ele, dizendo que estava certo, que o que estava escrito ali realmente me levaria até você, mas ainda haveria um longo caminho a percorrer. Quando o abri, acho que todos perceberam a grande decepção nos meus olhos ao ler que você tinha passado apenas quinze dias em São Sebastião do Rio de Janeiro, na própria loja de velas, e depois tinha sido vendido para um comerciante de Santos, na província de São Paulo. Todos me disseram para não desanimar, pois, estando no rumo certo, era apenas uma questão de tempo para chegar até você. Disseram também que Santos era uma cidade menor que São Sebastião, onde seria até mais fácil procurar. Tentei acreditar nisso, mas, à noite, chorei muito nos braços do Piripiri, quando ele subiu às escondidas para se deitar comigo. Acho que ele também ficou triste com a notícia e perguntou quando eu pretendia partir. Para falar a verdade, eu não tinha pensado na partida, ou melhor, ainda não tinha pensado no que deixaria para trás ao partir, e com certeza a falta do Piripiri seria das mais sentidas. Não havia dúvidas de que eu deveria deixar a cidade o mais rápido possível, mas preferia ter ficado. Preferia ter encontrado você em São Sebastião, ter alugado uma casa onde talvez até convidássemos o Piripiri para morar, se você se desse bem com ele.

DESPEDIDAS

Mesmo contrariado, foi o Piripiri quem providenciou a minha partida, pois, trabalhando nos armazéns da Alfândega, ele facilmente conseguiu informações sobre navios que partiriam para Santos. Havia um que poderia transportar passageiros dentro de dois dias e outro dentro de dez dias, o que me deixou bastante dividida, pois eu tanto queria ir logo como queria ficar. A dona Balbiana começava a chorar assim que me via, dizendo que ia sentir muito a minha falta, como eu também sentiria não somente a dela, mas de todos que moravam naquela casa, até mesmo da Tomásia, com quem tinha convivido menos tempo. Eles conseguiram me convencer de que oito dias a mais não fariam diferença, e foi com um pouco de remorso que concordei, mesmo porque precisava de algum tempo para tomar providências, como vender o estoque das mercadorias e cancelar o envio de outras, que o Tico fazia quase semanalmente. Resolvido isso, aproveitei os últimos dias na cidade para me despedir dos amigos que tinha feito, como as vendedoras do canto, e para me divertir um pouco, aceitando todos os convites para festas, sempre acompanhada do Piripiri. Só nos divertíamos quando estávamos na companhia de outras pessoas ou em ambientes alegres, porque quando estávamos apenas os dois e pensávamos que em breve teríamos que nos separar, mesmo que fosse por pouco tempo, a tristeza era maior que qualquer outra coisa. Eu pretendia voltar assim que te encontrasse, e ele me fez prometer isso várias vezes.

O Piripiri desapareceu na hora da partida. Nos três últimos dias, tínhamos ficado juntos o máximo de tempo possível, e ele nem disfarçou quando subiu para o meu cômodo na última noite. Eu também não me importei em desobedecer à dona Balbiana, talvez porque já soubesse que não voltaria. Apenas dormimos abraçados, lembrando de coisas engraçadas que tinham acontecido nas últimas festas que tínhamos frequentado, principalmente a de coroação de rei e rainha do Congo e o desfile do entrudo, de onde voltamos imundos de terra, água e farinha que os foliões jogavam em todas as pessoas que encontravam pela frente. No entrudo, para se garantir em caso de confusão, o Piripiri foi usando o lenço que tinha ganho do Mestre Mbanji e que impunha grande respeito entre os capueiras que se divertiam arrumando briga. Não era uma festa tranquila, pois de uma hora para outra alguém podia achar que um folião tinha se excedido na brincadeira e partir para a briga, mas nos divertimos muito com uma turma da Folia do Zé Pereira, que saiu pelas ruas tocando bombos e tambores, seguida por um grande número de pessoas. A coroação também foi bonita, com a presença de comitivas de várias tribos de África, todas muito bem-vestidas e com ricos presentes para os novos monarcas. O rei e a rainha também foram abençoados por um padre, que nos recebeu na porta da igreja, jogou água benta nas duas coroas e disse que os soberanos estavam consagrados com o poder de Deus e de seus compatriotas. Boa mesmo foi a festa que houve depois, com muita comida, bebida e a apresentação de dois feiticeiros que tinham até torcida na disputa de um jogo chamado *quimbumbia*. Foi com esse jogo que mais me surpreendi, mas o Piripiri disse que os parentes dele sabiam de coisas que, se não fossem vistas, ninguém acreditaria que eram de verdade.

Foram formados dois grupos, cada qual com seu feiticeiro, sua torcida e seus tambores, fazendo duas grandes rodas no meio do terreiro. No centro de cada roda, os feiticeiros plantaram uma muda de bananeira, as duas bem pequenas e do mesmo tamanho, e começaram a dançar e a cantar em volta delas, cada um com a sua. Eles bebiam cachaça e jogavam um pouco para a bananeira e na terra em volta dela, faziam evoluções, cantavam, se ajoelhavam, deitavam no chão e conversavam com a terra. Ficaram naquilo mais de duas horas, enquanto o povo se divertia ao redor e corria de uma roda para outra, para ver o que estava acontecendo. Os feiticeiros não se cansavam, e o Piripiri disse que eles seriam capazes de permanecer naquele jogo durante muitos dias, até que um deles saísse vencedor. Eu não estava acreditando muito no que ele disse que aconteceria, mas, diante dos olhos de todos, um dos feiticeiros finalmente conseguiu fazer a bananeira crescer um pouco e dar frutos, não em cachos, como era de costume, mas uma banana por vez, uma atrás da outra. Ele foi aclamado vencedor e toda a sua torcida pôde comer um pedacinho de banana que, segundo diziam, continha muitos poderes. Como eu e Piripiri não estávamos torcendo para ninguém, não comemos nada, mesmo porque senti um pouco de medo daquela magia, não sei se teria coragem de experimentar.

A partida foi na manhã seguinte a essa festa, e o Piripiri deixou o meu cômodo dizendo que ia buscar um presente que queria que eu levasse na viagem, para dar sorte e para eu não me esquecer dele. As minhas coisas já estavam arrumadas, o dinheiro costurado no fundo do baú e no avesso da roupa, e fiquei um bom tempo sozinha no cômodo, com o coração batendo pequenininho por deixar aquelas pessoas de quem tanto gostava e aquela cidade que, de certa forma, tinha sido boa para mim. Também estava temerosa pelo que estava por vir, em outra cidade, em outra província, com outras pessoas. Quando achei que o Piripiri estava demorando e eu poderia me atrasar, desci atrás dele. Quase todos os outros estavam na cozinha para se despedirem de mim, e não preciso nem falar que foi uma grande choradeira. Aquela amizade era o mais perto de uma família que muitos podiam chegar. O Buremo, a Rosário e o Esteban também foram se despedir, sendo que ela já estava completamente curada, depois do tratamento com as ervas do Maboke, que, na saída, me deu um *gris-gris* de ervas, para proteção. Quase todos me deram presentes, desde um dente de tigre de África até um farnel para ser comido durante a viagem. Fiquei decepcionada quando corri os olhos pela cozinha e não vi o Piripiri, mas também não quis perguntar por ele, pois tinha medo que as pessoas pensassem que tínhamos discutido ou algo assim, ou então que ele não estivesse se importando com a minha partida. Adiei a saída o máximo que pude na esperança de ele ainda aparecer, até que ouvi o chamado do carregador contratado para levar o baú, um dos que trabalhavam na cooperativa de carregadores do cais, para evitar o problema que tive na chegada.

Entendi a atitude do Piripiri quando, ao sair da casa, vi o lenço encarnado de capueira preso à maçaneta da porta, e concordei com ele que foi melhor daquele jeito. A princípio fiquei com pena de pegar o lenço para mim, por saber o quanto Piripiri se orgulhava dele, o quanto tinha treinado para conseguir colocá-lo no pescoço. Mas também seria uma grande desfeita não pegar, já que ele tinha dito que queria me dar um presente, e nenhum outro seria mais caro e mais significativo do que aquele. Peguei o lenço e deixei no mesmo lugar uma bolsinha de tecido brocado que me acompanhava havia anos, uma das primeiras compradas com o dinheiro da venda de *cookies*, e que eu também já tinha mostrado para o Piripiri como um dos meus pertences de estimação. Achei que seria uma troca justa, levando em conta o que aqueles presentes significavam para nós. No caminho até o cais, fui tentando me despedir das lembranças, porque queria deixar todas elas em São Sebastião do Rio de Janeiro. A prioridade dali em diante era a sua busca, e talvez um dia voltássemos os dois para viver naquela cidade de que eu tinha gostado tanto, mais do que de São Salvador. Hoje penso se isso era mesmo verdade ou se apenas a lembrança dos acontecimentos tristes vividos em São Salvador me fizeram acreditar que São Sebastião era melhor, mas não chego a nenhuma conclusão, porque teria que experimentar novamente.

SANTOS

Bastante tranquila, a viagem foi feita em um pequeno paquete que levava mais cargas do que passageiros. Eu tinha a sensação de ser sempre uma viajante, por causa de tantos lugares que conheci sem adotar nenhum em definitivo, enquanto a maioria dos pretos quase nunca se afastava da casa dos donos, principalmente os que iam para as fazendas. Santos era uma cidade pequena, menor do que São Salvador e São Sebastião, e se eu tinha achado que os pretos de São Sebastião eram tristes, os de Santos eram mais ainda, sem contar que desembarquei em um dia chuvoso. O cais era grande e movimentado, e foi interessante que a primeira coisa que me veio à lembrança, ao chegar à cidade, foi que ali tinha morado o Padre Voador, o amigo do pai do Kuanza. Foi ao passar em frente a uma igreja, e achei que aquilo era um aviso para escrever a história, principalmente por estar naquela cidade que, menos de três semanas antes, eu nunca teria pensado em conhecer. Durante a viagem eu já tinha reparado, e andando a caminho de uma hospedaria, pareceu ainda mais evidente o quanto eu chamava a atenção. Não só por ser uma mulher viajando sozinha, mas também uma preta que podia pagar por alguns pequenos luxos, quando permitidos aos pretos, o que despertava a inveja dos pretos que não podiam. O amuleto que o Maboke tinha me dado também servia para afastar os maus olhos, e desde aquele momento eu nunca mais o tirei, e sei que ele deve ter me valido, porque mais tarde a inveja foi ainda maior. Eu sempre tive medo da inveja, mas era um medo misturado com orgulho, porque ter nascido preta não me impediu de conseguir muitas coisas com as quais alguns brancos nem ousavam sonhar. Eu fui melhor do que muitos deles, embora não gostassem de reconhecer isso.

No mesmo dia da chegada a Santos aluguei um quarto e contratei um guia que me levasse até o armazém indicado pelo caixeiro da Rua do Sabão. Tive mais dificuldade do que em São Sebastião porque o armazém tinha mudado de dono havia pouco mais de três anos, e primeiro precisei conseguir o nome e a morada do antigo proprietário, para depois fazer com que ele me atendesse. Bati à porta da casa dele em uma manhã de quinta-feira e foi bastante desanimadora a notícia de que ele tinha viajado para São Paulo, com retorno programado para a semana seguinte, sem dia certo. Fiz uma extravagância, comprei e paguei muito caro por papéis encadernados como se fossem um livro e comecei a escrever sobre o Padre Voador, já que não tinha mais nada a fazer enquanto esperava pelo homem. Do pequeno quarto que ocupei, só saía para comer e fazer as necessidades, porque o resto do tempo passei sentada no chão escrevendo, com o caderno apoiado sobre o baú. Gostei da experiência e, se tivesse condições, eu mesma estaria fazendo isso agora. Na semana seguinte, quando estava programada a volta do comerciante, peguei minhas coisas e fui escrever em frente à casa dele, pois gostaria de encontrá-lo assim que chegasse. Virei atração e algumas pessoas me atiravam dinheiro, pensando que eu vivia daquilo, uma preta que sabia escrever e se exibia em locais públicos. Confesso que achei divertido e que me fez bem, não o ato de ter recebido o dinheiro, de que eu não precisava e nem era essa a intenção, mas me senti orgulhosa de mostrar que sabia fazer uma coisa que não era muito comum, nem entre os brancos.

Quando o comerciante chegou, na quarta-feira, minha vontade de falar imediatamente com ele não foi correspondida. Assim que os carregadores e a cadeirinha o deixaram em frente à casa, um criado se adiantou para falar com ele, apontando na minha direção. Ele olhou com curiosidade durante alguns segundos e depois entrou, como se toda aquela minha espera não tivesse importância alguma. O sol estava quente e não havia onde me abrigar em caso de chuva, pois eu tinha apenas um encerado para proteger o livro, e mesmo assim o homem me deixou esperando por quase dois dias. Só me atendeu na sexta-feira, e mesmo assim porque acredito que estava começando a se sentir incomodado pelo número cada vez maior de pessoas que apareciam para me ver escrevendo. Ele me recebeu na cozinha, e tive que falar que estava ali a mando do meu senhor, que procurava um escravo fujão pelo qual ele estava disposto a pagar uma boa recompensa se fosse encontrado, pois quando insinuei que o interesse era meu, ele quase me pôs porta afora. Ficou combinado que eu voltaria na terça ou quarta-feira da semana seguinte, dando um tempo para que ele mandasse levantar os papéis. Quis saber mais alguns detalhes sobre o suposto dono, que eu descrevi como sendo o doutor José Manoel, dando inclusive a morada do escritório em São Salvador, para onde enviei naquele dia mesmo uma carta tornando o assunto do conhecimento dele, para o caso de precisar confirmá-lo.

Andei um pouco pela cidade, reparando em cada casa onde eu percebia haver escravos, em cada loja, em cada comércio, mesmo com alguma coisa me dizendo que não seria ainda naquela cidade que eu te encontraria. Aliás, o novo proprietário do armazém já tinha me dito isso, que era bem provável que você tivesse sido vendido para São Paulo ou arredores, para trabalhar nas plantações de café. Era possível até uma venda para mais ao sul do Brasil, ou mesmo para fora do Brasil, para a região do Prata. Preocupada com essas duas últimas hipóteses e esperando o pior, recebi a grata notícia de que você tinha sido vendido para Campinas, uma cidade que não ficava tão longe assim para quem tinha saído de São Sebastião do Rio de Janeiro, como me disse o comerciante, mas que tinha acesso difícil, somente por terra. Foi ele quem disse também que eu deveria ir até São Paulo e lá me informar sobre o melhor caminho, advertindo que o meu dono deveria ter mandado um homem em meu lugar, pois aquela não era uma viagem para mulheres. Ele também me informou sobre uma tropa que estava para sair dentro de quatro dias, à qual eu poderia me juntar. Depois de ter me recebido tão a contragosto, estranhei a atenção dele, achando que todas aquelas informações eram de graça. Ele não falou comigo sobre dinheiro, mas também tudo o que me deu foram pistas a seguir, que poderiam ou não levar a você, o que não era caso de se pagar recompensa alguma. Mas anos depois eu soube que tais pistas foram muito bem pagas pelo doutor José Manoel, que pode ter ficado me achando uma aproveitadora. Mas quando eu soube já era tarde demais para repor o dinheiro ou mesmo para agradecer.

SÃO PAULO

Conversei com os tropeiros que, de início, não queriam me levar, mas mudaram de ideia depois que me ofereci como cozinheira e disse que pagaria pelo transporte do baú. Eram uns quinze homens, dos quais só me lembro do nome de dois, o chefe da tropa, o Aparecido, e o preto que carregou meu baú, o Pierre. O nome dele me fez ter ainda mais saudades de São Sebastião, dos franceses da Rua do Ouvidor, dos amigos deixados por lá. Tive muito tempo para pensar neles durante a viagem, que fizemos quase toda em silêncio para poupar o fôlego e, segundo o Aparecido, para não chamar muito a atenção dos animais e dos selvagens. Era uma trilha estreita aberta no meio da mata, quase tão íngreme quanto as mais íngremes ladeiras de São Salvador, que levamos vários dias para percorrer. Teria sido menos tempo se não fosse a chuva, que deixava o caminho escorregadio, fazendo com que andássemos com muito cuidado, não só por nossa causa, mas também para poupar as mulas, que a todo momento ameaçavam escorregar morro abaixo com carga e tudo. Havia também o frio, que se tornava pior quanto mais subíamos o que eles chamavam de Serra do Mar, com bonitas cachoeiras que eram vistas ao longe. Eu nunca tinha subido serra tão alta, o máximo foi naquele dia da capueira, com o Piripiri, e quando eu via o mar de lá de cima, me lembrava do Akin, que olhava o mar e dizia que do outro lado ficava o estrangeiro.

Nos dois últimos meses em São Sebastião, eu tinha me lembrado bastante da África, das pessoas, dos lugares, dos acontecimentos, e não era raro ser acometida por uma grande vontade de voltar. Talvez não em definitivo, mas para ver como é que estava, se ainda correspondia às minhas lembranças, se a casa onde moramos em Savalu ainda estava lá, sob o iroco. Mas era uma viagem que eu tinha vontade de fazer com você, no dia em que conseguisse enfrentar as lembranças da travessia para o Brasil. E para me desanimar ainda mais, havia também a possibilidade de não conseguir voltar para o Brasil, de ter que ficar para sempre em África. Não você, que era brasileiro e podia provar com a sua certidão, mas eu era africana liberta, e estava proibido o desembarque de africanos libertos em qualquer porto do Brasil.

No princípio da viagem, fiquei um pouco temerosa de seguir com os tropeiros, todos homens desconhecidos, mas eles se mostraram bastante respeitosos, o que também pode ter sido por causa do cansaço. Em alguns pontos do caminho tínhamos que parar, descarregar as mulas, atravessar um lamaçal e depois carregá-las novamente. Somente três pretos faziam esse serviço, enquanto os brancos e mulatos apenas olhavam ou aproveitavam para dormir ou descansar. Muitas vezes permiti que o Pierre os ajudasse, embora ele tivesse sido contratado apenas por minha causa, e às minhas expensas, para dar conta do baú, que não era dos mais leves. Chegamos a São Paulo parecendo mais bichos do que as mulas, exaustos e cobertos de lama, e sob o tempo chuvoso a cidade me pareceu a mais feia e fria que poderia existir. Era estranho ver uma cidade que não tinha mar, e gostei quando paramos em uma pensão na freguesia de Pinheiros, onde finalmente consegui tomar um banho e tirar as roupas molhadas. E não foi só disso que gostei, mas também porque estávamos ao pé de um rio largo, o Rio Pinheiros, que me lembrava os rios de Savalu. São Paulo era uma cidade tranquila e pequena, como pude ver no passeio que fiz ao centro, no dia seguinte. Até os pretos se vestiam de maneira diferente, e embora tivessem me dito que o frio ainda não tinha começado, quase não se via nenhum deles de tronco nu pela rua, mas usando calças e camisus de mangas compridas, e os brancos também andavam mais vestidos, com casaca completa.

O Pinheiros era mais afastado, mas a cidade parecia estar protegida também por outros três rios, o Anhangabaú, o Tamanduateí e o Tietê, sendo que fora do espaço limitado por eles havia quase que apenas chácaras. Esse Tamanduateí era interessante, porque parecia fazer as construções dançarem às suas margens, tantas eram as voltas que dava. Quem me chamou a atenção para isso foi um mendigo mulato a quem dei esmola, nem sei por que, pois eu costumava dar esmolas somente para pretos. Mas o mendigo me chamou a atenção, muito bêbado e digno em suas roupas surradas, fazendo com que eu me lembrasse do Porcristo, aquele que conheci no Maciel. Eu tinha esse costume, e tenho até hoje, de ficar comparando as pessoas e os lugares que conhecia para achar algum tipo de relação. Pois bem, o homem me lembrou o Porcristo não só no jeito, mas depois vi que tinha muito mais em comum do que eu podia imaginar, pois ganhei um bom guia para me mostrar São Paulo.

Na noite da minha chegada à cidade, ainda na pensão, tomei conhecimento de uma tropa que seguiria para Campinas em quatro ou cinco dias, a depender do recebimento de encomendas que tinham que levar e que subiriam do porto de Santos. Meus companheiros de viagem retornariam no dia seguinte, levando encomendas que já estavam esperando por eles na pensão, que funcionava quase como um mercado. Os tropeiros e comerciantes da capital, do litoral e do interior se encontravam por lá e trocavam produtos, muitas vezes sem usar dinheiro, entregando as mercadorias que produziam ou revendiam, e pegando as de que necessitavam. E aí se incluía de tudo, tecidos, comida, café, escravos, óleo e até jornais de outras províncias, do reino e de outros países da Europa, que às vezes eram datados de dois ou três meses atrás, por causa das viagens demoradas. Os jornais mais procuradas eram os da França, e alguns até chegavam de lá escritos em português, produzidos por brasileiros que moravam em Paris. Como o chefe da tropa para Campinas também estava hospedado na pensão, e por lá ficaria até conseguir todas as encomendas, resolvi aproveitar o tempo para conhecer a cidade, coisa que sempre gostei de fazer. À noite, continuava trabalhando na escrita da história do padre de Santos, porque queria te mostrar assim que te encontrasse, mesmo se você não soubesse ler. Achei que era algo que faria você sentir orgulho de mim.

Percebi que aquele mendigo, o meu guia, não me era familiar apenas pela lembrança do Porcristo, mas também do Jacinto, o preto que invadiu a cozinha da casa do padre Heinz, onde eu estava fazendo os *cookies*. Ele também se chamava Jacinto e tinha uma cicatriz na testa, do mesmo jeito que deve ter ficado a testa do Jacinto da Bahia. Fiquei sabendo que tinha conseguido aquela cicatriz em um tombo às margens do Tamanduateí, pois as voltas do rio faziam com que ele sentisse vertigens só de olhar. É claro que não era isso, pois ele todo cheirava a cachaça, mas achei interessante aquela história e quis saber mais sobre o tal Caminho das Sete Voltas, que ficava entre dois becos da cidade, o do Colégio e o do Porto Geral. O Jacinto me contou que deixara a família na província de Goiás e tinha se mudado para São Paulo para cursar a Escola de Direito, ainda nos seus primeiros anos, por volta de um mil oitocentos e trinta. Mas não tinha gostado e, por causa de outros contratempos, acabou indo viver nas ruas, sem coragem de voltar para casa ou de mandar notícias. Ele se sentiria humilhado se não voltasse doutor e, àquela altura, a família já devia até ter se esquecido dele, dando-o por morto. Sua casa era o Beco do Sapo, onde conhecia todos os moradores, que sempre lhe davam um prato de comida ou um abrigo da chuva. Isso quando o beco não estava inundado, porque chuva era o que não faltava naquela cidade.

Perto do Beco do Sapo ficava um morro interessante, todo coberto com plantações de chá, que eu nunca tinha visto tão grandes, pois tínhamos as ervas de chás no fundo das casas, em pequenos canteiros. Havia um enorme contraste entre o morro verde de folhas e a sujeira das ruas ao redor, principalmente porque, antes de subirmos até lá, passamos por um lugar onde despejavam quase todo o lixo da cidade, atrás da cadeia. O cheiro era quase insuportável, e o Jacinto disse que à noite ficava ainda pior, porque à fedentina se misturava o cheiro do óleo de peixe que alimentava os lampiões pendurados em postes de madeira ou nas paredes das casas. Outro lugar também bastante feio era onde estava localizada a Igreja da Consolação, com muito barro e poças de água ao redor da construção até simpática, que ficava no caminho para o sítio onde eu estava hospedada, Pinheiros. Na Consolação, e eu não sei se o nome era por causa disso, havia uma irmandade que acolhia morféticos, tirando das ruas aquelas figuras tristes de se ver. A cidade também tinha muitos outros charcos, por causa dos rios que a cruzavam ou margeavam, causando muitas inundações. Muitas ruas eram calçadas, mas, mesmo assim, ficavam cobertas de lama, quase intransitáveis, principalmente nas regiões ribeirinhas, e acho que isso explicava o grande número de pontes. Era também perto da Consolação que havia um mercado onde os homens vendiam os peixes que apanhavam no Tamanduateí e no Tietê, usando umas cercas de taquara ou de cipó estendidas de um lado ao outro dos rios. Isso eles tinham aprendido com os índios, que ainda habitavam muitas aldeias nos arredores da cidade, como não acontecia nos muitos outros lugares pelos quais passei.

Quando eu disse que tinha morado na corte, o Jacinto me mostrou o Convento do Carmo, uma construção grande e bonita, ao lado da estrada que levava à província do Rio de Janeiro. Percorremos o início dessa estrada depois de atravessarmos uma várzea coberta por um matagal e ficarmos sobre uma ponte de cantaria observando o Tamanduateí correr abaixo dos nossos pés. O Jacinto quis saber como era a corte e contei muitas coisas, inclusive que algumas ruas e becos de São Paulo tinham irmãos de nome em São Sebastião, até uma Rua do Ouvidor. No caminho para a corte ficava uma Irmandade da Boa Morte, baseada na Igreja do Carmo, que o Jacinto disse ter imagens de santos muito bonitas. Havia também todas aquelas irmandades de brancos, como a da Santa Casa, mas me interessei mesmo por uma que ali parecia ter mais importância do que nas outras províncias. Talvez não mais que em Minas Gerais, aí já não sei dizer, porque dizem que lá a tal irmandade tinha planejado toda aquela rebelião do Tiradentes, o homem da Perpétua Mineira. Se bem que na Bahia também tinha ajudado o Bento Gonçalves a escapar do Forte do Mar, mas, pelo que o Jacinto disse, em São Paulo os irmãos pareciam mais organizados e tinham grande força política.

Era a Maçonaria, onde os irmãos se chamavam de maçons e marcavam reuniões em templos batizados de lojas, assim como nós também chamávamos de lojas as casas alugadas só pelos pretos, ou mulatos, ou crioulos, escravos ou não. Não sei se uma coisa se relaciona com a outra, e nem poderia saber, pois o próprio Jacinto chegou a frequentar uma daquelas lojas, quando era estudante, e disse que todos precisavam manter absoluto segredo sobre tudo o que era dito ou feito. Somente homens podiam se associar, e em São Paulo quase todos tinham alguma relação com a Faculdade de Direito. Fiquei pensando que você bem poderia ter se tornado um deles se os planos do seu pai tivessem se realizado, de você ir estudar Direito em Coimbra, porque eles aceitavam mulatos e pretos, não faziam distinção de cor ou de crença. Só não havia estrangeiros, porque os maçons se importavam muito com a liberdade, em todos os sentidos, tanto a liberdade do Brasil em relação a Portugal quanto a liberdade dos pretos em relação aos brancos. Eles diziam que o Brasil só poderia ser um país livre no dia em que os homens também fossem livres, inclusive para se governar.

O Jacinto contou que a cidade estava crescendo bastante, principalmente depois que começaram a surgir muitas plantações de café nos arredores, onde moravam alguns estrangeiros. Mas eram estrangeiros diferentes, não apenas de Portugal ou de passagem, como nos outros lugares, mas muitos deles estavam ali para morar, junto com suas famílias, em terras doadas pelo governador da província. Eles eram muito engraçados, principalmente os da Alemanha, que o governo pensou que poderiam substituir os pretos nas lavouras. Mas a pele muito branca não aguentava o trabalho ao sol e nem o corpo suportava o número de horas a que os pretos estavam acostumados na lida. Os alemães moravam nas freguesias de Santo Amaro e do Bom Retiro, que eram duas das muitas que cercavam a cidade e que, com o passar do tempo, estavam quase se juntando a ela. Passei por algumas dessas freguesias quando estava saindo da cidade, e enquanto algumas já tinham muitos moradores, outras eram ocupadas por imensas chácaras ou fazendas, como a Fazenda das Palmeiras, bonita e muito bem cuidada, com casa-grande, senzala, armazéns, cocheiras, plantações de chá e de café, além de capinzais a perder de vista, para alimentar o gado.

Desculpe a pausa, mas preciso te dizer que neste ponto minha acompanhante me interrompe e pergunta se é somente isso que tenho a dizer sobre a passagem por São Paulo. A resposta que dei a ela foi que por enquanto sim, levando em conta que daquela vez fiquei poucos dias na cidade, e também porque quero me adiantar. Você ainda não sabe quem é a minha acompanhante, mas vai saber no tempo certo, pois ela ainda não entrou nessa história. Mas comento isso porque acabo de perceber a semelhança entre o que eu sentia naquela época e o que sinto neste exato momento e já senti em outros, quando relembro tudo que aconteceu. Cansaço, muito cansaço. Você já percebeu que a vida da gente pode ser dividida em espaços de tempo, ou por lugares, ou os dois juntos, da mesma maneira que dividimos uma história? E quantas vezes, na vida de verdade, abreviamos uma situação porque estamos cansados dela? Pois bem, eu estava cansada quando cheguei a São Paulo e assim continuei durante todo o tempo que fiquei lá, como se a cada dia de busca eu acumulasse mais e mais frustrações, que acabavam ficando pesadas demais para carregar, fazendo com que me cansasse mais ainda. É claro que outras coisas aconteceram, que deixei de falar de muitas situações, de pessoas e lugares, mas não me apetece discorrer sobre tudo, pois, no momento em que estou te contando, volto a sentir todo o cansaço daquela época e, agoniada, quero acabar logo. Quero mudar de fase, mudar de lugar, como se isso representasse um novo começo, em que as esperanças se renovam. Sempre fui assim, e talvez você já tenha percebido antes mesmo desse comentário, mas poder começar de novo, em outro lugar, com outras pessoas, com novos planos, é algo que não recuso nunca. Já deve ter percebido como pulo detalhes e conto com mais pressa os momentos que precedem, por exemplo, uma mudança, como a que vai acontecer daqui a pouco, talvez a mais significativa até então. Tudo novo, tudo absolutamente novo, e já anseio por acabar logo com este período do qual falo agora e dar passagem ao destino.

SEGUIR ADIANTE

Voltando à história, a viagem até Campinas foi muito mais fácil que a de Santos até São Paulo, o que você também deve saber; fez o mesmo trajeto quase sete anos antes de mim. Fico imaginando se também foi a pé e o quanto deve ter sofrido para acompanhar com seus passos curtos de criança os passos dos adultos, longos e acostumados ao caminho. Eu estava com a morada do mercador para o qual você tinha sido vendido e, como na caravana todos a conheciam, me deixaram na porta do armazém. Fiquei parada do lado de fora por longos minutos, sem ter coragem de entrar, porque mais uma vez estava diante da possibilidade, mesmo remota, de te encontrar lá dentro. Era bem provável que você tivesse sido vendido para alguma fazenda, e eu não desistiria depois de já ter ido tão longe. Por mais que eu já tivesse pensado no momento de nos encontrarmos, ainda não tinha decidido o que dizer, quais as palavras certas, se deveria te abraçar, te beijar, ou esperar que você tomasse a iniciativa. Era bem possível que você não se lembrasse de mim, por ter me visto mais de dez anos antes, e eu tinha medo de também não te reconhecer, um rapaz já tão diferente da criança de que eu me lembrava. Durante todos aqueles anos, e principalmente a cada vez que eu achava estar perto de te encontrar, isso era uma grande tortura para mim; tentar imaginar seu rosto e saber que não conheci a maioria das fisionomias que ele teve, não vi nenhuma das modificações causadas pelo tempo. Certa vez comentei isso em uma carta para a sinhazinha, e ela disse que era uma boa coisa, que eu sempre me lembraria de você criança, o que ela não conseguia fazer em relação a nenhuma das filhas sem se valer dos quadros. Talvez essa seja mesmo a única coisa boa, pois, para mim, você sempre teve sete anos, sempre teve olhos que me seguiam com carinho e atenção, sempre teve o sorriso que não vi falhar mesmo quando teve motivo. Como disse a sinhazinha, a memória é mesmo o mais generoso dos retratistas.

DESAPONTAMENTO

Talvez eu tivesse ficado mais tempo do lado de fora se soubesse que lá dentro descobriria que aquela viagem tinha sido em vão. O dono do armazém, um português, até que foi simpático e atencioso, e imediatamente foi olhar nos livros que se referiam às datas que forneci. Ele teve certa dificuldade para encontrar o seu nome, principalmente relacionado à data de saída, e eu sabia que aquele não era um bom sinal. Cinco meses depois de tê-lo recebido, lá estava você novamente, sendo devolvido para São Paulo. Demorei para acreditar, mas ele disse que era verdade, que achava que até sabia quem era você, um mulatinho calado e com cara de inteligente que foi mandado de volta para o mercador de São Paulo depois de ser considerado mercadoria encalhada. Se não fosse pelo baú, que eu nunca conseguiria carregar sozinha, teria voltado naquela hora mesmo, mas tive que ficar mais de uma semana esperando para seguir junto com outra tropa, trancada no quarto de uma hospedaria indicada pelo dono do armazém. Pelo menos, quase terminei de escrever a história do Padre Voador, o que foi uma boa maneira de passar o tempo.

Eu estava com a nova morada para onde você tinha sido enviado, uma hospedaria. Tento imaginar o que deve ter passado pelo seu coração e não consigo, principalmente quando o homem disse se lembrar de você e de que todos o recusavam ao saber que era baiano, mesmo sendo apenas uma criança. Ele tinha pedido a você que mentisse, porque talvez assim fosse comprado, mas você não mentia. Fiquei muito orgulhosa dessa sua atitude, porque foi algo parecido com o que fiz quando não quis ser batizada. Não neguei meu nome e você não negou sua origem. Eu quis saber se você comentou alguma coisa sobre a família e o homem disse que não se lembrava, e disse também que, depois de tantos anos, era quase impossível conseguir te encontrar. Mas eu não podia desistir, não enquanto houvesse uma mínima chance, não enquanto ainda estivesse sendo remetida de morada em morada. Não sei se fazia isso mais por mim ou por você, o que é triste dizer, mas é necessário. E de novo acho que falo isso mais por mim do que por você, para estar em paz com a minha consciência, pois algo de que nem eu posso me acusar é de não estar sendo sincera nessa história; benesses da velhice. Todas aquelas viagens em tão pouco tempo tinham perdido a graça, e às vezes eu queria poder retornar ao Rio de Janeiro, procurar o Piripiri e aceitar que eu e você tínhamos sido separados para sempre, como acontecia com quase todos os pretos. A exceção era a família conseguir ficar junta, como eu queria, não o contrário.

A morada em São Paulo era uma hospedaria no centro da cidade, perto de lugares por onde eu tinha andado, e já não esperava encontrar você naquele lugar, como tinha acontecido em Campinas. Aliás, eu já não esperava muita coisa, principalmente a reação do comerciante quando contei que estava procurando por você. Primeiro ele quis mandar me prender, e só depois de muitas perguntas aceitou que eu estava chegando de Campinas, embora antes tivesse passado por São Paulo, vindo de Santos e de São Sebastião, tudo por conta de uma busca a mando do meu dono, que tinha ficado em São Salvador. Ou seja, contei a ele a mesma história, sobre nós dois sermos propriedade do doutor José Manoel, como eu podia provar com o documento que ele tinha me dado antes de começar a viagem. Somente depois que o homem se acalmou um pouco e parou de dizer coisas terríveis sobre você foi que entendi o que tinha acontecido. Entendi e nunca aceitei, porque o medo que eu tinha de ter passado por você no meio da rua e não tê-lo reconhecido poderia muito bem ter fundamento. O homem tinha recebido você de volta do comerciante de Campinas e o tinha tomado como criado na própria hospedaria, de onde você tinha fugido não havia nem um mês, ou seja, pouco antes de eu ter chegado a São Paulo. Se aquela viagem tivesse começado um mês ou pelo menos alguns dias antes, eu chegaria àquela pensão em São Paulo e ainda te encontraria lá.

Foi uma derrota muito grande, e não cansei de me amaldiçoar, muitas vezes e por muitos motivos, mas principalmente por ter permanecido em São Sebastião quando já tinha a morada do mercador de Santos. Aqueles dias poderiam ter feito diferença, nunca saberemos. Se tudo tivesse acontecido mais depressa, se eu não tivesse perdido tempo quando não era necessário, se eu tivesse perguntado ao mercador de Santos se haveria alguma possibilidade de você estar em São Paulo, teríamos nos encontrado, e sabe-se lá o que mais teria acontecido nas nossas vidas. Era o mercador de São Paulo que comprava as peças em São Salvador ou no Rio de Janeiro e mandava para o interior da província, onde, pela dificuldade de acesso, porque alguns caminhos eram difíceis, o comércio era mais lucrativo. Os comerciantes do interior ficavam com as peças durante um tempo, e se não conseguissem vendê-las, devolviam para a capital, onde sempre se arrumava uma solução. Mas como você era baiano e tinha um jeito não muito dócil, como ele disse, não conseguiu vendê-lo e o tomou como criado da hospedaria, encarregado dos serviços de limpeza. Ele gostava de você, deu para perceber pelo jeito como falava, bravo, mas por causa de uma possível ingratidão. Elogiou seu trabalho, dizendo que você era muito inteligente, que aprendia com rapidez tudo o que ensinavam e até o que não devia aprender. Não quis me dizer o quê, mas depois fiquei sabendo.

DESENCONTROS

Eu e aquele homem não conseguíamos nos entender muito bem, porque eu estava completamente desorientada, sem saber que rumo tomar, e ele de tempos em tempos me acusava de ter participação na sua fuga. A pensão estava cheia, com vários hóspedes fixos, mas consegui alugar um quartinho minúsculo que havia no fundo da construção. Um lugar que ele normalmente não alugava, pois servia de depósito, mas deve ter achado que era melhor me manter por perto para tentar descobrir se eu sabia de mais alguma coisa. Para mim foi bom porque, à noite, fui procurada por um hóspede, um estudante chamado Afonso, com quem pude conversar com calma. O Afonso contou que todos na hospedaria gostavam muito de você, inclusive o dono, e que você tinha fugido depois de descobrir uns documentos que disse serem as provas de ter nascido livre. Tais documentos estavam escondidos no escritório da hospedaria, e também por isso o dono estava tão bravo, pois te acusava de roubo. Não sei que documentos poderiam ser, mas desconfio da sua certidão, embora não veja por que o seu pai a teria entregado aos mercadores de São Salvador. Talvez tenha dado a você, na esperança de que um dia você soubesse o que significava, embora nela não constasse o nome do pai nem da mãe. Quando vi isso fiquei horrorizada, porque você tinha os dois. Quanto ao seu pai, não sei, mas será que ele não tinha colocado meu nome porque achava que eu tinha abandonado vocês? Que nunca mais voltaria? O Afonso disse que você comentou com ele sobre esses documentos sem entrar em detalhes, e que ia fugir porque merecia a liberdade, de nascença, mas antes foi agradecer por ele ter te ensinado a ler e a escrever, pois só por causa disso você tinha descoberto sua real situação.

Você não imagina como fiquei feliz com aquela notícia, e mais ainda quando ele me contou que o mérito foi todo seu, que sempre ficava por perto quando eles, os estudantes, estavam às voltas com os livros da Escola de Direito. Disse que, ao contrário de muitos deles, que não queriam saber de estudos e sim de farra, você era muito interessado, e mesmo antes de ter aprendido a ler e a escrever, ao fazer a limpeza dos quartos, muitas vezes pegava um livro qualquer e ficava com ele nas mãos, curioso para saber o que continha. Eu sei bem como é essa sensação, por causa dos meus tempos na fazenda, assistindo às aulas que o Fatumbi dava para a sinhazinha, e foi muito bom descobrir essa nossa semelhança. De quantas outras nunca saberemos? Talvez você saiba, ao ler tudo o que estou contando. O Afonso foi muito paciente comigo, respondendo a todas as perguntas que fiz sobre você, como você era, como agia, o que pensava. Bom moço, que também deve ter sido muito paciente com você ao te ensinar as primeiras letras, que ele disse que foram muito poucas perto do que você aprendeu sozinho depois, muito mais rápido do que seria normal. Ele disse que, de tão inteligente, você nem parecia preto, e recebi isso como um grande elogio, e disse também que você tinha dito que um dia seria advogado. Mas, de tudo, o que me fez mais feliz foi o último comentário do Afonso, sobre você falar sempre da Bahia, do quanto tinha sido feliz, livre, e tive certeza de que era para lá que você tinha fugido, para a sua terra, para a sua família.

A VOLTA

Dois dias depois eu estava novamente a caminho de Santos, descendo aquela serra com a mesma dificuldade com que tinha subido e pensando em pegar o primeiro navio para São Salvador. Percebo agora como aqueles dias foram de impulsividade, sem tempo para pensar direito, sem consultar os orixás ou os voduns, sem prestar atenção em nada do que as pessoas me diziam. Hoje sei o motivo e já nem me recrimino tanto, porque não tive culpa, não tive mesmo. Peguei um pequeno paquete por falta de paciência para esperar mais tempo, mesmo sabendo que a viagem seria demorada e difícil. Mas eu queria chegar logo. Às vezes eu pensava que você já estaria por lá me esperando, e que não sabiam como avisar. Na minha última carta para a sinhazinha, e também na carta para o Tico pedindo para suspender as remessas de tecidos, eu tinha dito que mandaria notícias, que esperassem por uma morada fixa para as respostas. Naquele momento foi que percebi que minha última carta tinha sido enviada de Santos, quando eu ainda não sabia da viagem para Campinas. Eu queria muito chegar a São Salvador e te encontrar na casa do Tico, ansioso por saber notícias minhas. Confesso que gostava muito dessa ideia, não só por causa do reencontro, mas porque eu achava que, sabendo das minhas andanças, que alguém te contaria por lá, você ficaria sensibilizado e poderia me perdoar mais facilmente. Eu também pensava em chamar sua atenção, porque, depois que aprendeu, você bem que poderia ter escrito para a Bahia. Inteligente como era, haveria de encontrar uma maneira de fazer a carta chegar até mim. A menos que não quisesse ser encontrado, que não quisesse me ver nunca mais. O que será que o seu pai falou para você quando te deixou com o mercador? Será que ele disse que eu concordava com aquilo? O paquete parou por algumas horas em São Sebastião, e o que a princípio era uma vontade de ir até a casa da dona Balbiana ou de visitar o Piripiri na Alfândega se transformou em um medo muito grande de ser vista por algum conhecido. Eu tinha fracassado, tinha ido à sua procura e estava voltando sem você, e não queria que ninguém soubesse disso. Eu estava de volta e levava apenas a esperança de reencontrá-lo na Bahia, nada mais. E se isso acontecesse, de modo algum seria mérito meu, apenas seu.

Fiquei em São Salvador durante seis meses, de maio a outubro, seis longos meses de muita inquietação, que me pareceram ainda mais longos por causa da grande movimentação dos três meses anteriores. Todos se surpreenderam com a minha chegada sem você, principalmente a sinhazinha e o doutor José Manoel, que, por terem participado tanto, estavam tão esperançosos quanto eu. Só três ou quatro dias após a chegada foi que tive ânimo para visitá-los, e mesmo assim por consideração, pois eles iam querer saber tudo e eu não estava com vontade de contar. Pela experiência que tive com o Tico, percebi que contar me cansava e entristecia muito mais do que ter vivido. Provavelmente, não teria sido assim se tivesse dado certo, se nós dois estivéssemos retornando juntos, pois aí eu faria questão de contar para todo mundo, em detalhes. Só tive a verdadeira noção de quanto tempo tinha ficado fora quando prestei atenção no Tico e depois em mim. Estávamos velhos, não tínhamos quase mais nada daquelas crianças que sempre arrumavam algum motivo para serem felizes, mesmo em condições tão adversas. Conversamos muito sobre isso e lamentamos os vários acontecimentos que nos tinham levado a ficar sozinhos. Talvez a solidão tenha sido mais difícil para o Tico, não sei, morando naquela casa que já não tinha mais a presença da Esméria, do Sebastião, do Hilário e, principalmente, da Claudina. A Malena ainda continuava por lá, mas tinha ficado triste também, justo ela, que antes não parava de sorrir. Quieta, andava pela casa tal como um vento brando, sem fazer barulho, sem falar com ninguém, cuidando da limpeza. A casa parecia a mesma, o Tico disse que não tinha tirado um único móvel do lugar e nem tinha deixado trocar as toalhas de mesa e coisas assim, como o mestre Agostino, porque elas o faziam se lembrar da Claudina. Mas é claro que já não tinham mais vida alguma, nem cores, nem nada, eram apenas recordações que deviam ter sido enterradas há muito tempo e que só causavam sofrimento, porque era possível ver o estrago que o tempo fazia nelas. Igual ao que também fez em mim e no Tico, que eu achei muito parecido com o Sebastião, apesar da enorme diferença de idade entre eles, se o Sebastião ainda estivesse vivo. Com pouco mais de quarenta anos, o Tico já estava com quase todos os cabelos brancos, e embora o rosto não tivesse tantas rugas, o corpo já estava muito vincado, combinando com o andar de cabeça baixa e braços pendendo de ombros frouxos. Mas ele não reclamava de nada, nem mesmo do irmão, com quem era evidente que estava muito magoado. O Hilário foi até a casa dele me visitar, e quem se sentou na sala conosco não era mais a pessoa que eu tinha conhecido. Essa diferença devia ser ainda maior para o Tico, já que os dois eram tão unidos. Pelo menos para mim eles eram inseparáveis, e sempre que eu queria dizer alguma coisa sobre um deles, era inevitável citar o outro também. Já reparou que até aqui, recordando, eu sempre disse o Tico e o Hilário, mesmo se pudesse dizer apenas o Tico ou apenas o Hilário? Pois é, eles eram assim, quase um, como eu também tinha sido com a Taiwo, como você, mesmo muito novo, tinha sido com o seu irmão, e como os seus outros irmãos foram durante um bom tempo. Mas o casamento do Hilário tinha feito com que ele tomasse caminhos que não foram seguidos pelo Tico. A Divina, mulher dele, fez com que mudasse bastante, a ponto de não mais aceitar a simplicidade do Tico, pois não combinava com as novas amizades e com o novo tipo de vida que levavam. Continuavam tendo negócios juntos, mas o Hilário recebia uma porcentagem maior por estar à frente de tudo que o Tico foi abandonando devagar, conforme a casa e a vida iam ficando vazias. Ele me contou que quase não ia ao escritório que tinham montado no Terreiro de Jesus, e que o Hilário não se importava e até mesmo gostava disso, dizendo que o Tico precisava modernizar as ideias, ser mais arrojado. Isso significava se vestir com roupas caras e ter muitos escravos ou empregados, que nem sempre tratavam bem. Se o Hilário tinha passado a tratar mal os empregados, por outro lado se humilhava para frequentar alguns ambientes de brancos, que o aceitavam somente por causa do dinheiro. Não fiz a menor questão de ir até a casa dele, mas soube que a Divina tinha contratado até uma criada branca. Definitivamente, eu não gostava dela, e tenho comigo que a morte da Esméria pode ter sido de desgosto, por ter adivinhado o estrago que aquela mulher faria com os dois irmãos, o fim da amizade entre os seus dois meninos.

Quando finalmente tive ânimo para ir até a casa da sinhazinha, as novidades por lá eram muitas, a começar pelas meninas. A única que eu tinha visto crescida era a mais velha, a Carolina, que tinha se mudado de Portugal para a França, Paris, onde estava estudando Belas-Artes. A Mariana, a segunda mais velha, estava noiva e com o casamento marcado para o mês de julho com um português que tinha idade para ser o pai dela, mas que, de acordo com o doutor José Manoel, era boa pessoa, advogado também. A Amélia estava no mesmo colégio onde a sinhazinha tinha estudado, e no ano seguinte a Maria Luísa começaria os estudos. Ela, cujo nome me homenageava, eu ainda não conhecia, pois tinha nascido quando eu estava de partida para o Maranhão. E também não conhecia a Cecília nem a Angélica, que tinha esse nome em homenagem à mãe da sinhazinha. Era uma família muito bonita e feliz, e me alegrava demais vê-los tão bem. Fiquei surpresa com a notícia de que estavam considerando a ideia de se mudarem para a corte depois do casamento da Mariana. O marido dela ficaria cuidando do escritório de São Salvador, onde o volume de trabalho tinha diminuído bastante, enquanto o doutor José Manoel trabalharia com os clientes das províncias do Rio de Janeiro e de São Paulo, pois, segundo ele, era para onde tinha ido o dinheiro, nascendo junto com os pés de café. Achei que a sinhazinha ia gostar da vida em São Sebastião, principalmente porque adorava teatro e música, e os espetáculos eram muito mais frequentes na corte do que em São Salvador. Ela me convidou para ir junto com eles, para voltar a morar em São Sebastião, e até achei a ideia boa, pois tinha encontrado uma São Salvador muito diferente da que tinha deixado, muito pior, muito mais triste.

Fui também visitar a Adeola, que estava enfrentando grandes dificuldades para cuidar de todas as crianças que recebia. A dona Maria Augusta tinha morrido e, desde então, as pessoas que antes costumavam ajudar o padre Heinz não estavam mais colaborando, e quem muito a ajudava era a Trindade, a que tinha vivido com o padre Heinz e depois se tornado uma das esposas do Baba Ogumfiditimi. No dia em que fui visitar a Adeola, a Trindade estava por lá e contou da morte do babalaô, o que a deixava duplamente viúva. Ela estava bastante conformada, dizendo que os dois tinham levado uma vida produtiva e seriam bem recebidos no *Orum*, principalmente o Baba Ogumfiditimi, por ter morrido velho e cheio de filhos. Quem estava cuidando da família dele era o filho mais velho da primeira esposa, mas, como eram muitos os parentes, já não havia mais tanta paz entre eles como no tempo em que o Baba Ogumfiditimi era vivo. A única que estava bem, melhor do que antes da minha partida, era a Esmeralda, vivendo de portas adentro com um santeiro liberto muito mais velho, mas trabalhador, honesto, e que dava a vida por ela.

ÀS ORIGENS

Quase todos os dias eu ia até o cais e ficava sentada em alguma amurada olhando o mar, o movimento dos barcos e das pessoas que chegavam, esperando ver você entre elas. Muitas vezes me aproximei de algum rapaz e perguntei de onde vinha e quem era, com medo de que pudesse estar perguntando isso ao meu próprio filho. Às vezes, o Tico ia comigo e ficávamos conversando sobre os velhos tempos, sobre os dias em que nos sentávamos na praia, na fazenda de Itaparica, e tentávamos adivinhar de onde chegavam ou para onde partiam as embarcações que cruzavam a Baía de Todos os Santos. Muitas vezes falávamos que estaríamos em uma delas a caminho da África, por um motivo que o Tico me fez recordar. Ele, que era crioulo, contou que sempre teve vontade de conhecer a África por minha causa, por causa do que eu contava sobre Savalu, sobre o rio e o iroco, sobre Uidá e a família da Titilayo. Ele me lembrou que, se eu tivesse ficado por lá, provavelmente estaria casada com o Akin, eu e a Taiwo. Estranhei ele se recordar daquelas histórias com tantos detalhes, mas ele disse que era porque eu as contava muito bem, descrevendo tudo de uma maneira que fazia os lugares e as pessoas parecerem muito interessantes. Depois daquela conversa, fiquei imaginando se a África era realmente um bom lugar ou se apenas as minhas lembranças eram boas. Foram tais pensamentos que me levaram aos sonhos, que, por sua vez, me levaram de volta à África.

Durante quase dois meses, todas as noites sonhei com a minha avó, a minha mãe, a Taiwo, o Kokumo, a Titilayo, a Aina, o Akin, a Nilaja, a Nourbesse, o Ayodele e até com o homem que tinha nos presenteado com *orikis* no dia em que nos mudamos para a casa de cômodos. Foi mais uma decisão tomada de repente, sem pensar muito, daquelas que mesmo anos depois a gente fica tentando entender, encontrar um motivo, uma justificativa, e simplesmente não consegue. Foram decisões empurradas pelo destino ou por uma alteração nele. Eu tinha feito muitas amizades no cais, principalmente com as vendedoras de comida, e sabia de todos os navios que ancoravam ou partiam, mesmo os clandestinos que chegavam à noite com carregamento de escravos, ali mesmo ou nas redondezas. Foi assim que fiquei sabendo do

Sunset, um patacho de bandeira inglesa que tinha acabado de chegar de Trinidad e estava esperando carga para seguir até a África. Achei bonito e triste aquele nome escrito em vermelho sobre o casco onde a madeira ainda reluzia de tão nova. Disseram que o capitão estava aceitando passageiros, e só por curiosidade fui olhá-lo mais de perto. Um dos marinheiros disse que não era navio de pretos, só de carga, e que estava esperando carregamentos de fumo e de cachaça para vender em Lagos. Ele me perguntou se eu estava interessada em seguir junto e eu respondi que sim, mas ainda não levava essa hipótese muito a sério. À noite contei ao Tico e rimos muito planejando a viagem juntos, planejando ir até a África para ver como estava tudo por lá e voltar dentro de poucos dias. Quando dormi, foi como se já estivesse em África, com o navio chegando ao porto de Uidá, onde havia uma grande festa me esperando, com quase todas as pessoas que eu conhecia, até mesmo as que nunca tinham estado lá, como a sinhazinha, o doutor José Manoel e as meninas, o padre Heinz e a dona Maria Augusta, e até o Banjokô. Havia também muitas pessoas com máscaras *gelédés*, e, no meio delas, um rapaz que, no sonho, eu sabia ser você. Acordei pensando que aquele era um aviso, que, em vez de ir até a Bahia, você poderia ter resolvido ir para a África, talvez pelo mesmo motivo que tinha feito o Tico ter vontade de conhecer o lugar onde eu tinha nascido, as histórias que eu também te contava. Não sei de onde tirei essa ideia, não sei como você conseguiria, mas eu não podia duvidar dos sonhos, não depois de tudo que tinha aprendido com a sinhá Romana.

Na manhã seguinte, fui até o cais e pedi para falar com o capitão do *Sunset*, um inglês, dizendo que gostaria de voltar para a África e poderia pagar a viagem, e ele me informou dos documentos que eu precisava, que pedi ao doutor José Manoel para providenciar. De início ele achou que eu estava brincando, mas logo se convenceu e pediu à sinhazinha que conversasse comigo e me alertasse de que, saindo do Brasil, eu nunca mais poderia voltar. Eu sabia disso, e era a única coisa que me preocupava, mas também sabia que, com algum dinheiro e usando os mesmos artifícios dos homens que faziam entrar escravos mesmo sendo proibido, conseguiria desembarcar em qualquer porto que quisesse. Apesar de ter ficado triste com a minha partida, o Tico disse que não pretendia ir, que estava apenas fantasiando, e que tomaria todas as providências caso você aparecesse na casa dele, mandando me avisar ou providenciando a sua ida, se você assim preferisse. Apesar de achar que não resultaria em nada, já que você tinha fugido, assim que chegasse a São Sebastião o doutor José Manoel continuaria as buscas por lá, publicando de vez em quando algum anúncio em jornal, e um amigo dele ia fazer a mesma coisa em São Paulo. Mas ele me disse para não ter esperanças, pois um escravo que quisesse se esconder do dono jamais responderia a um anúncio, pois o anunciante poderia ser um capataz em busca de recompensa. Achei que tinha razão, mas mesmo assim pedi que mantivesse o trato, acredito que mais para ter a sensação de estar fazendo alguma coisa. Tenho todos estes recortes comigo, pois a sinhazinha fazia questão de enviá-los, já que eu pagava por eles. Por mim não precisava, pois tinha plena confiança nela, mas aprendi que era assim que devia ser com os negócios, sempre separados das amizades.

A mudança deles estava programada para logo depois do casamento, e por mais que tivessem pedido que eu esperasse pela festa e embarcasse em um próximo navio, não cedi. Não era apenas a viagem, mas eu tinha gostado do *Sunset* e sabia que era nele que tinha que partir, embarcando na noite quente e abafada de vinte e sete de outubro de um mil oitocentos e quarenta e sete. O doutor José Manoel fez questão de me levar até o cais e me recomendar ao capitão, e aproveitei para deixar com ele os escritos, que tinha terminado um dia antes, sobre aquela história do Padre Voador, pedindo que, por intermédio dos parentes que ainda tinha em Portugal, ele os fizesse chegar até o Convento de Mafra, onde o padre Bartolomeu tinha vivido.

Foi um pássaro muito parecido com o que apareceu para a Agontimé antes de ela cruzar o mar, ou com as *ìyámis,* e só hoje atino com isso, que acompanhou a partida do *Sunset*, fazendo com que eu tivesse ainda mais certeza de que deveria ir, mesmo sem saber direito o motivo. Eu estava embarcando com uma carga de fumo, charutos e cachaça comprada com quase todo o dinheiro que me restava, pois sabia que teriam uma boa saída em África, sempre muito procurados e vendidos com bom lucro. Era com esse lucro que eu pretendia viver por algum tempo, até arrumar o que fazer, ou até mesmo comprar uma passagem de volta para o Brasil. Além da carga, poucas outras coisas me acompanhavam, um baú com roupas e os tesouros que também carrego agora para te mostrar: um dos bastonetes usados no controle de pagamentos na confraria da Esmeralda, o tabuleiro onde vendia *cookies*, presente do Francisco e do Raimundo, a Oxum dada pela Agontimé, o livro de sermões do padre Vieira, lembrança do Fatumbi, a Bíblia comprada em São Sebastião, a toalha bordada que ganhei na Roça da sinhá Romana e o lenço encarnado do Piripiri. E me acompanhava também uma imensa vontade de ter uma Passarola e seguir pelos céus, porque ainda me lembrava daquela viagem, mesmo que em sentido contrário, e do quanto ela tinha me custado.

Sem título, 2019.
Série *Senhora das Plantas*. Aquarela e grafite sobre papel. 37,5 x 27,5 cm.
Coleção particular.

CAPÍTULO NOVE

MESMO
O LEITO
SECO
DE UM RIO
AINDA
GUARDA
O SEU
NOME.

Provérbio africano

A BORDO

A viagem durou vinte e seis dias. Saí de São Salvador a vinte e sete de outubro de um mil oitocentos e quarenta e sete e desembarquei em Uidá a vinte e dois de novembro, no mesmo local de onde tinha partido trinta anos antes. As situações eram distintas, mas o medo era quase igual, medo do que ia acontecer comigo dali em diante. É claro que os motivos também eram diferentes, porque naquela volta eu seria a única responsável pelo meu destino, e na partida tudo dependia daqueles que tinham me capturado. Eu não me lembrava muito bem da África que tinha deixado, portanto, não tinha muitas expectativas em relação ao que encontraria. Ou talvez, na época, tenha pensado isso apenas para me conformar, porque não gostei nada do que vi. Nem eu nem os companheiros de viagem que estavam retornando, como o Acelino e o Fortunato, que se lembravam de um paraíso, imagem bem distante da que tínhamos diante de nós. Os dois, que eram irmãos e tinham por volta de sessenta anos, estavam acompanhados do filho do Fortunato, um crioulo de dezenove anos chamado Vicente. Além dos três homens, tive também a companhia do Juvenal, um igbo de Ibadã, sua mulher, uma crioula chamada Jacinta, e os três filhos, o Tomé, de quatro anos, a Rosinha, de três anos, e a Ifigênia, de sete meses, a quem todos chamavam de Geninha. Além, é claro, do John, o pai dos seus irmãos.

Antes de embarcar, ainda em São Salvador, pensei em desistir, ficar para o casamento da Mariana e me mudar para São Sebastião do Rio de Janeiro com a família da sinhazinha. Mas já era tarde demais. Já tinha me despedido dos amigos, que ficaram em terra porque o capitão inglês não queria saber de possíveis problemas com o governo da Bahia tendo a bordo pessoas sem passaporte, mesmo por pouco tempo, e a minha carga de cachaça, folhas de fumo e charutos da Bahia também já estava no porão do *Sunset*, comprada com todo o dinheiro que me restava. Além do mais, algo me fazia acreditar que deveria ir, que seria melhor para mim. No escaler, além dos dois remadores, estávamos eu, o Acelino, o Fortunato e o Vicente, junto com nossos baús. O Vicente, como pude confirmar mais tarde, não estava feliz com aquela viagem, pois tinha nascido na Bahia e era lá que queria ficar. Mas o pai e o tio, africanos, tinham obrigado o moço a viajar com eles, dizendo que em África a vida era muito melhor, que a África era o único lugar onde os pretos podiam ser verdadeiramente livres e felizes. Eles iam dizendo isso no escaler e o moço permanecia de cabeça baixa, contrariado, até que pediram a minha opinião. Eu disse que não me lembrava direito, que tinha saído muito nova, e interrompemos a conversa para subir ao navio por uma escadinha de corda. Os mastros já estavam todos levantados e um marinheiro quis nos mostrar o alojamento. Pedimos para ficar um pouco mais no convés, olhando as pessoas no cais e a cidade recortada na pouca claridade do sol que se punha às nossas costas. Eram bonitos os fins de tarde na Bahia, principalmente se vistos da ilha, porque a cidade mais parecia um grande lagarto preguiçoso no alto de uma montanha, aproveitando ao máximo o banho do sol que ia se rendendo à noite.

Quando a família do Juvenal subiu a bordo, o navio já estava pronto para partir, e avisaram que seria melhor guardarmos as nossas coisas. Eu não queria perder muito tempo com isso e desci logo, atrás de um marinheiro que carregava o meu baú. Andamos por corredores e escadas até chegarmos a um cômodo não muito grande, com dezoito camas como se fossem prateleiras pregadas na parede do navio. Como éramos apenas dez pessoas, sobraria lugar, e pudemos escolher o de preferência. A família do Juvenal ficou de um lado do corredor, enquanto eu e a família do Acelino ficamos do outro. Eles foram muito gentis e me deixaram ocupar sozinha com a minha bagagem três camas que ficavam sobrepostas, no canto, para que eu tivesse mais privacidade, e se dividiram nas outras seis. Era um bom alojamento, um pouco abafado, mas as camas estavam preparadas com esteiras bem grossas, quase macias, e ainda tinham correntes em que podíamos amarrar nossos pertences, para que não fossem jogados de um lado para outro durante a travessia. Fiquei feliz por aquilo não lembrar em nada o porão ocupado na viagem da África para o Brasil, o que não seria agradável. Enquanto estávamos nos ajeitando, sentimos que o navio começou a se mover, e logo em seguida três apitos anunciaram que estávamos deixando a cidade. Todos nos benzemos, pedindo proteção e bons ventos, para que chegássemos bem e depressa ao nosso destino, e ainda tivemos tempo de subir ao convés para dar uma última olhada na cidade, que já era apenas uma sombra e parecia dizer que estaria à nossa espera, se quiséssemos voltar. O Vicente prometeu que voltaria, o pai dele sorriu e disse que era para ele guardar comentários iguais àquele, pois assim que chegasse à África não ia mais querer sair de lá. Eles estavam voltando para Ilorin, onde tinham deixado parentes. Quiseram saber de onde eu era e contei sobre Savalu, mas que não tinha deixado ninguém por lá e provavelmente ficaria em Uidá, ainda não sabia ao certo. O Juvenal comentou que desceria em Lagos, que ele chamava de Onin, mas de lá seguiria para Ibadã, de onde tinha saído havia muitos anos.

A CAMINHO

Quando não foi mais possível ver a cidade, descemos do convés e ficamos conversando. Já que passaríamos muito tempo juntos, estávamos curiosos para saber a história de cada um, o que tinha acontecido e por que estava voltando. A maior curiosidade era em relação a mim, que estava viajando sozinha, mas não entrei em detalhes, disse apenas que não tinha mais ninguém por quem ficar, que estava deixando no Brasil um filho morto e outro desaparecido, e voltava para a África porque tinha perdido as esperanças de encontrá-lo. Não me lembro muito bem da história dos três Ferreiras, com quem não convivi além da viagem, mas não tenho como esquecer a história da família do Juvenal, que faço questão de contar, e que ouvi em meio à nossa primeira refeição. As refeições eram servidas lá embaixo mesmo, no porão, geralmente feijão, arroz, farinha, carne-seca e banana, além de água à vontade. A Jacinta era liberta de pia e, depois da morte da mãe, vivia sozinha em uma loja perto do Pelourinho, quando conheceu o Juvenal. Ela era vendedora e ele era aguadeiro na Fonte Nova, gostaram um do outro e o Juvenal conseguiu licença do dono para morarem juntos assim que ela ficou pejada do primeiro filho, o Tomé. Nesse meio-tempo, o dono do Juvenal, que já era viúvo, faleceu e deixou a casa e os escravos para dois filhos que moravam na Europa. Quando se viram sozinhos, três dos nove escravos fugiram, mas o Juvenal queria fazer tudo certo e esperou junto com os outros cinco, para saber qual seria o destino deles. Achavam que seriam alforriados, ou até ignorados, porque os filhos nunca tinham se importado com o pai, nunca tinham se interessado em saber como ele estava vivendo depois que partiram para o estrangeiro. Antes, tinham vendido os outros bens e deixado apenas a casa onde o pai morava e alguns escravos velhos, sendo que o Juvenal era o mais novo entre eles. O velho passou por muitas dificuldades, pois mantinha a casa apenas com os jornais de cinco escravos colocados a ganho. Como os outros quatro estavam velhos e doentes, não rendiam quase nada com a esmola que tiravam nas ruas, e o Juvenal praticamente sustentava todos eles, principalmente depois da fuga dos três escravos saudáveis. Ele disse que só por isso não tinha ido embora, por saber que eles não teriam para onde ir e nem do que viver.

Certo dia, apareceu um advogado e disse que tinha ordens para se desfazer de tudo, ou seja, vender a casa e dar liberdade aos escravos que já não valiam mais nada. Mas não ao Juvenal, que ainda era jovem, forte e sadio, e seria vendido para cobrir os honorários. Três dos velhos alforriados, em agradecimento, mais a Jacinta e o Juvenal, trabalharam durante quase três anos para conseguirem comprar a carta dele. O novo dono era um fiscal da Alfândega e tinha colocado o Juvenal para trabalhar lá, como carregador ao ganho, e foi onde ele ouviu falar que na região de Ibadã estavam distribuindo terras para os brasileiros que quisessem voltar. Ele pensava em ter sua própria fazenda e ganhar dinheiro para viver bem com a família e mandar para a Bahia, pois sabia que seus amigos estariam por lá passando necessidade. A Jacinta não abria a boca e não saía de perto das crianças, principalmente da mais nova, a Geninha, que não parava de chorar. Eu estava ansiosa demais para conseguir dormir ouvindo o choro daquela criança, e passei no convés boa parte daquela primeira noite de retorno, olhando o céu e pensando. A um canto do navio, alguns marinheiros bebiam e jogavam cartas sobre um barril, iluminados por dois lampiões. Tinha só um risquinho de lua no céu, ao lado de muitas estrelas, e fora as vozes dos marinheiros, conversando em inglês, o único barulho que se ouvia era o do vento bufando nas velas. Uma noite bonita para se começar uma viagem, melhor ainda se eu estivesse acompanhada de você ou do Piripiri, por exemplo. Eu pensava em como seria recebida em África, se a Titilayo ainda estava viva e se a Aina e o Akin se lembrariam de mim. Fui dormir quando o dia já estava quase claro, o que foi uma boa ideia, pois fiquei sozinha no cômodo silencioso depois que todos subiram para o desjejum. O preço da viagem incluía três refeições diárias, a mesma servida para a tripulação, e para nossa sorte, o cozinheiro era bom. A única coisa que faltava era leite para a Geninha, e talvez por isso ela chorava tanto, pois não se deixava enganar pela mistura de água, farinha e açúcar, já que o peito da mãe tinha secado.

JOHN

No segundo dia a bordo, assim que foi servida a última refeição, subi ao convés para ver o pôr do sol e fui abordada por um mulato escuro, que já tinha perguntado aos meus companheiros se a mercadoria embarcada como carga era deles. Como todos haviam dito que não, restava somente eu, porque ele também já tinha procurado saber dos outros passageiros que viajavam separados de nós. Foi assim que fiquei sabendo que havia mais oito passageiros a bordo, em alojamentos duplos ou triplos, bem melhores que o nosso, coletivo. Tinham embarcado em Freetown, e eram ingleses ou trabalhavam para os ingleses, como era o caso do mulato, o John, que estava curioso para saber de quem era a carga, porque parecia grande demais para quem não era comerciante estabelecido, e disse que provavelmente eu teria dificuldade em vendê-la, caso não conhecesse as pessoas certas. Não me importei muito com isso, mesmo porque achei o homem bastante arrogante e interessado em um assunto que não lhe dizia respeito. Perguntei o que estava indo fazer em África e ele não entrou em detalhes, disse apenas que tinha partido de Freetown, Serra Leoa, havia mais de cinco meses, naquele mesmo navio, e que ainda passaria por Uidá e Lagos antes de retornar. Fiquei sabendo que Freetown era uma colônia britânica onde os escravos já tinham sido libertados, e vários estavam voltando para a África, principalmente para Lagos, onde havia muitos ingleses.

No dia seguinte, nas primeiras horas da manhã, fomos abordados por um navio da Royal Navy, mas liberados quando confirmaram que a bandeira inglesa correspondia à nacionalidade da embarcação. Eu tinha acordado com um apito e logo percebi que não era o do nosso navio, que começou a reduzir a velocidade. O outro navio já estava bem próximo, quase paralelo, quando subi ao convés com medo que houvesse algum problema e que nos obrigassem a voltar, ou nos jogassem ao mar, como eu tinha ficado sabendo que acontecia com muitos pretos. Quando um tumbeiro era perseguido por um navio inglês e percebia que não conseguiria fugir, jogava todos os pretos ao mar para não ser pego em flagrante. Mas correu tudo bem, depois que dois oficiais subiram a bordo, examinaram os papéis mostrados pelo capitão e nos liberaram com um pedido de desculpas. Vi o John conversando com eles de um modo bastante amigável, e até se apertaram as mãos na despedida. À noite, ele foi conversar comigo no mesmo local de antes, como se tivéssemos marcado encontro. Eu estava com o Acelino, falando sobre as nossas expectativas em relação à África, e o John apareceu com uma garrafa de vinho e nos ofereceu um copo, que o Acelino recusou dizendo que nunca tinha posto bebida na boca e que já estava na hora de dormir, nos deixando a sós. Achei bom, porque senão teria que ficar traduzindo a fala de um para o outro, que falavam só o inglês ou só o português. O John disse que o acontecimento da manhã tinha sido uma vistoria de rotina, pois muitos navios saídos da Bahia estavam usando bandeiras de outros países para irem apanhar escravos na África, o que desorientava os cruzadores britânicos, que já tinham muito trabalho vistoriando navios com bandeira brasileira ou portuguesa. Mas de vez em quando a Royal Navy dava uma incerta em portadores de bandeira espanhola, francesa e até mesmo inglesa, e já tinham apanhado alguns falsários.

Perguntei ao John quem era o Mister Macaulay, de quem eu tinha ouvido ele falar com os oficiais, e ele contou que era o homem para quem trabalhava. Um inglês estabelecido em Capetown que ganhava muito dinheiro com o comércio e que havia pouco mais de dez anos acumulava um cargo importante em Freetown, como membro da Comissão Mista que tratava dos casos de navios apreendidos fazendo tráfico ilegal. O Mister Macaulay tinha morado alguns meses em Serra Leoa e voltou para Capetown assim que conseguiu pessoas de confiança para representá-lo, e uma dessas pessoas era o John. O pai do John foi um escravo que, depois de liberto, conseguiu fazer dinheiro com comércio, e o Mister Macaulay tinha empregado o John exatamente por isso, porque ele já trabalhava com o pai e conhecia muitos comerciantes e fornecedores locais. Além de ser nascido em Freetown, o que facilitava o contato com os da terra. Outra pessoa que trabalhava com o John era um inglês a quem o Mister Macaulay tinha passado procuração para representá-lo nos tribunais e, atuando juntos, os dois empregados faziam excelentes negócios, sendo muito bem remunerados. O John disse que a remuneração era importante, pois muitas pessoas já tinham tentado tirá-los do Mister Macaulay. Na verdade, aos olhos dos outros, o John não tinha nenhuma ligação com o tribunal, sendo apenas um comerciante estabelecido em Freetown e com sorte e tempo para conseguir comprar mercadorias boas e baratas em leilões públicos. Para isso contribuía o outro empregado, fazendo tudo parecer uma operação sem favorecimentos. É claro que ele não me contou tudo isso naquela noite, pois ainda não confiava em mim, mas ao longo da viagem, conforme fomos nos conhecendo melhor.

INGLESES E TRÁFICO

Acho que já te falei das Comissões Mistas, e agora quero falar como elas realmente funcionavam, e sobre alguns outros acordos assinados entre o Brasil e a Inglaterra. Havia duas maneiras de um navio ir a julgamento, e de uma delas não havia como escapar, que era ser pego em flagrante com escravos a bordo. A outra ainda podia ser contestada, e era quando o navio estava vazio ou mesmo carregado com mercadorias, mas com tudo preparado para receber escravos, com espaço, água e comida em quantidades muito maiores que as necessárias para a tripulação. Acusado de tráfico irregular, o navio era levado a julgamento em um dos tribunais da Comissão, e um dos principais era em Serra Leoa. Se o navio fosse inocentado, o dono recebia indenização do governo do país dos captores; acho, não me lembro bem. Se fosse condenado, a mercadoria era apreendida, os escravos eram emancipados e, na maioria das vezes, mandados como trabalhadores livres para Demerara, Trinidad ou qualquer uma das Antilhas britânicas, pois eram confiados à nação a que pertencia o navio captor, geralmente britânico. Depois de catorze anos de trabalho nas plantações, pelo qual recebiam, eles podiam voltar para suas terras com todas as despesas pagas, se quisessem. No caso da Inglaterra, cada trabalhador era mandado para as colônias com duas mudas de roupa, um boné, um cobertor, uma colher de madeira e provisões para alimentá-lo durante um mês, ou até que fosse recrutado por algum fazendeiro. Eles davam preferência ao envio da mesma quantidade de homens e mulheres com menos de trinta anos, pois sabiam que, ao formar famílias, os africanos se tornavam mais dóceis e se adaptavam de modo mais fácil e mais rápido à nova terra, talvez até querendo ficar depois do tempo estabelecido. O John não soube dizer o que era feito das pessoas que não preenchiam esses requisitos, mas pensava que voltavam aos poucos para a África, se e quando houvesse espaço em navios que iam até lá com outra finalidade. Resolvido o problema com os pretos a bordo, entrava em ação o comissário avaliador, que estabelecia um valor mínimo para a carga e o casco do navio apreendido, vendidos em leilão. Do valor apurado, depois de pagas as porcentagens do comissário avaliador e do leiloeiro e outras despesas comprovadas, o lucro era dividido entre o governo representado pela bandeira do navio capturado, o governo representado pela bandeira do navio que tinha feito a captura e o seu capitão.

Essa seria uma boa solução se funcionasse de acordo com as leis, mas as Comissões Mistas só tiveram sucesso porque eram um meio seguro para algumas pessoas ganharem muito dinheiro, até mais do que ganhariam com o tráfico, por exemplo. Havia diversos arranjos, como os que faziam o patrão do John e outros ingleses, inclusive gente com título de nobreza e cargos importantes no reino. O comissário avaliador podia fixar o preço que bem entendesse nos navios e nas cargas, sem que fosse questionado. Por causa disso, muitos navios eram vendidos por um valor que cobria apenas as comissões do avaliador e do leiloeiro, o que significava menos de dez por cento do valor real. Leilões podiam ser marcados e não divulgados, contando apenas com a presença de pessoas que pagavam para que as datas fossem mantidas em segredo e compravam os bens pelos preços mínimos estabelecidos, que podiam ser bem mínimos mesmo. De posse de um navio que valia, por exemplo, quarenta mil libras, mas comprado por vinte *shillings*,[1] o que não cobria os custos do leilão, o novo proprietário poderia fazer dele o que bem quisesse. Inclusive desmontar e vender como madeira, pois ainda assim teria lucro. Por pagar salário a um dos comissários avaliadores de Freetown por intermédio do representante, o Mister Macaulay conseguia estar à frente dos leilões pelos quais se interessava, adquirindo as mercadorias, que passava para o John, para que ele revendesse aos comerciantes da cidade e da região, sendo comissionado. Se o arranjo fosse descoberto, somente a muito custo chegariam ao Mister Macaulay, depois de passarem por todas as suas ligações. E enquanto o John cuidava das mercadorias, havia outras pessoas cuidando dos navios, que ofereciam várias possibilidades de negociação. Eles podiam ser vendidos por um preço muito compensador à marinha inglesa, que, em troca, fingia que não havia nada de irregular nas Comissões. Ou então para os captores ingleses, para servirem de navios auxiliares na caça aos tumbeiros. Quanto maior o número de navios trabalhando sob as bênçãos de Sua Majestade, maiores as chances de sucesso, e alguns comandantes captores tinham verdadeiras frotas, maiores que as frotas oficiais de alguns países. Além disso, cruzando os mares de um lado para outro, tais navios também podiam ser usados no transporte de mercadorias que, contrariando os aparentemente nobres propósitos ingleses, podiam até mesmo incluir escravos. Como os captores eram quase todos ingleses que

[1] Vinte *shillings* = uma libra. Por volta de 1847, uma libra valia aproximadamente dez mil-réis.

já se conheciam e tinham um código de reconhecimento, dificilmente eram pegos fazendo algo errado.

Caso os navios não fossem vendidos para o governo ou os captores, ainda podiam voltar para seus antigos donos, às escondidas, é claro, e isso não era raro de acontecer. O John já tinha visto casos de um tumbeiro ser apreendido, vendido em leilão para um inglês, e meses depois ser recapturado em posse de seu dono anterior, geralmente um comerciante baiano ou português. Ele inclusive sabia de um mesmo navio que tinha sido capturado, julgado, condenado e vendido cinco vezes, sempre para o mesmo comerciante e sem que ele tivesse ao menos o trabalho de rebatizá-lo, até que a Comissão resolveu destruí-lo antes que fosse feita uma investigação. O John também disse que não tinha visto, mas já tinha ouvido falar de alguns lugares que eram verdadeiros mercados no meio do mar, negociando escravos, mercadorias e até mesmo embarcações aprisionadas. Os comerciantes ficavam ancorados por lá, às vezes em grupos de três ou quatro, por questões de segurança, e recebiam visitas de possíveis compradores. Ou seja, o tráfico era muito lucrativo para todos, assim como o seu combate, e por isso o John achava que a escravidão no Brasil não teria fim tão cedo.

COMÉRCIOS

Será que te aborreço com essas histórias todas? Desculpe uma velha que quase não tem mais com quem conversar, que quase já não tem mais tempo na vida, a não ser o que ficou para trás. É por isso que falo tanto, e é por isso também que vou me adiantar um pouco e contar logo sobre os dias finais dessa viagem. Eu e o John estávamos nos deitando desde um pouco antes da metade do caminho, por volta do décimo dia. Conversávamos bastante, e fiquei sabendo que ele estava um pouco cansado daquela vida, que não lhe dava tempo ou chance de constituir família. Antes de embarcar, eu ainda pensava bastante no Piripiri e nunca teria imaginado que pudesse encontrar alguém tão cedo, e nem mesmo em África, onde ainda não sabia se queria ficar. Mas as longas conversas com o John me fizeram mudar de ideia em relação a ele, de quem eu não tinha gostado no início. Como ele, eu também tinha vontade de me estabelecer, de ter uma família toda junta, como tinha acontecido durante tão pouco tempo na minha vida. Estávamos os dois sozinhos, solidões que pareciam ainda maiores no meio do mar, cercadas por nada além de água e céu, o que nos dava vontade de cuidar um do outro. Tanto que ele se ofereceu para cuidar da venda das minhas mercadorias, o que achei ótimo. O único problema era que ele não faria isso em Uidá, onde eu ia descer, mas sim em Freetown, para onde não me deixou ir junto quando pedi. No início, desconfiei que poderia ser algum tipo de golpe, mas as explicações dele me convenceram e depois foram confirmadas pelo capitão do navio, a quem ele me apresentou.

Mesmo faltando quase tudo, em África as regras de comércio eram diferentes das do Brasil, onde qualquer um podia vender o que quisesse. Antes de se estabelecer, o comerciante tinha que estar sob a proteção do rei ou de alguém influente. Não digo as vendas feitas nas feiras, de pouco vulto, mas as que podiam interferir no comércio local, nos preços e nos acordos firmados entre comerciantes estrangeiros e locais. Eu levava quase três contos em produtos comprados na Bahia, uma quantia considerável que poderia fazer com que alguém se sentisse prejudicado. Isso se eu conseguisse vender, porque, sem conhecer as pessoas certas e fazer acordos com elas, poderia ser roubada e até mesmo deportada como escrava novamente. O John disse que primeiro eu precisava arrumar um protetor, para depois importar mercadorias. Argumentei que muitas pessoas partiam do Brasil levando produtos, com certeza sem tomar providências, mas o John disse que provavelmente levavam poucas coisas, que eram vendidas nas feiras locais, aos poucos, pelo próprio retornado. Isso não chamava a atenção nem prejudicava ninguém importante, mas não seria o meu caso, com muitas pipas de cachaça, caixas de charutos e fardos de folha de fumo, que não seriam desembarcados antes de passarem por algum controle. Nessa conversa, percebi que eu tinha mais um problema, que era onde guardar tudo aquilo, sendo que nem mesmo tinha onde ficar. Por isso achei que seria uma boa solução deixar a carga seguir com o John para Freetown e ficar esperando a volta dele dentro de três ou quatro meses, com o dinheiro da venda.

Eu e o John passávamos algumas tardes e princípios de noite na cabine dele, na cama, enquanto seu companheiro de viagem estava jogando baralho com os outros homens. À noite, quando o homem voltava, ficávamos conversando no convés e depois íamos cada um para seu cômodo. Percebi que meus companheiros me olhavam um pouco de viés, mas não fiz caso, porque não devia satisfações a ninguém. A Geninha, a filha mais nova do Juvenal e da Jacinta, estava cada dia pior, pois se negava a comer e tinha começado a vomitar e a evacuar muito, ficando tão fraca que nem conseguia mais chorar. Os pais dela voltaram às boas comigo quando consegui com o capitão que um boticário a bordo desse uma olhada na menina, receitando uma infusão que fez efeito em poucas horas. O capitão, Mister Hamilton, já tinha morado em São Sebastião do Rio de Janeiro durante três anos, adorava a cidade, e quando eu disse que tinha passado alguns anos lá pouco tempo antes, quis saber das novidades. Às vezes ele se juntava a mim e ao John nas noites no convés, quando tomávamos vinho e conversávamos. Eu estava começando a gostar daquela viagem, e seria capaz de viajar anos e anos se fosse sempre daquele jeito. Tudo deu muito certo, pegamos alguns dias com vento fraco, mas que nunca parou de ventar, e nenhuma tempestade, o que o capitão disse ser muito raro. Ninguém tinha ficado gravemente doente e nenhum morto a bordo, além de não termos sentido nem o cheiro de piratas.

O Mister Hamilton disse que para comerciar em África eu deveria procurar o Chachá de Souza. Mais do que amigo do rei e poderoso vice-rei de Uidá, ele também era o comerciante mais rico da região. Todos que queriam se estabelecer como comerciantes no Daomé precisavam cair nas graças dele, que também era o Cabeceira, isto é, o chefe dos brancos, o grande chefe que tinha direito ao uso de para-sol, de corais, de tamboretes, de guarda armada e de tambores, o que ganhou terras e o monopólio do comércio de escravos da região. Havia opiniões diferentes sobre o Chachá, ora apontando-o como um homem bom e ora como homem mau, e fiquei com muita vontade de saber mais coisas sobre ele. O capitão também disse que Lagos era uma boa cidade para nós, os retornados, que os libertos de Freetown estavam preferindo ir para lá, principalmente os que eram da região dos iorubás. Muitos brasileiros também, e moravam em uma freguesia só deles. Eu disse que qualquer hora iria até lá, conhecer, mas naquele momento preferia ficar em Uidá mesmo, onde já conhecia algumas pessoas.

UIDÁ

Mesmo não tendo grandes expectativas, fiquei decepcionada com a primeira impressão que tive de Uidá. Se pudesse, teria prolongado aquela viagem tão boa, mas o John disse que o mar não era lugar para mulheres e que estaria de volta antes que eu sentisse saudades. Enquanto isso, eu deveria procurar os amigos e tentar me estabelecer, se possível sob as graças do

Chachá. Quando o capitão anunciou que já estávamos a menos de um dia de viagem e logo começaríamos a avistar terra, não compartilhei da euforia de todos, passageiros e tripulantes. Principalmente porque também comecei a ficar com medo do que tinha combinado com o John; afinal de contas, eu o conhecia havia menos de um mês e ele podia vender as mercadorias e desaparecer. Acho que ele desconfiou dos meus pensamentos quando me viu tão séria, e pediu que anotasse a sua morada e a do seu patrão, caso precisasse entrar em contato. Mas eu não tinha como me certificar se eram verdadeiras e não me restou outra alternativa a não ser confiar, pois fiquei com vergonha ou com medo de voltar atrás, por estarmos envolvidos em um tipo de relação que não era apenas comercial. Eu tinha muito medo de perder tudo, e teria ainda mais se soubesse que não desembarcava sozinha, que não estaria somente por minha conta.

Estava ansiosa para rever os amigos, principalmente o Akin e a Aina, e por um momento aqueles dias de infância voltaram todos à minha memória. Eu era capaz de descrever cada rua por onde tínhamos andado e muitas pessoas com as quais tínhamos conversado, e isso fez com que eu me sentisse um pouco melhor, sabendo que não estava em uma terra tão estranha assim. Quando nos aproximamos do cais, despedi-me do Acelino, do Fortunato e do Vicente, que seguiriam para Lagos, e nos desejamos boa sorte. O Juvenal e a família tinham resolvido descer em Uidá, talvez com medo de que a menina voltasse a passar mal. Enquanto colocavam nossos pertences no escaler, fui me despedir do John, não querendo pensar muito na nossa combinação, pedindo aos voduns, santos e orixás que me protegessem e que o guiassem, para que o trato fosse cumprido. Ou, caso não fosse, que eu tivesse forças para me recuperar da traição e juntar todo aquele dinheiro novamente. Expliquei mais ou menos para ele onde ficava a casa da Titilayo, torcendo para que ainda tivesse alguém por lá.

Quando desembarcamos, não havia muitas pessoas no atracadouro, mas logo foram chegando uma após outra, querendo saber de onde vinha e para onde ia o navio. Tivemos uma boa recepção, e logo percebi que muitos dos que estavam na praia falavam português, pois eles nos cercaram fazendo perguntas, querendo saber de quem éramos parentes, se éramos de Uidá mesmo, como estava a Bahia, se tínhamos alguma carta para entregar. Eu estava um pouco zonza e só conseguia sorrir, respondendo a uma ou outra pergunta, mas sem me concentrar direito nas respostas. Tudo que eu queria era ir logo para a casa da Titilayo, e tive que ser bastante enérgica com dois homens que foram se apossando do meu baú, a mando de uma mulher que também tinha morado na Bahia e queria que eu fosse para a casa dela. Para o Juvenal e a Jacinta aquele interesse foi ótimo, pois eles ainda não tinham onde ficar, e tiveram até que apartar a discussão de dois homens que brigavam para hospedá-los, prometendo que ficariam alguns dias na casa de cada um. Quando consegui convencer a mulher de que já tinha para onde ir, ela me pareceu bastante contrariada, mas ofereceu seus dois filhos para carregarem meu baú, pois assim ficaria sabendo onde eu estava. Ela se chamava Conceição e queria conversar sobre a Bahia, mas era constantemente interrompida pelo grupo que se formou atrás de nós, umas vinte pessoas, sendo que outras tantas tinham seguido atrás do Juvenal. Eu disse que estava muito cansada, e de fato me sentia indisposta e sem forças nas pernas, e prometi me encontrar com todos no dia seguinte, na praça do mercado. Ralhando com eles, a mulher conseguiu dispersá-los, sendo minha guardiã até a casa da Titilayo. Com aquela confusão toda, eu não tinha conseguido prestar atenção às coisas, e por sorte a rua nem tinha mudado tanto e, pelo menos do lado de fora, nem a casa de cômodos onde eu tinha morado por tão pouco tempo, e nem a casa da Titilayo.

VELHOS AMIGOS

A Conceição já se sentia minha dona, e foi ela quem bateu palmas quando paramos em frente à casa. Quem abriu a porta foi uma senhora que não podia ser a Titilayo, e fiquei muda por um tempo, com os olhos dela passando por mim, pela minha acompanhante e seus filhos, e pelo baú, enquanto eu me decidia em que língua falar. Até que a Conceição percebeu o embaraço e me perguntou em português qual era o nome da mulher por quem eu procurava. Depois, virou-se para a senhora e disse em iorubá que eu estava chegando do Brasil e procurava pela Titilayo, de quem era amiga. Consegui entender o que ela falou e entendi também a resposta, que foi sobre a morte da Titilayo havia quase quinze anos. Só depois que ela respondeu foi que reconheci os traços da Nourbesse, a mulher do Ayodele, filho da Titilayo. Fiquei aliviada pelo fato de a casa ainda pertencer a algum deles, o que pareceu decepcionar a Conceição, que ainda tinha esperança de me dar pouso. Perguntei à Nourbesse se ainda se lembrava de mim, a Kehinde, que tinha morado na casa dela com a avó e uma irmã. Quando me reconheceu, ela deu um grito para dentro da casa, chamando pela Hanna, a filha, e me abraçou, pedindo aos dois rapazes que entrassem com o baú. Assim que abracei a Hanna, a Nourbesse pediu que eu a seguisse até o quarto, pois queria me mostrar algo. Era um quadro, que ela tirou de um baú e me entregou depois de limpar com as mãos um pouco da grossa camada de pó que embaçava o desenho. Ainda estava sujo e um pouco desbotado, mas reconheci um coração e a frase *Ekun Dayo*, "torna duelo em alegria", o quadro que estava pendurado na casa de cômodos onde eu tinha morado com a Taiwo e a minha avó. A emoção de rever aquilo, mais o cansaço, fez com que eu perdesse as pernas e caísse desmaiada.

Quando acordei, não sei quanto tempo mais tarde, estava deitada sobre uma esteira estendida no chão e coberta apenas com um pano bem fino, sem roupa alguma. Estava tudo escuro e imaginei ser de noite, principalmente quando ouvi o ressonar de alguém a poucos metros de mim. Demorei para me lembrar onde estava, e mais ainda para me lembrar do que tinha acontecido. Chorei um pouco, tentando não fazer barulho e não pensar no que podia dar errado, mas apenas na bela recepção que tive. Em África, eu estava muito mais perto da minha mãe e do Kokumo, que tinham ficado enterrados lá, e da minha avó e da Taiwo, que nem tinham chegado ao Brasil. Acho que esse pensamento me tranquilizou, porque logo dormi novamente, acordando com o dia claro. Então me levantei, coloquei o vestido que estava sobre o baú e saí do cômodo para dar uma olhada na casa, que continuava quase a mesma coisa, as mesmas divisões e acho que até alguns móveis eram os mesmos. Quando saí para o quintal avistei a Hanna, que tinha ao seu lado uma mocinha muito bonita. Era estranho ver mulheres com o peito de fora, e senti um pouco de vergonha por estar olhando para elas, que também olhavam para mim quase com o mesmo espanto. Com certeza já tinham visto muitas mulheres usando vestidos como o meu, como os que se usava no Brasil, mas não na casa delas. A Hanna se aproximou e nos apresentou, dizendo que aquela era sua filha, que ela não tinha se casado, mas ficou pejada de um mercador que passara por Uidá. A menina se chamava Zari e, encabulada, não respondeu a nenhuma das minhas perguntas antes de sair correndo para a rua, não se importando com a mãe que a chamava de volta. A Hanna disse que a Nourbesse tinha ido para o mercado, onde tomava conta da barraca que tinha sido da Titilayo, e eu quis saber de todos os outros. Ela então me ofereceu um prato de mingau e nos sentamos à sombra de uma árvore.

O Ayodele, depois de mais de trinta anos, continuava trabalhando nas fazendas de algodão fora da cidade, e estaria em casa dentro de alguns dias. A Nilaja, a filha mais velha da Titilayo, tinha morrido de tristeza logo depois da morte da mãe, que morreu de velhice, e do filho Akin, afogado. A Aina tinha se casado, mas já estava viúva e morava em uma tribo a cinco horas de viagem, junto com dois filhos solteiros e duas filhas casadas. A Meni tinha se casado com o Obioma, de quem era noiva quando eu parti, e morava em Cotonu junto com a sogra, uma filha solteira e outra casada. A Sanja e a Anele se casaram com dois irmãos, tinham três filhos cada uma e moravam em Porto Novo.

Era muita gente para eu me lembrar, mas fiquei muito triste com a morte do Akin, porque muitas vezes, durante todo aquele tempo, pensei nas coisas que queria contar para ele caso voltássemos a nos encontrar. E ainda mais por ele ter morrido afogado, justo ele, que tanto gostava do mar. Fiquei triste também pela Titilayo, mas já esperava não mais encontrá-la viva por causa da idade. A Hanna disse que não se lembrava de mim, pois era muito pequena quando parti, mas eu me lembrava dela amarrada às costas da Aina, sua tia, ou da mãe, brincando no mar. Estávamos falando disso quando a Nourbesse chegou, dizendo que estava muito feliz por me ver ali, que não imaginava que eu pudesse voltar, embora a Titilayo tivesse certeza disso. Tanta certeza que não deixou que jogassem fora nada do que era nosso, nem depois de tantos anos sem notícia. Percebi que ela devia estar muito curiosa para saber o que tinha acontecido, por onde eu tinha andado, e logo vi que não era apenas ela, pois um grupo de pessoas estava se juntando em frente à casa, comentando a meu respeito. A Nourbesse disse que queriam falar comigo, saber como estava a Bahia, mas eu ainda não estava preparada para aquela conversa, não estava com vontade de ser interrogada por toda aquela gente. Sabia que não falar com eles podia ser muito ruim para mim, pois poderiam me ver com antipatia, mas eu realmente não estava em condições. A Nourbesse e a Hanna pareciam orgulhosas por eu estar na casa delas, e isso fazia com que eu me sentisse um pouco melhor, mais querida. Mas ainda não tinha me recuperado da viagem, das preocupações, e expliquei tudo isso com muito jeito, dizendo que ia me deitar um pouco e que mais tarde conversaríamos, prometendo contar toda a minha vida, desde que tinha deixado a África. De fato eu estava indisposta, mas pelo menos me consolava o fato de saber que, contando para elas, não seria necessário repetir a história para outras pessoas, pois a Nourbesse trataria de espalhá-la por todo o mercado. Como já tinha feito ao anunciar a chegada de uma das ibêjis que tinha desaparecido com a irmã e a avó havia mais de trinta anos, e que estava retornando da Bahia, talvez para ficar.

PRESENTES

Tive uma bela surpresa quando acordei, o que até fez com que me sentisse um pouco culpada. A casa da Nourbesse estava cheia de presentes para mim, levados por pessoas que eu não conhecia e com as quais tinha me negado a conversar. As três mulheres da casa estavam no quintal, sinal de que ninguém tinha ido para o mercado naquele dia, provavelmente esperando pelas minhas narrativas. Assim que me viram, correram ao meu encontro e tentaram me contar de quem era cada um dos presentes, mas não consegui gravar o nome de quase ninguém. Foi o jeito de aquele povo dizer que eu era bem-vinda, e foi bom saber disso. Depois a Nourbesse me levou até o fundo do quintal, onde tinham construído um pequeno cômodo para guardar provisões e coisas que não usavam constantemente. Entre os guardados também estavam alguns objetos e móveis que tínhamos deixado na casa de cômodos antes da ida para o Brasil. Eu me emocionei muito ao ver a mesa, as cadeiras, as esteiras, os tapetes, a Nanã e o Xangô da minha avó, ainda embrulhados no pano que ela usava para montar o altar. O pano já estava todo puído e manchado, mas era o mesmo, algo em que a minha avó tinha tocado. Durante todos aqueles anos, eu me lamentava por não ter nenhuma lembrança dela, nem mesmo o *runjebe* eu tinha me lembrado de pegar quando ela morreu. A Nourbesse também se emocionou, por causa da minha reação e porque tudo aquilo lembrava a sogra dela, a Titilayo, que, apesar de ter tido uma vida longa e feliz, digna de uma bela serenata, era sempre lembrada com saudade. Quando ela era viva, ia com a Aina e o Akin acompanhar o desembarque dos navios que chegavam do Brasil, na esperança de nos ver retornando. Muito tempo depois do nosso sumiço, o Ayodele conseguiu convencê-la de que tínhamos sido capturadas, mas ela continuou nos esperando. A Nourbesse disse que, assim que desaparecemos, a sogra ficou irreconhecível por um bom tempo, sem aquela alegria que era toda dela e que estava até em seu nome, e sempre falava muito de nós três. Um dos seus últimos pedidos antes de morrer foi para que continuassem tomando conta do que nos pertencia. Eu quis tocar cada um dos objetos, como se eles pudessem fazer voltar o tempo. Aproveitei a emoção para contar quase tudo o que você já sabe até agora, com menos detalhes, é claro.

No dia seguinte, não tive como evitar a visita da Conceição, que apareceu com um corte de pano para me presentear. Repeti parte da história para ela, que tinha voltado da Bahia não fazia nem quatro anos e me fez perguntas sobre muitas pessoas, para ver se eu conhecia. A única pessoa que nos ligava era a Esmeralda, e mesmo assim a Conceição só tinha ouvido falar dela, da confraria da qual era presidente. Mas foi bom conversar com elas, principalmente porque me contaram muitas coisas sobre Uidá, que estava bem diferente da cidade que eu tinha deixado. Havia muitos brasileiros espalhados pela cidade, mas a maioria se concentrava em um único bairro, que estava ficando cada vez mais parecido com São Salvador. Elas queriam me levar até lá, pois não ficava muito longe, mas preferi deixar para outro dia. Eu queria ir, principalmente porque poderia encontrar algum velho conhecido, mas continuava não passando bem. A Nourbesse preparou um chá e disse que era para eu beber e me deitar, porque provavelmente ainda estava cansada da viagem, sem contar a emoção. Elas esvaziaram um dos quartos só para mim, do que gostei muito, mas não queria incomodar tanto e pensava em sair no dia seguinte, em companhia da Zira, para procurar uma casa só minha. Mas aconteceu que amanheci pior, com uma fraqueza e uma dor nas pernas que continuaram aumentando com o passar dos dias, além de quase nada parar no estômago. Achei que estava estranhando a comida, que eu fazia grande esforço para comer com as mãos, pois não havia talheres, mas não era isso, porque um dia a Conceição apareceu com um pedaço de carne-seca preparada à moda da Bahia e eu também não consegui segurar. Muitas mulheres também apareceram para uma visita, e teriam sido muitas outras se a Hanna e a Nourbesse não as pusessem da porta para fora, porque eu precisava de sossego. Recebi somente a nora da Conceição, a Amina, que foi avisar que havia uma casa vaga perto da dela, que eu fiquei de ver assim que conseguisse me levantar, e uma velha rezadeira conhecida da Titilayo, que foi oferecer seus serviços assim que soube que eu estava doente. A mulher, chamada *Ìyá* Kumani, nem precisou chegar perto de mim para dizer o que eu tinha, que foi ouvido pelas minhas três amigas primeiro com grande espanto e depois com muita alegria.

IBÊJIS E TEMORES

Confesso que já tinha pensado sobre estar pejada, mas depois achei que fosse apenas indisposição, porque não tinha passado mal das vezes anteriores e porque já me achava muito velha. As regras estavam um pouco atrasadas, o que também poderia ser por causa da fraqueza, o atraso não confirmava nada, mas a *Ìyá* Kumani afirmou com tanta certeza que não pude duvidar. Não sei dizer como me senti, principalmente quando a rezadeira disse que eu era abençoada, pois seriam ibêjis. Eu queria apenas ter ficado alegre, muito alegre, mas de imediato muitas preocupações apareceram para roubar esse meu direito. A *Ìyá* Kumani disse que a fraqueza passaria dentro de poucos dias, ainda mais com as ervas que ela ia me dar. Mas não era isso o que me incomodava, e sim a desconfiança cada vez maior de que o John não ia voltar, e eu tinha entregado todo o meu dinheiro a ele, restando apenas algum que daria para viver por quatro ou cinco meses. Sozinha eu podia fazer qualquer tipo de trabalho, mesmo nos campos, se precisasse. Mas, pejada, não teria a menor chance, ainda mais porque tinha que repousar o máximo possível e até mesmo evitar sair da esteira nos três primeiros meses. Depois disso, e até os ibêjis nascerem, nada de muito esforço. Se o John não voltasse, eu não poderia nem pensar em alugar uma casa, como estava pensando. Ter ibêjis era mesmo uma bênção, mas naqueles dias pensei muitas vezes em recusar, tomando beberagem. Era um pensamento recorrente, embora eu não soubesse se o poria em prática sozinha, sem a Esméria. Seria mais fácil não ter aquelas crianças e recomeçar a vida sozinha, mas hoje agradeço por não ter tomado nenhuma decisão da qual muito me arrependeria. Uma das coisas que mais me ajudaram a decidir foi o seu sumiço, foi eu estar sozinha depois de já ter dado vida a dois filhos, foi medo de morrer sozinha, sem ter quem olhasse por mim ou fizesse uma serenata bonita na minha partida. Eu já não era tão nova, tinha trinta e sete anos, e talvez não surgisse outra oportunidade. Mas fiquei muito preocupada durante todo o período e, para dizer a verdade, nos momentos de maior desesperança, brava pela minha falta de coragem, por não ter acabado com aquilo logo no início. Ninguém precisava saber, pois achar as ervas certas em África era ainda mais fácil do que na Bahia. Percebendo a minha preocupação, a Nourbesse disse que eu podia ficar morando com eles, que seria um grande prazer e até uma bênção ter ibêjis na casa novamente, do mesmo jeito que a sogra dela tinha falado em relação a mim e à Taiwo. O oferecimento era sincero, mas eu não gostava nem um pouco da ideia, queria ter a minha casa e as minhas coisas. E ainda havia o Ayodele, que estava para voltar do interior naqueles dias, e eu não sabia como ele reagiria.

Eu precisava ter confiança, mas estava muito arrependida de várias coisas. De ter saído da Bahia, de não ter voltado para São Sebastião, de ter me deitado com o John sem tomar erva alguma e, principalmente, de ter confiado nele. Levando as mercadorias comigo para Uidá, elas até poderiam ter sido tomadas, mas pelo menos eu não me sentiria tão burra por ter sido enganada. Quanto mais pensava, mais clara parecia a minha irresponsabilidade por ter entregado tudo a um homem que mal conhecia, tudo o que tinha restado de uma vida de muito trabalho. Comecei a me sentir ainda pior em relação a isso quando o Ayodele voltou e disse que conhecia alguns comerciantes que poderiam me ajudar. Com vergonha, não contei a ninguém o que tinha acontecido, e inventei uma história sobre algumas mercadorias que seriam mandadas da Bahia e perguntei ao Ayodele o que deveria fazer para vendê-las. Ele disse que muitos brasileiros estavam enriquecendo com produtos da Bahia, que eram vendidos principalmente para os próprios brasileiros, os que tinham mais recursos para comprar. Depois percebi que não era somente porque os retornados tinham mais dinheiro; o que eles tinham mesmo era saudade, e as coisas da Bahia faziam com que recordassem o tempo vivido lá.

O Ayodele ficou em casa durante quase uma semana, e senti muita falta quando ele teve que voltar para o trabalho, pois com a sua alegria era mais fácil suportar os meus dias presos à esteira. Por não conseguir segurar a comida, eu estava fraca para permanecer de pé durante muito tempo, o que a *Ìyá* Kumani também desaconselhava, pelo menos até que os ibêjis se firmassem dentro de mim. Naqueles dias pensei muito na sinhá Ana Felipa, que passava meses e meses de cama para, no final, sangrar até perder as crianças, os *abikus* dela. Mas para a sinhá Ana Felipa era mais fácil, pois tinha cama e colchão macio, muito mais confortável do que a esteira dura sobre o chão de terra batida. Eu tinha vontade de comentar isso com a Nourbesse, mas não tinha coragem. Tinha medo que ela entendesse mal, que achasse que eu estava fazendo desfeita da hospitalidade, já que naquela casa ninguém dormia em cama. Minha sorte foi que a Conceição comentou sobre esse bom costume do Brasil e perguntou se eu não queria que o filho dela fizesse uma cama para mim. Aceitei na hora, combinei o preço, e três dias depois a cama foi levada até em casa, seguida por uma multidão de curiosos como uma procissão segue um santo no andor. Boa parte dos retornados usava camas, mas elas ainda eram novidade para quem nunca tinha saído de África. Foi também a Conceição quem, a meu pedido, comprou pano e palha para fazermos um colchão, que ficou pronto no mesmo dia da chegada da Aina. O Ayodele tinha se desviado um pouco do caminho e passado na aldeia onde ela morava, avisando que eu tinha voltado. Foi muito bom revê-la, principalmente porque tínhamos várias coisas para conversar, e assim o tempo passava mais depressa.

AINA

A Aina estava envelhecida. Era um ano mais nova do que eu, mas parecia muito mais velha, principalmente por causa da magreza. Assim como o Ayodele, ela trabalhava muito, e passava por grandes dificuldades depois da morte do marido, havia mais de cinco anos. Quando se casaram, ele era bem mais velho do que ela, tinha cinquenta e cinco anos e ela tinha dezesseis. Era a terceira esposa, e o marido até já tinha muitos filhos mais velhos do que ela, e depois da morte dele alguns desses filhos ajudaram a Aina a manter as crianças, mas a família era grande e a terra era pouca para sustentar todo mundo. Fiquei com pena e a apoiei quando ela comentou que estava pensando em voltar para Uidá, mas o problema era que as duas filhas casadas tinham que ficar na aldeia com os maridos. A menos que eles também quisessem se mudar, e era bem provável que não, a Aina não queria deixar as meninas por lá, passando necessidade. Elas se chamavam Hasina e Homa, tinham dezesseis e dezessete anos, e a mais velha tinha uma filha de um ano, chamada Jani. Os meninos, Aderonke e Adedayo, que eram solteiros e tinham ido com ela me visitar, tinham catorze e doze anos. Eram as pessoas mais tristes que eu já tinha visto, sempre quietos a um canto, quando não ficavam agarrados aos braços da mãe, calados e distantes, com vergonha até de responder ao que perguntávamos. Quando respondiam, era cochichando no ouvido da Aina, mas ela comentou que eles não eram sempre assim, que logo se acostumariam. Somente uma semana depois da chegada foi que ouvi a voz de um deles, perguntando à Zira sobre mim. Mas comigo só falaram quase três meses depois, quando a Aina já tinha decidido ficar de vez.

Em uma das voltas para a fazenda, o Ayodele passou pela tribo e disse que ela não ia mais voltar, que ela e os meninos ficariam morando com a antiga família. Mais tarde, longe dela, ele me contou que por ela os selvagens nem ligaram, mas tinham ficado muito bravos pelos meninos, porque queriam que os dois trabalhassem nas roças e se casassem com as primas, ficando responsáveis por elas. As filhas, a Hasina e a Homa, ficaram tristes porque gostavam muito da mãe e não queriam aceitar a separação, mas o Ayodele conversou com elas e conseguiu convencê-las de que, apesar de a mãe lamentar muito por ter que deixá-las, era o melhor a ser feito, que a mãe seria bem tratada em Uidá e estava feliz com a mudança. Ele comentou que viu nos olhos delas muita vontade de irem embora também, mas, com os maridos vivos, nada poderia ser feito. Se eu tivesse dinheiro e não estivesse pejada, teria pedido ao Ayodele que desse um jeito de roubar as meninas e levá-las para a casa que eu gostaria de alugar. Eu gostava muito da Aina e percebia o quanto ela sofria por ter deixado as filhas e, principalmente, por tê-las obrigado a se casar cedo, pois não tinha condições de sustentá-las sozinha e achava que um marido facilitaria a vida delas.

Havia muito tempo que a Aina não ia a Uidá, desde a morte da Nilaja. Aliás, ela se lembrou de que as últimas três idas tinham sido por causa de mortes, primeiro a da Titilayo, depois a do Akin, e por último a da Nilaja. Estava muito feliz por se encontrar em casa, e disse que havia muito tempo que não se sentia tão bem. Isso, com certeza, também era por estar longe da família do falecido marido, que, pelo que me contou, não se esforçava para facilitar a vida dela, muito pelo contrário. O certo seria que algum dos irmãos dele a tomasse como esposa, mas eles não quiseram. Devo dizer que a Aina não era uma mulher bonita, e se tornava ainda mais feia por estar tão magra, já que os homens africanos gostam de mulheres gordas. Quanto mais gordas, mais eles gostam. Mas isso era só com eles, pois eu gostava da minha amiga de qualquer jeito. Trocando confidências, tive coragem de contar sobre o John, e ela disse para eu ter fé, para esperar, que tudo ia acontecer da melhor maneira possível. Mas meu coração dizia que ele não ia voltar, que eu tinha que dar um jeito de me levantar daquela cama o mais depressa possível e começar a trabalhar. A Aina lembrou que, por ser mãe de ibêjis, assim que eles nascessem eu poderia dançar no mercado, como fazia a minha mãe. Eu pensava muito nisso, mas chegava à conclusão de que seria uma das últimas alternativas, pois sentia vergonha. Não deveria, pois a minha mãe tinha muito orgulho daquele trabalho, mas, de certa forma, eu me sentia superior, mais capaz do que ela. Sabia muito mais coisas e tinha vivido situações diferentes, o que tornaria aquele trabalho muito constrangedor, um reconhecimento de derrota ou a retomada de costumes que já não me diziam respeito. Se eu tivesse que dançar no mercado para sustentar meus ibêjis, com certeza o faria, mas seria apenas um trabalho e não um ritual de agradecimento aos deuses protetores dos ibêjis, como era para a minha mãe. A Aina não pensava assim, achava que dançar no mercado era uma honra, um presente que eu não poderia recusar.

Depois que eu confiei a ela o segredo sobre o John, ela também me contou que se arrependia muito de ter se casado. Quando conheceu o marido, ela, a Titilayo, a Nilaja e o Akin tinham ido visitar a Meni e a Sanja, que já estavam casadas e moravam em Cotonu. No caminho, pararam para descansar e comer em um lugar perto de onde o futuro marido estava pastoreando. Assim que viu a Aina, ele se aproximou da Titilayo, a mais velha, e pediu para ficar com a menina. O pedido foi recusado, porque elas não o conheciam e porque ele era muito velho. Mas ele não desistiu e caminhou atrás delas por um bom tempo, até que aceitaram parar e conversar novamente. A Titilayo prometeu que pensaria, que na volta da viagem passaria pela tribo com a resposta, imaginando que até lá pensaria em alguma maneira de enganar o homem, voltando por outro caminho ou coisa assim. Ficaram uma semana em Cotonu e já tinham decidido que o Obioma e alguns amigos dele voltariam com elas e o Akin, conversariam com o homem e, se fosse preciso, entrariam em guerra com a tribo dele, que poderia se ofender com a recusa. Foi na véspera da viagem que a Aina decidiu que não precisava de nada daquilo, pois queria se casar. Ela gostava da ideia de ter uma casa, ter filhos e um marido, mesmo que tivesse que dividi-lo com outras. Ele tinha prometido uma casa só para ela e, por já estar velho, a Aina achou que morreria logo, deixando-a livre e com a possibilidade de encontrar outro marido, alguém de quem gostasse. Na volta, contra a vontade da mãe, da avó e do irmão, já ficou na tribo, nem foi até Uidá pegar as coisas dela, pois o marido disse que daria tudo novo. Isso nunca aconteceu, nem a promessa de ter uma casa, pois assim que chegou foi para a casa onde já moravam as duas primeiras esposas e os filhos, e de lá nunca saiu. Sempre que falava com o marido sobre as promessas não cumpridas, ele desconversava e dizia que não tinha condições, que já tinha muita gente de quem cuidar. Como era a esposa mais nova, e mais nova até do que alguns netos e netas do marido, a Aina sempre trabalhou muito, quase como uma escrava deles. Era obrigada a cuidar da casa, dos próprios filhos, dos filhos das outras e, de vez em quando, ainda ia para a roça. Eu tinha contado sobre a minha vida de escrava na Bahia e ela disse que até a preferia à vida que levava, pois teria pelo menos a oportunidade de ganhar algum dinheiro e comprar a liberdade, como eu tinha feito. Choramos muito no dia em que tivemos essa conversa, e ela disse que queria ficar para sempre comigo, que muitas vezes tinha se lembrado de quando falávamos sobre o casamento dela com o meu irmão Kokumo, se ele ainda estivesse vivo.

NOTÍCIAS E AMIGOS

Escrevi para o Brasil, para a sinhazinha e o Tico, dizendo onde estava e para onde poderiam me mandar respostas. Não contei muita coisa, apenas o essencial, mesmo porque precisava que a carta chegasse logo, antes da mudança da sinhazinha. Contei à Conceição que sabia ler e escrever em português e inglês e pedi a ela que espalhasse a notícia entre os retornados, oferecendo meus serviços para quem quisesse mandar cartas para o Brasil. Eu pensava nisso como uma maneira de passar o tempo e também de ter notícias dos acontecimentos em África e no Brasil, ao ler as respostas que poderiam chegar. Fiz isso como trabalho enquanto permaneci com a Nourbesse, para poder contribuir pela minha estada na casa, pois a maioria das pessoas me pagava com comida. Uma galinha, um pedaço de carne de carneiro, uma braçada de inhame ou um cesto de frutas. A Aina disse que nunca tinha visto tanta fartura, e comecei a acreditar que a magreza dela também era fome, e não doença, como ela dizia. A Nourbesse e a Zira se revezavam cuidando da barraca no mercado e quase sempre voltavam para casa com alguém que queria me conhecer, e que eu só não recebia quando estava passando muito mal. Nem conversavam muito, era apenas curiosidade mesmo, entravam no meu cômodo e ficavam alguns minutos olhando para mim e para a cama, e depois iam embora. Em alguns dias eu sangrava um pouco e tinha dores, e corriam para chamar a *Ìyá* Kumani, que vinha, rezava, passava a mão sobre a minha barriga e dizia que estava tudo bem, que os ibêjis iam ficar bem. Era interessante que, quando tudo estava bem, eu pensava que seria melhor perdê-los, mas era só surgir algum problema que eu me apegava aos voduns e orixás, pedindo que não os tirassem de mim, pois eu não queria ser castigada pelos meus pensamentos. Eu estava pejada de três meses quando a barriga começou a crescer e chegaram novas visitas.

Ninguém tinha mandado, mas um mercador avisou ao Obioma que uma brasileira estava morando com os parentes dele em Uidá. O homem não soube dizer quem era, mas, assim que foi possível, o Obioma pôs a família na estrada e foram nos visitar. Fizeram a viagem em três dias, um dia de barco, através das lagoas e dos canais, e mais dois dias caminhando e parando muito. Revi o Obioma e a Meni, que já tinham por volta de cinquenta anos, mais o filho solteiro deles, o Ojo, que tinha vinte e seis, e a filha de vinte e quatro, a Mene. A Mene era casada com um ijexá chamado Fatumã e já tinha duas filhas, a Negina, de quatro anos, e a Farana, de dois. Eram crianças muito falantes, que ninguém na casa da Nourbesse conhecia, pois tinham nascido depois do último encontro deles. O Obioma disse que eu estava conseguindo reunir toda a família e por isso podia me sentir como se pertencesse a ela, e que assim que voltasse a Cotonu mandaria avisar a Sanja e a Anele em Porto Novo, para que elas também fossem nos visitar. Era bom me sentir tão querida depois de tantos anos, e eles disseram que nunca tinham deixado de falar sobre mim, a Taiwo e a minha avó, e ficaram muito tristes ao saber o que tinha acontecido com elas. Eu percebia que estavam curiosos em relação à minha vida de escrava, o que acontecia, o que faziam conosco, mas não tinham coragem de perguntar. Mais tarde eu percebi o motivo, pois, na cabeça deles, todos os retornados deviam se envergonhar de terem sido escravos algum dia, mesmo que no momento se encontrassem em condições muito melhores do que quem nunca tinha partido.

A família do Obioma e da Meni ficou quase quinze dias, e por intermédio deles fiquei sabendo sobre os brasileiros que tinham se estabelecido em Cotonu, trabalhando nas plantações. Acho que eles não se davam muito bem com os brasileiros, e muitas vezes paravam no meio de uma frase quando iam falar mal deles. Mas disseram que, se eu quisesse, também poderia me mudar para lá, morar com eles e trabalhar nas plantações, que eles ajudariam a cuidar dos ibêjis. Acredito que todos achavam que me faziam excelentes propostas e não sabiam como aquela possibilidade me angustiava, a de ter que trabalhar em plantações e morar em uma casa que não fosse a minha. Nem mesmo quando eu era escrava, na fazenda da Ilha de Itaparica, tive que fazer tal serviço, muito sacrificado. Mas é claro que eu dizia que ia pensar, e rezava para que meu coração estivesse errado quanto ao John, para que ele voltasse com o meu dinheiro e eu pudesse começar a fazer negócios. Nas conversas que tive com o Ayodele, tentei tirar dele informações sobre os comerciantes de Uidá, quais eram os mais poderosos, quem era da Bahia, o que vendiam, o que falavam deles, essas coisas. Como eu já estava me sentindo melhor e a *Ìyá* Kumani disse que poderia me levantar, embora sem abusos, o Ayodele me levou para algumas voltas pela cidade, as primeiras desde a chegada. Como não senti nada depois que voltamos, a cada dia íamos um pouco mais longe, vendo mais coisas e conversando com um ou outro amigo dele ou com brasileiros que já sabiam quem eu era. Quando o Ayodele voltou para as plantações eu já saía sozinha, e bastava ficar sentada na praça para aparecer alguém querendo conversar. Eu gostava de ficar olhando o movimento ou a falta de movimento perto do Forte d'Ajuda, onde tinha sido embarcada, e ao perceber a chegada de um navio, tinha esperanças de ser o *Sunset*, com o John.

RECONHECIMENTO

Aos poucos fui conhecendo Uidá e ficando com mais e mais saudades da Bahia e de São Sebastião. Nela moravam alguns africanos que geralmente trabalhavam com comércio, mas a grande maioria morava nos campos e só ia à cidade quando tinha alguma coisa para vender, fruto das pequenas plantações ou de pastoreio. Tinham uma vida completamente separada dos brasileiros, que moravam quase todos na cidade, às vezes tomando ruas e bairros inteiros. Em algumas casas moravam até três ou mais famílias que geralmente tinham chegado no mesmo navio, do qual muito se orgulhavam. Quando um grupo de brasileiros se reunia, quase sempre havia comparações entre os navios nos quais tinham retornado, com cada um dizendo que o seu era o mais novo, o maior ou o mais bem equipado. Os brasileiros que retornavam no mesmo navio viravam quase uma família, e lamentei não ter passado por isso, ter viajado em um navio de carga e perdido o contato com a família do Juvenal, embora a Conceição soubesse onde eles estavam.

Em Uidá ouvia-se mais o eve, que logo recordei, mas também o iorubá, o fon e, de vez em quando, alguma outra língua africana, pois havia gente de vários lugares. Os brasileiros faziam questão de conversar somente em português, e acho que isso acabava contribuindo para a fama de arrogantes, que aumentava a cada dia. Alguns já tinham construído casas que se pareciam o mais possível com as casas da Bahia, fazendo com que se destacassem muito das casas pobres, feias e velhas dos africanos. Eu também queria uma daquelas, que eram o sonho de todo retornado e até de alguns africanos, embora eles não admitissem, por causa das rivalidades. Todos os retornados se achavam melhores e mais inteligentes que os africanos.

Quando os africanos chamavam os brasileiros de escravos ou traidores, dizendo que tinham se vendido para os brancos e se tornado um deles, os brasileiros chamavam os africanos de selvagens, de brutos, de atrasados e pagãos. Eu também pensava assim, estava do lado dos brasileiros, mas, além de não ter coragem de falar por causa da minha amizade com a família da Titilayo, achava que o certo não era a inimizade, não era desprezarmos os africanos por eles serem mais atrasados, mas sim ajudá-los a ficar como nós. Eu tinha vontade de ensinar a eles a maneira como vivíamos, como nos vestíamos, como cuidávamos das nossas casas, como comíamos usando talheres, e até mesmo ensinar a ler e a escrever, que eu achava importante. Mas a maioria dos brasileiros não pensava assim, principalmente os que não tinham encontrado suas famílias ou tribos, destruídas nas tantas guerras que aconteciam em África.

Os brasileiros faziam questão de se afastar ainda mais dos selvagens conversando sempre em português e dizendo que não cultuavam mais os deuses dos africanos, que professavam a fé dos brancos, o catolicismo. Gente que, no Brasil, provavelmente tinha orgulho de não se submeter à religião católica e fazia questão de conversar em línguas de África, como forma de dizer que não tinha se submetido aos brancos, mas que, de volta à terra, negava esses costumes. Quando algum brasileiro ia me visitar na casa da Nourbesse, muitas vezes eu não sabia direito o que fazer, em que língua conversar com ele, como me comportar. Embora me sentisse muito mais à vontade falando o português, achava um desrespeito com os donos da casa. Achei piada quando a Nourbesse me contou, quase em segredo, que a Sanja e a Anele tinham se casado com brasileiros. Aquilo me pareceu um segredo de família ou algo assim, uma situação que devia constrangê-los tanto quanto constrangia as duas irmãs, pois a família não sabia de que lado ficar, se dos africanos ou dos brasileiros. Ela também disse que a Sanja e a Anele enfrentaram dificuldades para serem aceitas entre os brasileiros, mas que já estava tudo superado e eram muito felizes. As mulheres africanas gostavam de se casar com brasileiros, que podiam dar a elas condições de vida muito melhores que os homens africanos. Africanas que se casavam com brasileiros tiravam a sorte grande ao mesmo tempo que envergonhavam suas famílias, principalmente aquelas famílias que nunca tiveram ninguém vendido como escravo. Mas isso acontecia apenas nas cidades, porque nos campos a situação era bem diferente, como vou contar depois.

ALÍVIO

Certo início de noite, uma bagunça na rua chamou nossa atenção e saímos todos, para entrar logo em seguida, com medo de nos machucarmos. Era época do entrudo no Brasil e, em alguns lugares da cidade, os retornados também faziam o seu. Os africanos não gostavam e saíam atrás deles, provocando brigas e confusões, causando muitas mortes. Mas aqueles que estavam na nossa rua não eram brasileiros, e sim africanos imitando brasileiros, bebendo cachaça e batendo tambor, sendo que alguns ainda usavam máscaras feitas com cabeças de carneiro. Contei para os da casa como eram os entrudos de São Salvador e de São Sebastião, onde eu tinha participado de um com o Piripiri. E foi com a imagem dele na cabeça, do Piripiri, que demorei a reconhecer a pessoa que andava atrás dos africanos, naquela imitação de entrudo. Foi muito estranho, primeiro porque eu já não esperava mais, e depois porque não consegui relacionar imediatamente a imagem à pessoa, não consegui associar aquele rosto ao John, quase quatro meses depois que ele tinha me deixado em Uidá. Mas era ele que andava um pouco atrás dos africanos, prestando atenção às pessoas que saíam às ruas e olhando para dentro das casas, e se assustou com o grito que soltei da janela, chamando por ele.

O John se aproximou sorrindo, parou na minha frente e ficamos nos olhando, sem saber o que dizer. Quero dizer, eu sabia, queria dizer que estava surpresa com a volta dele, que já não esperava mais, e me sentia muito feliz por ele ter cumprido a promessa. Mas aquela não era a hora nem o lugar. A Nourbesse perguntou se ele era meu amigo e eu respondi que sim sem tirar os olhos dele, e então ela o convidou para entrar. Como ela falou em eve, tive que repetir o convite em inglês, antes que ele se tornasse atração na rua, como estava começando a acontecer. O John estava muito bonito e bem-vestido, e os africanos do entrudo já iam longe, fazendo com que a figura dele, à moda dos brancos, se destacasse no meio dos retardatários. Ele entrou e, finalmente, demos um abraço diante dos olhares curiosos da Nourbesse e da Hanna, que ainda não tinham ouvido falar dele. A Aina desconfiou e parecia ainda mais feliz do que eu, porque sabia das dificuldades que eu enfrentaria caso ele não voltasse, e também que, assim que tivesse dinheiro, eu alugaria uma casa e a levaria para morar comigo.

Eu não sabia se conversava com elas, explicando quem era o John, ou se conversava com ele, fazendo todas as perguntas que tinha vontade. Foi quando me lembrei dos ibêjis na minha barriga, notícia que precisava dar o quanto antes, mas não quis fazê-lo na frente de todo mundo. Mesmo que eles não entendessem nada do que eu e o John tínhamos para conversar em inglês, eu não queria dar aquela notícia na frente de ninguém, por não saber como ele reagiria. Convidei-o para dar uma volta e, quando estávamos saindo, chamei a Aina de lado e pedi que explicasse tudo aos outros, mas sem tocar no assunto do dinheiro. Caminhamos lado a lado, enquanto eu tinha vontade de pegar na mão dele, mas não tinha coragem, pois não sabia se ele de fato tinha voltado ou estava apenas de passagem, se tinha voltado por minha causa ou por causa do dinheiro. Ele contou que tinham ido até Freetown e de lá até Capetown, para então retornar a Uidá, onde tinham chegado na noite anterior. Durante todo o dia tinha me procurado pela cidade, nos lugares onde sabia que os brasileiros moravam, sem me encontrar. O *Sunset* partiria dentro de três ou quatro dias, e se não me encontrasse, teria que ir embora sem falar comigo, mas antes tentaria de tudo para que isso não acontecesse, pois sabia da minha expectativa. À tardinha, tinha ido me procurar no mercado quando viu os africanos passando e se lembrou de que aquilo era uma festa de brasileiros, resolvendo ir atrás, porque eles poderiam levá-lo até outros brasileiros.

O John disse que tinha uma coisa importante para me contar sobre as mercadorias, e eu não sabia se pedia para ele falar logo ou se contava a minha novidade, que, aliás, já estava visível. Eu estava com a impressão de que ele já tinha olhado várias vezes para a minha barriga, sem ter coragem de perguntar. Eu disse que também tinha uma coisa importante para contar, mas ele preferiu dizer a dele primeiro, para se livrar de um problema, de algo que o incomodava muito, por não saber se eu iria concordar. Comecei a ficar preocupada, achando que ele tinha perdido o dinheiro ou as mercadorias, mas era bem mais simples, ele apenas tinha feito um negócio que não sabia se eu também teria feito. Conseguiu vender minhas mercadorias em Freetown sem nenhuma dificuldade, e se tivesse mais também teria vendido, e usou o dinheiro para comprar pólvora e armas dos ingleses, principalmente as famosas espingardas de Birmingham, que estava negociando em Uidá com representantes do rei Guezo, com os quais se encontraria no dia seguinte. Tinha usado dinheiro dele também para adquirir uma boa quantidade, e teríamos um excelente lucro, mas estava com medo de que eu não concordasse com aquele tipo de comércio. Comentei que provavelmente eu não teria coragem de comprar armas e pólvora, mas se ele garantia que era um bom negócio e que a venda estava garantida, por mim estava tudo bem. Ele me pareceu aliviado e até mais preparado para ouvir o que eu tinha para dizer, e falei sem mais rodeios. Disse que tinha descoberto logo depois de desembarcar e começar a passar mal, que já estava no quarto mês e eram ibêjis. Ele não sabia o que eram ibêjis, e, quando expliquei, disse que então ficava alegre em dobro, que os filhos seriam muito bem-vindos e daria um jeito de ficar comigo o mais rápido possível, como tínhamos combinado na viagem. Ele receberia parte em dinheiro, que ia deixar comigo, e parte em óleo de palma, que voltaria para vender em Freetown, mas, com a notícia dos ibêjis, precisava pensar melhor, porque não queria mais me deixar sozinha. Eu não sabia o que fazer de tanta felicidade, porque aquilo era muito mais do que esperava, o meu dinheiro de volta e ainda com o lucro de mais uma operação, e o John também de volta, dizendo que queria ficar comigo e com os filhos. Ficamos juntos até tarde, conversando e combinando o que fazer, quando então ele me acompanhou até em casa e voltou para o *Sunset*. Meus amigos já estavam dormindo, mas não me livrei de contar tudo na manhã seguinte, quem era o John, o que tinha acontecido no navio, e, para minha surpresa, só então percebi que ninguém tinha perguntado antes quem era o pai dos meus filhos.

Naquela cidade as notícias corriam depressa e no início da tarde a Conceição me procurou para perguntar se a pessoa com quem eu tinha conversado também estava chegando do Brasil. Eu disse que não, que era um homem com quem eu tinha viajado e que íamos morar juntos, pedindo a ela que me ajudasse a alugar uma casa. A Nourbesse e a Hanna ficaram tristes com a mudança, mas eu disse que daquele momento em diante teria uma família e precisava de uma casa só nossa. Quando o John voltou, depois do encontro com os homens do rei Guezo, estava ainda mais feliz porque tinha feito ótimo negócio, recebendo metade em ouro e metade em barris de óleo de dendê, que precisava pegar nos depósitos do Chachá e embarcar para Freetown. Ele me perguntou se eu já sabia como comerciar por ali, porque achava complicado continuar fazendo negócio via comerciantes ingleses, como tinha sido aquele, e respondi que não, pois tive que repousar. Mas, em compensação, tinha encontrado uma casa, e quando a Conceição chegou com o nome e a morada de quem deveríamos procurar, o John ainda estava comigo. Ela disse que seria melhor eu mesma procurar o dono, que também era brasileiro, o que fiquei de fazer na manhã seguinte, pois naquela noite eu queria ficar novamente com o John, conversando e fazendo planos. O pagamento que ele tinha conseguido era o equivalente a quase cinco contos de réis, muito dinheiro no Brasil e mais ainda em África. Achamos que o melhor seria guardar parte do ouro e trocar à medida que fôssemos precisando, inclusive para comprar uma casa. Quanto ao dinheiro da venda do óleo de palma, ia ser o nosso capital, o que usaríamos para nos estabelecer comerciando entre Uidá, Serra Leoa e São Salvador. Fiquei muito animada com a presença dele, acreditando que tudo ia dar certo, que aquela volta à África ia ser muito boa.

Na manhã seguinte, um dos filhos da Conceição me levou até a casa, que era velha e pequena, com apenas um quarto, uma sala grande e um cômodo que serviria de cozinha, mas com um bom terreno. Não era nada do que eu esperava, mas estava bom para começar, principalmente porque não via a hora de ter um lugar só meu. Fomos conversar com o dono, um velho brasileiro chamado Agenor, que tinha voltado havia mais ou menos dez anos, empregara todo o dinheiro na compra de casinhas e vivia dos aluguéis. Foi muito rápido fazer negócio com ele, e como adiantei três meses do pagamento, naquela mesma tarde a casa estava disponível. Mas ainda não pude me mudar, pois algumas providências precisavam ser tomadas. Para começar, não dava para a Aina ir morar conosco porque não havia espaço, mas ela prometeu que iria lá todos os dias para me ajudar, e combinamos um salário. Quando o John viajasse, ela ficaria para dormir comigo e, se quisesse, também poderia levar o Aderonke e o Adedayo. A Aina nunca tinha ganhado dinheiro só dela e ficou muito feliz, fazendo planos de um dia ter as filhas de volta, se fosse do gosto delas. O John não queria mais viajar, mas o convenci a seguir no *Sunset* até Freetown, pois estava me sentindo bem, o que foi confirmado pela *Ìyá* Kumani. Seria melhor ele mesmo tratar da venda do dendê e conseguir mais alguma mercadoria, já que não queria mais trabalhar para o Mister Macaulay, e sem aquela fonte de renda, precisaríamos ter uma boa reserva até conseguirmos contatos comerciais em Uidá. Dessas viagens, uma das coisas de que eu mais gostava era quando o John voltava para casa, não só por causa da saudade, mas também porque sempre me levava lindos presentes, como caixas de música suíças, lenços de seda de Madras e do Cantão ou colares de marcassita.

O John queria me ajudar na mudança, marcada para um dia antes da partida do *Sunset*, mas não foi possível por causa das visitas de Porto Novo. Com a chegada delas, a casa da Nourbesse virou uma verdadeira bagunça, com todos querendo conversar, querendo saber de mim e da vida no Brasil, e adiei a mudança para o dia seguinte. Não havia mesmo muita coisa a transportar, somente alguns daqueles antigos pertences do tempo da minha avó, e todos disseram que o John podia viajar tranquilo, pois me ajudariam sempre que fosse preciso. Eles tinham gostado do John, mesmo não conseguindo conversar diretamente com ele, que, quando partiu, prometeu voltar o mais rápido possível, mas sabendo que ficaria fora pelo menos dois meses. Daquela vez eu fiquei descansada, porque além de ter deixado comigo o ouro recebido do rei Guezo, ele tinha provado ser de confiança. O John também foi em paz, sabendo que eu já tinha uma casa, tinha amigos e estava sendo bem-cuidada. Mesmo sem ter recebido resposta da sinhazinha à primeira carta, escrevi novamente, contando todas as boas-novas.

BRASILEIROS

Os parentes de Porto Novo estavam curiosos para me conhecer, principalmente porque os homens eram brasileiros e queriam saber notícias da Bahia. A Sanja estava em seu segundo casamento, mas nem contava o primeiro, porque o marido tinha morrido menos de um mês depois, em uma briga. Três anos depois ela se casou com o Pedro, um brasileiro que tinha voltado para a África em um mil oitocentos e vinte e três. Ele e o irmão, o Jonas, tinham trabalhado como carregadores no cais de São Salvador e embarcaram escondidos em um navio de carga. Os trabalhadores do navio ajudaram a escondê-los, e só foram descobertos na hora do desembarque, quando apanharam muito sob as ordens do capitão. Bastante machucados, foram abandonados na praia, e a Sanja foi a primeira pessoa que se aproximou deles, para ver se estavam vivos. Foi ela também quem avisou outros brasileiros que conhecia, dizendo que havia dois deles caídos na praia, quase mortos. Os brasileiros foram até lá, recolheram os rapazes e trataram deles. Depois que se recuperaram, eles estavam andando pelo mercado e foram reconhecidos pela Sanja, que cuidava da barraca da Titilayo. Ela se apresentou e disse que ficava feliz em saber que tinham sobrevivido. Eles agradeceram a ajuda e contaram que estavam de partida para Porto Novo, onde pretendiam ficar por uns tempos, antes de seguirem para uma aldeia perto de Pobé, onde tinham nascido. O Pedro se enamorou da Sanja, perguntou se ela queria ir junto, e como também tinha gostado dele, ela aceitou. Acabaram nunca saindo de Porto Novo e tiveram três filhos, todos com nomes brasileiros. A mais velha era a Maria Rosa, casada com outro brasileiro, Daniel, com quem já tinha dois filhos, o Emanuel e o Ricardo, com dois e três anos. A filha do meio era a Beatriz, casada com o Augusto, com quem tinha uma filha com pouco mais de um ano, a Ritinha. O filho mais novo, ainda solteiro, era o Manoel. Quando a filha mais velha da Sanja e do Pedro nasceu, a família da Titilayo foi visitá-los e a Anele acabou ficando em Porto Novo para se casar com o Jonas, o irmão do Pedro. Eles também tinham três filhos, mas ainda eram todos solteiros, o Joaquim, a Domitila e a Teodora. Sei que é muita gente e que você não vai se lembrar do nome de todos, mas só quero deixar registrado, ou talvez só saber que ainda me lembro. Eles também disseram que havia muitos brasileiros morando em Porto Novo, e que por lá ocorriam os mesmos problemas que em Uidá. A Sanja e a Anele, para serem aceitas entre os brasileiros, tiveram que aprender a falar português, língua que os netos e os filhos já conheciam melhor do que elas.

Eu gostei da visita deles, principalmente porque pude conversar com o Pedro e o Jonas sobre a Bahia, enquanto os outros ouviam com atenção. Eles tinham saído de lá quando estavam acontecendo todas aquelas confusões da independência da Bahia, com os portugueses escondidos dentro dos navios ancorados no porto. Naquela época, muitos escravos conseguiram fugir do mesmo modo que eles, aproveitando a falta de segurança para se esconderem entre as cargas. Conversar sobre a Bahia foi um jeito de sentir menos saudade, embora eu já estivesse bastante animada depois da volta do John. Na primeira noite depois da chegada deles, como a casa estava muito cheia, dividi o cômodo com a Aina, a Hanna, a Nourbesse, a Zari, a Sanja e a Anele, e alguns homens tiveram que dormir no quintal, ao relento. No dia seguinte, tratei de cuidar da mudança, mesmo de forma precária. Levei as coisas da minha avó, a minha cama e três esteiras para a Aina e os dois filhos dela, que ficariam comigo até o John voltar, e aos poucos fui comprando ou mandando fazer as outras coisas de que precisava. As visitas ficaram em Uidá por dez dias, e sempre nos encontrávamos para conversar e fazer festas, mas eu voltava logo para casa porque não estava aguentando muito aquela confusão toda, aquele ajuntamento de gente, e para isso tinha a desculpa de estar pejada de ibêjis e precisar descansar.

Eu e a Aina nos dávamos muito bem, e ela estava maravilhada com as coisas que eu tinha levado do Brasil, principalmente com os vestidos, que eu nem tinha como usar por causa da barriga, que estava crescendo muito, bem mais depressa do que nas vezes anteriores. Aliás, tive que mandar fazer roupas novas, e a Conceição levou até a minha casa uma costureira brasileira, que entendeu o que eu queria. Roupas simples e confortáveis, mas do jeito que se usava na Bahia. Foi por essa costureira que novamente ouvi falar do tal amigo do Chachá, o que o Ayodele conhecia e que na verdade era primo do Chachá, o Alfaiate. Ele era baiano, morava na freguesia de Womé e tinha sido o primeiro alfaiate de Uidá, por isso a alcunha. A costureira disse que ele não exercia mais a profissão, que naquele momento se dedicava ao comércio e estava muito rico, mas mesmo assim resolvi ir atrás dele, com a desculpa de que tinha ouvido o apelido, achado que ele ainda era alfaiate, e queria encomendar um fato para o John. Por azar, ele estava viajando, mas não perdi a caminhada, pois vi uma casa que estava desocupada e era bem melhor e maior do que a minha. Menos de duas semanas depois, pouco antes de acabar o período pelo qual eu tinha pagado adiantado, fiz nova mudança. Ainda adiei um pouco para ver se o John voltava, pois ele partira havia quase três meses, mas não pude esperar mais. Queria que os ibêjis nascessem na casa nova, e embora a *Ìyá* Kumani dissesse que eles iam esperar o tempo certo, preferi não arriscar. Quando o John chegasse e não me encontrasse na casa antiga, com certeza se informaria na casa da Nourbesse.

A CASA

A casa nova também era antiga, mas já se parecia mais com as casas da Bahia, pois tinha pertencido a um brasileiro. O chão era de tábuas, gastas e arranhadas, e o teto era bem alto, o que a deixava fresca e arejada. Tinha também mais janelas e mais portas, embora o terreno fosse menor, o que não tinha importância. Continuei sentindo falta de um poço, mas não era o caso de fazer investimento tão grande em casa dos outros. O bom era que tinha quatro quartos, além de duas salas e a cozinha, e a Aina e os meninos poderiam ficar morando comigo de vez, mesmo quando o John voltasse, pois com o nascimento dos ibêjis eu ia precisar de muita ajuda. Às vezes eu me sentia um pouco sem jeito de tê-la como empregada, mas a felicidade dela, principalmente quando recebia o dinheiro, desfazia qualquer remorso ou constrangimento. Com a primeira féria ela também mandou fazer roupas novas para ela e para os meninos, uma mistura do que usavam os africanos e os brasileiros.

Quando o John voltou, em meados de maio, aprovou a casa nova e os poucos móveis que eu tinha mandado fazer, principalmente a cama grande. A que eu usava na casa da Nourbesse, em um cômodo pequeno, era uma cama de solteiro, que eu dei para a Aina. Também tinha mandado fazer cômodas, sofás e armários, encomendados com os filhos da Conceição, mas era tudo muito malfeito, muito simples, nada parecido com os móveis do Brasil. Mesmo eu tendo feito o desenho e explicado o que queria, como eles trabalhavam na casa deles e eu já não tinha condições de sair da minha para supervisionar, por causa da barriga pesada, da dor nas costas e do inchaço nas pernas, nada tinha saído como eu imaginava. O John disse que aquilo tudo era temporário, que construiríamos a nossa casa e teríamos móveis bonitos, do jeito que alguns brasileiros e os comerciantes ricos tinham, nem que precisássemos mandar vir do Brasil. Foi mais ou menos por essa época que recebi cartas do Tico e da sinhazinha, ele se queixando da solidão e da vida triste que levava em São Salvador, e ela contando que estava muito animada com a mudança para São Sebastião. Para ela eu tinha contado também que estava pejada, e me parabenizou por isso, alertando que não era mais para escrever para São Salvador, e que assim que estivesse instalada em São Sebastião daria a nova morada.

Mais uma vez o John tinha feito bons negócios, comprando mais armas e pólvora para vender ao rei Guezo, e tinha se demorado porque precisava apresentar as pessoas com quem costumava negociar ao funcionário que ficaria no lugar dele. Ainda voltaria a Freetown pelo menos mais uma vez para resolver algumas pendências, como também a Capetown, para conversar pessoalmente com o Mister Macaulay, mas faria isso depois do nascimento dos ibêjis. Ele já me encontrou bastante gorda e cansada, querendo ficar na cama, de onde só me levantava quando a dor nas costas ou o calor eram fortes demais. A Aina tentava me distrair e sempre apareciam brasileiros querendo conversar, mas eu já não aguentava mais aquele confinamento. Queria que as crianças nascessem logo para poder cuidar da vida, conversar com as pessoas certas e começar a fazer negócios, que era do que eu gostava. Pensava também na casa que queria construir e para a qual provavelmente logo teríamos o dinheiro, se soubéssemos economizar.

Por sorte, e talvez por sentirem a minha agonia, as crianças resolveram nascer um pouco antes do tempo, contrariando as previsões da *Ìyá* Kumani. O John teve que sair de casa no meio da noite, junto com um dos filhos da Aina, que sabia onde ela morava, e quando voltou, a primeira das crianças, ajudada pela Aina, já tinha colocado a cabeça para fora sem que eu precisasse fazer muita força. Foi bom eu estar descansada, porque a segunda foi muito difícil, com a *Ìyá* Kumani tendo que enfiar a mão lá dentro de mim e colocar a cabeça no lugar certo, pois a criança estava com o corpo atravessado. Eu já estava ficando com medo quando ela finalmente nasceu, depois de eu ter pedido muito a ajuda da minha avó e de Nanã, que colocaram ao lado da minha cama. Desmaiei depois de tudo terminado e, por ter perdido muito sangue, fiquei dormindo e acordando durante mais de três dias, deixando todos muito preocupados, principalmente o John. Apareciam muitos brasileiros para rezar por mim e de vez em quando eu ouvia as vozes deles, do lado de fora da porta, rezando as ave-marias e os pais-nossos que tinham aprendido no Brasil. A Conceição chegou a fazer promessa, que depois tive que cumprir. Ela prometeu que, se eu sobrevivesse, batizaria os ibêjis na capela do Forte de São João Batista da Ajuda, que de vez em quando recebia padre de Portugal ou de São Tomé.

MARIA CLARA E JOÃO

Quando finalmente acordei quase sem febre, o John, a Conceição e a *Ìyá* Kumani estavam comigo, enquanto a Aina cuidava das crianças no quarto ao lado. Pedi para vê-los imediatamente, e de fato eram um menino e uma menina, como a *Ìyá* Kumani tinha falado, e minha maior preocupação foi saber se eram perfeitinhos, se tinham boa saúde, apesar do tamanho. A Aina disse que sim, que eram saudáveis, e só tinham nascido pequenos porque eram ibêjis e se adiantaram um pouco, mas que choravam forte e estavam sendo alimentados por uma brasileira que tinha filhos pequenos. Quando ela falou nisso foi que percebi por que os meus peitos doíam tanto, tão cheios de leite. Segurei uma criança em cada peito, ajudada pela Aina, e deixei que sugassem até dormir. A Conceição perguntou os nomes e eu não soube dizer, ainda não tinha pensado neles, pois tinha deixado para decidir junto com o John. A Aina comentou que, como eram ibêjis e tinham nascido no Daomé, onde nem se dizia ibêji, mas sim *hoho*, deveriam se chamar Zinsu, a menina que tinha nascido primeiro, e Sagbo, o menino que tinha nascido por último. A minha mãe tinha dado a mim e à Taiwo nomes em iorubá, e não em eve, provavelmente em homenagem ao pai que nem cheguei a conhecer. Mas eu não queria dar nomes africanos para meus filhos, pois gostava mais dos nomes brasileiros, achava bonito o modo de dizer. Isso também contradizia o que eu pensava antes, quando não quis ser batizada para conservar meu nome africano, usando o nome brasileiro somente quando me convinha. Mas naquele momento, vendo a situação em Uidá e, pelo jeito, em vários lugares da África, um nome brasileiro seria muito mais valioso para meus filhos. Eu também ainda pensava em talvez voltar para o Brasil, e os nomes facilitariam a vida deles, não seriam tão diferentes, apesar de nascidos em África. O John concordou, depois de discutirmos se não seria melhor pôr nomes ingleses, e acabamos nos decidindo por Maria Clara, em homenagem à sinhazinha, como ela tinha feito comigo, e João, em homenagem ao John e também ao padre Heinz. A Maria Clara e o João não saíam dos meus peitos, e todos diziam que assim era bom, que eles cresceriam melhor e mais depressa. Mas aquilo acabava comigo, que estava ficando quase tão magra quanto tinha sido a Aina, enquanto ela engordava, feliz com a boa vida que estava levando, apesar de trabalhar bastante. Pensei em arrumar alguém para ajudá-la, mas ela não quis, dizendo que aquilo não chegava nem perto de todo o trabalho que tinha na tribo, onde não ganhava dinheiro e nem comida suficiente.

RELAÇÕES

Pouco mais de um mês depois do nascimento dos ibêjis, que tinha sido quinze dias antes do aniversário do Banjokô, quando eu já estava me sentindo um pouco mais disposta, o John começou a procurar navio para ir até Freetown. Eu queria aproveitar a ausência dele para cuidar dos negócios em Uidá, ver com quem tinha que conversar, essas coisas. Preferia tomar a frente dos negócios ali, não deixando tudo sob a responsabilidade dele, pois me sentiria mais segura. A convivência com o seu pai tinha provado que eu estava certa quanto a não ficar na dependência de homem algum. Ele partiu em meados de agosto prometendo voltar logo com tudo resolvido, inclusive as pendências em Capetown, para que enfim pudéssemos nos estabelecer de vez em Uidá, cuidando da construção da casa onde ficaríamos em definitivo. A primeira providência que tomei foi ir até o forte ver como faria para cumprir a promessa da Conceição. O Forte d'Ajuda pertencia aos portugueses, tinha pavilhão português, mas durante muito tempo esteve entregue ao governador da Bahia. Foi por isso que o Chachá tinha se mudado para Uidá, mas depois conto a história dele, embora tudo na cidade girasse em torno do seu nome, dos negócios que ele fazia e permitia fazer, da amizade e do prestígio que ele tinha junto ao rei Guezo. Quando estava em Uidá, ele habitava um casarão no Quartier Brésil que já tinha chamado a minha atenção por causa do tamanho e da beleza.

Naquele ano de um mil oitocentos e quarenta e oito, o forte estava sob a responsabilidade de um tenente de infantaria chamado José Joaquim Líbano, em concessão ao governo de São Tomé, e não mais ao da Bahia. Ficamos amigos no primeiro encontro, e quando não estava bêbado demais para responder por si, o José Joaquim era excelente pessoa. Ele me disse que a igrejinha estava sem padre, mas que dentro de pouco tempo provavelmente mandariam algum pobre-diabo para lá, assim que achassem alguém merecedor de tal castigo. O tenente odiava Uidá e odiava o cargo no forte, que disse ser apenas de ostentação porque, na verdade, quem continuava mandando era o Chachá, enquanto a ele só restava obedecer e se humilhar para não ser castigado. Ninguém queria ir para o Forte d'Ajuda, para onde só eram mandados oficiais que precisavam ser punidos, geralmente por insubordinação. Em alguns dias sob as ordens do Chachá, o mais impertinente dos homens logo ficava sabendo qual era o seu lugar e o que aquela estada reservava, torcendo para que alguém merecesse a punição de substituí-lo. O José Joaquim morava sozinho no forte havia mais de cinco anos, sem família, e talvez por isso se sentisse tão desgraçado. Logo percebi que poderia obter informações valiosas com ele, e o convidei para almoçar na minha casa na semana seguinte. Comprei um garrafão de bom vinho português, ensinei a Aina a preparar comidas da Bahia e fiquei pensando no que queria perguntar, já que tudo que era importante naquela cidade passava pelo forte ou pelo Chachá, com quem o José Joaquim tinha muito contato. De fato, a conversa foi produtiva, e fiquei sabendo exatamente o que fazer, a quem procurar e de que maneira. O tenente contou que em Uidá se comerciava muita coisa, mas o importante mesmo era o comércio de escravos, apesar de proibido. Aportavam ali muitos navios do Brasil, principalmente da Bahia, com passaportes falsos como se estivessem indo para Cabinda ou Molembo, onde ainda era permitido pegar escravos. Eu não estava interessada naquele tipo de comércio, mas deixei que ele falasse, na esperança de que alguma informação fosse útil. Ele pareceu ter gostado da oportunidade de falar livremente, porque não concordava com os horrores que aconteciam em frente ao forte. Eu me lembrava do que tinha acontecido comigo, mas naquele momento as coisas estavam muito mais organizadas, talvez porque mais arriscadas.

Com a vigilância dos ingleses, somente os comerciantes mais ricos e mais importantes continuavam no negócio, e tinham métodos bastante eficientes. Quase todos os escravos saíam de África com comprador ou consignatário certo, e os navios ficavam esperando por eles em alto-mar, afastados da costa. Quando havia número suficiente para o embarque, o capitão era avisado e já encontrava os escravos, prontos para embarcar nas pirogas que os levariam até o navio. Antes, eram marcados a ferro esquentado em fogueira e mergulhado em óleo de palma quente, para que o ferro não grudasse na pele e o machucado não desandasse muito. Assim, os comerciantes podiam controlar a quem pertenciam as peças mortas durante a viagem, prejuízo com o qual cada dono tinha que arcar separadamente. Muitas vezes, as peças eram trocadas por mercadorias da Bahia, e o José Joaquim disse que dez pipas de cachaça valiam seis bons homens jovens, enquanto quatro mulheres poderiam ser trocadas por oito caixas de açúcar ou de melaço, que valiam menos. No comércio em sentido contrário, além do fumo, também tinham boa saída as armas e a pólvora, as espoletas de fuzil e a carne salgada, e algumas mercadorias mais finas, como veludos, damascos, lãs, sedas e vasilhames de cobre ou latão, que também podiam ser trocadas pelo óleo de palma, pela noz-de-cola, o sabão preto, as ervas e os temperos diversos, muito procurados pelos pretos do Brasil. Era isso que me interessava, e quando perguntei se tinha que pedir permissão ao rei Guezo, o José Joaquim me instruiu a falar diretamente com o Chachá, porque o rei aceitava o que ele decidisse. Ele também me falou dos comerciantes mais influentes, com quem eu deveria ter boas relações, sendo que de alguns nomes eu já tinha ouvido falar. Aqueles nossos almoços se tornaram hábito mesmo depois da volta do John, que também gostava de uma boa conversa, e com o passar do tempo começaram a ser frequentados também por muitos brasileiros e comerciantes de Uidá e da região.

O primeiro comerciante que procurei foi o Alfaiate, que na verdade se chamava José Francisco dos Santos, mas tinha incorporado o Alfaiate como apelido, que acabou passando para os filhos. Eu já sabia quase tudo sobre ele, contado pelo Ayodele e pelo José Joaquim, e foi fácil abordá-lo com boa educação para perguntar se ele sabia da próxima visita de um padre à capela do forte, para batizar os meus filhos. Usei o melhor vestido, e isso também deve ter impressionado o homem, pois o José Joaquim tinha me contado que ele gostava das coisas boas, coisas finas, que constantemente encomendava do Brasil e da Europa, como caixas com pares de meias, cortes para roupas, charutos, chinelos, papéis, perfumes, caixas de música, bebidas, pacotes de chá e de café, espelhos, relógios e muitos outros produtos que não eram encontrados em África. Ou que até se encontrava, mas que não eram de boa qualidade. O Alfaiate era viúvo de uma das filhas preferidas do Chachá, com quem teve um filho, e o casamento deles tinha sido o primeiro celebrado na capela do forte por um padre português, chamado especialmente para a cerimônia. Depois, tendo negócios também em Aguê, o Alfaiate tinha se casado com uma brasileira de lá, com quem teve outro filho, que na época estava com oito anos. Em Uidá, ele se dedicava principalmente ao comércio de escravos, mas também tinha fazendas de palma e galpões onde era fabricado o óleo. Dei um jeito de entrar nesse assunto e ser convidada para conhecer um de seus galpões, dizendo que meu marido tinha bom relacionamento com ingleses interessados no produto. Acho que ele nem se interessou por essa informação, pois em nenhum momento tirou proveito dela, visto que já tinha todos os contatos de que precisava. Deve ter me mostrado o galpão por orgulho mesmo, porque era um rico estabelecimento que vendia o óleo de palma a granel para quem fosse até lá comprar, ou em imensos barris que seguiam para o estrangeiro junto com as nozes-de-cola que ele também plantava.

O pátio do galpão estava sempre cheio de gente, compradores ou os próprios escravos do Alfaiate, que passavam o tempo todo contando os cauris que recebiam. Eu já tinha aprendido a fazer a conversão de *shillings* para réis e precisava aprender a de *shillings* para cauris, que me pareceu muito mais complicada, pois eram muitos cauris para poucas libras.[2] O Alfaiate era muito duro no trato com os negócios e com os escravos, mas uma pessoa muito cordial e gentil com os amigos. Ele ainda tinha mãe na Bahia, em São Salvador, de quem cuidava muito bem, enviando para ela os melhores escravos e não deixando que nada lhe faltasse. Como soube que eu tinha vindo de lá, fez muitas perguntas, principalmente porque estava pensando em mandar um dos filhos para ser educado junto da avó. Falei tudo o que sabia das escolas de São Salvador, lembrando do que tinham me contado o padre Heinz e o doutor Jorge, e a partir daquele dia, o Alfaiate sempre pedia

[2] Na época, um *shilling* equivalia a aproximadamente cento e quarenta e quatro cauris. Portanto, uma libra equivalia a dois mil oitocentos e oitenta cauris.

a minha ajuda quando queria resolver alguma questão sobre os filhos ou sobre a vida da mãe em São Salvador.

APENAS NEGÓCIOS

Às vezes eu ficava um pouco constrangida por me relacionar com mercadores de escravos, mas logo esquecia, já que aquele não era problema meu. Eu não conseguiria resolvê-lo mesmo se quisesse, e também não poderia ficar com muitos escrúpulos depois de fornecer armas para o rei Guezo, sabendo que seriam usadas em guerras que fariam escravos, quase todos mandados para o Brasil. Muitas vezes vi passar os exércitos tribais ou os reais, indo para as guerras ou voltando delas. Dava para saber se eram vencidos ou vencedores pelas caras, pela quantidade de sobreviventes e também pelo que carregavam. Em fuga, os perdedores pegavam apenas os bens mais valiosos e punham fogo no resto. Os vencedores se apossavam de tudo que podiam, o que restava nas casas, nos celeiros e nas lavouras, além das cabeças dos guerreiros mortos, que eram compradas pelo rei, assim como os capturados vivos, que seriam feitos escravos, obedecendo a uma interessante divisão. Parte deles era doada para os chefes militares e ministros, outra parte era reservada para o rei, para servi-lo ou para serem usadas em sacrifícios, e o restante era trocado por mercadorias ou vendido aos tumbeiros. Como bem dizia o Fatumbi, infelizmente a vida era assim mesmo e cada um que cuidasse de si, já que diretamente eu não estava fazendo mal a ninguém. Se eu não vendesse as armas, outras pessoas venderiam e as guerras iam continuar existindo, como sempre tinham existido. Eu só não tinha coragem de comprar e vender gente, porque já tinha sentido na pele como era passar por tal situação, embora muitos retornados fizessem isso sem remorso algum. Mas o comércio com armas, que só era menos lucrativo que o de escravos, eu e o John fizemos por um bom tempo, enquanto buscávamos outros tipos de negócio. O bom era que tínhamos pagamento garantido, pois o rei não podia correr o risco de perder seus fornecedores. Duas ou três vezes por ano o John ia até Freetown, se abastecia com o que os ingleses tinham para vender e voltava, acompanhando o carregamento até Abomé. Ele não gastava mais que dois meses em cada viagem, e tínhamos um lucro maior que em um ano inteiro vendendo outras mercadorias.

Uma coisa que também me consolava ao vender armas era que havia muitos escravos aprisionados sem guerra nenhuma, vendidos ou doados pelas próprias famílias. Alguns desses embarcavam felizes, como algumas vezes presenciei. Eles eram saudados e incentivados por aqueles que tinham retornado contra a vontade, os que tinham sido expulsos da Bahia depois das rebeliões. Alguns retornados à força morriam de saudade e dariam a vida para voltar, e não eram poucos os que trocavam uma vida de liberdade em África por outra de escravidão no Brasil. Quando eu estava de repouso, tanto na casa da Nourbesse como na minha, recebi visitas de brasileiros que gostavam de contar suas histórias. Muitos dos que foram obrigados a retornar, principalmente os que já eram libertos no Brasil e viviam em boas condições, tinham raiva da África. Geralmente eram mais instruídos e não tinham se conformado com a condição de escravos, lutando até conseguirem sair dela, e se viam de volta a um lugar atrasado, ao qual não conseguiam mais se acostumar. Em muitos casos, antes de serem mandados para o Brasil, tinham pertencido a boas famílias africanas, pelas quais tinham sido traídos, e por isso não pensavam em procurá-las na volta. Ou até pensavam, para se vingar. Era muito comum serem embarcados filhos de reis ou de chefes tribais que poderiam ameaçar o trono de algum herdeiro menos conceituado e mais ambicioso. Para que não criassem problemas na sucessão, os meninos ou rapazes eram vendidos ou dados aos mercadores de escravos, que não faziam qualquer distinção entre nobres e súditos. Essa também era uma boa maneira de uma tribo se livrar dos maus elementos, os que tinham costume de roubar, matar, enganar, mentir, se deitar com mulher alheia ou não pagar dívidas. Também eram doadas para seguirem como escravas as crianças de casais que tinham muitos filhos e nenhuma condição de alimentá-los, principalmente nas épocas de crises e de guerras, quando se produzia muito pouco. Portanto, escravos não eram apenas os de guerra, não eram apenas os capturados quando se fazia uso das armas ou da munição que eu e o John vendíamos para o rei. Em muitas tribos do interior, os pais ficavam sabendo das boas condições de vida de muitos dos retornados e faziam muito gosto quando os tangomaus apareciam por lá, pois tinham oportunidade de fazer com que seus filhos também se tornassem brasileiros. O José Joaquim me contou casos de pais que viajavam vários dias só para abandonarem os filhos na porta do forte, para que fossem capturados. Quando não havia ninguém por perto, ele tentava convencê-los a não fazer aquilo, mas muitos não acreditavam na palavra dele e insistiam, dizendo que durante muito tempo tinham economizado dinheiro para fazer a viagem da aldeia onde moravam até Uidá, e queriam mandar os filhos para que eles retornassem cheios de riquezas e cuidassem deles na velhice.

COLÔNIA

Foi também nas conversas com o José Joaquim que percebi que a presença de brasileiros em Uidá era muito maior do que eu imaginava. Apesar de ter nascido em África, eu também era considerada brasileira, assim como muitos outros que nem tinham vivido no Brasil. Comerciantes portugueses, de escravos ou não, também eram considerados brasileiros, junto com suas mulheres africanas ou retornadas e seus filhos mulatos, legítimos ou não. Alguns capitães de navios de qualquer nacionalidade, desde que falassem português, também eram considerados brasileiros, assim como os escravos africanos que pertenciam a essas pessoas e aprendiam os hábitos dos brancos, todos eram considerados brasileiros. Até os escravos retornados de Cuba eram incluídos entre os brasileiros, bastando que soubessem um pouquinho de português e que, como todos os outros brasileiros, falsos ou verdadeiros, se dissessem católicos. Era a religião que unia esse povo todo, mesmo que não houvesse igreja para frequentar, mesmo que o forte passasse muito tempo sem a presença de um padre. Quem mais reclamava da falta de padres eram os capitães de navios, que, se não tivessem sacerdotes na tripulação, tinham que partir sem a missa que abençoava a viagem. Os brasileiros de Uidá faziam questão de preservar as festas de santos do Brasil, mesmo não tendo participado delas quando estavam lá. Os que tinham participado contavam como era, e assim muitas coisas eram preservadas. Eu já tinha recebido vários convites para participar dessas festas, sempre na casa de um ou de outro, mas ainda não tinha ido. Mas fazia questão de, aos domingos, dia de guarda no Brasil e entre os brasileiros de Uidá, ir para a praça do mercado vestindo as melhores roupas e levando a Maria Clara e o João. Aquela era uma boa maneira de conhecer os retornados e saber notícias recentes do Brasil, passadas de boca em boca depois de recebidas por carta, ouvidas de marinheiros ou lidas em jornais brasileiros, que muitos faziam questão de continuar recebendo. Os retornados mais antigos diziam que éramos o novo povo africano, que formaríamos um novo país dentro da África, porque éramos da África e do Brasil, uma imensa família que não tinha nem tribo nem rei.

Sob os olhares curiosos e mesmo irados dos africanos, os brasileiros se reuniam e liam juntos as cartas recebidas de amigos e parentes dando notícias dos conhecidos e dos acontecimentos, cantavam músicas brasileiras, principalmente modinhas e lundus, e arrumavam casamentos para os filhos. De vez em quando, alguns aceitavam a provocação de um grupo de africanos e logo se formava uma grande confusão, acabando com a festa. Mas desde que descobri aqueles encontros, procurei nunca mais faltar, também porque neles se faziam negócios e se recebiam convites para festas e jantares reservados, nas casas dos brasileiros mais importantes. Mesmo as famílias dos comerciantes mais ricos saíam aos domingos, misturando-se às outras, o que era uma forma de demonstrar que formávamos um grupo unido, que tinha seus próprios interesses e seu modo de viver. A Aina gostava de me acompanhar, mas só foi bem recebida quando se vestiu à brasileira, abandonando as roupas africanas. O John, quando estava em Uidá, não tinha nenhum problema para ser aceito, mesmo não falando quase nada de português e apesar de as pessoas saberem que ele mantinha relações com os ingleses. Entre os brasileiros, os ingleses não tinham presença muito forte e nem eram bem-vistos por causa do combate ao tráfico, a maior fonte de renda dos comerciantes. Mas acho que a venda das armas para o rei Guezo provou que o John não era um inglês tradicional, tendo inclusive se estabelecido em Uidá, pois a maioria dos ingleses e dos escravos que tinham pertencido a eles morava em Badagris ou em Lagos, onde tinham melhor relação com o rei. Em Uidá, embora ainda não fossem muitos, havia mais franceses que ingleses, porque os franceses tinham melhor relação com o rei Guezo. Foi em um desses domingos que reencontrei a família do Juvenal, que já estava bem instalada, e o encontro se deu em boa hora, pois eu estava pensando em começar a construir a casa e ele dividia a morada com um brasileiro que tinha sido pedreiro em São Salvador.

O John se esforçava para aprender português e exigia que em casa eu só falasse português com a Maria Clara e o João. Até a Aina e os dois filhos dela estavam aprendendo algumas palavras, o que era bom para eles, porque nossa casa vivia cheia de brasileiros e portugueses, quase não convivíamos com os africanos, a não ser com a família. Sempre que estava em Uidá, o Ayodele fazia questão de nos visitar, já que as mulheres não gostavam de ir sozinhas. Eu convidava, mas elas não queriam, acho que tinham vergonha. Naquela época, eu até me esqueci um pouco de você, perdoe a sinceridade, mas os ibêjis davam muito trabalho e não sei o que teria feito sem a ajuda da Aina. Mais que uma amiga ou uma empregada, ela era como uma segunda mãe para eles, sempre muito atenta e carinhosa. Isso fazia com que eu confiasse plenamente nela quando precisava visitar alguém ou fazer compras. Sempre que saía, aproveitava para ir até o cais ou o forte, pois estava ansiosa pela chegada da próxima carta da sinhazinha, com a morada dela em São Sebastião do Rio de Janeiro, o que só aconteceu em meados de outubro. Ela se dizia maravilhada com a cidade, com os teatros, as lojas e os cafés, e inclusive tinha ido até a Rua do Ouvidor, onde viu muitas coisas das quais eu já tinha falado e conversou com pessoas que se lembravam de mim. Também perguntou se eu queria que ela fosse até a casa de cômodos da dona Balbiana e eu respondi que não, que o melhor era deixar todo aquele tempo onde ele já estava, no passado. Na carta em que mandei essa resposta, também pedi que conversasse com o doutor José Manoel sobre as buscas que eu tinha pedido que continuassem fazendo, tentando te encontrar. Escrevi também ao Tico, listando alguns produtos que eu gostaria de negociar, para que ele procurasse fornecedores e esperasse uma ordem minha, para então comprá-los e fazer o embarque para a África. Antes eu teria que cair nas graças do Chachá, e ainda não tinha conseguido falar com ele, embora soubesse que poderia ser por intermédio do Alfaiate.

ADAPTAÇÕES

Foi também em meados de outubro que compramos um terreno para construir a casa. Era na praia, um pouco afastado do centro de Uidá, indo para Cotonu, mas eu me encantei com o lugar. Foi o José Joaquim quem avisou que estava à venda, pois pertencia a um português conhecido dele que tinha tentado se estabelecer em Uidá, mas sem sucesso. Ele também possuía uma casa na cidade, que já tinha sido vendida porque a mulher e os filhos não se adaptaram em Uidá e voltaram para Portugal. Sozinho, o homem ficou mais alguns meses e depois foi embora, desfazendo-se de tudo que possuía, mas não daquele terreno. Ele tinha esperanças de voltar para morrer ali, mas depois de refazer a vida em Portugal, não quis mais saber da África. Era um lugar maravilhoso, muito parecido com um canto da Ilha dos Frades, na Bahia. Um terreno que saía da praia e continuava terra adentro, com coqueiros e muitas outras árvores de frutas. Achei que seria o lugar ideal para construir uma bela casa e criar os ibêjis, que estavam ficando cada dia mais espertos. Também imaginei que aquele era um lugar do qual você gostaria, caso um dia se juntasse a nós. Mandamos uma proposta por intermédio do José Joaquim, e enquanto esperávamos a resposta, fomos até lá várias vezes, imaginando o local onde a casa seria construída, o tamanho dela, as horas alegres que passaríamos lá. Foi quando decidimos que o John continuaria com as viagens, pois do contrário não teríamos dinheiro suficiente. Era vender armas ou vender escravos, e a segunda hipótese nunca foi considerada.

Eu e o John éramos grandes amigos, acima de tudo. Gostávamos da companhia um do outro, de conversar ou de apenas ficar lado a lado, em silêncio, pensando na vida. Éramos homem e mulher um para o outro apenas uma ou duas vezes por semana, mas isso não importava, pois não era o que nos unia, muito diferente do que tinha acontecido comigo e com o Francisco, ou com o Piripiri, por exemplo. Com o John eu sentia que estava segura, eu e os ibêjis, além de ele ser um homem que sabia conversar sobre diversos assuntos, que já tinha viajado para vários lugares do mundo, que gostava de ler e sabia conversar com todas as pessoas. Um tipo de homem que eu já tinha admirado no padre Heinz e no Fatumbi, e que naquele momento tinha para mim. Ele era reservado, e quem não o conhecia tinha a imagem de um homem arrogante, como eu também tive na primeira vez que me dirigiu a palavra. Mas era bastante simples no trato e nos modos, e isso foi muito bom para que os brasileiros de Uidá o aceitassem, porque a situação dele não era das mais simples. Na verdade ele não era brasileiro, sendo que a única ligação dele com o Brasil era por meu intermédio. Também não era inglês, embora tivesse nascido em uma colônia inglesa, em Serra Leoa. Nunca tinha sido escravo e não era um dos retornados, o que não fazia dele um sarô,[3] embora soubesse falar aquela língua deles, misturada com o inglês, e também se dizia quase protestante. Isso da religião o John não contou para ninguém além de mim, e sempre frequentou comigo as festividades católicas. Era melhor para ele, que poderia ser chamado de espião caso não se mostrasse totalmente convertido, como na história que vou te contar depois.

---

[3] Sarô ou salô: corruptela de "Serra Leoa", como eram chamados os africanos que tinham sido libertados pelos ingleses no tráfico clandestino para o Brasil ou para Cuba. Como libertos, eles viviam algum tempo em Serra Leoa. Sendo de maioria iorubá, normalmente voltavam depois para Lagos, mais perto das cidades do interior onde tinham sido capturados.

A Aina começou a ficar preocupada quando, em uma visita, o Ayodele contou que tinha visto gente da tribo do marido dela rondando a fazenda onde ele trabalhava. Tinha reconhecido por causa do tipo de enfeite que usavam, e fugiram quando se aproximou para falar com eles. Isso tinha acontecido mais de uma vez e o Ayodele não sabia do que se tratava, por isso precisávamos tomar cuidado. Tentei tranquilizar a Aina, dizendo que não deixaria que nada de mau acontecesse a eles, que os selvagens não teriam coragem de ir a Uidá e levá-los à força. Mas ela disse que eu não sabia do que eles eram capazes, e que temia muito mais pelas filhas que tinham ficado na tribo do que por ela e pelos meninos. Eu entendia essa preocupação dela longe das filhas, pois tinha passado por tudo isso quando não sabia o seu paradeiro, só me acalmando um pouco, pelo menos, por saber que você não tinha sido maltratado, quando descobri onde e para quem tinha trabalhado, naquela pensão em São Paulo. Naquele momento eu só queria te encontrar, mas fiquei contente pela sua inteligência e por você ter fugido, sabendo-se liberto. Você ia se safar, disso eu não tinha dúvida, mas também achava que seria muito mais fácil estando perto de mim, com os recursos de que eu dispunha. Você nunca precisaria trabalhar se não quisesse, e até poderia correr o mundo estudando, já que aquele moço, o da pensão, contou que gostava tanto de livros. Você merecia isso por tudo que passou, e se mais coisas me pedisse, mais ainda eu teria dado, na tentativa de diminuir um pouco a culpa que sentia, ou melhor, ainda sinto, por ter abandonado você aos cuidados do seu pai.

Em uma das cartas, comentei isso com a sinhazinha, e ela me respondeu que eu estava sendo muito severa comigo, que se o seu pai quisesse mesmo te vender, teria dado um jeito, eu estando por perto ou não. Na mesma carta, que chegou quase no fim do ano, uma notícia me causou muita pena, a de que os parentes do doutor José Manoel em Portugal ainda não tinham recebido aquela história do Padre Voador, enviada por navio pouco tempo depois que eu saí do Brasil, havia mais de um ano. Já era tempo suficiente para darmos a correspondência por perdida. Ela pedia muitas desculpas por isso, e nem sei por que, como se tivesse alguma responsabilidade pelo navio. Mas confesso que fiquei triste, pois tinha empregado muito tempo e esforço para recordar e escrever toda a história, em cumprimento à promessa feita ao Kuanza. Pensei até em escrever de novo, mas depois desisti, achando que era aquilo mesmo que o destino queria. Se aquela história tivesse que ser contada novamente, algum dia um *nkisi* trataria de soprá-la no ouvido de alguém.

NOVOS AMIGOS

No mês de novembro, recebi convite para participar de uma reunião que os brasileiros estavam organizando no forte para tratar de assuntos da comunidade. O próprio José Joaquim foi entregar o convite e disse que estavam sendo convocadas apenas as pessoas mais importantes, e que ele tinha dado um jeito de incluir o meu nome. Eu sabia que ainda não era importante; afinal, tinha chegado havia pouco e não estava muito integrada, até por causa do tempo que tinha que passar com os ibêjis. Eu me lembrava da Esméria falando que crianças tinham que pegar no peito até por volta de três ou quatro anos para crescerem fortes, e não queria arrumar nenhuma ama de leite. Os brasileiros eram muito mais organizados do que eu imaginava e já tinham uma espécie de associação, na qual eram discutidos os assuntos de interesse comum, principalmente sobre como conservar os hábitos brasileiros, as pequenas e grandes festas que nos manteriam ligados ao Brasil. Mais do que isso até, que nos manteriam afastados dos africanos, que não entendiam nosso modo de viver, ao mesmo tempo que nós não queríamos viver, ou voltar a viver, como eles.

Os brasileiros promoviam almoços em que eram servidos pratos do Brasil, como feijoada, doces de frutas em calda e cocada. Eles também organizavam uma festa para o Senhor do Bonfim, com burrinha e tudo, para São Cosme e Damião e para alguns outros santos. Também faziam questão de batizar os filhos, como eu precisava fazer com os meus, e, acima de tudo, dar a eles um apelido, como faziam todos os brancos e brasileiros. Na verdade, todos os brasileiros, mesmo que não o fossem, eram considerados brancos, porque aos olhos dos africanos, nós agíamos como brancos, morávamos em casas diferentes, tínhamos hábitos diferentes, como o de usar talheres e ter móveis como a mesa e a cama, que não eram usuais em África. Pelo menos não eram até os comerciantes brancos europeus se instalarem por lá, sendo que antes disso não eram nem conhecidas. Em iorubá, eve ou fon, por exemplo, não existiam palavras como garfo, faca, mesa, camisa e muitas outras, porque elas não tinham nada para significar.

Eu ainda não sabia que apelido dar aos meus filhos e tinha até pensado em dar o do sinhô José Carlos, que tinha sido usado para o seu irmão Banjokô, que a sinhá Ana Felipa chamou de José, e para você, registrado pelo seu pai. Mas aquele apelido não tinha dado sorte, talvez até tenha atraído desgraça, e decidi que seria melhor esquecê-lo. O apelido do John era

Stuart, como tinha sido o do pai, herdado do dono dele, mas também não queríamos aquele, pois seria melhor um brasileiro. Muitas pessoas em África inventavam apelidos, como tinha acontecido com o Alfaiate, e havia o caso bastante curioso do velho Justino Bandeira, que conheci em Aguê. Eu e o Justino nos tornamos bons amigos e talvez até fôssemos parentes, pois ele também era maí de Savalu, de uma aldeia chamada Mokpa. Depois de uma briga qualquer na família, por causa de herança ou de poder, não sei, os parentes mais velhos do Justino o levaram até Aguê e o deram de presente aos comerciantes de escravos. Chegando no Brasil, o Justino foi escravo das forças armadas, e durante muitos anos trabalhou na frente de pelotão, carregando bandeira. Por causa disso era chamado de Justino Bandeira, e quando voltou para a África, deu o mesmo apelido aos filhos e formou uma grande família de brasileiros, todos Bandeira.

Outro caso interessante era o da família do senhor Nicolas Oliveira, que ele mesmo me contou na confraternização que aconteceu depois da reunião no forte, aquela primeira em que fui. O senhor Nicolas já tinha certa idade e a família dele era uma das mais antigas famílias brancas de Uidá, quiçá da África. O avô dele tinha se instalado em Uidá ainda muito moço, por volta do ano de um mil seiscentos e vinte e quatro ou vinte e cinco, ele não sabia ao certo. Era um francês chamado François Nicolas Olivier de Montaguère, e ganhou muito dinheiro comprando e vendendo escravos, para depois se tornar também o comandante do forte francês, que ficava perto do forte português, junto do forte inglês. O avô dele se casou com uma mulata e teve dois filhos, sendo que um desses, chamado Nicolas, era o pai desse Nicolas sobre quem estou contando. O senhor Nicolas, o meu amigo, tornou-se o representante da casa comercial francesa estabelecida em Uidá, por onde passavam todos os negócios feitos com os franceses. Para conseguir isso, a exclusividade, a casa comercial tinha escolhido muito bem o senhor Nicolas, porque ele era amigo do Francisco Félix de Souza antes que ele se tornasse o Chachá, e do rei Guezo, quando ele ainda era príncipe. Nesse meio-tempo, como era interessante para ele se passar por um brasileiro em uma época em que apenas um apelido em português já servia para abrir muitas portas, o senhor Nicolas abandonou o Montaguère e trocou o Olivier por Oliveira. Deu tão certo que uma das filhas dele até se tornou uma das esposas do rei Guezo, e foi por causa dela que ele conversou comigo na confraternização.

Eles haviam pedido que as pessoas que tinham voltado da Bahia recentemente falassem das últimas festas de que tivessem participado, para se atualizarem. Mesmo não sendo tão recente, falei muitas coisas daquela festa do Senhor do Bonfim, que eu tinha frequentado com o Fatumbi. Como já deu para perceber, gosto de contar histórias, e o senhor Nicolas ficou muito impressionado com a minha narrativa, cheia de detalhes, e perguntou se eu não poderia conversar com a filha dele. Alguns anos antes, um capitão de tumbeiro tinha presenteado o rei Guezo com uma imagem do Senhor do Bonfim, uma cópia da que estava na Bahia, que, por sinal, tinha sido levada para lá por um português, cumprindo promessa por conta de uma viagem auspiciosa. O rei Guezo não sabia o que fazer para honrar esse novo deus dos brancos, porque as mulheres dele só sabiam cultuar os voduns, e então pediu ao senhor Nicolas que lhe desse a filha em casamento, para que ela cuidasse do culto ao Bonfim no palácio de Abomé. No palácio, ela tinha reservado uma sala somente para o Senhor do Bonfim, com altar e tudo o mais, e o senhor Nicolas quis saber se eu não poderia ajudá-la a montar algumas celebrações. Aceitei sem ao menos pensar direito, pois seria uma oportunidade de conhecer o palácio e cair nas graças do rei, além de fazer um grande favor ao senhor Nicolas, que saiu da confraternização muito agradecido, dizendo que marcaria uma audiência minha com o Chachá.

O John se dizia admirado com a minha sorte e com a maneira como eu logo me tornava amiga das pessoas. Se fosse só por ele, nós provavelmente teríamos ficado no comércio de armas, ou teríamos nos mudado imediatamente para Lagos. O rei de lá, o rei Kosoko, era muito mais simpático aos ingleses que o rei de Uidá, mais inclinado aos franceses. Os brasileiros eram bem recebidos e bem tratados em qualquer lugar, e quanto a isso devíamos muito ao Chachá. Comentava-se em Uidá que logo a Inglaterra conseguiria tomar posse de Lagos e região, por meio de um acordo que estava sendo tratado com o rei Kosoko. A França, para não ficar atrás, investia muito na amizade com o rei Guezo, e até por isso o senhor Nicolas era muito importante, tanto para os franceses como para os africanos e os brasileiros. Afinal, ele era um descendente de franceses, com apelido brasileiro e amigo do vice-rei e do rei africano.

Aos franceses interessava estabelecer boas relações com Uidá, já que o rei Kosoko, de Lagos, estava causando sérios problemas para eles, não pagando pelas mercadorias que recebia e coisas assim. Em contrapartida, para saldar as dívidas, os comerciantes franceses estavam tomando de assalto navios com mercadorias destinadas ao rei Kosoko e se refugiando em Uidá, onde elas eram compradas pelo rei Guezo. Tanto a um rei quanto a outro interessava estar sob as graças da Inglaterra e da França, que podiam ajudar nas guerras entre os dois reinos e as tribos submetidas a eles. Entende agora a situação complicada do John em Uidá? Se ele não estivesse comigo, se não fosse aceito como um brasileiro, provavelmente seria expulso. Quanto a fazer comércio, nem pensar, a não ser que continuasse mesmo com as armas, porque elas não tinham nacionalidade. As armas faziam os reis africanos vencerem as guerras, que resultavam em escravos, que eram vendidos para os comerciantes portugueses e brasileiros, que pagavam por eles o dinheiro ou a mercadoria que eram usados para comprar mais armas, e assim por diante, enriquecendo muita gente no meio do caminho. Mas sabe quem eu acho que mais ganhava com isso tudo? Os ingleses. Justo eles que diziam querer acabar com o comércio de escravos, eram os que mais se beneficiavam dele. Mas vou deixar para contar isso quando falar da minha mudança para Lagos, já sem o John, porque agora quero contar sobre o meu tão esperado encontro com o Chachá.

CHACHÁ

O encontro não durou nem dois minutos, mas foi suficiente para que eu entendesse quem era aquele homem que tinha uma das histórias mais interessantes que já ouvi. Na minha frente estava o Chachá em pessoa, que me chamou pelo nome, perguntou pelo John e pelos ibêjis, depois falou duas ou três frases sobre a Bahia e disse que eu poderia comerciar o que quisesse, desde que pagasse uma pequena porcentagem, como acontecia com todo o comércio feito naquela região sobre a qual ele tinha controle. Só isso, nada mais. E eu, que tinha pensado em tantas perguntas para fazer, em uma reunião com muitas pessoas sentadas em torno de uma mesa, deixei a suntuosa sala onde ele tinha me recebido, eu de pé e ele sentado em uma cadeira com jeito de trono. Parecia que ele era o verdadeiro rei do Daomé, e não estava longe disso, pois com certeza foi por causa dele e de outro comerciante brasileiro que tinha se estabelecido em Cotonu, de quem vou falar mais tarde e que se chamava Domingos José Martins, foi por causa dos dois que o rei Guezo permaneceu tanto tempo no trono. E não apenas permaneceu como também foi colocado, e para explicar isso eu vou te contar a história desde o começo.

O homem que conheci já tinha noventa e dois ou noventa e três anos, mas ainda era muito lúcido, além de sério e agradável. Usava calças largas e camisa de um tecido claro, próprio para o calor abafado que fazia naquele dia, e tinha uma das mãos, onde se destacava um vistoso anel, apoiada em uma bengala. Na cabeça, usava uma espécie de gorro bordado em ouro e com pedras coloridas. Estava descalço e tinha uma longa barba, como eram também longos os cabelos que às vezes cobriam os olhos minúsculos e vivos por entre as pálpebras enrugadas. Olhos como se fossem cabeças de lagartos que se moviam de um lado para o outro, acompanhando tudo que acontecia à sua volta. Fora assim, com muita atenção, que ele tinha conseguido controlar durante anos e anos tudo o que acontecia em Uidá e região e se tornado um dos homens mais importantes de todo o mundo, pois se dizia que as suas promissórias eram honradas até mesmo em Nova York, Baltimore e Marselha, sem que ele nunca tivesse estado nesses lugares.

Quem me contou a história dele foi o tenente do forte, o José Joaquim, que convidei para jantar assim que soube que o senhor Nicolas tinha marcado a minha audiência com o Chachá. Mandei comprar vinho e cerveja e ensinei a Aina a fazer alguns pães, receitas da Saudades de Lisboa. O homem comeu e bebeu à vontade, e não poupou palavras para me contar tudo o que sabia sobre o Chachá, que ouvira das mais diferentes pessoas que já tinham passado pelo forte. O nome dele era Francisco Félix de Souza e tinha nascido na Bahia, filho de pai português e mãe indígena. Era por isso que a pele dele não era tão escura, o que o salvou da morte imediata e deu tempo para que fizesse amizade com o príncipe Gakpé. Sim, o José Joaquim falou isso mesmo, príncipe Gakpé, e eu o fiz repetir várias vezes para ter certeza de que não era efeito da bebida. Mas não era, e se eu tivesse parado para pensar, já teria concluído que o rei Guezo era, na verdade, o filho da Agontimé. Eu já tinha ouvido falar do rei Adandozan e do rei Guezo, e de nenhum outro rei entre eles, e já deveria saber que, ao subir ao trono, os príncipes trocam de nome. Guardei a surpresa para comentar mais tarde com o John, e deixei que o José Joaquim continuasse a história.

O Francisco Félix de Souza tinha trabalhado como escrivão no Forte São João Batista da Ajuda muitos anos antes, quando o forte inglês e o francês também estavam ocupados, e o governo do Brasil, que na época era a sede do Império, achava importante manter muita gente lá, para não perder a concessão e a prioridade na compra de escravos. Quando as coisas começaram a ficar mais difíceis, muitos comerciantes, principalmente baianos e portugueses, se mudaram para Uidá, de onde podiam cuidar melhor dos seus interesses. Dessa maneira, a manutenção do forte deixou de ser importante para o governo de Portugal, que se fazia representar e defender pelos próprios comerciantes, e não mais pelos funcionários do forte. Bom funcionário, o Francisco Félix de Souza acabou ficando sozinho por lá, passando de escrivão a comandante não nomeado, mas de fato, e teve que arrumar um jeito de pagar as despesas, pois a Coroa portuguesa tinha deixado de mandar provimentos. Vendo a quantidade de dinheiro que os comerciantes de escravos ganhavam, o Francisco começou a se dedicar a tal comércio, de início apenas para cobrir as despesas do forte, mas depois tomou gosto e mostrou tanto tino que muitos comerciantes o contrataram como representante. Quando começou a ficar rico, o Francisco abandonou o trabalho no forte e se mudou para Anecho, onde se tornou um dos comerciantes mais prósperos da região. Era ele quem também fornecia armas e cachaça para o rei Adandozan, que nem sempre pagava o que devia. Como não concordava com essa atitude do rei, diante da qual os outros comerciantes se calavam por medo, o Francisco resolveu ir até a capital, Abomé, cobrar o devido e dizer que não forneceria mais nada se o rei não honrasse a dívida. Na verdade, eles faziam uma troca, armas e cachaça por escravos, e o rei sempre entregava bem menos escravos do que valia a mercadoria recebida.

O rei Adandozan achou que o Francisco Félix de Souza era muito impertinente por ter coragem de cobrar a dívida de um soberano e resolveu castigá-lo. Antes de matá-lo, o rei decidiu que ele tinha que ficar preto, porque acreditava que era por causa da cor que o Francisco teve a audácia de cobrar a dívida. Encheu alguns tonéis com índigo e mandou os escravos mergulharem o Francisco lá dentro várias vezes ao dia durante vários dias, dando tempo para o príncipe Gakpé descobrir quem era o Francisco, o que estava acontecendo, e fazer um trato com ele, muito interessante para os dois. Na verdade, o rei Adandozan estava ocupando o trono contra a vontade do pai, o antigo rei e marido da Agontimé, que tinha pedido a ele que apenas tomasse conta do trono até o irmão ter idade para governar. Lembra-se disso? Pois isso não aconteceu, e o Adandozan disse que não cederia o trono, que já estava sendo muito generoso ao permitir que o Gakpé ficasse em África, pois poderia matá-lo ou vendê-lo como escravo. Mas o Gakpé descobriu que era o Francisco quem fornecia a maior parte das armas para o irmão e fez um pacto com ele. Um pacto de sangue, que, em África, vale muito mais que qualquer outra coisa, que qualquer contrato ou palavra, porque misturar o sangue de uma pessoa com o de outra é a mesma coisa que fazer com que essas pessoas nasçam novamente, como irmãs de sangue.

Então o Gakpé deu fuga ao Francisco, que, por sua vez, se comprometeu a fazer comércio somente com ele, abandonando qualquer negócio com o rei Adandozan.

Quando percebeu que o prisioneiro tinha fugido, o rei Adandozan mandou cercar todos os caminhos que saíam de Abomé. Para passar com o Francisco, os homens do príncipe Gakpé tiveram que enrolá-lo dentro de uma esteira de junco grande e grossa, que em África é usada como colchão e chamada de chachá. Daí o nome dele, ou melhor, o título que recebeu e que passou a valer como título de príncipe, ou de ministro, ou coisa assim. Em importância valia muito mais, porque ele era o irmão do rei, o vice-rei do Daomé, chamado de Chachá apenas porque, na fuga, quando os soldados do Adandozan pararam os homens do príncipe Gakpé e perguntaram o que estavam carregando, eles responderam que era um simples chachá. Acho que tal título também serviu para provocar o rei Adandozan depois que o plano deu certo. Livre do Adandozan, protegido pelos homens do príncipe Gakpé e por seus próprios escravos bem armados, e eram muitos, o Chachá voltou para Anecho e tratou de cumprir sua parte no trato, fazendo, inclusive, muito mais que o prometido. Como tinha influência e dinheiro, e comerciava em quase todos os portos da região, o Chachá parou de fazer negócios com o rei Adandozan e conseguiu que os outros comerciantes fizessem o mesmo.

Raramente o rei Adandozan mandava seus próprios homens saírem na captura de escravos. Homens é modo de dizer, porque mais valentes do que eles era o exército de amazonas do rei do Daomé, temido e respeitado até muito longe do reino, formado por suas esposas, filhas, mães e qualquer mulher que tivesse algum tipo de ligação sentimental com o rei, para que assim lutassem bravamente para defendê-lo. Mas o que o rei fazia para capturar escravos era manter boas relações com todos os chefes das tribos que compunham o reino e armá-los para que lutassem entre si ou com as tribos vizinhas, de outros reinos. Esses chefes tribais eram pessoas muito interesseiras, que se vendiam em troca de armas, cachaça, fumo, tecidos e outros produtos que conseguiam com o rei Adandozan. Não recebendo tais produtos por causa do Francisco Félix de Souza, o rei Adandozan não tinha mais como repassá-los aos chefes tribais, e eles começaram a ficar descontentes, já que também estavam sendo cobrados pelos súditos.

Muito inteligente, o Francisco viu aí uma grande oportunidade de ajudar o príncipe Gakpé, enviando para ele todo o necessário para conquistar os chefes tribais. O príncipe então começou a dar grandes festas, com fartura de comida, bebida e presentes, que também eram distribuídos para que os chefes levassem para suas tribos. Não demorou muito para que todos estivessem do lado dele e contra o rei Adandozan, que foi facilmente deposto, o que transformou o príncipe Gakpé no rei Guezo. Como prêmio e agradecimento, e porque o Francisco tinha se tornado seu irmão de sangue, o rei deu a ele o título de Chachá I. Foi nessa época que o meu amigo Nicolas Oliveira, a pedido do rei Guezo, de quem já era amigo, foi até Anecho e convenceu o Chachá a voltar para Uidá, onde se tornou vice-rei e assumiu o controle de todo o grande comércio legal ou ilegal que passava por aquele porto. O Chachá também construiu uma ampla casa ao lado do forte, de onde controlava tudo que acontecia em Uidá, tornando-se cada vez mais rico, mais poderoso, quem de fato governava o reino, com amplos poderes sobre o que ou quem entrava e saía dele.

Como estive apenas no salão do Chachá, fiquei muito curiosa de conhecer toda a casa, mas o José Joaquim me disse para desistir da ideia, a menos que me tornasse uma das suas muitas esposas. Como todo grande chefe africano, o Chachá tinha muitas mulheres, não se sabia quantas ao certo, apenas que ele era muito inteligente para escolhê-las. Isto é, quando precisava escolher, porque ganhava algumas de presente. Em Anecho, por exemplo, antes de se mudar para Uidá, ele se casou com duas princesas e teve muitos filhos com várias outras mulheres que fazia questão de reconhecer e registrar. Isso criava laços entre ele e as várias tribos que compunham o Daomé, porque os chefes não queriam se desentender com o marido das filhas e pai dos netos. Naquela época, falava-se em mais de cem filhos homens vivos, espalhados por várias cidades, e não se sabia quantas filhas. Aliás, ele não dava muita importância às filhas, a não ser quando queria prestigiar algum chefe tribal, presenteando-o com uma delas, dada em casamento. Ele vivia cercado de mulheres e eram elas que controlavam a casa perto do forte, onde qualquer homem que não fosse da família estava proibido de entrar nas dependências particulares. Os homens que ele recebia na sala ficavam fascinados com a quantidade de mulheres bonitas que serviam ao Chachá, entre as quais seis eram encarregadas apenas de provar todas as refeições dele.

OSTENTAÇÃO

Na casa, ele recebia os capitães dos tumbeiros e os comerciantes do interior, oferecendo cama e mesa farta. Para alguns jantares também eram convidados comerciantes de Uidá e às vezes os responsáveis pelo forte, e o José Joaquim já tinha participado de muitos deles. Mas quem me contou mais detalhes foi o John, que, logo em seguida àquela minha audiência, foi convidado para um jantar do qual participaram alguns ingleses de passagem por Uidá. O John disse que já tinha visto luxo e riqueza, principalmente na casa do Mister Macaulay, mas nunca como na casa do Chachá. A imensa mesa de refeições tinha os pés trabalhados com entalhes tão delicados na madeira escura que mais pareciam renda salpicada com pedrarias. Alguém disse ao John que a madeira era do Brasil e os tapetes que cobriam toda a sala eram da Índia ou da China, já não me lembro, talvez de Goa. Pendurados nas paredes e no teto, e também sobre a mesa, estavam espalhados candelabros de ouro e de pedrarias, iguais aos que se usavam nas igrejas mais ricas. As toalhas eram de puro linho de seda e toda a louça, que o John disse nunca ter visto igual, era de ouro ou prata, entalhada com o monograma dele. Pratos, talheres, baixelas, jarras e taças para vinho, tudo era de ouro ou prata. Menos os copos, de um cristal tão fino que podia ser confundido com papel transparente. E isso para setenta, oitenta pessoas, ou até mais. O José Joaquim contou que o Chachá encomendava a louça na Inglaterra, e não era por peças, mas por onças. Centenas de onças de ouro ou prata em baixelas, de uma única vez.

Quando o John chegou à casa, foi recebido por uma mulher vestida à moda dos brancos e levado para um salão onde já havia uns cinquenta homens. Ali estavam misturados os capitães de tumbeiros, os comerciantes de Uidá e redondezas, e os ingleses, que, para espanto do John, eram da esquadra real, da frota de Sua Majestade, os mesmos que tinham por função combater o comércio de escravos. Mas ninguém se importava, e, animados pelos vinhos portugueses, o rum cubano, a cachaça brasileira, as cervejas inglesas, todos conversavam e se divertiam jogando nas muitas mesas de bilhar e nos tabuleiros de jogos de damas e xadrez espalhados pelo ambiente. Quando foram levados para o salão onde o jantar foi servido, a mesa já estava pronta, com fartura de tudo o que se podia imaginar, os vinhos mais caros, como o Château Margaux, as mais finas iguarias, e o Chachá majestosamente sentado à cabeceira. Um a um, os homens foram passando por ele, cumprimentando-o respeitosamente e se sentando nos lugares indicados pelas mulheres que iriam servi-los, uma mulher para cada dois convidados. Elas não deixavam os pratos ou copos vazios, e, animados pelo que já tinham bebido antes, os homens faziam imensa algazarra. O Chachá quase não conversava, e todos já deviam saber disso, porque ninguém lhe dirigia a palavra. Ele permaneceu sério e sóbrio em seu lugar durante o tempo necessário para comer, e depois se retirou fazendo uma saudação geral. As mulheres continuaram a servir, e quando todos estavam satisfeitos, foram convidados a voltar ao salão de jogos, onde havia diversas mesinhas arrumadas com café, chás, licores e diversos charutos de Havana e da Bahia.

Antes que eu me esquecesse de tudo isso, no dia seguinte escrevi contando à sinhazinha, e também falei das festas que o Comitê Brasileiro estava organizando. Escrevi ao Tico dizendo que já tinha conseguido a permissão para comerciar e perguntando se ele conseguiria compradores para o óleo de palma que eu poderia comprar facilmente do senhor Nicolas. Ele só comerciava com a Inglaterra e com a França e gostou muito da ideia de vender para o Brasil. Eu disse também que estava pensando em construir em Uidá e que talvez precisasse que alguns materiais fossem enviados do Brasil, como portas, janelas, maçanetas e coisas assim.

LUÍSA ANDRADE DA SILVA

Quase todos os comerciantes estabelecidos em Uidá tinham navios próprios e davam prioridade ao comércio de escravos, que rendia mais, e este era um dos nossos problemas. Mas naquele jantar do Chachá, os oficiais ingleses sugeriram que o John contratasse navios em Freetown, de propriedade dos muitos africanos que estavam enriquecendo por lá. Por sorte, ao deixar Uidá eles estavam indo para Serra Leoa, e ficou combinado que o John iria com eles para se informar melhor. No dia da partida do John, o José Joaquim foi até a nossa casa e disse que tinha recebido uma resposta positiva quanto à compra do terreno, e percebi que teria muito com que me ocupar enquanto estivesse sozinha, pois queria começar a construir o mais depressa possível. Ou seja, tudo estava indo bem, menos para a Aina, já que o Ayodele foi nos procurar e disse que os homens continuavam rondando a fazenda, e inclusive achava que fora seguido até Uidá, não tinha certeza.

Naquele fim de ano as festas não foram muito boas, pois o Comitê ainda estava se organizando. Tivemos apenas uma ceia de Natal na casa do senhor Nicolas, com pratos típicos da Bahia, e uma missa quatro dias depois, porque o padre mandado vir de Portugal se atrasou para as festividades. Os representantes do Comitê logo disseram que fariam de tudo para que ele não fosse mais embora, e o José Joaquim era dos mais entusiasmados, pois teria companhia naquela imensa ruína em que o forte estava se transformando. Não pude ir à missa porque a Maria Clara amanheceu com febre, chorando muito, e no fim da tarde o João já estava do mesmo jeito. Era sempre assim, e o mesmo acontecia comigo e a Taiwo, nós duas adoecíamos juntas. Pedi que o Aderonke saísse à procura da *Ìyá* Kumani, mas ela estava viajando, e então me lembrei de um *bokonon*[4] sobre quem o José Joaquim tinha me falado, bastante respeitado por atender o próprio Chachá. Ele morava em uma casa construída ao lado da propriedade do Chachá e atendeu prontamente ao meu chamado, principalmente porque já tinha ouvido falar de mim e da minha estada na Bahia. Ele tinha estado lá com o Chachá e gostou muito, e inclusive foi batizado com o nome de Prudêncio. Olhou os ibêjis, que chamava de *hoho,* como os daomeanos, e disse que eles não tinham nada grave, apenas coisa de crianças. Mas tivemos uma conversa longa e agradável, quando contei que a minha avó tinha sido uma das vodúnsis do Daomé e que eu mesma tinha começado a me preparar para seguir a tradição. Quase falei sobre meus encontros com a Agontimé, que ele com certeza conhecia pelo menos de nome, pois tinha vivido com o rei Guezo em Abomé, antes de ser dado ao Chachá e de ter se casado com uma das filhas dele, para poder honrar melhor os voduns da família De Souza. Achei isso estranho, porque o Chachá era brasileiro, católico e, portanto, não tinha como ter voduns no Daomé. O Prudêncio disse que era uma longa história, muito bonita, por sinal, e que me contaria em outra oportunidade, quando eu fosse visitá-lo. Ele deixou a nossa casa dizendo que eu deveria fazer um altar para os voduns da minha avó e para o meu, se já o conhecesse, e saiu batendo a bengala três vezes na porta da frente e três vezes na porta dos fundos, para nos proteger. Era uma bengala bonita, de madeira esculpida, com um desenho de um homem que dava comida a um caimão. Ele percebeu que fiquei olhando e disse que aquele era o Adjakpa, que representava o próprio vodum do Chachá. Depois daquela visita do Prudêncio, resolvi acrescentar mais um cômodo à nossa casa, para os cultos.

Todo o negócio da venda do terreno foi feito rapidamente por intermédio do José Joaquim, e dois dias depois já estava tudo em meu nome. O John achou melhor assim, para evitarmos problemas caso o reino do Daomé se tornasse inimigo da Inglaterra, o que era bem improvável em relação ao

---

[4] *Bokonon*: sacerdote de culto aos voduns.

Brasil. Foi naquela ocasião que mudei meu nome, não sem antes perguntar ao Prudêncio se isso me traria algum problema. Ele respondeu que não, que eu podia ter um nome brasileiro e outro africano, que um não atrapalhava o outro, e até o próprio Chachá tinha um nome africano secreto, que não revelava a ninguém. Mantive o Luísa, com o qual já estava acostumada, e acrescentei dois apelidos: Andrade, que a sinhazinha tinha herdado da mãe dela, e Silva, muito usado no Brasil. Então fiquei sendo Luísa Andrade da Silva, a dona Luísa, como todos passaram a me chamar em África, os que já me conheciam e não estranharam a mudança, e os que me conheceram a partir daquele momento. Alguns também me chamavam de sinhá Luísa, a maioria dos retornados, e eu achava muita graça nisso, principalmente quando, ao tomar conhecimento, a sinhazinha passou a me chamar assim nas cartas, de brincadeira. Ela era a sinhazinha e eu era a sinhá, e acredito que nós duas pensamos em uma coisa que nem precisou ser dita, pois não era de bom-tom, mas eu, a sinhá, tinha sido mãe de um filho do pai dela, o próprio sinhô.

PREPARANDO O TERRENO

Quando o John voltou de Freetown, no fim de fevereiro, eu tinha a casa toda planejada, e o grande problema era a falta de gente para construí-la. Eu já tinha falado com o Juvenal e o amigo dele, e os dois concordaram em trabalhar para mim, e também contratei dois conhecidos da Conceição que sabiam um pouco do ofício. Mas era pouca gente e não havia mais homens que soubessem fazer uma casa igual às de São Salvador, como eu queria, muito parecida com o solar da sinhá. O John sugeriu procurarmos entre os sarôs, mas eu sabia que não era a mesma coisa, e nessa época recebi carta do Brasil. Nela, o Tico disse que o Felipe e o Rafiki continuaram a visitá-lo depois da morte do Sebastião e, ao ficarem sabendo que eu estava em África e pensando em construir uma casa, mandaram perguntar se eu não queria pagar a passagem deles, pois na Bahia se falava muito da boa vida dos libertos que retornavam. Nem me dei ao trabalho de dizer que não era bem assim, que a grande maioria não se dava bem, pois queria que eles embarcassem. Terminado o trabalho, se quisessem eu pagaria as passagens de volta, ou poderia ajudá-los a se estabelecerem, caso preferissem ficar. Na mesma hora escrevi de volta, dizendo que se houvesse algum marceneiro que também quisesse viajar, eu poderia empregá-lo, e mandei dinheiro suficiente para quatro passagens. Depois de fazer algumas contas, o John achou que deveria voltar a Freetown, pois precisaríamos de muito dinheiro.

A viagem anterior tinha dado bons resultados, inesperados, mas muito melhores do que tínhamos imaginado. Chegando em Freetown, logo encontrou três conhecidos, três *recaptives*, que eram os emancipados do tráfico pela esquadra inglesa, e eles tinham acabado de comprar um navio leiloado e queriam trabalhar em sistema de aluguel. Já tinham uma viagem contratada por um inglês, de Freetown a Lagos, e depois passariam em Uidá para falar conosco. Conversei com o senhor Nicolas e ele separou uma boa quantidade de óleo de palma para nós, que o Tico disse que venderia facilmente no Recôncavo. Eu também mandaria obis e orobôs, comprados de fazendeiros que forneciam para a Nourbesse vender no mercado, assim como outros produtos usados nos cultos de orixás, que o Tico ia oferecer aos conhecidos da Claudina com os quais ainda mantinha contato. Ou seja, o negócio era um pouco arriscado, pois teríamos que bancar o custo dos produtos, pagos à vista em Uidá porque ainda não tínhamos crédito, e com o frete do navio que, se não enchesse, eu pretendia ceder espaço para outros comerciantes. Mas resolvemos seguir em frente, porque, se tudo desse certo, ganharíamos muito dinheiro, e eu tinha certeza de que daria, principalmente depois de ler que o Tico estava muito animado por voltar a trabalhar, pois tinha sido afastado de vez dos negócios com o Hilário. Ele ainda recebia uma pequena porcentagem por causa de clientes antigos, mas não participava de nenhuma decisão. Para a volta da Bahia, o Tico ia comprar fumo e cachaça no Recôncavo, e ainda veria se dava tempo de encomendar carne salgada no sul do país. O John queria estabelecer alguém de confiança em Freetown, talvez a pessoa que tinha ficado trabalhando para o Mister Macaulay no lugar dele, e continuar arrematando os produtos dos leilões. Desse modo, ao sair de Uidá para o Brasil, o navio passaria em Freetown e completaria a carga com as mercadorias apreendidas e leiloadas, que poderiam ser revendidas para os próprios comerciantes da Bahia de quem tinham sido tomadas. Como o John daria um jeito de comprá-las muito barato, poderíamos vendê-las abaixo do custo de mercado. Na volta da Bahia para Uidá, além dos produtos que o Tico embarcasse, o navio novamente passaria por Freetown, onde compraria armas e pólvora dos ingleses. Ou seja, com um desvio de caminho que nem era tão significativo, dobraríamos a possibilidade de lucro.

Antes de o John partir para Freetown, sem data para voltar, resolvemos aproveitar a presença do padre no forte e batizar as crianças. No dia em que fui conversar com ele, um velho português chamado padre José Maria, levei minha Bíblia para benzer. Achei que assim seria mais bem recebida, e de fato fui, pois ele se surpreendeu por haver alguém ali que conhecia um pouco melhor a Igreja Católica. Falei da minha amizade com o padre Heinz e ele quis saber como era a vida dos pretos católicos no Brasil. Conversamos bastante e ele estava disposto a ficar, embora achasse que não teria muita serventia. Mostrou o estado em que se encontrava a capela, abandonada havia muito tempo, e eu disse que levaria o problema para a próxima reunião do Comitê, deixando-o entusiasmado diante da possibilidade da reforma, ainda mais quando falei que tinha contatos no Brasil que poderiam mandar algumas peças de lá, iguais aos ricos ornamentos que enfeitavam as igrejas da Bahia. Marcamos os batizados para o domingo seguinte, mas na sexta-feira tive que procurá-lo novamente e pedir que fossem adiantados, pois o John partiria no sábado à tarde, de boleia em uma fragata da marinha inglesa. Foi tudo feito às pressas, porque eu pensava ter o sábado para organizar um almoço para os padrinhos e alguns convidados, e tive que servir apenas bolo com vinho e refrescos na própria capela, onde estávamos eu, o John, a Nourbesse, a Hanna, a Aina e os meninos dela, o José Joaquim e os padrinhos. Para a Maria Clara convidei o senhor Nicolas e a Conceição, e para o João, uma das filhas do senhor Nicolas e o Alfaiate. Só para ser simpática, convidei também o Chachá, embora soubesse que ele não iria, pois estava bem doente e quase não saía mais de casa. Eu não esperava nenhuma retribuição ao convite, mas no domingo à tarde ele mandou à nossa casa um prato e uma colher de ouro para cada um dos ibêjis, gravados com os nomes deles.

OS *RECAPTIVES*

O John partiu para Freetown e fiquei encarregada de receber os donos do navio que ele tinha fretado, que viriam de Lagos, e cuidar para que nossas mercadorias fossem embarcadas. Se eu tivesse pensado antes, teria escrito para o Rafiki e o Felipe esperarem, mas depois até fiquei feliz por não tê-lo feito, porque a ansiedade era grande, queria que os dois chegassem logo e começassem a trabalhar. O John ia demorar, pois o navio dos *recaptives* iria até a Bahia e voltaria por Freetown, para pegá-lo junto com um carregamento de pólvora, armas e o que mais valesse a pena. Enquanto esperava, não havia muito o que fazer, e nos dias em que a temperatura não estava tão quente, pegava os ibêjis, a Aina, os meninos dela, e de vez em quando a Nourbesse e a Hanna, e passávamos o dia no terreno da casa. Era um lugar agradável, com muitas árvores, sob as quais ficávamos conversando e comendo, enquanto eu pensava em como queria usar o terreno, que tipo de construção ocuparia cada pedaço dele. Na frente, separando a terra da areia, eu queria manter a cerca de coqueiros, porque me lembrava a Bahia. Aliás, com tantos contatos feitos com a Bahia, era enorme a saudade que eu começava a sentir de lá. A vida não era tão ruim em Uidá, havia a construção da casa, que me animava, havia alguns amigos e muitos brasileiros, mas não parecia o suficiente. Se continuássemos com o aluguel do navio, eu pensava em aproveitar uma das viagens, quando os ibêjis estivessem mais crescidos, para matar a saudade. Durante a ausência do John, levei os ibêjis até a casa da *Ìyá* Kumani, que fez uma cerimônia do nome para eles, como eu tinha feito para você e para o Banjokô. Encomendei também o sacrifício de dois carneiros para Xangô, um para cada, e mandei fazer um ebó para Nanã, a mãe de todos, agradecendo por ter corrido tudo bem no período em que eles estiveram dentro da minha barriga e no nascimento, e pedi que continuasse olhando por eles.

Quando chegou o navio alugado pelo John, os sarôs foram até a nossa casa, e eram três simpáticos iorubás de Abeokutá, chamados Sebastian, George e Sam. Anos depois, quando paramos de fazer comércio com eles, soube que tinham me enganado, que não eram pessoas tão corretas quanto eu imaginava. Coisa pequena, mas com a qual eu não teria concordado. Soube que, além das mercadorias legais, eles também faziam um pequeno tráfico de escravos, encomendas especiais para pessoas que ficaram conhecendo na Bahia e que queriam escravos que já soubessem um determinado ofício, como ourives que soubessem trabalhar joias à africana, carpinteiros e artesãos que soubessem talhar desenhos em madeira, ou quituteiras especialistas em acarás e outras comidas africanas. Aceitavam também encomendas de libertos que queriam escravos que soubessem falar as suas línguas, como ijebus que queriam escravos ijebus, hauçás que queriam hauçás, e assim por diante. E mesmo de brasileiros que queriam escravos ladinos, ou seja, que já soubessem falar português, como era o caso dos retornados que tinham sido feitos escravos novamente ou dos escravos dos retornados, que aprendiam a língua dos seus donos. Naquele nosso primeiro encontro, pedi que entrassem e comessem alguma coisa enquanto conversávamos sobre o embarque das mercadorias e sobre Freetown. Tínhamos quartos sobrando e eu disse que podiam dormir por lá, mas eles não aceitaram e disseram que preferiam dormir no navio, que estavam acostumados, provavelmente porque tinham percebido que não havia homens na casa, apenas o João e os moleques da Aina, que não contavam. Achei bom assim, porque realmente tiraria a nossa liberdade, mas antes tivessem ficado, porque foi naquela noite que os selvagens apareceram. Talvez até ficássemos acordados boa parte da noite, porque eu estava adorando conversar com eles e saber que, também em Freetown, os comerciantes mais prósperos eram os africanos, principalmente os da região de Aku.

Eles contaram que os colonos ingleses e outros brancos estabelecidos em Freetown eram muito preguiçosos para o comércio, e passavam os dias dentro de suas lojas esperando que as pessoas fossem até lá procurá-los. Enquanto isso, os africanos compravam as mercadorias e partiam para o interior da ilha e regiões vizinhas, vendendo tudo o que podiam carregar e por preços bem mais baixos do que os cobrados pelos comerciantes estabelecidos. Os produtos dos comerciantes estabelecidos eram caros porque eles tinham que comprar direto da Inglaterra, por causa de algum tipo de acordo, e o valor que pagavam, ainda sem contar o lucro e os gastos com a viagem e a alfândega, já era maior que o valor pelo qual os africanos vendiam para seus clientes. Isso fazia com que os comerciantes oficiais ficassem muito endividados com seus parceiros da Inglaterra, pois não conseguiam vender para pagar as remessas e ficavam obrigados a comprar somente deles, fazendo milagres para pagar as dívidas antigas aos poucos, enquanto faziam dívidas novas. Com os africanos não era assim, eles não tinham compromissos com comerciantes ingleses e compravam as mercadorias em Freetown mesmo, nos leilões ou de quem participava deles, e vendiam pelo preço que quisessem. Alguns já tinham verdadeiras fortunas, de milhares e milhares de libras em ouro, dinheiro, mercadorias e até frotas de navios. Este ainda não era o caso dos três, mas eu achava que enriqueceriam logo, pois arriscaram todas as economias na compra daquele navio, que estava relativamente novo, e gostavam de trabalhar. Tinham feito algumas dívidas, mas dava para pagar com o que receberiam pelo aluguel, e tinham planos de continuar adquirindo mais navios, que funcionariam do mesmo jeito. Estavam com pressa de partir, para poderem fazer mais viagens, e me pediram para apressar o embarque. O sonho deles era adquirir um vapor, que viajava mais rápido e levava mais carga, além de não depender da vontade dos ventos.

INVASORES

Eu e a sinhazinha trocávamos pelo menos uma carta por semana, pois não aguentávamos esperar mais de dois meses entre o envio e o recebimento da resposta. Então, escrevíamos toda semana, e quase toda semana tínhamos carta nova para ler, mesmo que as notícias fossem velhas. Eu estava escrevendo para ela naquela noite, depois que os sarôs foram embora, quando ouvi os gritos da Aina. Corri para ver o que estava acontecendo e a encontrei na sala, tentando impedir que quatro homens levassem o Aderonke e o Adedayo. Eram dois deles para cada menino, um segurando pelos pés e outro pelo tronco, para que eles não se debatessem. Mas nem precisava, pois eles pareciam desmaiados e não moviam um só músculo, enquanto a mãe, deitada no chão, levava muitos chutes ao tentar segurar os homens pelas pernas. Fiquei parada, sem saber o que fazer, e minha primeira reação foi correr até o quarto dos ibêjis e ver se estavam lá. Não precisei chegar à porta do quarto para ouvir o choro de um e depois do outro, mas, mesmo assim, resolvi dar uma olhada e confirmar que estavam sozinhos e bem. Quando voltei para a sala, os homens já tinham ido embora e a Aina estava deitada no chão, chorando e sangrando muito, por conta de um corte logo acima de um dos olhos e outro na boca. Ela não conseguia me contar o que tinha acontecido, e logo imaginei que eram os homens da tribo do ex-marido dela, sobre os quais o Ayodele já nos tinha alertado. Mas nunca pensei que pudessem entrar na minha casa sem fazer barulho e levar os meninos daquele jeito. Depois a Aina contou que era feitiçaria, que eles sabiam rezas que faziam as pessoas não acordarem por nada. Mas a Aina também sabia rezas que anulavam isso, e tinha acordado sentindo a presença deles no quarto ao lado, o quarto dos meninos, pois ela dormia com os ibêjis.

A Aina tentava se levantar e caía, e eu já estava ficando atordoada com o choro dos seus irmãos, não sabendo a quem socorrer. Por sorte, os vizinhos começaram a chegar, atraídos pelo barulho, e a Aina pediu que fossem atrás dos raptores, mesmo sabendo que já deviam estar longe. Ela também queria ir, mas era só se mexer um pouco para gritar de dor, colocando as mãos de um lado do tronco, logo abaixo do peito. Deixei que ela ficasse na companhia das mulheres, pedindo que tentassem acalmá-la, e fui tentar fazer os ibêjis pararem de chorar. Com todo aquele barulho eu não conseguia pensar direito, além de estar apavorada por saber que aqueles homens tinham entrado na minha casa e que, no lugar dos filhos da Aina, poderiam ter levado os meus.

Quando voltei para a sala, a Aina já estava mais tranquila e confirmou que aqueles eram os filhos de um irmão do ex-marido dela, e tinha medo do que fariam com os meninos. Na hora pensei que iriam vendê-los ou dá--los para os comerciantes de escravos, mas não falei nada, e mandei um dos vizinhos ir até o forte para pedir que o José Joaquim vigiasse todos os embarques dos próximos dias e que, se fosse possível, desse uma olhada no barracão do Chachá, o mesmo onde eu tinha ficado e onde ainda ficavam quase todos os escravos embarcados em Uidá. A notícia do rapto correu a vizinhança e logo chegou a Conceição com um dos filhos, que foi chamar a *Ìyá* Kumani. Assim que chegou, ela deu uma olhada na Aina, falou sobre ossos quebrados e foi buscar umas ervas para tirar a dor. Antes, disse para a Aina se mexer o mínimo possível, para que os ossos não furassem nada por dentro do corpo, e me pediu que amarrasse um pano em volta do tronco dela. Eu ficava correndo de um cômodo ao outro, providenciando o que me pediam e vigiando os ibêjis, pensando que o dia seguinte não ia ser nada fácil, sem dormir e com muitas providências a tomar para a viagem dos sarôs.

ACIDENTE

No dia seguinte, deu quase tudo certo. A notícia correu a cidade e logo cedo apareceram a Nourbesse e a Hanna, que ficaram com a Aina e os ibêjis enquanto fui tratar do embarque das mercadorias. Falei com o senhor Nicolas e ele mesmo acompanharia o embarque dos tonéis de óleo de palma e das mercadorias dos fornecedores da Nourbesse, que também estavam guardadas em seu galpão havia três dias. Fui até o forte e conversei com o José Joaquim, que tinha dado busca no barracão do Chachá, sem encontrar os moleques. Ele disse que vigiaria cada embarque e mandaria me chamar se tivesse qualquer suspeita. De lá fui até o lugar marcado para encontrar os sarôs, e os levei para serem apresentados ao senhor Nicolas. Voltei para casa, dei o peito aos ibêjis e fui atrás da Jacinta para ver se ela podia passar alguns dias na nossa casa, para me ajudar a cuidar da casa, dos ibêjis e da Aina, que, com certeza, ficaria um bom tempo de cama. A Jacinta podia, mas teve que levar com ela a Geninha, a filha mais nova, por não ter com quem deixá-la. Os outros dois filhos, a Rosinha e o Tomé, já estavam maiores e quase se cuidavam sozinhos, com a ajuda do Juvenal e das pessoas que dividiam a casa com eles.

A Jacinta era despachada, chegou e tomou logo conta da casa, deu banho nos ibêjis e os colocou para dormir junto com a Geninha, fez café e serviu para as pessoas que estavam visitando a Aina, e me senti um pouco mais tranquila para sair novamente, sabendo que todos ficariam bem-cuidados. Fui falar com os sarôs e fiquei sabendo que o navio estava sendo carregado e ficaria pronto para partir naquela mesma noite, como eles queriam. Quando me lembrei de que tinha deixado em casa coisas que queria mandar para o Tico, principalmente algumas instruções por escrito, voltei para pegar. Fiquei espantada quando dobrei a rua e vi que havia um ajuntamento em frente à casa, e quanto mais eu me aproximava, mais tinha a certeza de que era algo muito grave. Algumas selvagens estavam sentadas ou rolando no chão, chorando, e as crianças delas foram correndo ao meu encontro, gritando que a menina ia morrer. A primeira menina de quem me lembrei foi a Maria Clara, e então comecei a correr, só parando, com muito alívio, quando a vi no colo da Nourbesse. Ouvi um choro forte vindo do quintal e fui até lá, para encontrar a Jacinta sentada no chão com a Geninha no colo. A menina estava desfalecida e tinha um pano ensanguentado enrolado em uma das mãos, que estava apoiada com todo o cuidado sobre a mão da mãe. Em volta das duas, algumas mulheres rezavam e outras choravam, e quase fui derrubada por outra que saiu da cozinha carregando uma pá cheia de cinzas.

Fiquei ainda mais atordoada quando a mulher desenrolou o pano e vi que faltavam quatro dedinhos, que a mão da Geninha tinha sido decepada bem na metade da palma. A mulher pegou o que tinha restado da mão da menina e colocou dentro da pá, onde ainda havia brasa misturada às cinzas. Por uns instantes ela ameaçou chorar, mas logo em seguida desfaleceu novamente. As mulheres em volta tinham feito silêncio e pude ouvir claramente o chiado da carne em contato com a brasa, e depois senti o cheiro de queimado. Na hora veio a vertigem, ao lembrar o que o sinhô José Carlos tinha mandado fazer com o Lourenço, e me encostei à parede, para vomitar quase em cima de uma mulher que estava sentada ali perto. Depois, escureceu tudo e só me lembro de acordar na sala, com a cabeça no colo da Hanna. Eu não tinha ficado desmaiada por muito tempo, pois ainda ouvi o choro no quintal, e perguntei à Hanna o que tinha acontecido. Ela respondeu que a Jacinta estava na cozinha, esquentando água, quando ouviu o grito da menina atrás dela e se virou só a tempo de ver a faca caindo no chão, seguida pelos dedinhos. Tinham mandado chamar a *Ìyá* Kumani, mas ela não estava em casa. Ninguém soube dizer se havia outro curandeiro nas redondezas e então pedi que mandassem alguém até a casa do *bokonon* Prudêncio, dizendo que era para mim e perguntando se ele poderia fazer o favor de atender a menina. Eu me sentia responsável por aquela tragédia, pois tinha ido atrás da Jacinta, sem o que nada daquilo teria acontecido. Portanto, estava disposta a fazer qualquer coisa para salvar a Geninha. Já tinha feito isso uma vez, no *Sunset*, quando pedi remédio ao capitão, e senti que a vida dela estava novamente em minhas mãos, e seria capaz de levá-la a qualquer lugar onde houvesse alguém que não a deixasse morrer. Então me lembrei do doutor Jorge, da Bahia, e de que precisava mandar as coisas do Tico, que entreguei a alguns dos moleques que estavam por ali, prometendo dar dinheiro se eles fossem e voltassem sem mexer em nada e o mais depressa possível.

O *bokonon* chegou carregando uma caixa e me pediu que o levasse até um quarto vazio onde pudesse ficar a sós com a menina, sem ser incomodado por ninguém, em hipótese alguma. Desocupamos o quarto dos meninos da Aina, onde já não tinha muita coisa mesmo, e pedi que a Nourbesse mandasse as pessoas embora, pois elas não tinham mais nada para fazer ali. Mas ninguém queria sair, principalmente porque tinham visto que lá dentro estava o *bokonon* do próprio Chachá, que não atendia ninguém que não fosse da família ou por uma solicitação dele. A Nourbesse e a Hanna puderam ficar, pois eram da família da Aina, do Aderonke e do Adedayo, e precisavam decidir o que fazer, já que o Ayodele não estava em casa naqueles dias. A Aina ficou desesperada quando as duas decidiram que iam esperar pela volta dele, e só se acalmou quando prometi que mandaria alguém até as plantações de algodão para pedir que voltasse logo. Enquanto conversávamos, tentávamos acalmar a Jacinta, que estava desesperada com os gritos que ouvíamos como se estivéssemos no quarto junto com a Geninha e o Prudêncio. Ouvir o choro da menina era um suplício, mas também um alívio, quase um aviso de que ela ia sobreviver e estava bem, pois quem chorava naquela altura só podia estar bem. Nunca soubemos o que o Prudêncio fez lá dentro, e antes de ir embora ele ainda deixou umas ervas para a Jacinta fazer pomada e disse que precisava muito falar comigo, que eu fosse até a casa dele no dia seguinte. Naquela noite dormi muito mal, e nos breves períodos de sono entrecortado sonhei com a minha avó e com a Nega Florinda. As duas estavam conversando, mas não consegui entender o que diziam. Achei que o Prudêncio poderia me dizer, que aquele sonho tinha alguma relação com a conversa que ele queria ter comigo.

O *BOKONON*

Eu estava certa, e assim que entrei na casa ele disse que os voduns da família estavam bravos comigo, pois, mais de um ano depois da volta à África, eu ainda não tinha feito nada para honrá-los. O *bokonon* se prontificou a me ajudar na montagem de um quarto dos voduns na casa nova, onde eu deveria ter um altar igual aos muitos que havia na casa dele. Além dos próprios voduns, ele também honrava o do Chachá e os da família do Chachá, que eram muitos. A casa do Prudêncio era simples e ampla, mas de uso particular dele só havia uma sala e três quartos. O resto era todo dedicado aos cultos, com altares, objetos de culto, objetos dos voduns, pinturas nas paredes, alguns vasos de plantas e, com destaque, os vasos dos assentamentos. O vodum da família do Chachá se chama Dagoun e é da mesma família de Dan, o vodum da família real do Daomé. O Dagoun é um vodum da água, ligado às cobras, mas também é o mensageiro do vodum Xelegbatá, o das pestes, e tem uma forte ligação com o Heviosso, o das tempestades. Ou seja, o Dagoun é um vodum muito importante, talvez o segundo em importância em todo o Daomé, depois de Dan. Mas também é o vodum mais diferente de que já ouvi falar, porque ele foi criado especialmente para o Chachá, não é nenhum ancestral dele. O Prudêncio disse que talvez a mãe do Chachá, que era uma índia do Brasil, soubesse alguma coisa sobre voduns, pois tinha dado ao filho um anel com o desenho de uma cobra, o vodum da família do rei Guezo. Ele não tirava esse anel por nada, provavelmente a conselho da mãe, e é bem provável que isso tenha influenciado o presente do rei Guezo, os voduns, dados junto com o título de Chachá. Além do Dagoun, seu vodum pessoal, o Chachá ganhou mais dois voduns para proteção da cidade de Uidá, um para ser assentado na entrada e outro na saída. Dizem que muitas crianças morriam na família do Chachá antes de ela ter o próprio vodum, e isso parou de acontecer quando o Dagoun também ganhou uma família de seis voduns, um convento, uma cerimônia e uma hierarquia no culto. Além de muitos adeptos, que são todos os voduns dos milhares de escravos do Chachá.

Quando entrei em um dos quartos de voduns da casa do *bokonon*, tinha havido algum culto recente, pois ainda pairava um forte cheiro de sangue no ambiente, e mesmo o altar não parecia estar de todo seco. Sobre a cama de terra na qual repousava o vodum assentado havia alguns objetos de metal que tinham sido alimentados com óleo de palma e galinhas. Os ossos delas estavam lá, junto com os ossos de carneiros. Quando sacrificamos um carneiro para o vodum, podemos comer a carne e dar o sangue para ele, que também gosta dos ossos, que ficam guardados como uma espécie de lembrança. Havia ainda outros objetos, mas não pude olhá-los direito, pois o Prudêncio tinha pressa de sair de lá. Acho que não queria que ninguém soubesse que tinha me deixado entrar na sala onde se cultuavam os voduns mais poderosos de Uidá. A riqueza e a saúde do Chachá com certeza vinham dali, assim como a esperteza para fazer negócios, muito própria de quem cultua os voduns da família de Dan, os voduns pítons.

PROVIDÊNCIAS

Ao sair da casa do Prudêncio, passei pelo forte, e o José Joaquim achava que os meninos não tinham sido postos à venda, pelo menos não em Uidá. O mais certo era que tivessem sido levados para a tribo da família, com o que também concordava a Aina. Para ela, os meninos seriam feitos escravos sim, mas dos parentes, como tinha acontecido com ela. O José Joaquim achou melhor não se fazer nada, esperar pelo Ayodele e ver o que ele decidia, porque, em África, um simples desentendimento em família podia se transformar em uma guerra entre tribos. Não era o caso, pois eu, a Nourbesse, a Hanna, a Zira, o Ayodele e a Aina não éramos uma tribo, mas mesmo assim achei que ele tinha razão, que eu deveria ajudar dentro das minhas possibilidades. Talvez tenha sido um pouco covarde, porque tive medo do que os selvagens poderiam fazer comigo ou, pior ainda, com os ibêjis. Você foi uma criança mais bonita do que seus irmãos, mas devo confessar que eles eram mais engraçadinhos. Não havia quem não gostasse deles, que também não passavam um dia sem receber presentes, principalmente por causa da condição de ibêjis.

Quando voltei para casa, naquele mesmo dia, comecei a pôr em prática o que o *bokonon* tinha dito, e isso acalmou um pouco os voduns, que esperariam até a construção da casa nova. Também escrevi uma carta para o Tico, pedindo que ele procurasse na Bahia três bons presentes, um para o Chachá, em agradecimento por ter liberado o Prudêncio para ir até a minha casa socorrer a Geninha, outro para o próprio Prudêncio, de quem eu começava a me tornar amiga, e outro para o Isidoro de Souza, um dos filhos do Chachá, de quem eu queria me aproximar. Eu o tinha visto caminhando pela rua, seguido por vários escravos, e achei que devia ser uma pessoa interessante. Vestia-se de maneira diferente e tinha inclusive um uniforme do exército francês, o que irritava os ingleses e até mesmo alguns portugueses e brasileiros, por causa de um episódio que no Brasil já estava esquecido, a expulsão da família real de Portugal, mas que em Uidá era bastante lembrado, e com muita raiva.

Entre todos os filhos do Chachá, o Isidoro era o mais rico e provavelmente o que herdaria o título depois da morte do pai. Tinha uma belíssima casa em Popô, que não cheguei a conhecer, mas que o senhor Nicolas disse superar a do pai, pelo menos em bom gosto. Por causa da ascendência francesa, que o senhor Nicolas tentou renegar ao assumir o apelido brasileiro, o Isidoro gostava de conversar com ele, principalmente quando o assunto era Napoleão Bonaparte. A casa do Isidoro era muito bem mobiliada, com tudo importado da Europa, mas o grande destaque eram as paredes, onde várias gravuras de Napoleão estavam enquadradas em riquíssimas molduras. Havia Napoleão para todos os gostos, seja em batalhas com seu exército, na Ilha de Santa Helena, onde se refugiou, e no enterro que fizeram para ele na França. Ao contrário do pai, que depois de se estabelecer no Daomé raras vezes saiu de lá, o Isidoro gostava de viajar e tinha sido educado no Brasil. A maior parte da fortuna dele estava na Bahia, onde também havia se tornado ferreiro.

O John e o Ayodele voltaram a Uidá com um dia de diferença, e certa noite nos reunimos para decidir sobre o Aderonke e o Adedayo. O John não quis saber daquela história, dizendo educadamente, e concordei com ele, que, na qualidade de estrangeiro, não tinha a mínima ideia de como as coisas funcionavam; portanto, nem poderia opinar. Eu também teria preferido me manter de fora, mas não pude em consideração à Aina, pois a família dela tinha sido muito boa para mim nas duas chegadas a Uidá. E também porque eu entendia o que ela estava sentindo, por causa do meu problema com você. Pensando bem, eram situações muito parecidas, e se eu estivesse no lugar dela, sabendo para onde você tinha sido levado, não pensaria duas vezes antes de sair atrás. Mas ainda havia o agravante de ela estar presa a uma cama, imobilizada e com muitas dores, tendo que confiar que outras pessoas fariam o que só uma mãe seria capaz de fazer. Ou talvez não, talvez permanecer em casa tenha sido melhor e mais seguro para ela. A Aina teria sido capaz de qualquer coisa para ter os filhos de volta, assim como os selvagens seriam capazes de qualquer coisa para mantê-los, por uma questão de honra.

O Ayodele resolveu reunir três amigos e ir até lá, para ver se os meninos estavam mesmo com a tribo e tentar pegá-los de volta. Eu dei a ele algum dinheiro e disse que poderia dar até mais, se fosse dinheiro o que os homens queriam. Mesmo achando que não era só isso, ele levou dois sacos de cauris, para o caso de estar enganado. Aquela confusão toda ajudava o tempo a passar depressa, ajudava a pensar menos no Brasil e na Bahia, ajudava a sofrer menos de preocupação com você. Não vou ficar falando mais disso para não te cansar e para não parecer que passo o tempo todo querendo me justificar, querendo mostrar a você todo o esforço que fiz. Mas entre as instruções que mandei ao Tico estava a ordem de pegar uma parte do dinheiro que eu teria a receber pela venda das mercadorias no Brasil e reservar para pagar as buscas. Ele daria um pouco ao genro da sinhazinha, que ficou cuidando do escritório em Salvador, e mandaria outra parte para o doutor José Manoel, em São Sebastião do Rio de Janeiro, que se encarregaria de enviar também ao conhecido que estava fazendo o mesmo trabalho em São Paulo. Não sei direito o que faziam, mas pedi que continuassem com a publicação de anúncios nos jornais, visto que você sabia ler, e fizessem o que mais fosse necessário, pois eu pagaria todos os custos e honorários. Era o que eu podia fazer, e hoje me parece pouco.

A nossa casa estava uma grande confusão desde o acontecido com a Geninha, e pedi à Jacinta que continuasse por lá, pois eu queria ter certeza de que a menina estava sendo bem-cuidada. Exceto pela dor, que às vezes a fazia chorar por horas seguidas, ela estava se recuperando bem, recebendo visitas diárias da *Ìyá* Kumani, que rezava a ferida, passava pomadas e voltava a enrolar com um pano limpo o resto da mãozinha dela. A Aina também sentia dores, tinha quebrado algumas costelas, mas sua única reclamação era em relação aos meninos. Tive que arrumar mais uma empregada, a filha de uma brasileira indicada pela Conceição, pois não conseguia cuidar da casa e dos negócios, principalmente porque estava para chegar um navio do Brasil com o Felipe, o Rafiki e provavelmente mais duas pessoas. A Nourbesse, a Hanna e a Zira tinham que cuidar da vida, da barraca do mercado, e não podiam me ajudar em quase nada. Elas estavam bravas com a Aina, pois não queriam que o Ayodele se envolvesse diretamente com o problema dela, porque tinham medo do que poderia acontecer a ele, e eu não sabia de que lado ficar quando as três começavam a discutir. Principalmente quando, alguns dias após a partida do Ayodele, a Nourbesse entrou em casa feito um raio, dizendo que era para a Aina pedir que o seu homem se afastasse daquilo tudo. Depois de muito brigar, ela finalmente se acalmou e contou que o Ayodele tinha voltado da tribo e estava machucado. Ele e os amigos tinham tentado conversar com os homens, que os puseram para correr debaixo de uma chuva de pedras depois de roubarem tudo o que tinham, inclusive o dinheiro.

O Ayodele não quis contar, mas um dos amigos disse à Hanna que os homens avisaram que só estavam deixando que eles partissem vivos para que contassem à mãe que os meninos estavam na tribo e de lá não sairiam. O mesmo amigo disse que não voltaria, como o Ayodele estava planejando, pois eles não entregariam os meninos sem muita luta, porque era grande a falta de homens nas aldeias. Por causa das guerras, eles estavam morrendo ou sendo capturados, e naquela aldeia, especificamente, eram todos velhos, e os filhos da Aina estavam em idade de casar para tomar conta das mulheres. Mesmo muito novos, eles já podiam ser pais, ajudando a aumentar a população, além de serem filhos de um homem que tinha sido importante para a tribo, e cuja descendência deveria ser continuada. As meninas não contavam para isso, porque o sangue que prevalecia era o do homem. Chorando muito, a Aina concordou que o Ayodele não deveria voltar lá, mas não tinha como ir falar com ele, presa à cama. O Ayodele não ia ouvir a Nourbesse, que então pediu que eu fosse no lugar da Aina. Encontrei-o em casa, furioso, dizendo que tinha passado por uma grande humilhação e se vingaria. Eu disse que os amigos não queriam mais acompanhá-lo e achava que estavam cobertos de razão, e consegui convencê-lo de que, já que era assunto de família, os outros parentes também deveriam ser consultados, os de Porto Novo e de Cotonu, para os quais mandamos recado explicando o problema e pedindo uma opinião. Enquanto isso, ganharíamos tempo para pensar na melhor solução e, principalmente, para o Ayodele se recuperar, porque ele já não era tão novo e tinha um corte bastante feio na cabeça.

RETORNADOS

O Rafiki e o Felipe chegaram no fim de março, poucos dias depois de uma carta em que a sinhazinha avisava que em breve seria avó, pois a Mariana estava pejada de cinco meses. Como sabíamos da chegada do navio, fomos até o desembarcadouro, e me espantei com a multidão que estava esperando pelos passageiros. Eu já tinha ouvido falar nisso, que os retornados iam à procura dos parentes e conhecidos que também poderiam estar retornando, mas nunca tinha visto. Como o navio da minha volta, o *Sunset*, era apenas um navio de carga, não tinham sido muitas as pessoas que souberam que alguns passageiros iam desembarcar. Mas daquela vez parecia que o mercado tinha se mudado para a praia, lembrando muito os portos da Bahia e de São Sebastião, com muita gente vendendo e muita gente comprando, e falando dos lugares e das pessoas que conheciam no Brasil. Não sei como eles ficavam sabendo, mas essas chegadas também serviam para reunir os poucos brasileiros que não viviam nas cidades, que deixavam as fazendas e as aldeias e passavam um dia de festa em Uidá. Não importava se iam encontrar alguém conhecido ou não, mas sim o fato de estarem ali para conversar com os que retornavam, oferecendo casa, comida, roupa e amizade em troca de notícias recentes. Além das notícias, os que chegavam geralmente tinham fumo, cachaça, carne e farinha, do que muitos sentiam falta, e a festa da recepção durava até dois ou três dias. Mas nem sempre a recepção era feliz, como tinha acontecido no caso de um navio em que o capitão se esqueceu de repor a água no porto de embarque, causando a morte de mais de metade dos passageiros durante a travessia. No navio do Rafiki e do Felipe tinham morrido três, mas talvez eles já tivessem embarcado doentes.

Acho que não entenderam nada quando, assim que os vi descendo do escaler, corri na direção deles e dei um abraço como se estivesse há anos esperando por aquele momento. Não era só a felicidade de finalmente poder começar a casa, e entendi por que tanta gente estava ali, à procura da mesma emoção. Foi muito bom saber que eles estavam chegando do Brasil, da Bahia, que as últimas coisas que seus olhos tinham visto, antes de muita água e dos canais de Uidá, foram aquelas paisagens de que meus olhos tinham tanta saudade. Eles cheiravam diferente, e era bem possível que eu estivesse enganada, mas, ao abraçá-los, pude sentir cheiro de frutas e peixes que só existiam daquele outro lado do mar. Eu não me cansava de olhá-los e de fazer perguntas, até que o John lembrou que o sol estava muito forte para o João e a Maria Clara e que provavelmente os viajantes estavam cansados para ficarem parados ali por mais tempo, rodeados por aquela multidão. Foi então que me apresentaram ao Dionísio e ao Aliara, um pedreiro e o outro marceneiro, que tinham viajado junto com eles, e ao Crispim e à Tonha, um casal que conheceram no navio e que queria colocação em Uidá, sendo que ele também sabia serviço de pedreiro e ela era lavadeira. Eu disse que os dois podiam ir para a nossa casa e que eu arrumaria trabalho para eles, e saímos logo depois que o John conseguiu pegar a bagagem, antes que a euforia inicial terminasse e fôssemos seguidos por pessoas que queriam saber das novidades. Naquele momento as atenções ainda estavam divididas, pois eram pelos menos uns quarenta retornados para serem olhados e interrogados, principalmente sobre onde moravam e se conheciam tal ou tal pessoa. Confesso que olhei muito bem o rosto de cada rapaz, querendo reconhecer você em um deles. Eu já estava acostumada aos alça-pés do destino, e te ver ali naquele porto seria apenas mais um deles. O mais agradável, é certo.

Eles não tinham levado muita coisa, e o mais volumoso eram alguns instrumentos de trabalho, pois o Rafiki tinha ouvido falar que não se encontrava muita coisa em África. Por sorte ele tomou essa iniciativa, porque eu realmente não teria me lembrado disso. O Dionísio e o Aliara me pareceram muito experientes, fazendo perguntas sobre o terreno, o tipo de casa que eu queria construir, essas coisas, e me contaram que também tinham conhecido o Sebastião, pois faziam parte da mesma confraria. Os dois já eram libertos havia muito tempo, dois nagôs, da região de Ijebu-Ode. O Crispim e a Tonha eram crioulos, também libertos, e ela tinha sido convencida por ele a ir para a África, terra de onde tinham partido seus pais e onde diziam que os brasileiros estavam enriquecendo, ganhando grandes fazendas no interior. Expliquei que alguns reis estavam mesmo distribuindo terras, mas que era muito arriscado andar pelo interior, onde poderiam ser novamente capturados e mandados como escravos para o Brasil, para Cuba ou para os Estados Unidos da América. Eles não sabiam onde ficavam Cuba e os Estados Unidos, e confesso que nem eu sabia direito, mas a palavra "escravo" serviu de alerta. Naquela primeira noite, dormiram todos na minha casa, mas no dia seguinte fui conversar com o Agenor, aquele que tinha alugado a minha primeira casa, e consegui dois cômodos nos quais eles se dividiram. O Rafiki queria ir logo até o terreno e montar uma casinha lá, onde eles morariam durante a construção.

PLANEANDO

A Aina continuava de cama, chorando dia e noite, e já fazia mais de dez dias que tínhamos mandado um homem a Porto Novo e outro a Cotonu para falar com os parentes. O Ayodele tinha melhorado e estava de volta à fazenda, e a Aina sabia que logo ia começar o período da colheita e tinha medo de que o problema fosse esquecido. Prometi a ela que esperaríamos mais um pouco e, se não tivéssemos notícias dos parentes, pensaríamos em outra solução. Enquanto isso, o Rafiki e os outros já tinham construído dois cômodos de barro e palha no terreno e se mudado para lá. Era bom que houvesse uma mulher com eles, a Tonha, pois assim eu só mandava alimentos e ela preparava, além de cuidar da roupa deles e até da nossa. Quando descobri que ela também sabia costurar, comprei tecidos e mandei fazer algumas roupas do jeito que estava acostumada a usar no Brasil. Os homens começaram a fundação da casa e o Rafiki achou muito engraçado como juntava gente para observá-los trabalhando, principalmente brasileiros que, vendo o riscado no chão, tentavam adivinhar o que ia ser cada cômodo. Os selvagens não entendiam quase nada, mesmo porque as casas deles quase não tinham divisões, quando muito umas separações, como na casa da Nourbesse. Muitos brasileiros se ofereceram para trabalhar e autorizei o Rafiki a contratar quem ele quisesse, pois queria ver aquela casa de pé o mais depressa possível.

O navio com o Sebastian, o George e o Sam chegou do Brasil e de Freetown cheio de mercadorias que vendemos rapidamente, algumas para o Chachá e o rei Guezo, no caso das armas. No dia da chegada dos sarôs, dei uma grande festa e servi comidas feitas com ingredientes mandados do Brasil, e chamei o pessoal da construção e mais alguns brasileiros. A Tonha ajudou e fizemos arroz, feijão e carne de sol cozida com legumes, tudo que o Tico tinha mandado em grande quantidade, junto com charutos e cachaça, além de açúcar. Como era muita coisa e eu sabia que continuaria recebendo remessas regulares a cada três meses, dividi com alguns amigos, que agradeceram e retribuíram com muitos presentes para mim e para os ibêjis. Mandei também um pouco de comida para o Chachá, junto com duas caixas de madeira enfeitadas com ouro e cheias do melhor charuto do Recôncavo.

Pelos sarôs, mandei para o Tico uma nova lista de compras, o dinheiro da venda dos produtos em Uidá e uma extensa lista de materiais para a casa, que levei vários dias fazendo, sob a orientação do Rafiki. Andamos juntos por Singbomey,[5] a concessão do Chachá no Quartier Brésil, o mais antigo

[5] Singbomey: *singbo* quer dizer sobrado, e o do Chachá foi um dos primeiros a serem construídos em Uidá.

dos bairros brasileiros, observando alguns detalhes que eu queria repetir no meu sobrado. O do Chachá também foi construído por brasileiros, escravos que ele tinha mandado buscar no Brasil e que depois ganharam a liberdade e viviam entre nós, em consideração ao bom trabalho. Aliás, dizia-se que o Chachá e seus filhos sempre trataram muito bem os próprios escravos, que eram sempre em maior número do que eles realmente necessitavam, ficando na indolência o tempo todo. De fato, quando eu passava pela concessão, via-os às maltas, sempre sentados ou deitados à sombra, jogando, conversando ou dormindo. Eu disse ao senhor Nicolas que estava pensando em fazer uma pequena viagem até Popô, para entregar o presente do Isidoro de Souza, e o convidei para ir junto. Ele não podia, pois estava com viagem marcada para Abomé, onde ia visitar a filha e tratar de negócios com o rei Guezo. Quando se lembrou de que eu tinha prometido ajudá-la com o culto do Bonfim, perguntou se eu não queria ir junto, e na volta poderíamos passar por Popô. Adorei a ideia, mas não pude dar a resposta até confirmar que a Aina já tinha condições de cuidar dos ibêjis, pois a viagem era longa e não dava para levá-los, e o John estava em Freetown. A Jacinta disse que eu podia partir tranquila, pois ela, a Conceição e a nova empregada cuidariam da casa e ajudariam a Aina.

ABOMÉ

Partimos no início da tarde, pois o senhor Nicolas e o Alfaiate, que se juntou a nós na última hora, não tinham direito a usar para-sol. No Daomé, somente os reis, alguns ministros, alguns chefes de culto voduns e o Chachá tinham essa honra, e como os dias estavam muito quentes, era preferível viajar à noite. Para evitar o perigo de sermos atacados ou algo assim, fomos acompanhados por um enorme séquito de escravos, que também carregavam muitos presentes para o rei. Além disso, portávamos a bengala do Chachá, o que queria dizer que éramos uma comitiva oficial levando um recado do Chachá para o rei. É claro que não era a bengala de uso pessoal do Chachá, mas um modelo que só ele podia usar e que conferia ao portador o direito de andar livremente e em segurança por todo o reino, como enviado e protegido. Era muito aconselhável que todo estrangeiro que se aventurasse pelo interior levasse uma bengala oficial, caso contrário os selvagens poderiam tornar a viagem bastante difícil, ou até impossível. Fiquei um pouco decepcionada quando soube que ficaríamos na casa do Chachá, nas cercanias de Abomé, e não no palácio real. Mas pelo menos eu o conheceria, pois o senhor Nicolas disse que seríamos recebidos em audiência.

Não deu para ver a estrada toda, pois logo escureceu, mas não era das piores. Em alguns trechos eu até diria que era muito boa, larga, ladeada de árvores que davam sombra, livre de pedras e de mato, acompanhada por plantações de sorgo, milho, feijão, inhame, palma e carité. O pior trecho ficava entre Savi e Cana, onde atravessamos uma floresta e um grande pântano que se chamava Lama. Ao longo da estrada, vi também várias casas de culto, de onde saíram alguns sacerdotes para nos abençoar. Se estivesse por minha conta, teria feito aquela viagem com mais calma e parando de vez em quando, mas meus acompanhantes tinham pressa de chegar. Parávamos apenas para trocar animais e carregadores cansados por outros que estavam à nossa disposição nas várias casas do rei espalhadas de longe em longe. O Alfaiate preferia viajar dentro de uma rede carregada por escravos, e também tentei, mas aquilo sacolejava demais. Andamos a noite inteira e chegamos no fim da manhã seguinte, depois de quase vinte horas de caminhada apressada ou no lombo dos lindos cavalos emprestados pelo Isidoro de Souza. Ele os criava na casa de Popô, aquela que eu queria conhecer, e por onde passaríamos para devolvê-los.

Abomé é uma grande fortaleza, cercada por um fosso largo e fundo, coberto de espinheiros e atravessado por algumas pontes de madeira guardadas de um lado e do outro por soldados em armas, entre os quais havia muitas mulheres. A cidade é formada por vários conjuntos familiares, ou seja, conjuntos de casinhas de barro e palha onde moram as mulheres e seus filhos, e outra maior, com varanda, onde mora o homem, e cada conjunto é cercado por um muro alto. A cidade é bastante movimentada, principalmente por causa de várias mulheres que carregam cântaros na cabeça e com os quais apanham água em um riacho que fica a algumas léguas dali, deixando uma enormidade de crianças à solta, brincando e chorando. Em quase todos os conjuntos há muitas hortas, pomares e plantações que abastecem três grandes mercados, onde também é vendida a produção das mulheres do rei, as únicas que podem exercer o trabalho de poteiras e de pintoras de tecidos. Não há somente um palácio real, mas vários, pois cada rei tinha construído o seu, formando um enorme conjunto de palácios ligados entre si e com os cemitérios reais e as casas das rainhas-mães, todos ao redor de imensos pátios. Tudo isso é cercado por um muro com mais ou menos a altura de oito homens em pé um sobre o outro, com alguns portões de acesso ladeados por caveiras, que também formam grandes pilhas ao lado das portas. Dizem, inclusive, que as salas de audiência de alguns reis são completamente calçadas de caveiras dos inimigos derrotados.

Passamos o resto do dia da chegada descansando no *singbo* do Chachá, que não é tão luxuoso quanto o *singbo* de Uidá. Mesmo assim é bastante confortável e grande, e cada um de nós recebeu um quarto e dois escravos. Achei muito divertidas as roupas que os escravos usavam, e depois soube que eram parte dos figurinos de óperas montadas no Brasil, comprados pelo Chachá e dados de presente ao rei Guezo. Reencontrei meus amigos em um dos salões quando serviram o jantar, e fomos dormir cedo, pois no dia seguinte visitaríamos o palácio das mulheres do rei, onde morava a filha do senhor Nicolas. O Alfaiate não poderia entrar lá, pois o acesso de homens era permitido somente aos parentes das esposas reais, como pais, irmãos e filhos, e aos eunucos, que eram muitos. A filha do senhor Nicolas era muito simpática e bonita, uma verdadeira rainha. Ela elogiou muito a roupa que eu estava vestindo, feita pela Tonha, e mostrou seus vestidos comprados na França pelos embaixadores do rei Guezo. Eram lindos, mas ela os achava um pouco sem graça, sem cor, e eu disse que teria o maior prazer em recebê-la em Uidá e ceder minha costureira. Passamos o dia conversando, sobre Uidá, sobre Abomé, onde ela se sentia bastante sozinha, sobre o Brasil e, principalmente, sobre a Festa do Bonfim. Contei em detalhes a festa de São Salvador e ela ouviu com muito interesse, junto com duas acompanhantes que pareciam ser escravas pessoais. Passamos o segundo dia na varanda usada por ela e pelas outras esposas, onde ensinei a fazer os doces, os licores e os salgados que foram servidos dentro da igreja, dizendo que também poderia mandar comprar para ela, em São Salvador, os ingredientes necessários. Por conta de mais esse encontro, com o qual eu não contava, perdi a audiência dos homens com o rei Guezo, mas a minha amiga disse que conversaria com o marido e daria um jeito de ele me receber.

O REI GUEZO

No terceiro dia, estávamos novamente na varanda, junto com várias esposas, quando ouvimos os tambores que anunciavam a presença do rei. As mulheres pararam o que estavam fazendo e se jogaram ao chão, e não tive como permanecer de pé. Primeiro surgiram os escravos tocando tambores, cantando e entoando aos quatro ventos todos os títulos do rei Guezo. Depois entrou o arauto, bateu três vezes a bengala no chão e o anunciou. O rei Guezo, seguido por uns cinquenta escravos e muitas amazonas, era carregado em uma rede por quatro mulheres enormes. Estava deitado em meio a almofadas de damasco e sendo abanado com leques de penas coloridas que eram bem maiores do que os anões que os carregavam. Ele vestia um bubu bordado a ouro e usava sandálias com presilhas também de ouro e tiras de prata, e um chapéu de abas largas enfeitado com plumas de avestruz que eram lançadas para cima a cada baforada que ele dava no longo cachimbo. Passado o espanto inicial, fiquei olhando para o rosto dele, que de fato me lembrava muito a Agontimé, e, contrariando o que eu tinha planejado, foi a primeira coisa que falei quando fomos apresentados pelo senhor Nicolas. Ainda bem que não a chamei de Maria Mineira Naê, pois senão teria que dar muito mais explicações. Todos ficaram surpresos quando eu disse o nome dela, mas principalmente o rei, que fez um sinal para que providenciassem cadeiras para nos sentarmos. Quando percebeu que ele ia permanecer na varanda, o séquito que o acompanhava tratou de se acomodar. Anões e alguns corcundas e albinos se colocaram ao lado dele, abanando-o com flabelos, espantando as moscas com rabos de cavalos presos em bastões de ouro e segurando escarradeiras e para-sóis. Minha cadeira foi colocada de frente para a dele, enquanto as outras, para a esposa e o sogro, o senhor Nicolas, foram colocadas mais atrás. O rei Guezo se dirigiu a mim diretamente, o que era uma grande honra. Geralmente ele falava por intermédio de intérpretes, ou então cochichando no ouvido de uma velha senhora que cochichava no ouvido do intérprete, que então se comunicava com o convidado. Isso acontecia mesmo quando recebia quem falava a mesma língua que ele. Escolhendo muito bem as palavras e falando em fon e eve, contei aquele meu primeiro encontro com a Agontimé em São Salvador, e que depois tinha perdido o contato. Ele me pareceu muito emocionado, o que acabou provocando o choro histérico de vários escravos, que gritavam o nome da Agontimé e faziam saudações aos voduns cujos cultos ela presidia. Ele fez muitas perguntas, como ela estava, se tinha comentado sobre os lugares onde tinha vivido, se estava liberta, se falava sobre ele. Contei tudo o que podia e ainda inventei algumas coisas para deixá-lo feliz, e depois de mais de meia hora de interrogatório, ele saiu da varanda me convidando para almoçar no palácio pessoal dele dentro de dois dias.

Era tudo que eu queria, mas não pude ir por causa da notícia que chegou a Abomé na noite de oito de maio de um mil oitocentos e quarenta e nove. Uma notícia pela qual todos já esperavam, mas que comoveu todo o reino do Daomé, a da morte do Chachá, em Uidá. Do palácio real conheci apenas o salão onde nos despedimos do rei Guezo, que me decepcionou pela simplicidade, diante do que o John tinha falado sobre os salões do Chachá. Além de uma poltrona, que não devia ser o trono principal, havia sofás, cadeiras, esculturas espalhadas pelos cantos e diversas imagens de santos católicos e objetos de cultos de voduns dispostos em pequenas prateleiras que enfeitavam as paredes. Pelo menos as molduras eram bonitas, de ouro trabalhado. Nada mais. E nem tive muito tempo para olhar direito, pois precisávamos partir junto com a comitiva que faria as honras do rei Guezo no funeral do seu irmão de sangue. Ele próprio não pôde ir, mas mandou algumas de suas mulheres, inclusive a filha do senhor Nicolas, e dois filhos homens. Também não tive tempo de perguntar pelo pai do Kokumo, o Babatunde, que tinha sido ministro do reino do Daomé. Ao assumir, o rei Guezo tinha trocado todos os ministros que serviam ao Adandozan, mas podia ser que ele ainda estivesse por lá se fosse vivo, porque, na verdade, tinha sido ministro do pai do rei Guezo, o rei Agongolo, o marido da Agontimé.

A COMITIVA

Éramos um grupo grande, mais de trezentas pessoas, e pelo caminho o senhor Nicolas e o Alfaiate foram conversando sobre o quanto a morte do Chachá era preocupante para todos os brancos, referindo-se não apenas aos brasileiros, mas também aos ingleses, franceses e portugueses, porque a permanência e a segurança deles na costa africana tinham sido garantidas graças à influência do Chachá junto ao rei. Para o rei Guezo e todos os reis africanos, os brancos serviam apenas para fazer negócio, para comprar escravos e vender armas, e o senhor Nicolas disse que o Chachá conseguiu convencê-lo de que era importante para o reino de Abomé que os brancos se estabelecessem lá, que tivessem casa e família, que possuíssem terras e negociassem outros produtos, porque só assim a África poderia se tornar um Brasil ou mesmo uma Europa. Eles estavam preocupados com o que aconteceria a partir de então e com quem seria o novo Chachá, já que três filhos do Francisco tinham condições de herdar o título. Mais tarde falo sobre eles, pois agora quero contar da nossa viagem.

O rei nos autorizou a usar para-sóis, pois estávamos indo representá-lo nas cerimônias de despedida do seu melhor amigo, do homem com quem tinha feito o pacto de sangue e de quem recebeu ajuda essencial para assumir o trono, como queria o pai, o rei Agongolo. Diziam que o rei Guezo era justo e preocupado com o povo, e muito bom para seus escravos, o que teria deixado a Agontimé bastante feliz. Mas ela preferiu continuar no Brasil, preferiu levar o culto dos voduns aos daomeanos que, como ela, foram viver na nova terra. Sendo assim, era melhor mesmo que o rei Guezo não soubesse do paradeiro dela, principalmente depois que eu o enganei, escondendo o que sabia.

O mais interessante daquele cortejo foi viajar ao lado do famoso exército de amazonas do Daomé, do qual a filha do senhor Nicolas e outras esposas e filhas do rei também faziam parte. Tal exército era composto por mais de quinhentas mulheres e tinha fama de ser invencível, conseguida na longa sucessão de reinados daquela dinastia dos protegidos de Dan. Rei após rei, o exército se renovava com as mulheres que tinham alguma ligação real, e era temido e respeitado em toda a África por sua coragem e fé. As guerreiras andavam vestidas com calças curtas e camisas longas, sem mangas, e exibiam com muito orgulho o cinto em que ficavam presos uma maça[6] e um facão. As cabeças eram cobertas por gorros bordados ou pintados com figuras de diversos animais sagrados no Daomé, como crocodilo, elefante ou tubarão, de acordo com o batalhão a que pertenciam. Não foi o exército inteiro, mas umas cem mulheres, acompanhando dois dos filhos do rei Guezo, os príncipes Dako Dubo e Armuwanu. Elas montadas em seus vistosos e valentes cavalos e eles deitados em redes carregadas por escravos. Na frente seguiu uma banda formada por escravos batendo tambores e tocando clarinetas, comandados por um arauto, que, quando cruzávamos com alguma movimentação na estrada ou passávamos por uma aldeia, anunciava a morte do Chachá e exortava os súditos do reino a nos acompanharem. Aos que não podiam seguir viagem, era pedido que realizassem algum tipo de cerimônia. Atrás da banda iam as amazonas, que também faziam a segurança dos príncipes, e então íamos nós, os enviados de honra, com nossos

---

[6] Maça: arma com cabo comprido que tem em uma das pontas uma pesada bola de ferro dentada.

escravos e serviçais. Acho que no meio daquela gente toda só eu não tinha escravos, mas o senhor Nicolas me emprestou dois para carregarem a minha bagagem e o para-sol. Atrás de nós seguiam os escravos do rei Guezo, carregando a bagagem da comitiva e os diversos presentes para o Chachá e seus filhos. Para cada filho vivo o rei enviava, entre outras coisas, um pano da costa comemorativo, com uma estampa que a partir daquele momento só seria usada para lembrar a morte do Chachá. Fiquei brava porque os presentes eram apenas para os filhos homens, mas o Alfaiate disse que não era por economia, mas sim porque as mulheres não eram consideradas descendência de verdade, pois passavam a pertencer à família do marido quando se casavam. Os escravos ainda carregavam provisões que dariam para a comitiva e os convidados comerem e beberem durante muitos dias, pois esse tipo de cerimônia dura pelo menos uma semana. O Alfaiate disse que estava surpreso com aquela homenagem ao Chachá, digna de um rei. Entre os soldados caminhavam umas quinze pessoas vestidas de branco, todas muito jovens, quase crianças, que seriam sacrificadas em honra ao Chachá. Parecia que estavam indo para uma grande festa, a não ser pelos semblantes, que me impressionaram não por estarem de todo tristes ou desesperados, como eu achava que deveriam estar, mas pela resignação. Como não estava acostumada com aquilo, achei uma barbaridade absurda, justificando a alcunha de selvagens que nós, os brasileiros, dávamos aos africanos. Mas nem o senhor Nicolas nem o Alfaiate, também brasileiros, pareciam se importar, e quando perguntei o que achavam, responderam que eram costumes, apenas costumes, que sempre existiram e sempre existiriam. Eu parecia muito mais desesperada que as próprias vítimas, que apenas caminhavam em direção ao destino. Ainda hoje sou capaz de me lembrar de alguns dos rostos daqueles jovens que morreram para homenagear a morte, e sempre rezo por todos. Havia apenas duas meninas, as mais jovens de todo o grupo e também as que caminhavam com maior altivez, quase com orgulho, como as amazonas.

CHEGADA E FUNERAL

Fomos recebidos na entrada da cidade por um grupo de escravos do Chachá, tendo à frente dois dos seus filhos, em consideração aos dois filhos do rei Guezo. Houve troca de presentes e saudações, e atravessamos Uidá sob os olhares festivos e curiosos dos moradores, que estavam nas ruas apreciando o movimento. Era enorme a concentração de pessoas no forte e em Singbomey, onde o corpo estava sendo velado. Uma multidão de escravos estava espalhada pelo pátio, chorando e rolando no chão de terra, que pegavam com as mãos e atiravam sobre as próprias cabeças quando algum representante real ou algum filho do Chachá passavam por eles. Os filhos estavam todos vestidos da mesma maneira, com roupas brancas, uma faixa colorida cruzando o peito e chapéu-panamá, sempre seguidos por dois ou três escravos, e às vezes pelas famílias numerosas, que vestiam roupas alegres e coloridas e faziam festa ao se encontrarem com as famílias dos outros irmãos.

Vi o Isidoro conversando com os filhos do rei Guezo e depois soube que ele estava tentando evitar os sacrifícios humanos, alegando que o pai era branco e católico, que aquelas coisas não eram necessárias. Vi de longe o *bokonon* Prudêncio, que estava muito atarefado e nem pôde falar comigo. O Isidoro conseguiu salvar dois ou três, mas os príncipes não quiseram desistir daquele costume, dizendo que seria uma desfeita ao rei, que queria prestar uma homenagem ao irmão de sangue. Eu não vi, mas disseram que foi enorme a quantidade de gente na praia, naquele mesmo dia, onde três homens foram sacrificados, além de alguns animais. As cerimônias foram presididas pelo Prudêncio, que também fez sacrifícios para os voduns, e por um sacerdote que tinha viajado conosco e portava o título de *adjaho*. Esta é a mais alta função entre os sacerdotes voduns, pois, além de presidir os cultos mais importantes, o *adjaho* também é uma espécie de ministro de culto do rei e chefe da polícia secreta do reino. O primeiro *adjaho* tinha recebido esse cargo depois de assentar um dos voduns mais poderosos do Daomé, o filho do rei Abaka, o rei que assentou o reino sobre as entranhas de Dan, o chefe de todos os outros voduns, o vodum que guiou o destino da Agontimé, o Zomadonu. Não tenho certeza, mas acho que no Daomé só o *adjaho* pode cultuar Zomadonu, pois ele é o chefe dos voduns da família real, cujo culto fica sob a responsabilidade do sacerdote real.

As pessoas iam passar a noite toda em Singbomey, mas como eu estava muito cansada e preocupada com os ibêjis, fui para casa. Ainda bem que fiz isso, pois ao chegar lá encontrei a Jacinta desesperada, se desdobrando para cuidar de três chorões, a Geninha, a Maria Clara e o João, porque as outras mulheres que se dispuseram a ajudar tinham ido para as cerimônias, e a Aina, aproveitando a confusão e o fato de que estava um pouco melhor, tinha fugido. A Jacinta estava furiosa com ela, dizendo que era uma ingrata, que depois de eu tê-la ajudado tanto fugia daquele jeito, abandonando meus filhos. Fiquei sem saber se concordava com ela ou tentava compreender a Aina, que só podia ter ido atrás dos próprios filhos. Eu não tinha condições de ir procurá-la nem de mandar alguém, pois naqueles dias todos estavam muito ocupados com as cerimônias, com hóspedes, ou querendo aproveitar o movimento e ganhar um pouco de dinheiro vendendo qualquer coisa. Participei de poucas cerimônias, porque a Geninha ainda exigia cuidados e a Jacinta tinha que dar prioridade a ela, deixando os ibêjis comigo. Mas fui a uma parte da cerimônia do enterro, realizada em duas etapas, a primeira na praia, assistida por todo mundo, e a segunda no cômodo reservado para guardar o corpo. Ainda bem que não assisti à primeira, pois, de acordo com os costumes africanos, um moço e uma moça foram decapitados para serem enterrados junto com o Chachá. Só vi quando entraram no cômodo com os três corpos enrolados em bandeiras, e não consegui evitar os tristes pensamentos que me acometeram. Eu tentava adivinhar quais dos jovens tinham sido oferecidos em sacrifício, e se as cabeças deles, mesmo separadas dos corpos, conservavam toda aquela determinação que demonstravam no caminho. Aproveitei que ninguém estava prestando atenção nos convidados e fui embora, enquanto o Prudêncio, o *adjaho* e algumas sacerdotisas davam andamento à cerimônia, que durou muitas horas. O Chachá já estava morto mesmo, mas os meus problemas ainda eram bem reais, e eu me preocupava com a Aina. Voltei a Singbomey apenas para me despedir da filha do senhor Nicolas, e soube que a comitiva de Abomé estava se preparando para ir embora. As homenagens ainda continuaram por vários meses, com mais de trezentas dançarinas se apresentando na praça de Uidá, com sacerdotes imolando animais, e os selvagens e escravos do Chachá bebendo muita cachaça e dando gritos desesperados que competiam com o estrondo de vários tiros para o ar. Uma verdadeira selvageria, se me permite dizer.

ARREPENDIDOS

Como o senhor Nicolas, o Alfaiate e o José Joaquim estavam muito ocupados, aproveitei uma ida até o terreno para conversar com o Rafiki e o Felipe, para que eles me ajudassem a decidir o que fazer em relação à Aina. Eles não queriam opinar, pois não conheciam nada da África, mas depois acabaram dizendo que era melhor não fazer nada. Eu também pensava assim, que aquele problema era para ser resolvido pela família, mas gostava muito da Aina e tinha imensa consideração por ela. Além da sinhazinha, ela era minha amiga de infância. Eu rezava por ela todos os dias, e achei melhor esperar pela volta do Ayodele para tomar qualquer providência. Enquanto isso, a casa começava a ter os traçados mais definidos, atraindo cada vez mais gente. Não só para olhá-la, mas também para pedir emprego, e essas pessoas eu mandava falar com o Rafiki. Talvez ele até aproveitasse alguns daqueles homens, quase todos brasileiros, que tinham voltado achando que encontrariam a África das lembranças que tinham deixado ao partir. Não só naqueles dias, mas durante todo o tempo desde que voltei, ouvi histórias muito tristes de gente que tinha tentado voltar para aldeias que não existiam mais, de gente que procurava por parentes que tinham morrido ou se mudado, de gente que queria voltar para o Brasil a qualquer custo. Ouvi também muitas histórias antigas, que provavelmente continuarão a ser contadas através dos anos, sabe-se lá até quando.

Ouvi, por exemplo, a história de um nagô chamado João de Oliveira, que, quando ainda era quase uma criança, foi capturado e levado para o Brasil, Pernambuco, onde viveu por muitos anos como escravo de uma família de que gostava muito e que também gostava dele. Ao receber a alforria como prêmio por bons serviços, o João de Oliveira resolveu voltar para a África e se estabeleceu na região de Porto Novo e Onin, pois era esse o nome de Lagos naquela época. Até hoje os africanos mais antigos e alguns estrangeiros a chamam assim. Não dizem que o João de Oliveira enriqueceu com o tráfico de escravos para que ele não perca o heroísmo, mas desconfio que não pode ter sido de outra maneira. Conta-se que ele falava muito bem dos ex-donos e de como o tinham salvado, fazendo com que se tornasse um verdadeiro cristão. Era muito grato a eles e fez questão de enviar, sem que tivessem solicitado, o valor da alforria e mais algum dinheiro, que continuou enviando constantemente. A fortuna do João de Oliveira tinha se tornado muito maior que a deles, e quando soube que sua ex-dona tinha ficado viúva e passava dificuldades, não poupou esforços e meios para ajudá-la, enquanto também mandava dinheiro para ajudar na construção da Igreja de Nossa Senhora da Imaculada Conceição. Além disso, o João também contribuía para várias irmandades brasileiras. Ele era muito bem-visto em África, pois ajudou a construir muitos dos portos instalados pela costa com seu próprio dinheiro, e era também considerado um grande amigo dos comerciantes portugueses e baianos que faziam negócios naqueles portos.

Principalmente os comerciantes de tabaco, e por isso a minha quase certeza de que ele comerciava escravos, porque naquela época o tabaco era a principal moeda de troca. Quando os reis africanos queriam prejudicar algum comerciante, o João de Oliveira intercedia por ele e quase sempre conseguia resolver a contenda. Como as que aconteciam quando algum rei mandava roubar a carga que tinha comprado, tentando se livrar do pagamento, ou quando queria entregar menos escravos do que valia o tabaco, e então cobrava taxas tão altas para a autorização de desembarque, que compensava mais deixar a carga mofar no navio, causando enorme prejuízo.

Quando estava muito velho, o João de Oliveira quis retornar ao Brasil, para morrer em solo católico e ter um funeral cristão. Vendeu tudo o que tinha, conservando alguns escravos que o acompanhariam, comprou muitas mercadorias africanas e até escolheu o navio, o *Nossa Senhora da Conceição e Almas*, nome da sua protetora. Ele esperava ter uma boa recepção no Brasil, em recompensa pelos bons serviços prestados também à Coroa, protegendo os comerciantes portugueses e brasileiros em África. Mas não foi isso que aconteceu, e quando o *Nossa Senhora da Conceição e Almas* aportou em São Salvador, o João de Oliveira foi preso por ordem do chefe da Alfândega, que não acreditou que todas aquelas mercadorias pertenciam a um ex-escravo e o acusou de ter se apropriado indevidamente das mercadorias a bordo. A carga foi confiscada, inclusive os escravos, e o João de Oliveira passou alguns meses na cadeia até conseguir provar que tudo era dele. Dizem que só conseguiu reaver parte da mercadoria, e mesmo assim depois que alguns comerciantes que o conheciam foram pedir ajuda na corte. Histórias como essa eram contadas para fazer com que muitos perdessem a vontade de voltar para o Brasil, ainda mais naquele momento em que estava proibida a entrada de africanos no território brasileiro. Mesmo assim, conheci muitos arrependidos, que iam apenas se aguentando, vivendo de tristezas e saudades, dizendo que no Brasil tinham sido felizes sem saber.

FESTAS E CERIMÔNIAS

Quando os ibêjis fizeram um ano, em junho, aproveitei que o John estava em casa e dei uma grande festa. Nós já tínhamos bastante dinheiro, muito mais do que eu tive no Brasil, em espécie, em ouro ou em mercadorias guardadas em um pequeno armazém que aluguei do senhor Nicolas. Mas o John queria mais, para que ele pudesse parar com aquele comércio de Freetown o mais depressa possível. Eu só pensava na casa, na minha casa, do jeito que sempre sonhei. Era pena não ser no Brasil, mas eu ainda não tinha perdido a esperança de um dia voltar e ter uma bela casa onde você também morasse, em qualquer cidade que você escolhesse. Quando comentei isso com o John, ele disse que eu era muito mais brasileira que africana, pois o africano não se preocupa muito com casa, não se apega a ela e está constantemente de mudança, a não ser que tenha laços muito fortes com a aldeia onde nasceu. Mas comigo também tinha sido assim no Brasil, onde morei em várias casas e vários lugares, embora muitas mudanças tenham sido contra a vontade ou ao sabor das circunstâncias. Em África, finalmente eu teria o meu lugar, onde criaria meus filhos, e isso era muito importante. A cada dia eu acrescentava novos itens à lista de encomendas para o Tico, como janelas trabalhadas, grades rendadas para as portas, enfeites em forma de pombos para o telhado, telhas, maçanetas, esculturas de estuque, vidros e vitrais coloridos, e também mandava embarcar cortes de tecido, comida, bebida, charutos, perfumes e roupas, para nosso uso e para presentear.

A festa de aniversário dos ibêjis serviu como festa de despedida do José Joaquim, que estava muito feliz por ser substituído em suas funções no forte. Aproveitando a oportunidade, o padre José Maria também ia pegar o mesmo navio que ele, e disse que mandariam alguém para tomar conta da capela. Desde o batizado, eu tinha me encontrado com ele poucas vezes, pois era bastante recluso. O José Joaquim disse que ele passava dias e noites rezando, jejuando e se flagelando, pedindo salvação para nossas almas pagãs. Deve ser mesmo difícil para um padre de fé verdadeira ver tantos cristãos de fé dividida, entre os quais me incluo. Por exemplo, depois da festa de aniversário, a que o padre compareceu e fez belas orações para as ibêjis, tratei algumas cerimônias com a *Ìyá* Kumani, que ficou de sacrificar dois carneiros para Xangô e me apresentar a um sacerdote egungum, que deveria fazer cultos para os meus mortos. Eu queria fazer aquilo desde o retorno à África, pois estava devendo uma homenagem a eles, principalmente à minha mãe e ao Kokumo. Mas também queria aproveitar para lembrar a minha avó, apesar de ela ser vodúnsi, a minha mãe, a Taiwo e o Banjokô, e resolvi incluir a Esméria, o Sebastião e a Claudina.

Aproveitei uma viagem do John para acompanhar os cultos egunguns, pois tinha um pouco de vergonha de que ele soubesse que eu me envolvia nessas coisas, não sei. Mas também porque a viagem dele ia ser demorada, não para Freetown, mas junto com o Alfaiate e um inglês chamado Frederick Forbes, que andava pela África já fazia algum tempo e queria conhecer o interior. Depois fiquei sabendo que alguns membros da família De Souza, a do Chachá, tinham ido com eles. Não os principais, os que estavam cotados para substituir o pai, pois o sucessor ainda não tinha sido escolhido e eles precisavam ser facilmente encontrados, caso o rei Guezo quisesse fazer isso a qualquer momento. Também foi bom que o John estivesse fora de Uidá naquela época por causa de uma notícia que provocou algumas confusões na cidade, causando a morte de dois ingleses. Era gente sem muita importância, o que evitou o agravamento da situação. A algumas milhas do porto de Uidá, um tumbeiro carregado com mais de quatrocentos escravos foi perseguido por um navio da esquadra britânica e, para não ser pego em flagrante, lançou todos os capturados ao mar. A culpa foi atribuída aos ingleses e havia protestos sempre que algum corpo, mutilado, comido e inchado ia dar na praia. Não sei se era verdade, mas dizem que dois homens conseguiram chegar vivos, deixando-se levar pela correnteza até as lagoas perto de Popô.

EGUNS E EGUNGUNS

Quem me acompanhou na visita ao terreiro de egunguns, onde seria realizada uma grande festa, foi a Conceição, que também mandou a esposa de um dos filhos para ajudar a Jacinta com os ibêjis. Ficaríamos fora durante dois dias, mas o pior foi ter que viajar com sol forte, com aquele calor todo, e sorte que a Conceição tinha me sugerido não ir vestida à brasileira, para não chamar muita atenção na estrada. Viajar à noite seria perigoso para duas mulheres sozinhas, que com uma simples palavra demonstrariam não ser selvagens, o que nos tornava ainda mais desprotegidas. Arrumei um pano e amarrei na altura do pescoço, como fazia a minha avó, porque não tinha coragem de andar como a maioria das africanas, com os peitos à mostra e, algumas vezes, com o corpo todo. Eu tinha pudores que preferia não ter, porque o corpo pegava fogo mesmo debaixo do pano fino, e no meio do caminho tirei o véu que tinha amarrado na cabeça para não ser reconhecida ao deixar a cidade. Quando chegamos à aldeia, da qual não me lembro o nome, vimos milhares de pessoas que tinham ido participar da festa que acontece ali uma vez por ano, até os dias de hoje. Não foi difícil encontrar a Ìyá Kumani, que tinha ido uma semana antes e era conhecida de todos, por ser uma sacerdotisa muito importante nos cultos gelédés. Foi com a Ìyá Kumani que aprendi a história inteira das Ìyámis Òsòròngá, da qual a Mãezinha não conhecia nem metade.

A história toda não vem ao caso, mas acontece que antes de a fúria das *Ìyámis* ser apaziguada, elas tinham provocado um grande terror em toda a África, desafiando o poder do próprio soberano dos orixás, Olodumaré. Elas comiam tudo o que era quizila para os outros orixás e destruíam o que encontravam pelo caminho, casas, templos e pessoas, comiam fetos, faziam as mulheres pararem de sangrar ou sangrarem demais e lançavam doenças horrendas sobre todo mundo. O povo fez grandes oferendas de ouro e enfeites a Oxum, por ela ser a dona da fertilidade, a guardiã da cabaça do ovo, mas nada adiantou. Resolveram pedir ajuda ao Ifá e ele ensinou Odé a fazer um ebó na entrada de uma floresta, o que tirou o poder de uma das *Ìyámis*. Outras três foram mandadas para um lugar que não é o *ayê* e nem o *Orum*, e onde ninguém mais esteve, restando apenas três, que exigiram que Olodumaré cumprisse pelo menos parte do pacto feito com elas. Ele então teve que reservar as árvores de Ketu para elas, pedindo que todo o povo de Ketu as reverenciasse. Caso contrário elas poderiam fazer o que quisessem com eles e suas aldeias, desde que não tocassem nas árvores, que seriam para sempre protegidas de Odé.

A Mãezinha não sabia de nada disso, só da outra parte, quando as *Ìyámis* pousaram sobre as árvores do bem e do mal. Isso também acontecia com muitos cultos feitos no Brasil, que ficavam só pela metade. Os pretos de lá esqueciam ou não tinham condições de fazer como era feito em África, mas o contrário também podia acontecer. Alguns cultos ficaram muito mais bonitos e completos no Brasil, como alguns rituais de vodum que vi na Casa das Minas, porque as vodúnsis responsáveis por eles em África tinham sido capturadas e vendidas como escravas, deixando apenas suas discípulas para trás. Esse não era o caso do culto *gelédé*, que tinha nascido em Ketu, onde ainda estão as árvores das *Ìyámis* e grande parte das mulheres responsáveis pelos cultos, sendo que algumas delas estavam ali, naquela aldeia, participando do encontro de egunguns. Havia também um encontro de *gelédés* feito em Ketu, é claro, e para onde também iam quase todos que encontrei naquele dia, o que fazia deles uma grande família, que sempre se encontrava para ocasiões especiais.

Havia gente de muitas partes da África, de lugares que ficavam a muitos dias de viagem e dos quais eu nunca tinha ouvido falar, mas nenhum outro povo era maior que os iorubás de Ketu, Oyó, Ijexá, Ifan e Ifé. Cada povo ficava mais ou menos separado, pois cada um tinha os próprios egunguns e eguns para honrar. Uma das coisas que aprendi foi que há diferenças entre eles, pois para mim eram a mesma coisa. Os eguns são os grandes ancestrais, os grandes senhores e mestres, os fundadores de uma família ou de uma nação, e os egunguns são os outros mortos, os que são importantes somente para as famílias nas quais nasceram, e não para todo o povo. Para o Brasil foram levados eguns e egunguns, junto com seus familiares, e a *Ìyá* Kumani me apresentou a um homem que tinha ensinado o culto para dois brasileiros que queriam honrar o egum Agboulá no Brasil, em uma ilha perto da cidade da Bahia, que muito bem podia ser Itaparica. Pai e filho tinham seguido como escravos para o Brasil, conseguido a liberdade e voltado à África apenas para aprender a cultuar Agboulá, um dos mais importantes eguns para o povo iorubá, um dos seus primeiros ancestrais. Eu também já tinha visto muita gente no Brasil falar que Exu é um egum, ou egungum, apenas porque ele também transita pelo reino dos mortos, mas não é bem assim. Exu é um mensageiro entre o mundo dos vivos e o mundo dos mortos, e também foi ele quem ajudou a construir muitas coisas antes de os orixás descerem à terra, como o peji *Ojugbó Ifá*, para o orixá Ifá, o da adivinhação, e o peji *Ojugbó Orun*, o local de adoração dos mortos. Naquele encontro foram feitas várias homenagens a Exu, ao redor de grandes esculturas em forma de membros, para que ele deixasse tudo acontecer em paz e harmonia, e para que continuasse a haver fertilidade e virilidade sobre a terra.

No culto aos eguns e egunguns, a *Ìyá* Kumani era uma *Ìyáegbé*, o segundo cargo mais importante que pode ser ocupado pelas mulheres, a que comandava todas as outras. Acima dela só havia uma *Ìyálode*, que era quem recebia as ordens dos homens e passava às mulheres. A *Ìyá* Kumani trabalhava junto com um *alabá*[7] chamado Amusan, "devoto que mostra lealdade e amor aos ancestrais". Acho que aquela aldeia era ocupada apenas para aquele tipo de festa, e cada *alabá* tinha instalações separadas para fazer seus cultos, que eram chamadas de *Igbo Iygbale*.

Antes de entrarmos em um *Igbo Iygbale*, a *Ìyá* Kumani disse que eu e a Conceição devíamos beber água, comer alguma coisa e fazer as necessidades, porque de lá não poderíamos sair até o fim da cerimônia, que não tinha prazo determinado. Amarrou também tiras feitas com folhas de palma

[7] *Alabá*: chefe de terreiro egungum.

nos nossos pulsos, para nossa proteção, e falou para termos muito cuidado, para não deixarmos que nada dos egunguns e eguns encostasse em nós, nem a roupa, porque senão nos tornaríamos assombradas e teríamos que passar por vários rituais de purificação para afastar doenças e até mesmo a morte. Comecei a ficar assustada, principalmente por me lembrar daquela estranha sensação no dia em que tentei ir ao terreiro egungum em Itaparica, com a Mãezinha e o Zé Manco. A *Ìyá* Kumani disse que não havia grande perigo, pois muitas pessoas estariam atentas para tomar conta, e ainda pediu a uma conhecida dela que ficasse comigo e a Conceição, pois ela estaria ocupada. Perguntei sobre meus ancestrais, o que seria feito, e ela disse que já tinha conversado com a *Ìyálode* e que talvez aparecesse algum deles, ou alguém que os conhecia, levando recados. Quando comecei a entender melhor como o culto funciona, percebi que seria muito difícil a presença dos meus antepassados, a não ser que também fosse antepassado de alguém que já tivesse providenciado assentamento para ele. A *Ìyá* Kumani disse que era difícil, mas não impossível, e eu saberia se por acaso acontecesse, pois é impossível não sentir a presença de antepassados. Mas, de qualquer forma, eles já seriam homenageados apenas com a minha presença na cerimônia.

Prefiro saber o que vai acontecer e o que posso esperar de ocasiões como aquela e, por sorte, a mulher com quem a *Ìyá* Kumani havia nos deixado entendia bastante do culto. O nome dela era Ayomide, uma nagô de uma aldeia próxima àquela em que estávamos e que participava dos cultos havia muitos anos. Fiz todas as perguntas que se podia esperar de alguém que não entende muito do assunto, e muitas respostas foram completa novidade. Fiquei sabendo, por exemplo, que naquele dia veríamos vários tipos de manifestações, incluindo as de *aparakás*, uma espécie de eguns não muito evoluídos que ainda não têm luz e podem até se materializar, mas ainda não foram assentados e não têm cultos. Com o passar do tempo, eles podem evoluir ou não, tudo vai depender de como se portam, se estão inclinados ou não a fazer o bem. Ainda do lado de fora do salão, passou por nós um homem com ares de muito importante, e eu perguntei quem era. A Ayomide disse que era um *alapini*, o chefe de todos os sacerdotes daqueles cultos e o dono do terreno onde estávamos. Existiam também muitos outros cargos ou títulos, como o de *alagbá*, que eram os chefes de um determinado terreiro e deviam obediência apenas ao *alapini*. Abaixo do *alagbá* ficava o *ojé-agbá*, um sacerdote bem preparado e que mandava em um *ojé*, um simples sacerdote. Quem ainda estava começando era chamado de *amuixã*, ou portador do *ixã*, pois ainda não tinha poderes para invocar os ancestrais e apenas ajudava o *ojé*. Além deles, os cultos ainda contavam com os *alagbês*, os músicos, e podiam ter os *ijoyês*, pessoas que são apenas honradas dentro da sociedade, sem exercer função alguma. Para que entendêssemos melhor tudo aquilo, a Ayomide contou uma historinha que explica a origem do culto.

Em Oyó, a grande cidade dos iorubás, havia um poderoso fazendeiro chamado Alapini, pai de três filhos. Um dia, ele viajou e deixou os filhos tomando conta da plantação. Eles deveriam colher e armazenar a safra, mas não podiam comer um determinado tipo de inhame que provocava muita sede. Curiosos, os filhos resolveram experimentar e gostaram muito, comendo até se fartar. Como castigo à desobediência, acabaram morrendo, pois não conseguiram parar de beber água. Quando o pai voltou para casa, ficou desesperado com a desgraça e resolveu pedir a um babalaô que consultasse o Ifá para ver o que poderia ser feito, pois ele queria ver os filhos pelo menos mais uma vez. O babalaô mandou que, passados dezessete dias da morte dos filhos, o Alapini fosse até um riacho que ficava em um bosque e fizesse um certo ritual ensinado pelo Ifá. Depois de fazer alguns sacrifícios e oferendas, ele deveria pegar um galho de uma árvore sagrada, a *atori*, preparar um bastão, que foi chamado de *ixã*, e bater com ele três vezes no chão, às margens do riacho, chamando pelos filhos. Assim que o Alapini fez tudo isso, os filhos apareceram, mas seus corpos estavam muito feios, muito deformados. O fazendeiro queria mostrá-los às outras pessoas, mas tinha certeza de que elas se assustariam, por causa do estado dos três rapazes. Pediu que os filhos esperassem na floresta e foi conversar com algumas mulheres, que fizeram roupas e máscaras muito bonitas para eles, e assim eles foram apresentados e honrados por toda a cidade. As roupas deveriam ser guardadas em um *ojubô*, um buraco feito perto do lugar onde eles apareciam, para que pudessem encontrá-las facilmente sempre que fossem chamados pelo pai.

A Ayomide disse para prestarmos atenção às roupas, pois, assim como cobriram os corpos dos três filhos do Alapini, também cobririam os corpos dos eguns e egunguns, isto é, se eles tivessem corpos. Quando ela começou a falar das roupas, contando que as dos *aparakás* são bem mais simples, formada apenas por dois pedaços quadrados de pano pregados um ao outro, ouvimos uma gritaria e logo um grupo de pessoas passou correndo por nós, em desespero, seguido justamente por um *aparaká*. Ele já estava sendo controlado por *amuixãs* que batiam o *ixã* na frente e ao redor dele, evitando que tocasse nas pessoas. Mas a Ayomide nos empurrou para o barracão onde a *Ìyá* Kumani tinha entrado pouco antes e disse que lá estaríamos mais seguras, pois não era recomendado ficar no terreiro depois do início de algumas cerimônias, já que os espíritos rondavam todo o ambiente.

O salão já estava bem cheio e era um grande espaço sem uma única janela e com duas portas. A porta pela qual tínhamos entrado e outra que, segundo a Ayomide, dava para o *Igbo Iygbale*, o lugar sagrado onde os espíritos são invocados. Ela disse também que lá dentro havia mais divisões, sendo que uma delas estava reservada aos *ojés*, os iniciados, e na outra estavam os assentamentos dos eguns, os *idiegunguns*, que podiam ser vistos apenas pelos *ojé agbás*, os *alabás* e os *alapinis*, sacerdotes mais elevados, e os *atokuns*, que faziam as invocações. Sabendo que era um culto somente de espíritos masculinos, eu me espantei quando a Ayomide disse que no *Iygbale* também estavam os assentamentos de Oyá, mas isso acontecia porque ela era cultuada não só pelos adeptos, mas também pelos próprios eguns. Achei isso interessante, porque os espíritos ali cultuados continuavam fazendo seus próprios cultos, assim como muitos voduns cultuavam outros voduns e alguns santos católicos. Além de Oyá, eles cultuavam os orixás que tinham sido donos de suas cabeças quando vivos, ou seja, um egum ou egungum, que em vida pertencia a Xangô, continuava pertencendo ao mesmo orixá depois de morto. Incorporado, o egum pedia para ouvir nos tambores o toque de Xangô e dançava para ele, fazia ou encomendava oferendas e usava roupas com as cores consagradas a Xangô, o branco e o vermelho. Parte desses cultos era feito lá no *Igbo Iygbale*, só com a presença dos sacerdotes, quando eles escolhiam diretamente no assentamento o egum ou egungum que queriam invocar naquele dia. É no assentamento que está o *awo*, ou seja, o segredo do egum, que é a mistura do seu próprio poder de ancestral com o axé, o poder universal, que só pode ser acordado com os toques do *ixã*, como tinha feito o Alapini com seus três filhos mortos. É lá no *Igbo Iygbale* que a roupa de egum é preenchida pelo espírito invocado, porque é só por meio dela que nós podemos vê-lo, já que ele não tem corpo.

APARIÇÕES

As portas do salão foram fechadas e nos preparamos para a longa cerimônia. Todos se acomodaram da melhor maneira possível, sentados no chão ou de pé, sendo que as mulheres e as crianças ficavam de um lado e os homens do outro. Um grande espaço na frente do salão era considerado sagrado, e ali ficavam os *alagbês* e seus tambores, e algumas cadeiras para os eguns se sentarem, se quisessem. Separando esse lugar da parte onde ficávamos, havia uma série de *ixãs* fincados no chão, formando uma espécie de cerca, servindo de proteção entre o mundo dos mortos e os que estavam preparados para circular entre eles, e nós, que estávamos apenas assistindo, representantes do mundo dos vivos. Algumas mulheres podiam andar por todo o salão, e entre elas estava a *Ìyá* Kumani, que parou do nosso lado e explicou que elas eram *ojés* e só estavam ali, participando do culto, porque representavam a própria Oyá, a quem todos respeitavam. Elas também tinham muitas obrigações, costuravam as roupas usadas pelos espíritos, mantinham a ordem no salão durante o culto, puxavam cânticos especiais que só elas tinham o direito de cantar e respondiam aos cânticos iniciados pelos eguns. Também tinham que conhecer todos os assentados na casa, suas preferências e manias, e zelar para que nada lhes faltasse, além de saber interpretar tudo que falavam, o que às vezes não era compreensível para muitas pessoas. Alguns deles já tinham morrido havia muito tempo e falavam palavras e termos que ninguém mais usava fora dos cultos, ou até línguas que tinham morrido junto com determinados povos.

As mulheres chamaram a *Ìyá* Kumani e formaram uma grande roda para cantar e dançar para vários orixás. Principalmente para Exu, pois, sem o consentimento dele, nenhum ritual acontece sem problemas, e para Ossain, o orixá das ervas, sem as quais nada é feito. Sabendo quais os eguns que seriam invocados naquela noite, elas começaram a bater palmas para Xangô, acompanhadas pelos tambores em um ritmo chamado *alujá*, o preferido do antigo rei dos iorubás. A porta do salão se abriu de repente e deu passagem à imponente figura do primeiro egum, que provocou muita agitação. Eu já esperava a aparição dele a qualquer momento, mas fiquei impressionada pelo modo como ele tomou conta de todo o ambiente, e aquele ainda brandia no ar o *osé*, o machado de duas pontas de Xangô. Estava bastante animado e foi seguido de perto pelos *amuixãs*, pois a todo momento ele ia na nossa direção, causando grande tumulto. Às vezes os *ojés* tinham que encostar os *ixãs* no peito do egum e segurá-lo à força, até conseguirem levá-lo para aquele espaço sagrado, por trás dos *ixãs* fincados no chão. O seu *atokun*, o sacerdote que o invocava, quase teve que interferir, pois os eguns respeitam bastante esse tipo de sacerdote, porque é ele quem os traz para o contato com a vida, com os vivos. A Ayomide disse que já tinha visto muitos *atokuns* dando verdadeiras broncas em eguns mais afoitos, e eles ouviam como se fossem crianças tomando reprimenda dos pais. Ela disse também que aquele era um egum poderoso, pois vestia a roupa completa, que é chamada de *eku* e feita com várias tiras de pano de mais ou menos sete a oito polegadas de comprimento, que o cobria da cabeça aos pés. Ou o que deviam ter sido a cabeça e os pés quando em vida, porque o que estava ali embaixo era apenas o espírito, que andava como se estivesse flutuando pelo salão, a grande velocidade.

No caso daquele egum, as tiras eram principalmente brancas e vermelhas, em homenagem a Xangô, e elas pendiam de uma espécie de chapéu, chamado *abalá*, e da túnica que terminava em luvas e sapatos de pano, para esconder as mãos e os pés. Essa túnica é chamada de *kafô*, na qual também fica presa uma faixa chamada *banté*, que identifica o egum que está ali por baixo e que também está impregnada com o axé, a energia com a qual o egum abençoa as pessoas com quem fala. Pude ver isso mais tarde, enquanto ele falava com um grupo de pessoas que parecia conhecer havia um bom tempo, provavelmente descendentes dele, em cuja direção balançava o *banté*, jogando no ar a energia que as pessoas faziam o gesto de pegar. Naquele dia vi roupas de vários tipos, e a Ayomide disse que elas dependiam muito dos eguns e da região onde eles tinham nascido pela última vez. Alguns usavam as máscaras *gelédés* sobre o *alabá*, e outros colocavam peles de animais entre o *alabá* e o *kafô*, e ainda outros se enfeitavam com conchas, contas coloridas, espelhos, presas de animais e outros ornamentos. Aquele primeiro egum, depois de muito dançar no meio do salão, foi se sentar em uma cadeira e conversou com o grupo do qual já falei, e então se calou para esperar a entrada dos outros eguns. A Ayomide me disse para prestar atenção na voz dele e tentar dizer com o que se parecia, mas não fui capaz, por não conhecer. Era uma voz que até daria medo se fosse ouvida fora de um culto, muito aguda e estridente, como se fosse produzida por metais que ele tivesse na garganta. Ela me explicou que aquele som também tinha um nome, *séègi* ou apenas *sé*, e era muito parecido com o barulho emitido por um macaco chamado *ijimerê*. Só os egunguns e eguns falam, e os *aparakás*, como aquele que tínhamos visto do lado de fora, são mudos porque ainda estão evoluindo e têm poucos poderes.

O segundo egum ou egungum que entrou, depois de fazer e receber muita festa, começou a chamar os nomes de várias pessoas que estavam ali, e algumas eram convidadas a se aproximar. O encontro era de grande alegria, mas não foi de todo calmo, com o egum ficando bastante nervoso em algumas partes da conversa. Não dava para entender tudo o que ele falava, e muitas vezes precisou ser interpretado pelo *atokun*, que também teve que interferir quando ele quis avançar sobre algumas pessoas. A estas pessoas ele demonstrou muita raiva, xingando, esbravejando e até rogando pragas, pois elas tinham feito alguma coisa que lhe desagradou. Quando não havia do que se queixar, o egum apenas dava conselhos, receitava ritos ou ebós e depois abençoava, fazendo gestos com o *banté*. Às vezes havia mais de um egum no salão, e a cada entrada eram feitas as saudações, eram respondidos e dançados os cânticos que o egum entoava, e só então ele fazia os atendimentos. Alguns nem atendiam, ficavam apenas conversando com outros eguns e saíam do salão, sempre muito aplaudidos e saudados.

Um egum muito bonito, filho de Oxum, fez questão de presidir um ebó para uma menina que estava muito doente, carregada nos braços do pai. Esse egum gostava muito de crianças e só quis conversar com elas, rindo muito, pedindo que elas dessem pulos no ar, sorrissem, fizessem muita graça. Outro egum, dedicado a Oxalá, abençoou todos os presentes jogando muito axé, que foi disputado com grande alvoroço. Esse parecia ser dos mais respeitados, pois todos os outros eguns e *aparakás* que estavam no salão o saudaram e cederam lugar para que ele se sentasse na cadeira do meio, a de maior destaque. Outro egum entrou brandindo uma espada e logo percebi que era de Ogum, o orixá da guerra, o grande ferreiro, o que conseguiu fundir o metal para fazer ferramentas e armas. Depois de pelo menos oito horas de entra e sai de eguns, egunguns e *aparakás*, e depois de quase mais nada ser novidade para mim, eu já estava cansada de ficar presa ali dentro, onde, além de tudo, fazia muito calor. Percebi que lá fora o dia já estava amanhecendo e senti muito cansaço, sono e fome.

RECADO

Se naquela época eu tivesse conseguido interpretar o que o egum disse, na certa não teria saído de lá tão arrependida de ter ido, mas eu não tinha como saber. Não tinha. Os últimos eguns já estavam se despedindo quando a *Ìyá* Kumani percebeu meu desânimo. O que me levou a ficar lá dentro durante todo aquele tempo, ou melhor, a me conformar, visto que não era uma escolha, foi a esperança de que um dos eguns me chamasse, que tivesse algo para me dizer. Por ter me levado até lá, a *Ìyá* Kumani também devia estar se sentindo um pouco frustrada, ou culpada, e falou alguma coisa para um atokun que estava perto dela. Ele olhou na minha direção e conversou com o egum que invocava, que pareceu muito contrariado ao permitir que eu me aproximasse. Fui com um pouco de medo, pois já tinha percebido que eles são bastante imprevisíveis. Mas o egum nem sequer se levantou, estava sentado e assim ficou quando moveu a cabeça na minha direção e disse que estava tudo bem com meus ancestrais. Foi a *Ìyá* Kumani quem traduziu a fala dele, pois entendi pouquíssimas palavras, e menos ainda quando ele disse que eu tinha um problema muito sério, mas que não era da competência dele, não era da competência de nenhum dos eguns cultuados ali. Eu quis saber se pelo menos ele podia dizer que problema era esse e ele respondeu que não, que um dia eu descobriria, mas não estava autorizado a falar. Então recebi a bênção e me afastei, achando que a Mãezinha, da Ilha de Itaparica, tinha feito o certo, não permitindo que eu fosse com ela ao terreiro de eguns de lá. Aquilo não era mesmo para mim, e decidi fazer oferendas aos voduns, a Xangô e Oxum, assim que chegasse a Uidá. No caminho de volta, eu e a Conceição tivemos a companhia da *Ìyá* Kumani, que me pareceu preocupada e disse que aquilo era muito raro, os eguns não quererem se intrometer na resolução de um problema. Mas eu estava com raiva, achando que tinha perdido tempo e caminhada, e resolvi não levar a conversa adiante. Cheguei em casa exausta, vi que os ibêjis estavam bem e fui para a cama, disposta a esquecer aquilo tudo e tocar a vida.

FAMÍLIA

Alguns dias depois, o John voltou bastante animado da viagem com o inglês, contando dos lugares por onde tinham passado. Como o inglês era amigo do Alfaiate e do senhor Nicolas, que conheciam muitas fazendas e muitos comerciantes do interior, foram muito bem recebidos onde quer que resolvessem parar, ainda mais por estarem acompanhados de alguns filhos do Chachá. O John faria mais algumas viagens acompanhando o mesmo inglês, Mister Frederick Forbes, mas sempre vou me lembrar daquela primeira por ele ter me levado de presente uma máscara muito parecida com a que a *Ìyá* Kumani disse que eu precisava ter em casa. Foi comprada perto de Abeokutá, de um homem que montara uma barraca ao lado da estrada e tinha muitas delas para vender. O inglês comprou quase todas, dizendo que os amigos sempre cobravam presentes africanos quando ele retornava a Londres. Perguntei se o John sabia o que esses amigos faziam com as máscaras e ele respondeu que nada de especial, que usavam como enfeites, do mesmo jeito que gostavam dos vasos e das panelas de barro ou metal. Ou seja, um uso muito diferente do que fazíamos, e até desrespeitoso com nossos ancestrais, pendurando os objetos de culto na parede da sala, como enfeite, sem saber o que representavam. Seria a mesma coisa que nós pegarmos os objetos que os padres usavam nas igrejas para enfeitar nossas casas.

A estada do John em Uidá, antes de partir novamente para Freetown aproveitando a passagem dos sarôs, coincidiu com uma visita do Ayodele. Eu já tinha falado com o John sobre a Aina e ele achava melhor eu não interferir mais, pois ela tinha feito uma escolha. O Ayodele, não sei se convencido pela Nourbesse, tinha a mesma opinião, até porque os parentes de Porto Novo e de Cotonu nem se importaram em dizer se tinham ou não recebido o recado. Achei covarde a atitude do Ayodele, mas entendia que, sozinho, ele não podia fazer muita coisa, e nem parecia querer, naquele momento em que o corte na cabeça já tinha sumido junto com a necessidade de defender a honra da família. Por falar em família, mais ou menos naquela época chegou carta da sinhazinha, dizendo que talvez fosse a São Salvador ajudar a Mariana, que já estava para dar à luz. Era bem provável que eu também já estivesse me preparando para ser avó se o seu irmão Banjokô não tivesse morrido, mas ainda estava às voltas com duas crianças pequenas, filhos, e não netos. Para falar a verdade, eles não davam muito trabalho, menos ainda quando o John estava em casa, pois ele adorava cuidar deles, muito mais do que eu.

AMPLIAÇÕES

Em uma segunda-feira, o Felipe apareceu em casa dizendo que um homem tinha passado pela construção, um português de Lagos. Queria falar com o dono e disse que voltaria na quarta-feira de manhã para tratar de um assunto que poderia nos interessar. Como o John estava viajando, eu fui, e acho que nunca fechei negócio tão depressa na minha vida. Ele era o dono do terreno ao lado do nosso e queria vendê-lo por um preço bem convidativo.

Não precisávamos de mais terreno, o da casa já era grande o suficiente, mas fiquei temerosa pelo tipo de gente que poderia ser atraída por preço tão baixo. O homem parecia estar em dificuldades financeiras, pois paguei menos da metade do valor pago pelo meu, e por uma área que era três vezes maior, e ele aceitou receber um terço do valor em dinheiro e o restante em mercadoria, fumo que tinha acabado de chegar do Recôncavo.

Do terreno, fomos direto ao forte, nos últimos dias de estada do José Joaquim por lá, e ele rapidamente me ajudou a fazer os papéis de compra e venda, assinados por mim, pelo homem e por duas testemunhas. Depois fomos até o galpão que eu tinha alugado e, enquanto separavam a mercadoria, o homem foi até o mercado e voltou com quatro carregadores, partindo logo em seguida. Quando ele foi embora, fiquei com medo de ter sido enganada, comprando o que não lhe pertencia, mas, passados alguns dias de muita expectativa, o senhor Nicolas conseguiu confirmar que estava tudo certo. Assim que tive certeza, fui até a construção e autorizei o Rafiki e o Felipe a construírem umas casinhas para eles morarem. Eles e os outros trabalhadores, que já eram mais de quinze e poderiam levar suas famílias. Dessa maneira eu garantiria não só a fidelidade e a gratidão deles, mas também que trabalhariam mais rápido, morando tão perto. Terminadas as casinhas, o Rafiki deu a ideia de construirmos uma olaria para fabricar os tijolos e as telhas que seriam usados na obra, pois tinha recrutado dois trabalhadores que entendiam muito bem do processo, por terem trabalhado com isso na Bahia. Achei uma excelente ideia, por ser mais econômica e porque o Rafiki disse que assim teria certeza da qualidade do material. Enquanto os dois oleiros saíram pelas redondezas procurando um bom lugar para retirar a terra, pois a do litoral era muito arenosa, os outros construíram o barracão e os fornos. Com as casinhas e a olaria, atrasamos a construção em quase dois meses, e já estávamos chegando ao fim do ano. Mas foi bom porque, sem ter muito o que coordenar, pude participar de todas as reuniões do Comitê Brasileiro, que se tornaram mais frequentes por conta da festa do Bonfim, no início do ano seguinte.

QUASE A CASA

O mais importante era que chegasse padre novo na capela do forte português, para celebrar a missa do Senhor do Bonfim. O senhor Nicolas era um dos mais animados, por causa da filha, e se encarregou pessoalmente de garantir que fosse mandado um padre de Portugal, ou das ilhas de São Tomé e Príncipe ou, se fosse o caso, até mesmo do Brasil. Para as outras providências foram montados diversos grupos, e cada um se encarregou de uma parte da festa. Todos queriam organizar a burrinha, que prometia ser o ponto alto da festa, mas preferi ficar no grupo encarregado do piquenique. Apesar de não ter visto burrinha nenhuma na colina do Bonfim, em São Salvador, achei que era uma boa ideia, pois animaria a celebração. Naquele ano estávamos muito mais unidos, tanto que resolvemos preparar juntos uma ceia de Natal à brasileira, servida na casa do senhor Nicolas. Uma das filhas dele sabia puxar o rosário, e foi com gosto que rezamos todos juntos, principalmente quando percebemos que alguns criados, selvagens, olhavam com muita curiosidade para saber que tipo de culto era aquele. Fez muito sucesso o cozido de carne de sol que preparei com os ingredientes que o Tico tinha mandado da Bahia. Eu tinha ficado muito feliz com a última carta dele, dizendo que estava recuperando o ânimo e a graça de viver por conta dos contatos comerciais que estávamos fazendo. Disse inclusive que já tinha provocado inveja no Hilário, para quem as coisas não iam tão bem, o que de certa forma o deixava satisfeito, por causa da petulância do irmão e da cunhada. No dia seguinte à ceia, novamente nos reunimos para comer o que tinha sobrado, e depois alguns brasileiros quiseram me acompanhar ao terreno para ver a obra.

Infelizmente para mim também, que não me aguentava de ansiedade, não havia muita coisa para ver, somente a base onde as paredes seriam levantadas. Mas expliquei onde ficaria cada cômodo, e me disseram que aquele tipo de casa era novidade para grande parte dos selvagens, e que só mesmo brasileiros poderiam erguê-la. Pude também mostrar algumas encomendas que tinham chegado, como portais e vidros, guardados em um cômodo construído para esse fim, e que mais tarde eu usaria para guardar a carruagem que sempre tive vontade de ter, igual à dos Clegg. Todos elogiaram muito a minha iniciativa de construir casinhas para os trabalhadores, que o Rafiki fez questão de mostrar com muito orgulho, pequenas, simples, mas muito bem erguidas, dispostas em círculo e tendo no meio um terreno onde as crianças brincavam. Até parecia uma pequena aldeia, como uma de indígenas que eu tinha visto nos arredores de São Paulo, e fiquei espantada quando percebi que já havia mais de dez famílias morando lá. O Rafiki comentou que isso era bom, pois as mulheres cuidavam dos seus homens, não deixando que eles bebessem muito ou arranjassem confusão, além de trazê-los sempre bem-alimentados e dispostos para o trabalho. Quando eles viam que aquela convivência com outras famílias, todas brasileiras, fazia muito bem às próprias famílias, se esforçavam mais ainda para fazer um bom trabalho e continuar ali, pois era grande o número de interessados. Percebi então que tinha resolvido alguns problemas, mas arranjado outro muito grande, que era tirá-los dali depois que a obra estivesse concluída.

O BONFIM DE UIDÁ

O mês de janeiro foi corrido, com a olaria começando a funcionar e a Festa do Bonfim tomando grandes proporções. Os retornados mais antigos disseram que já tinham realizado muitas festas, mas nenhuma tão completa e animada como aquela, pois contávamos com a presença de pelo menos duzentos brasileiros. Inclusive alguns de Porto Novo, de Lagos e até de Aguê, que também realizavam suas festas por lá. Além das contribuições arrecadadas entre os que tinham condições, o Isidoro de Souza mandou algum dinheiro, na certa tentando agradar aos brasileiros que tinham alguma influência sobre o rei Guezo, em campanha para ser o novo Chachá. Aliás, aquela incerteza estava descontentando a todos, que ficavam sem saber se o reino de Abomé continuaria tendo um vice-rei brasileiro. O Isidoro estava triste porque a bela casa de Popô tinha sido destruída. Os foguetes disparados em desagravo à morte do pai provocaram um incêndio que ninguém conseguiu apagar, e tudo que estava lá dentro se queimou, inclusive papéis provando que ele tinha dinheiro aplicado na Bahia. Algumas pessoas estavam ajudando a recuperar esse dinheiro, e eu também me coloquei à disposição, dizendo que conhecia um advogado em São Salvador, o marido da Mariana, a filha da sinhazinha. Seria bom se o doutor José Manoel ainda estivesse lá, mas eu tinha certeza de que, mesmo longe, em São Sebastião do Rio de Janeiro, ele teria condições de ajudar o genro. Na última carta da sinhazinha, ela tinha contado que sentia muita falta da Mariana, que tinha ficado em São Salvador com o marido, e da Carolina, que estudava na França, mas estava muito feliz em São Sebastião. Tinha também visitado a sinhá Ana Felipa no belo casarão onde ela morava, na Cidade Imperial de Petrópolis, e as duas estavam tentando se entender, esquecendo as brigas do passado.

A Festa do Bonfim foi adiada por uma semana por causa do atraso na chegada do padre, e começou no sábado à noite, com o desfile da burrinha pela cidade. Assim como todos os brasileiros, eu tinha mandado fazer roupas brancas para a família, como tinha visto na Bahia. O ponto de encontro foi no forte, onde estava montada uma mesa com comidas e bebidas do Brasil e onde as figuras se preparavam para sair. Todas elas eram novas e muito bonitas, o sinhô e a sinhá, que alguns chamavam de Papá e Maman Giganta, o leão, o avestruz, o elefante e a burrinha, que era a figura maior e mais bonita. Tinham a altura de mais ou menos um homem sobre o outro, por causa das armações de madeira e arame que davam forma aos tecidos coloridos. As caras eram feitas de papel e madeira, pintados com muita perfeição. Algumas crianças ficaram com medo, mas os ibêjis ficaram fascinados, e mais ainda quando os músicos começaram a tocar, com as figuras dançando e rodopiando, os longos braços sendo lançados ao redor dos corpos. Aquilo me lembrou os egunguns, mas o propósito era bem diferente, além de divertido. Os encarregados de montar a burrinha tinham ensaiado com a banda muitas músicas que eu tinha ouvido na Bahia e em São Sebastião, e por um instante era como se estivéssemos de volta no tempo, de volta ao lugar de onde tínhamos saído. Alguns choraram de emoção, confessando que queriam voltar, eu quis que meus amigos do Brasil estivessem ali, festejando comigo, principalmente o Fatumbi, o Baba Ogumfiditimi e a Adeola, com quem tinha ido à festa de São Salvador. Éramos muitos, todos vestidos de branco, inclusive os empregados da obra e suas famílias, para quem eu também tinha mandado fazer roupas. Não sei se já te contei que o Juvenal estava trabalhando lá e morava em uma das casinhas com os outros filhos, pois a Jacinta e a Geninha ficaram comigo, o que foi de enorme ajuda.

A agitação no forte já tinha chamado a atenção de muitos selvagens, que nos esperavam do lado de fora do portão. De início eles ficaram olhando, maravilhados, principalmente quando saíram as figuras e a banda formada por vários músicos tocando tambores, flautas e outros instrumentos, seguidos por todos nós. Como já tinha escurecido, carregávamos tochas acesas, o que dava um efeito bonito, e foi por ciúme que começou toda a confusão. Apesar de estarmos acompanhados de muitos escravos, os selvagens nos atacaram com pedras quando já estávamos no meio da rua, sem termos para onde fugir. Eles começaram a gritar os muitos nomes de Oxalá, depois de saberem que, na Bahia, o santo e o orixá eram a mesma pessoa. Oxalá é filho de Olorum, ou Olodumaré, tanto faz, o criador do mundo, e além dos nomes que eu já conhecia, Oxagiyan e Oxalufã, também aprendi que pode ser Obatalá, Ogbomosho e Adjagounan, entre outros. Com a gritaria toda, e por eles serem muitos, já não dava mais para ouvir a nossa música, e os organizadores corriam de um lado para outro dizendo para não aceitarmos provocações, para continuarmos a festa como tínhamos programado. Bem que tentamos, mas quando os selvagens conseguiram atear fogo na roupa do Papá Giganta, a situação fugiu ao controle, e logo algumas facas foram mostradas de ambos os lados, as lâminas brilhando à luz das tochas. Como ainda não tínhamos andado muito, voltamos correndo para o forte e trancamos o portão, deixando os escravos brigarem do lado de fora. Alguém comentou que podíamos continuar a festa em segurança, protegidos, mas já não havia mais clima nem vontade, e decidimos cancelar a lavagem da frente da capela do forte. Foi pena, porque tínhamos comprado muitas bilhas para carregar a água de cheiro. Não sei quem conseguiu sair e pedir a proteção dos escravos que estavam na Singbomey, e eles conseguiram dispersar os selvagens para que pudéssemos voltar para casa. Mas durante a noite várias casas de brasileiros foram apedrejadas, o que nos fez ficar com medo do que poderia acontecer no dia seguinte.

Fomos socorridos pelo Isidoro, que cedeu mais escravos, que nos acompanharam durante a missa e o piquenique. Eu tinha assistido a duas ou três missas em toda a minha vida, mas nenhuma delas e nenhuma outra que viria a assistir depois foi tão rápida quanto aquela, pois o padre, um português chamado Pedro da Anunciação, estava assustado com os acontecimentos e com medo que os selvagens invadissem a capela. Mas eles estavam sendo mantidos a distância, perto da praça, principalmente porque havia muitos brasileiros do lado de fora da capela, onde não havia espaço para todo mundo. Tínhamos nos preparado muito para aquela missa, com roupas novas e faixas cruzando o peito, nas quais se lia, abreviado, "N. S. do Bonfim". As figuras, que seriam levadas para o piquenique, foram deixadas no barracão, para não provocarem mais problemas. O homem que estava usando a de Papá Giganta tinha se queimado bastante e ninguém quis se arriscar a ter o mesmo destino. Da igreja, sempre guardados pelos escravos, fomos para o piquenique em um dos galpões do senhor Nicolas, em procissão e respondendo aos cânticos puxados pelo padre. Todo o espaço estava decorado com bandeirinhas, tiras de papel colorido e folhas de plantas brasileiras. Eu não tinha cuidado dessa parte, apenas das comidas, que passamos quase dois dias preparando, eu e algumas brasileiras. Usei muitas das mercadorias que tinha recebido do Brasil, e fizemos cozido, arroz, feijoada, peixe, pirão e doce de coco e de frutas cozidas com açúcar. Para beber, tinha muita cachaça, vinho, cerveja, sucos, aluá e diversos licores.

O mais difícil foi conseguir talheres suficientes para todo mundo, pois queríamos fazer tudo como no Brasil, nada de comer com as mãos. Algumas pessoas emprestaram e tivemos sorte de um navio francês estar ancorado no porto, com diversas baixelas a bordo, para vender. Eram caras, de prata, mas decidi ficar com uma, o senhor Nicolas ficou com outra, e dois brasileiros abastados também compraram, para que mais de trezentas pessoas pudessem comer em grande estilo. Algumas delas com certeza não tinham nem ideia do quanto tinha custado aquilo, não sabiam que estavam comendo como verdadeiros reis e rainhas. O padre foi um dos que mais se divertiram, tendo que ser carregado para casa no fim do piquenique, de tanto vinho que bebeu. Não fiquei até o fim da festa porque os ibêjis estavam cansados e, para falar a verdade, eu também. Mas, pelo que me contaram, muitas pessoas festejaram durante a tarde toda e parte da noite. Quando cheguei em casa, um velho estava sentado à porta, e perguntou pelo John. Era um selvagem, e eu não tinha a mínima ideia de onde eles se conheciam, mas gostei dele e respondi que o John estava viajando e chegaria a qualquer momento; aliás, já deveria ter chegado.

APOIOS

O John chegou a Uidá uma semana depois da Festa do Bonfim, tendo antes passado por Lagos. Quase briguei com ele ao saber o quanto tinha se arriscado, mas depois me acalmei. Afinal, ele estava em casa, a salvo, e ainda tinha conseguido muito dinheiro. Ainda em Freetown, tinha descoberto que o rei Kosoko, de Lagos, estava pagando muito mais pelas armas do que o rei Guezo, mas para lutar contra os ingleses, de quem o John deveria ser aliado. Não sei o que poderiam fazer com ele caso descobrissem, e por isso a situação era preocupante, pois em África não havia a mínima consideração com traidores. Havia a atenuante de o John estar traindo os ingleses, e não um rei africano, mas eles poderiam tornar a vida dele bem difícil, mesmo porque em Uidá se falava que o rei Kosoko estava para ser deposto em favor de algum rei aprovado pelo governo inglês. Como eu já disse, a presença de ingleses era muito grande por lá, e com isso havia a pressão para se acabar de vez com o tráfico de escravos e fazer apenas o comércio de óleo de palma puro ou da vela e do sabão da costa feitos com ele, e de outros produtos que estavam sendo plantados em diversas fazendas do interior, planejadas pelos ingleses. Tinha sido até por isso, para conhecer melhor as fazendas de brasileiros, que aquele inglês chamado Frederick tinha feito a viagem que o John acompanhou. Havia muito tempo que o rei Kosoko tinha perdido o apoio dos reinos vizinhos, principalmente quando brigou com o rei Guezo, tentando recuperar o poder que o povo dele tinha adquirido com o império iorubá. Sozinho e pressionado pelos ingleses, ele não resistiria por muito tempo, e por causa disso queria tanto as armas que o John tinha para vender, pelas quais pagou mais que o dobro do valor pago pelo rei do Daomé, onde a situação era bem mais tranquila.

Foi no dia da chegada do John que o rei Guezo mandou chamar os irmãos De Souza em Abomé, para nomear o herdeiro do título de Chachá. Havia grande expectativa entre os brasileiros, mas já era quase certo que o título seria entregue ao Isidoro, que mesmo antes da morte do pai era considerado o mais rico, pelo menos até aquele incêndio na casa de Popô. Isto significava pagar maiores tributos ao rei. O Isidoro era também o preferido dos brasileiros, pois participava mais das atividades da comunidade brasileira no Daomé, talvez pelo fato de ter sido educado pela avó da Bahia. Embora alguns falassem que podia ser muito grande a influência do comerciante Domingos José Martins, que preferia o Inácio, e que o rei gostava muito do mais novo dos três irmãos que estavam na disputa, o Antônio. Sabendo disso e tentando reverter a situação, o Inácio e o Isidoro, ajudados pelos comerciantes brasileiros, mandaram vários presentes caros para o rei. Com isso tentavam fazer valer a preferência de uma comunidade importante e o direito por herança, por serem mais velhos, sendo que o Isidoro era o primogênito. Mas isso nem era tão importante, porque o próprio rei Guezo não era o primogênito e só conseguiu subir ao trono depois de depor o Adandozan, com a ajuda do Chachá.

O Alfaiate e o senhor Nicolas acompanharam os integrantes da família De Souza que moravam em Uidá e se deslocaram até Abomé para ouvir a nomeação. Nós, os outros brasileiros, ficamos ansiosos esperando por notícias, e nos reuníamos em pequenos grupos na casa de um ou de outro para discutir a situação. Achávamos que nenhum dos filhos teria tanto poder quanto o pai, com quem o rei tinha feito o pacto, mas sem dúvida a posição dele seria importante, e ninguém queria deixar que se bandeasse para o lado dos ingleses, como tinha acontecido em Lagos, ou dos franceses, que eram numerosos em Uidá. As casas comerciais francesas faziam um comércio considerável, o que começava a incomodar os brasileiros, principalmente os que comerciavam somente entre a África e o Brasil, o que, felizmente, não era o meu caso. Foi ao voltar de uma dessas reuniões políticas que eu e o John encontramos na porta de nossa casa aquele africano que já tinha procurado por ele quando estava viajando. Tive que traduzir a conversa inteira, pois o John não falava iorubá, e achei muito interessante o fato de ser aquele o homem de quem ele e o Mister Frederick Forbes tinham comprado as máscaras que pareciam *gelédés*, na estrada perto de Abeokutá.

ABIMBOLA

O homem, chamado Abimbola, "nascido rico", era muito insistente. Ele achava que o John tinha ficado interessado em adquirir mais máscaras e só não o fez porque o Mister Frederick comprou todas as outras. Carregava um saco, do qual foi tirando várias delas, confesso que muito bonitas e bem-feitas, mas não estávamos interessados. O John, porque não tinham significado algum para ele, e eu, porque ainda estava com raiva por ter assistido ao culto egungum, que tinha resultado apenas em frustração e cansaço. Mas o homem não nos ouvia, continuava falando como se estivéssemos interessados nas máscaras, e finalmente conseguiu prender a minha atenção quando olhou para o meu pescoço e disse que poderia fazer outro pingente, já que o meu estava bastante gasto, em madeira ou metal, qualquer metal que eu escolhesse. Perguntei se conhecia os rituais e ele disse que sim, que sabia que aquele era um pingente de ibêjis e podia consagrar toda a arte que produzia, pois tinha aprendido com o pai, que por sua vez tinha aprendido com o pai, e assim por diante. O Abimbola descendia de uma importante família de artistas, muito antiga, e seus ancestrais tinham sido os artistas preferidos dos *onis*[8] de Ifé, quando do grande império iorubá. O John não gostou muito porque já era tarde, mas eu o convidei a entrar e comer alguma coisa, pois gostava de ouvir histórias sobre o reino iorubá e estava interessada na minha Taiwo nova. Dei a ele uma boa refeição, e uma esteira que permiti colocar na cozinha, mas ele preferiu o quintal.

---

[8] *Oni*: rei de Ifé, chefe religioso das cidades iorubás. A chefia política ficava com o *alafin*, rei da cidade de Oyó.

Na manhã seguinte, fiz questão de tomar o desjejum com o Abimbola e perguntar muitas coisas que eu queria saber sobre os iorubás e, principalmente, sobre Ifé, a cidade a partir da qual as terras se espalharam sobre as águas, formando a África, o Brasil, a Europa e todos os lugares que existem. Ifé foi fundada por Oduduwa, ou Olodumaré, o Grande Deus Supremo, mas que os muçurumins chamam de Lamurudu, rei de Meca, e algumas outras pessoas achavam que era Nimrod, que está na Bíblia dos católicos. Certo dia comentei isso com o padre Pedro da Anunciação, quando ele reclamou que em Uidá não havia cristãos verdadeiros, que ali os brasileiros iam à missa, queriam ser batizados e casados como mandava a religião, mas, no fundo, ninguém acreditava em nada. Ele não gostou nem um pouco do meu comentário sugerindo que todas as religiões eram irmãs, ou pelo menos primas, e disse que talvez sim, bem no início, quando as pessoas ainda não conheciam o verdadeiro Deus, mas que na nossa época já estava mais do que certo que a Igreja Católica era a única aprovada e comandada por Deus, o único e verdadeiro. Fiquei com raiva de mim porque tinha muitas outras coisas para falar sobre isso, discordando dele, mas não consegui. Ele falava bonito, escolhendo bem as palavras e os pensamentos, com toda aquela autoridade que a batina lhe conferia, e me deixei intimidar. Mais tarde, em casa, fiquei pensando se ele não era mesmo um dos escolhidos por Deus, se Deus não colocava as palavras na boca dele, mas depois achei que não, que ele apenas era mais preparado do que eu para discutir assuntos religiosos. A Agontimé, a Nega Florinda, o Fatumbi, o mala Abubakar, o padre Heinz, a Mãezinha, o Ogumfiditimi, o pai do Kuanza, o Maboke, o Mestre Mbanji, a *Ìyá* Kumani, todos tinham um jeito muito especial de falar sobre a própria fé, mesmo sendo tão distintas. Ninguém poderia dizer qual fé era mais forte ou mais verdadeira, pois Deus escutava a todos, desde que fosse do fundo do coração e em nome do bem. Era assim que eu pensava, e logo percebi que o padre Pedro da Anunciação não se daria bem em Uidá, como de fato aconteceu. Poderíamos ter sido bons amigos, e tenho certeza de que foi ele quem saiu perdendo, pois eram poucos os brasileiros que gostavam de recebê-lo, ainda mais depois que ele passou a beber e fazer coisas bem inconvenientes, como açoitar as pessoas no meio da rua, dizendo que estava tirando o demônio e a tentação do corpo delas.

Foi em Ifé que moraram os grandes *onis*, um após o outro, os chefes religiosos de todo o reino iorubá, formado por muitas outras cidades. Uma das cidades mais importantes do reino foi Oyó, fundada pelo filho de Oduduwa e durante algum tempo governada por Xangô. Em Oyó morava o *alafin*, o chefe político das cidades iorubás. Na verdade, antes dessa Oyó de hoje existia uma outra, em outro lugar, que precisou ser abandonada depois de uma guerra. Foram também as guerras que acabaram com o império iorubá, do mesmo modo que acabaram com muitos outros impérios antes e depois. O Abimbola sabia de quase tudo sobre aquela época e dizia que não valia mais a pena ser artista na África dos nossos tempos, pois ninguém sabia dar valor ao trabalho que ele tinha levado tanto tempo para aprender. Os ancestrais dele moravam no palácio do rei, tinham todo o conforto, todo o espaço, todos os aprendizes, todo o material, todo o dinheiro e todas as mulheres que quisessem. Somente assim eles podiam fazer um bom trabalho, que era o de perpetuar, por meio das esculturas e das máscaras de metal ou de barro, as imagens dos reis e das pessoas mais importantes de uma época. Sem o trabalho deles, ninguém saberia como tinha sido o rosto de Oranmyan, pai de Xangô, ou de Obaloufon, de Eware e de Ogoulá. O Abimbola estava triste porque não respeitavam mais nada, e grandes artistas estavam sendo vendidos como escravos, como se fossem pessoas comuns. Eram poucos os reis e chefes de tribos que poupavam os artistas, como antigamente. Já tinha acontecido de um artista ser capturado e depois trocado por um exército inteiro, ou por seu peso em ouro, tamanha a importância e a consideração que ele merecia do seu rei. Desde que as coisas tinham mudado, desde que tinha visto muitas barbaridades acontecerem, o Abimbola vivia sem reino e sem rei, sem casa e sem parada, andando pela África moldando as máscaras que vendia para qualquer pessoa na beira das estradas, como se fossem máscaras comuns. De vez em quando voltava a Ibadã, o lugar mais próximo do que ele podia chamar de sua terra, embora nem tivesse nascido lá. Depois de saber disso, gostei ainda mais dele e, pelo jeito, ele de mim, e o convidei para ficar morando comigo. Eu tinha muito espaço nos terrenos e podia mandar construir uma casa, um lugar para ele trabalhar e até mesmo ter alunos. Ele disse que ia ficando para ver se gostava, mas não queria se comprometer comigo, pois já estava acostumado àquela vida de andanças.

CHACHÁ II

Três ou quatro dias depois que o Abimbola passou a morar conosco, chegou a notícia de que a comitiva com o novo Chachá estava a caminho de Uidá, e que o escolhido tinha sido mesmo o Isidoro, e rapidamente se formou o comitê para recepcioná-lo e preparar uma grande festa. Por coincidência, a cidade estava cheia de estrangeiros, inclusive o senhor Frederick Forbes, o inglês que já tinha até ficado amigo do John. Todos queriam cumprimentar o novo Chachá e saber quais seriam suas atitudes dali em diante, se ia manter a mesma política do pai e apoiar a presença estrangeira no Daomé. Fazíamos várias reuniões por dia, conforme as notícias iam chegando de Abomé, e já tínhamos conhecimento de que o rei Guezo tinha se apossado de três quartos do que o falecido Chachá possuía, dividindo o restante entre os filhos, de acordo com o nível de importância de cada um deles. Comentavam que aquela tinha sido uma atitude muito inteligente do rei, que mantinha o pacto feito com a família do Chachá, mas, ao mesmo tempo, dava um jeito de tirar dela um pouco do poder que tinha adquirido, garantido pela grande riqueza. Como irmão mais velho, o Isidoro herdou o título de Chachá II, o Inácio recebeu o título de Cabeça, que é como se fosse um ministro, só que mais importante, e o Antônio ficou sendo o Amigo do Rei. Desta maneira, os três filhos eram considerados oficiais do reino do Daomé, o que permitia ao rei a cobrança de três tributos independentes e não de apenas um, como era pago pelo pai deles. Como os títulos dos irmãos do Isidoro eram menos importantes e ele herdaria a concessão de Singbomey, o rei deu uma casa para cada um dos outros dois, sendo que a do Inácio ficava em Zomaí e a do Antônio em Quendjé, freguesias de Uidá. Mas o que importava era que os três irmãos estavam voltando para Uidá, onde, independentemente do que lhes foi tirado, mandavam mais que o rei, e onde receberiam honrarias reais, como príncipes. Isso porque na época em que o Chachá I morou em Anecho, ele tinha se casado com duas princesas do reino de Glidji. A mãe do Isidoro, que se chamava Djidjiabou e era filha do rei Akuê, morreu logo após o nascimento dele, que foi criado primeiro pela tia, em África, e depois pela avó paterna, na Bahia, até completar vinte e cinco anos, quando retornou. O Inácio e o Antônio eram irmãos também por parte de mãe, filhos da princesa Ahossi, sobrinha da princesa Djidjiabou. Era por isso que havia muitos representantes desse lado da família em Uidá, hospedados em Singbomey. A Tonha, junto com mais ou menos cem mulheres, foi chamada para trabalhar na cozinha e disse que a movimentação era enorme e estavam sendo esperados mais de mil convidados para os vários dias de comemoração, para a qual não se fez nenhuma economia.

A comitiva vinda do Abomé foi esperada na entrada de Uidá, onde o Prudêncio fez uma rápida cerimônia de saudação ao vodum da família De

Souza que estava assentado lá. Fiquei espantada com a quantidade de gente, entre representantes do rei e dos chefes tribais, membros da família do Chachá, soldados e escravos. Da entrada da cidade até a concessão dos De Souza, o povo soltava fogos, entoava cânticos e saudações e batia tambores, enquanto o Isidoro era carregado com grande pompa por soldados e amazonas. Não acompanhei todo o trajeto porque estava com as crianças, mas fiquei sabendo de tudo pelos vários arautos que circulavam pela cidade, anunciados por tambores, dando notícia da nomeação que tinha acontecido em Abomé e da entronização que seria feita em Singbomey, sob as bênçãos do primeiro Chachá. Fui a quase todas as cerimônias principais, que duraram quatro dias, menos à primeira, que foi realizada a portas fechadas no quarto onde D. Francisco tinha sido enterrado, com a participação apenas do Isidoro, do Prudêncio, do *adjaho* e de algumas mulheres que ajudavam no culto aos voduns da família. Depois disso, o Chachá II foi para o pátio da concessão, onde recebeu a saudação dos seus escravos, dos soldados, dos membros da família e de parte do exército de amazonas. Os chefes tribais também participaram, enviando seu povo para apresentações de danças, cantos e lutas, muito aplaudidas por todos os presentes. Até então a festa tinha sido só africana, mas, à noite, a comunidade brasileira teve a oportunidade de homenagear o Isidoro com um jantar que ele disse ser tão bom quanto os que a avó preparava na Bahia, e depois com a apresentação da burrinha. Este detalhe foi acrescentado na última hora e tivemos que repetir na noite seguinte, de tão animado que o povo ficou, dançando, cantando e se divertindo atrás das figuras gigantes. Nos outros dias ainda foram realizadas mais algumas cerimônias reservadas, só para a família e amigos próximos, duas missas, sessões de oferecimento de presentes ao novo Chachá, almoços, jantares e bailes. Meu presente foi uma máscara, que pedi ao Abimbola para fazer com as feições do Isidoro, o que deixou os dois bastante honrados, o presenteado e o artista. A cada dia eu tinha mais certeza de que o Abimbola ficaria, principalmente depois que percebi o interesse da Conceição por ele, plenamente correspondido.

IBADÃ

Aquelas festas todas não prejudicaram a construção da casa, que me surpreendeu depois de mais de uma semana que fiquei sem ir lá. A olaria estava funcionando com barro feito da terra tirada de uma região de lagos perto de Cotonu, a algumas horas de viagem, o que encarecia e atrasava um pouco a obra, mas pelo menos eu tinha certeza de que estava sendo construída como as casas da Bahia, e para durar muito tempo. A casa também foi uma atração para as pessoas que visitaram a cidade durante as festas do Chachá, e depois fiquei sabendo que mesmo nos lugares mais distantes já se comentava que estava sendo construída em Uidá uma casa tipicamente brasileira, no tamanho, nos materiais e no modelo. Mandei construir também a casa do Abimbola, com um galpão onde ele pudesse trabalhar, um pouco afastada de onde tinham sido erguidas as casas dos trabalhadores da obra. Quando ficou sabendo disso, ele resolveu ir até Ibadã buscar instrumentos e materiais que tinha deixado por lá, na casa de conhecidos. Convidada para ir junto, aceitei, pois queria muito conhecer aquela região, e o John estava em Uidá para ajudar a tomar conta dos ibêjis. Comentando sobre a viagem com o senhor Nicolas, ele disse que achava um pouco perigoso ir para Ibadã justo no momento em que Abeokutá, no meio do caminho, estava em guerra com o Daomé. Mas o Abimbola não quis desistir, dizendo que estaríamos seguros viajando sem nos identificarmos como pertencentes a qualquer das duas regiões. Ele era bastante conhecido naquelas estradas e muitas pessoas poderiam nos ajudar em caso de necessidade. O mais arriscado seria a volta, quando estaríamos com os objetos de trabalho dele e acompanhados de alguns carregadores, o que poderia chamar a atenção de ladrões, e mesmo para isso ele tinha uma solução, uma magia que seria feita em Ibadã. Não contei nada disso ao John, e partimos levando apenas o essencial e algum dinheiro escondido sob as roupas de andarilhos que optamos por usar, parecidas com as de sacerdotes.

Foi bom viajar com o Abimbola, pois tudo ele sabia, de tudo ele conhecia a história, e com a minha curiosidade acredito que levamos muito mais tempo do que o necessário, pois parávamos em muitos pontos da estrada para conversar e contemplar. Ele dizia que um verdadeiro artista precisava saber contemplar, que a natureza era a dona de toda a arte, apenas emprestada aos homens. Ficamos dois dias andando ao redor da região de Pobé, terra do Exu, onde o Abimbola me mostrou as diversas esculturas que homenageiam o poderoso mensageiro. Havia membros de todos os tamanhos e materiais no meio dos matos, cercando a cidade, nas praças e nos mercados, todos louvando a fertilidade e a virilidade. Mas também havia esculturas de casais se deitando e canteiros de palma, pois seu óleo está muito relacionado ao culto dos orixás da terra, como Exu, Omolu, Ogum, Iansã, Oxum e Xangô. O óleo de palma representa o líquido que sai dos membros dos homens e o sangue que alimenta o nosso corpo, pois é através dele que circula todo o axé, a força da vida, a energia. É por isso também que o óleo de palma não deve ser oferecido aos orixás da temperança, da tranquilidade e da calma, como é o caso de Oxalá.

De Pobé seguimos para Abeokutá evitando a estrada principal, e ficamos um dia na casa de conhecidos do Abimbola, às margens do rio Ogum, o que me fez pensar muito no Baba Ogumfiditimi. A região estava mesmo em guerra, e tivemos que ficar na beira da estrada esperando companhia para seguir viagem, mais segura se feita em grupo. Acabamos nos juntando a umas quinze pessoas que tinham saído de Lagos com destino a Osogbo, entre as quais havia dois brasileiros. Ficamos três dias em Ibadã, e o Abimbola me levou para conhecer a região, que não tinha nada de especial. Contratamos carregadores para o material dele e novamente ficamos esperando passar um grupo de viajantes para seguirmos junto com ele, e voltei quase o tempo todo calada, pensando muito na viagem que tinha feito com a minha avó e a Taiwo, de Savalu para Uidá. Comentei isso com o Abimbola e ele perguntou se eu não tinha vontade de ir até lá. Respondi que tinha curiosidade, mas não vontade. Queria saber o que tinha sido feito da casa, se ela ainda existia, se tinha gente morando nela ou em alguma outra que poderia ter sido construída no mesmo terreno. Anos mais tarde, não aguentando ficar sem essas respostas, mandei três empregados até lá. Não sei se eles não conseguiram encontrar o local com as poucas orientações que dei, mas disseram que não havia mais nada. Nem casa, nem as valas onde foram enterrados o Kokumo e a minha mãe, nem vila, nem mesmo a estrada que passava entre a casa e o rio, pois o mato tinha tomado conta de tudo, crescendo ao redor do tronco do iroco.

ACORDOS

Chegamos a Uidá na época certa, encontrando o John muito preocupado com a nossa segurança. O rei Guezo estava recrutando gente de todo o reino e formando um grande exército para arrasar Abeokutá. O Isidoro estava de partida para sua primeira viagem oficial a Abomé como Chachá. O John tinha que ir a Freetown esperar os sarôs que deviam estar voltando do Brasil, mas preferiu adiar a partida e participar da comitiva do cônsul inglês que também estava indo para Abomé, onde tentaria convencer o rei Guezo a acabar com o tráfico de escravos. Com certeza aquela não era uma boa hora, pois a guerra com Abeokutá tinha o propósito de aprisionar e escravizar muita gente. O John comentou isso com um dos acompanhantes do cônsul e ele disse que iriam assim mesmo, pois levavam uma notícia que faria o rei Guezo pensar duas vezes antes de se negar a assinar um tratado proibindo o aprisionamento e a venda de pessoas no Daomé. Por mais que o John insistisse e por mais que eu o incentivasse a continuar insistindo, o inglês não quis dizer que notícia era aquela, e tive que esperar quase um mês para ficar sabendo. Fui acompanhar a partida da comitiva, que era uma grande mistura de gente com os mais diferentes propósitos. Os ingleses com sua notícia misteriosa, o Isidoro que queria conversar sobre alternativas de comércio e a reativação do forte d'Ajuda, além de levar novos soldados e amazonas para se juntarem às tropas do rei na guerra, e alguns comerciantes que também levavam presentes e escravos para o rei, o que dava, ao todo, umas quinhentas pessoas. O Isidoro comandava a comitiva como um grande chefe, e partiram fazendo imensa algazarra, ao som dos tambores e à sombra de imensos e coloridos para-sóis, que o Chachá mandou abrir também sobre as redes que transportavam os ingleses. Era um jeito de agradá-los, pois sabia que voltariam decepcionados de Abomé depois de terem falhado em sua missão.

Na volta, o John me contou tudo, disse que foram muito bem recebidos em Abomé, o que provocou ciúmes no Chachá, pois muita coisa tinha sido feita para impressionar os ingleses e não para homenageá-lo, como acontecia com o pai. Dentro das terras do palácio, o rei Guezo tinha mandado colocar um enorme bergantim sobre rodas, com mais de vinte pés de comprimento e todas as velas abertas, presente do Chachá I, o D. Francisco. Na popa estava escrito "Guezo, rei do Daomé" com letras feitas de ouro, e em um dos mastros havia uma enorme *Union Jack*. O rei esperava por eles sentado em uma vistosa cadeira sob um para-sol, comandando os músicos e os tocadores de tambor. Quando as pessoas mais importantes da comitiva já estavam do lado de dentro dos muros do palácio, o rei mandou parar a música e ordenou que ribombassem vinte e um tiros de canhão em honra de Sua Majestade a rainha da Inglaterra, e mais treze para cada um dos seus representantes diretos, o que deixou todos um pouco zonzos e surdos. Durante todo o tempo o Chachá parecia contrariado, junto dos irmãos Inácio e

Antônio, ainda mais quando foi obrigado a entrar na fila para cumprimentar o rei, que provavelmente deu ordem para passarem os ingleses na frente. Mas depois ele deve ter se arrependido, porque chamou um dos seus homens e pediu que o bastão fosse entregue primeiro aos irmãos De Souza, e depois aos ingleses. Era esse o ritual para cumprimentar o rei; ele mandava entregar o bastão e a pessoa ia devolvê-lo, e assim até que o bastão passasse por todos que mereciam tal honraria.

Durante a estada deles em Abomé, o rei ainda recebeu os ingleses em outras ocasiões, e durante as conversas nunca falava se ia ou não atender às reivindicações deles, para quem providenciou muitos passeios pelas redondezas, para mantê-los ocupados, cansados e afastados do castelo. Enquanto isso, ele se reunia com os De Souza e os comerciantes brasileiros, que estavam lá com propósito contrário, ou seja, conversar sobre as vantagens do comércio de escravos. Mas conversaram também sobre a necessidade de aumentar o comércio de óleo de palma e outras mercadorias que estavam sendo cultivadas nas fazendas do interior do reino, a maioria pertencente a brasileiros. Ou pelo menos as mais bem-sucedidas. O trunfo dos ingleses, que me matou de curiosidade até a volta do John, era a notícia de que o imperador brasileiro estava prestes a assinar uma lei proibindo o comércio de escravos, o que acabaria com a procura do principal produto oferecido pelo Daomé. Sem se importar com isso, o rei Guezo manteve a guerra, e o John disse que achou impressionante a disposição com que as amazonas se apresentaram ao rei antes de partirem para Abeokutá. Daquela vez também foram as mulheres mais importantes no reino, várias esposas e filhas do rei Guezo, esposas dos irmãos De Souza, e até mesmo a mãe do Antônio e do Inácio. Elas faziam parte de um regimento especial que, em épocas de paz, saía à caça de grandes animais, como os elefantes, que ofereciam em homenagem aos parentes. Acho que se eu não tivesse saído do Daomé, mais que uma vodúnsi, eu gostaria de ter sido uma amazona. E por falar em vodúnsi, o John também ficou sabendo que, em segredo, algumas princesas do Daomé estavam sendo enviadas para o Brasil, provavelmente para a Casa das Minas, onde somente elas podiam se tornar vodúnsis-hunjaís.

Depois da volta do John e com as notícias que chegaram do Brasil dando como certo o fim do comércio de escravos, comecei a pensar melhor no óleo de palma, que estava tendo uma excelente procura. Principalmente porque, com o fim da venda de escravos, o comércio de armas sofreria uma queda, pois não haveria mais razões para declarar guerras que tinham a intenção exclusiva de capturar escravos. Havia outros países para onde eles poderiam ser mandados, mas o comércio com o Brasil era o mais importante. Já tínhamos feito quatro viagens de ida e volta, e em cada uma delas a quantidade de óleo tinha dobrado, e o lucro também. As fazendas de palmeiras estavam produzindo cada vez mais com o retorno dos brasileiros que trabalhavam muito bem a terra, reduzindo o preço de compra. E no Brasil o óleo de palma estava ganhando vários usos novos e sendo muito procurado, aumentando o preço de venda. Ou seja, meu lucro aumentava nas duas pontas, e o comércio de fumo também estava bastante lucrativo, com o preço do produto brasileiro diminuindo por causa da concorrência com as plantações de Cuba, e se mantendo alto em África.

Eu e o John tínhamos decidido adotar uma estratégia que acabou se mostrando acertada, que era quase não mexer com dinheiro neste tipo de comércio, preferindo trocar produtos por produtos e armazenar o excedente. Dinheiro mesmo, ou ouro, tínhamos apenas o referente às vendas de armas e pólvora, mas o depósito de Uidá estava quase sempre cheio de fumo, cachaça, charque, tecidos e outros produtos enviados pelo Tico. Dessa maneira, escolhíamos a melhor época para vender, ou seja, quando acontecia algum problema com as encomendas de outros comerciantes e faltava produto no mercado, e então fazíamos o nosso preço. Pensávamos também em produzir o óleo, comprando ou alugando uma fazenda, mas isso não era prioridade. Não para mim, pelo menos, que queria acompanhar a construção da casa, deixando a procura da fazenda para o John, quando ele estivesse em Uidá. A única coisa que eu não gostava de fazer quando ele viajava era lidar com as diversas moedas nas quais recebíamos, pois o rei comerciava com gente de vários países e nos pagava com cauris importados da Índia e da parte mais oriental da África, onças mexicanas, dobrões americanos, libras inglesas e dólares espanhóis. A conversão era complicada e só evitávamos os cauris, pois eles estavam desvalorizados e precisávamos cada vez de mais homens para carregar grandes sacas que não valiam quase nada.

DOMINGOS JOSÉ MARTINS

Infelizmente, o John estava viajando no aniversário de dois anos dos ibêjis, pois ele teria gostado de conversar com o senhor Domingos José Martins, que tinha uma história quase tão interessante quanto a do Chachá I, de quem tinha sido amigo. Depois que o rei Guezo tomou para si parte dos bens dos De Souza, o senhor Domingos se tornou o verdadeiro substituto do Chachá e o comerciante mais rico do Daomé, e talvez até de toda a África, pois diziam que a fortuna dele não dava para ser contada em uma vida. Ele foi à festa que fiz acompanhando o Alfaiate e ficou pouco tempo, mas o suficiente para se mostrar um homem muito inteligente e esperto nos negócios. Até mesmo as casas comerciais francesas e inglesas estabelecidas em Uidá tinham que se submeter a ele para conseguirem adquirir produtos africanos, principalmente o óleo de palma. A fazenda do senhor Nicolas já tinha sido vendida para ele, embora o velho ainda continuasse à frente dos negócios no armazém, talvez em consideração à amizade de anos entre os dois homens. Ele dizia que, durante muito tempo odiou os ingleses, mas que àquela altura da vida, depois de conseguir tanta riqueza em África, era grato a eles, e aceitou receber o John de muito bom grado para conversar sobre fazendas, quando ele retornasse de Freetown.

O senhor Domingos tinha chegado à África trabalhando em um tumbeiro do Chachá I que foi capturado pela marinha inglesa. Depois de ficar uns tempos em Uidá, sob a proteção do Chachá, ele resolveu comerciar em Lagos, fundando uma sociedade chamada Dos Amigos, que rapidamente tomou conta de todo o comércio de escravos da região. Diziam que até por volta de um mil oitocentos e quarenta e cinco, quando ele retornou à Bahia para viver por lá durante dois anos, já tinha mandado para o Brasil pelo menos um terço dos escravos que tinham saído de Lagos durante todo o tempo da escravidão, mesmo o tempo anterior a ele. Naquela volta à Bahia, aproveitou para estreitar os laços com alguém que talvez fosse o homem mais rico de lá, o senhor Pereira Marinho, que, mesmo antes de abrir um banco, já funcionava sozinho como um, além de ter uma enorme frota de navios, todos trabalhando no tráfico. Essa amizade foi muito lucrativa para os dois homens, que faziam uso comum da influência exercida pelas duas enormes fortunas.

Depois desses dois anos em São Salvador, o senhor Domingos retornou à África, não mais para Lagos, mas para Porto Novo, Uidá e Cotonu, herdando todos os antigos contatos do Chachá I, mas também se dedicando à plantação e ao comércio de óleo de palma, com imensas fazendas no interior. O cônsul britânico, aquele que tinha ido a Abomé junto com o Chachá II, não gostava dele de jeito nenhum, pois o senhor Domingos sabia muito bem como influenciar o rei Guezo em função dos próprios interesses. Ele era chamado para aconselhar quase todas as transações comerciais do rei e era recebido em Abomé com as honrarias de um Chachá. Se não me engano, também tinha o título de Cabeceira, como o Inácio, o irmão do Isidoro, pois tinha direito a para-sol, assentamento de aparato e até tocadores de tantã. Isso sem falar que muitas vezes era recebido com vinte e um tiros de canhão, a mesma honraria concedida à rainha da Inglaterra, provavelmente porque presenteava o rei com pólvora e mosquetes, além de muitos barris de rum, que eram distribuídos ao povo em praça pública. Na época em que o conheci, achei que era muito novo para tão grande fama e fortuna, pois aparentava não mais que quarenta anos. Era alto, a pele um pouco amarelada, e permanecia sério durante a maior parte do tempo, mas não bravo ou mal-humorado, apenas reservado. Só usava roupas escuras, camisas cheias de bolsos e botas marrons parecidas com as dos batalhões de guarda, e sobre a cabeça sempre carregava uma boina de palha trançada. Era um homem interessante, daqueles que a gente procura com o olhar onde quer que esteja, principalmente quando andava pelas ruas anunciado por tocadores de tantã e seguido por inúmeros escravos cedidos pelo rei Guezo, que não sabia o que mais fazer para agradar-lhe.

O senhor Domingos preferia ficar em Porto Novo, onde tinha se adaptado melhor e onde possuía uma casa imensa, indo a Uidá apenas quando precisava embarcar algum carregamento importante. Ele não era casado, mas tinha vários filhos e filhas na Bahia e na África, todos afilhados dos filhos do Chachá I. Foi o senhor Domingos quem confirmou a notícia, enviada da Bahia pelo senhor Pereira Marinho, de que estava proibida a entrada de escravos no Brasil, de qualquer procedência, e não apenas dos capturados ao norte da linha do Equador. A notícia foi recebida com enorme apreensão pelos comerciantes da costa, que previram épocas muitos difíceis e a inevitável falência de quem já não estivesse fazendo o comércio de outras mercadorias, ou de quem não tinha contatos nos Estados Unidos e em Cuba, onde o tráfico ainda era permitido. No entanto, entre os retornados que não dependiam do tráfico, a notícia foi motivo de comemorações, mesmo porque correu o boato de que todos os escravos que estavam no Brasil seriam libertados, com direito a voltar para a África com passagens pagas pelo governo brasileiro. Isso não era verdade, mas, nas cartas seguintes da sinhazinha e do Tico, que comentavam a repercussão da lei em São Salvador e em São Sebastião, eles disseram que no Brasil também se fazia essa confusão, motivo de muitas brigas por parte dos escravos que exigiam a liberdade. Na verdade, só não podiam entrar mais escravos no Brasil, mas os que já estavam por lá permaneceriam escravos, assim como os seus filhos, que podiam ser vendidos e revendidos de acordo com a vontade dos donos.

ESPERANÇA E MEDO

Eu me empolgo e fico contando detalhes de acontecimentos que não sei se vão te interessar, mas de agora em diante vou tentar ser mais breve e me ater ao que nos diz respeito, pois ao mandar servir nosso almoço, o capitão também mandou avisar que estaremos em terra dentro de cinco a sete dias, a depender do vento. E também já estou muito cansada e quero chegar logo ao final de tudo isso, de tudo mesmo. Já sabia que seria assim antes de partir de Lagos, e até deixei uma bonita serenata encomendada por lá, mesmo sem a minha presença. Sinto apenas por não rever a casa de Uidá, mas já não teria como, e vou dizer por que mais adiante, pois antes disso ainda há muitas coisas que você precisa saber. Precisa saber, por exemplo, que comecei a receber relatórios muito claros e extensos a cada seis meses, explicando tudo o que estava sendo feito na sua busca e justificando todos os gastos. Mesmo que não justificassem, eu teria pago com muito gosto, deixando o Tico autorizado a não economizar quando o assunto fosse você. Em uma das cartas ele tentou me desanimar, dizendo que já fazia muito tempo e eu estava gastando uma pequena fortuna, mas nem dei importância. A *Ìyá* Kumani, depois de visitar um babalaô, tinha me garantido que você seria encontrado, e esta afirmação, aliada à minha esperança, ao que sentia meu coração de mãe, dizia que eu estava no caminho certo, e nele iria até o fim, até não ter mais jeito. Além do mais, eu e o John estávamos ganhando muito dinheiro, nos arriscando a fornecer armas para o rei Kosoko, de Lagos. Por lá, o ano de um mil oitocentos e cinquenta e um começou com um bombardeio inglês a partir do mar, causando estragos no porto e nas construções costeiras, mas o pior ainda estava por vir.

Por causa das confusões, a comunidade brasileira de Lagos estava muito decepcionada, porque não teve como comemorar o Nosso Senhor do Bonfim, como nós novamente fizemos em Uidá. E foi tudo mais organizado, e principalmente mais protegido, para que os selvagens não estragassem a festa, como no ano anterior. Apesar das garantias recebidas de que a segurança ia funcionar, nós, os brasileiros mais importantes, ficamos em casa durante a saída da burrinha, que percorreu as ruas de Uidá e parou nas nossas portas, onde entrava ou ficava em frente, cantando, tocando e dançando, enquanto servíamos comida e bebida aos participantes. Acho que eles também preferiram desse jeito, os brasileiros mais simples, porque nunca tinham comido e bebido tanto quanto em cada parada daquelas andanças. A partir daquele ano e até agora acontece desse jeito, e fomos imitados também pelas burrinhas das comunidades brasileiras das outras cidades. Diziam que em Porto Novo já era assim, mas não acredito, acho que fomos nós que começamos. Entre a burrinha do Senhor do Bonfim e o entrudo, muitas coisas aconteceram. Pelo menos uns trinta homens já estavam trabalhando na casa, que eu queria pronta para a festa de aniversário de três anos dos ibêjis. Quatro carpinteiros fabricavam os móveis, que eu mesma desenhei de acordo com o que tinha visto na Bahia e nas melhores casas de Uidá, e também com a ajuda do Abimbola, que se prontificou a fazer entalhes na madeira, tornando tudo muito mais bonito. Ele entalhou pássaros, rostos de gente, flores, árvores e até o Espírito Santo, igual a uma linda pomba que havia na capela do forte e que já estava bastante desgastada. Aliás, o estado do forte era miserável, e só melhorou um pouco com o grande empenho do Chachá Isidoro em recuperá-lo.

O rei Guezo era inimigo do rei Kosoko, de Lagos, mas se uniam quando se tratava de defender a soberania africana contra os estrangeiros. O rei Guezo não se intrometia nos acontecimentos do reino vizinho, não mandou nenhum tipo de ajuda, mas se mostrou bastante hostil em relação aos ingleses que estavam em Uidá, talvez uma maneira de dizer que ali quem mandava era ele, avisando aos ingleses que não tentassem fazer em Uidá o que estavam fazendo em Lagos. Muitos brasileiros que se dedicavam ao tráfico em Lagos estavam fugindo ou sendo expulsos de lá, estabelecendo-se em Uidá, Porto Novo e Aguê. Em represália, comerciantes brasileiros e portugueses estabelecidos nessas cidades tratavam de expulsar os ingleses, acusando-os de serem espiões. O John achou melhor se afastar por uns tempos, e apesar de preocupado com a minha segurança, foi para Freetown até que a situação se acalmasse um pouco. Achei que não teria problemas, mas menos de uma semana depois bateram na porta de casa de madrugada, em grande desespero. Um pouco atordoada por ter sido acordada àquela hora, nem esperei que a Jacinta fosse até o fundo do quintal chamar um dos empregados que o John tinha deixado para nos proteger, e abri a porta. Um homem grande, sujo e bêbado nem esperou convite para entrar e foi dizendo, em inglês, que eu precisava escondê-lo, por amor à rainha. Quando os empregados apareceram, pedi que o pusessem para fora, mas ele começou a fazer um grande escândalo, acordando as crianças e dizendo que não queria nos fazer mal, que eu pelo menos o escutasse. Mais por medo do que por qualquer outra coisa, concordei.

BERNASKO

O nome dele era Bernasko, e me lembrei de já ter ouvido aquele nome antes, em alguma conversa com o John. O homem era um missionário protestante vindo de Freetown e estabelecido com a família em Uidá, e, segundo constava, fazia as vezes de espião para os cruzadores britânicos. Ou seja, ele deveria observar a movimentação dos navios brasileiros que tentavam embarcar escravos clandestinos e denunciá-los aos britânicos que faziam a guarda da costa. Mas não era bem isso que acontecia, pois, gostando de boa comida, boa bebida e de dinheiro, o Bernasko constantemente aceitava recebê-los dos comerciantes de escravos para que não fossem denunciados. Ou mais ainda, para confundir os cruzadores e enviá-los para um lugar distante de onde aconteceria o embarque. Isso era bem fácil, pois barqueiros experientes contratados pelos traficantes conduziam os escravos para outros portos com grande rapidez, através do sistema de lagunas, esteiros, rios e furos que corriam paralelos ao litoral. Para que não fosse acusado de traidor pelos ingleses que enganava, o Bernasko tinha no vício da bebida uma boa desculpa. Os ingleses desconfiavam que ele ficava bêbado e se enganava, mas nunca que fazia o duplo serviço, visto que era pago para a função de espionar e denunciar. Diziam que, para acalmar a ira dos ingleses mais revoltados, entregava as próprias filhas para que se deitassem com eles. Mas o Bernasko era invejado pelos outros sarôs que moravam em Uidá e que, quando foram expulsos, resolveram denunciá-lo para os responsáveis pelos cruzadores ingleses. A inveja vinha do fato de o Bernasko sempre ter dinheiro, recebido dos ingleses e de traficantes portugueses, brasileiros e africanos, e também de não ter sido expulso como os outros, por causa dos serviços que prestava. Denunciado, ele estava sendo procurado pelos guardas da marinha britânica e, se fosse pego, seria condenado à morte pelo crime de lesa-majestade.

O homem estava mesmo desesperado e disse que faria qualquer coisa em agradecimento se eu concordasse em escondê-lo. Disse ainda que tinha batido à nossa porta porque sabia que entenderíamos a situação dele, por causa da procedência do John. Falou apenas isso, mas senti uma ameaça muito maior no tom de voz, no que não foi dito, o que também pode ter sido falsa impressão minha. Mas é claro que não pude deixar de pensar que vendíamos armas para o rei Kosoko lutar contra os ingleses, o que também seria considerado crime de lesa-majestade. Não sei se o Bernasko tinha conhecimento de alguma coisa, mas resolvi não arriscar e disse que ele podia se alojar no quintal naquela noite, e que no dia seguinte eu pensaria em um jeito de ajudá-lo.

BOAS IDEIAS

Não consegui mais dormir o resto da noite, preocupada e desejando que o John voltasse logo, principalmente para eu dizer a ele que não faríamos mais o comércio de armas, pois a situação estava ficando perigosa. Já tínhamos dinheiro suficiente para terminar a casa e viver confortavelmente por algum tempo, e ainda havia o comércio de dendê. Na manhã seguinte, outra alternativa muito do meu gosto foi apresentada pelo destino, antes mesmo que eu conversasse com o Bernasko. Muito cedo, a Jacinta bateu na porta do meu quarto e disse que tinha recebido um escravo do Chachá com um recado do senhor Domingos para que eu fosse até Singbomey, onde ele estava hospedado, pois queria falar comigo. No caminho, fui pensando que era aquele assunto das fazendas, e minha surpresa foi enorme. O senhor Domingos disse que tinha ficado sabendo da casa que eu estava construindo, dos funcionários que eu tinha contratado, todos brasileiros e muito bons, e queria saber se não poderíamos construir uma casa para ele também. Ele tinha um terreno, presente do rei Guezo, ao lado da casa presenteada ao Antônio de Souza, o Amigo do Rei, e foi informado do meu bom gosto e do meu jeito de lidar com os materiais e os funcionários, e por isso eu teria toda a liberdade e todo o dinheiro de que precisasse para construir uma casa digna de um comerciante na posição dele. E que, se gostasse, depois encomendaria mais uma casa em Aguê, onde também tinha negócios e passava temporadas.

Aquela era uma proposta interessantíssima e uma ideia na qual eu nem tinha pensado, mas deveria, principalmente depois de ver o quanto a obra chamava atenção. Achando o negócio tão bom e tão óbvio, menti para o senhor Domingos, dizendo que ele devia ter captado no ar os meus pensamentos, pois eu estava justamente tomando providências para buscar mais funcionários na Bahia e começar a construir sob encomenda, e que já tinha até conversado com um comerciante baiano que queria se estabelecer em Badagris. Tudo mentira, é claro, e quando ele quis saber quem era o comerciante para ver se conhecia, só consegui pensar no nome do senhor Amleto, aquele que comprava meus *cookies* no Terreiro de Jesus, de quem ele disse se lembrar vagamente. Durante muito tempo depois dessa conversa fiquei com medo de que a mentira fosse descoberta, mas isso não aconteceu, pois o senhor Domingos nem se interessou em confirmar a informação. Aceitei prontamente a proposta dele e fomos juntos ver o terreno.

Com a cabeça cheia de planos, voltei para casa esquecida do sarô que estava por lá, e encontrei a Jacinta bastante preocupada com a presença dele. Ela não quis dizer o motivo, mas comentou que não era seguro ele permanecer na casa. Depois eu percebi o motivo, pelo jeito como ele olhava para ela e para mim, como se a qualquer momento fosse nos jogar no chão e fazer como os guerreiros do Adandozan tinham feito com a minha mãe. Conversando com o Bernasko, concordamos que o melhor seria ele sair da cidade o quanto antes, e resolvi propor uma troca de favores na qual ele ganharia um bom dinheiro. Contei por alto a história da Aina, de quem eu não me esquecia, e disse que se ele fosse até a tribo e conseguisse pegá-la de volta, ela e toda a família, com todas as despesas pagas por mim, eu daria a ele dinheiro suficiente para levar a família para morar longe de Uidá, de Lagos, da África, tão longe quanto ele quisesse, e até mesmo no Brasil, que ele disse ter vontade de conhecer. O homem pensou durante algum tempo e aceitou, dizendo que no Brasil não seria procurado pelos ingleses, e que precisaria de alguns dias para contratar uns selvagens que o acompanhariam até a tribo da Aina. Mandei chamar o Ayodele e pedi que ajudasse, afinal de contas ele também era parte interessada, e ele disse que poderia levá-los até perto da tribo, desde que a Nourbesse não ficasse sabendo.

Tudo acertado com o Bernasko e o Ayodele, fui até a obra contar as novidades para o Felipe e o Rafiki, que ficaram muito felizes por terem o trabalho reconhecido. Sabendo que sócios trabalham mais e melhor do que empregados, propus aos dois sociedade no novo negócio, dando dez por cento para cada um, visto que só entrariam com o trabalho. Os dois aceitaram, muito agradecidos, e ficaram de pensar em como faríamos para tornar aquilo realidade. No dia seguinte, apareceram na minha casa dizendo que o

Felipe partiria no próximo navio para São Salvador, onde contrataria mais pedreiros, marceneiros, ajudantes, ferreiros, enfim, gente suficiente para tocar as obras que eu tinha certeza que apareceriam, principalmente quando os comerciantes ficassem sabendo que estávamos cuidando da construção da casa do senhor Domingos, o homem mais rico de toda a região. Se não fosse por necessidade, pelo menos para não se sentirem inferiores, os outros comerciantes também iriam querer uma casa tipicamente brasileira.

NOVA FAMÍLIA

Eu estava com medo de, quando o John voltasse, ser acusada de estar gastando muito dinheiro, o que era verdade. A obra estava em sua fase mais dispendiosa, mas eu não queria deixar de colocar os acabamentos mais bonitos ou de melhor qualidade só porque também eram os mais caros. O Felipe ia precisar de uma boa quantia para a viagem de ida e de volta, com os trabalhadores que conseguisse contratar. E o Ayodele e o Bernasko me apresentaram uma conta bastante alta, pois havia a fuga do Bernasko e da família, e, antes, a ida até a tribo da Aina. Eles precisavam de dinheiro para pagar os selvagens, para os custos da viagem e para tentar comprar a Aina e família, pois pedi que tentassem essa alternativa antes de partirem para a briga. Talvez só a presença de homens armados já intimidasse os tribais a ponto de eles deixarem minha amiga ir embora, mas, levando em conta o que tinham sido capazes de fazer, como entrar na minha casa para raptar os meninos, eu achava que não seria tão fácil assim. Como segunda hipótese havia a compra, e se a Aina se recusasse a partir deixando alguém para trás, seriam seis pessoas, ela, os quatro filhos e uma neta, se não tivesse nascido mais ninguém. Só em último caso eles usariam a força, e para isso eu contava com o Ayodele, que não chegaria até a tribo, mas ficaria por perto para garantir que os nossos selvagens não fossem mais selvagens que os da Aina. Fiquei muito apreensiva depois que partiram, e só mesmo as conversas com o Rafiki e o Felipe tinham o poder de me distrair. Se por acaso os tribais reagissem, a Aina e os filhos correriam perigo.

Havia também a possibilidade, embora remota, de que ela não quisesse mais sair de lá, e foi o que achei que tinha acontecido quando, novamente durante a madrugada, ouvi as batidas na porta e fui correndo abrir. Do lado de fora estavam apenas o Bernasko, o Aderonke e o Adedayo, pois os homens tinham concordado em vender a família, mas tinha que ser toda a família mesmo. A Aina, as duas filhas e os filhos de cada uma delas, pois a Hasina tinha ficado pejada e dado à luz, mais os dois filhos e suas esposas, visto que eles também já tinham se casado. Eram nove pessoas, e o dinheiro que os homens tinham levado não dava para tanta gente, e por sorte não eram dez ou onze, porque já estavam planejando o segundo casamento do Aderonke, o filho mais velho, e a Hasina estava novamente pejada. O Bernasko disse que esse foi o único ponto de conflito, se a criança na barriga da Hasina e a noiva do Aderonke também deveriam ser comprados. Quanto à criança, decidiram que não, pois ela ainda não tinha nascido e não sabiam se ia vingar, e quanto à moça, quando o Bernasko disse que o casamento ainda não tinha sido realizado, e portanto ela não fazia parte da família, eles disseram que a dariam assim mesmo, sem pagamento, e que eu precisava decidir se queria ou não ficar com ela. Foi uma decisão bastante fácil, pois bastou olhar para o Aderonke para perceber que ele não queria ficar com noiva alguma, e talvez até não quisesse ficar com a esposa também, caso tivesse escolha. O que os tribais queriam era se livrar de bocas para alimentar, entregando-as a um marido. Quanto à Aina e às filhas, eles nem se importaram muito, porque seriam mulheres a menos para os homens tomarem conta, embora a Aina dissesse que trabalhavam muito mais do que qualquer um deles. Alojei todos na minha casa, mas não havia a mínima condição de continuarem lá. As duas meninas da Aina e seus filhos foram para a casa da Nourbesse até que construíssemos mais um barracão para todos no terreno da obra, e pedi ao Felipe que apressasse tal construção, porque não gostava nem um pouco dos modos das esposas dos filhos da Aina, que se recusavam a vestir roupa, discutiam muito entre si e não queriam ajudar nos trabalhos da casa.

CIÚMES

O Felipe partiu para a Bahia mais ou menos quinze dias depois daquela primeira conversa com o senhor Domingos, e descobrimos que era muito comum os africanos ou brasileiros que moravam na África mandarem escravos ou empregados libertos para o Brasil, para aprenderem um ofício. Quem comentou isso foi o senhor Nicolas, pois ele mesmo já tinha feito isso quando precisou de um guarda-livros bem treinado, entendido de comércio, e se valeu da experiência de um preposto de São Salvador. Mas naquela época ele me desaconselhou a fazer o mesmo, pois, com a proibição total do tráfico, eu poderia ser acusada de mandar escravos ilegalmente para o Brasil, se fosse pega. Fiquei também muito preocupada com o Felipe, pois sabíamos da proibição de africanos libertos entrarem no Brasil e não tínhamos pensado nisso, tão grande era a nossa euforia. A preocupação durou até que ele voltasse, quase quatro meses depois, acompanhado de vinte homens, todos nascidos em África e mandados como escravos para o Brasil, libertos e solteiros, relativamente novos e com boa saúde, para que não tivéssemos problema algum.

Muita gente estava querendo voltar para a África, e o Felipe disse que poderíamos conseguir muitos mais, se precisássemos. Achamos que precisaríamos e, por carta, comentei isso com o Tico, que se prontificou a arranjar tudo do lado de lá, entrevistar os interessados, selecionar e arranjar a documentação para embarcá-los no navio dos sarôs, junto com as mercadorias que ele já mandava normalmente. O John voltou de Freetown quase na mesma época da chegada dos brasileiros e achou que tinha sido uma atitude muito precipitada, que tínhamos mandado buscar aquelas pessoas sem ao menos saber se teríamos trabalho para elas, sem nem ao menos termos assinado um contrato com o senhor Domingos, por exemplo. Eu também estava preocupada com isso, mas o senhor Domingos tinha viajado pouco antes da partida do Felipe e ainda não tinha voltado. O mais difícil foi explicar ao John os dois novos galpões que tinham sido construídos no terreno da obra, um para abrigar a família da Aina e outro para todos aqueles homens. Ele achava muito perigoso reunir grande quantidade de homens que não conhecíamos e que poderiam ser bandidos ou desordeiros. Na verdade, acho que o John estava com ciúmes ou com raiva por eu ter tomado decisões importantes sem consultá-lo. Pedi desculpas por isso, mas talvez não o suficiente, porque foi a partir daquele dia que ele começou a mudar comigo. A Aina disse que homem precisava se sentir útil, e tomando a frente dos negócios, eu mostrava ao John que não precisava dele. Mas quando nos conhecemos eu já era assim, tinha as minhas mercadorias para vender em África e começar vida nova, e apenas aceitei a ajuda que ele ofereceu. Como ele também achava que estava ficando perigoso continuar comprando armas para revender ao rei Kosoko, acabaram as constantes viagens para Freetown, pois já tinha por lá quem tratasse dos outros produtos, que eram menos perigosos e menos lucrativos. Paramos na hora certa, porque algum tempo depois os britânicos novamente bombardearam Lagos, mandaram o rei Kosoko e todos os seus homens para o exílio em Epe e colocaram no lugar dele o rei Akitoye, com quem tinham boas relações e de quem diziam que só tomava decisões depois de consultar o cônsul britânico, o interventor. O rei Akitoye tinha prometido acabar com o tráfico, e de fato, dois ou três anos depois ninguém dava notícias de tumbeiros saindo da região de Lagos.

OBRAS

Voltei a encontrar o senhor Domingos em um jantar oferecido na casa do senhor Nicolas para o governador português das ilhas de São Tomé e Príncipe, que tinha sido convidado pelo Chachá para visitar a cidade com a intenção de estreitar os laços entre o governo português e o Daomé, reativando o forte de São João Batista da Ajuda. Desde a partida do José Joaquim, dois outros funcionários já tinham passado por lá, mas eram homens sem representatividade alguma, sem importância ou inteligência, com os quais nem fiz questão de travar contato. O jantar foi em comemoração aos bons acordos, e o governador deixou Uidá com a promessa de enviar uma milícia, já tendo inclusive dado ao próprio Chachá a patente honorária de tenente-coronel de infantaria da marinha. Quando perguntei ao senhor Domingos se eu poderia passar na casa dele para assinarmos um contrato, ele se ofendeu, dizendo que a palavra dele valia tanto quanto a assinatura e que eu podia mandar os meus empregados ocuparem o terreno e começarem a obra. Ficamos de nos encontrar alguns dias depois para discutirmos os detalhes da casa, tamanho, tipo de construção, coisas assim, mas antes disso o Felipe já tinha mandado construir um galpão para morada dos homens que fariam a obra e para guardar os materiais. Não gostei nem um pouco quando o senhor Domingos disse que queria uma casa igual à minha, e argumentei que ele faria uso diferente da casa dele, que não podia ser igual. Ele não estava muito preocupado com isso e disse que eu então podia fazer o que quisesse, desde que ficasse bonita, arejada, confortável e desse a impressão de estar na Bahia. Ou seja, como a minha, que já estava quase pronta, faltando apenas alguns detalhes que achei que daria tempo de terminar antes do quarto aniversário dos ibêjis. Não deu, porque esperávamos alguns materiais de acabamento que chegariam de Portugal e o navio atrasou mais de uma semana. Eu ia à obra quase todos os dias, pois ter a Aina novamente em casa era uma tranquilidade, cuidando de tudo como se fosse dela. Já era assim antes, mas depois que eu a comprei dos tribais, ela disse que nunca me abandonaria, porque nunca teria como pagar tudo o que eu tinha feito. E não falava em dinheiro, mas em gratidão somente.

A CASA

Mesmo sem a casa estar completamente pronta, a festa de aniversário do João e da Maria Clara foi lá, um grande piquenique com comidas brasileiras. Conversei com o pessoal do comitê da burrinha e eles concordaram em participar, e entre os operários da obra havia muitos músicos e três capueiras, que se apresentaram levando muita gente às lágrimas, com saudades de São Salvador. Compareceram todas as pessoas que convidei, e até o Chachá adiou uma viagem para prestigiar a minha festa, presenteando os ibêjis com dois cavalos. Mas a maior atração foi a casa, e tive que montar vários grupos para andar por dentro dela e contar todos os detalhes. Como na casa da sinhá, a sala era dividida em três ambientes separados por biombos e por lindos vasos de barro para flores, feitos pelo Abimbola. Tais vasos fizeram muito efeito, porque em África não era usual cultivar flores e muito menos tê-las dentro de casa, para enfeite. Era um costume nosso, dos brasileiros, e gostávamos de ter em nossos terrenos jardins bem-cuidados que, por si, já mostravam que ali morava um patrício. O Abimbola também tinha entalhado molduras maravilhosas para quadros que eu ainda não tinha, mas que mesmo assim fiz questão de pendurar na parede. O engraçado foi que ouvi duas mulheres comentando que aquilo era moda na Bahia, que nas melhores casas somente as molduras estavam sendo penduradas na parede, sem desenho algum. A casa toda tinha amplas janelas e o teto de gesso trabalhado era bem alto, a quase treze pés do chão de tábuas largas, compradas no Brasil. Alguns móveis também tinham sido comprados no Brasil, mas outros foram feitos pelo Abimbola e pelo Aliara, como as mesinhas para decoração e a grande mesa de refeições com pés esculpidos. Eu também tinha toalhas de linho, tapetes da China e da Índia, duas poltronas inglesas, cadeiras estofadas, camas com baldaquino e muitas outras coisas escolhidas com cuidado e carinho entre as oferecidas pelos mercadores estrangeiros, lembrando-me de como era o solar da sinhá e tentando imitar cada detalhe de que eu gostava. No andar de cima, onde ficavam os quartos, chamavam muita atenção as varandas com grades de ferro, muito bem trabalhadas sob a supervisão do Abimbola. Aliás, ele e a Conceição estavam morando juntos no barracão que eu tinha mandado construir para ele perto da obra.

Foi uma festa de aniversário muito bonita, e nos mudamos em meados de junho de um mil oitocentos e cinquenta e um, depois da chegada de um carregamento de louças e enfeites que eu tinha encomendado da Inglaterra. Para as crianças, comprei lindas camas de Goa, e quem já tinha visto disse que eram muito parecidas com a do Chachá, com baldaquino de colunas de ébano e cabeceira com medalhões de marfim. Sei a data porque foram exatos doze anos antes de sair de lá, para nunca mais voltar. Os lugares de que eu mais gostava, embora não mostrasse a ninguém, eram o quarto dos voduns e o quarto dos orixás, do jeito que tinham que ser, montados e consagrados pelo *bokonon* Prudêncio e pela *Ìyá* Kumani. O Abimbola tinha feito estátuas e máscaras novas e outros objetos, como bengalas, vasos e pratos de dar de comer, também consagrados. Em um quarto ou no outro, tanto fazia, que ficavam nos fundos da casa e sem comunicação com o lado de dentro, com portas que se abriam para o quintal, era onde eu gostava de me trancar quando tinha que tomar alguma decisão importante, e uma vez por mês o Prudêncio e a *Ìyá* Kumani me ajudavam em rituais de pedidos ou agradecimentos.

A FAZENDA

O John estava cuidando de todo o comércio com a Bahia, que era coisa de que ele gostava e entendia muito bem, e resolvi me dedicar inteiramente às casas. Ele nunca se interessou por esse novo negócio, não sei se por não gostar ou por ter ficado bravo comigo, mas nunca quis opinar em nada, nunca quis tomar a frente de nada. De início eu até pedia opinião, mas parei quando percebi que não adiantava. De vez em quando ele ia para o armazém, recebia e despachava as mercadorias quando os sarôs passavam por Uidá, e ficava muitos dias sem ter o que fazer. Cheguei a acreditar que a tristeza naqueles momentos era porque sentia saudades do mar, mas, perguntado, ele respondeu que não, que já estava cansado de viajar. As crianças eram muito mais apegadas a ele do que a mim, e em muitas coisas isso me lembrava a relação entre você e seu pai, quando brincavam no quintal da nossa casa na Graça. Não estranhei muito quando o John voltou de uma viagem pelo interior, novamente junto com o Mister Forbes, e disse que tinha comprado uma fazenda, pois precisava de um negócio só para ele. Por mais que me sentisse tentada, foi a minha vez de não dar palpites, de não sugerir o plantio disto ou daquilo, e por sorte a fazenda já tinha uma bela plantação de palma. Mas o John disse que não ia ficar só com a palma, pois tinha conhecido fazendas de brasileiros que aproveitavam para cultivar outras coisas no meio do palmeiral, que a cultura diversificada até fazia muito bem à terra. Depois de fechada a transação de compra, fui com ele visitar a fazenda, levando alguns dos operários para fazer uma reforma na casa principal.

Não era muito longe, pouco mais de cinco milhas de Uidá, em uma região com lagunas e de terra fértil. O John estava muito orgulhoso da compra e tinha razão para isso, pois era bonito de se ver aquela fiada de palmeiras verdinhas plantadas muito em ordem, uma na linha da outra, até perder de vista. Era no meio delas, nos corredores, que ele queria plantar algodão, inhame, mandioca e milho. A casa ficava no alto de um morro e com muitas árvores de sombra e de frutas ao redor, sob as quais colocávamos esteiras para fazer piquenique. Gostei de lá e os ibêjis gostaram mais ainda, principalmente quando mandamos um empregado buscar os cavalos que o Chachá tinha dado de presente para eles. Ficaríamos uma semana e ficamos duas, porque as crianças não queriam ir embora. Eu não podia ficar mais tempo, pois tinha a obra do senhor Domingos em andamento, e o John queria que eu deixasse as crianças com ele, mas não confiei. Quando voltou a Uidá, ele mesmo tratou de arrumar uma ama de quem eu gostasse e em quem tivesse confiança para cuidar dos ibêjis na fazenda, para onde iam com muita frequência, ficando às vezes até um mês sem voltar para o sobrado de Uidá. Quando a saudade apertava eu ia até lá, mesmo porque era muito ruim ficar sozinha naquela casa enorme, construída e mobiliada do jeito que eu queria, para abrigar as pessoas de quem mais gostava. Quanto a isso, fiquei um pouco aborrecida com o John. Ele falava tanto em ter uma família, em ficarmos todos juntos; no entanto, permanecia mais tempo naquela fazenda do que em qualquer outro lugar. Até mesmo quando ele ia e voltava de Freetown, muito mais longe, ficava mais tempo comigo. Por sorte, eu tinha a companhia da Aina, da Jacinta, da Geninha e de mais alguns bons amigos que apareciam de vez em quando.

CASAS DA BAHIA

Para compensar a falta do John e das crianças, eu trabalhava bastante, e mais ainda depois de encomendar da Inglaterra e da Alemanha alguns livros que ensinavam a fazer projetos de casas. Assim, o Felipe e o Rafiki olhavam meus desenhos e sabiam dizer mais ou menos o que iam gastar de material, quanto ia custar e o que dava e o que não dava para fazer. Antes mesmo que a construção da casa de Uidá chegasse à metade, o senhor Domingos comprou um dos desenhos para a construção de Aguê, querendo saber quando poderíamos começar. E não foi só ele, pois eu era constantemente procurada por brasileiros que queriam saber quanto custava uma casa, e já tinha inclusive tratado mais uma construção em Uidá, para um comerciante baiano, e outra em Porto Novo, para um comerciante português. O negócio estava crescendo muito depressa e eu tinha medo de perder o controle. Em uma reunião com o Felipe e o Rafiki, decidimos que seriam no máximo quatro obras ao mesmo tempo, duas sob a responsabilidade deles e as outras duas seriam dadas ao Dionísio e ao Crispim, que tinham partido da Bahia junto com eles. O Aliara era marceneiro, e portanto não tinha conhecimentos para tomar conta de uma obra sozinho. Mandei construir um escritório de dois andares no centro de Uidá, também com jeito de sobrado da Bahia, onde coloquei uma placa informando que ali era a sede da Casas da Bahia. A construção era bem grande e ocupamos somente o andar de cima, alugando o de baixo para uma casa de comércio inglesa. Para que não precisássemos ficar deslocando empregados de um lado para outro, o que nem sempre era fácil ou perto, em cada uma das quatro equipes precisaríamos de pessoas especializadas em todas as etapas do trabalho. Escrevi ao Tico pedindo que mandasse mais homens de São Salvador, e foi uma agradável surpresa saber que eu já estava ficando famosa por lá também. Os marinheiros e comerciantes que transitavam entre as duas cidades comentavam que uma brasileira estava recrutando brasileiros para trabalhar em África, pagando muito bem. O Tico disse que o difícil foi escolher, pois a todo momento alguém batia à porta da casa dele. Fizemos também reformas no terreno, deixando as casas apenas para os trabalhadores que tinham família, para que elas tivessem onde esperar por eles enquanto viajavam. Para os solteiros havia um alojamento longe do sobrado, para que tanto eles como nós, as famílias, ficássemos mais à vontade. Aquilo estava quase virando uma vila, com as famílias, as crianças, e até uma escola de artesãos que o

Abimbola montou no galpão construído para ele. Além dessas construções, mantivemos também o barracão que antes era usado pelos trabalhadores solteiros, onde guardávamos os materiais mais caros empregados em algumas obras, como madeira do Brasil, mármore, tecidos e pedrarias, além de ouro e prata, que muitas vezes eram usados para fazer enfeites ou pequenos objetos, como puxadores de gaveta e de porta, detalhes em móveis, coisas assim. Para vigiar tudo isso, contratamos quatro guardas que também cuidavam da nossa segurança, pois de vez em quando sofríamos ataques dos selvagens invejosos que queriam nos roubar ou apenas assustar.

Perto da minha casa eram quinze casinhas e nove famílias, então sobraram algumas casas, que dei para os filhos da Aina, os quatro, cada qual com sua família. Apesar de serem muito novos, os meninos estavam cuidando muito bem das suas mulheres, que, aos poucos, e no convívio com as brasileiras da obra, iam tomando jeito de gente. As duas ficaram pejadas com intervalo de poucas semanas uma da outra, estavam aprendendo a respeitar a Aina e até ajudavam em algumas coisas na nossa casa. O Aderonke tinha se interessado pelo ofício de marceneiro e estava aprendendo com os brasileiros, que comentaram que ele era muito esperto e logo poderia começar a trabalhar nas obras também. O Adedayo não tinha se interessado por nenhum trabalho na obra, mas gostava muito de animais, e em uma das estadas do John em Uidá, aproveitou para ir com ele para a fazenda e disse que era lá que queria trabalhar, no pastoreio, voltando para casa a cada dez ou quinze dias.

RELAÇÕES

Eu ia para o escritório todos os dias e de lá coordenava as obras, separava e enviava os pedidos de material, comprava o que estava faltando, conversava com os proprietários e fazia novos contatos, para que as equipes nunca ficassem paradas. Pegamos muitas obras no interior, pois com a proibição do tráfico e a falência de muitos comerciantes de escravos, o litoral deixou de ser o local mais interessante para quem queria ganhar dinheiro em África. O negócio do John também ia muito bem e ele ficava cada vez mais na fazenda, que tinha sido ampliada com um bom pedaço de terra, presente do rei intermediado pelo Chachá. Ele também só empregava homens brasileiros, já que os selvagens não queriam saber de trabalhar. As suas mulheres sim, e trabalhavam duro na colheita dos cocos de palma e na feitura do azeite. Eu admirava e respeitava o John, e percebia que ele sentia o mesmo por mim, mas já tínhamos nos tornado apenas bons amigos, e não mais marido e mulher. De certa forma, eu até achava bom, porque quase não sentia mais desejo depois do nascimento dos ibêjis, e menos ainda depois que meu sangue parou de descer, muito cedo, segundo a *Ìyá* Kumani. Ela, a Conceição e o Abimbola se entendiam muito bem, e muitas vezes ela dormiu na minha casa depois de passar horas conversando com os dois sobre o Brasil, os orixás, a África de antigamente e a que eles estavam vendo nascer. Nessas horas, eu gostava de me sentar ao lado deles, abrir algumas garrafas de vinho e ficar pensando na vida. Em muitas ocasiões, sentia grande saudade do Brasil, e cada passagem do navio dos sarôs por Uidá, com destino a São Salvador, era uma tentação a possibilidade de seguir junto com eles. A sinhazinha me incentivava, dizendo que sentia muitas saudades e queria conhecer os ibêjis, assim como tinha vontade de que eu conhecesse os netos dela também. Ela já tinha quatro, dois da Mariana, um da Carolina, que já tinha voltado de Paris e se casado em São Sebastião do Rio de Janeiro, e um da Amélia, a terceira filha, que estava casada com um parente do novo marido da sinhá. Ela disse que a sinhá estava muito mudada e as duas já quase se consideravam amigas, passando temporadas uma na casa da outra. Nos dias em que a saudade era mais forte, eu pegava o baú onde tinha guardado aquelas coisas das quais não me separava, como a Bíblia, os livros do doutor Joaquim, o tabuleiro do Francisco, o bastonete da confraria, a toalha da sinhá Romana e o lenço encarnado do Piripiri, eu pegava tudo isso e ficava à procura de alguém que quisesse me ouvir falar sobre cada um deles, sobre como tinham ido parar na minha mão. Eu não era infeliz em África, mas também faltava muito para dizer que era feliz. Faltava você, por exemplo.

Um acontecimento importante daquela época foi a grande festa que fizemos, com cerimônia na capela do forte, para celebrar o casamento do Rafiki com uma brasileira que ele tinha conhecido em Aguê, quando estava acompanhando a obra do senhor Domingos. Era uma boa moça, que tinha nascido em África, mas era filha de dois retornados de uma vila nas proximidades de São Sebastião do Rio de Janeiro. O Rafiki e o Felipe tinham comprado um terreno bem perto da minha casa e estavam esperando uma oportunidade, uma folga nas encomendas, para construírem as casas deles. Enquanto isso não acontecia, convidei a moça para morar comigo, já que o marido vivia viajando. O nome dela era Angelina, uma moça muito trabalhadeira que logo ficou bastante amiga da Hasina e da Homa, as filhas da

Aina. Pouco tempo depois, o Felipe também se casou, ainda com mais pompa que o Rafiki, e a escolhida foi uma sarô de Lagos chamada Karin, que ele também conheceu ao acompanhar uma obra. Quando ele pediu para a moça ficar morando comigo até que a casa deles estivesse pronta, do mesmo jeito que a do Rafiki, achei que era abuso e não deixei. Arrumei para elas uma das casinhas do terreno, da melhor maneira possível, e passei as casas deles na frente de duas encomendas que estavam esperando na fila.

Sempre tínhamos espera, que algumas vezes chegou a ser de três anos para o início da obra, o que valorizava o nosso trabalho, pois nunca montamos mais de quatro equipes, nunca confiamos em ninguém mais para coordenar o trabalho, que queríamos bem-feito. Com o passar do tempo, os outros dois mestres de obras, o Dionísio e o Crispim, também ganharam participação na sociedade. O marceneiro, o Aliara, teria recebido uma parte se tivesse esperado um pouco mais, porque era um profissional muito bom. Mas logo um brasileiro de Ilorin viu o sucesso que estávamos fazendo e resolveu abrir uma casa de construções também, que não foi para a frente. Ele conseguiu tirar mais alguns dos nossos homens, que devem ter se arrependido da traição, pois a empresa não durou nem dois anos. As pessoas preferiam esperar o tempo que fosse necessário para construir com a Casas da Bahia, porque não era só da construção que cuidávamos, mas também dos móveis e enfeites, entregando a casa pronta para morar. Para cuidar melhor dessa última parte, contratei um jimbanda que apareceu no escritório dizendo que era artista, que sabia tratar uma casa como se fosse uma obra de arte. Achei o jeito dele bem estranho, mas o chamei para ir até a minha casa e mostrar o que sabia fazer. Ele mudou móveis de lugar, pegou alguns panos que estavam guardados no galpão, perguntou se eu conhecia uma costureira para fazer cortinas e almofadas novas, e em uma semana eu tinha uma casa muito mais agradável. Foi contratado para cuidar de todos os enfeites das casas que construíamos, e também para fazer os desenhos de móveis e esculturas que eu comprava do Abimbola. A escola dele já tinha muitos alunos e uma boa produção, mas só fornecia para mim, não adiantava ninguém querer comprar nada dele, ao preço que fosse.

VAN-VAN

Acho que o nome do jimbanda devia ser Vicente, ou Vincent, não sei, mas ele gostava de ser chamado de Vin-Vin, escrito assim mas pronunciado à francesa, Van-Van. Ele não dizia de onde era e nem a idade, e eu só sabia que tinha trabalhado alguns anos em São Sebastião do Rio de Janeiro com uma dançarina francesa, escravo dela, que, ao adoecer, voltou para a França e o levou junto. Passados alguns anos, a moça morreu e o Van-Van ficou pertencendo a alguns parentes dela, uma família que tinha uma fábrica de enfeites de vidro e cristal. Ele também não contava direito a história de como tinha ido parar em Uidá, mas logo surgiram rumores de que tinha se apaixonado por um marinheiro e o seguira até lá, onde brigaram. O Van-Van era estranho, pois gostava de se vestir e se comportar como mulher, mas era uma pessoa de excelente coração, com muito bom gosto, trabalhador e honesto, e tive que ser bastante firme para defendê-lo de certos insultos e manter a decisão de trabalhar com ele. Os mestres de obras não queriam saber dele e ninguém o respeitava, embora todos ficassem admirados com a capacidade que ele tinha de fazer muitas belezas dentro de uma casa. Foi por isso que tivemos uma ideia, que começou como uma brincadeira, quando estávamos passeando pelo mercado de Uidá à procura de panos da costa e vimos um grupo de amazonas do rei Guezo. O Van-Van disse que adoraria ser uma delas, assim como eu também queria, forte e destemida, mas já que não tinha jeito mesmo, ele então gostaria de pelo menos ter algumas delas. Foi o que fizemos; contratamos duas selvagens, fizemos para elas roupas parecidas com as roupas das amazonas, e elas andavam o dia inteiro atrás do Van-Van, protegendo-o de quem implicasse com ele. Era muito divertido ver o trio andando pelas ruas e nas obras, com as duas avançando para cima de todos os homens que tratassem o Van-Van de maneira desrespeitosa. Ainda bem que não éramos amazonas, pois ficamos sabendo coisas horríveis sobre elas, principalmente as que não eram parentes de sangue do rei, mas sim as jovens virgens musculosas que eram recrutadas nas aldeias e que se tornavam as "esposas-leopardo-do-rei". Elas comiam carne crua, limavam os dentes, raspavam as cabeças e adoravam gritar que eram homens, e não mulheres. De certa forma, até agiam como tal, pois, tendo que permanecer celibatárias, faziam coisas com tropas de prostitutas que estavam sempre à disposição delas. Disso, nem eu nem o Van-Van gostamos. Eu adorava a companhia dele, que era divertidíssimo, e por isso fazia questão que ficasse hospedado em minha casa sempre que estivesse em Uidá. Isto é, quando o John não estava lá, pois ele também não gostava do Van-Van. O Abimbola o suportava, mas a Ìyá Kumani e o Prudêncio me advertiram de que ele não deveria entrar nos quartos santos.

AGUÊ

Quando a casa do senhor Domingos em Aguê estava quase pronta, resolvi acompanhar o Van-Van até lá, não só porque eu gostava de vê-lo trabalhando, mas também porque queria conhecer a cidade, onde sempre tínhamos obras e por ser um dos lugares com mais brasileiros em toda a África. Lembra que eu já te falei que na Bahia, mais especificamente na Igreja do Corpo Santo, na cidade baixa, havia a confraria do Senhor do Bom Jesus das Necessidades e Redempção dos Homens Pretos? E que em Aguê eu tinha encontrado algumas pessoas que tinham feito parte desta confraria e levado uma cópia da imagem do santo para lá? Pois bem, essa imagem estava instalada em uma igrejinha mandada construir por um retornado de nome Joaquim D'Almeida, um dos homens mais ricos da região, comerciante de escravos. As pessoas não gostavam muito dele, mas eu não tinha nada contra e até o achava generoso e amável com os amigos. Em Aguê, era protegido do rei Glidji Aloffa, para quem cobrava impostos de todos os navios que chegavam à região. Tinha lá uma bela casa, coberta com telhas portuguesas e cercada por um grande jardim à europeia, que visitei muitas vezes para jogar partidas de damas com ele.

Aguê era uma cidade bem pequena e, se não me engano, fundada pelos retornados. Naquela primeira viagem com o Van-Van, fiquei por lá pouco mais de uma semana, mas voltei sempre que tive oportunidade, principalmente por causa dos bons amigos que fiz. Além do Joaquim D'Almeida, havia uma mulher de quem eu gostava demais, a *Ìyá* Francisca, que era sogra de outro brasileiro muito importante, o Francisco Olympio. Mas não era só eu que gostava dela, porque era pessoa das mais caridosas, que gastou uma verdadeira fortuna, que não lhe fez falta, comprando e libertando muitos escravos, provavelmente por também ter sido escrava, privilegiada por uma sorte sem igual. Ela era iorubá de Abeokutá, e ainda muito menina tinha sido capturada e feita escrava de um brasileiro de Aguê. Não se sabe muito bem o que aconteceu com ele quando, estando bem de vida, com muitos escravos e propriedades, foi para o Brasil e não retornou. O brasileiro tinha um escravo de confiança, que foi deixado tomando conta dos negócios e que acabou se apossando deles quando percebeu que o dono não voltaria. Esse escravo se decretou liberto e desposou a *Ìyá* Francisca, que, ao ficar viúva, herdou tudo que ele tinha. Não sei como conseguiram isso, pois é costume em África que os bens dos súditos falecidos passem todos, ou quase todos, para o rei. Foi por isso que agora, ao sair de lá, passei todos os bens que estavam em meu nome para os seus irmãos e mais algumas pessoas de quem gosto muito.

PROBLEMAS E PROTEÇÃO

Por conta dessas viagens a Aguê e a outras cidades onde estávamos construindo, acabei me afastando um pouco do Comitê Brasileiro de Uidá. Dediquei-me bastante a Casas da Bahia nos primeiros cinco ou seis anos, e chegamos a encomendar quadros de artistas de São Salvador e de São Sebastião do Rio de Janeiro mostrando as novas moradias que estavam sendo erguidas por lá, para nos inspirar. Enquanto isso, muita coisa mudava na vida em África, que continuava sendo muito maltratada pelas guerras e confusões entre os reinos, as tribos e as pessoas. Entre os brasileiros e os africanos, por exemplo, até hoje ainda há graves problemas, principalmente para os que voltam agora, passado pouco tempo do fim da escravidão no Brasil. Sabe que imaginei que isso nunca fosse acontecer? Mas há um ou dois anos mais ou menos, perguntei a um retornado bastante esclarecido se não havia mesmo mais escravidão no Brasil e ele me disse que ainda havia sim. Não nas grandes cidades, onde os pretos e crioulos eram mais bem-informados, mas havia lugares mais para o interior do país, nas fazendas, onde as pessoas nunca ficariam sabendo que não podiam mais ser mantidas como escravas. A notícia não tinha chegado até elas, e talvez ainda fique assim por algumas gerações.

Mas voltando àquela época e aos problemas dos retornados, ainda havia mais um, causado primeiro pelo rei Kosoko, o que tinha sido deposto, e depois pelo rei Akitoyê. Menos pelo rei Akitoyê, que os ingleses conseguiram convencer de que a ida de brasileiros para Lagos faria a região evoluir. Mas às vezes o rei se esquecia disso, contribuindo para aumentar um temor que afastava muitos dos retornados, e que os ingleses estavam tentando reverter por intermédio do cônsul. Além de cobrar altos impostos de todos que desembarcavam e se apossar dos bens que levavam, os reis ainda costumavam aprisionar alguns para revender como escravos. O retorno mais complicado era o dos iorubás do interior, para onde Lagos era o caminho mais curto. Estes, se desembarcassem em Uidá, corriam o risco de serem pegos pelo exército do rei Guezo, que sempre viveu em guerra com os antigos reinos iorubás. A melhor opção para eles era chegar a Lagos e pedir proteção ao cônsul inglês, um simpático senhor chamado Benjamin Campbell, com quem tive o prazer de conversar algumas vezes e que tratou muito bem a mim e ao John, principalmente depois de saber que o John já tinha sido um dos homens de confiança do Mister Macaulay. Os brasileiros e os sarôs se apresentavam ao cônsul Campbell e ele os protegia dos desmandos dos reis e da raiva dos selvagens, mas desde que reconhecessem o rei Akitoyê como único e definitivo, porque ainda havia alguma resistência, que não se envolvessem com o comércio de escravos, que mantivessem no consulado uma lista atualizada com os nomes de todos os chefes das famílias, e que enviassem as crianças para as escolas que estavam sendo abertas pelos missionários protestantes. As aulas eram dadas em inglês, porque ter mais gente falando essa língua, além dos sarôs e dos próprios ingleses, foi uma excelente maneira que os ingleses encontraram para se comunicar com mais tribos, aumentando a presença e a importância deles na região. Os retornados aprendiam a falar inglês e serviam de intérpretes entre as pessoas das tribos de onde tinham saído e os ingleses, ajudando na aceitação do novo rei, Akitoyê, e do interventor inglês. Apesar dos problemas, os brasileiros que voltavam para Lagos estavam se organizando melhor que os brasileiros de Uidá, principalmente os comerciantes. Como em Uidá o tráfico não era tão controlado, muitos traficantes continuaram a comerciar ilegalmente com o Brasil, aproveitando para tirar o máximo proveito durante o tempo que ainda fosse possível. Enquanto isso, em Lagos já se pensava em muitas alternativas ao tráfico, e o cônsul Campbell tentava conseguir que o governo britânico estabelecesse uma linha regular de navios entre Lagos e o Brasil, para os que queriam retornar.

Eu gosto muito de política, desde quando ouvia escondida as conversas do sinhô José Carlos, na Ilha de Itaparica, e sou capaz de ficar aqui, gastando o tempo e as forças falando disso, e ainda te aborrecendo. Então, vamos voltar à nossa história. Conforme os ibêjis cresciam e queriam ficar mais tempo na fazenda com o John, comecei a viajar mais e mais, visitando as obras. Não que precisasse, pois os nossos homens eram muito bons e não havia nada que eu pudesse fazer ou em que pudesse ajudar. Mas além de achar muito divertido acompanhar o Van-Van, eu também não ficava sozinha naquela casa de que gostava tanto, mas que era muito grande sem a família, e ainda mostrava aos comerciantes que nos contratavam que aquele trabalho era muito importante para a empresa, a ponto de eu ir acompanhá-lo pessoalmente. Muitos gostavam disso, e também era essa a justificativa que eu dava ao John, pois ele preferia que eu estivesse junto dele e das crianças naquele lugar onde nada acontecia. De vez em quando eu até ia até lá, mas depois de dois ou três dias, tudo que eu queria era estar em Uidá ou em qualquer outra cidade onde tivesse gente para conversar e coisas interessantes para ver.

Em Uidá havia muitas festas, como as programadas pelo Comitê Brasileiro, mas uma das melhores daquela época aconteceu, se não me engano, em um mil oitocentos e cinquenta e quatro, quando o Chachá I completaria cem anos se estivesse vivo. Quem organizou tudo foi o Isidoro, o Chachá II, e seus dois irmãos mais importantes, o Inácio e o Antônio, e para prestigiá-los apareceu gente de quase toda a África, brasileiros ou não, comerciantes legais e traficantes. Foi nessa ocasião que conheci o senhor Francisco José de Medeiros, um rico comerciante português que falava tão bem o inglês que alguns diziam que ele tinha nascido nos Estados Unidos da América. Aliás, ele enriqueceu muito mandando escravos para os Estados Unidos, e óleo de palma também, que produzia na sua fazenda de Aguê. Mas não foi bem ele quem mais atraiu minha atenção, mas um de seus protegidos, um fon retornado de nome Olipon, padeiro por ofício quando era escravo no Brasil e que abriu a primeira padaria em África, ou pelo menos em toda aquela região que eu conhecia. Quando fiquei sabendo que ele tinha feito isso, briguei comigo mesma por não ter tido tal ideia antes. Mas depois de comentar com a sinhazinha e de ter a resposta dela, percebi que ela tinha razão, que eu gostava de inventar coisas para tomar conta, para me ocupar, quando já era quase hora de descansar e aproveitar tudo o que já tinha construído, que não era pouco.

O filho da Aina, o Adedayo, estava se tornando um excelente ajudante para o John, enquanto o outro, o Aderonke, já fabricava sozinho muitas das peças que mobiliavam nossas obras. As duas meninas estavam novamente casadas, com brasileiros meus empregados, e a Hasina inclusive já tinha outra filha. A sinhá também estava cheia de netos e somente uma das filhas dela ainda não tinha se casado. Só o Tico me preocupava, por não ter voltado a se casar depois da morte da Claudina, embora ele sempre dissesse, sem que eu tivesse motivo para duvidar, que não sentia falta de nova companheira e estava muito feliz com os nossos negócios, que davam um bom lucro para ele também. Mais ainda porque o óleo de palma que estávamos enviando para a Bahia era produzido na fazenda do John e, portanto, mais barato do que se tivéssemos que comprar de outros fazendeiros.

A busca por você continuava sem notícias, mas ainda com alguma esperança, principalmente quando eu conversava com a *Ìyá* Kumani e ela afirmava que o Ifá não erra, e que ele tinha dito que você seria encontrado e que isso não demoraria a acontecer. O *bokonon* Prudêncio dizia a mesma coisa, e que eu deveria pedir a ajuda dos voduns, que nunca deixei de honrar no quarto destinado a eles. O padre Pedro da Anunciação tinha dito que eu devia ter fé em Deus, mas o Prudêncio não concordava, pois, segundo ele, Deus é grandioso demais para se importar com as pequenas coisas dos homens. Ele não falava isso diminuindo a importância de Deus, mas me mostrando que Ele se ocupa apenas das coisas que beneficiam todos, e não só uma pessoa ou uma família. Tudo o que é do dia a dia, como ter o que comer, onde morar e saúde, por exemplo, deve ser pedido aos voduns, pois se fosse necessário e importante, eles mesmos pediam a Deus, ou ao Ser Supremo. O Abimbola e a *Ìyá* Kumani achavam a mesma coisa, mas em relação aos orixás, e por via das dúvidas eu saudava santos, voduns e orixás, e se conhecesse algum angola naquela época, também saudaria os *nkices*. E também Alá, com quem voltei a ter contato depois de uma viagem a Porto Novo.

SULEIMANE

Os muçurumins retornados iam quase todos para a região de Porto Novo, nem sempre porque eram de lá, mas por causa da presença de um príncipe iorubá de Iyê, que tinha sido vendido como escravo por problemas de família, disputas pelo trono. O príncipe foi mandado para a Bahia e lá ganhou o nome de José, antes de se converter à religião do profeta. Não me lembro do nome africano dele, para saber se já tinha um daqueles nomes próprios dos muçurumins. Na Bahia, o José aprendeu o ofício de barbeiro, e só por causa disso foi levado de volta para a África, depois que uma parenta dele de São Salvador contou ao comerciante Domingos José Martins que ele era um profissional muito bom. Como conhecia o dono do José, o Domingos José Martins pediu que ele fosse liberado para servi-lo em Porto Novo, onde não havia barbeiros. O José era barbeiro apenas do Domingos José Martins, ficando o tempo todo ao lado dele, e à noite ainda trabalhava de vigia em uma concessão do comerciante em Ohum-Sémé. Estou me adiantando muito no tempo, mas não sei se vou me lembrar de voltar a essa história ou mesmo se terei tempo para isso, e também nem sei por que estou contando. Não tenho nenhum motivo especial para falar disso, a não ser a vontade de relembrar toda a minha vida, de pôr a memória à prova, de saber sobre quem e sobre o que ainda me lembro. Depois da morte do senhor Domingos José Martins, quando eu já morava em Lagos, José, o barbeiro, herdou alguns de seus bens, tornando-se uma pessoa muito rica e influente, protetora e incentivadora dos muçurumins que voltavam à África. Quase todos já sabiam disso e tratavam de desembarcar em Porto Novo. Conversando, ele me confessou que gostaria muito de construir uma mesquita para que o seu povo, era assim que ele chamava seus protegidos, para que eles pudessem rezar para Alá em lugar apropriado. Mas o que eu queria mesmo dizer era que, ainda antes de o José ter essa importância toda, já havia muitos muçurumins em Porto Novo, alguns bastante inteligentes, como tinha sido o Fatumbi. Os que não ficavam em Porto Novo se estabeleciam ao longo das rotas comerciais, e muitos outros também se tornaram caravaneiros bem-sucedidos, levando os escravos capturados no interior até os portos de comércio. Alguns iam buscar capturados até mesmo fora do Daomé, nos reinos vizinhos e, sem contar as guerras, eram os principais fornecedores do Chachá. Em Porto Novo fiquei sabendo de um que tinha experiência em ensinar, e perguntei se ele não queria ir comigo para Uidá, pois os ibêjis precisavam aprender a ler e a escrever e eu já não tinha mais paciência para isso. O muçurumim, que se chamava Salif, aceitou e fiquei mais feliz ainda quando descobri que, além do português, ele também conhecia um pouco de inglês, por já ter trabalhado para alguns ingleses. Os ibêjis falavam um pouco também, por causa do convívio com o pai, e seria bom que fossem educados nas duas línguas. Havia uma escola no forte português, mas quase nunca professores disponíveis. Eu imaginava para eles um futuro letrado, e muitas vezes já tinha pensado em me mudar para Lagos e colocá-los na escola dos missionários protestantes. Mas o John sempre foi contra, já que por nada no mundo largaria aquela fazenda e nem queria ficar longe dos filhos, pois era muito apegado a eles. Acho que não fui boa mãe para os ibêjis como acredito que fui para o Banjokô e para você. Isto é, nos momentos em que estivemos juntos, antes que eu me tornasse a pior mãe que você poderia ter tido, antes de eu te deixar aos cuidados do seu pai e da Claudina. Talvez tenha sido por isso a minha mudança para Lagos depois da morte do John, só para desafiá-los, só para não dizer que deixei de fazer algo que queria. Aliás, já está quase na hora de começar a falar disso e encerrar a penúltima parte dessa história, mas antes preciso contar algumas coisas e mais uma vez vou tentar ser breve, como tenho prometido desde o início, sem cumprir.

Sempre que eu estava em casa na hora das aulas dos ibêjis, fazia questão de ficar por perto. Não só por gostar de estudar, de ler, de aprender, pois as crianças ainda eram muito novas e não havia nada que o Salif falasse que eu não soubesse. Mas para vigiá-lo, pois ele era daquele tipo de muçurumim que achava que só a religião dele estava certa, que só Alá era o Deus verdadeiro, e não perdia uma única oportunidade de dizer isso para quem quisesse ouvir. Eu não queria que o João e a Maria Clara pensassem assim, e apesar de já ter proibido o Salif de dizer qualquer coisa de religião para eles, não havia como. Algumas vezes, quando eles estavam aprendendo a escrever, eu o peguei ditando trechos do Alcorão, e quando protestei, ele disse que era apenas um livro, que eram apenas letras. O Alcorão dele era em português, igual ao de muitos pretos do Brasil que não tinham tido oportunidade ou capacidade para aprender aquela língua estranha. O senhor Mongie, dono da livraria que eu frequentava em São Sebastião, tinha me dito que o Alcorão era um dos livros que ele mais vendia, todos para os pretos, que compravam para pagar em muitas vezes e nunca deixavam de fazê-lo, mesmo que ficassem sem dinheiro para comprar comida, pois achavam que aquela era uma compra sagrada, as palavras do profeta. Eu só não dispensava o Salif porque ele gostava do que fazia e tinha muita paciência com a falta de interesse das crianças. O João gostava um pouco mais que a Maria Clara, que me lembrava a sinhazinha. Aliás, essa não era a única semelhança entre as aulas dadas pelo Salif e pelo Fatumbi, pois em Uidá também havia outra pessoa tão ou mais interessada do que eu tinha sido, que é exatamente esta que está aqui comigo, pondo no papel todas essas palavras, a Geninha, a filha da Jacinta. Eu me lembro dela, toda envergonhada, assistindo às aulas da porta, sem ter coragem de entrar. Ninguém proibia, mas acho que, por não ter sido convidada, ela não entrava. E também porque tinha um pouco de medo da mãe, que gostava de mantê-la por perto, ao alcance dos olhos. Desde aquele acidente com a faca, a Jacinta não deixava a menina sozinha, e achei um absurdo quando começou a carregá-la amarrada às costas, mesmo dentro de casa e mesmo quando a menina já estava tão grande que arrastava os pés no chão. Agora, na minha frente, ela sorri e diz que também se lembra disso e até gostava, mas se preocupava com o esforço da mãe, levando-a de um lado para outro enquanto cuidava dos afazeres. A mão esquerda da Geninha já era muito bem treinada e ela logo aprendeu a escrever, muito mais depressa que as minhas crianças.

Por falar em escola, em certa época a minha casa se parecia demais com uma, pois para lá também foram cinco filhas do senhor Domingos José Martins, a pedido dele e por indicação do cônsul Campbell, de Lagos. As moças e meninas nunca tinham saído da África e o pai ia mandá-las para serem educadas e para se casarem na Bahia, mas antes queria que recebessem algumas orientações, para que não chegassem ao Brasil parecendo as selvagens que verdadeiramente eram. Tive imenso gosto e imenso trabalho, pois precisei ensinar quase tudo a elas, desde o jeito certo de se vestir com roupas brasileiras, o jeito de andar, de sentar, de comer usando talheres, de se portar em festas e em casas alheias. Ensinei coisas que já sabia por prática ou por ter visto a sinhá Ana Felipa ou a sinhazinha fazendo. Aliás, a sinhazinha foi de grande ajuda, e em cartas me lembrou e explicou muitas coisas que eu tinha que ensinar às meninas, e ainda indicou uma amiga em São Salvador que poderia recebê-las em uma casa de muito respeito e continuar a educá-las, encaminhando também para o casamento. Passei a sugestão para o senhor Domingos, mas não sei dizer se ele a aceitou. Esqueci-me também de perguntar isso à sinhazinha, porque assim que as meninas foram embora de casa, onde ficaram mais de quatro meses, com destino a Lagos e de lá para a Bahia, começaram as confusões. É sempre assim, como já falei, um período de calmaria e outro cheio de problemas.

VIDA E MORTES

O primeiro problema que apareceu foi uma criança, um bebê, deixado na porta da minha casa e encontrado quando eu, a Jacinta e a Aina voltávamos da serenata da *Ìyá* Kumani. Quero dizer, o bebê foi o segundo problema, pois é claro que o primeiro foi a falta que sentiríamos da *Ìyá* Kumani. Fomos alcançadas ainda no meio da rua por um dos seguranças da vila, que era como já chamavam o lugar onde ficava a casa. O terreno era cercado, e ao redor já havia surgido uma série de casas de brasileiros, formando quase uma vila mesmo. Nós três estávamos na companhia de mais brasileiros que moravam por ali, e voltávamos felizes pela homenagem que tinha sido prestada à *Ìyá* Kumani, uma boa recordação para tudo de bom que ela tinha feito em sua longa vida. Quando chegamos na casa dela, já estava tudo preparado, o corpo, que mais parecia estar dormindo do que morto, a casa enfeitada, os músicos, as comidas e as bebidas providenciados por uma multidão de pessoas que queriam participar e demonstraram gostar muito dela. Tinha morrido em paz, durante o sono, e, pelo jeito, sem sentir dor alguma, por causa da tranquilidade das feições. Só não havia ainda cauris para serem distribuídos aos participantes, mas mandei buscar no escritório da Casas da Bahia em grande quantidade, para que houvesse fartura e porque ela merecia. No quintal da casa foram montadas mesas, onde as pessoas se serviam à vontade, e os netos e bisnetos dela ficaram à porta, distribuindo os cauris a quem chegasse e a quem ia pedir esmola. Teve também tocador de atabaque, clarinetista, flautista, tocador de violão e um eve dizendo *orikis*, e vários babalaôs e ialorixás que fizeram a cerimônia de tirar o *adoxu* da cabeça dela. Acho que já contei que o *adoxu* é um preparado de ervas que é colocado debaixo do couro cabeludo de quem tem a cabeça consagrada ao orixá, como era o caso da *Ìyá* Kumani. Na cerimônia, o cabelo do morto é raspado e o *adoxu* é retirado, deixando um buraco que deve ser muito bem lavado com outro preparado de ervas, o *amassi*. Isso deve ser feito para que o axé do orixá seja liberado e não se perca para sempre, enterrado dentro da *orí* do morto, da cabeça, e volte para o universo, onde fica disponível para ser usado na feitura de outra cabeça. Era assim na Bahia e acho que assim foi feito, guardando-se também a água da lavagem para fazer o despacho do corpo, a que nós não assistimos por ser permitido somente aos iniciados.

Antes de o corpo ser levado para o quarto dela, onde seriam realizadas as outras cerimônias, cantamos e dançamos muito. Confesso que fiquei um pouco inibida, principalmente porque havia muitos selvagens e eu não estava mais acostumada àquele tipo de festa, mas logo fui notando a presença de um e outro brasileiro, todos cúmplices naquela violação de comportamento. Ficamos todos juntos, afastados dos selvagens, mas não deixamos de fazer quase tudo que eles faziam, tendo a desculpa de que era para honrar a *Ìyá* Kumani. Até mesmo o Prudêncio apareceu, fez algumas orações ao lado do corpo e foi embora. Quem se recusou a ir dar a bênção foi o padre Pedro da Anunciação, dizendo que aquilo tudo era profano, mas já não contávamos mesmo com a presença dele, o que não estragou em nada a nossa felicidade. Ela tinha tido uma vida longa e feliz, e era só isso que importava. O Abimbola e a Conceição também tinham ido, mas voltaram cedo para casa, e fiquei conversando com o Ayodele e família, pois fazia muito tempo que não nos víamos. Eles contaram da serenata do Obioma, em Porto Novo, outra festa muito bonita, pois o Obioma tinha sido uma pessoa feliz. Depois de dançar, comer e beber bastante, fomos embora, e estávamos muito cansadas quando o homem da segurança se aproximou e pediu que eu corresse para ver o que tinha sido deixado na escada que subia para a varanda da minha casa, sem que ele tivesse percebido qualquer movimentação suspeita ou algum estranho andando pelas redondezas. De longe já ouvimos o choro, e a Jacinta saiu correndo na frente e voltou até nós com o bebê, um menino, enrolado em um pano da costa.

Levamos o bebê para dentro da casa, para examiná-lo melhor. Muitas crianças já tinham sido levadas até a minha porta, mas sempre acompanhadas do pai, da mãe ou de algum outro parente. Geralmente eles queriam dar a criança para que eu a criasse e educasse, com certeza em melhores condições do que podiam fazer com parcos recursos. Eu nunca aceitei, e, infelizmente, tinha até que me negar a dar qualquer outro tipo de ajuda, por conselho da Conceição, porque corria o risco de eles se acostumarem. Aquele era um menino saudável, parecendo ter por volta de dois ou três meses, a quem a Jacinta logo se afeiçoou. O que não era difícil, pois ele realmente tinha um jeito que pedia proteção. Não era dos mais magros ou descuidados, como muitas crianças dos selvagens, e isso foi uma das coisas que mais me chamaram a atenção, ou seja, alguém já tinha cuidado dele, e com muito jeito. Mas mesmo assim, com toda a vontade de manter aquele menino, eu tinha dúvidas se devia ou não ficar com ele, até que o John voltou da fazenda e ficou com pena de mandá-lo embora ou de arrumar outro lugar para ele ficar. Até hoje tenho dúvida se ele sabia ou se foi apenas instinto, e acho que prefiro assim, pois não gostaria de ter certeza de que ele estava me enganando. Aliás, acho que não estava, e esse foi seu castigo, pois adorava os filhos.

Alguns meses depois, batizamos o menino com o nome de Antônio Andrade da Silva, os mesmos apelidos que eu e seus irmãos tínhamos, mas não constando nome de pai ou de mãe na certidão de batismo. De início fiquei com um pouco de pena por fazer isso, mas depois me lembrei de que a mesma coisa tinha acontecido com você, e ainda com o agravante de você ter pai e mãe conhecidos, o que não era o caso daquele menino, que ainda teve a mim e ao John como madrinha e padrinho. Mas antes do batizado, que teve que ser adiado exatamente por causa disso, houve a morte do senhor Joaquim, de Aguê, e fui até lá prestar uma homenagem a ele. Antes não tivesse ido e me guardado um pouco, pois logo em seguida, tendo começado com a morte da *Ìyá* Kumani, teve início uma série de mortes, algumas mais sentidas que as outras. Para meu grande espanto, recebi uma longa carta da sinhazinha contando da morte do doutor José Manoel, que muito me entristeceu. Eu me lembrava dele como um homem jovial, forte, alegre e saudável, o que não combinava com a morte. Ele morreu como a *Ìyá* Kumani, enquanto dormia e sem demonstrar sofrimento, e este era o único consolo da sinhazinha, que disse não mais saber o que fazer da vida sem ele, ainda mais porque ainda tinha uma filha para casar.

Daquela vez fiquei bastante tentada a passar alguns dias com ela em São Sebastião, o que ela chegou a pedir. Mas duas das obras que estavam em andamento pertenciam a portugueses que só aceitavam tratar comigo, até mesmo os assuntos menores, e eu não podia me ausentar de Uidá por muito tempo.

Portanto, estava lá quando o Chachá II faleceu e foi enterrado em uma cerimônia que nem de longe lembrou a do pai. Estranhamos a presença de tão poucas pessoas de Abomé, e o Alfaiate disse que era por causa da saúde do rei Guezo, que não estava muito boa e o impedia de estar à frente de algumas decisões. Falavam até em não esperar a sua morte para substituí-lo no trono, mas como ele era bastante querido e respeitado pelos chefes tribais, tinham medo de que isso abalasse a união do reino. Mas nem tiveram que esperar muito tempo, pois logo em seguida ao Chachá II, o rei Guezo também faleceu, e pensei se a Agontimé ainda vivia, se ela teria como ficar sabendo da morte do filho. Eu acho que sim, bastava perguntar aos voduns, mas eu esperava que ela não fizesse isso, pois não merecia a tristeza de perder um filho, mesmo tendo ficado tanto tempo sem vê-lo. Conheço essa dor e não a desejo a ninguém.

REI E CHACHÁ

Fui às festas do funeral do rei Guezo acompanhando a comitiva organizada pelo senhor Domingos, e durante toda a viagem o assunto foi sobre quem seria o próximo Chachá. O título ainda era bastante disputado dentro da família, embora já não significasse grande poder, e até mesmo o forte português, onde o Chachá II tinha sido ordenado tenente, estava no maior abandono. Quase todos os homens da família De Souza foram ao funeral, muito mais interessados em ganhar a simpatia do novo rei do que em homenagear o rei morto. Quem levou um belo presente para que fosse enterrado com ele, para ser desfrutado no *Orum*, foi o Domingos José Martins, uma enorme bandeja de prata sobre a qual havia muitos dólares e uma imitação perfeita de uma árvore, que tinha penduradas em suas folhas algumas argolas que prendiam dezenas e dezenas de charutos de Cuba. Foi o presente que mais chamou atenção, e antes o senhor Domingos o tivesse dado ao rei Glèglè, que, por ciúme, não lhe dedicaria nem metade da consideração que teve o rei Guezo. Não vou me alongar na descrição da cerimônia porque me preocupa o tempo que nos resta, mas devo dizer que foi muito grande a quantidade de escravos sacrificados, mais de oitocentos. Deveriam ter sido dois mil, mas não encontraram tal quantidade em tempo hábil, prova de que as coisas realmente não iam bem, mesmo porque o rei de Lagos, incentivado pelos ingleses, estava ajudando o rei de Abeokutá a lutar contra os exércitos daomeanos, atrapalhando a captura de escravos. Em um dos pronunciamentos, o rei Glèglè deixou bastante claro que não daria muita importância aos portugueses e nem mesmo aos brasileiros, colocando-se ao lado dos franceses, e sua escolha do Chachá III também não agradou a muita gente. Aliás, não agradou a ninguém.

O novo Chachá indicado pelo rei Glèglè foi o Antônio, aquele que era o preferido do rei Guezo. O Antônio de Souza era um inquieto, um polêmico, que vivia viajando e até já tinha morado por vários anos em Portugal. Adorava andar pela cidade montado a cavalo e portando uma espada enorme, com a qual ameaçava todos que encontrava pelo caminho, tendo imenso gozo nessa brincadeira perigosa. Era também muito cruel e adorava fazer maldades com os escravos, ao contrário dos irmãos e do pai, bebia demais e tinha inúmeros filhos, mesmo sem nunca ter se casado, e entre as mulheres com as quais se deitava estavam inclusive suas irmãs, primas e até mesmo filhas, ato muito criticado e repelido por nós, os católicos. O senhor Nicolas não gostava nem um pouco dele, e dizem que a inimizade entre as famílias De Souza e Oliveira ajudou muito a apressar uma nova escolha, pois o rei Glèglè também gostava de ouvir as opiniões do senhor Nicolas, que continuou sendo seu sogro pelo fato de ter herdado a esposa do antigo rei.

Quem substituiu o Antônio foi o Inácio, o terceiro daqueles que estavam disputando o título quando da morte do primeiro Chachá. Mas o Inácio também não ficou por muito tempo, tendo desaparecido misteriosamente depois de denunciar aos ingleses um navio que estava partindo do porto de Uidá com um imenso carregamento de escravos. Quem assumiu o cargo novamente vago foi outro Francisco Félix de Souza, que tinha o mesmo nome do pai mas era chamado de Chachá Chicou, e que, enfim, conseguiu manter o título até a morte natural, muitos anos depois. Mas isso tudo, da posse do Antônio até a do Chicou, aconteceu em menos de dois ou três anos, quando muitas coisas também mudaram na política da região. Vou tentar resumir tudo e depois volto um pouco no tempo para contar o que aconteceu ao John e o que nos levou a Lagos.

OS FRANCESES

Com a morte do Isidoro, o Chachá II, o forte d'Ajuda foi definitivamente abandonado pelo governo de Portugal e das colônias, até que foi solicitado, acho que em um mil oitocentos e sessenta e um, por aí, pelos missionários franceses. A presença francesa no Daomé era cada vez maior, enquanto os ingleses, depois de tentarem sem sucesso uma dominação política, compraram Lagos e estabeleceram um protetorado. Não tenho certeza, mas acho que o rei de lá nessa época já não era mais o Akitoyê, e sim seu filho Docemo. Talvez depois eu conte essa história melhor, já de Lagos, mas desde muito antes do estabelecimento do protetorado inglês já se falava que logo aconteceria o mesmo em Uidá, com os franceses. Primeiro eu duvidei, achando que isso nunca seria possível, mas comecei a acreditar quando os missionários franceses se instalaram no forte e, junto com os comerciantes e militares franceses que já moravam em Uidá, visitaram todas as pessoas importantes da região, falando mal dos ingleses e da religião protestante. Diziam também que, se não nos unissemos, Uidá teria o mesmo destino de Lagos, cairia nas mãos dos ímpios. Eles perderiam a posse do forte em um mil oitocentos e sessenta e cinco, depois que os portugueses ficaram sabendo que tudo tinha sido feito sem a permissão deles e de terem mandado uma missão para tratar da reintegração com o rei Glèglè. Os missionários provocaram muita confusão, mas eu gostava da presença deles, que também foi imediatamente aprovada pelos brasileiros mais pobres. Os mais ricos, entre os quais eu deveria me incluir, temiam que os franceses se fortalecessem e fizessem com o comércio de Uidá o que os ingleses tinham feito com o de Lagos, acabando com o tráfico. Receando serem hostilizados pelos brasileiros, os missionários pediram proteção ao cônsul, que tinha acabado de estabelecer um protetorado francês em Porto Novo, atitude que foi muito contestada pelas autoridades e pelos comerciantes franceses de Uidá, que acharam que isso poderia indispô-los com o rei Glèglè. Eles achavam que os missionários deveriam se ater às questões religiosas, sem saber que eram as questões religiosas que faziam com que perdessem a simpatia de grande parte dos brasileiros, inclusive a do Chachá Chicou. Isso porque, em se tratando de religião, eles eram muito rígidos, criticando e punindo as atitudes dos brasileiros que não levavam o catolicismo muito a sério. Demoraram um pouco para aprender que não deviam ser assim, que pelo menos no início precisavam se adaptar ao tipo de religião que já praticávamos, com as nossas festas e tudo o mais.

Quando resolveram se estabelecer seriamente em Uidá, os missionários instalaram a Société des Missions Africaines de Lyon, e acabaram ganhando a simpatia dos brasileiros quando novamente foram de casa em casa, fazendo uma lista de todas as pessoas da família e querendo saber a quantidade de crianças, pois pretendiam montar uma escola, como os ingleses tinham feito em Lagos. Para mim não havia melhor notícia, pois o Salif já tinha ensinado às crianças tudo o que sabia e eu tinha medo de mandá-las para o Brasil, como me aconselhavam. O Tico tinha se oferecido para cuidar dos dois em São Salvador, assim como a sinhazinha em São Sebastião do Rio de Janeiro, mas desde o acontecido com você eu tinha prometido que nunca mais confiaria a ninguém o meu papel de mãe.

Como os missionários franceses perceberam o grande interesse dos pais brasileiros, convocaram uma reunião e deixaram que resolvêssemos questões importantes sobre a nova escola, sendo que uma delas foi que as aulas seriam dadas em português, e não em francês. O mais graduado dos missionários, com o cargo de superior do Vicariato Apostólico do Daomé, era o padre Borghero, de quem me tornei grande amiga. Acho que foi em troca de terem aceitado lecionar em português, língua que tiveram que aprender rapidamente, que aceitamos contribuir com muito dinheiro para a construção e a instalação da escola e de outras obras da Missão. O padre Borghero disse que nunca, em toda a sua vida de missionário, tinha encontrado gente tão generosa quanto nós, e ficou tão convencido disso que anos depois foi esmolar no Brasil, sem grande sucesso. Na Escola Missionária estudavam somente os brasileiros, pois o rei proibiu os selvagens de instruírem seus filhos, o que me dava imensa pena. Mas fiz questão de matricular todas as crianças filhas de empregados das obras, da fazenda e, é claro, os ibêjis e a Geninha. Era uma escola muito boa, onde ensinavam trabalhos domésticos, orações, acompanhamento de missas e até a usar talheres, além de leitura, escrita, gramática, geografia, aritmética, ditado e declamação. Com o sucesso da escola em Uidá, logo foram abertas outras, em Porto Novo, que já era protetorado francês e onde as aulas eram dadas em francês, e em Lagos, onde se cogitava dar aulas em inglês, para fazer com que os alunos sarôs se transformassem em católicos, abandonando a religião dos ingleses.

CICLO

Enquanto a educação das crianças recebia uma enorme colaboração, era excelente que a escola não fosse paga, pois o comércio estava cada vez pior. Isso não nos atingia no negócio das casas, pois todos queriam manter as aparências e ostentar os lugares onde moravam, algo muito parecido com o que acontecia no Brasil e completamente diferente do que acontecia entre os selvagens, que não davam a mínima importância às suas casas. Depois que a proibição do tráfico de escravos no Brasil levou alguns comerciantes à falência, foi a vez de o comércio do óleo de palma começar a dar problemas. Os estrangeiros estavam entrando cada vez mais longe em território africano e negociando diretamente com os fazendeiros, deixando de fora os comerciantes do litoral. Isso era bom para os chefes tribais, que podiam cobrar mais impostos dos produtos vendidos diretamente em suas terras. Mas era ruim para os comerciantes do litoral, excluídos do negócio, que foram se queixar ao rei Glèglè, querendo que ele convencesse os chefes tribais a obrigar os fazendeiros de suas regiões a fazerem negócios com eles. Mas este tipo de convencimento nunca era por meio de conversa, e sim de guerras. Entrando em guerra, o rei perdia guerreiros, que eram capturados e transformados em escravos, mas que, segundo uma tradição do Daomé, tinham que ser comprados de volta. Como pagamento para devolver os capturados, os tribais inimigos aceitavam somente óleo de palma, que podia ser vendido aos estrangeiros ou trocado por armas. Para conseguir o óleo de palma, o rei Glèglè simplesmente o tomava de qualquer pessoa, até mesmo dos próprios comerciantes que tinham pedido a guerra contra os tribais. Ou seja, era uma situação que não tinha muito jeito e que, de acordo com o John, tendia a piorar. Era por isso que ele estava pensando em abandonar o óleo de palma e se dedicar a um tipo de plantação que muito interessava ao Chachá Chicou, a de cacau da Bahia. Eu tinha pedido ao Tico que pusesse o John em contato com o sogro do Hilário, que eu sabia ter plantação de cacau na região de São Jorge dos Ilhéus, mas não deu tempo, porque o John adoeceu.

FATALIDADES E SEGREDOS

O John e o Adedayo deveriam ter voltado a Uidá para a festa de noivado da Rosinha, a filha mais velha da Jacinta e do Juvenal, mas não apareceram. Nem na semana seguinte, e então mandei alguém até a fazenda e tomei conhecimento de que o John estava doente. Assim que soube, sem ao menos me pedir permissão, o João se pôs a caminho, concluindo que cuidar do pai era uma boa desculpa para faltar à escola por alguns dias. Isso foi no início de um mil oitocentos e sessenta e dois, quando os ibêjis estavam com quase catorze anos e começavam a achar que eu já não tinha mais autoridade sobre eles. O João tinha uma personalidade muito forte, parecida com a da

Carolina, a filha mais velha da sinhazinha, com quem eu trocava muitas impressões sobre filhos em idade de começarem a se achar adultos. Depois de cinco filhos, um que nem tinha chegado a nascer, aqueles dois eram os únicos que eu realmente via crescer, e confesso que às vezes me sentia bastante temerosa de que eles também me faltassem. Eu imaginava que você seria um excelente irmão mais velho, ajudando na educação deles, e que você também me entenderia e estaria ao meu lado em todas as situações difíceis, o que já não acontecia mais com o John. Estávamos casados, mas cada um levando a vida que tinha escolhido, ou a mais próxima disso.

Como o John não melhorava e não havia nada que fizesse o João voltar para Uidá, mesmo depois de eu ter mandado vários recados, resolvi ir até a fazenda. Deixei a Maria Clara com a Aina e parti na companhia de quatro empregados, da Geninha e da Jacinta, que queria ver o filho. O que eu sabia era que uma vaca tinha pisado no pé dele, mas não imaginava encontrá-lo tão mal. O pé tinha sido quase esmagado e estava ficando escuro, inflamado, do jeito que a Esméria e a Antônia tinham me contado sobre o membro do sinhô José Carlos. Fiquei muito preocupada quando o vi deitado, com a perna levantada e apoiada em uma pilha de panos, gemendo de dor ao menor movimento. As mulheres dos empregados da fazenda estavam cuidando dele e da casa, e me disseram que já tinham feito tudo o que sabiam para tentar melhorar aquilo, sem efeito. Fui com duas delas procurar uma rezadeira para ver se ela conseguia fazer alguma coisa de longe mesmo, já que o John não acreditava nisso, mas a mulher disse que seria muito difícil. Dei a ela dinheiro para algumas oferendas e levei comigo um preparado de ervas para alisar a ferida. Ao cabo de uma semana, como nada adiantou, resolvi levar o John para Uidá, mesmo sob protestos. Durante todo o trajeto até a cidade, deitado na rede carregada por alguns empregados, que iam se revezando, ele reclamou o tempo inteiro, dizendo que adoeceria mais ainda se ficasse longe da fazenda.

Naquela época não havia médico em Uidá, e depois de muito insistirmos, principalmente os filhos, o John concordou em receber o *bokonon* Prudêncio, como se fosse dele e não do Prudêncio tal reverência. Os dois ficaram sozinhos no quarto, de modo que não sei direito o que aconteceu, apesar da enorme vontade de perguntar. Mas não o fiz em respeito ao Prudêncio, e dois dias depois as feridas começaram a secar e parecia que tudo ia ficar bem, tanto que o John já queria chamar os empregados para que o carregassem de volta à fazenda. Achávamos que o pior já tinha passado, mas certa noite acordei com os gemidos dele e percebi que estava muito quente, com febre altíssima. Chamei a Jacinta, preparamos chá, rezamos, mas o John só piorava. Novamente mandei chamar o Prudêncio, e ele disse que já tinha feito o que era permitido, não podia repetir o trabalho, e que a cura ou não do John já não dependia mais de nenhum de nós, pois o destino estava sendo decidido do outro lado, no *Orum*.

Voltei para casa muito perturbada, imaginando se podia compartilhar isso com alguém, e só consegui conversar com a sinhazinha, por carta. Eu achava que o John ia morrer logo, e foi difícil confessar que, apesar de sentir pena, tinha quase certeza de que não ficaria como a sinhazinha, que se dizia inconsolável, sem motivos para continuar vivendo. Depois que a carta partiu, me arrependi de tê-la escrito, pois não sabia qual seria a reação dela àquelas minhas confissões e nem como ela se sentiria revendo a própria situação, já que eu tinha feito uma série de comparações. Enfim, já não havia mais o que fazer, a carta já estava cruzando os mares e eu teria que esperar a resposta. Enquanto isso, havia dias que o John passava sem dor para em outros quase desfalecer, aceitando receber visitas de curandeiros, bruxas, vodúnsis, babalaôs, ialorixás, enfim, de qualquer um que fizesse algo para tentar ajudar. Acho que muitos deles souberam e não quiseram me dizer, e foi a Conceição quem primeiro chamou a minha atenção para a possibilidade de aquilo ser um feitiço. Perguntei ao Prudêncio e ele confirmou, dizendo que era um feitiço tão forte que nem ele poderia desfazer, até porque não sabia com a ajuda de quem ou do que aquilo tinha sido feito, podendo afirmar apenas que não eram voduns. Tentei conversar com o John sobre isso, mas ele dizia que não acreditava, que tinha sido azar, que a única coisa que tinha feito mal a ele se chamava vaca.

Não vou me alongar muito em histórias tristes, como eu até gostaria, para saber se realmente fiz tudo que estava ao meu alcance ou se até estava gostando da ideia de me tornar viúva, embora estimasse muito o John. Mas aconteceu que ele nunca mais melhorou. Primeiro, teve que cortar fora o pé avariado e depois pedaços e mais pedaços da perna, que ia apodrecendo. Eu nem quis saber dos detalhes, porque me remetiam a lembranças muito tristes, como você já sabe, da época vivida em Itaparica. Nós, inclusive os ibêjis, já estávamos conformados, e até mesmo o John dizia que queria parar de sofrer, que já não aguentava mais. Quem mais cuidava do John era o Ayodele, que não estava mais trabalhando nas fazendas, mas ainda tinha força suficiente para virá-lo na cama, colocá-lo sentado e cuidar das necessidades dele. O John faleceu no dia quinze de novembro de um mil oitocentos e sessenta dois, e nos esforçamos para dar um funeral digno dele, celebrado pelo padre Borghero. Mais do que tristes, estávamos aliviados com o fim do sofrimento. Na mesma noite tive um sonho com a minha avó, e novamente só consegui contá-lo para a sinhazinha. Queria contar para outras pessoas, mas tinha vergonha, pois no sonho a minha avó revelou o que tinha acontecido ao John, e acredito que ele tenha morrido sem saber.

Ele se deitava com as mulheres da fazenda, muitas, inclusive as mulheres dos empregados, com as quais teve alguns filhos ilegítimos. Uma delas se apaixonou e queria que ele me largasse para ficarem juntos, mas ele recusou. A mulher foi embora da fazenda e, estando pejada, depois do nascimento da criança, seguiu até Uidá para deixá-la na minha porta, para eu cuidar. Depois fez um feitiço para que o John morresse de morte bem doída. Ela conseguiu as duas coisas, pois quando o John morreu eu já tinha me afeiçoado bastante ao Antônio, a quem tratava quase como se fosse um filho. Meu consolo, e uma vingança contra o John, foi que ele, que gostava tanto de crianças, nunca se importou muito com o menino, nunca soube ser cria dele. Hoje sei que, embora por caminhos tortos, por meio de outras mãos, a morte do John fez parte de todos aqueles acontecimentos que já estavam marcados no meu destino, pois se ele não tivesse morrido, nós provavelmente não teríamos nos mudado para Lagos, e se nós não tivéssemos nos mudado para Lagos, tudo teria sido muito diferente.

A mudança foi em meados de junho de um mil oitocentos e sessenta e três, exatos doze anos depois de nos termos instalado no sobrado de Uidá. Nunca mais voltei à cidade, nunca mais tive contato com os muitos amigos de lá e de outras cidades para onde costumava viajar, a não ser com os que estavam de passagem por Lagos, ou então que se mudaram para lá depois da ocupação francesa em Uidá. Em Lagos também nos esperava um outro sobrado, muito parecido com o de Uidá, encomendado por um comerciante que foi à falência e não pôde mais pagar, com as obras ficando pela metade. Pedi ao Felipe, que estava terminando a obra de um muçurumim de Abeokutá, que desse prioridade à conclusão do sobrado, que demorou bem menos do que eu podia imaginar. Pouco mais de seis meses, a contar do dia seguinte ao da morte do John, quando tomei a resolução. E é de Uidá que continua essa nossa história.

Sem título, 2019.
Série *Jatobá*. Aquarela e grafite sobre papel. 65 x 50 cm.
Coleção particular.

CAPÍTULO DEZ

EXU MATOU UM PÁSSARO ONTEM COM A PEDRA QUE JOGOU HOJE.

Provérbio africano

RECOMEÇAR

Fui feliz em Lagos. De um jeito diferente do que eu imaginava, mas de uma felicidade simples e sincera. Eu me penitenciava um pouco por não sentir tanta falta do John, e acredito que até por isso, para poder dizer que eu respeitava minha condição de viúva, nunca mais tive homem. O padre Clement dizia que se privar das vontades era uma grande virtude, e eu queria ser uma mulher virtuosa, apesar de ainda ter sido bastante cortejada, como nunca achei que uma mulher da minha idade poderia ser. Por homens comuns, por ricos comerciantes, por navegadores aventureiros, por homens dos governos inglês, francês e português, e até mesmo por alguns príncipes e um rei. É claro que isso me envaidecia, mas sempre soube que estavam interessados no meu dinheiro e no prestígio que eu tinha conquistado em África e no Brasil, onde muitos sabiam de mim. Quando da mudança, eu tinha cinquenta e três anos, mas me sentia com muito mais.

Para a Maria Clara, a ida para Lagos foi completamente indiferente, mas o João protestou desde o início, dizendo que queria ir para a fazenda e continuar o trabalho do pai. É claro que eu não permitiria, mas também não podia usar apenas esse meu não querer contra o querer dele, e o levei para conversar com o senhor Nicolas, que ele respeitava. O senhor Nicolas falou sobre as dificuldades que os fazendeiros experientes estavam enfrentando e que seriam muito maiores para um menino como ele. O negócio do óleo de palma estava indo mal, e até mesmo o John estava pensando em abandoná-lo quando adoeceu. Mas era preciso muito tempo e dinheiro para arrancar tudo o que estava plantado e preparar a terra para receber nova plantação, que não se sabia se vingaria nem quando começaria a dar lucro, como era o caso do cacau, do qual o João tinha ouvido o pai falar. Mesmo assim ele não desistiu e, junto com o Adedayo, que cuidou da fazenda sozinho enquanto o John esteve doente, foi se informar, tendo o atrevimento de procurar o Chachá Chicou. Para ser atendido, ele disse que já tinha encomendado algumas mudas da planta e queria a colaboração do Chachá para fazer um levantamento do que seria necessário para transformar a fazenda em um local de testes com o novo produto, o que poderia ser muito bom para a região. O Chachá indicou um homem que poderia ajudá-lo, e algumas semanas depois o João me pediu uma enorme quantidade de libras. Era muito menos do que eu possuía, embora mais do que eu ganhava em três anos de trabalho, o que não era pouco, e incluía até a ida de um brasileiro para coordenar a plantação. Hoje me arrependo de não tê-lo deixado pelo menos tentar, mas naquele momento eu achava que o João era muito novo para tanta responsabilidade, e além do mais ia ter que abandonar a escola, o que estava completamente fora dos meus planos para o futuro dele. Penso até que mais feliz foi você, que pôde decidir o próprio futuro sem a minha interferência. A Geninha, aqui do meu lado, diz que estou exagerando e que o João foi feliz sim, do jeito dele, e que talvez tenha apenas demorado um pouco mais para se encontrar, mas também aprendeu muito enquanto procurava.

Mesmo com todo aquele trabalho, o João não conseguiu me convencer a deixá-lo manter a fazenda, mesmo porque eu não estava disposta a investir sem entender muito bem do negócio. Em protesto, ele parou de frequentar a escola, mas como estávamos para nos mudar, deixei, pois não queria entrar em conflito com ele. Antes da mudança, fiquei em Uidá resolvendo as últimas pendências enquanto a Aina, o Van-Van e uma criada foram na frente para arrumar a nova casa. Eu já tinha me decidido a apenas fechar o sobrado, para o caso de querermos voltar, e aluguei o escritório da Casas da Bahia para a casa de comércio inglesa que já ocupava o andar de baixo. Nesse meio-tempo apareceu um comprador para a fazenda e achei que era uma excelente oportunidade para resolver de uma vez por todas aquele problema, acabando com as esperanças do João para que ele começasse a pensar nas oportunidades que se apresentavam. Eu estava disposta inclusive a mandá-lo estudar no estrangeiro, no Brasil ou onde ele quisesse, desde que não fosse nada relacionado a fazendas. Mas ele fugiu antes que tivéssemos a oportunidade de conversar sobre isso. Só fui encontrá-lo dois dias depois, na fazenda, de onde só consegui tirá-lo mediante a promessa de comprar terras perto de Lagos, onde diziam que eram ainda mais férteis por causa das lagoas.

Ele se interessou pela promessa, mas eu ainda não tinha certeza se iria cumpri-la, principalmente porque havia um outro problema que ele não entendia ou fingia não entender. Quase já não havia mais tráfico de escravos para fora da África, e os estrangeiros estavam oferecendo mercadorias a preços muito mais baixos que os comerciantes brasileiros, africanos ou portugueses. Principalmente os alemães e os ingleses, que diziam que o futuro do comércio estava nas fábricas e não nos campos. E com a doença e a morte do John, tínhamos perdido a maioria dos contatos comerciais em África, além do fato de os comerciantes de Freetown não demonstrarem interesse em continuar vendendo produtos para mim, pois tinham algum tipo de acordo especial com o John. Quando ele morreu, viram que seria uma excelente oportunidade para desfazer esse acordo, aumentando absurdamente os valores do que forneciam e tornando praticamente impossível a venda no Brasil, como me escreveu o Tico. Por conta disso eu tinha inclusive dispensado as viagens de navio dos sarôs. Com grande pena, principalmente por causa do Tico, resolvi parar de vez com o comércio e ficar apenas com a Casas da Bahia, que nunca conheceu crise.

TEIMOSIA

No primeiro dia de aula em Lagos, quando a Maria Clara já estava pronta, o João disse que voltar para a escola não fazia parte do nosso trato e que só pensaria nisso depois que visse as terras que eu tinha prometido comprar. Achei muita afronta, e naquele momento decidi que não haveria terra alguma, mas não disse nada a ele. Aliás, ficamos sem nos falar por mais de um mês, quando finalmente a curiosidade ou a falta de paciência dele foram maiores que a vontade de me vencer naquele jogo de silêncio, e ele perguntou se eu já tinha visto alguma coisa. Eu respondi que estava sem tempo, mas que veria assim que desse, e ele continuou na irritante rotina de andar pela casa e não fazer nada o dia inteiro. É verdade que lia bastante, o que muito me agradava e comprovava que eu estava certa, que a vocação dele era para os estudos e não para a lida em fazendas, sendo que muitas vezes eu também o peguei perguntando sobre a escola à irmã, que estava se adaptando bem. As aulas eram em inglês e ela ainda tinha um pouco de dificuldade em entender tudo, mas os professores disseram que era muito inteligente.

Logo depois da nossa chegada a Lagos, começaram as visitas de boas-vindas e os convites para festas, piqueniques e outros eventos, mas eu estava empenhada em guardar nojo por mais um tempo. Além de mim e dos seus irmãos, contando com o pequeno Antônio, tinham se mudado também a Aina, a Jacinta, a Geninha, o mestre de obras Crispim e sua mulher, a Tonha, junto com três filhos, e o Salif, que eu tinha tirado da terra dele e sentia pena de deixá-lo para trás, em Uidá, onde não tinha feito nenhuma amizade, que eu soubesse. Depois que os ibêjis tinham começado a frequentar a escola, ele os ajudava com os deveres e aproveitava para aprender muito do que ainda não sabia. Lia bastante também, e assim quase não saía de casa. Era uma boa companhia para conversar de vez em quando, mas de quem eu senti falta mesmo e muita pena por ter deixado em Uidá foi o Abimbola, e, por consequência, a Conceição, mas ele não quis abandonar os alunos. Os dois foram me visitar algumas vezes em Lagos, mas como já estavam velhos, não aguentavam muito bem a viagem, e eram orgulhosos o suficiente para não aceitarem ser carregados em rede. Para um trajeto que era possível fazer em um dia de boa caminhada, os dois chegavam a gastar até dez dias ou mais, dependendo do tempo. Gostavam de viajar nas épocas de chuva, quando não enfrentavam muito calor.

Foi durante a primeira visita deles que o João sumiu novamente, sem deixar pistas. Fiquei desesperada, achando que nunca mais o veria, como tinha acontecido com você, e me vendo na obrigação de sair na busca. Mas eu já não tinha mais saúde e nem idade para isso, e depois de mandar um empregado até a antiga fazenda do John, constatando que ele não tinha ido para lá, resolvi consultar um babalaô para saber por onde começar. Quem me valeu foi a Conceição, apresentando alguns brasileiros de Lagos que conheciam um velho iorubá muito bom no jogo do Ifá. O velho me disse que o João estava por perto, feliz mas preocupado, e por isso era bem provável que aparecesse dentro de alguns dias. Ele não tinha tocado mais no assunto das terras e achei que fosse assunto esquecido, mas quando apareceu foi para contar que estava empregado em uma fazenda nas redondezas. É claro que fiquei brava por conta do sumiço, mas também muito orgulhosa por ele não ter desistido do que queria. Disse que não havia nada que eu pudesse fazer ou falar que o fizesse mudar de ideia, e que se eu aceitasse, voltaria para nos ver a cada quinze dias, ou então sumiria de vez. Achei que ele era capaz de cumprir a promessa e concordei. Aliás, fui além disso, dizendo que compraria as tais terras que tinha prometido, mas ele recusou, argumentando que compraria com o próprio dinheiro, quando tivesse.

Não tenho ideia se ele sabia o quanto me castigava com aquela atitude, e mandei um homem segui-lo para saber pelo menos onde ficava a tal fazenda, que ele não quis contar, e a quem ela pertencia. Quando soube que era de um sarô que estava em dificuldades financeiras, fui procurá-lo e fiz uma proposta de compra, que ele aceitou, junto com a condição de que continuasse cuidando de tudo e que ninguém soubesse, muito menos o João. Não contei nem mesmo para a sinhazinha, pois sabia que ela me recriminaria por estar agindo às escondidas. Por volta daquela época, ela me escreveu contando que tinha arrumado casamento para a última filha solteira, a Angélica, de dezenove anos, e se sentia quase pronta para morrer e se encontrar com o doutor José Manoel.

LAGOS

Algumas semanas depois que o João começou a trabalhar na fazenda, fui até lá com a desculpa de pedir a opinião dele sobre a necessidade de arrumar um noivo para a Maria Clara. Ele ficou surpreso de me ver, mas nem perguntou como descobri o caminho, pois sabia que eu tinha muitos amigos influentes na região. Acho que desconfiou da visita sem propósito, pois nem quis ouvir direito a história que eu tinha inventado, sobre ter que dar uma resposta urgente ao pai de um rapaz que tinha pedido a mão da Maria Clara para o filho, um brasileiro, que estava de viagem marcada e não podia esperar até o dia de o João voltar para casa. Não ouviu e não opinou, disse que eu sabia o que fazer, e como era mentira mesmo, nem insisti. A fazenda era bonita e ficava ao norte de Lagos, em uma região fértil e cercada por floresta, de muita argila branca e vermelha. Gostei do que vi, pois tinha comprado sem conhecer, um terreno plano, triste aos olhos por não ter montanhas, mas por isso mesmo de fácil cultivo. Para chegar até lá, menos de quatro horas, fizemos parte do percurso a pé e parte de canoa, atravessando canais e lagunas.

Já te disse que Lagos é uma ilha? Acho que não, e nem que da nossa região dava para se chegar a muitas cidades sem sair da água, e sem ser pelo mar. Os canoeiros conheciam todos os atalhos e as astúcias das águas, passando por lugares tão estreitos que era possível esticar os braços e tocar as margens com as mãos. Desde a mudança e até poucos dias atrás, eu nunca tinha saído de Lagos, mas andava muito pelas redondezas. Pegava uma canoa qualquer e dizia para o homem ir sem destino certo, devagar, e gostava mais do caminho para Ibadã, que recortava o céu com muitas colinas suaves e redondas. Gostava também de caminhar às margens da ilha, sozinha e pensando na vida, ora olhando para o continente, ora para o mar aberto, que poderia me levar de volta ao Brasil. Aliás, acho que posso dizer "trazer de volta ao Brasil", pois provavelmente já estamos em águas brasileiras. Veremos terra em menos de dois dias e eu ainda tenho muitas coisas para contar.

Lagos é uma cidade muito importante, fundada pelos iorubás que fugiram das guerras do interior, gente de Oyó, de Ilorin, de Ijexá e de muitos outros lugares. No momento da nossa mudança, eram novamente esses povos que ocupavam a cidade, mais os retornados, quase todos sarôs, por causa dos ingleses. Lagos também é importante porque os canais e as lagunas que cercam a cidade e saem para o mar vão desde a região de Cotonu até o Rio Níger, transportando de tudo e a todos. O solo de Lagos mesmo não é bom, muita areia e muito mangue, além de muito sal, e por isso eu tinha ficado surpresa com a fazenda. Nas poucas horas que passei lá, fingindo não conhecer o dono, percebi que o João estava feliz e que as pessoas gostavam muito dele, o que foi bom para acalmar um pouco o meu coração. Mas ele não precisava estar trabalhando de empregado, e foi muito difícil manter isso em segredo.

Uma das coisas que mais estranhei em Lagos foi que havia muitos missionários pretos ou mulatos, instruídos em Freetown, o que não acontecia entre os missionários ou padres franceses e brasileiros, todos brancos ou mulatos que se passavam por brancos. Eu me lembro de ouvir o John falando que em Freetown até mesmo escravos podiam ser missionários, e perguntei ao padre Clement por que isso não acontecia entre os católicos. Ele disse que realmente não era usual, que não conhecia pessoalmente nenhum missionário católico ou padre preto, mas que havia, como havia até um ex-escravo que tinha se tornado santo por ordem de um papa também chamado Clemente, o São Benedito. Sobre São Benedito eu já sabia, mas fiquei muito espantada com o que ouvi logo depois, que em uma época não muito distante da nossa, os religiosos europeus se perguntavam se os selvagens da África e os indígenas do Brasil podiam ser considerados gente. Ou seja, eles tinham dúvida se nós éramos humanos e se podíamos ser admitidos como católicos, se conseguiríamos pensar o suficiente para entender o que significava tal privilégio. Eu achava que era só no Brasil que os pretos tinham que pedir dispensa do defeito de cor para serem padres, mas vi que não, que em África também era assim. Aliás, em África, defeituosos deviam ser os brancos, já que aquela era a nossa terra e éramos em maior número. O que pensei naquela hora, mas não disse, foi que me sentia muito mais gente, muito mais perfeita e vencedora que o padre. Não tenho defeito algum e, talvez para mim, ser preta foi e é uma grande qualidade, pois se fosse branca não teria me esforçado tanto para provar do que sou capaz, a vida não teria exigido tanto esforço e recompensado com tanto êxito. Eu me sinto muito mais orgulhosa de ter nascido Kehinde do que sentiria se tivesse nascido padre Clement, um bom homem, com certeza, mas que se submetia à necessidade de agradar aos brasileiros ricos de Lagos, Porto Novo e Uidá para se estabelecer com segurança e conforto nessas cidades. No início, ele só se aproximou de mim porque ficou sabendo que eu tinha influência e dinheiro, e depois porque percebeu que na minha casa sempre se comia, bebia e fumava do que havia de melhor. Comidas do Brasil, vinhos da França, da Itália e de Portugal, cervejas da Inglaterra, charutos da Bahia e de Cuba. Depois de algum tempo ele passou a gostar de mim, da minha companhia, de conversar comigo, mesmo eu não sendo das cristãs mais devotas. Acho que sou melhor do que ele, que imaginava ter me enganado a princípio. Sou melhor por tê-lo aceitado interesseiro e ter dado chance para um outro tipo de sentimento, quase amizade, mesmo que nascida do isolamento em que nos encontrávamos, sem muitas opções. Fosse em outro lugar, mesmo na Bahia, por exemplo, talvez nem trocássemos uma só palavra.

Apesar de não ir às missas, em Lagos eu tinha muitas oportunidades de encontrar e conhecer brasileiros, pois, além de morar perto deles, ainda acompanhava as notícias pelo jornal *Anglo-African*. Em Lagos, as pessoas moravam ainda mais separadas que em Uidá, sendo que os brasileiros ocupavam o meio da ilha, um pouco a sudeste do centro da cidade, da qual ficávamos separados por mangues e por uma lagoa. Os sarôs ficavam na ponta ocidental, e toda a costa sudoeste era tomada pelos entrepostos das companhias de comércio, pelas missões religiosas, pela administração inglesa e pelas pessoas que trabalhavam nesses lugares, isto é, os que não eram sarôs ou brasileiros. Não sei dizer com certeza quais eram as ruas que já existiam naquela época ou que vieram a existir depois, porque, logo que compraram a ilha, os ingleses mudaram os nomes de algumas e abriram outras. Mas a principal hoje é a Bangbosh Street, que tem esse nome por causa de um antigo retornado chamado Papa Bangbosh, que não cheguei a conhecer, mas que provavelmente ainda vivia, muito velho, quando me mudei para Lagos. Era estranho terem mantido o nome, pois disseram que ele era um dos principais opositores dos ingleses, um comerciante de escravos que no fim da vida se mudou de vez para o Brasil.

BRASILEIROS

A vida política em Lagos era ainda mais movimentada que em Uidá, com muitos interesses a serem defendidos, principalmente por causa dos ingleses, que nem sempre tinham o apoio dos chefes tribais, apesar de tentarem de todas as maneiras. Os comerciantes brasileiros, os retornados, não sabiam se ficavam do lado dos ingleses ou dos chefes de suas antigas tribos, pois muitos dependiam das mercadorias enviadas pelos parentes africanos, os do interior. Os retornados egbás, por exemplo, comerciavam com Abeokutá, os ijexás, com Ijexá, e assim por diante, mantendo os laços com as terras de onde tinham saído ao serem mandados para o Brasil. Mas era uma situação melhor que a dos comerciantes africanos, que, sem poderem contar com dinheiro ou com amigos brasileiros, dependiam das casas de comércio inglesas para comprar a crédito. Ou seja, ao mesmo tempo que precisavam defender os interesses dos chefes tribais junto aos ingleses, para não perderem o privilégio de receber mercadorias, não podiam se indispor com os ingleses, sob o risco de ficarem sem dinheiro para pagar por elas. Para resolver esses impasses foram fundadas várias associações, para as quais me convidaram, mas não me interessei, nem pela mais famosa, o Commitee of Liberated Africans. Ela era coordenada pelo cônsul Campbell e composta por africanos, brasileiros, sarôs e cubanos, uma espécie de tribunal para julgar as contendas entre os estrangeiros, os retornados e os selvagens. Não participei porque precisava de paz e descanso, como muito me aconselhou a sinhazinha. Já bastava a confusão causada pela enorme quantidade de brasileiros que me procuravam pedindo trabalho na Casas da Bahia, visto que em Lagos os sarôs tinham preferência nos trabalhos oferecidos pelos administradores, por saberem falar a língua deles.

Brasileiros e ingleses não se misturavam muito, a não ser quando o assunto era cavalos, e então estávamos sempre trocando informações, cruzando animais e organizando corridas e torneios. Tirando esse divertimento, outra coisa de que eu gostava demais era receber visitas dos amigos de Uidá, como o Alfaiate, o senhor Nicolas e o padre Borghero, que me contavam tudo que estava acontecendo por lá. A maioria dos comerciantes tinha casa em Lagos construída por mim, mas não o padre, que ficava hospedado em minha casa. Era lá que os brasileiros de Lagos iam procurá-lo para pedir que a missão francesa se instalasse logo na cidade, pois os missionários ingleses estavam conquistando os católicos menos devotos com a promessa de empregos na administração. Mas ainda demoraria alguns anos, e, enquanto isso, fomos visitados constantemente pelos missionários de Porto Novo, que tentavam manter acesa a nossa fé. Era o que eles pensavam, mas, na verdade, o que nos fazia católicos era a lembrança do Brasil e a superioridade sobre os selvagens, e não a fé.

Depois de me mudar para Lagos, fiquei cada vez mais caseira e comecei a trabalhar menos. Com a falência de muitas firmas comerciais, havia grande oferta de excelentes empregados administrativos que não queriam ou não podiam voltar para seus países, e que aos poucos foram ganhando minha confiança para lidar com os calendários das obras, as encomendas, as compras e até mesmo o trato com os proprietários. Eles me consultavam sempre que surgia um problema mais sério, mas geralmente coordenavam as obras sozinhos e eu apenas fiscalizava, por meio de relatórios. Eu estava com vontade de finalmente descansar, na companhia dos amigos e dos livros que a sinhazinha enviava de São Sebastião do Rio de Janeiro, muitos deles comprados nas livrarias da Rua do Ouvidor, como eu podia ver nas etiquetas. Das festas brasileiras, no entanto, nunca deixei de frequentar a do Sete de Setembro, que comemorava a Independência do Brasil, e a do Bonfim, sempre celebrada com um imenso piquenique na ilha de Ikoyi, vizinha a Lagos, ao qual todos compareciam, inclusive gente de muito longe, das aldeias. Minha roda de piquenique era sempre das mais concorridas, pois eu tinha uma excelente cozinheira mandada da Bahia pelo Tico, e todos se deliciavam com os pratos preparados por ela, como feijão de leite, mingau, munguzá, cozido, xinxim de galinha, vatapá, sarapatel, pasta de camarão com castanha de caju e coco, pirão de caranguejo, feijoada, doces em calda, de tamarindo com tapioca e ambrosias, coisas que as cozinheiras selvagens não sabiam preparar. Antes do piquenique do Bonfim, a Epifania era marcada pela saída da burrinha, mais rica e alegre que a burrinha de Uidá, com mais músicos e bonecos. Mas uma coisa com a qual nunca me acostumei foi que em Lagos não se dizia Nosso Senhor do Bonfim, mas sim Nossa Senhora do Bonfim, e ninguém sabia explicar o motivo desta mudança.

ANO RUIM

O ano de um mil oitocentos e sessenta e quatro foi dos mais chuvosos em Lagos e em toda a região, alagando fazendas e provocando fome pela escassez de alimentos, e também um ano muito triste. Logo no início morreu o Domingos José Martins, de descontentamento com o rei Glèglè, que nunca o consultou nas decisões importantes, como fazia o rei Guezo, e permitiu que os franceses se estabelecessem comercialmente em Cotonu e em Uidá, prejudicando os brasileiros. O Domingos foi um dos mais afetados e, ao contrário de muitos outros, não se calou de medo diante da arbitrariedade do rei, falando boas verdades para quem quisesse ouvir, até morrer triste e decepcionado com a África. Pena que os comentários chegaram aos ouvidos do rei Glèglè e ele resolveu se vingar nos descendentes. Primeiro, confiscou todos os bens deixados de herança pelo Domingos, e não apenas a terça parte, como era de costume, e depois promoveu uma verdadeira caçada para matar todos os homens da família. Para escapar da fúria do rei, eles tiveram que se espalhar por diversas cidades e mudar de apelido, formando muitas outras famílias grandiosas e importantes. Povo que muito admiro, principalmente porque depois de terem perdido tudo, e apenas com o prestígio do nome do chefe da família, já que nem seu apelido podiam mais usar, conseguiram voltar a fazer fortuna com o comércio. O Domingos José Martins não foi o único a ter problemas com o rei, o Alfaiate também, apesar de continuar sendo recebido na corte mediante o envio de presentes, é claro. Mas ele não conseguia receber do rei Glèglè o dinheiro referente a mercadorias fornecidas ou empréstimos para recuperar prisioneiros de guerra.

Voltando a falar das mortes, foi em uma carta muito curta e sem emoção que o Hilário contou da morte do Tico. Depois da morte do doutor José Manoel, a sinhazinha sempre falava em morrer também, mas eu nunca tinha pensado no assunto como uma possibilidade verdadeira, isto é, pensado na morte como um destino próximo para ela, para mim, para o Tico ou o Hilário. A minha morte ou a dos meus amigos de infância parecia até menos provável que a morte do seu irmão, tão novo. Embora seja muito triste, crianças morrem fácil mesmo, principalmente as que são *abikus*. O Tico já não era mais moço, mas também não era velho, e morreu sem estar doente antes, sem que tivéssemos tempo para nos acostumarmos com a ideia. Não sei se a sinhazinha ficou sabendo, pois eu mesma achei melhor não contar para não aumentar a tristeza dela. Mesmo que às vezes eu pensasse na minha morte, naquela época ainda não estava pronta para morrer, como estou agora, e, principalmente, não queria partir antes de ter notícias suas. Para saber mais detalhes sobre a morte do Tico, escrevi para o Hilário, duas vezes até, mas desisti depois de só receber resposta quase um ano depois, bastante parecida com aquele comunicado de poucas linhas e perguntando se o Tico tinha algum dinheiro ou bem em África. O Tico não tinha nada em África, e acho que, mesmo se tivesse, eu não diria ao Hilário. Trataria de fazer uma boa ação em nome do meu amigo, doando tudo para quem realmente merecia.

Para terminar aquele ano estranho e triste, um dos professores dos ibêjis me procurou e disse que eu precisava decidir o que fazer com eles, pois não havia mais nada para aprenderem naquela terra, tanto que já estavam começando a ajudar os missionários com as crianças menores. A Maria Clara, que tinha paciência para isso, o João não. O professor comentou que ele ficava quieto a um canto, enchendo folhas e folhas com desenhos de casas, desinteressado de todo o resto. Já estava decidido que eles continuariam a estudar, o que foi aceito com grande alegria pela Maria Clara, que sempre disse que gostaria de aprender cada vez mais para poder ensinar melhor. Mas isso era um problema, porque não havia muitas escolas que aceitassem moças que já sabiam o que ela sabia, acho que nem no Brasil. Quando perguntei ao João o que ele queria fazer da vida, onde gostaria de estudar, ele disse que tinha perguntado aos missionários e um deles contou sobre uma escola em França que ensinava a desenhar e a construir casas, e era isso que ele queria fazer, para depois trabalhar na Casas da Bahia. Fiquei muito feliz porque imaginei que tivesse esquecido aquela história toda de fazenda, depois de perceber que o trabalho era muito e o dinheiro era pouco, pelo menos nunca o suficiente para comprar suas próprias terras. Tinha sido essa a justificativa dele tempos atrás, quando voltou da fazenda e disse que eu tinha razão, que o melhor para ele era estudar. Assim que ele começou a frequentar a Missão, tratei de passar a fazenda adiante, com pena do antigo proprietário, que talvez não recebesse do novo dono as condições de trabalho que eu oferecia, com toda a liberdade para fazer como entendesse, desde que tratasse muito bem o meu filho. Mas aquele não era problema meu, enquanto que a educação das crianças era, e foi com isso que me importei durante quase um ano, até que tudo estivesse pronto para a partida delas.

PREPARATIVOS

A primeira providência que tomei foi pedir a ajuda do padre Borghero e do padre Bouché. Eles conversaram com outros missionários e disseram que eu devia enviar o João para a École Polytechnique, em Paris, e arrumar uma preceptora para a Maria Clara. Achei boa a ideia, mesmo porque também já tinha me informado com alguns comerciantes franceses e eles sugeriram que a Maria Clara ficasse fora de Paris, em alguma vila nos arredores, cuidada por uma pessoa de confiança e só no meio de moças. Eu não tenho dessas coisas, de achar que homens são diferentes de mulheres, mas sei que um homem, mesmo um mero rapazote, pode se defender melhor que uma mulher quando a situação exige força, e naquela época Paris não era uma cidade tranquila. Continua não sendo, pois os franceses nunca pararam de falar em guerras e revoluções, mas era um lugar onde até eu gostaria de morar, influenciada pelas maravilhas francesas que tinha visto em São Sebastião do Rio de Janeiro.

Foi o padre Borghero quem indicou o lugar onde a Maria Clara acabou ficando, a casa de uma ex-missionária que tinha aberto uma escola para moças depois de perceber que muitas delas, mesmo sem vocação, entravam para a vida religiosa só para poderem estudar. Em menos de quatro meses, e depois de duas cartas para lá e duas respostas da *soeur* Marie-Térèse, como ela ainda gostava de ser chamada, já estava tudo acertado, e por um valor muito mais baixo do que achei que teria que pagar. O maior problema foi com a École Polytechnique, que exigia um difícil exame de admissão para aceitar seus alunos em qualquer curso, e não havia nada que os missionários pudessem fazer pelo João, pois aquela não era uma escola religiosa, mas sim militar. Isso me deu um pouco de medo de que mandassem o João para as guerras, mas o padre Borghero garantiu que não havia esse perigo, que a escola era mais militar na disciplina com os alunos do que na defesa da pátria. Ouvindo isso, achei que o João ia desistir, mas ele realmente se mostrava interessado, talvez mais por sair da África e conhecer outros mundos do que por continuar os estudos. A Maria Clara podia partir antes, mas eu quis mandar os dois juntos, e ela esperou até que o João estivesse preparado para os testes. Para isso, ele passou sete meses na Missão de Porto Novo, onde foi ajudado por todos os missionários interessados em provar à Missão em França, à qual mais tarde fizeram questão de apresentar os meus filhos, que estavam fazendo um bom trabalho em África.

Vendo a alegria da Maria Clara, percebi que a Geninha também gostaria de fazer uma viagem como aquela, também gostaria de estudar e aprender mais, mas eu não podia deixá-la partir. Eu também a considero uma verdadeira filha, ela sabe disso, e seria muito difícil se todos partissem de uma só vez, já que o Antônio não contava, por ser ainda muito pequeno. Aliás, ele continuou recebendo a minha assistência, pois era filho do John, mas foi embora junto com a Jacinta quando ela voltou para Uidá. Ela sentia saudades do Juvenal e dos outros filhos, o Tomé e a Rosinha, com os quais tinha se encontrado apenas duas vezes depois da mudança para Lagos. Por caridade e por saber que eu precisava, deixou comigo a Geninha, a quem eu era muito apegada e, como você pode ver, ainda sou. A Jacinta viajou de Lagos para Uidá em companhia do Alfaiate, que tinha passado alguns dias na cidade e por meio de quem fiquei sabendo que os missionários franceses tinham perdido a posse do forte de São João Batista da Ajuda. O Alfaiate estava feliz com isso, pois tinha apoiado a missão portuguesa que foi conversar com o Chachá Chicou e deu a ele a patente honorária de tenente-coronel do exército português, com a função de proteger o forte contra outras ocupações estrangeiras. Menos de duas semanas depois da visita do Alfaiate, hospedei em minha casa dois missionários franceses que tinham sido desalojados do forte e estavam em Lagos procurando lugar para onde alguns deles pudessem ser mandados. Eu gostava de estar no meio dos acontecimentos, de me relacionar muito bem com todos os lados dos problemas, com os franceses, os ingleses, os portugueses, os brasileiros, os sarôs e os africanos, e minha casa estava sempre à disposição de quem precisasse.

Com a ida dos ibêjis para a França, o Salif também resolveu partir, mas não voltou para Porto Novo. Queria se estabelecer em algum ponto das rotas comerciais, onde havia grandes grupos de muçurumins. Ele não era comerciante, pretendia continuar dando aulas e achava que ia encontrar muitos alunos entre os filhos dos comerciantes diúlas ou hauçás, os muçurumins mais inquietos e espertos, os que viajavam mais, os que faziam grandes negócios indo de lugar em lugar ao longo das rotas comerciais, ficando por algum tempo onde houvesse mercadoria para ser vendida. Eles dizem que assim é melhor, com liberdade, pois podem exercer a religião em paz e não criam laços de amizade, de clientela e de favorecimentos comerciais ou políticos, que prejudicam os negócios mais lucrativos.

SEPARAÇÃO

No fim do ano de um mil oitocentos e sessenta e cinco, a Maria Clara estava ansiosa pela viagem. Ela também já tinha trocado cartas com a preceptora, uma excelente pessoa, com a experiência e a sabedoria de quem instruiu centenas de jovens. A casa que servia de escola e de alojamento abrigava vinte moças de cada vez, e eram elas mesmas que mantinham o lugar, tanto financeiramente quanto em relação aos trabalhos necessários, como limpar, arrumar e cozinhar. Achei isso ótimo, pois, além de se formar professora, a Maria Clara ainda aprenderia a cuidar de uma casa, visto que na nossa ela não tinha oportunidade para isso, já que havia criadas para fazer tudo. Embora a Maria Clara não falasse em arrumar marido e se casar, um dia ela teria a própria casa e precisaria saber cuidar, mesmo que fosse apenas para poder mandar fazer. O João estava quase pronto para o teste de admissão na École Polytechnique, e um dos missionários se ofereceu para acompanhá-lo, com todas as despesas pagas por mim, é claro. Aceitei na hora, porque o meu filho ficaria mais tranquilo, pois eu percebia o medo que ele fazia de tudo para não admitir. O padre Borghero disse que ele tinha toda a razão de ter medo, pois o teste era realmente difícil. Mas eu confiava no meu filho, tanto que já mandaria todas as coisas dele de uma vez, e não apenas depois do resultado das provas, que seria esperado pelo missionário acompanhante, um jovem chamado Jean-Pierre, que estava felicíssimo com a viagem e a oportunidade de rever a terra e a família. Os missionários se diziam felizes com os caminhos traçados por Deus, que estavam dispostos a ir aonde fosse preciso, mas eu sentia que não. Assim como muitos de nós, brasileiros, alguns odiavam a África e só ficavam por lá de teimosia, ou à espera de uma oportunidade melhor.

As semanas que antecederam a partida dos ibêjis foram bastante corridas, pois resolvi fazer um enxoval completo para cada um deles. Sempre achei que os pretos, e no caso os africanos, não eram bem tratados se não impressionassem à primeira vista, se não conquistassem seu espaço mostrando logo o dinheiro que possuíam. Dinheiro não era problema para mim, que já tinha muito mais do que conseguiria gastar em toda a minha vida, mesmo contando com a parte que já tinha vivido. A Casas da Bahia era muito lucrativa e o curso escolhido pelo João indicava que ele queria continuar o que eu tinha começado, tomando a frente dos negócios. Não seria difícil convencer os outros sócios de que os conhecimentos do João seriam úteis para todos nós, principalmente porque nenhum deles se interessou pelo trabalho que eu fazia e tivemos que contratar empregados para me substituir. Ter alguém de confiança lidando com o dinheiro e a administração é importante, ainda mais alguém diretamente interessado.

Duas ou três semanas antes da partida eu já tinha começado a chorar escondida pela casa, à noite, quando todos estavam dormindo e eu me levantava para olhar os ibêjis em suas camas. Eu não sabia por quanto tempo eles ficariam fora, e o padre Borghero calculava cinco anos, no mínimo. Durante todos esses anos eles não voltariam para casa, por causa da distância e do tempo que perderiam indo de um lado para outro, e eu tinha certeza de que voltariam muito diferentes. Não apenas na aparência, mas voltariam adultos, e me tratariam como adultos. Eu achava que isso era bom, gostava da ideia de eles se tornarem adultos independentes, mas tinha medo de que mudassem a ponto de eu não reconhecê-los. Sempre mudamos, mas quando estamos perto de alguém, a pessoa vai se acostumando com a gente, com o que estamos nos tornando, e aprendendo a gostar daquela nova pessoa. De longe isso não acontece, e tenho certeza de que não nos reconheceríamos de imediato, eu e você, se nos encontrássemos de novo. Por falar nisso, já estamos quase chegando ao fim desta viagem, que pode ser a qualquer hora do dia de amanhã. Eu me sinto extremamente cansada, mas já vou chegar onde preciso.

Muitas foram as pessoas que me disseram para não dar mais instrução à minha filha, assim como a Esméria também tinha me dito que de nada me serviria aprender a ler e a escrever. É claro que não levei em consideração esses comentários, pois o tempo provou que a Esméria estava errada, embora eu tivesse duvidado disso algumas vezes, e também porque achei curioso que a maioria dos que falavam que a Maria Clara não deveria estudar, era formada por brasileiros que a queriam em casamento para si ou para seus filhos. Encarregado de investigar a minha receptividade à proposta de um rico sarô de Lagos, um missionário protestante chegou a me mostrar um livro em que estava escrito que as moças que estudavam muito, principalmente as que se dedicavam ao magistério, tinham uma triste sorte, ficavam nervosas, fracas e muito sensíveis às afecções cerebrais. Só não ri na presença dele porque sou educada, mas disse que eu mesma já tinha dado aulas durante um bom tempo, na escola do padre Heinz, e já estava com quase sessenta anos sem nunca ter sido acometida de nada daquilo. Minha filha ia estudar, ia se formar, ia ser alguém importante, professora, que é quase tão importante quanto ser rica, pois isso ela já era sem esforço algum, sem mérito a ser acrescentado. Eu tentava não pensar na solidão em que ficaria quando eles partissem, na minha preocupação à espera de notícias, em quanta saudade sentiria até eles voltarem, e aproveitei ao máximo os dias que antecederam a viagem. Já estava quase tudo pronto, as roupas, os sapatos e os acessórios novos guardados em bonitos baús ingleses de couro, e a comida sendo preparada para a festa de despedida. O Jean-Pierre, o jovem missionário acompanhante, e os padres Borghero e Bouché foram para a minha casa ajudar nos últimos preparativos, instruir os ibêjis, ver se havia mais alguma coisa de que eles precisariam e que eu não tinha colocado nos baús e, principalmente, fazer com que só conversassem em francês, para irem se acostumando.

DESPEDIDA

Os ibêjis partiram em um domingo, no dia dezessete de dezembro de um mil oitocentos e sessenta e cinco, na goleta espanhola *Asunción*, e havia uma verdadeira multidão para se despedir deles. Aliás, desde a sexta-feira a nossa casa esteve cheia de visitas, gente que tinha se deslocado dos mais variados lugares, amigos com quem eu não me encontrava havia um bom tempo. Tive a maior surpresa com a chegada da Jacinta levando o Abimbola e a Conceição, e aquela foi a última vez que vi os dois velhos amigos. Menos de um ano depois eles morreram, primeiro o Abimbola e logo em seguida a Conceição, sem qualquer doença aparente, apenas pelo cansaço de viver, o mesmo do qual a sinhazinha tanto reclamava. Eu ficava pensando em como era estranho eu ainda chamá-la de sinhazinha, visto que era mais velha que eu, que já me sentia velha o bastante.

Logo que acabou a festa, entrei no quarto e me sentei à secretária que tinha mandado colocar bem defronte da janela e escrevi para a sinhazinha, dizendo como me sentia, o quanto estava triste e feliz com a partida dos meus filhos, que, finalmente, estavam começando suas vidas. Passei a noite escrevendo e reescrevendo aquela carta, buscando as palavras certas, talvez por medo de acabar de escrevê-la e ficar na cama rolando de um lado para outro, sem conseguir dormir. Eu estava cansada, muito cansada; afinal, tinha recebido quase duzentas pessoas para jantar, amigos meus e dos ibêjis. Depois do jantar, todos ficaram para apreciar a burrinha e a banda de músicos que mandei buscar em Porto Novo, e apareceram mais alguns curiosos que dançaram e cantaram até bem mais de meia-noite. Antes disso eu já tinha mandado as crianças para a cama, para que estivessem descansadas no dia seguinte, mas pelo menos o João eu sei que pulou a janela e voltou a se encontrar com os amigos na praia. Era uma despedida, e não me preocupei em chamar a atenção dele no dia seguinte; até achei bom que tivesse se divertido, porque teria muitas preocupações e muito estudo pela frente.

O navio partiria logo depois do almoço, e fiz questão de ir até a cama de cada um deles, acordá-los e perguntar se era aquilo mesmo que queriam, se estavam certos daquele caminho para suas vidas. Não sei o que faria se dissessem que não, mas preferi perguntar, até para me isentar de qualquer culpa em caso de arrependimento quando já estivessem na França. A Maria Clara estava muito mais segura do que o João, pelo menos aparentemente, muito alegre com a oportunidade que se apresentava. Por causa da felicidade dela, percebi que eu teria dado tudo o que consegui na vida para ter proporcionado a você as mesmas alegrias. Havia um cômodo na casa, como no solar da sinhá Ana Felipa, que era quase como uma continuação do quarto principal, e foi lá que tomamos o nosso pequeno almoço, somente nós três, eu, o João e a Maria Clara, quando aproveitei para dar a eles as últimas instruções e recomendações para a viagem. O acompanhante ficaria algum tempo na França, até que saísse o resultado do teste de admissão e até que meus filhos se acostumassem ao lugar e às pessoas com quem teriam que conviver. Eu tinha pedido que ele ficasse pelo menos seis meses, para ter certeza de que os ibêjis saberiam onde e com quem procurar ajuda, caso precisassem. Depois disso, eles seriam assistidos somente por uma espécie de tutor, um representante de uma casa comercial francesa com a qual eu já tinha feito negócios e que, mediante pagamento, ficaria responsável por administrar o dinheiro mandado para a França a cada três meses, pagar todas as despesas deles e dar a quantia de que eles precisavam para os gastos pessoais, estipulada por mim. Eu já tinha pensado em tudo, e só precisava entregar aos deuses e confiar nas minhas crianças, confiar que elas fariam o melhor que podiam fazer, cada qual de acordo com seus ideais e à sua maneira, já que eu não estaria por perto.

Como toda ajuda seria muito bem-vinda, procurei um babalaô e uma vodúnsi, que foram até a minha casa e fizeram oferendas nos quartos dos santos para que tudo desse certo. Fora o período em que o João trabalhou naquela fazenda, ele e a Maria Clara nunca tinham passado muito tempo longe um do outro, e o presente do Abimbola foi muito oportuno, um lindo pingente para cada um. O da Maria Clara representava o João, e o do João representava a Maria Clara. Era imperdoável que eu ainda não tivesse pensado nisso, como a minha avó tinha feito quando fui separada da Taiwo com a morte dela. Seria um jeito de eles estarem sempre juntos, mesmo separados. Apesar de estarem a curta distância, o padre Jean-Pierre comentou que não se encontrariam frequentemente, cada qual com seus afazeres e morando em locais onde o outro não poderia entrar, próprios só para moças ou para rapazes.

A despedida foi bastante triste, acompanhada por mim, pela Aina, pela Geninha, pelos padres Bouché e Borghero, alguns convidados da festa do dia anterior e os curiosos. O *Asunción* era um navio grande e me pareceu novo, bem conservado, robusto para enfrentar os perigos do mar, o que me acalmou um pouco. Havia dois escaleres em serviço, mas eu tinha alugado outro, para que todos os convidados pudessem ir a bordo sem que atrasássemos o embarque dos passageiros. Foi assim que ficamos dentro do navio até o último minuto permitido, até que o capitão foi pessoalmente pedir nossa retirada e me tranquilizar, dizendo que daria atenção especial aos meus filhos. No navio eu estava me sentindo bastante estranha, e por mais de uma vez cheguei a pensar em pedir que desistissem da viagem, que ficassem comigo em Lagos. Mas sabia que aquela seria uma atitude bastante egoísta e tratava de me abraçar a eles, um de cada lado, sem saber quando estaríamos juntos novamente daquele jeito. Os dois ficariam juntos no mesmo país, na mesma região, na mesma aventura, mas eu estaria sozinha. Depois de ver o navio virar apenas um pontinho contra o mar e o céu, fui para casa pensando se aquela não seria uma boa época para visitar o Brasil, ficar alguns dias com a sinhazinha em São Sebastião ou na Cidade Imperial de Petrópolis, onde ela passava temporadas, pois tinha herdado a casa pertencente à sinhá Ana Felipa. Mas depois achei melhor esperar um pouco, até que os ibêjis estivessem perfeitamente adaptados à nova vida.

VIDA EM LAGOS

Preciso ser breve, pois o tempo está acabando, mas interrompo um pouco nossa história para te contar o que aconteceu em África até o presente momento, este em que relato tudo à Geninha. Eu sempre tive notícias do Brasil, seja por intermédio da sinhazinha ou das filhas dela, sei tudo que aconteceu, e gostaria que você também soubesse sobre a África, a terra que talvez pudesse ter visitado ou onde teria morado comigo. Vou fazer isso em separado para tentar não me alongar muito comparando acontecimentos gerais com acontecimentos pessoais. Eu deveria deixar este relato por último, por não ter tanta importância caso não dê tempo, mas não resisto, pois quero que você leia por último as coisas que me são mais caras, as que eu realmente queria que você compreendesse.

Logo depois da partida dos ibêjis, correu em África a notícia de que o Brasil estava em guerra com o Paraguai, e não foram poucos os brasileiros dispostos a participar das batalhas, para onde diziam que estavam sendo enviadas grandes quantidades de escravos que, se sobrevivessem, ganhariam a liberdade. Mas acho que ninguém chegou a embarcar, nem os que se gabavam de, no Brasil, serem reconhecidos como valentes e guerreiros, os deportados por causa das rebeliões e que por sinal, àquela altura dos acontecimentos, já estavam bem velhos. Nos dois anos seguintes, minha casa foi bastante frequentada pelo padre Bouché, e finalmente, em um mil oitocentos e sessenta e oito, ele conseguiu instalar a Missão Francesa em Lagos, para onde foram também alguns padres de São Tomé. Isso aconteceu bem perto do Natal e, para nossa alegria, foram feitas celebrações como as que eu tinha visto em São Salvador, com altar preparado, missa à meia-noite, ceia e tudo o que os brasileiros quiseram, para competir com o *Christmas* dos sarôs, cujas igrejas também viviam lotadas. Na missa inaugural, o padre comentou sobre a instalação da escola, para a qual esperava contar com a colaboração dos presentes. Não éramos muitos porque não cabia muita gente dentro da igreja modesta, que decepcionou a todos, uma minúscula construção de bambu na Broad Street. Esse casebre foi motivo de vergonha frente às enormes *churchs* dos protestantes, e hoje acredito que foi esse mesmo o propósito dos padres, que queriam fazer com que contribuíssemos com muito dinheiro. Se foi isso, deu certo, pois logo um novo prédio foi erguido em Oke Ite, ainda modesto, mas muito melhor, para o qual forneci trabalhadores e material. Naquela época, estimulada pelos padres que continuaram a se hospedar na nossa casa, apesar de já terem o alojamento da Missão, voltei a frequentar a igreja. Participava da festa de Natal, da procissão do Corpo de Cristo, da Epifania, da cantata do ofício de Nossa Senhora, que acontecia depois da missa do sábado, e das novenas, sobretudo a da Imaculada Conceição, a mais concorrida, a mais bonita, tão grandiosa que até parecia a festa da Nossa Senhora da Praia, em São Salvador. Para enfeitar a igreja, os comerciantes brasileiros mandaram buscar na Bahia quadros e estátuas de Santo Antônio, São Francisco e São Benedito, entre outros, todos os paramentos e quatrocentos lampiões que, acesos ao mesmo tempo, lembravam fogo de vista. A igreja de Oke Ite ficou linda, mesmo pequena, e seria substituída, alguns anos depois, pela catedral construída com tijolos fabricados em olaria que ajudei a montar no terreno doado pelo governo de Lagos, em Ebute-Metta.

Estive muito empenhada na construção da catedral, inclusive mandei buscar no Brasil um dos mestres de obras, o que finalizou a construção depois que o primeiro se desentendeu com o padre supervisor. O altar-mor e a cátedra do bispo foram esculpidos pelo carpinteiro Baltazar dos Reis, que também fazia trabalhos para mim, o mais hábil carpinteiro que já conheci, que fazia objetos, móveis e enfeites que ganhavam todos os concursos dos quais ele participava. Da festa inaugural da obra, quando todos nós carregamos tijolos de Ebute-Metta, do outro lado da laguna, até o terreno de Oke Ite, seguidos por banda de música e pelo governador de Lagos, até o dia da inauguração, foram três anos, quando então houve uma festa maior ainda. A catedral não saiu como os padres planejavam porque, nos últimos meses, e com o mais caro por fazer, as doações rarearam, afetadas pelos tempos cada vez mais difíceis. A Inglaterra, um dos países que mais negociavam com a África, passou por uma grande recessão, começada em um mil oitocentos e setenta e três, que afetou demais o comércio do óleo de palma. O preço já estava ruim, com os fazendeiros e comerciantes dizendo que quase não tinham lucro algum, mesmo quando imitavam o que os ingleses faziam com a bebida que nos vendiam, isto é, misturando várias coisas ao produto para fazê-lo render mais. Os comerciantes da costa estavam sendo ainda mais afetados porque de novo os fazendeiros do interior queriam negociar diretamente com as casas exportadoras estrangeiras. Eles davam um jeito de interditar as rotas comerciais e os mercados, e para reabri-los impunham os preços pelos quais queriam vender seus produtos.

Uma das boas consequências da abertura da escola católica em Lagos foi que aumentou o número de fiéis brasileiros e até mesmo de selvagens, pois em Lagos, ao contrário do que acontecia em Uidá, não era proibido converter selvagens. Mas quando se convertiam, eles passavam a ser considerados estrangeiros, já que o rei entendia que tinham renunciado ao país, à cultura e à religião, adquirindo modos estrangeiros. Eram todos católicos e pertencentes a uma nova nação, e muitos se convertiam e aprendiam a falar português somente por causa disso, para serem aceitos como brasileiros, muito mais valorizados. Mas não era uma conversão verdadeira; muito pelo contrário, era cheia de interesse, como tinha acontecido com os muçurumins em África ou no Brasil, convertidos somente para se sentirem, de acordo com a palavra do profeta, homens iguais a todos os outros homens, pretos ou brancos, livres ou escravos. Entre os muçurumins, a separação de brasileiros e selvagens era muito maior, pois uns não aceitavam a conversão dos outros, principalmente os selvagens, que duvidavam da fé dos brasileiros e até mantinham mesquitas separadas. Voltando à escola da Missão Francesa, não eram muitos os franceses que falavam outras línguas além do francês e do inglês, e por isso, quando estavam tentando converter brasileiros e selvagens, tiveram que convocar professores e catequistas que falassem português e línguas africanas. Eles aproveitavam alunos que já tinham se formado nas escolas de Uidá ou de Porto Novo, e o padre Bouché garantiu que a Maria Clara tinha lugar reservado quando quisesse, principalmente depois que começaram a oferecer ensino próprio para moças e, mais tarde, até uma escola separada só para elas. Isso aconteceu com a chegada das freiras missionárias, que acabaram com a escola mista e tinham mais de cinquenta alunas dos mais variados locais e idades, o que era um bom número.

Entre os missionários franceses e os administradores ingleses, ao contrário do que se poderia imaginar, não havia grandes conflitos, porque nenhum deles queria se indispor conosco, os brasileiros, que nos dávamos bem com ambos os lados. Os religiosos precisavam do nosso dinheiro e da nossa fé, e os administradores precisavam da nossa capacidade de trabalhar e de usar técnicas que selvagens e sarôs não conheciam, principalmente na agricultura. Para os sarôs, os preguiçosos, ficavam os cargos administrativos, e para nós, os brasileiros, o trabalho, a inteligência e a iniciativa que faziam a África crescer. Um dos governadores com quem me dei melhor foi o Sir Alfred Moloney, um homem sábio e gentil que ficou em Lagos por muitos anos e enfrentou períodos de grandes dificuldades, sempre muito justo e enérgico, como precisava ser. Foi ele quem fundou a Estação Botânica de Lagos, pois dizia que os comerciantes e fazendeiros não podiam ficar dependentes de um só produto, no caso, a palma. A Estação cultivou mudas de café, de cacau da Bahia e de algodão do Egito, além de árvores para a produção de borracha e de madeiras nobres. Foi ele também quem instalou uma grande novidade, com a qual todos nos maravilhamos e que nos colocou em contato direto com a Inglaterra, o telégrafo. Mais tarde, seguindo um projeto que ele tinha começado, nos surpreendemos com as estradas de ferro que começaram a cortar o interior, acompanhando as principais rotas comerciais. Enquanto o Sir Moloney espalhava o progresso pelo interior, os missionários espalhavam as missões. Abeokutá, Oyó, Ijebu... Não sem grandes dificuldades para converter os pagãos, a não ser por algumas crianças que eram dadas para que os padres cuidassem ou como garantia de empréstimos em dinheiro, que eles também faziam para complementar os parcos rendimentos que ganhavam dos brasileiros ou recebiam da França. Quanto mais entravam pelo interior, fora das rotas comerciais, mais distantes os selvagens estavam do que eles chamavam de "palavra de Deus".

Os problemas entre brasileiros e ingleses começaram a aparecer depois do governo do Sir Moloney, e ocorreram porque nós, os brasileiros mais ligados à política, que participávamos ativamente das associações, achávamos que o governo inglês seria transitório, que logo estaríamos ocupando cargos mais importantes. Como isso não aconteceu, e depois que o governo britânico tornou obrigatório o ensino em inglês em todas as escolas da colônia e o uso da libra como moeda única, abrindo inclusive um banco, acabamos nos unindo aos selvagens. Era o que nos restava, pois inicialmente os sarôs estavam do lado dos ingleses. Apoiando os selvagens, começamos até mesmo a nos interessar um pouco pela cultura deles, ou fingíamos nos interessar só para aborrecer os ingleses, e alguns jornais até publicaram textos em línguas africanas, principalmente em iorubá. Comemoramos com muita festa o primeiro número do jornal *Iwe Irohin Eko*, editado pelos sarôs mais rebeldes, que tinham os mesmos textos em inglês e em iorubá. Isso de alguns sarôs se unirem a nós foi muito bom, e era interessante ver que o desentendimento deles com os ingleses nem era tanto político, como o nosso, mas sim religioso, principalmente com a Church Missionary Society. Eles chamavam de "cisma", e primeiro foram os batistas, depois os anglicanos e os metodistas que fundaram religiões independentes. Os missionários franceses tinham muito medo de que isso acontecesse também com os católicos, mas era um medo infundado, pois gostávamos de ser católicos, brasileiros e estrangeiros, sempre unidos.

Havia muitos jornais em Lagos, o *Anglo-African*, de que já te falei e que durou pouco, o *Lagos Times*, o *Lagos Observer*, o *Lagos Standard*, e mais alguns que também não duraram muito tempo, como foi o caso do *Iwe Irohin Eko*. Mandei muitos exemplares desses jornais para o Brasil, para a Carolina, a filha mais velha da sinhazinha, pois ela não acreditava que tínhamos tantas atividades em Lagos. Acho que ainda hoje muita gente do Brasil faz uma ideia errada de como vivemos, imaginando que, ao retornar, voltamos a ser selvagens. Nunca foi assim, temos muitos bailes nas associações, com música e músicos brasileiros, muitas festas de batizados, noivados e casamentos, tudo muito distinto e luxuoso, no Glover Memorial Hall, com reportagens em quase todos os jornais da região. Temos muitas lojas com artigos bonitos e importados, além de caros, ao longo da Campos Square, da Campbell Street, da Kakawa Street, da Bangbosh Street e da Tibunu Square, onde também fica o Restaurant do Rocha, hotel e restaurante simples, mas muito bem administrado. É lá que se hospedam quase todos os estrangeiros que passam por Lagos, e nem se queixam muito, dizendo que já tinham ficado em lugares piores, mesmo na Europa. Quase tudo isso de que estou falando era e ainda é administrado pelos brasileiros, como só haveria de ser. Temos também um hipódromo muito ativo e confortável, com até dois animados *scratch meetings* por semana, celebrados com almoços ou *tea parties*. Eu tenho dois cavalos, dois grandes vencedores, o *The Thunder* e o *Sunset*, em homenagem a Xangô e ao navio inglês no qual voltei à África. Não tive esse problema por ter voltado em navio de carga, com poucos passageiros, mas muitos brasileiros dão os nomes dos seus navios aos cavalos e por isso há vários nomes repetidos, no caso de um navio que transportou muita gente. Há também alguns navios com nomes bem populares, ou porque dão sorte nos páreos ou porque mais retornados neles tinham enriquecido, e estes batizam vários cavalos que às vezes caem na mesma corrida e precisam ser apelidados de Primeiro, Segundo, Terceiro, e assim por diante. Fica até parecendo nome de rei ou de rainha. Mas gostei mesmo foi quando surgiram os *rickshaws* para alugar, que muito me fizeram recordar das cadeirinhas de arruar de São Salvador e de São Sebastião do Rio de Janeiro. Tão logo descobri o contato do fabricante, tratei de comprar o meu, lindo, um modelo inglês, laqueado e acortinado, que despertou muita inveja. Hoje já tenho uma carruagem, maior e mais luxuosa, mas às vezes ainda gosto de usar o *rickshaw*.

As brasileiras de Lagos também andam muito bem-vestidas, com roupas e acessórios da França, da Inglaterra e do Brasil, sempre na última moda. Participei de grandes festas no Glover Memorial Hall, no Phoenix Hall e no Carvalho Hall, como representações dramáticas e concertos musicais de companhias da África mesmo, como a da Escola Católica, ou visitantes de várias partes do mundo. Entre as apresentações mais bonitas, eu me recordo de uma escrita para comemorar o aniversário de D. Pedro II e outra para o jubileu da rainha Vitória, as duas organizadas por nós, os brasileiros, que recebemos carta de agradecimento da própria rainha. A Companhia

Dramática Brasileira, de Lagos mesmo, está sempre apresentando pequenas comédias, dramas, cantigas, números de violão e de violino, tudo organizado pelas Sociedades, mas seu grande sucesso foi a comédia de Molière, "Le Bourgeois Gentilhomme". Esta peça também foi apresentada em outras cidades, sempre muito aplaudida, o que nos encheu de orgulho. Outra grande festa foi quando a Catedral ganhou nova pintura para receber a visita de um bispo, que ainda participou de três festas e um banquete inesquecível, como ele próprio disse, mesmo estando acostumado às melhores mesas da Europa. Mas nada superou a alegria da festa que comemorou a libertação de todos os escravos do Brasil, em um mil oitocentos e oitenta e oito, quando o governador Sir Moloney disse que mandaria vapores para buscar todos que quisessem voltar para Lagos. A essa festa, realizada na praça da Catedral, não compareceram somente os brasileiros, mas foi motivo de diversão também para sarôs, estrangeiros e selvagens.

As viagens dos vapores ingleses para buscar brasileiros não deram muito certo. Depois de duas ou três com a lotação completa, já não havia mais muita gente querendo retornar, ou as pessoas não sabiam, mas a quantidade de passageiros não foi mais suficiente para continuar justificando despesa tão grande. Um dos retornados me contou que nem todos os libertos queriam voltar para a África, preferindo aproveitar a liberdade no país onde tinham sido escravos, talvez algum tipo de vingança, uma afronta aos antigos donos. Mas sempre um ou outro estava retornando, aos poucos, com passagens compradas em navios que faziam comércio, e novamente toda a comunidade se reunia no porto para receber possíveis parentes, amigos ou conhecidos. Nos dias de chegada de navio não havia aula e o comércio fechava, pois as pessoas preferiam adquirir mercadorias que acabavam de chegar do Brasil. Às vezes aparecia alguém na minha casa pedindo ajuda em dinheiro para desembarcar a bagagem de algum brasileiro, pois os administradores ingleses cobravam taxas elevadas de importação das mercadorias que chegavam ao porto, mesmo as acompanhadas e de pequena monta, o que incluía a bagagem pessoal. Estranhamente, eles adotaram esse hábito mesmo depois de terem brigado muito para que os reis africanos o abandonassem, alegando que ele dificultava a ida de mais brasileiros para Lagos.

Tudo o que se comenta ultimamente, e devo dizer que estamos no dia vinte de setembro de um mil oitocentos e noventa e nove, é a viagem do *Aliança*, um velho patacho que já tinha feito inúmeras viagens Lagos–São Salvador. Um dos desentendimentos recentes que tive com os seus irmãos foi por causa dessa última viagem do *Aliança*, da notícia e da tristeza que ele levou até Lagos em junho deste ano. A Bahia está sofrendo com uma epidemia de febre amarela e os navios que saem de lá têm que carregar boletim de saúde para todos os passageiros e tripulantes, mas na pressa de viajar ou por irresponsabilidade mesmo, o capitão do *Aliança* arrumou atestados falsos para todos os viajantes. Deu azar, porque um ou alguns deles estavam com a febre, que rapidamente se alastrou, matando onze passageiros durante a viagem e mais um depois que o patacho ancorou em Lagos. Sabedoras do que estava acontecendo, as autoridades de Lagos não deixaram que ninguém fosse à terra e mandaram outra embarcação para recolher os passageiros, a bordo da qual eles tiveram que ficar de junho até o início deste mês, quando um oficial-médico britânico achou que não haveria mais problemas. Antes, as autoridades tinham se esforçado para fazer com que o capitão retornasse à Bahia com tudo o que tinha levado, mas não conseguiram convencê-lo. Quando os passageiros e tripulantes finalmente foram autorizados a desembarcar, foi sem os pertences, que tinham ficado no *Aliança* e possivelmente estavam contaminados. Houve grande comoção e uma mobilização em Lagos para ajudar os retornados, pois eles perderam tudo o que tinham, economias de uma vida inteira, em dinheiro ou em mercadorias, como cachaça, tabaco e carne-seca, e também todas as roupas e objetos de uso pessoal. Antes de embarcar ainda fiz mais uma coisa por eles, doei tudo o que era de uso pessoal e exclusivo meu, como as roupas e os sapatos que não trouxe comigo agora e que nunca mais usaria mesmo.

O RELATO

Tive muita pena, todos nós tivemos, e foi por medo da febre amarela que o João e a Maria Clara não queriam que eu e a Geninha embarcássemos para o Brasil. Por mim, sei que não há perigo algum, essa febre não terá tempo de me pegar, mas temo por ela, que eu nem queria que viesse, como se não a conhecesse, como se ela não vivesse fazendo sacrifícios por mim, dizendo ser em paga de tudo que já fiz por ela. Mas não há o que pague esta companhia, e vou morrer devendo muito, pois acho que ninguém sabe o valor que esta viagem tem para mim. Às vezes fico pensando no que há de errado com os seus irmãos, que se preocuparam com a tal febre a ponto de ameaçarem me trancar em casa, se eu continuasse insistindo em fazer essa “loucura”, como eles disseram quando me despedi. Para avisar o João eu mandei uma carta, mas três dias depois ele estava em Lagos e, junto com a irmã, fingia não entender meus motivos para atravessar o Atlântico a essa altura da vida, depois de ter deixado passar tantas oportunidade quando era mais nova e tinha saúde, com os três sarôs, nos vapores britânicos ou em qualquer outro navio que eu quisesse. Eles sempre souberam de você, e durante todos esses anos acompanharam meus esforços para encontrá-lo, e apresentaram argumentos que achavam razoáveis para me provar que já era tarde demais. Mas o que é razoável para mim nem sempre é o certo, e foi só quando eu disse que partiria mesmo sem a concordância deles, pois não precisava dela, que perceberam que não adiantava insistir.

Tive a ideia de fazer este relato três dias antes da partida, quando pedi a ajuda da Geninha e mandei comprar papel. O que eu imaginava ser uma carta de dez, doze páginas, porque sabia que não viveria até te encontrar, já se transformou em tantas que nem temos coragem ou tempo para contar, colocadas em uma pilha enorme aqui ao lado da minha cama. Sorte que percebemos isso ainda antes de embarcar, quando então mandei comprar mais papel, muito mais, a Geninha acaba de me avisar que nem foi tão exagerado quanto imaginamos a princípio. Passando os dias dentro desta cabine, ditando o que ela vai escrevendo, somente agora, no final da viagem, é que começo a pensar no que significa voltar ao Brasil, embora eu nada vá ver dos lugares dos quais ainda me lembro. A Geninha verá por mim, e também fica encarregada de fazer com que tudo isto chegue às suas mãos, e sei que ela o fará, mesmo tendo pistas que, de tão velhas, podem não ser de grande ajuda. Mas antes de falar disso, tenho que te contar o que me levou a fazer essa viagem em tais condições, e preciso voltar àqueles últimos dias de um mil oitocentos e sessenta e cinco, quando seus irmãos embarcaram para Paris, deixando-me sozinha em Lagos. Não que eu esteja me queixando, mas acho que eles nunca deram muito valor ao meu sacrifício, a quanto foi penoso deixar que partissem depois de ter perdido todos os outros filhos.

NOTÍCIAS

Esperei dois longos meses pelas primeiras notícias, cartas do padre Jean-Pierre e da Maria Clara. O padre contava da excelente viagem e que já tinha procurado a pessoa que ficaria responsável pelos ibêjis quando ele fosse embora, e que naquele momento estava começando a levá-los para conhecer muitos lugares bonitos de Paris. De fato, a carta da Maria Clara dava conta de que estavam adorando a cidade, muito maior e mais bonita do que imaginavam. Encantaram-se com os modos e a elegância das pessoas, e a beleza, a altura e a grandeza dos prédios e das pontes, como o João tinha mandado me dizer, provavelmente pensando em fazer igual quando voltasse à África. Já a Maria Clara preferia falar dos jardins e dos parques, e tinha gostado principalmente dos passeios a Montmartre, ao Panthéon, à Praça Vendôme, aos diversos palácios da cidade e arredores, e ao interessante Père Lachaise. Lembro-me de que na segunda carta ela comentou que riu bastante depois de ter lido a minha pergunta sobre o Père Lachaise, se era algum missionário que o "Père" Jean-Pierre tinha apresentado a eles. Mas tenho a meu favor o fato de ela só ter comentado na segunda carta que o Père Lachaise era um lugar, um cemitério, coisa que quase nem tínhamos em África e que ainda me traz recordações de maus momentos no Brasil, por causa da Cemiterada, que tinha causado a minha prisão e depois a fuga, sem nem saber do quê.

Nem sempre o João a acompanhava em tais passeios, pois estava estudando bastante para passar no teste de admissão da École Polytechnique. A terceira carta da Maria Clara, cinco meses depois de terem chegado a Paris, avisava que ele era o segundo aluno africano aceito na instituição, fazendo com que eu me sentisse muito mais orgulhosa do que já estava só com o esforço que ele fazia. Mais três meses, o padre Jean-Pierre estava de volta a Lagos e me tranquilizou bastante, dizendo que tinham ficado em boas mãos e estavam gostando muito dos cursos e da nova vida. Continuei recebendo notícias por intermédio da Maria Clara, que escrevia de duas a três vezes por mês, falando também do irmão, que ela via no último fim de semana de cada mês. Do João, durante todos aqueles anos, nunca recebi carta, mas também já esperava, ainda mais tendo quem desse notícias por ele. Foi muito difícil ficar longe deles, principalmente quando eu me lembrava de que não tinha me dedicado muito a ser uma boa mãe quando eram crianças, preocupada com os negócios e com a Casas da Bahia.

Para passar o tempo, eu lia muito os livros mandados pela sinhazinha, e pouco tempo depois pela Carolina, que sempre se gabava e me agradecia por ter dado nome a uma personagem famosa, pois o doutor Joaquim tinha se tornado um dos escritores mais famosos do Brasil. Eu também escrevia bastante, muitas e longas cartas, pelo menos três por semana, sentindo-me velha para ter outras diversões e, ao mesmo tempo, feliz por poder usar minha velhice para fazer o que bem quisesse, somente as coisas de que mais gostava. Depois de ter trabalhado tanto, por tanto tempo e quase sem descanso, uma preocupação atrás da outra, eu simplesmente esperava a vida acabar de dizer a que tinha vindo, torcendo para receber a notícia que agora sei que já me esperava. Agora vejo que a *Ìyá* Kumani estava certa, ela e o Prudêncio, que tinham falado que o momento estava próximo, que o destino não falharia, embora eu já nem acreditasse nisso ultimamente, tenho que confessar. Não sei onde arrumava tanto assunto para tratar com a sinhazinha, mas os dias chuvosos ou os que eram refrescados pelo vento *harmatã*, uma desavença entre os empregados da casa ou algum desconhecido que eu via pelas ruas ou pela praia, qualquer coisa era motivo para linhas e mais linhas. A sinhazinha também parecia ter tempo e solidão de sobra, pois as cartas dela eram tão longas e pensativas quanto as minhas. Digo pensativas porque mais pareciam uma conversa do que uma carta, uma conversa com um espelho ou algo assim, como se estivéssemos pensando em voz alta, sem a necessidade de alguém para nos ouvir. As cartas para a Maria Clara eram diferentes, eu tentava não demonstrar a falta e a tristeza que sentia, e falava apenas de coisas que podiam interessá-la ou ao João, como notícias dos amigos que tinham ficado, das visitas que eu recebia e das festas, e depois comentava algo sobre a última carta recebida, aconselhava, recomendava e abençoava. Ela tinha muito mais novidades para contar, e era bom compartilhar as descobertas de uma pessoa tão curiosa como ela. Foi com ela que comecei a me interessar por Filosofia, palavra bonita da qual o padre Borghero me explicou o significado. Ela falava muito mal de Rousseau, um filósofo para quem as mulheres nunca poderiam almejar igualdade com os homens, para quem as mulheres não deviam estudar, ao contrário do que diziam dois outros de quem ela sempre me falava muito bem, acho que Condorcet e Diderot.

ANOS FRANCESES

No final de um mil oitocentos e sessenta e nove, a Maria Clara estava formada professora, mas não quis voltar para casa, dizendo que esperaria pelo irmão. Insisti um pouco, mas logo percebi que não adiantaria nada, pois, além da curiosidade, ela tinha herdado a minha teimosia. Mas eu queria que ela voltasse logo porque receava que estivesse passando da hora de se casar, pois quase todos aqueles pretendentes de antes da viagem já estavam casados. Não que eu achasse que para isso tinha um tempo certo, mas sabia por experiência que, depois de certa idade, depois de certa sabedoria, é muito mais difícil arrumar um homem à nossa altura, um que nos agrade e com quem seja possível viver. Eu gostava do John, mas eu era melhor do que ele, e às vezes tinha que ficar cuidando dos pensamentos para não desgostar, para não achar que estava perdendo meu tempo. Antes de se formar, a Maria Clara já tinha começado a dar aulas na escola da soeur Marie-Térèse, como mestra-assistente, e quando tomou a decisão de permanecer em Paris, foi convidada a assumir uma matéria só para ela. Contou isso com tanto gosto e tanto jeito que me convenceu de que precisava daquela experiência, que seria importante para quando voltasse à África e abrisse a própria escola. Estava também frequentando alguns cursos em uma universidade, a Sorbonne, a única aluna africana, e os professores gostavam muito dela. Eu só soube disso na volta, pois ela tinha ouvido um dos missionários me dizer que as moças eram aceitas lá, mas que não era recomendável. Acho que ela fez o que eu faria, depois de ter visto que era suficientemente esperta para frequentar qualquer ambiente.

O João não ia muito bem no curso, mas por querer, pois a irmã disse que ele era um farrista, um janota, que frequentava muitas festas com os amigos. Eu não me importava, a não ser quando o preceptor escrevia pedindo mais dinheiro antes do prazo combinado, pois o João tinha exigido uma quantia maior do que a que lhe cabia. Foi mais por causa desses amigos, que eu não sabia quem eram, que fiquei muito preocupada quando os missionários contaram que Paris estava em guerra, que os cidadãos e, principalmente, os estudantes estavam indo para as ruas, lutar contra os exércitos. Eu queria tomar o primeiro navio para lá, mas não deixaram, disseram que era arriscado chegar à cidade naquele momento, e em tal navio, em meu lugar, seguiram duas cartas para a Maria Clara. Na primeira eu exigia que voltassem imediatamente, e na segunda, depois de me aconselhar com o padre Clement, disse que ficassem por lá mesmo até a situação se acalmar a ponto de ser possível tomarem um navio e não parecer que estivessem fugindo de alguma coisa. Mandei as duas cartas porque havia outras coisas importantes escritas na primeira, misturadas ao pedido de retorno. A resposta da sua irmã dizia que a situação por lá já não era boa fazia algum tempo e ela não tinha dito nada para que eu não me preocupasse, e prometeu escrever pelo menos uma carta por semana dando notícias, mas elas nunca chegavam com regularidade. Os trabalhadores de Paris tinham invadido a sede do governo, exigido a queda de Napoleão III e proclamado a Terceira República, em uma tal de Comuna de Paris. Quando não chegava navio ou quando chegava atrasado, eu passava dias terríveis, inquieta, sem dormir, mandando rezar missa, fazer sacrifício para Xangô e para Nanã e conversando com minha mãe e minha avó para que os voduns delas protegessem os meus ibêjis.

Tudo estava muito pior em Paris do que me contavam, e fiquei um pouco mais tranquila quando a escola do João, que era dirigida por militares, foi transferida para Bordeaux. A Maria Clara disse que estava segura fora da cidade e que tudo seria melhor com o poder nas mãos dos trabalhadores, e eu tentava acreditar. Cada navio que chegava da Europa era portador de notícias alarmantes, quase sempre desencontradas, mas tidas como a pura verdade, como a ocupação de Paris pelas tropas alemãs, o cerco pelo exército prussiano, gente passando fome e cada um fazendo o que bem entendia, sem um governo para ordenar tudo, pois as autoridades tinham fugido para Versailles. Mas os governantes ainda tinham o apoio dos franceses mais ricos e dos outros governos da Europa, que não queriam que os trabalhadores de seus países tivessem os trabalhadores franceses como exemplo. Foi então que o exército se reorganizou e, armas em punho, arrasou os revoltosos, em dias e dias de muito derramamento de sangue pelas ruas. Isso foi até o final de um mil oitocentos e setenta e um, quando, para me deixar ainda mais desalentada, parei de receber as tão esperadas e desejadas cartas da sinhazinha. Na hora em que soube da chegada de um navio e da ausência de carta dela, fui acometida pela certeza da morte, mas me neguei a acreditar até que a Carolina escreveu confirmando. Disse que a mãe tinha morrido tranquila, sentada à secretária escrevendo em um caderno em que ela contava o dia a dia como se estivesse conversando com o doutor José Manoel.

SINHAZINHA

Foram dias de muita tristeza para mim, mesmo sabendo que minha amiga finalmente tinha ido para onde queria ir, para junto do marido. A morte estava rondando aqueles dias, pois logo em seguida chegou carta da Maria Clara contando que Paris já estava tranquila, mas ao custo de mais de quarenta mil vidas. Pensar na quantidade de pessoas que deviam estar chorando a morte dessas tantas outras me acalmou um pouco, fez com que eu parasse de me sentir a única sofredora em todo o *ayê*. Embora tempos depois tenha me penitenciado ao perceber que o que eu mais lamentava nem era a perda da amiga de longa data, mas sim o fato de não ter mais com quem conversar quando conversava comigo mesma. Ou seja, lamentava a falta que ela me fazia, e não a falta dela, já que não nos encontrávamos havia tanto tempo. Percebi isso lendo as cartas da Maria Clara e os estudos que ela me mandava sobre Filosofia, e também porque a Carolina começou a me escrever, muitas vezes querendo saber coisas sobre a mãe e também a meu respeito. Ela se lembrava bem de quem eu era, principalmente dos dias que passamos todos juntos naquele sítio na Bahia, logo depois da rebelião dos muçurumins, quando o Banjokô tinha sido o melhor amigo dela. Na verdade era tio, filho torto do avô, mas isso eu não contei porque sabia que era segredo de família, e segredo meu também, que não me sentia à vontade para conversar sobre isso nem com a sinhazinha. A Carolina se lembrava de como eu era antes de fazer todas aquelas minhas viagens à sua procura, algo de que nem eu mesma me lembro direito. Savalu, Uidá, Ilha dos Frades, São Salvador, Itaparica, São Luís, Cachoeira, São Sebastião, Santos, São Paulo, Campinas, Uidá, Lagos. Era lá, em África, que eu deveria morrer, onde tinha nascido. Mas aqui estou, indo morrer no Brasil, na sua terra. Será que posso considerar isso uma última homenagem? Como a única coisa que uma mãe à beira da morte pode fazer por um filho?

AINA

A sinhazinha era um pouco mais velha do que eu, mas a Aina era mais nova, e morreu cerca de um ano após a morte da minha amiga brasileira, depois de muito comer, beber e dançar na festa de batizado de um dos netos, filho do Aderonke. Morte em hora feliz, que aproveitou os últimos convidados da festa para emendar uma serenata noite adentro, mas que quase não pôde ser agraciada com uma cerimônia católica. Eu não conhecia muito bem o padre que tinha ficado responsável pela Missão Católica em Lagos durante uma viagem dos meus amigos, e é claro que a Aina tinha que morrer justo na ausência deles. O interesseiro só aceitou encomendar o corpo depois que prometi um sino novo para a catedral, e além de tudo a Aina não tinha sido batizada nem recebido a extrema-unção, coisas que, segundo ele, tornam a pessoa um verdadeiro cristão. Mas a Aina ia às missas, mais vezes e com mais devoção do que muitos batizados que eu conhecia, até mais do que eu, que também não sou batizada, apesar de ter ido para o Brasil. Supunha-se que todo brasileiro retornado era batizado, como mandavam as autoridades brasileiras. Talvez a dedicação da Aina fosse até por isso, por ela não ser brasileira e querer viver entre nós, tendo que provar o merecimento. De qualquer maneira, fiz o que pude, providenciando para que ela fosse enterrada em Ikoyi, com direito a jazigo, placa e lápide cheia de desenhos e pinturas coloridas, com local para oferendas. Sei que ela aprovaria, e era o mínimo que eu podia fazer. Enfim, com a morte de mais uma amiga de longa data, eu estava ficando cada vez mais só, e talvez por ter me queixado tanto, o ano de um mil oitocentos e setenta e três levou de volta meus ibêjis, que foram recebidos com grande festa, maior que a festa da partida.

A VOLTA

As primeiras pessoas que souberam da volta da Maria Clara e do João foram os missionários franceses de Uidá, pois um deles tinha acabado de voltar de Paris, depois de se encontrar com a Maria Clara por lá. Era para ser segredo, inclusive para mim, mas ela provavelmente se esqueceu de avisar o missionário e logo a cidade inteira já estava sabendo. Assim que tomou conhecimento, e imaginando que eu já estava informada, a Jacinta viajou para Lagos, porque sabia que eu precisaria dela para preparar a festa da chegada, já que não tinha mais a Aina. Tentei disfarçar a surpresa, mas não consegui, e fiz a Jacinta repetir várias vezes tudo que tinha ouvido. Mandei um empregado até Uidá para saber a data e confirmar se o navio ia chegar lá mesmo ou em Lagos, e passamos mais de duas semanas cuidando de tudo, desde o envio de convites para todas as pessoas que os ibêjis conheciam até a contratação da banda para tocar no ancoradouro.

Quando viram aquelas pessoas esperando por eles, alguns rostos facilmente reconhecíveis e outros nem tanto, os ibêjis pareceram encabulados, mas não surpresos. Eles deviam imaginar que não conseguiriam desembarcar em África sem que eu ficasse sabendo antes, pois isso era coisa de que eu tinha grande medo, de que algum dia um deles batesse na minha porta e eu não o reconhecesse, depois de tanto tempo. Como, com certeza, aconteceria em relação a você. Digo "aconteceria" porque sei que não vai acontecer.

Aliás, tenho menos de um dia de viagem e rogo conseguir chegar até onde quero, mas, caso não consiga, preciso ir pelo menos até o lugar a partir de onde a Geninha possa continuar. A boa Geninha, que tanta companhia me fez naqueles anos de ausência dos ibêjis e que esperou pacientemente a volta deles para me fazer um pedido.

Quando já haviam se passado uns quinze dias que eu tinha meus filhos junto de mim, a Geninha nos chamou, a mim e à mãe dela, que ainda estava em Lagos me ajudando, e perguntou se podia entrar para a Missão Católica, onde já havia algumas freiras missionárias. Está certo que as freiras tinham chegado apenas um mês ou dois antes, mas eu deveria ter desconfiado que aquele era o sonho da Geninha, já que não tinha ido para a França com os ibêjis. Eu deveria ter imaginado que ela queria continuar estudando, ou, pelo menos, que queria fazer algo melhor do que ajudar a cuidar de mim e da casa, trabalho impróprio para alguém com a inteligência dela. Mais do que depressa falei com o padre Clement, que inclusive se mostrou muito grato por tê-la na Missão. As freiras iam montar a nova escola, separada dos meninos, e precisavam de moças letradas que soubessem falar português e as ensinassem, para que elas tivessem como se comunicar com as alunas. Foi nessa escola que a Maria Clara começou a dar aulas, para logo em seguida pegar uma turma da escola dos ingleses também. Até então, nenhum mestre podia trabalhar ao mesmo tempo para os ingleses e os franceses, e ela foi a primeira, o que se justificava pelas minhas amizades e, é claro, pelo diploma e a experiência dela, além do conhecimento. Muitos padres iam até a minha casa ver os livros que ela tinha comprado em Paris e conversar sobre os tais filósofos de quem ela não parava de falar, sempre citando uma frase ou outra. Eu apenas olhava, cada dia mais maravilhada e orgulhosa.

Minha filha estava uma mulher, na aparência e no jeito de ser, muito diferente da menina que tinha partido. Pela primeira vez na vida ela parecia mais velha que o irmão, que não tinha mudado muita coisa. Ele também estava formado, entendedor das construções, mas parecia muito mais novo do que quando partiu. Voltou desenvolto, com novas maneiras, novo jeito de se comportar e se vestir, rindo mais, com mais prazer na vida. Eu gostava de ficar olhando para eles, tentando imaginar como teriam se dado as mudanças, a cada dia, a cada semana, mês e ano, e em muitas noites cheguei a invadir seus quartos no escuro, como tinha feito tantas vezes quando eram crianças. O João não quis começar a trabalhar logo, como a irmã, disse que estava cansado e precisava de uns dois meses, durante os quais saía com os amigos, bebia muito, ia aos bailes e voltava tarde para casa. Eu me preocupava, com medo de que ele tivesse adquirido aqueles hábitos em França e não conseguisse mais se livrar deles. Mas não queria atrapalhar nosso relacionamento com cobranças ou questionamentos, e deixei o tempo tomar providências no meu lugar. Eu sabia que podia confiar nele, no meu menino, que certo dia chegou para mim e disse que queria viajar, passar alguns dias em cada uma das obras que tínhamos em andamento para ver como os empregados trabalhavam, o que estava bom e o que precisava ser mudado de acordo com o que tinha aprendido. Ficou mais de seis meses fora e eu sempre recebendo notícias de onde ele passava, todos elogiando a capacidade e a personalidade do João, sempre cordial, sempre amigo de todos, sem fazer desfeita alguma por ser meu filho ou por ter estudado.

Quando o João voltou para Lagos, estava em companhia do Felipe, que queria conversar comigo para dizer que tanto ele quanto o Rafiki já estavam muito cansados, que o João era jovem, gostava de trabalhar e sabia o que estava fazendo, e poderia substituir um deles ou treinar alguém para fazê-lo. Fiquei um pouco preocupada com essa decisão que me pareceu repentina, porque os dois ainda eram muito bons, apesar de velhos. Mas achei que tinham razão, que estava mesmo na hora de descansar e aproveitar o bom dinheiro que já tinham ganhado. Quem era eu para contestar, já que tinha feito isso bem antes deles? Eu tinha cinquenta por cento do capital da empresa, os outros cinquenta estavam distribuídos entre os dois mais o Crispim e o Dionísio, que ainda continuariam por algum tempo. Conversando, decidimos que o melhor seria o Rafiki e o Felipe indicarem pessoas para coordenar as equipes, e o João serviria a todas elas, de obra em obra, dando assistência a todos no local ou a partir do escritório de Uidá. O escritório estava vazio, pois a casa de comércio inglesa que o alugava tinha fechado as portas alguns meses antes.

Enquanto o João viajava, às escondidas eu tentava arrumar casamento para a Maria Clara, pois ela já estava com vinte e cinco anos. Na idade dela eu tinha você e o Banjokô, e já tinha passado por tantas coisas que ela nem podia imaginar. Mas a Maria Clara dizia que ainda não estava na hora, que não estava preparada, que pensaria nisso mais tarde, depois que abrisse a escola. Mas os bons pretendentes estavam cada vez mais raros, e alguns poucos que ela aceitou conhecer, em jantares que eu oferecia, não serviram para ela, pois não sabiam conversar sobre nada além de comércio, confirmando um daqueles meus medos, de ela ficar boa demais para qualquer homem que conhecesse. Os selvagens eram atrevidos e ela achava muita graça neles, mas só fiquei tranquila depois que ela jurou que não pretendia se casar com nenhum deles, com nenhum dos muitos insolentes que iam me pedir para namorar com ela sem que ela tivesse conhecimento. Quando ela me disse que por enquanto não queria esses selvagens, ou brasileiros, ou mesmo estrangeiros, fiquei desapontada, mas depois aceitei, porque era exatamente de conversa interessante que eu sentia falta no Francisco, por exemplo, quando o comparava ao Fatumbi, ao padre Heinz ou, mais tarde, ao seu pai ou a quase qualquer um dos muçurumins. Eu não tinha coragem de perguntar, pois ela era muito reservada, mas achava que nem conhecia homem. E isso era bom, pois eu queria que ela se casasse com um brasileiro, e eles davam mais valor às moças puras. Nenhuma das minhas tentativas de apresentá-la a alguém deu certo, e resolvi esperar que ela tomasse a iniciativa, o que aconteceu de uma maneira bastante imprevista.

A ESCOLA

Em um mil oitocentos e setenta e sete, a Maria Clara se desentendeu com o padre responsável pela escola católica e resolveu que estava na hora de abrir a dela. Havia alguns anos que os missionários tinham começado a aceitar crianças selvagens para compensar a saída dos brasileiros, principalmente dos mais pobres, que precisavam dos empregos oferecidos para as pessoas que falassem inglês, ou seja, que estudassem na escola britânica. A maioria das crianças selvagens era dada, vendida ou hipotecada aos padres, isso no caso dos meninos, pois as meninas eram sempre bem-vindas, porque poucos pais brasileiros ou selvagens deixavam suas filhas estudarem, preferindo que elas se casassem logo. Portanto, as meninas estavam na escola para receber um mínimo de instrução para se casarem com os jovens brasileiros, o que nem sempre correspondia ao tipo de instrução que os noivos esperavam.

O que deixava a Maria Clara bastante chateada era que o tratamento dado às crianças brasileiras e às selvagens era bastante distinto, chegando a prejudicar o aprendizado dessas últimas. Ela disse que, quanto às crianças, até poderia dar um jeito, mas nunca conseguiria fazer nada para ajudar os missionários pretos ou selvagens a receberem tratamento melhor, como somente ela recebia, constrangida. Não queria abrir mão das regalias, do tratamento igual ao recebido pelos missionários brancos, mas não achava justo que não fosse do mesmo jeito para todos, independentemente da cor ou do lugar onde tinham nascido, pois todos faziam o mesmo trabalho. De certa forma, os mestres eram considerados missionários, embora muitos não o fossem. Mas nem todos os missionários eram mestres, e ser mestre também não ajudava em nada se fosse preto. Quando eu soube que a Geninha também estava recebendo tratamento inferior ao das missionárias francesas, resolvi interferir. Chamei os padres Bouché, Durieux, Cloud e Courdioux para um jantar e pedi que a Maria Clara levantasse a questão.

O padre Bouché muito me decepcionou ao defender que os missionários selvagens não precisavam receber enxoval e alimentação iguais aos dos europeus, pois isso seria um luxo para eles. Para o padre, eles deveriam permanecer o mais próximo possível das pessoas com as quais tinham que trabalhar, e o trabalho era a catequização e conversão de selvagens, não recebendo nem meias, nem casacas e nem para-sol branco, além de fazerem as refeições junto com os alunos. A partir daquele dia, passei a gostar bastante dos padres Cloud e Courdioux, que achavam que não deveria haver diferença, que os selvagens só teriam o respeito dos seus se fossem tratados do mesmo modo que os irmãos europeus, provando que era essa uma das intenções da religião católica, tratar todos de modo igual perante Deus. A discussão durou várias horas, com todos querendo explicar melhor seus pontos de vista, mas no final acabou prevalecendo a ideia do padre Bouché, e naquela mesma noite a Maria Clara comunicou sua saída. O padre, sentindo-se traído, ficou vários dias sem aparecer na nossa casa, mas não conseguiu recusar o convite para o noivado duplo, da Maria Clara e do João, acontecido no início de um mil oitocentos e setenta e seis. Uma das festas mais comentadas de Lagos, pelo menos até a festa do casamento, duplo também. A Maria Clara tinha saído da escola, pois a ela interessava apenas educar crianças, mas a Geninha permaneceu, porque queria mesmo era educar a própria alma e depois as almas das outras pessoas, não se importando com o tratamento recebido.

NOIVADOS E CASAMENTOS

Nem sei se naquela época sua irmã gostava mesmo do noivo ou se isto só aconteceu depois de se conhecerem melhor, mas fiquei surpresa no dia em que ela chegou em casa e disse que tinha um pretendente para me apresentar. Aquilo não era muito usual, mas não me importei, pois já estava ficando preocupada com a solteirice dela. O escolhido parecia outra provocação ao padre Bouché, pois era um missionário francês que, para se casar com ela, estava abandonando não só a Missão mas também a escola, onde lecionava História e Geografia. Perguntei como o namoro tinha começado e ela disse que não importava, que o importante era que finalmente estava para se casar, como eu sempre quis e na hora em que ela se achava preparada. Além do mais, o futuro marido seria de grande ajuda na montagem da escola, pois era missionário e mestre experiente, que compartilhava muitas de suas ideias, principalmente sobre métodos de educação mais modernos que os usados na Missão.

Eu preferia que ela se casasse com um brasileiro, mas o Beaulieu era boa pessoa, tranquilo, educado, alto, calvo e tão magro quanto um homem poderia ser para ainda se aguentar de pé, e falava muito baixo um português bastante errado. Também usava longas barbas e longos cabelos, sempre presos debaixo de um chapéu de palha que não tirava quase nunca, nem dentro de casa, para proteger a pele clara do sol forte da África. Ou seja, era um homem muito feio, e assim que o conheci, pedi que meus netos saíssem à minha filha. Quando as pessoas começaram a receber o convite para o noivado, muitos ingleses foram me visitar, com medo que eu passasse para o lado dos franceses. Fiz questão de dizer que o Beaulieu tinha sido uma escolha da minha filha, que eu não tinha interferido em nada, o que causava grande surpresa a todos. Mas era verdade, e eu também não teria interferido se ela tivesse escolhido um selvagem, embora ficasse muito mais triste.

Quando a Maria Clara comunicou ao irmão que pretendia se casar, ele comentou que seria uma excelente oportunidade para se casar também, mas que faltava o mais importante, a noiva. Isso era fácil de encontrar, principalmente porque eu era constantemente visitada por mães brasileiras em busca de noivos para suas filhas, pois o João era um excelente partido, o melhor da região. Elas não falavam diretamente, mas levavam consigo as meninas muito tímidas e bem-vestidas, como se expostas em vidraças, e não paravam de enumerar as qualidades delas, para, no final, perguntarem se meu filho não pretendia se casar, se já tinha pretendente. Eu falava da importância do João, sobre ele precisar viajar bastante e não ter muito tempo para cuidar de família, mas as mães insistiam, dizendo que gostariam que ele conhecesse suas filhas para conversar, pois a juventude precisava manter unida a comunidade brasileira. Ele achou engraçado quando comentei isso, e mesmo eu tentando explicar, não sabia quem eram as moças, pois todas as que conhecia da época em que tinha morado na cidade já estavam casadas. Então, sempre com a permissão dele e com a ajuda do padre Courdioux, selecionei algumas e as convidei para um chá. As mais bonitas, porque eu sabia que o João dava importância a isso, e mais inteligentes, porque ele ainda não sabia, mas provavelmente sentiria falta de alguém com quem conversar sobre coisas interessantes. O convite não se estendia às mães, e a Jacinta, que ainda não tinha voltado para Uidá, teve muito trabalho para impedi-las de entrar na nossa casa. Mais ou menos conformadas, elas formaram um grupo na praia e ficaram se provocando sobre as qualidades das filhas, sobre elas serem as mulheres perfeitas para um homem como o João, conforme a criada ouviu quando foi servir um refresco.

Eu queria que as meninas conversassem a sós com meu filho, sem as mães, pois era assim que aconteceria depois de se casarem. A escolhida dele, uma brasileira de quinze anos chamada Isabel, a mais bonita entre elas, não era a minha preferida. Mas não falei nada para depois não ser culpada, caso alguma coisa desse errado. Diziam que o pai dela estivera envolvido com traficantes, e por isso a minha relutância inicial em relação à menina, mas com o passar do tempo, e já durante os preparativos para o casamento, ela me conquistou com um jeito muito espontâneo e curioso. Com a minha ajuda e a da Maria Clara, que tínhamos muito para ensinar, ela seria uma mulher bastante razoável. Logo que ficou tudo acertado com a família dela, que tinha Souza como apelido, apesar de não terem nenhum parentesco com o Chachá, a Isabel foi passar alguns dias na minha casa. O João estava em Uidá e, portanto, receber a moça não daria margem a falatório, e ela aproveitou bastante todas as informações que dei sobre o meu filho, do que ele gostava e não gostava, o que ele pensava da vida, do que ele precisava em uma companheira. Ela ouviu tudo calada, sem contestar, feliz por estar aprendendo e, com certeza, mais feliz ainda por ter sido a escolhida. Meus filhos também estavam sendo abençoados com bons casamentos e eu me sentia grata por isso. Pensava muito em você naquela época, se tinha se casado e com quem, se tinha filhos, se era feliz. E sabe o que mais eu pensava? Se você ainda comia açúcar...

Entre a escolha do João e a festa de noivado passaram-se menos de dois meses, e o casamento foi marcado para quatro meses depois, no dia vinte e sete de setembro. Os padres disseram que era um bom dia, em que se comemora o dia de São Vicente de Paulo, fundador da Congregação da Missão na França, que teve uma vida muito interessante, tendo sido inclusive capturado por piratas muçurumins e levado para a África como escravo, mesmo sendo branco. Graças a Deus ele conseguiu se libertar e voltou a Paris, onde viveu fazendo muita caridade e obras das mais importantes, como a Missão, além de ter sido confessor e orientador muito influente de reis e rainhas. Para o noivado foram convidadas poucas pessoas, umas setenta, entre os parentes da Isabel e os padres, que representavam os parentes do Beaulieu. Inúmeros curiosos ficaram na praia, do lado de fora, olhando o movimento e cercando quem saía para saber o que estava acontecendo, o que tinha sido servido, essas coisas. A festa de casamento também aconteceu na minha casa, com alguns móveis novos e muitos enfeites fabricados pelo Van-Van. Achei que a família da Isabel ia reclamar, querendo para ela a honra de receber, mas nem tocaram no assunto e nem perguntaram se eu queria sugestões ou ajuda de qualquer espécie, inclusive financeira. Estranhei mas achei bom, porque assim pude fazer tudo do meu jeito, já que a Maria Clara também não se interessou, mais preocupada com a montagem da escola em uma ampla casa que eu tinha comprado, mandado reformar e dado para ela e o Beaulieu como presente de casamento. Para o seu irmão e a noiva dei a casa de Uidá, pois nunca mais tinha voltado lá e nem pretendia voltar. O João, para nos deixar mais do que preocupados, foi para lá e só apareceu duas horas antes da cerimônia religiosa, quando mandamos tranquilizar a noiva, que estava se aprontando na casa dos pais.

A cerimônia foi linda, celebrada por três padres e muitos irmãos auxiliares, na modesta catedral toda enfeitada com flores de laranjeira e de seda branca, iguais a umas flores que eu tinha visto na loja da madame Finot, em São Sebastião do Rio de Janeiro. Aliás, elas foram feitas em França mesmo, encomendadas por intermédio de uma das missionárias de Lagos que conhecia missionárias de Lyon, que faziam flores para sustentar o convento onde moravam. Para a festa, um jantar, apareceram todos os meus amigos, mesmo os que moravam mais longe, gente que eu não via há bastante tempo. Toda a sociedade de Lagos, Uidá, Porto Novo, Badagris, Aguê, Abeokutá, Popô e de outras cidades das redondezas, todos muito bem-vestidos e levando presentes maravilhosos. Fiquei bastante emocionada ao entrar na igreja levando meus dois filhos pelos braços, um de cada lado, enquanto a Isabel e o Beaulieu esperavam no altar. A cerimônia, apesar de dupla, foi a mais rápida possível, pois a igreja estava insuportavelmente cheia e quente.

Quando chegamos em casa, já havia uma multidão nos esperando e fiquei aflita, com medo de que a comida e a bebida não fossem suficientes.

Mas a festa durou a noite toda e ainda sobrou muita coisa; os convidados comeram, beberam, cantaram, dançaram e guardaram para sempre na memória uma das melhores festas que já tinham visto e ainda veriam. Isso não fui eu quem disse, mas os jornais e os convidados mais importantes. Eu tinha gastado muito mais do que imaginava, muito mais que o valor de uma boa casa, mas tudo foi da melhor qualidade, desde os ingredientes usados para preparar as comidas até as bebidas, os enfeites, as porcelanas, os cristais e a prataria, muitas coisas que nunca mais voltei a usar por falta de ocasião à altura.

No dia seguinte à festa, quando eu ainda estava às voltas com os convidados que tinham ficado para dormir, os quatro recém-casados seguiram para a lua de mel em Uidá, onde o Julião Félix de Souza emprestou para eles uma bela casa no Bairro Brasil, chamada de *Lisséssa*, a "casa sob a árvore de Lissé". Muito bonita, de bom gosto, ampla e confortável, com tijolos vermelhos e janelas envidraçadas, toda cercada de varandas sustentadas por balcões de madeiras tropicais. Poucos anos depois, o Julião seria nomeado o novo Chachá, o IV. Tenho que te contar um pouco da história desse Chachá mesmo que isso nos roube um tempo precioso, porque ela foi importante para mim. Eu a acompanhava com verdadeiro interesse, por intermédio do João ou de qualquer pessoa que chegasse de Uidá ou de Abomé; não deixava ninguém descansar até que me pusesse a par de todos os acontecimentos. O Julião foi o Chachá de que mais gostei, e não apenas porque ele era um dos melhores amigos do João, mas também por ser homem de grandes ideias, muito trabalhador e justo, embora tivesse quase recuperado a fortuna do pai, o primeiro Chachá, fazendo o que ele também fazia e eu reprovava, o tráfico de escravos.

CHACHÁ JULIÃO

Acho que o Julião foi um dos últimos comerciantes de escravos de toda a costa e um dos únicos na época, conseguindo ganhar um bom dinheiro por causa da falta de concorrência. Os escravos dele eram mandados para São Tomé e Príncipe, e não para o Brasil. Ele também esteve várias vezes na Bahia, em São Salvador, onde fazia comércio com tabaco e açúcar, sempre voltando com bonitos presentes para mim. Na verdade, o Julião foi o último Chachá do Daomé, sucedido pelo irmão Lino, que nem chegou a ocupar o cargo direito. Primeiro, porque havia muitos conflitos entre a família De Souza e a família do rei do Daomé, sem falar nos desentendimentos causados pelos franceses, ingleses e portugueses, e depois porque morreu pouquíssimo tempo depois de ser nomeado. Hoje o Daomé está sem Chachá, e não sei se algum dia algum rei vai voltar a honrar o pacto de sangue feito entre o D. Francisco e o príncipe Gakpé, devolvendo o cargo que pertence à família De Souza. Isto seria muito importante não só para a família, mas para todos os brasileiros que também se sentem desprestigiados com a falta de um representante. Acho que deixei a África e estou deixando a vida em boa hora, pois não aguentaria nos ver perdendo todo o prestígio que lutamos tanto para conquistar e ao qual temos direito, pois aquela parte do Daomé não seria nada sem o nosso trabalho. É por isso que se torna ainda mais lamentável o que aconteceu ao Julião e à sua família.

O Chachá Julião enfrentou tempos muito difíceis quando o Daomé estava passando por uma disputa, tendo de um lado os portugueses, um pouco apoiados pelos ingleses, do outro os franceses, e no meio os brasileiros e os daomeanos. O Chachá achava justo que os portugueses saíssem vencedores, pois já estavam estabelecidos havia muito tempo e tinham investido muito mais no Daomé do que qualquer outra nação. Era também uma forma de retribuir a confiança que o governo português tinha depositado nele e em sua família, em anos e anos de parcerias comerciais. Mas, acima de tudo, os portugueses eram os que se davam melhor com os brasileiros, e alguns deles inclusive se consideravam brasileiros também, só por falarem português.

Como não queria brigas e era uma das pessoas mais influentes da costa, o Chachá Julião tentou resolver o impasse. A França tinha estabelecido um protetorado em Porto Novo e disputava Cotonu com o rei Glègle, cercando a cidade com tratados de protetorado assinados com vários reinos e aldeias nas vizinhanças, bloqueando algumas importantes rotas comerciais e prejudicando os comerciantes brasileiros. Percebendo a nossa importância em Porto Novo, o residente responsável francês procurou o Chachá e pediu que ele nos convencesse a ficar do lado dos franceses e contra o rei do Daomé, de quem também queriam tomar Cotonu e Uidá. Fiel aos brasileiros e aos portugueses, e ao rei do Daomé, é claro, o Chachá se recusou a prestar tal serviço, trocando uma recompensa tentadora em dinheiro pela inimizade dos franceses. A situação se agravou quando alguns missionários portugueses foram se estabelecer em região considerada dos missionários franceses, as cidades de Abomé, Calavi e Godomé. O meu amigo, o superior da Société des Missions Africaines de Lyon, se queixou às autoridades francesas, que foram até o rei pedir a expulsão dos missionários portugueses. Querendo se isentar da responsabilidade, o rei Glèglè disse aos franceses que aquele não era assunto da competência dele, mas sim do Chachá.

Enquanto isso e em surdina, em Lisboa já estava sendo negociado o acordo para um protetorado português no Daomé com o apoio da Inglaterra, que tinha medo de que a França tomasse a região e até fez vista grossa ao tráfico de escravos com as ilhas de São Tomé e Príncipe e dentro do próprio Daomé. Isso para que os portugueses pudessem cumprir uma das exigências do rei Glèglè, que queria vender para eles todos os escravos prisioneiros de guerra, a serem enviados para trabalhar nas fazendas, que seriam montadas para desenvolver o interior. Reconhecendo aquela derrota, a França fez um acordo com o rei Atanlê e tomou sob sua proteção as cidades de Grande Popô e Aguê. Como havia muitos brasileiros por lá, quem intermediou esses acordos foram os sobrinhos do próprio Chachá Julião, dois filhos do Isidoro, o Chachá anterior, causando grande desentendimento dentro da família.

Para conseguir os escravos que seriam comprados por Portugal, o rei Glèglè deixou provisoriamente em seu lugar o príncipe Kondo, que seria o próximo rei do Daomé, e foi ele mesmo atacar as cidades que eram protetorado francês. Para piorar a situação, e ajudados pelos portugueses, os daomeanos ainda tomaram de volta algumas cidades que já eram dos franceses, como Grande Popô e Aguê, que, juntamente com Uidá, Godomé e Boca do Rio, passaram a ser protetorado português. Novamente complicando a situação do Chachá Julião, o rei Glèglè o indicou como governador dessas regiões, com a patente de tenente-coronel do exército português. Os franceses não aceitaram os reveses e fizeram grandes protestos em África e na Europa, sem resultado, e mantiveram seu pavilhão hasteado em todas as casas de comércio e de particulares francesas, enquanto os prédios oficiais ostentavam o pavilhão português. Os franceses começaram então a nos bajular, os brasileiros, porque perceberam que o Chachá governava de acordo com os nossos interesses, o que fez com que a comunidade se fortalecesse bastante, dando ainda mais poder ao Chachá, que começou a se tornar mais poderoso que o rei Glèglè.

Foi nessa época que recebi a visita de dois brasileiros, uns dois ou três anos antes da proclamação da República do Brasil, que estavam conversando com os brasileiros mais influentes da costa para saber o que achávámos de ter o Daomé sob protetorado brasileiro, e não português, como o primeiro Chachá já tinha proposto a D. Pedro I quando da independência do Brasil. Eu não quis opinar, dizendo que, por estar confinada à casa, não acompanhava muito bem as disputas políticas da região. Tudo mentira, porque acompanhava com grande interesse, era o que me restava e distraía, e acredito que fui uma das pessoas que mais tiveram informações sobre aquilo tudo, de todas as partes. Das resoluções de Abomé eu ficava sabendo por intermédio dos meus amigos comerciantes de Uidá; sobre o Chachá, por intermédio do João e dele próprio, que sempre me visitava quando ia a Lagos. Sobre os portugueses e os franceses, e um pouco menos sobre os ingleses, quem me contava eram os missionários, com os quais sempre mantive boas relações.

Quando os selvagens invejosos perceberam que o governo do Chachá fortalecia os brasileiros, que até começavam a ter ambições políticas na região, trataram de difamar o Chachá diante do rei Glègle e do príncipe Kondo. Os dois, que também já estavam enciumados, acharam por bem acreditar nas mentiras mais absurdas, como a existência de um plano do Chachá para vender aos portugueses parte do território do Daomé, e a acusação de que ele estava roubando, ao negociar com os portugueses um valor muito maior do que o pedido pelo rei, referente aos escravos, ficando com a diferença e a comissão que lhe era de direito. Eu não acredito nisso, mas o modo de vida do Julião levava a crer que ele estava ganhando muito dinheiro, pois adquiria várias casas e dava grandes festas, não economizando em nada. Acho que foi em um mil oitocentos e oitenta e sete que o rei mandou chamar o Julião a Abomé com um pretexto qualquer. Desconfiado de que algo não estava certo, o Chachá levou com ele alguns colaboradores, entre os quais quase se incluiu o João, que só não foi por sorte e por ter que resolver alguns problemas urgentes em uma das fazendas que tinha acabado de comprar. Ele finalmente estava realizando o grande sonho de possuir fazendas compradas com o próprio dinheiro, como tinha me dito uma vez, quando ainda não passava de uma criança. Eu já tinha até me esquecido daquela promessa e me arrependi muito por não ter percebido antes o propósito dele ao trabalhar tanto na Casas da Bahia, pois nunca o tinha visto tão feliz. Verdadeiramente feliz, com sua vocação de fazendeiro. E por causa de uma fazenda ele não estava na comitiva que acompanhou o Chachá até Abomé, que incluiu alguns comerciantes e os parentes que ainda não tinham passado para o lado da família liderado pelos filhos do Isidoro.

Quando o Julião chegou à corte, já havia um tribunal, que o julgou e condenou pelo roubo do equivalente a cinquenta mil francos, dinheiro que deveria ter sido repassado ao rei por conta da venda de prisioneiros escravos aos portugueses. Várias pessoas inventaram outras acusações, inclusive seus irmãos e sobrinhos e, é claro, os franceses. Os brasileiros e portugueses se sentiram abandonados, principalmente porque o rei e o príncipe, não sabendo ler nem escrever, tinham deixado que o Chachá cuidasse do contrato de protetorado com os portugueses. Com a prisão do Julião, todos os seus poderes foram revogados, e os soberanos do Daomé decidiram que tal contrato não tinha mais validade, que o Chachá também tinha enganado os portugueses alegando que não repassava o dinheiro da venda dos escravos porque os portugueses eram maus pagadores. Tudo mentira.

Percebendo o bom momento, os franceses pressionaram e conseguiram fazer com que Portugal renunciasse ao protetorado da costa do Daomé, deixando o caminho livre para eles. Como o Chachá continuava negando que tinha feito tudo aquilo, resolveram submetê-lo à prova da verdade pelo vodum, o que acabou condenando-o de uma vez por todas. Isso eu não entendo; não consigo compreender os interesses e as forças que agiram por trás desta suposta verdade envolvendo os voduns. Culpado, o Chachá foi executado com toda a sua comitiva, tendo sido poupadas apenas duas pessoas. Uma delas foi um irmão que o havia traído, mas que acabou envenenado em Uidá dias depois, por um emissário do Abomé. A outra foi salva na última hora pela mãe, que enviou muitos presentes ao rei por uma comitiva de mais de quarenta pessoas, valendo-se da influência da mãe do rei, que intercedeu pelo filho da amiga. As duas faziam parte da sociedade de culto das mulheres da corte de Abomé, a que tinha sido presidida pela minha amiga Agontimé.

Dias depois, o rei mandou matar todos os filhos do Chachá Julião, para não correr o risco de uma vingança e para mostrar que punia exemplarmente quem ousava traí-lo. Como parte da punição, todos os bens do Julião passaram para a corte, e o lindo teto da *Lisséssa* foi arrancado, a casa da qual ele tanto se orgulhava e onde foi enterrado. Não por consideração dos familiares que ainda restavam, mas porque não quiseram deixar que ele fosse enterrado junto com os parentes em Singbomey. Nem sei se todos os parentes acreditavam mesmo na culpa do Chachá Julião, mas não queriam arrumar mais problemas com o rei, e negaram a ele as honras que os Chachás anteriores tinham recebido. Os portugueses também foram punidos, embora alguns tivessem ajudado o rei a condenar o Julião depois de acreditarem que tinham sido difamados, e as tropas reais, comandadas pelo exército de amazonas do Daomé, atacaram e queimaram todas as casas que abrigavam guarnições portuguesas.

Eu acompanhava aquilo tudo com grande aflição, e fiquei muito feliz quando pude ajudar uma das únicas sobreviventes, a Agboéssi, uma das esposas do Julião. Quando se casou com ele, ela ainda era uma criança e não tinha esse nome, mas o de Alon Coba, filha do rei Toyi, de Agoué-Adjigo. Acho que ela era a esposa preferida, pois tinha acompanhado o Julião em muitas viagens que ele fez a Lagos, e vi o carinho que tinham um com o outro. Durante muitos anos a Agboéssi não conseguiu segurar filho, e ao consultar o Vodum-Fá, descobriu que isso só aconteceria depois que se internasse em um convento e cumprisse obrigações com o vodum. Assim foi feito, com o Julião sempre dizendo que sentia muita falta dela, enclausurada em um convento de Aguê. Passado o tempo necessário, o Julião foi buscá-la, mas os sacerdotes não quiseram deixá-la sair até que todas as outras jovens que tinham entrado na mesma época também tivessem condições de fazer a cerimônia de liberação. Isso poderia durar anos, pois a cerimônia não era barata e muitas vezes os pais das jovens precisavam de muito tempo para juntar o dinheiro. Desesperado, o Julião pagou as cerimônias de todas as jovens, para ter a esposa de volta imediatamente. Logo em seguida ela ficou pejada e deu à luz um menino, o Feliciano, um *texossu*, uma criança sagrada, que estava no colo dela naquela noite em que, desesperada, ela bateu à porta da minha casa. Estava fugindo dos soldados do rei Glèglè, que tinham ordem de não deixar sobre o solo africano nenhuma descendência do Julião. Foi a Geninha quem atendeu e imediatamente deixou que ela entrasse, levando os dois até meu quarto. Ela me pediu algum dinheiro, um pouco de comida e alguém para escoltá-la até Aguê, onde se esconderia no convento, pois sabia que os guardas não teriam coragem de entrar lá, por respeito e temor aos voduns. Isso já faz mais de dez anos e, até onde sei, o plano deu certo.

MEUS OLHOS

Acho que agora devo continuar nossa história, e talvez só tenha contado sobre o Julião para adiar o acontecimento seguinte. Devo confessar que é algo que só tive coragem de considerar depois do casamento dos seus irmãos, como se não pensar afastasse a possibilidade de acontecer, pois eu estava ficando cega. Percebi isso logo depois da morte da sinhazinha, e primeiro atribuí a vista embaçada à falta de prática, a não mais me sentar e escrever todos os dias, como fazia desde a volta à África. Continuei escrevendo cartas para a Maria Clara e para a Carolina, a filha da sinhazinha, mas não na mesma quantidade. Comecei então a escrever para mim mesma todos os dias, colocando no papel as coisas que me aconteciam e os pensamentos mais importantes, mas não consegui continuar por muito tempo. Faltava a outra pessoa, a sensação de ser entendida e compreendida mesmo conversando a sós, como eu achava que fazia com a sinhazinha. Nos últimos dias antes da volta da Maria Clara, quando eu escrevia uma carta por semana para ela e outra carta a cada dois meses para a Carolina, o problema se agravou, e deixei definitivamente de escrever. Para a Maria Clara eu não precisava mais justificar, porque ela estava em casa, mas disse à Carolina que precisava parar de escrever para poupar os olhos que, de uma hora para outra, começaram a doer bastante. Queimar é a palavra certa, como se uma brasa tivesse caído dentro deles. Minha sorte foi que acontecia em um olho de cada vez, que logo em seguida ficava muito vermelho, todo ele, para depois a vermelhidão ir se reduzindo ao que se parecia com vários riozinhos de sangue. Nesses dias eu evitava sair do quarto, que deixava sempre fechado para que o menor número de pessoas soubesse o que estava acontecendo. Quando tudo passava e a cor voltava ao normal, eu sentia que enxergava um pouco menos, como se aquela região onde tinham se formado os riozinhos tivesse morrido para sempre. Rios e morte, imagens sempre muito presentes na minha vida. Mas a Maria Clara percebeu, contou ao João, e eles queriam que eu fosse ao médico. Eu prometia e não cumpria, dizendo que não aguentaria uma viagem longa à procura de um, mas que aproveitaria uma visita dele a Lagos, quando acontecesse, e que na verdade aquilo não era nada, doença de velho, coisa sem importância.

Na semana anterior ao casamento eu tinha tido uma dessas crises e fiquei com medo de não sarar até o dia, mas deu tudo certo, e o olho vermelho foi atribuído à emoção de uma mãe que estava casando de uma só vez os dois únicos filhos. Mas depois do casamento, depois que a Maria Clara e o Beaulieu foram viver na casa deles, perto da minha, e que o João e a Isabel foram para a casa de Uidá, as crises se tornaram mais frequentes e comecei realmente a ter medo. De alguma maneira eu já sabia que não havia o que fazer, que estava mesmo ficando cega e cada dia mais agradecida por ter visto minha filha vestida de noiva. O João estava lindo, de roupa de gala completa, mas nada se comparava à beleza da Maria Clara na roupa que ela mesma desenhou e levou para uma costureira brasileira fazer, com seda branca comprada de um comerciante de tecidos inglês. Era um vestido simples, quase sem roda, com a saia enfeitada de flores de laranjeira e cauda de veludo de seda, que foi carregada por dois pajens também vestidos de branco. Nas mãos ela levava uma corrente e um crucifixo de prata, presente dos padres. Aquela imagem, em que ela mais parecia um anjo iluminado, compensaria todos os anos seguintes, da mais completa escuridão.

Eu tinha grande dificuldade de enxergar em lugares de muita claridade. A luz fazia com que as coisas perdessem o contorno, como se as cores estivessem gastas e desbotadas, e quase comecei a trocar o dia pela noite. Eu já tinha certeza de que em breve não enxergaria mais nada e me lembrava muito do alfarrabista Albino, de quem o senhor Mongie tinha me falado. Lembra-se dele? Aquele que, mesmo cego, ainda atendia os fregueses, sabendo de memória onde estavam todos os livros. Foi o que tentei fazer, andando pela casa e observando muito bem o lugar de cada coisa, os móveis, os objetos, os espaços e caminhos livres. Antes de ficar completamente cega, eu já conseguia fazer quase tudo de olhos fechados, para desespero da Jacinta, que não sabia direito o que estava acontecendo e me acreditava louca.

Certo dia, o João apareceu em casa com um médico, que tinha ido até lá especialmente para me atender. Um desperdício, pois ele disse exatamente o que eu já sabia, que não havia nada a fazer, receitando apenas um unguento para aliviar a dor. Ele disse que eu teria outros problemas, nada que eu já não soubesse também, como a bexiga mais solta, a vontade de beber muita água, e que, se eu me machucasse, era possível que os ossos não mais colassem e que o sangue nunca mais parasse de correr. Mas o pior seriam as palpitações do coração e o cansaço, com os quais já estava acostumada. Eu achava que já era a minha hora, que seria tudo como o destino quisesse, e só tinha tristeza por realmente ter acabado a esperança de um dia te ver. Minha cegueira também me deu uma coisa boa, que foi a presença da Jacinta, que disse não ter coragem de me abandonar naquelas condições. Na época, a Geninha ainda estava na Missão, cada vez mais querida e respeitada pelos missionários e pelos moradores das aldeias que visitava, educando e convertendo selvagens.

AVÓ

Ainda pude ver mais ou menos o rosto da minha primeira neta, a quem deram o meu nome, Luísa, nascida menos de um ano após o casamento do João e da Isabel. Mas pouco tempo depois eu já não distinguia a forma de nada, nem feições, apenas borrões, parados ou em movimento, com cores cada vez mais suaves. Conheci a menina quando a levaram até Lagos, para que eu pudesse batizá-la na qualidade de avó e madrinha. Sabendo do problema, o padre Clement aceitou fazer o batizado na minha casa, onde os convidados me pareceram mais curiosos para me verem cega do que para serem apresentados à minha neta. Devem ter ficado decepcionados, porque eu não tinha saído de perto da Jacinta enquanto ela fazia os preparativos, e no dia sabia exatamente onde estavam os talheres, os enfeites e onde se sentou cada pessoa à mesa. Acabada a festa, também fiz questão de levar cada convidado até a porta ou até o quarto onde dormiria, mostrando tudo de que precisaria. Foi desse jeito que surgiu a dúvida que perdura até hoje em África, se sou mesmo cega, pois quem não sabia, se não me olhasse bem nos olhos embaçados, nunca poderia dizer. Eu apenas ando apoiada em uma bengala, o que nem significa nada, pois as bengalas são muito comuns em África; conferem nobreza e importância aos que estão autorizados a usá-las. Mas eu, como só ficava dentro de casa, não pedi autorização a ninguém, a rei nenhum, e nunca fui incomodada.

Depois do batizado, a Isabel e a Luisinha ficaram mais algum tempo hospedadas na minha casa, enquanto o João foi até Topô a pedido do padre Courdioux, que estava abrindo uma escola agrícola por lá. O padre queria a ajuda do João para começar uma plantação de coco destinada à produção de copra. Essa fazenda cresceu bastante durante certo período, mas não sei direito por que não deu certo, fechando há bem pouco tempo. Foi uma das paixões do meu filho e ajudava a sustentar a Missão, chegando a ter muitas crianças morando lá, plantando coco, produzindo copra e farinha de mandioca, e criando galinhas, porcos, vacas e ovelhas.

Após o nascimento da Luisinha, perguntei à Maria Clara quando ela ficaria pejada, e a resposta não foi nada animadora, pois eu acreditava que não viveria muito tempo mais. Acredito que ela também pensou a mesma coisa e quis me dar a alegria de estar presente no nascimento do filho ou da filha da minha única filha, e quando o João e a Isabel comunicaram que estavam esperando o segundo filho, ela disse que também estava pejada. Foi uma noite muito alegre a daqueles comunicados, véspera de Natal de um mil oitocentos e setenta e oito, quando todos largaram suas casas e foram passar alguns dias comigo. Depois daquele Natal, isto se tornou um hábito e provocou uma situação bastante interessante alguns anos depois.

Tudo começou logo depois do nascimento do César, o segundo filho do João e da Isabel. A meu pedido, por eu estar cega e não sair de casa, quando estava em Lagos a Isabel sempre ficava comigo, e não na casa dos pais. Menos de uma semana depois do parto dela, mandei buscar a Maria Clara, para que ela também tivesse o filho perto de mim. Acho que se eu não tivesse feito isso, ela não teria ido, sempre com as ideias de independência, querendo trabalhar até a última hora. Mas o Beaulieu sabia muito bem cuidar de tudo e, para ajudá-lo, a Geninha pediu alguns dias de dispensa na Missão e assumiu as aulas da Maria Clara. A turma era pequena, não mais que vinte meninas, pois a Maria Clara disse que assim elas aprendiam melhor. Dois dias depois que ela chegou em casa nasceu o Maurice, e não gosto de me lembrar daqueles dias.

O parto nem foi tão difícil, e estive presente até o momento em que a aparadeira pegou a criança, disse que era um menino, mostrou à Maria Clara e depois o colocou nos meus braços. Ajudada pela Jacinta, fiz com ele a mesma coisa que tinha feito com a Luisinha e o César, levei o meu neto até os quartos santos, rezei e o apresentei aos orixás e voduns. Depois, entreguei o menino para a Jacinta e permaneci no quarto dos voduns em silêncio, como fazia todas as vezes que queria tomar alguma decisão ou apenas estar em paz, sozinha. Acho que fiquei lá dentro mais de quatro horas, e quando saí percebi uma estranha movimentação pela casa, muitos passos apressados e muitos sussurros. Tive certeza de que estavam me escondendo alguma coisa e fui direto ao quarto da Maria Clara, que não respondeu à minha pergunta sobre estar tudo bem. Foi a Jacinta quem me disse que ela estava dormindo, descansando, pois já tinha perdido muito sangue e continuava perdendo. Na hora eu soube que aquilo era coisa de *abiku*, e ninguém ainda tinha pensado nisso. Mandei que fossem atrás de todos os babalaôs e sacerdotes que encontrassem, dizendo que precisavam livrar uma mãe da força de um *abiku* do fogo. Fiquei estranhamente tranquila, porque tinha certeza de que ela seria salva; de algum modo eu já sabia o fim daquela história. Era como se eu tivesse dormido enquanto estava no quarto dos voduns, sonhado e recebido a visita da minha mãe ou da minha avó, não sei, pois senti a presença das duas, que me contaram tudo que ia acontecer. No sonho, como naquela hora, eu já sabia das complicações, mas que depois acabaria tudo bem.

Apareceram representantes dos orixás, dos voduns e dos santos católicos, todos juntos na minha sala ou no quarto da Maria Clara, e não falavam uns com os outros, mas respeitavam as respectivas crenças. O Beaulieu se assustou com a minha tranquilidade, dizendo que, ao me observar, a sua fé era posta à prova, pois os seus santos não lhe davam tanta calma. Naqueles dias ele ficou o tempo todo ao lado da cama da Maria Clara, saindo apenas nos momentos em que ela estava lúcida e perguntava por que ele não estava na escola cuidando dos alunos. Ele não parecia capaz de cuidar de coisa alguma, e foi a Geninha quem ficou responsável por tudo. O sangramento não dava trégua e minha filha enfraquecia a olhos vistos, perdendo as cores e ficando só pele e osso, como eu tinha ouvido as pessoas sussurrarem perto de mim, quando achavam que, além de cega, eu tinha ficado surda também. Ela tinha leite e fazia questão de dar o peito à criança, embora todos desaconselhassem, dizendo que precisava guardar toda a força para si. As pessoas pediam que eu conversasse com ela, dissesse que não podia, mas eu era a primeira a pegar a criança chorando de fome e colocar no peito da mãe, mesmo quando ela estava inconsciente ou dormindo. A Jacinta dizia que aquilo era errado, que a criança podia pegar a doença da mãe, mas eu e minha filha sabíamos que não era assim, e que seria bom ela amamentar aquele menino que precisava se acostumar com ela, precisava se acostumar com o *ayê* para não sentir tanta falta do *Orum*, precisava começar a gostar da mãe.

Dias depois, quando melhorou, a Maria Clara contou só para mim que tinha sonhado várias vezes com uma moça e uma velha, que disseram para ela ter calma e fé, pois tudo acabaria bem. Uns quinze dias depois do parto ela parou de sangrar, e mais uma semana já estava bem-disposta, embora muito magra e ficando cansada com qualquer atividade. Nesse meio-tempo, escondido do Beaulieu, providenciei a cerimônia do nome para o meu neto, que o babalaô aceitou fazer no meu quarto dos orixás. Encomendei também sacrifícios para Xangô e Nanã, além de todos os rituais necessários para segurar *abikus*, como eu tinha feito com você. A primeira vez que a Maria Clara saiu da cama foi para ir ao batizado católico da criança, que o Beaulieu tinha pressa de fazer, talvez assustado com o estado de saúde da mãe, embora o menino estivesse forte e saudável. O batizado também foi feito na nossa casa, pelo padre Courdioux, uma cerimônia rápida e simples, na qual a Isabel e o João foram madrinha e padrinho do Maurice, compadrio que retribuiriam tempos depois, no nascimento da Catarina. Mas muito antes do nascimento da Catarina, houve toda a confusão com a Adenike.

DUAS ESPOSAS

Por causa de tudo que aconteceu com a Maria Clara no nascimento do Maurice, a Isabel, que também precisava de cuidados porque tinha dado à luz havia menos de uma semana, foi passar alguns dias na casa dos pais. Foi lá que as pessoas contaram para ela, pois na minha casa ninguém tinha coragem de nos incomodar. Ela tinha saído de Uidá quase dois meses antes do nascimento, porque seria arriscado deixar a viagem para a última hora. O João, assim que a viu bem instalada e bem-cuidada, pegou o caminho de volta com a desculpa de que precisava resolver assuntos urgentes no trabalho. Eu, que bem sabia como funcionava a Casas da Bahia, não entendia que houvesse assunto urgente que não pudesse ser resolvido a partir de Lagos mesmo, a não ser acompanhar alguma obra, o que não era o caso. Mas não falei nada porque não quis arrumar problemas para ele. Antes tivesse falado, porque, apesar de ter ficado do lado dele, de tê-lo apoiado porque era meu filho, eu não concordava com o que ele tinha feito. Mal a pobre da Isabel começava a sentir saudades do marido, ele já tinha colocado outra mulher dentro de casa, uma mulata muito bonita, ex-escrava do Chachá Julião que o João comprou e libertou, ou ganhou de presente, não sei e nem quis saber ao certo. O pai da Isabel foi conversar comigo, dizendo que ela não voltaria para casa enquanto meu filho não pusesse a outra mulher para fora. Mandei chamar o João e exigi que ele explicasse o que estava acontecendo, para saber que providências eu deveria tomar.

O João disse que gostava das duas, que a Isabel sempre seria a primeira mulher, a mulher a quem ele devia mais obrigações e que mandaria na casa. A outra era mais velha que o João e, de início, suspeitei que tivesse feito algum feitiço para prendê-lo, e muito bem-feito, porque meu filho estava decidido a não abrir mão da presença dela na casa. Pelo que ele me contou, o que era possível para um filho contar a uma mãe, ele gostava muito mais de se deitar com a Adenike do que com a Isabel, o que não foi surpresa nenhuma para mim, pois eu sempre disse a ele que a Isabel era muito nova, que não tinha como saber das coisas que exigem experiência. Minha maior surpresa foi quando pedi que levasse a Adenike para conversar comigo e ele contou que ela não podia fazer viagens, pelo menos por enquanto, pois estava pejada e, segundo ela, de ibêjis. O João achava que era mesmo o pai, pois antes de se mudar para a casa dele, a moça, mesmo liberta, morava na casa do Chachá Julião, onde ele ia sempre se encontrar com ela. Isso acontecia desde antes do casamento com a Isabel, e ele sabia pelos guardas do Chachá que a moça não recebia visita de mais ninguém, a não ser dele e de mulheres da família dela. Eu não podia deixar desamparados aqueles meus dois netos, sagrados ibêjis, e percebendo a felicidade do meu filho, prometi conversar com a Isabel.

Quando chamada, a Isabel apareceu na minha casa junto com os meus dois outros netos, o pai, a mãe e três irmãos, que não queriam concordar de maneira alguma com a situação. Primeiro, deixei bem claro que estava do lado do meu filho, e depois contei sobre os ibêjis e prometi que a Isabel seria sempre a primeira esposa, a que manda, e que muitos brasileiros já tinham adotado esse hábito africano de ter várias mulheres, e então eles mudaram de ideia. Não queriam perder aquele casamento, não queriam deixar de fazer parte da minha família, o que era motivo de muita honra. Um dos empregados já tinha me contado que certa vez viu os pais dela entrarem em uma loja e, ao saberem que o comerciante não queria vender para pagamento a prazo, perguntaram se ele sabia com quem estava falando e disseram ser da minha família, que a filha deles estava casada com o João Andrade da Silva, filho da sinhá Luísa. A Isabel voltou para a casa de Uidá, os ibêjis do João nasceram em setembro, e em dezembro apareceram todos para celebrar o Natal na minha casa. A Maria Clara com o Beaulieu e o Maurice, o João e a Isabel com a Luisinha, o César e mais um na barriga, e a Adenike com os ibêjis, que, na véspera da Epifania, foram batizados com os nomes de Cosme e Damião. Fiquei bastante feliz, pois os três adultos e as crianças da família do João pareciam viver na mais completa harmonia. A Adenike era uma mulher bastante simples e prestativa, que ajudava muito a Isabel, tratando dela quase como uma filha. A Maria Clara repreendeu o irmão, com o apoio do Beaulieu, mas ele estava feliz e, sendo assim, por mim estava tudo bem. Naqueles dias, logo após o ano-novo, o Beaulieu conseguiu fazer com que a Adenike fosse batizada antes dos filhos dela, recebendo o nome de Elisabete, mas continuei usando seu nome africano, tendo como desculpa os esquecimentos da velhice. Ela ficava feliz por conservar o nome dado pelos pais, que ainda moravam perto de Topô, onde ela tinha sido capturada. Eu gostava do jeito prático dela, que, como quem não queria nada, foi tomando conta da casa, das crianças, ganhando a confiança e o carinho de todos nós.

Naquele nosso primeiro Natal com a família aumentada, as duas noras ficaram um bom tempo na minha casa, e foi bastante agradável ter a presença de crianças. Elas permaneceram em Lagos porque o João tinha ido até Oshgobo ver uma fazenda da qual o Chachá Julião queria que ele cuidasse. Ou melhor, tinha arrumado para ele comprar, mas essa notícia ele só nos deu quando voltou, já com o negócio fechado. Naquela época, juntei mais dois arrependimentos aos vários que já carregava, quase todos em relação aos filhos. O primeiro, de não ter levado a sério a verdadeira vocação do João, que era cuidar de fazendas, como ele dizia desde pequeno e eu achava ser apenas influência do pai. O outro, de ter dito à Maria Clara que gostaria que ela também me desse netos, porque talvez ela já intuísse que não deveria. Acho que ela não queria, pelo menos não naquele momento. Inclusive, nem se importou muito quando soube que não poderia mais ficar pejada, e até o Beaulieu estava bastante conformado, dizendo que Deus sabe o que faz, o que dá e o que toma. Por que será que tenho pelo menos um arrependimento em relação a cada um dos meus filhos? Arrependimentos por falta ou por excesso de zelo, mas nunca por falta de querer bem, e é isso que me consola.

COMPANHIA

Quando as mulheres do João foram embora, senti muita falta delas, principalmente da Adenike, que, sem saber, já estava pejada de novo. Isso foi pouco antes de a Jacinta também voltar a Uidá para cuidar do Juvenal, que estava doente, na casa da Rosinha. Foi quando a Geninha se ofereceu para tirar mais uma licença e ficar comigo por um tempo, o que muito me comoveu, pois ela poderia muito bem ter escolhido ajudar a mãe a cuidar do pai. Eu não queria aceitar, pois sabia como ela gostava do que fazia, mas diante da insistência dela, que aqui ao meu lado não me deixa mentir, tive que ceder, e confesso que com muito gosto. Eu já estava acostumada com ela, que, sabendo da minha cegueira, não insistia em mudar as coisas de lugar, como fizeram algumas mulheres contratadas para tomar conta de mim. Conversávamos muito, ela lia em voz alta os livros e jornais de que eu gostava, discutíamos sobre eles, recebíamos visitas, e acho que ela também apreciava a minha companhia, porque foi ficando além do previsto. Nunca perguntei quando voltaria à Missão para não parecer que queria vê-la longe de mim, e ela aproveitava as manhãs, quando eu sempre dormia até tarde, para visitar alguns selvagens, falar sobre Deus e dar aulas de escrita e leitura. Mas sempre estava em casa quando eu me levantava, dizendo que se ela era os meus olhos, eu era a sua mão direita, a que ela não tinha e que, na verdade, nunca fez falta. Veja agora você, é com a mão esquerda, que deve estar mais do que cansada, que ela está escrevendo tudo isso.

Apesar da dedicação da Geninha, eu me sentia cada vez mais só, e, à maneira dos *abikus*, querendo voltar logo para o Orum. Desde o início eu tinha falado para a Maria Clara que o Maurice era um abiku, que ela precisava tomar cuidados especiais com ele, mas ela nunca acreditou, nunca levou a sério, e muito menos o Beaulieu, que dizia que certas coisas só aconteciam a quem acreditava nelas. Quando me falavam isso, eu me arrependia de ter criado a Maria Clara tão à brasileira, tão sem conhecer os segredos de África. Afinal de contas, era em África que ela tinha nascido e estava morando, e deveria saber que cada lugar tem as suas próprias crenças. Não estou falando sobre as crenças das pessoas, que isso a Maria Clara respeitava bastante, por conviver com pessoas tão diferentes. Mas a crença do lugar mesmo, a que vem da terra, das árvores, do vento, das águas, do céu, da claridade e da escuridão. Como eu tinha muito tempo disponível, ficava pensando em tudo isso, e era muito fácil perceber, pelo menos para mim, como a África era diferente do Brasil, mesmo para quem não podia "ver" essa diferença. Se de uma hora para outra eu pudesse estar em cada um dos lugares por onde já tinha passado, sem ser avisada qual era, com certeza poderia adivinhar. Sentir. Mas a Maria Clara não sabia disso e não fui capaz de fazê-la entender, e por isso ela não tomou os cuidados de que o Maurice precisava. Quando o menino ia me visitar só com a ama, uma africana, eu pedia a ela que fizesse as pinturas, que colocasse a tira de búzios amarrada no tornozelo dele e desse os banhos de ervas. Mas tudo tinha que ser desfeito antes de eles voltarem para casa, pois a Maria Clara tinha avisado que ia despedi-la se ficasse sabendo que ela estava dando corda às minhas crendices. E assim foi até que o Maurice morreu, pouco tempo antes de completar sete anos, e nem mesmo então pude falar alguma coisa, repreendê-la, porque a dor dela já era grande demais, a dor que eu conhecia tão bem e que não tem igual no mundo.

ABIKU

Sempre me pareceu que as mulheres do João disputavam para ver quem daria mais filhos a ele, pois tiveram uma criança atrás da outra. Luísa, César, Francisco, Maria Eulália e Maria Eugênia são os nascidos do casamento com a Isabel. Com a Adenike, Cosme e Damião, os ibêjis, a Catarina e a Romana. Contando com o Maurice, da Maria Clara, eu tinha dez netos. Depois nasceu o Joaquim, que teve papel muito importante nas nossas vidas, e já conto o porquê. Quando o João comprou a fazenda de Oshgobo e comentou que queria plantar cacau, contei que a família de um amigo da Bahia tinha fazendas de cacau. Imediatamente, ele pediu que eu escrevesse para o tal amigo e perguntasse se ele podia dar algumas explicações ou até mesmo fornecer mudas. Tentei tirar a ideia da cabeça dele, porque tinha perdido totalmente o contato com o Hilário desde a morte do Tico. Mas o João insistiu tanto que ditei uma carta para a Geninha e mandei para a Bahia, para o endereço da casa do Tico, pensando que desta maneira não obteria resposta. A surpresa foi geral quando, quase três meses depois, chegou uma carta do Umâncio, filho do Hilário, que estava morando na casa que tinha sido do Tico. Eu não conhecia esse rapaz, nunca tinha ouvido falar dele, e nem sabia que o Hilário tinha filho. Na carta, o Umâncio contava da morte do pai e dizia que sempre teve vontade de me conhecer, que já tinha ouvido falar bastante de mim, como também tinha vontade de conhecer a África. Sem que convidássemos, ele se ofereceu para fazer a viagem, à própria custa, é claro, ele e a esposa, e ficar na nossa casa até esclarecer todas as dúvidas do João. A carta já levava a data marcada da viagem, e quando a recebemos, faltava menos de um mês para a chegada dos dois hóspedes indesejados, ainda mais porque iam desembarcar em Lagos, por causa da minha morada na carta, achando que o João morava comigo.

Mandei avisar imediatamente o João, para que estivesse em Lagos no dia da chegada deles. Pelo que me contaram, o Umâncio não se parecia com o Hilário, tinha a pele mais clara e o cabelo esticado, e o imaginei como o senhor Amleto, do Terreiro de Jesus. Levaram muito presentes, coisas das quais eu já estava com saudades, mas que não compensaram o incômodo de tê-los em casa, com seus modos de brancos, arrogantes e desdenhosos, reclamando de tudo, das pessoas, dos bichos, do calor, da comida e dos criados. O João e o Umâncio foram para a fazenda, e a mulher dele, uma crioula de voz estridente e muito faladeira chamada Amélia Cristina, ficou perturbando a paz da minha casa, dando ordens e tratando a Geninha como se fosse uma das escravas dela. Tivemos um pouco de sossego quando ela conseguiu encontrar outra brasileira esnobe, que a levou para passar um tempo em sua casa. Por mim, queria mais era que ficasse por lá até a volta do marido, que só aconteceu mais de um mês depois da partida para Oshgobo.

Quando o Umâncio manifestou a vontade de passar mais alguns dias em África antes de retornar a São Salvador, eu disse ao João que não aguentava mais, que o levasse para Uidá. Na ida para Lagos, o João tinha levado o filho mais velho, o César, para passar alguns dias na casa dos outros avós, os pais da Isabel, onde havia muitos primos da idade dele. Quando estavam de partida para Uidá, os avós resolveram fazer um piquenique de despedida para o César, e o Maurice foi convidado. Aliás, o Maurice também estava passando uma temporada na casa dos avós do primo, divertindo-se um pouco, já que, por ser filho único, não tinha ninguém com quem brincar e ficava quase o tempo todo ao pé dos pais, na escola. Durante o piquenique, feito em Ikoyi, os adultos se distraíram um pouco e não perceberam que as crianças tinham se afastado da área segura para nadar, entrando cada vez mais na região de mangue entre as lagunas. Nem eu nem a Geninha fomos ao piquenique. Eu, porque não saía mais de casa, e ela porque ficou me fazendo companhia. Rezamos o dia inteiro, como se soubéssemos que estava para acontecer uma tragédia. Eu tinha acordado com um aperto no peito, comentei com a Geninha, ela disse que também não estava muito boa e me convidou para acompanhá-la em um rosário. Aquilo me acalmou um pouco e resolvemos continuar, rezando um terço seguido de outro, esquecidas do tempo. Acho que esqueci até mesmo da reza, como se ela precisasse apenas do meu corpo, deixando a mente livre para pensar nos problemas, ou para não pensar em nada, o que era melhor ainda.

Fomos interrompidas pela Amélia Cristina, que entrou na casa como se estivesse fugindo de todo o exército de amazonas do rei do Daomé e disse que tinha acontecido uma coisa tão terrível que nem tinha coragem de contar. Ela se trancou no quarto e não falou mais nada, por mais que eu batesse na porta e insistisse em perguntar, até que desanimei e pedi que a Geninha fosse ter com a Maria Clara para ver se ela sabia de alguma coisa. Preocupados e sabendo menos ainda, a Maria Clara e o Beaulieu foram para a minha casa, e estávamos todos juntos quando o João entrou, amparado pelo Umâncio e seguido por uma multidão de chorosos e curiosos. Uma das coisas que mais me afligem é não poder olhar nos olhos dos meus filhos para saber o que eles estão sentindo, e naquele dia acho que teria visto a tristeza e depois o desespero do João quando notou a presença da irmã e do cunhado. Ele começou dizendo que a culpa era toda dele, que tinha se descuidado, que precisava ser punido, já que não morreu no lugar dos meninos. Depois disso, começou a chorar e não conseguiu falar mais nada, mas já sabíamos do que se tratava ao percebermos que o César e o Maurice não estavam com ele.

TRISTES MORTES

O primeiro a se recuperar e ter coragem de fazer perguntas foi o Beaulieu, e ficamos atônitos ouvindo a história contada pelo Umâncio. Ele disse que estavam no piquenique e algumas crianças apareceram gritando que o Maurice tinha se afogado. Quando os adultos chegaram ao local, não viram nem o Maurice nem o César, que, segundo as crianças que ficaram na beira da lagoa, tinha entrado na água para salvar o primo e afundou junto com ele. As crianças não sabiam de mais nada, a não ser que os dois tinham sumido nas águas escuras da lagoa e não voltaram à tona. Alguns adultos entraram atrás deles, inclusive o Umâncio e o João, mas não encontraram nada. Desistiram depois de procurar por mais de meia hora, sabendo que não era possível alguém sobreviver a todo aquele tempo debaixo d'água. Foi então que aconteceu outra coisa terrível, que até agradeço por não ter visto, pois a Maria Clara e o Beaulieu, sempre tão calmos e educados, começaram a gritar, acusando o João e o Umâncio de irresponsáveis. Ao ouvir a discussão, a Amélia Cristina saiu do quarto e gritou de volta com a Maria Clara e o Beaulieu, dizendo que os irresponsáveis eram eles, que não estavam por perto para cuidar do filho, pois ela, o marido e o tio não tinham tal obrigação, eles é que deviam estar pedindo desculpas ao João por terem levado o filho dele à morte também, na tentativa de salvar o primo. Não sei onde arrumei forças para interferir, mas, na hora, mandei que ela se calasse e saísse imediatamente da minha casa, que deixasse uma morada para onde eu mandaria as coisas deles mais tarde.

Quando ficamos apenas nós, os da família, mandei um dos empregados a Uidá para buscar a Isabel, mas sem contar o motivo. O João não parava de se desculpar com a Maria Clara e o Beaulieu, que àquela altura apenas choravam em silêncio. Pedi que permanecessem assim, calmos e calados, que não dissessem mais nada, pois, feridos e nervosos como estavam, poderiam se arrepender de muitas palavras mais tarde. Disse ao João que não se culpasse, que tudo era destino, que ele não teria como evitar aquilo nem se estivesse segurando os dois meninos pelas mãos, pois o chamado do Orum é muito forte. Depois que disse essa última frase fiquei arrependida, pois tive quase certeza de que a Maria Clara soube que eu estava falando sobre o fato de o Maurice ser um *abiku*, e ela não ter feito nada para segurá-lo conosco.

Algumas pessoas tinham continuado a busca na lagoa e chegaram com os dois corpinhos do jeito que tinham sido encontrados, um no abraço do outro, e meus dois filhos também se abraçaram, como se estivessem seguindo o exemplo. Não tivemos como evitar as visitas, os pêsames e as homenagens falsas e verdadeiras, e fizemos o funeral e o enterro das crianças o mais rápido possível, porque é muito triste ver corpinhos tão novos sem vida e sem frutos, como também tinha sido o caso do seu irmão, o Banjokô. Depois que a Isabel chegou de Uidá e se despediu do filho, depois que os padres encomendaram os anjinhos e rezaram uma missa na sala da minha casa, mandei abrir uma cova no quintal e colocamos os dois juntinhos lá dentro, do jeito que estavam. No dia seguinte, quando já estávamos novamente só os da casa, plantamos um iroco por cima, para que pelo menos a árvore crescesse e desse frutos. Depois do enterro dos dois netos de uma só vez e depois que a casa voltou a ficar silenciosa, nunca entendi tão bem a sinhazinha quando ela dizia que queria morrer.

A Maria Clara e a Isabel nunca mais tiveram filhos. Do problema da minha filha nós já sabíamos, mas a Isabel parece ter enterrado a fertilidade junto com o César, mesmo fazendo várias oferendas a Nanã, a Oyá e a Oxum. A única criança que nasceu depois disso foi o Joaquim, filho da Adenike, mas que foi criado pela Isabel, como se fosse filho dela, como se substituísse o filho morto. Hoje ele chama as duas mulheres de mãe, no que foi copiado por alguns dos outros irmãos ou meios-irmãos, os que ainda não tinham idade para achar a situação estranha. Como uma compensação não pensada mas necessária, quando tiveram idade, todos foram mandados para a escola da Maria Clara, que ampliou as instalações para receber os meninos e criou outra ala, que é cuidada pelo Beaulieu. E assim se passaram mais dez, doze anos, já nem sei, até o dia do casamento da Luisinha, a filha mais velha do João e da Isabel. Há muitas outras histórias nesse meio-tempo, mas acabo de ouvir o apito do navio avisando que já chegamos, e, se ainda me lembro, temos mais alguns minutos até a aproximação e o trabalho do prático.

GUARDANDO AS ESPERANÇAS

Se eu tivesse mais tempo e mais forças, gostaria de continuar contando tudo o que nos aconteceu enquanto as crianças cresciam, enquanto eu esperava a morte chegar e era cuidada pela Geninha com uma dedicação de filha, que é como a considero também, com o endosso da Maria Clara. Andei muito doente nos últimos três anos, e só não morri porque o encontro já estava marcado para daqui a pouco, assim que eu terminar esse meu pedido de desculpas. Porque é assim que vejo tudo isso, como um grande *mea-culpa*. Muito maior do que o pedido ao João, à Maria Clara, ao genro, às noras e a todos os netos que foram se despedir de mim no porto de Lagos, onde eu e a Geninha tomamos este navio. Tentaram me convencer a ficar, argumentando que eu não aguentaria a viagem, que não teria como te encontrar e nem sabia se você ainda estava vivo ou morando no mesmo lugar, em São Paulo. Mas nada disso teve importância, pois eu tinha certeza de que precisava vir, precisava te contar tudo que estou contando agora. Se vai chegar às suas mãos, também não sei, mas me lembro muito da história que foi vivida pelo pai do Kuanza, guardada pelo filho e escrita por mim, para depois sumir no meio da travessia desse mar. Se alguém vai contá-la a alguém qualquer dia desses eu não sei, mas fiz o que tinha que ser feito.

Eu queria dar um presente especial à Luisinha, a primeira neta a se casar, e pensei que dentro do baú de coisas que eu tinha levado do Brasil poderia haver algo que tivesse a necessária importância. Isso foi há cerca de três meses, e o casamento se realizou em um desses dias em que eu já estava aqui no navio. Não pude esperar por ele, uma das únicas coisas de que tenho pena. Havia anos que eu não mexia naquele baú, desde a mudança para Lagos, e sabia apenas que estava guardado em um armário, no meu quarto. Quando os ingleses desocuparam o escritório de Lagos, deixaram uma caixa cheia de papéis que o João nem abriu, achando serem coisas minhas, pessoais, pois nela estava escrito o meu nome, e não o nome da Casas da Bahia. Ele levou essa caixa para Lagos e me entregou, mas como todas as pessoas com quem eu me correspondia já sabiam da minha nova morada, tantos anos depois da mudança, eu também não quis abrir, achando que ia encontrar papéis do escritório, anotações antigas sobre casas já construídas. Quase mandei que jogassem a caixa fora, mas pedi que guardassem junto do baú, esperando que algum dia alguém pudesse ver para mim do que se tratava, mas acabei me esquecendo dela.

Quando a Geninha foi procurar o baú, acabou encontrando a caixa, e ao abri-la, além dos papéis de trabalho, como eu imaginava, viu três cartas remetidas de São Paulo, todas do mesmo ano, um mil oitocentos e setenta e sete, com intervalo de três ou quatro meses entre uma e outra. A primeira era mais um aviso, em que o filho do advogado amigo do doutor José Manoel dizia que tinha te encontrado e que em breve mandaria mais notícias. Na segunda carta, ele dava muitos detalhes sobre você, contando tudo sobre a sua vida, que você era amanuense e que também advogava em favor dos escravos, conseguindo libertar muitos deles. Que você estava casado, tinha filhos e era maçom, que escrevia poesias e era muito respeitado por publicar artigos belíssimos e cheios de inteligência nos jornais mais importantes da cidade, e dava inclusive a sua morada. A terceira carta pedia para confirmar se eu tinha recebido as duas anteriores e avisava que não escreveria mais se isso não fosse feito. A Geninha já teve que lê-las para mim tantas vezes que sabemos todas as três de cor, e se eu as tivesse esquecido, ela poderia dizê-las para você. Mas as três estão aqui comigo, como uma espécie de confirmação de tudo que te contei sobre a busca. Lembra-se de que comentei que, enquanto andava atrás de você em São Sebastião e recebia cartas da Bahia, eu ficava olhando para elas durante um bom tempo antes de abrir? Eu retardava a abertura e ficava imaginando que ali dentro estaria o nome e a morada da pessoa para quem você tinha sido vendido, antegozando o momento de te encontrar. Então, eu nunca pensei que retardaria por tanto tempo, por tantos anos, com o risco de não mais te encontrar onde é indicado. E nem ao menos pude aproveitar o tempo de contemplação imaginando o que elas trariam, pois não sabia que existiam. Também sou culpada de nos ter roubado mais estes anos, todos os que se passaram desde que você foi encontrado.

Depois que a Geninha leu as cartas que davam notícia do seu paradeiro, e depois que nos recuperamos do susto, da alegria, da tristeza, da incredulidade, nem sei, pois era tudo junto, ela achou mais uma carta. Também estava fechada, remetida por alguém chamado Esteban e datada de três meses antes da primeira carta do advogado de São Paulo. Sabe quem é o Esteban? Lembra-se dele? O filho do Buremo e da Rosário, aquele que tinha aprendido comigo as primeiras letras. Já pensei demais nisso, e não tenho a mínima ideia de como esta carta chegou até Uidá. Minha morada pode ter sido fornecida pela sinhazinha, que fez segredo de que tinha ido visitar meus amigos na casa da dona Balbiana, apesar de eu ter pedido para não ir. Ou eles podem ter enviado a carta para São Salvador, pois sabiam que eu era de lá, e, de São Salvador, alguém a enviou para Uidá. Isso até era possível, porque quase toda a Bahia sabia da existência em Uidá de uma Kehinde, ou de uma dona Luísa, ou sinhá Luísa, que tinha enriquecido depois de montar uma firma que construía casas. Bem, já não me importo mais em saber como ela chegou, mas apenas com as notícias.

Você deu alguma importância quando contei que o Maboke, aquele tata kisaba que alugava um cômodo na casa da dona Balbiana, disse que os espíritos dos mortos perseguem seus assassinos, atrapalhando a vida deles por todo o sempre ou até que seja feito um trabalho de limpeza? Se você disser que sim, reconheço que minha culpa é maior do que eu imaginava, pois não me importei. Não pensei que aquele homem que tinha tentado me assaltar na estrada para o sítio onde morávamos em São Salvador estivesse incluído nesse tipo de espírito. Isto é, nunca me vi como uma assassina, apenas como uma pessoa se defendendo de outra. Mesmo sem entender quase nada, a Geninha não me fez uma pergunta sequer, nem sobre o Piripiri, pois foi por causa dele que o Maboke conseguiu descobrir o que havia de errado na minha vida. O que aconteceu foi que, ao ir embora de São Sebastião, em troca do lenço encarnado deixei para o Piripiri exatamente a bolsinha que estava usando naquela noite em São Salvador. Nem consigo imaginar o Maboke vivo trinta anos depois da minha partida de São Sebastião, mas foi isso que aconteceu, ele e o Piripiri vivos e ainda amigos, só não sei se morando no mesmo local. Por algum motivo qualquer, o Maboke tinha visto a bolsa entre os guardados do Piripiri e teve uma visão comigo, quando ficou sabendo de tudo que tinha acontecido e do quanto aquele espírito já tinha me prejudicado. Ainda continua prejudicando, mas sei que logo vamos acertar as nossas contas. Vou procurar por ele no Orum, pois acho que a minha culpa por ter tirado a vida dele já foi expiada há muito tempo. E ele ainda prejudicou você, te afastando de mim, dificultando a sua vida por causa das decisões erradas que eu tomava, às vezes até sem saber por quê. Será que isso explica nossos desencontros? Será que você acredita em tudo que acabei de contar? Espero que sim, e fico até pensando se não foi mesmo o melhor para você. Quanto a mim, já me sinto feliz por ter conseguido chegar até onde queria. E talvez, num último gesto de misericórdia, qualquer um desses deuses dos homens me permita subir ao convés para respirar os ares do Brasil e te abençoar pela última vez.

BIBLIOGRAFIA

Esta é uma obra que mistura ficção e realidade. Para informações mais exatas e completas sobre os temas abordados, sugiro as seguintes leituras:

AMADO, Jorge. *Bahia de Todos os Santos: um guia de ruas e mistérios*. Record.

ANTONIL, André João. *Cultura e opulência do Brasil por suas drogas e minas*. Melhoramentos.

AZEVEDO, Elciene. *Orfeu da carapinha: a trajetória de Luiz Gama na Imperial Cidade de São Paulo*. Unicamp.

BASTIDE, Roger. *As américas negras*. Edusp.

________. *As religiões africanas no Brasil*. Pioneira/USP.

CABRAL, Muniz Sodré de Araújo. *O terreiro e a cidade*. Imago.

CALMON, Pedro. *História social do Brasil*. Vols. I, II e III. Martins Fontes.

________. *Malês, a insurreição das senzalas*. Assembleia Legislativa da Bahia.

CARNEIRO, Edison. *Os candomblés da Bahia*. Civilização Brasileira.

________. *Religiões negras: negros bantos*. Civilização Brasileira.

CASCUDO, Luís da Câmara. *História da alimentação no Brasil*. Global.

CHATWIN, Bruce. *O vice-rei de Uidá*. Companhia das Letras.

CUNHA, Manoela Carneiro da. *Negros, estrangeiros: os escravos libertos e sua volta à África*. Editora Brasiliense.

DEBRET, Jean-Baptiste. *Viagem pitoresca e histórica ao Brasil*. Itatiaia.

EDMUNDO, Luiz. *A corte de D. João no Rio de Janeiro*. Vol. III. Editora Conquista.

FERNANDES, Florestan. *Significado do protesto negro*. Cortez.

FREYRE, Gilberto. *Casa-grande e senzala*. Global.

________. *Sobrados e mucambos*. Global.

GOULART, José Alípio. *Da fuga ao suicídio*. Conquista.

GRAHAM, Maria. *Diário de uma viagem ao Brasil*. Companhia Editora Nacional.

GURAN, Milton. *Agudás: os brasileiros do Benim*. Nova Fronteira.

HOLANDA, Sérgio Buarque de. *Raízes do Brasil*. Companhia das Letras.

LEAL, Geraldo da Costa. *Salvador dos contos, cantos e encantos*. Edição de autor.

LOPES, Nei. *Bantos, Malês e identidade negra*. Forense Universitária.

________. *Enciclopédia brasileira da diáspora africana*. Selo Negro.

MACEDO, Joaquim Manuel de. *A moreninha*. Ática.

________. *O moço loiro*. Ática.

________. *Memórias da Rua do Ouvidor*. Editora UnB.

MATOS, Milton dos Santos. *Recôncavo: berço de canaviais*. Itapoan.

MATTOSO, Katia M. de Queirós. *Da revolução dos alfaiates à riqueza dos baianos*. Corrupio.

________. *Ser escravo no Brasil*. Brasiliense.

________. *Bahia, Século XIX*. Nova Fronteira.

MENUCCI, Sud. *O precursor do abolicionismo no Brasil: Luiz Gama*. Companhia Editora Nacional.

NEVES, Maria de Fátima Rodrigues das. *Documentos sobre a escravidão no Brasil*. Contexto.

OLINTO, Antônio. *A casa da água*. Difel.

PRANDI, Reginaldo (org.). *Encantaria Brasileira: o livro dos mestres, caboclos e encantados*. Pallas.

________. *Os príncipes do destino*. Cosac & Naify.

________. *A mitologia dos orixás*. Companhia das Letras.

REIS, Isabel Cristina Ferreira dos. *Histórias de vida familiar e afetiva de escravos na Bahia do século XIX*. Centro de Estudos Baianos.

REIS, João José. *A morte é uma festa: ritos fúnebres e revolta popular no Brasil do século XIX*. Companhia das Letras.

________. *Rebelião escrava no Brasil*. Brasiliense.

REIS, João José e SILVA, Eduardo. *Negociação e conflito*. Companhia das Letras.

RIBEIRO, João Ubaldo. *Viva o povo brasileiro*. Nova Fronteira.

RODRIGUES, Nina Raymundo. *Os africanos no Brasil*. Companhia Editora Nacional.

SARAMAGO, José. *Memorial do Convento*. Bertrand Brasil.

SILVA, Alberto da Costa e. *Francisco Félix de Souza: mercador de escravos*. Nova Fronteira.

________. *Um rio chamado Atlântico*. Nova Fronteira.

VERGER, Pierre. *Notícias da Bahia: 1850*. Corrupio.

________. *Fluxo e refluxo do tráfico de escravos entre o golfo do Benim e a Bahia de Todos os Santos: do século XVII ao XIX*. Corrupio.

________. *Lendas africanas dos orixás*. Corrupio.

________. *Os libertos*. Corrupio.

VILHENA, Luís dos Santos. *A Bahia do século XVIII*. Vols. I, II e III. Itapuã.

FONTES PRIMÁRIAS (DOCUMENTOS, ANAIS, REVISTAS E JORNAIS) DOS ACERVOS

Arquivo Histórico Municipal de Salvador

Arquivo Público do Estado da Bahia

Instituto Geográfico e Histórico da Bahia

Agradecimento especial ao professor Paulo Fernando de Moraes Farias, do Centre of West African Studies, da Universidade de Birmingham.

ANCESTARS

"Territorialmente, a utopia está assentada na moral.
Seu instrumento é o imaginário."

Muniz Sodré

(Conto inédito para esta edição)

— É pra daqui a quanto tempo, a história?

— Algumas gerações, talvez.

O tempo. Ah, o tempo! Ieoque sabia que eu não lidava muito bem com ele. A história eu sabia, bem antes de saber que ela existiria.

— E eu posso escolher o momento? Posso escolher o que fazer até lá?

— Você não vai querer essa responsabilidade.

Ela tinha razão.

— Vai?

À pergunta seguiu um olhar de quem estava em dúvida se me conhecia mesmo; e isso, a dúvida, humanizou-a um pouco. Eu não sabia como tinha ido parar ali, e isso não tinha a menor importância. Ieoque se apresentou, como se nos conhecêssemos naquele momento, mas achei que já tínhamos vivido aquela cena algumas vezes. Mais vezes do que o razoável, era o que ela transparecia me olhando quase como quem se desculpava. Uma desculpa protocolar, é certo. Não era pena, mas um jeito de dizer que viver, às vezes, é assim mesmo. E, de repente, também já não é, pois a verdadeira vocação da vida era ser rara e sublime.

— E eu vou ter que voltar pra lá, pra viver isso?

— Sim. Pra entrar na conta do universo, as histórias têm que ser vividas sob as mesmas condições. Imagina uma balança, com uma das bandejas feita de ferro e outra feita de plástico. Não vai ficar em equilíbrio se eu colocar um quilo de sal em cada uma delas.

Há cinquenta anos, naquele mesmo dia, comíamos juntos um prato de sopa de pimenta e bebíamos uma garrafa de vinho, observando o céu. Naquele ano, como em alguns outros, estávamos à procura de uma fresta entre as nuvens carregadas de chuva.

— Apesar de não poder ver nada, acho que gosto mais quando chove. Lembra?

Lourenço sabia que a pergunta era apenas retórica, pois eu sempre me lembrava mais do que ele. Era a deixa para falarmos sobre o dia em que nos conhecemos, quando também choveu. Lembrávamos e comíamos sopa de pimenta, um prato típico do Benin, que ele me ensinou a fazer depois de nos encontrarmos por acaso em um supermercado, durante a primeira pandemia.

— Você me esnobou tanto... Se eu tivesse vergonha na cara não estava aqui, hoje!

Teríamos a mesma conversa dos anos anteriores, acrescida ou diminuída de um detalhe ou outro. Para nós era importante saber que a nossa história ainda estava ali, dividida entre nós dois, e que as emoções todas que ela despertava ainda estavam disponíveis. Mesmo naquela idade, mesmo tantos anos depois.

— Eu não te esnobei, Lourenço. Eu só não sabia o que responder. Lembra da cena: eu agachada em frente a uma geladeira, no supermercado, e você chega dizendo: "Pega os frutos do mar. Aliás, por que será que chama frutos do mar, né? Frutos! Enfim. Pega os frutos do mar que eu tenho uma receita ótima pra te ensinar." Eu nunca tinha feito frutos do mar. Eu nunca tinha te visto...

Lourenço sempre ria da imitação que eu fazia dele. E eu gostava de fazê-lo rir, desde que pressenti o tamanho daquele sorriso escondido sob a máscara PFF2. Um homem alto, gordo, com uma voz grave demais, mesmo para um corpo daquele tamanho.

— Eu sei; eu sei. Mas também sabia que era a única oportunidade de te conhecer, e eu tinha que dizer alguma coisa.

Lourenço é chef de cozinha e, na época, fazia *lives* ensinando receitas pela internet. Ele divulgava a receita e a lista de ingredientes, as pessoas compravam e, no sábado de manhã, preparavam o almoço junto com ele. Enquanto ele cantava, contava histórias, falava da origem dos pratos que preparava e dos ingredientes que usava.

— E você insistiu! "Pega os frutos do mar!"

— E você pegou!

— Claro! Eu queria que você parasse de me dizer para pegar os frutos do mar. Eu ia deixar lá, depois que você parasse de me seguir.

— Mas eu não estava te seguindo. Eu só queria ver se você ia comprar os ingredientes certos. Te ajudar a escolher...

Perto das bancas de verduras, ele se aproximou novamente, pediu desculpas, se apresentou e disse o que fazia. Escreveu e me entregou um papel com seu endereço em uma plataforma de vídeo, através da qual transmitia a preparação das receitas.

A que comíamos naquele momento não era mais a mesma receita. Com o passar dos anos, por questões de saúde e de envelhecimento, fomos tirando um pouco do sal, um pouco da pimenta, um pouco da gordura. Mas tinha o mesmo gosto, quando molhávamos o pão naquele caldo grosso e perfumado, e alimentávamos um ao outro. Era o nosso jeito de brindar à raridade e à beleza do que vivíamos.

— E lá se vão cinquenta anos... Você achava que ia viver até essa idade?

— Eu não sabia que ia viver tanto. E provavelmente não estaria vivendo, se não fosse você.

— Eu também, não. Se não fosse você.

— Pegue os frutos do mar! Que cantada mais tosca e...

— Olha lá!

Lourenço apontou uma fresta entre as nuvens. O mesmo céu, na mesma época do ano, visto do mesmo local. Se as nuvens se afastassem mais um pouco, veríamos Órion.

— Isso acontece de quanto em quanto tempo?

Ieoque me olhou para confirmar se a pergunta tinha sido feita a sério. Até aquele olhar, eu ainda não tinha aceitado que era um evento único, por minha causa. Ela não respondeu.

— E aqui estamos novamente, as duas velhas senhoras, tomando chá e olhando as estrelas. Quem diria, não é?

Eu ri e me senti confortável com a familiaridade, não estranhando que ela se referisse a mim, uma menina ainda, como "velha senhora"; e nem o "novamente", que significava, sim, que já tinha acontecido outras vezes. Eu ia perguntar o porquê de tanta maldade, e antes que decidisse quais palavras usar, estava caminhando em um jardim de grama muito verde, com árvores sob um céu muito azul de final de maio, início de junho. Ieoque não estava ao meu lado, mas pude ouvi-la perfeitamente, como se caminhássemos juntas, uma dentro da cabeça da outra.

— Guarda este lugar, e você vai poder voltar nele para algumas respostas, quando ele já estiver disponível: "O livro de Martha."[1]

Olhar para dentro, nos olhos dela, fez com que eu ouvisse algumas frases: "Quero que eles tenham a única utopia possível. Cada pessoa terá uma utopia particular e perfeita — ou imperfeita — a cada noite."

---

1 "The Book of Martha", conto de Octavia Butler, no livro *Bloodchild*.

— Está pronta?

Eu estava. Tínhamos voltado para as poltronas confortáveis, as xícaras de chá, a imensa redoma de vidro que parecia flutuar no espaço.

— Olha a beleza, minha filha. Olha a beleza disso.

Eu olhava.

E sentia que não estávamos fixas, e que nos moveríamos e nos posicionaríamos de acordo com o ângulo necessário para vermos a beleza: uma supernova, uma explosão magnífica de uma estrela, tendo ao fundo a constelação de Órion. Instintivamente, ou não, eu sabia o que procurar com os olhos de ver: os fragmentos da supernova se lançarem ao espaço para, num espaço de não mais que centésimos de segundo, ocuparem seu lugar na formação de figuras que se alinham para projetar cenas que se sucedem para contar uma história. Eu ligava os pontinhos e os fios invisíveis montavam um filme mudo, no qual a cabeça da gente vagueia e os diálogos parecem vir de um lugar interior, fazendo os ossos da face vibrarem. Uma longa história contada na brevidade de um clarão.

Ieoque sorrindo me dava a garantia de que ia acontecer. Mesmo que eu não me lembrasse, estava acontecendo.

— É Órion!

Gritei, enquanto traçava, com o dedo em riste, o caminho que unia a constelação e capturava a atenção dos olhos de Lourenço. Como se ele não soubesse o caminho, como se não tivesse treinado reconhecer nosso "cantinho nas estrelas" de onde quer que estivéssemos neste planeta.

— É Órion!

Ele respondeu com a alegria de quem conhece a tradição: um brinde a Órion, no nosso aniversário, e temos garantido mais um ano, sempre o mais feliz de todos. Ele botava a cabeça no meu colo e pedia para eu cantar, enquanto fechava os olhos e ria, me interrompendo para lembrar aqui e ali, com mais ou menos precisão, os nossos melhores momentos juntos.

Eu não queria abrir mão daquela sensação, nem daquela certeza. Mas, no momento em que a luz da supernova atingiu a redoma, fui sugada da volta. Quando percebeu a minha presença, Lourenço ergueu os olhos, e o que pude ver foi a sombra dele, os olhos vazios mostrando o que tinha por dentro: nada. Enquanto que, por fora, tinha a pele coberta por crostas de sangue e cortes feitos pelo fio da chibata. Senti vontade de pegar o Lourenço no colo e cantar para ele a noite inteira, como a minha avó tinha feito com a minha mãe e com o Kokumo.[2]

> "A passagem do plano transcendental dos princípios à vivência empírica dos incorporais se dá pelos rituais e pelo transe."
>
> Muniz Sodré

P.S. 1: Como referência, o livro *Astro-Antropo-Lógicas: oriki das matérias (in)visíveis*, de Alan Alves-Brito. Download gratuito aqui: <www.lume.ufrgs.br/handle/10183/230965>.

P.S. 2: Trilha sonora:

1. "Quizás, quizás, quizás", Célia Cruz
2. "Killing Me Softly With His Song", Lauryn Hill
3. "Mélancolie", Rokia Traoré
4. "Can't Take My Eyes Off You", Lauryn Hill
5. "Não adianta", Liniker
6. "Saudade daquilo", Iza
7. "Anyone Who Knows What Love Is", Irma Thomas
8. "I Can't Stand the Rain", Ann Peebles
9. "Além da cama", Alcione
10. "Time Is on My Side", Irma Thomas
11. "Proud Mary", Tina Turner
12. "Rise up", Andra Day
13. "Coração vulgar", Teresa Cristina
14. "Kemet", Sona Jobarteh
15. "Eu vi mamãe Oxum na cachoeira", Mariene de Castro
16. "Delta Estácio Blues", Juçara Marçal
17. "Intimidade", Liniker
18. "Embala eu", Clara Nunes e Clementina de Jesus
19. "Mulher segundo meu pai", Anelis Assumpção
20. "Ain't I a Woman?", Luedji Luna
21. "Mar azul", Cesária Évora

---

[2] *Um defeito de cor*, p. 179.

22. "My Heart", Lizz Wright
23. "Fade Into You", Valerie June
24. "Si llego a besarte", Omara Portuondo
25. "Wrong Places", H.E.R.
26. "I Put a Spell on You", Nina Simone
27. "About Damm Time", Lizzo
28. "Open Heart", Zara McFarlane
29. "Pout Pourri pra Pombagira", Jéssica Ellen
30. "Straight From the Heart", Irma Thomas
31. "Pata Pata", Miriam Makeba
32. "Good as Hell", Lizzo
33. "Refavela", Angélique Kidjo
34. "Cordeiro da Nanã", Thalma de Freitas
35. "A mulher do fim do mundo", Elza Soares
36. "Don't Let Me Be Misunderstood", Nina Simone
37. "Chegar à Bahia", Margareth Menezes
38. "Agradecer e abraçar", Fabiana Cozza
39. "Devil May Care", Cécile McLorin Salvant
40. "At Last", Etta James

Ouça aqui a trilha sonora do conto inédito, "Ancestars".

A primeira impressão desta edição especial foi realizada em setembro de dois mil e vinte e dois, dezesseis anos após sua estreia. Dezesseis são os principais *odus* do jogo de Ifá, responsáveis por gerar até duzentos e cinquenta e seis outros *odus*, todos eles associados a diversos *itans*, histórias que falam do passado, do presente e do futuro.
Como é este livro que você tem em mãos.

Este livro foi composto na tipografia Fournier, em corpo 12/14, e impresso em papel off-white na Gráfica Cromosete, para a Editora Record Ltda.